宋 詩 史

宋 詩 史

송용준 · 오태석 · 이치수

도서출판 **역락**

머 리 말

　전통 시기 중국은 시의 나라였다. 역사적으로 유교 사상을 중심으로 발전해 온 중국에서 그 태두인 공자(孔子)가 ≪논어(論語)·양화(陽貨)≫에서 "시를 배우지 않았다면, 그것은 벽을 마주하고 있는 것과 같다"고 강조한 데서도 알 수 있듯이, 시적 소양은 인격의 완성을 향한 도경이며, 사회적 자아 실현의 시금석이었다. 당(唐) 이래 시를 통해 관리를 임용한 것은 이러한 이유에서이다. 즉 중국문학에서 시는 단순히 서구와 같은 개인의식의 표출에 그치지 않고, 한 인격 심미의 구현이요 사회문화적 자아의 실현 과정으로 인식되어 왔다. 그러나 현실에 관계한다고 하여 그것이 여과되지 않은 어휘로 이루어진다면 그것은 시가 아니게 된다. 시의 진짜 묘미는 시인의 세계 인식을 언어와 교묘하게 결합하여 심미적 쾌감을 창조하는 데 있다. 이 때문에 당송대(唐宋代) 이래 많은 시인들은 최고의 시적 경계(境界)를 구현하기 위해 각고의 노력을 기울이며 상호 문유(文遊)하였던 것이다.

　중국에서 '시' 하면 우선 당시(唐詩)를 떠올리게 된다. 중국 고전시가 당대에 와서 완성도가 정점에 달했다는 말은 당시가 지닌 정제된 운율미와 수묵화 같은 회화적 아름다움 때문일 것이다. 한편 송시는 율시의 퇴조와 함께 고시의 부흥기를 맞으면서 전반적으로 당시적 매끄러움과는 다른 미적 지향을 추구했는데, 읽기도 쉽지 않고 맛도 껄끄러운 이취(理趣)가 강한 것으로 인식되어 왔다. 후대 시인들의 눈에는 서정을 중심축으로 하는 시에서 이성적 논리가 강화되는 추세가 그다지 바람직스럽게 보이지 않았을 것이다. 따라서 원대(元代) 이후 사람들은 딱딱하고 떫은 송시 대신 시인적 풍류를 정감 있게 즐길 수 있는 당시를 선호하게 되었으며, 이는 결국 송시부터 시의 쇠퇴가 시작되었다고 하는 견해로까지 이어지게 되었다. 하지만 송시는 송시 나름의 서정과 맛을 지니고 있으며, 그로 인하여 남송말 이래 시인들은 독자적 시 세계를 구축하기보다는 당송시의 어느 한쪽에 치우치면서 당송시 우열 논쟁을 벌이기도 하였다.

본서는 "중국시의 완성기라고 불리는 당시를 이미 거친 송시가 구체적으로 어떠한 과정을 통하여 이와 같은 자기류의 특색을 형성해 나갔는가?"라는 물음에서 시작하여 작가적 성취, 시학상의 주안점, 맥락의 전승 관계, 심미 의식, 시사적 위상을 따져 보고, 더하여 중국문학의 거시 관점에서 송시의 의미를 역사적·장르적으로 자리매김하는 데 주안점을 두었다. 적지 않은 분량의 본서에 대한 전반적 이해를 돕기 위해 입문용으로 작성된 본 머리말은 다음과 같은 세 가지 송시 이해의 토대적 내용을 담고 있다. 그것은 ① 송대 사회의 통속화와 문인의 이중 심태(心態), ② 신유학(新儒學)적 모순과 송시, ③ 학시(學詩)와 논시(論詩) 전통의 형성, ④ 송대적 사변(思辨) 형상의 추구이다. 이 주안점들을 통해 우리는 송시와 관련된 토대적 실체에 보다 가까이 다가갈 수 있을 것이다. 이상 세 가지 주안점 고찰에 앞서, 잠시 송대 운문 문학을 외형적으로 개관하여 논의의 도움자로 삼는다.

앞서 말했듯이 송시는 당시(唐詩)의 성과를 계승하는 데 그치지 않고 자신의 독특한 시 세계를 열어 중국시를 한 단계 숙성시켰다. 우선 송대는 당대에 비해 시인의 수와 작품 수가 크게 증가하였다. 1998년 북경대학 고문헌연구소에서 발간을 완료한 ≪전송시(全宋詩)≫에는 9,300여 시인의 작품 20여만 수가 수록되어 있고, 이 외에도 '보편(補編)'이 있어서 그 수는 더 늘어날 전망이다. 청(淸)의 강희제(康熙帝) 때 칙찬(勅撰)된 ≪전당시(全唐詩)≫에 수록된 시인과 작품 수가 각각 2,300여 명과 48,900여 수인 것과 비교해보면 그 차이를 쉽게 알 수 있다. 작가 개인들의 시를 놓고 보더라도, 오늘날 남아 있는 육유(陸游)의 시가 10,000여 수에 가까우며, 양만리(楊萬里)는 4,000여 수로서, 이러한 숫자는 당대 시인에게는 없는 일이다. 또한, 소식(蘇軾) 3,000여 수, 매요신(梅堯臣) 2,900여 수, 왕안석(王安石) 1,600여 수, 황정견(黃庭堅)은 2,000 수에 가까운 시를 남기고 있는데, 이런 정도도 당대의 시인에게는 드문 일이다. 당대의 시인 중에는 다작 시인으로 백거이(白居易)를 꼽는데 그 역시 3,000여 수이며, 두보(杜甫)는 1,400여 수, 이백(李白)은 900여 수이고, 왕유(王維), 한유(韓愈) 등도 모두 수백 수로서 송대 시인과는 차이가 크다. 이는 송대의 시인들이 시작(詩作)을 일상사로 여겼음을 보여주는 증거이다.

시 형식면에서 송대에는 오언보다는 칠언이 많다. 이는 이야기 폭의 확대와 심화를 의미한다고 할 수 있다. 그리고 정형화된 율시보다는 이야기체의 고시로 된 교유시가 많이 성행하였는데, 특히 운을 따라 짓는 화답(和答) 및 차운시(次韻詩)가 많다. 이는 그 당시 문인들의 문학 활동이 전 시대보다 훨씬 집중적이며 집체적으로 영위되었음을 보여준다.

실상 송대의 문학은 장르적으로 다양하게 전개되었다. 속칭 '당시송문(唐詩宋文)'이란 말을 통해 알 수 있듯이 송대는 산문이 크게 발달한 시대였다. 당송팔대가(唐宋八大家) 중 한유(韓愈)와 유종원(柳宗元) 두 사람만이 당대에 속하고, 나머지 구양수(歐陽修), 소순(蘇洵), 소식(蘇軾), 소철(蘇轍), 왕안석(王安石), 증공(曾鞏) 여섯 사람은 송대인이라는 사실로도 송대 산문의 성취를 가늠할 수 있다. 그리고 송시의 대가인 구양수, 왕안석, 소식 등은 동시에 고문(古文)의 대가이기도 하다. 그러나 이 역시 시에 대한 상대적 소홀을 의미하지는 않는다. 그들은 여전히 운율을 지닌 시야말로 최고의 예술 장르라고 여겼던 것이다.

시 외에 송대의 운문 장르로서 '사(詞)'가 있는데, 기존의 가보(歌譜)에 근거해 전사(塡寫)하여 완성하는 가사로, 구의 장단이 일정하지 않아 전체가 오언 또는 칠언의 구로 정형체인 시와는 큰 차이가 있다. 사는 당대에 싹터 송대에 성행하였는데, 송대에는 많은 작가가 사작(詞作)에 참여하였다. 구양수, 왕안석, 소식, 육유 등 대부분의 시인들이 사를 지어, 시인들의 문집에는 부록으로 사가 수록되곤 하였다. 사는 원래 섬세하고 완약(婉約)한 여성적 감정을 위주로 했으나, 발전 과정에서 형식과 내용이 다양해졌다. 이에 따라 북송의 유영(柳永), 주방언(周邦彦) 및 남송의 신기질(辛棄疾), 오문영(吳文英)과 같은 전문 사인(詞人)도 등장하게 되었다. 사는 기본적으로 가벼운 감상적 서정 위주로 지어졌으므로, 송대의 정통 운문 문학의 주류는 여전히 시였다. 양적으로도 사는 시에 훨씬 못 미치는데, 당규장(唐圭璋)의 ≪전송사(全宋詞)≫에 수록된 작가와 작품 수는 1,331명 19,900여 수로서, 송시와는 비길 바가 되지 못한다.

이상 간략한 송시의 외형적 면모에 이어, 이제부터 송대 시학의 토대적 이해를 위한 주안점을 고찰한다.

(1) 송대 사회의 통속화와 문인의 이중 심태

오대(五代) 후주(後周)의 뒤를 이어받은 송의 태조 조광윤(趙匡胤)은 재위 17년 동안에 남방에서 독립해 있던 남당(南唐)을 비롯하여 촉(蜀)·남한(南漢) 등 도합 6국을 평정하였고, 그의 뒤를 이은 아우 태종은 북방에 잔존해 있던 북한(北漢)과 남방의 양자강 어구에 있던 오월(吳越)을 멸망시켜 당대(唐代) 말엽 이래 오랫동안 분열되어 있던 중국을 재통일했다.

송 왕조(960-1279)는 다시 북송(北宋, 960-1127)과 남송(南宋, 1127-1279)의 두 시기로 나누어진다. 북송은 변경(汴京: 지금의 하남성(河南省) 개봉(開封))을 수도로 하여 10세기 중엽에 일어나, 대체로 중국의 전 국토를 통일하였으며 12세기 초엽까지 160여 년 동안 존속하였는데, 우리나라의 고려(高麗) 제4대 임금 광종(光宗)부터 제16대 임금 예종(睿宗) 시기에 해당한다.

당시 만주를 근거로 일어난 거란은 일찍이 나라를 건립하여 국호를 요(遼)라 하였으며 북송과 시종 적대 관계를 유지하였다. 그러나 북송을 더 굴욕적이게 한 것은 요가 이른바 연운십육주(燕雲十六州), 즉 지금의 북경이 포함된 하북성 북부 및 산서성 북부를 다스리고 있다는 점이었다. 또한 북송 중엽에는 서쪽에서 탕구트족의 국가인 서하(西夏)가 일어나 송조에 큰 위협이 되었다. 이러한 외부적 취약은 정권을 담당한 송대 사인들로 하여금 위기의식에 시달리게 하는 요인으로 작용했다. 내부적 정견의 차이로 실패했지만, 범중엄(范中淹)과 왕안석(王安石)의 신법은 이에 대한 타개책의 하나였다.

작가로서의 송사(宋士)의 사회문화적 심리 기제는 송대 문학 전개의 중요한 동인(動因)이다. 이제 송시 이해의 참조 체계로서 송시의 작자이자 문인 관료였던 이들의 사회 문화적 속성을 알아본다. 장기적 혼란기를 거치고 통일 왕조를 이룩한 태조 조광윤(趙匡胤)은 권력의 안정을 위해 문치주의를 통한 황제 독재 체제를 구축해 나갔다. 또한 육조 이래 지속적으로 권력을 누려온 세습 귀족의 폐해를 막기 위해 과거제를 정비하여 당대에 비해 엄정하게 시행하였다.

그 결과 세습 귀족들은 중심부에서 밀려나고 대신 중소 지주 출신의 실력 있는 문인들이 전면에 부상하였다. 이들 신흥 사인의 등장은 중국사의 전개에서 이전까지의 세습 귀족과는 다른 새로운 의미를 내포한다. 즉 과거제의 정비는 재능 있는 지식인들이 가문과 혈연에 의하지 않고도 자유로운 언로를 통해 자신의 능력으로 신분 상승이 가능한 계층 구조의 변화를 가져온 것이다. 이렇게 황제의 은전(恩典)에 의해 임용된 개별자로서의 관리인 사인(士人)들은 각기 황제와 일대일의 고립적 대응 관계를 유지하게 되었고, 점차 당(唐) 문화의 영향으로부터 벗어나 송대 특유의 문화 대열 형성에 참여하였다.

제도적 변화 외에 송대 사회가 질적으로 변화하게 된 또 다른 동인(動因)은 사회경제적 변화였다. 송대의 경제는 쌀농사 방식의 개선과 비옥한 화남 지역을 개발하면서 생산력이 증대되었다. 새로운 지주층이 생성됨과 동시에 소규모 지주와 자영농들은 도시 경제권으로 흡수되어 갔다. 당시의 생활상은 ≪동경몽화록(東京夢華錄)≫, ≪몽량록(夢粱錄)≫, ≪도성기승(都城紀勝)≫, 그리고 550여 명 인물의 다양한 생활상을 사실적으로 그린 <청명상하도(淸明上河圖)>에서 보듯이 도시 경제는 매우 약동적이었다. 민간의 오락적 수요는 한층 증대되어 강창(講唱)·사(詞)·화본(話本) 등 통속문예 장르가 성행하는 등, 사회 전반적으로는 '문화의 통속화(通俗化)' 현상이 진행되었다. 이는 과거제의 정비를 통한 사대부 계층의 유동성의 확대, 허다한 관학과 서원을 통한 교육 기회의 증대, 경제적 번영 등에 의한 문화 공유 폭의 확대를 뜻한다.

이 같은 문화적 통속화는 사회의 상하층 계급 모두에서 각기 상반된 양상을 띠면서 전개되었다. 물론 민간에서는 사회문화적 통속화로 나아갔으나, 반면에 사회 선도적 상층 문인들은 유가적 책임감을 바탕으로 국가와 사회를 이끌어 나가겠다는 탈통속의 방향성을 일면 견지하였다. 과거를 통해 신분 상승한 문인들의 입장에서 말한다면 그들이 기층 생활 속에서 겪었던 통속적 생활 환경과, 그들이 지향하고자 했던 이상으로서의 유가적 세계관과의 간극만큼의 거리가 생긴 셈이다. 이에 대한 문인 관료 계층의 대응 양상 역시 통속화에 대한 정면적 수용(受容)과 반발적 변용(變容)의 두 가지 모습으로 나타났다. 이렇게 계층적 이중성을 지닌 중소 지주 출신의 문인 관료들은 이전까지의 세습 귀족과는 의식 면에서 상당한 차이를 지닐 수밖에 없었다.

한편 언어의 사용 면에서도 대량으로 백화를 채용하는 강창류(講唱類) 및 화본 등의 연창문예(演唱文藝)가 성행하였는데, 백화의 문학 언어로의 부상은 특기할 만한 일이다. 이에는 ≪조당집(祖堂集)≫ 등 구두어(口頭語)를 이용한 선가(禪家)의 대화록이나, 신유학의 집대성자인 주희(朱熹)까지도 ≪사서집주(四書集注)≫나 ≪근사록(近思錄)≫에서 다량의 백화를 써서 풀이하였다는 것에서도 당시 백화의 위상을 가늠할 수 있다.

한편 반대적인 입장으로서 세속화에 대한 탈속적(脫俗的) 양상은 특히 소식의 이론을 수용한 황정견과 진사도에서 분명하게 드러났는데, "차라리 운율이 맞지 않을지언정, 구(句)가 약해져서는 안 되며, 용자(用字)가 교묘하지 못할망정, 시어가 속되어서는 안 된다"고 하는 주장은 송인들의 아화 지향성을 잘 보여준다. 실상 백화의 수용, 이속위아(以俗爲雅)론 등 점화론(點化論)의 구법적 강구 등의 정면적 혹은 반면적 대응은 모두 변화하는 대세에 대한 서로 다른 방식의 수용이었다.

문화의 통속화가 시에 미친 영향은 시적 언어 외에 산문·백화의 요소가 강화되었다는 점인데, 이 점은 고문운동과도 관계되는 부분이다. 이에 따라 허자(虛字)와 구법(句法) 면의 분절성(分節性), 정제성(整齊性)이 약해졌으며, 형식의 구속력이 강한 율시 대신 자유로운 고시가 시체의 주류를 점하게 되었다. 문학이론 방면에서 두드러진 점은 소식, 황정견, 진사도가 함께 주장한 '이속위아(以俗爲雅), 이고위신(以故爲新)'의 주장을 들 수 있다. 또한 나아가 사의 시화를 지향하는 '이시위사(以詩爲詞)'의 경향 역시 세속적 애정류의 사를 보다 사대부적으로 폭넓게 시화한다는 점에서는 '이속위아'와 같은 맥락으로 해석할 수 있다. 이러한 장르와 내용의 변용은 결국 사대부 계층의 통속 문화 수용의 변형적 양상으로 평가할 수 있다. 왜냐하면 이들 아화 지향의 시인들도 간혹 백화체 용어와 산문구 및 속어 등을 그대로 시에 드러내곤 하였는데, 이 역시 문화 전반의 통속화와 관련이 있을 것으로 보이기 때문이다.

이러한 변용은 시의 제작 동기와 효용 면에서도 나타났다. 개방적 신분 관계 하에 상하층 간의 벽이 낮아지면서 이전과 같은 개인적 감상과 감회만이 아닌, 실제적 생활상의 효용을 지닌 차운(次韻)과 화답(和答) 및 기념을 위한[제시(題詩)] 고시(古詩)가 시의 주류를 이루었다. 이것은 시로써 교제한다는 의미에서 '이시위교(以詩爲交)'라고 부를 수 있을 것이다. 이들은 모두 율시 중심의 당시적 세계에 대한 송시 나름의 역사적 돌파성을 보여주는 부분이다.

(2) 신유학의 내재적 모순과 송시

송대 시인에 영향을 준 정신적 사조는 바로 신유학[성리학]이다. 주돈이(周敦頤)의 <태극도설(太極圖說)>에서 본격화하기 시작한 송대 신유학은 형이상학적 본체론의 입장에서 인간 존재의 문제에 주안점을 두고 고민하였다. 여기에는 당대(唐代)에 이미 문인 사회로까지 확산된 도불(道佛)의 요소가 많이 흡수 수용되었다.

문화 주도층인 송대 사인은 정치외교적 위기 의식과 개별자적 관료 사회에서 처한 개인 존재의 고독감을 느끼면서, 문화의 색조 역시 전대와는 다르게 변해 갔다. 여기에 신유학의 형성과 함께 송 문화는 당의 화려하고 단순 경쾌한 청년적 기상과 달리, 내향적이며 자기 수양적인 모습을 띠었다. 그들의 계층적 기반은 전대와 같은 세습적 귀족 사회가 아니라, 민간의 중소 지주층이었다. 송대의 과거 출신자들 중 과반수가 자신의 3대 이내에 관리가 배출되지 않은 비관료 가문 출신들이었다는 점이 이를 말해 준다. 한편 사회 상층부에 오른 문인 사대부들은 유가적 분위기와 함께 계층적 아화(雅化)를 추구했는데, 그것은 세속적 기반에 대한 자신들의 심리적 정체성 획득의 한 과정이었다.

송대의 유학은 한 · 당의 명맥만 유지하던 사장적(辭章的), 주소적(注疏的) 입장과 달리, 현실적 문제에 대한 본질적이며 실질적 대처를 중시하며 복고주의적 선진(先秦) 유학을 지향했다. 문학 방면에서도 이에 상응하는 논리로서 구양수 일파에 의해 고문운동 내지 시문혁신운동이 제창되었다. 송인들은 삶의 조건들을 현실에 기초하여 본의(本義)로부터 고민하고 개선하려고 했으며, 더욱이 육조 이후 수 · 당대에 크게 성행한 도 · 불과의 융합을 모색하여 자기 수양의 내성적 사유를 중시했다.

사실 신유학은 입세주의(入世主義)인 유가가 도가와 선학을 함께 수용하게 됨에 따라 일정 정도의 내재적 모순을 지니고 있었다. 이는 '두루 세상을 다스린다'는 '겸제천하(兼濟天下)'를 추구하는 입세주의의 유가와, '홀로 자기 몸을 수양한다'는 '독선기신(獨善其身)'을 추구하는 도 · 불적 속성만큼의 상호 보완적 괴리이기도 하다. 즉 사상에서 신유학의 성립은 본질적으로 몸은 세속에 있으면서도 의식은 초탈을 향해 나아가는, 내재적 모순의 융화를 향한 지향이기도 하다. 그렇기 때문에 당시의 지식인들에게는 입신(立身)을 추구하면서도 이를 하찮은 것으로 치부하려는 모순된 관념이 짙게 깔려 있었다.

이러한 '속중탈속(俗中脫俗)', '입이출(入而出)'의 이중적 심리구조는 문예이론으로도 나타났는데, 그것은 어쩔 수 없이 세속적인 것을 받아들이면서도, 한편으로는 도학적 품격을 지키고자 하는 아화(雅化) 의식이다. 앞서 말한 '이속위아, 이고위신'의 표현론이나, 황정견의 구법론인 반속론(反俗論)은 이 같은 의식의 문학적 표출이기도 하다.

신유학적 정서의 보편화는 시에서도 나타나 이치를 따지고 인생관을 토로하는 기풍이 만연하였다. 철학적 사색의 증대에 따라 시의 분위기는 침중(沈重), 평담(平淡), 초연(超然)한 색채를 띠게 되었다. 의론시와 철리시가 증가했으며, 당시적 정감은 사변적 관조로 바뀌어 갔다. 운문적 정감적 형상미가 줄어드는 대신 산문적이며 이취(理趣)를 지닌 노경미(老境美)를 추구하는 방향으로 나아갔다.

문단의 영수였던 구양수는 한유의 정신을 이어 산문에서 질박한 고문을 쓰자는 고문운동을 주장했는데, 이것이 산문은 물론 시에도 영향을 미쳐 시문혁신운동으로 전개되었다. 실질적 문장 쓰기인 고문운동 역시 새로운 유가 정신으로의 복고적 혁신론이다. 시 창작 역시 고문운동의 영향으로 산문체의 글쓰기가 도입되었다. 이것이 남송 엄우(嚴羽)가 비판한 '이문위시(以文爲詩)'인데, 송시의 대표적 특징으로서 단순히 형식뿐 아니라 내용적 변화가 개재된 시의 서술 방식이다. 산문 정신의 강화로 인해 시의 생명인 서정성과 음악성은 약화되고, 대신 산문성과 서술성이 강화되면서, 형식면에서는 고시가, 그리고 내용면에서는 교유시가 유행했다. 이렇게 하여 중국시는 점차 음송(吟誦)적 단계에서 이야기체의 설시(說詩)적 단계로 중심을 옮겨 갔다.

(3) 학시(學詩)와 논시(論詩) 전통의 형성

송대 시학의 주안점 중 특기할 부분은 학습을 통한 시적 수준의 제고를 강조하였다는 점이다. 이에는 먼저 송대 시학의 영향 요인으로서, 문치주의와 과거제의 정비가 작용하였을 것이다. 특히 대표성을 지니는 시인들은 모두 독서와 학습을 중시하였다. 그 전형이 황정견이다. 이들이 독서를 강조한 이유는 그들 시학의 주안점인 시어의 활용 등 시법적 성취를 위해서는 전인(前人)들에 대한 학습이 필수적이기 때문이다.

실상 소식, 황정견 등 소문사학사(蘇門四學士) 및 황정견을 추종한 강서시파(江西詩派)의 시론은 상당 부분 유사성을 보이는데, 전고(典故)와 용사(用事)의 다용, 시의와 시어의 변용론인 '이고위신(以故爲新), 이속위아(以俗爲雅)' 및 점철성금(點鐵成金)의 이론 등은 모두 정박한 독서 없이는 불가능하다. 이들은 두보의 "만 권을 독파하니, 글을 씀에 마치 신이 내린 것 같다[讀書破萬卷, 下筆如有神]"는 경지를 지향하며, 독서와 시학적 학습을 통해 자기 시에서 새로운 의경을 재창출해 내려고 노력하기도 하였다. 이 같은 독서 중시의 관념은 송대 시인이 갖추어야 할 기본 요건이었다. 송시가 당시에 비해 읽기 어려운 것은 소식·황정견을 필두로 많은 시인들이 박학한 학문에 근거한 어려운 전고(典故)를 다용(多用)한 까닭이다.

학문과 전통의 강조를 통해 시대를 이끌어 나간 송대의 문인들은 새로운 글쓰기 운동인 시문혁신운동을 전개하였다. 이는 당대 고문운동의 연장선상에 있는데, 구양수를 필두로 왕안석, 소식 등이 주류를 이루었다. 이러한 질박한 산문 쓰기 방식은 시 창작에도 영향을 미쳐 엄우가 비평한 '이문위시(以文爲詩)'의 경향을 보이며 시의 산문화가 진행되었다.

한편 학문의 중시와 관련하여 볼 때 송대 시학의 특기 사항은 시화(詩話)의 본격적 출현이다. 이전에도 문론(文論)적 성격의 글이 간혹 없지 않았으나, 구양수의 《육일시화(六一詩話)》부터 '시화(詩話)'라는 이름의 시 비평이 본격적으로 행해지기 시작했다. 이러한 의식적인 문학 비평

행위의 정착은 학시(學詩)에서 논시(論詩)로의 발전을 의미하는데, 송대 시학을 기점으로 중국시학은 창작과 비평의 양면성을 지니며 발전해 나갔다.

시화(詩話)의 흥성 원인은 여러 가지이나, 사회 문화적으로 본다면 다음 세 가지를 생각할 수 있다. 첫째, 송대 문인의 '이시위교(以詩爲交)'의 풍조와 관계가 있을 것이다. 송대에는 군체적(群體的) 성격의 시사(詩社)가 많이 조직되었는데 서곤파, 강서시파, 강호시파, 영가사령 등이 그렇다. 이들 간에는 수증시, 교유시, 화답시, 차운시를 쓰며 상호간의 시학적 연마를 하였는데, 특히 당시에서는 개인적 정경을 읊거나 서정을 노래한 작품이 많은 데 반해, 송시에 제시(題詩)와 차운시(次韻詩)가 많은 점은 사회문화적 창작 동기 면의 특징이라고 할 수 있다.

둘째, 학시(學詩)의 풍조와 관계가 있다. 독서와 학문을 중시한 학시 풍조에 대해서는 이미 서술한 것과 같이 황정견이 그 대표적 인물이다. 유극장은 ≪후촌시화(後村詩話)·강서시파소서(江西詩派小序)≫에서 "황정견이 뒤이어 나타나 백가(百家) 구율(句律)의 장점을 다 모으고, 역대 체제의 변화를 다 따졌다. 기서(奇書)를 섭렵하고 이문(異聞)을 다 파헤쳐, 고시와 율시를 지어 스스로 일가를 이루었다. 비록 일자반구라도 생각 없이 쓰지 않아, 드디어 본조 시가(詩家)의 종조(宗祖)가 되었다. 분명 그를 선학 중의 달마(達摩)에 비길 만하다"라고 평가했는데, 이는 학문을 통해 시적 성취에 이른 한 경우이다. 하지만 강서시파의 경우 학시(學詩)의 단점이 드러나기도 하였다.

셋째, 시화의 흥성은 송대 사상의 의론화 경향과 관계가 있다. 엄우는 송시의 불량한 경향으로서 앞서 든 산문화 경향 외에 의론화를 들었는데, 시의 형상적 감성미를 없애버린다고 지적하였다. 하지만 이러한 의론화는 오히려 학시 및 논시 풍조와 결부되어 시가 비평의 새 장르를 본격 탄생케 하는 작용을 한 점에서, 창작에는 부정적이지만 비평에는 긍정적이었다고 볼 수 있다. 이 외에도 시·화·선(詩·畫·禪) 간의 상호 차감(借鑑) 역시 학습을 통해 이루어진다는 점에서 학시(學詩)와 무관하지 않으나, 다음 절의 주안점에 더 근접하므로 자리를 옮긴다.

(4) 송대적 사변(思辨) 형상의 추구

중국미학사에서 중요한 논제는 감성 인식 세계의 확장 문제이다. 공자 이래의 현실적이며 규범론적 시학 이론에 대한 반면(反面) 사유(思惟)는 노장(老莊)과 선학(禪學)으로부터 발아하여, 화론(畵論)에서 꽃을 피웠으며, 다시금 시학으로 피드백 되었다고 할 수 있다. 이상의 제반 문화 요소들은 모두 하나의 공통점이 있는데, 그것은 제1의적 문자의 한계에 대한 인식이다. 어찌할 수 없어 문자를 사용할지라도 표면에 드러난 말이 아닌, 이면에 개재된 의상(意象)을 헤아려 잡아내야 한다는 관념이다. 이는 직각(直覺) 관조와 대립·보완의 사유를 특징으로 하는 중국문화 사유 구조의 한 전형이기도 하다. 이런 유사성으로 인해 사경(寫景)에서 사의(寫意)로 이행된 송대의 선학과 화론은 시학과 상호 이론적 차감(借鑑) 관계에 있었다.

불교는 중국 전래 과정에서 선종(禪宗)으로 토착화했으며, 송대에는 구양수를 비롯한 많은 사대부들이 선승과 왕래했다. 선종이 중국 문화 사유에 끼친 가장 중요한 영향은 내향적 관조를 통한 자기 성찰이라고 할 수 있는데, 노장과 현학의 반문명주의적이며 자연회귀적인 주장과 보조를 같이하며 발전해 왔다. 더욱이 송대 신유학이 주창한 '존천리(存天理), 멸인욕(滅人欲)'의 자아성찰론에 힘입어, 선학(禪學)은 세속에 다가가 중국 사대부의 일반적 교양으로서 자리하게 되었다.

이렇게 내향적 관조를 중시하는 독서인의 교양으로 자리잡은 선학은 시학에도 일정한 영향을 미쳤는데, 그것은 비이성적 직각 체험, 순간적 돈오(頓悟), 이심전심(以心傳心)과 불립문자(不立文字), 함축적·임기적(臨機的) 활참(活參)을 특징으로 하는 점에서 형상적 함축과 운율을 생명으로 하는 시학과 유사하다. 따라서 송대의 많은 시인은 "시를 배우기를 선(禪)

을 하듯이 하라[學詩如參禪]"고 주장했다. 이는 영감 및 직각(直覺) 인식과 연상에 대한 각성의 또 다른 표현이다. 특히 소식과 황정견은 선승(禪僧)들과 교유하여 선학에 대한 소양도 매우 깊었다. 이들은 교유를 통해 문예 방면에서 사변적 형상미를 추구할 단서를 얻을 수 있었을 것이다.

선리(禪理)를 시학에 처음 응용한 것은 당말 교연(皎然)의 ≪시식(詩式)≫과 사공도(司空圖)의 ≪이십사시품(二十四詩品)≫인데, 함의성이 풍부한 풍격 용어를 선리와 연결하여 해설했다는 점에서 의미가 있다. 사공도는 '함축'이란 풍격 용어의 풀이에서 "한 글자를 쓰지 않아도 진정한 의미를 다 전달한다"고 했으며, 남송 엄우는 ≪창랑시화(滄浪詩話)≫에서 "시도(詩道)와 선도(禪道)는 모두 묘오(妙悟)에 관건이 있다"고 하며, "자취 없는 가운데 무궁한 뜻을 머금어야 좋은 작품"이라고 했다. 소식·황정견의 이론을 계승한 강서시파 시인들은 '오입(悟入)'과 '운미(韻味)'를 주장하고, '활법(活法)'과 '포참(飽參)'을 말하며 시의 형상미를 강조했다. 이렇게 사변적 형상론은 의경론으로 발전하여 중국시학에서 확고한 지위를 점했다.

시학과 선학(禪學)의 근접 관계 외에, 그림과 시의 관계도 밀접하여 송대의 화론과 시론은 상호 작용 관계에 있었다. 북송의 유명한 화가 곽희(郭熙)는 ≪임천고치(林泉高致)·화의(畵意)≫에서 "옛 사람이 '시는 형태 없는 그림이고, 그림은 형태 있는 시이다'라고 했는데······ 나도 이 말을 귀감하고 있다"고 했다. 사실 중국의 그림은 대상의 단순한 재현(再現)을 목적으로 하지 않는다. 이는 심재(心齋)와 좌망(坐忘)의 미적 관조 중에서 사물의 표상 뒤에 숨어 있는 본질로 표현해 들어가는 일이며, '포정해우(庖丁解牛)'와 같이 단순한 기(技)가 아닌 도(道)를 추구하는 것이다. 그러므로 형상 추구의 중국 화론은 장자를 그 출발점으로 볼 수 있으며, 나아가서는 선학과 맥을 같이하게 된다.

송대의 산수화조화(山水花鳥畵)와 인물화는 모두 새로운 성과를 보여주었다. 전문 화가가 많았을 뿐 아니라 적지 않은 문인들 역시 회화를 좋아하여 겸하여 그림을 그렸다. 특히 소식은 문인화(文人畵)를 창시하여 단순한 사경(寫景)이 아니라 인격적 심미를 표현해 내고자 했다. 이에 따라 그림 그리는 사람 역시 화공(畵工)이 아닌 예술가로 승격되었다. 또한 제화시(題畵詩) 역시 송시에 새로운 영역을 열어 주었다. 이렇게 사변 철학의 숙성과 함께 회화의 발달은 송시 의경미(意境美)의 창조에도 큰 영향을 주었다. 적지 않은 절구(絶句) 소시들은 화의(畵意)가 농후하며 의경이 매우 아름다운데, 이들은 시이자 그림으로서 시정(詩情)과 화의(畵意)가 충만해 있다. 소식이 왕유(王維)에 대해 평한 '시중유화(詩中有畵), 화중유시(畵中有詩)'는 이러한 심미 가치의 표현이었다.

이렇게 회화의 위상이 달라짐과 동시에 시로의 차감이 이루진 것은 송대 문인들이 시와 회화와 선학의 공통 성분을 발견했기 때문이다. 구양수를 필두로 한 문인들은 당시 유행하던 산수화를 감상하여 독특한 느낌을 표출했는데, 이것은 화론에 적지 않은 영향을 주었다. 구양수는 논화시(論畵詩)에서 그의 예술론을 다음과 같이 피력했다.

┃盤車圖┃ 반차도

古畵畵意不畵形	옛 화가가 정신을 그리고 형체를 그리지는 않았듯이
梅詩詠物無隱情	매요신의 시는 사물을 읊음에 정신을 잘 드러냈다.
忘形得意知者寡	형체를 잊고 정신을 얻어야 함을 아는 자 드무니
不如見詩如見畵	그림보다 시를 보는 것이 차라리 나을 것이다.

매요신은 "반드시 표현하기 어려운 경물을 눈앞에서 보듯이 묘사하고, 다함이 없는 뜻이 표현 밖으로 드러나도록 해야만 시가 훌륭하게 된다"라고 했는데, 이 역시 시·화 상통론의 관점에서 나온 견해이다. 또한 곽희는 "그림은 전체적인 대상을 보는 것이지, 하나 하나의 형상을 그리는 것이 아니다"라고 했는데, 이렇게 송대 화론과 시론의 상호적 차감을 통해 송대 문인들은 단순한 사경보다는 사의에 비중을 두었다. 송시는 시적 제재에 대한 자기화된 표현을 형상적으로 나타내며 그림과

유사한 과정을 거친다. 본질을 체득하려는 관찰의 중시나, 구법(句法) 및 장법(章法)론 역시 소식과 황정견 등에 의해 채용되었는데, 무엇보다도 화론의 시론으로의 전면적 차감에 힘썼던 사람은 문인화를 창시하기도 한 소식이다. 그의 '수물부형(隨物賦形)', '흉중성죽(胸中成竹)'론을 비롯한 많은 이론은 화론의 시학으로의 차감이다.

결국 송대에 와서 시화선(詩畵禪)이 상호 조응하게 된 데에는, 시와 선과 수묵화가 모두 '언진이의부진(言盡而意不盡)'의 생략과 함축, 재현이 아닌 표현, 그리고 마치 주역(周易)과 같이 언어가 아닌 또 다른 의미의 기호 체계로 인식되면서, 문인들이 그 공유성에 대해 상호 차감적(借鑑的)으로 인식할 수 있게 된 문화적 성숙에서 기인한다.

이상과 같은 다양한 요인과 양상으로 송대의 시학은 당대와는 다른 형이상학적 사변(思辨) 형상(形象)의 구현이라는 특색을 보이며 전개되었다. 매요신의 평담론이나 소식의 중변론(中邊論)은 모두 그 예술적 구현에 관한 이론이다. 송시는 당대(唐代)의 청년적 기상과는 다른 원숙하고 노경(老境)한 풍격을 지니며, 생동하는 백화의 통속 문예와는 다른 문인적 아취(雅趣)를 드러냈다. 이러한 외적 수경(瘦硬)과 내적 풍부는 송대 시인의 사변 심미의 전형으로 자리잡아갔으며 송대의 중심부 시인들에서 그 화려한 꽃을 피웠고, 남송대 시인들의 시학적 전범이 되었다.

어떻게 보면 송시의 역사는 당시를 비판적으로 학습하면서 당시와 송시를 비교 검토한 역사라고 할 수 있을 것이다. 풍격적으로 송시는 관념론적 사변 철학에 힘입어 평담(平淡) 노경(老境)한 의경미를 드러낸다. 북송이 당시 학습을 통한 개성의 수립기라고 한다면, 남송은 북송시의 학습과 자립기라고 할 수 있다. 특히 남송 후기에는 북송과 다르게 사대부 문인에 국한하지 않고 평민 시인들이 대거 시사(詩社)적 형태로 활동한 점에서 비록 아직은 소수의 권역이긴 하지만 대아지당(大雅之堂)으로부터 아속공상(雅俗共賞)을 향한 진일보의 모습을 보여주고 있다.

이제 중국시사 중에서 차지하는 송대 시학의 위상과 의미를 간략히 단계화 함으로써 중국문학사에서 송대가 지니는 역사적 의미를 되새겨 보도록 한다. 시의 심미적 단계로 말하자면, 중국시는 공자 이래 수기치인(修己治人)의 '인격(人格) 심미' 단계에서, 위진 현학(玄學)의 자연 추구적인 '자연(自然) 심미'의 단계로, 그리고 다시 당대의 정태적(靜態的) 회화(繪畫) 위주의 '서정(抒情) 심미' 단계로 나아간 뒤, 앞서 말한 것과 같은 송대의 '사변(思辨) 심미' 단계로 전이(轉移)하였다고 요약할 수 있다.

다음으로 시와 음악의 관계에서 보자면, 선진 양한의 음악과의 불가분의 '가시적(歌詩的) 단계'에서, 육조 당대의 음송되는 '송시적(誦詩的)[음시적(吟詩的)] 단계'로, 그리고 송대에는 고시 위주의 수필적 교유시인 '설시적(說詩的) 단계'로 이행해 나갔다고 할 수 있다.

중국문학사 전체의 관점에서 보자면, 송대 이후 중국 고전시는 그 운용의 폐쇄성과 장르 자체의 한계적 속성으로 인하여, 대중에게 가까이 다가가지는 못했다. 대신 비평 방면에서는 시학 이론의 전문화를 꾀하며 오히려 문인들의 심미적 품평(品評) 욕구를 만족시켜주며 시 비평이라는 새로운 발전을 시작하였다. 이렇게 볼 때 근세에 이르기까지 중국 고전시는 비록 상층 문인들 간에는 '대아지당(大雅之堂)'의 지위를 놓치지 않았으나, 대중들과 함께 하는 '아속공상(雅俗共賞)'의 경지에 이르지는 못하고, 사회·경제·문화적 변화와 함께 백화 중심의 통속 문예 장르에 발전사적 주도권을 내주며 상대적 정체의 길을 걸었다. 그리고 송대는 그 확고한 분기였다고 할 수 있다.

끝으로 본서의 성서(成書) 과정을 간략히 밝혀둔다. 1994년부터 송용준, 이치수, 오태석 세 사람은 전공 분야인 송시의 역사를 우리의 힘으로 정리하는 일이 학문의 자립과 발전을 위해 필요하다고 생각하였다. 공부 분야에 따라 일단 앞의 북송 초·중기시는 송용준이, 중간의 북송 후기와 남송 초기시는 오태석이, 그리고 뒤의 남송 중·후기시는 이치수가 맡아 개별 논문으로 발표하여, 향후의 완성된 작업에 대비할 것을 약속하였다. 그 후 세 사람은 일년에 한두 번씩 모여 의견 교환과 상호 조율에 힘써 왔으며, 2001년에는 한국학술진흥재단의 협동연구 과제(<중국 고전시의 지평적 모색 – 송대 지성과 그 시적 구현>)로 선정되어 본격적인 집필에 들어가 오늘에 이르렀다.

≪송시사(宋詩史)≫라는 이름으로 내는 이 책은 3인 저자의 송시 연구의 결실이기도 하다. 공동작업을 위해 나름의 노력을 기울였으나 여러 가지로 부족한 점이 많을 것으로 생각된다. 다만 우리의 힘으로 내는 단대 시사(詩史)라는 의의가 없지 않을 것으로 여겨 두려움을 무릅쓰고 한 권의 책으로 펴낸다. 독자 여러분의 많은 가르침을 바라며, 향후 더욱 알찬 전문서 출현의 밑거름이 될 수 있기를 바라마지 않는다. 아울러 본 연구가 결실을 맺을 수 있도록 지원해 준 한국학술진흥재단과 이 책의 출판을 맡아 준 역락출판사에 이 자리를 빌어 깊이 감사드린다.

2004. 2. 6.

저자 일동

차 례

|제4장| 남송 초기시

제1장 북송 초기시

제1장 북송 초기시

1 개 설

　북송 초기시는 송 왕조가 시작된 태조(太祖) 원년(960)부터 제 3대 황제 진종(眞宗) 말년(1021)까지의 60여 년간을 말한다. 이 때의 시단(詩壇)을 전체적으로 조망해보면 가장 먼저 백체시(白體詩)가 태조·태종조(太宗朝)(960-997)에 유행하였고, 태종 후기부터 진종 시기 사이에 만당체시(晩唐體詩)가 유행하였으며,1) 진종 경덕(景德) 연간(1004-1007)에 서곤체시(西崑體詩)가 흥기하여 그 위세가 인종조(仁宗朝)까지 이르렀다. 이 세 시파 중에서 시기적으로 가장 이른 백체시는 주로 백거이(白居易)의 평이하고 밋밋한 창화시풍(唱和詩風)을 본받은 것인데, 그 성행은 당시 송 왕조의 정책과 깊은 연관을 맺고 있었다.

　송의 태조 조광윤(趙匡胤)은 건국 이후 통일 왕조로서의 기틀을 다지기 위하여 강력한 숭문억무(崇文抑武) 정책을 실시하였고, 그 일환으로 문신들이 시가를 통해 태평성대를 장식해주길 바랐다. 이에 태조는 근신(近臣)에게 "오대의 전란시기에도 시인이 있었거늘 이제 태평을 누린 지 오래되었는데 어찌 시인이 없겠는가?"2)라고 말하여 관료들의 작시활동을 독려하였고, 태종도 직접 시가 창작에 힘써 기회 있을 때마다 자신이 지은 시를 보여주며 대신들이 창화하도록 하였다. 이러한 상황은 ≪송사(宋史)·문원전서(文苑傳序)≫에 잘 나타나 있다.

　　예조(藝祖)가 혁명을 일으킨 뒤 먼저 문관을 등용하고 무신의 권력을 빼앗았다. 송나라가 문(文)을 숭상한 근본이 여기에 있다. 태종·진종은 그들

---

1) 北宋 初期의 詩壇에 晩唐體詩가 존재했을지의 여부와 이 경우 晩唐의 含意에 대해서는 회의적인 시각도 있다. 黃奕珍, ≪宋代詩學中的晩唐觀≫, 31쪽 참고.
2) ≪古今詩話≫, "五代干戈之際, 猶有詩人, 今太平日久, 豈無之也?"

이 번왕(藩王)의 위치에 있을 때부터 이미 호학(好學)의 명성이 있었으며, 즉위한 뒤에는 시문의 운용 능력이 날로 향상되었다. 이로부터 자손들이 이를 계승하여 군주가 된 사람은 학문에 힘쓰지 않는 자가 없었고, 신하된 사람은 재상으로부터 지방 관리에 이르기까지 과거시험을 통해 등용되지 않은 자가 없었다. 나라 안의 뛰어난 문사들이 이렇게 해서 배출되었다.3)

이에 따라 관리들에게 있어서 창화는 중요한 교제 수단이 되었고, 이를 통해 자신의 벼슬길이 트이도록 할 수도 있었기 때문에 그들은 창화를 지식인이 반드시 갖추어야 할 재능으로 간주하고 그 연마에 힘썼다. 그 결과 당대(唐代)에 다량의 창화시를 제작했던 백거이의 원화체(元和體)가 학습의 모범이 되었고,4) 창화시풍의 광범한 유행은 궁정과 관가뿐만 아니라 민간에도 그 세력이 미쳐서 시의 수증(酬贈)과 창화(唱和)가 당시 시가창작 중의 한 중요한 내용이자 특징이 되었다. 이러한 현상에 대해 엄우(嚴羽)는 다음과 같이 비판하였다.

화운(和韻)하여 시를 짓는 것이 사람의 시를 가장 많이 해친다. 옛 사람들은 시를 주고받음에 차운(次韻)을 하지는 않았었는데, 원진(元稹)·백거이(白居易)·피일휴(皮日休)와 육구몽(陸龜蒙)에 이르러 이러한 기풍이 성행하기 시작하였다. 그리하여 본조(本朝)의 시인들은 그것으로 기교를 다투어 마침내 서로 주고받는 시의 십중팔구가 화운한 것이 되고 말았다.5)

---

3) "藝祖革命, 首用文吏而奪武臣之權. 宋之尙文, 端本乎此. 太宗·眞宗, 其在藩邸, 已有好學之名; 及其卽位, 彌文日增. 自時厥後, 子孫相承, 上之爲人君者, 無不典學; 下之爲人臣者, 自宰相以至令錄, 無不擢科. 海內文士彬彬輩出焉."
4) 송초 시인이 백거이체를 배운 것은 그의 聲律이 높은 것을 구하지 않고 문자의 기이함에 힘쓰지 않는 평이한 특징을 계승했을 뿐만 아니라 동시에 元·白 諸人의 次韻唱酬하는 습성을 본받은 것이다. 陳寅恪도 ≪元白詩箋證稿≫에서 당시 서로 본받으려고 했던 이른바 元和體는 <新樂府>·<秦中吟>이 아니라 通俗流暢하고 음운이 優美한 "次韻하며 주고받은 長篇排律"과 "자연 경치 속에서 술잔을 주고받는 자질구레한 작품들"이었음을 지적하였다.
5) ≪滄浪詩話·詩評≫, "和韻最害人詩. 古人酬唱不次韻, 此風始盛于元·白·皮·陸. 本朝諸賢, 乃以此而鬪工, 遂至往復有八·九和者."

　엄우의 이 말은 송초에 창화시가 얼마나 성행했는가를 짐작케 해주는 동시에 당시 백체시의 경향과 한계를 지적한 것이기도 하다.

　당시 백체 말류의 평이하고 천속한 시풍에 불만을 품은 일단의 시인들은 정교한 구상과 자구(字句)의 단련에 뚜렷한 성취를 보여주었던 만당(晚唐)의 시에서 돌파구를 찾아 백체 말류의 시를 대체하였다. 이와 같은 관점에서 볼 때 만당체시가 백체시를 대신하여 흥기한 것은 시대의 새로운 요구에 부응하여 시가예술의 형식미를 중시한 것이지만 이것은 새로운 시풍의 모색이라기보다는 종전에 성행했던 만당시에로의 복귀라고 하겠다.

　만당의 시단을 세분해보면 피일휴(皮日休)·두순학(杜荀鶴)·육구몽(陸龜蒙) 등을 대표로 하는 사실시풍(寫實詩風)과 온정균(溫庭筠)·이상은(李商隱)·한악(韓偓) 등을 대표로 하는 염정시풍(艶情詩風)과 가도(賈島)·요합(姚合)을 종주로 하는 청고시풍(淸苦詩風) 등으로 나눌 수 있는데,6) 이 중에서 만당체 시인들이 본받은 것은 가도·요합을 종주로 하는 청고시풍이었다. 만당의 정치적 불안정은 사회를 동요시켰고, 그 결과 당시의 문인들은 전대(前代)와 달리 관계로의 진출을 꺼리게 되었다. 만당 전기에 시인들은 전대의 기풍을 어느 정도 이어받아 조정에 대한 희망을 잃지 않고 참여의식을 지니고 있었지만 혹독한 현실 앞에서 실망과 좌절을 맛보아야 했다. 만당 후기에 이르러서는 조정에 대한 시인들의 태도가 더욱 소극적이 되어 어두운 현실에 대한 그들의 불만이 냉담한 태도와 피세의 행위로 나타나 그들의 시가 창작도 대부분 개인생활이라는 협소한 범위로 축소되고 말았다. 당시의 이와 같은 사회적 여건과 환경이 만당 시인들로 하여금 가도 시의 청고한 풍격과 협소한 경계를 선호하게

---

6) 唐詩의 分期는 매우 복잡한 문제이다. 오늘날 일반적으로 채택하고 있는 初·盛·中·晚唐의 4분법에 따르면 賈島·姚合 등은 中唐에 귀속되어야 할 것이지만 여기서는 宋人이 宋初詩派를 논한 舊說에 의거하여 唐詩를 크게 初·盛·晚唐의 3期로 나누고 中唐을 晚唐에 포함시켰다(程千帆·吳新雷, ≪兩宋文學史≫, 11쪽 주1)에서 재인용).

하여 결과적으로 만당·오대 및 송초 인의 눈에는 가도의 시가 만당시를 대표하는 것이 되고 말았다. 이에 대해 채거후(蔡居厚)는 ≪채관부시화(蔡寬夫詩話)≫에서 "당말·오대에 시명(詩名)을 자부한 세간의 속인들 중에는 함부로 격법(格法) 세우기를 좋아하는 자들이 많았다. …… 대개 모두 가도 등을 종주로 삼아 가도격이라고 일컬었는데 특히 이백(李白)과 두보(杜甫)에게서도 적지 않게 빌려왔다"[7]고 하였고, 엄우(嚴羽)도 ≪창랑시화(滄浪詩話)≫에서 "근세의 조사수(趙師秀)와 옹권(翁卷) 등이 유독 가도·요합의 시를 좋아하여 점차 다시금 청고의 기풍으로 나아가니 재야 시인들이 상당수 그들의 체를 본받아 한때 스스로 당종(唐宗)이라 일렀다"[8]라고 하여 송말의 조사수·옹권 등이 가도와 요합을 당종으로 인식하였음을 밝혔다.

이와 같이 송초에 백체시를 대신하여 만당시를 학습한 사람들은 가도와 요합의 시풍을 본받아 만당체 시파를 이루었는데 그 대표적인 작가로는 반랑(潘閬)·위야(魏野)·임포(林逋)·구승(九僧)과 구준(寇準) 등을 들 수 있다. 이들은 오언율시를 즐겨 짓고 전고를 사용하지 않으면서 간결하고 산뜻한 표현과 정밀한 구상에 힘써 백체 말류의 천속하고 평이한 시풍을 바로잡는 데 어느 정도 성과를 거둘 수 있었다. 사실상 그들에게는 사람의 마음에 스며드는 가구(佳句)가 적지 않고 대장(對仗)의 사용에도 뛰어난 솜씨를 발휘하였다. 그러나 그들은 대체로 생활상의 경험이 풍부하지 않고 의경이 협소하여 작은 기교로 경물을 묘사하거나 맑고 그윽한 개인의 성정을 서술하는 데 주력했기 때문에 표현범위가 협소하고 변화가 다채롭지 못하다는 비난을 감수할 수밖에 없었다. 그 결과 만당체시는 이상은의 작법을 본받아 풍부하고 아름다운 사조(詞藻)와 화려한 조직을

---

7) 郭紹虞, ≪宋詩話輯佚≫ 卷下, '晚唐詩格'條, "唐末五代, 流俗以詩自名者, 多好妄立格法. …… 大抵皆宗賈島輩, 謂之賈島格, 而于李·杜特不少假借."

8) ≪滄浪詩話·詩辨≫, "近世趙紫芝·翁靈舒輩, 獨喜賈島·姚合之詩, 稍稍復就淸苦之風, 江湖詩人多效其體, 一時自謂之唐宗."

특징으로 하는 서곤체시의 발흥 후에는 그 기세가 꺾이고 말았다.

이와 같은 상황에서 등장한 서곤체시는 송초의 창화 시풍을 계승했으면서도 백체 말류의 지속에 제동을 거는 한편 동시기의 만당체 시풍에 대해서도 의도적인 변혁을 꾀하였다. 청대(淸代) 하상(賀裳)은 만당체시와 서곤체시의 관계에 대해 "내가 보건대 그와 같은 구법은9) 구성이 가볍고 의미가 밋밋하다. 이는 파초 적삼·칡 신발과 같아서 더위를 막을 수는 있겠지만 추울 때는 쓸모가 없다. 그 후에 양억·유균의 시풍으로 변한 것은 마치 절간과 외로운 마을에 오래 살다 보면 화려한 저택을 선망하게 되는 것과 같아서 그 추세를 피할 수 없는 것이다"10)라고 하여 그 당시 심미 취향의 추세에 부응하지 못한 만당체시를 대신해서 서곤체시가 흥기했음을 설명하였고, 갈립방(葛立方)도 ≪운어양추(韻語陽秋)≫에서 "함평(咸平)·경덕(景德)(진종 연호, 998-1007) 중에 전유연과 유균이 먼저 시격(詩格)을 변화시켰고, 양억은 왕정(王鼎)·왕작(王綽)과 더불어 강동삼호(江東三虎)라고 불렸는데 시격이 전유연·유균과 같아서 서곤체라고 하였다. 대체로 이상은의 작법을 본받아 사조(詞藻)가 풍부하고 아름다우며 메마르고 수척한 말은 짓지 않았다"11)라고 하여 서곤체시가 만당체시와는 다른 길을 갔음을 분명히 하였다.

서곤체시의 형성은 ≪서곤수창집(西崑酬唱集)≫을 그 근간으로 하는 만큼 송초의 백체 시풍과 만당체 시풍을 계승하여 이를 발전시킨 면이 있고, 작품의 제재 내용에 있어서도 백체시를 이어받은 흔적을 살펴볼 수 있긴 하지만 시대정신의 새로운 요구와 문인 심미 취미의 변화라는

---

9) 이는 潘閬의 <渭上秋夕閑望>시, "殘陽初過雨, 何樹不鳴蟬"(석양 속에 비가 갓 지나 가니, 어느 나무들 매미가 울지 않으랴?)와 <落葉>시, "幾番經夜雨, 一半是秋風"(몇 번의 밤비 때문이기도 하고, 태반은 가을바람 탓이리라)의 구법을 가리킨 것이다.

10) ≪載酒園詩話≫, "余觀此種句法, 體輕意淺, 亦猶蕉衫葛履, 可以御暑, 而非履霜具也. 後乃一變爲楊劉, 正如久處蕭寺孤村, 又羨玉樓金屋, 勢必然也."

11) ≪운어양추≫ 권2, "咸平·景德中, 錢惟演·劉筠首變詩格, 而楊文公與王鼎·王綽號 江東三虎, 詩格與錢·劉亦絶相類, 謂之西崑體. 大率效李義山之爲, 豊富藻麗, 不作枯 瘠語."

배경 하에서 서곤체 창화시의 표현 형식과 예술 풍격은 백체시·만당체시와 전혀 다른 길을 걷게 되었다. 방회가 ≪영규율수(瀛奎律髓)≫에서 "화려한 조직으로 만당체시와 백체시를 변화시키고 이상은을 본받은 것은 양억과 유균으로부터 시작되었다"[12]라고 지적한 것처럼 서곤체시의 출현은 송시 발전사에 있어서 눈여겨보아야 할 중요한 단계로서 송초의 백체·만당체시에 대한 계승이자 변혁이었다.

그러나 서곤체시는 이상은 시의 외형을 갖추긴 했지만 세련된 언어와 적절한 전고 속에 감추어져 있는 진실감은 결핍되어 보이는 경우가 많아 결국 그것이 서곤체시의 한계가 되고 말았다. 서곤체 시인들은 하루 종일 비각(秘閣)에서 서적과 씨름하다보니 서적을 통한 지식과 수양이 높아 ≪사고전서총목제요(四庫全書總目提要)≫에서 "이상은을 본받아 자구가 아름답고 화려하며 기상이 결핍되어 있지 않다"[13], "세련되고 생동적인 곳은 끝내 마멸되지 않을 것이다"[14]라고 평가하였듯이 송초 백체시와 만당체시의 한계를 극복하고 당시 시단의 혁신을 꾀하여 어느 정도 성취를 거둔 것이 사실이지만, 한편 앞에서 지적한 것과 같은 한계 때문에 구양수 등에 의한 혁신을 다시금 맞이해야 했다.

2 | 백체시(白體詩)

백체시의 중심인물로는 이방(李昉)·서현(徐鉉)·서개(徐鍇)·왕기(王

---

12) ≪영규율수≫ 권3, "組織華麗, 蓋一變晩唐詩體·香山詩體而效李義山, 自楊文公·劉子儀始."
13) "宗法李商隱, 詞取姸華, 而不乏氣象."
14) "鍛煉新警之處終不可磨滅."

奇)·왕우칭(王禹偁)의 다섯 사람을 꼽을 수 있다. 이 가운데 서개와 왕기 두 사람의 시집은 이미 실전(失傳)되었고, 이방에게는 문집 50권이 있었지만 전해지지 않고 오직 이지(李至)와 증답(贈答)한 시를 모아놓은 ≪이이창화집(二李唱和集)≫에 그가 쓴 서가 남아있는 정도이다. 서현과 왕우칭은 현재 그들의 문집이 전해지고 있어서 그 면모를 비교적 분명히 알 수 있다. 따라서 여기서는 서현의 시, 이방과 이지의 증답시와 왕우칭의 시를 중심으로 하여 백체시의 내용과 경향 및 변모과정을 살펴보고 그 한계를 지적해보고자 한다.

(1) 서현(徐鉉)·이방(李昉)·이지(李至)

백체시 초기의 중요 작가로는 우선 서현(917-992)을 꼽을 수 있다. 그는 처음에 오(吳)나라에 출사하여 교서랑(校書郎)을 지냈고, 남당(南唐)에 출사해서는 관직이 이부상서(吏部尙書)에까지 올랐었는데, 남당이 멸망하자 남당의 후주(後主) 이욱(李煜)을 따라 송에 귀순하여 태자의 율경령(率更令)을 거쳐 산기상시(散騎常侍)가 되었다.

지금 전해지는 서현의 시집으로는 ≪기성집(騎省集)≫ 30권이 있는데, 그 가운데 시의 제목으로 '송(送)'과 '화(和)', '의운(依韻)', '기증(寄贈)' 등을 쓴 것이 3/4을 차지하고, 또 제목에는 나타내지 않았지만 내용을 살펴볼 때 창화시에 속하는 작품도 있어서 그의 시가 주로 송초 창화시풍의 유산임을 알 수 있다. 서현의 시에 대해 방회는 ≪영규율수(瀛奎律髓)≫에 그의 7언율시 <한식성판관수방(寒食成判官垂訪)> 1수를 선록하고는 "그의 시에는 백거이의 풍모가 있다"[15]고 논평하였고, 오지진(吳之振)은 ≪송시초(宋詩鈔)≫에서 "곱고 풍부하며 굳세고 아름다워 원화(元和)의 음률(音律)을 갖추었지만 혼탁과 섬약에 빠진 것은 없다"[16]고 평하였으며, 풍연사

---

15) ≪송시초≫ 권16, "詩有白樂天之風."

(馮延巳)는 "사람들이 시문을 지을 때는 모두 기묘한 언어에 힘을 쏟으며, 그렇게 하지 않으면 볼만한 것이 없다고 생각하는데, 오직 서현만은 마음가는 대로 시를 지으면서도 정심한 경계에 이를 수 있었다"17)라고 평가하였다. 실제로 그의 시를 읽어보면 담백하고 유창한 필치 속에 주변의 경관과 시인의 감정을 깃들여놓은 작품이 적지 않다. 다음 시를 보자.

▎送王四十五歸東都 ▎
왕씨네 마흔 다섯째가 동도로 돌아가는 것을 전송하며

海內兵方起　　천하에 마침 전쟁이 일어나니
離筵淚易垂　　이별 자리에서 눈물이 쉽게 흘러내린다.
憐君負米去　　효도하러 떠나는 그대가 자랑스럽지만
惜此落花時　　지금 꽃 떨어지는 시절이라 아쉽다.
想憶看來信　　그리워지면 편지를 보며
相寬指後期　　그것을 위안삼아 훗날을 기약하세.
殷勤手中柳　　깊은 정 담아 버들을 꺾어 드리니
此是向南枝　　이것은 남쪽으로 난 가지라오.

서현은 남당에서 벼슬살이 할 때 한 세도가의 미움을 사 "상부의 승인을 거치지 않고 제멋대로 주살한다"는 죄명을 얻어 서주(舒州)로 좌천되었다. 그 후 요주(饒州)로 옮겨갔다가 오래지 않아 다시 서울로 소환되었는데, 이 시는 그가 서울로 소환된 후에 지은 것이다.18) 그는 소박하고 담담한 필치로 친구간의 정과 이별의 아쉬움을 써 내려가는 한편 권면과 위안을 담아놓고 있어서 잔잔한 감동을 주고 있다.

▎夢遊三首(其一) ▎ 꿈 속의 노님(제1수)

魂夢悠揚不奈何　　꿈 속의 혼 너울너울 어찌하지 못하고

---

16) <騎省集鈔序>, "冶衍遒麗, 具元和風律, 而無澳溢纖阿之習."
17) 吳之振, ≪宋詩鈔·騎省集鈔序≫에서 재인용. "凡人爲文, 皆事奇語, 不爾, 則不足觀, 唯徐公率意而成, 自造精極."
18) ≪宋詩鑑賞辭典≫, 上海辭書出版社, 1987, 1쪽 참고.

夜來還在故人家	밤이 다하도록 사랑하는 이의 집에 있구나.
香蒙蠟燭時時暗	향그런 촛불은 시시각각 어두워가고
戶映屛風故故斜	문에 비친 병풍은 자꾸만 기울어간다.
檀的慢調銀字管	어여쁜 아가씨는 천천히 은피리를 부는데
雲鬟低綴折枝花	둥근 쪽 머리 밑에는 꽃가지가 꽂혀 있다.
天明又作人間別	날이 밝으면 다시 속세로 떠나야 하니
洞口春深道路賖	선계(仙界)의 봄은 깊은데 길은 아득하기만 하다.

이 시는 작자가 꿈속에서 사랑하는 사람과 재회한 기쁨과 곧 닥쳐올 이별을 앞두고 안타까워하는 심정을 노래한 것이다. 표면적으로 남녀간의 애정을 다룬 일종의 염정시에 속하지만 표현이 소박하고 감정이 절제되어 있어 담백한 맛을 느끼게 해준다.

▌京口江際弄水▐ 경구강 가의 물놀이

退公求靜獨臨川	공무를 마치고 조용한 곳 찾아 홀로 냇가에 다다르니
揚子江南二月天	양자강 남쪽, 2월의 계절이구나.
百尺翠屛甘露閣	푸른 산에 둘러싸여 우뚝 솟은 감로사의 누각
數帆晴日海門船	맑게 갠 날 해문에 정박한 몇 척의 돛단배.
波澄瀨石寒如玉	맑은 여울 속의 바위는 옥처럼 차갑고
草接汀蘋綠似煙	초원에 이어진 물가의 마름은 연기처럼 푸르다.
安得乘槎更東去	어찌하면 뗏목 타고 다시 동쪽으로 가
十洲風外弄潺湲	십주에서 부는 바람 맞으며 잔잔한 물결을 즐길까?

이 시에서 작자는 경구강 주변의 경치를 사실적으로 묘사하면서 마지막 두 구에 신선의 세계로 가고 싶다는 자신의 소망을 담아놓아, 이역시 그의 담백하고 유창한 필치가 잘 드러나 있는 작품이라고 하겠다.

그는 실제로 시상이 떠오르면 망설임 없이 시를 써 내려갔다고 한다. 그 스스로도 작시 방법에 대해 "빨리 지으면 의미가 웅장하고 민첩하지만, 천천히 지으면 문체의 기세가 거칠고 축 쳐지게 된다"19)라고 말한 데서 알 수 있듯이 그의 시는 담백하고 유창한 가운데 단아한 맛을 느끼

게 해주지만 제재가 협소해 사상적 깊이가 없고 표현의 세련미가 부족
한 편이다.

또 한 사람의 저명한 백체 시인 이방(925-996)은 오대 후당(後唐)에서
태어나 후한(後漢)과 후주(後周)에서 벼슬살이를 하였고, 송조에 들어와서
는 문학으로 태조와 태종에게 신임을 받아 세 번이나 한림원(翰林院)에
들어갔고, 두 차례나 재상에 임명되었으며, ≪태평어람(太平御覽)≫·≪태
평광기(太平廣記)≫와 ≪문원영화(文苑英華)≫ 등의 책들을 주편하였다.

그의 시문에 대하여 ≪송사(宋史)≫ 본전(本傳)에서는 "문장은 백거이
를 본받아 더욱 평이하고 이해하기 쉬웠다"[20]라고 하였고, 오처후(吳處
厚)는 ≪청상잡기(靑箱雜記)≫에서 "이방의 시는 평이하면서도 적절한 표
현에 힘써서 백거이체를 본받은 것이다. 만년에는 참정(參政) 이지(李至)
공과 더불어 창화하는 벗이 되었는데 이공의 시격 역시 서로 비슷하였
으니, 지금 세상에 전해지는 ≪이이창화집(二李唱和集)≫이 그것이다"[21]
라고 하였으며, 왕우칭도 <사도상공만가(司徒相公挽歌)>에서 이방을 애
도하며 "알아야 하리 문집 속의 시들이, 모두 백거이의 시와 같은 것
을"[22]이라고 하였으니, 이를 통해 그가 백거이의 시를 배워 창화에 힘썼
음을 알 수 있다.

현존하는 ≪이이창화집≫에는 이방이 순화(淳化) 4년(993)에 쓴 서문
이 있는데, 그 서문에서 "예전에 백거이와 유우석에게는 ≪유백창화집
(劉白唱和集)≫이 있어서 나라 안에 널리 퍼져 불후의 성사가 되었다. 이
제 이 시집도 후일 사람들에게 전송되고 필사되지 않을지를 어찌 알겠
는가?"[23]라고 하여 그들 창화집의 성격이 관리사회의 응대와 소일이었

---

19) 晁公武, ≪郡齋讀書志≫(袁州本) 권4; ≪兩宋文學史≫ 4쪽에서 재인용. "速則意思壯
   敏, 緩則體勢疏慢."
20) "爲文章慕白居易, 尤淺近易曉."
21) ≪청상잡기≫ 권1, "昉詩務淺切, 效白樂天體. 晩年與參政李公至爲唱和友, 而李公詩
   格亦相類, 今世傳≪二李唱和集≫是也."
22) "須知文集裏, 全似白公詩."

음을 밝혀놓았다. 이제 그들의 창화시를 몇 수 살펴보자.

▮ 小園獨坐偶賦所懷寄秘閣侍郎(이방) ▮
작은 정원에 홀로 앉아 생각나는 대로 시를 지어 비각시랑에게 부쳐 보냄

烟光澹澹思悠悠	아지랑이 낀 경치 넘실거리니 생각이 한없이 이어져
朝退還家懶出游	퇴근해 귀가했어도 나들이할 마음 내키지 않는다.
靜坐最憐紅日永	고요히 앉아서 붉은 해를 마냥 즐기고 있으니
新晴更助小園幽	갓 갠 날씨는 작은 정원을 더욱 그윽하게 해준다.
砌苔點點青錢小	섬돌에 점점이 돋은 이끼는 작고 파란 동전 같고
窗竹森森綠玉稠	창문 앞 빽빽한 대나무 숲은 에메랄드빛을 띠고 있다.
賓友不來春已晚	빈객같이 귀한 벗은 오지 않고 봄은 이미 저물어가니
眼看辜負一年休	올해도 곧 헛되이 지나가겠구나.

이 시에 대해 이지는 다음과 같이 화답하였다.

▮ 奉和小園獨坐偶賦所懷 ▮ '소원독좌우부소회'시에 받들어 화답함

歌舞林亭不外求	숲속 정자에서의 가무를 밖에서 구하지 않고
朝回多著道衣游	조정에서 돌아와선 주로 도의 입고 노닌다.
薔薇點綴勾欄好	장미꽃으로 장식된 난간은 보기에 좋고
薜荔攀緣怪石幽	담쟁이덩굴 기어올라 괴석은 더욱 그윽하다.
泥浸落花紅片濕	이슬 머금은 낙화는 새빨간 꽃잎이 촉촉하고
鳥啼深樹綠陰稠	새 우짖는 깊은 숲속엔 녹음 더욱 짙어간다.
春風去便還經歲	봄바람이 가버리면 곧 또 한 해가 지나가니
莫負芳菲醉卽休	꽃향기 저버리지 마시게, 거기 취하면 그만 아닌가?

이번에는 이지가 선창하고 이방이 화답한 경우를 들어보자.

---

23) "昔樂天 · 夢得有《劉白唱和集》, 流布海內, 爲不朽之盛事. 今之此詩, 安知異日不爲
人之傳寫乎?"

┃ 出門何所適(이지) ┃ 문을 나서서 어디로 갈까?

出門何所適	문을 나서서 어디로 갈까?
秘閣倚宮墻	비서성은 황궁의 담장에 기대어 있다.
風遞禁中樂	바람은 궁궐 안으로 음악을 전해주고
日聞天外香	태양은 하늘 밖으로 향기를 전해준다.
移屛畵鶴立	병풍을 옮겨 학이 서있는 것 그리고
開帙蠹魚藏	책을 펼치니 좀벌레 서식하고 있다.
不覺新詩債	새로운 시 빚이 있는 줄도 몰랐는데
朝來又一箱	아침에 또 한 상자가 쌓였다.

이방의 화답시[24]

自喜身無事	이 몸이 무사한 걸 스스로 기뻐하며
因行過寺墻	나가서 승원의 담장 길을 거닐었다.
閑題僧舍壁	한적하게 절의 벽에 시를 쓰고
靜爇佛家香	조용히 부처상 앞에서 절을 하며 향불을 사른다.
竹戶蜘蛛掛	대나무 문 위에는 거미줄이 걸려 있고
莎階蟋蟀藏	섬돌 위의 사초덤불 속에는 귀뚜라미가 숨어 있다.
唱酬聊取樂	시를 창화하며 잠시 즐거움을 찾다보니
不覺又盈箱	모르는 사이에 또 한 상자가 채워졌다.

이상의 예시를 통해 알 수 있듯이 그들의 창화시는 대부분이 백거이의 한적시(閑適詩)·창화시(唱和詩)에 대한 단편적인 학습의 산물이어서 평이한 언어로 청아한 맛을 전달하고는 있지만 내용이 공허하여 취할 것이 별로 없다. 방회가 이방의 <금림춘직(禁林春直)>시, "정원 가득히 꽃은 만발하고 봄 낮은 길기만 한데, 방방곡곡 무사태평하니 임금님의 명령서가 드물도다"[25]라는 구절을 보고는 그를 일컬어 "송나라에서 태

---

24) 이 시는 "自過節辰又逢連假旣閉關而不出但軟枕以閑眠交朋頓少見過盃酒又難獨飮若無吟詠何適性情一唱一酬亦足以解端憂而散漫思也吾弟則調高思逸誠爲百勝之師劣兄則年老氣羸甘取數盃之誚恭依來韻更次五章以自喜身無事爲首"라는 긴 제목을 지닌 5수 중의 제2수이다.

25) "一院有花春晝永, 八方無事詔書稀."

평성대를 잘 말하기로 으뜸가는 사람"26)이라고 논평한 것을27) 통해 그의 작시 목적이 주로 통치자의 의도에 따라 태평성대를 장식하거나 궁정 및 관료사회에서의 교제에 있었음을 짐작할 수 있다.

서현과 이방은 둘 다 오대 때 출사했다가 송 왕조가 들어선 후 송조에 귀순하여 봉사한 항신(降臣)들이다. 비록 송 왕조가 그들을 후대하는 정책을 써서 이방 같은 경우 재상의 자리에까지 오르긴 했지만 그들은 결국 건공입업(建功立業)의 원대한 포부를 품는 대신 안심입명(安心立命)의 길을 선택한 것으로 보인다. 따라서 그들이 남긴 응제(應製)·창수(唱酬)의 작품들은 오대의 여풍을 이어받아 언어와 운의 구사에서는 볼만한 것이 있었지만 내용적으로는 진정이 결핍되어 있는 경우가 많았고, 더욱이 깊고 넓은 현실생활을 전혀 반영하지 못하였다.

(2) 왕우칭(王禹偁)

백체 시인으로서 송초 시단에 새로운 가능성을 열어준 사람은 왕우칭(954-1001)이다. 그는 제주(濟州) 거야(鉅野) 사람으로 대대로 농업에 종사했는데, 그의 부친에 이르러서는 밀을 갈아서 국수를 만드는 것으로 생업을 삼았다고 하니, 어린 시절 무척 빈한한 생활을 했음을 알 수 있다. 그러나 한편 간고한 농촌생활은 그의 포부를 단련시켜서 그가 훗날 사회를 인식하고 생활을 이해하여 현실주의 창작의 길을 걷도록 한 기초를 다져주었다.28)

---

26) "宋朝善言太平第一人."
27) 陳衍, 《宋詩精華錄》 권 제1, 7쪽에서 인용.
28) 그의 시는 《小畜集》과 《小畜外集》에 모두 580여 수가 수록되어 있으며, 그 내용을 살펴보면 官界에서 교제를 위해 주고받은 唱和詩, 사회현실을 반영하고 비판한 諷諭詩, 눈앞의 경물에 대한 애호를 표현한 景物詩, 마음 속의 울분과 개인의 身世之感을 토로한 謫居詩 등이 있다.

1) 왕우칭의 시

왕우칭은 젊었을 때 당시의 다른 시인들과 마찬가지로 백거이의 시를 좋아하였다. 그는 젊었을 때 지은 <수안비승견증장가(酬安秘丞見贈長歌)>시에서 "떠돌이 벼슬살이 5~6년에, 오월(吳越)의 산수가 새로운 시들을 제공해주었다. 소주와 항주 시절의 백사부처럼, 새 시를 지어내면 사람들이 다투어 전하였다"[29]라고 하여 자신의 시가 창작이 백거이의 한적시와 창화시에 대한 학습에서 비롯되었음을 밝혔다. 그가 30세 때 진사 시험에 합격하여 성무현(成武縣) 주부(主簿)에 임명되자 어대(魚臺) 주부(主簿) 부고(傅翱)와 창화하여 다음과 같은 시를 보냈다.

▌寄魚臺主簿傅翱 ▌ 어대 주부 부고에게 부치다

聽說魚臺景最奇	듣건대 어대는 경치가 가장 뛰어난 곳
鮑參軍到語多時	포참군이 어대에 온 뒤로 많은 이야기를 들었었지.
天晴綠野懸魚网	맑은 날 푸른 들판에는 어망이 걸려 있고
木脫空城露酒旗	낙엽 지니 텅 빈 성에는 주점의 깃발만이 눈에 띈다.
錦擲鮮鱗紅潑剌	비단을 투척한 듯 고기비늘에선 붉은 기운이 약동하고
雪翻寒鷺白褵褷	눈발이 흩날리듯 백로에게선 흰 기운이 돋아난다.
仍夸縣尹風騷客	그대는 늘 현령도 시인이라고 자랑했으니
應有秋來唱和詩	가을이 오면 시를 주고받아야 하지 않겠는가?

이듬해 왕우칭은 장주현(長洲縣)의 지현(知縣)으로 이임되어 가면서 <부장주현작(赴長洲縣作)>시를 썼는데, 이를 통해 젊은 그의 정취와 포부를 엿볼 수 있다.

▌赴長洲縣作 ▌ 장주현으로 가면서

移任長洲縣	장주현으로 전임되어 가는데
扁舟興有餘	조각배로도 흥취가 넉넉하다.

---

29) "邇來遊宦五六年, 吳山越水供新編. 還同白傅蘇杭日, 歌詩落筆人爭傳."

蓬高時見月　　뜸 지붕 높아 때마침 달이 보이고
棹穩不妨書　　물결 잔잔하여 책 읽기에 좋다.
雨碧蘆枝亞　　푸른 갈대 비에 젖어 아래로 늘어지고
霜紅蓼穗疏　　붉은 여뀌 서리 맞아 듬성듬성하다.
此行紆墨綬　　이번 길은 어명을 받들어 가는 것이니
不是爲鱸魚　　고향으로 돌아가는 게 아니다.

　그가 장주의 현관으로 옮겨간 뒤 같은 해 진사가 된 나처약(羅處約)이 인근의 오현(吳縣)으로 오게 되자 그는 나처약에게 <관사서회정나사순(官舍書懷呈羅思純)>시를 지어 보냈는데, 그 속에서 "휴가 중에 틈을 내어 창화해도 무방할 것이니, 시통을 주고받는 번거로움을 면할 수 있으리"30)라고 하여 창화에 대한 그의 생각을 알 수 있다. 실제로 그가 이 기간에 태호(太湖) 유람과 관련하여 지은 창화시만도 100수가 넘는다.

　이와 같이 왕우칭이 초기에 지은 대량의 창화시는 주로 관료사회 속에서의 응수와 교제의 수단이었으며, 동시에 순조로운 벼슬길의 산물이자 한적한 심태의 표현이었다. 이 시들은 형식면에서 대부분 율시이며 용운과 대우가 엄밀하지만 어의(語意)가 평이하고 내용이 협소하여 동시기의 다른 백체 시인들과 크게 다를 것이 없다.

　그러나 왕우칭은 백거이의 시를 학습하면서 원화체(元和體) 이외에도 백거이가 간관(諫官) 직에 있을 때 쓴 풍유시(諷諭詩)에 깊은 관심을 기울였다. 어려서부터 빈한한 생활을 체험하며 인민의 고통을 목격해왔던 터라 그는 적극적이고 진취적인 용세사상(用世思想)을 지니고 있었다. 그는 태종(太宗) 단공(端拱) 원년(988) 우습유(右拾遺)・직사관(直史館)에 임명되자 황제에게 <단공잠(端拱箴)>을 지어 바쳐 궁정 안의 "한 벌의 갖옷에 드는 비용은 백 집의 옷값과 맞먹고", "한 끼의 식사에 쓰이는 음식으로는 천 명의 배를 채울 수 있는" 사치생활을 비평하고, 황제에게는 "집이라

---

30) "公暇不妨閑唱和, 免敎來往遞詩筒."

해도 사면을 둘러쌀 담이 없고", "땅이라곤 송곳 꽂을 만큼도 없는" 가 없은 백성들을 생각하며, 근면하게 정치하고 백성을 사랑하는 성군(聖君) 이 되어주기를 희망했다.31) 그 해에 그는 또 <대설(對雪)>시를 지어 전 란 속에서 고통받는 백성에 대한 애정과 나라의 관리가 되어 자신의 소 임을 다하지 못하는 우국우민(憂國憂民)의 심정을 토로하였다.

┃對雪┃ 눈을 대하고

帝鄕歲云暮	서울의 거리도 한 해가 저무는데
衡門晝長閉	누추한 집 대문은 온 종일 닫혀있다.
五日免常參	닷새에 한번 가야 하는 조회도 면제되고
三館無公事	관공서에도 공무가 없어서
讀書夜臥遲	밤이 이슥하도록 책을 읽다가
多成日高睡	늦잠을 자는 일이 많아졌다.
睡起毛骨寒	잠에서 깨어나니 오싹 추위가 느껴져
窓牖瓊花墜	살펴보니 창 밖에 하얀 눈꽃이 떨어진다.
披衣出戶看	옷을 걸치고 문 밖으로 나와 보니
飄飄滿天地	흩날리는 눈발이 천지에 가득하다.
豈敢患貧居	어찌 감히 가난한 살림을 걱정하리
聊將賀豐歲	오직 풍년이 들기만을 바랄 뿐이다.
月俸雖無餘	월급은 비록 넉넉하지 않지만
晨炊且相繼	아침이 되면 그럭저럭 밥을 지을 수 있다.
薪芻未缺供	땔감과 목초도 떨어지지 않고
酒肴亦能備	술과 안주도 장만할 수 있다.
數杯奉親老	몇 잔은 부모님께 올리고
一酌均兄弟	형제들도 한 잔씩 마실 수 있다.
妻子不飢寒	처와 자식들 춥거나 배고프지 않고
相聚歌時瑞	함께 모여 시절의 상서로움을 노래한다.
因思河朔民	계제에 황하 북쪽의 백성들 생각해보면

---

31) ≪兩宋文學史≫, 5쪽에서 재인용. "一裘之費, 百家衣裳", "一食之用, 千人口腹", "室 無環堵", "地無立錐."

輸挽供邊鄙	변방에 식량 나르려고 수레를 끈다.
車重數十斛	수레엔 수십 가마가 실려 무겁기만 한데
路遙數百里	길은 아득히 수백 리를 가야 한다.
羸蹄凍不行	파리한 발굽은 얼어서 나아가지 못하고
死轍冰難曳	수레바퀴는 얼어붙어 끌기조차 어렵다.
夜來何處宿	밤에는 또 어디서 묵을까?
闃寂荒陂裏	쓸쓸하고 황량한 산비탈이겠지.
又思邊塞兵	또한 변방의 병사들 생각해보면
荷戈御胡騎	창을 메고 오랑캐 기병을 막고 있겠지.
城上卓旌旗	성 위에 깃발을 우뚝 세우고
樓中望烽燧	망루에서 봉화를 바라보리라.
弓勁添氣力	있는 힘을 다해 강궁을 당기면
甲寒侵骨髓	갑옷 속으론 한기가 골수에 스며들리라.
今日何處行	오늘은 어디로 가는가?
牢落窮沙際	쓸쓸한 사막 끝을 헤매겠구나.
自念亦何人	생각해보면 나는 또 어떤 사람인가?
偸安得如是	눈앞의 안일만을 탐한 것이 이와 같다.
深爲蒼生蠹	참으로 백성들의 좀 벌레가 되어
仍尸諫官位	간관의 자리만 차고앉아 봉급을 축낸다.
謇諤無一言	솔직하게 바른 말 한마디도 못하니
豈得爲直士?	어찌 올곧은 관리가 될 수 있으리?
褒貶無一詞	선악의 포폄에 대해 한마디도 못하니
豈得爲良史?	어찌 훌륭한 사관(史官)이 될 수 있으리?
不耕一畝田	한 뙈기의 밭도 경작하지 않고
不持一隻矢	화살 하나 제대로 쏠 줄 모르면서
多慚富人術	부끄럽게도 백성을 부유하게 할 줄 모르고
且乏安邊議	변방을 안정시킬 방책도 없구나.
空作對雪吟	부질없이 <대설>시를 지어 읊어
勤勤謝知己	삼가 친구들에게 사죄할 뿐이다.

이 시는 왕우칭 최초의 풍유시로서 나라와 백성에 대한 깊은 책임감을 서술한 것이다. 작자는 큰 눈을 대하며 촉발된 감정을 부체(賦體)를 사

용하여 써내려 갔는데, 감정이 진지하고 언어가 통절하여 북송사회가 당면한 현실에 대한 시인의 관심사를 진실하게 표현한 것이라고 하겠다. 이와 같은 풍유시는 다른 백체 시인들에게서 찾아볼 수 없었던 것으로, 이러한 면이 점차 그를 다른 백체 시인들과 구별짓게 하였다.

왕우칭은 관리로서의 소임을 다하기 위해 독서를 통한 자기 수양을 게을리하지 않았다. 먼저 그가 사관(史館)에 근무할 때 쓴 다음 시를 보자.

▌館中春值偶題 ▌ 사관에 근무하면서 봄을 만나 생각나는 대로 쓰다

御柳差差拂禁墻	대궐 안 능수버들은 바람에 날려 담을 스치는데
菲才何事直仙鄕	재주 없는 이 몸이 어찌하여 벼슬살게 되었는가?
坐聞鷄鳴皇宮近	닭 우는 소리 앉아서 들으니 황궁이 가깝고
睡枕魚鬚白日長	상아홀(象牙笏) 베고 졸고 있으니 대낮도 길구나.
簾掛蘚庭微雨霽	발 너머 이끼 돋아난 뜰엔 부슬비 그치고
硏添桐井落花香	샘물을 벼루에 넣어 가니 꽃이 떨어진 듯 향기롭다.
春風老盡詩情淡	봄바람은 언제나 맑은 시정(詩情) 다 쏟게 하니
翻卷靑編獨繞廊	보던 책 덮어두고 홀로 회랑을 배회한다.

이 시에서 작자가 서술한 "재주 없는 몸"이라 "닭 우는 소리 앉아서 듣고", 봄바람에 시정이 솟구쳐 "보던 책 덮어두고 회랑을 배회한다"는 표현은 그가 자기 연마를 위해 부단히 노력하고 있음을 시사한 것이라고 하겠다.

왕우칭이 상주(商州)로 좌천된 태종(太宗) 순화(淳化) 2년(991) 이전의 시를 정리해보면 관계(官界)에서의 교제를 위해 주고받은 창화시가 주축을 이루면서 경물시(景物詩)32)·풍유시(諷諭詩) 등을 남겼는데, 기본적으

---

32) 왕우칭은 長洲縣에 있을 때 많은 경물시를 썼다. ≪石林詩話≫에 "姑蘇의 南園은 錢氏 廣陵王의 옛 화원이다. 나무들은 오래되어 모두 아름드리이고 흐르는 물과 기괴한 바위들이 그 사이에 섞여있어서 최상이었다. 한림학사 왕우칭은 장주현을 다스릴 때 객들을 데리고 가서 술을 마시지 않는 날이 없었다. 일찍이 시 한 수를 지어 '훗날 내가 공을 세운다면 南園을 요청하여 醉鄕으로 삼으리'라고 하였다"고 기재한 것을 통해 왕우칭이 관직생활 초기에 산수를 완상하며 雅興을 즐겼음을 알 수

로는 동시대의 다른 백체 시인들과 같은 노선을 걸었지만 <포부송손하
입사관(暴富送孫何入史館)>과 같은 일부 증화시(贈和詩)와 <대설(對雪)> 같
은 풍유시를 통해 알 수 있듯이 그는 진작부터 어느 정도 시가가 시인의
진정과 현실을 반영해야 한다는 의식을 갖고 있었다.

왕우칭은 태종 순화 2년(991) 여승 도안(道安)이 서현(徐鉉)을 무고한
사건에 휘말려 서현을 위해 변호하다가 황제의 노여움을 사서 상주(商州)
단련부사(團練副使)로 좌천되는 좌절을 맛보았다. 그는 상주로 가는 도중
에 양성역(陽城驛)을 지나게 되었는데, 이 때 그는 한 편의 시를 써서 상
주로 좌천되어 가는 자신의 심정을 서술하였다.

┃不見陽城驛 幷序┃ 양성의 역참이 보이지 않는다. 아울러 서문을 씀

　나는 어렸을 때 원진과 백거이의 문집에서 <양성역>시를 창화한 것을
보았다. 그때 원진은 강릉으로 좌천되어 상산을 지나며 양도주(陽道州)에
느낀 바가 있어 이 시를 지었고, 또 역을 피현우라고 고친 것은 차마 그의
이름을 부를 수 없었기 때문이다. 백거이는 한림원에 있을 때 그 시를 얻어
읽고 창화하였다. 또 두목(杜牧)의 <부수역>시를 보았는데 제목 아래에 풀
이하여 이르기를 "부수역은 옛 이름이 양간의(陽諫議)의 성명과 같다"고 하
였다. 그리고는 마지막 두 구절에서 "역명을 경솔하게 고치는 것은 합당하
지 않아, (원래의 양성역이라는 명칭을) 남겨두어서 천자를 알현하는 자들
로 하여금 경각심을 갖게 하였다"라고 하였다. 순화 2년 9월에 나는 중서성
에서 상어로 좌천되어 그 역을 방문해보니 아무 것도 없었다. 그래서 지도
가 붙어있는 책들을 조사하여 군의 경내에서 그것을 찾으니 부수(富水)의
땅만 남아있고 역은 없어져서 양성이라는 명칭을 아는 이가 한 사람도 없
었다. 그리하여 고풍시를 지어 삼현(원진·백거이·양성)의 작품을 분명히
밝히고 '양성의 역참은 보이지 않는다'를 첫 구로 삼았다. 양도주의 일에
관해서는 원진의 시에서 다 말했으므로 여기서는 다시 언급하지 않는다.[33]

있다.

33) "予爲兒童時, 覽元白集, 見唱和陽城驛詩, 時稹貶江陵過商山感陽道州而作是詩也. 且
改驛爲避賢郵, 不忍呼其諱也. 樂天在翰林, 得而和之. 又見杜紫微富水驛詩, 題下解云:
"富水驛, 舊名與陽諫議同." 卒章曰: "驛名不合輕移改, 留警朝天者愴然." 淳化二年秋

不見陽城驛	양성의 역참은 보이지 않는데
空吟昔人詩	부질없이 옛 사람의 시를 읊조린다.
誰改避賢郵	누가 피현우로 고쳤던가?
唱首元微之	처음으로 시를 읊은 원진이란다.
微之謫江陵	원진은 강릉으로 좌천되어
顦顇爲判司	초췌한 모습에 속관의 참군이 되었다.
路道商山驛	상산역을 지나게 되어
一夕見嗟咨	어느 날 저녁 양성역을 보고는 탄식하였다.
所嗟陽道州	양도주를 애도하며 탄식했던 것은
抗直貞元時	정원 시에 곧음으로써 간했기 때문이란다.
時亦被斥逐	그때에 배척을 당해 내쫓겨
南荒終一麾	남쪽 변방의 자사가 되었다.
題詩改驛名	역명을 바꾸어 시를 지으니
格力何高奇	격조와 기력 얼마나 고아하고 기묘한가!
樂天在翰林	백거이는 한림원에 있을 때
亦知遷客詞	좌천된 나그네의 말을 지을 줄 알았다.
遂使道州名	마침내 양도주가 명성을 얻게 하니
光與日月齊	그 빛남이 해와 달 같았다.
是後數十年	그 후로 수십 년 간
借問經者誰	양성역 가는 길 물은 자가 누구였던가?
留題富水驛	<부수역>시를 써서 남긴
始見杜紫微	두자미가 처음으로 보인다.
紫微言驛名	자미는 역명에 대해
不合輕改移	경솔히 고치는 것은 합당하지 않은 것이라 하였다.
欲遣朝天者	천자를 알현하는 사람들로 하여금
惕然知在兹	이곳 있음을 일깨우려 하였다.
一以諱事神	한 사람은 귀신을 섬기려 이름을 피한 것이니
名呼不忍爲	이름을 차마 부를 수 없었을 것이고
一以名警衆	한 사람은 이름으로써 뭇 사람을 일깨우려 한 것이니

九月, 予自西掖左宦商於, 訪其驛, 則無有也. 驗之圖經, 求之郡境, 則富水地存而驛廢, 陽城之號遂莫知矣. 因作古風詩, 申明三賢之作, 且以不見陽城驛爲首句. 至于道州之行事, 元詩盡之矣, 此不復云."

名存教可施	이름을 남겨 가르침을 베풀 수 있었으리.
爲善雖不同	선을 행하는 방법은 달랐지만
同歸化之基	선을 추구하는 기본정신은 같았다.
邇來又百稔	그 후로 다시 백년이 지났지만
編集空鱗差	그 시문 엮은 것 부질없이 가지런히 남아있다.
我遷上洛郡	내가 좌천되어 낙수 고을로 가는 것은
罪譴身繫維	죄와 허물로 이 몸이 얽매여 있기 때문이란다.
舊詩猶可誦	옛 시는 여전히 외울 수 있지만
古驛殊無遺	옛 역은 특별히 남은 게 없다.
富水地雖在	부수의 땅은 남아있지만
陽城名豈知	양성의 명성 어찌 알겠는가?
空想數君子	부질없이 몇 군자를 생각하니
貫若珠累累	마치 구슬이 줄줄 꿰어있는 것 같다.
三章詩未泯	세 편의 시가 없어지지 않는다면
千古名亦垂	천고에 명성 또한 전해지리라.
德音苟不嗣	좋은 명성이 이어지지 않으면
吾道當已而	나의 도 또한 그치고 말 것이다.
前賢尙如此	선현들도 오히려 이와 같았으니
今我復何悲	이제 내가 또 무엇을 슬퍼하겠는가?
題此商於驛	상어역에서 이 시를 짓고
吟之聊自怡	그것을 읊조리며 잠시 스스로를 위로한다.

이 시에서 그는 양성에 대한 추모를 통해 자신이 양성과 마찬가지로 직간 때문에 좌천되었음을 밝히면서 자신도 옛 선현처럼 꿋꿋하게 정도를 걷겠다는 의지를 표명하였다.

근 2년에 달했던 상주에서의 좌천생활은 그가 처음으로 겪어야만 했던 정치적 시련이었지만, 동시에 그의 시가 창작에도 큰 변화를 일으켜 그의 시풍에 변화를 가져다준 시기이기도 하였다. 왕우칭이 처음 상주에 도착했을 때는 벼슬길에서의 실의를 달래기 위해 더욱 많은 창화시를 지으며 마음을 달랬다.[34] 그러나 상주 이전의 창화시가 주로 오락이나 교제

용으로 지어졌다면 상주 이후의 창화시는 상호 위안이나 자신의 마음을
달래기 위하여 창작되었기 때문에 똑같은 창화시라도 상주 이후의 창화
시는 그 정조와 의서(意緒)가 이전 것과는 사뭇 다르다. 다음 시를 보자.

┃ 歲暮感懷貽馮同年中允二首(2) ┃
세모의 감회를 풍중윤 동기생에게 보낸다

謫居京信斷	귀양살이에 서울 소식 끊기니
歲暮更悽凉	세모에 더욱 처량하다.
郡僻靑山合	궁벽한 고을이라 푸른 산과 마주하고
官閑白日長	관가는 한가하여 낮이 길기만 하다.
燒烟侵寺舍	타오르는 연기는 절간까지 스며들고
林雪照街坊	쌓인 눈은 거리를 환하게 비춘다.
爲有遷鶯侶	함께 급제한 벗이 있기에
詩情不敢忘	시정을 감히 잊을 수가 없다.

이 시를 읽어보면 전체적인 분위기가 쓸쓸하고 처량하여 작자의 울
적한 마음이 표현되어 있음을 알 수 있다. 이러한 그의 심정은 때때로
원망과 우환으로 심화되어 나타나기도 하였다.

┃ 七夕 ┃ 칠석

山城已僻陋	산성은 궁벽하고 누추한데
旅舍甚叢脞	나그네 묵는 곳도 몹시 어수선하다.
夏旱麥禾死	여름 가뭄에 보리와 벼 말라죽고
春霜花木挫	봄 서리에 꽃과 나무 상했다.
吾親極衰老	부모님은 지극히 노쇠하신데
吾命何坎坷	내 운명은 어찌 이리 불우한가?
稚子啼我前	어린 자식은 앞에서 울고 있고
孺人病我左	아내는 옆에서 병들어 누워 있다.

---

34) 그는 상주로 간 뒤 상주 知州 馮伉과 酬唱했는데, 1년 동안 거의 100편을 지어서 ≪商
　于唱和集≫을 편찬하기도 했다.

이 시를 보면 그가 당시 자신이 처한 처지를 얼마나 암울한 것으로 받아들이고 있는지 잘 알 수 있다. 상주에서의 좌천생활이 1년 넘게 계속되어 언제 풀려나 서울로 가게 될지 모르는 형편이 되자 그는 체념 상태가 되어 다음과 같은 시를 짓기도 하였다.

┃寒食┃ 한식절

今年寒食在商山	금년 한식을 상산에서 맞으니
山裏風光亦可憐	산 마을 풍광 또한 정겹기만 하다.
稚子就花拈蛺蝶	아이들은 꽃밭에서 나비를 잡고
人家依樹繫鞦韆	집안에선 나무에다 그네를 맨다.
郊原曉綠初經雨	새벽 들판은 비 갠 뒤라 더욱 푸르고
巷陌春陰乍禁烟	봄 그늘 드리운 거리엔 잠시 밥짓는 연기도 멎었다.
副使官閑莫惆悵	부사 벼슬 한직이라고 낙담할 것 없으니
酒錢猶有撰碑錢	비문이나 써주면 술값이 생긴다.

상주에서의 심정을 읊은 이 시는 경치를 빌어 정을 서술하고 사물을 통해 뜻을 전달하고 있어서 평이하고 밋밋한 당시 창화시의 풍모에서 벗어나 두보 시의 기교를 엿보게 해주는 과도기적 일면을 보여준다.

한편 근 2년에 걸친 상주에서의 좌천생활은 왕우칭에게 보다 직접적으로 민중의 고통과 사회현실을 직시할 기회를 주었다. 이 체험이 좌천의 심정과 어울려 그로 하여금 <감유망(感流亡)>·<죽류(竹䍦)>·<오탁창려시(烏啄瘡驢詩)>·<여전사(畲田詞)>·<적거감사(謫居感事)>·<금오(金吾)>·<추림이수(秋霖二首)>·<대설시가우(對雪示嘉祐)>·<시월이십일작(十月二十日作)>·<사노(射弩)>·<음우중우서소견(霪雨中偶書所見)>·<사호묘(四皓廟)> 등의 풍유시를 제작케 하였다. 다음에 몇 수를 들어본다.

┃感流亡┃ 유랑민들을 생각하며

謫居歲云暮	귀양살이에 또 한 해가 저무는데
晨起廚無煙	새벽에 일어나니 밥짓는 연기가 없다.
賴有可愛日	마침 따뜻하고 화창한 태양이
懸在南榮邊	남쪽 추녀 끝에 걸려있다.
高舂已數丈	높이 솟아올라 어느새 몇 길이나 되니
和暖如春天	따뜻하기가 봄날 같다.
門臨商于路	문을 나서면 길은 온통 저자 거린데
有客憩簷前	웬 나그네들이 처마 밑에서 쉬고 있다.
老翁與病嫗	늙은 영감과 병든 노파는
頭鬢皆皤然	머리털이 온통 새하얗다.
呱呱三兒泣	세 아이가 배고파 울어대니
惸惸一夫鰥	홀아비 한 사람 근심에 차있다.
道糧無斗粟	길 떠날 양식은 한 말도 안되고
路費無百錢	노자 돈도 한 푼 가진 게 없다.
聚頭未有食	머리를 맞대어봐도 먹을 건 없어
顏色頗飢寒	안색에 춥고 배고픔이 역력하다.
試問何許人	어디서 온 사람이냐고 물어보니
答云家長安	대답하기를 "집은 원래 장안인데
去歲關輔旱	지난해 장안 일대에 가뭄이 들어
逐熟入穰川	곡식 찾아서 넓은 들판으로 들어왔으나
婦死埋異鄉	아내는 도중에 죽어서 타향에 묻었고
客貧思故園	가난한 나그네 되어 고향을 그린다오.
故園雖孔邇	고향 땅 매우 가깝다고는 하지만
秦嶺隔藍關	진령이 가로놓이고 남관도 막혀있으니
山深號六里	산이 깊어 육리라 부르고
路峻名七盤	길이 험해 칠반이라 이름지었지요.
褓負且乞丐	어린아이 등에 업고 구걸을 하니
凍餒復險艱	몸은 얼고 굶주려 고생이 말이 아니라오.
惟愁大雨雪	다만 걱정되는 건 큰 눈이 내려
僵死山谷間	산골짝에서 뻣뻣이 얼어 죽는 것이라오."
我聞斯人語	나는 이 사람의 말을 듣고서

倚戶獨長嘆	지게문에 기대어 혼자 길게 탄식하였다.
爾爲流亡客	그대가 떠돌이 유랑객이라면
我爲冗散官	나는 하는 일 없는 벼슬아치이다.
在官無俸祿	관직에 있다지만 봉급이 변변치 않아
奉親乏甘鮮	부모님 봉양에 맛난 음식은 못 드렸다.
因思筮仕來	첫 벼슬하려던 때를 돌이켜보니
倏忽過十年	어느덧 십 년 세월이 지나가 버렸다.
峨冠蠹黔首	높은 관 쓰고 백성들을 좀먹으며
旅進長素餐	그저 대세에 따르면서 늘 소찬이나 들고 있다.
文翰皆徒爾	문사란 모두가 이러할 따름이니
放逐固宜然	쫓겨난 것이 정말 당연하다.
家貧與親老	집은 가난하지만 늙은 부모 모시고 있으니
睹爾聊自寬	그대를 보면서 잠시 스스로를 위안한다.

┃竹鼠┃ 대나무 쥐

商嶺多修篁	상산에는 긴 대나무가 많은데
蒼翠連山谷	푸르디푸른 것이 온 산에 가득하다.
有鼠生其中	마침 쥐란 놈이 그 안에 살면서
薦食無厭足	쉴새 없이 먹어대면서도 만족할 줄 모른다.
春筍齾生犀	무소뿔같이 자란 봄 죽순을 갉아대고
秋筠折寒玉	맑은 옥 같은 가을 대나무를 잘라놓는다.
飫飽到肥腯	실컷 먹어대니 돼지 비게 살 같고
優游恣蕃育	한가로이 노닐다가 제멋대로 새끼 친다.
林密鳶不攫	숲은 우거져 솔개가 낚아챌 수 없고
穴深犬難逐	구멍이 깊어 개도 뒤쫓기 어렵다.
鳳凰餓欲死	봉황은 굶어죽을 지경인데
彼實無一掬	움켜쥘 열매 하나도 남은 것이 없다.
唯此竹間鼠	이 대숲에서 사는 쥐란 놈만이
琅玕長滿腹	아름다운 대나무로 늘 배를 채운다.
暖戲綠叢陰	따뜻한 날씨에는 녹음 우거진 그늘에서 노닐다가
擧頭傲鴻鵠	머리 들어 기러기와 고니를 비웃는다.
不知商山民	너는 모르느냐 상산의 백성들이

愛爾身上肉	네 놈의 살점을 좋아한다는 것을.
有銛利其鋒	예리하게 날 세운 가래를 가지고
有錐銛于鏃	살촉보다 날카로운 송곳을 가지고
開穴窘如囚	굴속을 파헤치니 죄수같이 궁지에 몰리고
洞胸聲似哭	가슴을 꿰뚫으니 울부짖듯 소리친다.
膏血尙淋漓	기름진 피가 줄줄 흐르는 것을
攜來入市鬻	끌어내어 시장에 내다 팔아버린다.
竹也比賢良	대나무는 어질고 착한 이에 비유되는데
鼠兮類商俗	쥐새끼야, 너는 속된 장사치와 비슷하구나.
所食旣非宜	네 먹이는 진작부터 마땅하지 않았기에
所禍誠知速	네 죽음은 참으로 느닷없이 찾아왔다.
吁嗟狡小人	아아, 이 교활한 소인배야
乘時竊君祿	기회를 틈타 나라의 봉급을 훔쳤으며
貴依社樹神	높은 지위 빙자하여 나무 신에게 제사하고
倖盜太倉粟	관리의 몸으로 큰 곳간의 곡식을 도적질했다.
笙簧佞舌鳴	생황의 혀같이 간사한 말은 소리쳐 떠들고
藥石嘉言伏	경계가 되는 유익한 말은 감추어두는구나.
朝見秉大權	큰 권세 잡은 것 아침에 보았는데
夕聞罹顯戮	저녁에 들리느니 살인이 드러나 근심한다는구나.
李斯具五刑	이사는 다섯 가지 형벌에 다 처해졌고
趙高夷三族	조고는 삼족이 멸해졌다.
信有司殺者	참으로 살인자를 다스리는 관아가 있기에
在暗明與燭	어둠 속에서 등불을 밝혀준다.
彼狡無害賢	그 교활한 자가 어진 이를 괴롭히지 못하도록,
彼鼠無食竹	그 쥐새끼들이 대나무를 먹지 못하도록.

┃烏啄瘡驢詩┃ 까마귀가 상처 난 나귀를 쪼다

商山老烏何慘酷	상산의 늙은 까마귀 어쩌나 잔혹한지
啄長于釘利于鏃	부리는 대못보다 길고 살촉보다 날카롭다.
拾蟲啄卵從爾爲	벌레 잡고 알 쪼는 것이 너의 일이거늘
安得殘我負瘡畜	어찌 나의 상처 난 가축을 해치려 드느냐?
我從去歲謫商于	내가 지난해 상주로 좌천되었을 때

行李惟存一蹇驢	내 짐을 오직 이 절름발이 나귀가 져주었다.
來登秦嶺又巉岩	진령 고개 험준한 바위를 오를 때에도
爲我馱背百卷書	나를 위해 책 백 권을 등에 지어주었다.
穿皮露脊痕連腹	살갗을 뚫고 등뼈가 드러나 상처가 배까지 이어졌지만
半年治療將平復	반년을 치료해 거의 회복되려 하는데
老烏昨日忽下來	늙은 까마귀 어제 갑자기 내려와
啄破舊瘡取新肉	옛 상처를 쪼아대고 새 살을 파먹는다.
驢號僕叫烏已飛	나귀가 울부짖고 노복이 소리쳐 까마귀 날아갔지만
�嘴振毛坐吾屋	부리를 갈고 깃털을 털면서 지붕 위에 앉아 있다.
我驢我僕奈爾何	나귀여, 노복이여, 이를 어찌하나?
悔不挾彈更張羅	활을 못 지니고 그물을 펼치지 못한 것이 후회스럽다.
賴是商山多鷙鳥	마침 상산에는 사나운 매가 많다고 하니
便問隣家借秋鶻	이웃집에 가서 새매를 빌려야겠다.
鐵爾拳兮鉤爾爪	네 날개를 단단히 하고 발톱을 날카롭게 하여
折烏頸兮食烏腦	까마귀 목을 부러뜨려 그 골통을 먹어치우려무나.
豈惟取爾飢腸飽	어찌 다만 네 주린 배를 채우는 것뿐이랴?
亦與瘡驢復仇了	상처 입은 나귀 위해 복수하는 것도 되리라.

이와 같은 작품들은 형식면에서 장편 고체 위주로 바뀌어 풍부한 내용을 담는 거대 용량을 보여주고 있으며, 평이하고 꾸밈없는 어조로 사회현실과 민간의 실정 및 시인 자신의 심정에 대해 빠짐없이 서술하여 백거이의 풍유시를 학습한 특징을 나타내고 있는 한편 언어의 구사가 유창하면서도 공허하지 않아서 한유(韓愈) 이문위시(以文爲詩)의 풍모가 엿보인다. 그의 이와 같은 경향은 그가 적소(謫所)에서 자신의 심정을 토로한 다음의 두 작품에서도 엿볼 수 있다.

┃官醞┃ 관부의 술

爲郡得官醞	고을의 수장이라 관부의 술을 얻게 되었는데
月給盈三斛	한 달에 30말을 채워준다고 한다.
地僻少使車	땅이 궁벽하여 사신의 수레 드물고

時淸罕留獄	시절이 맑아 옥에 갇힌 죄수는 드물다.
老大復遷謫	나이 많아 다시 귀양지를 옮겼으니
吾懷頗幽獨	나의 회포는 자못 적막하고 외롭다.
嬋娟樓上月	누각 위에 뜬 달은 교교히 아름답고
爛熳池邊菊	연못가에 핀 국화는 가득히 만발하였다.
東院與西亭	동쪽 뜰과 서쪽 정자에는
脩脩風弄竹	솨아솨아 부는 바람이 대나무를 희롱한다.
對此不開樽	이런 광경을 대하고서 술통 뚜껑 열지 않으면
騷人應慟哭	시인된 자라면 응당 통곡하리라.
獨酌入醉鄕	홀로 부어 마시니 정신은 아롱아롱 별천지로 들어가고
陶然瞑雙目	취흥이 도도해져 두 눈이 감겨온다.
醒來成浩歎	술이 깨고는 크게 탄식하였으니
胡爲事口腹	어찌하여 내가 입과 배를 섬겼던가?
彝酒書垂戒	줄창 마시는 술은 ≪상서(尙書)≫에도 경계하라고 했고
群飮聖所戮	떼지어 퍼마시는 건 성현도 죄라 하셨다.
漢文亦禁酒	한나라 문제(文帝)도 금주를 명하셨으니
患在糜人穀	백성의 곡식이 낭비될 것을 염려하신 것이다.
自從孝武來	한나라 무제(武帝) 이래로
用度常不足	소용되는 양식은 늘 만족스럽지 못하였다.
推推奪人利	독점권을 밀어붙여 백성들의 이익을 탈취하고
取錢入官屋	돈을 빼앗아 관아로 들여놓는다.
古今事相倍	옛날과 지금은 정책이 상반되니
帝皇道難復	하느님과 황제의 도를 회복하기 어렵다.
吾無奈爾何	나에겐 이를 어찌할 방도가 없어서
更盡杯中淥	다시 잔 안의 술을 다 비워 버린다.

왕우칭의 일부 작품에 보이는 이와 같은 풍모는 나중에 송시의 한 특징으로 자리잡게 되어 논자에 따라서는 왕우칭이 북송시문혁신운동의 기풍을 열었다고 보기도 한다.[35]

---

35) 吳之振, ≪宋詩鈔·小畜集鈔序≫; ≪兩宋文學史≫, 8쪽; ≪宋詩史≫, 44쪽 참고.

왕우칭의 시가창작 노선을 살펴보면 시를 교제와 응수의 수단으로
삼은 창화시에서 출발하여 시로써 사회현실을 반영하고 비판하는 풍유
시로 발전하였을 뿐만 아니라 거기서 한 걸음 더 나아가 두보시의 학습
을 통해 시가 예술의 새로운 경지를 추구하였다. 그는 <일장간중함(日長
簡仲咸)>시에서 다음과 같이 말하였다.

┃日長簡仲咸┃ 긴긴 날 중함에게 보내는 편지

日長何計到黃昏	이 긴 낮에 무슨 수로 황혼을 맞을 수 있을까?
郡僻官閑晝掩門	고을 외지고 관아 한가하여 낮에도 문이 닫혀 있다.
子美集開詩世界	두보의 시집은 시 세계를 새로 열었고
伯陽書見道根源	노자의 책은 도의 근원을 밝혀 놓았다.
風飄北院花千片	바람부는 북쪽 뜰에는 꽃잎이 무수히 흩날리고
月上東樓酒一樽	동쪽 누각에 달 떠오르면 술잔을 기울일 뿐.
不是同年來主郡	동기생인 그대가 이곳에 와주지 않는다면
此心牢落共誰論	의지할 데 없는 이 마음 누구와 이야기하리!

이 시에 나타나 있듯이 그는 "두보의 시집이 시 세계를 새로 열었다"
고 말하여 두보 시의 '개척' 방면에 착안하고 그의 '집대성'을 강조하지
않았다. 이는 그가 주로 시가 발전의 각도에서 두보 시의 창신 정신에
주목했음을 단적으로 설명해준다. 또 ≪채관부시화(蔡寬夫詩話)≫에는 다
음과 같은 글이 수록되어 있다.

　　왕우칭은 본래 백거이의 시를 배웠는데, 상주에서 일찍이 <춘거잡흥(春
居雜興)>시를 지어 "복숭아나무·살구나무가 대울타리를 비스듬히 비추며,
상산 땅 부사네 집을 아름답게 꾸며준다. 어인 일로 봄바람은 모질게 구는
가? 꽃가지 꺾고는 꾀꼬리마저 날려보냈다"라고 하자, 그의 아들 가우가
"두보에게도 일찍이 '흡사 봄바람이 날 속인 듯, 밤사이에 꽃가지를 꺾어버
렸네'[36]라는 구절이 있는데, 말이 매우 비슷합니다"라고 말하면서 그 부분

---

36) 이 구절은 杜甫, <絶句漫興九首>(其2)의 일부이다.

을 바꾸도록 청했다. 그런데 왕우칭은 오히려 기뻐하면서 "내 시의 정교한 경지가 마침내 우연히도 두보와 일치할 수 있는 정도가 되었단 말인가?"라고 말하고는, 다시 시를 지어 "본래 백거이의 후진이고자 하였는데, 감히 두보가 내 전신이기를 바라게 되었구나"37)라고 하고는 끝내 다시 고치지 않았다.38)

이 글에서 "본래 백거이의 후진이고자 하였는데"는 자신이 백거이의 시를 학습한 것에 대한 총결산이고, "감히 두보가 내 전신이기를 바라게 되었다"는 두보에 대한 존경과 그의 시를 배우겠다는 결심을 표명한 것이라고 하겠다.

왕우칭은 시가 학습의 범위를 두보에게로까지 확대시킨 뒤 특히 정(情)과 경(景)의 융합 방면에서 좋은 성과를 거두었는데, <신추즉사(新秋卽事)>같은 시를 예로 들 수 있겠다.

┃新秋卽事┃ 초가을을 맞아 즉흥적으로 읊다

宦途流落似長沙	벼슬길 떠도는 것이 장사부 신세와 같지만
賴有詩情遣歲華	다행히 시정에 의지해 세월을 보낸다.
吟弄淺波臨釣渚	시 읊조리며 잔물결 헤쳐 낚시터로 나아가고
醉披殘照入僧家	술 취하면 노을 빛 받으며 낡은 암자로 돌아간다.
石挨苦竹旁抽笋	바위를 비집고 나온 참대는 군데군데 새 순을 돋우고
雨打戎葵臥放花	비 맞은 접시꽃은 누워서 꽃을 피운다.
安得君恩許歸去	어찌하면 임금님의 은혜 입어 고향으로 돌아가
東陵閑種一園瓜	동쪽 언덕에서 한가로이 오이를 심을 수 있을까?

이 시는 표면적으로 경치를 묘사하고 있지만, 경련(頸聯)의 '고죽(苦

---

37) 이 구절은 왕우칭, <自賀>시의 頸聯이다.
38) 郭紹虞輯本, ≪宋詩話輯佚≫ 卷下,「王元之, <春日雜興>詩」 條에서 인용. "元之本學白樂天詩, 在商州嘗賦<春居雜興>云: '兩株桃杏映籬斜, 妝點商山副使家. 何事春風容不得, 和鶯吹折數枝花.' 其子嘉祐云: '老杜嘗有"恰似春風相欺得, 夜來吹折數枝花"之句, 語頗相近.' 因請易之. 元之忻然曰: '吾詩精詣, 遂能暗合子美耶?' 更爲詩曰: '本與樂天爲後進, 敢期子美是前身.' 卒不復易."

竹'과 '융규(戎葵)'는 시인 자신을 비유한 것으로 볼 수 있어서 좌천생활
에 대한 자신의 처지와 심정을 잘 깃들여놓고 있다.

그는 또 두보 시의 학습에 있어서 조어(造語)에 주의를 기울이는 한편
의경의 창신을 중시했는데, <행화(杏花)> · <촌행(村行)> · <춘일관사우
제(春日官舍偶題)> 같은 시가 그 대표적인 예이다.

┃杏花┃ 살구꽃

紅芳紫萼怯春寒	울긋불긋한 꽃망울 봄추위가 겁나서인지
蓓蕾粘枝密作團	꽃봉오리 가지에 붙어 빽빽이 떨기를 이루고 있다.
記得觀燈鳳樓上	생각나네, 봉루 위에서 바라보던 늘어선 등불들
百條銀燭淚闌干	수백의 은 촛불이 눈물을 줄줄 흘렸었지.

이 시의 전반부는 귀양지 상주에서의 눈앞의 광경을 묘사한 것이고,
후반부는 지난날 조정에 있을 때의 등불 휘황한 서울의 모습을 회상한
것이다. 시인은 표면적으로 전혀 상관이 없는 두 개의 의상을 결합시켜
귀양지에서의 깊은 감개가 묻어나게 할 수 있었다.

┃村行┃ 시골길

馬穿山徑菊初黃	말 타고 산길에 접어드니 들국화 노랗게 피어있고
信馬悠悠野興長	말 가는 대로 맡기니 야외의 흥취가 마냥 새롭다.
萬壑有聲含晚籟	골짜기마다 가을 저무는 소리가 들리고
數峰無語立斜陽	봉우리는 말없이 석양 속에 우뚝 서있다.
棠梨葉落胭脂色	팥배 나뭇잎은 연지 빛으로 물들어 떨어지고
蕎麥花開白雪香	메밀꽃은 흰눈처럼 피어나 향기롭다.
何事吟餘忽惆悵	어인 일인가, 읊고 나니 홀연히 슬퍼지는 건
村橋原樹似吾鄕	시골 다리와 들판 나무가 내 고향 닮았다.

이 시에서 작자는 가을날 황혼 때의 아름다운 경치를 생동감 있게
묘사한 뒤, 미연(尾聯)에서 "시골 다리와 들판 나무가 내 고향 닮았다"라

고 토로하여 좌천생활에 대한 권태와 고향으로 돌아가고픈 마음을 더욱 절실하게 전달할 수 있었다.

┃**春日官舍偶題** ┃ 봄날 관사에서 붓 가는 대로 쓰다

薄宦若流離	낮은 벼슬살이 유랑하듯 하여
壯年心已衰	장년의 나이건만 마음은 벌써 늙었다.
鶯花愁不知	꾀꼬리와 꽃은 수심에 차 알지 못하고
風雨病先知	비바람은 병든 몸이라 먼저 알겠다.
曉月晃竹屋	새벽달은 대숲 속의 집 위에서 빛나고
寒苔疊槿籬	차가운 이끼는 무궁화 울타리에 이어져 있다.
無人慰幽寂	조용하고 적막함 위로해줄 이 없어
庭柳自低垂	정원의 버들이 스스로 가지를 늘어뜨린다.

이 시도 경물 속에 감정을 잘 이입시켜놓고 있을 뿐만 아니라 함련(頷聯)의 경우 고립구문(孤立構文)을 통하여 독자가 작품의 재형성에 참여할 수 있는 여지를 충분히 남겨두고 있는 수법이 두보 <강한(江漢)>시의 함련 "片雲天共遠, 永夜月同孤"(한 조각 구름은 하늘 아래 함께 멀리 떠있고, 긴긴 밤은 달빛 아래 함께 외롭다)를 연상시켜주고 있어서 그가 두보 시를 심도 있게 학습하여 자기화 했음을 알 수 있다.

2) 왕우칭의 문학관

북송 초기 응수와 교제용의 창화시가 광범하게 유행하고 있을 때 왕우칭이 시가를 통해 사회현실을 반영하고 비판하는 현실주의 노선에 관심을 기울인 것은 그의 문학관의 실현이라고 볼 수 있다. 그는 문학에 대한 자신의 견해를 <답장부서(答張扶書)>에서 다음과 같이 밝혔다.

글이란 도를 전하고 마음을 밝히는 것입니다. 옛 성인은 스스로 멈추지 아니하고 글을 지었습니다. 사람은 마음을 오로지 하여 도에 이를 수 있으

니, 자신을 수양하면 허물이 없게 되고 군주를 섬기면 이루는 바가 있게 됩니다. 지위가 없음에 이르러서는 마음속에 있는 바를 밖으로 밝히지 못하고 도의 축적된 바를 후세에 전하지 못할까 두려워하여, 이에 말을 하게 됩니다. 다시 말이 쉽게 없어질 것을 두려워하여, 이에 글을 짓게 됩니다. 참으로 부득이하여 그렇게 하는 것입니다.[39]

글의 효용이 "도를 전하고 마음을 밝히는 데 있다"는 주장은 왕우칭의 기본적인 문학관이며, 문학작품이 풍부하고 실질적인 내용을 갖추어야 한다는 요구이기도 하다. 이는 또한 표현형식과 사상내용의 통일을 주장한 것이므로 그 구체적인 실현방법을 그는 <재답장부서(再答張扶書)>에서 다음과 같이 제시하였다.

　그대는 또한 육경(六經)의 문장은 말이 어렵고 뜻이 난해한 것이 열에 둘 셋이고, 말이 쉽고 이해하기 쉬운 것이 열에 일곱 여덟이라 하였는데, 그 어렵고 난해한 것도 일부러 그렇게 한 것이 아닌 것은 물론입니다. 그러나 그대의 문장은 그렇지 않아서 30편이 모두 말이 우회적이고 어려우며, 뜻도 분명치 않고 난해합니다. 어찌 그대의 문장이 육경을 뛰어넘겠습니까? 만약 그렇지 않다면 이는 그대가 선택한 것입니다. …… 공용이 큰 것은 그 이치의 마땅함을 취한 것을 이르고, 말을 골라 쓰고 뜻을 알기 어려운 것을 일러 공용이라고 하지는 않습니다. 저는 그것을 말씀드리는 것입니다.[40]

그는 '도를 전하고 마음을 밝히기 위해' 부득이하여 글을 짓는다면 당연히 자신의 뜻을 분명하게 전달하기 위해 난해한 언사를 피하고 평이하고 소박하게 글을 써야 한다고 주장하면서 그것이 바로 육경이 추

---

39) "夫文, 傳道而明心也. 古聖人不自已而爲之也. 且人能一乎心至乎道, 修身則無咎, 事君則有立. 及其無位也, 懼乎心之所有, 不得明乎外, 道之所畜, 不得傳乎後, 于是乎有信焉; 又懼乎言之易泯也, 于是乎有文焉. 信哉不得已而爲之也!"

40) "子又謂六經之文, 語艱而義奧者十二・三, 易道而易曉者十七・八, 其艱奧者, 非故爲之語, 當然矣. 今子之文則不然, 凡三十篇, 語皆迂而艱也, 義皆昧而奧也, 豈子之文也, 過于六籍邪? 若猶未焉, 子其擇也. …… 謂功用深者, 取其理之當爾, 非語適義暗而謂之功用也, 生其志之."

구했던 공용의 정신임을 설명하였다. 이러한 공용의 문학관이 그로 하여금 백거이의 풍유시를 학습하고 실천할 수 있도록 정신적 바탕이 되어 주었을 것이다.

그렇다고 그가 문사의 수식을 소홀히 한 것은 아니다. 도의 전달을 위해서는 글이 분명하고 명쾌해야 하겠지만 그렇다고 문사의 수식이 없으면 글이 오래도록 살아남기 어려우므로 그는 '문사의 아름다움'에도 주의를 기울여야 한다고 생각하였다. 그는 ≪풍씨가집전서(馮氏家集前序)≫에서 "문사가 고우면서도 야하지 않고, 기세가 곧으면서도 드러내지 않고, 뜻이 신선하면서도 얽매이지 않고, 풍유가 있고 감상이 있고 한적이 있어야 한다"[41]라고 지적하면서 그와 같은 작품이라야 "우뚝 솟아 맑고 분명하여 참으로 일가를 이룬 작품"[42]이라고 주장하였다. 이것은 두보가 <희위육절구(戱爲六絶句)>(5)시에서 피력한 "맑은 문사와 고운 구절은 반드시 이웃이 되리"[43]의 생각과 상통하는 것으로 그가 나중에 두보 시의 기법을 학습하게 된 이론적 배경이 되었다.

(3) 위상과 평가

백체시를 대표하는 시인으로 서현·이방·이지와 왕우칭을 꼽아 서술했지만, 그 중에서도 왕우칭의 활약과 성취가 가장 뛰어났다. 그는 백체 시인으로서 수많은 창화시를 지어 동시대의 다른 시인들과 어울렸으면서도 그 범위를 뛰어넘어 후대 송시 발전의 방향을 예고해주었으니 그가 송시사에서 차지하는 위치는 매우 중요하다고 할 수 있다. 일찍이 오지진(吳之振)은 ≪송시초(宋詩鈔)·소축집초서(小畜集鈔序)≫에서 "왕우칭

---

41) "詞麗而不冶, 氣直而不訐, 意遠而不泥, 有諷諭, 有感傷, 有閑適."
42) "落落焉鏗鏗焉眞一家之作."
43) "淸詞麗句必爲隣."

이 홀로 송의 기풍을 여니, 이에 구양수가 그 유풍을 계승하였다. 구양수의 시는 그 웅심(雄深)함에 있어서 왕우칭보다 뛰어났지만 왕우칭이 본디 그 발단이었다. 목수(穆修)와 윤수(尹洙)가 다른 사람들이 고문을 짓지 않을 때 고문을 지은 사람이라면 왕우칭은 다른 사람들이 두보시를 짓지 않을 때 두보시를 지은 사람이다"[44]라고 평가하여 그가 구양수를 중심으로 전개된 송대 시문혁신운동에 계발작용이 있었음을 시사하였고, 구양수도 <서왕원지화상측(書王元之畵像側)>시에서 그를 "공의 풍채를 생각해보면 언제나 그대로 있는 듯한데, 나의 문장을 돌아보면 언급할 만한 게 없구나"[45]라고 하여 왕우칭에 대한 존중의 뜻을 표시하였다. 그 후 소식(蘇軾)은 <왕원지화상찬병서(王元之畵像贊幷序)>를 써서 그를 "우뚝한 문장과 올곧은 도로써 당세에 홀로 섰도다"[46]라고 칭송하였고, 황정견(黃庭堅)도 <제왕황주묵적후(題王黃州墨迹後)>시에서 다음과 같이 왕우칭의 문장과 도덕을 기렸다.

世有斫泥手	세상에 기예가 뛰어난 사람이 있다면
或不待郢工	영중(郢中)의 솜씨 좋은 장인을 기다리지 않으리.
往時王黃州	지난날 황주를 다스렸던 왕우칭은
謀國極匪躬	나라를 위해 마음쓰며 자신을 돌보지 않았다.
朝聞不及夕	아침에 도를 들으면 저녁까지 기다리지도 않아
百壬避其鋒	온갖 간사한 무리들 그의 예봉을 피하기 바빴다.
九鼎安磐石	천하가 안정되어 굳건해지자
一身轉孤蓬	영화를 버리고 외로운 나그네 되었다.

왕우칭은 이처럼 나중에 북송의 시단을 주도했던 구양수·소식·황정견 같은 시인들에 의해 그 업적을 인정받긴 했지만 그가 쓴 새로운 경

---

44) "元之獨開有宋風氣, 于是歐陽文忠得以承流接響. 文忠之詩, 雄深過于元之, 然元之固其濫觴矣. 穆修·尹洙爲古文于人所不爲之時, 元之則爲杜詩于人所不爲之時者也."
45) "想公風采常如在, 顧我文章不足論."
46) "以雄文直道獨立當世."

향의 시들이 당시의 시단에 새로운 바람을 일으키지는 못했다. 그렇게 된 이유는 여러 가지가 있겠지만 우선 그의 이 방면의 시들이 그가 남긴 시 전체에서 차지하는 비중이 얼마 되지 않아 문단에 큰 반향을 일으키기에 부족했고, 당시 송 왕조의 통치 집단이 시를 통해 태평성대를 장식해주길 요구하고 있었던 때라 왕우칭의 새로운 경향에 주목하는 이가 많지 않았던 것 등을 꼽을 수 있을 것이다. 그 결과 당시의 시단에서 왕우칭이 시도한 새로운 경향은 새로운 기풍으로 정착되지 못하고 한 때를 풍미했던 백체시는 오히려 자구의 단련과 정교한 구상에 힘써 천속하고 투박한 백체 말류의 병폐를 바로잡고자 노력했던 만당체(晩唐體) 시인들에게 자신들의 자리를 넘겨주고 말았다.

3 │ 만당체시(晚唐體詩)

만당체에 속하는 시인들은 구준(寇準)을 제외한 대다수가 피세의 문인과 재야의 승려여서 그 생활환경이 가도(賈島)와 비슷하였고, 그들 시의 내용도 정치와 사회의 암울한 면에 대한 비판이나 개인적인 울분과 번민에 대한 토로 등은 별로 눈에 띄지 않고 대부분이 담백한 필치로 주변의 아름다운 자연경물을 묘사하는 중에 자신들의 한적하고 평정한 생활을 읊은 것들이다. 이제 작가별로 나누어 그들 시의 내용을 살펴보자.

(1) 반랑(潘閬)

반랑(? -1009)의 시는 대부분 ≪지부족재총서(知不足齋叢書)≫의 <소요

집(逍遙集)> 1권에 수록되어 있으며, ≪전송시(全宋詩)≫(一)에 모두 78수
가 정리되어 있다. 그는 만당체 시인 중에서도 특히 가도를 숭배하여 일
찍이 <억가랑선(憶賈閬仙)>시에서 다음과 같이 노래하였다.

風雅道何玄	고아한 도는 얼마나 오묘한가?
高吟憶閬仙	드높이 시 읊는 가도가 생각난다.
人雖終百歲	사람은 백세를 사는 것이 고작이지만
君合壽千年	그대는 천년을 살기에 합당하다.
骨已西埋蜀	뼈는 이미 서쪽의 촉땅에 묻혔지만
魂應北入燕	혼은 북으로 연땅에 가 있으리.
不知天地內	모르겠구나 천지 안에서
誰爲續遺編	누가 그대의 시를 뒤이을지를.

그는 가도의 시풍을 본받아 맑고 평담한 의경의 표현에 주력하면서
면밀한 구상에 힘을 쏟아 창작태도에 있어서도 가도의 뒤를 따랐다. 그
가 자신의 창작태도를 서술한 다음 시를 보자.

┃叙吟 ┃ 시 읊기를 서술함

高吟見太平	태평을 맞이하여 높이 읊조리니
不恥老無成	늙도록 이룬 것이 없어도 부끄럽지 않다.
髮任莖莖白	머리카락 올마다 하얗게 세어도
詩須字字清	시는 글자마다 맑아야 하리.
搜疑滄海竭	푸른 바다가 고갈되도록 시구를 찾아
得恐鬼神驚	얻으면 귀신도 놀라고 말리라.
此外非關念	그 외에는 관심 둔 바 아니니
人間萬事輕	인간만사가 다 가볍기만 하다.

머리카락이 올마다 하얗게 세고 푸른 바다가 고갈되도록 시구를 찾
는다는 표현에서 그가 얼마나 작시에 노력했는가를 알 수 있으며, 작시
외에는 인간만사가 다 가볍다는 선언으로부터 그가 작시에 얼마나 큰

비중을 두었는가를 짐작할 수 있다. 반랑이 저주산참(滁州散參)에 임명되어 임지로 떠날 때 위야(魏野)가 보낸 다음 시에서도 반랑의 관심사와 작시 경향을 알 수 있다.

┃ 聞潘閬新授滁州散參因以寄賀 ┃
반랑이 새로 저주산참에 제수되었다는 소식을 듣고 축하를 보냄

江鄉去想勝還鄉	강 마을 떠나는 것이 귀향보다 나을 것이니
官職尋常事不常	관직은 평범하지만 일은 그렇지 않으리.
會得聖君無別意	황제께서 딴 뜻을 가지신 것은 아닐 테니
只應圖繼賈司倉	가도 시인을 뒤이을 생각이나 하시게.

이처럼 가도를 본받아 작시에 애쓴 결과 그의 시는 비교적 좋은 평가를 받아서 일찍이 유반(劉攽)은 "반랑의 시에는 당인의 풍격이 있다"[47]고 평하였고, ≪사고전서총목(四庫全書總目)≫ 권152 <소요집(逍遙集)>제요에서는 그에 대해 "반랑은 송초에 활약하였는데 오대와 멀지 않아 그 여풍이 남아있어서 <추석여사서회(秋夕旅舍書懷)>·<희납설(喜臘雪)> 같은 시에는 오대의 거칠고 투박한 일면이 섞여있지만, 다른 것들은 풍격이 고고하고 준엄하여 만당 작가의 유풍이 남아있다", "왕우칭, 유개, 구준, 송백, 임포 제인이 모두 그와 증답했을 만큼 송인은 그를 매우 존중하였다"[48]라고 평하여 그의 시가 만당의 유풍을 이어받아 그 성과가 자못 컸음을 밝혀놓았다.

그러나 그의 시는 제재가 매우 협소하여 대부분이 자연 경물에 대한 묘사를 중심으로 하여 자신의 생활정취를 표현한 것들이다. 다음 시를 보자.

---

47) ≪中山詩話≫, "潘閬詩有唐人風格."
48) ≪兩宋文學史≫, 11쪽에서 재인용. "閬在宋初, 去五代餘風未遠, 其詩如<秋夕旅舍書懷>一篇, <喜臘雪>一篇, 間有五代粗獷之習, 而其他風格孤峭, 亦尚有晚唐作者之遺." "王禹偁·柳開·寇準·宋白·林逋諸人皆與贈答, 蓋宋人絕重之也."

┃望湖樓上作┃ 망호루 위에서

望湖樓上立　　망호루 위에 서있으니
竟日懶思還　　종일토록 돌아갈 마음 내키지 않는다.
聽水分他浦　　다른 포구로 나뉘어가는 물소리 들리고
看雲過別山　　다른 산을 지나가는 구름이 바라보인다.
孤舟依岸靜　　외로운 배는 물가에 기대어 고요하고
獨鳥向人閑　　고독한 새는 사람을 보고도 한가롭다.
回首重門閉　　머리 돌려 바라보니 겹문은 닫혀있고
蛙聲夕照間　　석양 속에 개구리 소리 들려온다.

┃曉泊嶠浦寄剡縣劉悅員外┃
새벽에 도포에 정박하여 섬현의 유황원외에게 부치다

曉汛剡溪水　　새벽에 섬계수가 불어났는데
晩見剡溪山　　저녁에는 섬계산이 보인다.
徘徊駐行櫂　　노를 젓다 멈추고 배회하다가
待月思再還　　달을 기다리며 다시 귀환을 생각한다.
漁唱深潭上　　어부는 깊은 연못 위에서 노래부르고
鳥棲高樹間　　새는 높다란 나무 사이에 깃든다.
應當金石交　　우리 두 사람 철석같은 우정 있으니
念我無暫閑　　잠시도 끊임없이 나를 생각하겠지.

　　이와 같이 경쾌하고 자연스런 필치로 사경(寫景)과 영물(詠物)에 뛰어
난 것이 반랑의 시에 보편적으로 나타나는 특징이다. 특히 두 번째 시의
경련 "漁唱深潭上, 鳥棲高樹間"은 가도(賈島) 시의 풍미를 느끼게 한다.
　　다음의 시들은 그가 자신의 나그네 생활을 묘사한 것이지만 역시 자
연 경물의 묘사가 내용의 대부분을 차지하고 있으며, 이 부분에서 좋은
성과를 거두고 있음을 확인할 수 있다.

┃歲暮自桐廬歸錢塘晚泊漁浦 ┃
세모에 동려에서 전당으로 돌아오다 날이 저물어 어포에 정박하다

久客見華髮	오랜 나그네 생활에 머리는 하얘졌는데
孤棹桐廬歸	외로운 배에 의지하여 동려에서 돌아온다.
新月無朗照	갓 돋은 달은 아직 빛을 발하지 않고
落日有餘暉	지는 해는 남은 빛을 거두고 있다.
漁浦風水急	바람과 물살이 급한 어포
龍山烟火微	희미하게 연기 피어오르는 용산
時聞沙上雁	때마침 들리는 모래밭 위의 기러기 소리
一一背人飛	한 마리 한 마리 사람을 등지고 날아간다.

┃雪夜有感 ┃ 눈 내리는 밤의 상념

大雪擁蓬戶	쌓인 눈은 누추한 문을 뒤덮고
寒夢不成歸	추운 밤 꿈속에서도 고향에 돌아가지 못하여
孤坐北窓風	홀로 앉아있으려니 북창에 부는 바람
飄落辭家衣	집 떠날 때 입은 옷에 몰아친다.
向曉酒力減	새벽이 다가오니 술기운 떨어지고
背壁燈影微	벽을 등지니 등불에 비친 그림자 희미하다.
誰知游子心	나그네 마음을 누가 알리오?
暗逐長空飛	남몰래 끝없는 하늘 따라 날아간다.

┃錢塘秋夕旅舍感懷 ┃ 가을 저녁 전당 여관에서의 감회

永夜不能寐	긴긴 밤 잠 못 이루어
閉門懶復開	찾는 이 없는 문은 다시 열릴 줄 모른다.
片心生萬緒	한 조각 마음에선 온갖 생각 떠오르고
孤枕轉千迴	외로이 베개 베고 수없이 뒤척인다.
敗葉聲如雨	낙엽에선 비 떨어지는 소리 들리고
狂風響似雷	성난 바람 소리 마치 우레 같구나.
更堪江上笛	더욱이 강가의 피리 소리 어찌 견디나?
歷歷有餘哀	쓸쓸한 그 소리에 슬픔이 담겨 있다.

(2) 위야(魏野)

위야(960-1019)는 임포(林逋)와 함께 은일시인(隱逸詩人)으로 알려져 있다. 그는 초기에 백체시를 익혔지만 나중에 구준(寇準)과 왕래가 밀접해지면서 만당체 시인의 한 사람이 되었다. ≪송사·은일전≫의 "위야의 시는 정고(精苦)하여 당인의 풍격이 있고 기발한 문구가 많아서 그의 ≪초당집(草堂集)≫ 10권은 대중상부 초에 거란의 사자가 와서 본국에서 상질은 구하였으나 나머지가 없어서 전부를 구할 수 있으면 좋겠다고 말하자 황제께서 명령을 내려 구해주셨다"49)라는 기재로부터 그가 당시에 시명이 매우 높았음을 알 수 있다. 현재 ≪동관집(東觀集)≫ 10권이 전하며 ≪전송시≫(二)에 그의 시 395수가 수록되어 있다.

위야는 일생동안 관직을 구하지 않고 산림에 은거했던 상황이 보여주듯이 그의 창작태도는 가도와 마찬가지로 그윽한 자연환경 속에서 적막하지만 맑게 살아가는 시민의 심리를 묘사하는 방향으로 나아갔다. 예를 들어 가도의 유명한 <심은자불우(尋隱者不遇)>시와 같은 제목으로 쓴 위야의 시를 보자.

┃尋隱者不遇┃ 은자를 찾아갔으나 만나지 못하다

尋眞誤入蓬萊島　　진인을 찾아 봉래섬에 잘못 들어갔더니
香風不動松花老　　향긋한 바람 일지 않아 송화가 늙어간다.
采芝何處未歸來　　어디서 영지를 따는지 돌아오지 않고
白雲滿地無人掃　　흰 구름 덮인 곳 아무도 쓰는 사람 없다.

가도의 동제시(同題詩)는 다음과 같다.

---

49) ≪宋史≫ 列傳 第216 隱逸 上, "野爲詩精苦, 有唐人風格, 多警策句, 所有 ≪草堂集≫ 十卷, 大中祥符初, 契丹使至, 嘗言本國得其上帙, 願求全部, 詔與之."

松下問童子　　소나무 밑에서 동자에게 물으니
言師採藥去　　스승께선 약초를 캐러 가셨는데
只在此山中　　이 산 속에 계시기는 하지만
雲深不知處　　구름 깊숙한 곳이라 어딘지는 모릅니다.

　　두 사람의 시 모두 은자가 거주하는 곳의 환경과 경물의 묘사를 통하여 은자의 맑고 한적한 생활을 잘 묘사해내었다. 정교한 사의(辭意), 맑고 그윽한 시경(詩境)과 한적한 마음가짐 등이 마치 한 뿌리에서 나온 듯하여 위야가 가도의 시를 잘 학습해서 자기화 하는 데 성공했음을 알 수 있다.

　　그가 지은 시의 내용을 살펴보면 주변 경물의 묘사를 중심으로 하여 산수를 즐기고 소요하는 작품이 주류를 이루고 있는데, 이것은 만당체시 대부분에 나타나는 현상이기도 하다. 다음에 그의 시를 몇 수 들어본다.

▌題崇勝院河亭▐ 숭승원의 하정에 쓰다

陝郡衙中寺　　섬군의 관아에 있는 절
亭臨翠靄間　　푸른 안개 속의 정자에 다다르니
幾聲離岸櫓　　물가를 떠나는 배의 노 젓는 소리
數點別州山　　주를 가르는 아득히 이어진 산들.
野客猶思住　　나그네는 머물 생각을 하고
江鷗亦忘還　　갈매기도 돌아가는 것을 잊는다.
隔墻歌舞地　　담 너머로 가무의 소리 들리지만
喧靜不相關　　고요와 시끄러움에 상관치 않는다.

▌題普濟院▐ 보제원에 쓰다

河上似江邊　　황하 가는 마치 장강 변 같은데
寺臨河掩關　　황하에 임한 절은 문이 닫혀있다.
百年人自老　　백년이면 사람은 절로 늙는데
一閣意常閑　　누각 하나 꿋꿋이 늘 한가롭다.
野闊連天碧　　드넓은 들판은 푸른 하늘에 이어지고

苔多遍地斑	이끼 낀 땅은 온통 무늬를 이루고 있다.
數聲離岸櫓	강가를 떠나는 뱃고동 소리 들려오고
幾點別州山	주변의 산들은 점점이 늘어서 있다.
寒食花藏縣	한식 때는 봄꽃이 온 땅을 뒤덮고
重陽菊繞灣	중양절엔 국화가 강가를 수놓는다.
懸崖分鳥道	깎아지른 절벽은 새 길조차 갈라놓고
隔水似塵寰	물 건너편은 사람들이 사는 곳 같다.
雨急和僧語	비가 거셀 땐 스님과 이야기 나누고
雲高共鶴攀	구름이 높으면 학과 함께 오른다.
磬聲喧水檻	경쇠 소리가 물가 난간에 울려오고
幡影落波瀾	깃발 그림자는 물결 위에 떨어진다.
雁去歸汾曲	기러기는 분수 가로 돌아가고
槎來犯斗間	뗏목은 두수 사이를 지나온다.
冷齋如有暇	냉재에 여가가 있으면
到此屢開顔	이곳에 와서 얼굴을 펴야겠다.

┃冬暮郊居┃ 겨울 저녁 교외에서 묵으며

村落欲黃昏	촌락에 황혼이 깃들려고 하니
寒雲片片凝	찬 구름도 조각조각 모여든다.
隔城鐘似磬	저 건너 성의 종소리 경쇠 소리 같고
遠岫燒如燈	저 멀리 산 구멍의 불이 등불 같다.
名利堪彈指	명예와 이익은 순간에 불과한 것
林泉但枕肱	숲 속 샘에서 팔을 베고 누울 뿐.
何由遂閑散	어찌 한가해지기를 기다리겠는가?
自喜本無能	본래부터 무능한 것을 기뻐하였다.

┃咸陽道中作┃ 함양 가는 길에서 짓다

渭水凍無波	위수는 얼어붙어 물결지지 않지만
終南翠色多	종남산엔 푸른빛이 많이 남아있다.
雲臨殘照霽	갠 하늘 석양에 구름이 다가오고
客向故城過	나그네는 옛 성을 지나간다.
驚雁遠猶叫	놀란 기러기는 멀리서 울어대지만

牧童寒不歌　　목동은 추위에 노래부르지 않는다.
心愁人不會　　마음의 슬픔을 남들은 알지 못하여
謂我欲求何　　나더러 무엇을 추구하느냐고 한다.

▮ 冬日書事 ▮ 겨울 날 보고 느낀 것을 쓰다

十月天不暖　　시월의 날씨라 따뜻하지 않아
前村到豈能　　앞마을에도 가기가 쉽지 않다.
閑聞啄木鳥　　한가로이 나무를 쪼는 새 소리를 들으니
疑是打門僧　　스님이 문을 두드리는 소리인 것 같다.
壞砌平山雪　　무너진 담 너머로 눈 덮인 산이 보이고
空堂照瀑冰　　텅 빈 집에는 얼어붙은 폭포가 비쳐든다.
晚來因出戶　　저녁 무렵에 문을 나서는 터라
方始暫携藤　　잠시 등나무 지팡이에 의지한다.

　　위야에게는 다른 만당체 시인에 비해 비교적 경물의 묘사 없이 생활
속의 마음가짐을 사변적으로 노래한 시도 있다. 다음 시를 보자.

▮ 詠懷 ▮ 가슴 속의 느낌을 읊음

道心雖博愛　　도의 핵심은 널리 사랑하는 것이라지만
遇物忽難兼　　막상 사물을 대하면 겸전하기 어렵다.
樹更因巢惜　　나무는 둥지 때문에 더욱 아끼게 되고
雲曾爲月嫌　　구름은 달을 가려서 미워하게 된다.
酒中寧有感　　술 속에 무슨 감정이 있으랴만
詩裏覺無厭　　시 속에서는 물릴 줄을 모른다.
漸老成何事　　늙어가며 무슨 일을 이루겠는가?
疏慵病轉添　　게으름 피우다 오히려 병만 더해간다.

▮ 春日述懷 ▮ 봄날 가슴 속의 느낌을 서술함

春暖出茅亭　　봄날이라 따뜻하여 초가에서 나와
携筇傍水行　　지팡이 끌고 물가를 거닐었다.
易諳訓鹿性　　순한 사슴의 성질은 알기 쉽지만

難辨鬪禽情　　싸우는 새의 심정은 알 수가 없다.
妻喜栽花活　　아내는 즐겨 꽃을 가꾸며
幾夸鬪草贏　　투초 놀이에서 이긴 걸 몇 번이나 자랑했던가?
翻嫌我庸拙　　삶에 급급한 용렬한 내 모습을 보고
不解强謀生　　이해가 안 된다고 싫어한다.

위야는 두 시에서 모두 주변의 환경과 경물을 묘사하는 대신 야인의
생활 모습과 그러한 삶을 통해 체득해 가는 인생철학을 서술하여 훗날
송시의 한 특징을 이루게 되는 철리시(哲理詩)의 면모를 보여주었다. 사
마광(司馬光)도 ≪온공속시화(溫公續詩話)≫에서 <춘일술회(春日述懷)>시
에 대해 "야인의 취향을 참되게 체득하였다"[50]라고 평하였다.

(3) 임포(林逋)

위야와 함께 송초 은일시인의 대표격인 임포(967-1028)는 평생 결혼도
하지 않고 벼슬길에도 나아가지 않은 채 매화와 학을 동반자로 삼아 은
둔생활을 영위했기 때문에 당시의 명사와 고승들이 그와 교제하며 창화
하기를 좋아하였다. ≪송사·은일전≫에서 그에 대해 "성격이 담백하고
옛것을 좋아하며 영리를 추구하지 않아 집안이 가난하여 의식이 부족해
도 마음이 평온하였다. 처음에는 장강과 회수 사이를 떠돌았으나 한참
뒤에는 항주로 돌아와 서호의 고산에 초가를 짓고 20년 동안 도시에 발
을 들여놓지 않았다. 진종이 그의 명성을 듣고 곡식과 비단을 하사하였
다"[51]라고 기재한 것과 매요신(梅堯臣)이 ≪화정시집(和靖詩集)·서(序)≫
에서 "높은 봉우리에 쏟아지는 폭포와 같아서 멀리서 바라보면 사랑스

---

50) 熊黎輝, <論宋初詩壇>에서 재인용. "眞得野人之趣."
51) ≪宋史≫ 列傳 第216 隱逸 上, "性恬淡好古, 弗趨榮利, 家貧衣食不足, 晏如也. 初游
江淮間, 久之, 歸杭州, 結廬西湖之孤山, 二十年足不及城市. 眞宗聞其名, 賜粟帛."

럽고 가까이 다가가면 더욱 맑으며, 떠 마시면 달고 깨끗하여 싫증나지
않는다"52)라고 기재한 것을 통해 그의 사람됨과 생활모습을 짐작할 수
있다. 현재 ≪화정시집≫ 4권이 전하며, ≪전송시≫(二)에 그의 시 311수
가 수록되어 있다.

그의 시는 당시에 이미 명성이 높아서 남송의 대시인 육유(陸游)는
<발임화정첩(跋林和靖帖)>에서 "상부・천희 간에 절조와 문학으로 천하
에 이름을 떨친 선비로는 섬교의 위야와 전당의 임포 두 사람이 있는데
모두 시에 뛰어났다. 그때 천자께서 봉선을 행하고 태평을 고하였는데, 두
사람이 있어서 천하의 기린・봉황・지초로도 언급하기에 부족했다"53)라
고 말하여 임포와 위야 두 사람을 몹시 존중하였고, 매요신은 ≪화정시
집・서≫에서 임포의 시를 평하여 "평담하면서 오묘하고 아름다워 읊조
리면 온갖 일을 잊게 한다. 그의 말은 평정에 주력하고 풍자에 주력하지
않았다"54)라고 하였는데, 이 말은 산림시인 특유의 시가 미술 경계를 표
현한 것이다. 그의 시는 자신이 처한 환경과 생활을 기반으로 하여 담백
한 필치로 눈앞의 경물과 한적한 생활모습을 묘사한 것이 주류를 이루
고 있는데, 대체로 풍격이 청담하고 의취가 고원하다. 다음 시를 보자.

┃山村多暮┃ 산촌의 겨울 저녁

衡茅林麓下　산기슭 아래의 누추한 초가에도
春氣已微茫　봄기운이 희미하게 찾아들었다.
雪竹低寒翠　눈 덮인 대나무도 밑에서 푸름이 돋고
風梅落晚香　바람에 떨어지는 매화에선 향기가 풍겨온다.
樵期多獨往　나무하러 홀로 가는 날이 많고
茶事不全忙　차 잎 가꾸는 일도 전적으로 바쁜 건 아니다.
雙鷺有時起　백로 한 쌍이 때때로 날갯짓하며

---

52) "若高峰瀑泉, 望之可愛, 卽之愈淸, 挹之甘潔而不厭也."
53) "祥符・天禧間, 士之風節・文學名天下者, 陝郊魏仲先・錢塘林君復二人, 又皆工于詩.
　　方是時, 天子修封禪・吿太平, 有二人在, 天下麟・鳳・芝草, 不足言矣."
54) "平淡邃美, 咏之令人忘百事也. 其辭主乎靜, 不主乎刺譏."

橫飛過野塘   들판의 못을 가로질러 날아간다.

▌**孤山隱居書壁** ▌ 고산에 은거하며 벽에 쓰다

山水未深猿鳥少   산과 물 깊지 않아 원숭이와 새 드물지만
此生猶擬別移居   이 한 평생 외따로 이곳에 와 살리라.
直過天竺溪流上   천축산 지나 시냇물 따라 올라가
獨樹爲橋小結廬   나무 하나 다리 삼아 오두막을 지었다.

▌**孤山雪中寫望** ▌ 눈 덮인 고산에서 바라본 것을 적다

片山兼水遠   한 조각 산은 물과 함께 아득하고
晴雪復漫漫   갠 하늘에 은빛 세계가 끝없이 펼쳐있다.
一徑何人到   외길이라 오는 사람도 없어
中林盡日看   숲 속에서 종일토록 바라본다.
遠分樵載重   멀리 나무꾼이 나뭇짐을 무겁게 싣고 가고
斜壓葦叢乾   마른 갈대숲은 눈에 눌려 무너질 듯하다.
樓閣嚴城寺   삼엄한 성 안 절의 누각에서
疏鐘動晩寒   성긴 종소리가 찬 저녁 하늘에 울려온다.

▌**秋日西湖閑泛** ▌ 가을날 서호에서 한가로이 배를 띄우다

水氣幷山影   물 기운과 산 그림자
蒼茫已作秋   창연히 가을이 되었다.
林深喜見寺   숲이 깊어 절이 보이니 기쁘고
岸靜惜移舟   강가가 고요하니 배를 옮기기가 아쉽다.
疏葦先寒折   성긴 갈대는 추위에 앞서 꺾여있고
殘紅帶夕收   시든 꽃은 저녁 빛 머금고 떨어진다.
吾廬在何處   나의 초가는 어디에 있는가?
歸興起漁謳   뱃노래 소리에 귀흥이 인다.

임포는 영물시에서도 뛰어난 성과를 거두었는데, 매화를 노래한 다
음 시에서는 표현의 신선함과 함께 작가의 호젓하고 고아한 정취를 느
낄 수 있다.

┃山園小梅┃ 동산의 작은 매화

衆芳搖落獨暄妍　　모든 꽃 다 졌는데 홀로 곱게 피어나
占盡風情向小園　　작은 동산의 아름다운 풍광을 독차지했다.
疏影橫斜水淸淺　　맑은 개울물 위로 희미한 그림자 드리우고
暗香浮動月黃昏[55]　그윽한 향기는 황혼의 달빛 속에 번져온다.
霜禽欲下先偸眼　　하얀 새는 내려앉기 전에 눈길 먼저 주고
粉蝶如知合斷魂　　흰나비도 안다면 넋을 잃고 감탄하리.
幸有微吟可相狎　　다행히 시 읊으며 서로 친할 수 있으니
不須檀板共金尊　　노래판과 술자리가 무슨 소용 있으랴!

특히 이 시의 함련 "疏影橫斜水淸淺, 暗香浮動月黃昏"은 매화의 예술 특징을 잘 포착하여 역대로 전송되는 명구이다.[56] 이와 같이 산림에 은거하는 한적한 생활모습을 담은 작품들이 그의 시의 대부분을 차지하고 있지만 다음과 같은 풍자시도 있다.

┃竹林┃ 대나무 숲

寺籬斜夾千梢翠　　절 울타리의 대나무 숲 파랗게 우거져 있고
山磴深穿萬籜乾　　산 비탈길 깊숙이 죽순 껍질이 말라있다.
却憶貴家廳館裏　　생각해보면 높으신 댁 대청에는
粉墻時畵數莖看　　때맞춰 하얀 벽에 대나무 몇 그루 그려놓았지.

아무리 훌륭한 저택이라도 벽에 인공으로 그려놓은 대나무가 자연속에 늘어선 대나무 숲에 비견될 수는 없을 것이다. 시인은 부귀한 사람들의 몰취미를 풍자함으로써 간접적으로 그들을 비판하였다.

---

55) 이 두 구절은 五代 詩人 江爲의 <咏桂>詩, "竹影橫斜水淸淺, 桂香浮動月黃昏" 구절을 변화시킨 것이지만 표현과 구성의 적절성이 더욱 뛰어나다.
56) 南宋의 詞人 姜夔는 매화를 읊은 사를 지어 <暗香>, <疏影>이라고 命名하기도 하였다.

(4) 구승(九僧)

구승으로 알려진 북송 초기 아홉 승려들의 시는 만당체시의 전형을
보여주고 있다. 구양수(歐陽修)의 ≪육일시화(六一詩話)≫는 구승에 대해
다음과 같이 기록하였다.

> 우리 왕조의 승려 중에 시로써 세상에 이름을 날린 사람 9인은 당시에
> 시집이 있어서 ≪구승시≫라고 불렸는데 지금은 더 이상 전해지지 않는다.
> 내가 어렸을 때 많은 사람들이 그들을 일컫는 것을 들었는데 그 중의 한 사
> 람을 혜숭이라 하고 나머지 여덟 사람은 이름을 잊었다. 나는 또한 그들의
> 시를 일부 기억하는데, "항복한 땅에선 말이 멋대로 뛰어다니고, 전쟁이 지
> 나간 뒤 구름 사이로 수리가 배회한다"[57], "계령 너머로 봄은 돋아나건만,
> 그 사람은 해구의 서쪽에 있구나"[58] 등으로서 그들의 가구는 대개 이런 류
> 이다. 그들의 시집이 이미 없어져서 지금 사람들은 이른바 9승이 있었는지
> 도 모르니 안타까운 일이다. 당시에 허동이라는 진사가 있었는데 글 솜씨가
> 뛰어난 빼어난 선비였다. 한번은 여러 시승과 회동하여 시제를 나누어주고
> 종이 한 장을 꺼내어 "다음의 글자들은 사용할 수 없다"고 약정하였는데,
> 그 글자들은 바로 산(山), 수(水), 풍(風), 운(雲), 죽(竹), 석(石), 화(花), 초(草),
> 설(雪), 상(霜), 성(星), 금(禽), 조(鳥) 등이었다. 이에 시승들은 모두 붓을 놓
> 고 말았다.[59]

---

57) 이 구절은 惠昭, <塞上贈王太尉>시의 일부로서 ≪淸波雜志≫ 권11에 보인다. ≪全
宋詩≫(一), 18쪽 참조.

58) 이 구절은 希晝, <懷廣南轉運陳學士狀元>시의 일부로서 ≪淸波雜志≫ 권11에 보인
다. ≪全宋詩≫(一), 18쪽 참조.

59) "國朝浮圖以詩名于世者九人, 故時有集, 號≪九僧詩≫, 今不復傳矣. 余少時, 聞人多
稱之. 其一日惠崇, 餘八人者, 忘其名字也. 余亦略記其詩, 有云: '馬放降來地, 雕盤戰
後雲.' 又云: '春生桂嶺外, 人在海門西.' 其佳句多類此. 其集已亡, 今人多不知有所謂
九僧者矣. 是可嘆也! 當時, 有進士許洞者, 善爲詞章, 俊逸之士也. 因會諸詩僧分題,
出一紙, 約曰: '不得犯此一字.' 其字乃山·水·風·雲·竹·石·花·草·雪·霜·
星·月·禽·鳥之類, 于是諸僧皆閣筆."

  구양수는 이 글에서 9승 시의 특징과 결점을 함께 지적하였지만 9승
의 이름에 대해서는 혜숭 밖에 언급하지 못하였다. 이에 대해 사마광은
≪온공속시화≫에서 다음과 같이 보충하였다.

  구양수는 ≪구승시집≫이 이미 없어졌다고 말했는데, 원풍 원년(1078)
가을 내가 만안산 옥천사에 갔을 때 진사 민교여의 집에서 그것을 얻었다.
이른바 아홉 시승은 검남의 희주, 금화의 보섬, 남월의 문조, 천태의 행조,
옥주의 간장, 청성의 유봉, 회남의 혜숭, 강남의 우소, 아미의 회고이다. 직
소문관 진충이 모아 엮고 서를 썼는데, 그 중에 잘된 것은 세인이 일컫는
몇 연에 불과할 뿐이다.[60]

  이렇게 하여 9승과 그 거주지역이 후세에 알려지게 되었다. 현존하
는 ≪구승시집≫에 경덕(景德) 원년(1004) 진충(陳充)이 쓴 서가 있으므로
그것이 옛 송본(宋本)임을 알 수 있다. 현재 전해지는 9승시로는 ≪전송
시≫(三)에 희주 18수, 보섬 25수, 문조 14수, 행조 16수, 간장 19수, 유봉
15수, 혜숭 14수, 우소 12수, 회고 9수 합계 142수가 실려 있다.
  9승시의 풍격에 대해 원(元) 방회(方回)는 ≪영규율수(瀛奎律髓)≫에서
다음과 같이 말하였다.

  송 왕조 초기는 당에서 멀지 않다. 아홉 승려의 시는 모두 가도와 주하의
맑고 정교한 시풍을 학습했는데, 이른바 경치를 묘사한 시구에 사람마다 힘
을 쏟았지만 가도의 고고함과 주하의 풍부함에 미치지 못했을 따름이다.[61]

  현재 전해지는 9승시는 거의 전부 오언율시이고 경치의 묘사에 힘을

---

60) "歐公云, ≪九僧詩集≫已亡, 元豊元年秋, 余游萬安山玉泉寺, 于進士閔交如舍得之.
  所謂九詩僧者, 劍南希晝·金華保暹·南越文兆·天台行肇·沃州簡長·青城惟鳳·
  淮南惠崇·江南宇昭·峨眉懷古也. 直昭文館陳充集而序之, 其美者亦止於世人所稱數
  聯耳."
61) ≪瀛奎律髓≫ 권47 文兆 <宿西山精舍> 詩下, "有宋國初, 未遠唐也. 凡此九人詩, 皆
  學賈島·周賀清苦工密, 所謂景聯人人着意, 但不及賈之高周之富耳."

쏟아 자구의 단련에 성과를 거두었지만 제재와 의경의 협소함에서 벗어나지 못하였으니 9승 시의 풍격은 대체로 방회가 말한 것과 같다.

9승의 대표격인 사람은 혜숭으로서 그는 시화(詩畵)에 뛰어나 기타 8인의 시승 및 임포·구준·양억(楊億)·유균(劉筠) 등과 시문을 주고받았다. ≪상산야록(湘山野錄)≫에는 혜숭과 구준의 분제시사(分題詩事)가 기록되어 있는데, 그 내용은 다음과 같다.

> 구준이 시승 혜숭을 위해 연못 정자에서 연회를 열고 제목을 나누어 각자 시를 짓고 우열을 비교하는 놀이를 했다. 구준은 지상류(池上柳) 청자운(青字韻)을 얻고 혜숭은 지상로(池上鷺) 명자운(明字韻)을 얻었다. 혜숭은 연못길을 묵묵히 돌며 오시(午時)부터 신시(申時)에 이르도록 아득한 곳으로 마음을 달리며 시구를 찾다가 갑자기 두 손가락으로 허공을 가리키고 미소지으며 "이 시의 공력은 명자(明字)에 있는데 5번 압운을 해보아도 완성하지 못하다가 이제 비로소 시구를 얻었습니다"라고 말하였다. 구준이 "입으로 시를 읊어보시지요"라고 하자 혜숭이 시를 읊었다. 이에 구준이 웃으며 "나의 지상류(池上柳) 시는 공력이 청자(青字)에 있는데 이미 4번 압운을 해보았지만 끝내 마음에 들지 않으니 그만두는 것이 낫겠습니다"라고 말하였다.[62]

이 때 혜숭이 지은 시가 ≪구승시집보유(九僧詩集補遺)≫에 실려 있는 <지상로분부득명자(池上鷺分賦得明字)>시이다.

雨絶方塘溢	비 내린 뒤라 연못 물 넘실거리는데
遲迴不復驚	배회하며 더 이상 놀라지 않는다.
曝翎沙日暖	따뜻한 모래 위에서 깃털 말리며
引步島風淸	걸음을 떼어놓으니 섬 바람이 맑다.

---

62) ≪兩宋文史論叢≫, 154쪽에서 재인용. "寇萊公延詩僧惠崇于池亭, 探鬮分題, 萊公得池上柳青字韻, 崇得池上鷺明字韻. 崇默繞池徑, 馳心杳冥以搜之, 自午及晡, 忽以二指點空微笑曰: '此篇功在明字, 凡五押之俱不到, 方今得之.' 公曰: '試請口擧' 崇擧詩云云. 公笑曰: '吾之柳功在青字, 已四押之, 終未愜, 不若且罷.'"

照水千尋迥	물에 비치니 천 길 아득하고
棲煙一點明	안개 속에 깃드니 한 점 분명하다.
主人池上鳳	주인 격인 연못의 봉새가
見爾憶蓬瀛	너를 보고 봉래・영주를 회상하리라.

이 시에서 혜숭이 5번 압운을 해서 얻은 가구(佳句)는 "棲煙一點明"
이며, 중간의 4구를 통해 그의 시공(詩功)이 주로 자구의 단련에 있음을
알 수 있다. 혜숭의 시를 한 수 더 들어본다.

┃訪楊云卿淮上別業 ┃ 양운경의 회수 가 별장을 방문하고

地近得頻到	가까운 곳이라 자주 올 수 있어
相携向野亭	손 붙잡고 들판의 정자로 나간다.
河分崗勢斷	강의 흐름은 산언덕을 둘로 나누어 놓고
春入燒痕靑	봄기운은 쥐불 놓은 곳을 파랗게 물들인다.
望久人收釣	한참을 바라보니 사람들 낚시 거두고
吟餘鶴振翎	시를 읊조리니 학도 날갯짓한다.
不愁歸路晩	돌아갈 길 늦는 것 걱정할 것 없으니
明月上前汀	앞 쪽 모래 섬 위로 밝은 달 떠오른다.

이 시와 관련하여 문조(文兆)는 다음과 같은 시를 한 수 남기고 있다.

河分崗勢司空曙	'하분강세(河分崗勢)'는 사공서의 시구이고
春入燒痕劉長卿	'춘입소흔(春入燒痕)'은 유장경의 시구이다.
不是師兄儌古句	사형이 옛 시구를 훔친 것이 아니라면
古人詩句犯師兄	고인의 시구가 사형의 시를 침범한 것이리.

문조의 이같은 조소에 대하여 ≪상산야록(湘山野錄)≫에서는 "송의 9
승 시 중에서 혜숭만이 뛰어나 일찍이 '강의 흐름은 산언덕을 둘로 나누
어 놓고, 봄기운은 쥐불 놓은 곳을 파랗게 물들인다'구가 도성에서 전송
되느라 와자지껄 시끄러울 정도였지만, 다른 승려들은 적막강산이어서

이로 인해 그를 꺼리게 되어 그의 표절을 몹시 모함하게 되었다. 그래서 민승(閩僧) 문조가 시로써 그를 조소하여 그같이 읊은 것이다"[63]라고 하여, 당시 혜숭의 시명(詩名)은 다른 승려들의 시기를 살 정도로 높았던 것 같다. 그러나 다른 시승들의 시도 내용과 풍격이 혜숭과 비슷했을 뿐만 아니라 자구의 단련에 있어서도 그 성과가 혜숭과 별 차이가 없다. 그들의 시를 몇 수 들어본다.

┃懷廣南轉運陳學士狀元(회주)┃ 광남전운사 진학사의 장원을 회상하며

極望隨南斗	남두성 따라 저 멀리 바라보니
沼沼思欲迷	아득하여 생각이 미혹에 빠져든다.
春生桂嶺外	계령 너머로 봄은 돋아나건만
人在海門西	그 사람은 해구(海口)의 서쪽에 있다.
殘日依山盡	석양은 산에 기대어 져가고
長天向水低	끝없는 하늘은 물 따라 낮게 드리웠다.
遙知仙館夢	아득히 선관(仙館)[64]의 꿈을 알고 있으니
夜夜怯猿啼	밤마다 원숭이 울음소리에 겁이 난다.

┃秋徑(보섬)┃ 가을 길

杉竹淸陰合	삼나무와 대나무 어울려 맑은 그늘 이루고
閒行意有憑	한가로이 거니니 길 따라 뜻이 간다.
涼生初過雨	비 지나간 뒤라 서늘한 기운 일고
靜極忽歸僧	고요 속에 문득 돌아가는 승려 보인다.
蟲迹穿幽穴	벌레의 자취는 어두운 구멍을 뚫고 나갔고
苔痕接斷稜	이끼 흔적은 끊어진 모서리를 이었다.
翻思深隱處	깊이 은거할 곳을 곰곰이 생각하니
峯頂下層層	봉우리 아래로 층층이 바로 그곳이다.

---

63) ≪全宋詩≫(三), 1452쪽에서 재인용. "宋九釋詩惟惠崇師絕出, 嘗有'河分崗勢斷, 春入燒痕靑'之句, 傳誦都下, 籍籍喧著. 餘緇逐寂寥無聞, 因忌之, 乃厚誣其盜. 閩僧文兆以詩嘲之云云."

64) 仙館은 仙人이 수도하거나 쉬는 장소를 가리키며, 道觀을 일컫기도 한다.

┃ 郊居吟(행조) ┃ 교외에 거처하며

靜室簾孤捲	고요한 방에 주렴 홀로 걷혀 있고
幽光墜露多	그윽한 빛 아래 떨어지는 이슬 많다.
徑寒松影轉	차가운 길에 소나무 그림자 바뀌어가고
窓晚雁聲過	저녁 창문으로는 기러기 울며 지나간다.
茗味沙泉合	차는 사천(沙泉)의 물맛과 어울리고
鑪香竹靄和	향로 향은 대나무에 비쳐드는 놀빛과 합쳐진다.
遙懷起深夕	깊은 밤 먼 곳에 대한 생각 일지만
舊寺隔滄波	옛 절은 푸른 물결 너머에 있다.

┃ 送僧南歸(간장) ┃ 남쪽으로 돌아가는 스님을 전송하며

漸老念鄉國	늙어갈수록 고향이 생각나는데
先歸獨羨君	먼저 돌아가는 그대가 부럽기만 하다.
吳山全接漢	오산은 온통 한수에 접해 있고
江樹半藏雲	강가의 나무들은 반쯤 구름에 가려있다.
振錫林煙斷	지팡이를 흔드니 숲의 안개 끊어지고
添瓶澗月分	동이로 물을 뜨니 시냇물 속의 달이 갈라진다.
重棲上方夜	다시 절에 돌아와 밤을 맞으니
孤狖雪中聞	눈 속에 외로운 원숭이 울음소리 들린다.

방회가 9승 시를 총론하여 "사람들이 9승 시를 볼 때 간혹 손쉽게 썼다고 여기지만 그것은 그들이 얼마나 깎고 다듬었으며 얼마나 퇴고하여 이루었는지를 모르는 말이다. 한 구절 한 연을 소홀히 할 수 없었던 것이다"65)라고 말했듯이 그들은 자구의 단련에 힘을 기울였지만 그 표현이 자연스럽게 되도록 노력하였고, 그 방면에서 어느 정도 성과를 거두었음을 알 수 있다.

---

65) 《瀛奎律髓》 권47 懷古 <寺居寄簡長> 詩下, "人見九僧詩, 或易之, 不知其幾鍛鍊幾敲推乃成, 一句一聯不可忽也."

(5) 구준(寇準)

만당체에 속하는 대부분의 시인들이 재야인사였던 반면에 구준(961-1023)은 지위가 재상에까지 올랐던 고관이었다. 그러나 구준의 시가 창작은 그의 생활환경이나 정치적 지위와는 달리 눈앞의 경치를 묘사하고 자신의 심정을 서술하여 다른 만당체 시인들의 작품과 유사한 길을 달렸다. 현재 그의 시로는 ≪구충민공시집(寇忠愍公詩集)≫ 3권이 전하며, ≪전송시≫(二)에 그의 시 283수가 수록되어 있다.

그의 시를 살펴보면 주변 경물의 정밀한 묘사 속에 자신의 감정을 이입시키는 경향이 뚜렷하며, 또한 맑고 고적한 풍격과 협소한 경계로 인해 경물의 묘사가 황량하고 쓸쓸한 편이다. 먼저 그의 명편으로 알려져 있는 <춘일등루회귀(春日登樓懷歸)>(봄날 누대에 올라 고향을 생각하며)시를 보자.

高樓聊引望	높은 누대에서 멀리 바라보니
杳杳一川平	아득히 광야가 펼쳐져 있다.
野水無人渡	들판의 강에는 건너는 사람이 없어
孤舟盡日橫	배만 외로이 종일토록 매여 있다.
荒村生斷靄	황량한 마을에선 안개가 피어오르고
古寺語流鶯	낡은 절에선 꾀꼬리 소리 흘러나온다.
舊業遙淸渭	머나먼 고향 위수 가의 옛 가업
沉思忽自驚	회상에 잠겨 있다가 놀라 깨어난다.

이 시는 봄의 정경을 묘사한 것인데도 전편에 걸쳐 적막하고 황량한 기운이 배어있다. 함련의 "野水無人渡, 孤舟盡日橫"은 위응물(韋應物)의 <저주서간(滁州西澗)>시 "野渡無人舟自橫"(들판 나루에 사람은 없고 배만 혼자 걸려있다)구를 변화시킨 것인데, 황량한 자연환경과 시인의 고독한 심리상태가 잘 어우러져 있다. 방회는 이 시를 평하여 "구공의 시는 만당

을 학습하여 구승체와 비슷하다"[66]라고 하여, 구준의 시가 만당체에 속한다는 것을 밝혔고, ≪초계어은총화(苕溪漁隱叢話)≫에서는 "구준의 시에는 정사가 처완하게 담겨 있어서 정이 풍부하다"라고 평하여 그의 시가 "오직 눈앞의 경물을 찾아 깊이 있게 사고하였다"는 만당체 시풍의 보편적 특징을 갖추고 있음을 언급하였다.[67] 다음의 시에서 우리는 그의 이러한 특징을 확인할 수 있다.

┃水村卽事┃ 물가 마을에서 본 대로 느낀 대로

虛齋臨遠水	서재를 비워두고 멀리 물가로 나가
吟釣度朝晡	시 읊고 낚시하며 하루를 보낸다.
葦岸秋聲合	갈대 언덕에선 가을 소리 합쳐지고
莎庭鶴影孤	사초 뜰에는 학 그림자 외롭다.
片雲藏疊巘	조각 구름은 첩첩 산봉우리를 감추고
野燒起寒蕪	차가운 초원에선 들불이 피어난다.
獨步時凝望	홀로 걸으며 이따금 물끄러미 바라보니
離人隔五湖	떠나간 그 사람 오호 저편에 있구나.

이 시는 물가 마을의 경물과 사람을 묘사하였는데 세밀의 공이 잘 나타나 있다. 그의 시를 몇 수 더 들어본다.

┃春晝┃ 봄 낮

午晝花陰靜	꽃 그림자 고요한 대낮에
春風數蝶飛	봄바람 타고 날아가는 나비들.
坐來生遠思	멀리 있는 사람 생각이 솟구치는데
深院燕初歸	갓 돌아온 제비 깊숙한 정원으로 날아든다.

---

66) ≪瀛奎律髓≫ 권10, "萊公詩學晩唐, (與)九僧體相似."
67) 許總, ≪宋詩史≫, 72쪽에서 재인용. "忠愍公詩含思悽惋, 蓋富于情者也.", "惟搜眼前景而深刻思之."

▌夜望▌ 밤의 조망

南亭閒坐欲忘機	남쪽 정자에 앉아 속된 마음 잊고자
望久前村島嶼微	앞마을 바라보니 섬이 아득하다.
數點寒燈起烟浪	안개 낀 물결 위로 깜박이는 등불들은
江艇應見夜漁歸	고기잡이에서 돌아오는 밤배들인가 보다.

▌南浦▌ 남쪽 포구

春色入垂楊	봄빛은 늘어진 버들에 들고
煙波漲南浦	안개 어린 물결은 남쪽 포구에 넘실거린다.
落日動離魂	지는 해는 떠나가는 마음을 뒤흔들고
江花泣微雨	강변의 꽃은 가랑비에 눈물짓는다.

▌書河上亭壁▌ 황하 가 정자 벽에 쓰다(四)

暮天寥落凍雲垂	저녁 하늘 쓸쓸하고 찬 구름 드리웠는데
一望危亭欲下遲	높다란 정자에서 바라보니 해는 뉘엿뉘엿하다.
臨水數村誰畫得	물가의 마을들 누가 그려낼 수 있을까?
淺山寒雪未消時	산의 눈 녹지 않아 희뿌연 이 때의 모습을.

▌春陵[68]聞雁▌ 용릉에서 기러기 날아가는 소리를 듣고

蕭蕭疏葉下長亭	잎새는 쓸쓸히 장정 아래로 떨어지고
雲澹秋空一雁經	구름 맑은 가을 하늘을 날아가는 기러기 한 마리
惟有北人偏悵望	북녘 사람 슬픔에 젖어 이를 바라보다
孤城獨上倚樓聽	외로운 성에 홀로 올라 누각에 기대어 듣는다.

▌月夜懷故人▌ 달밤에 옛 친구를 생각하며

清夜月初滿	달 둥근 맑은 밤
蘚庭吟更幽	이끼 낀 정원에서 시 읊조리니 더욱 그윽하다.
梧桐疏影老	오래된 오동은 그림자 성기고
蟋蟀亂聲秋	가을 귀뚜라미는 우는 소리 요란하다.

---

68) 春陵은 湖南省 寧遠 서북쪽에 있다. 寧遠은 道州에 속하였는데 구준은 당시 道州司馬로 좌천되었었다.

舊國情何極　고향 그리는 마음 어찌 다할까?
空江思欲流　텅 빈 강 따라 그리움이 흐른다.
故人今底處　그 사람은 지금 어느 곳에 있을까?
危坐獨凝愁　높은 곳에 앉아 홀로 슬픔에 엉긴다.

구준의 이와 같은 마음상태는 그의 송별시에도 똑같이 나타난다. 다음 시를 보자.

┃送人遊邊┃ 변방으로 떠나는 그대를 보내며

遠行當歲暮　세밑에 먼 길 떠나면
冰雪路難分　빙판 지고 눈 쌓여 길을 분간하기도 어려우리.
疋馬陽關外　필마에 의지하여 양관 밖으로 나갈 그대
邊聲落日聞　지는 해 속에 변방의 소리 들으리.

구준의 시에 일관되게 나타나는 황량한 환경과 고독한 심태의 결합은 종종 청고(清苦)한 시풍과 애원(哀怨)한 정조를 형성한다. 다음 시를 보자.

┃遠恨┃ 멀리 떨어져 있는 슬픔

敗葉亂如雨　낙엽은 비처럼 어지러이 흩날리고
暮蟬聲似哭　저녁 매미 소리는 우는 듯하다.
感物悲昔心　사물을 대하니 옛날 생각에 슬프고
佳期悵難續　좋은 시절 지속될 수 없음에 슬프다.
雲山雖阻歎　구름과 산이 가로놓여 있어 한스럽지만
韶華若在目　아름다운 세월은 눈앞에 아른거린다.
深情染綵牋　깊은 정이 채색 편지지를 물들여
密密空盈幅　빈 종이를 빽빽하게 채웠다.
溫瘴雁不來　덥고 습기 찬 곳이라 기러기 오지 않고
游魚隱深谷　물고기도 깊은 계곡으로 숨어버렸다.
羽鱗孰可憑　새와 물고기 어느 것을 의지할 수 있을까?
音書安可復　소식과 서신을 어떻게 전할 수 있으리?
焚灰寄長風　불태워 재로 만들어 바람에 부치니

字滅魂亦逐   사라지는 글자 따라 혼도 쫓아간다.

'패엽(敗葉)'·'모선(暮蟬)'으로 시작되는 이 시는 온통 쓸쓸한 경물뿐이고, 이와 같은 자연경물과 멀리 떨어져 있는 데서 우러나는 주관 감정의 교감은 작가 자신의 비애의식을 작품 속에 체현한 것이라고 할 수 있다.

(6) 위상과 평가

북송 초기에 창화시풍은 황제의 애호와 권면에 힘입어 백체 시인을 중심으로 궁정과 관료사회에 유행하였지만 그 세력은 민간에까지 미쳐서 대부분이 재야의 승려와 문사였던 만당체 시인들도 창화 수증에 열심이었고 그에 따라 이것이 그들 시가 창작의 한 특징이 되었다. 예를들어 임포는 당시 항주(杭州) 지주(知州)였던 왕수(王隨)와 창화하며 가깝게 지냈고, 위야도 익주(益州) 지주(知州) 설전(薛田)과 30여 년을 교유하며 창화시를 주고받았으며, 구승 중의 혜숭은 임포·구준·양억·유균 등과 시가의 수창이 있었고, 희주·우소 등도 유균·위야와 창화한 작품이 있다. 이와 같이 만당체 시인들도 수창을 좋아하여 많은 창화시를 남기고 있지만, 창화를 주된 특징으로 했던 백체시 및 직접 창화시집으로 인해 명성을 얻었던 서곤체시(西崑體詩)와 비교해볼 때 서로 간에 다른 점이 있다. 우선 만당체 시인들의 전체 작품 중에서 창화시가 차지하는 비중이 백체시나 서곤체시와 비교할 때 상대적으로 낮으며, 다음으로 그들의 창화시에 표현된 내용과 풍격도 백체·서곤체의 창화시와 사뭇 다르다. 먼저 위야가 구주판관(衢州判官)으로 부임해 가는 친구 왕희(王希)에게 준 다음 시를 보자.

┃送王希赴任衢州判官 ┃ 구주 판관으로 부임하는 왕희를 보내며

秋江四十有餘程　　가을의 강물 따라 가는 40여 일의 여정은
稱作紅蓮泛水清　　맑은 물에 떠가는 붉은 연꽃이라고 해야겠다.
從闕到州堪羨處　　대궐에서 구주 가는 길은 부러운 곳이니
船中坐臥看山行　　배 속에서 앉으나 누우나 산을 보며 가게 되리.

　　판관의 직책을 받고 수도 변경(汴京)을 떠나 구주(衢州)로 가는 친구를 보내면서 위야는 석별의 정이나 벗에 대한 권면을 서술하는 대신 여행 도중에 벗이 누리게 될 자연경치를 상상하고 부러워하는 마음을 표현하였는데, 이와 같은 착상은 백체시나 서곤체시에서 찾아볼 수 없는 것이다.

　　다시 구준이 위야에게 보낸 시를 한 수 들어본다.

┃贈魏野處士 ┃ 위야 처사에게

人間名利走塵埃　　사람들은 명리를 찾아 속세를 뛰어다니건만
惟子高閑晦盛才　　그대만이 고고하게 뛰어난 재능을 감추고 있다.
欹枕夜風喧薜荔　　베개에 기대 밤바람에 소리내는 사철나무 소리 듣고
閉門春雨長莓苔　　방안에서 봄비에 이끼 자라는 소리를 듣는다.
詩題遠岫經年得　　시제는 저 멀리 산구멍에서 일년 내내 얻고
僧戀幽軒繼日來　　중들이 좋아하여 그윽한 정자로 날마다 찾아온다.
却恐明君徵隱逸　　다만 두려운 건 군왕이 은둔한 그대를 부르는 것이니
溪雲誰得共徘徊　　시냇가 구름 아래를 누구와 함께 거닐 수 있으리!

　　당시 고관이었던 구준이 은둔생활 중인 위야에게 보낸 시인만큼 속세를 떠나 자연을 벗삼으며 유유자적하는 위야의 모습을 그리며 흠모의 정을 담은 것은 당연하게 보일지 모르지만, 미연 출구(出句)의 "다만 두려운 건 군왕이 은둔한 그대를 부르는 것이니"와 같이 은둔생활을 가치 있는 것으로 보는 표현과 전체적으로 돋보이는 섬세한 묘사는 만당체시의 특징을 여실히 보여주고 있다.

임포가 매요신에게 준 시를 한 수 더 들어본다.

┃ 和梅聖兪雪中同虛白上人見訪 ┃
매요신이 눈 속에 허백상인과 내방한 것에 화답하여

湖上玩佳雪	호수에서 아름다운 눈을 즐기며
相將惟道林	서로 이끌어 숲으로 접어들었다.
早烟村意遠	이른 안개는 마을 분위기와 멀고
春漲岸痕深	불어난 봄물에 강기슭의 흔적이 깊다.
地僻過三徑⁶⁹⁾	궁벽한 곳이라 삼경을 지나고
人閑試五禽⁷⁰⁾	한가한 몸이라 새들과 어울린다.
歸橈有餘興	돌아가는 배에서도 여흥이 있겠지만
寧復比山陰	어찌 다시 이 산 속에 비기랴!

이 시 역시 눈앞의 경치를 맑고 자연스럽게 묘사하고 있으며, 사의(辭意)가 정교하여 창화시임에도 불구하고 구상이 정밀한 만당체시의 특징을 잘 보여주고 있다.

만당체시가 지니고 있는 또 하나의 특징은 백체 말류의 천속하고 평이한 시풍을 바꾸는 데 뜻을 두었으면서도 전고의 사용을 중시한 서곤체 시인들과는 달리 전고를 사용하지 않고 정밀한 구상과 간결한 표현에 힘쓴 것이다. 양신(楊愼)이 일찍이 그들의 시를 평하여 "또한 전고의 사용을 기피하여 그것을 '점귀부(點鬼簿)'라고 일렀으며, 오직 눈앞의 경물을 취하여 그것을 깊이 사고하였다"⁷¹⁾라고 한 것은 만당체시의 특징을 잘 요약한 말이다. 반랑의 다음 시를 보자.

---

69) 三徑은 은거자의 집안 뜰을 가리킨다.
70) 五禽은 학, 공작, 앵무, 황새, 백로의 다섯 가지 새를 가리킨다.
71) ≪升庵詩話·晚唐兩詩派≫, "又忌用事, 謂之點鬼簿, 惟搜眼前景而深刻思之."

▎九華山 ▎[72) 구화산

將齊華嶽猶多六	화악에 비해서는 여섯 봉우리가 더 많고
若並巫山又缺三	무산에 비해서는 세 봉우리가 적다.
好是雨餘江上望	비 그친 뒤 강가에서 바라보는 모습이 아름다워
白雲堆裏潑濃藍	흰 구름 쌓인 속에서 짙은 푸름을 뿜어낸다.

반랑은 이 시에서 구화산의 모습을 생동감 있게 묘사하였다. 처음 두 구에서 이 산의 모습을 화악·무산과 비교하여 연상시킨 뒤 세 번째 구에서 이 산의 모습이 가장 아름답게 보이는 때와 지점을 언급하여 아름다운 산의 모습을 자연스럽게 그려내었으며, 마지막 구에서 '뿜어낸다'는 말을 통해 그림으로는 묘사해낼 수 없는 동적인 모습을 강렬하게 표현해내었다.

다시 임포의 시를 들어본다.

▎秋江寫望 ▎ 가을 강에서 바라본 것을 적다

蒼茫沙嘴鷺鷥眠	멀리 강가 모래밭에서 백로는 잠이 들고
片水無痕浸碧天	강물은 흔적도 없이 푸른 하늘에 들었다.
最愛蘆花經雨後	비가 갠 후라서 갈대꽃이 사랑스럽기만 한데
一篷烟火飯漁船	어선에 연기 오르는 것이 밥을 짓는가 보다.

이 시에서 작자는 잠든 백로를 통해 가을 저녁의 평온함을 표현하였고, 두 번째 구에서 "강물이 흔적도 없이 푸른 하늘에 들었다"라고 함으로써 고요하고 맑은 눈앞의 정경을 묘사하였으며, 빗방울 머금은 갈대꽃과 밥 짓는 연기 피어오르는 어선을 통해 싱그럽고도 풍요한 가을을 상상케 해주고 있어서 산뜻한 표현과 정교한 구성을 확인할 수 있다.

만당체 시인들은 대부분 평생을 산수에 묻혀 살았기 때문에 사경과

---

72) 九華山은 安徽省 青陽縣 서남쪽에 있는 산으로서 아홉개의 봉우리가 있다. 原名은 九子山이었는데, 李白이 와서 보고 아홉 봉우리가 연꽃 같다고 하여 九華山으로 이름을 바꾸었다고 한다.

영물에 남다른 솜씨를 보여주었으며, 이것이 그들 시의 보편적 현상이자
현저한 특징이 되었다.

위야의 시를 예로 들어본다.

▌暮秋閑望▐ 늦가을에 한가로이 바라본 정경

水閣閑登望 한가로이 물가 누각에 올라 바라보니
郊原欲刈禾 교외 들판에선 벼를 베려고 하고 있다.
壞簷巢燕少 무너진 처마에는 제비도 둥지를 틀지 않고
積雨病蟬多 계속되는 장마 비에 매미도 울지 않는다.
砧隔寒溪搗 차가운 개울 저편에서 다듬이 소리 들리고
鐘隨晚吹過 저녁이라 바람결에 종소리 스쳐간다.
扁舟何日去 조각배는 언제나 떠나려는가?
江上負煙簑 강가 안개 속에 도롱이 덮여 있다.

이 시는 늦가을 눈앞에 전개된 경치를 담담한 필치로 짜임새 있게
구성해놓았다. 먼저 물과 벼 베는 들판으로 먼 곳의 윤곽을 정하고 무너
진 처마와 나무로 가까운 곳을 그려놓은 다음에 다듬이 소리와 종소리
로 가을의 정취를 돋구고 강가에 정박된 조각배를 통해 평온하고 조용
한 정적 이미지로 전환하여 마무리지은 솜씨는 위야가 시어의 구상과
배치에 얼마나 힘썼는지를 알려주고 있다.

다시 구준의 시를 살펴보자.

▌書河上亭壁▐ 황하 가 정자 벽에 쓰다

岸闊檣稀波渺茫 드넓은 강 배는 드물고 물결 아득한데
獨凭危檻思何長 높은 난간에 홀로 기대어서니 그리움 끝이 없다.
蕭蕭遠樹疏林外 성긴 숲 밖으로 멀리 보이는 쓸쓸한 나무들
一半秋山帶夕陽 가을 산은 지는 해를 반쯤 걸어놓고 있다.

이 시에서 시인은 가을 강 주변 석양 무렵의 경치를 묘사하였다. 시

인이 짧은 편폭을 할애하여 석양 속의 강과 숲과 산을 층차적으로 선명하게 묘사하여 자신의 정회를 경물 속에 깃들인 수법이 자연스러우면서도 정교하다.

영물시의 예로는 앞에서 든 임포의 영매시(詠梅詩) 같은 것이 유명하지만 반랑의 다음 시에서도 뛰어난 솜씨를 확인할 수 있다.

┃落葉┃ 낙엽

片片落復落	한 잎 한 잎 지고 또 떨어져
園林漸向空	뜰과 숲이 텅 비어간다.
幾番經夜雨	몇 번의 밤비 때문이기도 하고
一半是秋風	태반은 가을바람 탓이리라.
靜擁莎階下	고요히 사초 계단을 뒤덮고
閒堆蘚徑中	가만히 이끼 낀 길에 쌓인다.
谷松與巖檜	골짜기 소나무와 바위의 노송나무
寧共此時同	어찌 이 때를 함께 할 수 있으랴?

이 시에 대해 방회는 "3·4구에는 의론이 있고, 5·6구는 덧붙인 것에 불과하다. 그러나 마지막 구에는 벗어남이 있어서 그와 같지 않다면 활법(活法)이 아니다"[73]라고 평하여 시인이 마지막 두 구에서 보여준 변화의 묘를 칭찬하였는데, 바로 그 점이 이 시의 뛰어난 점으로서 영물시에 표현된 구상의 정교함을 맛볼 수 있다.

이상에서 언급한 것처럼 만당체 시인들은 작시의 동기가 어디에 있었던 간에 주변의 경물 묘사에 뛰어났으며 그 속에 자신의 생활감정을 자연스럽게 깃들여놓았다. 그들이 정교한 구상과 섬세한 표현에 힘쓰면서 전고의 사용을 기피한 것은 만당체시를 백체시나 서곤체시와 구별짓게 하는 중요한 특징이라고 할 수 있다.

송초의 시단에서 백체에 속한 사람은 대부분이 달관귀인이고, 만당

---

73) 《瀛奎律髓》 권12, "三四有議論, 五六祇是體貼. 尾句却有出脫, 不如此非活法也."

체에 속한 사람은 구준을 제외하면 대부분이 승려와 은일지사였는데, 이 와 같은 현상은 송초의 사회 풍조와 관련이 있다. 즉 궁정과 관료사회에 유행하였던 창화시풍이 산림의 분위기를 특징으로 하는 만당체 시인의 창작 중에도 체현되었고, 관료사회와 산림 사이의 이와 같은 교류는 역 으로 만당체 시풍이 관료사회로 스며들게 하여 구준 같은 고관이 만당 체의 일원이 될 수 있었다.

만당체 시인들은 오언율시를 즐겨 짓고 전고를 사용하지 않으면서 간결하고 산뜻한 표현과 정밀한 구상에 힘써 백체 말류의 천속하고 평 이한 시풍을 바로잡는 데 어느 정도 성과를 거둘 수 있었다. 사실상 그 들에게는 사람의 마음에 스며드는 가구(佳句)가 적지 않고 왕왕 대장(對 仗)에서도 뛰어난 솜씨를 발휘하였다. 그러나 그들은 대체로 생활상의 경험이 풍부하지 않고 의경이 협소하여 작은 기교로 경물을 묘사하거나 맑고 그윽한 개인의 성정을 서술하는 데 주력했기 때문에 표현범위가 협소하고 변화가 다채롭지 못하다는 비난을 감수할 수밖에 없었다.[74) 그

---

74) 115쪽에 인용한 歐陽修, 《六一詩話》 참조. 許洞은 九僧뿐만 아니라 潘閬과 林逋에 대해서도 다음과 같은 시를 써서 그들을 조소하였다.

<贈潘閬>	<반랑에게>
潘逍遙	반소요는
平生才氣如天高	평생의 재기가 하늘처럼 높구나.
倚天大笑無所懼	하늘을 바라보고 크게 웃으며 두려운 것이 없으니
天公嗔汝口呀怒	하늘도 네 입이 시끄럽다고 성을 내리라.
罰教臨老頭補衲	벌로 늘으막에 해진 승복 걸치고
歸中條	중조산으로 돌아가게 하리라.
我願中條山	원하노니 중조산에
山神鎭長在	산신들이 언제나 진을 치고 있어서
驅雷叱電	우레로 몰고 번개로 꾸짖으며
依前趕出這老怪	전처럼 이 늙은 괴물을 쫓아내소서.

<嘲林和靖>	<임포를 조소함>
寺裏掇齋饑老鼠	절에서는 식사를 노략질하여 쥐를 굶주리게 하고
林間咳嗽病獼猴	숲에서는 기침을 해대 원숭이를 병들게 한다.
豪民遺物鵝伸頸	부귀한 사람이 물건을 주면 거위같이 목을 빼고
好客臨門鼈縮頭	좋은 객이 문에 다다르면 자라처럼 머리를 움츠린다.

결과 만당체시는 이상은의 작법을 본받아 풍부하고 아름다운 사조(詞藻)
와 화려한 조직을 특징으로 하는 서곤체시의 발흥 후에는 그 기세가 꺾
일 수밖에 없었다.

4 │ 서곤체시(西崑體詩)

(1) 서곤체 시파의 구성

서곤체 시풍의 출현은 역사적 필연성을 띠고 있었지만 ≪서곤수창
집≫의 편찬에서 비롯된 서곤체 시파의 결성은 그렇지 않았다. 이에 대
해 전황(田況)은 다음과 같이 기록하였다.

> 양억이 한림원에 있을 때 문장의 체재를 변화시키자 유균·전유연 등이
> 그를 따라 본받으니 당시에 양·유라고 호칭하게 되었다. 세 사람이 새로
> 운 시체로서 서로 창화하여 한 때의 아름다움을 극대화시켰다. 양억이 다시
> 그 시들을 엮어서 ≪서곤수창집≫이라고 하니 당시의 천박한 자들이 서곤
> 체라고 하였다.75)

이렇게 하여 ≪서곤수창집≫에 이름을 올린 사람은 양억·유균·전
유연·이종악(李宗諤)·진월(陳越)·이유(李維)·유즐(劉騭)·정위(丁謂)·
조간(刁衎)·임수(任隨)·장영(張詠)·전유제(錢惟濟)·서아(舒雅)·조형(晁

(이상의 두 수는 ≪全宋詩≫(二), 1293쪽에 수록되어 있음)
75) ≪儒林公議≫, “楊億在兩禁, 變文章之體, 劉筠·錢惟演輩皆從而效之, 時號楊·劉. 三
公以新詩更相屬和, 極一時之麗. 億復編敍之, 題曰≪西崑酬唱集≫, 當時佻薄者, 謂之
西崑體.”

逈)・최준도(崔遵度)・설영(薛映)・유병(劉秉)의 17인이다.

　　≪서곤수창집≫의 '서곤'이라는 명칭은 비각(秘閣)을 비유한 것이지 만[76] 이 17인이 창수(唱酬)한 3년 중에 모두가 비각에 근무하고 있었던 것은 아니며 심지어 모두가 변경(汴京)에 있었던 것도 아니다. 서아(舒雅) 는 일찍이 진종 함평(咸平) 4년(1001)에 변경(汴京)을 떠나서 죽을 때까지 돌아오지 않았다. ≪서곤수창집≫ 속에 그의 이름이 들어있게 된 까닭은 그가 양・유・전 3인이 보내준 시에 대해 답시를 써보냈기 때문이다. 또 서곤수창 기간 동안 장영(張詠)・장병(張秉)・설영(薛映)이 조정에 있던 기 간은 대단히 짧았다. 더구나 그들의 정치 태도나 문론 주장이나 시문 풍 격을 살펴보면 서로 다른 점이 많아서 ≪서곤수창집≫에 이름이 들어있 다고 하여 창작 경향을 공유하는 같은 유파의 시인들로 간주할 수 없는 형편이다.[77]

　　≪서곤수창집≫에는 모두 250수의 5・7언 율시가 수록되어 있는데 이것을 작가 별로 분류해보면 양억 75수, 유균 73수, 전유연 54수, 이종 악(李宗諤) 7수, 설영(薛映) 6수, 유병(劉秉) 6수, 유즐(劉騭) 5수, 정위(丁謂) 5 수 등이고 나머지 사람들은 전부 3수 이하여서 양억・유균・전유연 세 사람의 작품이 전체의 4/5가 넘는다.[78] 따라서 서곤수창은 양・유・전 세 사람이 중심이고 나머지 사람들은 이들과 우연히 창화했던 까닭에 ≪서곤수창집≫에 수록된 것이라고 보아야 한다.

　　양억・유균・전유연 세 사람은 문예사상과 창작경향을 함께 하여 어 느 모로 보나 서곤체시를 대표한다고 할 수 있다. 양억은 ≪서곤수창

---

76) '西崑'은 '西方崑崙之山'으로서 玉山이라 칭하기도 한다. 전하기로는 옥황상제가 書 冊을 비치해둔 곳이라고 하며 그런 까닭에 策府라고 일컫기도 한다. 송 왕조는 太宗 때 崇文院 안에 秘閣을 짓고 史館・昭文館・集賢院의 眞本書籍 만여 권과 古書畫들 을 선별하여 그곳에 비치하였다. 양억은 당시 翰林學士 겸 史館修撰으로서 모두가 典 冊을 다루는 직책이었던 만큼 그가 秘閣을 西崑에 비유하여 酬唱集의 이름으로 삼은 것은 사실에 근거한 것이기도 하지만 동시에 그의 자부심을 표현한 것이기도 하다.

77) 曾棗莊, <論≪西崑酬唱集≫的作家群>(≪文學遺産≫ 1993年 第6期), 64-67쪽 참고.

78) 이 통계는 王仲犖 ≪西崑酬唱集注≫에 의거하였다.

집·서≫에서 다음과 같이 말하였다.

> 나는 경덕(景德, 1004-1008) 중에 서적 편찬의 직책을 맡게 되어 여러 대
> 신들과 교유할 기회를 가졌다. 지금 전유연과 유균은 함께 미문(美文)을 등
> 에 지고 더욱 아도(雅道)에 정진하며 문사를 아름답게 다듬어 널리 사람
> 들의 입에 오르내리고 있다. 나는 그들과 교유하면서 그들에게서 모범을 구
> 하였다. 두 사람은 미덕을 베풀어 나를 내버려두지 않고 널리 이끌어주고
> 도와주어 의기가 투합하는 자로 여겨주었다. 그에 따라 전인의 유작들을 두
> 루 살펴 맛보고 연구하여 그 정화를 취하고, 앙모하는 마음에서 번갈아 창
> 화하며 서로 연마하였다.[79)]

여기서 양억은 그들이 시를 창작하는 목적은 창화를 위한 것이고 창
작 방법도 역대의 문적에서 정채로운 문사를 따오는 것인 양 이야기하
였다. 그러나 양억의 문예사상은 그처럼 간단히 개괄될 수 있는 것이 아
니었다. 그는 <선주 태수로 가는 사람을 전송하며 쓴 시의 서문(送人知宣
州詩序)>에서 시가 창작의 성질과 임무에 대하여 다음과 같이 말하였다.

> 그대는 힘들고 어려운 일을 처리할 수 있는 능력을 가지고서 백성의 질
> 고를 구하라는 당부를 받들게 되었으니 왕의 은택을 널리 펴고 찬양하며 백
> 성들에게서 민가를 채집하여 현명한 군주께서 세상을 잘 다스릴 수 있도록
> 보좌해야 할 것이오. 마땅히 <중화(中和)>·<악직(樂職)>의 작품(둘 다 왕
> 포(王褒)가 '풍화(風化)'를 편 작품임) 같은 것이 천거되도록 해야 할 것이니,
> 어찌 다만 '정고(亭皐)'·'농수(隴首)'의 시편(梁 柳惲의 시, "亭皐木葉下, 隴
> 首秋雲飛"를 가리킴. ≪남사(南史)·유운전(柳惲傳)≫을 보라)처럼 경치에
> 빠져버리겠는가?[80)]

---

79) "予景德中, 忝佐修書之任, 得接群公之遊. 時今紫微錢君希聖, 秘閣劉君子儀, 幷負懿
文, 尤精雅道, 雕章麗句, 膾炙人口. 予得以遊其墻藩而咨其模楷. 二君成人之美, 不我
遐棄, 博約誘掖, 置之同聲. 因以歷覽遺編, 硏味前作, 挹其芳潤, 發于希慕, 更迭唱和,
互相切劘."

80) 曾棗莊, 앞의 논문, 62쪽에서 재인용. "君以治劇之能, 奉求瘼之寄, 所宜宣布王澤, 激
揚頌聲, 採謠俗于下民. 輔明主于治世, 當使<中和>·<樂職>之什, 登薦郊丘; 豈但

이 글에서 양억은 왕의 은택을 널리 펴고 세상 다스림을 보좌하는 데 시가 창작의 목적이 있다고 하였으니 ≪서곤수창집·서≫에서 그가 개진한 의견과는 사뭇 다르다. 이렇게 서로 모순되는 듯한 견해가 나타나게 된 데에는 여러 가지 이유가 있을 수 있겠지만, ≪서곤수창집≫의 성립 자체가 양억·유균·전유연 등이 궁중에서 황제의 명에 따라 ≪역대군신사적(歷代君臣事迹)≫의 편찬에 참여함으로써 이루어진 것이기 때문에 시의 사회적 효용을 노골적으로 언급할 입장에 놓이지 못했다는 점이 고려될 수 있을 것이다. 실제로 ≪서곤수창집≫의 내용을 살펴보면 암암리에 풍유의 뜻을 담고 있는 작품이 적지 않아서 이것이 결국 왕사종(王嗣宗)의 상주(上奏)와 왕흠약(王欽若)의 밀고를 유발하였고, 그 결과 대중상부(大中祥符) 2년(1009)에 진종이 부문(浮文)을 금지하는 조서를 내리게 되었다.[81] 이것이 후에 구양수 등의 시문혁신운동을 촉발하는 하나의 계기로 작용하긴 하지만 진종이 그와 같은 조서를 내리게 된 숨은 동기는 역시 양억 등의 창화시에 들어있는 풍유의 내용을 견책하려는 데 있었을 것이다. 그러므로 ≪서곤수창집≫을 올바로 이해하고 평가하기 위해서는 그 내용을 면밀히 검토해보아야 할 것이다.

(2) 서곤체시의 내용과 특색

≪서곤수창집≫에 수록된 시 250수의 내용을 전체적으로 살펴보면 당시 사회의 어두운 면을 직접적으로 폭로하거나 비판한 작품은 별로

'亭皐'·'隴首'之篇, 留連光景而已?"

81) ≪宋大詔令集≫ 권191: 御史中丞 王嗣宗은 楊億·劉筠 등이 "倡和<宜曲>詩, 述前代掖庭事, 辭多浮艷"(<선곡>시를 주고받으며 前代의 후궁 일을 기술하였는데, 문사가 몹시 부염하다)라고 상주하였고, 이에 대해 眞宗은 大中祥符 2年(1009) 1月에 "今後屬文之士, 有詞涉浮華·玷于名教者, 必加朝典"(앞으로 글짓는 선비들 가운데 문사가 부화하여 명교에 흠집을 내는 사람이 있으면 반드시 조정의 법을 가할 것이다)라고 조서를 내렸다.

없고 자신들의 궁정생활과 관련지어 북송 왕조의 태평성대를 장식하고 미화한 작품들이 주류를 이루고 있어서 당시 비각(秘閣)에 몸담고 있던 궁정 관료들의 창화시라는 한계를 극명하게 보여주고 있는 듯하다. 실제로 그들은 생활 범위가 좁았던 까닭에 시를 통한 사회 현실의 반영이 깊고 넓지 못하였다. 반면에 그들은 당시 조정의 내막에 대해서 누구보다도 잘 알고 있었으므로 그들의 시를 자세히 읽어보면 암시적 수법을 사용하여 최고통치자에 대한 비판과 조국의 앞날에 대한 우려 및 이와 관련된 자신들의 감개를 깃들인 내용이 적지 않다는 것을 발견하게 된다. 이에 대해 정재시(鄭再時)는 ≪서곤수창집전주(西崑酬唱集箋注)・서≫에서 다음과 같이 말하였다.

> 양억은 다만 강직했던 까닭에 여러 차례 주군(主君)의 비위를 거슬린데다가 왕흠약(王欽若)・진팽년(陳彭年) 등의 중상모략을 당하여 울적하게도 자신의 뜻을 펼 수 없었다. 그러나 끝내 자신의 뜻을 가슴속에 파묻어 둘 수만은 없어서 시로 표현하였으니 그렇다면 이 ≪서곤수창집≫이 "情動于中而形于言"(감정이 가슴속에서 일어나면 언어로 표현된다)이 아니겠는가? ≪서곤수창집≫ 중에서 그 뜻이 명백한 <황명을 받고 서적을 편찬하며(受詔修書)>시는 말할 것도 없고 <대신 말하다(代言)>・<대궐 안의 학(禁中鶴)>・앞 뒤의 <무제(無題)>・<밤에 당직을 서며(直夜)>・<옛 거처를 회고하며(懷舊居)>・<건계의 옛 거처를 말하는 사람이 있기에(因人話建溪舊居)>・<병이 나서(屬疾)> 등에서도 곳곳에서 그의 감개와 기탁을 엿볼 수 있다. 또한 위로와 격려의 뜻을 담고 있는 조형(晁逈)의 <청풍(清風)>시와 유균 <송옥(宋玉)>시의 '曾傷積毁'련(聯)은 전집의 주석일 뿐만 아니라 "言之不足而嗟嘆之, 永歌之"(언어로 부족하기 때문에 영탄하게 되고, 노래 부르게 된다)가 아니겠는가? <한 무제(漢武)>・<당 현종(明皇)>에 이르러서는 제천의식의 거행이 잘못된 것임을 깊이 풍자하였으니, 이 또한 '主文而譎諫'(완곡한 표현으로 권면함)이 아니겠는가? 생각건대 후인들이 그의 궤적을 탐구하지 않고 다만 그의 자구가 이상은과 비슷하다는 점을 취하여 음미하고 지적하니 어찌하여 알짜를 버리고 찌꺼기를 취하며, 상자만 남겨두고 구슬은 되돌려준단 말인가? 알짜를 잃고 찌꺼기만 남아 맛이 없고 상

자에서 구슬이 떠나가 빛이 바랬다면 누구의 잘못이겠는가?[82]

정재시의 이 말은 과장된 면이 없지 않지만 그가 ≪서곤수창집≫ 속에는 풍유의 뜻을 담고 있는 것으로 볼 수 있는 작품이 적지 않다고 지적한 점은 수긍이 간다. 먼저 영사(詠史)의 형식을 빌려 북송 왕조의 방탕한 생활을 경계한 양억의 <남조(南朝)>시를 보자.

┃南朝┃ 남조

五鼓端門漏滴稀	다섯 번 북소리가 궁문에 울리면 물시계 소리 그쳐가고
夜籤聲斷翠華飛	새벽을 알리는 댓개비 소리에 이어 화려한 수레 나간다.
繁星曉埭聞鷄度	별 반짝이는 새벽에 닭 울음소리 들으며 봇둑을 지나고
細雨春場射雉歸	봄비 내리는 사냥터에서 꿩을 잡아 돌아온다.
步試金蓮波濺襪	금 연꽃 위를 걸으니 버선 걸음 사뿐하고
歌翻玉樹涕霑衣	<옥수후정화>를 노래부르니 눈물이 옷을 적신다.
龍盤王氣終三百	용이 서렸던 제왕의 기운도 삼백 년으로 끝나고
猶得澄瀾對敞扉	맑은 물결만이 열려진 사립문을 대하고 있다.

이 시는 수연(首聯)에서 남조의 군주가 밤낮을 가리지 않고 음락(淫樂)에 빠져 지내는 생활을 묘사하였다. 사서(史書)의 기록에 의하면 제(齊) 무제(武帝)는 야간에 궁중의 비빈(妃嬪)들과 연회를 즐기다가 새벽이 되면 다시 그들과 함께 밖으로 나들이를 했다고 한다. 함련(頷聯)에서는 남조의 군주가 백성들의 고통은 돌보지 않고 수렵을 즐겼던 일을 지적하였다. 제 무제는 종종 비빈과 궁녀들을 거느리고 낭야성(琅邪城)으로 나가

---

82) "(楊億徒以鯁直之故, 屢犯主顔, 又遭王欽若·陳彭年等讒訴得行, 鬱鬱不得伸其志. 然志終不可閼, 發而爲詩, 卽此集是, 非'情動于中而形于言'耶? 集中若<受詔修書>詩之顯然, 固無論; 他如<代言>·<禁中鶴>·前後<無題>·<直夜>·<懷舊居>·<因人話建溪舊居>·<屬疾>等題, 隨處可見其感慨寄託. 而晃迥<淸風>之慰勉有加, 劉筠<宋玉>詩'曾傷積毁'一聯, 尤不啻爲全集注釋, 非'言之不足而嗟嘆之, 永歌之'耶? 至<漢武>·<明皇>, 深刺封祀之謬, 非'主文而譎諫'耶? 顧後之人不究其迹, 僅取字句之似玉谿者, 咀嚼之, 指摘之, 是何棄精英而啜糟粕, 留木櫝而返明珠? 因之糟粕失精英而乏味, 木櫝離明珠而減色, 又誰之過歟?"

수렵을 즐겼는데 새벽에 출발하여 현무호(玄武湖) 북쪽 제방을 지나게 되면 그제야 닭이 울기 시작했다고 한다.[83] 또한 제(齊)의 군왕은 꿩 사냥을 특히 좋아하여 동혼후(東昏侯) 때에는 꿩 사냥터를 296곳이나 두었다.[84] 동혼후는 사냥을 나갈 때마다 응견대주(鷹犬隊主) 서령손(徐令孫)·매예대주(媒翳隊主) 유령운(俞靈韻) 등과 동행하였는데, 백성들이 그 모습을 보지 못하도록 사냥터 주위의 주민들을 내쫓고 이에 따르지 않는 자는 그 자리에서 죽여버렸다고 한다. 경련(頸聯)에서는 남조의 군주가 주색에 빠져 지내는 모습을 묘사하였다. 출구(出句)에서는 동혼후가 반비(潘妃)를 총애한 모습을 그렸다. 그는 반비에게 진귀한 보물을 주는 것만으로는 부족하다고 생각하여 금으로 연꽃을 만들어 땅에 붙여놓고 반비에게 그 위를 걷게 하고는 "걸음마다 연꽃이 생겨나는구나"라고 말하며 좋아했다고 한다.[85] 대구(對句)는 진(陳) 후주(後主)의 일을 묘사한 것이다. 그는 매일 장귀비(張貴妃)·공귀빈(孔貴嬪)을 데리고 풍류객들과 함께 술과 가무를 즐겼는데, <옥수후정화(玉樹後庭花)>·<임춘악(臨春樂)> 등을 지어 장귀비와 공귀빈의 용모를 찬미했다고 한다.[86] 미연(尾聯)에서 '열려진 사립문'은 폐허가 되어버린 남조의 궁전을 비유한 것으로, 작가는 여기서 남조 군주의 방탕한 생활로 인해 야기된 왕조의 멸망을 언급함으로써 당시 어려운 국제 정세 속에서도 무절제한 생활을 영위했던 송 진종에게 역사가 남긴 교훈을 일깨우려 했다고 볼 수 있다. 양억은 <한무(漢武)>시에서도 한 무제의 옛일을 빌려 진종의 제천사(祭天事)가 무모한 짓임을 일깨우려 하였다.

---

83) 이상 齊 武帝의 일화에 대해서는 ≪南齊書·武穆裵皇后傳≫를 참고할 것.

84) ≪南齊書·東昏侯紀≫, "置射雉場二百九十六處, 翳中帷帳及步障, 皆袷以綠紅錦, 金銀鏤弩牙, 瑇瑁帖箭."

85) 이상 東昏侯의 일화는 ≪南史·齊本紀 下≫ '廢帝東昏侯'條를 참고할 것.

86) 이에 대한 이야기는 ≪陳書·皇后傳·後主張貴妃≫를 참고할 것.

┃漢武┃ 한 무제

蓬萊銀闕浪漫漫	봉래의 은빛 궁궐은 물결 아득히 멀고
弱水回風欲到難	약수와 회오리바람 가로막혀 갈 수가 없다.
光照竹宮勞夜拜	빛이 죽궁에 비쳐들면 애써 밤에 절하고
露溥金掌費朝餐	금 손바닥에 내린 이슬을 조찬으로 먹는다.
力通靑海求龍鍾	위력이 청해에 통하여 천리마를 구하고
死諱文成食馬肝	문성을 죽이고는 말의 간을 먹었다고 하였다.
待詔先生齒編貝	대조선생은 치아가 조개를 엮어놓은 듯한데
那教索米向長安	어찌 장안을 향해 쌀을 구하도록 하였는가?

　작가는 수연에서 한 무제가 방사(方士)를 바다로 보내 신선이 살고 있다는 봉래를 찾게 했지만 결국 수포로 돌아갔음을 서술하였고,[87] 함련에서는 무제가 신선이 되기 위해 무척 노력했지만 뜻을 이룰 수 없었음을 말하였고,[88] 경련에서는 무제가 방사 소옹(少翁: 文成將軍)에게 속은 것이 분하여 그를 죽이고서도 여전히 신선술에 미혹되어 난대(欒大)에게 자신이 소옹을 죽인 것이 아니라 그가 말의 간을 잘못 먹고 죽은 것이라고 발뺌하는 모습을 묘사함으로써 무제의 무모함을 폭로하였고,[89] 미연에서는 동방삭(東方朔)이 박봉에 시달려 굶주리다가 체구가 왜소한 주유(朱儒)를 끌어들여 체구가 큰 자신과 비교함으로써 무제에게 봉급을 올려줄 것을 요구했던 고사를 통해 군주에게 총애 받지 못하는 자신의 처지를 암시하였다.[90]

　이와 같은 시의 내용을 통해 알 수 있듯이 작자는 한 무제를 회고하면서 그의 치적을 찬양한 것이 아니라 방사를 통해 신선술을 구하려 했으나 뜻을 이루지 못한 무모했던 일들을 들추어 서술하였다. 이를 통해

---

87) 이 이야기는 ≪史記·封禪書≫에 보인다. 또 ≪十洲記≫에 "鳳麟洲在西海之中央, 洲四面有弱水繞之, 鵝毛不浮, 不可越也."라고 하였다.
88) 이 이야기는 ≪三輔舊事≫와 ≪漢武故事≫ 등에 보인다.
89) 이 이야기는 ≪史記·封禪書≫에 보인다.
90) 東方朔의 일화는 ≪漢書·東方朔傳≫에 보인다.

우리는 당시 천서(天書)가 강림했다는 조작된 사건을 기화로 하여 무제처럼 태산(泰山)에서 성대한 제천의식을 거행하려 했던 진종에게 교훈을 주려고 한 작자의 의도를 엿볼 수 있다.

진종의 이와 같은 계획에 대한 풍간의 내용은 양억의 <한무>시에 창화한 유균의 시에도 잘 나타나 있다.

┃漢武┃ 한 무제

漢武天臺切絳河	한 무제의 높다란 누대는 은하를 가르고
半涵非霧鬱嵯峨	오색구름 머금어 그윽하게 우뚝 솟았다.
桑田欲看他年變	훗날 상전이 변하는 것을 보고자 하더니
匏子先成此日歌	금일에 <포자가>가 먼저 이루어졌구나.
夏鼎幾遷空象物	하의 솥이 다시 나왔어도 그 상징 헛되었고
秦橋未就已沉波	진의 다리도 성취 없이 물결 속에 가라앉았다.
相如作賦徒能諷	상여의 부가 풍간에 뛰어나도 소용이 없었으니
却助飄飄逸氣多	구름 타고 떠다니는 신선의 기상만 보태주었다.

작자는 수연에서 한 무제가 신선술을 구하기 위해 대역사(大役事)를 일으켜 백량대(柏梁臺)·통천대(通天臺)·정간대(井幹臺)·신명대(神明臺) 등의 높다란 누대를 건립하였음을 말하였고, 함련에서는 선녀 마고(麻姑)의 고사를 빌려 무제가 그와 같은 역사를 일으킨 목적이 신선이 되고자 함에 있었지만 결국 <포자가(匏子歌)>의 내용이 그러하듯이 그의 목적도 이루어지지 못했음을 밝혔고,[91] 경련에서는 구선(求仙)의 무모함을 다시 한번 강조하였다. 하(夏)의 우(禹)가 구주(九州) 통일의 상징으로 만든 보정(寶鼎)이 진(秦) 때 없어졌다가 한 무제 원정(元鼎) 원년(元年, B.C. 116)에 분수(汾水) 가에서 발견되자 방사 공손경(公孫卿)이 이를 빌미로 신선과 통할 수 있다고 무제를 부추겨 무제가 원봉(元封) 원년(B.C. 110)에 태산으로

---

91) ≪史記·河渠書≫, "自河決匏子後二十餘歲, 天子乃使汲仁·郭昌發卒數萬人塞匏子決. 於是天子自臨決河, 悼功之不成, 乃作歌曰: '匏子決兮將奈何? 晧晧旰旰兮閭殫爲河! 殫爲河兮地不得寧, 功無已時兮吾山平. ……'"

가 제천의식을 거행한 일이 있었다.[92] 또한 진(秦) 시황(始皇)은 동쪽 바다에 석교(石橋)를 쌓아 신선을 찾아 나서고자 한 일이 있었다.[93] 작자는 이두 고사를 빌어 구선(求仙)의 무모함이 진 시황에 의해 이미 입증이 되었는데도 불구하고 한 무제가 다시금 하정(夏鼎)의 발견(상서로운 물건의 출현)을 계기로 구선(求仙) 활동을 하였지만 이 또한 아무런 소득 없이 끝나고 말았음을 묘사하였다. 미연에서는 사마상여(司馬相如)가 <대인부(大人賦)>를 지은 것이 선가(仙家)의 허망함을 풍간하기 위함이었지만 그의 과장이 심하여 거꾸로 신선의 기상을 잘 표현하였다고 황제를 기쁘게만 한 결과를 가져왔음을 서술하였다.[94] 특히 미연은 작자가 자신을 사마상여에 비유한 것으로 볼 수 있어서 이 시가 지어진 시기의 상황을 고려해볼 때 작시의 목적이 진종에 대한 풍간에 있다고 충분히 짐작할 수 있다.

이번에는 전유연의 <명황(明皇)>시를 살펴보자.

┃明皇┃ 당 현종

山上湯泉駕玉梁	산 위의 온천에는 옥 들보가 가로놓이고
雲中複道拂瑤光	구름 속의 복도는 요광성에 닿아 있다.
絲囊暗結三危露	비단 주머니엔 살며시 삼위산의 이슬 맺히고
翠幰時遺百和香	비취 휘장엔 언제나 백화향이 풍긴다.
枉是金鷄近便坐	별실 가까이 금계장(金鷄障)을 설치하고
更抛珠被掩方牀	옥 이불로 침상을 덮어도 소용없었다.
匆匆一曲涼州罷	총총히 <양주곡> 연주 끝나더니
萬里橋邊見夕陽	만리교 옆에서 석양을 보았다.

작자는 수연에서 당 현종과 양귀비(楊貴妃)가 환락을 나누었던 여산(驪山) 화청궁(華清宮)의 화려함을 묘사하였고, 함련에서는 두 사람의 그윽

---

92) 이 일은 《漢書·武帝紀》와 《漢書·郊祀志》에 보인다.

93) 《述異記》, "秦始皇作石橋於海上, 欲渡海觀日出處."

94) 《漢書·司馬相如傳》贊, "相如雖多虛辭濫說, 然要其歸, 引之於節儉, 此亦詩之諷諫何異. 揚雄以爲靡麗之賦, 勸百而諷一, 猶騁鄭衛之聲, 曲終而奏雅, 不已戲乎?"

한 생활 모습을 형용하였고, 경련에서는 현종이 안록산(安祿山)을 총애하여 측근에 두었지만 그것이 잘못된 일임을 서술하였고, 미연에서는 <양주곡(涼州曲)>에 얽힌 고사를 빌어 안록산의 반란과 현종의 피난을 암시하였다.

이 시는 물론 역사 사실에 근거하여 당 현종의 애환을 읊은 것이지만 보는 각도에 따라서는 진종의 애정생활에 대한 우려를 암시한 것이라고 볼 수도 있다. 다만 그와 같은 풍유의 뜻이 지나치게 감추어져 있어서 시의 내용만 갖고는 작자의 작시 의도가 풍유에 있다고 단정하기 힘든 점이 있다. 그러나 양억·전유연·유균 등이 <당 현종(明皇)>시를 주고받은 경덕(景德) 연간에 진종은 유비(劉妃)를 지나치게 총애하여 조정 일각에서는 이를 우려하였는데 진종이 한술 더 떠 유비를 황후로 세우고자 작정하고는 양억에게 조서를 기초할 것을 명하자 양억이 이를 거부한 사건이 있었다.[95] 이와 같은 전후 사정을 감안해보면 비록 매우 회삽하긴 하지만 그들이 <당 현종(明皇)>시를 통해 당시의 정치 현실을 풍유하고자 했다고 인정할 수 있을 것이다.

그러면 왕사종(王嗣宗)이 진종에게 "전대의 후궁 일을 기술하였는데 문사가 몹시 부염(浮艶)하다"라고 상주했던 양억의 <선곡(宣曲)>시를 살펴보자.

‖ 宣曲二十二韻 ‖ 선곡궁

宣曲更衣寵	선곡궁 휴식처에서 총애를 받으니
高堂薦枕榮	드높은 집에서 잠자리 시중드는 영예였다.
十洲銀闕峻	신선이 산다는 십주엔 은빛 궁궐 우뚝 솟고
三閣玉梯橫	세 누각에는 옥 계단 가로놓여 있다.[96]
鸞扇裁紈製	난새 날개 부채를 비단을 잘라 만들고

---

95) ≪續資治通鑑長編≫ 참조.
96) ≪晉書·皇后傳≫, "至德二年, 乃於光照殿前起臨春·結綺·望仙三閣, 閣高數丈, 並數十間."

羊車揷竹迎	양 수레를 대나무를 꽂아서 맞이한다.97)
南樓看馬舞	남쪽 누대에서 말 춤을 보고
北埭聽鷄鳴	북쪽 둑에서 닭 울음소리를 듣는다.98)
彩縷知延壽	오색실을 이어 황제의 만수무강을 빌고
靈符爲辟兵	영험한 부적을 붙여 전화(戰禍)를 피한다.
粟眉長占額	살짝 먹을 찍은 눈썹은 길게 이마를 차지하고99)
蠆髮俯侵纓	전갈 머리채는 숙이면 허리끈에 닿는다.
蓮的沉寒水	연밥은 찬 물 속에 잠겨 있고
芝房照畫楹	영지 무더기가 채색 기둥에 빛난다.
麝臍薰翠被	비취 깃이불에는 사향 내음 향긋하고
鹿爪試銀箏	녹각조로 은장식 쟁을 탄다.100)
秦鳳來何晚	농옥의 봉황은 어찌 이리 늦게 오는가?101)
燕蘭夢未成	연길의 난초 꿈은 아직 이루어지지 않았다.102)
絲囊晨露濕	깁 주머니는 새벽에 이슬 받아 젖고
椒壁夜寒輕	산초를 바른 벽은 밤 추위 가볍다.103)
綺段餘霞散	채색 비단은 노을이 흩어져 이룬 것이고
瑤林密雪晴	옥 숲에는 함박눈이 개었다.
流風秘舞罷	바람 휘날리는 신비한 춤 끝나고
初日靚妝明	갓 떠오른 해처럼 아름다운 화장 환하다.

---

97) 《晉書·后妃傳》, "時帝多內寵, 平吳之後, 復納孫晧宮人數千, 自此掖庭殆將萬人. 而並寵者甚衆, 帝莫知所適, 常乘羊車, 恣其所之, 至便宴寢. 宮人乃取竹葉揷戶, 以鹽汁灑地, 而引帝車."

98) 齊 武帝는 종종 妃嬪과 궁녀들을 거느리고 琅邪城으로 나가 수렵을 즐겼는데 새벽에 출발하여 玄武湖 북쪽 제방을 지나게 되면 그제야 닭이 울기 시작했다고 한다.

99) 《後漢書·明德馬皇后紀》注引《東觀漢記》, "明帝馬皇后美髮, 爲四起大髻, 但以髮成, 尙有餘, 繞髻三匝. 眉不施黛, 獨左眉角小缺, 補之如粟. 嘗稱疾, 而終身得意."

100) 鹿角爪는 옛날 箏을 타는 데 사용하던 도구이다.

101) 秦鳳은 秦 穆公의 딸 弄玉이 蕭史와 함께 타고 갔다는 봉황을 가리킨다.

102) 《左傳·宣公三年》, "鄭文公有賤妾曰燕姞, 夢天使與己蘭, 曰: '予, 而祖也. 以是爲而子. 以蘭有國香, 人服媚之如是.' 旣而文公見之, 與之蘭而御之. 辭曰: '妾不才, 幸而有子, 將不信, 敢徵蘭乎.' 公曰: '諾.' 生穆公, 名之曰蘭." 이 구절은 宋 眞宗에게 아직 자식이 없음을 암시한 것으로 보인다(王仲犖, 《西崑酬唱集注》, 82쪽 참고).

103) 산초는 열매가 많이 열므로 자손의 번성을 기원하는 뜻에서 옛날에는 벽에 산초 열매를 섞어 발랐다고 한다.

雷響金車度	금수레는 우레 소리 내며 지나가고
梅殘玉管淸	<매화락(梅花落)> 부는 옥피리 소리 쓸쓸하다.
銀鐶添舊恨	은팔찌는 옛 한을 더하고[104]
瓊樹怯新聲	<옥수후정화>의 신성(新聲)이 겁난다.
洛媛迷芝館	낙수(洛水)의 여신은 지전관(芝田館)에 빠져들고[105]
星妃滯斗城	직녀성은 두성에 머물러 있다.
七絲絚綠綺	일곱 현의 녹기금(綠綺琴) 급히 연주하고
六箸鬪明瓊	여섯 젓가락과 빛나는 옥 던지며 논다.
慣聽端門漏	단문의 물시계 소리 듣는데 익숙해졌고
愁聞上苑鶯	슬픔 속에 상림원(上林苑)의 꾀꼬리 소리 듣는다.
虛廊偏響屜	밑이 빈 낭하에 나막신 소리 울리고[106]
近署鎭嚴更	직속 관서에선 밤 시간을 알리는 북을 친다.
剗藥心長苦	싹을 자르니 마음은 언제나 괴롭고
投籤夢亦驚	댓개비를 던지니 꿈 또한 놀라서 깬다.
雲波誰託意	구름과 진흙처럼 차이나니 누구에게 마음 의탁할까?[107]
璧月久含情	옥같은 달의 노래 가락 오래도록 정을 머금는다.
海闊桃難熟	바다 드넓으니 복숭아 익기 어렵고
天高桂漸生	하늘 높은데 계수나무는 점차 자라난다.
銷魂璧臺路	벽대(璧臺)의 길에서 슬픔은 극에 달하고[108]
千古樂池平	영원히 낙지(樂池)는 고요하구나.[109]

양억은 이 시에서 전대 황제들의 애정에 얽힌 이야기를 두루 열거하였는데, 이를 통해 진종의 무절제한 애정 행각을 풍간하려는 의도가 있

---

104) ≪漢舊儀≫, "宮人御幸, 賜銀環."
105) 李商隱 <可嘆>詩, "宓妃愁坐芝田館, 用盡陳王八斗才."
106) ≪吳郡志≫, "響屜廊, 相傳吳王建廊而虛其下, 令西施與宮人步屜繞之則響. 今靈巖寺圓照塔前小斜廊, 卽其址."
107) '雲波'는 '雲泥'와 같다. 하늘과 땅처럼 차이가 현격하다는 말이다.
108) ≪穆天子傳≫ 권6, "天子乃爲之臺, 是曰重璧之臺." 후에는 아름답고 화려한 누대를 일컬어 '璧臺'라고 하였다.
109) '樂池'는 신화 속의 池名이다. ≪穆天子傳≫ 권2, "天子三日休於玄池之上, 奏廣樂三日而終, 是曰樂池."

었던 것으로 짐작된다.[110]

우리가 ≪서곤수창집≫ 속에서 당시 진종에 대한 풍유의 뜻을 담고 있다고 인정할 수 있는 시들을 찾아보면 이 외에도 <시황(始皇)>·<옛 장수(舊將)> 등을 꼽을 수 있는데, 그 풍유의 뜻이 완곡하게 감추어져 있어서 황제도 그들 시의 내용을 직접 문제삼는 대신 부문(浮文)을 금지하는 조서를 내리는 데 그쳤던 것으로 짐작된다.

그런데 그들은 최고통치자를 대상으로 하여 풍유의 뜻을 담은 시뿐만 아니라 당시의 사회현실에 대한 우려나 자신의 불우한 처지에 대한 감개를 담은 시에서도 여러 가지 전고를 동원해가며 비유와 암시를 통해 자신들의 마음을 표현하였다. 먼저 양억의 <마음을 대신하여(代意)> 시를 보자.

┃代意┃ 마음을 대신하여

夢蘭前事悔成占	난초를 꿈에 받았던 옛일이 점괘가 된 걸 후회하니
却羨歸飛拂畫簷	오히려 처마를 스치며 돌아가는 새가 부럽다.
錦瑟驚弦愁別鶴	<별학조(別鶴操)> 타는 비파 소리 슬프고
星機促杼怨新縑	새 사람이 비단 짜는 베틀 소리 원망스럽다.
舞腰試罷收紈袖	춤추던 것 끝내고는 비단 소매 거두고
博齒慵開委玉奩	박치 놀이도 하기 싫고 경대도 내버려둔다.
幾夕離魂自無寐	몇 밤이나 이별 때문에 잠 못 이루었던가?
楚天雲斷見凉蟾	남녘 하늘 터진 구름 사이로 싸늘한 달이 보인다.

이 시에서 작자는 정(鄭) 문공(文公)의 첩 연길(燕姞)의 고사(故事), 상릉 목자(商陵牧子)의 고사,[111] 한(漢) 악부(樂府) <산에 올라 궁궁이를 뜯다(上

---

110) 王仲犖은 江休復의 說을 받아들여 <宣曲>시가 眞宗의 散樂伶 丁香과의 愛情事를 諷諫한 것이라고 하였다. 眞宗은 황태자 시절에 丁香을 낮에 불러들여 애정을 나누었는데, 진종이 황제에 즉위한 뒤에도 丁香은 종종 후궁에 출입하였다. 景德 末年에 郭后가 죽고 劉妃와 楊妃가 진종의 총애를 독차지하게 되자 丁香이 이를 비관하여 자살한 사건이 있었기 때문에 館臣들이 이 시를 짓게 되었다는 것이다.(≪西崑酬唱集注≫, 78-79쪽)

山采蘼蕪)>의 이야기 등을 활용하여 남편으로부터 버림받고 쓸쓸히 지내는 여인의 마음을 대신 서술하였는데, 당시 양억의 상황이 그 자신의 강직한 성격과 주변의 시기로 인해 진종의 신임을 잃어가고 있던 때임을 감안하면[112] 이 또한 자신의 우울한 처지에 대한 감개를 서술한 것이라고 볼 수도 있을 것이다.

양억이 지은 <대궐 안뜰의 나무(禁中庭樹)>시에서도 우리는 그의 이와 유사한 감개를 엿볼 수 있다.

┃禁中庭樹┃ 대궐 안뜰의 나무

直幹依金闥	대궐 문 가까이 쪽 곧은 나무 둥치
繁陰覆綺楹	아름다운 줄기를 무성한 그늘이 뒤덮고 있다.
纍珠晨露重	꿴 구슬처럼 새벽이슬 무겁게 맺혀 있고
嘒管夜蟬清	밤이 되니 매미 울음소리 맑구나.
霜桂丹丘路	서리 내린 계수나무는 붉은 언덕길에 바람을 내고
星楡北斗城	북두성 위에는 별빛이 찬란하다.
歲寒徒自許	시절이 추운데도 공연히 자부하니
蜀柳笑孤貞	부드러운 촉의 버들이 홀로 곧은 것을 비웃고 있다.

이 시도 표면적으로는 궁중의 뜰 안에 풍성하지만 외롭고 곧게 서있는 나무의 형상을 읊은 것인데, 보는 각도에 따라서는 얼마든지 자신을 이 나무에 비유하여 자신의 강직한 성품과 고독한 처지를 암시한 것으로 볼 수 있을 것이다.

다시 유균의 <버들 솜(柳絮)>시를 보자.

---

111) ≪古今注≫, "<別鶴操>, 商陵牧子所作也. 娶妻五年而無子, 父兄將爲之改娶, 妻聞之, 中夜起, 倚戶而悲嘯. 牧子聞之, 愴然而悲, 乃援琴而歌, 後人因爲樂章焉."

112) ≪宋史·楊億傳≫, "億素薄其人, 欽若銜之, 屢抉其失.", "陳彭年方以文史售進, 忌億名出其右, 相與毀訾." 歐陽修, ≪歸田錄≫, "眞宗好文, 初待大年眷顧無比, 晩年恩禮漸衰."

┃柳絮┃ 버들 솜

半減依依學轉蓬　　하늘거리던 자태 반감되고 떠도는 쑥처럼 되었으니
斑驪無奈恣西東　　이별의 오추마도 동서로 흩날림을 어찌할 수 없다.
平沙千里經春雪　　천리 들판은 봄눈이 지나간 뒤이고
廣陌三條盡日風　　세 가닥 너른 길엔 종일토록 봄바람이 불었다.
北斗城高連蟻蟻　　높다란 북두성은 별 반짝이는 하늘에 닿아 있고
甘泉樹密蔽靑蔥　　빽빽한 감천의 나무들은 푸름에 덮여 있다.
漢家舊苑眠應足　　한가(漢家)의 옛 뜰에서 한참을 자고 났으니
豈覺黃金萬縷空　　황금빛 가지 수없이 하늘거렸던 일을 어찌 깨달으리!

　이 시는 궁궐 안에 있는 버들을 대상으로 하여 읊은 영물시(詠物詩)이
다. 수연에서 작자는 버들잎이 이미 짙은 녹색으로 장성하여 버들솜 흩
날리게 된 모습을 묘사하면서 그것이 이별하는 사람들의 슬픈 감정을
더욱 북받치게 한다고 하였다. 함련에서는 버들 솜 흩날리는 시절이 다
른 초목들에게는 오히려 한창 때임을 말하여 버들의 일반적인 서글픔을
암시하였고, 경련에서는 궁궐 안에 있는 버들의 특수한 환경－겉보기에
좋은 듯하지만 결국 갇혀 지내는 처지를 묘사하였고, 미연에서는 한원(漢
苑)의 버들이 하루에 세 번 잠들었다 일어난다는 고사를 빌어[113] 궁궐 안
에 갇혀서 허송세월 하다보니 어느덧 젊음은 사라지고 버들 솜 흩날릴
만큼 짙푸르게 장성하고 말았음을 형용하였다. 이 시는 영물시 자체로
읽어도 묘미가 있지만 당시 유균의 나이가 삼십대 후반이었음을 감안해
보면 이 또한 궁중생활에 대한 작자 자신의 감개를 깃들인 내용이라고
볼 수 있을 것이다.

　이 외에도 우리는 그들의 일부 <무제(無題)>시와 <황명을 받고 서
적을 편찬하며 가슴속에 느낀 바를 적다(受詔修書述懷感事三十韻)>・<관
각 안의 새 매미(館中新蟬)>・<학(鶴)>・<송옥(宋玉)>・<밤에 당직을 서
며(直夜)>・<눈에 뜨이는 것들(卽目)>・<성도(成都)>・<옛 거처를 회고

---

113) ≪三輔故事≫, "漢苑中柳, 狀如人形, 曰人柳, 一日三眠三起."

하며(懷舊居)>·<문득 떠오르는 회포(偶懷)>·<병이 나서(屬疾)>·<건계의 옛 거처를 말하는 사람이 있기에(因人話建溪舊居)>·<우연히 짓다(偶作)>·<반딧불(螢)> 등의 시에서 개인의 감개와 기탁을 엿볼 수 있다. 그러나 이 또한 대부분이 암시적이고 추상적으로 표현되어 있어서 곰곰이 되씹어보지 않으면 작품 속에 깃들어 있는 내면의 의도를 파악하기가 쉽지 않다.

다른 시들은 대부분 그들의 귀족생활과 태평성대를 장식하고 있어서 당시 왕조의 요구에 부응한 것들이다. 그 예로 양억의 <공자(公子)>시와 전유연의 <밤 연회(夜讌)>시를 들어본다.

┃公子┃ 공자

夾道靑樓拂綵霓	길 양쪽에 늘어선 기루(妓樓)는 채색 무지개를 스치고
月軒宮袖按前溪	달빛 창 아래서 큰소매 날리며 <전계가> 따라 춤춘다.
錦鱗河伯供烹鯉	하백은 비단 비늘의 삶은 잉어를 내놓고
金距鄰翁逐鬪鷄	이웃집 노인은 쇠 발톱을 단 투계를 쫓는다.
細雨墊巾過柳市	가랑비 속에 두건 한 쪽을 내려뜨리고 유시를 지나고[114)
輕風側帽上銅隄	가벼운 바람에 모자를 비껴 쓰고 동제에 오른다.
珊瑚擊碎牛心熟	산호나무를 쳐서 부수고 소 심장을 익히니
香棗蘭芳客自迷	향긋한 대추와 난초 향기에 객은 저절로 미혹된다.

┃夜讌┃ 밤 연회

昨夜讌南堂	어제 밤 남당에서의 연회에는
華燈燭九光	꽃 등불 오색찬란하게 빛났다.
削靑爭落筆	죽간(竹簡)에 다투어 시를 적고
擧白鬪飛觴	술 권하며 다투어 잔을 돌렸다.
祇覺輝裴玉	모두가 배옥인(裴玉人)처럼 빛나는 분들이니
寧思夢謝塘	어찌 꿈을 통해 명구를 얻고자 하겠는가?

---

114) '墊巾'은 高雅한 자태를 모방한다는 뜻이고, '柳市'는 漢代 長安 九市 중의 하나이다.

解煩多蜜勺	번민을 풀기 위해 좋은 술 많고
藉俎半蘭芳	안주는 난초처럼 향긋하였다.
促席風絃怨	자리를 서로 가까이 하니 바람소리 구슬프고
開簾月露凉	주렴을 여니 달빛 아래 이슬 차갑다.
酡顏君莫訴	얼굴 붉다고 그대 호소하지 마오
西北轉銀潢	서북쪽으로 은하수 기울었다오.

 이런 시들은 내용적으로 크게 취할만한 것이 없긴 하지만 자구(字句)
의 단련과 전고의 구사 등 수사 기교에 있어서는 볼만한 점이 있다. 위
의 두 시도 모두 율구(律句)를 사용하면서 첫 연과 마지막 연을 제외한
나머지 연에서는 예외없이 정교한 대장(對仗)을 구사하였고, 간간이 전고
를 섞어 넣어 낭송과 연상의 맛을 풍부히 하였다.[115] 사실상 그들이 역
점을 두어 추구한 것은 세련된 언어의 구사와 고아한 의경의 구현을 통
해 표현미를 높이고 연상작용을 풍부히 하는 것이었으므로 내용적으로
는 진정실감(眞情實感)의 전달에 실패했지만 예술적 성취에 있어서는 훌륭
한 성과를 거둔 작품이 많았다. 양억의 <눈물(淚)>시를 예로 들어본다.

 ┃淚┃ 눈물

錦字梭停掩夜機	비단으로 회문시 짜는 것 멈추고 밤 직기를 덮는다.
白頭吟苦怨新知	백두음 애달프게 새 사람을 원망한다.
誰聞隴水回腸後	누가 농두(隴頭)의 물소리에 애가 끊어지나?
更聽巴猿拭袂時	더욱이 촉의 원숭이 울음소리에 소매를 훔친다.
漢殿微凉金屋閉	한나라 궁전 싸늘해져 금옥(金屋)은 닫히고
魏宮淸曉玉壺欹	위나라 궁전에선 맑은 새벽에 옥 단지 기울인다.
多情不待悲秋氣	다정한 사람은 슬픈 가을 기운을 기다릴 것도 없고
祗是傷春鬢已絲	봄을 애석해 하며 귀밑머리 이미 세었다.

---

115) 앞에서 제시한 <宣曲>시도 22韻을 모두 下平聲의 '庚'韻으로 일관하여 換韻하지
 않았고, 처음과 마지막의 두 聯을 제외한 나머지 聯에서는 出句와 對句가 모두 工
 對를 이루고 있다.

시의 내용을 통해 알 수 있듯이 작자는 언어의 함축미에 유의하면서 구절마다 눈물과 관련된 전고를 다양하게 구사하며 독자에게 낭송하는 즐거움과 함께 풍부한 연상 작용을 자아내주고 있다. 다시 전유연의 <무제(無題)>시를 살펴보자.

┃無題┃ 무제

誤語成疑意已傷	말 잘못한 것이 의심을 사 마음 이미 상했으니
春山低斂翠眉長	봄 산 같은 길고 푸른 눈썹을 낮게 찌푸렸다.
鄂君繡被朝猶掩	악군은 아침에 수놓은 이불로 가려주었건만
荀令熏爐冷自香	순령의 향로는 식어도 향내가 나는구나.
有恨豈因燕鳳去	원망이 어찌 연봉이 떠나갔기 때문이리오?
無言寧爲息侯亡	침묵이 어찌 식후가 죽었기 때문이리오?
合歡不驗丁香結	합환은 효험이 없고 정향 열매도 응결되어 있어
祇得凄凉對燭房	처량히 빈방의 촛불만 마주하고 있다.

아 시는 한 여인의 애정 상의 실의를 묘사한 것이다. 수연에서 작자는 본의 아니게 말을 실수한 것이 상대방을 노하게 하여 그로 인해 수심에 잠기게 된 아름다운 여인의 모습을 묘사하였고, 함련에서는 악군(鄂君) 자석(子晳)의 고사와 동한(東漢) 순욱(荀彧)의 고사를 빌어 자신을 정성껏 사랑해주던 사람이 노여움 때문에 훌쩍 떠나갔지만 도처에 그 사람의 향기가 배어 있어 잊으려야 잊을 수 없음을 묘사하였고, 경련에서는 두 사람 사이에 있었던 오해의 원인을 밝히면서 자신에겐 결코 딴 뜻이 있었던 것이 아님을 해명하였고, 미연에서는 상대방의 화가 풀리지 않아 마음속엔 슬픔만 쌓이는데 쓸쓸히 빈방에서 눈물 흘리는 듯한 촛불만 마주하고 있는 여인의 심적 상태를 묘사하였다.

이 시에서도 개인적인 감개나 깊은 기탁 같은 것은 찾아보기 어렵지만 표현수법에 있어서는 구성이 치밀하고 조형이 뛰어나 형식미의 아름다움을 깊이 있게 느낄 수 있다. 이에 대해 일찍이 구양수도 ≪육일시화

(六一詩話)≫에서 다음과 같이 말하였다.

> 양억과 전유연·유균 등 몇 사람이 창화하여 ≪서곤수창집≫이 나오고
> 부터는 당시 사람들이 다투어 그것을 본받아 시체(詩體)가 일변하였다. 그
> 러나 선생과 노년배들은 그들이 고사를 많이 사용하는 것을 병폐로 여겼다.
> 그렇지만 시어가 편벽하여 이해하기 어려운 점에 이르러서는 그것이 본래
> 본받는 사람들의 폐단이었음을 전연 모르고 있다. 이를테면 유균의 <신선
> (新蟬)>에 이르기를 "바람이 옥집에 불어오니 까마귀가 먼저 돌고, 이슬이
> 쇠줄기에 내려도 학은 모르고 있다"라고 하였는데, 비록 고사를 사용하였
> 다고는 하나 가구(佳句)됨에 무슨 지장이 있겠는가? 또 이를테면 (양억이)
> "높은 돛은 관가 다리의 버드나무를 가로 건너가고, 잦은 북소리는 해안 갈
> 매기를 놀라 날게 한다"라고 한 것은 고사를 사용하지 않았으나 또 어찌 잘
> 되지 않았다고 하겠는가? 대체로 그들은 웅문박학(雄文博學)하고 필력이 유
> 여(有餘)했기 때문에 무엇을 써내도 안될 게 없었으며, 전대에 시인이라고
> 칭하는 자들이 구름과 달, 풀과 나무 따위의 사소한 것에 얽매여 허동(許洞)
> 에게 곤욕을 치룬 부류가 아니다.116)

구양수는 이 글에서 전고의 사용 유무가 시의 공졸(工拙)을 판단하는
기준이 될 수 없음을 지적하면서 양억·유균·전유연 3인의 서곤체시가
전대 만당체시의 편협성을 극복했다고 인정하여 그들의 시에 대해 공정
한 입장을 견지하였다. 이처럼 그들은 사조(辭藻)와 성률(聲律), 대우(對偶)
와 전고(典故) 등 시가 형식의 예술미와 기교를 추구하는 한편 고아한 의
경의 창조에 주력하여 상당한 성과를 거둘 수 있었다.

---

116) "楊大年與錢·劉數公唱和, 自西崑集出, 時人爭效之, 詩體一變. 而先生老輩, 患其多
　　用故事. 至於語僻難曉, 殊不知自是學者之弊. 如子儀<新蟬>云: '風來玉宇烏先轉,
　　露下金莖鶴不知', 雖用故事, 何害爲佳句也? 又如(大年) '峭帆橫渡官橋柳, 疊鼓驚飛
　　海岸鷗', 其不用故事, 又豈不佳乎? 蓋其雄文博學, 筆力有餘, 故無施而不可, 非如前
　　世號詩人者, 區區於風雲草木之類, 爲許洞所困者也."

(3) 위상과 평가

양억·유균·전유연 등의 서곤체 시인이 백체시 말류(末流)의 천속(淺俗)함과 만당체시의 편협성을 극복하고자 노력하면서 모범으로 삼았던 것은 주로 음절이 아름답고 낭랑하며 언어가 정교한 이상은 시였다. 이상은의 시는 그들의 학자적인 취향과 심미 이상에 들어맞아 그들은 이상은의 시에 대해 강렬한 심리적 공명과 예술적 매력을 느꼈다. 이에 대해 갈립방(葛立方)은 ≪운어양추(韻語陽秋)≫에서 다음과 같이 말하였다.

> 양억이 지도(至道, 995-997) 중에 이상은의 시 백여 편을 얻고는 애모한 나머지 손에서 놓을 수가 없었다. 공(公)이 일찍이 이상은 시를 논하여 함축적이고 치밀하며 서술에 막힘이 없어서 맛이 무궁하면서도 갈수록 샘솟아 누를수록 견고해지고 따라 마셔도 없어지지 아니하니 배우는 사람들에게 그 일부분을 엿보게 하여도 내장을 세척하고 뼈를 씻는 듯이 시원함을 느끼게 된다고 하였다. 이로부터 문공(文公)의 시가 이상은으로부터 터득한 것이 많음을 알겠다.[117]

이로부터 양억이 ≪서곤수창집≫을 편성하기 10여 년 전에 이미 이상은 시에 심취했음을 알 수 있다. 또 섭몽득(葉夢得)은 ≪석림시화(石林詩話)≫에서 "양억과 유균은 모두 당언겸(唐彦謙) 시를 좋아하여 용사(用事)를 정교하게 하고 대우(對偶)를 치밀하게 구사하였다"[118]라고 하여 그들이 당언겸 시의 장점도 받아들였음을 시사하였다. 이상은과 당언겸은 모두 만당의 시인이며, 그 중에서도 이상은은 성취가 큰 시인으로서 나름대로 두보 시의 침울박대(沈鬱博大)한 장점을 섭취하려고 애쓴 반면에 서

---

117) ≪운어양추≫ 권2, "楊文公在至道中得義山詩百餘篇, 至于愛慕而不能釋手. 公嘗論義山詩, 以謂包蘊密致, 演釋平暢, 味無窮而炙愈出, 鎭彌堅而酌不竭, 使學者稍窺其一斑, 若滌腸而洗骨. 是知文公之詩, 有得于義山者多矣."
118) ≪석림시화≫ 卷中, "楊大年·劉子儀皆喜唐彦謙詩, 以其用事精巧, 對偶親切."

곤체 시인들은 그 면에 힘을 쏟지 않았다. 또한 이상은의 시와 비교해서도 서곤체시는 이상은 시의 외형을 갖추긴 했지만 세련된 언어와 적절한 전고 속에 감추어져 있는 진정실감은 결핍되어 보이는 경우가 많아 결국 그것이 서곤체시의 한계가 되고 말았다. 서곤체 시인들은 하루 종일 비각(秘閣)에서 서적과 씨름하다보니 서적을 통한 지식과 수양이 높아 ≪사고전서총목제요(四庫全書總目提要)≫에서 "이상은을 본받아 자구가 아름답고 화려하며 기상이 결핍되어 있지 않다"[119], "세련되고 생동적인 곳은 끝내 마멸되지 않을 것이다"[120]라고 평가하였듯이 송초 백체시와 만당체시의 한계를 극복하고 당시 시단의 혁신을 꾀하여 어느 정도 성취를 거둔 것이 사실이지만, 한편 앞에서 지적한 것과 같은 한계 때문에 구양수 등에 의한 혁신운동을 다시금 맞이해야 했다.

북송 인종조(仁宗朝)에 시작된 구양수를 영수로 하는 시가혁신운동(詩歌革新運動)은 송초의 백체·만당체·서곤체시에 대하여 포괄적인 개혁을 행한 것이지만 그들이 서곤체시의 영향에서 완전히 벗어난 것은 아니었다. 천성(天聖) 연간(1023-1031)에 구양수와 매요신(梅堯臣)은 서경유수(西京留守) 전유연의 밑에 있으면서 서로 시를 주고받았으며, 앞에서 언급했듯이 구양수는 ≪육일시화(六一詩話)≫에서 양·유·전 3인의 시를 높이 평가하였다. 또한 작시의 예술적 취향에서 볼 때 ≪고금시화(古今詩話)≫에서 "양억은 두보의 시를 좋아하지 않아 그를 촌로라고 하였다. …… 구양수 역시 두보 시를 그다지 좋아하지 않았고, 한유(韓愈)가 뛰어나다고 하였다. …… 또한 이백(李白)을 좋아하여 높이 평가하였다"[121]라고 지적하였듯이 두보 시를 본받지 않은 점에서 그들은 예술적 취향을 같이하였다.

---

119) "宗法李商隱, 詞取妍華, 而不乏氣象."
120) "鍛煉新警之處終不可磨滅."
121) "楊大年不喜杜子美詩, 謂之村夫子, …… 歐公亦不甚愛杜詩, 而謂韓退之絶倫. …… 又愛賞李白."

구양수・매요신 이후에 등장한 왕안석(王安石)은 사실상 서곤체에서 강서시파(江西詩派)로 넘어가는 교량적 역할을 담당하였다. 그는 만년에 이상은의 시와 서곤체시를 애호하기도 했으며, 실제로 그의 시를 살펴보아도 학문을 바탕으로 대량의 전고를 사용한 점, 언어의 사용과 대장(對仗)의 구사가 엄정하여 기교가 세밀한 점 등은 서곤체시와 맥락을 같이 하는 것이다.

왕안석 이후 황정견(黃庭堅)도 서곤체시의 영향을 받았다고 할 수 있다. 이에 대해 송 주변(朱弁)은 ≪풍월당시화(風月堂詩話)≫에서 다음과 같이 말하였다.

> 이상은은 두보 시를 본따서 "세월은 이처럼 흘러가고, 강과 호수는 아득하구나"라고 하였는데, 참으로 두보의 말이다. ……그러나 두보의 시가 깊이 있고 드넓으며 필력에 힘이 넘치는 것과는 같지 않다. 이상은도 스스로 그것을 느껴서 따로 문호를 세워 일가를 이루었다. 후인이 그 여파를 취하여 서곤체라고 하였는데, 구율(句律)이 지나치게 엄격하여 자연스런 태도가 없었다. 황정견은 그 점을 깊이 깨닫고 홀로 서곤체의 조예를 발휘하여 두보의 혼성(渾成)한 경지를 이룩하였다.122)

주변은 여기서 이상은・서곤체시와 황정견 시 사이의 계승과 차별화 관계를 잘 설명해주었다. 이 삼자는 학문을 바탕으로 하여 시를 쓴 점에 있어서는 공통되지만 두보 시의 장점을 취한 점에 있어서는 다른 점이 있다. 즉 황정견은 두보 시를 학습하는 한편 이상은 시와 서곤체시 사이의 계승 관계를 살피고 서곤체시의 장단점을 잘 파악하여 그것을 취사선택함으로써 자신의 독특한 시 세계를 구축할 수 있었던 것으로 보인다.

---

122) "李義山擬老杜詩云: '歲月行如此, 江湖坐渺然', 眞是老杜語也. …… 然未似老杜沉涵汪洋, 筆力有餘也. 義山亦自覺, 故別立門戶成一家, 後人拕其餘波, 號西崑體, 句律太嚴, 無自然態度. 黃魯直深悟此理, 乃獨用崑體工夫, 而造老杜渾成之地."

5 | 후서곤체시(後西崑體詩)

서곤체는 송 진종(眞宗) 경덕(景德) 연간(1004-1007)에 흥기하여 백체시와 만당체시를 계승한 면이 있긴 하지만 시대정신의 새로운 요구와 문인 심미취미의 변화라는 배경 하에서 시가형식의 예술미와 기교를 추구하는 한편 고아한 의경의 창조에 주력한 일종의 신시체였다. 서곤체의 출현은 송초 시풍이 만당·오대의 여풍에서 벗어나 새로운 국면으로 접어드는 하나의 계기가 되었다. 근간에 들어 사람들은 서곤체의 예술가치를 인정하고, 특히 송시 예술특징의 형성에 있어서 서곤체의 역할을 긍정하는 추세이다.[123] 그렇지만 서곤체의 활동시기가 매우 짧았다는 점에 대해서는 아직 충분한 고려를 하고 있지 않은 것 같다. 사실상 서곤파로 간주되는 시인 중의 다수가 '서곤수창(西崑酬唱)'에 참여하지 않았을 뿐만 아니라 연배에 있어서도 같은 시대에 속하지 않는다. 서곤체의 형성이 ≪서곤수창집(西崑酬唱集)≫을 그 근간으로 하고 있는 만큼 '서곤수창'에 참여하지는 않았지만 시풍이 그 연장선상에 있는 시인들은 서곤체 시인들과 구분하여 '후서곤체' 시인으로 부르는 것이 적절하다고 하겠다. 이들은 서곤체시를 충실히 계승하고 있으면서도 진종조 후기부터 인종조에 걸쳐 행해진 시풍 변화의 한 부분을 담당하였다.

'후서곤체' 시인은 주로 안수(晏殊)·송상(宋庠: 송교(宋郊))·송기(宋祁)·호숙(胡宿) 등을 포괄하는데, 청(淸) 왕사정(王士禎)은 이들 외에도 문언박

---

[123] 이에 대해서는 鄭再時 箋注, ≪西崑酬唱集注≫(齊魯書社: 濟南, 1986); 許總, ≪宋詩史≫(重慶出版社: 重慶, 1992); 周益忠, ≪西崑研論集≫(臺灣學生書局: 臺北, 1999); 曾棗莊, <論≪西崑酬唱集≫的作家群>(≪文學遺産≫, 1993年 第6期); 陳寶明, <西崑體的盛衰與宋初詩風之演進>(≪中國古代·近代文學研究≫, 1989. 6)과 송용준 <北宋初期西崑體詩研究>(≪中國語文學≫ 제26집, 영남중국어문학회, 1995) 등을 참고할 것.

(文彦博)과 조변(趙抃)을 포함시켜야 한다고 생각했다. 이들 중에서 안수는
진종 조에 신동으로 천거되어 시명이 비교적 일찍 알려졌다. 양억은 일
찍이 태종·진종 조의 저명 시인을 2대로 나누었는데, 안수는 전유연(全
惟演)·유균(劉筠)·정위(丁謂) 등의 서곤체 시인과 함께 제 2대에 속하였
다.124) 송상과 송기는 인종(仁宗) 천성(天聖) 2년(1024)에 진사가 된 사람들
로, 안수를 스승으로 모시고 주로 인종 조에 활동하였다. 호숙과 문언박
은 모두 천성 연간(1023-1032)의 진사이고, 조변은 경우(景祐) 연간(1034-
1038)에 진사가 되었다. 호숙은 영종(英宗) 치평(治平, 1064-1067) 말까지 관
직에 있었고, 조변은 신종(神宗) 희녕(熙寧, 1068-1077)까지 관직에 있었고,
문언박은 더욱이 사조원로(四朝元老)로 불리어지며 철종(哲宗) 원우(元祐)
연간(1085-1094)까지 관직에 있었다. 따라서 이른바 '후서곤체'는 시풍의
연장선으로 보아야 하며, 군체동배(群體同輩)의 문학집단이 아니다. 또한
그것이 기나긴 과정을 나타내고 있기 때문에 시간의 추이에 따른 여러
가지 새로운 상황을 내포하고 있다. 여기서는 후서곤체를 대표한다고 볼
수 있는 안수와 송상·송기의 시를 살펴보고, 이들의 시가 서곤체시를
충실히 계승했으면서도 시가발전의 노선을 따라 어떻게 그들과 다른 면
모를 보여주었는지 그 이동(異同)을 검토한 후, 후서곤체시의 위상과 평
가를 정리해보고자 한다.

(1) 안수(晏殊)

북송 초기의 문단을 살펴볼 때 안수는 저명한 사인(詞人)으로 알려져
있지만, 당시에 그는 시인으로서도 명성이 있었다. 송 진진손(陳振孫)은
≪직제서록해제(直齋書錄解題)≫에서 안수를 일컬어 "시에 뛰어났다"고
하였고, ≪송사·안수열전≫에서도 안수의 시문에 대해 "문장이 어휘가

---

124) ≪詩話總龜·前集≫ 권12.

풍부하고 화려하며 응용에 막힘이 없는데, 더욱이 시에 뛰어나 한아한 가운데 정감과 사색이 있다"125)고 서술하였다. 이와 같은 평설을 통해 우리는 당시 사람들이 안수의 시에 대해 어떤 평가를 내리고 있었는지 짐작해 볼 수 있다.

일찍이 안수의 문하생 송기가 "(안수의) 시는 편집된 것이 만 편이 넘어 당인 이래 이렇게 많은 수는 있어본 적이 없다"126)고 하여 그가 많은 수의 시를 남겼을지도 모른다는 생각이 들게 하지만 현재 전해지는 시의 양은 많지 않아서 ≪전송시≫(三)에 그의 시 160수가 수록되어 있는 정도이다. 이 시들의 내용을 살펴보면 궁중생활의 이모저모를 노래한 것·황제의 명을 받들어 지은 응제시(應製詩)·다른 관원들과 창화한 것 등이 주종을 이루고 있어서 서곤체 시인들과 큰 차이가 없지만, 이 외에도 영물시·증별시·술회시·인생에 대한 감개를 노래한 시·세시(歲時)의 감흥을 적은 시 등이 적지 않게 있어서 내용의 다양성을 보여주고 있다.

먼저 그의 응제시 한 수를 살펴보자.

┃奉和聖製元日(第2首)┃ 임금님이 지으신 설날 시에 삼가 화답하여(제2수)

人正肇屆時多祜	사람이 설날을 맞아 많은 복이 내리고
鳳曆惟新景載陽	한 해가 새로 열려 빛에 양기가 실렸다.
雙闕布和雲氣鬱	대궐에는 화기가 펼쳐져 구름기운 자욱한데
千門獻壽玉聲長	대신들의 축수 소리가 끝없이 이어진다.
東風入律三邊靜	봄바람 부는 절기가 되니 삼면이 조용하고
北斗回春萬物芳	북두성이 봄을 회복하니 만물이 생동한다.
朝暇肅誠頒睿藻	조정의 명절 경건하여 황제가 시를 내리시니
搢紳交抃捧堯章	대신들이 번갈아 손뼉 치며 황제의 시를 받든다.

여기서 시인은 새해를 맞아 하늘의 보살핌 아래 군주와 신하가 함께

125) ≪宋史≫ 권311, "文章瞻麗, 應用不窮, 尤工詩, 閑雅有情思."
126) ≪宋景文筆記≫, "詩見編集者乃過萬篇, 唐人以來所未有."

태평성대를 누리며 시를 주고받는 모습을 장중하면서도 활기차게 표현하였다. 이와 비슷한 경향의 시를 한 수 더 살펴보자.

┃扈從觀燈┃ 황제를 수행하며 꽃등을 보고서

詰旦雕輿下桂宮	새벽에 수레를 타고 황궁을 나가시어
盛時爲樂與民同	태평시대에 즐거움을 백성과 함께 한다.
三千世界笙歌裏	온 세상에는 생황 소리 울려 퍼지고
十二都城錦繡中	도시는 모두 수놓은 비단이 넘실거린다.
行漏不能分晝夜	시간의 흐름은 밤과 낮을 나눌 수 없고
遊人無復辨西東	나들이 나온 이들은 동서를 따지지 않는다.

이 시는 안수가 대보름 명절을 맞이하여 황제를 모시고 황궁 밖으로 나가 거리의 꽃등을 바라보며 눈앞에 전개된 도시의 모습을 묘사한 것이다. 전편에 걸쳐서 백성들의 생활에 대한 황제의 각별한 관심과 태평 세월 속에 풍요를 즐기는 도시민의 모습이 화려하게 묘사되어 있어서 서곤체시의 풍모를 느끼게 해준다.

다음에는 안수의 명편으로 알려져 있는 <기원(寄遠)>시를 보자.

┃寄遠┃ 먼 곳에 부쳐 127)

油壁香車不再逢	향긋한 채색 수레는 다시 만날 수 없고
峽雲無迹任西東	무협의 구름 종적 없어 찾을 길 없다.
梨花院落溶溶月	배꽃 만발한 정원의 하얗게 빛나는 달
柳絮池塘淡淡風	버들 솜 날리는 연못의 가볍게 부는 바람
幾日寂寥傷酒後	며칠동안 적막하여 크게 술 취한 뒤
一番蕭瑟禁煙中	한식 기간이라 한 차례 쓸쓸함만 더한다.
魚書欲寄何由達	물고기 통해 이 내 마음 전하려 해도
水遠山長處處同	곳마다 산과 물 아득하니 어찌 전하나!

---

127) 이 시의 제목이 ≪瀛奎律髓≫ 권5에는 <寓意>로 되어 있고, ≪元獻遺文≫에는 <無題>로 되어 있는데, 여기서는 ≪全宋詩≫를 따랐다.

이 시는 표면적으로 시인이 따뜻한 봄날 밤 함께 만나 사랑을 나누었던 여인과 이별한 후 이별의 고통과 그리움을 쓴 것이다. 내용의 함축성과 시어의 구사가 이상은·양억 등의 <무제(無題)>시를 연상시켜 주고 있어서 서곤체의 수법을 이어받았다고 할 수 있지만 분위기에 있어서는 사(詞)에 가까운 점이 있다.

실제로 그의 시에는 사에 사용된 구절이 중복되어 나타나는 경우가 있다. 다음 시를 보자.

┃假中示張寺丞王校勘┃ 휴가 중에 장선 사승과 왕기 교감에게

元巳淸明假未開	상사(上巳)와 청명 시절 되었건만 휴가 시작되지 않아
小園幽徑獨徘徊	작은 정원 그윽한 길을 혼자서 배회한다.
春寒不定斑斑雨	오락가락 방울져 내리는 봄비에 추위 느껴져
宿醉難禁灩灩杯	숙취에도 찰랑거리는 술잔을 금할 수 없다.
無可奈何花落去	어쩔 수가 없구나 꽃이 져서 떨어지는 것을
似曾相識燕歸來	전에 본 듯한 제비는 다시 돌아왔건만.
遊梁賦客多風味	양원(梁園)에서 노닐던 시객들 풍미가 많으니
莫惜靑錢萬選材	이 출중한 인재들의 선발을 아끼지 않으리.

이 시에서 시인은 세월 따라 지고 마는 봄꽃을 바라보며 짧고 되풀이되지 않는 인생을 느끼고는 인간의 숙명을 사색한다. 비록 마지막 두 구절에서 시인이 후진의 양성에 힘쓰겠다는 말을 사색의 결과물로 내놓고 있긴 하지만 이 시의 중점은 "짧고 되풀이되지 않는 인생에 대한 감개"에 있어서 그의 <완계사(浣溪沙)>(一曲新詞酒一杯)사와 같다.[128]

한 사람의 고관으로서 그는 인생에 대한 사색을 통해 얻은 깨달음을

---

128) 그의 詞는 다음과 같다. "한 곡의 새 노래에 술 한 잔. 작년과 같은 날씨, 예전의 그 정자. 저녁 해 서산에 지면 언제 다시 오려나? / 어쩔 수가 없구나 꽃이 져서 떨어지는 것을. 전에 본 듯한 제비는 다시 돌아왔건만. 작은 정원 향긋한 길을 홀로 배회한다."(一曲新詞酒一杯. 去年天氣舊亭臺. 夕陽西下幾時回. 無可奈何花落去. 似曾相識燕歸來. 小園香徑獨徘徊.)

시로 표현하기도 하였다. 다음 시를 보자.

┃列子有力命王充論衡有命祿極言必定之致覽之有感┃
≪열자·역명≫과 왕충 ≪논형·명록≫에서 운명이 정해져 있음을
극언하여 보고서 느낌을 적음

大鈞播群物	하늘이 수많은 사물을 퍼뜨리시니
零茂歸自然	쇠락과 번성이 자연에 맡겨진다.
默定旣有初	정해진 운명이 애초부터 있었나니
不爲智力遷	지혜와 힘으로 바꿀 수 있지 않다.
禦寇導其流	열자가 운명의 흐름을 이끌었고
仲任派其源	왕충이 그 근원을 갈래 쳐 나갔다.
智愚信自我	지혜와 우둔은 자아에게 달려있고
通塞當由天	통하고 막힘은 하늘에 말미암는다.
宰世曰皐伊	세상을 다스린 사람은 고요(皐陶)와 이윤(伊尹)이고
迷邦有顏原	은거를 택한 사람은 안회(顏回)와 원헌(原憲)이다.
吾道誠一槪	나의 도는 참으로 하나로 개괄되지만
彼途鍾百端	저들의 길은 백 갈래로 나누어진다.
卷之入纖毫	그것을 말면 가느다란 터럭에 들어가고
舒之盈八埏	그것을 펴면 팔방의 땅 끝에 가득 찬다.
進退得其宜	나가고 물러남은 마땅함을 얻어야 하고
夸榮非所先	찬미와 영화는 먼저 찾을 바가 아니다.
朝聞可夕隕	아침에 도를 들으면 저녁에 죽어도 되니
吾奉聖師言	나는 성스런 스승의 말씀을 받들 것이다.

이 시는 제목에 밝혀져 있듯이 시인이 ≪열자·역명≫과 ≪논형·
명록≫을 읽고서 느낀 바를 적은 것이다. 잘 알려져 있듯이 위의 두 편
은 인간의 수명과 귀천이 모두 태어날 때부터 운명으로 정해져 있음을
주장한 것인데, 안수는 이 도가적 처세철학을 유가의 처세관과 결합시켜
"나가고 물러남은 마땅함을 얻어야 하고, 찬미와 영화는 먼저 찾을 바가
아니다"라는 깨달음을 설파하였다. 이와 같은 철리시는 북송 중기 이후
보편화된 새로운 경향으로서 송시의 한 특징으로 자리잡게 된다.

안수에게는 적지 않은 영물시가 있다. 그의 영물시는 서곤체 시인의 영물시와 마찬가지로 짜임새 있는 조직 속에 전고를 사용하여 풍부한 연상 작용을 일으키거나 풍자와 기탁의 내용을 깃들인 것이 많다. 먼저 그의 <부득추우(賦得秋雨)>시를 보자.

▌賦得秋雨 ▌ 가을 비

點滴行雲覆苑牆	구름에서 떨어지는 빗방울이 동산의 담을 덮고
飄蕭微影度迴塘	옅은 그림자가 바람에 흩날리며 연못을 건넌다.
秦聲未覺朱絃潤	진성이 맴돌아 붉은 현이 젖는 것도 알지 못하고
楚夢先知薤葉涼	초왕의 꿈은 염교 잎이 차가워졌음을 먼저 안다.
野水有波增澹碧	들판의 물은 물결치며 맑고 푸름을 더하고
霜林無韻涅疏黃	서리 내린 숲은 소리 없이 누런 잎을 적신다.
螢稀燕寂高窗暮	반딧불 사라지고 제비 적막한 저물 녘의 높은 창
正是西風玉漏長	가을바람 부는데 물시계 소리 끝없이 이어진다.

이 시는 안수가 창 밖으로 내리는 가을비를 바라보며 가슴속에 이는 여러 가지 연상 작용을 표현한 것이다. 시어의 배치와 전개 방식 및 '진성(秦聲)'과 '초몽(楚夢)' 등의 전고를 사용한 점은[129] 서곤체 시인의 수법을 그대로 이어받은 것이지만, 이런 류의 서곤체시에 흔히 나타나는 화려한 시어의 구사와 빽빽한 조직은 찾아볼 수가 없어서 서곤체시와는 다른 점이 있다. 이번에는 풍자와 기탁의 내용을 담고 있는 시를 살펴보자.

▌詠上竿伎 ▌ 장대 위의 예인

百尺竿頭裊裊身	백 척 장대 위에 올라선 날렵한 몸
足騰跟掛駭傍人	발로 오르고 발꿈치에 걸어 보는 이를 놀라게 한다.
漢陰有叟君知否	한음 땅의 노인을 그대는 아는가 모르는가?

---

129) '秦聲'은 ≪史記≫ 권70, <張儀列傳>에 덧붙어 있는 <陳軫傳>의 故事에서 나온 말로 옛 땅에 대한 그리움을 표시하고, '楚夢'은 楚 襄王이 陽臺에 갔을 때 꿈속에서 巫山神女를 만난 故事로 남녀간의 밀회와 같은 짧고 달콤한 꿈을 가리킨다.

　　抱甕區區亦未貧　　고지식하게 옹기로 물을 날랐지만 가난하지 않았다.

　　이 시는 높은 장대 위에 올라 아슬아슬하게 곡예를 펼치는 예인을 바라보며 시인이 잔재주를 펼치며 살아가는 사람을 풍자한 것이다. "한음 땅의 노인" 이야기는 ≪장자(莊子)・천지(天地)≫에 나오는 것인데, 순수한 마음을 유지하기 위해 두레박 같은 기구를 사용하는 잔재주를 피우지 않는다는 내용이다.130) 따라서 여기서 잔재주를 펼치며 살아가는 사람이란 순수하고 바르게 살아가지 않고 권모술수를 펼치며 살아가는 사람을 가리킨 것이라고 할 수 있다.

　┃西垣榴花┃ 서쪽 담에 핀 석류꽃
　　山木有甘實　　달콤한 열매를 맺는 산 나무가
　　托根清禁中　　뿌리를 황궁 안에 의탁하였다.
　　歲芳搖落盡　　봄의 꽃들이 다 지고 난 지금
　　獨自向炎風　　혼자서 여름바람 속에 피어있다.

　　이 시는 시인이 여름에 홀로 피어있는 석류꽃을 바라보며 무리에 휩쓸리지 않고 꿋꿋이 자신의 지조를 지키는 고상한 정조를 노래한 것이다.

　┃雪中┃ 눈을 맞으며
　　平臺千里渴商霜　　평대 위에서 멀리 바라보며 눈을 갈망하니
　　內史憂民望最深　　대신은 백성을 염려하여 소망이 가장 깊다.
　　衣上六花非所好　　옷에 내리는 육각 꽃을 좋아하는 것이 아니니
　　畝間盈尺是吾心　　밭에 한자 높이로 눈이 쌓이는 것이 나의 소망.

　　시인은 이 시에서 눈이 내리기를 갈망하는 것은 눈 내리는 모습을

---

130) 爲圃者忿然作色而笑曰: "吾聞之吾師, 有機械者必有機事, 有機事者必有機心. 機心存於胸中, 則純白不備; 純白不備, 則神生不定; 神生不定者, 道之所不載也. 吾非不知, 羞而不爲也."

보고 싶어서가 아니라 농민들의 농사가 잘 되기를 바라기 때문이라고
하고 있다. 이와 같은 내용은 서곤체 시인 및 안수의 시에서는 드물게
보이는 것으로, 이를 통해 안수가 태평성대를 찬미하는 시만 썼던 것이
아님을 알 수 있다. 특히 첫 번 째 구절의 '상상(商霜)'은 '상림(商霖)'을 연
상시키는 표현으로서, 그가 나라와 백성을 구할 인재를 갈망하고 있음을
암시하였다.131)

　백성들에 대한 안수의 관심은 농민에게만 국한된 것이 아니었다. 다음
시를 보자.

　┃弔蘇哥┃ **소가를 애도하며**

蘇哥風味逼天眞	소가의 매력은 천진함에 있었으니
恐是文君向上人	사마상여를 향한 탁문군의 마음인 듯.
何日九原芳草綠	언제나 그녀의 무덤에 방초가 푸르러
大家携酒哭靑春	모두들 술을 들고 가서 청춘을 애도할까?

　이 시는 시인이 순정을 위해 목숨을 바친 한 기녀를 애도하며 지은
것이다. 시인은 사마상여(司馬相如)와 탁문군(卓文君)의 고사를 빌려 소가
의 순정을 표현하는 한편 그녀가 젊은 나이에 죽은 것을 가슴아파하는
마음을 담아내었다. 이를 통해 시인은 명예와 이익을 쫓아 그때그때 처
신을 달리 하는 인정세태를 간접적으로 비판하였다고도 볼 수 있어 서
곤체 시인들의 표현기교를 그대로 보여주고 있다.

　안수에게는 또한 여러 수의 증별시(贈別詩)가 있는데, 그 속에는 인재
를 아끼고 사랑하는 그의 마음이 표현되어 있다. 다음 시를 보자.

---

131) ≪書·說命上≫의 기재에 의하면 商王 武丁이 傅說을 재상으로 임용할 때, 그에게
　　명하며 말하기를 "당신을 큰 가뭄이 닥칠 때의 장마 비로 삼겠다"(若歲大旱, 用汝作
　　霖雨)라고 하였다. 후에는 '商霖'을 大臣을 기려 일컫는 말로 사용하였다.

┃贈李陽孫 ┃ 이양손에게

不忍與君別	그대와의 이별을 참을 수 없는 것은
憐君仁義人	그대가 어질고 의로운 사람이어서라네.
三年官滿後	삼 년의 관직생활을 다 채우고 나서도
依舊一家貧	처음과 다름없이 온 집안이 가난하구먼.

여기서 시인은 이양손이 어질고 의로운 사람이어서 특히 이별이 안타깝다고 말하면서 그의 사람됨에 대하여 '청렴결백'이라는 한 마디로 간단하게 마무리하였는데, 이렇게 함으로써 이양빙의 인품에 대해 강한 인상을 심어줄 수 있었다.

안수의 시는 동시대의 다른 시인들에 비해 남아있는 시가 많지는 않지만 그 내용을 살펴보면 다양한 주제를 다루고 있어서 단조롭지 않으며, 서곤체 시인들의 시와 마찬가지로 태평성대를 칭송하는 내용이 많기는 하지만 매우 함축적이고 암시적으로 풍자와 기탁을 녹여 넣은 작품도 적지 않음을 알 수 있다.

(2) 안수 시와 서곤체시의 이동(異同)

앞에서 안수 시의 내용을 살펴보면서 일부 언급하였듯이 안수의 시는 서곤체시와 비슷한 면이 적지 않다. 율시 위주의 형식,[132) 궁중에서의 응제시와 창화시가 많고 제재 내용에 있어서도 궁중생활을 다루거나 태평성대를 칭송한 것이 다수인 점, 시어의 짜임새 있는 배치와 전개방식, 함축적이고 암시적인 표현 속에 풍자와 기탁을 녹여 넣는 수법 등은 서곤체시를 그대로 이어받았다고 해도 과언이 아니다. 이와 같은 상사점

---

132) ≪全宋詩≫에 수록되어 있는 안수의 시 160수를 살펴보면 5·7언 古詩는 4수에 불과하고 나머지는 모두 律詩인데, 이 중에서 5·7언 絶句가 약 반을 차지하고 있는 점이 서곤체시와 다른 점이다.

때문에 ≪서곤수창집≫ 속에 안수의 시가 없는데도 불구하고 송대의 유반(劉攽, 1029-1089)은 ≪중산시화(中山詩話)≫에서 서곤체 시인을 언급하면서 안수를 열거하였다.[133]

그러나 안수를 바로 서곤체 시인의 한 사람으로 보는 것은 약간의 무리가 있다. ≪서곤수창집≫이 나온 대중상부(大中祥符) 원년(1008)에 안수는 18세에 불과하였고 집현교리(集賢校理)가 된 것은 이듬해의 일이어서 그가 서곤수창에 참여했을 가능성이 없으며, 실제에 있어서도 안수의 시명이 알려진 것은 양억이 세상을 떠난 이후의 일이었다. 안수의 문하생 송기는 당시의 시단 상황에 대해 다음과 같이 설명하였다.

> 천성 원년(1023) 이래 사대부들 가운데 시를 짓는 사람이 더욱 줄어들어 다만 승상 안수공 · 전유연공 · 한림학사 유균공 등 몇 사람이 있었을 뿐이다. 이밖에 승상 왕서공 · 참지정사 송수공 · 한림학사 이숙공이 문장 외에도 시를 지었지만 전념하지는 않았다. 그 후 석연년 · 소순흠 · 매요신 등이 자칭 시를 짓기 좋아한다고 했지만 시명을 날릴 수 없었다.[134]

이 글에서 송기는 양억(974-1020)이 세상을 떠난 후 시명을 지닌 사람들로 서곤수창의 핵심이라고 할 수 있는 전유연 · 유균과 함께 안수를 열거하였고, 이들의 다음 세대로 북송 시문혁신의 과정에서 주도적 역할을 담당했던 석연년 · 소순흠 · 매요신을 들었지만 이들이 아직 시명을 날리지 못했다고 하였다. 이를 통해 미루어보면 서곤체시 이후 북송 중기의 시가혁신이 자리를 잡기 전에 안수가 시명을 날리며 과도기적 역할을 담당했다고 볼 수 있다.

앞에서 언급하였듯이 안수는 비교적 이른 나이에 조정에 진출하여

---

133) ≪中山詩話≫, "祥符 · 天禧中, 楊大年 · 錢文僖 · 晏元獻 · 劉子儀以文章立朝, 皆宗尙李義山, 號西崑體."
134) ≪宋景文筆記≫, "天聖初元以來, 縉紳間爲詩者盆少, 惟丞相晏公殊, 全公惟演, 翰林劉公筠數人而已. 至丞相王公曙, 參知政事宋公綬, 翰林李公淑, 文章外亦作詩, 而不專也. 其後石延年, 蘇舜欽, 梅堯臣, 皆自謂好爲詩, 不能自名矣."

양억 사후 전유연·유균 등과 함께 시를 주고받으며 자연스럽게 그들의 시풍을 이어받았을 것이다. 그러나 다른 한편으로는 황제가 여러 차례 부화한 시문의 창작을 금한다는 내용의 조서가 있었기 때문에 당시 황제의 신임을 받고 있었던 안수로서는 조금씩 다른 길을 모색해 나갔을 것이다. 실제로 안수의 시를 살펴보면 서곤체시와 다른 점도 있다. 즉 시어의 선택이 상대적으로 청아해졌고, 전고의 사용이 현격하게 줄었으며, 시의(詩意)가 비교적 분명하여 회삽하지 않게 되었다는 점 등을 들 수 있다.

이와 같은 변화는 위응물(韋應物)과 도연명(陶淵明) 시에 대한 그의 애호와 무관하지 않을 것이다. ≪청상잡기(青箱雜記)≫에 수록된 다음 글을 보자.

> (안수는) 풍채가 맑고 수척했는데, 고기 먹기를 좋아하지 않았고 더욱이 살지고 누린내 나는 것을 싫어하였다. 위응물의 시를 읽을 때마다 좋아하며 말하기를 "전혀 기름기가 없다"라고 하였다. 그러므로 공은 문장에 있어서 더욱 안목을 가지고 양 ≪문선≫ 이후 당에 이르기까지의 작품을 모아 따로 ≪집선≫ 5권을 엮었는데, 시의 선정이 더욱 정밀하여 격조가 비속하고 기름진 것은 모두 싣지 않았다.135)

이 글을 통해 우리는 안수의 심미취미가 "비속하고 기름진 것을 좋아하지 않는" 방향으로 치우쳤음을 알 수 있는데, 이것이 위응물 시의 애호와 함께 서곤체 시풍에서 점차 벗어나게 하는 기제가 되었다고 하겠다.

안수는 또한 송대 시인 중에서 비교적 일찍 도연명 시를 높이 평가한 사람이라고 할 수 있다. 인종 경력(慶曆) 7년(1047) 매요신은 안수와 영

---

135) ≪청상잡기≫ 권5, "風骨清羸, 不喜食肉, 尤嫌肥羶, 每讀韋應物詩, 愛之曰: ‘全沒些脂膩氣’. 故公于文章尤負賞識, 集量≪文選≫以後迄于唐別爲≪集選≫五卷, 而詩之選尤精, 凡格調猥俗而脂膩者皆不載也."

주(潁州)에서 만나 도연명(陶淵明)과 맹교(孟郊)의 시가에 대하여 토론한 적이 있었다. 그 때 안수는 도연명 시를 칭찬하여 "농촌의 순박하고 한적한 언어가 많다"(多野逸田舍語)라고 하면서 도연명과 위응물을 병칭하였다.[136] 물론 안수의 도연명 시에 대한 애호와 평가가 얼마나 깊이 있고 진지한 것이었는지는 자료가 부족하여 정확히 알 수 없지만, 그와 같은 심미취미가 점차 안수의 시를 서곤체 시풍에서 벗어나게 하는 데 일조했다고 할 수는 있겠다.

(3) 송상(宋庠) · 송기(宋祁)의 시

서곤체시를 충실히 계승했으면서도 한아한 가운데 정감과 사색을 표현한 안수의 시를 뒤이어 서정의 방향을 향해 한 걸음 더 나간 것이 송상(996-1066)과 송기(998-1061)의 시라고 할 수 있다. 송상은 관각(館閣)에 있으면서 지은 작품이 많았는데 모두 우아하고 아름다워서 치세지음으로 알맞았으며,[137] 송기는 태상박사(太常博士)와 태상예원서리(太常禮院署理) 등의 관직을 여러 차례 역임하면서 예악을 제정하는 일에 참여하여 제사예악 · 명당건설에 대한 주의(奏議)를 적지 않게 썼다. 그의 ≪경문집(景文集)≫에는 부(賦) · 송(頌) · 찬(贊)의 수량이 많은데, 이는 대부분이 황제의 제사 · 사냥 · 순수(巡狩) 등을 노래한 장편이다. 송기는 시의 효용에 대하여 "시란 마음속에서 느낀 것을 찾아내 밖으로 표출하는 것이므로 성정을 유쾌하게 하고 빈객을 즐겁게 하는 것이다"[138]라고 말하였다. 따라서 그에게는 태평성대를 찬미하고 장식한 시가 적지 않다. 다음 시를

---

136) 梅堯臣, <以近詩贄尙書晏相公, 忽有酬贈之什, 稱之甚過, 不敢輒有所叙, 謹依韻綴前日坐中敎誨之言以和>시의 作者 自注.

137) ≪四庫全書 · 元憲集提要≫.

138) ≪全宋文≫ 권516, <西州猥稿系辭>, "詩者, 探所感於中而發之外者也, 所以怡性情, 娛賓客."

보자.

┃歲稔務閒因美成都繁富┃
풍년이 들고 업무가 한가하여 성도의 번성을 찬미함

岷峨俗美漢條寬	성도 일대는 풍속이 아름답고 한의 법규 관대하며
野實呈秋照露寒	들판의 과실 가을빛 드러내니 햇빛과 이슬 차갑다.
賣劍得牛人息盜	칼을 팔아 소를 얻으니 사람들은 도둑질을 멈추고
乞漿逢酒里餘歡	음료를 요구하면 술을 만나니 마을엔 기쁨이 넘친다.
錦波濯綵霞涵浦	비단 물결에 비단을 빠니 노을이 포구를 적시고
磴浪催輪雪沸灘	물결이 물레방아를 재촉하니 물보라가 물가에 튄다.
告稔不須騰驛奏	풍년을 아뢰려면 역말을 타고 가 상주해선 안되고
自應銅爵報長安	응당 명마 동작을 타고 가 장안에 보고해야 하리.

송기는 이 시에서 풍속이 아름답고 법이 관대하며 전쟁과 도둑이 없는 데다 풍년을 기뻐하는 성도 일대의 풍요로운 삶의 모습을 예찬하였다. 비슷한 내용의 시를 한 수 더 들어본다.

┃喜有秋┃ 가을의 수확을 기뻐하며

順氣綿區廣	온화한 기운이 광활한 강역을 감싸서
嘉生告稔初	무성한 곡물이 이제 막 풍년을 고했다.
人驚萬箱入	사람들은 수확하며 엄청난 양에 놀라고
天賜九年儲	9년 동안 먹을 양식을 하늘이 내리셨다.
絕塞元休馬	머나먼 변방 지역도 전쟁이란 없고
吾農先夢魚	우리 농부들은 우선 풍요를 꿈꾼다.
牛應賣刀後	소를 사는 것은 응당 칼을 팔아서이고
酒是乞漿餘	음료를 구하면 술을 얻게 마련이다.
祀續田神鼓	지신에게 제사 드리느라 북소리 이어지고
郵喧粟尉車	곡식을 실어 나르느라 역참이 시끄럽다.
是年名大有	올해는 이름하여 대풍년이라
敢告史臣書	이것을 역사책에 감히 기록하련다.

≪전송시≫(四)에 실려 있는 송상의 시 820여 수와 송기의 시 1,560여 수를 살펴보면 이와 같이 즐겁고 유쾌한 시가 적지 않다. 그러나 송기가 "마음속에서 느낀 것을 찾아낸다"고 한 것은 사람을 즐겁게 하는 편안한 감정일 뿐만 아니라 선비들의 쓸쓸하고 실의에 찬 정회의 서발을 포함하고 있다. 송기는 "사물을 발단으로 삼는 것은 서술과 창작의 상리이다"139)라고 지적하였고, <좌주시랑서(座主侍郞(劉筠)書)>에서 그는 굴원(屈原) 이래의 문사(文辭) 전통을 찬양하였다.

송상과 송기의 시가 안수와 마찬가지로 태평성대에 대한 칭송이 중심이면서도 개인의 쓸쓸하고 실의에 찬 정회의 서발을 포함하게 된 연유를 살펴보면 그들의 개인적인 경력과 관계가 있다. 이송(二宋)이 활약하던 시대는 태평의 기상이 점차 사라지고 정치적으로 개혁과 보수의 두 세력이 첨예하게 대립하고 있던 때였다. 그 결과 개인의 정치적인 태도와 상관없이 관직생활의 부침과 동요는 보편적인 현상이 되고 말았다. 이송은 모두 관직을 옮겨 다닌 경력이 있는데, 특히 송기의 경우 영전과 좌천을 거듭하며 여러 번 옮겨 다녔다. 이와 같은 부침 속에서 그들은 자연히 마음속의 '불평'이 생겨날 수밖에 없었을 것이다. 이런 측면에서 송상과 송기의 시는 서곤체시를 돌파하였고, 또한 안수 '부귀'시의 영역에서도 벗어났다. 우선 시가내용에 있어서 감물서정(感物抒情)의 내용이 증대하였다. 예를 들어 송상의 <휴일>시를 보자.

┃休日┃ 휴일

彌旬出沐道山頭	열흘 만에 목욕하러 산으로 가려는데
傲庶蕭蕭避俊遊	셋집이 쓸쓸하여 나들이할 마음이 없다.
枉是胸懷無塊壘	가슴속엔 쌓인 슬픔이 없을 수 없고
可能皮裏有陽秋	피부 밑으로는 세월의 연륜이 쌓여간다.
駕車款段慚鄕品	수레 모는 것이 느려 향리의 관품이 부끄럽고

---

139) ≪全宋文≫ 권518, <春日同趙侍楚遊白兆山寺序>, "因物造端者, 述作之常理."

托乘鴟夷笑客愁　　범여(范蠡)의 배를 타고 나그네의 우수를 비웃는다.
曲突無煙賓坐冷　　굽은 굴뚝에 연기 없어 손님은 찬 곳에 앉고
時聞庭雀一啁啾　　때때로 뜰에서 지저귀는 참새 소리를 듣는다.

이 시는 시인이 열흘만에 맞는 목욕 휴가를 맞아 집안에서 느낀 감회를 쓴 것인데, 전체적으로 하급관리로 늙어 가는 비애감이 짙게 표현되어 있다. 송상의 시 한 수를 더 들어 본다.

▎小園秋思 ▎작은 정원에서의 가을 생각

年華搖落自騷騷　　무성하던 나뭇잎 시들어 바람에 우수수 떨어지니
衰境牽人更畔牢　　쇠락한 지경이 다시금 <반뢰수>를 짓게 한다.[140]
月裏驚烏愁夜永　　달 속의 놀란 까마귀는 밤의 기나긴이 슬프고
篋中團扇恨風高　　함 속의 둥근 부채는 바람 높은 것이 한스럽다.
煙霏曲霤蜘蛛織　　안개가 굽은 처마에 오르니 거미가 집을 짜고
氣襲空階蟋蟀號　　가을 기운이 빈 섬돌에 드니 귀뚜라미가 운다.
恩重才疏歸計晚　　성은은 큰데 재주 얕아 귀향의 계획 늦어지니
可憐身世一鴻毛　　가련한 이 신세는 하나의 기러기 깃털이로다.

이 시에서도 시인은 만물이 시들어 가는 가을을 맞아 공을 세우지 못하고 허송세월하는 자신의 신세를 우수에 젖어 한탄하고 있다. 시어의 짜임새 있는 배치와 전개방식, '반뢰수(畔牢愁)'와 '단선(團扇)'의 전고를 사용하여 함축미를 높인 점 등은 서곤체시의 수법을 이어받은 것이지만 개인의 슬픈 감회가 짙게 나타나 있는 점이 다르다. 이밖에도 송상의 작품 중 <호탄(浩嘆)>·<석탄(昔嘆)>·<모퇴(謀退)> 등은 제목만 보아도 '한아(閒雅)'와는 다른 정회를 쓴 것임을 알 수 있다.

송기는 서곤체시를 학습하여 그 풍모가 서곤체시와 비슷한 것이 많지만 다음의 <낙화>시에서 보듯이 그런 속에서도 서정의 요소를 가미

---

140) '畔牢'는 漢 揚雄이 지은 辭賦 <畔牢愁>를 가리킨다. 후에는 이것으로 이별의 슬픔을 읊은 작품을 가리켰다.

하였다.

┃ 落花二首(其1) ┃ 낙화(제1수)

墮素翻紅各自傷	흰 꽃 붉은 꽃 흩날려 떨어져 스스로를 상하게 하니
靑樓煙雨忍相望	청루에서 안개비 속에 차마 바라볼 수가 없다.
將飛更作回風舞	낙화는 흩날리다 다시 회풍무를 추고
已落猶成半面妝	땅에 떨어진 후에도 반면장을 하였다.
滄海客歸珠迸淚	창해의 객 돌아가니 진주에선 눈물이 솟아 흐르고
章臺人去骨遺香	장대 사람 가버린 뒤에도 꽃잎엔 향기가 남아있다.
可能無意傳雙蝶	어찌 쌍쌍의 나비를 불러들일 마음이 없으랴만
盡付芳心與蜜房	꽃술 속의 꿀을 모두 벌집에 주어버린 뒤란다.

이 시는 낙화를 읊은 영물시인데, 언어가 치밀하고 기탁이 심원하여 서곤체시를 이어받았음을 한눈에 알 수 있다. 그러면서도 이상은 시에 나타나는 함축적인 서정미가 녹아 있어 고달픈 인생행로 속에서 고군분투하는 독자들에게 많은 사랑을 받았다.[141] 송기의 시에는 개인적인 우수가 짙게 깔려있는 작품이 적지 않다. 다음 시를 보자.

┃ 歲晚私感 ┃ 세모에 느낌이 일어

已嗟官落魄	관계에서 영락하여 한탄스러운데
更値歲崢嶸	더욱이 세월은 자꾸 흘러만 간다.
一結區中累	일단 세속에 얽매인 바가 되어서는
千慚谷口耕	은둔하지 못하는 자신이 부끄러웠다.[142]
休文偏恨瘦	심약(沈約)은 구태여 야윈 것을 한하였고
夷甫太鍾情	왕연(王衍)은 지나치게 사랑에 빠졌었다.
借問長安米	장안을 향해 쌀을 구한 일을 묻나니[143]

---

141) 이 시의 頸聯은 李商隱 <錦瑟>시의 "滄海月明珠有淚, 藍田日暖玉生煙" 구절을 약간 변용한 것이다.

142) '谷口耕'은 곡구에서 경작하다는 말로, 은거생활을 가리킨다. 揚雄, ≪法言・問神≫, "谷口鄭子眞, 不屈其志而耕乎巖石之下, 名震于京師, 豈其卿? 豈其卿?"

143) '長安米'는 東方朔과 朱儒에 얽힌 故事이다. ≪漢書・東方朔傳≫에 의하면 동방삭

侏儒有底榮　　주유에게 무슨 영화가 있었던가?

이 시 역시 송기가 송상과 마찬가지로 세월은 흘러가는데 관계(官界)
에서 득의하지 못한 우수를 표현한 것이다. 전체적으로 작시의 수법이
송상과 비슷하지만 송상에 비해 우수가 의욕상실에까지 이어지고 있음
을 알 수 있다. 이와 같은 그의 정회는 관계에서의 은퇴에 대한 소망으
로 이어진다. 다음 시를 보자.

┃攬鏡┃ 거울을 손에 들고

晩匣寫菱影　　저녁에 상자에서 능화경(菱花鏡)을 꺼내 들고
試觀憔悴顔　　초췌한 나의 얼굴을 들여다본다.
支離骨不媚　　몰골이 완전치 못해 볼품이 없고
蕭颯鬢垂斑　　처량한 데다 귀밑머리 희끗희끗하다.
安得長康畫　　어떻게 하면 고개지(顧愷之)의 그림을 얻어
致之巖壑間　　바위와 골짜기 사이에 둘 수 있을까?144)

이 시 역시 송기가 거울에 자신의 얼굴을 들여다보며 공명은 이루지
못하고 볼품 없이 늙어 가는 자신의 모습을 확인하고 차라리 은퇴하고
싶다는 소망을 표현한 것이다. 이 시는 형식과 내용 모두 서곤체의 울타
리에서 벗어나 있어 그가 단순히 서곤체의 길을 답습하기만 한 것이 아
님을 알 수 있다.

송상과 송기는 깊고 절실한 감회를 시에 담았기 때문에 인생에 대한
이성 사고의 내용도 안수에게서 진일보한 측면이 있다. 송상의 다음 시
를 보자.

이 박봉에 시달려 굶주리다가 체구가 왜소한 주유를 끌어들여 체구가 큰 자신과 비
교함으로써 漢 武帝에게 봉록을 올려줄 것을 요구했다고 한다.
144) '巖壑'은 '바위와 골짜기'로, 隱者의 거처를 가리킨다.

┃ 壬子歲四月甲申夜紀夢 ┃ 임자년 4월 갑신일 밤에 꿈을 기록하다

積雨暗長夜	장마 비가 긴긴 밤을 어둡게 하는데
山行經險巇	위태롭고 험준한 산길을 간다.
悲風撼林木	스산한 바람은 숲의 나무를 뒤흔들고
崖谷蔽參差	벼랑과 골은 들쭉날쭉함을 감추고 있다.
遠聞豹虎號	멀리 승냥이와 호랑이가 울부짖고 있고
鬼燐弄光輝	도깨비불이 여기저기서 빛을 번뜩인다.
十步九失足	열 걸음에 아홉은 실족할 수 있는지라
中心祗自持	중심은 그저 내 자신에 의지할 뿐이다.
所適旣迢遞	가는 곳이 아득하게 멀리 있으니
黽勉焉可爲	노력하고 힘쓴다고 어찌 해낼 수 있을까?
道旁見明燭	길옆에 밝게 빛나는 촛불이 보이니
抵宿依茅茨	누추한 집이나마 하룻밤을 묵어야겠다.
開戶念生客	문을 열고 낯선 과객을 걱정하나 했는데
喜逢主翁慈	기쁘게도 따뜻한 마음의 주인을 만났다.
暖湯趣妻子	아내를 재촉하여 뜨거운 국물을 주었고
然薪爲更衣	장작불을 지펴 옷을 갈아입게 해주었다.
艱難又奚怨	어려움 속에서나마 이제 무엇을 원망하리?
少息非所期	잠시의 휴식은 기약할 수 있는 것이 아니다.
雞鳴夜將旦	닭이 우는 것을 보니 날이 밝으려 하는데
熟寐百無知	깊은 잠에서 깨어나니 아무 것도 모르겠다.
欣戚一以忘	기쁨과 슬픔을 한꺼번에 모두 잊으니
何有安與危	안락과 위험도 함께 사라져버린다.
生死宇宙內	우주 안에서의 삶과 죽음이 그렇듯이
曠懷亦如斯	넓고 활달한 흉금 또한 이와 같다.
聊紀夢中事	잠시 꿈속에서의 일을 기록하니
誰當賡我詩	누가 나의 이 시를 이어주려나?

이 시는 시인이 비 내리는 밤에 험준한 산길을 가는 꿈을 꾸고 나서 인사의 근심과 즐거움을 깨닫고 그것을 기록한 것이다. 이밖에도 송상에게는 자아반성을 뜻하는 '내송(內訟)'의 작품이 많다. 예를 들면 <자송(自

訟)>·<회남자송(淮南自訟)>·<세안출목감사내송(歲晏出沐感事內訟)> 등이 있는데, 이 작품들은 다분히 설리의 경향을 띠고 있다.

이번에는 송기의 시를 보자.

┃書懷┃ 가슴속 생각을 쓰다

顔徒陋巷不堪憂	안회는 누추한 골목에 살며 아무런 근심 없이
日晏南榮擁敝裘	햇볕 나면 남쪽 처마에서 해진 옷을 끌어안았다.
已識交情一貴賤	벗을 사귐에 귀천을 가리지 않는데
寧論書置自沈浮.	어찌 부침에 연연하여 글을 익히리?
爭名在昔聞探穴	예전엔 명성을 다투어 동굴을 수소문했다지만
嗅餌何人肯直鉤	미끼를 달고는 누가 낚시를 곧게 펴려 하겠는가?
强欲誅茅啓三徑,	억지로 초가 짓고 삼경을 열려고 하였지만
邑中無客繼羊求.	읍에는 양중(羊仲)과 구중(求仲)을 이을 나그네가 없다.

이 시는 송기가 관계(官界)에서의 명성과 부침에 연연하지 않고 살아가겠다는 가슴속 생각을 몇 가지 전고를 동원하여 표현한 것인데, 설리 위주로 구성되어 있다. 이 외에도 송기의 시를 살펴보면 설리를 다룬 작품이 그 수에 있어서 송상보다 많다. 이들이 자신의 정감을 표현할 때 설리를 사용한 방식은 안수 시에 비해 다소 구체적이고 직접적이다. 두 사람의 이와 같은 이성(理性) 흥취는 후서곤체 시풍의 변화와 연장을 체현한 것이며, 궁극적으로는 인종조 이래 시문(詩文) 혁신의 거대한 조류라는 필연적 추세에 합류한 것이라고 볼 수 있다.

형식상에서 볼 때 송상과 송기의 시는 서곤체 시인들이 근체시 일색이었던 것에서 벗어나 고체시의 분량을 증가시켰다. 송상의 <입알마상작(入謁馬上作)>·<유별지군직방양원외(留別知郡職方楊員外)>·<임자세사월갑신야기몽(壬子歲四月甲申夜紀夢)> 등은 모두 서술과 설리를 함께 갖춘 편폭이 긴 오언고시 작품이다. 이와 같은 경향은 안수 때에 이미 단초가 보이긴 했지만 이송에 이르러 수량이 증가하고 편폭도 더욱 늘어났다.

절구의 형식도 서곤체 시인들은 그다지 사용하지 않았는데, 안수와 이송(二宋)에 이르러 대폭 증가하였다. 절구는 송대에 들어온 이래 왕우칭·구준·정문보(鄭文寶) 등에 의해 간간이 지어졌고 안수에 이르러 그 수가 증가하였는데, 이송에 이르러서는 내용이 다양해졌고, 언어도 경쾌하고 활발한 방향으로 나아갔다. 송기의 다음 시를 보자.

| **客舟** | 객주

| 上溪不馳張 | 시내를 올라갈 때는 말달리듯 하지 않고
| 下溪不打槳 | 시내를 내려올 때는 노를 젓지 않는다.
| 上下各有趣 | 올라갈 때나 내려올 때나 각기 흥취가 있으니
| 相遇風波上 | 바람과 물결 위에서 서로 만난다.

이 시는 시인이 시내 위에 배를 띄우고 유유자적하는 흥취를 적은 것인데, 평이한 언어로 객주의 모습을 형상감 있게 포착하고 있어서 양만리(楊萬里) '성재체(誠齋體)'의 풍미가 있다. 이와 같이 간단한 격식과 평이한 언어로 사경·서사·설리하는 절구는 송대에 대종을 이루었는데, 이송이 이러한 기풍을 선도했다고 할 수 있다.

(4) 위상과 평가

안수·송상·송기 등의 후서곤체 시인들을 서곤체 시풍의 연장선상에서 파악하는 것은 앞에서 살펴보았듯이 그들의 시가 내용과 표현기교 및 형식의 선택에 있어서 양억·유균·전유연 등의 서곤체 시인들을 직접적으로 계승했기 때문이지만, 그렇다고 그들이 거기에 머물러 있었던 것만은 아니다. 안수는 시어의 선택이 비교적 분명하고 청아했으며, 전고의 사용을 현격히 줄였으며, 한아한 가운데 정감과 사색을 표현하여 점차 서곤체 시인들과 다른 모습을 보여주었다. 송상과 송기는 안수의 문하생으로서 안수와 같은 길을 걸어 나간 한편 서정과 설리의 측면을 한 걸음 더 진전시켰고, 형식에 있어서도 율시 위주의 서곤체시와는 달리 고체시와 절구의 양을 크게 증가시켰다. 이와 같은 변화는 북송 중기 시가혁신이 일어나기 전의 과도기적 현상을 대변하는 것으로서 송시 형성과정의 일익을 담당한 의의가 있다. 그들은 문학 선배의 신분으로써 구양수・매요신・소순흠(蘇舜欽)을 대표로 하는 신시기 문학가들에게 약간의 영향을 끼쳤다. 구양수와 매요신 등은 천성(天聖, 1023-1031)・명도(明道, 1032-1033) 간에 서곤체 시인 전유연의 막하에서 창화하면서 청아하고 세완(細婉)한 면을 학습할 수 있었고, 매요신은 안수・송기 등과 창화 교유하였다. 또한 범중엄(范仲淹)・한기(韓琦)・부필(富弼)・문언박(文彦博)・조변(趙抃)・범진(范鎭) 등 출세한 관리들은 시문에 손을 댈 때 안수와 이송의 풍격에 의지하여 정도는 다르지만 후서곤체의 모종의 속성을 체현하였다.

그러나 후서곤체 시인들에게는 민생의 질고를 반영하고 잘못된 사회를 풍자・비판하는 시가 너무도 부족했다. 그들을 뒤이어 나온 시문혁신의 주창자들은 정치와 문학의 상호관련성에 주목하여 사악한 사회현상을 비판하고 교정하는 것을 문학의 주된 직능으로 삼아 아름답긴 하지만 사회 교화의 내용이 없는 작시 태도에 반대하였다. 그래서 그들은 태평성대를 장식하고 칭송하는 데 주력했던 서곤체・후서곤체 시인들의 한계를 지적했을 뿐만 아니라 사회와 유리된 채 음풍농월(吟風弄月)에 빠졌던 만당체 시인들을 비판의 대상으로 삼았던 것이다.[145] 이후 북송의 시단은 본격적인 혁신의 시기를 맞이하여 송시의 새로운 시대를 열게 된다.

---

145) 歐陽修, 《六一詩話》, "楊大年與錢劉數公唱和"條 참고.

6 | 결 어

북송 초기의 60여 년간은 송시가 중·만당 시풍에서 벗어나 독자적인 모습을 갖추어나가기까지의 과도기요 탐색기라고 할 수 있다. 새 왕조가 들어서면서 백체시가 가장 먼저 유행한 것은 송 왕조의 정책과 밀접한 관련이 있었다. 태조와 태종이 모두 숭문억무 정책을 실시하면서 신하들이 시가를 통해 태평성대를 칭송해주길 바란 결과 궁정을 중심으로 창화시풍이 크게 유행하였고, 이것은 관가와 민간에도 세력이 미쳐서 백거이의 원화체를 본받은 백체시가 한 때를 풍미하게 되었다. 백체시의 유행은 자연스럽게 오대의 부염한 시풍을 잠재우는 역할을 하였다.

백체시가 평이하고 천속한 단점을 드러내자 이에 불만을 품은 일단의 시인들은 정교한 구상과 자구의 단련에 성취를 보여주었던 만당의 시에서 돌파구를 찾아 백체 말류의 시를 대체하였다. 이들은 오언율시를 즐겨 짓고 전고를 사용하지 않으면서 간결하고 산뜻한 표현과 정밀한 구상에 힘써 백체시의 단점을 바로잡는 데 어느 정도 성과를 거둘 수 있었다. 그러나 그들의 시는 표현범위가 협소하고 개인의 성정을 서술하는 데 주력했기 때문에 변화가 다채롭지 못하다는 비난을 감수할 수밖에 없었다. 그 결과 만당체시는 이상은의 작법을 본받아 풍부하고 아름다운 언어와 화려한 조직을 특징으로 하는 서곤체시에 자리를 내어주고 말았다.

서곤체시는 시대정신의 새로운 요구와 문인 심미 취미의 변화라는 배경 하에서 백체시와 만당체시에 대해 의도적인 변혁을 꾀한 것이다. 그러나 서곤체시는 이상은 시의 외형을 갖추긴 했지만 세련된 언어와 적절한 전고 속에 감추어져 있는 진실감이 결핍되어 보이는 경우가 많아 결국 그것이 서곤체시의 한계가 되고 말았다.

서곤체시의 연장선상에 있는 후서곤체 시인들은 시어의 선택과 전고의 사용 및 시체(詩體)의 운용 등에서 서곤체 시인들과 다른 면모를 보여주었지만 태평성대에 대한 칭송이 대부분이고 사회의 어두운 면을 풍자·비판하는 시가 너무도 부족했다. 이러한 경향은 국가와 사회에 대한 책임의식을 지니고 정치의 혁신과 함께 문풍의 변혁을 꾀했던 신흥 사대부들의 불만을 사서 시단은 결국 새로운 시기로 접어들게 되었다.

제2장 북송 중기시

제2장 북송 중기시

宋
詩
史

1 | 개 설

북송 중기시는 송 왕조의 제 4대 황제 인종(仁宗)이 재위한 1022년부터 1062년까지의 40여 년간을 말한다. 이 시기에 들어와 송시는 새로운 길을 모색하게 되었다. 시가혁신으로 대변되는 이 새로운 모색은 중당(中唐)의 신악부운동(新樂府運動)을 직접 계승한 문학복고운동으로서, 이를 통해 송시는 당시와는 다른 독자적인 모습을 갖추게 된다. 이 시가혁신을 주도한 사람으로는 구양수(歐陽修)·매요신(梅堯臣)·소순흠(蘇舜欽) 등을 꼽을 수 있지만 그들에 앞서서 범중엄(范仲淹)이 시가혁신의 정신적 발판을 마련해주었고,[1] 또한 시가혁신의 과정에서 그들이 담당한 역할도 조금씩 달랐다고 할 수 있다. 즉 매요신과 소순흠은 각기 개성을 달리하며 송시의 새로운 면모를 보여주는 시를 써서 창작실천을 통해 시가혁신에 공헌을 하였고 구양수는 시론을 주도하였다. 구양수는 북송의 새로운 시풍을 형성해나가는 과정 속에서 중당의 신악부운동과 고문운동(古文運動)의 이론적 성과를 계승하여 자신의 시론을 발전시키는 한편 이를 창작 실천과 결합시켜 북송 시가 혁신의 기틀을 마련하였다.[2]

구양수는 북송 초기에 서서히 대두하기 시작한 국가와 사회에 대한 사대부들의 책임의식에 부응하여 한유(韓愈)의 명도관념(明道觀念)에 수정을 가해 '도(道)'를 행하는 자는 천하의 일을 걱정해야 한다는 책임감을 부여하고 아울러 그것을 복고의 근본 목적으로 삼았다. 그는 고도(古道)

---

1) 범중엄은 <唐異詩序>에서 詩가 五代에 이르러 이미 正道를 상실했으며, 문학은 시대와 시인 생활의 반영임을 주장하였다.

2) 北宋의 詩文革新은 太祖 開寶年間(968-975)부터 仁宗 嘉祐 2年(1057)까지 약 백년 간에 걸쳐 일어난 대규모 문학복고운동으로서 歐陽修로부터 시작된 것은 아니지만 그 결실에 있어서 구양수가 주도적인 역할을 담당했다고 할 수 있다. 葛曉音, <北宋詩文革新的曲折歷程>(≪漢唐文學的嬗變≫, 215-244쪽) 참조.

의 부흥을 정치개혁의 실천과 밀접히 연계시켜 정치의 혁신을 통해 문풍의 변혁을 완성해야 한다고 주장하였다. 따라서 사회현실에 관심을 갖고 천하의 일을 걱정하여 백성의 질고를 반영하고 사악한 사회현상에 분개하는 것을 문학의 주된 직능으로 삼아 시도(詩道)에서의 풍(風)·소(騷)의 정통지위를 확립하고 아름답지만 내용이 없는 아(雅)·송(頌)에 반대한 것이 구양수가 주도한 시가혁신의 기본사상이라고 할 수 있다.

구양수가 그의 시론을 통해 교정의 대상으로 삼은 것은 송초의 만당체(晚唐體)시와 서곤체(西崑體)시만이 아니었다.[3] 그는 진종(眞宗)·인종(仁宗) 조에 태평성대를 가영했던 안수(晏殊)·송기(宋祁) 등의 송성(頌聲)도 비판의 대상으로 삼아 화평한 때의 시문도 사회현실을 반영하고 비판해야 한다는 주장을 제기하여 당대(唐代)의 문인들이 강조했던 "세상이 잘 다스려지면 찬양하고, 세상이 혼란하면 원망한다"는 관념을 크게 발전시켰다.

그렇다고 구양수의 시론이 '내용의 강조'에만 중점을 둔 것은 아니었다. 그는 문학의 예술미 창조 문제를 깊이 있게 탐구하여 내용의 진실성과 함께 형식기교의 가치를 인정하였다. 그는 각종 형식은 모두 도를 위해 쓰임이 있으며 독립해서 존재할 이유와 가치를 지니고 있다고 주장하였다. 그는 또한 시가 내용과 형식에서 모두 형상미와 함축미를 지닌 새로운 의경을 창조해야 한다고 강조하였고, 제재와 풍격의 다양성을 인정하여 송시의 독자적인 성격 형성에 크게 이바지하였다.

이와 같이 구양수의 시론은 북송 중기 이후 송시의 새로운 성격 형성에 이바지하였고 북송 시문혁신의 이론적 근거가 되기도 했지만 구양수가 영도한 시문혁신이 결실을 맺을 수 있었던 원인으로 더욱 중요한 것은 그가 소순흠·매요신 등과 함께 성공적인 시문 창작으로 자신의

---

3) 歐陽修는 《六一詩話》에서 양억·유균·전유연 등의 서곤체시가 前代 만당체시의 편협성을 극복했다고 인정하는 한편 晚唐體詩도 시가혁신의 대상임을 분명히 하였다. (115쪽의 인용문을 참고할 것.)

이론을 실천했다는 점이다.4) 이에 대해 청대(淸代)의 섭섭(葉燮)은 다음과
같이 평가하였다.

　　송시 일대의 면목을 연 것은 매요신과 소순흠 두 사람에게서 시작되었
　다. 한·위로부터 만당에 이르기까지 시가 차츰 바뀌긴 했지만 모두가 차
　례로 고갈되지 않는 뜻을 남겼다. 즉 만당의 시도 여지를 남겨 다 읽고 나
　서 시권을 덮어도 오래도록 그것을 생각나게 한다. 매요신·소순흠으로부
　터 서곤체를 완전히 변화시켜 독창적이고 새로운 것을 낳았으니 반드시 문
　사는 말을 다 나타내고 말은 뜻을 다 나타내며 충분히 표현하고 상세히 묘
　사하여 변화롭게 첩첩이 쌓아나가 있는 힘을 다한 다음에야 그만두었다.5)

　　곽소우(郭紹虞)도 ≪중국문학비평사(中國文學批評史)≫에서 이들 세 사
람에 대하여 "구양수는 송시의 작풍을 열었고 또한 공고히 하였다. 구양
수 시의 작풍은 서곤체를 힘써 교정했거니와 또한 산문화에 가까웠다.
그러나 그가 마음으로부터 탄복하였던 동시대의 시인 매요신과 소순흠
도 더욱 그러하였다"6)라고 평가하였듯이, 매요신과 소순흠은 창작실천
을 통해 구양수 등과 함께 송시의 성격을 새롭게 형성하였고 그 이후의
시단에 새로운 지평을 열어주었다고 할 수 있다.

　　송대 학술문화의 가장 큰 특징은 이학(理學)이라고 하는 신유학(新儒
學)의 흥성에 있다고 할 수 있다. 이학은 유가(儒家)의 전통을 이어받았지

---

4) 權鎬鐘은 歐陽修의 詩文改革運動이 성공을 거둔 원인으로 ① "簡而有法"·"事信言
　文" 및 "道勝文至" 등의 논리적 체계를 갖춘 이론과 함께 그러한 이론을 실천으로 옮
　긴 창작행위가 있었던 점, ② 梅堯臣·蘇舜欽·石延年·尹洙와 같은 詩文改革運動의
　유력한 원조자가 있었던 점, ③ 당시 문단과 정계의 지도적 위치에 있으면서 후일 唐
　宋八大家의 반열에 오른 蘇洵·蘇軾·蘇轍과 曾鞏·王安石과 같은 후진을 발탁하고
　장려할 수 있었던 점 등을 들 수 있다고 하였다.(≪歐陽修詩研究≫, 98쪽)
5) ≪原詩·外篇 下≫, "開宋詩一代之面目者, 始于梅堯臣·蘇舜欽二人. 自漢魏至晚唐,
　詩雖遞變, 皆遞留不盡之意. 卽晚唐猶存餘地, 讀罷掩卷, 猶令人屬思久之. 自梅蘇變盡
　崑體, 獨創生新, 必辭盡于言, 言盡于意, 發揮鋪寫, 曲折層累以赴之, 竭盡乃止."
6) "歐陽修開創了幷且奠定了宋詩的作風. 歐詩作風固然力矯西崑體, 也近于散文化了, 但
　是他所心折的同時詩人, 如梅堯臣和蘇舜欽更是這樣."(205쪽)

만 이전의 유학(儒學)과는 다른 면모를 지니고 있다. 전통적인 유학은 경세치용(經世致用)과 정치 사회적인 질서나 윤리 등의 외왕(外王)적 측면에 치우친 반면, 이학은 상대적으로 개인적인 심성 수양이나 도덕성의 함양 같은 내성(內聖)적 측면에 치우쳐 있다.

북송 이학가의 문학관은 그들의 사상체계와 밀접한 관계에 있으므로 자연 이들의 문학관에는 내성적 측면이 강조되어 있다. 따라서 문학의 현실참여보다는 '문이재도(文以載道)'의 입장에 서서 도(道)를 중시하고 문(文)을 경시하는 경향을 보이고 있지만 시문(詩文)을 중시했던 송대의 시대상황 속에서 이학가들도 왕왕 시의 형식을 빌려 의리를 논술하고 성정을 표현하였다. 그에 따라 이학시파는 송시의 의론화(議論化)·철리화(哲理化) 과정에서 일정 정도의 영향력을 행사했으며 송시의 다양한 세계에서 자신만의 독특한 영역을 구축할 수 있었다.

북송 중기의 시단에서 한 가지 특기할 만한 사실은 이론성과 자료성을 겸비한 필기체의 저작인 시화(詩話)가 등장한 것이다. 구양수의 ≪육일시화(六一詩話)≫가 나온 이래 시화 저작이 크게 성행하여 그 기풍이 청대까지 이어지면서 시가 이론과 비평의 중추적인 역할을 담당하였다.

2 │ 범중엄(范仲淹)

범중엄(989-1052)은 송 인종(仁宗) 시절 경력신정(慶曆新政)을 주도한 명신(名臣)으로 알려져 있다. 그는 무녕군(武寧軍: 徐州) 절도장서기(節度掌書記)를 지낸 범용(范墉)의 셋째 아들로 태어났는데, 안타깝게도 범중엄이 겨우 두 살이었을 때 부친이 세상을 떠났다. 가세가 기울자 그의 모친

사씨(謝氏)가 어쩔 수 없이 범중엄을 데리고 치주(淄州) 장산현(長山縣: 지금
의 山東 鄒平縣 동쪽)의 주씨(朱氏)에게 개가(改嫁)하는 바람에 범중엄은 성
을 주씨로 바꾸고 이름을 열(說)이라고 하였다. 그는 자라서 자신의 가세
를 알고는 감읍하며 모친을 떠나 응천부(應天府: 河南 商邱) 학사에 들어가
고난 속에서 분투 노력하였다.[7] 송 진종(眞宗) 대중상부(大中祥符) 8년(1015)
범중엄은 마침내 과거에 합격하여 광덕군(廣德軍: 安徽 廣德縣) 사리참군
(司理參軍)에 임명되어 나갔다. 이에 범씨 성을 회복하고 중엄으로 이름을
바꾸고는 모친을 맞아들여 부양하였다. 그 후 10년 동안 문림랑(文林
郎)·집경군절도추관(集慶軍節度推官)·비서성교서랑(秘書省校書郎)·감태
주서계진염창(監泰州西溪鎭鹽倉)·초주양료원(楚州糧料院) 등의 관직을 역
임하였다. 송 인종의 통치 시기는 국내의 형세는 안정된 편이었지만 북
방의 요(遼)와 서북방의 서하(西夏)가 날로 강성해져 북송 조정에 커다란
위협이 되었다. '전연지맹(澶淵之盟)'을 맺어 요에게 세폐(歲幣)를 증납하
고 서하의 원호(元昊)가 칭제(稱帝)하고 군대를 일으켜 변경을 침범하는
등의 심각한 외환에도 북송의 통치집단은 제대로 대처하지 못하고 구차
스럽게 적과의 강화에 의한 안정을 찾기에 급급하였다. 범중엄이 정치무
대에 등장한 것은 바로 이러한 시기였다. 그는 태평의 겉모습 뒤에 도사
리고 있는 위기에 찬 현실을 직시하고 천성(天聖) 3년(1025)에 <상시무서
(上時務書)>를 올려, 천성에서 경력 연간에 걸쳐 전개된 정치개혁의 서막
을 열었다.

송 인종 천성 4년(1026)에 범중엄은 모친상을 당하여 집으로 돌아왔
다. 이 기간에도 그는 충군보국(忠君報國)을 잊지 않고 천성 5년(1027)에
유명한 <상집정서(上執政書)>를 썼다. 여기서 그는 당시의 폐해를 날카
롭게 지적하고 통찰력 있게 부국강병에 대한 시책을 건의하였다. 강정(康
定) 원년(1040)에는 서하의 원호가 연주(延州: 陝西 延安)와 보안(保安: 陝西

---

7) 范仲淹의 家世에 대해서는 歐陽修의 <范公神道碑>와 《宋史》本傳 및 《年譜》를
   참고할 것.

保安)을 침공했는데, 섬서경략안무사(陝西經略按撫使) 하송(夏竦)과 진무절
도사(振武節度使)·지연주(知延州) 범옹(范雍)이 이를 제대로 막아내지 못해
범옹이 지안주(知安州: 湖北 安陸縣)로 좌천되고 범중엄이 소환되어 용도각
직학사(龍圖閣直學士)로서 한기(韓琦)와 함께 섬서경략안무부사겸지연주(陝
西經略安撫副使兼知延州)가 되어 서하의 침공을 방어하게 되었다. 범중엄
은 임직 기간에 장령(將領)을 선발하고 군대를 정돈하고 병사들을 훈련시
키는 한편 성채를 보수하고 둔전(屯田)을 일으키는 등의 시급한 조치를
취했다.

　인종은 경력 3년(1043)에 그를 조정으로 불러들여 추밀부사(樞密副使)·
참지정사(參知政事)에 임명하여 두연(杜衍)·한기(韓琦)·부필(富弼)과 함께
정사를 담당하도록 했다. 이때 범중엄은 정치 개혁의 필요성을 절감하고
송초 이래의 공허한 복고 주장에 구체적인 내용을 가하여 '고도(古道)'의
속뜻을 낱낱이 밝혀냈다. 그는 진(秦)·한(漢) 이래로 삼대(三代)의 제도가
보존되지 않았기 때문에 사대부·백성의 모든 계층에서 공명과 출세를
위해 수단 방법을 가리지 않아 타락상이 날로 증대되었으며, 교만과 사
치가 극성해지고 남의 이익을 가로채는 등의 온갖 그릇된 풍조가 만연
되어 왔다고 보았다. 따라서 그는 정치제도의 개혁으로부터 시작하여
'삼대지치(三代之治)'를 실현해야 한다고 주장하였고, 관직의 등용·해임
을 투명하게 할 것, 요행심을 억제할 것, 인물추천을 정성껏 할 것, 관리
를 잘 가려 뽑을 것, 공전을 공평하게 분배할 것 등 열 항목의 혁신화 조
치를 제시하였다.[8] 이러한 개혁의 핵심 사상은 인재 등용시 어진 이를
골라 쓸 것, 성실하게 정치하는 가운데 간언을 받아들일 것, 부역을 가볍
게 할 것, 풍속 교화를 독려할 것 등 몇 가지 유가의 전통적인 정치사상
에서 결코 벗어나지 않는다. 따라서 그는 문장과 교화의 관계를 매우 중
시하는 입장을 지녔고, 문풍의 혁신은 곧 정치 혁신의 중요한 부분이라

---

8) 이에 대한 상세한 내용은 그의 <答手詔條陳十事>와 <再進前所陳十事>(≪范文正公
　集≫ 第3冊, <奏議 卷上>)에 보인다.

고 생각했다.

범중엄의 이와 같은 정치사상과 문풍혁신의 의지는 구양수·매요신·소순흠·윤수(尹洙) 등의 지지와 협력 아래 북송 시문의 혁신이라는 결실을 맺게 된다. 그러므로 여기서는 북송시문혁신의 정치적 필요성과 사상적 기초를 다진 범중엄의 시론을 살펴보고, 이것이 그의 시와 어떠한 연관관계를 맺고 있는지 분석해본 다음, 그의 시론과 시가 북송시문 혁신의 전개과정에서 어떠한 역할을 수행했는지 검토해 보고자 한다.

(1) 범중엄의 시론

한 사람의 시론은 그의 기본적인 문학관에 바탕을 두고 있는 만큼 먼저 범중엄의 문학관을 살펴볼 필요가 있다. 그는 인종 천성 3년(1025)에 <상시무서(上時務書)>를 올려 정치의 개혁을 주장했는데, 여기에 그의 기본적인 문학관이 잘 나타나 있다.

> 저는 나라의 문장이 교화에 부응해야 하고, 교화가 잘되고 잘못되고는 문장에 나타난다고 들었습니다. 그런 까닭에 유우씨(有虞氏)의 시대와 하대(夏代)의 글을 보면 제왕의 도를 밝힐 수 있고, 육조(六朝)의 문장을 살펴보면 쇠퇴의 과정을 알 수 있는 것입니다. 그러므로 성인이 천하를 다스리는 방법은 문장이 피폐해지면 실질로써 구하고 실질이 피폐해지면 문장으로써 구합니다. 실질이 피폐해졌는데도 구하지 않으면 암흑에 빠져 밝게 드러나는 것이 없고, 문장이 피폐해졌는데도 구하지 않으면 꽃은 피었지만 곧 떨어져 열매를 맺지 못합니다. 전대의 말엽에 스스로를 구하지 못하여 크게 어지러운 지경에 이르렀었는데 후인이 일어나 이를 구하였습니다. 그러므로 문장이 잘못되면 군자의 근심이 되고, 교화가 잘못되면 후인의 일거리가 됩니다. 오직 성스럽고 밝은 제왕만이 문장과 실질을 함께 구하는데, 이는 자신에게 달려있지 남에게 달려있지 않습니다.9)

---

9) ≪范文正公集≫ 권 제7, "臣聞國之文章, 應於風化; 風化厚薄, 見乎文章. 是故觀虞夏

범중엄은 이 글에서 문학이 사회 풍속과 관계가 밀접하여 국가의 성쇠와 존망에 영향을 미치기 때문에 정치를 개혁하려면 반드시 문풍을 개혁해야 한다고 강조해서 지적하였다. 그가 "성인이 천하를 다스리는 방법은 문장이 피폐해지면 실질로써 구하고 실질이 피폐해지면 문장으로써 구합니다"라고 말한 것에 그의 관점이 잘 나타나 있다. 따라서 그는 당시 서곤체 말류가 '문폐(文弊)'에 속하므로 실질로써 그것을 구해야 한다고 생각하고 고문의 회복을 적극적으로 주장하였다.

그렇다고 범중엄이 문장의 내용만 중시하고 수식을 소홀히 한 것은 아니다. 그는 천성 5년(1027)에 쓴 <부임형감서(賦林衡鑑序)>에서 자신이 사부(辭賦)의 율체(律體)를 연구하여 심득한 것을 바탕으로 이 책을 편선하였는데, 선록한 것이 주로 당인의 율부(律賦)임을 설명하였다.

　　율체는 당대에 흥성하여 조대를 내려가며 물려주었던 까닭에 우아한 것이 남아있게 되었다. 이를 노래로 부를 수 있어서 조리를 세우고 계통화 하였다. 어떤 것은 왕도를 조술하고 어떤 것은 국풍을 찬양하고 어떤 것은 물정을 연구하고 어떤 것은 인사를 훈계하여 분명히 경계로 삼을 수 있고 들으면 맑게 울려 퍼진다. 나라에서 관리를 취하는 과거는 이 방법을 따른 것이다.10)

범중엄은 이 글에서 당대 신흥 율부의 성취와 가치를 인정하였고, 송왕조가 당대의 시부취사(詩賦取士) 제도를 계승하였으니 율부를 계속 학습해야 한다고 하였다. 이는 요현(姚鉉)의 ≪당문수(唐文粹)≫가 전적으로 고체만을 선록하고 근체를 수록하지 않은 것과 크게 다르다. 그의 뒤를

之書, 足以明帝王之道; 覽六朝之文, 足以知衰靡之化. 故聖人之理天下也, 文弊則救之以質, 質弊則救之以文. 質弊而不救, 則晦而不彰; 文弊而不救, 則華而將落. 前代之季, 不能自救, 以至於大亂, 乃有來者起而救之. 故文章之薄, 則爲君子之憂; 風化其壞, 則爲來者之資. 惟聖帝明王, 文質相救, 在乎己不在乎人."

10) ≪范文正公集≫ 別集 권4, "律體之興, 盛於唐室; 貽於代者, 雅有存焉. 可歌可謠, 以條以貫; 或祖述王道, 或褒贊國風, 或研究物情, 或規戒人事; 煥然可警, 鏘乎在聞. 國家取士之科, 緣於此道."

이어 시문혁신에 크게 공헌한 구양수와 소식(蘇軾) 등이 모두 고문을 제
창하면서도 고문에 얽매이는 것을 반대했으며 근체를 소홀히 하지 않은
것을 볼 때 범중엄의 이와 같은 태도는 중요한 의의를 지닌다. 이와 같
이 그는 기본적으로 문학과 정치의 연관성을 강조하며 문장이 교화의
내용을 담아야 한다고 주장하면서, 한편으로는 문장의 수식작용을 소홀
히 하지 않았음을 알 수 있다.

범중엄은 <상시무서>를 쓴 다음 해(1026)에 <당이시서(唐異詩序)>를
썼는데, 여기에 그의 시론이 잘 나타나 있다.

> 시의 뜻은 하나의 기운으로 개괄되어 있고 만물에 출입하며 변화를 폈다
> 접었다 하여 그 체제가 대단히 크다. 그러므로 봄같이 기쁘고 가을처럼 슬
> 픈가 하면, 구름같이 배회하고 산처럼 높이 솟구치며, 해와 별처럼 높고 신
> 선처럼 멀리 있으며, 무기고의 무기처럼 삼엄한가 하면 악부의 가사처럼 맑
> 게 울려 퍼진다. 교화의 소리처럼 날아오르는가 하면 인의의 참 맛인 듯 주
> 고받으며, 위로는 군주에게 덕을 갖게 하고 아래로는 백성들에게 영향을 끼
> 친다. 그렇지 않다면 무엇으로 천지와 귀신을 감동시킬 것인가!
> 그런데 시인들은 그 감정이 한 가지가 아니라 뜻을 잃은 사람은 그 언사
> 가 씁쓸하고, 뜻을 얻은 사람은 그 언사가 자신만만하고, 낙천적인 사람은
> 그 언사가 활달하고, 근심을 만난 사람은 그 언사가 울분에 차 있어서 맹동
> 야(孟東野: 郊)의 청고(淸苦), 설허창(薛許昌: 能)의 영일(英逸), 백낙천(白樂
> 天: 居易)의 명달(明達), 나강동(羅江東: 隱)의 분노(憤怒), 이 모두는 시대와
> 더불어 변화하며 그 올바름을 잃지 않은 것이다.
> 오대 이래 시가 크게 타락하여 비애가 주가 되고 유풍이 회복되지 않았
> 는데, 본 왕조가 흥기하자 칭송의 소리가 회복되어 품위 있는 군자들이 마
> 음을 높이 삼대에 두었지만 세상은 넓고 학교는 아직 제 기능을 발휘하지
> 못해 사시(四始: 風·大雅·小雅·頌)의 오묘함에 대한 논의가 부족했던 까
> 닭에 어떤 이는 이를 알지 못하면서 시를 짓고 앞선 이들의 영향을 받아 남
> 의 것을 답습하며 자신의 실질을 잊어버려 성정을 음영하면서도 자신의 직
> 분을 돌아보지 않고 작시활동을 하면서도 자신이 처한 시대를 살피지 않았
> 다. 그런 까닭에 곤궁에 처하지 않았는데도 슬퍼하고 난세가 아닌데도 원망

의 말을 하여 부귀한 사람에게도 슬픔과 고통의 술회가 있고 은둔한 사람
도 교만하고 사치스런 말을 하게 되었다. 전인의 장점은 배우지 못하고 주
로 잘못된 것을 흉내내어 어지러이 화려함만 더하고 쓸데없이 감정만 낭비
하여 위로는 바른 말로 간하는 데 힘쓰지 못하고 아래로는 권면하고 타이
르는 데 힘쓰지 못한 결과 정(鄭)·위(衛)의 음란한 음악을 연주하며 기(夔)
와 사광(師曠)의 정통 음악을 나무라고 배를 타고 북서쪽으로 가서는 광활
한 강과 바다를 볼 수 있게 되기를 바라는 자가 있게 되었다.

당이 처사의 작품을 살펴보면 홀로 뛰어나 무리가 없고 씻은 듯 깨끗하
여 먼지가 없다. 그 속에 담긴 뜻은 반드시 순박하고 사용한 언어는 반드시
진실 되다. 즐거우면 그것을 노래부르고 근심스러우면 그것을 가슴에 품는
다. 그러므로 그의 작품에는 허황된 찬미도 없고 구차한 원망도 없다. 은둔
해 살면서 자신의 뜻을 추구하여 자연스럽고 소탈한 작품이 많고, 천하에
정도가 행해지므로 분개하고 한탄하는 작품이 없다. 따라서 이소(離騷)와
대(大)·소아(小雅) 사이에 둔다고 해도 그의 시는 부끄러울 것이 없다. 그
의 시를 보는 자는 시도(詩道)의 어려움과 국풍(國風)의 바름을 터득하는 바
가 있을 것이다.11)

이 글은 범중엄이 38세에 쓴 것으로 그의 전기 시론을 대표한다고
할 수 있다. 이 글은 모두 네 단락으로 나눌 수 있는데, 처음부터 "무엇
으로 천지와 귀신을 감동시킬 것인가"까지는 시가 천지만물의 제 양상

---

11) ≪范文正公集≫ 권6, "詩之爲意也, 範圍乎一氣. 出入乎萬物, 卷舒變化, 其體甚大. 故
夫喜焉如春, 悲焉如秋; 徘徊如雲, 崢嶸如山, 高乎如日星, 遠乎如神仙; 森如武庫, 鏘
如樂府; 羽翰乎敎化之聲, 獻酬乎仁義之醇, 上以德於君, 下以風於民; 不然, 何以動天
地而感鬼神哉! 而詩家者流, 厥情非一, 失志之人其辭苦, 得意之人其辭逸, 樂天之人其
辭達, 觀閔之人其辭怒, 如孟東野之淸苦, 薛許昌之英逸, 白樂天之明達, 羅江東之憤
怒, 此皆與時消息, 不失其正者也. 五代以還, 斯文大剝, 悲哀爲主, 風流不歸, 皇朝龍
興, 頌聲來復, 大雅君子, 當抗心於三代. 然九州之廣, 庠序未振, 四始之奧, 講議蓋寡,
其或不知而作, 影響前輩, 因人之尙, 忘己之實, 吟詠性情而不顧其分, 風賦比興而不觀
其時, 故有非窮途而悲, 非亂世而怨, 華車有愁苦之述, 白社爲驕奢之語, 學步不至, 效
顰則多, 以至靡靡增華, 惛惛相濫, 仰不主乎規諫, 俯不主乎勸誡, 抱鄭衛之奏, 責夔曠
之賞, 游西北之流, 望江海之宗者有矣. 觀乎處士之作也, 孑然不倫, 洗然無塵. 意必以
淳, 語必以眞. 樂則歌之, 憂則懷之. 無虛美, 無苟怨. 隱居求志, 多優游之詠. 天下有道,
無憤悅之作. 騷雅之際, 此無愧焉. 覽之者, 有以知詩道之艱, 國風之正也."

을 표현하면서 교화로 귀결된다고 강조하여 <상시무서>에서와 마찬가
지로 시의 기능과 작용을 높이 평가하였고, "그런데 시인들은"부터 "그
올바름을 잃지 않은 것이다"까지는 시인의 감정이 각기 다르기는 하지
만 모두가 진정과 순박을 정체로 삼았음을 설명하였고, "오대 이래"부터
"광활한 강과 바다를 볼 수 있게 되기를 바라는 자가 있게 되었다"까지
는 오대 이후 시가가 진정과 순박을 잃어버려 권면하고 타이르는 기능
을 발휘하지 못하게 되었음을 설명하였고, 마지막으로 당이의 시는 담긴
뜻이 순박하고 언어가 진실되어 자연스럽고 소탈한 작품이 많으며 시도
를 잘 지키고 있다고 찬양하였다. 여기서 그는 송초의 시단 현상에 대해
그들이 시류에 영합하여 개성을 잃고 전인을 모방하였다고 여기고서 백
체·만당체·서곤체 말류를 비평하였다. 마지막으로 그는 당이의 시가
에 대한 찬미 속에서 시가창작이 작가의 진정실감을 지녀야 하고 시대
정신에 부합하는 미학 이상을 갖추어야 한다고 하였다. 전체적으로 이 서
문의 논시 관점은 '진(眞)'이 중심에 놓여 있다. 시인이 각기 자신의 진정
을 토로할 때 시가 교화와 권계(勸戒)의 작용을 발휘할 수 있다는 것이다.

범중엄은 21년 후인 경력 7년(1047) 59세 때 <윤사로하남집서(尹師魯
河南集序)>를 썼는데, 여기서 그는 다시 한번 자신의 시문관을 밝혔다.

> 내가 ≪요전(堯典)·순가(舜歌)≫ 이후의 글을 볼 때 문장의 사작은 후박
> (厚薄)이 번갈아 변하여 대를 이어가며 끝이 없었다. 다만 말단을 억누르고
> 근본을 치켜세우며, 음란한 노래를 없애고 바른 음악을 회복하여 성인의 도
> 를 보좌하는 것은 보기 힘들게 되었다. 근세에 이르러 당 정원(貞元, 785-
> 804)·원화(元和, 806-820) 사이에 한유가 문단의 맹주가 되어 고도가 가장
> 흥성하였다. 의종(懿宗, 860-873)·희종(僖宗, 874-888) 이후로 오대에 이르
> 기까지 점차 문체가 박약해졌다. 송조에 들어와 유개(柳開)가 일어나 휘하
> 로 불러들이니 뛰어난 선비들이 모두 그를 따르게 되었는데, 그의 문인들은
> 경전을 본받고 정도를 탐구하여 천하에 문명(文名)을 날린 자가 많았다. 양
> 억이 변체문을 짓는 재주로써 당세에 독보적이 되자 배우는 사람들이 문사

를 수식하고 뜻을 본뜨면서 그와 비슷하게 되기를 바랐으니 옛것을 돌아볼 겨를이 없었는데, 그 중에서 심한 자들은 전적으로 조탁과 수식을 일삼으며 대아(大雅)를 파괴하고는 오히려 고도는 쓸모가 없다고 말하며 폐기하고 배우지 않은지가 오래되었다. 낙양의 윤수(尹洙)는 젊어서부터 식견이 높아 시류를 따르지 않았다. 목수(穆修)와 교유하면서 힘써 고문을 지었다. 그런데 윤수는 ≪춘추(春秋)≫에 조예가 깊어서 문장이 근엄하고 문사가 간략하면서도 이치가 정밀하다. 주장(奏章)과 의소(議疏)에는 그의 풍도가 잘 나타나 있다. 선비들이 그를 존중하고 흠모하였다. 마침내 구양수가 그를 따라 크게 떨쳐서 이로 말미암아 천하의 문장이 일변하였으니 그가 도에 큰 공을 세웠도다.[12]

이 글도 대략 네 문단으로 나눌 수 있다. 처음부터 "성인의 도를 보좌하는 것은 보기 힘들게 되었다"까지는 ≪상서(尙書)≫ 이후로 성인의 도를 보좌할 수 있는 문장이 많이 보이지 않음을 말하였고, "근세에 이르러"부터 "점차 문체가 박약해졌다"까지는 한유가 고문을 창도하여 성인의 도를 보좌한 공과 만당·오대에 이르러 문체가 쇠미해졌음을 논하였고, "송조에 들어와"부터 "폐기하고 배우지 않은지가 오래되었다"까지는 송초 유개로부터 양억에 이르는 사이의 문장의 변화를 설명하면서 양억의 추종자들이 오로지 수식을 일삼아 도를 폐하고 배우지 않았다고 말하였다. 마지막으로 윤수가 폐해를 만회하려고 노력하면서 목수를 계승하고 구양수를 이끌어주어 문장이 마침내 고도를 회복하게 되었다고 하였다. 그가 "성인의 도를 보좌하는 것"을 문장의 최종목표로 삼은 것

---

12) ≪范文正公集≫ 권6, "予觀≪堯典·舜歌≫而下, 文章之作, 醇醨迭變, 代無窮乎! 惟抑末揚本, 去鄭復雅, 左右聖人之道者難之. 近則唐貞元·元和之間, 韓退之主盟於文, 而古道最盛; 懿·僖以降, 寖及五代, 其體薄弱. 皇朝柳仲塗起而麾之, 髦俊率從焉; 仲塗門人能師經探道有文於天下者多矣! 洎楊大年以應用之才, 獨步當世, 學者刻辭鏤意, 有希髣髴, 未暇及古也, 其間甚者, 專事藻飾, 破碎大雅, 反謂古道不適於用, 廢而弗學者久之. 洛陽尹師魯, 少有高識, 不逐時輩. 從穆伯長游, 力爲古文. 而師魯深於≪春秋≫, 故其文謹嚴, 辭約而理精. 章奏疏議, 大見風采. 士林方聳慕焉. 遽得歐陽永叔, 從而大振之, 由是天下之文一變, 而其深有功於道歟!"

은 <당이시서>에 나타난 정신과 대체로 상통한다. 따라서 <당이시서>에서 <윤사로하남집서>에 이르는 20여 년 동안 시문에 대한 범중엄의 태도는 기본적으로 일치한다고 볼 수 있다. 그러나 다른 점도 있다. <당이시서>에서 범중엄은 시인이 개인의 특성을 표현해야 한다고 생각해서 '진(眞)'과 '순(淳)'을 통해 "홀로 뛰어나 무리가 없고, 씻은 듯 깨끗하여 먼지가 없는" 경계에 도달하면 스스로 교화와 권계의 기능을 갖게 된다고 하였는데, <윤사로하남집서>에서는 문(文)이 도(道)를 귀의점으로 삼아야 한다고 하였다. 그가 "문장이 개인의 특성을 표현해야 한다"고 말한 것은 문학의 입장에 서서 말한 것인 반면에 '도(道)'를 착안점으로 삼은 것은 정치교화의 입장에 치우친 것으로, 그가 후기에 들어 '중도(重道)' 경향을 띠었음을 알 수 있다.

(2) 범중엄의 시

≪범문정공집(范文正公集)≫과 ≪범문정공별집(范文正公別集)≫에 수록된 범중엄의 시를 살펴보면 고체시가 80여 수, 근체시(율시와 절구)가 210여 수 정도여서 송대의 문인치고는 시를 많이 남기지 않은 편이다.[13] 이를 내용 별로 살펴보면 민생의 질고를 반영하고 충군애민의 사상을 피력한 정치적 내용을 담은 시가 있고, 이 외에 자신의 마음가짐을 토로한 작품, 조국의 명산대천(名山大川)과 명승고적을 가영한 작품, 민간의 풍속을 묘사한 작품 등이 있다.

---

13) ≪全宋詩≫에는 ≪范文正公集≫과 ≪范文正公別集≫에 수록된 시 외에 몇 수를 더 발굴하여 도합 305수의 시와 斷句 4수를 수록하였다.

1) 민생의 질고를 반영한 시

범중엄은 경력신정을 주도한 정치가였던 만큼 그의 힘과 재능은 주로 정치적인 일에 쓰여졌다. 그는 힘껏 "삼대의 높았던 경지를 추구하자"라는 구호 아래 일련의 구체적인 개혁 방법을 제시하면서 인종 조의 정치혁신을 이끌어나갔다. 이런 연유로 그는 특히 민생에 관심을 기울여 그들의 고통스런 삶에 안타까움을 표시하는 한편 그들에 대한 깊은 애정을 담았다. 먼저 그의 <사민시(四民詩)>(商)을 보자.

嘗聞商者云	일찍이 들었다, 상인들에 대해서
轉貨賴斯民	재화의 유통은 이들이 맡는다고.
遠近日中合	거리의 문제를 수일 안에 해결하여
有無天下均	백성들에게 혜택이 고루 돌아가게 한다.
上以利吾國	위로는 우리나라를 이롭게 하고
下以藩吾身	아래로는 내 몸을 살아가게 해준다.
周官有常籍	≪주관≫에는 상적(常籍)에 올라 있었으니
豈云逐末人	어찌 말단을 추구하는 사람이라 하리?
天意亦何事	하늘의 뜻은 정말 어찌된 일인지
狼虎生貪秦	탐욕스런 진나라가 호랑이를 낳았다.
經界變阡陌	옛날의 '경계(經界)'를 '천맥(阡陌)'으로 바꾸어[14]
吾商苦悲辛	상인들은 고통에 시달리게 되었다.
四民無常籍	사농공상(士農工商)의 사민은 상적이 없어져
茫茫偽與眞	거짓과 진실을 가릴 수 없게 되었다.
游者竊吾利	떠돌이들이 우리의 이익을 훔치고
墮者亂吾倫	타락한 자들이 윤리를 어지럽힌다.
淳源一以蕩	순박한 풍속이 일단 쓸려버리고 나니

---

14) ≪孟子·滕文公上≫, "인정은 반드시 토지의 경계에서부터 시작됩니다. 경계가 정확하지 않으면 井田의 토지가 고르지 않고, 곡식으로 받는 봉급도 공평하지 않습니다. 그러므로 포학한 임금이나 탐관오리는 반드시 그 토지의 경계를 태만히 하는 것입니다."(夫仁政, 必自經界始. 經界不正, 井地不鈞, 穀祿不平, 是故暴君汚吏必慢其經界.) ≪史記·秦本紀≫, "[상앙이] 전답에 길을 내었다."([商鞅]爲田開阡陌.)

頹波浩無津	퇴폐의 물결 드넓어 나루를 찾을 수 없다.
可堪貴與富	어찌 견디나 부유하고 벼슬 높은 자들이
侈態日日新	사치의 추태가 나날이 심해지는 것을.
萬里奉綺羅	비단을 받들고 만리 길을 달려가느라
九陌資埃塵	장안의 아홉 갈래 대도에 먼지를 일으킨다.
窮山無遺寶	산을 다 뒤져 남아있는 보물이 없고
竭海無遺珍	바다를 싹 쓸어 진기한 것을 다 가져갔다.
鬼神爲之勞	귀신은 이들 때문에 고달프게 되었고
天地爲之貧	하늘과 땅은 이들 때문에 가난해졌다.
此弊已千載	이와 같은 폐해 이미 천년이 지났건만
千載猶因循	천년이 지나도록 그대로 답습되고 있다.
桑柘不成林	그 결과 뽕나무는 숲을 이루지 못하고
荊棘有餘香	가시나무 냄새만 도처에서 코를 찌른다.
吾商則何罪	우리 상인들이 무슨 죄를 저질렀기에
君子恥爲鄰	군자들이 이웃하길 부끄러워하는가?
上有堯舜主	위로는 요임금과 순임금 같은 주군이 있고
下有周召臣	아래로는 주공과 소공 같은 신하가 있으니
琴瑟願更張	원컨대 내가 금과 슬을 다시금 펼치고
使我歌良辰	좋은 때를 노래부를 수 있게 되었으면!
何日用此言	언제나 이 말을 쓸 수 있게 될 것인가?
皇天豈不仁	하늘이 어찌 자애를 베풀지 않으리요!

'사민(四民)'은 본래 ≪주례(周禮)≫ 중의 사회계층 분석에 관한 정치 개념으로서, 범중엄의 사민시는 이에 대한 주해와 설명이다. 그는 이 시에서 먼저 이 사회에서의 상인의 역할을 긍정적으로 평가한 다음에 상인들이 진(秦)나라 이래 고통에 시달리게 된 원인과 내력을 설명하고, 부귀한 자들의 타락과 백성들에 대한 수탈로 인해 천대받는 지위로 떨어진 상인들을 위해 자신이 일할 수 있기를 바란다는 내용을 담았다.

┃書扇示門人┃ 부채에 써서 문하생들에게 보이다

一派靑山景色幽	한 갈래 푸른 산에 어스름이 깃드는데
前人田地後人收	앞사람의 전답을 뒷사람이 차지한다.
後人收得休歡喜	차지한 뒷사람이여 기뻐하지 말지니
還有收人在後頭	그대 전답 차지할 이 뒤에서 기다린다.

이 시는 당시 날로 심화되던 토지겸병 현상을 풍자한 것이다. 농민의 전답을 갈취하는 지주들에 대하여 시인은 그 뒤에 도사리고 있는 파멸을 경고하며 그들에 대한 신랄한 비판을 통해 민생의 질고를 대변하였다.

┃江上漁者┃ 강 위의 어부

江上往來人	강가에서 오고 가는 사람들
但愛鱸魚美	그저 농어 맛 즐길 뿐이다.
君看一葉舟	그대 보시게 조각배에 의지하고
出沒風波裏	풍파 속에 출몰하는 저 어부를!

이 시는 어부들의 고난과 위험에 찬 생활 모습을 여유 있는 사람들과 대비시켜 그린 것이다. 당 이신(李紳)의 <민농(憫農)>시, "누가 알리오 소반에 놓인 밥, 낟알마다 농민의 노고가 배어있음을!"(誰知盤中餐, 粒粒皆辛苦)을 연상시켜주는 이 시는 어부들에 대한 세심한 관찰에서 나온 시인의 관심과 애정을 단적으로 보여주고 있다.

2) 충군애민의 사상을 피력한 시

범중엄의 시를 통관해보면 충군애민의 사상을 피력한 작품이 큰 비중을 차지하고 있다. 그의 유명한 선언인 "천하 백성들이 근심하기 전에 먼저 근심하고, 천하 백성들이 즐거워한 후에 즐거워한다"[15]는 말과, 그

---

15) 《范文正公集》 권7, <岳陽樓記>, "先天下之憂而憂, 後天下之樂而樂."

가 <상시무서>에서 지적한 "우리의 성조를 천 년만에 만났는데, 삼대
의 이상을 따를 수 없는 것이 애석하구나"[16]라는 말을 통해 우리는 그가
얼마나 충군애민에 몰두한 정치가였는가를 알 수 있다. 먼저 그의 <야
색(野色)>시를 보자.

┃**野色**┃ 들판의 희뿌연 기운

非煙亦非霧	연기도 아니고 안개도 아닌 것이
冪冪映樓臺	짙게 누대를 가리고 있다.
白鳥忽點破	백조가 갑자기 점같이 날아오르고
殘陽還照開	석양은 여전히 헤치고 비쳐든다.
肯隨芳草歇	그 기운 방초 따라 머물지도 않고
疑逐遠帆來	멀리서 돛배 쫓아 온 것만 같다.
誰會山公意	누가 알리오 산공의 마음 속을
登高醉始回	높이 올라 취해야 돌아오는 마음을.

이 시는 해가 저물어 갈 무렵의 자연 경관과 그것을 애호하는 시인
의 마음을 표현하는 한편 당시 시인이 처해 있는 긴장된 상황을 간접적
으로 묘사하면서 충군애민의 사상을 피력한 것이다. 미연의 '산공(山公)'
은 진(晉)의 명신 정남장군(征南將軍) 산간(山簡)을 가리키는데, 그는 일찍
이 적군과 대치해 있는 긴장된 순간에 군사들의 마음을 안정시키기 위
해 일부러 야외에 나가 연회를 열고 흠뻑 술을 마시면서 여유를 보였다
고 한다. 시인은 여기서 산간의 예를 빌어 서하의 침략에 맞서 변방을
지키고 있는 지휘관으로서의 자신의 책임을 암시하는 한편 적에게 반드
시 승리를 거두겠다는 의지와 용기를 표명하였다.

┃**依韻酬吳安道學士見寄**┃ 오안도 학사가 부쳐준 시의 운에 따라 화답하여

聖君賢相正彌綸	성군(聖君)과 현상(賢相)이 통괄하여 다스리고 있고

---

16) ≪范文正公集≫ 권7, "我聖朝千載之會, 惜乎不追三代之高."

諫諍臣微敢狥身	미천한 신하도 감히 목숨 바쳐 간언한다.
但得葵心長向日	언제나 태양 향한 해바라기 마음 얻었으니
何妨駑足未離塵	노마가 속세를 떠나지 못했다 하여 무얼 거리끼랴?
豈辭雲水三千里	어찌 구름과 물 아득한 삼천리 길을 사양하랴?
猶濟瘡痍十萬民	오히려 상처받은 십만 백성을 구제할 수 있으리.
宴坐黃堂愧無限	태수의 잔치에 앉아 있어도 부끄러움 끝이 없으니
隴頭元是帶經人	변방은 원래가 경전 지닌 사람이 사는 곳이다.

이 시에는 시인의 충군애민 사상이 보다 분명하게 피력되어 있다.
"언제나 태양 향한 해바라기 마음 얻었으니"와 "상처받은 십만 백성을
구제할 수 있으리" 같은 표현을 통해 우리는 그 점을 확인할 수 있으며,
전체적으로 이 시는 그의 자화상처럼 느껴진다.

▎謝黃惣太傅見示文集▎ 황총 태부가 문집을 보여준 데 감사하며

松桂有嘉色	소나무와 계수나무의 아름다운 빛은
不與衆芳期	뭇 꽃들이 바랄 수 있는 것이 아니다.
金石有正聲	금석 악기의 바른 소리는
詎將群響隨	뭇 소리들이 어찌 따를 수 있으리.
君子著雅言	군자가 바른 말을 내는 것은
以道不以時	정도로써 하고 시세로써 하지 않는다.
仰止江夏公	강하공을 우러러보는 것은
大醇無小疵	너무나 순수하여 조그만 흠도 없어서이다.
孜孜經緯心	부지런히 경서와 위서로 수양한 마음
落落敎化辭.	탁월한 내용의 교화의 말씀에는
上有帝皇道,	위로는 제왕의 도리가 들어있고
下有人臣規	아래로는 신하의 도리가 들어있다.
邈與聖賢會	저 멀리 성현과 뜻이 맞으니
豈以富貴移	어찌 부귀 따라 마음이 옮겨가랴?
誰言荊棘滋	가시나무가 번식한다고 누가 말했는가?
獨此生蘭芝	홀로 이렇게 난초가 자라고 있거늘.
豈徒一時異	어찌 다만 한 때에 기이할 뿐이겠는가?

將爲千古奇	장차 천고에 걸쳐 그 기이함 전해지리.
願此周召風	바라건대 이 주남·소남의 국풍이
達我堯舜知	나를 요·순의 지혜에 이르게 하여
致之諷諫路	풍간의 길에 도달하게 하고
陛之誥命司	황제의 명을 받드는 관리가 되게 하소서.
二雅正得失	대아와 소아는 득실을 바로잡고
五典陳雍熙	오전은 태평 세월을 이어지게 한다.
頌聲格九廟	송성은 제왕의 종묘를 바르게 하고
王澤及四夷	왕의 은택은 사방의 이민족에게까지 미친다.
自然天下文	자연히 천하의 문장들이
不復迷宗師	다시는 본보기를 잃지 않게 되었다.

이 시에서 범중엄은 먼저 황총 태부의 사람됨과 문집의 내용이 훌륭
함을 칭송한 다음에 황제를 보좌하여 태평성대를 열어가고 싶다는 희망
을 피력하였다. 이 시에서 시인은 또한 문장이 교화에 끼치는 역할과 작
용을 강조하면서, 정풍(正風)·아송(雅頌)·경전(經典)이 곧 왕도정치의 근
본이라고 주장하여 그가 유가의 전통관념에 집착하고 있음을 알 수 있다.

┃謫守睦州作┃ 좌천되어 목주를 지키며

重父必重母	아비를 소중히 여기면 반드시 어미를 소중히 여기듯이
正邦先正家	나라를 바르게 하려면 먼저 집안을 바르게 해야 한다.
一心回主意	한 마음으로 주군의 뜻을 되돌려보려고 하다가
十口向天涯	열 식구가 멀리 하늘 끝으로 향해 왔구나.
銅虎恩猶厚	관인(官印)을 내려주신 은혜 오히려 두텁기만 하고
鱸魚味復佳	고향에서 먹는 농어의 맛은 여전히 좋구나.
聖明何以報	임금님의 크나큰 은혜에 무엇으로 보답하나?
歿齒願無邪	이빨이 다 빠지도록 사사로움이 없기를 바랄 뿐!

이 시는 시인이 인종에게 곽황후(郭皇后)를 폐하지 말라는 간언을 올
렸다가 경우(景祐) 원년(1034) 1월에 지목주(知睦州: 浙江 建德縣)로 좌천되고

나서 지은 것이다. 범중엄은 여기서 자신의 간언에 사사로움이 없었음을
밝히는 한편 주군에 대한 변함 없는 충성을 표현하였다.

┃赴桐廬郡淮上遇風三首(其3)┃
동려군으로 가다가 회수 위에서 바람을 만나(제3수)

一棹危於葉	작은 배 하나 나뭇잎보다도 위태로워
傍觀亦損神	옆에서 바라보니 아찔아찔하기만 하다.
他時在平地	훗날에 만약 평지에 있게 된다면
無忽險中人	위험 속의 사람을 소홀히 하지 않으리.

이 시는 시인이 동려군(桐廬郡)으로 가던 도중 회수(淮水) 위에서 풍랑
을 만나 위태로운 상황에 처해 있는데도 위태로워 보이는 옆의 작은 배
를 바라보며 자신보다도 남을 먼저 생각하는 애민의 마음을 표현하고 있
어서 그의 마음가짐을 엿볼 수 있다.

3) 자신의 마음가짐을 토로한 시

범중엄은 <당이시서>에서 시가창작이 작가의 진정실감을 지녀야
하고 시대정신에 부합하는 미학 이상을 갖추어야 한다고 하였다. 따라서
그에게는 자신의 진정과 고결한 마음을 토로한 시가 적지 않다. 먼저 그
의 칠언율시 <송(松)>(<依韻酬吳春卿二首> 其2)을 보자.

┃松┃ 소나무

亭亭百尺棟梁身	마룻대와 들보로 쓰일 우뚝 솟은 백 척의 몸
寂寞雲根與澗濱	적막하게 산봉우리와 계곡에 자리잡고 있다.
寒冒雪霜寧是病	눈과 서리의 추위를 무릅쓰며 두려워하지 않고
靜期風月不須春	봄이 아니라 조용히 바람과 달을 기다릴 뿐이다.
蕭蕭遠韻和於樂	바람이 불면 그 소리 음악을 연주하는 듯하고
密密清陰意在人	짙고 맑은 그늘은 사람들을 생각하는 마음이다.
高節直心時勿伐	높은 절개와 곧은 마음 헤아려 벌목하지 말지니

千秋爲石乃知神   천추에 걸쳐 바위가 되면 그 정신 알게 되리라.

예부터 지금까지 소나무를 제재로 한 작품은 매우 많지만 이 시에서 범중엄에 의해 묘사된 소나무는 동량지재(棟梁之材)의 상징이다. 눈과 서리의 엄동설한도 두려워하지 않고 조용히 바람과 달을 기다리며, 짙고 맑은 그늘을 드리워서 사람을 쉬게 해주는 소나무의 꿋꿋함과 미덕에 대한 묘사를 통해 시인은 자신의 고결한 마음가짐을 표현하였다.

┃郡齋卽事┃ 군청에서 감흥이 일어

三出專城鬢似絲   세 번 태수로 나가 귀밑머리 실같이 세었고
齋中蕭灑勝禪師   군청에 있으니 속기가 없어져 선사보다 맑다.
近疏歌酒緣多病   근간에 술과 노래 멀리한 것은 병 때문이고
不負雲山賴有詩   구름과 산 등돌리지 않는 것은 시 덕분이다.
半雨黃花秋賞健   국화는 비를 맞아 싱싱한 모습이 보기 좋고
一江明月夜歸遲   강에는 밝은 달 떠올라 돌아가고 싶지 않다.
世間榮辱何須道   속세에서의 영욕을 말할 것이 무엇인가?
塞上衰翁也自知   변방의 쇠약한 늙은이는 스스로 아는 것을!

이 시는 송 인종 경우 3년(1036) 시인이 백관도(百官圖)를 바쳐 재상 여이간(呂夷簡)의 인사가 편파적임을 간언하다가 지요주(知饒州: 江西 鄱陽縣)로 좌천된 뒤에 지은 것이다. 시인은 이 시에서 표면적으로 유유자적하게 살아가는 지방관의 '이은(吏隱)' 생활을 노래하고 있지만, 그 속에 관직생애에서의 좌절과 그것을 극복해나가는 흉금과 풍도를 담아 놓았다. 마지막 구절은 시인이 '새옹지마(塞翁之馬)'의 고사를 빌려 지방관으로의 좌천이 오히려 산수의 즐거움을 누릴 기회를 주었음을 말한 것이다.

┃松風閣┃ 송풍각

此閣宜登臨   이 누각은 올라와 내다볼 만하니
上有松風吟   위에는 솔바람 소리가 살랑거린다.

非絃亦非匏	현악기도 아니고 관악기도 아닌데
自起簫韶音	순임금의 <소소>음 소리를 낸다.
明月萬里時	만리에 걸쳐 밝은 달 떠 있을 때
何必開綠琴	무엇 하러 녹기금(綠綺琴)을 연주하랴?
鳳凰下雲霓	봉황이 높은 하늘에서 내려와
鏘鏘鳴中林	숲 속에서 맑게 우는 듯하다.
淳如葛天歌,	순박하기는 마치 <갈천가>가
太古傳至今	태고부터 지금까지 전해지는 듯하고
潔如庖義易,	깨끗하기는 복희씨(伏義氏)의 ≪역≫이
洗人平生心	사람들의 마음을 씻어주는 것 같다.
安得嘉賓來	어찌 하면 훌륭한 손님을 모셔와
當之共披襟	이곳에서 함께 흉금을 털어놓을까?
陶景若在仙	도경진(陶景眞)이 만약 선경에 들어 있다면
千載一相尋	천 년만에 한 번 찾아보아야겠다.

이 시는 <세한당삼제(歲寒堂三題)> 중의 세 번 째 작품이다. 시인은 이 시에서 송풍각 주변에 맑게 울려 퍼지는 솔바람 소리의 순박하고 깨끗함에 대한 묘사를 통해 순수를 지향하는 자신의 마음을 표현하였다.

┃明月謠┃ 밝은 달을 노래하며

明月在天西	하늘 서쪽에 떠있는 밝은 달
初如玉鉤微	처음엔 옥고리처럼 가냘프더니
一夕增一分	하루하루 조금씩 살이 붙어서
堂堂有餘輝	당당하게 충분한 빛을 뿜는다.
不掩五星耀	별들의 광채를 가리지 않고
不礙浮雲飛	구름의 비행을 막지 않는다.
徘徊河漢間	은하수 사이를 배회하면서
天色若可飡	하늘 빛을 먹고 있는 것 같다.
淸風起叢桂,	맑은 바람이 계수나무에서 일고
白露生堦蘭.	흰 이슬이 섬돌 가 난초에 돋는다.
高樓望君時,	높은 누대에서 그대를 바라볼 때

爲君拂金徽	그대 위해 거문고를 뜯는다.
奏以堯舜音	요임금과 순임금의 음악을 연주하니
此音天上稀	이런 음악 하늘 위에는 드물다.
明月或可聞	밝은 달도 이 음악이 들리는지
顧我亦依依	나를 돌아보며 미련을 떨치지 못한다.
月有萬古光	달에는 영원히 변치 않는 빛이 있고
人有萬古心	사람에겐 영원히 변치 않는 마음이 있다.
此心良可歌	이 마음을 참으로 노래 부를 만하니
憑月爲知音	저 달을 의지해 지음(知音)으로 삼아야겠다.

이 시에서도 시인은 별들의 광채를 가리지 않고 구름의 비행도 막지 않으면서 고고하게 하늘에서 변치 않는 빛을 뿜는 달의 미덕을 찬양하면서 저 달을 지음으로 삼아야겠다고 함으로써 자신도 그와 같은 고결한 미덕이 있음을 노래하였다.

▮寄林處士▮ 임포 처사에게

片心高與月徘徊	한 조각 마음 고상하여 달과 함께 배회하니
豈爲千鍾下釣臺	어찌 천 종의 봉록 때문에 낚시터를 떠나랴?
猶笑白雲多事在	오히려 웃는다 흰 구름에게 일이 많아서
等閒爲雨出山來	무단히 비 때문에 산을 떠나는 것을.

이 시는 범중엄이 평생을 혼자 서호(西湖)의 고산(孤山)에 은거한 임포에게 부친 시이다. 여기서 그는 임포의 고상한 인격과 고고한 생활을 찬미하였는데, 이것은 또한 범중엄 자신의 지향이자 마음가짐이기도 하다. 그의 이와 같은 심정은 다음 시에서도 확인된다.

▮贈張先生詩▮ 장선생께

有客淳且狂	한 나그네 순박하고 호기로운데
少小愛功名	어려서부터 공명을 좋아하였다.
非謂鐘鼎重	부귀한 것이 중요하다고 하지 않았고

非謂簞瓢輕	가난한 것이 하찮다고 하지도 않았다.
素聞前哲道	평소에 앞서간 철인의 도를 듣고
欲向聖朝行	우리 왕조를 위해 시행하려 하였다.
風塵三十六	바람과 먼지 속에 살아온 삼십 육 년
未作萬人英	아직 만인의 영웅이 되지는 못하였다.

이 시에서 시인은 부귀와 가난을 초월하고 나라를 위해 꿋꿋하게 자신의 길을 걷는 장선생의 고고한 인격과 불굴의 의지를 높이 평가하면서, 그와 같은 마음가짐이 중요하지 만인의 영웅이 되고 못되고는 중요하지 않다고 하였다. 이처럼 범중엄은 순수한 마음과 고고한 인격을 소중하게 생각하여 그 가치를 자신의 시작에 반영하였다.

4) 조국의 명산대천과 명승고적을 가영한 시

범중엄은 경력 4년(1044)에 하동섬서선무사(河東陝西宣撫使)가 되어 조정을 떠난 후 6, 7년 동안 지등주(知鄧州: 河南 鄧縣), 지항주(知杭州: 浙江 杭州), 지청주(知靑州: 山東 益都縣) 등의 지방관을 맡았는데, 이 기간에 그는 각지를 돌아다니며 명산대천과 명승고적을 유람하고 이를 시로 기록하였다. 먼저 그의 <소주십영(蘇州十詠)>시를 보자.

┃太湖(其7) ┃ 태호

有浪卽山高	파도가 일면 산같이 솟구치고
無風還練靜	바람이 자면 비단같이 고요하다.
秋宵誰與期	가을의 이 밤을 누구와 기약하나?
月華三萬頃	삼만 이랑 넓은 물에 달빛이 눈부시다.

┃觀風樓(其9) ┃ 관풍루

高壓郡西城	높이 솟아 군의 서성이 내려다보이니
觀風不浪名	바람을 본다는 이름이 헛되지 않았다.
山川千里色	천리에 걸쳐 펼쳐진 산천의 푸른 빛

語笑萬家聲	만 집에서 들려오는 말하고 웃는 소리.
碧寺煙中靜	푸른 절은 안개 속에서 고요하고
紅橋柳際明	붉은 다리는 버드나무 가에서 환하다.
登臨豈劉白	어찌 유우석과 백거이라야 여기 오를 자격이 있겠는가?
滿目是詩情	눈앞의 모든 것이 다 시정을 불러일으키는데.

이 두 시를 통해 알 수 있듯이 범중엄의 사경시는 색채가 선명하고 표현이 산뜻하다. 그러면서도 <관풍루(觀風樓)>시 서두의 "高壓郡西城"에서 볼 수 있듯이 기상이 높고 미연의 "登臨豈劉白, 滿目是詩情"에서는 눈앞의 경치를 시어로 포착하는 데 있어서도 고인에게 뒤지지 않겠다는 자신감을 드러내고 있다. 다시 <소쇄동려군십절(蕭灑桐廬郡十絶)>시를 보자.

▌蕭灑桐廬郡十絶(其2) ▌ 소쇄동려군십절

蕭灑桐廬郡	맑고 아름다운 동려군
開軒則解顔	창문을 열면 얼굴이 펴진다.
勞生一何幸	수고로운 삶에 이 무슨 행복인가
日日面靑山	날마다 푸른 산을 대할 수 있으니!

▌蕭灑桐廬郡十絶(其6) ▌ 소쇄동려군십절

蕭灑桐廬郡	맑고 아름다운 동려군
春山半是茶	봄 산은 태반이 차나무로다.
新雷還好事	올해의 우레도 호사가인지
驚起雨前芽	소리질러 우전차 싹을 움트게 한다.

여기에서도 "올해의 우레도 호사가인지, 소리질러 우전차 싹을 움트게 한다"와 같은 시인 특유의 산뜻한 표현을 엿볼 수 있으며, 동시에 "수고로운 삶에 이 무슨 행복인가, 날마다 푸른 산을 대할 수 있으니!"에서 감지할 수 있듯이 시인은 지방관으로 좌천되었으면서도 좌절하지 않고 유유자적하게 살아가는 여유와 도량을 사경 속에 함유시켰다. 다음의 두

시에서 시인은 사경을 빌어 자신의 흉금과 포부를 표현하였다.

┃和人遊嵩山十二題┃ 함께 숭산에 가서(中峰)

嵩山最高處	숭산에서 가장 높은 이곳에
逸客偶登臨	고아한 객과 함께 올라왔다.
迴看日月影	빙 둘러 해와 달을 바라보면
正得天地心	바로 천지의 마음을 얻는다.
念此非常遊	이 범상치 않은 나들이는
千載一披襟	천년에 한번 있을 통쾌한 일.

┃瀑布┃ 폭포

迥與衆流異	멀리서부터 뭇 흐름과 달라서
發源高更孤	발원지는 높고도 외로운 곳이다.
下山猶直在	하산할 때 곧바로 내려가더니
到海得淸無	바다에 이르도록 맑음을 유지한다.
勢鬪蛟龍惡	그 기세는 흉악한 교룡과 싸우고
聲吹雨雹麤	그 소리는 거친 우박을 몰아낸다.
晩來雲一色	저녁이 되니 온통 구름 빛이라
詩句自成圖	시구가 저절로 한 폭의 그림을 이룬다.

시인은 숭산(嵩山)의 중봉(中峰)을 읊으면서 그 경관을 묘사하는 대신에 중봉(中峰)을 통해 천지의 마음을 얻는다고 노래하였고, 폭포를 읊으면서 폭포의 경관을 묘사하는 대신에 "그 기세는 흉악한 교룡과 싸우고, 그 소리는 거친 우박을 몰아낸다"라고 폭포의 미덕을 찬미하였다.

┃江干閑望┃ 강가에서 한가롭게 바라보며

江干日淸曠	맑고 밝은 날 강가에
寓目一搘筇	지팡이에 의지하고 서서 바라본다.
落葉信流水	낙엽은 흐르는 물에 몸을 맡기고
歸雲識舊峰歸雲	구름은 옛 봉우리를 알아보고 멈춘다.
蘭蓀誰共采	난초와 창포를 누구와 함께 캐나?

鳧雁自相從	오리와 기러기가 스스로 나를 따른다.
莫愛蘋風起	마름에 바람 이는 것을 좋아하지 말지니
波來千萬重	파도가 일어 천 겹 만 겹 겹쳐진다.

시인은 이 시에서 강가에 서서 바라본 경치를 묘사하는 가운데 난초와 창포를 언급하고 오리와 기러기가 자신을 따른다고 함으로써 자신의 고고하고 맑은 마음을 녹여 넣었다. 이와 같이 경관의 묘사 속에 산수 심미의 즐거움과 고고하고 맑은 인격을 종합해 넣은 것이 범중엄 사경시의 한 특색이라고 하겠다.

5) 민간의 풍속을 묘사한 시 및 기타

범중엄은 문장이 풍속 교화에 끼치는 작용을 강조했던 만큼 민간의 풍속에도 관심을 기울여 그것을 더러 시로 표현하기도 하였다. 다음 시를 보자.

┃和章岷從事鬪茶歌┃ 장민 종사의 투차가에 화답하여

年年春自東南來	해마다 봄은 남동쪽에서 다가와
建溪先暖冰微開	건계가 따뜻해지고 얼음도 살며시 녹는다.
溪邊奇茗冠天下	시냇가의 명차는 천하에 으뜸인데
武夷仙人從古栽	무이산 신선이 옛날부터 재배하였다.
新雷昨夜發何處	간밤에는 어디선가 우레가 새로 쳐서
家家嬉笑穿雲去	집집마다 웃음소리가 구름을 뚫고 퍼진다.
露牙錯落一番榮	차 싹이 여기저기서 무성하게 돋아 나와
綴玉含珠散嘉樹	아름다운 나무에 구슬 같은 이슬이 맺혔다.
終朝採掇未盈襜	아침 내내 따도 행주치마를 채우지 못하지만
唯求精粹不敢貪	욕심내지 않고 오직 순수한 것만 취한다.
研膏焙乳有雅製	잎을 곱게 갈고 끓여서 말차를 만들어내니
方中圭兮圓中蟾	대지 위의 홀이요 달 속의 두꺼비로다.
北苑將期獻天子	북쪽 동산의 것을 천자에게 바치기로 하고

林下雄豪先鬪美	숲 아래에서 호걸들이 먼저 아름다움을 다툰다.
鼎磨雲外首山銅	구름 밖 수산의 동을 갈아 만든 솥에다
瓶携江上中泠水	강 위의 중령수를 병에 담아 와 붓는다.
黄金碾畔綠塵飛	황금 맷돌 가장자리에선 푸른 먼지가 날고
紫玉甌心雪濤起	자줏빛 옥 사발 중심에선 눈빛 파도가 인다.
鬪余味兮輕醍醐	나와 맛을 다투니 가벼운 우락더껑이요
鬪余香兮浦蘭芷	나와 향기를 다투니 물가의 난초로다.
其間品第胡能欺	그 사이의 품평을 어찌 속일 수 있으랴?
十目視而十手指	열 눈이 보고 열 손가락이 가리킨다.
勝若登仙不可攀	이기면 신선이 된 듯하여 따라 오를 수 없고
輸同降將無窮恥	지면 항복한 장수와 같아 끝없이 부끄럽다.
于嗟天産石上英	아, 천연으로 산출되는 석영과 같은 것이
論功不愧階前蓂	공을 논하면 섬돌 앞의 명협에 부끄럽지 않다.
衆人之濁我可清	뭇 사람의 혼탁함을 내가 맑게 할 수 있고
千日之醉我可醒	천 일 동안 취해 있어도 내가 깨울 수 있다.
屈原試與招魂魄	굴원은 이것으로 혼백을 불러보았고
劉伶却得聞雷霆	유령은 다시 우레 소리를 들을 수 있었다.
盧仝敢不歌	노동은 감히 노래부르지 않았고
陸羽須作經	육우는 《다경(茶經)》을 지어야 했다.
森然萬象中	빽빽이 늘어선 온갖 사물 중에서
焉知無茶星	다성(茶星)이 없다고 누가 말할 수 있으랴?
商山丈人休茹芝	상산(商山)의 사호(四皓)는 영지를 심을 필요 없고
首陽先生休采薇	수양산의 백이·숙제도 고사리 캘 것 없다.
長安酒價減千萬	장안의 술값이 형편없이 떨어지고
成都藥市無光輝	성도의 한약재 시장도 빛을 잃었다.
不如仙山一啜好	차라리 선산에서 한 모금 마시고
泠然便欲乘風飛	가뿐하게 바람 타고 나르고 싶다.
君莫羨花間女郎只鬪草	부러워 말게 꽃 사이의 여인들이 투초하여
嬴得珠璣滿斗歸	이겼다고 말 가득히 구슬 담아 돌아가는 것을.

이 시에서 시인은 먼저 이른 봄 건계(建溪)에 새 잎이 돋는 것을 묘사하였고, 다음에 집집마다 싱글벙글하며 일제히 시냇가로 나와 차 잎을

따는 정경을 묘사하였고, 다시 호걸들이 품차(品茶)로 승부를 겨루는 장면을 묘사한 다음, 마지막으로 향기로운 차를 음미한 심정을 서술하고 그로부터 촉발된 의론을 전개하였다. 이 시는 중국의 농민이 차를 심고, 만들고, 맛보는 역사를 빠짐없이 묘사하였으며, 또한 차를 마시는 것이 어째서 인체에 좋은가를 운치 있게 서술하였다. 그래서 이 시를 다 읽고 나면 독자에게 일종의 청신유쾌(淸新愉快)한 감각을 가져다주어 이 시가 지니고 있는 농후한 생활정취와 강렬한 예술감화력에 찬탄하게 된다. 전체적으로 층차가 분명하고 언어가 청신하며 묘사가 담아하고 서정은 감동적이어서 서사(敍事)·사경(寫景)·언정(言情)이 모두 훌륭하다고 하겠다.

범중엄에게는 또한 민가 풍의 시가 몇 수 있다. 다음에 <화승장길호거오제(和僧長吉湖居五題)>(其5) 시를 보자.

▌渚蓮 ▌ 물가의 연꽃

武陵誰家子	무릉의 어느 댁 도령들이신지
波面雙雙渡	얼굴에 물결 일으키며 쌍쌍이 건넌다.
空積心中絲	공연히 가슴속에 실만 쌓고서
未成機上素	베틀 위의 명주가 되지 못하였다.
似共織女期	직녀와 기약이 있었던 듯한데
秋宵苦霜露	가을밤 서리와 이슬에 고통스러워한다.

시인이 민가의 형식을 빌어 못 이룬 사랑의 고통을 노래한 이 시는 유우석(劉禹錫)의 <죽지사(竹枝詞)>를 연상시켜 주며, 셋째 구의 '사(絲)'는 이상은 <무제>시의 "春蠶到死絲方盡"(봄누에는 죽어서야 실 토하는 것을 멈춘다)과 마찬가지로 '사(思)'(그리움)의 의미를 함유하고 있어 일종의 언어유희를 구사하였다.

경력신정(慶曆新政)을 이끌다 좌절을 맛본 범중엄에게 당연히 있을만한 시로서, 강성군(江城軍)의 한 늙고 병든 노병의 하소연을 듣고 인생의 영욕에 대한 감개를 토로한 장시 <화갈굉사승접화가(和葛閎寺丞接花歌)>

가 있다.

┃和葛閎寺丞接花歌┃ 갈굉사승의 접화가에 화답하여

江城有卒老且貧	강성군에 늙고 가난한 병졸이 있는데
憔悴抱關良苦辛	말단관리로 고생하여 초췌하기만 하다.
衆中忽聞語聲好	무리 중에 목소리 듣기 좋은 걸 보니
知是北來京洛人	북쪽 낙양에서 온 사람임을 알겠다.
我試問云何至是	어떻게 여기 오게 되었느냐고 물으니
欲語汍瀾墮雙淚	말하려다 두 줄기 눈물 뚝뚝 흘린다.
斯須收淚始能言	간신히 눈물을 그치고 말문을 열었다.
生自東都富貴地	"동도 낙양 부귀한 곳에서 태어났는데
家有城南錦繡園	집이 도성 남쪽의 금수원에 있어서
少年止以花爲事	어린 시절에 꽃가꾸기를 일로 삼았지요.
黃金用盡無他能	돈은 떨어졌는데 다른 재능이 없어서
却作瓊林苑中吏	할 수 없이 경림원의 정원사가 되었지요.
年年中使先春來	해마다 궁중의 사자가 봄에 앞서 와서
曉宣口敕修花臺	새벽부터 화단을 가꾸라고 명령합니다.
奇芬異卉百餘品	기이한 화초가 백 가지도 더 있지만
求新換舊爭栽培	다투어 옛것을 버리고 새것을 심지요.
猶恐君王厭顔色	그래도 임금께서 싫어하실 까 걱정인데
群芳只似尋常開	뭇 꽃들은 다만 피던 대로 필뿐이지요.
幸有神仙接花術	다행히 신선의 접화술을 지니고 있어서
更向都城求絶匹	다시 도성을 향해 빼어난 꽃을 구했지요.
梁王苑裏索妍姿	양왕의 동산에서 아름다운 것을 구하고
石氏園中搜淑質	석숭의 정원에서 맑고 고운 것을 찾았지요.
金刀玉尺裁量妙	금 칼과 옥 자로 교묘하게 잘라서
香膏膩壤彌縫密	향긋하고 기름진 흙으로 촘촘히 둘렀지요.
迴得東皇造化工	봄 신의 멋진 솜씨를 돌려받았는지
五色敷華異平日	평소와 달리 오색영롱한 꽃을 피웠지요.
一朝寵愛歸牡丹	하루아침에 총애가 모란에게 돌아가니
千花相笑妖饒難	어여쁘기 어렵다고 온갖 꽃이 비웃었지요.
竊藥常娥新換骨	영약 훔친 항아는 새롭게 모습 바꾸어

嬋娟不似人間看	그 아름다움은 이 세상 모습이 아니었죠.
太平天子春遊好	태평성대라 황제는 봄나들이 좋아하여
金明柳色籠黃道	황금빛 환한 버들이 가시는 길을 덮었지요.
道南樓殿五雲高	길 남쪽 누각과 궁전은 오색구름 높고
釣天捧上蓬萊島	하늘은 신선의 섬 봉래를 받쳐 올렸지요.
四邊桃李不勝春	사방의 복숭아와 자두도 봄을 못 이기는데
何況花王對玉宸	하물며 옥 궁전을 마주한 화왕은 어떻겠소?
國色精明動韶景	그 빛깔 곱고 밝아 봄 경치를 압도하고
天香旖旎飄芳塵	그 향기 하늘하늘 향기롭게 퍼져나갔지요.
特奏霓裳羽衣曲	특별히 월궁의 예상우의곡을 연주하니
千官獻壽羅星辰	별들이 도열한 가운데 신하들이 축수했지요.
兌悅臨軒逾數刻	희열에 난간에 임하신 지 여러 시각 넘으니
花吏此時方得色	정원사는 그때서야 얼굴에 화색이 돌았지요.
白銀紅錦滿牙床	하얀 은과 붉은 비단이 평상에 가득하여
拜賜仗前生羽翼	의장 앞에 사례하니 날개가 돋는 듯했지요.
惟觀風景不憂身	풍경만 바라보면 모든 근심 사라져서
一心歲歲供春職	한 평생 정원사 직에 몸 바칠 각오였지요.
中途得罪情多故	다정했던 까닭에 도중에 죄를 얻었으니
刻木在前何敢訴	옥리가 앞에 있지만 감히 무엇을 호소하겠어요?
竄來江外知幾年	강남으로 숨어든 지 여러 해가 지났지만
骨肉無音雁空度	가족은 소식 없고 기러기는 무심히 지나갔지요.
北人情況異南人	북쪽 사람들은 남쪽 사람들과 사정이 달라서
蕭灑溪山苦無趣	계곡과 산의 산뜻함에는 도무지 관심이 없지요.
子規啼處血爲花	두견새 우는 곳에서 피는 꽃으로 변하고
黃梅熟時雨如霧	매실이 익어갈 때 비는 안개처럼 내렸지요.
多愁多恨信傷人	수많은 슬픔과 한이 사람을 상하게 하여
今年不及去年身	해를 거듭할수록 건강이 나빠졌지요.
目昏耳重精力減	눈과 귀 어두워지고 정력은 쇠하여
復有鄉心難具陳	귀향의 마음조차 진술하기 어렵게 되었지요."
我聞此語聊悒悒	나는 그의 하소연을 듣고 마음이 무거웠다.
近曾侍從班中立	얼마 전만 해도 조신의 대열에 서 있었는데
朝違日下暮天涯	아침에 황제 뜻을 어겨 저녁에 멀리 귀양왔지만

不學爾曹向隅泣	그대들 본받아 방구석을 향해 울지 않았다.
人生榮辱如浮雲	인생의 영욕은 뜬구름과 같은 것이거늘
悠悠天地胡能執	끝없는 천지에서 무엇에 집착할 수 있으리?
賈誼文才動漢家	가의의 글재주는 한 왕실을 놀라게 했지만
當時不免來長沙	당시에 장사왕 태부로 좌천됨을 면하지 못했다.
幽求功業開元盛	유유구(劉幽求)의 공은 개원의 성세를 이룩했지만
亦作流人過梅嶺	그 또한 유배되어 매령을 넘고 말았다.
我無一事逮古人	나는 고인에게 미칠 것이 하나도 없는데
謫官却得神仙境	좌천되어 오히려 신선의 경지를 얻었다.
自可優優樂名教	혼자 한가한 생활 속에서 명교를 즐기니
曾不恓恓弔形影	일찍이 번뇌하며 적막해한 적 없었다.
接花之技爾則奇	그대의 접화 기예가 훌륭하긴 하지만
江鄕卑濕何能施	강남 땅 낮고 습하여 기예 펼 길이 없다.
吾皇又詔還淳朴	우리 황제 순박의 회복 위해 다시 조서 내리시니
組繡文章皆棄遺	화려하게 수식한 문장은 모두가 버려졌다.
上林將議賜民畋	황제의 동산을 백성들에게 전답으로 줄 것을 의논하시니
似昔繁華徒爾爲.	옛날 그대가 화려하게 가꾸었던 것이 헛되었던 것 같다
西都尙有名園處	서도에 아직 정원 가꿀 곳이 있으니
我欲抽身希白傅	나는 몸을 빼어 백거이처럼 되고 싶다.
一日天恩放爾歸	어느 날 천은으로 그대가 돌아가게 되면
相逐栽花洛陽去	그대 따라 꽃 가꾸러 낙양에 가련다.

범중엄은 이 시에서 인생의 영욕에 대한 감개를 솔직하게 토로하여 정취가 있고 철리가 풍부하다. 그는 가의(賈誼)와 유유구(劉幽求) 같은 인재도 액운을 면치 못했던 역사적 사실을 회상하며 "나는 고인에게 미칠 것이 하나도 없는데, 좌천되어 오히려 신선의 경지를 얻었다. 혼자 한가한 생활 속에서 명교(名教)를 즐기니, 일찍이 번뇌하며 적막해 한 적 없었다"라고 말하여 영욕을 벗어나 초탈한 경지를 보여주었다.

(3) 위상과 평가

  이상에서 간략히 범중엄의 시론과 시를 살펴보았다. 범중엄은 문학이 사회 풍속과 관계가 밀접하여 국가의 성쇠와 존망에 영향을 미치기 때문에 정치를 개혁하려면 반드시 문풍을 개혁해야 한다고 강조해서 지적하였다. 그는 기본적으로 문학과 정치의 연관성을 강조하며 문장이 교화의 내용을 담아야 한다고 주장하면서, 한편으로는 문장의 수식작용을 소홀히 하지 않았다. 그는 송초의 시단 현상에 대해 그들이 시류에 영합하여 개성을 잃고 전인을 모방하였다고 단정짓고 시인이 각기 자신의 진정을 토로할 때 시가 교화와 권계의 작용을 발휘할 수 있다고 주장하였다. 이것이 <당이시서>에서 <윤사로하남집서>에 이르는 20여 년 동안 범중엄이 기본적으로 일관되게 견지하였던 시문관이라고 볼 수 있지만, 그가 <당이시서>에서 "문장이 개인의 특성을 표현해야 한다"라고 말한 것은 문학의 입장에 서서 말한 것인 반면에 <윤사로하남집서>에서 '도'를 착안점으로 삼은 것은 정치교화의 입장에 치우친 것으로, 그가 후기에 들어 '중도' 경향을 띠었음을 알 수 있다.

  범중엄은 동시대의 다른 문인들에 비해 시를 많이 남기지 않은 편이지만 그의 시를 내용별로 살펴보면 민생의 질고를 반영하고 충군애민의 사상을 피력한 정치적 내용을 담은 시, 자신의 마음가짐을 토로한 시, 조국의 명산대천과 명승고적을 가영하거나 민간의 풍속을 묘사한 시 등으로 나눌 수 있다. 이 시들은 대체로 그의 시론을 충실하게 반영하고 있어서, 정치적 내용을 담은 시는 정치교화에 치중하였고, 자신의 마음가짐을 토로한 시에는 자신의 진정과 고결한 인품을 담아놓았고, 조국의 명산대천과 명승고적을 가영한 시에는 경관의 묘사 속에 산수 심미의 즐거움과 자신의 고고하고 맑은 인격을 종합해 넣었음을 확인할 수 있다.

  이와 같은 범중엄의 문학관은 당시 복고를 기치로 하여 문풍의 개혁

에 앞장섰던 두 문인집단, 즉 초기에 산동(山東) 태산(泰山)에서 활약하였
던 석개(石介)·손복(孫復)의 무리와 천성(天聖)·명도(明道) 연간에 하남(河
南) 낙양(洛陽)에서 활동하였던 윤수·구양수·매요신·소순흠 등의 지지
를 받았다. 그러나 범중엄의 중도 경향은 결과적으로 시문이 풍속교화에
끼치는 작용을 지나치게 강조했기 때문에 필연적으로 정풍·아송·경전
이 왕도정치의 근본이라는 유가의 전통 관념에 집착하게 되었다.17) 이
점이 그의 시에도 그대로 반영되어 요·순과 삼대의 치를 찬미하고 충
군애민의 사상을 피력하거나 자신의 고결한 마음가짐을 토로한 작품이
많고, 민생의 질고를 반영한 작품은 애민의 견지에서 고난에 찬 그들의
생활을 동정하고 있지만 그들을 그렇게 만든 통치 집단의 무능과 부패
에 대해서는 별로 언급이 없어 구양수·매요신·소순흠 등의 사회시와
다르다. 그의 이와 같은 경향은 오로지 상고시대 삼황의 도를 드높여 이
야기하고 요·순시대의 덕을 찬미하면서 현실과는 동떨어진 공허한 소
리만을 일삼은 '태학체(太學體)'가 대두하게 된 빌미를 제공하였고, 이것
이 구양수 등의 비판을 불러일으켜 결과적으로 시문혁신이 박차를 가하
게 되었다. 구양수 등에게 있어서 복고는 그 목적이 세상에서의 적절한
쓰임에 있었기 때문에, 그들은 자연히 사회현실에 주목하였고, 사람들에
게 민생의 질고와 시정의 폐단을 직시하도록 이끌었으며, 문학의 풍자와
비판의 기능을 최상위에 두었다. 따라서 그들은 시문의 창작을 통해서도
직접적으로 시사를 논의하였고, 당시 평화로운 듯한 겉모습 속에 만연되
어 있던 정치와 군대의 어두운 부패상, 관료들의 무능함과 이기적인 보
수주의, 그리고 세금·부역·겸병의 핍박 아래 더욱 빈곤해지는 백성들
의 비참한 생활상을 폭로하였다. 그들이 창작실천을 통해 보여준 호매하
고 강건한 기개와 깊고 날카로운 통찰력은 시대를 일깨우고 사람들을
고무시키는 데에 커다란 영향을 끼쳐서, 북송의 시문혁신은 최후의 결실

---

17) 이에 대한 자세한 논의는 葛曉音의 <北宋詩文革新的曲折歷程>(《漢唐文學的嬗變》,
　　215-244쪽)을 참고할 것.

을 맺게 된다. 이 일련의 과정에서 범중엄이 그의 시론과 시를 통해 구양수 등의 혁신을 위해 단초를 열어주었으니 북송 시문혁신의 전개과정에서 범중엄이 차지하는 위상 또한 작지 않다고 하겠다.

3 │ 구양수(歐陽修)

북송 시문혁신의 과정에서 범중엄이 단초를 연 이후 구양수가 매요신·소순흠 등과 함께 송시의 새로운 기풍을 진작시켰다고 할 수 있다. 매요신과 소순흠은 각기 개성을 달리하며 송시의 새로운 면모를 보여주는 시를 써서 창작실천을 통해 시가혁신에 공헌을 하였지만, 시론에 있어서는 구양수에게 의존하는 바가 컸다. 구양수는 북송의 새로운 시풍을 형성해나가는 과정 속에서 중당의 신악부운동과 고문운동의 이론적 성과를 계승하여 자신의 시론을 발전시키는 한편 이를 창작실천과 결합시켜 북송의 시가혁신을 주도하였다. 섭몽득(葉夢得, 1077-1148)이 "구양수의 시가 처음으로 서곤체를 바로잡아 오로지 기격(氣格)을 주로 하였기 때문에 그 언어가 대부분 평이하고 유창하다"[18]고 말한 것은 창작실천의 측면에서 구양수가 거둔 성과를 지적한 것이지만, 이는 그의 시론이 지향하는 바이기도 하였다.

(1) 구양수의 시론

구양수의 시론에 담겨 있는 문학사상은 내용과 형식 모두를 포괄하

---

18) ≪石林詩話≫ 卷上, "歐陽文忠公詩始矯崑體, 專以氣格爲主, 故其言多平易疏暢."

고 있는 것이어서 그는 문학의 사회적 공용을 중시하는 한유·백거이 일파와 문학의 심미 특징을 중시하는 교연(皎然)·사공도(司空圖) 일파의 문학사상을 모두 흡수하여 시에 충실한 사상내용을 담아 사회현실에 적극 간여할 것을 요구했을 뿐만 아니라 문학창작의 특징을 충분히 이해하여 문학의 예술미 창조 문제를 깊이 있게 탐구하였다. 이제 그의 시론을 몇 가지로 나누어 살펴보면 다음과 같다.

1) 내용의 진실성과 형식기교의 병중(並重)

시의 형식과 내용에 대해 구양수는 한유의 문도관(文道觀)을 계승하여 이를 발전시켰다. 한유는 육조(六朝) 이래의 형식주의 문풍을 반대하고 고문운동을 진전시키는 데 주도적인 역할을 하였지만 그는 상대적으로 '도(道)'를 중시하고 '문(文)'을 경시하여 문(文)을 재도(載道)의 도구로 간주하였다. 구양수도 한유의 영향을 받아서 "성인의 문장에는 미칠 수 없겠지만 도(내용)가 뛰어나면 문(형식)은 어렵지 않게 저절로 따라 온다"[19]고 주장하였지만 그렇다고 그가 '문(文)'을 경시한 것은 아니다. 문학작품의 형식과 내용에 대한 그의 견해는 상호보충적인 것이어서 그는 내용의 주도적 작용을 인정하는 동시에 형식의 중요성 및 그 상대적 독립성에 주의를 기울였다. 그는 <대인상왕추밀구선집서서(代人上王樞密求先集序書)>에서 다음과 같이 지적하였다.

저는 ≪좌전≫에서 "언사에 문식이 없으면 멀리 가지 못한다"라고 한 말을 들었습니다. 군자가 배운 것은 말로써 내용을 싣고 문사로써 말을 수식하게 되는데, 내용이 진실하고 말에 문식이 있어야 후대에 나타나 보일 수 있습니다. …… 말로써 실은 내용이 크고 문식이 있으면 잘 전파될 것이고, 말로써 실은 내용이 문식이 없고 자질구레하면 잘 전파되지 못할 것입니다.[20]

---

19) ≪歐陽文忠公集·居士集≫ 권47, <答吳充秀才書>, "聖人之文, 雖不可及, 然大抵道勝者文不難而自至也"

이와 같이 그는 문장이 잘 전파되고 못되고는 수록한 사실의 진실성
과 관계가 있을 뿐만 아니라 말의 문식과 관계가 있다고 천명함으로써
문·도 병중의 사상을 나타내었다. 아울러 그는 <송서무당남귀서(送徐無
黨南歸序)>에서 "사업을 행하고 언사로는 표현해내지 않아도 괜찮다",[21]
"자신을 수양하면서 사업을 행하지 않고 언사로 표현하지 않아도 괜찮
다"[22]라고 하여 자신을 수양하여 도를 갖춘 사람이 반드시 모두 문장에
뛰어난 것은 아니며, 따라서 '도'와 '문'은 구분된다고 설명하였다.

구양수는 여기서 한 걸음 더 나아가 <독이고문(讀李翱文)>에서 다음
과 같이 한유의 소극적인 면을 비판하였다.

마지막으로 <유회부(幽懷賦)>를 읽은 다음에 책을 놓고 감탄하고, 감탄
을 그치고는 다시 읽어 스스로 멈추지 못하였다. 이고가 지금 살아있지 않
아 그와 사귈 수 없음이 한스럽고, 또한 내가 이고의 시대에 태어나 그와
더불어 그 논의를 토론할 수 없음이 한스럽다. 지난날 이고와 동시대인으로
서 도를 갖추고 문장에 뛰어난 사람으로는 한유만한 이가 없었다. 한유도
일찍이 부를 지었지만 두 새의 영광을 부러워하고 배부를 때가 없음을 한
탄했을 따름이다. 만약 그의 마음을 영광되고 배부르게 해주었다면 더 이상
이야기하지 않았을 것이다. 그러나 이고는 홀로 그렇지 않았다. 그는 부에
서 "뭇 사람들이 시끄럽게 떠들며 뒤섞여 거처함이여, 모두들 늙음을 한탄
하고 벼슬 없음을 원망하는구나. 내 마음이 그와 같지 않음을 보아라, 도의
시행이 잘못됨을 염려하는도다"라고 하였다. 또한 당 고조(高祖)는 한 여단
의 군대로써 천하를 취하였는데 후세의 자손들은 천하를 가지고서도 하북
(河北)을 취하지 못함을 나무라고 그것을 근심하였다. 오호라! 당시의 군자
들이 모두 늙음을 한탄하고 벼슬 없음을 원망하는 마음으로부터 이고의
나라를 근심하는 마음으로 바꾸게 했다면 당의 천하가 어찌 어지러워지고

---

20) "某聞≪傳≫曰: '言之無文, 行而不遠'. 君子之所學也, 言以載事而文以飾言, 事信言文
乃能表見于後也. …… 言之所載者大且文, 則其傳也彰; 言之所載者不文而又小, 則其
傳也不彰."
21) "施于事矣, 不見于言可也."
22) "修于身矣, 而不施于事, 不見于言, 亦可也."

망하게 되었으리!23)

　　구양수는 여기서 한유와 이고를 전체적으로 비교하고 평가한 것은 아니지만 이고의 <유회부>와 한유의 <감이조부(感二鳥賦)>를 비교하면서 북송의 현실상황에 관심을 기울이는 자신의 마음을 서술하였다. 또한 이 글은 복고명도(復古明道)를 구실로 부귀와 공명을 얻어 보겠다는 저의를 드러낸 유개(柳開)와 석개(石介) 등에 대해 완곡한 비판을 가한 것이며, 동시에 한유 사상의 한계를 예리하게 지적한 것이다. 이와 같이 구양수는 한유를 추존하였지만 맹목적으로 한유를 따른 것은 아니고 시대의 상황을 결합시켜 이론상의 발전을 이룩하였다.

　　구양수가 '도'를 중시한 것은 북송의 사회현실을 직시하고서 당시 서곤체의 많은 작품이 내용이 공허하고 회삽하여 이해하기 힘든 폐단을 시정하려 한 것이다. 그는 <소씨문집서(蘇氏文集序)>에서 "천성 연간에 나는 예부에 진사를 천거하였는데, 당시의 학자들이 언어의 성률과 대우로써 문장을 나누는 것을 보았다. 당시에는 그것을 시문(時文)이라 부르면서 서로 자랑하였다"24)라고 비평하였고, <여형남악수재서(與荊南樂秀才書)>에서는 "이른바 시문(時文)이란 것은 모두가 경전을 좀먹어서 이것을 옮겨다 저것과 나란히 한 것으로서 부박하다"25)라고 비판하였지만, 그렇다고 그가 서곤체에 대하여 일률적으로 배척만 한 것은 아니고 서곤체의 합리적인 부분은 긍정적으로 받아들였다. 그는 서곤체가 백체와 만당체의 한계를 극복하고 시가의 예술성을 중시했다는 북송 초기 시가

---

23) "最後讀<幽懷賦>, 然後置書而歎, 歎已復讀不自休. 恨翺不生於今, 不得與之交; 又恨予不得生翺時, 與翺上下其論也. 凡昔翺一時人有道而能文者, 莫若韓愈. 愈嘗有賦矣, 不過羨二鳥之光榮, 歎一飽之無時爾. 此其心使光榮而飽, 則不復云矣. 若翺獨不然. 其賦曰: '衆囂囂而雜處兮, 咸歎老而嗟卑; 視予心之不然兮, 慮行道之猶非.' 又怪神堯以一旅取天下, 後世子孫不能以天下取河北, 以爲憂. 嗚呼! 使當時君子皆易其歎老嗟卑之心爲翺所憂之心, 則唐之天下, 豈有亂與亡哉!"
24) "天聖之間, 予擧進士於有司, 見時學者務以言語聲偶摘裂, 號爲時文, 以相誇尙."
25) "所謂時文者, 皆穿鑿經傳, 移此儷彼, 以爲浮薄."

발전의 역사적 작용을 인정하여 ≪육일시화(六一詩話)≫에서 다음과 같이
말하였다.

> 양억과 전유연·유균 등 몇 사람이 창화하여 ≪서곤수창집≫이 나오고
> 부터는 당시 사람들이 다투어 그것을 본받아 시체가 일변하였다. 그러나 선
> 생과 노년배들은 그들이 고사를 많이 사용하는 것을 병폐로 여겼다. 그렇지
> 만 시어가 편벽하여 이해하기 어려운 점에 이르러서는 그것이 본래 본받는
> 사람들의 폐단이었음을 전연 모르고 있다. 이를테면 유균의 <신선(新蟬)>
> 에 이르기를 "바람이 옥집에 불어오니 까마귀가 먼저 돌고, 이슬이 쇠줄기
> 에 내려도 학은 모르고 있네"라고 하였는데, 비록 고사를 사용하였다고는
> 하나 가구(佳句)됨에 무슨 지장이 있겠는가? 또 이를테면 (양억이) "높은 돛
> 은 관가 다리의 버드나무를 가로 건너가고, 잦은 북소리는 해안 갈매기를
> 놀라 나르게 한다"라고 한 것은 고사를 사용하지 않았으나 또 어찌 잘되지
> 않았다고 하겠는가? 대체로 그들은 웅문박학(雄文博學)하고 필력이 유여(有
> 餘)했기 때문에 무엇을 써내도 안될 게 없었으며, 전대에 시인이라고 칭하
> 는 자들이 구름과 달, 풀과 나무 따위의 사소한 것에 얽매여 허동(許洞)에게
> 곤욕을 치른 부류가 아니다.26)

구양수는 이 글에서 전고의 사용 유무가 시의 공졸(工拙)을 판단하는
기준이 될 수 없음을 지적하면서 양억·유균·전유연 3인의 서곤체시가
전대 만당체시의 편협성을 극복했다고 인정하여 그들의 시에 대해 공정
한 입장을 견지하였다. 구양수의 이 같은 태도에 대해 명인(明人) 장연(張
綖)은 <간서곤시집서(刊西崑詩集序)>에서 다음과 같이 말하였다.

> 양억·유균 제공이 창화한 ≪서곤집≫은 이상은을 배웠지만 그것을 지
> 나친 것이다. 구양수는 그 지나치게 화려함이 제대로 돌아오지 못할 것을
> 우려했기 때문에 우아하고 평이한 문사로써 그것을 바꾸어 놓았으니 그 공
> 이 적다고 할 수 없지만 또한 서곤체로부터 취한 것도 있다.27)

---

26) 원문은 115쪽의 것을 참고할 것.
27) ≪四部叢刊≫影印明刻本≪西崑酬唱集≫ 卷首, "楊·劉諸公倡和≪西崑集≫, 蓋學義

이를 통해서도 우리는 구양수가 서곤체에 대해 비판하고 지양한 동시에 그 합리적 부분을 흡수하여 시의 내용과 함께 형식도 중시하였음을 알 수 있다.

2) 현실의 반영과 비판 중시

구양수는 문학과 현실의 관계에 대한 깊은 인식을 바탕으로 사마천(司馬遷)의 '발분저서(發憤著書)'설과 한유(韓愈)의 '불평즉명(不平則鳴)'설을 계승·발전시켜 시문 창작의 '궁이후공(窮而後工)' 이론을 제시하였다. 그는 <매성유시집서(梅聖兪詩集序)>에서 다음과 같이 말하였다.

> 내가 듣기로는 세상 사람들이 시인은 잘된 사람은 적고 곤궁한 사람이 많다고들 하는데 어찌 그렇기야 하겠는가? 대체로 세상에 전해지는 시들 중에는 옛날 곤궁했던 사람들의 말에서 나온 것이 많다. 선비로 자기가 지닌 재능을 속에 간직하고서 그것을 세상에 써보지 못하는 자들은 많이들 스스로 산마루와 물가로 나가기를 좋아한다. 밖에서 충어 초목 풍운 조수 따위를 보게 되면 왕왕 그것들의 기괴한 면을 찾아들고 마음 속에 우사(憂思)와 감분(感憤)이 가득 차면 그것이 원망과 풍자로 우러나와 밀려난 신하와 과부의 개탄을 말해서 말해내기 어려운 인정을 써내곤 하는데, 곤궁하면 할수록 더욱 시가 좋아진다. 그러니 시가 사람을 곤궁하게 만드는 것이 아니라 곤궁한 사람이 된 후에 시가 좋아지는 것이다.[28]

이 외에도 구양수는 <설간숙공문집서(薛簡肅公文集序)>에서 시뿐만 아니라 산문·사부 등 일체의 문사를 포괄하여 이와 비슷한 견해를 표

山而過者. 六一翁恐其流靡不返, 故以優游坦夷之辭而變之, 其功不可少, 然亦未嘗不有取于崑體也."

28) ≪歐陽文忠公集·居士集≫ 권42, "予聞世謂詩人少達而多窮, 夫豈然哉? 蓋世所傳詩者, 多出於古窮人之辭也. 凡士之蘊其所有而不得施於世者, 多喜自放於山巔水涯. 外見蟲魚草木風雲鳥獸之狀類, 往往探其奇怪, 內有憂思感憤之鬱積, 其興於怨刺, 以道羈臣寡婦之所嘆, 而寫人情之難言, 蓋愈窮則愈工. 然則非詩之能窮人, 殆窮者而後工也."

명하였다.

　　군자의 학문이란 혹은 그것을 사업에 쓰기도 하고 문장에 나타내기도 하
지만 늘 그 두 가지를 겸하기는 어려운 것 같다. 대체로 때를 만난 선비는
공훈이 조정에 드러나고 명예가 역사에 빛나기 때문에 언제나 문장을 말단
의 일로 보는데, 또 그 중에는 문장을 지을 겨를이 없거나 능력이 닿지 않
는 사람들이 있다. 그러나 뜻을 잃은 사람에 이르러서는 곤궁한 가운데 은
거하면서 고심하며 깊이 사고하여 가슴에 사무쳐 터져 나오는 생각들을 세
상에 시행할 방법이 없어서 모두 글에 깃들이기 때문에 곤궁한 자의 말은
훌륭해지기 쉽다고 말하는 것이다.29)

　　위의 두 글에 언급된 '궁(窮)'은 주로 정치상의 좌절과 역경을 가리킨
다.30) 구양수는 작가의 울분이 사회현실로부터 오므로 그들의 정치적 궁
달(窮達)이 문학창작에 깊은 영향을 끼친다고 생각하였다. 이것은 문학이
비록 작가 심령의 발로이긴 하지만 그 뿌리가 현실에 있음을 설명한 것
이다. 정치적으로 역경에 처한 문인들은 왕왕 현실에 대해 보다 깨어있
는 인식을 가질 수 있으며, 그로부터 충실한 내용과 깊이 있는 사상을
지닌 우수한 문학작품을 창작해낼 수 있다. 동시에 예술에 힘을 기울일
수 있는 시간적 여유를 갖게 하여 독특한 예술풍격과 형식을 창조할 수
있도록 해주는 것이다.

　　구양수는 <매성유시집서(梅聖兪詩集序)>에서 매요신 시에 대한 찬미
를 통해 "마음 속에 우사와 감분이 가득차면 그것이 원망과 풍자로 우러
나온다"고 함으로써 한유보다 더욱 분명하게 "곤궁한 자의 말은 훌륭해
지기 쉽다"는 이치를 말했을 뿐만 아니라 그 당시 유개와 석개를 대표로

---

29) ≪歐陽文忠公集・居士集≫ 권43, "君子之學, 或施之於事業, 或見於文章, 而常患於難
　　兼也. 蓋遭時之士, 功烈顯於朝廷, 名譽光於竹帛, 故其常視文章爲末事, 而又有不暇與
　　不能者焉. 至於失志之人, 窮居隱約, 苦心危慮, 而極於精思, 與其有所感激發憤, 惟無
　　所施於世者, 一寓於文辭. 故曰窮者之言易工也."
30) 그렇다고 이 '窮'이 생활상의 곤궁을 배제하는 것은 아니다. 중국 봉건사회에서 이
　　양자는 거의 언제나 상호 관련되어 있다.

하는 일단의 곤궁한 선비들이 단지 개인을 위해 늙어 감을 한탄하고 벼
슬 없음을 원망하거나 현달을 구하기 위해 시를 지어 성덕을 칭송하는
창작경향을 완곡하게 비판하였다. 따라서 그는 석개의 득의한 문생 두묵
(杜默)에게 다음과 같은 시를 써서 주었다.

∥ 贈杜默 ∥ 두묵에게

南山有鳴鳳	남산에 소리 높여 우는 봉황 있어
其音和且清	그 소리 온화하고 맑다.
鳴於有道國	정도가 행해지는 나라에서 울기에
出則天下平	나오면 천하가 태평해진다.
杜默東土秀	두묵은 동쪽 땅의 빼어난 인물이니
能吟鳳凰聲	능히 봉황의 소리를 낼 수 있다.
作詩幾百篇	지은 시가 수백 편에 달해
長歌仍短行	장가와 단가 모두 있다.
携之入京邑	그것을 지니고 경사(京師)로 들어와
欲使衆耳驚	뭇사람의 귀를 놀라게 하려 했다.
來時上師堂	떠나올 때 스승의 당(堂)에 올라가
再拜辭先生	재배하며 스승께 하직 인사 드렸다.
先生頷首遣	선생은 고개를 끄덕이며 보내시면서
教以勿驕矜	교만하지 말라고 가르치셨다.
贈之三豪篇	그에게 세 호걸을 읊은 시를 주셨는데
而我濫一名	외람 되게 내 이름도 끼워주셨다.
杜子來訪我	두묵 선생께서는 나를 찾아와
欲求相和鳴	함께 창화하며 시 짓기를 바랐지만
顧我文字卑	나의 문자가 비루함을 살피고는
未足當豪英	호걸이라고 하기엔 부족하다고 여겼으리.
豈如子之辭	나의 시가 어찌 그대의 문사처럼
鏗鍠間鏞笙	우렁차고 아름다운 소리를 낼 수 있으리?
淫哇俗所樂	음란한 소리는 세속에서 즐거워하지만
百鳥徒嚶嚶	뭇 새들이 그저 앵앵거리는 것일 뿐이다.
杜子卷舌去	두묵 선생은 말없이 떠나갔는데

歸衫翩以輕	돌아가는 모습이 새처럼 가벼웠다.
京東聚群盜	경사 동쪽 땅엔 도적 떼 모여들고
河北點新兵	하북 지방에선 신병을 모집한다.
饑荒與愁苦	굶주린 사람들과 고통 받는 사람들이
道路日以盈	날마다 도로에 가득 찬다.
子盍引其吭	그대는 어찌하여 목을 길게 빼고서
發聲通下情	소리 내 백성들의 사정을 전하지 않는가?
上聞天子聰	위로는 천자께서 그대의 말을 듣고
次使宰相聽	다음으로 재상이 듣도록 해야 하리.
何必九包禽	어찌 반드시 깃털 찬란한 봉황만이
始能瑞堯庭	요 임금의 조정을 상서롭게 하리요?
子詩何時作	그대는 이런 시를 언제 지으려는가?
我耳久已傾	내가 귀를 기울인지 이미 오래되었다.
願以白玉琴	원컨대 백옥의 거문고를 가지고
寫之朱絲繩	그 붉은 줄로 좋은 시를 써보시게.

두묵은 석개가 산동의 조래산(徂徠山)에서 강학할 때 그의 문하에서 수학했던 인물인데, 그가 경사로 갈 때 석개는 <삼호시(三豪詩)>를 지어 "석연년은 시가 호탕하고, 구양수는 문장이 호탕하며, 두묵은 노래에서 호탕하다네"³¹⁾라고 하여 그를 크게 칭찬하였다. 그러나 구양수는 그에게 조정을 찬양할 생각만 하지 말고 사회현실과 민생 질고를 반영하는 시가를 쓰라고 권한 것이다.

사회현실에 관심을 갖고 천하의 일을 걱정하여 백성의 질고를 반영하고 사악한 사회현상에 분개하는 것을 문학의 주된 직능으로 삼아 시도(詩道)에서 풍소(風騷)의 정통지위를 확립하고자 한 것이 구양수 시론의 기본사상이었다. 따라서 그의 경고 대상은 양억·유균 등의 시문(時文)과 석개·두묵의 아송(雅頌)을 포괄할 뿐만 아니라 안수·송기 등의 창화시를 겨냥하기도 하였다. 그 당시 각가의 문집을 가지고 볼 때 그들이

---

31) "曼卿豪于詩, 永叔豪于文也, 杜默師雄豪于歌也."

오가며 창화한 대부분이 자연 경물을 묘사하고 한아한 정취를 서사한 영물시였다. ≪동헌필록(東軒筆錄)≫에는 다음과 같은 일화가 수록되어 있다.

경력 중에 서쪽 군대의 일이 미해결 상태였는데, 그 당시 안수가 추밀사였다. 대설을 만나 구양수와 육경(陸經)이 함께 그를 찾아가니 서원에 술자리를 마련하였다. 구양수가 즉석에서 <안태위서원하설가>를 지었는데 그 속에서 "주인은 나라와 기쁨·걱정을 함께 하니, 그저 풍년만 즐거워하는 건 아니다. 갑옷 속으로 추위가 뼈 속까지 스며드는 걸 가엾이 여겨야 하니, 변방에 주둔하고 있는 사십여 만의 병사들이 그렇다"라고 하였다. 안수는 그것을 몹시 불평하며 누군가에게 "지난날 한유도 글을 잘 지어 매번 배도(裴度)의 모임에 참가했지만 '원림에는 좋은 일이 다 있고, 악기 소리가 맑은 때를 즐거워한다'라고 할 뿐이었네"라고 말하였다.32)

이로부터 알 수 있듯이 구양수는 서곤체에 대해서만이 아니라 진종·인종 이조(二朝)에 북송 시단을 풍미했던 가영승평(歌詠升平)의 시풍을 겨냥하여 승평지세(升平之世)의 시문도 사회현실의 반영과 비판을 담아야 한다는 사상을 제시하였다.

3) 의경(意境)의 창조 중시

구양수는 문학의 심미특징에 대해 깊은 인식을 갖고 있어서 의경의 창조를 중시하였다. 그는 ≪육일시화≫에서 시가 창작을 논한 매요신의 명언을 인용하였는데, 이것도 실은 그의 견해라고 할 수 있다.

매요신이 일찍이 나에게 말하기를 "시인은 뜻에 따른다고 하지만 말을

32) "慶曆中, 西師未解. 晏元獻公殊爲樞密使. 會大雪, 歐陽文忠公與陸學士經同往候之, 遂置酒于西園. 歐陽公卽席賦<晏太尉西園賀雪歌>. 其斷章云: '主人與國共休戚, 不唯喜悅將豊登. 須憐鐵甲冷徹骨, 四十餘萬屯邊兵.' 晏深不平之. 嘗語人曰: '昔日韓愈亦能作言語, 每赴裴度會, 但云: 園林窮勝事, 鍾鼓樂淸時. 却不曾如此作鬧.'"

만드는 일은 역시 어렵다. 만약 뜻이 새롭고 말이 잘되어서 옛 사람들이 말해내지 않은 것을 써낼 수 있다면 그것이 훌륭한 것이다. 그리고 반드시 그려내기 어려운 경치를 형용하여 눈앞에 있는 것 같이 하고, 고갈되지 않는 뜻을 언어 바깥에 나타낼 수 있게 된 후에야 지극하게 된다"라고 하였다.[33]

이 글은 매요신의 말을 빌어 시는 내용과 형식 두 면에서 모두 새로움을 창출해야 하며 형상미와 함축미를 지닐 것을 요구한 것인데, 구양수는 ≪시필(詩筆)≫에서도 이와 비슷한 견해를 표명하였다.

전에 내가 낙양에 있을 때 일찍이 사희심(謝希深)이 "현(縣)이 오래되어 홰나무 뿌리가 나오고, 관가가 깨끗하니 말의 기골 높구나"라는 시를 암송하는 것을 보았고, 또 안수가 "생황 노래 들으며 정원으로 돌아오고, 등불 밝은 중에 누대에서 내려온다"는 시를 항상 좋아하는 것을 보았다. 사희심이 말하기를 "청고한 뜻이 언외에 있으면서도 언중에 드러난다"라고 하였고, 안수가 말하기를 "세상에 전하는 구준의 '늙으니 허리띠와 금인(金印)이 무겁게 느껴지고, 게으르다보니 서늘한 옥 베개에 익숙하다'라는 시를 부귀를 읊은 시로 여기지만 이는 단지 궁벽한 모습일 따름이다. 부귀의 성대함을 말한 것으로는 앞에서 언급한 시보다 못하다"라고 하였는데, 이는 또한 사희심이 시를 평한 것과 비슷하다. 두 사람은 모두 정취가 있어서 시를 잘 짓는 자들이라 시를 논하는 것도 이와 같다.[34]

이와 같이 시가 창작에 있어서 "그려내기 어려운 경치를 형용하여 눈앞에 있는 것 같이 하고, 고갈되지 않는 뜻을 언어 바깥에 나타낼" 것을 요구한 것은 매요신과 구양수 두 사람의 공동 주장이라고 할 수 있는데, 이는 유협(劉勰)의 은수설(隱秀說)과 유우석의 경생우상외설(境生于象外

---

33) "梅聖兪嘗予曰 : '詩家雖率意而造語亦難. 若意新語工, 得前人所未道者, 斯爲善也. 必能狀難寫之景, 如在目前; 含不盡之意, 見于言外, 然後爲至矣.'"

34) <謝希深論詩>條, "住在洛時, 嘗見謝希深誦'縣古槐根出, 官淸馬骨高'; 又見晏丞相常愛'笙歌歸院落, 燈火下樓臺'. 希深曰 : '淸苦之意在言外, 而見于言中.' 晏公曰 : '世傳寇萊公詩云 : 老覺腰金重, 慵便枕玉凉, 以爲富貴. 此特窮相者爾. 能道富貴之盛, 則莫如前言.' 亦與希深所評者類爾. 二公皆有情味, 而善爲篇咏者, 其論如此"

說)과 사공도(司空圖)의 시가의경론(詩歌意境論)을 발전시킨 것이며, 아울러 시가심미의상과 예술경계에 대해 각각 물경(物境)과 심경(心境) 두 방면으로부터 구체적인 창작 요구를 제시한 것이다.[35]

이와 같은 의경의 창조에 대해 구양수는 특히 자연스러울 것과 작품 속에 담겨있는 정신을 표현할 것을 강조하였다. 그는 예술상의 정교한 수식을 부정하지 않았으며, 한유·맹교의 괴기한 시풍도 부정하지 않았지만 궁극적으로는 역시 자연스럽게 작품 속에 담겨있는 정신을 표현해 내야 한다고 생각하였다. 그러므로 그는 <반차도(盤車圖)>시에서 "옛 화가가 정신을 그리고 형체를 그리지는 않았듯이, 매요신의 시는 사물을 읊음에 정신을 잘 드러내었다. 형체를 잊고 정신을 얻어야 함을 아는 자 드무니, 그림보다 시를 보는 것이 차라리 나으리"[36]라고 하였으니, 이는 바로 형체의 표현보다는 그 속에 담겨있는 정신의 표현이 중요함을 강조한 것이다.

4) 제재와 풍격의 다양성 인정

앞에서 지적한 바와 같이 구양수는 눈앞의 사물을 참신하고 생동적으로 그려낼 것을 강조하였는데, 그의 이와 같은 생각은 시로 표현하고자 하는 대상이 무엇이건 간에 그렇게 할 수 있을 것을 요구하여 이것이 제재의 다양성을 추구하는 결과를 낳았다. 그는 매요신이 지은 <범요주좌중객어식하돈어(范饒州坐中客語食河豚魚)>시에 대해 다음과 같이 평가한 적이 있다.

매요신이 일찍이 범중엄의 연회석상에서 복어 시를 지어 "봄의 모래섬에 갈대 싹 돋고, 봄의 물가에 버들 솜 날리니, 복어는 이 때가 되면, 귀하

---

35) 이 부분에 대한 상세한 설명은 張少康·劉三富의 ≪中國文學理論批評發展史≫(下), 8-10쪽을 참고할 것.
36) "古畵畵意不畵形, 梅詩詠物無隱情. 忘形得意知者寡, 不若見詩如見畵."

기가 물고기와 새우로는 헤아릴 수 없다네"라고 하였다. 복어는 보통 늦은 봄에 나와 물 위에서 무리 지어 노닐며 버들 솜을 먹고 살이 찐다. 남방 사람들은 흔히 복어를 갈대 싹과 함께 국을 끓여먹으면 아주 맛있다고들 한다. 그런 까닭에 시를 아는 자는 단지 첫 두 구절만으로도 이미 복어의 좋은 점을 모두 표현하였다고 여긴다. 매요신은 평생 시를 짓는 데 고심하면서 평온하고 초연하며 예스럽고 담백한 것을 의경으로 삼았기 때문에 그의 시상은 극도로 잘 짜여져 있다. 이 시는 술자리에서 지어졌어도 필력이 힘차고 넉넉하며, 잠깐 동안에 이루어졌는데도 마침내 절창이 되었다.37)

이를 통해 알 수 있듯이 구양수는 "무엇을 시의 제재로 삼아야 하는가?"와 함께 "어떻게 표현해야 하는가?"에 주의를 기울여, 시인이 제재에 구애받지 않고 자신이 표현하고자 하는 대상을 자유자재로 그려낼 것을 요구하였다. 그의 이러한 생각은 그 자신의 시작에 반영되어 '제재의 다양성'이 구양수 시의 한 중요한 특색이라고 할 수 있다.38)

한편 구양수는 호방하고 웅기(雄奇)한 풍격을 좋아하여 이백(李白)과 두보(杜甫)를 비교할 때 "'맑은 바람과 밝은 달은 돈을 주고 살 필요가 없고, 술 취한 몸이라 스스로 넘어지는 것이지 남이 민 것이 아니다' 같은 구절에 이른 연후에 그의 호쾌하고 분방함을 알게 된다. 그가 천고에 걸쳐 사람들을 놀라게 할 수 있었던 까닭은 비단 이에 있는 것만이 아니다. 두보는 이백에 비해서 그의 일부분을 얻었고 세련되고 강건함에 있어서는 그보다 낮지만 천재가 자유롭게 구사됨에 있어서는 두보가 미칠 수 없다"39)라고 하여 이백에 대한 존중을 나타냈지만, <감이자(感二子)>시

---

37) ≪六一詩話≫, "梅聖兪嘗於范希文席上, 賦河豚魚詩云 : '春洲生荻芽, 春岸飛楊花. 河豚當是時, 貴不數魚鰕.' 河豚常出於春暮, 群遊水上, 食絮而肥. 南人多與荻芽爲羮云最美. 故知詩者謂祇破題兩句, 已道盡河豚好處. 聖兪平生苦於吟詠, 以閒遠古淡爲意. 故其構思極艱. 此詩作於樽俎之間, 筆力雄贍, 頃刻而成, 遂爲絶唱."

38) 宋龍準, <北宋中期詩硏究>(≪東亞文化≫ 29輯, 1991), 155-156쪽 참고.

39) ≪說郛≫ 권76, 引歐陽修, ≪六一筆記・李白杜甫優劣說≫, "至於'淸風明月不用一錢買, 玉山自倒非人推', 然後見其橫放, 其所以警動千古者, 固不在此也. 杜甫於白得其一節, 而精强過之. 至於天才自放, 非甫可到也."

에서는 "지난날 이백과 두보가 다투어 천하를 횡행하여, 기린과 봉황 같은 두 사람에게 세상 사람들 놀랐다"[40]라고 하여 이백과 함께 두보도 추숭했음을 알 수 있다. 그는 또 <독반도시기자미(讀蟠桃詩寄子美)>시에서 한유와 맹교의 시에 대해 다음과 같이 논하였다.

韓孟於文詞	한유와 맹교는 문사에 있어서
兩雄力相當	두 영웅 힘이 서로 비등하였다.
篇章綴談笑	담소하는 사이에 문장을 지어내
雷電擊幽荒	우레와 번개처럼 황폐한 땅을 쳐 부수었다.
衆鳥誰敢和	뭇 새들 중 누가 감히 이들에 화답하리요?
鳴鳳呼其凰	봉황은 소리 높여 서로 짝을 부른다.
孟窮苦纍纍	맹교는 곤궁 속에 뜻을 얻지 못하였고
韓富浩穰穰	한유는 부유하여 풍성하게 거두었다.
窮者啄其精	곤궁한 자는 그 정수를 쪼아내고
富者爛文章	부유한 자는 문채가 찬란하다.
發生一爲宮	피어나 한 사람은 궁조를 이루고
揫斂一爲商	수렴하여 한 사람은 상조를 이루었다.
二律雖不同	두 사람의 음률이 서로 다르긴 하지만
合奏乃鏘鏘	함께 연주하면 옥 소리 맑게 울린다.
…………	

이 시에서 구양수는 맹교와 한유의 시가 서로 풍격을 달리하여 그 맛이 다르긴 하지만 각기 나름대로의 성취가 있는 만큼 어느 한 쪽으로 치우칠 수 없다고 함으로써 풍격의 다양성을 인정하였다. 그의 이와 같은 관점은 동시대의 시인에게도 그대로 적용되어 그는 그의 시우(詩友) 소순흠과 매요신의 시를 논한 <수곡야행기자미성유(水谷夜行寄子美聖兪)> 시에서 다음과 같이 평하였다.

---

40) "昔時李杜爭橫行, 麒麟鳳凰世所驚."

緬懷京師友	멀리 경사에 있는 벗들을 생각하니
文酒邈高會	성대했던 글과 술의 모임이 아득하다.
其間蘇與梅	그 중에 소순흠과 매요신
二子可畏愛	두 사람은 두려우면서 사랑스럽다.
篇章富縱橫	그들의 글은 종횡무진으로 풍부하여
聲價相磨蓋	그 명성 서로 우열을 가릴 수 없다.
子美氣尤雄	소순흠은 기개가 더욱 웅건하여
萬竅號一噫	온갖 구멍에서 일제히 소리를 내는 듯하다.
有時肆顚狂	때로는 마구 미친 듯이
醉墨洒滂霈	붓을 휘둘러 좍좍 써 내려간다.
譬如千里馬	비유하자면 천리마와 같아서
已發不可殺	한 번 내달리면 늦출 수가 없다.
盈前盡珠璣	앞에 가득 찬 것 모두가 주옥이어서
一一難揀汰	일일이 취사선택할 수가 없다.
梅翁事淸切	매요신은 맑고 절실함을 일삼아
石齒漱寒瀨	계곡의 돌들이 찬 여울물에 씻기는 듯하다.
作詩三十年	삼십 년 동안 시를 지어서
視我猶後輩	나를 보기를 후배처럼 본다.
文詞愈淸新	시어는 더욱 맑고 새로워
心意雖老大	마음과 뜻이 늙어가면서도 크기만 하다.
譬如妖韶女	비유하자면 아리따운 여인과 같아서
老自有餘態	늙어도 여전히 그 자태가 남아있다.
近詩尤古硬	근래의 시는 더욱 예스럽고 딱딱하여
咀嚼苦難嘬	씹어도 먹어내기가 무척 어렵다.
初如食橄欖	감람을 씹는 듯이 처음에는 힘들지만
眞味久愈在	오랠수록 참 맛이 입안에 남아있다.
蘇豪以氣轢	소순흠은 호방하여 기세로 압도하니
擧世徒驚駭	온 세상이 그저 놀랄 뿐이다.
梅窮獨我知	매요신의 곤궁함은 나만이 아니
古貨今難賣	옛 물건 지금은 팔아먹기 어렵다.
二子雙鳳凰	두 사람은 한 쌍의 봉황과 같아서
百鳥之嘉瑞	온갖 새들 중의 상서로운 것이지만

雲煙一翱翔　구름과 안개를 뚫고 비상하려 하면
羽翮一摧鎩　날개가 꺾이고 잘리고 만다.
安得相從遊　어찌하면 그들과 함께 어울려서
終日鳴嘰嘰　종일토록 시를 주고받을 수 있을까?

　구양수는 이 시에서 소순흠의 시는 기개가 웅건하고 매요신의 시는 맑고 절실하여 그 풍격이 서로 다르지만 두 사람의 시가 모두 훌륭하다고 평가하였다.[41] 이로부터 알 수 있듯이 구양수는 시가 풍격의 다양성을 인정하여 시단에 다양한 풍격의 시가가 서로 어울려 울려 퍼지는 대합주를 제창했음을 알 수 있다.

(1) 구양수의 시

　구양수의 시는 ≪전송시≫(六)에 910여 수가 수록되어 있다. 이 시들이 다루고 있는 내용을 살펴보면 그가 시론에서 밝히고 있듯이 다양한 주제와 제재가 사용되어 분류 자체가 쉽지 않지만 대체로 산수(山水)·전원(田園)을 노래한 것, 일상생활 속에서 느낀 갖가지 생활감정을 서술한 것, 현실사회를 폭로하고 비판한 것, 영사(詠史)·영물(詠物)을 통해 자신의 감회를 서술하고 세태를 풍자한 것 등으로 나눌 수 있다.[42]

1) 산수·전원

　구양수의 산수·전원시는 눈앞에 펼쳐진 정경을 사실적으로 생동감 있게 묘사한 것과 경물의 묘사 속에 자신의 심정을 녹여 넣은 것들이 있

---

41) 구양수는 ≪六一詩話≫에서도 두 사람의 시를 논하여 "子美筆力豪雋, 以超邁橫絕爲奇; 聖兪覃思精微, 以深遠閑淡爲意, 各極其長, 雖善論者不能優劣也."라고 하였다.
42) 이와 같은 분류와 관련하여 權鎬鐘, ≪歐陽修詩硏究≫, 140-143쪽의 설명을 참고하였다.

다. 먼저 봄날의 한가하고 평화로운 전원 풍경을 묘사한 <우(牛)>시를
보자.

┃牛┃ 소

日出東籬黃雀驚	동쪽 울타리 위로 해 떠오르니 꾀꼬리 놀라고
雪消春動草芽生	봄기운 일어 눈이 녹으니 새싹이 돋아난다.
土坡平慢陂田闊	흙언덕 평평하고 비탈의 밭은 넓은데
橫載童兒帶犢行	아이를 등에 태우고 가니 송아지 뒤따른다.

이 시는 구양수가 가우(嘉祐) 4년(1059)에 지은 것으로 추정되는데, 아
이를 등에 태우고 가는 소와 그 뒤를 따르는 송아지의 모습을 통해 평화
로운 전원 풍경을 생동감 있게 묘사하였다.

구양수의 이 계통의 시를 전체적으로 살펴보면 경물의 묘사 속에 좌
천의 심정·귀은(歸隱)의 심정·시절에 대한 감개 등을 녹여 넣은 작품들
이 오히려 주류를 이루고 있다.

┃豊樂亭游春三首┃ 풍락정의 봄나들이

綠樹交加山鳥啼	푸른 나무 뒤섞인 곳에 산새들 우짖고
晴風蕩漾落花飛	비 개인 뒤 바람 부니 떨어진 꽃 휘날린다.
鳥歌花舞太守醉	새는 노래하고 꽃은 춤추며 태수는 취해 있는데,
明日酒醒春已歸	내일 술에서 깨었을 땐 봄은 이미 돌아갔겠지.
春雲淡淡日輝輝	봄 하늘 구름 맑고 깨끗하며 햇살 반짝이는데
草惹行襟絮拂衣	들풀은 행인의 옷깃 당기고 버들 솜은 옷을 친다.
行到亭西逢太守	걸어 정자 서쪽까지 오게 되면 태수를 만나는데
籃輿酩酊揷花歸	가마 타고 술에 흠뻑 취한 채 꽃 꽂고 돌아온다.
紅樹靑山日欲斜	붉은 나무 푸른 산에 날은 저물려는데
長郊草色綠無涯	넓은 들 풀빛은 끝없이 푸르다.
游人不管春將老	노니는 이는 봄이 저무는 것에도 아랑곳없이
來往亭前踏落花	정자 앞을 오가며 낙화를 밟는다.

작가는 이 세 수의 시를 통해 각각 봄을 아쉬워하는 마음, 봄에 취한 모습, 봄을 사랑하는 정을 묘사하면서 그 속에 시절에 대한 감개를 깃들이고 있어서 우의(寓意)가 깊다고 할 수 있다.

┃ 晚泊岳陽 ┃ 밤에 악양에 정박하여

臥聞岳陽城裏鐘	악양성 안의 종소리 누워 듣는데
繫舟岳陽城下樹	이 배는 악양성 아래 나무에 매어있다.
正見空江明月來	마침 텅 빈 강에 밝은 달 나오는 것이 보이고
雲水蒼茫失江路	구름 낀 강물 아득하여 뱃길 잃어버리겠다.
夜深江月弄淸輝	밤 깊어가며 강의 달 맑은 빛을 희롱하고
水上人歌月下歸	물 위의 사람들 노래 부르며 달빛 아래 돌아간다.
一闋聲長聽不盡	유장한 그 곡조 다 듣지 못했는데
輕舟短楫去如飛	가벼운 배 짧은 노 저어 나는 듯 가버렸다.

구양수는 경우(景祐) 3년(1036)에 있었던 정쟁(政爭)으로 인해 5월에 경사(京師)를 떠나 이릉(夷陵: 지금의 湖北 宜昌)으로 좌천되었는데, 이 시는 그가 이릉에 도착하기 직전인 9월에 악주(岳州)에 이르러 지은 칠언고시로, 악양성 주변의 경물을 묘사하는 가운데 자신의 좌천 심정을 녹여 넣었다. 경물의 묘사 속에 나그네가 고향을 그리는 마음이 자연스럽게 감추어져 있어 방식(方植)이 "구양수의 시는 정운(情韻)이 그윽하고 변화로워서 오가며 읊조리면 그 뒷맛이 끊어지려다가도 아름답고 여운이 있으니, 감람을 씹으면 뒷맛이 있는 것과 같다"[43]라고 평한 것은 바로 이 같은 시를 두고 한 말이라고 하겠다.

┃ 題滁州醉翁亭 ┃ 저주의 취옹정에 씀

四十未爲老	사십이면 늙었다고 할 수 없지만
醉翁偶題篇	술 취한 늙은이 우연히 시를 쓴다.

---

43) <昭味詹言>, 《宋詩鑑賞辭典》, 134쪽에서 재인용. "歐公情韻幽折, 往反咏唱, 令人 低徊欲絶, 一唱三嘆而有遺音, 如啖橄欖, 時有餘味."

醉中遺萬物	취중엔 만물을 잊는 법이니
豈復記吾年	어찌 또 내 나이를 기억하랴?
但愛亭下水	다만 좋아하나니 정자 아래의 물이
來從亂峰間	어지럽게 솟은 봉우리 사이에서 내려와
聲如自空落	하늘에서 떨어지듯 소리를 내며
瀉向兩簷前	두 처마 앞으로 쏟아져 내려
流入巖下溪	바위 아래 시내로 흘러 들어가고
幽泉助涓涓	그윽한 샘물이 그 흐름 돕는 것을.
響不亂人語	그 소리는 사람의 말을 어지럽히지 않고
其淸非管弦	그 맑음은 악기의 소리와는 다르다.
豈不美絲竹	악기 소리 어찌 아름답지 않으랴 만
絲竹不勝繁	그 번잡함을 참을 수 없다.
所以屢携酒	그래서 자주 술을 들고
遠步就潺湲	멀리 걸어 물 흐르는 곳으로 간다.
野鳥窺我醉	들새는 취한 내 모습을 엿보고
溪雲留我眠	시내 구름은 잠든 내 위에 머문다.
山花徒能笑	산 꽃은 그저 웃을 줄만 알 뿐
不解與我言	나와 이야기할 줄은 모른다.
惟有巖風來	다만 바위 바람이 불어와
吹我還醒然	술 취한 나를 다시 깨운다.

이 시는 경력 6년(1046) 구양수가 저주(滁州)에 있을 때 지은 것으로, 취옹정 아래로 흐르는 낭야계(瑯琊溪)와 양천(釀泉) 및 그 주변의 경물을 묘사하면서 좌천지에서의 암울한 처지를 기탁한 것이다. 그러나 그는 자신의 좌천 심정을 직접 서술하는 대신 자연에 대한 애호와 술 마시는 늙은이의 풍류를 표면화하여 언외의 뜻이 깊이 함축되어 있다.

2) 생활서정

구양수는 일상생활 속에서 일어나는 갖가지 사건과 그로 인해 촉발된 자신의 정지(情志)를 시에 담았다. 여기에는 벗과의 교유, 좌천의 감회,

귀은의 심정, 이별의 아픔과 그리움, 아내와 자식의 죽음에 대한 애도, 시절에 대한 느낌 등 시인의 삶과 관련되어 나타나는 정서가 진술하게 표현되어 있어서 이런 시들을 통해 우리는 구양수의 면모를 더 잘 이해할 수 있다.

먼저 그가 교유를 통해 느낀 감회를 서술한 작품을 보자.

┃代贈田文初┃ 대신하여 전문초에게 드림

感君一顧重千金	그대의 한 번 돌아보심은 천금보다 소중하여
贈君白璧爲妾心	그대에게 백옥을 드리는 것이 소첩의 마음입니다.
舟中繡被薰香夜	향긋한 밤 배 안에서 수놓은 이불 펴니
春雪江頭三尺深	강가엔 봄 눈이 세 자나 쌓여있네요.
西陵長官頭已白	이릉의 현령은 머리가 이미 하얗게 세었고
憔悴窮愁愧相識	슬픔으로 초췌해져 만나기가 부끄럽답니다.
手持玉斝唱陽春	옥 잔을 손에 들고 양춘곡을 부르니
江上梅花落如積	강가의 매화가 쌓일 듯이 떨어집니다.
津亭送別君未悲	나루 정자에서의 송별에 그대가 슬퍼하기도 전에
夢闌酒解始相思	꿈 깨고 술 깨면 그리움이 솟을 겁니다.
須知巫峽聞猿處	무협의 원숭이 슬피 우는 소리가 들리는 곳은
不似荊江夜雪時	형강의 밤 눈 내리는 때와는 다르답니다.

이 시는 경우 4년(1037) 구양수가 이릉(夷陵) 현령으로 있을 때 지은 것이다. 전문초의 이름은 화(畵)이다. 여기서 시인은 표면적으로 전화와 한 여인의 연정을 묘사하였지만 내면적으로는 연정의 묘사를 빌려서 자신의 전화에 대한 감격의 정을 표현하였다. 그 당시 이러한 표현방법이 구양수에게 처음 보이는 것은 아니지만,[44] 그 상대가 군주가 아닌 벗이라는 점에서 참신한 면을 엿볼 수 있다.

---

44) 예를 들어 楊億은 <代意>시에서 남편으로부터 버림받고 쓸쓸히 지내는 여인의 입을 빌어 자신의 처지를 암시하였다.

┃贈王介甫 ┃ 왕안석에게 드림

翰林風月三千首	삼천 수나 되는 이백의 풍월시
吏部文章二百年	이백 년 내려온 한유의 문장들
老去自戀心尙在	늙어가며 자신을 아껴 마음이 굳건하니
後來誰與子爭先	나중에 그 누가 그대와 앞을 다투리?
朱門歌舞爭新態	붉은 대문 안에선 가무가 새로운 자태를 다투나
綠綺塵埃試拂絃	그대는 먼지 낀 거문고 꺼내 줄을 퉁겨보겠지.
常恨聞名不相識	명성 듣고서도 만나지 못해 늘 안타까웠으니
相逢罇酒盍留連	만나면 어찌 술 권하며 오래 머물지 않으리!

이 시를 통해 우리는 구양수가 왕안석의 뛰어난 재능과 고고한 인품을 얼마나 아꼈는지를 알 수 있으며, 동시에 그가 전대의 문인으로서 이백과 한유를 얼마나 흠모했는지를 알 수 있다.

이제 좌천의 감회를 서술한 작품을 살펴보자.

┃黃溪夜泊 ┃ 밤에 황계에서 자다

楚人自古登臨恨	초인은 예부터 산수를 접할 때 한이 많아
暫到愁腸已九回	잠시 이르러도 슬픔에 장은 벌써 수없이 꺾였다.
萬樹蒼烟三峽暗	푸른 안개 뒤덮인 나무들로 삼협은 어둡고
滿川明月一猿哀	시내 가득 달 밝은 밤에 원숭이 한 마리 슬피 운다.
非鄕況復驚殘歲	고향이 아닌데다 저무는 한 해에 다시 놀라니
慰客偏宜把酒杯	나그네 위로하려면 응당 술잔을 들어야 하리.
行見江山且吟咏	강산을 돌아다니며 시를 읊조리니
不因遷謫豈能來	좌천이 아니었다면 어떻게 이곳에 올 수 있었으리?

구양수는 이릉으로 좌천된 다음해인 경우 4년(1037)에 '이릉구영(夷陵九咏)'을 써서 이릉의 풍물과 좌천의 심정을 기록하였는데, 그 중의 하나가 <황계야박(黃溪夜泊)>이다. '이릉구영'은 <삼유동(三遊洞)>·<하뢰계(下牢溪)>·<하마배(蝦蟆碚)>·<노정역(勞停驛)>·<용계(龍溪)>·<황계야박>·<황우협사(黃牛峽祠)>·<송문(松門)>·<하뢰진(下牢津)>의 9

수를 가리키는데, 모두가 이릉 경내의 지명이다. 이 시는 당시 작가가 배를 타고 나와 밤에 황계에 정박하여 묵을 때 쓴 것으로서 달빛 비치는 황계 주변의 처량한 경치와 그 가운데서 자신이 느끼는 복잡한 심정을 묘사하였다.

春日西湖寄答謝法曹歌

봄날 서호에서 부친 사법조의 노래에 답하여

西湖春色歸	서호에 봄기운 돌아왔을 테니
春水綠于染	봄물이 물들인 것보다 푸르겠지.
群芳爛不收	꽃들은 흐드러지게 활짝 피어나
東風落如糝	봄바람에 떨어져 쌀알처럼 흩어져 있으리.
參軍春思亂如雲	봄을 맞는 그대의 상념은 구름처럼 어지러워
白髮題詩愁送春	백발의 몸으로 시를 지으며 슬픔 속에 봄을 보내리.
遙知湖上一樽酒	알 수 있다네 그대 호수 가에서 술잔 기울이며
能憶天涯萬里人	만 리 밖 하늘 끝에 있는 나를 생각해 준다는 것을.
萬里思春尚有情	만 리 밖 이 몸도 아직 봄을 타서인지
忽逢春至客心驚	갑자기 객지에서 봄을 맞으니 마음이 어수선하다오.
雪消門外千山綠	문 밖에는 눈이 녹아 온 산이 다 푸르고
花發江邊二月晴	강변엔 2월의 맑은 하늘 아래 꽃이 활짝 피어있다.
少年把酒逢春色	젊었을 땐 술잔을 들고 봄을 맞이하였지만
今日逢春頭已白	이번에 봄을 맞으니 머리가 벌써 백발이로세.
異鄉物態與人殊	타향이라 사람과 사물 모두가 낯설기만 한데
惟有東風舊相識	오직 봄바람만은 예전의 모습 그대로라오.

이 시는 구양수가 이릉으로 좌천되어 간 이듬해인 경우 4년(1037) 봄에 당시 허주(許州)의 법조(法曹)로 있던 벗 사백초(謝伯初)가 장시(長詩) 한 수를 보내와 동정과 위로를 표시하자, 그에 대한 답시로 쓴 것이다. 이 시 속의 서호는 허주의 서호로서 지금의 하남성(河南省) 허창(許昌)에 있다. 이 시는 자연스럽고 분명한 언어로 당시 자신의 심정과 벗에 대한 고마움을 표현하였는데, 정(情)과 경(景)의 묘사가 절실하면서도 잘 융합

되어 있어서 구양수 시의 한 특색을 형성하고 있다.

┃戲答元珍┃ 원진에게 장난삼아 답하여

春風疑不到天涯	봄바람이 하늘 끝까지는 이르지 않았는지
二月山城未見花	2월인데도 산성에 꽃핀 것 보지 못하였다.
殘雪壓枝猶有橘	남은 눈이 가지를 누르고 있는데도 노란 귤이 보이고
凍雷驚筍欲抽芽	겨울의 우레 소리에 죽순이 놀랐는지 싹이 트려 한다.
夜聞歸雁生鄕思	밤에 듣는 기러기 울음소리에 고향생각 일고
病入新年感物華	병중에 새해 맞으니 경물에 대한 느낌이 다르다.
曾是洛陽花下客	일찍이 낙양성에서 꽃 속의 나그네였으니
野芳雖晩不須嗟	들꽃이 늦는다 해도 한탄할 필요 없으리.

이 시 역시 구양수가 이릉으로 간 이듬해 벗 정보신(丁寶臣)이 그에게 <화시구우(花時久雨)>시를 보내오자, 그에 대한 답으로 쓴 것이다. 궁벽한 좌천지의 쓸쓸함과 자신의 적막한 심경을 묘사하면서 지난날 좋았던 시절의 회상을 통해 앞날에 대한 희망을 잃지 않고 있음을 암시하였다. 앞의 시와 마찬가지로 정과 경이 잘 융합되어 있고 의경이 참신하다.

┃奉使道中作┃ 사신으로 가는 길에 짓다

客夢方在家	마침 집에 있는 꿈을 꾸고 있는데
角聲已催曉	호각 소리가 벌써 새벽을 재촉한다.
忽忽行人起	행인들 총총히 몸을 일으키지만
共怨角聲早	모두들 호각 소리 이르다고 원망한다.
馬蹄終日踐冰霜	말발굽 종일토록 얼음과 서리 밟으니
未到思回空斷腸	도착도 전에 고향 생각에 애간장 끊어진다.
少貪夢裏還家樂	꿈속에서 잠시 환향의 즐거움을 탐했건만
早起前山路正長	일찍 일어나 보니 앞산의 길 멀기만 하다.

구양수는 지화(至和) 2년(1055)에 거란의 국모생신사(國母生辰使)로 봉해졌다가 때마침 거란의 흥종(興宗)이 죽고 도종(道宗)이 새로 즉위함에

따라 하등위국신사(賀登位國信使)로 바뀌어 거란에 간 일이 있다. 이 시는 그때 지어진 것으로서 거란으로 가는 도중의 객수(客愁)를 읊었다. 그때 구양수는 이 제목으로 세 수를 썼는데, 이 시는 그 중 세 번째 것이다. 구양수는 두 번째 시에서 집으로 돌아갈 때란 저절로 오는 것이니 공연히 집 생각으로 얼굴에 주름살 지우지 말라고 했지만, 사실은 돌아가고픈 생각에 꿈속에서도 환향(還鄕)의 즐거움을 찾는 자신을 발견하고 있다.

┃ 別滁 ┃ 저주를 떠나며

花光濃爛柳輕明　　꽃 빛 찬란하고 버들가지 하늘거리는데
酌酒花前送我行　　꽃 앞에서 술을 따르며 나를 전송한다.
我亦且如常日醉　　나 또한 잠시 평상시처럼 취할 테니
莫敎弦管作離聲　　이별의 노랠랑 연주시키지 말아주게.

이 칠언절구는 구양수가 저주(滁州: 今 安徽省 滁縣) 태수로 있을 때의 작품이다. 이 시에서 작가는 풍광이 수려한 봄날 저주를 떠나기에 앞서 못내 아쉬워 떠나기 싫어하는 마음을 토로하였는데, 이 또한 표현방법이 참신하다고 하겠다.

┃ 謝判官幽谷種花 ┃ 사 판관이 유곡에 꽃을 심는다기에

淺深紅白宜相間　　짙은 꽃 옅은 꽃, 흰 꽃 붉은 꽃이 다 있고
先後仍須次第栽　　피는 것도 순서가 있도록 심어야 하네.
我欲四時携酒去　　내가 사시사철 술을 차고 가려하니
莫敎一日不花開　　꽃을 못 보는 날일랑 없도록 해주게.

이 시는 구양수가 경력(慶曆) 7년(1047)에 지은 것이다. 채조(蔡絛)의 ≪서청시화(西淸詩話)≫에 "구양공이 저주 태수로 있을 때 낭야산 유곡에 성심정과 취옹정을 짓고 막객 사모(謝某)더러 그 사이에 꽃을 섞어 심으라고 하였다. 사모가 장을 올려 명품을 묻자 공은 즉석에서 종이 끝 부분에 이 시를 썼다. 그의 맑고 호방함이 이와 같다"45)라고 기록되어 있듯

이 이 시는 구양수가 즉흥적으로 지은 것이다. 이 작품은 시어가 일상의 언어처럼 쉽고 명쾌하여 깊은 뜻을 담고 있지는 않지만 시인의 심미정취와 흉금회포를 잘 표현해주었다. 다음의 작품은 귀은의 심정을 토로한 것이다.

┃試筆┃ 글씨 연습

試筆消長日	글씨 연습으로 긴긴 낮을 보내고
耽書遣百憂	서예에 빠져서 온갖 근심 내친다.
餘生得如此	여생을 이와 같이 살 수만 있다면
萬事復何求	만사에 다시 또 무엇을 구하리?
黃犬可爲戒	이사(李斯)의 죽음을 경계로 삼을지니[46]
白雲當自由	흰 구름 타고서 자유롭게 살아야 하리.
無將一抔土	한 움큼의 흙으로는 막을 수 없다
欲塞九河流	저 도도한 황하의 흐름을!

이 오언율시는 대략 가우(嘉祐) 8년(1063) 또는 치평(治平) 원년(1064) 여름에 지어진 것이다. 이 시기는 그가 관계에서 영달하여 순탄한 생활을 영위하고 있을 때였지만 그는 이때에도 정치세계의 필연적인 속성인 참언과 무고를 피할 수 없음을 깨닫고 벼슬살이에서 물러날 뜻을 품었다. 이 시는 그의 그와 같은 심경을 밝힌 것이다.

┃學書┃ 서예를 익히다가

學書不覺夜	서예를 익히느라 밤 되는 줄도 몰랐는데
但怪西窓暗	다만 서쪽 창문이 어두운 게 이상하다.
病目故已昏	병든 눈이라 본래 침침했지만

---

45) "歐公守滁陰, 築醒心 · 醉翁兩亭于琅琊幽谷, 而命幕客謝某, 雜植花卉其間. 謝以狀問名品, 公卽書紙尾云 ……. 其淸放如此"

46) ≪史記 · 李斯列傳≫, "二世七年七月, 具斯五刑, 論腰斬咸陽市. 斯出獄, 與其中子俱執, 顧謂其中子曰: '吾欲與若復牽黃犬俱出上蔡東門逐狡冤, 豈可得乎!' 遂父子相哭, 而夷三族."

墨不分濃淡	먹의 농담도 구분할 수 없게 되었다.
人生不自知	사람의 삶을 스스로 알 수는 없지만
勞苦殊無憾	노고하면서도 아무런 유감이 없다.
所得乃虛名	그로 인해 얻는 건 헛된 명성뿐이고
榮華俄頃暫	부귀영화도 순간에 불과한 것을.
豈止學書然	어찌 서예를 익히는 것만 그러하리오?
作銘聊自鑒	좌우명으로 삼아 스스로를 살펴야겠다.

이 시는 같은 제목의 시 두 수 중 두 번째 것으로서 구양수가 집안에서 날이 어둡도록 서예를 익히다가 그로부터 촉발된 귀은의 심정을 적은 것이다. 앞의 시와 마찬가지로 전시(全詩)의 대부분을 의론에 할애한 것은 종전에 잘 보이지 않던 현상으로서, 나중에 소식 등에 계승되어 송시의 한 특색으로 정착되었다.

▌白髮喪女師作▌ 백발의 몸이 딸 사를 잃고

吾年未四十	내 나이 사십이 안 되었건만
三斷哭子腸	세 번이나 아이 잃는 고통을 맛보았다.
一割痛莫忍	한 번도 그 고통 참을 수 없는데
屢痛誰能當	거듭되면 그 고통 누군들 감당하리요?
割腸痛連心	장을 끊는 그 고통 심장에 이어지고
心碎骨已傷	심장이 부서지니 뼈 또한 상했다.
出我心骨血	내 심장과 뼈에서 나온 피가
灑爲淸淚行	맑은 눈물 줄기가 되어 뿌려진다.
淚多血已竭	눈물을 많이 흘려 피가 고갈되었는지
毛膚冷無光	털과 살갗이 싸늘해지고 윤기가 없다.
自然鬚與鬢	자연히 수염과 귀밑머리가
未老先蒼蒼	늙기도 전에 하얗게 되었다.

이 시는 구양수가 저주에 도착한 지 얼마 안 되어 어린 딸 사(師)를 잃고 쓴 작품이다. 이번으로 그가 자식을 여읜 것이 세 번째인데, 그는

애통한 나머지 자신의 고통을 있는 그대로 묘사하였다. 길천행차랑(吉川幸次郞)은 이 시를 해설하면서 그 표현방법에 주의를 기울여야 한다고 하였는데, 구양수가 나이 사십도 되기 전에 머리가 하얗게 센 이유를 마치 인과관계가 있는 듯이 서술하여 무의식중에 설리를 좋아하는 경향을 드러냈다고 하였다.[47] 기실 이 시를 읽어보면 한 편의 논리 정연한 산문을 읽는 듯하여 산문화·의론화의 경향을 엿볼 수 있다.

3) 사회비판

구양수는 시의 사회비판 기능을 중시하여 국가와 사회에 대한 사대부의 책임을 강조하면서 시를 통해 당시의 갖가지 사회적 모순과 불합리한 현상을 폭로하고 비판하는 한편 정치의 개혁을 요구하였다.

┃答楊闢喜雨長句┃ 양벽의 〈희우장구〉에 답하여

吾聞陰陽在天地	듣건대 음양은 하늘과 땅 사이에 있으면서
升降上下無時窮	위 아래로 오르내림이 끝날 때 없다고 하지만
環回不得不差失	그 순환에 차질이 없을 수 없으니
所以歲時無常豊	그것이 언제나 풍년이 들지는 않는 이유이다.
古之爲政知若此	옛날의 위정자는 이와 같은 사실을 알고서
均節收斂勤人功	거둔 세금 절약하고 백성들 열심히 일하게 하여
三年必有一年食	삼 년에 반드시 일년 치 식량을 비축하고
九歲常備三歲凶	구 년 동안에는 삼 년의 흉년에 항상 대비하였다.
縱令水旱或時遇	설사 수해나 한발로 흉년을 만난다 해도
以多補少能相通	많은 것으로 적은 것을 보충하여 서로 통할 수 있었다.
今者吏愚不善政	지금은 관리가 어리석어 정치를 잘하지 못하고
民亦游惰離於農	백성들도 게을리 놀며 농사에서 벗어나 있는데
軍國賦斂急星火	군대와 나라는 세금 징수를 성화처럼 재촉하고
兼幷奉養過王公	토지를 겸병한 부호들의 생활은 왕공보다 지나치다.

---

47) 吉川幸次郞 著·鄭淸茂 譯, 《宋詩槪說》, 85쪽.

終年之耕幸一熟	일년 내내 농사지어 다행히 곡식이 여문다 해도
聚而耗者多於蜂	모여들어 소비하는 자들이 벌떼보다 많으니
是以歲屢登稔	이런 까닭에 근년에는 누차 풍년이 들었는데도
然而民室常虛空	백성들의 곳간은 언제나 텅 비어있다.
遂令一時暫不雨	결국 잠시라도 비가 오지 않으면
輒以困急號天翁	그때마다 급한 마음에 하느님을 찾는다.
賴天閔民不責吏	하늘이 백성을 불쌍히 여기고 관리들을 책하지 않아
甘澤流布何其濃	단비가 두루 내려 자욱하게 대지를 적신다.
農當勉力吏當愧	농부는 힘써 일하고 관리는 부끄러워해야겠지만
敢不酌酒澆神龍	어찌 감히 술 따라 신룡에게 제사 드리지 않으리?

이 시는 천성(天聖) 9년(1031) 구양수가 서경유수추관(西京留守推官)으로 있을 때 지은 것으로 추정된다. 양벽(楊闢)은 당시 참군(參軍)의 직책에 있던 양유(楊愈)의 동생이다. 구양수는 그의 <희우장구(喜雨長句)>에 답하는 이 시를 통해 국가와 백성이 모두 곤궁하게 된 원인을 분석하는 한편, 농사가 민생의 근본임을 깨닫고 근검절약과 정치의 개혁을 통해 민생의 안정을 도모할 것을 역설하였다.[48]

┃食糟民┃지게미를 먹는 백성

田家種糯官釀酒	농민이 심은 찹쌀로 관청에서 술을 빚으면서
榷利秋毫升與斗	전매 이익은 되와 말 조금도 늦춤이 없다.
酒沽得錢糟棄物	술을 팔아 돈을 벌고 지게미는 버리는데
大屋經年堆欲朽	큰집에 해를 묵혀 쌓아두어 썩으려 한다.
酒酤瀺灂如沸湯	술 빚을 땐 보글거림이 끓는 물 같고
東風來吹酒瓮香	동풍이 불면 술독이 향기롭다.
累累罌與瓶	항아리와 병 첩첩이 쌓여 있어
惟恐不得嘗	다만 맛보지 못할까 걱정이로다.
官沽味濃村酒薄	관청의 술은 맛이 진하고 촌 술은 묽어서

48) 이 시에 나타난 구양수의 정치사상은 그가 康定 元年(1040)에 지은 長文의 時論인 <原弊>에도 잘 나타나 있어 서로 참고할 만하다.

日飮官酒誠可樂	날마다 관청의 술 마시면 참으로 즐겁다.
又見田中種穤人	한편 밭에서 찰벼를 심는 사람들을 보면
釜無糜粥度冬春	솥에 죽도 없이 겨울과 봄을 지낸다.
還來就官買糟食	도리어 관청에 가 지게미를 사서 먹는데
官吏散糟以爲德	관리는 지게미 뿌리는 것을 덕으로 여긴다.
嗟彼官吏者	아아, 저 관리들이여!
其職稱長民	그들의 직책은 백성을 거느리는 것이라면서
衣食不蠶耕	양잠을 않고도 옷을 입고 밭 갈지 않고도 밥을 먹으며
所學義與仁	배운 것은 의로움과 인자함이란다.
仁當養人義適宜	인자하면 백성을 기르고 의롭다면 옳은 일을 해야 하며
言可聞達力可施	언로는 조정에 통할 수 있고 시행할 힘이 있건만
上不能寬國之利	위로는 나라의 이익을 넓히지 못하고
下不能飽民之饑	아래로는 굶주린 백성들을 배불리 먹일 수 없다.
我飮酒, 爾食糟	나는 술을 마시고, 당신들은 지게미를 먹으니
爾雖不我責	당신들이 나를 질책하지 않는다 해도
我責何由逃	나의 책임을 어떻게 피하리요?

구양수는 이 시에서 조정이 백성과 이익을 다투는 현실을 비판하고 헐벗은 백성들의 고통을 돌아보지 않는 관리들을 질책하는 한편 자신도 관청의 혜택을 받으면서 관리로서의 책임을 다하지 못하고 있다고 자책하였다. 이와 같이 백성에 대한 연민과 관리에 대한 질책에서 한 걸음 더 나아가 한 사람의 관리로서 책임을 다하지 못하고 있는 자신을 책망하는 표현수법은 드물게 보이는 것으로 구상의 참신성이 엿보인다.

▌邊戶▌ 변경의 주민

家勢爲邊戶	집안이 대대로 변경의 주민인지라
年年常備胡	해마다 늘 오랑캐를 방비하였다.
兒童習鞍馬	아이들은 말타기를 익히고
婦女能彎弧	부녀자는 활을 당길 줄 알았다.
胡塵朝夕起	오랑캐 먼지 아침저녁으로 일지만
虜騎蔑如無	오랑캐 기병은 없다는 듯이 멸시했었다.

邂逅輒相射	맞닥뜨리면 서로 상대를 쏘아
殺傷兩常俱	살상 자는 양쪽이 언제나 비슷했었다.
自從澶州盟	전주의 맹약을 맺은 후로는
南北結歡娛	남과 북이 기쁨과 즐거움으로 맺어졌다.
雖云免戰鬪	전투를 면했다고는 하지만
兩地供賦租	양쪽 지역에 모두 세금을 내야 한다.
將吏戒生事	장수와 관리들 일이 생길까 경계하고
廟堂爲遠圖	조정에서는 심원한 계책이라 하여
身居界河上	몸은 국경의 강가에 살아도
不敢界河漁	강에서 고기를 잡을 수 없게 되었다.

이 시에서 변경은 요(遼)와의 국경지대를 가리킨다. 이 시는 구양수가 지화(至和) 2년(1055) 겨울 하거란국모생신사(賀契丹國母生辰使: 거란 국모의 생신을 축하하는 사신)가 되어 국경지대를 지날 때 지은 것으로, 전연(澶淵)의 맹약이 변경의 백성들에게 가져다준 재난과 조정의 무능을 폭로하고 변경 주민들의 고통에 대하여 깊은 동정을 표시하였다. 변경 주민들의 이와 같은 고통은 직접 관찰하지 않으면 간과하기 쉬운 것이어서 작가의 예민한 관찰력이 돋보이는 작품이다.

4) 영사·영물

영사와 영물은 중국의 시인들에게 낯익은 제재이며, 전통적으로 기탁을 중시하였다. 구양수도 이러한 제재를 다루면서 자신의 사상과 감정을 기탁하였는데, 다루고 있는 범위가 넓고 기탁의 수법이 다양하다.

┃明妃曲和王介甫┃ 왕안석의 〈명비곡〉에 화답하여

胡人以鞍馬爲家	호인은 안장 얹은 말을 집으로 삼고
射獵爲俗	활로 사냥하는 것이 습속이다.
泉甘草美無常處	일정한 거처 없이 단 샘물 맛있는 풀 찾아
鳥驚獸駭爭馳逐	다투어 말 몰고 다니니 새와 짐승 놀란다.

誰將漢女嫁胡兒	누가 한의 여인을 호아에게 시집보냈는가?
風沙無情貌如玉	옥 같은 그녀를 모래바람 부는 무정한 곳으로!
身行不遇中國人	자신이 가는 곳엔 중원 사람 만날 수 없어
馬上自作思歸曲	말 위에서 스스로 고향 그리는 노래를 지었다.
推手爲琵却手琶	날렵하게 손 움직여 비파를 연주하니
胡人共聽亦咨嗟	호인들도 함께 들으며 슬퍼하였다.
玉顔流落死天涯	옥안의 그녀 고향 떠나 하늘 끝에서 죽었지만
琵琶却傳來漢家	그녀의 비파 곡은 한나라 궁궐에 전해졌다.
漢宮爭按新聲譜	한궁의 여인들 다투어 그 신곡 배우니
遺恨已深聲更苦	남긴 한 이미 깊어 소리 더욱 애달프다.
纖纖女手生洞房	깊숙한 궁실에 사는 여인들 가냘픈 손으로
學得琵琶不下堂	비파 곡 배우느라 방안에서 나오지도 않는다.
不識黃雲出塞路	누런 먼지 자욱한 변방 길을 모르는데
豈知此聲能斷腸	이 소리 애 끊을 수 있음을 어찌 알리!

이 시는 가우(嘉祐) 4년(1059) 왕안석(王安石)이 지은 <명비곡> 2수에 대해 구양수가 화답한 것이다. 작가는 여기서 명비(明妃: 王昭君)의 불행했던 운명에 대한 서술을 통해 송 왕조의 무능에 대한 자신의 감개를 기탁하였다. "아름다운 한의 궁녀를 삭막한 변방의 호아에게 시집보낸" 한 왕조의 나약한 자세는 바로 요와 서하에 대해 굴욕적인 양보를 일삼는 송 왕조의 나약함을 풍자한 것이고, "깊숙한 궁실에서만 지내는" 한궁의 여인들이 "누런 먼지 자욱한 변방으로 나가는 것이 어떤 일인지 모르면서 그저 황제의 사랑을 얻기 위해 명비가 남긴 비파 곡을 배우느라 방안에서 나오지도 않는" 모습은 외부의 실정은 파악하지도 않고 궁궐 안에서 황제의 총애나 얻고자 하는 송 왕조의 신하들을 풍자한 것이라고 하겠다. 청 방동수(方東樹)가 왕안석의 <명비곡>과 구양수의 화시(和詩)를 평하여 "이와 같은 제목은 각 사람이 기탁한 바가 있어서 제목을 빌려 자신의 주장을 세운 것일 따름이다. …… 왕공의 이 시는 임금 가까이에 있지 못했음과 임금 가까이에 있어도 국사들이 알아주지 않음에 대한

실의를 말한 것이니 오히려 비천한 짓이다. 구양공은 천하의 지극한 묘리를 말한 것이어서 한가한 자들이 알 수 있는 것이 아니며, 스스로 자신의 감개를 비유하여 속된 무리가 알 수 있는 것이 아니다"[49]라고 한 것을 참고할 만하다.

┃ 再和明妃曲 ┃ <명비곡>에 대한 두 번째 화답

漢宮有佳人	한나라 궁궐에 가인이 있었지만
天子初未識	천자는 당초에 알지 못하였다.
一朝隨漢使	하루아침에 한나라 사신을 따라
遠嫁單于國	멀리 선우의 나라로 시집갔다.
絶色天下無	절세미인으로 천하에 다시없어
一失難再得	한번 잃고 나니 다시 얻기 어렵다.
雖能殺畫工	화공을 죽일 수는 있었겠지만
于事竟何益	그 일에 도대체 무슨 보탬이 되리?
耳目所及尚如此,	이목이 미치는 것도 이와 같았거늘
萬里安能制夷狄	만리 밖 오랑캐를 어찌 제압할 수 있었으리!
漢計誠已拙	한 왕조의 계책 참으로 졸렬했지만
女色難自誇	여인의 미모는 스스로 자랑하기 어렵다.
明妃去時淚	명비가 떠날 때 흘린 눈물이
灑向枝上花	가지 위의 꽃들에 뿌려졌겠지.
狂風日暮起	저녁 무렵 거센 바람이 일면
飄泊落誰家	이리 저리 흩날리다 뉘 집에 떨어졌을까?
紅顏勝人多薄命	남보다 뛰어난 미인은 박명한 자 많았으니
莫怨春風當自嗟	봄바람을 원망 말고 자신을 탓해야 하리.

이 시 역시 왕안석이 지은 <명비곡> 2수에 대해 구양수가 화답한 작품이다. 작가는 여기서도 "이목이 미치는 것도 이와 같았거늘, 만리 밖

---

49) ≪昭昧詹言≫ 권12, "此等題各人有寄託, 借題立論而已. …… (王)公此詩言失意不在近君, 近君而不爲國士知, 猶泥塗也. 六一則言天下至妙, 非悠悠者能知, 以自喻其懷非俗衆可知."

오랑캐를 어찌 제압할 수 있었으리!"라고 하여 왕소군의 고사를 통해 북송 통치자의 어리석음과 굴욕과 타협의 대외정책을 비판하는 한편, "한 왕조의 계책 참으로 졸렬했지만, 여인의 미모는 스스로 자랑하기 어렵다"라고 하여 유능한 인재를 알아주지 않는 당시의 풍토를 개탄하였다. 이 시는 <명비곡화왕개보>와 함께 역사상 왕소군을 제재로 하여 읊은 수많은 시중에서 독특한 접근방식을 보여준 명편(名篇)이다. 예술기교 상에서는 언어가 평이하면서도 암시성이 풍부한 특색을 지니고 있다. 이제 그의 영물시를 살펴보자.

┃啼鳥┃ 지저귀는 새

窮山候至陽氣生	궁벽한 산에도 계절이 찾아와 양기가 생겨
百物如與時節爭	온갖 것들 마치 시절과 다투는 듯하다.
官居荒凉草樹密	나의 임지 황량한 곳이라 수풀 빽빽하고
撩亂紅紫開繁英	울긋불긋 뒤섞여 많은 꽃 피었다.
花深葉暗耀朝日	꽃 짙고 잎 무성해 아침 햇살에 빛나고
日暖衆鳥皆嚶鳴	날로 따뜻해지니 뭇 새들 모두 정답게 지저귄다.
鳥言我豈解爾意	새가 말을 하여도 내 어찌 너희 뜻을 알겠는가?
綿蠻但愛聲可聽	지저귀는 소리 다만 사랑스럽고 들을 만하다.
南窓睡多春正美	남창 아래 잠 많아지는 것은 봄이 아름답기 때문이고
百舌未曉催天明	검은쥐바꿔새는 새벽도 되기 전에 날 새기를 재촉한다.
黃鸝顏色已可愛	노란 꾀꼬리의 색깔도 이미 사랑스럽고
舌端啞咤如嬌嬰	혀끝에서 나는 울음소리 마치 귀여운 아기인 듯.
竹林靜啼靑竹笋	대숲에서 조용히 청죽순 새가 우짖는데
深處不見惟聞聲	깊은 곳에서 보이지는 않고 다만 소리만 들린다.
陂田遶郭白水滿	성곽 에워싼 비탈진 밭에 흰 물 가득한데
戴勝穀穀催春耕	뻐꾸기 뻐꾹뻐꾹 봄 경작 재촉한다.
誰謂鳴鳩拙無用	누가 비둘기더러 우둔하고 쓸모없다 하였는가?
雄雌各自知陰晴	암수 각각 스스로 흐림과 갬을 알고 있는데.
雨聲蕭蕭泥滑滑	빗소리 쏴쏴, 왜가리 있고
草深苔綠無人行	수풀 무성해 이끼 푸르고 다니는 사람도 없다.

獨有花上提葫蘆	다만 꽃 위에 사다새 있어
勸我沽酒花前傾	나에게 술을 사서 꽃 앞에서 잔 기울일 것 권한다.
其餘百種各嘲哳	나머지 온갖 새들 각각 지저귀는데
異鄕殊俗難知名	타향은 습속이 달라 이름조차 알기 어렵다.
我遭讒口身落此	나는 참언을 받아 이곳으로 몸 떨어져
每聞巧舌宜可憎	매번 번드르르한 말 듣자니 응당 가증스럽다.
春到山城苦寂寞	산성에 봄이 왔지만 심히 적막하여
把盞常恨無娉婷	잔 들며 어여쁜 이 없음을 항상 원망한다.
花開鳥語輒自醉	꽃 피고 새 울어 문득 스스로 취하니
醉與花鳥爲交朋	취하여 꽃·새와 벗이 된다.
花能嫣然顧我笑	꽃은 예쁜 모습으로 날 보며 미소지을 줄 알고
鳥勸我飮非無情	새가 나에게 술 권하는 데에도 정이 깃들어 있다.
身閒酒美惜光景	몸 한가하고 술 맛 좋아 흐르는 세월을 아쉬워하니
惟恐鳥散花飄零	다만 새 흩어지고 꽃 날아가 떨어질까 두렵다.
可笑靈均楚澤畔	초나라 못가의 굴원을 비웃나니
離騷憔悴愁獨醒	근심을 만나 초췌하여 수심 속에 홀로 깨어 있었지.

이 시는 구양수가 경력 6년(1046) 저주에 있을 때 지은 것이다. 그는 이 시에서 부의 수법을 사용하여 갖가지 새의 형상과 울음소리를 묘사하는 한편 통속적인 언어로 의인화의 수법을 운용하여 자신의 사상 감정을 기탁하였다. 특히 마지막 두 구가 표현한 것은 어쩔 수 없음과 초월함으로 본 편의 주제이기도 하고 구양수가 좌천된 후의 심정이기도 하다.

▌畫眉鳥▌ 화미조

百囀千聲隨意移	갖가지 소리 내며 마음대로 옮겨 다니고
山花紅紫樹高低	울긋불긋 꽃나무를 오르내리는 모습 보니
始知鎖向金籠聽	비로소 알겠다, 금빛 새장 속의 지저귐이
不及林間自在啼	숲 속에서 자유롭게 우는 것만 못하다는 것을!

　　구양수의 영물시는 개별 사물 속에서 철리를 이끌어내는 것을 좋아하는 경향이 있다. 그가 저주에서 쓴 이 시는 한 때의 느낌을 기탁했을 뿐만 아니라 인생에 대한 깊은 이해를 담고 있는데, 이것은 송대 영물시의 보편적인 경향이기도 하다.

▮雙井茶▮ 쌍정차

西江水淸江石老	서강수 맑은 물이 흐르는 해묵은 바위
石上生茶如鳳爪	그 바위에서 자란 차는 봉황의 발톱 같아50)
窮臘不寒春氣早	연말에 춥지 않아 봄기운이 일찍 오면
雙井芽生先百草	쌍정차의 새싹이 뭇 풀보다 앞서 나온다.
白毛囊以紅碧紗	하얀 털이 난 차를 주머니에 넣어 청홍실로 매니51)
十斤茶養一兩芽	열 근의 차가 될 것을 한 냥의 새 싹만 거두었다.52)
長安富貴五侯家	장안의 권세가인 오후(五侯)의 집안들
一啜猶須三日誇	한 번 마시고는 사흘이나 자랑한다.
寶雲日注非不精	보운차와 일주차를 정성껏 만들었지만
爭新棄舊世人情	새것을 찾고 옛것을 버리는 게 세상 인정이다.
豈知君子有常德	어찌 알리오 군자에게는 한결같은 덕이 있어
至寶不隨時變易	매우 귀한 것은 자주 바꾸지 않음을.
君不見建溪龍鳳團	그대여 아는가, 건계의 용봉단차는53)
不改舊時香味色	예전의 색·향·미가 그대로인 것을!

　　이 시는 구양수가 만년(嘉祐 6년 경)에 벼슬을 사양하고 은거할 때의 작품이다. 쌍정차는 홍주(洪州) 분녕현(分寧縣: 지금의 江西省 修水縣) 서쪽의 쌍정에서 생산되는 차로서 당시에 이 고장 사람들이 쌍정의 물을 길어다가 차를 만들면 맛이 월등히 좋았다고 한다. 작가는 여기서 쌍정차의

---

50) 鳳爪는 쌍정차의 어리고 부드러운 새싹을 가리킨다.
51) 白毛는 차잎에 은백색의 솜털이 붙어있다고 해서 붙여진 이름으로 白毫銀針茶를 가리킨다.
52) 쌍정차를 제 때에 맞추어 따면 열근을 수확할 수 있는데, 때 이르게 어린 차잎을 따면 불과 한 냥밖에 수확할 수 없다는 말이다.
53) 龍鳳團은 송나라 때의 貢茶인 龍團과 鳳餠을 가리킨다.

변함 없는 맛을 찬양하면서 이를 통해 사람이 지녀야 할 인생태도를 설파하였다.

┃**古瓦硯**┃ 낡은 기왓장 벼루

甄瓦賤微物	기왓장은 보잘것없는 미물이지만
得厠筆墨間	붓과 먹 사이에 끼어 들 수 있다.
於物用有宜	사물에는 마땅한 용도가 있어서
不計醜與姸	아름답고 추하고는 따지지 않는다.
金非不爲寶	금이 보배가 아닐 리 없고
玉豈不爲堅	옥이 어찌 견고하지 않으랴 만
用之以發墨	먹물을 내는 데 사용하기엔
不及瓦礫頑	기왓장만큼 적당하지 않다.
乃知物雖賤	비로소 알겠다 사물이 비록 천하다 해도
當用價難攀	용도가 마땅하면 가치가 매우 높음을.
豈惟瓦礫爾	어찌 다만 기왓장만이 그러하리오?
用人從古難	사람을 쓰는 것은 예부터 어려웠다오.

구양수는 이 시에서 낡은 기왓장 같은 하찮은 사물을 제재로 하여 역시 보편적인 인생철리를 설파하였다. 그의 다양한 제재를 엿보게 해주는 작품이라고 하겠다.

┃**寄生槐**┃ 기생 괴목

檜惟凌雲材	노송은 구름을 뚫고 우뚝 솟은 재목이지만
槐實凡木賤	기생 괴목은 실로 평범하고 천한 나무이다.
奈何柔脆質	어찌하여 무르고 연한 재질이
累此孤高幹	그 고고한 줄기에 누를 끼치나?
龍鱗老蒼蒼	용 비늘 같은 노송 잎은 늘 푸르지만
鼠耳光粲粲	쥐새끼 귀 같은 괴목 잎은 빛나고 다채롭다.
因緣初莫原	애초 함께 있을 인연이 없는 것이건만
感吒徒自歎	안타까움에 부질없이 탄식만 한다.
傺生由附託	본래 의지하고 기대어 삶을 훔치던 것이

得勢爭葱蒨	세력을 얻으니 노송과 무성함을 다툰다.
方其榮盛時	그들이 윤택하고 무성할 때에는
曾莫見眞贋	진짜와 가짜를 식별하기 어렵다.
欲知窮悴節	곤궁할 때의 절조를 알고자 한다면
宜試以霜霰	서리와 눈의 추위로 시험해야 하리.
萌芽起微蘗	미약한 싹이 움틀 때
辨別乖先見	먼저 보고 기민하게 알아차려야 하리.
剪除初非難	처음에는 잘라 없애기가 어렵지 않겠지만
長養遂成患	크게 자란 뒤에는 우환거리가 되고 만다.
雖然根性殊	비록 그들의 근성은 서로 다르지만
常恐枝葉亂	가지와 잎이 얽혀있어 언제나 두렵다.
惟應植者深	노송은 응당 깊이 심어야
幸不習而變	괴목에 물들어 변하지 않으리.
含容固有害	헤픈 관용은 본디 해로운 법이니
勦節須明斷	제거하려면 분명히 끊어야 하리.
惟當審斤斧	부디 도끼를 신중히 다루어
去惡無傷善	악을 제거할 때 선을 해치지 말아야 하리.

이 시는 제재 상으로 볼 때 영물시에 속하지만 내용상으로는 풍자시로 칭할 수 있다. "기생괴(寄生槐)"는 괴목(槐木)의 일종인데, 노송나무 잣나무 등에 기생한다. 작가는 여기서 기생 괴목의 성질을 빌어서 해학적이면서도 준엄한 필치로 기생충 같이 살아가는 조정 내부의 간신배들을 풍자하고 성토하였다.

▌日本刀歌 ▌ 일본도

昆夷道遠不復通	곤이로 가는 길은 멀어서 다시는 통할 수 없으니
世傳切玉誰能窮	옥도 절단한다는 그 칼을 누가 찾을 수 있으리?
寶刀近出日本國	근래에 보검이 일본에서 나와
越賈得之滄海東	월 상인이 창해 동쪽에서 그것을 얻었단다.
魚皮裝貼香木鞘	물고기 껍질을 장식해 붙인 향나무 칼집,
黃白閑雜鍮與銅	노란빛과 흰빛이 섞인 놋쇠와 구리.

百金傳入好事手　　백금에 호사가의 손으로 넘어오니
佩服可以禳妖凶　　허리에 차면 요괴를 물리칠 수 있단다.
傳聞其國居大島　　듣기에 그 나라는 큰 섬에 있고
土壤沃饒風俗好　　토양이 비옥하고 풍속이 좋다고 한다.
其先徐福詐秦民　　그 선조인 서복이 진나라 백성을 속여
採藥淹留丱童老　　약을 캐러 갔다가 동남동녀 그곳에서 늙어갔다.
百工五種與之居　　각종 장인과 오곡을 그들에게 주어 살게 하니
至今器玩皆精巧　　지금에 이르도록 공예품이 모두 정교하다.
前朝貢獻屢往來　　지난 왕조 때 공물 바치러 누차 왕래하여
士人往往工詞藻　　선비들 종종 문학에 뛰어났다.
徐福行時書未焚　　서복이 떠날 때는 ≪서경≫이 불타지 않아
逸書百篇今尚存　　전해지지 않는 책 백 편이 지금까지 보존되었다.
令嚴不許傳中國　　중국으로 전하는 것을 엄하게 금지하여
擧世無人識古文　　세상에는 고문을 아는 이 아무도 없다.
先王大典藏夷貊　　선왕의 대전이 오랑캐 땅에 숨겨져 있지만
蒼波浩蕩無通津　　푸른 물결 끝없이 넓어 갈 수가 없다.
令人感激坐流涕　　벅찬 감격에 앉아서 눈물 흘리니
鏽澁短刀何足云　　녹슨 단도야 어찌 언급할 만하겠는가!

이 시는 구양수가 인종 가우 연간(1060년 경)에 소흥(紹興)의 한 상인을 통해 일본도 한 자루를 보고 지은 것이다. 작가는 이 시에서 일본도의 내력과 효험으로부터 일본에 얽힌 전설을 서술하고 마지막에 일본에 전해지고 있다는 ≪서경≫ 백 편에 대한 감회를 말하였다. 산문의 필법을 구사하여 한 자루의 일본도에 얽힌 이야기를 풀어나가고 있어서 송시의 서술성을 잘 보여주고 있는 작품이다.

이상에서 구양수 시의 특징이 잘 나타나 있는 작품을 중심으로 그 내용을 살펴보았다. 전체적으로 볼 때 그의 시는 제재를 다양하게 운용하면서 시를 통한 사회비판 기능을 중시하고 구상과 표현의 참신성을 획득하여 자신의 시론을 실제 창작에 잘 반영했음을 알 수 있다.

(3) 위상과 평가

이상에서 살펴본 것처럼 구양수의 시론은 그가 주도한 시문혁신과 밀접한 관계가 있다. 구양수의 시론은 북송 중기 이후 송시의 새로운 성격 형성에 이바지하였고 북송 시문혁신운동의 이론적 근거가 되기도 했지만 구양수가 영도한 시문혁신이 결실을 맺을 수 있었던 원인으로 더욱 중요한 것은 그가 소순흠·매요신 등과 함께 성공적인 시문 창작으로 자신의 이론을 실천했다는 점이다. 그는 문장이 치(治)·란(亂)과 연계되어 있다고 큰소리치지 않았고,[54] 창작의 각도에서 문(文)과 도(道)의 관계를 논하는 데 치중하여 자신의 시문을 일대 문풍의 개혁을 위해 모범으로 삼았다. 그가 사회시를 통해 보여준 "시로써 정치를 논하는 수법"이 송시의 산문화를 재촉하기도 했지만 그러한 작품들 속에는 그의 강직하고 호매한 기개와 깊고 날카로운 통찰력이 담겨있어서 당시에 커다란 반향을 일으킬 수 있었다. 그는 또한 시의 제재를 다양화하여 시의 표현범위를 넓혔으며, 서술의 관점과 방법을 확대하여 송시의 시야를 넓히는 데 기여하였다. 우리가 송시의 특징이라고 알고 있는 것의 대부분이 구양수의 시에서 발견되고 있는 것을 통해 그의 시론과 시가 송시사에서 차지하고 있는 비중을 가늠해볼 수 있다.

---

54) 歐陽修, ≪與黃校書論文章書≫, "文章繫乎治亂之說, 未易談. 況乎愚昧, 惡能當此"

4 | 매요신(梅堯臣)

매요신(1002-1060)은 자(字)가 성유(聖兪)이며 선주(宣州) 선성(宣城: 지금의 安徽省 宣城縣) 사람이다. 그는 송대의 중요한 시인으로서 송시가 당시와는 다른 길을 걷게 한 개척자로 평가되고 있다. 이에 대해 유극장(劉克莊)은 <시화(詩話)>에서 "본조의 시는 진정 매요신이 창시재이다. 그가 나온 이후에 음란한 음악이 점차 사라지고 풍·아의 기맥이 다시 이어졌으니 그의 공은 구양수와 윤수 밑에 있지 않다"[55]라고 하여 송시를 창시한 매요신의 공을 높이 평가했다.

매요신은 지방의 하급관리를 역임하는 동안 내우외환에 시달리는 백성들의 고통과 무능하고 부패한 조정 관리들을 목격하고 체험하면서 당시의 사회현실을 폭로하고 비판하는 내용의 시를 쓰기 시작하였다.[56] 이후 그는 구양수·소순흠 등과 함께 석개(石介)로부터 시작된 반만당(反晚唐)·반서곤(反西崑)의 대열에 참가하여 현실을 반영하는 시를 쓸 것을 주장하고 실천하였다. 그의 이러한 의지는 그가 44세 때 쓴 <답배송서의(答裴送序意)>시에 잘 나타나 있다.

┃ 答裴送序意 ┃ 배욱(裴煜)이 서를 지어 보내준 뜻에 답함

我於詩言豈徒爾	내가 시에서 말한 것이 어찌 헛된 것일 뿐이리?
因事激風成小篇	일에 따라 풍자하는 마음 일으켜 작은 글 이룬 것.
辭雖淺陋頗克苦	말 비록 천박하고 비루하지만 자못 애를 썼으니
未到二雅未忍捐	이아에 미치지 못하면 차마 내놓지 못하였다.

---

55) 《後村先生大全集》 권174, "本朝詩惟宛陵爲開山祖師. 宛陵出然後, 桑濮之哇淫稍息, 風雅之氣脈復續, 其功不在歐尹下."

56) 이러한 경향의 시는 1036년경부터 나타나기 시작한다.(朱東潤, 《梅堯臣集編年校注》 권6 참조)

安取唐季二三子   어찌 당말의 두서너 시인들을 취하여
區區物象磨窮年   구구한 사물의 형상을 평생토록 다지리!

이와 같은 그의 시관(詩觀)은 자연 그로 하여금 사회현실과 함께 생활
주변에 대하여 관심을 갖게 하고 사실적인 묘사에 힘쓰게 하여 그는 종
전의 시와는 다른 독창적인 시 세계를 구축해 나갔다. 그의 시에 보이는
제재의 다양성과 서술적이고 산문화된 묘사방식 등은 모두 그에 이르러
새롭게 본격적으로 형성된 경향으로서 혁신적 성격을 잘 나타내주고 있
다. 그 자신도 일찍이 구양수에게 "시인이 의미에 역점을 두더라도 말을
만들어내는 것 또한 어렵다. 의미가 새롭고 말이 잘 되어 과거 사람들이
말하지 못했던 것을 얻었다면 그것이 훌륭한 것이다. 묘사하기 어려운
경치를 눈앞에 있듯이 그려내고 고갈되지 않는 뜻을 담아 언어 밖에 표
현할 수 있어야만 지극한 것이라고 하겠다"[57]라고 하여 독창적인 내용
과 표현의 중요성을 강조하였다.

(1) 매요신의 시와 그 특징

매요신의 시는 현재 전하고 있는 것만도 2,900여 수에 달해 송대 시
인들 중에서도 그 수가 적지 않은 편이다.[58] 그 가운데 상당수를 차지하
는 가공송덕의 시, 송인시(送人詩), 화운(和韻) 및 차운시와 의고시(擬古詩)
중에는 예술성이 떨어지는 작품이 적지 않지만 그가 반만당·반서곤의
노선을 걸으면서 새롭게 시도한 작품들은 대부분 나름대로의 예술적 가

---

57) 歐陽修, ≪六一詩話≫, "詩家雖主意, 而造語亦難. 若意新語工, 得前人所未道者, 斯爲
   善也. 必能狀難寫之景, 如在目前, 含不盡之意, 見於言外, 然後爲至矣."
58) 주동윤(朱東潤)의 ≪매요신집편년교주(梅堯臣集編年校注)≫에 실려 있는 매요신의 시
   는 모두 2907수인데, 이들을 형식상으로 분류하면 4언 7수, 5언 2134수(절구 108수,
   율시 1161수, 고시 865수), 6언 3수, 7언 699수(절구 205수, 율시 260수, 고시 234수),
   잡언 64수 등으로 나눌 수 있다.

치가 인정된다. 이제 그 내용을 몇 항목으로 나누어 서술해보면 다음과
같다.

1) 사회현실의 반영

매요신이 처한 북송 중기의 사회는 대내적으로 보수파와 혁신파의
정치적 투쟁이 격렬했고 대외적으로는 요에 뒤이어 서하가 발호함에 따
라 재정 지출이 증대하여 사회적 모순이 날로 심해지던 시기였다. 이런
상황에 처하여 그는 구양수·소순흠 등과 함께 시가 현실을 반영하고
비판하는 역할을 담당해야 한다는 자각을 품고 시작(詩作)을 통하여 정치
의 개혁을 요구하는 한편 여러 방면에서 당시의 사회현실을 반영하며
갖가지 불합리한 현상을 폭로하고 규탄하였다. 먼저 잘못된 사회제도와
현상을 고발한 작품을 살펴보자.

┃ 田家語 ┃ 농민의 말

誰道田家樂	"누가 농가의 생활이 즐겁다고 했는가?
春稅秋未足	봄에 밀린 세금 가을이 되어도 못 갚는다.
里胥扣我門	세리는 우리 집 문을 두드리며
日夕苦煎促	하루 종일 몹시도 들볶고 재촉한다.
盛夏流潦多	한여름에 홍수가 지더니
白水高於屋	탁류가 집보다도 높게 범람하여
水旣害我菽	우리 집 콩이 수해를 입고
蝗又食我粟	우리 집 좁쌀을 메뚜기가 먹어치웠다.
前月詔書來	지난 달 임금님의 명령으로
生齒復板錄	아이만 낳으면 장부에 등기하여
三丁籍一壯	장정 세 사람 중 한 명을 뽑아
惡使操弓韣	악랄하게 활을 잡게 하였다.
州符今又嚴	고을의 공문이 지금 더욱 엄격하여
老吏持鞭扑	닳아빠진 세리들 채찍과 몽둥이를 들고
搜索稚與艾	어린애와 늙은이까지 찾아내어

唯存跛無目	절름발이와 장님만 남겨 둔다.
田間敢怨嗟	마을 사람들 어찌 감히 원망하고 한탄할까?
父子各悲哭	아비와 아들 제각기 슬퍼 운다.
南畝焉可事	전답에 어찌 농사를 지을 수 있을까?
買箭賣牛犢	화살을 사느라 소와 송아지 팔았으니.
愁氣變久雨	수심의 기운이 장마 비로 바뀌어
鐺缶空無粥	솥과 동이 텅텅 비고 죽도 없다.
盲跛不能耕	장님과 절름발이는 농사를 지을 수 없으니
死亡在遲速	조만간 굶어 죽을 것이오."
我聞誠所慼	이 이야기를 듣고 참으로 부끄러우니
徒爾叨君祿	하는 일 없이 임금님의 봉급을 받았다.
却詠歸去來	차라리 <귀거래사>를 부르며
刈薪向深谷	깊은 산골로 들어가 나무나 해야겠다.

이 시에서 시인은 농민의 입을 빌려 가혹한 세금과 병역으로 인해 황폐해 가는 농촌의 현실을 폭로하고 이와 같이 잘못된 사회현상과 각박한 관리들을 규탄하면서 말단이나마 관직에 있는 자신이 부끄러워 사직하고 은둔하겠다는 심정을 피력하였다.

이 시와 함께 당시 징병제도의 모순을 폭로한 <여분빈녀(汝墳貧女)> 시가 있다.

┃汝墳貧女┃ 여하(汝河) 가의 가난한 집 딸

汝墳貧家女	여분의 가난한 집 딸
行哭音悽愴	걸으며 우는 소리 처참하다.
自言有老父	스스로 말하길 "늙은 아버지 계신데
孤獨無丁壯	젊은 남자는 없고 혼자이셔요.
郡吏來何暴	군의 관리 어찌나 포악한지
縣官不敢抗	현의 관리는 항의도 못하지요.
督遣勿稽留	꾸물대지 말고 전장에 나가라고 다그쳐서
龍鍾去携杖	쇠약한 몸으로 지팡이 짚고 떠나셨지요.
勤勤囑四隣	삼가 주위의 이웃에게 부탁하며

幸願相依傍   서로 의지할 수 있기를 바라셨지요.
適聞閭里歸   때마침 마을로 돌아오는 사람이 있다고 하여
問訊疑猶强   의심스럽지만 버티고 계시냐고 물어보니
果然寒雨中   결국 차가운 비를 맞으며
僵死瀼河上   양하 가에서 얼어죽으셨답니다.
弱質無以託   이 몸 약질인데다 의탁할 곳 없어
橫尸無以葬   버려진 시체 장사지낼 방법이 없답니다.
生女不如男   딸은 아들만 못하니
雖存何所當   살아있다 한들 무슨 쓸모가 있겠어요?
拊膺呼蒼天   가슴을 치며 하늘에 외칩니다
生死將奈向   삶과 죽음을 앞으로 어찌할까요?"

이 시에서 시인은 한 가난하고 의지할 데 없는 여식의 호소를 통해 집중적으로 잘못된 징병제도와 그로 인한 백성들의 참상을 폭로하였다.

지배계층의 문란하고 사치스런 생활을 비판한 시로는 <촌호(村豪)>가 있다.

┃村豪┃ 마을의 부호

日擊收田鼓   날마다 추수의 북 두드리며
時稱大有年   풍년이 들었다고 한다.
濫傾新釀酒   새로 빚은 술 마구 따르며
包載下江船   배를 전세 내어 식량을 실어 나른다.
如髻銀釵滿   여인의 쪽 머리에는 은비녀 가득하고
童袍氆艶鮮   아이의 긴 옷은 모직이 곱게 빛난다.
里胥休借問   고을의 관리들이여 가서 묻지 마소서
不信有官權   그들은 관권이 있음을 믿지 않는다오.

이 시에서 시인은 악덕한 지주의 무절제한 사치생활을 폭로하면서 그들에게는 부와 권세가 있기 때문에 지방관리 정도는 안중에도 없다고 하여 그들의 횡포를 비판하였다.

이 시와 함께 <도자(陶者)> 시에서는 도공과 호족 간의 극명한 대비를 통해 그들 사이에 내재하는 모순을 예리하게 비판하였다.

┃陶者┃ 기와 굽는 이

陶盡門前土	문 앞의 흙이 다 없어지도록 기와를 만들어도
屋上無片瓦	자기 집 지붕에는 기와조각 하나 없는데
十指不霑泥	열 손가락에 흙 한 점 묻히지 않는 사람은
鱗鱗居大廈.	비늘처럼 기와 정연한 저택에 살고 있다

이 시는 경우(景祐) 3년(1036)에 지어진 시로서, 내용은 고통받는 기층 민중들의 생활에 초점이 맞추어져 있다. 실제 생산활동에 종사하면서도 자신이 만든 생산품에서 소외되어 있는 일반 민중과 아무런 노동 없이 이를 향유하는 지배계층을 호오(好惡)의 감정 판단을 배제시킨 채 단순 비교나열의 형식을 취하여 서술함으로써 오히려 그 모순과 불합리함을 극대화시키는 효과를 나타내고 있다.

매요신은 관리들의 횡포에 대해서도 여러 수의 시를 남겼다. 이 방면의 작품에서는 직설적인 표현법보다 비유의 표현기교를 사용하여 그들의 속성을 파헤치는 한편 백성들에게 가해지는 그들의 횡포를 폭로하였다.

┃猛虎行┃ 사나운 호랑이

山木暮蒼蒼	산 속 나무들은 날 저물어 검푸르고
風凄茆葉黃	싸늘한 바람 속에 갈대 잎 누렇다.
有虎始離穴	호랑이가 굴을 나서니
熊羆安敢當	곰인들 어찌 감당할 수 있으랴?
掉尾爲旗纛	꼬리를 흔들어 깃발로 삼고
磨牙爲劍鋩	이빨을 갈아 칼날로 쓴다.
猛氣吞赤豹	맹렬한 기세는 표범을 삼키고
雄威躡封狼	당당한 위엄은 이리를 떨게 한다.
不貪犬與豕	개와 돼지는 탐하지 아니하고

不窺藩與墙	울타리와 담도 엿보지 않는다.
當途食人肉	길에 나타나 사람 고기를 먹고
所獲乃堂堂	포획하는 것이 당당하기만 하다.
食人旣我分	"사람을 먹는 것이 내 본분이니
安得爲不祥	어찌 상서롭지 못하다고 할까?
麋鹿豈非命	사슴인들 어찌 타고난 수명이 없으리?
其類寧不傷	자기네 무리를 해치지 않기에
滿野設置網	들판 가득히 그물을 설치하여
競以充圓方	다투어 사람의 배에 채워진다.
而欲我無殺	내가 죽이지 않기를 바란다면
奈何飢餒腸	굶주린 배를 어찌 할 것인가?"

이 시에서 시인은 백성들에 대한 관리의 횡포를 사람을 잡아먹는 호 랑이의 횡포에 비유하면서 사람을 해치고도 그것을 당연시하는 관리들 의 뻔뻔스러움을 날카롭게 풍자하였다. 특히 이 시는 주동윤이 "전편이 호랑이가 사람을 잡아먹는 논리에서 출발하여 풍자가 신랄한 것은 고시 가운데 드물게 보이는 것이다"[59]라고 평했듯이 관리들에 의한 백성들의 고통을 직접 서술하는 대신 그들의 사람 잡아먹는 논리를 서술하여 풍 자가 한층 더 신랄해졌다.

사회현실을 반영한 매요신의 시 가운데 가장 큰 비중을 차지하는 것 은 백성들의 고통스럽고 억압된 생활을 폭로한 작품들이다.

┃ 小村 ┃ 작은 마을

淮闊洲多忽有村	넓은 회수 많은 모래섬에 어쩌다 마을 하나 있는데
棘籬疎敗謾爲門	가시나무 울타리 성기고 무너져 멋대로 문이 되었다.
寒鷄得食自呼伴	야윈 닭은 먹이를 구해 짝을 부르고
老叟無衣猶抱孫	늙은 영감 헐벗은 채 손자를 안고 있다.
野艇鳥翹唯斷纜	꼬리를 세운 버려진 배엔 끊어진 닻줄만이 남아있고

---

59) ≪梅堯臣詩選≫, 27쪽, "全篇從猛虎的吃人邏輯出發, 諷刺辛辣, 爲自古詩中所罕見."

枯桑水齧只危根　뽕나무 고목은 파도의 침식으로 뿌리만 앙상하다.
嗟哉生計一如此　안타깝다 생계가 이 지경인데도
謬入王民版籍論　왕의 백성으로 세금장부에 잘못 들어가 있으니!

　이 시는 당시 회하(淮河) 지역의 빈한하고 황량한 정경을 묘사한 것이다. 진연(陳衍)이 이 시를 평하여 "가난에 찌든 작은 마을을 그림으로 그려낼 수 없는 부분까지 묘사하였다. 마지막 구는 완곡하면서도 풍자가 크다"[60]라고 말했듯이 시인은 황량하고 피폐한 작은 마을에 대한 사실적인 묘사를 통해 그 속에서 고통스럽게 살아가는 백성들의 암담한 처지를 느끼게 해주고 있다.

┃牽船人┃ 배 끄는 사람

沙洲折脚雁　모래톱의 다리 부러진 기러기
疑人鋪翅行　배 끄는 사람처럼 날개를 늘어뜨리고 걷는다.
奈何暮雨來　어찌하나 저녁 비 내리고
復値寒風生　다시 찬바람 일어나니!
濕毛染泥滓　깃털은 젖어 진흙에 절고
縮頸無鳴聲　목이 움츠러들어 울음소리조차 내지 못한다.
爾輩正若此　그대들 바로 이와 같지만
猶勝被堅兵　그래도 날카로운 병기에 찔리는 사람보다 낫겠지.

　이 시는 매요신이 경력(慶曆) 8년(1048)에 지은 것이다. 시인은 이 시에서 배를 끄는 사람의 모습을 직접 묘사하는 대신에 모래톱의 다리 부러진 기러기의 모습을 묘사함으로써 자연스럽게 묘사 대상의 모습을 도출해내었다. 그리고는 마지막에 전절을 가하여 배 끄는 사람의 비참한 상황이 그래도 전쟁에 끌려나가 적군의 병기에 찔려 죽는 군인보다 낫다고 하여 생활고와 병역의 이중고(二重苦)에 시달리는 백성의 고통을 폭로

---

60) ≪宋詩精華錄≫, 77쪽, "寫貧苦小村, 有畫所不到者. 末句婉而多風."

하였다.

사회현실을 반영한 매요신의 시는 160여 수에 불과하여[61] 그의 시에서 차지하는 비중이 작긴 하지만 서곤체시와 만당체시가 시단을 풍미하던 때에 이런 시들을 썼다는 것은 왕우칭을 발전적으로 계승하여 송시의 길을 새롭게 열어준 것이라고 하겠다.

2) 제재의 다양성

매요신 시의 새로운 면 가운데 중요한 것으로 제재의 다양성을 꼽을 수 있다. 그는 종전의 시인들이 좀처럼 제재로 삼지 않았던 여러 가지 혐오스런 동물과 골동품·사건 등을 제재로 삼아 시를 지었다. 물론 이러한 시들은 전종서(錢鍾書)가 "그는 화려하지만 알맹이가 없고 크기는 하지만 합당하지 않은 나쁜 습관을 바로잡으려고, 번번이 곧이곧대로 둔중하고 건조하여 시 같지도 않은 어구를 사용하여 자질구레하고 더러워서 시에 넣지 못할 사물, 예를 들면 회식 후의 복통이라든가 변소에 가서 구더기를 본다든가 차를 마시니 뱃속이 꼬르륵거린다든가 하는 것들을 묘사하였다. 이런 것들은 그가 굴속에서 뛰쳐나오기는 했으나 조심을 하지 않아 다시 공교롭게도 우물 속에 빠져버린 격이라고 할 수 있다"[62]라고 비판했듯이 시에 있어서 미의 범주를 어떻게 잡을 것인가 하는 문제가 남아있긴 하지만 그가 중국 시의 제재 영역을 확대하여 시로 표현할 수 있는 대상에 대한 새로운 가능성을 모색했다는 점은 인정할 수 있을 것이다. 그는 음영의 대상이 무엇이건 간에 기본적으로 자신의 경험에 충실하면서 그 경험내용을 사실적으로 서술해 나갔다. 다음에 몇 가지 예를 들어본다.

---

61) 文明淑, ≪梅堯臣詩研究≫, 192-193쪽 참조.
62) ≪宋詩選注≫, 52쪽, "他要矯正華而不實·大而無當的習氣, 就每每一本正經的用些笨重乾燥不很像詩的詞句來寫瑣碎醜惡不大入詩的事物, 例如聚餐後害霍亂·上茅房看見糞蛆·喝了茶肚子裏打咕嚕之類, 可以說是從坑裏跳出來, 不小心又恰恰掉在井裏去了."

∥范饒州坐中客語食河豚魚∥
요주 지주 범중엄의 연회석상에서 한 객이 복어 먹은 이야기를 하여

春洲生荻芽	봄의 모래섬에 갈대 싹 돋고
春岸飛楊花	봄의 물가에 버들 솜 날리니
河豚當是時	복어는 이 때가 되면
貴不數魚鰕	귀하기가 물고기와 새우로는 헤아릴 수 없다.
其狀已可怪	모양이 기괴한데다
其毒亦莫加	독 또한 더 보탤 수가 없을 정도이다.
忿腹若封豕	화난 배는 큰 돼지 같고
怒目猶吳蛙	성난 눈은 오 땅의 개구리 같은데
庖煎苟失所	주방에서 요리하다가 실수하면
入喉爲鏌鎁	목구멍에 들어가 예리한 칼이 된다.
若此喪軀體	그처럼 몸을 해치는 것이라면
何須資齒牙	어찌 치아에 제공할 필요 있으리?
持問南方人	그러나 남방 인을 붙잡고 물어보면
黨護復矜誇	좋다고 편을 들며 자랑한다.
皆言美無度	모두들 가늠할 수 없이 맛있고
誰謂死如麻	"마비되어 죽는다고 누가 그러든가?"라고 한다.
我語不能屈	나는 말로 설복시킬 수 없어서
自思空咄嗟	스스로 생각하며 공연히 탄식한다.
退之來潮陽	한유는 조양에 와서
始憚餐籠蛇	처음에는 바구니 속의 뱀 먹기를 꺼렸고
子厚居柳州	유종원은 유주에 거처할 때
而甘食蝦蟆	두꺼비를 맛있게 먹었다지.
二物雖可憎	두 동물 비록 보기 싫지만
性命無舛差	생명에는 잘못됨이 없는데
斯美曾不比	복어 맛 비할 데 없다지만
中藏禍無涯	뱃속에 들어가면 재앙이 끝이 없다.
甚美惡亦稱	무척 좋은 것은 나쁜 점도 함께 있다는
此言誠可嘉	그 말 참으로 좋은 말이다.

이 시는 매요신이 경우(景祐) 5년(1038)에 지은 것이다. 여기서 그는 자

연물에 대한 관찰을 바탕으로 복어의 여러 가지 특징을 서술하면서 "무척 좋은 것은 나쁜 것도 함께 있다"는 교훈을 제시하였다. 일찍이 구양수는 ≪육일시화(六一詩話)≫에서 이 시를 칭찬하여 다음과 같이 말했다.

> 매요신이 일찍이 범중엄의 연회석상에서 복어 시를 지어 '봄의 모래섬에 갈대 싹 돋고, 봄의 물가에 버들솜 날리니, 복어는 이 때가 되면, 귀하기가 물고기와 새우로는 헤아릴 수 없다'라고 하였다. 복어는 보통 늦은 봄에 나와 물위에서 무리 지어 노닐며 버들솜을 먹고 살이 찐다. 남방 사람들은 흔히 복어를 갈대 싹과 함께 국을 끓여먹으면 아주 맛있다고들 한다. 그런 까닭에 시를 아는 자는 단지 첫 두 구절만으로도 이미 복어의 좋은 점을 모두 표현하였다고 여긴다. 매요신은 평생 시를 짓는 데 고심하면서 평온하고 초연하며 예스럽고 담백한 것을 의경으로 삼았기 때문에 그의 시상은 극도로 잘 짜여져 있다. 이 시는 술자리에서 지어졌어도 필력이 힘차고 넉넉하며, 잠깐 동안에 이루어졌는데도 마침내 절창이 되었다.[63]

이 글에서 알 수 있듯이 매요신은 생활 주변의 작은 대상물도 예리한 관찰과 치밀한 구성으로 예전의 중국 시에서는 좀처럼 볼 수 없었던 또 하나의 시 세계를 보여주었다.

┃師厚云蝨古未有詩邀予賦之┃

사경초(謝景初)가 예부터 이를 읊은 시가 없다고 하면서 나에게 요청하여 짓다

貧衣弊易垢	가난뱅이 옷 쉽게 해지고 때에 전다.
易垢少蝨難	쉽게 때에 저니 이가 적을 리 없다.
群處裳帶中	허리춤 속에 떼지어 살면서
旅升裘領端	길을 떠나 저고리 깃까지 기어오르기도 한다.
藏跡詎可索	숨어버리면 찾을 길 없고
食血以自安	사람 피를 빨며 편안히 살아간다.

---

63) ≪六一詩話≫, "梅聖兪嘗於范希文席上, 賦河豚魚詩云: '春洲生荻芽, 春岸飛楊花. 河豚當是時, 貴不數魚鰕.' 河豚常出於春暮, 群遊水上, 食絮而肥. 南人多與荻芽爲羹云最美. 故知詩者謂祗破題兩句, 已道盡河豚好處. 聖兪平生苦於吟詠, 以閑遠古淡爲意. 故其構思極艱. 此詩作於樽俎之間, 筆力雄贍, 頃刻而成, 遂爲絶唱."

人世猶俯仰　사람의 생명도 잠깐이거늘
爾生何足觀　네 따위 평생 볼만한 게 있으랴?

이 시는 시인이 제목에서 밝혔듯이 이를 읊은 시로는 처음이지만 부
(賦)의 형태로는 변빈(卞彬)·이상은(李商隱)·육구몽(陸龜蒙) 등에 의해 이
미 시도된 적이 있다.[64] 매요신은 부에서 시작된 이와 같은 시도를 시로
옮겨 시적 제재의 새로운 가능성을 모색하였다.

이 계통의 매요신 시가 갖는 하나의 공통된 특색은 제재의 생소함과
그 속에 담겨진 교훈적인 요소이다. 다음 시에서도 그와 같은 특색을 확
인할 수 있다.

┃蚯蚓┃　지렁이

蚯蚓在泥穴　지렁이가 진흙 구멍에 떼지어 있는데
出縮常似盈　내밀고 움츠리는 것이 언제나 가득 찬 듯하다.
龍蟠亦以蟠　용이 몸을 서리면 그들도 몸을 서리고
龍鳴亦以鳴　용이 소리를 내면 그들도 소리를 낸다.
自謂與龍比　스스로 용에 비견된다고 말을 하지만
恨不頭角生　유감스럽게도 머리에 뿔이 나지 않았다.
螻蟈似相助　땅강아지가 그들을 도우려는 듯
草根無停聲　풀뿌리 밑에서 끊임없이 소리를 낸다.
聒亂我不寐　시끄러워 잠을 잘 수가 없으니
每夕但欲明　밤마다 그저 날이 밝기를 바랄 뿐이다.
天地且容畜　천지는 이런 미물도 포용하는데
憎惡唯人情　증오는 오직 사람의 마음에 있구나.

지렁이를 제재로 한 시로서 이 작품보다 앞선 것으로는 곽박(郭璞)의
<구인송(蚯蚓頌)>이 있는 정도이다. 시인은 지렁이 같은 혐오의 대상을
시로 읊어 이와 같은 미물까지도 포용하는 대자연의 관용을 본받고자

---

64) Jonathan Chaves, *Mei yao-ch'en and the Development of Early Sung Poetry*, 191-192쪽 참조.

하는 마음을 표현하였다.

┃八月九日晨興如厠有鴉啄蛆┃
8월 9일 새벽에 일어나 변소에 갔더니 까마귀가 구더기를 쪼아 먹고 있었다

飛烏先日出	나르는 까마귀 해 뜨기 전에 나왔는데
誰知彼雌雄	저것들의 암수를 누가 알 수 있으랴?
豈無腐鼠食	어찌 주워 먹을 썩은 쥐가 없어서
來啄穢厠蟲	더러운 변소에 벌레를 쪼아먹으러 왔으리?
飽腹上高樹	배를 채우고는 높은 나무에 올라앉아
跂觜噪西風	부리를 치켜올리고 서풍 속에 시끄럽게 운다.
吉凶非予聞	길흉에 대한 저것들의 예언을 나는 듣지 않으리니
臭惡在爾躬	냄새나고 더러운 것으로 제 몸을 더럽히는 것을!
物靈必自潔	영물은 반드시 스스로를 깨끗이 해야
可以推始終	처음부터 끝까지 받들어질 수 있으리.

이 시는 매요신이 황우(皇祐) 원년(1049)에 지은 것이다. 시인은 경험의 대상이 무엇이건 간에 자신이 경험한 영역으로부터 제재를 묘사하면서 그 경험 내용을 사실적으로 충실히 묘사하였다. 이 시에서도 시인은 제 몸을 더럽히는 짓을 하는 까마귀는 영물의 자격이 없다고 함으로써 암시적 교훈을 제시하였다. 교훈적 내용을 담고 있는 이와 같은 시들은 그의 시가 의론화의 경향을 띠고 있음을 보여준다.

이번에는 골동품을 제재로 한 시를 한 수 들어본다.

┃飲劉原甫家原甫懷二古錢勸酒其一齊之大刀長五寸半 其一王莽時金錯刀長二寸半┃
유원보의 집에서 술을 마시다가 원보가 소장하고 있는 두 개의 고전(古錢)을 보여주며 술을 권하였는데, 하나는 제의 대도로 길이가 다섯 치 반이었고 다른 하나는 왕망 때의 금착도로 길이가 두 치 반이었다

主人勸客飲	주인이 손에게 술을 권하였는데
勸客無夭妍	손에게 술을 따라줄 예쁜 아가씨가 없다.

欲出古時物　　옛날의 보물을 보여주려고 하니
先請射以年　　먼저 연대를 알아맞히라고 한다.
我料孔子履　　생각해보면 공자의 신발은
久化武庫煙　　오래 전에 창고의 불로 연기되어 사라졌고
固知陶氏梭　　참으로 도씨의 베틀 북은
飛朱風雨天　　붉은 용이 되어 비바람 치는 날 날아갔다지.
世無軒轅鏡　　세상에 헌원경이 없어지자
百怪爭後先　　온갖 요괴가 앞다투어 날뛰었고
復聞豊城劍　　또 듣건대 풍성검은
已入平津淵　　이미 연평진의 연못으로 들어갔다지.
聊讐二百載　　문득 대답하길 "이백 년쯤 되겠네.
儻有書畫傳　　아마도 서화에 기록이 있겠지."
啞呼纔十一　　크게 웃으며 "겨우 십분의 일을 맞추었으니
便可傾舼船　　술 한 잔을 마셔야겠네."
探懷發二寶　　품속을 더듬어 두 보물을 꺼내니
太公新室錢　　태공과 신 왕실의 동전이었다.
獨行齊大刀　　홀로 통용되었던 제의 대도전은
鎌形未環連　　낫의 형태에 끝에는 고리가 달려 있다.
文存半辨齊　　기록된 문자 중 제(齊) 자만 반쯤 알아볼 수 있고
背有模法圓　　뒷면에는 반듯한 원이 있었다.
次觀金錯刀　　다음으로 금착도를 살펴보니
一刀平五千　　"전 한 개가 오천의 가치가 있다"고 새겨져 있다.
精銅不蠹蝕　　순동은 녹이 슬거나 부식되지 않고
肉好鉤婉全　　고리와 도신(刀身)은 원래의 아름다움을 간직하고 있다.
爲君擧酒盡　　그대 위해 술잔을 다 비우고
跨馬月娟娟　　말에 올라타니 달빛이 곱다.

이 시에는 송대 고고학 연구의 새로운 과학정신이 반영되어 있다. 시인은 골동품을 음영의 대상으로 삼아 오언시라는 제한된 형식을 통해 묘사하기 힘든 물건을 정밀하게 묘사하였다. 이와 같은 시는 제재에 있어서 뿐만 아니라 그 서술성에 있어서도 참신한 면이 있다.

3) 일상생활에 대한 관심과 산문화의 경향

매요신의 시가 지니는 새로운 성격으로서 또 하나 특기할 만한 것은 일상생활에 대한 관심과 산문화의 경향이다. 그는 일상생활 속에서 일어나는 크고 작은 일들을 제재로 하여 시를 쓰면서 그것을 찬미하거나 전통적 의미에서 그것을 시화(詩化)함이 없이 담담하게 사실적으로 묘사하였다. 따라서 그의 시에는 당대의 시인들이 지니고 있었던 제재에 대한 과장이나 심화의 경향은 보이지 않는다. 또한 그는 자신이 서술하고 있는 사건이나 대상의 정확한 세부 묘사를 위해 산문화된 구를 광범하게 사용하였다.[65] 물론 이와 같은 경향이 시의 함축미를 떨어뜨리고 운율미와 형상미를 감소시키는 면도 없지 않지만 전대의 시인들과는 달리 자신의 생활 주변에서 일어나는 작고 일상적인 경험을 시로 포착하기 위해 그는 함축적인 표현보다 세부묘사의 길을 선택했을 것이다. 다음 시를 보자.

┃ 梅雨 ┃ 장마 비

三日雨不止	삼일 동안 비가 그치지 않아
蚯蚓上我堂	지렁이가 집 위로 올라온다.
濕菌生枯籬	습한 버섯이 마른 울타리에 돋고
潤氣釀素裳	공기가 축축하여 흰옷에 곰팡이 슨다.
東池蝦蟆兒	동쪽 연못의 개구리들은
無限相跳梁	끝없이 들보 위로 뛰어오르고
野草侵花圃	잡초가 꽃밭으로 침입하여
忽與欄干長	금새 난간만큼 높이 자랐다.
門前無車馬	문 앞에 수레와 말이 없으니
苔色何蒼蒼	이끼 빛이 얼마나 푸른가?
屋後昭亭山	집 뒤에 있는 소정산이

---

65) 주동윤은 송시에 보이는 산문화의 경향이 매요신으로부터 시작되었다는 견해를 보이고 있다.(≪陸游硏究≫, 94쪽 참조)

又被雲蔽藏	다시 구름에 가려지고 말았다.
四向不可往	아무데도 갈 수가 없어서
靜坐唯一床	우두커니 침상에 앉아 있다.
寂然忘外慮	적막하여 바깥 근심을 잊고
微誦黃庭章	나지막이 ≪황정경≫을 읊조린다.
妻子笑我閑	아내가 한가로운 내 모습보고 웃으며
曷不自擧觴	어찌 술잔을 들지 않느냐고 묻는다.
已勝伯倫婦	그만해도 유령(劉伶)의 부인보다 나은데
一醉猶在傍	취했는데도 내 곁에 있어 준다.

이 시는 송 인종 지화(至和) 2년(1055) 5월 시인이 선성(宣城)에 거주할 때 장마를 만나 당시의 주변 모습과 생활 정경을 묘사한 것이다. 장마로 인한 집안 주위의 모습이 사실적으로 세밀하게 묘사되어 있고, 그 속에서의 생활모습이 아무런 과장이나 미화 없이 담담하게 서술되어 있다.

┃ 夜聽隣家唱 ┃ 밤에 이웃집의 노래 소리를 듣고서

夜中未成寐	한밤중 잠 못 이뤄 하는데
隣家聞所稀	이웃집에서 노래 소리 희미하게 들려온다.
想像朱脣動	상상해보니 붉은 입술 벙긋거리고
髣髴梁塵飛	들보 위의 먼지도 살포시 날리리라.
誤節應儂笑	박자 틀렸음인가 킥킥거리며 웃는 소리.
竊聽起披衣	몰래 들어보려고 일어나 옷자락 걸쳤는데
披衣曲已終	옷자락 걸치자 노래는 끝이 나고
窗月存餘輝	창가에 달빛만이 남았다.

이 시는 경력 7년(1047)에 지어진 것으로, 한밤중 이웃집에서 노래부르는 소리를 듣고 그것을 엿듣고자 했던 일상생활 속의 사건이 세밀한 필치에 의해 사실적으로 묘사되어 있다.

┃同謝師厚宿胥氏書齋聞鼠甚患之┃
사경초와 함께 서언의 서재에서 묵다가 쥐 소리를 듣고 몹시 걱정이 되어

燈靑人已眠	등불 희미하고 사람들 이미 잠드니
饑鼠稍出穴	굶주린 쥐들이 슬슬 구멍에서 나온다.
掀翻盤盂響	들렸다 엎어지는 접시와 사발 소리에
驚眠夢寐輟	깜짝 놀라 꿈에서 깨어나고 말았다.
唯愁机硯撲	저것들이 책상 위의 연적을 깰까 걱정되고
又恐架書齧	선반 위의 책을 갉아먹지 않을까 두렵다.
癡兒效猫鳴	바보 같은 아들놈 고양이 소리를 내보지만
此計誠已拙	그 계략 참으로 졸렬하여 소용이 없다.

이 시는 경력 4년(1044) 겨울 변경(汴京)에서 매요신이 사경초(謝景初)와 함께 서언(胥偃)의 서재에서 하룻밤을 묵을 때의 일을 기록한 것이다. 이 작품에는 자신의 개인적 경험을 서술하는 것 이외의 어떠한 작가적 의도도, 시적 이상화를 위한 노력도 표면화되어 있지 않다. 그저 생활 속의 이야기가 사실적이고 해학적으로 서술되어 있다는 느낌을 줄 뿐이다.

┃南隣蕭寺丞夜訪別┃ 남쪽 이웃 소사승이 밤에 이별 인사차 방문하여

憶昨偶相親	어제 우연히 친해졌다고 생각되는데
相親如舊友	친하기가 마치 오래 사귄 벗 같다.
雖言我巷殊	나와는 골목이 다르다고 하지만
正住君家後	바로 그대의 집 뒤에 살고 있다.
壁裏射燈光	담벽 안으로 등불 빛 비치고
籬根分井口	울타리 밑으로 우물이 나뉜 사이이다.
來邀食有魚	나를 불러 고기를 먹여주었지만
屢過貧無酒	누차 건너와도 가난하여 술대접 못했다.
明日定徂征	날이 밝으면 먼길 가기로 했다니
聊玆酌升斗	잠시 여기서 흠뻑 술을 마셔보세.
宵長莫惜醉	밤이 기니 술 취함을 아끼지 마시게
路遠空廻首	먼길 떠나면 아쉬워해도 소용없지 않은가!

이 시는 경우(景祐) 5년(1038) 시인이 건덕현(建德縣)을 떠나 변경(汴京)
에 거주할 때의 일을 서술한 것이다. 작별을 고하기 위해 찾아온 이웃에
게 주는 증별시(贈別詩)는 예부터 많은 시인들에 의해 쓰여져 온 것이지
만 매요신의 경우 그 서술방식이 다르다. 그는 소사승과 자신이 울타리
를 사이에 둔 이웃이라는 점과 그가 평소에 자신을 얼마나 후대했었는
가를 담담한 언어로 묘사하고는 마지막에 먼 길을 떠날 그에게 술을 권
하고 있다. 표현이 산문적이고 감정이 절제되어 있어 표면적으로 담백한
맛을 주지만 그 속에 깊은 정이 녹아 있음을 느끼게 해주는 작품이라고
하겠다.

매요신 시의 서술적이고 산문적인 경향은 그의 수많은 일기체 형식
을 빈 시에서 더욱 두드러지게 나타나며, 중첩자의 다용과 같은 용자상
의 특징에서도 그 일단을 엿볼 수 있다.[66] 마치 일기를 쓰듯이 자신의
생활주변에서 일어난 일들을 섬세하게 사실적으로 그려내려는 그의 노
력이 그의 시를 서술적이고 산문적인 경향으로 이끌어갔을 것이며, 그것
이 또한 제재의 확대를 가져오기도 했을 것이다.

（2） 위상과 평가

이상에서 매요신의 시가 송시의 새로운 기풍을 어떻게 선도하였는가
를 간략히 살펴보았다. 물론 매요신 시의 전체적인 성취를 조망하자면
이와 같은 새로운 경향의 시만을 대상으로 해서는 안될 것이다. 그 또한
대부분의 송대 시인들이 그러하였듯이 당시의 성과를 흡수하여 자신의
시 세계를 구축하였다. 다음 시를 보자.

---

66) 禹在鎬, ≪梅堯臣詩硏究≫, 90-92쪽 참조.

┃魯山山行┃ 노산의 산길

適與野情愜,	마침 자연을 사랑하는 내 마음에 맞는다
千山高復低	높고 낮은 수많은 산들.
好峰隨處改	아름다운 봉우리는 곳에 따라 바뀌고
幽徑獨行迷	그윽한 오솔길은 홀로 가다 잃겠다.
霜落熊升樹	서리 내린 나무 위로 곰이 기어오르고
林空鹿飮溪	고요한 숲에서 사슴은 개울물을 마신다.
人家在何許	인가는 어디쯤 있는 것일까?
雲外一聲鷄	구름 저편에서 닭 울음소리 들린다.

이 시는 시인이 강정(康定) 원년(1040)에 지은 것이다. 방회(方回)가 ≪영규율수(瀛奎律髓)≫에서 이 시를 평하여 "왕안석은 당체(唐體)에 가장 빼어나 대우에 고심하여 매우 정교하지만 초탈하지는 않았다. 매요신의 이시는 미구(尾句)가 자연스러우며 곰, 사슴이 나오는 연(聯)은 사람들이 모두가 그 공교함을 칭찬하고 있으나 그 앞의 연이 더욱 그윽하고 맛이 있다"67)라고 하였듯이 이 시는 매요신 시의 또 다른 특징인 청신하고 자연스러우면서 평담한 풍격이 잘 나타나 있다.

송시 이전에 부분적으로 송시의 특징을 지닌 시가 있었듯이 매요신 이전에 당대에는 두보 · 백거이 등이, 송대에 들어와서는 왕우칭 등이 사회현실과 일상생활을 제재로 한 시를 썼었고, 앞에서 밝혔듯이 몇몇 혐오스런 동물에 관한 시도 매요신 이전에 존재했었다. 시의 산문화에 있어서도 우리는 매요신 이전에 당대의 한유에게서 그와 같은 성향을 발견할 수 있다. 그러나 매요신 이전의 어느 시인도 앞에서 열거한 특징들을 보편적으로 갖추고 있거나 그 시인의 특징으로 여길 만큼 많은 작품을 남기지 못하였다. 매요신은 전대 시인들이 조금씩 보여주었던 새로운 가능성들을 자신의 시에 용해시켜 독특한 시 세계를 형성했을 뿐만 아

---

67) ≪영규율수≫ 권4, "王介甫最工唐體, 苦于對偶太精而不脫灑. 聖兪此詩, 尾句自然, 熊鹿一聯人皆稱其工, 然前聯尤幽而有味."

니라 송시의 특징 형성에 결정적인 역할을 수행하였다. 유극장은 송시에 서 차지하는 매요신의 위치에 대해 다음과 같이 평가하였다.

> 두보와 이백은 당의 집대성자이고 매요신과 육유는 본조의 집대성자이 다. 당시를 배우려고 하면서 이백과 두보에 근본을 두지 않고 본조 시를 배 우려고 하면서 매요신과 육유를 따르려 하지 않는다면 그것은 비좁고 누추 한 집을 좋아하여 크고 화려한 저택이 있음을 모르고, 물결에 흔들리는 조 각배를 좋아하여 만 섬을 싣고 용처럼 뛰어오르는 큰 배가 있음을 모르는 것과 같다.[68]

매요신을 육유와 함께 송시의 집대성자로 본 견해는 검토의 여지가 없지 않으나, 송시를 알려고 하면 매요신을 빼놓을 수 없다는 그의 견해 는 타당하다고 생각된다. 왜냐하면 그에 이르러 송시다운 특징이 새롭게 형성되었고 그 이후의 시단에 새로운 지평을 열어주었기 때문이다.

5 | 소순흠(蘇舜欽)

소순흠(1008-1048)은 북송 중기에 활약한 시인으로서 구양수·매요신 등과 함께 송초에 유행했던 삼체시(三體詩)에서 벗어나 송시의 새로운 기 풍을 여는 데 앞장선 사람이다.[69] 소순흠의 이와 같은 선도적인 역할에

---

68) 劉克莊, ≪後村先生大全集≫ 권99, <李賈縣尉詩卷>, "李·杜, 唐之集大成者也; 梅· 陸, 本朝之集大成者也. 學唐而不本李·杜, 學本朝而不由梅·陸, 是猶喜蓬戶之容膝 而不知有建章千門之巨麗, 愛葉舟之掀浪而不知有龍驤萬斛之負載也."
69) 蘇舜欽은 字가 子美이며 梓州 桐山(今 四川 中江縣)人이다.
三體詩는 白體詩·晚唐體詩·西崑體詩를 가리킨다.

대해 ≪송사・소순흠전≫에서는 "천성(1023-1031) 중에 글 배우는 이들이 문장을 지음에 있어서 대우의 병통에 빠지는 경우가 많았는데, 유독 소순흠과 하남의 목수(穆修)는 고문과 시가 짓기를 좋아하여 일시에 많은 호걸들이 그들과 교유하였다"[70]라고 하였고, 구양수는 ≪소학사문집(蘇學士文集)・서(序)≫에서 다음과 같이 말하였다.

자미(소순흠)의 나이는 나보다 적지만 고문을 배움에 있어서는 내가 오히려 그의 뒤에 있다. 천성 연간에 내가 관리에게 진사를 천거하게 되어 당시의 글 배우는 사람들을 보니 자질구레하게 언어의 성음과 대우에 힘써 시문(時文)이라 칭하며 서로 자랑하고 숭상하였다. 그러나 자미는 홀로 그의 형 재옹(才翁: 蘇舜元)・참군 목백장(穆伯長: 穆修)과 더불어 옛 시가와 잡문을 지었다. 당시 사람들은 모두가 그들을 비난하고 비웃었으나 자미는 그들을 돌아보지 않았다. 그 후 황제께서 시문의 폐해를 근심하여 조서를 내려 글 배우는 이들이 고문을 가까이하기를 권하니 이에 그러한 풍조가 점차 사라지고 글 배우는 이들은 조금씩 고문으로 향하였다. 유독 자미만이 온 세상이 고문을 짓지 않을 때에 시종 자신을 지키며 세속의 추이에 이끌리지 않았으니 굳건한 지향과 절조를 지닌 선비라고 할 수 있다.[71]

청 송낙(宋犖)도 "소순흠은 온 세상이 행하지 않을 때에 우뚝 일어나 양억・유균의 무너지는 물결을 바로잡고 구양수와 소식의 선구가 되어 이끌었으며 그의 재능과 학식은 더욱 뛰어난 바가 있었다. 학자들이 송초의 고문을 논할 때 왕왕 소순흠을 목수와 병칭하지만 기실 목수는 소순흠에 미치지 못한다"[72]라고 하여 소순흠의 이 점을 높이 평가하였다.

---

70) ≪송사≫ 권442, "當天聖中, 學者爲文多病偶對, 獨舜欽與河南穆修好爲古文歌詩, 一時豪俊多從之遊."
71) "子美齒少于予, 而予學古文反在其後. 天聖之間, 予擧進士于有司, 見時學者, 務以言語聲偶摘裂, 號爲時文, 以相誇尙. 而子美獨與其兄才翁及穆參軍伯長, 作爲古歌詩雜文. 時人頗共非笑之, 而子美不顧也. 其後天子患時文之弊, 下詔書, 諷勉學者以近古, 由是其風漸息, 而學者稍趨于古焉. 獨子美爲于擧世不爲之時, 不牽世俗趨舍, 可謂特立之士也."
72) ≪蘇學士文集・序≫, "子美獨崛興于擧世不爲之時, 挽楊劉之頹波, 導歐蘇之前驅, 其

(1) 소순흠의 문학사상

당시 시문의 혁신을 위해 선도적인 역할을 맡았던 소순흠의 창작경향은 그의 문학사상에 잘 나타나 있다. 우선 문(文)과 도(道)의 관계에 대해 소순흠은 한유의 뒤를 이어 "문이 도에 귀속된다"는 중도사상(重道思想)을 피력하였다. 그는 <상삼사부사단공서(上三司副使段公書)>에서 "일찍이 사람이 사람인 까닭은 말이라고 하였다. 말이라는 것은 도(道)와 의(義)에 귀착되어야 하고, 도와 의는 사람에게 은덕이 베풀어진 이후에 멈추는 것이며, 이에 이르면 그것은 썩지 않는다. 그러므로 글을 지을 때는 언제나 감히 조탁으로써 정도를 해칠 수 없다"73)라고 하여 백성들에게 은덕이 미치는 내용의 글을 쓰는 것이 중요하고 문장의 아름다움을 위해 내용이 희생되어서는 안 된다고 주장하였다.74) 그는 또한 <증석비연(贈釋祕演)>시에서 "천 편의 시를 지어 사람들을 진작시키고, 호방한 의경을 토해내니 놀랄 만하다. 뜻을 굽혀 깎고 다듬는 것을 일삼으려 하지 않고, 담박을 통해 오묘한 경지로 곧장 달리려 한다"75)라고 하여 창작실천을 통해 당시 유행하였던 서곤파 말류의 내용을 경시하고 미문만을 추구하는 기풍을 반대하였다.76) 따라서 그는 ≪시경≫의 풍·아 전통이

才識尤有過人者. 學者論宋初古文, 往往以子美與穆伯長竝稱, 其實伯長不及也."

73) ≪蘇學士文集≫ 권9, "嘗謂人之所以爲人者, 言也. 言也者, 必歸于道義. 道與義澤于物而後已, 至是則斯爲不朽也. 故每屬文, 不敢雕琢以害正."

74) 일반적으로 蘇舜欽의 문학사상을 언급할 때 ≪蘇學士文集≫ 권13 <石曼卿詩集序>를 중요한 자료로 꼽는다. 그러나 傅平驤과 胡問濤는 <論蘇舜欽及其創作>에서 이 글이 소순흠의 것이 아니라고 주장하였다. 그 근거로 이 글이 石介, ≪徂徠集≫(文淵閣本) 권18에 실려있고, 宋 魏齊賢·葉棻이 편찬한 ≪五百家播芳大全文粹≫ 권107과 편집자의 성명을 밝히지 않은 ≪宋文選≫ 권17에도 이 글을 수록하고 石介의 作이라고 하였고, 劉克莊, ≪後村詩話≫續集 권1에서도 이 글을 石介가 지었다고 한 것을 들었다. 이들의 주장에 근거가 있으므로 여기서도 <石曼卿詩集序>를 소순흠의 문학사상을 언급하는 자료로 삼지 않는다.

75) "作詩千篇頗振絶, 放意吐出吁可驚. 不肯低心事鐫鑿, 直欲淡泊趨杳冥."

76) <贈釋祕演>시는 승려 비연의 시를 평론한 것이지만 소순흠 자신의 시론을 천술한

쇄락한 것을 가슴아파하며[77] 고문의 부흥을 자신의 임무로 여기고 "붓을 들면 고시를 써 내려가 곧장 성인의 도리가 있는 곳으로 향한다"[78]는 뜻을 분명히 했다.

소순흠은 예술 풍격에 있어서도 시문의 창작을 통한 현실 참여를 강조하여 호쾌하고 분방하게 쓸 것을 주장하였다. 그는 <답송태축견증(答宋太祝見贈)>시에서 송중도(宋中道)의 시를 평하여 "기세가 호쾌하여 무어라 명명할 수 없고, 종횡으로 치달아 꺾을 수가 없다. 노도가 수시로 사방에서 터져 나오는 것 같고, 힘차게 솟아오르다 다시 아래로 떨어지곤 한다"[79]라고 하였고, <화자리옹가원(和子履雍家園)>시에서 "그대의 흉금과 풍도를 나는 똑같이 좋아하니, 시를 짓는 것이 호방하여 미칠 수가 없다"[80]라고 하여 '호횡(豪橫)'과 '굉방(閎放)'에 대한 애호를 표명하였다. 구양수도 <답소자미리경견기(答蘇子美離京見寄)>시에서 "그는 시에서 가장 호방하니, 얼마나 종횡무진 분방한가! 뭇 현이 음률을 배열하면, 금석이 차례로 울린다. 때때로 험구(險句)를 내어, 난세에 천둥을 울리니, 두 귀를 가릴 틈도 없이, 온갖 고질병이 폭로된다. 언어가 물론 놀랄 만하지만, 필묵은 더욱 정교하다"[81]라고 하여 소순흠의 시가 호쾌하고 분방한 것을 칭찬하였다.

그는 또한 진주원(進奏院) 폐지 사건으로 파직 당하고 소주(蘇州)에 거주하고부터는 고담질박(古淡質朴)하고 청신자연(淸新自然)한 풍격도 중시하여 <시승칙휘구시(詩僧則暉求詩)>시에서 "앞으로 고담으로 나아가면, 먼저 내용 없이 시끄러운 것을 진압할 수 있으리"[82]라고 하였고, <답장

것으로 볼 수 있다.

77) <詩僧則暉求詩>詩, "風雅久零落, 江山應寂寥."(風·雅가 영락한지 오래되어, 강산은 적막하고 쓸쓸하리.)

78) <夏熱晝寢感詠>詩, "筆下驅古風. 直趣聖所存."

79) "恣睢莫能名, 豪橫不可挫. 怒奔時旁出, 力蹇復下墮."

80) "君之襟尙我同好, 作詩閎放莫可攀."

81) "其于詩最豪, 奔放何縱橫. 衆弦排律呂, 金石次第鳴. 間以險句出, 非時震雷霆, 兩耳不及掩, 百痾爲之醒. 語言旣可駭, 筆墨尤其精."

부(答章傳)>시에서는 "무성하구나 산호의 가지가, 이것은 본래 기교에서 나온 것이 아니다"[83]라고 하였다. 이는 결국 그가 예술 풍격의 다양화를 제창한 것이라고 볼 수 있다.

이상에서 살펴보았듯이 소순흠의 문학사상은 문과 도의 관계에 있어서 도를 중시하여 시문의 창작이 국가와 사회가 안고 있는 문제를 반영하고 비판하는 기능을 지녀야 한다고 주장하였고, 예술 풍격의 다양화를 제창하여 작가의 흥금과 정감이 제약 없이 표현되어야 한다고 생각했다.[84]

소순흠의 문학사상은 체계적으로 서술되어 있지도 않고, 자료도 풍부하지 않아 주로 전인과 동시대인의 시를 평론하는 그의 시가에 산견되는 것을 살펴본 데 불과하지만 대체로 구양수의 시론과 궤를 같이하고 있음을 알 수 있다.[85]

(2) 소순흠의 시

소순흠의 시는 《소학사문집(蘇學士文集)》에 213수가 실려있다. 이것을 체제별로 분류해보면 오언고시 65수, 칠언고시 31수, 오언율시 34수, 칠언율시 48수, 오언절구 1수, 칠언절구 24수, 오언배율 9수, 칠언배율 1수이어서 고시의 비중이 상대적으로 높음을 알 수 있다.[86]

---

82) "會將趨古淡, 先可鎭浮囂."

83) "扶疏珊瑚枝, 本不自雕巧."

84) 蘇舜欽은 <和韓三謁歐陽九之作>시에서 "韓絳은 한탄하여 부족하면, 시를 지어 情意를 편다. 산호 고리처럼 찬란하여, 그 빛과 아름다움을 가릴 수 없다."(韓子歎不足, 作詩暢情意. 爛如珊瑚鉤, 光艷不可閉.)라고 하여 情意를 펴는 수단으로서의 시의 작용을 중시하였다.

85) 물론 소순흠의 시론이 구양수와 완전히 일치하는 것은 아니다. 구양수는 소순흠과 달리 道와 함께 文도 중요하다고 하여 文道幷重의 사상을 견지하였다. 그러나 그도 "道가 뛰어나면 文은 어렵지 않게 저절로 따라온다"(<答吳充秀才書>)고 생각하였고, 시의 "현실의 반영과 비판"기능을 중시했으며, 풍격의 다양성을 인정하였다.

소순흠의 시가 창작은 그의 문학사상을 실천한 것이라고 할 수 있는데, 그 창작경향을 살펴보면 진주원 사건을 경계로 하여 전·후 두 시기로 나눌 수 있다.[87] 소순흠 전기시의 현저한 특징은 국가와 사회와 인민에 대한 관심을 표명한 것으로서 강렬한 정론성(政論性)을 지니고 있다. 그는 시가 창작을 통하여 조정의 정치를 비평하고 시폐를 질책했으며, 침략에 반대하여 애국주의 사상을 표현했으며, 백성들이 겪는 고통을 충실히 반영하였다. 고체시를 많이 사용하였고, 의론화·산문화의 경향을 뚜렷이 보여주고 있으며, 호방하면서도 비장한 풍격이 주류를 이루고 있는 것도 이 시기의 특징이다. 소순흠의 창작태도는 단호한 것이었지만 당시의 정치 환경이 이를 용납하지 않았기 때문에 그는 이 점을 감지하고 때때로 좌절하기도 하였다.[88] 그렇지만 그는 이 시기에 시종일관 당시의 정치 환경과 타협하지 않는 꿋꿋한 태도를 견지하였다.

후기의 시가 창작은 전기와 연계되어 있는 한편 차이도 있다. 소주에서의 은거생활이 정치 방면에서의 그의 시야를 제한하기도 했겠지만 정치적인 좌절이 그의 심경에 변화를 일으켜 중대한 정치사건과 사회문제를 다룬 작품은 감소하고 산수자연에 자신의 정회를 기탁한 작품이 증가하였다. 그렇다고 전기의 기본 경향이 완전히 사라진 것은 아니어서 국사에 대한 관심과 자신의 이상에 대한 추구를 내용으로 하는 작품도

---

86) ≪全宋詩≫(六)에는 ≪蘇學士文集≫에 수록된 213수 외에 宋·元 諸人의 문집 속에 산견되는 것을 망라하여 詩 231수와 殘句 1개, 存目詩 3수가 수록되어 있다.

87) 蘇舜欽詩의 시기구분은 학자에 따라 세 시기로 나누기도 한다. 예를 들어 陳仿僑의 <淺論蘇舜欽詩的思想性>과 傅平驤·胡問濤의 <論蘇舜欽及其創作>에서는 ① 1034년 進士가 되기 이전 시기, ② 1034년 進士가 된 후부터 1044년 進奏院 사건으로 파직될 때까지의 시기, ③ 1044년 파직 후부터 1048년 그가 죽을 때까지의 시기로 삼분하였다. 그러나 蘇舜欽詩의 창작경향을 기준으로 살펴보면 ①과 ②의 시에 별 차이가 없어서 역시 進奏院 사건으로 파직된 것을 경계로 전·후 두 시기로 나누는 것이 타당하다고 생각된다.

88) 예를 들어 소순흠은 <舟中感懷寄館中諸君>시에서 "이제 세월은 흘러가서, 이는 흔들리고 머리는 벌써 하얗게 세었네. 당세에 쓸모가 없게 되었으니, 스스로 일찍이 물러나야 마땅하리."(歲月今逝矣, 齒搖髮已蒼. 於時旣無益, 自合早退藏.)라고 하여 은거의 소극적인 정서를 표현하였다.

적지 않다. 다만 이 시기의 작품에는 자신의 처지에 대한 울분과 불만의
감정이 짙게 배어있다고 할 수 있다.[89] 또한 후기에는 율시를 많이 써서
그 수량이 고시를 초과하였고, 사건 서술 중심의 직서 외에 함축과 철리
를 깃들인 작품을 썼으며, 평담하고 청신한 풍격을 발전시켰다.

소순흠의 시를 내용별로 분류해보면 국가 사회의 현실을 반영하고
비판한 사회시, 자신의 불우한 처지와 감회·이상 등을 토로하고 기탁한
서정시, 눈앞의 경물을 묘사하고 그 속에 자신의 정감을 곁들인 사경시,
현실에 나타나는 갖가지 현상에 대한 풍자와 유머 등 철리성이 풍부한
철리시 등으로 나눌 수 있다.

1) 사회시

소순흠이 활약했던 북송 중기의 사회는 대내외적으로 사회적 모순이
날로 심해지던 시기였다. 이러한 상황에 처하여 그는 시가 사회현실을
반영하고 비판하는 역할을 담당해야 한다는 자각을 품고 창작을 통하여
당시의 갖가지 정치·사회적 모순과 불합리한 현상을 폭로하고 비판하
는 한편 정치의 개혁을 요구하였다. 먼저 당시의 정치를 비판하고 시폐
를 질책한 작품을 보자.

▌慶州敗▐ 경주에서의 패전

無戰王者師	"싸우지 않는 것은 왕자의 군대이고,
有備軍之志	대비해두는 것은 군대의 의지이다."
天下承平數十年	천하가 안정된 지 수십 년 되니
此語雖存人所棄	이런 말 있기는 하나 사람들은 이미 버렸다.

---

89) 歐陽修는 <湖州長史蘇君墓誌銘>에서 "君은 처자를 이끌고 蘇州에 거처하여 水石
을 사서 滄浪亭을 짓고 마음을 가라앉혀 六經에 진력했는데, 때때로 歌詩에 그의 울
분을 토로하여 그 격렬함에 이르러서는 왕왕 놀라 자빠질 정도였다."(君携妻子, 居蘇
州, 買水石作滄浪亭, 日益讀書, 大涵肆于六經, 而時發其憤悶于歌詩, 至其所激, 往往
驚絶.)라고 하여 蘇舜欽의 이 점을 지적하였다.

今歲西戎背世盟	금년에 서쪽 오랑캐가 오랜 맹약 저버리고
直隨秋風寇邊城	곧장 가을 바람 따라 변방의 성을 노략질했다.
屠殺熟戶燒障堡	이민족 백성을 도살하고 요새를 불태우며
十萬馳騁山嶽傾	십만의 군대가 내달리니 산악이 기우는 듯하다.
國家防塞今有誰	나라의 변방을 지키는 이 지금 누구인가?
官爲承制乳臭兒	승제 관직의 젖비린내 나는 어린아이다.
酣觴大嚼乃事業	먹고 마시며 즐기는 것이 그의 일이니
何嘗識會兵之機	언제 용병술을 익혔으리요?
符移火急蒐卒乘	징집의 칙명을 받고 화급히 군대를 모아
意謂就戮如縛尸	시체를 결박하듯 적군을 무찌를 기세였다.
未成一軍已出戰	군대가 제대로 편성되기도 전에 출전하여
驅逐急使緣嶮巇	병사를 몰아 급히 험준한 산을 오르게 했다.
馬肥甲重士飽喘	말은 살찌고 갑옷 무거워 병사들 헐떡거리니
雖有弓劍何所施	활과 칼 있다지만 어떻게 쏘고 휘두를까?
連顛自欲墮深谷	험하고 고달파 깊은 계곡으로 떨어지려 하니
虜騎笑指聲嘻嘻	오랑캐 기병들이 손가락질하며 비웃는다.
一麾發伏鴈行出	명령이 떨어지자 매복했던 병사들 정연히 뛰쳐나와
山下掩截成重圍	산 아래를 막아서며 겹겹이 포위하였다.
我軍免冑乞死所	우리 병사들 투구를 벗어 던지며 살려달라 애걸하고
承制面縛交涕洟	장수는 결박당하여 눈물 콧물 줄줄 흘린다.
逡巡下令藝者全	포로들 어쩔 줄 몰라할 때 기예 있는 자 살려준다 하니
爭獻小技歌且吹	앞다투어 작은 기예 선보이며 노래부르고 나팔분다.
其餘劓馘放之去	그 나머지 코 베고 귀 벤 후 놓아주니
東走矢液皆淋漓	도망치며 똥오줌 싼 것이 줄줄 흐른다.
首無耳準若怪獸	얼굴에 귀와 코 없으니 괴상한 짐승 같건만
不自媿恥猶生歸	수치스러운 줄 모르고 살아 돌아온 것만 감지덕지한다.
守者沮氣陷者苦	수비하는 자 기 꺾이고 함락 당한 자 고통받는 것은
盡由主將之所爲	모두가 장수의 소행에서 비롯된 것이다.
地機不見欲僥勝	요충지를 모르고서 요행만 바란 결과
羞辱中國堪傷悲	나라를 욕되게 하였으니 참으로 애통하다.

송 인종 경우(景祐) 원년(1034) 7월에 서하의 조원호(趙元昊)가 송나라의

경주(今 甘肅省 慶陽)를 침략하자 송 왕조는 이를 저지하기 위해 제종구(齊宗矩)를 출병시켰지만 복병을 만나 전투에 지고 포로가 되고 말았다. 이 시는 그 때의 참상을 묘사한 것인데, 작자는 전쟁에 패한 송나라 군사들의 비참한 모습을 묘사하면서 그 책임이 무능한 장수와 사람을 제대로 쓸 줄 모르는 조정의 통치자에게 있다고 비판하였다.

┃聞京尹范希文謫鄱陽尹十二師魯以黨人貶郢中歐陽九永叔移書責諫官 不論救而謫夷陵令因成此詩以寄且慰其遠邁也┃

경조부윤(京兆府尹) 범중엄이 파양으로 좌천되고 윤수는 그의 당인이라는 명목으로 영주로 좌천되고 구양수는 서한을 보내 간관이 이들의 구제를 논하지 않는 것을 비난했기 때문에 이릉령으로 좌천되었으므로 이 시를 지어 부치고 아울러 멀리 떠난 것을 위로한다

朝野蔚多士	조정과 민간의 많은 선비들이 모였으니
袞然良可羞	그 성대함 참으로 대단하다.
伊人秉直節	그 사람들은 곧은 절개를 지니고
許國有深謀	나라를 위해 심원한 계책을 세웠다.
大議搖巖石	나라에 대한 건의는 큰 바위를 뒤흔들고
危言犯朵旒	직언은 면류관 쓴 임금님의 비위를 건드렸다.
蒼黃出京府	그 결과 그는 황급히 경조부를 떠나
憔悴謫南州	초췌한 모습으로 남쪽 땅에 좌천되었다.
引黨俄嗟尹	당인이라고 진술하자마자 윤수는 탄식하였고
移書遽竄歐	서한을 보내자 즉시 구양수는 내쫓겼다.
安慙言得罪	어찌 간언으로 죄를 얻는 것이 부끄러워
要避曲如鈎	갈고리처럼 굽혀가며 피하고자 했으리?
郢路幾束馬	영주로에 윤수가 탄 말이 거의 다 왔고
荊川還泝舟	형강에는 또 구양수 실은 배가 거슬러온다.
傷心衆山集	여러 산이 모여있는 것을 보고 상심하고
擧目大江流	눈을 들어 장강의 도도한 흐름을 바라본다.
遠動家公念	윤수는 멀리 가친의 걱정을 불러일으켰고
深貽壽母憂	구양수는 노모께 깊이 근심 끼쳤다.
橫身罹禍難	몸을 던진 탓에 환난을 만났고

當路積仇讐	권력자들에게 복수심을 쌓게 하였다.
衛上寧無術	임금의 보위에 어찌 방법이 없었으랴만
亢宗非所優	가문을 감싸는 데에는 뛰어나지 못하였다.
吾君思正士	우리 임금님께서 올바른 선비를 그리워하니
莫賦畔牢愁	<반뇌수(畔牢愁)>를 지어 부르지는 마소서.

경우 3년(1036) 1월에 예원외지랑(禮員外指郎) 범중엄이 사람을 쓰는 문제로 재상 여이간(呂夷簡)과 다툰 결과 범중엄은 붕당을 조성하여 군신(君臣)을 이간시킨다는 죄명 아래 요주(饒州)로 좌천되고, 이어서 범중엄을 비호했던 윤수와 구양수가 각각 영주(郢州)와 이릉(夷陵)으로 좌천되자 소순흠은 이 사건을 시로 지어 비판하였다. 그는 이 시에서 사악한 권신들이 현능한 인재들을 질시하여 충직한 그들을 내몬 과정을 서술하면서 송 조정 내부의 암흑상을 폭로하였다.

▌昇陽殿故址▐ 승양전 옛터

昔在開元中	지난날 개원 중에
此名昇陽殿	이곳의 이름은 승양전이었다.
西通大明宮	서쪽으로는 대명궁에 통하고
夾道直如箭	협도는 곧기가 화살 같았다.
至尊黃金輿	지존하신 황제가 황금 수레 타고
乘春日幸宴	봄날을 틈타 연회에 행차하시면
翠嬪戛鐘鼓	비취 옷 입은 비빈들 종과 북 두드리고
歡呼奏新編	환호하며 신곡 연주를 끝마친다.
巧舞風燕翻	교묘한 춤은 제비가 재주넘는 듯하고
妖歌露鶯囀	요염한 노래는 꾀꼬리가 지저귀는 듯하다.
酒光射錦幄	술 빛은 비단 장막에 반사되고
上下花會炫	위 아래로 꽃이 모여 현란하였다.
雕盤堆繁英	꽃무늬 쟁반에는 갖가지 옥이 쌓이고
豔粉弱自戰	꽃은 가볍게 스스로 떨고 있다.
天歡日無窮	황제의 환락은 날마다 끝이 없고

臣諫莫敢獻　　신하는 감히 간언을 드리지 못하였다.
樂極哀繼之　　환락이 극에 달하면 슬픔으로 이어지니
在理亦可見　　이는 사물의 이치로도 알 수 있다.
胡來塞宮闕　　오랑캐가 들이닥쳐 궁궐을 에워싸니
腥羶汚香薦　　피비린내가 향긋한 자리를 더럽혔다.
縱火寢廟平　　마구 불을 질러 종묘를 쓰러트리고
揮戈君臣迸　　창을 휘둘러 군주와 신하를 흩어지게 하였다.
庸嗣忽前醜　　용렬한 후계자 뜻밖에 마찬가지로 무능하여
泚巢更禍亂　　주자(朱泚)와 황소에 의해 더욱 재앙과 변란이 깊어져
冉冉竟覆亡　　서서히 마침내 쓰러져 멸망하니
返爲耕牧便　　다시금 경작과 방목에 어울리게 되었다.
瓦礫雖費犁　　깨진 기와들이 쟁기질을 힘들게 하지만
土壤頗肥衍　　토양은 무척 비옥하고 넉넉하다.
蓋由殺人多　　모두가 사람을 많이 죽여서
膏血浸漬遠　　그 기름과 피가 널리 스며들었기 때문이다.
髑髏今成堆　　해골은 지금 무더기를 이루고 있는데
皆昔燕趙面　　모두가 지난날의 미인들 것이다.
每因鉏耰時　　매번 호미질 괭이질 할 때면
數得寶玉片　　자주 보옥의 조각들을 얻는다.
今秋雨澤多　　금년 가을은 비의 은택이 많아
穀穗密如辮　　곡식 이삭이 땋은 머리처럼 빽빽이 달려
農惟喜豐稔　　농민들은 풍년이 들었다고 기뻐하지만
吾獨閔遷變　　나는 홀로 그 변천에 우울하다.
不有失德君　　덕을 잃은 군주가 아니었다면
焉爲稽夫佃　　어찌 농부들이 땅을 경작할 수 있었을까?
大國尙如此　　큰 나라도 오히려 이와 같거늘
小人易流轉　　일개 사람이야 이리 저리 떠돌기 쉬운 법.
道德可久長　　도덕은 장구할 수 있을 테니
作詩將自勸　　시를 지어 스스로 권면해 본다.

시인은 이 시에서 당 현종의 방탕과 당 왕조의 멸망을 서술하면서

예리한 필치로 송 왕조에게 경종을 울리고 있다. 이 시는 회고시의 형식을 띠고 있지만 송 왕조의 사회를 은유적으로 비판하며 국가와 사회에 대한 최고통치자의 책임을 추궁하고 있어서 당시의 사회와 정치에 대한 시인의 깊은 관심과 애정을 엿볼 수 있다.

이 밖에 <감흥(感興) 3수>·<기묘동대한유감(己卯冬大寒有感)>·<촉사(蜀士)>·<엽호편(獵狐篇)>·<망진릉(望秦陵)> 등도 이 계열의 가작으로 손꼽을 수 있다.

소순흠의 사회시 속에는 농민들의 생활에 관심을 가지고 그들이 가난과 官의 횡포 속에서 신음하고 죽어 가는 현실을 폭로하고 관리들의 잔혹함을 비판한 작품들도 적지 않다.

┃**吳越大旱**┃ 오·월 땅의 큰 가뭄

吳越龍蛇年	오·월의 땅에 용과 뱀의 해에[90]
大旱千里赤	큰 가뭄이 들어 천리 땅이 벌거벗었다.
尋常秔稌地	평상시 벼와 기장 심던 밭에
爛漫長莉棘	가시나무만 무성하게 자랐다.
蛟龍久遁藏	교룡은 오래 전에 숨어들고
魚鼈盡枯腊	물고기와 자라는 모두 말라버렸다.
炎暑發癘氣	찌는 더위가 전염병을 일으켜
死者道路積	죽은 시체가 길거리에 쌓이고
城市接田野	도시는 들판으로 이어져서
慟哭去如織	통곡하며 떠나는 사람들 베를 짜듯 끊임없다.
是時西羌賊	이 때에 서쪽의 오랑캐들이
凶燄日熾劇	흉포한 기세가 날로 치열해져서
軍須出東南	군수품을 동남지역에서 대야 하니
暴斂不暫息	가혹한 세금은 잠시도 쉬지 않는다.
復聞籍兵民	게다가 백성들을 병적에 올려놓고

---

90) 龍蛇年(용사년): 宋 仁宗 康定 元年(1040)이 庚辰年이고 그 다음 해(1041)가 辛巳年이어서 이렇게 부른 것이다.

驅以敎戰力	전력을 증강한다고 내몰아 훈련시킨다.
吳儂水爲命	오 땅의 사람들은 물이 생명이고
舟檝乃其職	뱃사공이 바로 그들의 직업인지라
金革戈盾矛	칼과 창, 갑옷·투구와 방패는
生眼未嘗識	눈을 뜨고도 알아보지 못한다.
鞭笞血塗地	채찍질에 피가 땅을 뒤덮고
惶惑宇宙窄	두려워 갈팡질팡하니 천지가 비좁다.
三丁二丁死	세 사람 중에 두 사람은 죽고
存者亦乏食	살아남은 자도 먹을 것이 없다.
寃對結不宣	원한이 피에 맺혀 발산되지 않고
衝迫氣候逆	충돌하여 핍박하니 기후도 이상해져
二年春及夏	2년 동안이나 봄과 여름에
不雨但赫日	비는 내리지 않고 붉은 해만 이글거렸다.
安得涼冷雲	어찌하면 서늘한 구름을 얻어
四散飛霹靂	사방으로 우레를 치며
滂沱消祲癘	큰비가 내려 전염병을 없애고
甘潤起稻稷	파릇파릇 벼와 기장 싹 돋아나고
江波開舊漲	강물은 옛날처럼 넘실거려 물결치고
淮嶺發新綠	회남의 산들은 신록을 발하고
使我揚孤帆	나로 하여금 외로운 배를 띄워
浩蕩入秋色	드넓은 물 위에서 가을빛으로 들어가게 할 수 있을까?
胡爲泥滓中	어찌하여 진흙탕 속에서
視此久戚戚	이를 바라보며 오래도록 슬픔에 잠겨
長風卷雲陰	바람은 계속 불어 구름을 걷어 가는데
倚檜淚橫臆	배에 기대어 눈물이 앞을 가리게 한단 말인가?

이 시는 인종 강정(康定) 원년(1040)부터 2년간에 걸쳐 중국 절강(浙江) 일대에 큰 가뭄이 들었을 때 농민들이 겪어야 했던 참혹한 상황을 묘사한 것이다. 여기서 묘사한 것은 당시 중국 농촌사회의 축소판으로서 두보의 <병거행(兵車行)>이나 <석호리(石壕吏)>와 마찬가지로 당시 농민들의 참상 및 그들과 통치자 사이의 갈등을 핍진하게 그려놓았다.

소순흠은 이민족의 침략에 반대하며 이민족으로부터 나라를 지켜야 한다는 애국의 사상을 표현하기도 하였다.

┃夜中┃ 한밤중

夜分衆諠死	한밤중에 뭇 소리가 모두 가라앉으니
耿耿抱眞履	정성스럽게 참된 지행(志行)을 끌어안는다.
中君湛以寧	마음속은 맑고 편안하여
不爲外官使	외부의 감관에 좌우되지 않지만
七兵乘間入	갖가지 잡념이 틈을 타 끼어드니
攻剽勢向圮	그 공격에 대상마다 허물어진다.
主將不謀陣敵惡	마음은 흉악한 적 앞에서 대책도 없이
蕩然失守遽藏避	방어하지 못하고 황급히 숨고 피한다.
駭浪奔騰	거센 물결이 솟아올라 몰아치듯이
一刻萬里	일각에 만리를 치닫듯이 하며
紛紛變化無窮已	어지러운 변화가 끝이 없었다.
俄如獨繭絲	그런데 문득 고치 하나에서 나온 실처럼
忽復滿天地	정돈된 생각이 다시 천지를 가득 채웠다.
乳虎不受縛	포유기의 어미 호랑이는 사로잡을 수 없고
狂龍難馴致	미쳐 날뛰는 용은 길들이기 어려운 법이다.
我思精甲	나는 생각한다 훌륭한 갑옷과 무기로
以扞異類	그 이질적인 무리들을 막아내어
邪慝弗萌	사악하고 간특한 싹을 잘라내고
元辟復位	육체의 군주를 복위시킬 것을.
輔以逍遙之至道	유유자적의 지극한 도로 보좌하여
爛然光輝照無際	찬란한 빛을 끝없이 비추도록 하겠다.

인종 강정 원년(1040) 서하의 조원호가 새문채(塞門寨)와 안원채(安遠寨)를 공격해 함락시키고 건구(乾溝)·건하(乾河)·조복(趙福)의 삼보(三堡)를 무너뜨렸다. 이 과정에서 병마감압(兵馬監押) 왕계원(王繼元)과 도순검(都巡檢) 양보길(楊保吉)은 전사하고 병마도감(兵馬都監) 황덕화(黃德和)는 군대를 버렸다는 이유로 허리를 잘리는 형벌을 받았다. 이 시는 이러한 역사 사

실에 근거하여 쓴 것으로, 이민족의 침략으로 인한 전쟁의 참상과 이들을 막아내어 나라를 지켜야 한다는 의지를 표명하였다.

┃有客┃ 어떤 사람

有客論時事	어떤 사람이 요즘 세상사를 논하니
相看各慘然	서로 바라보며 각기 참담해 한다.
蠻夷殺郡將	오랑캐가 지방의 장수를 죽이고
蝗蝻食民田	해충이 백성들의 밭을 먹어치웠다.
蕭瑟心空遠	쓸쓸하니 마음은 텅 빈 듯 허전하고
徘徊志自憐	배회하니 웅지는 절로 가엾기만 하다.
何人同國恥	누구와 나라의 치욕을 함께 나누리요?
餘憤落樽前	넘쳐 나온 분노가 술잔 앞에 떨어진다.

이 시에서도 시인은 이민족의 침략과 만행을 묘사하고 그에 대한 분노를 표명함으로써 강렬한 애국사상을 보여주었다.

이상에서 살펴본 것처럼 소순흠의 사회시는 북송 중기 사회의 단면을 여실히 보여주고 있다. 그는 자연재해와 포악한 관리에게 시달리는 농민과 변방에서 전쟁의 고통에 신음하는 병사들의 모습을 사실적으로 묘사하는 한편 이러한 사태에 대한 책임이 무책임한 통치 집단과 무능하고 사악한 관리들에게 있음을 과감하게 폭로하고 애국의 열정으로 이를 앞장서서 시정하고자 하였다. 전종서(錢鍾書)가 "육유 시의 한 주제─국세의 약화와 이민족의 침략에 분개하여 적을 무찌르고 공을 세우길 원하는 영웅적 포부─가 송시에서는 아마도 소순흠의 작품에서 가장 먼저 보인다"[91]라고 한 것은 바로 이점을 지적한 것이다.

---

91) ≪宋詩選注≫, 24쪽, "陸游詩的一個主題─憤慨國勢削弱・異族侵凌而願意'破敵立功'那種英雄抱負─在宋詩裏恐怕最早見於蘇舜欽的作品."

2) 서정시

소순흠은 그의 일생이 말해주듯이 남다른 포부와 이상을 지녔지만 뜻을 이루기도 전에 정치적으로 좌절되어 불우하게 생을 마감하였다. 그래서 그에게는 자신의 불우한 처지와 그에 대한 감회를 표현한 시가 적지 않은데, 특히 진주원(進奏院) 사건 이후 소주(蘇州)에서 쓸쓸하게 지내던 시기에 이 계열의 시가 집중되어 있다.

送李生	이생을 보내며
李生以病廢	이생이 병 때문에 쫓겨나
東入徂徠峯	동쪽으로 조래봉에 들었다.
志氣尙突兀	의지와 기개는 아직 우뚝하지만
形骸已龍鍾	육체는 이미 노쇠하였다
男兒生世間	남아가 세상에 태어나면
有如絶壑松	깎아지른 골짜기의 소나무와 같은 데가 있다.
誤爲風雷傷	잘못하여 바람과 우레에 손상되면
不與匠石逢	석 같은 명공과는 만나지 못한다.
哀哉千尺榦	슬프다 천 자나 되는 줄기가
摧折似秋蓬	꺾여져 가을의 쑥대같이 되었다.

이 시는 소순흠이 벗 이생을 전송하며 지은 것이다. 유극장(劉克莊)이 "이 시는 지극히 비장하다. 이생이 어떤 사람이기에 그 일을 당하기에 족했을까? 아마도 소순흠이 스스로를 말한 것일 것이다"[92]라고 말한 것처럼 소순흠은 이 시를 빌어 웅지를 펴지 못하고 도중에 좌절당한 자신의 심경을 토로하였다.

滯舟	뱃길이 막히다
落照滿長河	낙조는 끝없이 펼쳐진 강에 가득하고

---

92) 《後村詩話》, "此詩悲壯之甚. 李生如何人, 足以當之? 竊意子美自謂也."

流水暖沖融	흐르는 물은 따뜻하고 끝없이 넘실거린다.
中有鳧鷖群	그 가운데 오리들이 떼지어 있으며
上下隨和風	온화한 바람 따라 오르내린다.
捕魚沒淺浦	물고기를 잡으려고 얕은 물가에서 자맥질하고
矯翅入紫空	날개를 들어올려 푸른 하늘로 날아오른다.
嬉遊意自得	즐겁게 놀면서 의기양양하니
肯顧冥冥鴻	높고 멀리 날아가는 기러기를 돌아보려 하겠는가?
伊余何所適	내가 갈 길은 어느 곳인가?
舟滯數見窮	뱃길이 막혀 자주 곤궁에 처하였다.
十步九暗灘	열 걸음에 아홉은 불시에 나타나는 여울이라
咫尺不可通	지척의 거리도 나아갈 수가 없다.
獠工裂吻噪	사공은 입을 있는 대로 벌리고 외치지만
捨檝將何從	노를 버렸으니 장차 어디로 갈 것인가?
巨絙挽屢斷	굵은 밧줄로 당겨보았지만 누차 끊어지니
有如拔山峯	마치 산봉우리를 뽑으려는 것 같다.
夕憂寇盜至	날이 저무니 도적들이 나타날까 걱정되어
蹴弩映岸叢	쇠뇌를 발로 밟아 당기고 물가 숲에 숨긴다.
徊徨但搔首	서성거리다가 그저 머리를 긁적이고
歎息無所容	탄식하지만 받아 줄 데가 없다.
曾無鳥禽樂	일찍이 새들의 즐거움 없었으니
虛在人曹中	사람들 속에 있어도 소용이 없다.

이 시에서 시인은 자신의 곤궁한 처지와 막막한 앞날에 대한 불안감을 길이 막혀 나아가지 못하는 배에 비유하였다.

▌遷居▌ 거처를 옮기며

前歲旅淮楚	재작년에는 회초(淮楚) 지방을 떠돌다가
去年還上都	작년에는 서울로 돌아왔다.
上都一歲內	서울에서 한 해 안에
前後七徙居	전후에 걸쳐 일곱 번 이사를 했는데,
歲暮被重謫	세모에 엄중하게 폄적을 당하여

狼狽來中吳	낭패하여 소주(蘇州)로 왔다.
中吳未半歲	소주에서 반년도 되기 전에
三次遷里閭	세 차례나 거처를 옮겼다.
京師重騰移	서울에서는 이사하는 짐이 무거워
長物動數車	가구와 집기가 걸핏하면 여러 수레였는데,
江湖亦稍便	시골에서는 역시 조금 편하여
一舟樂有餘	배 하나로도 이미 여유가 있다.
破壞新器皿	새 그릇들은 깨어지고
散亡舊圖書	옛 도서는 흩어져 없어지니
家人頗倦煩	집안 식구들도 지치고 번거로웠던지
行路亦歎呼	길을 가며 마찬가지로 탄식한다.
吾知人之生	사람의 삶을 나는 아나니
天壤乃蘧廬	천지가 바로 여관이란다.
其間蹔寄寓	그 사이에 잠시 깃드는 것이니
一世還須臾	한 세상도 순간에 불과한 것이다.
縱遊極南北	남과 북을 끝까지 돌아다닌다 해도
所歷足自娛	지나는 곳은 스스로 즐기기에 족하다.
猶恨苦濡滯	오히려 한스러운 건 고달프게 지체하다가
擧動攜妻孥	거동할 때 처자를 데려가는 것이지.
安得出八極	어찌하면 팔방의 극히 먼 땅을 벗어나
浩與元氣俱	활달하게 원기와 함께 할 수 있을까?
仰首羨日月	머리 들어 해와 달을 부러워하니
晨夕苦奔趨	아침저녁으로 애쓰며 달린다.
二物本無情	이 두 가지는 본래 감정이란 없고
亦爲氣所驅	다만 원기에 의해 굴러가는 것이지.
況我有血肉	하물며 나에게는 혈육이 있고
又生名利區	명리의 구역에서 살아감에랴!
手足日不閑	수족은 매일 바쁘게 움직이지만
在地無根株	땅에 뿌리를 내리지 못하였다.
流宕固宜矣	떠도는 것이 본래 마땅하거늘
何必厭道塗	어찌 길가는 것을 싫어하랴?
此身亦外物	이 몸 또한 물욕을 초탈하였으니

安用傷羈孤	외로운 타향살이에 상심해서 무엇하랴?
庸人所見狹	평범한 사람은 견문이 좁지만
但以鄕井拘	그래도 고향의 우물을 길어 마신다.
屑屑寸粒食	불안해하며 약간의 곡식을 먹는 것은
何異雞在笯	새장에 갇힌 닭과 무엇이 다르리?
擬隨犯斗槎	먼 길을 떠날 배를 따르고자 하니
欲上浮海桴	바다에 떠다니는 뗏목에 오르고 싶다.
寄語懷安者	안일을 꿈꾸는 자에게 말을 전하니
嗟嗟爾何愚	아아 그대여 얼마나 어리석은가?

이 시에서 시인은 변경(汴京)과 소주에서의 이사를 대비시키면서 소주에서의 은거생활이 쓸쓸하고 곤궁한 것이지만 이미 그런 것을 초탈하여 지내는 심경을 표현하였다.

│ 覽照 │ 거울을 들여다보며

鐵面蒼髥目有稜	무쇠 얼굴에 푸른 수염, 눈은 마름모꼴이니
世間兒女見須驚	세간의 아이들이 보고서 놀랄 수밖에 없다.
心曾許國終平虜	일찍이 이 몸 바쳐 오랑캐를 다 평정키로 마음먹었지만
命未逢時合退耕	운명이 때를 만나지 못하니 물러나 밭을 갈아야 하리.
不稱好文親翰墨	좋은 글 써내지 못하지만 붓과 먹을 가까이하고
自嗟多病足風情	스스로 병이 많음을 탄식하지만 마음은 넉넉하다.
一生肝膽如星斗	일생 동안 흉금은 하늘의 별처럼 빛나건만
嗟爾頑銅豈見明	오호라, 무딘 구리 거울에 어찌 그 빛이 보이랴?

이 시는 제목에 나타나있듯이 시인이 거울에 비친 자신의 얼굴을 들여다보며 자신의 포부와 불우한 처지를 서술하고 변함없는 자신의 마음을 살펴주지 않는 세태를 안타까워하였다. 이 외에도 <대주(對酒)>·<주중감회기관중제군(舟中感懷寄館中諸君)>·<양자강관풍랑(楊子江觀風浪)>·<검서(檢書)>·<답매성유견증(答梅聖兪見贈)>·<주지최교사인장생포금휴주견방(舟至崔橋士人長生抱琴攜酒見訪)>·<견민(遣悶)>·<춘수(春睡)>·

<병기(病起)>·<소작(小酌)>·<독작(獨酌)> 등이 이 계열의 작품에 속한다.

소순흠의 서정시에는 국사(國事)에 대한 관심 속에 자신의 이상을 표현한 작품도 여러 수 있다.

┃大風┃ 거센 바람

秋半收穫登郊原	가을이 한창일 때 수확하러 교외 들판에 올랐다가
欹側小屋愁夕眠	기울어진 작은 집에서 근심 속에 밤잠을 청한다.
是夜大風拔樹走	이날 밤바람이 거세게 불어 나무를 뽑아가고
吹倒南壁如崩山	남쪽 담을 쓰러뜨리니 산이 무너지는 것 같다.
夢中驚起但呼叫	꿈꾸다 놀라 일어나 소리쳐 불러보았지만
病僕未動徒隊喧	병든 하인은 꿈쩍도 않고 시끄럽기만 하다.
驅令燃火徧照燎	내보내 불을 지펴서 두루 살펴보니
瓦甓狼藉滿我前	기와와 벽돌 어지러이 내 앞에 가득하다.
披衣抱枕欲避去	옷을 걸치고 베개를 안고서 피해 나가고자
去此乃是曠野田	그곳을 떠나니 넓은 들판의 전답이 펼쳐진다.
況時風怒尙未息	더구나 이때도 노한 바람 아직 잠들지 않아
直恐涇渭遭吹翻	이 바람에 경수와 위수가 뒤집힐까 두렵다.
露坐不免念禾黍	이슬 맞으며 앉아있자니 벼와 기장 걱정되는데
必已刮刷無完根	필경 바람에 쓸려 뿌리 제대로 박힌 것 없으리.
六事不和暴風作	육사가 조화를 잃으면 폭풍이 일어난다는데[93]
嘗聞洪範有此言	≪홍범≫에 그런 말이 있다는 걸 들었다.
昔時大風禾盡偃	그 옛날 거센 바람이 벼를 모두 쓰러뜨린 건
上帝蓋直周公寃	하늘이 주공의 억울함을 씻어 주려 한 것이다.
方今天子至神聖	지금의 임금님 지극히 신성하시지만
惟恐臣下辜其恩	신하들이 그 은혜를 저버릴까 걱정된다.
是何此風乃震作	무엇 때문에 이 바람이 떨쳐 일어나
吹盡秋實傷元元	가을의 작물을 날려 없애 백성들을 상심시키나?

---

93) 六事(육사): 貌·言·視·聽·思心·王極(천자가 나라를 다스리는 중용의 도)의 여섯 가지를 가리킨다. 고인들은 이 여섯 가지가 조화를 잃으면 반드시 六氣가 서로 해를 끼쳐 재해가 일어난다고 생각했다.

有能返風起禾者	바람을 되돌려 벼를 일으켜 세울 수 있는 자는
亦足表異知所存	기이함을 나타내 그 존재를 알리기에 족하리.
至誠皎潔固不昧	지극한 정성 고결하여 결코 잊혀지지 않으리니
時雖今古同乾坤	때는 옛날과 지금 다르지만 천지는 같은 것을!

이 시는 백성에 대한 소순흠의 관심과 애정을 잘 보여주고 있다. 추수 때에 폭풍이 휘몰아쳐 자신의 집을 쓰러뜨렸지만 시인의 관심은 오히려 농민들에게 있었다. 그는 다 익은 곡식이 폭풍에 쓰러져 고통 받는 농민들을 위해 "바람을 되돌려 벼를 일으켜 세울 수 있는" 사람이 되겠다는 포부와 이상을 서술하였다.

이상에서 소순흠의 서정시를 두 가지로 분류하여 서술했지만 그 구분이 명확하지 않은 경우가 적지 않다. 대체적으로 전기시에 자신의 포부와 이상을 밝힌 것이 많은 반면, 후기시에는 자신의 불행과 울분을 서술한 경우가 많다고 하겠다.

3) 사경시(寫景詩)

소순흠에게는 많은 사경시가 있다. 특히 진주원 사건 후 소주에 은거하고부터는 그곳의 산수자연을 묘사하면서 그 속에 자신의 감개를 기탁한 경우가 많다. 따라서 이 계열의 작품은 경우에 따라 서정시로 분류할수도 있겠지만 경물의 묘사가 중심이면서 내용의 대부분을 차지하는 경우에는 사경시로 보았다.

┃天平山┃ 천평산

吳會括衆山	회계군(會稽郡) 오현(吳縣)은 뭇 산을 포괄하고
戢戢不可數	밀집해 있어서 수를 셀 수 없다.
其間號天平	그 가운데 천평이라 불리는 산이
突兀爲之主	우뚝 솟아 그들의 주인이 되었다.
傑然鎭西南	걸출한 위엄으로 서남지방을 진압하니

群嶺爭拱輔	뭇 산들이 다투어 공손히 보좌한다.
吾知造物意	나는 알고 있다, 조물주의 뜻을
必以屛大府	천평산으로 천부(天府)를 병풍처럼 둘러싼 뜻을.
淸溪至其下	맑은 시내가 그 아래에 이르고
仰視勢飛舞	올려다보면 기세가 춤추며 날아오른다.
偉石如長人	거대한 바위는 키 큰 사람처럼
堅立欲言語	모여 서서 무언가 말하려는 듯하다.
捫蘿緣險磴	덩굴을 붙잡고 험한 돌층계를 오르니
爛熳松竹古	오래된 소나무와 대나무가 환히 빛난다.
中腰有危亭	산허리에 높다란 정자가 있는데
前對紺壁擧	앞으로 높이 솟은 푸른 암벽을 마주하고 있다.
石竇落玉泉	바위 구멍에서 옥 같은 샘물이 솟아 나와
泠泠四時雨	맑고 시원하게 사시사철 비 내리는 듯하다.
源生白雲間	샘물의 원천은 흰 구름 사이에서 솟는지
顔色若粉乳	빛깔이 하얀 우유와 같다.
旱年或播洒	가뭄이 든 해에 널리 뿌릴 수만 있다면
潤可足九土	온 나라를 촉촉이 적실 수 있으리.
奈何但泓澄	어찌하나 다만 물이 깊고 맑아서
未爲應龍取	응룡을 취할 수가 없으니.
予方棄塵中	나는 지금 티끌 속에 버려져 있지만
巖壑素自許	바위와 골짜기를 평소 좋아하였다.
盤桓擇雄勝	머뭇거리다 웅장하고 험한 산을 택하니
至此快心膂	여기에 이르러 마음이 통쾌하다.
庶得耳目淸	다행히 눈과 귀가 맑을 수 있다면
終甘死于虎	호랑이에게 잡아먹힌다 해도 끝내 달가우리.

　　시인은 이 시에서 천평산의 경치를 묘사하면서 백성에 대한 관심과 그들을 위해 자신이 올바른 판단력을 견지할 수 있기를 염원하였다.

┃中秋松江新橋對月和柳令之作┃
중추절 송강의 신교에서 달을 대하고 유현관(柳縣官)의 작품에 화답하다

月晃長江上下同	밝은 달 장강에 비치니 위아래가 같고

畵橋橫絶冷光中	채색 다리는 찬 빛 속을 가로질렀다.
雲頭豔豔開金餠	구름 끝에서 환하게 황금빛 호떡이 나오니
水面沈沈臥綵虹	수면에는 성대하게 무지개가 누워있다.
佛氏解爲銀色界	불도들은 해석하여 은빛 세계라 하고
仙家多住玉華宮	선가들은 옥화궁에 많이 거주한다지.
地雄景勝言不盡	웅장하고 빼어난 경치를 다 표현 못하니
但欲追隨乘曉風	다만 새벽바람을 타고 뒤따르고 싶다.

이 작품은 시인이 중추절을 맞이하여 송강 신교의 밤 경치를 묘사한 것이다. 맑고 잔잔한 강물 위로 하얗게 비치는 달빛의 정경이 잘 묘사되어 있고, 특히 제3구에서 보름달을 황금빛 호떡에 비유한 것은 소순흠에게서 처음 보이는 것으로 암시성이 매우 풍부하다.[94)]

┃ **初晴遊滄浪亭** ┃ 비 갠 후 창랑정을 돌아보며

夜雨連明春水生	밤새도록 내린 비로 봄물이 불었고
嬌雲濃暖弄陰晴	포근한 구름 사이로 푸른 하늘이 드러난다.
簾虛日薄花竹靜	햇빛 은은히 비쳐들고 꽃과 대나무 고요한데
時有乳鳩相對鳴	때때로 어린 비둘기가 마주 보고 지저귄다.

이 시에서 시인은 봄날 비 갠 뒤의 경치를 섬세하게 묘사하였다. 전체적으로 정적인 분위기를 묘사하였는데, 그것이 마지막의 어린 비둘기 소리로 인해 정적이 강조되어 있어 평정(平靜)을 추구하는 심경을 엿볼 수 있다.

┃ **淮中晩泊犢頭** ┃ 회하 여행 중 날이 저물어 독두에 배를 대고

| 春陰垂野草靑靑 | 봄 구름 들판을 뒤덮고 풀은 파릇파릇한데 |

---

94) 고대의 중국인들에게 보름달은 그리움을 상징하는 것이 보통이었다. 그래서 보름달은 그리움이 투영될 수 있도록 '嬋娟' 등의 아름다운 이미지에 비유되어 왔는데, 소순흠이 이것을 '호떡'에 비유한 것은 충격적이라고 하겠다. 아마도 그는 이 비유를 통해 굶주린 백성들의 소망과 자신의 곤궁한 처지를 암시하려고 했던 것 같다.

時有幽花一樹明　　때마침 그늘 속에 꽃 피어 온 나무가 환하다.
晚泊孤舟古祠下　　해 저물어 외로운 배를 옛 사당 아래 대고
滿川風雨看潮生　　온 들판 비바람 이는 속에서 조수를 바라본다.

　　이 시는 소순흠이 경력(慶曆) 5년(1045) 봄 소주(蘇州)로 남하하던 중에
날이 저물어 독두(瀆頭)에 배를 정박하고 눈에 보이는 경치를 읊은 일종
의 즉흥시이다. 진연(陳衍)은 ≪송시정화록(宋詩精華錄)≫에서 이 시의 마
지막 구를 평하여 "위응물(韋應物) <저주서간(滁州西澗)>시의 '봄 강물 비
에 불어 석양녘 흐름이 세차다'(春潮帶雨晚來急)를 보라. 기세가 그것을 뛰
어넘는다"라고 하였고, 유극장(劉克莊)도 ≪후촌시화(後村詩話)≫ 권2에서
이 시를 일컬어 "위응물과 흡사하다"(極似韋蘇州)라고 하였듯이, 소순흠
은 이 시에서 그늘 속에 핀 꽃과 비바람 속에서 밀려드는 조수를 감당해
야 하는 외로운 배의 형상을 통해 암담한 현실과 자신의 힘겨운 처지를
암시하였다. 경물의 묘사 속에 자신의 참담한 심정을 기탁하여 정(情)과
경(景)이 융합되어 있는 작품이라고 할 수 있다. 이 외에도 <월주운문사
(越州雲門寺)>・<금산사(金山寺)>・<춘일만청(春日晚晴)>・<독유망천(獨
遊輞川)>・<하중(夏中)>・<하의(夏意)>・<오강정(吳江亭)> 등이 이 계
열의 작품에 속한다.

4) 철리시(哲理詩)

　　소순흠에게는 철리성이 풍부하여 철리시라고 불러도 될만한 작품들
이 몇 수 있다. 이 작품들은 여러 가지 제재를 통해 나타나고 희작(戱作)
으로 볼 수밖에 없는 경우도 있지만 나중에 송시의 특징으로 정착되는
의론화・산문화의 경향이 잘 나타나 있다.

┃長安春日效東野┃ 장안의 봄날에 맹교를 본받아서
前秋長安春　　　　지난 해 장안의 가을은 봄처럼 따스하더니

今春長安秋	올해 장안의 봄은 가을인양 쓸쓸하다.
節物自榮悴	계절에 따라 경물이 번영하고 쇠락하듯이
我有樂與憂	나에게는 즐거움이 슬픔으로 바뀌었다.
窮閭何卑漏	궁벽한 곳이라 어쩌나 누추하던지
時燕不見投	때가 되어도 제비가 날아들지 않고
門庭謝過從	대문 안 뜰에는 찾아오는 친구들 없어서
蘭萌舒綠柔	난초가 부드러운 새싹을 파랗게 펼쳤다.
燕託喜廣廈	제비는 커다란 집에 깃들기를 좋아하니
亦非善是仇	착한 이와 짝하는 것은 역시 아니다.
蘭生靜愈茂	난초는 조용할수록 잘 자라니
堪將義爲儔	의로움을 벗으로 삼는가 보다.
芳香誠可慕	그 향기 참으로 사랑스러워
對之蠲窮愁	그것을 대하며 잠시 시름을 잊는다.

소순흠은 세 차례에 걸쳐서 장안에 갔었다. 명도(明道, 1032-1033) 말 또는 경우(景祐, 1034-1037) 초에 부친을 따라 섬서전운사(陝西轉運使) 임소(任所)에 간 것이 첫 번째이고, 경우(景祐) 원년 봄 과거에 급제한 후 부모를 뵈러 간 것이 두 번째이고, 이듬해 부친상을 당하여 상을 치르기 위해 간 것이 세 번째인데 경우 4년까지 상복을 입고 있었으므로 그 기간이 제법 길었다. 이 시에서 '전추(前秋)'와 '금춘(今春)'을 언명하고 있으므로 이 시가 경우 3년(1036) 봄에 지어졌음을 알 수 있다.

이 시는 소순흠이 부친상을 당하여 상복을 입고 있는 기간에 찾아와 주는 이 없는 쓸쓸한 상황과 그럼에도 불구하고 자신은 의롭고 꿋꿋하게 살아가겠다는 의지를 표명하였다.

┃太行道┃ 태행도

行行太行道	태행산 길을 가고 또 가는데
一步三太息	한 걸음에 세 번이나 숨을 몰아쉰다.
念厥造化初	생각해보니 조물주는 애초에
夫何險此極	어찌 이렇게도 험준하게 만들었을까?

左右無底壑	좌우로는 밑이 보이지 않는 골짜기
前後至頑石	앞뒤로는 지극히 험한 바위들.
高者欲作天朋黨	높은 것은 하늘과 한패를 이루려 하고
深者疑斷地血脈	깊은 것은 땅의 맥을 끊어놓은 듯하다.
夜中巖下埋斗杓	밤중에는 북두칠성이 바위 아래 묻힐 듯하고
日午陰壁風雪號	한낮에는 응달진 암벽에서 눈바람 울부짖는다.
攀緣有路到絶仞	산길 따라 기어올라 까마득히 높은 곳 다다르니
四望群峰合沓如波濤	사방으로 봉우리들이 파도처럼 첩첩이 깔려있다.
忽至逼側處	갑자기 길이 좁아지는 곳에 이르니
咫尺顚隊恐莫逃	아차 하면 추락할 듯하여 두려움에 도망도 못 치겠다.
嗟乎古昔未開時	아아, 그 옛날 길이 열리지 않았을 때엔
隔絶往來人不思	단절되어 사람들은 왕래를 생각도 못했는데
淳源一破山岳碎	태고의 순박함이 깨어지자 산악도 길이 났지만
巧心邃去緣嶮巇	교활한 마음은 험준한 산세 때문에 사라지고 말았다.
嶮巇不窮甚可畏	그 험준한 산세 끝없이 뻗어있어 몹시 두려운데
悼此二者亡其宜	이 둘이 적절히 화합하지 못한 것이 안타깝구나.
天地不自嶮	하늘과 땅이 그 자체로 험준한 것은 아니니
嶮由人爲之	험준함은 사람들이 그렇게 만든 것이다.
彼車摧輪馬傷足	수레는 바퀴 망가지고 말은 다리를 다치더라도
中路勿歎勿慟哭	길 위에서 탄식하거나 통곡하지 말지어다.
世上安塗故有焉	세상에는 편안한 길이 본래 있기 마련인데
孰使汝行此道驅高軒	누가 당신더러 수레 몰며 이 길을 가라고 했는가?
喪隊不收宜爾然	떨어져 죽어도 거두어주지 않는 것이 당연하다.

이 시에서 시인은 태행도를 지나면서 그 험준함 때문에 겪어야 했던 고초를 서술하고 자연의 순리에 따르지 않아 고생을 자초하는 인간의 어리석음을 철학적으로 파헤쳤는데, 이는 벼슬길을 태행도에 비유하여 그 험난함과 비정함을 암시한 측면도 있다.

┃雜興┃ 잡흥

虎豹性食人	호랑이와 표범은 본성이 사람을 잡아먹지만

智者畜爲戲　지혜로운 자는 길러서 노리개로 삼는다.
形影本相親　형체와 그림자는 본래 서로 가까운 것이지만
愚夫見而畏　어리석은 자는 보고서 두려워하였다.95)
疑同不疑異　우부는 동류를 의심하고 지자는 이류를 의심하지 않으니
遠哉愚與智　사리와 동떨어졌다 우부(愚夫)와 지자(智者) 둘 다!

위태(魏泰)는 《동헌필록(東軒筆錄)》 권4에 진주원(進奏院) 사신연회(祀神宴會)를 기록하여 "이에 앞서 홍주인인 태자중사 이정이 연회에 참여하기를 원했지만 소순흠이 받아들이지 않았다. 이정은 소순흠을 원망하며 마침내 도성에서 멋대로 비방하고 다녔다. 드디어 어사 유원유와 의기투합하여 그 일을 탄핵하였다. 일을 우군에게 맡겨 처리토록 한 끝에 소순흠은 감주가 스스로 도둑질을 했다고 하여 관적에서 삭제되어 평민이 되었다. 연좌된 빈객들도 모두 좌천되었다……. 매요신이 <객지(客至)> 시를 지어 '열 명의 빈객이 당도하여, 함께 한 솥의 진기한 음식을 먹었다. 빈객 한 명이 모임에 오지 못하여, 솥은 엎어지고 여러 빈객들 다치고 말았다.'라고 하였다"96)라고 하였다. 소순흠의 이 시는 이 일과 관계가 있는 듯하지만 확증은 없다. 아마도 경력(慶曆) 4년(1044) 죄를 얻은 뒤에 지은 것일 것이다. 이 시에서 시인은 연회 참석을 거절당한 데 대해 앙심을 품고 자신을 모함한 이정(李定) 등을 어리석은 자에 비유하고, 그들이 자신과는 다른 부류의 사람임에도 의심하지 않았던 자신을 지혜로운 자에 비유하여 자신이 결국 이정 등에 의해 해를 입고 말았음을 암시

---

95) 이 두 구절은 '杯弓蛇影'의 故事를 쓴 것이다. 漢 應劭, 《風俗通·怪神·世間多有見怪驚怖以自傷者》에 다음과 같은 이야기가 수록되어 있다: "杜宣이 하짓날에 연회에 가서 술을 마셨는데, 술잔 속에 뱀 같은 것이 있음을 보았지만 마시지 않을 수가 없어서 억지로 마셨다. 그 후 가슴과 배가 몹시 아파서 백방으로 약을 써보았지만 소용이 없었다. 나중에 벽에 걸린 활의 그림자가 술잔에 비친 것이 뱀처럼 보였을 뿐이라는 사실을 알게 되자 그만 병이 나았다."

96) 先是洪州人·太子中舍李定願預釀則會, 而舜欽不納. 定銜之, 遂騰謗於都下. 旣而御史劉元瑜有所希合, 彈奏其事. 事下右軍窮治, 舜欽以監主自盜論, 削籍爲民. 坐客皆斥逐……. 堯臣作<客至>詩曰: "客有十人至, 共食一鼎珍. 一客不得會, 覆鼎傷衆賓."

하였다.

▎題花山寺壁▎ 화산사 벽에 쓰다

寺裏山因花得名	산 속의 절은 꽃 때문에 이름을 얻었건만
繁英不見草縱橫	꽃은 보이지 않고 풀만 종횡으로 무성하다.
栽培剪伐須勤力	재배하고 잘라 없애는 일 둘 다 힘써야 하지만
花易凋零草易生	꽃은 시들어 떨어지기 쉽고 풀은 자라나기 쉽다.

이 시 역시 꽃과 잡초의 비유를 통해 기품 있는 의인(義人)은 혼탁한 세상에서 자신을 지켜나가기 어렵다는 것을 철리적으로 설파하였다.

▎難易言▎ 하기 어려운 것과 쉬운 것(效韋蘇州二首)

①	擬把鉛刀伐丹桂	납 칼로 달 속의 계수나무를 찍어내려 하고
	欲坐眢井攀靑天	메마른 우물 밑에 앉아 푸른 하늘에 오르려 한다.
	排羅嬰兒拒九虎	어린아이들을 늘어 세워 사나운 군대를 막으려는 것은
	未若以道干貴權	벼슬 높은 이들에게 도덕을 요구하는 것보다 쉬우리.
②	地上拾芥亦細碎	땅에서 풀을 줍는 것도 번거롭고
	掌裏數文猶苦辛	손바닥의 손금을 세는 것도 고생스럽다.
	脫使摘丸下峻坂	구슬을 집어 급경사진 언덕 아래로 굴리는 것은
	未若以財而發身	재물을 가지고 명성을 이루는 것보다 어려우리.

이 두 수의 시는 시인의 희작(戲作)으로 보이지만 시인은 위응물을 본받아 하기 어려운 것과 쉬운 것의 예를 들면서 부귀한 자들의 부도덕성과 타락상을 예리하게 풍자·비판하였다. 이 외에도 소순흠은 <대소언(大小言)>·<료어불료어(了語不了語)> 등의 희작을 남기고 있는데, 두 작품 다 철리시로 볼 수 있다.

이상에서 소순흠 시의 창작경향과 내용을 사회시, 서정시, 사경시, 철리시의 네 종류로 나누어 살펴보았다. 소순흠의 시가 다루고 있는 내

용은 그가 남긴 작품 수에 비해 광범위하여 이를 제재별로는 정치·영
회·영사·영물·사경·사인(寫人)·기유(紀遊)·수창(酬唱)·송별·애도
등으로 나누어볼 수 있다. 풍격 방면에서도 그는 다양한 면모를 보여주
어 제재와 내용에 따라 호광비장(豪獷悲壯)하고 냉준침울(冷峻沈鬱)한 풍격
이 있는가 하면 충담염적(沖淡恬適)하고 청신명려(淸新明麗)한 풍격을 구사
하여 폭넓은 예술세계를 구현하였음을 알 수 있다.

(3) 소순흠 시의 특징

소순흠 시의 현저한 특징은 무엇보다도 그가 정치와 사회현실에 관
심을 갖고 그것을 진실하게 반영하고 비판한 것이다. 이는 당시 유행하
던 서곤체시와 노선을 달리한 것으로서 북송 중기 이후 송시의 한 특징
으로 자리잡게 된 현실주의 경향을 선도하였다. 소순흠을 비롯한 북송
중기의 시인들은 송 왕조의 관리로서 국가와 사회를 이끌어가야 한다는
사대부의 책임의식을 지니고 있어서 이것이 그들로 하여금 시가 창작을
통해 당시의 모순된 사회현실을 비판하고 자신들의 정치적 견해를 피력
하도록 하였을 것이다. 이러한 창작동기와 목적은 자연히 그들의 시가
산문화·의론화의 경향을 띠도록 했으며,[97] 그것을 선도한 사람이 소순
흠이라고 할 수 있다.

소순흠의 시를 분석해보면 특히 사회시에 이러한 경향이 잘 나타나
있다. 그는 서술성을 강화하기 위해 고시의 체제와 고문의 장법(章法)을
많이 사용하였고, 시구의 구조에 있어서도 산문조(散文調)를 바탕으로 하
여 대우의 사용이 드물고 장단구가 섞여 있어 산문을 읽는 듯한 느낌을
준다. 또한 자신의 현실인식과 정치적 견해를 시에 담다보니 자연 의론

---

97) 일찍이 南宋의 嚴羽는 ≪滄浪詩話·詩辨≫에서 송시를 평하여 "산문의 작법으로 시
를 짓고, 의론으로 시를 짓는다"(以文爲詩, 以議論爲詩)라고 하였다.

화·설리화의 경향을 띠게 되었을 것이다.

　소순흠 시의 산문화·의론화의 경향은 한편으로 서술성과 세부묘사의 기능을 강화시켜 자신의 생활주변에서 일어나는 일상적인 경험을 시로 표현할 수 있게끔 해주었다. 예를 들어 다음 시를 보자.

┃**依韻和勝之暑飮** ┃ 왕익유의 서음시(暑飮詩) 운에 따라 화답하여98)

九夏苦炎烈	여름 구십 일의 고통스런 더위는
入伏氣候惡	복날에 접어들며 날씨가 끔찍하다.
況玆大旱時	하물며 이렇게 큰 가뭄이 든 지금
其酷甚炮烙	그 혹독함이 포락의 형벌보다 심하다.
爭得羿復生	어떻게 하면 명사수 예를 부활시켜
射此赤日落	저 붉은 태양을 떨어뜨릴 수 있을까?
欲擘靑天開	저 푸른 하늘을 쪼개 열고는
騰身出寥廓	몸을 솟구쳐 광활한 우주로 나가고 싶다.
狂走無處逃	마구 뛰어봐도 도망갈 곳이 없으니
坐恐肝腦涸	간과 뇌가 말라붙을까 두렵다.
不如以酒澆	차라리 이 몸에 술을 들이부어
庶可免焦爍	타서 없어짐을 면할 수 있기를 바라리.
相呼坐僧居	절에 머무는 사람을 불러내어
頃刻釃百酌	순식간에 백 잔의 술을 다 들이켰다.
佳瓜判靑膚	맛좋은 오이의 푸른 껍질을 벗겨내고
熟李吸絳膜	잘 익은 자두의 붉은 과육을 들이켰다.
尙嫌味不爽	아직은 맛이 시원하지 않을까 저어되어
更與冰雪嚼	다시 빙설과 함께 씹어먹었다.
裂耳發浩歌	귀청이 찢어지도록 큰 소리로 노래부르고
解顔縱善謔	희색이 만면하여 마음껏 농담을 했다.
遝趣無何鄕	꿈나라 이곳저곳을 헤매다가
回覺萬事錯	깨어나 보니 만사가 잘못되었다.
不知余中虛	나도 모르게 속이 허했는지

---

98) 勝之(승지): 王益柔의 字이다. 그는 蘇舜欽과 함께 進奏院 宴會에 참석했다가 탄핵을 받아 復州의 監稅로 좌천되었다.

外冷得所託	오한이 나고 올 것이 오고 말았다.
眞氣潛遁亡	원기가 슬며시 빠져나가더니
半夜忽發霍	한밤중에 갑자기 곽란이 일어났다.
嘔洩不暫停	구토와 설사가 잠시도 멎지 않고
迸筋走兩脚	두 다리가 후들후들 몹시 떨린다.99)
初如巨繩纏	처음에는 굵은 밧줄에 묶인 것 같더니
忽似秋蚓躍	갑자기 가을 지렁이처럼 꿈틀대는구나.
委頓體不支	지친 나머지 몸을 지탱할 수 없어서
藜牀爲穿鑿	명아주 침대에 구멍을 뚫고 말았다.
君言暑飮佳	그대는 더운 날의 음주가 좋다고 말했지만
但得一晌樂	그저 잠시의 즐거움을 얻을 뿐이다.
艱難踰旬時	열흘이 넘도록 고통에 시달리며
僅飮數斗藥	거의 몇 말의 약을 마셨다.
快意事皆然	통쾌한 일은 모두가 이러하니
遺殃愼無作	재앙 남길 일은 삼가고 하지 마시게.

이 시에서 시인은 여름날 잠시 더위를 잊기 위해 술을 마셨다가 배탈이 나서 먹은 것을 전부 토하는 과정을 산문식 서술방법으로 세밀하게 묘사하였다. 이렇게 일상생활 속에서 흔히 일어나는 일이지만 예전에는 시에 담지 않았던 제재와 시어를 사용한 것도 이 때부터의 일로서, 소순흠의 이와 같은 시는 특히 매요신의 영물시와 그 궤를 같이한다. 그들의 이러한 시도는 시가 창작에 제재의 다양한 사용을 가능하게 해주어 북송 중기 이후 이 또한 송시의 한 특색으로 정착되었다.

(4) 위상과 평가

소순흠이 북송의 시가혁신을 주도할 수 있었던 것은 구양수·매요신

---

99) 이 구절은 토하는 데 힘이 들어 얼굴부터 다리까지 힘줄이 돋아나왔다는 말이다.

등과 함께 이론과 실천 방면에서 뛰어난 성취를 거두었기 때문이다. 구양수는 시문혁신의 사상과 이론체계를 확립하여 이 운동의 리더가 되었지만, 창작실천에 있어서는 소순흠이 시문혁신에 종사한 것이 구양수나 매요신보다 이르다고 할 수 있다. 그는 두보와 백거이의 현실주의 창작방법을 받아들여 이를 계승하고 발전시켰으며, 이백 시의 낭만적인 정신과 표현수법을 배워서 시가창작에 적용하였으며, 한유 시의 웅혼하고 분방한 면을 활용하였지만 한유시에 나타나는 생소한 어휘는 사용하지 않았다. 소순흠은 이와 같이 전인의 진보적인 주장을 계승하여 자기화 함으로써 북송시의 성격 형성에 이바지할 수 있었다.

송시적 성격과 경향의 정착은 북송 중기 이후 왕안석·소식·황정견 등을 거치면서 확고해진 것이지만 송초의 서곤체시를 혁신하고 송시의 새로운 기풍을 열어 그 기틀을 다진 것은 소순흠·구양수·매요신 등의 성취라고 할 수 있다. 청대의 섭섭(葉燮)은 이에 대해 다음과 같이 평가하였다.

> 송시 일대의 면목을 연 것은 매요신과 소순흠 두 사람에게서 시작되었다. 한·위로부터 만당에 이르기까지 시가 차츰 바뀌긴 했지만 모두가 차례로 고갈되지 않는 뜻을 남겼다. 즉 만당의 시도 여지를 남겨 다 읽고 나서 시권을 덮어도 오래도록 그것을 생각나게 한다. 매요신·소순흠으로부터 서곤체를 완전히 변화시켜 독창적이고 새로운 것을 낳았으니 반드시 문사는 말을 다 나타내고 말은 뜻을 다 나타내며 충분히 표현하고 상세히 묘사하여 변화롭게 첩첩이 쌓아나가 있는 힘을 다한 다음에야 그만두었다.[100]

한편 소순흠 시의 강력한 서술성은 호방하고 비장한 풍격과 접합되어 세찬 기세로 독자를 압도할 수 있었는데, 이것은 그의 시가 지니는

---

100) 《原詩·外篇 下》, "開宋詩一代之面目者, 始于梅堯臣·蘇舜欽二人. 自漢魏至晚唐, 詩雖遞變, 皆遞留不盡之意. 卽晚唐猶存餘地, 讀罷掩卷, 猶令人屬思久之. 自梅蘇變盡崑體, 獨創生新, 必辭盡于言, 言盡于意, 發揮鋪寫, 曲折層累以赴之, 竭盡乃止."

한 특색이자 송시의 한 특색이다. ≪송사·소순흠전≫에서 "때때로 분하고 답답한 마음을 시가로 표현하였는데, 그 풍격이 호방하여 왕왕 사람을 놀라게 하였다"[101]라고 한 것이나, 구양수가 소순흠과 매요신의 시를 비교하여 "매요신과 소순흠은 한때 같이 이름을 날렸지만 두 사람의 시풍은 확연히 다르다. 소순흠은 필력이 힘차고 빼어나서 가로질러 달려나가는 것을 추구하고 매요신은 생각이 깊고 정밀하여 심원하고 담담한 것을 염두에 두고 시를 짓는다. …… 소순흠의 시는 호탕하여 기세로 내리눌러 세상이 다 놀란다"[102]라고 한 것은 이 점을 지적한 말이다.

소순흠 시의 산문화·의론화의 경향은 시의 예술미를 떨어뜨리기도 하였다. 산문화는 그의 일부 시를 함축과 여운, 재단과 연마가 부족한 거친 시로 보이게 하였고, 의론화는 종종 과다하고 부적절하여 시의 형상미를 떨어뜨렸으며, 때로는 의론이 진부하고 상투화되어 참신성과 여미(餘味)를 없애기도 하였다. 심덕잠(沈德潛)은 송시를 논하면서 "송초에는 대각(臺閣)에서 창화하며 대부분 이상은을 본받아 서곤체라고 이름하였다. 매요신·소순흠이 일어나 그것을 바로잡고 기존의 격식을 모두 뒤엎어 떨쳐 일어나 힘쓰고 발양시켰으니 능력과 체제가 전인에 뒤떨어지지 않지만 두루 포용하여 집성하는 취지는 더 이상 존재하지 않게 되었다"[103]라고 하여 송시의 산문화·의론화 경향이 낳은 폐해를 언급하였다.

---

101) ≪송사≫ 권442, "時發憤懣于歌詩, 其體豪放, 往往驚人."
102) ≪六一詩話≫, "聖俞·子美齊名于一時, 而二家詩體特異, 子美筆力豪俊, 以超邁橫絶爲奇; 聖俞覃思精微, 以深遠閑淡爲意. …… 蘇豪以氣轢, 擧世盡驚駭."
103) ≪說詩晬語≫ 卷下, "宋初臺閣倡和, 多宗義山, 名西崑體. 梅聖俞·蘇子美起而矯之, 盡翻科臼, 蹈厲發揚, 才力體製, 非不高于前人, 而淵涵渟滀之趣, 無復存矣."

6 | 북송 이학가(理學家)

송대의 이학가들은 개인의 수양과 의리의 탐구라는 내성(內聖)적인 측면을 중시하였는데, 이것은 치국평천하의 외왕(外王)적인 측면을 중시한 전통적인 유학과 다른 측면이다. 이와 같은 상이점은 문학관에도 그대로 이어져 전통 유가가 대체로 문학의 사회적 공용성을 중시하여 문학을 통한 교화와 현실참여를 강조한 반면에, 이학가들은 '문이재도(文以載道)'의 입장에 서서 도(道)를 중시하고 문(文)을 경시하는 경향을 보이고 있으며 문학의 현실참여보다는 개인의 지덕(志德)과 성정을 중시하는 경향을 나타냈다. 그렇기는 하지만 시문을 중시했던 송대의 시대상황 속에서 이학들도 왕왕 시의 형식을 빌려 의리를 논술하고 성정을 표현하였다.

송말의 이학가 김리상(金履祥)이 편선한 《염락풍아(濂洛風雅)》에는 주돈이(周敦頤) 이하 48인의 송대 이학가 시가 수록되어 있는데, 이 숫자는 여본중(呂本中) 《강서시사종파도(江西詩社宗派圖)》 중의 25가를 훨씬 뛰어넘는 규모이다. 이렇듯 이학시파는 수많은 시인을 거느리고 있을 뿐만 아니라 작품수도 적지 않아 예를 들어 소옹(邵雍)은 1,583수, 양시존(楊時存) 239수, 주희(朱熹) 1,318수, 위료옹(魏了翁) 711수, 김리상 83수, 정호(程顥) 67수, 육구연(陸九淵) 23수, 진덕수(眞德秀) 95수 등을 남기고 있고 자칭 시를 짓지 않았다는 정이(程頤)조차 3수의 시가 있다. 이 이학가들의 시가는 각각 남기고 있는 시의 양이 다르고 성취도 차이가 있지만 대체로 비슷한 특징과 경향을 지니고 있어서 송시 중의 독특한 유파라고 할 수 있다. 《사고전서총목제요》는 《염락풍아》를 평하여 다음과 같이 말하였다.

송대 이학가들의 이(理)로 이백과 두보를 힐책했지만 이백과 두보는 그들과 다툴 수 없었고 세상사람들도 이백과 두보를 대신하여 그들과 다투지 않았다. 그러나 세상의 시인들은 끝내 이백과 두보를 본받고 송대 이학가들은 본받지 않았다. 이렇게 된 연유는 깊이 생각해 볼 일이다.104)

청대의 왕사진(王士禛)도 이학 시에 대해 다음과 같이 평가하였다.

　　옛 사람이 시를 논하여 "이치의 길에 들어서지 않고, 말의 통발에 떨어지지 않는다"라고 말하였다. 송인 중에서는 오직 정호와 정이 형제·소옹·주희 등이 시로써 이치를 말하기 좋아하였으니, 시가 중의 비정통유파라고 하겠다.105)

이와 같이 송대 이학가들의 시는 시사(詩史)상 정종의 지위를 차지하지는 못했지만 중요한 시파의 하나로 인정받았다.

그러나 그들은 결국 시를 재도(載道)의 도구로 보아 매우 낮은 지위를 부여했고 그 결과 시의 심미적 가치와 자체 특성을 말살시켰다. 이학시파의 창시자인 소옹에 대해 형서(邢恕)는 ≪이천격양집후서(伊川擊壤集後序)≫에서 "문장을 쓴 것은 선생의 여분의 일일뿐이며, 시가를 지은 것은 문장 짓는 것의 잔여였다"라고 말하여 시의 지위를 낮추었는데, 그 후 정이는 한술 더 떠서 다음과 같이 말하였다.

　　나는 개인적으로 시를 짓지 않는데, 금지하여 짓지 않는 것이 아니라 다만 그런 한가한 언어를 짓지 않고자 해서이다. 또한 현재의 상황에서 볼 때 시를 잘 짓기로는 두보만한 사람이 없는데, 그의 "穿花蛺蝶深深見, 點水蜻蜓款款飛"(꽃 사이를 나는 나비는 사라졌다 보였다 하고, 물에 닿았다 나는 잠자리는 한껏 여유롭게 난다) 같은 한가한 언어는 말해서 무엇하겠는가?106)

---

104) "以濂洛之理責李杜, 李杜不能爭, 天下亦不敢代爲李杜爭. 然而天下學爲詩者, 終宗李杜, 不宗濂洛也. 此其故可深長思矣."

105) 王士禛, ≪師友詩傳續錄≫, "昔人論詩曰: '不涉理路, 不落言筌.' 宋人惟程·邵·朱諸子爲詩好說理, 在詩家謂之旁門."

이 글을 통해 그가 시의 심미기능과 예술특성을 근본적으로 부정하고 있음을 알 수 있다. 이학의 집대성자인 주희는 '문이재도(文以載道)'와 '작문해도(作文害道)'의 주장에 대해 수정을 가하여 '도문일관(道文一貫)'을 주장하긴 했지만 다른 한편 "문장은 모두 도에서 유출된 것이다"라고 하였으므로 그의 기본 입장도 도 중심임을 알 수 있다. 또한 남송의 이학가 진덕수(眞德秀)는 시를 "以詩人比興之體, 發聖人義理之秘"(시인들의 비흥의 체재로써 성인의 심오한 의리를 표현한다)고 인식했으니, 이것이 이학시파의 창작사상과 실천에 대한 기본인식이라고 하겠다.

물론 이학가의 설리시 전부가 이와 같은 추상적인 설교는 아니며, 생활과 실천 속의 느낌으로부터 표출된 철학적 사색을 형상 속에 깃들인 것도 있고 개인의 성정을 음영한 작품도 있다. 이제 북송 이학시파의 중심인물이라고 할 수 있는 소옹·주돈이·장재(張載)·이정(二程) 등을 통해 이들의 시론과 시를 살펴보도록 하자.

(1) 소옹(邵雍)

송대는 이학이 성행했던 시대여서 ≪송사·도학전(道學傳)≫에는 주돈이·정호·정이·장재·소옹·유현(劉絢)·이유(李籲)·사량좌(謝良佐)·유초(游酢)·장역(張繹)·소악(蘇鶚)·윤수(尹輸)·양시(楊時)·나종언(羅從彦)·이동(李侗)·주희·장식(張栻)·황간(黃幹)·이번(李燔)·장흡(張洽)·진순(陳淳)·이방자(李方子)·황호(黃灝) 등의 수많은 이학가가 수록되어 있다. 이들 중 소옹은 송 진종 대중상부 4년(1011)에 태어나 송 신종(神宗) 희녕(熙寧) 10년(1077)에 죽어서 ≪송사·도학전≫에 실려있는 이학가들 중에 생년이 가장 이르다. 또한 그는 이학가로서의 독특한 시론에 입각한 시

---

106) ≪二程遺書≫ 권18, "某私不作詩, 亦非是禁止不作, 但不欲爲此閑言語. 且如今能言詩無如杜甫, 如云'穿花蛺蝶深深見, 點水蜻蜓款款飛', 如此閑言語, 道出做甚."

를 써서 송대 이학가 시의 단초를 열었다고 할 수 있다.

소옹은 자(字)가 요부(堯夫)이고, 선조는 원래 하북(河北) 범양(范陽: 今河北 定且의 남쪽)인이었는데, 어려서 부친 소고(邵古)를 따라 형장(衡漳)으로 집을 옮겼고 다시 공성(共城: 今 河南 輝縣)으로 옮겼다. 그는 젊어서 오(吳)·초(楚)·제(齊)·노(魯)·양(梁)·진(晋) 등지를 돌아다닌 후 30세에 하남(河南) 낙양(洛陽)으로 돌아와 거처를 정하였다. 인종 가우(嘉祐) 연간(1049-1053)에 황제가 조서를 내려 숨은 선비를 찾자 낙양유수(洛陽留守) 왕공진(王拱辰)은 소옹을 조정에 천거하였다. 이에 황제가 그를 감주부(監主簿)로 삼는 조서를 내렸고, 다시 일사(逸士)로 천거되어 그는 영주(潁州) 단련추관(團練推官)에 임명되었지만 모두 고사하였다. 나중에 부득이하여 명을 받긴 했지만 결국 병을 핑계로 취임하지 않고 집에서 강학에 전념하였다.

소옹은 도사 진단(陳摶)이 전수한 '선천도(先天圖)'의 기초 위에 '선천상수학(先天象數學)'을 건립하여 태극(太極)이 양의(兩儀)를 낳고 양의가 사상(四象)을 낳고 사상이 팔괘(八卦)를 낳고 이에 따라 유추하여 우주만물이 탄생하였으므로 일체 사물의 운명이 선천적으로 결정된다고 주장하였다. 그는 직접 농사를 지어 겨우 의식을 자급할 수 있었지만 자신의 거처를 안락와(安樂窩)라고 이름짓고 아울러 안락선생(安樂先生)이라고 자호하였다. 아침에 일어나면 향을 피우고 좌선하고, 황혼에는 술 서너 사발을 마셔서 얼근해지면 그만두었고, 흥이 나면 시를 읊조리며 즐기는 은사생활을 보냈다.[107] 그는 죽은 후 비서성 저작랑(著作郞)에 추증되었고, 철종 원우(元祐) 연간에 강절(康節)이라는 시호를 받았다.

소옹의 저작으로는 《관물편(觀物篇)》·《어초문답(漁樵問答)》·《선천도(先天圖)》·《황극경세서(皇極經世書)》·《이천격양집(伊川擊壤集)》 등이 있는데, 앞의 네 가지는 모두가 철학 저술이고 《이천격양집》은

---

107) 《宋史·邵雍傳》 권427, "雍歲時耕稼, 僅給衣食. 名其居曰安樂窩, 因自號安樂先生. 旦則焚香燕坐, 晡時酌酒三四甌, 微醺卽止, 常不及醉也, 興至輒哦詩自詠"

그의 시집이다.108) 철학저술을 통해 표현된 그의 사상은 주돈이와 정호·정이만큼 계통적이거나 영향이 크지는 않았지만 동배와 후배에 대한 계발에 있어서는 가볍게 평가할 수 없고, ≪이천격양집≫은 이학가의 특이한 시론과 시풍을 형성하여 동시대 및 그 후의 이학가 시에 깊은 영향을 끼쳤다.109)

1) 소옹의 시론

소옹의 시론은 그의 ≪이천격양집·서≫(이하 <서>)에 주로 나타나 있고, <수미음(首尾吟)>을 비롯한 그의 시에도 간간이 표현되어 있다. 그는 <서>의 서두에서 "≪격양집≫은 이천옹(伊川翁)의 자락지시(自樂之詩)이다. 스스로 즐거워할 뿐만 아니라 때와 만물의 자득을 즐길 수 있다"110)라고 작시의 목적을 밝힌 다음, 시의 본질에 대해 <모시서>를 인용하여 "시는 뜻이 가는 바이다. 마음에 있으면 뜻이고, 언어로 표현하면 시이다. 감정이 속에서 움직이면 언어로 나타나고, 소리가 문채[音調]를 이루면 음이라고 한다"111)라고 전제하고 이어서 "이를 통해 때를 가슴에

---

108) 擊壤은 중국 고대의 投擲 놀이이다. 皇甫謐의 ≪帝王世紀≫에 "(요임금의 시대에) 천하가 크게 화평하여 백성들은 일이 없어서 팔십 노인들이 길에서 격양 놀이를 했다"((帝堯之世)天下大和, 百姓無事, 有八十老人擊壤於道.)라고 기록한 것을 통해 격양이라는 이름이 "크게 화평한" 시대의 백성이 되기를 원하는 뜻을 담은 것임을 알 수 있다.(曾棗莊, <理學詩派的鼻祖-邵雍>, 268쪽)

109) 魏了翁은 ≪邵氏擊壤集序≫에서 "邵雍 평생의 서적 중에서 心術의 정수는 ≪皇極經世≫이고, 그가 情意를 펴고 기탁한 것은 ≪擊壤集≫이다"(邵子平生之書, 其心術之精微在≪皇極經世≫, 其宣寄情意, 在≪擊壤集≫)라고 하여 그의 理學 성취는 ≪皇極經世≫에 집중되어 있고 시가 성취는 ≪伊川擊壤集≫임을 밝혔다. 또 ≪四庫全書總目≫ 권153, <擊壤集提要>에서는 "북송인들은 唐人이 道를 알지 못한 것을 경멸하여 논리를 근본으로 삼고 수사를 말단으로 삼아 詩格이 이에 크게 변했는데, 격양집이 그 중에서 두드러진 것이다"(北宋鄙唐人之不知道, 於是以論理爲本, 以修詞爲末, 而詩格於是乎大變, 此集其尤者也)라고 하여 邵雍의 시가 논리를 근간으로 하는 理學家詩임을 밝혔다.

110) "≪擊壤集≫, 伊川翁自樂之詩也. 非唯自樂, 又能樂時與萬物之自得也."

111) "詩者, 志之所之也. 在心爲志, 發言爲詩. 情動於中而形於言, 聲成其文而謂之音."

품으면 뜻이라고 하고, 사물에 느낌이 있으면 정이라고 하고, 속의 뜻을 표현하면 말이라고 하고, 정을 드러내면 성(聲)이라고 함을 알겠다. 말이 문채를 이루면 시라고 하고, 소리가 문채를 이루면 음이라고 한다. 그런 후에 시를 듣고 음을 들으면 그 사람의 지(志)와 정(情)을 알 수 있게 된다"112)라고 천술하였다. 이와 같은 설명은 그가 시가의 언지(言志)와 연정(緣情)에 관한 유가의 전통적인 관점을 계승한 것처럼 보인다. 그러나 <모시서>가 지와 정을 밀접하게 연관시켜 '시언지(詩言志)'는 결국 서정을 통해서 표현할 수 있는 것임을 밝힌 반면에 소옹은 시가에 있어서 '지(志)'의 작용을 강조하고 서정의 특질은 부정하는 쪽으로 나아갔다. 그는 <논시음(論詩吟)>에서 "무엇 때문에 그것을 시라고 하는가? 시가 뜻을 말하는 것이어서 라네"113)라고 하였고, <담시음(談詩吟)>에서 "시는 사람의 뜻을 표현하는 것이니, 시가 아니면 뜻을 전할 방법이 없다"114)라고 하였고, <시화음(詩畫吟)>에서 "시는 사람의 뜻이고, 말은 마음의 소리이다. 뜻은 말로 인해 표현되고, 소리는 음률로 인해 이루어진다"115)라고 하여 시가 '지(志)'를 표현하는 것임을 누차 언명한 반면에 '정(情)'은 극복해야 할 대상으로 설정하였다. 이에 대해 곽소우(郭紹虞)는 다음과 같이 설명하였다.

소옹은 사물을 느끼는 정(情)에 신(身)과 시(時)의 두 가지가 있다고 하면서 "일신의 기쁨과 근심은 빈부와 귀천에 불과할 따름이고, 일시의 막힘과 통함은 흥폐와 치란에 달려있다"라고 말하였다. 그렇다면 '신'은 작가의 처지를 가리키고 '시'는 정치 환경을 가리킨다고 볼 수 있다. 아울러 그는 다시 한 걸음 더 나아가 '천하의 대의(大義)를 말할 것'을 주장했는데, 이 이론들도 일리가 있는 듯이 보인다. 그러나 그는 "일신의 안락과 근심이 기쁨

---

112) "是知懷其時則謂之志, 感其物則謂之情, 發其志則謂之言, 揚其情則謂之聲, 言成章則謂之詩, 聲成文則謂之音. 然後聞其詩, 聽其音, 則人之志情可知之矣."
113) ≪이천격양집≫ 권11, "何故謂之詩, 詩者言其志."
114) ≪이천격양집≫ 권18, "詩者人之志, 非詩志莫傳."
115) ≪이천격양집≫ 권18, "詩者人之志, 言者心之聲. 志因言以發, 聲因律而成."

과 분노에서 피어나고 한 때의 막힘과 통함이 사랑과 미움에서 나온다"라
고 생각했다. 그리하여 그가 보기에 '기쁨과 분노'와 '사랑과 미움'에는 모
두 사사로운 바와 은폐하는 바가 없을 수 없기 때문에 "감정이 사람을 빠지
게 함이 물보다 심하다"고 탄식하였다. 그는 "자신에게 맡겨두면 정에 의해
움직이고, 정에 의해 움직이면 가려지고, 가려지면 어두워진다. 사물에 따
르면 본성에 의해 움직이고, 본성에 의해 움직이면 신통하게 되고, 신통하
게 되면 밝아진다"라고 말하여 '정(情)'을 '성(性)'으로 대체하였다.116)

이와 같이 소옹은 정에 빠지는 것에 반대하고 본성을 시에 담을 것
을 제창하였다. 그러면 어떻게 해야 정에 빠지지 않을 수 있을까? 그 방
법에 대해 소옹은 <서>에서 다음과 같이 제시하였다.

> 성(性)은 도(道)의 형체이어서 성이 손상되면 도도 그것을 따르게 된다.
> 마음은 성의 외곽이어서 마음이 손상되면 성도 그것을 따르게 된다. 몸은
> 마음의 집이어서 몸이 손상되면 마음도 그것을 따르게 된다. 사물은 몸의
> 탈것이어서 사물이 손상되면 몸도 그것을 따르게 된다. 이로써 도로 성을
> 살피고, 성으로 마음을 살피고, 마음으로 몸을 살피고, 몸으로 사물을 살피
> 면 다스려지기는 하겠지만 상해에서 떠날 수 없다. 차라리 도로 도를 살피
> 고, 성으로 성을 살피고, 마음으로 마음을 살피고, 몸으로 몸을 살피고, 사
> 물로 사물을 살피면 손상시키고자 해도 그렇게 할 수 있겠는가? 그렇다면
> 집으로 집을 살피고, 나라로 나라를 살피고, 천하로 천하를 살피는 것도 미
> 루어 알 수 있을 것이다.117)

---

116) ≪中國歷代文論選≫ 第2冊, 279쪽, "邵雍說, 感物之情有二, '身也, 時也', '一身之休
戚, 則不過貧富貴賤而已; 一時之否泰, 則在夫興廢治亂者焉'. 那麼, '身'指作家的遭
遇, '時'則是政治的環境, 並且再進一步主張要'以天下大義而爲言', 這些理論似乎也有
道理. 但是他認爲'身之休戚, 發於喜怒; 時之否泰, 出於愛惡'. 於是在他看來, '喜怒'
和'愛惡'都不可無所私, 無所蔽, 因而發出了'情之溺人也甚於水'的感嘆. 他說: '任我
則情, 情則蔽, 蔽則昏矣; 因物則性, 性則神, 神則明矣.'(見≪觀物外篇≫) 這樣, '性'
就代替了情."

117) "性者, 道之形體也, 性傷則道亦從之矣. 心者, 性之郛郭也, 心傷則性亦從之矣. 身者,
心之區宇也, 身傷則心亦從之矣. 物者, 身之舟車也, 物傷則身亦從之矣. 是知以道觀
性, 以性觀心, 以心觀身, 以身觀物, 治則治矣, 然猶未離乎害者也. 不若以道觀道, 以
性觀性, 以心觀心, 以身觀身, 以物觀物, 則雖欲相傷, 其可得乎? 若然, 則以家觀家,

소옹은 정에 빠지지 않으려면 감정을 잘 제어해야 하겠지만 감정을 완벽하게 제어하는 것이 불가능하므로[118] 감정을 제거하여 "도로 도를 살피고, 성으로 성을 살피고, 마음으로 마음을 살피고, 몸으로 몸을 살피고, 사물로 사물을 살필" 것을 주장하였다. 이것은 바로 그가 <관물외편(觀物外篇)>에서 말한 "사물에 따르면 본성에 의해 움직이고, 본성에 의해 움직이면 신통하게 되고, 신통하게 되면 밝아진다"는 것에 대한 실천 방법을 제시한 것으로서, 바꾸어 말하면 유정지인(有情之人)을 무정지물(無情之物)로 변화시켜 사물에서 초월하여 사물에 얽매이지 않고 물아양망(物我兩忘)하면 "일신의 기쁨과 슬픔"에 영향 받지 않고 "한 때의 막힘과 통함"에 동요되지 않아 '천하대의(天下大義)'를 말해낼 수 있다는 것이다. 다만 이 '천하대의'는 성복왕(成復旺) 등이 말한 것처럼 천하의 운명을 결정하는 '선천상수(先天象數)'를 가리키는 것이며, "천하의 대의를 말한다"는 것은 개인·국가·천하의 모든 처지를 변화시킬 수 없는 선천적인 운명으로 간주하는 것이므로 마음속의 동요가 없는 '이물관물(以物觀物)'인 것이다.[119] 이에 대해 소옹은 <관물음(觀物吟)>시에서 다음과 같이 노래하였다.

畵工狀物	화공이 사물을 그려내는 데는
經月經年	달을 지나고 해를 거쳐야 하지만
軒鑑照物	거울로 사물을 비추면[120]
立寫于前	당장 그 앞에서 그려낸다.
鑑之爲明	그러나 거울의 밝음은

以國觀國, 以天下觀天下, 亦從而可知之矣."
118) 邵雍은 <序>에서 "사람이 물을 건너갈 수 있는 것이지 물이 사람을 건너갈 수 있게 하는 것이 아니지만 그러나 잘 건너간다고 일컬어지는 자도 일찍이 물에 해를 당하지 않은 자가 없다"(人能蹈水, 非水能蹈人也, 然而有稱善蹈水者, 未始不爲水之所害也.)라고 하여 감정을 완벽하게 제어하는 것이 불가능하다고 보았다.
119) 成復旺·黃保眞·蔡鐘翔, ≪中國文學理論史≫(二), 330쪽.
120) 軒鑑(헌감): 軒轅鏡을 가리킨다. 古人들은 이 거울로 재앙을 물리칠 수 있다고 하였다. 여기서는 일반적인 거울을 가리킨다.

猶或未精	오히려 정밀하지 못하기도 하니
工出人手	정교함이 사람의 손에서 나오는지라
平與不平	평평함과 평평하지 못함이 있다.
天下之平	이 세상에 평평한 것으로는
莫若于水	물 만한 것이 없지만
止能照表	겉을 비추는 데 그쳐서
不能照裏	속을 비출 수는 없다.
表裏洞照	겉과 속을 꿰뚫어 비추는 것은
其唯聖人	오로지 성인뿐이리.
察言觀行	말을 살피고 행동을 관찰함에
罔或不眞	조금도 참되지 아니함이 없어서
盡物之性	사물의 본성을 낱낱이 파악하고
去己之情	자신의 감정은 개입시키지 않는다.
有德之人	덕이 있는 사람은
而必有言	반드시 말이 있지만
能言之人	말을 할 수 있는 사람이라고
未必能行	반드시 행동에 능한 것은 아니다. (권17)

이 시에서처럼 소옹은 "사물의 본성을 낱낱이 파악하고 자신의 감정을 개입시키지 않는 것"을 이상으로 삼아 시가의 서정 특질을 사실상 부정하고 시가에 본성을 담을 것을 주장하였다.121)

시에 감정을 제거하고 본성을 담는다면 시로 표현할 수 있는 것은 무엇인가? 소옹은 <서>에서 작시의 대상과 내용에 대해 다음과 같이 말하였다.

　　내가 장년 이후로 유술(儒術)에 힘써왔는데, 인간세상의 즐거움이라고 하

---

121) 그는 또한 ≪皇極經世書·觀物外篇下≫에서 "사물로 사물을 살피면 본성이고, 자신으로써 사물을 살피면 감정이다. 본성은 공정하고 밝지만 감정은 치우치고 어둡다"(以物觀物, 性也; 以我觀物, 情也. 性公而明, 情偏而暗.)라고 하여 "以物觀物"과 "以我觀物"의 구별은 바로 性에서 나오는가 그렇지 않으면 情에서 나오는가의 차이에서 비롯된다고 생각했다.

는 것이 어찌 일찍이 만에 하나 둘이 있겠는가? 그러나 명교(名敎)의 즐거움은 본디 무궁무진하고, 더구나 관물(觀物)의 즐거움은 더욱 무궁무진하다. 비록 생사와 영욕이 앞에서 이리저리 치열하게 전개되어도 일찍이 가슴속에 들어온 적이 없으니, 네 계절의 바람과 꽃과 눈과 달이 눈앞에 스쳐 지나가는 것과 무엇이 다르겠는가? 진실로 사물로써 사물을 살필 수 있다면 양자는 서로 손상되지 않고 그 사이의 감정의 얽매임은 모두 잊혀지는데, 잊혀지지 않는 것은 유독 시에 담게 된다. 그러나 비록 잊지 못했다고 했지만 기실 잊은 것과 같다. 어째서인가? 지은 것이 다른 사람이 지은 것과 다르기 때문이다. 짓는 것이 성률에 제한되지 않고, 사랑과 미움을 따르지 않고, 필연을 세우지 않고, 명예를 바라지 않아서 마치 거울이 형체에 반응하고 종이 소리에 반응하는 것과 같다. 간혹 도를 수양하는 여가에 한가로움으로 인해 때를 살피고, 조용함으로 인해 사물을 관조하고, 때로 인해 뜻을 일으키고, 사물로 인해 말을 깃들이고, 뜻으로 인해 음영하고, 말로 인해 시를 이루고, 음영으로 인해 소리를 이루고, 시로 인해 음을 이루므로 슬퍼도 손상됨이 없고, 즐거워도 무절제에 빠지지 않아 성정을 음영한다 해도 어찌 성정에 얽매이겠는가!122)

소옹이 <서>의 서두에서 밝혔듯이 그에게 있어서 작시의 목적은 "스스로의 즐거움과 때와 만물의 자득을 즐거워하기 위한 것"이었다. 그런데 그는 위의 인용문에서 인간 세상의 즐거움은 만에 하나 둘도 없지만 명교의 즐거움과 관물의 즐거움은 무궁무진하다고 하였다. 따라서 그가 시에 표현한 내용은 '명교의 즐거움'과 '관물의 즐거움' 두 가지로 집약된다고 할 수 있다. 그가 '명교의 즐거움'을 표현한 시는 <군자음(君子吟)> · <계자음(誡子吟)> · <선악음(善惡吟)> · <천인음(天人吟)> · <인

---

122) "予自壯歲, 業於儒術, 謂人世之樂, 何嘗有萬之一二, 而謂名敎之樂, 固有萬萬焉. 況觀物之樂, 復有萬萬者焉. 雖死生榮辱, 轉戰於前, 曾未入於胸中, 則何異四時風花雪月, 一過乎眼也. 誠爲能以物觀物, 而兩不相傷者焉. 蓋其間情累都忘去爾, 所未忘者, 獨有詩在焉. 然而雖曰未忘, 其實亦若忘之矣. 何者? 謂其所作異乎人之所作也. 所作不限聲律, 不沿愛惡, 不立固必, 不希名譽, 如鑑之應形, 如鍾之應聲. 其或經道之餘, 因閑觀時, 因靜照物, 因時起志, 因物寓言, 因志發詠, 因言成詩, 因詠成聲, 因詩成音. 是故哀而未嘗傷, 樂而未嘗淫. 雖曰吟詠情性, 曾何累於性情哉?"

귀유정신음(人貴有精神吟)>·<황극경세일원음(皇極經世一元吟)>·<언행음(言行吟)>·<치란음(治亂吟)>·<처신음(處身吟)>·<치심음(治心吟)> 등 자신의 철학과 도덕을 설교한 것이 대부분이고, '관물의 즐거움'을 표현한 시는 <안락와중일부서(安樂窩中一部書)>·<안락와중일주향(安樂窩中一炷香)>·<관물음(觀物吟)> 등 신변의 여러 가지 사물을 늘어놓은 것이 대부분이어서 서정의 요소는 찾아보기 쉽지 않다. 이와 같이 그는 시와 정의 관계를 끊고 시와 성을 한 데 묶음으로써 개인의 '사생영욕(死生榮辱)'과 시대의 안녕 여부에서 벗어나 기뻐하거나 분노하는 바가 없고 사랑하거나 미워하는 바가 없게 되었으므로 "슬퍼도 손상됨이 없고 즐거워도 무절제에 빠지지 않아, 성정을 읊는다고 해도 성정에 얽매이지 않는다"고 말할 수 있었다. 이런 식으로 시를 쓰므로 그 내용이 "사랑과 미움을 따르지 않고 필연을 세우지 않는" 것이다. 따라서 그의 시는 서정을 통한 사회 현실의 반영에 이르지 않고 이학가의 내성(內聖)을 중시하는 경향을 띠게 되었다고 할 수 있다.

소옹의 시론은 유가사상의 기초 위에서 노장사상을 흡수하여 이룩된 것이다. '명교의 즐거움'을 제창한 것은 문학의 교화작용을 중시한 유가사상이고, '관물의 즐거움'을 제창한 것은 감정의 세계를 초월하여 물아제일(物我齊一)을 주장한 노장사상이다. 이와 같이 삼강오상(三綱五常)을 자연의 도로 승화시키고 도덕설교를 자연의 미로 끌어들여 유가사상에 도가사상을 가미한 독특한 사상체계를 세운 것이 이학의 특징이라고 할 수 있는데, 소옹은 자신의 시론에서 이 점을 잘 보여주고 있다.

2) 소옹의 시

일반적으로 송시의 특색을 이야기할 때 산문화와 함께 의론화의 경향을 꼽게 되지만 소옹의 시는 그 중에서도 특출하여 ≪전송시≫(七)에 수록된 그의 시 1,550수 중의 대부분이 설리시라고 해도 과언이 아니다.

먼저 그의 이학 관점을 천명한 ≪황극경세서≫의 요지를 밝힌 <황극경
세일원음(皇極經世一元吟)>을 보자.

天地如蓋軫	천지는 덮개와 수레 같아서
覆載何高極	덮고 싣는 것이 얼마나 높고 넓은가?
日月如磨蟻	해와 달은 맷돌 위의 개미와 같아서
往來無休息	오고 감에 휴식이 없다.
上下之歲年	위 아래의 세월은
其數難窺測	그 수를 헤아리기 어렵다.
且以一元言	하나의 원(元)을 가지고 말해보면
其理尙可識	그 이치를 아직 알 수 있다.
一十有二萬	원 하나는 십 이만 하고도
九千餘六百	구천 육백 년인데
中間三千年	그 가운데 삼천 년은
迄今之陳迹	지금까지의 자취이니
治亂與廢興	치란과 흥폐가
著見于方策	방책에 나타나 있다.
吾能一貫之	나는 그것을 하나로 꿰뚫을 수 있으니
皆如身所歷	모두가 내 자신이 거쳐온 것 같다. (권13)

이 시를 통해 알 수 있듯이 소옹은 천지가 싣지 않는 것이 없고 해와
달은 운행하지 않는 때가 없다고 생각했다. 그는 년·월·일·시의 숫
자에 근거하여 원(元)·회(會)·운(運)·세(世)의 역년표(歷年表)를 제시하였
는데, 12세가 1운이고 30운이 1회이고 12회가 1원이어서 1원은 도합
129,600년이라고 하였다. 그는 이 원·회·운·세의 역년표에 근거하여
하나로 꿰뚫어 예부터 지금까지의 치란과 성쇠를 추론해낼 수 있다고
생각했다. 사실상 이런 시들은 산문으로 쓰는 것이 일반적이며, 이 시 자
체도 오언시의 형식을 갖춘 산문같이 보인다. 다시 <중추음(中秋吟)>시
를 보자.

┃中秋吟┃ 중추가절

中秋光景好	중추 가절이라 경치 좋은데
況復月團圓	더구나 둥근 달이 떠있음에랴!
大抵衆所愛	뭇 사람들이 좋아하는 것은
奈何兼獨難	어찌하여 겸하기가 그렇게 어려운가?
天晴仍客好	하늘이 개었고 객이 좋으며
酒美更身安	술이 맛있는데다가 몸이 편안하다.
四者若闕一	네 가지 중 하나라도 빠지면
不能成此歡	이 기쁨 이룰 수 없으리. (권12)

소옹은 이 시에서 중추 가절을 맞아 맑게 개인 밤 보름달 아래 마음
맞는 객과 함께 술을 마시는 기쁨을 썼는데, 다른 시인 같으면 서정시로
썼을 제재를 가지고 설리시를 만들어버렸다.

그의 <수미음(首尾吟)> 135수는[123) 시의 기능에 대하여 설파한 것이
주 내용이다.[124) 그는 이 시들 속에서 기능 이론을 전개하면서 시의 정
의를 보이거나 특질을 언급하였다. 다음에 몇 수를 예로 들어본다.

┃首尾吟(제1수)┃ 수미음

堯夫非是愛吟詩	요부는 시 읊기를 좋아하는 것이 아니다.
爲見聖賢興有時	성현이 일어날 때가 있음을 보았을 때
日月星辰堯則了	해와 달과 별의 운행규칙을 요임금이 정하고
江河淮濟禹平之	장강과 황하와 회하와 제수를 우 임금이 다스렸다.
皇王帝伯經褒貶	옛 성왕들의 시비선악에 대한 평정을 거쳤지만
雪月風花未品題	눈과 달과 바람과 꽃은 아직 감상하지 못했다.
豈謂古人無闕典	어찌 고인에게 한스런 일이 없다고 하겠는가?

123) 《伊川擊壤集》 권20에는 <首尾吟> 134수가 실려 있고, 《全宋詩》(七) 권381에 나
　　머지 1수가 수록되어 있다.
124) 張健은 <邵雍詩論硏究>에서 <首尾吟> 134수를 시의 기능이라는 관점에서 "載
　　道·政敎·寫物(詠物詩 및 寫景詩를 포함)·抒情·自勵·自嘲 또는 自笑·滑稽의
　　표현, 歡笑의 보조·예술의 본능 또는 충동에 만족함·禪趣·禪機 및 特殊韻境을
　　표현·預言·生理 또는 心理적인 질병의 치료"의 11가지로 분류하였다.

堯夫非是愛吟詩   요부는 시 읊기를 좋아하는 것이 아니다.

▌首尾吟(제9수)▐

堯夫非是愛吟詩   요부는 시 읊기를 좋아하는 것이 아니다.
雖老精神未耗時   늙었지만 정신은 아직 소모되지 않았을 때
水竹淸閑先據了   물과 대의 맑고 한가로움을 먼저 차지하고
鶯花富貴又兼之   꾀꼬리와 꽃의 부귀함을 아울러 겸하였다.
梧桐月向懷中照   오동나무에 걸린 달이 가슴을 비추고
楊柳風來面上吹   버들가지 사이로 바람은 얼굴에 불어온다.
被有許多閑捧擁   이 수많은 것들에 한가롭게 둘러싸여 있으니
堯夫非是愛吟詩   요부는 시 읊기를 좋아하는 것이 아니다.

▌首尾吟(제44수)▐

堯夫非是愛吟詩   요부는 시 읊기를 좋아하는 것이 아니다.
詩是堯夫春出時   시는 요부가 봄에 나들이할 때
一點兩點小雨過   후드득 후드득 가볍게 비 지나가고
三聲五聲流鶯啼   꾀꼴 꾀꼴 꾀꼬리 매끄럽게 지저귄다.
盃深似錦花間醉   잔이 깊어 꽃 사이에 비단 깐 듯 취하고
車穩如茵草上歸   수레 조용해 풀 위에 자리 깐 듯 돌아간다.
更在太平無事日   더욱이 이 몸이 태평무사한 날들을 보내니
堯夫非是愛吟詩   요부는 시 읊기를 좋아하는 것이 아니다.

▌首尾吟(제78수)▐

堯夫非是愛吟詩   요부는 시 읊기를 좋아하는 것이 아니다.
詩是堯夫可愛時   시는 요부가 사랑할 수 있을 때
已著意時仍著意   이미 마음을 쓸 때는 마음을 쓰고
未加辭處與加辭   말을 가하지 않은 곳엔 말을 가한다.
物皆有理我何者   사물엔 모두 이치가 있는데 나는 무엇인가?
天且不言人代之   하늘이 말하지 않으니 사람이 그것을 대신한다.
代了天工無限說   자연조화의 무한한 말을 대신하는 것이니
堯夫非是愛吟詩   요부는 시 읊기를 좋아하는 것이 아니다.

소옹은 이 시들 속에서 각각 재도(載道: 제1수), 사물(寫物: 제9수), 환소 (歡笑)의 보조(제44수), 예언(제78수)의 기능을 설파하면서 공통적으로 시에 '자락(自樂)'과 '관물지락(觀物之樂)'을 표현하는 기능이 있음을 말하여 그 의 시론을 담고 있다. 이 외에 소옹은 <시사음(詩史吟)>에서도 시의 기 능을 언급하였다.

史筆善記事	사관(史官)의 붓은 기사에 능하고
長于炫其文	문장을 빛나게 하는 데 뛰어나다.
文勝則實喪	문채가 훌륭하면 내용이 빛을 잃지만
徒憎口云云	다만 입으로 운운하는 것을 미워한다.
詩史善記事	역사시도 기사에 능하여
長于造其眞	진실에 이르는 데 뛰어나다.
眞勝則華去	진실이 빼어나면 화려함은 사라져
非如目紛紛	눈이 어지러운 것과는 같지 않다.
天下非一事	천하는 한 가지 일이 아니고
天下非一人	천하는 한 사람이 아니고
天下非一物	천하는 한 사물이 아니고
天下非一身	천하는 하나의 몸이 아니다.
皇王帝伯時	옛날 성왕들의 시대
其人長如存	그들은 살아있는 듯 영원하고
百千萬億年	백년 천년 만년 억년 동안
其事長如新	그 일은 언제나 새로운 것 같다.
可以辨庶政	백성들에 대한 정치를 판단할 수 있고
可以齊黎民	백성들을 다스릴 수 있고
可以述祖考	조상들의 사적을 서술할 수 있고
可以訓子孫	자손들에게 교훈을 줄 수 있고
可以尊萬乘	만승의 군주를 드높일 수 있고
可以嚴三軍	삼군에 위엄을 보일 수 있고
可以進諷諫	풍자와 간언을 드릴 수 있고
可以揚功勳	공훈을 드러낼 수 있고
可以移風俗	풍속을 바꿀 수 있고

可以厚人倫	인륜을 도탑게 할 수 있고
可以美敎化	교화를 아름답게 할 수 있고
可以和疎親	소원한 사람과 친한 사람을 화합시킬 수 있고
可以正夫婦	부부 관계를 바르게 할 수 있고
可以明君臣	군신간의 도리를 밝힐 수 있고
可以贊天地	천지를 찬양할 수 있고
可以感鬼神	귀신을 감동시킬 수 있다.
規人何切切	사람에게 바른 길을 권하는 것이 얼마나 절실하며
誨人何諄諄	사람을 깨우쳐주는 것이 얼마나 지극하며
送人何戀戀	사람을 보내는 것이 얼마나 애틋하며
贈人何懃懃	사람에게 주는 것이 얼마나 정성스러운가!
無歲無嘉節	아름다운 절기가 없는 해가 없고
無月無嘉辰	아름다운 날이 없는 달이 없고
無時無嘉景	아름다운 경치가 없는 계절이 없고
無日無嘉賓	정겨운 손님이 없는 날이 없다.
樽中有美祿	술동이 속에는 멋진 행복이 들어있고
坐上無妖氛	자리에는 요사스런 기운이 없다.
胸中有美物	가슴속에는 아름다운 것이 담겨있고
心上無埃塵	마음에는 속세의 먼지란 없다.
忍不用大筆	그러니 어찌 큰 붓을 사용하여
書字如車輪	수레바퀴 같은 글자를 쓰지 않으리?
三千有餘首	삼천 수가 넘는 시를 지어
布爲天下春	천하에 봄을 드리우리. (권18)

소옹은 이 시에서 시가 지닐 수 있는 여러 가지 기능을 낱낱이 열거하고 나서 <수미음>에서와 마찬가지로 '자락'과 '관물지락'을 표현하는 기능을 언급하였다. 실제로 그는 이러한 즐거움을 설리시의 형태로 여러 수 써내었다. 먼저 <안락음>을 예로 들어본다.

安樂先生	안락 선생은
不顯姓氏	성씨를 드러내지 않고

垂三十年	삼십 년 동안
居洛之涘	낙수 가에서 살았다.
風月情懷	바람과 달에 마음을 두고
江湖性氣	은거하는 것이 기질에 맞아
色斯其擧	안색을 살피고 날아오르더니
翔而後至	빙빙 돌다가 내려앉았다지.125)
無賤無貧	천함도 가난함도 없고
無富無貴	부유함도 귀함도 없고
無將無迎	보냄도 맞이함도 없고
無拘無忌	얽매임도 거리낌도 없다.
窘未嘗憂	군색하지만 일찍이 걱정한 적 없고
飮不至醉	술을 마셔도 취함에는 이르지 않는다.
收天下春	온 세상의 봄을 거두어
歸之肝肺	마음속에 간직하였다.
盆池資吟	작은 못은 시상을 제공하고
瓮牖薦睡	누추한 집은 잠잘 곳이 되어준다.126)
小車賞心	작은 수레에 감상하는 마음을 싣고
大筆快志	큰 붓으로 마음껏 써 내려간다.
或戴接䍦	머리에 두건을 쓰기도 하고127)
或著半臂	반 팔 옷을 입기도 하고
或坐林間	숲 사이에 앉기도 하고
或行水際	물가를 거닐기도 한다.
樂見善人	착한 사람 보기를 좋아하고
樂聞善事	착한 일 듣기를 좋아하고
樂道善言	착한 말 하기를 좋아하고
樂行善意	착한 뜻 행하기를 좋아한다.

---

125) 이 두 구절은 ≪論語・鄕黨≫, "色斯擧矣, 翔而後集"에서 따온 말이다. 孔子는 꿩이 때와 장소를 가려서 거취를 정하는 점에 감탄하여 이런 말을 하게 되었다고 한다. 여기서는 작자가 때와 장소를 가려서 자신의 거처를 정했음을 가리킨다.

126) 瓮牖(옹유): '甕牖'와 같다. 깨진 옹기를 창으로 삼은 집이라는 뜻으로, 매우 빈한한 집을 가리킨다.

127) 接䍦(접리): 古代 사람들이 쓰던 두건의 일종이다.

聞人之惡	다른 사람의 악행을 들으면
若負芒刺	마치 가시를 짊어진 것 같고
聞人之善	다른 사람의 선행을 들으면
如佩蘭蕙	마치 난초와 혜초를 찬 것 같다.
不佞禪伯	선사에게도 아첨하지 않고
不諛方士	방사에게도 아첨하지 않는다.
不出戶庭	집과 뜰을 나서지 않아도
直際天地	바로 천지와 만날 수 있으니
三軍莫凌	삼군의 위세로도 업신여길 수 없고
萬鍾莫致	만종의 봉급으로도 이를 수 없다.
爲快活人	쾌활한 사람으로서
六十五歲	육십오 년을 살아왔다. (권14)

이 시는 소옹이 죽기 2년 전에 지은 것으로, 일종의 자서전적인 성격을 지니고 있다. 자신을 안락선생이라고 칭한 것에서 알 수 있듯이 안빈낙도하며 살아온 시인의 일생과 인생관이 잘 나타나 있다. 그에게는 이렇듯 개인의 '사생영욕(死生榮辱)'과 시대의 안녕 여부에서 벗어나 감정에 얽매이지 않는 '자락(自樂)'의 인생철학을 표현한 시가 적지 않다. 다시 <환희음(歡喜吟)>을 예로 들어본다.

歡喜又歡喜	기뻐하고 또 기뻐하며
喜歡更喜歡	환희하고 또 환희한다.
吉士爲我友	현명한 선비가 내 벗이고
好景爲我觀	아름다운 경치를 내가 보고
美酒爲我飲	맛 좋은 술을 내가 마시고
美食爲我餐	맛있는 음식을 내가 먹는다.
此身生長老	이 몸이 태어나 장성하고 늙도록
盡在太平間	언제나 태평한 시대에 있었다. (권10)

이와 같은 인생철학은 그가 죽기 직전에 병석에서 쓴 것으로 보여지

는 <병극음(病亟吟)>에도 잘 나타나 있다.

生于太平世	태평한 시대에 태어나서
長于太平世	태평한 시대에 자라고
老于太平世	태평한 시대에 늙고
死于太平世	태평한 시대에 죽는다.
客問年幾何	객이 묻는다 나이가 얼마냐고
六十有七歲	육십 하고도 일곱이라오.
俯仰天地間	천지간에 기거함에 있어서
浩然無所愧	가슴을 활짝 펴고 부끄러운 바가 없다. (권19)

이 시에서 언급하고 있듯이 그는 '일신의 기쁨과 슬픔'에 영향 받지 않고 '한때의 막힘과 통함'에 동요되지 않아 '천하대의(天下大義)'를 말해 낼 수 있었기에 태평한 시대에 태어나 천지간에 부끄러운 바 없는 인생을 살았다고 말할 수 있었다.

소옹은 시를 통해 자신이 생각하는 시의 본질과 작시 방법을 언명하기도 하였다. 그의 <논시음(論詩吟)>시를 보자.

何故謂之詩	무엇 때문에 그것을 시라고 하는가?
詩者言其志	시가 뜻을 말하는 것이어서란다.
旣用言成章	말을 사용하여 글을 이루고
遂道心中事	마음속의 일을 표현한다.
不止鍊其辭	문사를 다듬는 데 그치지 않고
抑亦鍊其意	또한 뜻을 다듬어간다.
鍊辭得奇句	문사를 다듬어 멋진 구절을 얻고
鍊意得餘味	뜻을 다듬어 여운의 맛을 얻는다. (권11)

여기서 소옹은 시의 작용이 '언지(言志)'에 있음을 분명히 하였고, 좋은 시를 짓기 위해서는 문사와 뜻의 연마에 힘써야 한다고 말하여 작시에 있어서 내용과 함께 수사의 중요성을 천명하기도 하였다. 그러면서도

그는 <담시음(談詩吟)>에서 수사의 한계성을 지적하여 여전히 중지경문
(重志輕文)의 시관(詩觀)을 피력하였다.

詩者人之志	시는 사람의 뜻을 표현하는 것이니
非詩志莫傳	시가 아니면 뜻을 전할 방법이 없다.
人和心盡見	사람됨과 마음이 모두 나타나고
天與意相連	하늘과 사람의 뜻이 서로 연결된다.
論物生新句	사물을 논하여 새로운 구가 생기고
評文起雅言	문장을 평하여 우아한 말이 일어난다.
興來如宿構	감흥이 일면 오래 구상한 듯이 나와
未始用雕鐫	일찍이 깎고 다듬어보지 않았다. (권18)

소옹은 적지 않은 영사시와 영물시를 남겼는데, 이런 작품들에도 설
리의 경향이 강하게 드러나 있다. 먼저 <독장자방전음(讀張子房傳吟)>시
를 보자.

┃讀張子房傳吟 ┃ 장량(張良)의 전기를 읽고

漢室開基第一功	한나라를 세우고 터전을 닦은 으뜸가는 공
善哉能始又能終	훌륭하구나 처음과 끝을 잘 맺을 수 있었으니
直疑後日赤松子	훗날 적송자를 따랐는가 의심하였더니[128]
便是當年黃石公	그 당시에 바로 황석공을 만났구려.[129]
用捨隨時無分限	등용의 여부는 때를 따르니 구분이 없고
行藏在我有窮通	행하고 숨고는 나에게 있으니 곤궁과 통달이 갈린다.
古人已死不復見	고인은 이미 죽어 다시 볼 수 없지만
痛惜今人少此風	지금 사람들 그런 풍도 없음이 안타깝다. (권16)

이 시에서 소옹은 유방을 도와 한나라를 세우고 터전을 닦은 장량(張

---

128) 赤松子(적송자): 중국 상고시대의 신선. 宋 羅泌, ≪路史・餘論二・赤松石室≫, "黃
帝問赤松子≪中戒≫等經, 此張良所以願從之遊, 非末代之數矣."
129) 黃石公(황석공): 秦나라 말기에 흙다리 위에서 張良에게 ≪太公兵法≫을 주었다고
전해지는 노인.

良)을 회고하면서 등용과 진퇴의 이치를 설파하였다. 다음에는 그의 영
물시, <관기장음(觀棋長吟)>을 보자.

┃觀棋長吟┃ 바둑 두는 것을 보고서

院靜春深晝掩扉	뜰 조용하고 봄은 깊어 낮에도 문은 닫혀 있는데
竹間閑看客爭棋	대나무 사이에서 한가로이 객이 바둑 두는 걸 본다.
搜羅神鬼聚胸臆	귀신들을 찾아 모아 가슴에 담고
揞致山河入範圍	강산을 안배하여 범위에 들였다.
局合龍蛇成陣鬪	대국이 시작되니 용과 뱀이 진을 이뤄 싸우고
刦殘鴻鴈破行飛	겁략한 끝에 기러기들이 행렬을 깨고 날아간다.
殺多項羽坑秦卒	죽인 것이 많음은 항우가 진(秦)나라 병사를 묻은 듯 하고
敗劇苻堅畏晉師	형편없는 패배는 부건이 진(晋)나라 군대를 두려워하 듯한다.
座上戈鋋嘗擊搏	자리에서는 창이 맞붙어 치고 때리며
面前冰炭旋更移	면전에선 얼음덩이와 숯덩이가 휘몰아친다.
死生共抵兩家事	살고 죽는 것은 모두 양가의 일이고
勝負都由一着時	이기고 지는 것은 모두 한 수에서 비롯된다.
當路斷無相假借	당권자는 결코 관용을 베풀지 않고
對人須且强推辭	남에게는 모름지기 사양을 강요한다.
腹心受害誠堪懼	배와 심장이 해를 입는 것은 참으로 두렵지만
脣齒生憂尙可醫	입술과 이에 생긴 근심은 그래도 치유할 수 있다.
善用中傷爲得策	중상모략을 잘 쓰는 것이 책략을 얻는 것이고
陰行狡獪謂知機	몰래 교활한 짓을 행해야 승기를 잡는다고 한다.
請觀今日長安道	청컨대 오늘날 장안의 길을 살펴보시게.
易地何嘗不有之	지위가 바뀐 것이 언제인들 없었던가! (권5)

소옹은 이 시에서 바둑의 관전을 통해 흑 돌과 백 돌이 맞부딪쳐 싸
우며 승부가 갈리는 것을 묘사하면서 인간세상에서의 승부의 이치를 말
하고 그 치열한 경쟁의 모습을 풍자하였다.

소옹의 시에서 풍자와 비판의 내용을 담고 있는 작품은 매우 드물게

보이지만 그런 계통의 작품이 없는 것은 아니다. 먼저 <제황하(題黃河)>
시를 보자.

誰言爲利多于害	누가 말하는가 이로움이 해로움보다 많다고
我謂長渾未始清	내가 보기엔 언제나 혼탁할 뿐 맑은 적 없다.
西至崑崙東至海	서쪽으론 곤륜에 이르고 동쪽으로 바다에 이르는데
其間多少不平聲	그 사이에 불평의 소리 얼마나 많은가! (권2)

　　소옹은 이 시에서 황하가 서쪽에서 동쪽으로 흘러가며 끊임없이 내
는 소리를 '불평성(不平聲)'으로 형용하면서 그 속에 한유 <송맹동야서
(送孟東野序)>의 '물부득기평즉명(物不得其平則鳴)'의 내용처럼 불우지사의
감개를 깃들여 놓았다. 다시 <감설음(感雪吟)>을 보자.

旨酒嘉肴與管絃	맛있는 술과 좋은 안주 그리고 음악
通宵鼎沸樂豊年	밤새도록 솥은 끓고 풍년을 즐긴다.
侯門深處還知否	높은 분 대문 안 깊숙한 곳에서 알고 있을까?
百萬流民在露天	백만의 떠돌이 백성이 노숙하고 있는 것을! (권14)

　　소옹은 이 시에서 술과 안주·음악 등의 풍성함은 고관대작들만의
것이고 밖에는 수많은 백성들이 집도 없이 떠돌고 있다고 하여 대비 수
법을 통해 민간의 고통을 고발하였다. 이와 같은 비판의식이 <춘일등석
각(春日登石閣)>시에서는 매우 은근히 나타난다.

滿洛城中將相家	낙양성 가득한 장군과 재상의 저택들
廣栽桃李作生涯	드넓게 복숭아 자두를 심고 생을 보낸다.
年年二月凭高處	해마다 2월에 높은 곳에 올라서면
不見人家只見花	인가는 보이지 않고 꽃만 보인다. (권10)

　　소옹은 이 시에서 꽃나무 가득한 낙양성의 넓은 터를 차지하고 있는
고관대작들의 저택을 묘사함으로써 삶의 터전을 빼앗기고 사라질 수밖

에 없었던 힘없는 백성들의 암울한 처지를 암시하였다.

소옹은 비록 그의 시론에서 시의 서정 특질을 부정했지만 자신의 한적한 생활 정취를 묘사하는 가운데 서정을 깃들인 작품이 간간이 보인다. 먼저 <춘진후원한보(春盡後園閑步)>시를 보자.

┃春盡後園閑步┃ 봄이 한창인 후원을 한가롭게 거닐며

綠樹成陰日	푸른 나무가 그늘을 이룬 날
黃鸎對語時	노란 꾀꼬리가 마주보고 지저귈 때
小渠初激灩	작은 도랑은 이제 물이 넘실거리고
新竹正參差	대나무는 새순이 여기 저기 솟아났다.
倚杖閑吟久	지팡이에 기대어 오랫동안 한가롭게 읊조리고
携童引步遲	동자 데리고 느릿느릿 발걸음을 떼어놓는다.
好風知我意	상쾌한 바람도 나의 뜻을 아는지
故故向人吹	일부러 나를 향해 솔솔 불어온다. (권7)

시인은 앞의 네 구에서 봄의 경물을 묘사한 다음 동자와 함께 상쾌한 바람을 맞으며 한가롭게 봄을 즐기는 정취를 담담하게 표현하였다.[130] 다음의 <천진감사(天津感事)>(제1수)에서도 이와 비슷한 구조와 정취를 맛볼 수 있다.

┃天津感事┃ 천진에서 느낀 일

雲輕日淡天津暮	구름 가볍고 해 맑은 천진의 저물녘
風急林疎洛水秋	바람 급하고 숲 낙엽진 낙수의 가을.
獨步獨吟人莫會	홀로 걸으며 시 읊는 것 아는 사람 없는데
時時鷗鷺下汀洲	때때로 갈매기와 백로가 모래섬에 내린다. (권4)

시인은 앞의 두 구에서 천진의 가을 경치를 묘사한 다음 아무도 없

---

130) 張健은 이 시를 평하여 평담한 意境이 陸游 中·晚年의 작품과 비슷하다고 하였다.(<邵雍詩論硏究>, 61쪽)

는 곳에서 시를 읊조리는 한적한 정취를 표현하였는데, 갈매기와 백로가 시인을 가까이해 내려앉는 묘사를 통해 천진하고 고결한 마음 상태를 암시하였다.

그는 경물의 묘사 속에 감정을 이입시키는 정경교융의 수법을 발휘하기도 하였다.

┃ 高竹八首(제2수) ┃ 높이 자란 대나무

高竹臨淸溝	높이 자란 대나무 맑은 개울가에 있고
軒小亦且幽	그 안의 정자는 작고도 그윽하다.
光陰雖屬夏	세월은 아직 여름에 속하지만
風露已驚秋	바람과 이슬은 이미 가을이로다.
月色林間出	달빛이 숲 사이로 새어나오고
泉聲砌下流	샘 소리는 섬돌 아래로 흐른다.
誰知此夜情	누가 이 밤의 정경을 알겠는가?
邈矣不能收	끝없이 뻗어있어 거둘 수 없다. (권1)

소옹은 이 시에서 여름에서 가을로 접어들 무렵 대나무 숲 속 작은 정자의 맑고 그윽한 정경을 묘사하면서 자신의 한정일취(閑情逸趣)를 표현하였다. 다음의 <삽화음(揷花吟)>시에는 서정의 표현이 좀더 분명하게 드러난다.

┃ 揷花吟 ┃ 머리에 꽃을 꽂고서

頭上花枝照酒卮	머리 위의 꽃가지를 술잔에 비추니
酒卮中有好花枝	술잔 속에 보기 좋은 꽃가지가 있다.
身經兩世太平日	이 몸이 두 세대의 태평일을 거치면서
眼見四朝全盛時	눈으로 네 분 임금의 전성기를 보았다.
況復筋骸粗康健	하물며 근력 회복하여 그런 대로 건강하고
那堪時節正芳菲	꽃향기 날리는 시절이니 어찌 하랴!
酒涵花影紅光溜	술에 꽃 그림자 잠겨 붉은 빛 흐르니
爭忍花前不醉歸	어찌 꽃 앞에서 취하지 않을 수 있으랴! (권10)

이 시에는 인생의 막바지에서 다시 봄을 맞아 가는 봄이 아쉬워 꽃
과 술에 취하는 시인의 정서가 솔직하게 묘사되어 있다. 다음의 <나기
음(懶起吟)>시에는 그의 솔직한 정서가 보다 노골적으로 드러나 있다.

┃懶起吟┃ 일어나기 싫어서

半記不記夢覺後	기억이 날 듯 말 듯 꿈에서 깨어난 후
似愁無愁情倦時	슬픔인 듯 아닌 듯 정에 지쳤을 때
擁衾側臥未忺起	이불 끌어안고 모로 누워 일어나기 싫은데
簾外落花撩亂飛	주렴 밖에는 낙화가 어지러이 흩날린다. (권10)

시인이 이렇게 슬픔인 듯 아닌 듯 정에 지쳐 일어나기 싫다고 표현
한 것은 그의 다른 시에서 찾아보기 힘든 정서로서, 이학가의 시답지 않
은 면모를 보여주고 있지만 북송의 이학가로서는 보기 드물게 시를 애
호하였고 또 많은 시를 남긴 소옹의 또 다른 마음가짐을 엿보게 해준다.

이상에서 소옹 시의 내용을 간략하게 살펴보았다. 심덕잠(沈德潛)이
소옹의 시에 대해 "시가 이취(理趣)를 벗어날 수 없긴 하지만 이어(理語)의
사용을 귀하게 여기지 않는다. …… 소옹의 시는 직설적으로 할 말을 다
하니 무슨 흥회(興會)가 있겠는가?"[131]라고 평하였듯이 소옹은 그의 시론
에 입각한 시를 써서 그의 철학 사상과 무미건조한 도덕 설교를 진행하
거나 시인 주변의 여러 가지 사물을 따분하게 늘어놓은 작품이 대부분
을 차지하긴 하지만, 내용적으로는 현실을 비판하고 풍자한 시와 시인의
생활 정취를 담은 서정시도 일부 있으며, 예술적으로는 시정(詩情)과 시
예(詩藝)를 겸비한 시도 일부 있음을 알 수 있다.

소옹은 시의 형식과 풍격 방면에서 자연스럽게 말이 나오는 대로 쓸
것을 주장하였다. 그는 <서>에서 "지은 것이 성률에 제한받지 않고, 사
랑과 미움을 따르지 않고, 필연을 세우지 않고, 명성과 명예를 바라지 않

---

131) ≪淸詩別裁・凡例≫, 張健 <邵雍詩論研究>, 56쪽에서 재인용. "詩不能離理趣, 不
貴下理語. …… 邵康節詩, 直頭說盡, 有何興會?"

아서 마치 거울이 형체에 응하고 종이 소리에 응하는 것과 같다"132)라고 하였고, <화조충도비승견증(和趙充道秘丞見贈)>시에서 "특히 기율이 없는 시가 천 수이다"133)라고 하여 자신의 시가 시율의 구속을 받지 않았음을 언급하였다. 또 만사화(萬士和)는 "송조의 소옹 선생은 생각을 높고 밝게 치달리면서 만상을 포괄하고 자연과 한 무리가 되었다. 무언에서 터득한 시가 있으니, 그가 음풍농월하며 일세를 업신여기고 천변만화하여도 모두가 자연스러우니, 이른바 시이면서 시가 아니고 법이면서 법을 벗어난 자는 고금에 한 사람뿐이다"134)라고 하였고, ≪사고전서총목≫ 권153 ≪격양집≫에서는 "소옹의 시는 그 원류가 또한 백거이에게서 나왔는데, 만년에는 세상사에 뜻을 끊고 더 이상 문자를 장기로 삼지 않았다. 말하고자 하는 것을 말하는 데 뜻을 두고 스스로 가슴속을 서술하였으니, 원래 시법의 밖에 초탈해 있었다"135)라고 하여 형식과 풍격 방면에서 시법의 구속을 받지 않은 소시(邵詩)의 특색을 개괄하였다.136) 전종서도 소시의 이와 같은 특색을 지적하여 다음과 같이 평하였다.

> 북송에서는 소옹이 시에 뜻을 붙이고 문자를 구사하여 마음대로 희롱하며 5·7자를 가지고 재주를 넘고 여러 약삭빠른 짓을 하였다. 당구대(當句對)는 제외하고 헤아리지 않더라도 예컨대 <화오충경(和吳沖卿)>에서 "사람마다 다다를 수 있지만 나는 다다르지 못했고, 사물마다 방해되지 않으니 누구와 더불어 방해되겠는가?"라고 하였고, <한월음(恨月吟)>에서 "난간에

---

132) "所作不限, 不沿愛惡, 不立固必, 不希名譽, 如鑑之應形, 如鍾之應聲."
133) ≪이천격양집≫ 권6, "殊無紀律詩千首."
134) ≪隆慶重刻擊壤集序≫, "有宋邵堯夫先生, 游心高明, 包括萬象, 與造化爲徒. 旣有得於無言之詩, 則其吟風弄月, 玩侮一世, 千變萬化, 皆其自然, 所謂詩而非詩, 法而非法者, 古今一人而已."
135) "邵子之詩, 其源亦出白居易, 而晚年絶意世事, 不復以文字爲長. 意所欲言, 自抒胸臆, 原脫然於詩法之外."
136) 曾棗莊은 邵詩가 성률에 구속받지 않았음이 (1) 虛詞를 즐겨 사용한 점, (2) 5·7언시의 句式을 준수하지 않은 점, (3) 언어가 통속적이어서 적지 않은 시가 "5·7字 句로 된 어록"이라고 할 수 있는 점의 세 가지 방면에서 확인된다고 정리하였다.(<理學詩派的鼻祖-邵雍>, 278-279쪽)

와서 기대더니 또 와서 기대고, 향긋한 술을 따라 답하고 또 다시 따른다"라고 하였고, <남원화죽(南園花竹)>에서 "꽃 행렬을 대나무를 침범하여 심은 것은, 대나무 길이 꽃을 마주하며 열려있길 바라서이다"라고 하였고, <농필음(弄筆吟)>에서 "가짜를 진짜같이 꾸며도 여전히 가짜이고, 부지런함으로 졸렬함을 보충하려면 결국 있는 힘을 다해야 한다. 배고프기 때문에 배부름을 얻으면 배부름은 오히려 졸렬하고, 병 때문에 편안함을 구하면 편안함이 참되지 않다"라고 하였고, <희춘음(喜春吟)>에서 "술은 봄이 오고 봄이 돌아가기 때문에 마시고, 시는 꽃이 피고 꽃이 시들기 때문에 읊는다. 꽃이 시들고 꽃이 피니 시를 여러 번 짓고, 봄이 돌아가고 봄이 오니 술을 자주 따른다"라고 하였고, <안락와중음(安樂窩中吟)>에서 "해와 달이 합쳐서 명(明)자를 만들지만 밝음은 해가 주체이고, 사람과 말이 합쳐서 신(信)자를 이루지만 믿음은 사람에게서 비롯된다"라고 하였고, <수미음>에서 "한 잔 두 잔이 석 잔에 이르고, 다섯 수 일곱 수 혹은 열 수이다"(제69수) "달 따라 꽃 따라 흥 따라 읊고, 글을 대신하고 편지를 대신하고 가는 것을 대신하여 옮긴다."(제4수) "도를 같이 할 줄 아니 도도 역시 얻고, 비로소 선천을 믿으니 하늘과 어긋나지 않는다."(제50수) "이미 마음을 쓸 때는 마음을 쓰고, 말을 가하지 않은 곳엔 말을 가한다."(제78수)라고 하였다. 모두 팔뚝을 흔들며 곧장 가는 격으로 격률의 구속을 받지 않았다. 후에 진헌장(陳獻章: 白沙)과 장창(莊昶: 定山)은 비록 역시 그의 발걸음을 뒤쫓았지만 전혀 이러한 방자함은 없었다. 소옹은 또 시율에 있어서 대련(對聯)을 변화시켰을 뿐 아니라 편장(篇章)의 결구도 개혁한 것이 많았다. 예컨대 <수미음>의 첫머리와 마지막은 같은 말이고, <안락와중사장음(安樂窩中四長吟)> 중간의 "일편시(一編詩)"·"일부서(一部書)"·"일주향(一炷香)"·"일준주(一樽酒)"를 가지고 평두(平頭)로 펴서 2연을 만들었으며, <춘수(春水)> 장률의 첫머리 4편과 또 <화전권주(花前勸酒)>·<춘추(春秋)>의 2수는 모두 두 글자를 끊어내어 5언 율시 가운데 들쭉날쭉 되풀이하고 도르래처럼 영대(映帶)하여 격이 번밀할수록 가락은 더욱 유전(流轉)하게 하였다.[137]

---

137) ≪談藝錄≫, 222-223쪽, "北宋則邵堯夫寄意於詩, 驅遣文字, 任意搬弄, 有五七字翻筋斗, 作諸狡獪. 除前擧當句對不計外, 如<和吳冲卿>云: '人人可到我未到, 物物不妨誰與妨.' <恨月吟>云: '欄干倚了還重倚, 芳酒斟回又再斟.' <南園花竹>云: '因把花行侵竹種, 且圖竹徑對花開.' <弄筆吟>云: '弄假像眞還是假, 將勤補拙總輸勤. 因饑得飽飽猶拙, 爲病求安安未眞.' <喜春吟>云: '酒因春至春歸吟, 詩爲花開花謝吟.

　전종서는 이 글에서 소옹의 시가 격률의 구속을 받지 않고 마음대로 문자를 구사하여 그 정도가 방자한 지경에까지 이르렀다고 비판하였지만, 한편으로는 그가 시율에 있어서 대련을 변화시켰을 뿐만 아니라 편장의 결구도 개혁한 것이 적지 않다고 하여 창신의 공을 인정하였다.

　이와 같이 소옹은 시의 형식과 풍격 방면에서 인위적인 수식에 반대하고 자연스럽게 뜻이 가는 대로 쓸 것을 제창하여 매요신의 제창 이래 송시의 한 특징으로 자리 잡은 '자연평담'과 상통하는 면이 있다. 그러나 소옹은 "반드시 그려내기 어려운 경치를 형용하여 눈앞에 있는 것 같이 하고, 고갈되지 않는 뜻을 언어 바깥에 나타낼 수 있게 된 후에야 지극하게 된다"[138)는 형상미와 함축미를 고려하지 않고 생각나는 대로 '지(志)'를 표현할 것을 제창한 것이어서 결과적으로 자연스럽다고는 하지만 무미건조하여 시라기보다는 압운한 어록같이 되어버렸다.

　다른 한편 그는 이학가 시론의 창시자로서 "시는 지를 표현하는 것이며, 본성을 현시하는 것"이라는 자신의 시론이 구체적으로 어떻게 창작될 수 있는가를 보여줌으로써 후대 이학가 시에 지대한 영향을 끼쳤을 뿐만 아니라 송시사에서 독자적인 영역을 차지할 수 있었다.

花謝花開詩屢作, 春歸春至酒頻斟.' <安樂窩中吟>云 : '日月作明明主日, 人言成信信由人.' <首尾吟>云 : '一盞兩盞至三盞, 五題七題或十題.' '因月因花因興詠, 代書代簡代行移.' '能知同道道亦得, 始信先天天弗遠.' '已著意時仍著意, 未加詞處與加詞.' 皆掉臂徑行, 不受格率桎梏. 後來白沙·定山雖亦步趨, 都無此恣肆. 且堯夫於律, 匪特變化對聯, 篇章結構, 亦多因革, 如<首尾吟>起結同, <四長吟>中間以一編詩·一部書·一炷香·一樽酒平頭鋪作兩聯, <春水>長律起四聯·<花前勸酒>·<春秋>二首, 均拈出二字, 於五律中參差反復, 轆轤映帶, 格愈繁密, 而調益流轉."

138) 歐陽修, 《六一詩話》, "必能狀難寫之景, 如在目前; 含不盡之意, 見于言外, 然後爲至矣."

(2) 주돈이(周敦頤)·장재(張載)·이정(二程)

1) 주돈이

주돈이(1017-1073)의 문학관을 직접적으로 살펴볼 수 있는 글은 그리 많지 않지만 그의 대표적 저술인 ≪통서(通書)≫에 다음과 같은 글이 실려 있다.

> 글이란 도를 싣는 도구이다. 수레가 잘 꾸며져 있어도 사람이 타지 않는다면 헛된 장식일 뿐인데, 하물며 빈 수레에 있어서이랴? 문사는 기예이며 도덕은 알맹이이다. 알맹이 곧 도덕을 돈독히 하고 기예를 갖추어 이를 글로 쓰면 내용과 문사가 모두 아름답게 되어 사람들이 좋아하게 되고, 사람들이 좋아하게 되면 널리 전해지게 마련이다. 현자가 얻어 보고 배워서 그 경지에 이르게 되니 이것을 가르침이라고 한다. 그러므로 "말에 문채가 없으면 널리 전해지지 않는다"라고 했던 것이다. 그러나 현명하지 못한 사람은 부형이 옆에서 다그치고 스승이 독려하여도 배우려하지 않으니, 억지로 윽박질러서는 따르지 않는 법이다. 도덕에 힘쓸 줄 모르고 문사만을 능사로 여기는 것은 알맹이 없는 기예일 뿐이다.139)

이와 같이 주돈이는 글을 도를 싣는 도구로 간주하여 도덕의 내용이 없는 문장을 배격하였다. 그렇지만 그는 공자가 말한 "말에 문채가 없으면 널리 전해지지 않는다"를 존중하여 어느 정도 문학의 존재가치를 인정하였다. 이는 글쓰기에 있어서 수사기교의 필요성을 인정한 것으로서 "사람들이 좋아하게 되면 널리 전해지게 마련이다"라고 한 말에서 그의 태도를 확인할 수 있다. 그는 또 <길주팽추관시서(吉州彭推官詩序)>에서 다음과 같이 말하였다.

---

139) ≪通書≫ 第28篇, <文辭>, "文所以載道也. 輪轅飾而人弗庸, 徒飾也, 況虛車乎? 文辭, 藝也, 道德, 實也. 篤其實而藝者書之, 美則愛, 愛則傳焉. 賢者得以學而至之, 是爲敎. 故曰: '言之無文, 行之不遠.' 然不賢者, 雖父兄臨之, 師保勉之, 不學也, 强之不從也. 不知務道德, 而第以文辭爲能者, 藝焉而已."

돈실은 경력 초에 홍주 분녕현 주부가 되었는데, 자사의 격문을 받고 원주 노계진 시정국의 일을 맡아보게 되었다. 시정국에 일이 없을 때 원주의 진사들이 많이 찾아와 공재(公齋)에서 학문을 논하였는데, 계제에 당대 강동 율시의 훌륭함에 대해 이야기하게 되었다. 좌중에 길주 팽추관의 시를 읊는 자가 6, 7인 있었는데, 그 자구가 참으로 하늘의 솜씨를 엿보아서 사람들의 입에 오르내릴 수 있었다.[140]

경력(1041-1048) 초면 주돈이의 나이 20대 중반에 해당되므로 젊은 시절의 이야기이긴 하지만 이 글을 통해 우리는 그 때 그가 사람들과 더불어 율시를 논하고 또한 팽추관의 율시를 칭찬하는 등 시의 수사기교에 대해서도 관심이 있었음을 알 수 있다.

실제로 그의 문집을 살펴보면 많지는 않지만 28수의 시가 수록되어 있는데,[141] 대부분이 산수와 전원에서 즐거움을 찾는 것들이다. 이는 그가 일생을 하급관리로 지내면서 산수에 뜻을 두고 유유자적한 생활을 한 것과 관계가 있을 것이다. 먼저 <동석수유(同石守遊)>시를 보자.

▌同石守遊 ▌ 석수와 함께 나들이하며

朝市誰知世外遊	속세에서 누가 세속을 벗어난 삶을 알랴?
衫松影裏入吟幽	삼나무 소나무 그늘에서 나지막이 읊조린다.
爭名逐利千繩縛	명리를 좇아 천 가닥 밧줄에 묶여 있다가
度水登山萬事休	물을 건너고 산에 오르니 만사가 편안하다.
野鳥不驚如得伴	들새는 놀라는 대신 마치 짝을 얻은 듯하고
白雲無語似相留	흰 구름은 말없이 내 곁에 머무르는 듯하다.
傍人莫笑憑欄久	사람들아 웃지 마소 난간에 오래 기대있다고
爲戀林居作退謀	숲에 사는 것이 그리워 물러날 생각이라오.

---

140) ≪周子全書≫ 권17, <進呈本周子遺文幷詩>, "惇實慶曆初爲洪州分寧縣主簿, 被外臺檄, 承乏袁州盧溪鎭市征之局. 局鮮事, 袁之進士多來講學於公齋, 因談及今朝江左律詩之工. 坐間誦吉州彭推官篇者六七, 其句字信乎能覰天巧而膾炙人口矣."

141) ≪全宋詩≫(八)에는 周敦頤의 시 33수가 수록되어 있다.

주돈이는 이 시에서 명리를 추구하며 서로 경쟁하는 속세의 생활을 벗어 던지고 숲 속에 은둔하여 유유자적하게 지내는 삶의 즐거움을 노래하였다. 이와 같은 내용은 중국 고대의 지식인에게서 쉽게 찾을 수 있는 것이어서 특별히 이학시파의 특징을 지닌 것이라고 할 수는 없다. 다음은 늦봄에 시골에서 느끼는 한적한 정경을 노래한 시이다.

┃**春晚** ┃ 저무는 봄

花落柴門掩夕暉	꽃잎 지는 사립문은 석양 속에 닫혀있고
昏鴉數點傍林飛	황혼에 까마귀들은 숲 언저리를 맴돈다.
吟餘小立闌干外	시를 읊조리다 난간 밖에 나와 서있으니
遙見樵漁一路歸	나무꾼과 어부 돌아오는 것이 아득히 보인다.

시인은 이와 같이 자연 속에서 유유자적하게 살아가는 생활을 이상적인 삶의 모습으로 생각하고 이를 시로 표현하였다. 다음 시에서는 보다 분명하게 자신의 사상을 표현하였다.

┃**書春陵門扉** ┃ 용릉의 문짝에 쓰다

有風還自掩	한바탕 바람결에 다시 저절로 닫히니
無事晝常關	일이 없는지라 낮에는 늘 닫혀 있다.
開闔從方便	열리고 닫히는 건 순리에 따르는 것
乾坤在此間	천지의 참된 이치가 바로 여기에 있다.

시인은 바람결에 사립문이 열리고 닫히는 모습을 바라보며 이와 같은 자연스런 현상이 바로 천지의 참된 이치라고 설파하고 있다. 주돈이는 이처럼 속세의 명리를 떠나 자연에 순응하며 사는 것을 이상적인 삶의 모습으로 생각하고 이를 시로 표현하였는데, 이학가의 전형적인 설리시라고 하겠다.

주돈이의 문학에 대한 태도는 비록 문에 대한 도의 우위를 표방하고 있지만, 문의 도구적 작용을 어느 정도 인정하여 그 연마가 도의 전파에 도움이 된다고 하였다. 그의 작품을 살펴보면 현실을 반영하거나 풍자하는 내용은 없고, 대부분이 고원한 선비의 정취를 느끼게 해주는 것들이다. 이로부터 볼 때 주돈이는 문학관과 실제 창작 모두 기본적으로 소옹과 큰 차이를 보이지 않아 이학시파의 초기 모습을 보여주고 있으며, 그가 주장하는 '문이재도'에서의 도는 내성적 도로서 이전의 유가가 표방한 외왕적 도와는 차이가 있음을 알 수 있다.

2) 장재(張載)

장재(1020-1077)의 문학관은 주돈이의 '문이재도'에서 정이의 '작문해도'로 넘어가는 과도기적 성격을 지니고 있다. 먼저 문학작품에 대한 그의 태도를 살펴보자.

> 문집이나 문선 따위의 것들은 몇 편을 보아 취할 것이 없으면 놓아버리는 것이 좋다. 도교의 책이나 불교의 경전은 보지 않아도 해가 없다. 기왕에 이와 같다면 볼만한 것이 없는 것이니 오직 의리만이 있을 뿐이다.142)

이와 같이 장재는 문학작품집이란 특별히 취할만한 것이 없다면 볼 필요가 없다고 말하였다. 그에게 있어서 문장이란 오직 내면적 덕성을 수양하거나 교화에 도움이 될 때 비로소 그 가치가 인정되었다. 따라서 지극한 내면의 덕을 갖추고 있는 사람이 글을 쓰면 반드시 쓰임에 이른다고 하였다.

> 크고 지극한 중정의 도가 극치에 이르게 되면 문장은 반드시 그 쓰임에 이르게 될 것이고, 간략함이 반드시 사람들을 감동시켜 통달하게 할 것이다.143)

---

142) ≪張子全書·經學理窟≫ <義理>篇, "如文集·文選之類, 看得數篇無所取, 便可放下. 如道藏釋典, 不看亦無害. 旣如此則無可得看, 唯是有義理也."
143) ≪張子全書·正蒙≫ <中正>篇, "大中至正之極, 文必能致其用, 約必能感而通."

여기서 중정(中正)이란 마음이 어느 한 쪽으로 치우침이 없고 바른 것을 말한다. 그는 또한 수사를 중시하는 문학적인 문장을 부정하여 다음과 같이 말했다.

문사를 취하여 뜻이 전달될 수 있으면 그쳐야 하며, 많아지면 때로는 오히려 해가 된다.144)

이와 같이 장재도 문학에 대해 부정적인 견해를 갖고 있지만 정이처럼 노골적으로 '작문해도'를 주장하지는 않았다.

장재는 직접적으로 문학에 대해 언급한 것이 많지 않지만 다음 글에서 시에 대한 그의 태도를 엿볼 수 있다.

옛날에 시를 잘 아는 자로는 오로지 맹자만이 있어서 글의 뜻으로 작자의 본의를 받아들일 수 있었다. 시란 그 뜻이 지극히 평이한 것이어서 난해하게 그것을 구할 필요가 없다. 지금 난해함으로 시를 구한다면 이미 그 본심을 잃어버린 것이니 어떻게 시인의 뜻을 알 수 있겠는가?145)

이 글에서 장재는 한대 이후 ≪시경≫을 풀이하는 사람들이 시를 너무 어렵게 해석하고 있음을 지적하고 맹자를 본받아 시를 쉽게 이해할 줄 알아야 한다고 주장하였다. 이에 대해 곽소우는 한유(漢儒)의 경우 왕도의 영향을 받아 ≪시경≫을 풍간의 책으로 이해하였기 때문에 난해하게 해석하여야 "글의 뜻으로 작자의 본의를 받아들일 수 있다"고 생각하였고, 송유(宋儒)는 문사를 닦아 성(性)을 세우고 덕성을 함양하는 것을 중시하였기 때문에 평이하게 해석하여야 "글의 뜻으로 작자의 본의를 받아들일 수 있다"고 생각했다고 설명하였다.146) 장재는 바로 내성의 관점

---

144) ≪張子全書·正蒙≫ <有德>篇, "辭取意達則止, 多或反害也."
145) ≪張子全書·經學理窟≫ <詩書>篇, "古之能知詩者, 惟孟子爲以意逆志也. 夫詩之志至平易, 不必爲艱險求之. 今以艱險求詩, 則已喪其本心, 何由見詩人之志."
146) 郭紹虞, ≪中國文學批評史≫, 189쪽 참고

에서 ≪시경≫의 시를 이해하려고 한 것이며, 그런 관점이 시에 대한 그의 태도로 이어진다.

장재의 시는 명대에 상당수가 없어져서 지금은 ≪장자전서(張子全書)≫에 모두 16수가 수록되어 있을 뿐이다. 이것들은 대부분 철리와 심성수양에 관한 내용을 담고 있는데, 먼저 그의 시경관이 담겨 있다고 할 수 있는 <제해시후(題解詩後)>를 살펴보자.

▌題解詩後▐ ≪시경≫을 풀이한 뒤에

置心平易始通詩	마음을 평이하게 하고 나니 ≪시경≫이 통하고
逆志從容自解頤	조용히 시인의 뜻을 받아들이니 절로 입이 열린다.
文害可嗟高曳固	문장에 해를 끼쳐 안타깝도다 고수의 옹고집이여
十年聊用勉經師	십 년을 헛되이 보내며 경사 신세를 면하지 못했다.

이 시에서 장재는 평이한 마음으로 ≪시경≫시를 읽어야 그 안에 담겨 있는 시인의 뜻을 이해할 수 있다고 주장하였다. 다음에는 그의 영물시 한 수를 보자.

▌芭蕉▐ 파초

芭蕉心盡展新枝	파초는 속 알맹이 다하면 새 가지 펼치는데
新卷新心暗已隨	그 뒤를 따라 몰래 속 알맹이 새로 생긴다.
願學新心養新德	원컨대 속 알맹이 따라 새로운 덕 기르고
旋隨新葉起新知	새 잎새 따라 새로운 앎을 펼칠 수 있기를!

이 시에서 장재는 끊임없이 생성하여 뻗어나가는 파초 잎의 생장 모습을 보고는 사람의 품덕(品德)과 지식도 이처럼 끊임없이 생성·발전해야 한다는 이치를 이끌어내었다.

장재에게서 순수한 서정시를 찾아보기 쉽지 않지만 다음 시에는 그의 생활감정이 비교적 잘 나타나 있다.

┃絶句二首┃ 절구 2수

渭南涇北已三遷	위수 남쪽과 경수 북쪽을 여러 차례 옮겨다니며
水旱縱橫數畝田	홍수와 한발을 피해 몇 뙈기 밭을 경작하였다.
四十二年居陝右	사십 이년 동안을 섬서에 거처하였지만
老年生計似初年	노년에 이르러서도 생계가 초년과 같다. (제1수)

兩山南北雨冥冥	두 산 남북으로 비가 자욱하게 내리니
四牖東西萬木靑	사방의 창 동서로 온갖 나무 푸르다.
面似枯髏頭似雪	얼굴은 해골 같고 머리는 눈 내린 듯하니
後生誰與屬遺經	후생 중 누구에게 남은 경전 부탁하나? (제2수)

이 두 수의 시는 장재가 노년에 이르러 생활 속에서의 느낌을 자전적으로 적은 것인데, 이를 통해 그가 어떻게 일생을 살아왔으며 지금 생각하고 있는 것이 무엇인지를 알 수 있다. 당시 이학가들의 생활태도와 마음가짐이 대체로 이와 같았으므로 그들의 작시 경향 또한 이와 유사하였다고 하겠다.

3) 정호(程顥)·정이(程頤)

정호와 정이 형제는 낙학(洛學)의 영도자로서 북송 이학의 발전과정에서 살펴볼 때 성숙기에 속하는 사람들이다. 이들의 문학관은 대체로 정이가 철저히 문학을 부정하는 입장을 취하였고 정호는 이에 비해 유화적인 태도를 견지하였다고는 하지만 기본적으로 두 사람의 노선은 동일한 것이었다. 먼저 정이의 문학관을 살펴보자. 그는 문장을 짓는 것이 도에 해가 되는지를 묻는 제자의 질문에 다음과 같이 답변하였다.

"문장을 짓는 것이 도에 방해가 됩니까?" "방해가 된다. 문장을 지을 때 정신을 집중하지 않으면 좋은 글이 못되는데, 그렇다고 정신을 집중하면 뜻이 이에 얽매일 것이니 어찌 천지와 크기를 같이 할 수 있겠는가? ≪서경≫에 '대상을 노리개 감으로 다루면 뜻을 잃는다'라고 하였는데, 문장을 짓는 것도 대상을 노리개 감으로 다루는 것이다. 여여숙(呂與叔)의 시에 '학문을 두예(杜預)같이 하면 나쁜 버릇이 생기고, 문장을 사마상여(司馬相如)처럼 하면 꼭두각시와 같다. 홀로 공자의 문에 서서 아무 일도 없으니, 다만 안연(顏淵)이 정신 모으던 경지를 얻었다'라는 것이 있다. 나는 이 시가 매우 좋다. 옛날 학자는 오로지 정성 기르기에 힘썼지 그 밖의 일은 배우지 않았다. 오늘날 문장 짓는 사람은 오로지 장구(章句)를 다듬는 일에만 힘써서 남의 이목이나 즐겁게 하고 있다. 그저 남의 이목이나 즐겁게 해준다면 배우가 아니고 무엇이겠는가?"[147]

정이는 이 글에서 문장을 짓는 행위는 도를 해치는 것이라고 단정하였다. 문장을 짓는 행위는 대상을 노리개 감으로 다루는 것인데도 문장을 잘 지으려면 거기에 정신을 집중해야 한다. 그렇게 되면 뜻이 거기에 얽매이게 되어 이학가의 궁극적 목표인 성인의 경지에 이르는 데에 방해가 될 수밖에 없다는 것이다. 정이는 이와 같은 논리로 문장을 짓는 데에 마음을 빼앗기지 않아야 의리의 탐구에 힘써 성인의 경지에 오를 수 있다고 주장하였다.

그러나 예술적인 문장에 대해 극도로 부정적인 입장을 지녔던 정이로서도 실용적인 문장까지 완전히 부정할 수는 없었다. 그래서 그는 앞글에 이어 다음과 같이 말하였다.

"옛날에도 글 짓는 법을 배웠습니까?" "그렇다. 사람이 육경(六經)을 보면 성인도 글을 지었다고 여기게 된다. 그러나 성인이 다만 가슴에 쌓아둔 성정과 양심을 내어서 저절로 글이 되었을 따름이다. 이른바 '덕이 있는 사람은 반드시 말이 있다'는 것이다." "자유(子游)와 자하(子夏)가 '문학(文學)'으로 일컬어지는 것은 어째서입니까?" "자유와 자하가 어찌 붓을 잡고 사

---

147) ≪二程全書・河南程氏遺書≫ 권18, 問 : "作文害道否?" 曰 : "害也. 凡爲文不專意則不工. 若專意則志局於此 又安能與天地同其大也? ≪書≫云 : '玩物喪志.' 爲文亦玩物也. 呂與叔有詩云 : '學如元凱方成癖, 文似相如始類俳. 獨立孔門無一事, 只輸顔氏得心齋.' 此詩甚好. 古之學者惟務養情性, 其佗則不學. 今爲文者專務章句悅人耳目. 旣務悅人非俳優而何?"

장(詞章) 짓는 것을 배웠겠는가? 곧 '천문을 관찰하여 시대의 변화를 살피고 인문을 관찰하여 천하를 자유롭고 선한 세상을 만든다'고 했으니, 이런 것이 어찌 사장 따위의 글이겠는가?"148)

정이는 ≪논어・헌문(憲問)≫의 "有德者必有言"의 구절을 인용하여 육경의 문장은 사장의 문장이 아니라 덕이 안으로 충만하여 자연스럽게 밖으로 흘러나와 글이 되는 것이라고 설명하였다. 그리고 다시 자유와 자하가 '문학'으로 이름이 있었지 않았느냐는 질문에 대해 정이는 ≪주역・비괘(㗉卦)≫의 단사(象辭)를 인용하여 자유와 자하의 글은 하늘과 인간의 자연스러운 문채와 같은 것이지, 요즈음 문인들이 짓는 사장의 글이 아님을 지적하였다. 이와 같이 그의 관점으로는 고인의 글은 내면의 수양을 통하여 덕을 쌓은 다음에 자연스럽게 밖으로 넘쳐 나온 것이어서 수사를 위주로 하는 요즘 사람들의 글과는 다른 것이었다. 따라서 그는 문장을 잘 쓰려고 하기에 앞서 먼저 덕을 쌓을 것을 강조하였다.

정호도 안으로 덕을 밝히면 글은 저절로 이루어진다는 견지에서 다음과 같이 말하였다.

배우는 자는 문장을 배워야 하겠지만 도를 아는 자는 덕에 나아갈 따름이다. 덕이 있으면 익히지 않아도 이롭지 않음이 없다. 아이 기르는 것을 배운 다음에 시집가는 여인은 없으니 대개 먼저 이 도를 얻었을 것이다. 문장을 배우는 공이란 하나를 배우면 한 가지 일이고 둘을 배우면 두 가지 일이며 그 종류에 따라 백 가지 천 가지 일에 이르고 끝까지 이른다 하여도 다만 배움일 따름이지 덕은 아니다. 덕이 있는 자는 그렇지 않다. 그러므로 이 말은 도를 아는 자에게 할 수 있는 것이지 배우는 자에게 할 수 있는 것이 아니다. 만약 마음으로 얻으면 사지에 퍼져서 사지가 말하지 않아도 아

---

148) ≪二程全書・河南程氏遺書≫ 권18, 曰: "古者學爲文否?" 曰: "人見六經, 便以爲聖人亦作文. 不知聖人亦攄發胸中所蘊, 自成文耳. 所謂有德者必有言也." 曰: "游・夏稱文學何也?" 曰: "游・夏亦何嘗秉筆學爲詞章也? 且如'觀乎天文以以察時變, 觀乎人文以化成天下.' 此豈詞章之文也?"

는 것과 같다. 글씨를 배우는 것으로 비유해보면 체득하지 못한 자는 마음
과 손이 서로 응하기를 기다려 배워야 하지만, 체득한 후에는 붓을 대면 바
로 쓸 수 있으니 배움을 쌓을 필요가 없는 것과 같다.[149]

이와 같이 정호도 덕을 강조하며 덕이 있으면 문장은 별도의 연습이
없어도 저절로 도에 맞는 문장이 지어지지만, 반대로 문장을 먼저 배우
면 아무리 많이 익힌다고 해도 덕에 이를 수는 없다고 하며 먼저 덕을
쌓을 것을 주장하였다.

이상을 종합해 보면 정호와 정이 두 사람이 시문 짓는 것을 반대한
것은 무조건적인 반대라기보다는 시문을 짓는 것이 '완물상지(玩物喪志)'
의 우려가 있으므로 수사 위주의 시문에 시간과 정력을 낭비하지 말 것
을 주문한 것이라고 하겠다. 사람이 내면의 수양을 통하여 덕을 쌓으면
그것을 표현하는 의리의 글은 따로 작문 연습을 하지 않아도 저절로 지
어지는 것이므로 사람이 힘써야 할 것은 내면의 수양과 의리의 탐구인
데, 그것을 제쳐두고 결국은 수사기교를 배우는 데 불과한 작문 학습은
내면의 수양과 의리의 탐구에 도움이 되기는커녕 오히려 방해가 될 뿐
이라는 것이 이들 주장의 요지이다.

정호와 정이 두 사람은 시문의 학습에 힘을 쏟지 않았으므로 자연히
남긴 시가 매우 적어 정이는 단 3수만을 남겼을 뿐이고 정호는 그래도
60여 수를 남겼다. 이들을 살펴보면 대부분이 별다른 수사기교 없이 심
성의 수양과 의리에 관련된 내용을 다루었다. 먼저 정이의 시를 한 수
들어본다.

---

149) ≪二程全書・河南程氏遺書≫ 권2 上, "學者須學文, 知道者進德而已. 有德則不習無
不利. 未有學養子而後嫁, 蓋先得是道矣. 學文之功, 學得一事是一事, 二事是二事, 觸
類至於百千, 至於窮盡, 亦只是學, 不是德. 有德者不如是, 故此言可爲知道者言, 不可
爲學者言. 如心得之, 則施於四體, 四體不言而喩. 比如學書, 若未得者, 須心手相隨而
學, 苟得矣, 下筆便能書, 不必積學."

┃遊嵩山┃ 숭산에 가서

鞭羸百里遠來遊	파리한 몸 재촉하여 백 리 먼길을 왔는데
巖谷陰雲暝不收	바위와 계곡에 구름 짙어 어둠이 걷히지 않는다.
遮斷好山教不見	좋은 산을 가로막아 볼 수 없게 만들었으니
如何天意異人謀	어찌하여 하늘의 뜻이 사람과 다른 것인가?

이 시는 정이가 모처럼 힘겹게 숭산에 올랐지만 구름 때문에 산의 경관을 볼 수 없게 되자 그로부터 촉발된 생각을 아무런 수사기교 없이 표현한 것이다. 시적 운치는 별로 없지만 인간의 노력과 성취 사이의 갈등을 적극적으로 담아내었다.

정이에 비해 정호는 시작(詩作)에 약간 적극적이어서 내용도 다양한 편이며 시적 운치를 갖춘 작품도 더러 있다. 먼저 그의 <춘일강상(春日江上)>시를 살펴보자.

新蒲嫩柳滿汀洲	갓 돋은 부들과 버들잎 강가에 가득하고
春入漁舟一棹浮	봄이 오니 고기잡이 배 한 척이 떠 있다.
雲幕倒遮天外日	구름 장막이 하늘 밖의 해를 가리고
風帘輕颭竹間樓	대숲 사이로 주막의 깃발이 가볍게 날린다.
望窮遠岫微茫見	저 멀리 산이 아득히 보이는데
興逐歸槎汗漫遊	흥을 좇아 돌아가는 배에서 마음껏 노닌다.
不畏蛟螭起波浪	교룡이 거센 파도 일으킬 것은 두렵지 않고
却憐清泚向東流	동쪽으로 흘러가는 맑은 물결이 사랑스럽다.

이 시는 정호가 봄날 한가하게 강 위에 배를 띄우고 노니는 흥취를 읊은 것이다. 그는 여기서 철리적이고 교훈적인 이학가의 시풍에서 벗어나 자연과 함께 살아가는 것을 즐기는 풍류 시인의 면모를 보여주었다. 봄을 제재로 한 시를 한 수 더 들어본다.

┃春日偶成┃ 봄날에 갑자기 마음이 내키어

雲淡風輕近午天	구름 옅고 바람 가벼운 한낮에

望花隨柳過前川 　꽃을 보며 버들 따라 앞 내를 건넌다.
傍人不識余心樂 　사람들은 내 마음의 즐거움을 알지 못하여
將謂偸閑學少年 　아이처럼 한가로이 세월만 보낸다고 한다.

　시인은 앞 두 구에서 따뜻하고 아름다운 봄날 한가하게 냇물을 건너는 유유자적한 심경을 묘사하였고, 뒤의 두 구에서는 세상사람들이 자신의 즐거움을 이해하지 못한다고 함으로써 그 즐거움이 세속적인 즐거움이 아님을 암시하였다. 그러면 그의 즐거움은 무엇인가? 아마도 이학가로서의 그가 생활 속에서 체험하는 천리(天理)의 낙취(樂趣)일 것이다. 그렇게 볼 때 이 시는 이학가의 세계관을 녹여 넣은 작품이라고 하겠다. 다음 시에서는 그의 세계관이 보다 뚜렷하게 나타난다.

┃秋日偶成┃ 가을날 갑자기 마음이 내키어

閑來無事不從容 　마음이 한가하니 모든 일 조용하여
睡覺東窗日已紅 　잠에서 깨어나니 동창에 벌써 해가 밝았다.
萬物靜觀皆自得 　만물을 고요히 바라보니 모두가 자득하여
四時佳興與人同 　계절 따라 아름다운 흥취가 사람과 같다.
道通天地有形外 　도는 천지만물 너머까지 통하였고
思入風雲變態中 　생각은 만상의 변화 속으로 들어간다.
富貴不淫貧賤樂 　부귀해도 절제가 있고 빈천해도 도를 즐기니
男兒到此是豪雄 　남아가 이에 이르면 그것이 바로 대장부이다.

　정호는 이 시에서 내면의 수양을 통해 천리를 깨닫고 그것을 바탕으로 자연에 순응해가며 유유자적하게 살아가는 삶이 참다운 삶이라는 자신의 사상을 설파하였다. 다음 시에서는 그의 이러한 사상이 보다 자연스럽고 함축적으로 표현되어 있다.

┃秋月┃ 가을 달

淸溪流過碧山頭 　맑은 시냇물이 푸른 산을 끼고 흐르니
空水澄鮮一色秋 　하늘과 물이 모두 맑은 가을빛이다.

| 隔斷紅塵三十里 | 홍진의 속세와 삼십 리 떨어져 있으니 |
| 白雲紅葉兩悠悠 | 흰 구름과 붉은 잎이 모두 유유자적하다. |

정호는 이 시에서 직접적인 설리의 표현 대신 가을의 달빛 아래 펼쳐진 산수 경물의 묘사를 통해 고원한 의경을 창출하였고, 이렇게 함으로써 천지자연과 함께 살아가는 삶이 참다운 삶이라는 자신의 사상을 함축적으로 표현하였다.

이상에서 알 수 있듯이 정호는 정이와 뜻을 함께 하며 수사 위주의 작문 학습이 내면의 수양과 의리의 탐구에 방해가 된다고 생각하여 작시에 힘을 기울이지는 않았지만, 그의 창작성과를 놓고 볼 때 시의 서정기능을 철저히 부정한 정이와는 달리 시가 의리를 밝히는 수단인 동시에 개인의 사상 감정을 담아내는 역할이 있다는 것을 어느 정도 인정하였다.

(3) 위상과 평가

북송 이학가의 문학관은 내성(內省)을 중시한다는 공통점이 있지만 나타나는 양상에 있어서는 사람에 따라 조금씩 차이가 있다. 이러한 차이는 주로 그들의 학문적 태도와 생활정취 상의 차이에서 비롯된 것이다. 즉 그들 가운데서도 학문적 태도나 생활정취가 도가적 성향에 가깝고 유가적 내성론이 아직 확립되어 있지 않은 사람들이 문학에 대해 비교적 유화적이고, 학문적 태도가 보다 내성론의 본질에 근접하고 심성론과 수양론이 체계화 될수록 대체로 문학을 부정하는 태도를 견지했다.

이런 이유로 이학시파는 송시사에서 주류가 아닌 별파(別派)로 존재하며 송시의 발전에 직접적인 추진력과 영향력을 행사하지는 못하였다. 그러나 이들이 시단의 주류에서 벗어나 있었기 때문에 시대의 흐름에 따라 변화하는 문학사조와 심미취미의 영향에서 멀리 떨어져 독자적인 영역을 구축하고 장구한 생명력을 획득할 수 있었다. 사실상 이학시파는 북송 중엽 유학이 부흥하고 이학이 형성될 즈음에 흥기하여 송대 말기까지 200여 년 동안 쇠퇴하지 않았으며, 송대 이후의 원·명·청대에도 이학시는 사회에서의 사상적 지배력이 강화되고 유지됨에 따라 널리 전파될 수 있었다. 예를 들어 청대의 장백행(張伯行)이 새롭게 편찬한 ≪염락풍아(濂洛風雅)≫는 송대 이학가와 명대 이학가의 시 900여 수를 1권에 수록하였고, 장경성(張景星) 등이 편찬한 ≪송시백일초(宋詩百一鈔)≫에는 이학가의 시가 여러 수 들어있고, 아동용 독물이라고 할 수 있는 ≪천가시(千家詩)≫에도 이학가의 시 10여 편이 선록되어 있다. 따라서 이학시파는 송대에 송시의 이성화(理性化) 과정에서 일정한 역할을 담당했을 뿐만 아니라 송시의 다양한 세계에서 자신만의 독특한 영역을 구축하여 후대의 독자들에게 송시의 한 유파로 기억시킬 수 있었다.

7 | 시화(詩話)의 출현과 전개

시화는 중국 고대 시가이론비평의 특유한 형태로서 송대 이후의 문학이론 비평사에서 중요한 위치를 차지한다. 중국의 시화 저작은 매우 풍부해서 현재까지 전해지는 것만도 수백 종에 달한다. 이러한 유산을 정리하고 연구하여 역사적 평가를 부여하는 것은 문학사 연구와 문학이론비평사 연구의 중요한 임무이다.

(1) 시화의 범위

시화란 이론성과 자료성을 겸비한 필기체의 저작을 가리킨다. 시화의

내용과 형식에 엄격한 제한이 있는 것은 아니어서 어디까지를 시화로 볼
것인가에 대한 문제가 대두되는데, 대략 다음의 세 가지 요건을 제시할
수 있을 것이다. 첫째 시간적으로 구양수의 ≪육일시화(六一詩話)≫가 나
온 송대 이후의 것으로 한정하고, 둘째 형식 면에서 서발(序跋)·서신(書
信)·시작(詩作)·논문(論文)·선본(選本) 등은 제외하며, 셋째 내용 면에서
시 위주가 아닌 필기류도 제외한다.

(2) 시화의 종류

시화는 내용 면에서 크게 논사류(論事類)와 논시류(論詩類)로 나눌 수
있다. 전자는 객관적인 입장에서 시와 관련된 사실들을 기술한 것이고,
후자는 주관적인 입장에서 시 자체를 논한 것이다. 이를 다시 세분하면
다음과 같다.

> (가) 논사류
> > ① 시가의 본사(本事)를 기술한 것.
> > ② 시인의 일사(逸事)를 기술한 것.
> > ③ 시와 관련된 각종자료와 견문들을 기술한 것.
> (나) 논시류
> > ① 이론형 : 보편적이고 규율적인 문제를 탐구한 것.
> > ② 품평형 : 시인의 시작에 대해 분석과 평가를 가한 것.
> > ③ 체제형 : 시가의 체제와 유파에 대해 탐구한 것.
> > ④ 격률형 : 예술기교 문제를 탐구한 것.
> > ⑤ 고증형 : 시가와 관련된 각종 문제를 고증한 것.

형식 면에서는 시화체(필기체)를 갖춘 기본형식과 그렇지 않은 특수형
식으로 분류할 수 있다.

　(가) 기본형식(시화체)

　　① 체계가 있는 것.

　　② 체계가 없는 것.

　(나) 특수형식

　　① 선본(選本)·논문(論文)·도보(圖譜)에 가까운 것.

　　② 기타의 형식이 섞여 있는 것

(3) 시화의 연원

　혹자는 시화의 연원을 논하면서 멀리 선진(先秦)·양한(兩漢)의 시론으로까지 거슬러 올라가기도 한다. 그러나 이들의 영향은 아무래도 간접적이어서 꼭 집어 말할 만한 게 없는 것이 사실이며, 시화와 밀접한 관계를 맺고 있는 것은 위진남북조(魏晉南北朝)와 당(唐)·오대(五代)에 나온 시학 전문서와 필기소설이다. 그 가운데 중요한 것으로는 논시류(論詩類)의 저작으로 종영(鍾嶸)의 ≪시품(詩品)≫·교연(皎然)의 ≪시식(詩式)≫·사공도(司空圖)의 ≪이십사시품(二十四詩品)≫ 등이 있고, 논사류(論事類)의 저작으로 유의경(劉義慶)의 ≪세설신어(世說新語)≫·맹계(孟棨)의≪본사시(本事詩)≫ 등을 꼽을 수 있다.

(4) 시화의 가치

　평자에 따라 시화의 유행이 정작 시를 창작하는 데는 장애가 되었다고 보기도 하고, 또 그런 견해에 대해 반론을 제기하는 사람도 적지 않다. 오늘날의 관점에서 시화를 고찰해보면 다음과 같은 몇 가지 가치를 인정할 수 있을 것이다. 첫째는 이론적 가치이다. 시화는 시가이론저작으로서 '의재언외(意在言外)'설·'자연고묘(自然高妙)'설·'별재별취(別才別

趣'설·'흥취(興趣)'설·'묘오(妙悟)'설·'격조(格調)'설·'신운(神韻)'설·'성
령(性靈)'설·'기리(肌理)'설 등의 중요한 시학 주장과 이론적인 견해를 상
당수 제기하고 있다. 둘째는 비평적 가치이다. 시화는 시가비평저작으로
서 시가의 내용과 형식·시인의 성취와 부족한 점에 대해 여러 정세한
비평적 견해를 담고 있다. 여기에는 거시적인 안목에서 역대 시가의 발
전을 서술한 것이 있는가 하면, 미시적인 각도에서 구체적인 작품의 한
글자까지도 품평한 것이 있다. 셋째는 자료적 가치이다. 시화는 자료저
작으로서 시인의 생애에 대한 자료·시가의 배경에 관련된 자료·일시
(佚詩)와 일구(佚句)에 관련된 자료 등 수많은 자료를 포함하고 있다. 다른
한편으로 시화의 영향을 받은 사화(詞話)·곡화(曲話)·문화(文話)·부화
(賦話)·사륙화(四六話) 등이 속속 출현하여 여러 분야의 발전을 촉진한
부분도 무시할 수 없다.

(5) 북송의 시화

시화는 송대에 생겨나 대단히 빠른 속도로 발전하여 약 140여 종이
쏟아져 나왔다. 이렇게 송대에 시화가 흥성한 원인으로는 먼저 자유로운
형식으로 시를 논할 수 있는 방법이 생겨 시인들이 이를 통해 자신의 의
견을 활발히 개진했고, 둘째로 당시의 성과를 총괄하여 송시 발전의 밑
거름으로 삼아야 할 필요성이 있었으며, 마지막으로 전고나 기존의 시구
를 대량으로 사용하는 풍토 속에서 전고와 자구의 내력을 따지는 시화
가 자연스럽게 뒤따랐다는 점 등을 들 수 있다.

송대 시화의 주조(主調)는 시단의 흐름과 맞물려 형성되었다. 초기에
양억(楊億) 등이 만당(晩唐)의 시풍을 계승한 서곤체(西崑體)를 유행시키며
형식주의의 경향을 띠자 시문혁신을 선도했던 구양수가 《육일시화》에
서 이를 바로잡으려 했고, 송시가 발전해나가면서 소식·황정견의 시가

유행하고 강서시파(江西詩派)가 형성되자 이에 찬동하거나 반대하는 등의 입장을 표명하는 시화가 속속 등장하였다.

1) 시화의 생성과 초기 시화

최초의 시화인 구양수(1007-1072)의 ≪육일시화≫는 본래 ≪시화≫라고 불렸으며, 모두 28칙(則)으로 구성되어 있다. 소서(小序)에서 "거사가 여음(汝陰)에 물러나 있으면서 모아 가지고 한담의 자료로 삼은 것들이다"150)라는 설명을 달아 필기잡저(筆記雜著)로 생각한 관점이 드러난다. 그는 여기서 송초 시단의 형식주의 경향을 띤 몇 가지 폐단을 지적하고, 시는 "뜻을 위주로 해야 한다"는 관점을 피력하였다.

그 뒤에 나온 사마광(司馬光, 1018-1086)의 ≪속시화(續詩話)≫는 구양수의 ≪시화≫를 계승하고자 한 것으로, 서문에 "시화에는 아직 남아 있는 것이 있다. 구양공의 문장과 명성은 따라갈 수 없지만 일을 기록하는 것은 한가지이다. 그래서 감히 계속해서 쓰는 것이다"151)라고 밝히고 있다. 모두 31칙으로 이루어져 있는데, 색다른 이론을 내세운 것은 없으나 20여 칙을 할애하여 한 작가당 한 칙씩 품평을 한 방식은 후대 시화에 선례를 남겼다고 할 것이며, 정치가이자 역사가임에도 불구하고 작품의 품평에 있어서 정곡을 찔렀다는 평가를 받고 있다.

초기의 시화로 또한 유반(劉攽, 1023-1089)의 ≪중산시화(中山詩話)≫를 들 수 있다. 유반도 박학한 역사가여서 ≪중산시화≫ 67칙에는 고증과 잡사가 많은 것이 특징이다. 시론 방면에서 구양수와 크게 다르지 않고, 고증이 잘못된 곳도 여러 군데 눈에 뜨이며, 시와는 무관한 괴담이나 우스개 소리가 더러 섞여 있어서 그 가치가 앞의 두 시화에 미치지 못한다.

---

150) "居士退居汝陰而集, 以資閒談也."
151) "詩話尙有遺者. 歐陽公文章名聲, 雖不可及, 然記事一也. 故敢續書之."

2) 북송 후기의 시화

북송 후기의 시화를 고찰하기에 앞서 소식(1037-1101)과 황정견(1045-1105)의 시론과 작품을 살펴볼 필요가 있다. 비록 이 두 사람이 시화를 짓지는 않았지만 이들의 시론과 창작이 이후의 시화에 지대한 영향을 끼쳤기 때문이다. 소식의 시가이론은 기본적으로 자연을 숭상하면서 인위적인 조탁이나 형식적인 속박에 반대하는 것이다. 그러나 황정견은 소식과 견해를 달리 하여 고인에게서 시구의 조성법이나 자구의 운용법 등과 같은 법식을 취하고자 했고, 창작의 방법으로 '점철성금(點鐵成金)'과 '환골탈태(換骨奪胎)'를 제시하기도 했다. 창작 면에서는 소식의 성취가 황정견을 능가했다고 할 수 있지만 송대의 시단에서는 황정견의 영향력이 더 컸다고 할 수 있다.

황정견의 영향을 직접 받은 시화로는 진사도(陳師道, 1053-1102)의 ≪후산시화(後山詩話)≫와 범온(范溫)의 ≪잠계시안(潛溪詩眼)≫이 있다. ≪후산시화≫에서 진사도는 시를 배움에 있어서 황정견을 통해 두보의 규범으로 나아갈 것을 주장하여 강서시파의 형성과 발전에 많은 영향을 끼쳤다. 시화발전사적인 면에서도 한담이나 기사의 내용을 줄이고 이론비평과 시법(詩法)·고석(考釋)에 치중하여 '논사류'에서 '논시류'로의 전환을 이루었을 뿐만 아니라 시가를 위주로 하면서 고문(古文)과 사륙문(四六文)도 다뤄 ≪당자서문록(唐子西文錄)≫과 ≪성재시화(誠齋詩話)≫와 같이 시와 문장을 아울러 논한 시화의 선례가 되었다. ≪잠계시안≫은 이전의 시화가 한 소절이 두세 마디 정도로 짧았던 것과 달리 시의 자법(字法)·구법(句法)·장법(章法) 등을 수백 자에서 천 자 이상으로 길고 자세하게 논했다는 점이 가장 큰 특징이다. '식(識)'·'정법안(正法眼)'·'오문(悟門)' 등 선계(禪界)의 용어를 빌어 시를 설명한 것도 후대에 많은 영향을 끼쳤으며, 비교연구의 방면에서 특출한 재능을 선보였다. 이 밖에 황정견과 강서시파의 영향을 받은 것으로 보이는 시화로는 왕직방(王直方)의 ≪왕

직방시화≫・홍추(洪芻)의 ≪홍구보시화(洪駒父詩話)≫・반돈(潘惇)의 ≪반
자진시화(潘子眞詩話)≫ 등이 있다.

소식의 시학을 추종한 시화로는 당경(唐庚, 1071-1120)의 ≪당자서문록
(唐子西文錄)≫과 채조(蔡絛)의 ≪서청시화(西淸詩話)≫가 대표적이다. ≪당
자서문록≫은 앞에서 언급한 것처럼 문(文)과 부(賦)도 아울러 논한 것이
특징이며, 말은 간결하나 의미는 풍부할 것을 주장하면서 도연명(陶淵明)
과 소식을 높이 평가했다. 문자(文字)・재학(才學)・의론(議論)으로 시를 지
을 것을 적극 주창하여 송시의 발전에 미친 영향도 적지 않았다. ≪서청
시화≫의 주된 시학관점은 '재기정치(才氣情致)'와 '변화자득(變化自得)'이
어서 대체로 소식의 견해와 유사하다. "이백의 시는 자유분방하나 간혹
혼후(渾厚)하지 못하다"는 식으로 역대 시인의 장단점을 짤막하게 평가한
것이 이채롭고, 비유를 많이 사용하여 오도손(敖陶孫)의 ≪구옹시평(臞翁
詩評)≫처럼 상징적인 수법으로 시를 평한 시화에 영향을 끼쳤다.

북송 후기에 소식과 황정견의 시풍이 성행하고 서서히 강서시파가
형성될 무렵 이에 불만을 표한 시화도 나오기 시작했다. 이러한 시화의
작자는 대개 정치적으로 신당을 옹호하여 왕안석(1021-1086)을 추종하는
사람들이었는데, ≪임한은거시화(臨漢隱居詩話)≫를 쓴 위태(魏泰)와 ≪채
관부시화(蔡寬夫詩話)≫를 쓴 채거후(蔡居厚)가 대표적이다. ≪임한은거시
화≫에서 제기된 주요 관점은 유가의 시교(詩敎)에 바탕을 둔 '여미(餘味)'
설이다. 독자가 시를 읽은 뒤에 '남은 맛'이 있도록 함축적이어야 한다는
것으로 구양수의 시는 그런 점이 부족하다고 지적하였고, 부드러울 것을
강조하여 은근히 호방한 시풍의 소식을 겨냥하기도 하였다. 특히 황정견
에 대해서는 "구절은 새로울지 모르나 혼후한 맛이 떨어진다"[152]며 신랄
한 비판을 가했다. 당시 시단의 여러 문제점에 대한 이러한 지적은 수긍
이 가지만 정치적인 입장이 지나치게 드러나는 것이 다소 흠이다. ≪채

---

152) "故句雖新奇, 而氣乏渾厚."

관부시화≫ 역시 '고음단련(苦吟鍛鍊)'에 반대하고 '자연혼성(自然渾成)'을 주장하면서 두보와 왕안석을 모범으로 제시하였다. 한편 만당 이후에 등장한 시격서(詩格書)들이 내용보다는 성률이나 음운·대우 등의 형식적인 면에 치중한 것에 대해서 불만을 나타내기도 했다. 섭몽득(葉夢得, 1077-1148)의 ≪석림시화(石林詩話)≫도 기본적인 관점에서 ≪채관부시화≫와 같은 노선을 취하였다. 이 책은 선종(禪宗)의 용어를 빌어 두시(杜詩)를 각각 '수파축랑구(隨波逐浪句)'·'절단중류구(截斷衆流句)'·'함개건곤구(函蓋乾坤句)'의 세 가지 경계로 나눈 것이 특이한데, 뒤에 나온 ≪백석도인시설(白石道人詩說)≫·≪창랑시화(滄浪詩話)≫와 함께 선(禪)으로 시를 논한 대표작으로 손꼽힌다.

그밖에 북송 후기에 나온 시화로 혜홍(惠洪)의 ≪냉재야화(冷齋夜話)≫와 ≪천주금련(天廚禁臠)≫이 있다. ≪냉재야화≫는 필기와 시화의 중간 형태지만 시를 논한 것이 많아 기본적으로 시화로 취급된다. 자신만의 독특한 견해를 내세우기보다는 소식·황정견·왕안석의 견해를 고루 취한 편이다. 내용이 다소 번다하고 잘못된 곳 또한 적지 않은 것이 흠이다. ≪천주금련≫은 '투춘격(偸春格)'·'십자대구법(十字對句法)' 등의 형식 기교를 주로 다루고 있다. 억지스런 인용이 자주 발견되긴 하지만 "뜻을 주인으로 하고 기세를 객으로 삼는다"(以意爲主, 以氣爲客)와 같이 주목할 만한 견해도 제시하였다.

(6) 남송의 시화

남송에 들어와 '사대가(四大家)'로 일컬어지는 육유(陸游)·양만리(楊萬里)·범성대(范成大)·우무(尤袤) 등이 강서시파의 시풍을 계승하면서 한편으로는 이론을 보충하고 수정하기 시작했다. 이 방면의 대표자는 여본중(呂本中, 1084-1145)으로 그는 ≪강서시사종파도(江西詩社宗派圖)≫·≪여

씨동몽훈(呂氏童蒙訓)≫・≪자미시화(紫微詩話)≫ 등 세 종류의 시론 저작
을 통해 강서시파의 지위를 확고히 다졌다. 그가 내세운 대표적인 견해
는 '활법(活法)'설인데, '활법'이란 강서시설의 기초 위에 소식(蘇軾)의 이
론을 가미한 것으로 '정해진 규칙이 있으면서도 없는 듯하고, 변화무쌍
하면서도 규칙을 찾을 수 있는 것'을 말한다.

1) 남송 전기의 시화

남송 전기에 강서시파의 경향을 띤 시화는 시학이론 면에서 대체로
여본중의 견해를 벗어나지 않았다. 허의(許顗)의 ≪허언주시화(許彦周詩
話)≫(1128년 완성)는 소식과 황정견을 추앙하면서 천박하고 비루한 기운
을 없앨 것을 적극 주장하였다. 무엇보다도 이 책은 시화에 대해 정의를
내린 것으로 유명한데, 그는 서문에서 "시화라는 것은 구법을 가려내고,
고금을 갖추고, 성덕(盛德)을 쓰고, 기이한 일을 기록하고, 잘못된 것을
바로잡는 것이다. 헐뜯음과 풍자를 포함시키고, 허물과 악을 드러내고,
착오를 꾸짖는 일 같은 것들은 다 취하지 않는다"[153]라고 하였다. 형식
적인 기교에 치우친다는 점에서 강서시파가 서곤체와 상통하는 점이 있
다고 본 견해도 눈길을 끈다. 주자지(周紫芝, 1081- ?)의 ≪죽파시화(竹坡詩
話)≫는 너무 노골적이거나 기이한 것에 반대하고 '자연평담(自然平淡)'으
로 돌아갈 것을 주장하여 강서시파의 편향성을 바로잡으려 하였다. 고증
면에서 독창적인 견해가 있는 반면에 억지스런 점도 있는 것이 아쉽다.
오가(吳可)의 ≪장해시화(藏海詩話)≫는 소식과 강서시인 한구(韓駒)의 주
장을 다수 인용하면서 도연명(陶淵明)과 두보를 배워 소식과 황정견의 단
점을 보완하고자 하였고, "소식은 호방하고 황정견은 기이하다"[154]라는

---

153) "詩話者, 辨句法, 備古今, 紀盛德, 錄異事, 正訛誤也. 若含譏諷, 著過惡, 誚紕繆, 皆
所不取."
154) "東坡豪, 山谷奇."

말을 남겨 널리 알려졌으며 선(禪)으로 시를 비유하는 데 뛰어나 남송대에 유행을 불러 왔다. 주변(朱弁, 1085-1144)의 ≪풍월당시화(風月堂詩話)≫는 소식을 추앙하면서 시어는 자연스럽게 나와야지 학문을 드러내려 해서는 안 된다고 주장하였다. 갈립방(葛立方, ?-1164)의 ≪운어양추(韻語陽秋)≫는 20권 400여 칙으로 편폭이 비교적 길다. 시작의 기본으로 풍부한 독서를 강조하면서도 도연명과 사조(謝朓)를 들어 '평담(平淡)'을 중시했다. 다방면에 걸쳐 많은 자료를 제공하고 있으나 불가(佛家)와 도가(道家)의 잡사가 마구 섞여 있고 잘못된 곳도 적지 않아 그 가치가 반감된다. 장표신(張表臣)의 ≪산호구시화(珊瑚鉤詩話)≫는 전기(傳奇)나 서법(書法) 등 잡다한 것까지 다루고 있어 내용이 자못 번다하다. 또 자기과시의 욕심에서 썩 잘되지 않은 자신의 작품을 수시로 인용하고 있는데, 이런 특징은 후에 오항(吳沆, 1116-1172)의 ≪환계시화(環溪詩話)≫와 청대 역순정(易順鼎, 1862-1920)의 ≪금지루적구시화(琴志樓摘句詩話)≫에 영향을 주었다. 증계리(曾季貍, ?-1178전)의 ≪정재시화(艇齋詩話)≫는 강서시파의 '환골탈태(換骨奪胎)'설과 '오입(悟入)'설을 주로 다루었고, 진암초(陳巖肖, 1110전-1174후)의 ≪경계시화(庚溪詩話)≫는 강서시파의 말류가 형식주의의 악취미에 빠진 것에 불만을 나타냈으며, 양만리(楊萬里, 1127-1206)의 ≪성재시화(誠齋詩話)≫는 소식과 황정견의 '번안법'을 추켜세우는 한편 '시미(詩味)'도 강조하였다. 이름은 시화지만 절반 정도에서 산문·부·변문 등을 다루고 있는 것이 특징이다.

강서시파는 학문으로 시를 짓기를 좋아했기 때문에 자연히 전고(典故)나 이전 시인들의 시구를 자주 썼다. 이에 따라 시화에서도 용사(用事)나 조어(造語)의 내력을 따지는 풍토가 생겨났는데, 앞서 언급한 ≪죽파시화≫·≪운어양추≫·≪정재시화≫에서도 고증에 많은 부분을 할애하고 있지만 더 나아가 아예 고증을 주된 내용으로 삼는 시화도 나왔다. 오율(吳聿)의 ≪관림시화(觀林詩話)≫·오견(吳幵)(또는 모견(毛幵)의 ≪우고당시화(優古堂詩話)≫·주필대(周必大, 1126-1204)의 ≪이로당시화(二老堂詩話)≫

가 그런 저작이다. 이렇게 고증을 위주로 하는 시화는 이론 면에서 강서
시론을 벗어나지 못했지만 시학연구의 방면에서 상당한 자료적 가치를
지닌다.

남송 전기 시화의 대부분이 강서시론의 발전 또는 수정이었던 상황
에서 이와 다른 길을 모색하거나 대립되는 견해를 표출한 시화도 간간
이 나왔다. 장계(張戒, ?-1157)의 ≪세한당시화(歲寒堂詩話)≫는 잡사를 나
열하지 않고 시인과 시작에 대한 평론으로 일관한 뛰어난 저작으로 유
가(儒家)의 전통적인 관점인 '시언지(詩言志)'와 '사무사(思無邪)'를 핵심으
로 한 주장을 내세웠다. 역대 시인 중에서 조식(曹植)·도연명·이백·두
보를 추앙하면서 "소식·황정견에 이르러 시가 붕괴되었다"며 강서시파
에 대해 강한 불만을 표시했다. 상세한 분석을 통해 강서시인들이 형식
적인 면에서만 두보를 배우려 했을 뿐 두보의 정신적 면모는 제대로 파
악하지 못했다고 지적하여 강서시파의 이론가들에게 일침을 가했는데,
시가의 사상내용을 중시하면서도 작품에 대한 평론에서는 운도(韻度)·
기격(氣格)·필력(筆力) 등의 예술적인 특색을 종합적으로 고찰해 강서시
파의 편향성과 대조를 이룬다. 다만 지나치게 혹독한 비판으로 '교왕과
정(矯枉過正)'의 느낌을 갖게 하는 부분이 종종 발견되기도 한다. ≪세한
당시화≫는 ≪창랑시화(滄浪詩話)≫에 직접적인 영향을 끼쳤고, 후세의
'격조(格調)'설에도 많은 시사점을 남겼다.

황철(黃徹, ?-1162전후)의 ≪공계시화(䂬溪詩話)≫도 유가의 '풍교(風敎)'
설을 내세워 ≪세한당시화≫와 비슷한 주장을 폈지만 특별히 내세울만
한 이론이 없고 강서시파에 대한 태도도 뚜렷하지 않아 ≪세한당시화≫
에 비해 다소 가치가 떨어진다. 그러나 창작과정에 여행을 통한 안목의
확대가 중요한 역할을 한다고 본 것은 좋은 지적이라고 할 수 있다.

강기(姜夔, 1155-1209?)의 ≪백석도인시설(白石道人詩說)≫에는 처음에 강
서시파의 시를 배우다 염증을 느끼고 독창적인 길을 모색하고자 했던
의지가 잘 드러나 있다. 형식적인 기교에 치중하여 시가의 사상내용과

사회적 의의에 대한 관심이 부족했다는 점이 흠으로 지적되기는 하나 정세한 견해를 곳곳에서 찾아볼 수 있다. 그 중에서도 '묘(妙)'에 대한 언급이 핵심을 이룬다. 시에는 '리(理)'·'의(意)'·'상(想)'·'자연(自然)'등 네 가지 방면의 '고묘(高妙)'함이 있다는 것으로, 최고의 경지라 할 '자연고묘(自然高妙)'는 "오묘하다는 것은 알면서도 왜 그런지는 알 수 없는" 경계여서 시범과 격률을 강구한 강서시파의 시설(詩說)과는 판이하다. 또 강기는 "시의 좋고 나쁨은 전적으로 마지막 구에 달려있다"고 보고 시가의 결미(結尾)를 특히 중시했다. ≪세한당시화≫가 전통적인 유가의 시론에서 발전해 나온 것과는 달리 ≪백석도인시설≫은 강서시파의 이론에서 출발했다. 그러나 강기의 시가창작과 마찬가지로 강서시파로 들어갔지만 강서시파로 나오지는 않아 그의 시학이론도 강서시파의 울타리를 부수고 스스로 일가를 이루어 ≪세한당시화≫와 함께 남송 전기 시화의 쌍벽이라고 일컬을 만하다.

2) 남송 후기 시화

남송 중엽 이후 강서시파가 점차 쇠퇴해갈 무렵 시단에는 다시 '사령파(四靈派)'와 '강호파(江湖派)'가 나타났다. 사령파는 강서시파에 불만을 품고 만당(晩唐)으로 눈길을 돌려 가도(賈島)와 요합(姚合)을 배우려 했지만 큰 성과를 올리지는 못했다. 강호파는 정치적인 지위 없이 강호를 떠돌던 사람들로 일부는 사령파의 영향을 받고 일부는 강서시파의 영향을 받아 뚜렷한 시풍이 형성되지 않았다. 이렇게 시단이 흔들리면서 송시의 발전을 위한 처방이 다각도로 모색되는 가운데 등장한 것이 바로 엄우(嚴羽)의 ≪창랑시화(滄浪詩話)≫이다.

≪창랑시화≫는 <시변(詩辨)>·<시체(詩體)>·<시법(詩法)>·<시평(詩評)>·<고증(考證)>의 다섯 부분으로 이루어져 있고, 끝 부분에 <답오경선서(答吳景仙書)>가 부록으로 실려 있다. 엄우는 부록으로 실은 글

에서 "저의 시변은 천백 년 동안의 공개된 문제에 단안을 내린 것으로 진정 세상을 놀라게 하고 속견을 초월한 이야기이고 지당하고 하나로 귀착시키는 논의입니다"[155]라고 말할 정도로 자신감을 피력했다. 시론 가운데 가장 정채로운 부분은 '묘오(妙悟)'와 '흥취(興趣)'를 내세운 곳으로, 모두 첫머리의 <시변>에 등장한다. 선(禪)으로 시를 비유했다는 점이 가장 큰 특색인데, 선에 정통하지는 못해서 가끔 잘못된 비유도 눈에 띈다. 그의 시가이론을 세 단계로 살펴보면 첫째는 '식(識)'으로부터 착수하여 시를 배우는 정도를 찾아야 한다는 것이다. 그는 한(漢)·위(魏)·진(晉)·성당(盛唐)의 시를 정도로 제시하여 후세의 '시필성당(詩必盛唐)'설에 지대한 영향을 끼쳤다. 둘째는 '묘오(妙悟)'를 통해 작시의 예술적 규범을 장악하는 것이다. 이러한 깨달음은 전인들의 우수한 창작물을 깊이 이해하고 통찰하는 데서 온다고 하였다. 셋째로 '흥취(興趣)'를 추구하여 가장 훌륭한 심미적 경지에 이르러야 한다. 시라는 것은 성정을 읊조리는 것이므로 단순히 언어 문자의 언저리에 머물지 말고 그것을 넘어서는 흥취에서 최고의 경지를 추구해야 한다는 것이다. 이러한 주장들은 왕사정(王士禎)의 '신운설(神韻說)'과 원매(袁枚)의 '성령설(性靈說)'에 많은 영향을 끼쳤다. 엄우의 ≪창랑시화≫는 시가의 미학적 특징과 예술적 규율의 문제를 분명하게 제기하면서 완성된 이론체계를 갖추고 있다는 점에서 시가이론비평사에 한 획을 그었다. 그러나 몇 가지 아쉬운 점도 없지 않은데, 우선 시가의 예술적인 측면에 치우쳐 사상내용을 소홀히 하였고, 다음으로 성당의 시를 배워야 한다고 적극 제창하여 복고론의 선성(先聲)이 되었으며, 마지막으로 당시에 유행하던 선종(禪宗)의 영향을 받아 과학적인 분석보다는 신비주의적인 색채를 띠었다는 것이다.

　≪창랑시화≫ 외에 남송 후기의 비중 있는 시화로는 ≪후촌시화(後村詩話)≫·≪임하우담(林下偶談)≫·≪대상야어(對床夜語)≫ 등이 있다. 유

---

155) "僕之詩辯, 乃千百年公案, 誠驚世絶俗之譚, 至當歸一之論."

극장(劉克莊, 1187-1269)은 남송의 이학가(理學家)인 진덕수(眞德秀)의 문하생이어서 그의 《후촌시화》는 적잖이 이학가의 색채가 드러나지만 이학으로 시를 짓는 것에는 반대했다. 그는 또 강호파를 대표하는 시인으로서 강서시파보다는 엄우의 시론에 근접했다. 다만 엄우가 '허(虛)'를 숭상했다면 유극장은 '실(實)'을 숭상했다는 점이 다르다. 《후촌시화》에는 대량의 시가 채록되어 있어 당송시와 관련된 많은 자료를 제공하는데, 특히 두보의 시를 논한 것이 많아 두시 연구에 상당한 공헌을 하였다. 다만 여러 자료를 인용하면서 시와 무관한 것들까지 섞여들어 잡다한 느낌을 주는 폐단이 있다.

《임하우담》은 작자 오자량(吳子良)이 섭적(葉適)의 문하생이었던 까닭에 섭적의 말이 많이 인용되어 있고, 따라서 시를 논하는 관점에서도 이학가의 견해를 반영하고 있다. 그의 시론은 '이(理)'가 '기(氣)'를 통해 표현되면서 규범에 맞아야 하고, 형식적인 '기(奇)'와 '공(工)'이 '기(氣)'와 '질(質)'에 해를 끼쳐서는 안 된다는 것이다.

범희문(范晞文)의 《대상야어》는 주로 엄우의 '묘오(妙悟)'·'별재별취(別才別趣)'와 같은 설을 취하여 사령파와 강호파를 비판하였다. 그러나 그도 실제로는 만당(晚唐)을 숭상하여 사령파와 강호파가 시를 배우는 모델로 삼았던 가도와 요합을 허혼(許渾)으로 대체한 것뿐이라는 평가를 받았지만 시가의 수사법에 대한 분석은 매우 예리한 편이다.

그밖에 조여현(趙與虤)의 《오서당시화(吳書堂詩話)》는 강서시파와 강호시파의 시학을 절충하여 육유(陸游)·양만리(楊萬里)·조사수(趙師秀)의 작품을 많이 인용한 가운데 일사(軼事)와 일문(佚文)에 대한 기록이 볼만하고, 오도손(敖陶孫)의 《구옹시평(臞翁詩評)》은 상징적인 수법으로 제가의 시풍을 요약한 것이 특징인데, 예컨대 "사령운은 동해에서 돛을 휘날리는 듯하고, …… 도연명은 붉은 구름이 하늘에 있는 듯하다"[156]라고

---

156) "謝康樂如東海揚帆, …… 陶彭澤如絳雲在霄."

하였다.

마지막으로 여러 시화를 묶어 펴낸 시화총집에 대해 이야기하겠다. 송대 최초의 종합성 시화총집은 완열(阮閱, 1126 전후)의 ≪시총(詩總)≫이다. 본래 10권이었던 것이 남송대에는 후인들에 의해 분량이 늘어나고 제목도 ≪시화총귀(詩話總龜)≫로 바뀌어 간행되었고, 명대(明代)에는 98권본이 나오기도 했다. 당송 시인들의 일사(佚事)를 주로 수록하고 있는데, '유민(幼敏)'·'지우(知遇)' 등 107개에 달하는 분류항목이 너무 번잡한 느낌을 준다. 그러나 내용이 풍부하여 자료로서의 가치가 높고 분류방식이 후대에 큰 영향을 끼쳤다.

호자(胡仔)의 ≪초계어은총화(苕溪漁隱叢話)≫는 전집(前集) 60권이 1148년에, 후집(後集) 40권이 1167년에 각각 나왔다. ≪시총≫과 비교해보면 다음과 같은 특징을 발견하게 된다. 첫째, ≪시총≫이 부문별 편성의 방식으로 시화를 수록한 것과 달리 연대순으로 배열하였다. 둘째, ≪시총≫이 기사(記事) 위주로 간간이 논평이 실려 있는 데 반해 ≪초계어은총화≫는 논평 위주에 이따금 잡사를 기록하고 있어서 시학적인 가치가 더 높다. 셋째, ≪시총≫처럼 단순히 시화만을 채록하지 않고 고증도 곁들였다. 내용을 보면 이백·두보·소식·황정견과 관련된 시화가 전체의 1/3 이상일 정도로 큰 비중을 차지하고 있고, 시론은 강서시파의 주장에서 크게 벗어나지 않았는데, 다만 지나치게 기이함을 추구하는 것에는 반대하였으며 남송 전기에 널리 유행하던 "소식의 시로 황정견 시의 단점을 보완한다"는 견해에 찬동하고 있다. 고증이 비교적 정밀하고, 비슷한 시구를 비교하는 데 뛰어났다는 평가를 받는다.

위경지(魏慶之, 1240전후)의 ≪시인옥설(詩人玉屑)≫ 21권은[157] ≪초계어은총화≫에 버금가는 중요한 저작이다. 이것은 ≪초계어은총화≫와 비교되는 특징이 몇 가지 있는데, 우선 ≪초계어은총화≫가 북송의 시

---

157) 흔히 고려본(高麗本)이라 불리는 조선각본(朝鮮刻本)이 ≪시인옥설≫의 본래 면모를 잘 보존하고 있다고 한다.

화를 주로 싣고 있는 것과는 달리 주로 남송의 시화를 싣고 있고, ≪창랑시화≫와 같은 짜임새 있는 시화가 나온 뒤의 것이라서 ≪초계어은총화≫처럼 번다한 느낌을 주지 않으며, ≪시총≫과 ≪초계어은총화≫의 장점을 절충하여 앞부분은 시론과 기법에 관한 것들을 분류 정리하고 뒷부분은 시와 시인을 다룬 것을 개별적으로 정리했다. 마지막으로 시화를 모으고 분류하는 데 공을 들였을 뿐 개인적인 견해는 일절 밝히지 않았다. 다만 장계의 ≪세한당시화≫를 누락시킨 것이 옥의 티로 지적되곤 한다.

전집(專輯)형 시화총집으로는 계유공(計有功)의 ≪당시기사(唐詩紀事)≫ 81권이 가장 잘 알려져 있다. 이 책에는 당대 시인 1150명이 수록되어 있어 범위가 넓고 내용도 방대하다. 대량의 작품을 수록하여 당대 시인들의 작품이 이 책에 의거하여 유전되었고, 수백 권의 저작을 뒤져 당시에 관련된 자료를 모아 당대 시인들의 생애와 작품을 연구하는 데 많은 도움을 준다는 점이 이 책의 가치를 높여준다. 다만 두보의 '삼리삼별(三吏三別)'과 같은 사회현실을 반영한 작품을 수록하지 않았고, 간혹 황당무계한 내용도 있어 눈살을 찌푸리게 하며, 고증이 소홀하다는 부분은 단점으로 지적된다. 그러나 시가와 시화를 함께 싣는 체제는 후대에 많은 영향을 주어 여악(厲鶚)의 ≪송시기사(宋詩紀事)≫ 등 여러 속작(續作)이 나왔다. 요영중(廖瑩中)의 ≪전당시화(全唐詩話)≫는 ≪당시기사≫에서 일부를 발췌하여 엮은 것으로 중요한 부분이 잘 간추려져 있어 널리 유행되었다.

8 | 결 어

북송 중기는 북송 초 60여 년의 탐색기를 거친 후 당시(唐詩)와는 다른 송시를 형성해 나간 시기였다. 이 시기에 들어서서 만당체시와 서곤체시의 한계를 극복하고 송시의 길을 새롭게 연 것은 구양수(歐陽修)·매요신(梅堯臣)·소순흠(蘇舜欽) 등이 주도한 시가혁신의 결과였다. 이들은 북송 초기에 서서히 대두하기 시작한 국가와 사회에 대한 사대부들의 책임의식에 부응하여 사회현실에 책임을 갖고 천하의 일을 걱정하여 시를 통해 백성들의 질고를 반영하고 사악한 사회현상을 비판해야 한다고 생각하였다. 따라서 그들은 진종(眞宗)·인종(仁宗)조에 태평성대를 가영했던 안수(晏殊)·송기(宋祁) 등의 송성(頌聲)도 비판의 대상으로 삼아 화평한 때의 시문도 사회현실을 반영하고 비판해야 한다는 주장을 제기하여 당대(唐代)의 문인들이 강조했던 "세상이 잘 다스려지면 찬양하고, 세상이 혼란하면 원망한다"는 관념을 크게 발전시켰다. 그들은 이와 같은 주장과 함께 성공적인 시문창작으로 자신들의 이론을 실천함으로써 시가혁신은 성공을 거둘 수 있었다.

이렇게 해서 새롭게 형성된 송시는 그 후 왕안석(王安石)·소식(蘇軾)·황정견(黃庭堅) 등의 시론과 창작실천을 거치면서 사회현실과의 연대감 강화·일상생활에의 밀착과 제재 및 시어의 확대·산문화와 의론화의 경향·평담한 시경(詩境)의 추구 등을 특징으로 갖게 되어 당시와는 다른 면모를 지닌 송시로 정착된다. 그렇다고 해서 송시가 당시와 사뭇 다른 길을 간 것은 아니다. 중국 시의 전개과정을 거시적으로 살펴보면 송시는 당시, 그 중에서도 특히 두보(杜甫) 시의 충실한 계승자라고도 볼 수 있다. 송초에 왕우칭이 두보시를 일컬어 "두보의 시집이 시 세계를

새로 열었다"라고 하여 시가 발전의 각도에서 두보 시의 창신 정신에 주
목한 이후 매요신·소순흠·왕안석·황정견 등이 잇달아 두보 시의 가
치를 인정하고 두시의 학습을 통해 자신들의 시 세계를 구축해 나갔음
을 간과해서는 안 될 것이다.

제3장 북송 후기시

제3장 북송 후기시

宋
詩
史

1 | 개 설

　　중국 고전시사에 있어서 송대는 율시의 완성을 이룬 당시적 부담으로부터 벗어나 새로운 돌파구를 찾아야 할 부담과 모색의 시기라고 할 수 있다. 이제까지 북송 초기 및 중기시에서 보았듯이, 송시는 북송초의 당시(唐詩)의 여파, 서곤파(西崑派)를 거쳐, 북송 시문혁신운동의 선구자인 구양수(歐陽修), 매요신(梅堯臣), 소순흠(蘇舜欽) 등을 통해 비로소 송시적 기반을 마련하게 되었다. 그리고 이러한 기반 위에서 북송 후기시는 왕안석(王安石), 소식(蘇軾) 삼부자, 그리고 황정견(黃庭堅) 등 소문사학사(蘇門四學士)를 거치며 송시의 황금기를 구가하게 된다. 북송 후기시는 송 인종(仁宗) 말 1063년부터 철종(哲宗) 말년인 1100년까지를 말한다.

　　본장에서는 먼저 북송대 문인 사회의 사회문화적 배경을 살펴보아, 송시의 황금기로 가는 시인들의 사유와 심태(心態)를 파악한다. 문사철(文史哲)이 구분되지 않았던 중국의 고전 시기에 있어서 문예 창작은 그들의 현실 인식 및 세계관의 또 다른 표현이기도 한데, 문인 작가들의 세계 인식은 작품의 내용, 심미적 경향 등과 매우 밀접하게 연결되어 있다. 문학과 사유 심미 면에서의 개관을 통해 북송 문인의 사유 방식과 의식 기제, 송시의 작가이기도 했던 송사(宋士)의 위상과 의식, 통속과 고아함의 문제, 시 창작 및 시화(詩話)의 성행에서 보이는 송대의 학시(學詩) 및 논시(論詩) 전통의 형성, 장르 운용상의 아속(雅俗)간의 상호 조응(照應), 그리고 장르사적 측면에서 본 중국 고전시의 향방 문제 등에 개재된 문제들을 바라볼 수 있을 것이다. 이러한 송시의 원경(遠景)으로서의 문화적 토양 이해는 북송 중심 시인들과 작품 이해의 도움자로 작용할 것이다.

　　실상 사회 문화적으로 볼 때 송대(북송: 960-1127, 남송: 1127-1279)는 전

왕조와 뚜렷이 구별되는 새로운 시대를 향한 변곡기(變曲期)였다. 시와 관련하여 송대 사회의 특징은 크게 다음 몇 가지로 요약할 수 있다. 그 것은 신분 질서의 변화, 경제적 풍요, 신유학[성리학]적 세계관의 점진적 확산이라는 세 가지 중심 사행과, 백화의 문학 언어로의 부상, 민간과 문인 상하 양층에 걸쳐 진행되었던 문화력의 증대, 대외적 국력의 약화 등 부차적 사항들이다. 이러한 특징들은 독립적이기도 하지만, 상호 연관되어 있다. 본장에서는 송시사의 전개와 관련이 큰 앞의 3요소를 중심으로, 뒤의 3요소를 포괄하며 유기적으로 설명해 보기로 한다.

앞서 보았듯이 송 태조 조광윤(趙匡胤)은 황제 독재 체제의 문치주의를 표방하여 반란에 방비했다. 황제는 학교 제도의 보급, 과거제의 정비를 통해 실력 있는 사인(士人)을 선발하여 이들과 함께 정치를 펼쳐 나갔다.[1] 이렇게 독서에 의해 개인의 능력으로 임용되는 과거제의 대폭적 정비에 따라, 육조 이래의 세습 귀족 사회는 고대 국가적 단계에서 벗어나 점차 사인(士人) 중심의 문인 관료 사회를 향해 나아갔다. 당시 천자의 은혜를 입은 사인들은 정책적 충성으로 은혜에 보답코자 했다. 이 가운데 다양한 인맥을 통해 형성된 집단적 정책 투쟁은 황제 일인 지배의 한계를 어느 정도 보완해 주었다. 즉 송대 최초의 당쟁인 인종(仁宗) 때의 범중엄(范仲淹)의 신법이나, 신종 때의 왕안석의 신법과, 이로 인한 정파 간의 치열한 싸움은 이들 문인 관료들 간의 역동적인 정책 대결로 해석할 수 있는 것이다.

다음으로 북송 초기의 사회적 배경으로서는 생산력의 증대와 물류 발전으로 인한 경제적 풍요를 들 수 있다. 그 중심은 양자강 유역이었다.

---

1) 오늘날의 고시생과 마찬가지로 보편화된 독서인들의 과거를 통한 신분 이동은 매우 활발하였고, 이는 송대 문인 관료 사회의 역동성의 보루였다. 이들은 師承, 家學, 學侶, 講友, 同調, 門人, 私淑의 일곱 가지 관계를 통해 교류했으며, 출신 면에서는 빈부, 귀천의 제한을 받지 않고 활발한 계층 이동을 할 수 있었다. 송대 사인 계층의 구체적 면모와 의의 및 특징에 대해서는 《송대 사대부사회 연구》(양종국 저, 삼지원, 1996), 365-374쪽을 참고

사실 중국 역사는 '안사의 난(755-763)'을 기점으로 화북이 피폐해지면서
점차 중심이 강남으로 남하했으며, 이러한 경향은 오대십국의 장기적인
전란을 거치면서 가중되었다. 비옥한 토지와 따뜻한 기후에 힘입어 북송
의 경제는 농업뿐만 아니라, 수공업, 상업, 교통 등 각 방면에 걸쳐 급속
한 발전을 보았다. ≪동경몽화록(東京夢華錄)≫, ≪몽량록(夢粱錄)≫, ≪도
성기승(都城紀勝)≫ 등에는 새벽까지 불빛이 꺼지지 않고 흥청대는 도시생
활이 자세히 묘사되어 있다. 장택단(張擇端)의 <청명상하도(淸明上河圖)>
에도 당시 도시 생활의 다양한 모습이 나타나 있다.

　이러한 경제적 풍요와 함께 성장한 민간의 문화적 저력은 문학적으
로도 중요한 변수가 되었다. 민중은 그들에게 맞는 백화를 사용한 강창
과 화본 등 연창문예(演唱文藝)에 빠져들었으며, 문인들 역시 사(詞)를 통
해 그들의 염정(艶情)을 표출했다. 이상의 경향들은 문학의 통속화에 결
정적인 촉발 요인으로 작용했다. 재론하겠지만 문인들까지도 통속의 언
어를 자기들의 방식으로 아화(雅化)하여 새롭게 시어에 활용하려 했던,
이른바 '이속위아(以俗爲雅)'의 문학 창작론 역시 결국은 속화된 세계라는
샘에서 시어라는 물을 길어 정수해 내는, 이른바 아(雅)[문인 문화]와 속
(俗)[대중 문화]이 하나의 접점에서 만나는 '아속공상(雅俗共賞)'의 또 하나
의 표출 방식이었던 것이다. 총체적으로 말하면 과거제의 정비 및 사대
부 계층의 유동성의 확대, 수많은 관학과 서원을 통한 교육 기회의 증
대, 경제적 번영 등에 의한 문화 공유 폭의 확대가 이 시대 문화의 특징
이었다.[2]

　하지만 이 같은 송대 사회의 풍요와 안정은 오랫동안 지속되기 어려
웠다. 무인 세력의 발호를 막기 위한 문치주의로 나아간 결과 주변 국가
를 효과적으로 제어할 수 없었고, 주변의 요(遼) 및 서하(西夏)와 화의를
하는 등 상당한 경제적 대가를 치르며 대내적 안정과 맞바꾸어야 했던

---

2) 오태석, <'大雅之堂'과 '雅俗共賞': 황정견 시학의 송대적 變容性>, ≪중국어문학지≫,
　제10집, 2001. 12, 309-310쪽.

것이다. 그리하여 왕안석의 시대에는 이미 장기간에 걸친 안정 속에서 부단한 자기 혁신에는 실패하여 제도적, 물량적, 정신적 해이가 일어나고 있었으며, 그의 신법은 부국과 강병을 위한 누수 방지라는 제도적 개혁에 초점을 맞추어 추진하기에 이르렀다.

한편 상층 사인 계층을 중심으로 일어난 사상적 변화는 바로 신유학(新儒學)의 대두와 성행이다. 도학, 이학, 성리학, 주자학 등으로 다양하게 불리는 신유학은 전통 유학의 위기감에서 비롯되었다. 위진남북조 시대부터 줄기차게 부상하여 마침내 문인 사회에 깊이 침투한 도불(道佛) 사상은 이제 문인들 내부 세계의 또 하나의 지주가 되었다.

주돈이(周敦頤, 1017-1073)는 '태극도설(太極圖說)'을 지어, ≪주역(周易)·계사전(繫辭傳)≫ 등을 통해 제기된 무극(無極)과 태극(太極)의 개념을 빌어 우주의 생성 원리를 본체론적으로 설명했다. 그리고 이 태극으로부터 갈라진 음과 양의 상생상극의 작용을 통해 만물이 생성, 변화, 발전한다고 했는데, 그의 사상에는 다분히 도불의 요소가 침투해 있었다. 이후 정호(程顥, 1032-1085), 정이(程頤, 1033-1107)를 거치며 형성된 신유학은 남송 주희(朱熹)에 이르러 최종적으로 집대성되었다. 다분히 형이상학적인 관념론적 우주론인 신유학의 원리는 점차 송대 독서인들의 자기 수양과 경세론으로 자리잡아갔는데, 그것은 신유학이 도불의 요소를 수용했기에 수월하게 진행되었다.[3]

여기서 잠시 송대 신유학의 갈래와 특성을 보자. 그 갈래는 크게 네 가지로 나눌 수 있다. 요약하면 도학가(道學家), 경세가(經世家), 고문가(古文家), 그리고 양명학으로 발전한 심학가(心學家)이다. 첫째, 도학가는 도통을 중시하는 입장으로서 주돈이, 소옹(邵雍, 1011-1077), 정호, 정이, 장재

---

3) ≪중국철학사≫(馮友蘭 著, 정인재 역, 형설출판사, 1986, 343쪽)에서는 송대 신유학의 사상적 원천으로서, ① 유가사상, ② 선종, ③ 도교의 음양가에 대한 해석을 들었다. 또 ≪주자학과 양명학≫(島田虔次 著, 김석근·이근우 역, 까치, 1986, 5-19쪽)에서는 ① 불교의 체용의 논리와 범신론적 사유체계, ② 우주적 원리에 공감하고자 하는 도가적 인간관 등이 신유학의 성립에 힘이 되었다고 했다.

(張載, 1020-1077), 그리고 주희(朱熹, 1130-1200)에 의해 집대성되었다. 둘째, 경세가는 실제 정치에의 응용을 구하는 입장이다. 이에는 크게 보아 경력(慶曆) 변법(變法)의 추동자인 범중엄(范仲淹, 989-1052), ≪자치통감(資治通鑑)≫을 써서 제왕의 역사 의식을 고취한 구파의 영수 인물 사마광(司馬光, 1019-1086), 그리고 희녕(熙寧) 신법을 주장했던 왕안석 등이 해당된다.

셋째, 고문가는 원칙론적이며 효용적 입장을 중시하는 도학파의 논리에 대하여 문학의 여지를 인정하는 관점이다. 구양수(歐陽修, 1007-1072), 증공(曾鞏, 1019-1083), 소식 등이 해당된다. 넷째, 심학가는 이(理)보다는 심학(心學)에 가까운 입장이다. 이는 정호에서 약간의 가능성을 보인 후, 육구연(陸九淵, 1139-1192)이 주희의 이학에 반기를 들고 '심즉리(心則理)'를 제창하며 양명학의 기틀을 제공하였다. 결국 도학가, 경세가, 고문가 모두 경전을 으뜸으로 삼기는 하되 구체적 주안점은 서로 같지 않다. 도학가는 '도(道)'에, 경세가는 '용(用)'에, 고문가는 '문(文)'에, 그리고 양명학의 심학은 '심(心)'에 비중을 두고 있다는 점에서 다르다. 이들 네 분파중 왕안석은 치용(治用)으로서의 현실 정치적 효용을 중시하였고, 그것은 희녕 신법으로 나타나게 된다.

신유학적 사조에 더하여 문예 사조적 배경을 들지 않을 수 없다. 북송 시문혁신운동 또는 송대 고문운동으로 불리는 이 시기 문인들의 문화운동의 요점은 자기 자신과 세계에서 신유학적 본질에 합당한 자기완성을 이루려는 글쓰기적 실천이다. 역사적 원천은 유가 본연의 도를 회복하려는 한유의 고문운동에 있었지만, 실제로는 이미 선학(禪學)의 소양과 노장(老莊)의 탈속주의가 적절히 조화를 이룬 삼가(三家) 사상의 융합적 양상을 띤다.

이로부터 문인들은 문학이 단순한 아름다운 서정을 표현하는 도구만이 아니라, 내면의 정신적 힘을 기르는 자기 수양적 과정이어야 한다고 믿었다. 글쓰기에서 정신적 도가 중시됨에 따라 선학의 내성(內省) 관조(觀照)는 지식인의 교양으로 인식되었고, 시서화(詩書畵)에서 고루 그러한 요소들이 발현될 것을 요청 받기에 이른다. 이에 따라 이전에는 천시되던 화공(畵工) 역시 인격과 예술 소양을 함께 지닌 화가로서 대접받게 된다. 소식이 창도한 문인화(文人畵)도 이러한 사유의 결과이다.

사상 통합화의 추세 속에 진행된 문인 인식 지평의 확대와 그 내부 범주간의 소통 양상을 띠면서 전개된 송대 문예사유의 특징은 한마디로 각 문예 장르 간의 상호 넘나들기이다. 당시 일반화된 주장이었던 '시 배우기를 선(禪)을 하듯이 하라'는 '학시여참선(學詩如參禪)'론에서도 볼 수 있듯이 시와 선, 시와 그림, 그림과 선의 큰 장르뿐 아니라, 문학 내에서도 시와 산문[以文爲詩], 시와 사[以詩爲詞] 간에 장르 파괴가 일어난다. 이러한 장르간의 상호 조응(照應)과 차감(借鑑)은 내성 관조적 송대 예술 심미의 큰 추세였으며, 그 탁월한 선도자이자 성취자는 소식(蘇軾)이며, 황정견(黃庭堅)에서 꽃을 피웠고, 강서시파(江西詩派)에서 사적(社的) 조직을 통해 시대적 영향력을 보여주었다. 이들 중 왕안석은 시대의 큰 흐름에서 비교적 독립적이기는 하지만 그 지향 의식은 동시대적 공유(共有)의 측면에서 보아야 할 것이다.

송시의 절정기인 이 시기의 중심 시인은 왕안석(王安石), 소식(蘇軾), 황정견(黃庭堅), 진사도(陳師道)이다. 먼저 왕안석은 독자적으로 청신한 시 세계를 구축하였으며, 소식과 황정견은 구양수와 매요신의 정신을 이어 당시와 다른 송시 특유의 특징을 구현해냈다. 그리고 다시 이들의 추종자인 진사도와 소식의 동생 소철(蘇轍)이 이에 동참했다. 이들 중 왕안석과 소식은 모두 과거 시험의 주관자였던 구양수(歐陽修)에 의해 선발되었으며, 신법의 시행 과정에서 서로 정적(政敵)관계에 있기는 했으나, 문학적으로는 같은 맥락 하에서 송초의 추종적 시 정신을 극복하고 자신의 개성과 역량을 통해 당시(唐詩)와는 다른 송시의 특징을 만들어냈다. 특히 소식의 천재적 문예 사상은 자유로운 가운데 시대 사상을 대표할 진수가 녹아 있어, 주류 시인들의 정신적 샘물이 되어 주었다. 각고 단련의 자세로 시작에 임한 소문(蘇門)의 황정견은 점철성금(點鐵成金)론 등 학시

(學詩)의 규범을 마련하였으며, 남송초 강서시파(江西詩派)는 이를 시법론으로 만들며 한 시대를 풍미하였다. 이제부터 북송 후기 주요 시인들에 대하여 고찰한다.

2 │ 왕안석(王安石)

(1) 생 애

왕안석(1021-1086, 眞宗-철종)은 자가 개보(介甫), 노년의 호는 반산(半山)으로서, 임천(臨川)(지금의 강서성 무주(撫州)) 출신이다. 그의 부친 왕익(王益, 993-1039)은 일찍이 상처하여 후처를 맞아들였는데, 왕안석은 후처 소생의 자녀 중 맏이였다. 그는 지방 관리였던 부친을 따라서 10년 간 여러 고을을 전전하면서 경제적으로 넉넉지 않은 소년기를 보냈다. 왕안석은 부친 사망 3년 후인 인종(仁宗) 경력(慶曆) 2년(1042년, 22세)에 진사에 급제했으며, 이후에도 생계를 책임져야 했던 관계로 돈이 많이 드는 중앙 관직을 사양하고 십여 년 간을 지방에서 은현지사(鄞縣知事)를 필두로, 서주통판(舒州通判), 군목판관(群牧判官) 등을 지냈다. 이 시기에 그는 민간 생활의 문제와 정치적 부패를 목도했다. 실상 960년의 북송 개국으로부터 100년이 지난 당시의 정치는 대외적 곤경, 대내적 제도와 운영의 난맥, 관료들의 안일주의로 점차 문제가 노정되고 있던 시기였다.

왕안석이 처음으로 자신의 이상을 피력한 것은 인종 때 올린 <상황제만언서(上皇帝萬言書)>였는데, 큰 호응은 없었다. 1만 자나 되는 이 장편 상소문의 앞 부분에는 그의 개혁에 대한 관점과 세계관이 잘 드러나 있다.

이제 조정의 법령이 엄정하게 빠짐없이 갖추어져 있음에도 신이 법도가 없다고 하는 것은 왜 그렇겠습니까? 현재의 법도는 상당 부분 훌륭하신 선왕들의 정치와 맞지 않기 때문입니다. …… 지금 세상은 선왕의 세상과는 거리가 멀어서, 변화와 형세가 같지 않은데도, 하나하나 선왕의 정치를 따르고자 한다면 매우 어리석은 자라 하더라도 그 일이 어려운 일임을 알 수 있을 것입니다. 그러나 신은 오늘날의 잘못이, 훌륭하신 선왕들의 정치를 본받지 못할까 걱정하는 데 문제가 있다고 생각합니다. 선왕의 정신을 본받으면 해결되는 것입니다. …… 선왕의 정신을 본받게 되면, 제가 말하는 개혁은 더욱 추진되면서도, 천하 사람들의 이목을 놀라게 하거나 소란스럽게 하지 않으면서, 어느새 선왕의 정치에 부합되게 하기 때문입니다.

그는 이 글에서 지엽적 세칙에만 급급한 당시의 정치 행정적 안목을 비판했다. 즉 고대 임금들이 세워놓은 치국의 근본인 위민(爲民)의 정신을 놓치지 않는 가운데, 변화라는 지엽을 운용할 줄 알아야 한다는 뜻이다. 여기서 기본 원칙의 강조는 법령의 개혁과 무관한 듯이 보이지만 그렇지는 않다. 세부적 사항에 대해서 그는 다음과 같이 주장했다.

오늘날 사람들은 고대의 행적만을 추종하는데 급급한데, 이는 시세의 변화에 맞추어 임기응변해야 함을 모르는 태도입니다. (그들의 말을 따르면) 같은 것은 고대의 족적뿐이며, 실제 내용은 다르게 됩니다. 일을 하는데 고대와 형적만 같으며 실제 내용이 달라진다면, 천하에 이보다 더한 해는 없을 것입니다.[4]

이후 1068년(熙寧 원년) 젊은 임금 신종(神宗)이 즉위하면서부터 왕안석의 경세론은 강력 채택되었다. 정치적 혁신의 필요를 느낀 신종은 개혁 성향의 왕안석을 발견하고 1069년 그를 참지정사(參知政事)에 임명하여 신법을 시행하도록 지원했다. 왕안석의 신법은 제도의 개혁에 초점이 맞추어져 있었는데, 주로 원활한 농경, 군역, 금융 면의 부국강병적 개혁

---

4) 제임스류 저, 이범학 역, ≪왕안석과 개혁정책≫, 지식산업사, 1992, 63쪽.

으로서, 기존 세력의 특혜를 없애면서, 국가적으로는 자급적이며 자기 영속적인 총체적 동원 체제로 바꾸려 했다.5) 그러나 이러한 객관적이며 급진적 개혁 방식은 기득권을 잃게 되는 기성 관료들로서는 수용하기 어려운 것일 뿐만 아니라, 이념적으로도 유가적 수양에 의한 주관주의적 덕치를 강조한 중국 전통의 치세론과는 성격이 다른 방식이었으므로, 사마광(司馬光) 등 보수파의 반대에 부딪쳤다. 왕안석은 각각 두 차례의 재상 임용(1070, 1075)과 사직(1074, 1076) 끝에 57세로 정계에서 은퇴했다. 그리고 1085년(元豊 8년) 신종의 사망과 함께 신법은 결국 부작용만 부각된 채 완전히 폐지되고 말았다. 지나치게 급진적인 개혁 시책들이 낳은 일정한 필연이었을 것이다. 역사적으로 왕안석 신법에 대해서는 양극단의 평가가 존재해 왔는데, 그나마 신법이 긍정적으로 인식되기 시작한 것은 서구 사조가 밀려오면서부터 제도 개혁의 중요성을 인식한 청말 이후의 일이다.

　왕안석 신법에 대한 평가는 그 공과에 따라 달라질 사안이기도 하다. 만약 부정적 측면을 부각하여 본다면, 현실을 직시하지 못하고 함량 미달의 추종자들을 이끌고 이상으로 치장된 개인적 소망을 추구하다가 혼란을 가중시킨 변혁가로 비판할 수도 있다. 하지만 오늘의 시점에서 볼 때 적어도 당시 사회의 문제점을 인식하고 부국강병을 향한 개혁을 추진하고자 했다는 의도의 측면에서 긍정적 평가를 도외시할 수는 없다. 그렇다면 그 평가는 자신이 느낀 시대의 문제에 직면하여 개혁 지향의 지조를 가지고 필마단기로 수많은 기득권층을 향해 달려나간 과감성을 함께 지닌 시대 선도적이며 지사적 개혁자로 비춰질 수 있게 된다. 여하튼 이렇게 엄청난 간극의 시각이 존재한다는 점을 인식하면서 그의 문학 세계에 들어가 보도록 한다.

---

5) 존 킹 페어뱅크 저, 중국사연구회 역, ≪신중국사≫, 까치, 1999, 133-134쪽.

(2) 왕안석의 시

왕안석(王安石, 1021-1086)은 북송 신종(神宗) 신법(新法)의 중심 인물일 뿐만 아니라, 중국사에서도 분명한 자취를 남긴 독특하고도 걸출한 인물이다. 문학사적으로 송시는 황정견(黃庭堅, 1045-1105)에서 가장 두드러진 특색을 띤다고 할 수 있는데, 황정견은 정치적으로 구파인 소식의 문하 학사중의 한 사람으로서 주로 소식의 영향을 많이 받았다. 그러면 비교적 독립적으로 창작 행위를 하였던 왕안석은 송시의 형성이라는 커다란 물결에서 과연 어떤 위치에 있는가? 왕안석이 소·황과는 다른 정치적 입장을 지녔지만, 이들과 상호 교감되는 부분은 없는가? 있다면 그 구체적 양상과 입지와 위상은 어떤 것인가? 이와 같은 물음들은 총체적 송시 사의 서술과 송시 전개의 본질을 파악하는 데 있어서 중요한 일이다.

그의 문학적 위상과 시사적 맥락의 연결 문제에 대해서는 여타 송대 문학사에서 잘 다루고 있지 않아, 송대 주류 시인군과의 연결 관계가 분명치 않다. 이 점은 당송시 전개의 거시 맥락 파악에 있어서도 검토해 볼 여지가 있는 부분이다. 이제 왕안석의 시적 특징과 문예 미학상의 특징들을 고찰하여, 종국적으로 이들이 구양수, 소식, 황정견, 강서시파로 이어지는 송시 주류의 형성과 어떤 맥락 관계에 있는지를 파악하는 자료로 삼고자 한다.

판본에 따라 이동이 있지만, 왕안석의 시는 최대 1,632수로 추산된다.6) 일반적으로 왕안석의 시는 전기와 후기시로 구분하기도 하는데, 크게 보아 정치적 포부를 지녔던 전기시의 풍격은 사회적 참여도가 높고 호기로운 반면, 정치 일선에서 물러나 은거하며 지은 후기 시는 평정한

---

6) 통행본인 明 嘉靖本의 수치이다. 왕안석 시의 판본, 갈래와 면모는 류영표의 ≪왕안 석 시가문학 연구≫(법인문화사, 1993; 서울대 박사학위논문, 1992)에 상세하게 연구되 어 있다.

마음으로 산수 자연을 즐기며 엄정하게 시법을 따진 것이 많다. 그러나 이같은 이분법이 금과옥조는 아니다. 시체별로 보면 형식면에서 고시 400여수, 율시 500여수, 그리고 절구가 많아 580수 정도나 된다.[7]

왕안석 시의 내용은 상당히 다양해서 어느 한가지로 특징짓기는 어렵다. 류영표는 ≪왕안석 시가문학 연구≫에서 왕안석 시의 내용을 ① 경세류, ② 서정류(정치적, 일상적), ③ 자연류(은거, 한적, 경물), ④ 사변류로 크게 나누고 다시 세분하였다. 이로 미루어 왕안석은 자신이 생각할 수 있는 다양한 종류의 서정들을 시로 표현했다는 것을 알 수 있다. 제한된 편폭의 본고에서는 왕안석의 개성을 보다 잘 드러내거나, 기교와 풍격 면에서 송시 주류의 형성에 연결될 수 있는 대표성을 띤 작품 몇 수를 본다.

┃ 商鞅 8) ┃ 상앙

自古驅民在信誠	자고로 백성을 부림은 신의와 성실뿐
一言爲重百金輕	한마디 말 무겁기가, 백금이 오히려 가벼웠다.
今人未可非商鞅	요즘 사람 제멋대로 상앙을 비난하면 안될지니
商鞅能令政必行	상앙은 율령을 펴면 반드시 시행하였다.

짧은 절구지만 이 시는 현실 인식을 과감히 표현하여 많은 물의를 빚었던 매우 정치성이 강한 작품이다. 상앙은 진나라 때의 법가로서 효공(孝公)을 도와 강력하게 변법을 추진한 인물로서, 자신의 말을 믿게 하기 위해 돈을 걸어 포상하기까지 한 사람이다. 상앙의 법은 너무 준엄하여 효공이 죽고서 결국 그도 수레로 찢어 죽이는 벌을 당했다. 왕안석은 급진적이며 율령에 의존한 점에서 법령과 제도의 개혁을 추진하는 등

---

7) ≪왕안석 시가문학 연구≫, 8쪽에 시의 유형별로 정리되어 있다. 이 표를 보면 고시는 5언이 많고, 율시와 절구는 7언이 압도적으로 많은 것을 알 수 있다. 7언시가 많은 것은 송시의 한 가지 특징이다.

8) ≪王安石全集≫ 권73, 秦克·鞏軍 標點, 上海古籍出版社, 1999.

자기와 유사한 생각을 지녔던 상앙을 영사(影射) 수법으로 읊어, 자신의 신법을 옹호한 것이다. 왕안석의 강고한 면모를 보여주는 작품이다.

이 시와 관련하여 당시를 옹호했던 명나라 이동양(李東陽)은 ≪녹당시화(麓堂詩話)≫에서 "왕안석의 경물시는 자신은 잘 지었다고 하지만, 송인들의 습투를 벗어나지 못했다. 그의 영사 절구시는 필력이 강하여 유심히 살펴보아야 한다. <상앙>시는 불평을 말한 것으로서, 이치에 있어서 장애가 있음을 깨닫지 못하고 있다"고 지적했는데,9) 거꾸로 말하자면 왕안석의 강렬한 인식과 개성이 유감 없이 발휘되었다는 뜻이기도 하다. 이렇게 송인들은 주로 서정을 읊은 당시와 달리, 일상 생활사와 교유, 기념, 철학적 사변, 그리고 정치적 견해를 모두 시로 써냈다. 그렇기에 교유시와 고시가 대폭 증가한다. 이러한 제재와 수법의 다양화는 당시(唐詩)와 다른 새로운 모습이다.

왕안석 시 중에는 영사적 인물을 모티프로 삼은 시가 상당수 있다. 한무제, 자공(子貢), 맹자(孟子), 양웅(揚雄), 한비자(韓非子), 소진(蘇秦), 조참(曹參), 한신(韓信), 백아(伯牙), 사안(謝安), 가의(賈誼), 이백(李白) 등 부지기수이며,10) <독사(讀史)>, <독한서(讀漢書)>, <독한공신표(讀漢功臣表)>, <독촉지(讀蜀志)>, <독당서(讀唐書)> 등 역사서를 읽고서 느낀 감회를 기록한 시들도 함께 수록되어 있다. 이 중에는 <상앙>과 같이 강한 색조를 띤 작품이 많이 보인다. 신법 시행에 대한 자기 확신과 그 과정 속에 야기된 외로움의 반영으로서, 왕안석의 강한 역사 의식을 볼 수 있다.

---

9) ≪麓堂詩話≫, "王介甫點景處, 自謂得意, 然不脫宋人習氣. 其詠史絶句, 極有筆力, 當別有一具眼觀之. 若商鞅詩, 乃發洩不平語, 於理不覺有碍耳."
10) ≪왕안석전집≫ 권73에 집중 수록되어 있다.

┃讀史11) ┃ 역사서를 읽고서12)

自古功名亦苦辛	자고로 이름을 얻음엔 간난이 따르거늘
行藏終欲付何人	펼쳐내고 품는 종적을 누구에게 부탁할까?
當時黯黮猶承誤	살아서도 알지 못해 오해받기 십상인데
末俗紛紜更亂眞	시원찮은 속인들은 어지럽게 진실을 호도한다.
糟粕所傳非粹美	술 찌꺼기가 전하는 건 참된 것은 아니지
丹靑難寫是精神	그림으로 그려내기 어려운 게 정신이거늘!
區區豈盡高賢意	구차한 서술이 어찌 현자의 뜻을 다 적으리?
獨守千秋紙上塵	나 홀로 종이 위의 천년의 먼지를 지킨다.

여러 역사 관계 서적을 읽고서 각종 인물 형상에 대한 평가가 반드시 진리일 수만은 없다는 생각을 가지고 쓴 시로 보인다. 역사적 인물에 대한 객관적 실체 파악의 어려움, 역사가의 시각적 편향 등 요인으로 역사 속의 인물은 역사서와 일치하기 어렵다는 생각을 보여준다. 역사 인물에 대한 왕안석 나름의 주체적 자아 인식이 엿보인다. 끝의 홀로 책의 먼지 속에 덮어 버린 진실을 대면하고 있다는 구절은 역사 앞에 대면하여 있는 왕안석의 외로움과 강렬한 개성을 그대로 보여준다.

이와 관련하여 역사 의식의 구체적 실천인 현실 정치와 관련한 작품으로는 <하북민(河北民)>, <겸병(兼倂)>, <수염(收鹽)>, <발름(發廩)>, <성병(省兵)> 시 등이 대표적이다. 이들 시에서는 어려운 민생과 잘못된 정책에 대한 견해가 보이며, 산문구와 의론구가 많이 나온다. <겸병(兼倂)>시 한 편을 본다.

---

11) ≪王安石全集≫ 권73.
12) 앞의 책, 권73. 이 시의 제목은 <史記를 읽고서>가 아니라, <역사서를 읽고서>로 보아야 할 것이다. 시 중에서 史家를 '술지게미' 같은 존재로 비하했는데, 이를 사마천으로 풀이한다면, 그가 <司馬遷>이란 시에서 사마천의 인생 역정과 재주를 칭송한 점과 부합되지 않으므로, 일반 역사서로 해석해야 타당할 것이다.

▌兼併[13] ▌ 겸병

三代子百姓	하·은·주의 삼대에는 백성을 자식같이 여겼으며
公私無異財	공사 간의 재산 나눔은 없었다.
人主擅操柄	임금이 대권을 행사함은
如天持斗魁.	북극성이 북두칠성을 다스림과 같다.
賦予皆自我	세금을 거두고 베풀고는 모두 나에게서 나오므로
兼并乃姦回.	겸병은 곧 간악한 짓임에.
姦回法有誅	이들을 법으로 다스려
勢亦無自來	겸병의 형세는 생길 수가 없었지.
後世始倒持	후세에야 형세가 잘못 되어
黔首遂難裁	마침내 백성 다스리기가 어려워졌다.
秦王不知此	진시황은 이러한 이치도 알지 못하고
更築懷淸臺	오히려 회청대(懷淸臺)만 축조했었지.[14]
禮義日已偸	예의는 날마다 무너져 가고
聖經久堙埃	성인의 경전엔 먼지 쌓인 지 오래라.
法尙有存者	옛 법도 아직 남아있는 것 있으나
欲言時所咍.	말하려 하면 세상 사람들 비웃기만 할 뿐
俗吏不知方	속된 관리는 행정의 처방을 몰라
掊克乃爲材	마구 거둬들이는 것을 재주 있다 여기고,
俗儒不知變	속된 유학자는 변통을 몰라
兼并可無摧	겸병을 억눌러서는 안 된다고 한다.
利孔至百出	이익이 생기는 구멍은 백 가지나 되고
小人私闔開	소인배들이 사사로이 막았다 텄다 한다.
有司與之爭	관리도 그들과 함께 이익을 다투니
民有可憐哉	백성들만 정말 가련할 뿐!

30대 초반 서주 통판(1051-1054) 시절에 지은 이 시에서 왕안석은 지방 관리로서 토지 겸병의 폐해와 운용상의 문제점을 직접 목도하고 겸병가

---

13) ≪王安石全集≫ 권51.
14) '淸'은 조상에게 물려받은 丹砂 광산 덕분에 부자로 사는 蜀의 과부였다. 진시황은 그녀를 만나고는 정절을 기려 懷淸臺를 건립했다고 한다.

와 탐관 오리, 그리고 보다 내밀하게는 정책 입안자인 유학자들을 비난하고 있다. 젊은 시절의 왕안석의 현실 비판적 정치관과 개혁 욕구를 잘 드러내는 작품이다. 특히 속유(俗儒)들이 변통(變通)의 안목을 가지지 못하여 고지식하게 현실적 폐해를 고칠 줄 모른다고 비판했는데, '변(變)'은 변법(變法)을 염두에 둔 심중의 표현이라고 할 수 있다. 후일 소식의 아우 소철(蘇轍)은 신법의 해악이 모두 이 시에서 비롯된 것이라고 지적하기도 했다.

┃ 明妃曲(1) ┃ 명비곡(1)

明妃初出漢宮時	명비가 처음 한나라 궁전을 떠날 때
淚濕春風鬢脚垂	봄바람에 눈물지으며 귀밑머리 드리워졌다.
低徊顧影無顏色	머뭇머뭇 돌아보며 낯빛 창백해지니
尚得君王不自持	황제는 당황하여 어쩔 줄 몰랐네.
歸來却怪丹靑手	돌아와 화공의 그림 솜씨 책망함은
入眼平生未曾有	눈에 들기는 평생에 본 적 없는 미인이었다네.
意態由來畫不成	마음과 자태는 본디 그려낼 수 없으니
當時枉殺毛延壽	당시에 괜히 화공 모연수만 죽였다.
一去心知更不歸	한번 떠나면 다시는 돌아오지 못할 줄 알아
可憐著盡漢宮衣	가엾게도 한궁(漢宮)의 옷만 입었다.
寄聲欲問塞南事	소식 띄워 남방의 일 물으려 하나
只有年年鴻雁飛	해마다 기러기는 무심히 날아갈 뿐.
家人萬里傳消息	집안 사람 만리 밖 소식 전해오는데
好在氈城莫相憶	고향 생각 말고 오랑캐 궁성에 잘 있으라니.
君不見咫尺長門閉阿嬌	그대 모르는가? 코앞 장문궁에 유폐된 아교를,15)
人生失意無南北	인생 실의에는 남북이 따로 없는 것을!

┃ 明妃曲(2) ┃ 명비곡(2)

明妃初嫁與胡兒	명비가 처음 흉노에 시집갈 적에는

---

15) 阿嬌는 한 무제의 왕비 陳氏이다. 무제는 어렸을 때부터 그녀를 매우 사랑하여 즉위한 뒤 왕비로 맞았는데, 사랑이 식자 그녀를 長門宮에 유폐시켰고, 몇 년 뒤에 죽었다.

氈車百兩皆胡姬　　모전 수레 백 대에는 오랑캐 여인뿐이었지.
含情欲語獨無處　　간직한 정 말하려 해도 상대가 없어
傳與琵琶心自知　　비파가락에 부치는 마음 혼자만 알았지.
黃金捍撥春風手　　황금으로 꾸민 채에 봄바람 같은 손에 쥐고서
彈看飛鴻勸胡酒　　날아가는 기러기에 애써 오랑캐 술 권할 뿐.
漢宮侍女暗垂淚　　따라온 시녀들 몰래 눈물 훔치고
沙上行人却回首　　사막의 나그네는 고개 돌려 외면하네.
漢恩自淺胡自深　　한나라 은혜는 얕은데 오랑캐 은혜 깊으니
人生樂在相知心　　인생의 즐거움은 서로 알아주는 마음에 있지.
可憐靑塚已蕪沒　　가엾게도 푸른 무덤은 이미 잡초 속에 묻혔으나
尙有哀絃留至今　　아직도 슬픈 가락 남아있어 오늘까지 전해오네.

　　왕안석의 대표작 중 하나인 이 시는 한(漢) 원제(元帝) 때 흉노에게 시집간 아름다운 궁녀 왕소군에 대한 애틋한 마음을 위주로 하고 있기는 하지만, 이전까지의 한인(漢人) 중심의 왕소군에 대한 관점과는 조금 다른 데가 있다. 그것은 단순한 애틋함으로 한족 정통의 애국심 고취에만 초점을 맞추어 인간으로서의 왕소군의 흉노에서의 삶을 외면하는 듯한 모습이 아니라, 그녀를 위하여 타향에서의 생활의 즐거움을 부여하려는 방향으로 시를 전개하고 있다는 점이다. 이 같은 역발상은 강력하게 혁신적 신법을 시행한 왕안석 시각의 독자성과 파격이라고 할 수 있으며, 시 자체의 내용 전개가 평이하지 않고 곡절과 흥미가 느껴진다.

　　이 시는 나오자마자 구양수, 매요신, 사마광 등 당대의 명사들이 화답시를 지을 정도로 큰 반향을 불러일으켰다고 한다. 그러나 남송 초부터는 이 시의 내용이 충군 애국의 법도를 저버린 것이라는 구파의 비난을 받기도 했다. 당시 문인들의 정치적 편파성과 문자옥의 위험성을 느끼게 해주는 부분이다.

　　사실 왕안석 시의 문학적 가치는 이상과 같은 현실 정치적 시가 아니라, 만년의 은거 생활 중의 자연 영물시에서 빛난다. 이 시기의 시에는 앞서 본 강렬한 현실 비판 및 타개 의식과는 대조적으로 원숙한 초

탈경이 드러나고 자연을 즐기는 맑은 기풍이 있어 청신한 느낌을 자아
낸다.

▌金陵絶句四首(一)[16] ▌ 금릉절구(제1수)

水際柴門一半開　　물가에 있는 사립문은 반쯤 열렸고
小橋分路入蒼苔　　작은 다리 건너 갈래길엔 푸른 이끼 침범했네
背人照影無窮柳　　등뒤에서 비추는 햇빛, 길게 드리워진 버들가지
隔屋吹香併是梅　　담장 너머 불어오는 내음은 모두가 매화향

　아름다운 봄날의 정경을 연상시키는 이 시는 어지러운 정치 현실에
서 벗어나 자연과 합일하며 보낸 만년의 거처 반산(半山) 주변의 아름다
운 경관을 묘사하고 있다. 더욱이 전반의 조용하고도 적막한 분위기와,
후반의 수면 혹은 지면에 비친 하늘거리는 버들 그림자와 담장 너머로
퍼져 가는 매화향의 이미지는 아름답게 대비된다. 이 둘은 따사로운 봄
날의 나른함 속에 불타는 생명을 함께 전달해주고 있다. 후대의 평자들
은 절제된 표현 속에서도 춘일의 감흥이 물씬 풍겨나는 이 시를 중국시
사에 빼어난 가작으로 손꼽는다. 양만리(楊萬里)는 이 시가 네 구절 모두
가구(佳句)로 구성된 빼어난 시라고 칭찬했다. 절구인 관계로 깊은 사색
이 전개되지는 않으나, 기품 있는 평정 속에 회화미가 배어 있어 수묵
화와도 같은 당시(唐詩)의 세계와도 맞닿아 있다.

▌竹裏 ▌ 대숲

竹裏編茅倚石根　　대숲에 초가 얽어 바위 뿌리에 기대니
竹莖疎處見前村　　대줄기 성긴 틈새로 앞마을이 보인다.
閒眠盡日無人到　　무료하게 종일토록 자도 찾아올 이 없고
自有春風爲掃門　　저절로 봄바람 일어 문 앞을 쓸어 준다.

---

16) ≪王安石全集≫ 권64, 제1수.

┃悟眞院┃ 오진원

野水縱橫漱屋除,	들 물은 마구 흘러 내려 계단을 씻어주고
午窓殘夢鳥相呼.	한 낮의 창가에서 꿈을 깨라 새들이 지저귄다.
春風日日吹香草,	봄바람은 날로 향기로운 풀 위에 불어
山北山南路欲無.	산 북 산 남으로 길은 끊어질듯 하여라.

┃初夏卽事┃ 초여름에 부쳐

石梁茅屋有彎碕	돌다리 초가집 굽어진 물가에 있고
流水濺濺度兩陂	개울물은 철철 제방 사이로 흐른다.
晴日暖風生麥氣	맑은 햇살 따스한 바람결에 보리 내음 풋풋한데
綠陰幽草勝花時	짙은 그늘 그윽한 풀이 꽃보다 좋은 시절!

┃南浦┃ 남포

南浦隨花去,	남쪽 포구로 꽃 따라 갔다가
廻舟路已迷.	배를 돌리니 길을 잊었다.
暗香無覓處,	그윽한 향기는 찾을 길 없고
日落畫橋西.	석양은 아롱진 다리 서편으로 떨어지고 있다.

　영롱한 계절의 변화와 함께 시시각각 달라지는 생활 속의 자연을 하나도 놓치지 않고 마치 사진을 찍어 놓듯이 아름다운 한 컷으로 남겨놓은 왕안석의 언어적 연금술은 찬란할 정도이다. 매 편에는 자연에 대한 수준 높은 심미안과 언어적 감수성이 잘 녹아 있다. 각 구는 그냥 이루어진 것이 아니라, 화룡점정(畵龍點睛)과 같이 힘을 들인 구중의 눈이 있어 정경미(情景美)를 더해주고 있다.

　이와 같은 류의 영물 소시(小詩)는 <춘풍(春風)>, <춘일(春日)>, <정림(定林)>, <야직(夜直)> 등 부지기수이다. 이렇게 당시성이 느껴지는 시가 많은 이유는, 영물에 적합한 절구라는 점, 왕안석 자신이 당시에 심취 학습했던 부분, 그리고 염오(厭惡)스러운 현실 정치에서 떠나 자연과 벗하는 가운데 자연스럽게 귀결된 왕안석 만년의 은일의 심정적 지향에서 기인한 것이다.

┃登寶公塔[17] ┃ 보공탑에 오르며

倦童疲馬放松門	지친 아이놈, 피로한 말, 松門에 놓아두고
自把長筇倚石根	홀로 대지팡이 짚고 올라 돌벽에 기댄다.
江月轉空爲白晝	강 위의 달은 하늘을 빙글 돌아 대낮같이 비추고
嶺雲分暝與黃昏	재너머 구름은 어둠을 갈라 저녁 빛과 함께 한다.
鼠搖岑寂聲隨起	새앙쥐는 정적을 깨고 쉬지 않고 바스락대고
鴉矯荒寒影對翻	갈가마귀는 추운 달빛 속에 짝지어 날아간다.
當此不知誰客主	누가 객이고 주인인지 모를 이 때에
道人忘我我忘言	스님은 나를 잊고 나는 말을 잊는다.

보공탑은 양나라 때 고승 보지(寶誌)를 기린 탑인데, 정림사(定林寺) 은 거시 황혼 무렵 동복과 말을 놓아두고, 홀로 보공탑에 올라 저녁 경치를 감상한 경물시이다. 저녁 무렵의 황혼과 경물이 훌륭하게 표현되어 있으며, 특히 제3, 4구가 빼어나다. 제3구는 강 위의 보름달 비치는 저녁 하늘을, 제4구는 황혼 무렵의 구름이 석양을 막아 어둡게 물들어 있는 모습을, 달과 구름을 통해 명암 대조의 수법으로 형용한 것이다. '하늘을 빙글 돈다'는 '전공(轉空)'과 '어둠을 가른다'는 '분명(分暝)' 모두 시어의 단련이 느껴지는 표현들로서, 대우가 공교하고 아름답다. 혜홍(惠洪)의 ≪냉재야화(冷齋夜話)≫에는 황정견의 말을 빌어 "이 구절은 '구(句) 중의 눈[구안(句眼)]'으로서 시인으로서 배우지 못하면 성취할 수 없다"고 극찬했다는 기록이 있다. 섭몽득(葉夢得) 역시 ≪석림시화(石林詩話)≫에서 "형공의 만년의 시율은 엄정하며, 조어와 용자는 털끝의 차이도 용납하지 않았다"고 칭찬한 바 있는데, 이 구절에 부합하는 말이다.[18]

한편 제5구는 송대적 시경(詩境)으로서, 적막 속에 쥐가 계속 바스락 거리는 상황을 표현했다. 쥐는 송시 이전에는 잘 등장하지 않던 대상이 었으나, 송시부터 이렇게 혐오스런 동물들도 아무렇지 않게 등장하게 되

---

17) ≪王安石全集≫ 권65.
18) 葉夢得, ≪石林詩話≫ 卷上, "荊公晚年詩律又精嚴, 造語用字, 間不容髮."

었다. 제6구는 갈가마귀가 추운 겨울날 달빛 속에 짝지어 날아다니는 모습을 그린 것이다. 한편의 서정적 비장미마저 느껴지는 구절이다. 끝구는 도연명의 음주 제5수의 '말을 하고자 하나 이미 말을 잊었다'는 구절을 연상케 한다.19) 자연 속에서 좌망(坐忘)의 경지로 흠뻑 빠져들어 주인인 스님도 객인 자신도 말을 잊고서, 저녁 경치 속에 하나가 되어버린 물아일체(物我一體)의 경지이다.

이밖에 송시의 중요한 특징중의 하나는 산문시이다. 총 104구나 되는 오언고시인 바둑에 관한 다음 시에 잘 나타나 있다.

┃用前韻戲贈葉致遠直講20) ┃
앞의 운을 써서 섭치원에게 직접 말해 주다(부분 인용)

或贏形伺擊	혹 형태를 갖추어 공격을 노리고
或猛出追躡	혹 맹렬하게 추격하기도 한다.
垂成忽破壞	성공할 듯하다가 홀연 망가지기도 하고
中斷俄連接	끊어질 듯하다가 이어지기도 하지.
或外示閑暇	혹 겉으론 태연한 척 하다가
伐事先和爕	공격에 앞서 타협을 꾀하기도 하며,
或冒突超越	혹 싸움을 무릅쓰고 앞으로 달려 날아가
鼓行令震疊	북소리 내며 두려움에 떨게도 하지.
或粗見形勢	혹 대충 형세를 보고선
驅除令遠蹀	후환을 없애고 멀리 달아나고,
或開拓疆境	혹 집을 개척하며
或并包總攝	혹 주도권을 잡기도 한다.

벽자(僻字)가 많은 총 104구의 시편 중 편의상 산문구가 두드러지고 끊어지지 않는 중간 부분 12구만을 인용했는데, 바둑의 다양한 변화 묘사를 통해 재미와 함께 우리네 삶의 모습을 투영시키고 있다. 한유(韓愈)

---

19) <飮酒> 제5수, "此中有眞意, 欲辯已忘言"의 點化이다.
20) ≪王安石全集≫ 권44.

부터 시작한 시의 산문화 경향은 송대에 가서 매우 강화되었다. 사실 산문과 의론으로 시를 지은 데에는 고문운동의 영향이 크다. 그러나 이는 시의 핵심인 함축과 운율을 해치므로 시의 본질에서 그만큼 멀어지는 단점이 생긴다. 실제로 송시 이후 중국 고전시가 쇠락의 길을 걸어간 장르 내적 이유 중에는 이 부분의 작용이 컸다. 이렇게 송인들이 산문시를 애용한 것은 주로 고시에서 자신의 생활 감정을 여과 없이 쓰던 교유시의 성행 기풍에 크게 영향을 받은 것이다. 방금 본 것과 같이 왕안석의 시 중, 특히 고시에서 산문구 또는 의론구가 다수 활용됨을 볼 수 있다.

　총체적으로 왕안석의 시는 읽기 수월한 것만은 아니지만, 황정견이나 소식만큼 많은 전고를 쓰지는 않아, 상대적 강도는 덜한 느낌을 준다. 그럼에도 비유가 풍부한데, 특히 전기 시에는 강한 개성과 함께 매우 주체적인 역사 의식을 느낄 수 있다. 이는 혁신적이었던 신법 주도자로서의 면모에 부합하는 부분이다. 한편 후기의 시는 아름답고 한적한 경물서정이 주류를 이루고 있으며, 율격미가 느껴지며 풍격이 청신하여 읽으면 맑은 맛으로 입안이 향긋해지는 느낌이 드는데, 절구체의 영물 소시가 특히 그렇다. 치열하고 혐오스러운 정치판을 떠나 완전히 자연과 문학으로 소일하고자 했던 은거의 심정에 가장 부합되는 방식이자 결과가 아니었을까 생각된다. 그 시어와 시구는 정련되어 있으며, 억지스런 맛이 덜하다. 그러나 동시에 고시에서는 산문구도 적지 않게 나온다. <금일비작일(今日非昨日)>은 전편이 산문구이며,21) <의한산습득십구수(依寒山拾得十九首)> 제9수는 심지어 "일이삼사오(一二三四五)"와 같은 숫자만으로 표기된 구도 있어 새로움을 느끼게 한다.22)

---

21) ≪王安石全集≫ 권39, "今日非昨日, 昨日已可思. 明日異今日, 如何能勿悲. 當門五六樹, 上有蟬鳴枝. 朝聽尙壯急, 暮聞已衰遲. 仰看靑靑葉, 亦復少華滋. 萬物同一氣, 固知當爾爲. 我友南山居, 笑談解人頤. 分我秋柏實, 問言歸何時. 衣冠汚窮塵, 苟得猶苦飢. 低回歲忽晚, 恐負平生期."

22) ≪王安石全集≫ 권50, 제9수, "有一卽有二, 有三卽有四. 一二三四五, 有亦何妨事. 如火能燒手, 要須方便智. 若未解傳薪, 何須學鑽燧."

끝으로 왕안석의 시에서 특기할 사항은 그가 옛 사람들의 시구를 이리저리 따다가 나름대로 엮어 만든 <호가십팔박(胡笳十八拍)>류의 집구시(集句詩)를 69수나 남긴 점이다. 이 중 한 수를 보자.

┃ 胡笳十八拍(其五)23) ┃ 호가십팔박(제5수)

十三學得琵琶成 　열 세살 나이에 비파를 배웠지
繡幕重重卷畫屛 　수놓인 장막 그림 병풍 첩첩 규중이라.
一見郎來雙眼明 　한 번 보니 낭군 오심에 두 눈이 밝아지고
勸我酤酒花前傾 　내게 술 권하시니 꽃가지 앞에서 기울어졌었지.
齊言此夕樂未央 　이 밤 즐거움 끝이 없기를 약속했건만
豈知此聲能斷腸 　그 언약이 애를 끊을 줄 누가 알았으리!
如今正南看北斗 　이제는 남쪽으로 북두성을 바라보는 신세일 뿐
言語傳情不如手 　감정을 푸는 데엔 말보다는 손으로 타는 비파가 좋아.
低眉信手續續彈 　눈길 내리고 손 가는 대로 속속 연주를 하니
彈看飛鴻勸胡酒 　비파 타며 나는 기러기 보며 오랑캐 술을 마신다.

내용 면에서 <호가십팔박(胡笳十八拍)>은 원래 한대 악부로서, 채옹(蔡邕)의 작이라고 전해지나 작자는 분명치 않다. 채옹이 첫남편 위중도(衛仲道)와 함께 했던 정념(情念)을 오랑캐 땅에서 비파를 타며 달래는 모습이 애처롭게 그려져 있다. 형식적으로 집구시는 여기 저기서 시구들을 따거나 여러 사람이 한 구씩 지어 시를 완성하는 방식의 시이다. 왕안석 혼자 지은 집구시들은 다시 말해서 이전 작품을 시적 재료, 즉 시료(詩料)로 삼아 자기 생각을 풀어내는 재미있는 창작 방식이며, 한편에서 보면 혼자서건 여럿이서건 시 짓는 연습으로서는 아주 재미있고도 효과적인 방식이다.

황정견과 마찬가지로 고음형(苦吟型) 시인인 왕안석은 중국시사에서 최초의 본격적인 집구 시인이다.24) 황정견에게도 역시 기억에 의한 집구

---

23) ≪王安石全集≫ 권68에는 집구 가곡들만 수록하고 있다.
24) 앞의 책, 270-277쪽을 참조.

시가 약간 보이지만, 이렇게 대량의 집구시를 남긴 것은 이채로운 일로서, 송대 시인들의 전인 시에 대한 학습열을 표상적으로 보여주는 예이다. 집구시의 의미는 먼저 소일거리이며, 다음으로는 전대 시인에 대한 학습이고, 나아가 기존의 것을 살려 수정하는 점철성금적 점화(點化), 번안(翻案)의 가능성도 부여할 수 있을 것이다. 즉 그의 대량의 집구시를 볼 때, 소식, 황정견, 진사도 등에서 보이는 이속위아(以俗爲雅), 이고위신(以故爲新) 등의 환골탈태(換骨奪胎) 및 점철성금(點鐵成金)론 등의 점화론으로 발전하게 된 과정 중에서 왕안석의 역할은 의미 있는 것이었다는 추정이 가능하다.

(3) 왕안석 시가 미학의 동시대성

이상에서 본 왕안석 시의 특징을 토대로 그의 시가 미학의 주안점들을 고찰하고, 여타 송대 동시대 시인들과의 상관 관계를 따져, 종국적으로 왕안석 시가 송시 주류와 어떤 관계에 있는가를 파악하고, 그의 시사상의 위상과 의미를 생각해보도록 한다. 앞장에서 보았듯이 왕안석의 위상과 관련하여 왕안석의 일부 시인들과의 시학상의 유사성에 대해서는 일정 부분 연구 성과가 나왔으나, 당송시 전체의 맥락에서 엮어보는 객관화된 거시적 자리매김에는 좀더 상세한 고찰이 필요하다.

송시의 주류는 구양수, 매요신에서 시작하여, 황정견, 진사도를 거쳐, 강서시파로 흘러나간 것으로 인식되고 있다. 그런데 왕안석의 시사상의 위상 문제는 그의 지위의 독립적 성격으로 인하여 불확실한 부분이 존재했다. 구파에 속했던 소식이나 황정견 등과 같이 송시 주류가 되지 못했는데, 그것은 왕안석이 당시 주류 문학 집단이었던 구파에 대항하는 입장이었기 때문에 더욱 그러했다. 그렇다면 이들 간의 시학 및 심미지향적 맥락의 이해에 대한 내적 검토도 함께 이루어져야 할 것이다.

먼저 문학의 내용과 조탁에 관한 왕안석의 심미적 지향을 보도록 한다.

> 이른바 문(文)이란 힘써 세상에 도움이 되게 지어야 한다. 이른바 사(辭)
> 란 그릇에 새겨진 조각과 같다. 만약 다듬어지고 화려하기를 바란다면 반드
> 시 용도에 맞출 필요가 없다. 만약 용도에 맞추고자 한다면 또한 반드시 다
> 듬어지고 화려할 필요가 없다. 요컨대 합당한 사용을 근본으로 삼고, 아로
> 새기고 그림 그리는 것을 꾸밈으로 삼아야 한다. 용도에 맞추지 않음은 그
> 릇을 만든 본의가 아니거늘, 꾸미지 않았다고 하여도 역시 이와 같겠는가?
> 그렇지 않다. 그래도 꾸밈 역시 그만둘 수는 없으니, 이를 앞세우지 않으면
> 꾸미는 것도 나쁘지는 않다.[25]

그는 문학의 효용이 "세상에 실제적 도움이 되야 한다고 하여, 효용
론적 입장을 분명히 했다. 다만 꾸밈이 본질을 방해하지 않는다면 그것
도 좋은 일이라는 질(質) 우선적 문질 병중론을 제기하여, 수사의 필요성
을 부정하지 않았는데, 이는 만년의 창작 경향에서 발휘된다. 기본적으
로 문과 질의 상관론은 공자(孔子), 육기(陸機),[26] 유협(劉勰)[27]에서 공히 나
타나는 언표이다. 하지만 경세가로서의 왕안석의 입장은 전기에는 실은
현실적 실용에 더 무게를 두었던 듯하고, 은퇴한 후에는 시가 창작에 전
념했음에 비추어 자연과 문학을 연결하는 일이 자기 해탈의 중요한 관
건으로 인식했던 듯하다.

전술했듯이 그의 젊은 시절의 시풍은 강렬한 소신과 개성을 보여준
다. 이에 가장 부합되는 시 형식은 영사 및 의론체의 고시였다. 영사시에
서 그는 역사적 인물에 대한 품평으로써 자신의 정치적 견해와 포부를

---

25) ≪王安石全集≫ 권3, <上人書>, "且所爲文者, 務爲有補於世而已矣. 所謂辭者, 猶器
之有刻鏤繪畫也, 誠使巧且華, 不必適用. 誠使適用, 亦不必巧且華. 要之以適用爲本,
以刻鏤繪畫爲之容而已. 不適用, 非所以爲器也, 不爲之容, 其亦若是乎, 否也. 然容亦
未可已也, 勿先之, 其可也."

26) <文賦>, "理扶質以立幹, 文垂條而結繁."

27) ≪文心雕龍·情采≫, "情者文之經, 辭者理之緯, 經正而後緯成, 理定而後辭暢, 此立
文之本源也.", "昔詩人什篇, 爲情而造文, 辭人賦頌, 爲文而造情."

밝히곤 했다. 따라서 이 시들은 자연히 산문화되었다. 이는 한유와 구양수의 문학적 태도와 맥락을 같이하고 있다. 그리고 전체적으로는 고문운동의 연장선상에서 구양수의 영향 속에서 자연스럽게 소식과 황정견으로 계승되어 송시에도 반영되었다.

하지만 이러한 시풍은 만년으로 접어들면서 부드럽고 공교한 수사 지향을 드러낸다.[28] 그는 정치성을 띤 영사시 대신 대량으로 평담한 영물·사경시를 쓰기 시작했다. 또 표현 기교에도 공을 들여 대우와 전고를 정밀하게 구사했으며, 시어와 자구를 단련하고, 나아가 허자(虛字)와 요구(拗句)에도 힘을 쏟았던 것이다.[29] 특히 그는 많은 집구시에서 보듯이 전인들의 시구를 의식적으로 개작(改作)했으며, 용사(用事)의 사용도 완전한 점화라면 무방하다고 주장했다.[30] 그가 이렇게 적극적으로 전인들의 시어와 시구를 활용했다는 것은 곧바로 황정견의 점철성금론과 맥이 닿는 점에서 주목받을 만하다. 이러한 시어 단련에 치중한 기교적 성향은 만년으로 갈수록 심화되었는데, 여기에는 왕안석이 일찍부터 존중했던 두보 구법의 영향이 상당히 컸다.[31]

상술한 왕안석 시의 두 가지 특징을 다시 요약하면, 초기에는 고체와 의론을 선호하였고, 영사시에서 자기 실현의 욕구를 분출했다. 그리고 은거한 이후에는 영물·사경 등의 절구시를 통해 당시적 서정성과 정교한 표현의 단련에 경주했다. 그 원인을 생각해보면 두 가지를 들 수 있다. 우선 은퇴 이후 그의 이상대로 되어 주지 않은 정치 현실을 벗어나 자연과 하나되는 생활을 즐긴 가운데 일어난 생활 심리상의 변화이다. 이러한 변화는 크게 보면 중국 문인들의 인생 경로에서 대체로 나타나는 현

---

28) 胡仔, ≪苕溪漁隱叢話≫ 前集 권34.

29) 周錫馥選注, ≪王安石詩選≫, <前言>, 三聯書點, 1983, 香港, 13쪽.

30) 郭紹虞, ≪宋詩話輯佚≫, 中華書局, 1980, 419쪽. "若能自出其意, 借事以相發明, 情態畢出, 則用事雖多, 亦何所妨."

31) 王若虛, ≪滹南詩話≫ 권1; 胡仔, ≪苕溪漁隱叢話≫ 前集 권36, "唐子西語錄云, 荊公詩得子美句法."

상으로서, 도연명, 왕유, 백거이, 소식 등 대부분의 시인들이 이와 유사한 양상을 띤다. 다음으로는 자연과 접하게 되면서 젊어서 그가 2, 30대부터 이미 소양을 닦아둔 두보를 비롯한 당시의 세계에 다시금 빠져든 것이다.[32] 왕안석의 시는 이제까지 언급한 송시적 특징들을 가지고 있으면서도 여타의 동시대인 보다 당시적 서정성에 비교적 가깝게 접근해 있다.

그러면 이와 같은 문학 세계를 지닌 왕안석은 송시에서 어떠한 위치에 있으며, 송시 주류와의 관계는 어떻게 평가될 수 있는가? 이와 관련하여 양계초(梁啓超)는 다음과 같이 평가했다.

> 송시의 장관은 필히 소·황으로 미루어 올라가게 된다. 왕형공(왕안석)과 소동파(소식)를 비교하자면, 동파의 광대무변의 천부적인 재능의 발휘는 실로 왕형공이 따라갈 수 없다. 그러나 왕형공의 기품있고 근엄한 면은 우리 후학들이 모범으로 삼을 만하며, 또 이는 소동파보다 앞서 있는 듯하다. 산곡(황정견)은 강서시파의 조종(祖宗)으로서, 그 특색은 삐쳐 나오는 듯 딱딱하고 유심하며, 익지 않은 기운은 멀리 솟아오른다. 그러나 이러한 시체는 사실 형공에서 시작되었으며, 산곡은 그 장점을 최대한 발휘하여 증대시킨 것일 뿐이다. 산곡을 시조로 삼는 사람이라면 당연히 형공을 시조로 해야하는 까닭이 자연 도출되는 것이다. 그렇다면 왕형공이 송시 일대의 기풍을 열었다고 해도 과언이 아니다.[33]

송시의 대표는 소·황(蘇·黃)이라 할 수 있다. 소식은 천재성으로 시를 지었고, 황정견은 각고의 노력으로 지은 사람이다. 그런데 황정견 시 세계의 특징인 생경하면서도 솟구쳐 오르는 듯한 기세는 왕안석에서 비롯된 것이며, 황정견이 송시의 특징을 완성했다면, 마땅히 왕안석이 그

---

32) 원풍 년간, 대략 그의 나이 62, 3세 경인 1082-1083년 무렵에는 杜甫, 歐陽修, 韓愈, 李白 네 시인의 시를 모은 ≪四家詩選≫을 편찬하는 등 시학 공부에 몰입한 흔적을 볼 수 있다.

33) ≪王荊公≫, 梁啓超, 中華書局.(<荊公詩之評價>: 李燕新, ≪宋詩論文選集≫ 3권, 406쪽)

중요한 촉발자라는 논리이다. 완전히 동의하기는 어렵지만, 왕안석, 황
정견으로 이어지는 맥락과 전승 관계를 중시한 발언으로서 대우와 전고
의 치중, 엄정한 표현기교, 두보를 존숭한 점, 때로는 작의적인 운율 등
의 면에서 수긍할 만하다.

그러면 황정견은 왕안석에 대해 어떤 생각을 지니고 있는가? 일단
두 사람은 정치적 입장은 다르지만, 인간적으로는 일정한 관계를 유지하
고 있었다.[34] 황정견은 주로 문학적 평가의 대상이 되는 왕안석의 만년
시에 대해 이렇게 말했다.

> 황산곡은 "왕형공의 만년의 소시들은 아름답고 정밀하기 그지없으며
> 세속을 벗어나 있다. 매번 이들을 읽을 때마다 상큼한 이슬이 이와 뺨 사
> 이로 방울지는 것 같다."고 했다.[35]

> 황노직(黃魯直)은 다음과 같이 말했다. 왕형공의 시는 만년에 절묘해졌
> 다. 그렇지만 격은 높지만, 모양새는 낮다. 이를테면 '멀리서 들으니, 푸른
> 모 자라는 논바닥, 다시금 거북등 같이 갈라졌다네'라는 시구는 전인들이
> 표현하지 못한 것이다. 또 '수레 타고 뜨거운 염수(焰水)를 건너는데, 한 떨
> 기 아름다운 냇가의 꽃'이란 시구도 전인들도 쉽게 말하지 못했던 것들이
> 다. 그러나 이사(二謝)[사령운(謝靈運)과 사조(謝朓)]를 배워 지나친 공교(工
> 巧)함에 빠졌다.[36]

앞 글에서 왕안석 만년 작품에 '청신(淸新)'한 기풍의 시가 많은 것은
이미 앞에서 작품으로 보았듯이 적절한 평가이다. 다음 글에서는 보다
구체적이며 객관적으로 논평하고 있다. 왕안석의 시가 시적 지향은 높지

---

34) 황정견과 왕안석은 서로의 시에 대해 차운 화답한 작품이 보인다. 또한 황정견의 두
번째 장인인 謝景初는 왕안석과 친분이 두터웠으며, 그의 누이동생은 왕안석의 동생
인 王安禮와 혼인했다. 그리고 黃震(1213-1280)의 ≪黃東發日抄≫(권65)에는 황정견
이 왕안석의 경론을 존숭했다는 기록이 있다.(其說經雖尊荊公而遺程子.)

35) 胡仔, ≪茗溪漁隱叢話≫ 前集, 권35, "山谷云, 荊公暮年作小詩, 雅麗精絶, 脫去流俗.
每諷味之, 便覺沆瀣生牙頰間."

36) 陳師道, ≪後山詩話≫.

만, 너무 꾸밈에 힘을 써서 공교함의 병폐가 보인다는 것이다. 그가 만년에 시작에 전념하며 시어와 시율의 단련에 힘을 쏟은 것을 보면 수긍된다. 그렇다면 황정견 또는 다른 시인들은 어떤 경향을 띠는가? 진사도(陳師道)는 동시대의 시인들에 대해 이렇게 평가했다.

> 시를 좋게 만들고자 인위적으로 노력하면, 오히려 좋게 할 수 없게 된다. 왕안석의 시는 공교함[工]으로써, 소식은 새로움[新]으로써, 황정견은 기이함[奇]으로써 시를 지었다. 그러나 두보의 시는 기이함과 범상함, 공교함과 간이함, 새로움과 익숙함에 있어서 훌륭하지 않은 것이 없다.[37]

시어의 창작에 있어서 왕안석은 교묘한 꾸밈에, 소식은 새로움에, 황정견은 기이함에 힘썼는데, 오직 두보만이 이들을 두루 포괄하였다고 했다. 총괄하자면 왕안석은 청신한 맛과 함께 표현 기교의 심화에 치중했음을 알 수 있다. 실상 황정견은 왕안석과 흡사한 시어의 구사와 안배에 대단한 힘을 기울였다.[38]

황정견 시학의 특징은 시어와 시의의 새로움, 즉 '신기(新奇)의 추구'이다. 시사적 맥락에서 보면 송시 주류에서 새로운 조어(造語)의 경지를 위한 시어의 단련은 구양수와 매요신에서 비롯된 것이었으며,[39] 황정견의 각고의 노력을 거쳐 점화론 등의 시법적 주장으로 결실을 보았고, 강서시파가 이를 적극적으로 운용한 것이다. 이렇게 볼 때 송시 특징의 완성자인 황정견과 왕안석의 문학적 지향점은 서로 유사했다는 것을 알 수 있다. 이 두 사람은 나름대로 일가를 이루려는 성취욕이 강하고, 새로운 경지를 향한 문학적 의욕과 실험 정신이 강했으며, 그 결과 구법에 있어서 공교(工巧)와 신기(新奇)라는 결과를 낳은 것이다.

---

37) 陳師道, 《後山詩話》, "詩欲其好, 則不能好矣. 王介甫以工, 蘇子瞻以新, 黃魯直以奇, 而子美之詩奇常工易新陳, 莫能不好."
38) 오태석, 《황정견시 연구》 제5장, '황정견 시의 특징,' 232-329쪽.
39) 《娛書堂詩話》에서 梅堯臣의 말을 인용하여 "作詩無古今, 惟造平淡難"이라고 했다.

이렇게 볼 때 왕안석의 시와 시학에는 비록 당시적 속성이 있기는 하지만, 송시 주류들의 시적 지향에서 크게 다르지 않으며 서로 내적 영향 관계를 형성하고 있음을 알 수 있다. 그렇다면 비록 정치적 입장은 달랐으나, 시적 지취는 한 시대를 통해 묵시적으로 공인된 심미 사유였다는 논리가 가능하다. 양인의 공통점은 독서와 학문을 중시하는 창작 방식, 시어와 시구의 고음(苦吟) 어린 안배와 구사, 신(新)과 기(奇)를 배제하지 않는 자세이다. 또한 송시 공통의 특징으로는 의론 및 산문구의 사용, 차운과 화답시 등 교유시의 대량 창작을 꼽을 수 있다. 한편 왕안석만의 특징은 영사적(影射的) 비유에 밝고, 개성이 강렬하며, 만년에는 자연의 즐거움에 녹아드는 경물시에 능하고, 시구의 단련이 엄정한 가운데 맑은 느낌을 자아내며, 집구시를 대량으로 창작하여 송대 시학 형성에 일정한 작용을 했다는 점이다.

더하여 당시와 구별되는 '교유시(交遊詩)'가 지니는 송시적 특징을 생각해 보자. 송대 문인들은 공사간의 많은 내용들을 적은 시를 적극적으로 주고받으며 상호 교감했는데, 화답, 차운, 수증, 제시 등은 바로 이의 유력한 표현 수단이었다. 그들이 수필적 필체로 주로 고시에서 교유시, 차운시를 많이 썼다. 비록 형식은 자유로운 고시였으나, 화답시인만큼 상대방의 운과 작자의 의미 등 시적 장치를 따르는 숙련이 필요했다. 이러한 시 주고받기를 통해 송대의 시학은 시적 정련(精練)의 길을 걸어갔으며, 때로는 번안(翻案)의 경향을 띠기도 하고, 나아가 시를 논하는 기풍, 즉 시화(詩話)의 성행에 이르기까지 하였다.

(4) 위상과 평가

이제까지 왕안석 시와 시학 상의 주안점들을 고찰해 보았다. 먼저 왕안석의 시대 사회와 문학 사조를 이해하기 위해 배경적 연구로서 북송 독서인과 문인 관료를 중심으로 한 문인 사회 구성 방식의 질적 변화, 사회 경제적 배경 요인, 신유학의 성립과 시문 혁신운동으로 대표되는 사상과 문예사조적 변화, 그리고 신법의 추진과 관련한 왕안석의 생애를 고찰해 보았다.

다음으로 왕안석 시의 실제 면모를 통해 시 창작상의 특징 요소들을 추출해 보았다. 전기시에는 신법 시행자 다운 현실에 대한 강한 소신과 발언이 눈에 띈다. 그러나 후기시에는 평담풍의 한적한 자연 경물시가 약간의 철리시와 더불어 압도적으로 많다. 이 시기 여러 작품에서 시어의 단련과 대장(對仗)에 힘을 써서 아름다운 시경(詩境)을 만들어냈다. 한편 집구시에 대해서는 여러 가지 평이 가능하겠으나, 점화와 번안이 성했던 송시의 전개와 연결해 볼 때, 단순한 재미거리 이상의 시 학습으로서의 의미를 지니고 있으며, 나아가 소식, 황정견, 진사도, 강서시파로 전해진 이른바 점철성금의 시법론과의 관련을 간과할 수만은 없다는 생각이 든다. 전인들의 시구를 익혀 학습하고 변형하는 가운데 자기류의 더 나은 시적 경지가 가능했을 것이다. 그렇다면 69수나 되는 왕안석의 집구시가 문집에 전해지는 것은 송시의 주류 형성 과정에 대하여 의미하는 바가 크다.

이어서 왕안석과 동시대의 유력한 시인들과의 같고 다른 점을 몇 가지 살펴보았다. 왕안석이 동시대인과 같고 다른 점은 무엇인가? 이 부분은 송시사 전개의 맥락 이해에 있어서 중요한 부분이다. 총체적으로 왕안석은 비록 정치적으로는 시단의 주류와 떨어져 있었으나, 그의 시학은 주류와 흐름을 같이하는 부분이 많다. 동시대인과 같은 점은 구양수와 매요신 이래의 신유학적 평담풍의 송대적 조어(造語)의 단련에 힘쓴 점이다. 거기에 황정견 같이 우뚝 선 듯한 기상, 허자와 벽자(僻字) 및 다양한 전고 사용 면에서 유사한데, 이러한 유사성은 창작 태도 면에서 더욱 두드러져 양인이 모두 두보류의 고음형(苦吟型) 시인이라는 점, 새로운 조경에 대한 욕구가 강하고 남에게 지기 싫어하는 점 등에서 아주 흡사하다. 더욱이 각고의 단련을 하면서도 그 시어가 겉으로는 매우 유려하게 다듬은 흔적이 남지 않도록 한 점에서는 황정견과 꼭 같다. 이밖에 산문화, 의론화, 사변화의 시 쓰기를 지향한 점은 당시와 다른 송대 시인 공통의 요소이다. 또한 왕안석만의 두드러지는 시적 특징은 특히 전기시에 두드러지게 보이는 자기 확신과 함께 자부심 강한 필치로 마음껏 개성을 발휘한 점, 만년의 경물 소시에서는 정교하게 다듬어진 조구(造句)와 대우(對偶)의 경지를 보여준 점에서 탁월한 성취를 보여준다.

대체로 송시는 당시와 달리 사변적이며 생활적인 내용들을 고시에 담아서 굳고 무거우며 깊은 물과 같이 조용한 것으로 평가된다. 또 도학적인 내용이 많고, 자연시 역시 단순한 경물만이 아닌 사람들의 삶과 관련된 것이 많다. 철학적 사변이 담겨 있어 맛은 순하시 않고 껄끄럽고 떫은 느낌도 든다. 그렇다면 왕안석의 시는 어떠했는가?

왕안석의 시와 시학에 대해 결론적으로 말한다면 시학 방면에서는 정치에서 있었던 구파와의 정치적 단절이 문학에까지 이어진 것이 아니었다. 즉 왕안석의 시가 미학적 관점이 송시성을 잘 드러낸 송대 시단의 주류와 맥락을 같이 하였다는 것이다. 그의 문예 심미적 지향은 송대 주류의 사유와 대동소이했으며, 여기에다 그의 개성이 더해진 것일 뿐이었다. 이러한 차이점은 소식과 황정견이 서로 다른 것처럼, 주류 시인들 간에도 자기 존재를 위해 당연한 일이었다.

왕안석 시의 특색인 의론적 경향, 정밀한 용전(用典), 자구의 단련(鍛煉), 점화(點化)와 번안(翻案) 등 기교주의적 지향들은 이후 황정견 등 송시파의 중요한 특색으로 계승되어 간접적 영향을 주었다.[40] 다만 왕안석에게 한 가지 아쉬운 점은, 연배가 아래였던 소식에게는 황정견 등의 유력한 추종자가 많아 문학적 보조를 같이 맞춰나갈 수 있었던 데 반해, 왕안석은 은거하며 독자적 성취에 만족했던 점이다.[41]

---

40) 황정견은 "나는 반산 노인[왕안석]으로부터 고시의 구법을 터득하였다"고 하는 기록이 ≪觀林詩話≫에 남겨져 있다.(≪續歷代詩話≫)

　　왕안석은 문학적 성취 면에서 법도 있고 맑은 풍격이나 고도의 예술
적 정련 면에서 일가를 이루었음은 분명하다.[42] 다른 측면에서 본다면
시적 성취 면에서 만년의 그는 청신(淸新)과 초연(超然)에 더하여, 자연 속
의 삶의 멋을 절제된 매끄러움으로 풀어냈다. 그런 의미에서 송대 시인
이면서 교묘한 단련을 통해 당시적 정감을 살린 점에서 뛰어난 작가라
고 할 수 있다. 부언하자면 송대 이후 시가 쇠퇴의 길을 걸어간 것을 생
각할 때, 엄우(嚴羽)의 논리로 말하자면 왕안석은 문자와 재학과 의론으
로 시를 써서 시를 망쳤다는 그의 비난으로부터 일정 부분 자유로울 수
있는 송대 시인이라고 할 수 있다.

3 | 소식(蘇軾)

(1) 생애와 시학 배경

　　소순(蘇洵)과 그의 두 아들 소식(蘇軾), 소철(蘇轍) 삼부자는 모두 당송

---

41) 梁啓超, ≪王荊公≫, 中華書局(李潚新, <荊公詩之評價>: ≪宋詩論文選集≫ 3권, 406
　　쪽 再引), "송시의 장관은 필히 蘇・黃으로 미루어 올라가게 된다. 왕형공과 소동파를
　　비교하자면, 동파의 千門萬戶하는 천부적인 재능의 발휘는 실로 형공이 따라갈 수 없
　　다. 그러나 형공의 風度있고 근엄한 면은 우리 후학들이 모범으로 삼을 만하며, 또 이
　　는 소동파보다 앞서 있는 듯하다. 山谷은 강서시파의 祖宗으로서, 그 특색은 삐져 나
　　오듯 딱딱하고 풍도가 심원하여, 생기가 멀리까지 솟구친다. 그러나 이러한 시체는 사
　　실 형공에서 시작되었으며, 산곡은 그 장점을 최대한 발휘한 것일 뿐이다. 산곡을 시
　　조로 삼는 사람이라면 당연히 형공도 시조로 해야하는 소이가 자연 도출되는 것이다.
　　이로 미루어 형공이 송시의 한시대의 기풍을 열었다고 해도 과언은 아니다."
42) 류영표의 ≪왕안석 시가문학 연구≫(법인문화사, 1993, 667-682쪽)에서 왕안석 시를
　　참신한 시각과 탁월한 故事 사용력과 前人 시구의 點化力 등 8종의 성취와 3종의 한
　　계로 요약했는데, 세 가지 한계는 ① 강한 의론성, ② 수사기교에 치중, ③ 강렬한 의
　　도성으로 인한 시적 정취의 손상이다.

팔대가에 속하는 탁월한 문인 가족으로서, 각기 '노소(老蘇)', '대소(大蘇)', '소소(小蘇)'라 불린다. 이들 중에서도 소식의 문학사적 비중은 여타 두 사람과 비할 수 없이 크다. 소순과 소철은 본장의 제6절에서 고찰하고 본절에서는 소식에 대해서만 보기로 한다. 소식은 그의 탁월한 성취에 힘입어 국내외를 막론하고 부단히 연구되어 오고 있으며, 중국에서는 1980년대 중반 이후 '소식연구학회(蘇軾硏究學會)' 결성 이후, 대규모 국제회의가 개최되고 소식의 시, 사 등에 관한 각종 전문 연구서가 양산되어 나올 만큼 성장했다. 2,700여수나 되는 시수와 풍부한 이론만큼 논문의 종류도 생애, 시기, 주제, 소재, 형식, 전고 및 특정 작품에 관한 것뿐만 아니라, 시가 이론 면에서도 다각도로 탐구되고 있다.[43] 그만큼 소식 문학의 폭과 깊이가 큰 것이다.

소식(蘇軾, 1036-1101)은 자가 자첨(子瞻)이며, 북송(北宋) 문단의 대표적인 인물로, 사천성(四川省) 미산현(眉山縣)에서 태어났다. 송 인종(仁宗) 경우(景祐) 3년(1036) 12월 19일에 출생하였는데, 양력으로는 1037년 1월 8일이다. 부친으로부터 교육을 받은 소식은 송 인종(仁宗) 가우(嘉祐) 2년(1057), 22세 때 수도 변경(汴京: 하남성 開封)에서 과거에 응시하였다. 당시 과거 시험관이었던 구양수는 소식의 답안지를 보고 그의 재능을 알아보아 30년 후에는 문단의 영수가 될 것임을 예견하였으며, 실제로 그렇게 되었다. 하지만 그는 신구파 간의 당쟁의 중심부에서 심한 정치적 부침을 거듭하는 일생을 보내었으니, 개인적으로 행복한 삶을 살지는 못한 편이다.

소식의 생애는 ① 관리 입문 및 변경(汴京)생활, ② 항주(杭州)에서 호주(湖州)까지, ③ 황주(黃州)에서의 귀양살이, ④ 변경(汴京)으로의 복귀, ⑤

---

43) 소식 시에 대한 국내외 저작 및 학위논문의 구체적 면모에 대해서는 조규백의 ≪소식시연구≫(성균관대 박사학위논문, 1995), 5-9쪽 참고. 또한 대만의 소식 연구 현황은 衣若芬의 ≪近五十年(1949-1999) 台港蘇軾硏究槪述≫(1-77쪽: 洪葉文化事業有限公司)가 있다.

각지로의 유랑 생활, ⑥ 혜주(惠州)와 담주(儋州)의 유배생활과 상주(常州)에서의 사망으로 6분 할 수 있다. 하지만 크게 보면 북송사의 일대 사건이었던 1080년 오대시안(烏臺詩案) 필화 사건의 앞과 뒤로 나눌 수 있다.

소식 문학의 요체에 대해 살펴본다. 중국시사에서 소식의 문예이론과 시는 황정견과 강서시파로 이어지는 송시적 특징 형성에 막대한 영향을 미쳤다는 점에서, 그리고 보다 크게는 송대에 들어서면서 중국 운문사에서 차지하는 시의 속성 변화와 이로 말미암은 문학 장르에서의 시의 위상 변화라는 두 가지 작용으로 인해 의미 있게 다루어져야 한다. 사실 장르사적 측면에서 송대는 시 장르 속성의 질적 전환기였다. 구양수에서 비롯된 변화의 물결은 소식을 거쳐 황정견에 와서 안정적 형세를 이루었고, 이어 황정견을 추종한 강서시파 시인들이 송대 시단의 중심 세력으로 부상하면서 가능했다.

특히 소식의 문예 이론과 창작 사유 및 그 구체적 방식은 송시의 완성자인 황정견에 의해 수용되면서 심화 천착되었으므로, 소식의 이해는 송대 시학 이해의 첫 번째 관건이 된다. 소식 시학의 주안점은 송대 문인 전형의 심미 의식, 시가 창작의 심태, 다양한 장르를 자유롭게 넘나드는 천재적 자유 정신과 그 다양한 구현 양상으로 요약할 수 있다. 특히 중국시사에서 송대의 시가 본질적 요건이었던 음악성을 다른 장르에 내어주는 '장르 속성의 변화 과정'에 관심을 기울일 필요가 있다. 장르 형식의 초월 또는 그 영역 파괴를 문학 장르의 속성 변화라는 시각에서 볼 때 소식의 역할과 위상은 결정적이기 때문이다. 이를 통해 송대 시학의 중심 관건과 송시에서 진행되었던 시적 속성의 변화를 파악할 수 있다.

소식은 송시사에서 전대(前代) 문화 유산의 창조적 집대성자이자 새로운 발원(發源)이었다. 그는 천재적 필력으로 기존의 문화적 유산을 자기류화 하여 새롭게 펼쳐내었다. 그의 거침없는 필치는 기존의 형식과 규범들을 깨뜨리고 각종 문예사상과 형식을 자유로이 통합 구사하면서 수준 높은 예술 성취를 구가하였다. 자유 정신의 소유자인 소식은 기성 장르의 벽을 과감히 넘나들면서 상대 장르의 장점 요소들을 차감(借鑒) 운용하였는데, 휘하에 소문사학사 등 많은 문인들과 시문을 주고받으며 입론을 강화하였으며, 황정견과 강서시파 등이 주도한 송시의 새로운 전통 형성에 결정적 작용을 하였다.

이제 머리말과 개설에서 논한 이제까지 송대의 시대적, 문예사조적, 문학적 토대에 기초하여 소식의 문예이론과 시가 지니는 배경적 의미와 그의 시학에 있어서 중요한 특징인 장르적 변용성에 대해 포괄적으로 고찰하도록 한다. 이러한 광범한 접근으로부터 논의를 시작하는 이유는, 이것이 바로 소식 문학의 형성 배경이 되면서 동시에 북송 이후 주류 시학론 이해의 관건이 되기 때문이다.

소식은 자신의 문예 심미의 표출을 어느 한 장르나 형식에 국한시키지 않고, 그의 문학적 인식 역시 시·사·산문·회화·서예와 음식에 이르기까지 여러 장르를 자유롭게 넘나들었다. 따라서 본서에서는 소식의 문예 의식을 포괄적으로 보고자 한다. 본절의 논의에는 문예에 대한 소식의 기본적 인식과, 문학으로의 구체적 전용론(轉用論)이 포함된다. 그 내용은 사물에 대한 본질적 이해, 창작에 대한 작가의 태도, 작품화의 구체적 과정으로서 표현론으로 구분할 수 있다. 이어 다음절에서는 소식시의 구체적 면모를 파악한다.

먼저 소식 시학의 배경은 다음 세 가지로 요약할 수 있다. 이들 항목 간에는 경계가 모호하거나 혹은 다른 영역에 함께 관계하는 내용도 있으나, 논의의 수월성과 체계화를 위해 구체적으로 다음과 같이 갈래를 나누었다.

① 당(唐)과 다른 송의 사회적 성격의 변화에 따른 세속화의 확대와 관련한 '아·속 조응론(照應論)' 또는 교호론(交互論)이다. 사인(士人)의 세속과의 상호 작용의 측면에서 소식 문예의 의미를 본다. 생활 환경의 변화가 시의 운용에 미치는 변화 요소 및 이와 관련한 시학상의 주장을 이

해한다. ② 철학적 사변과 정신적 지향을 가늠할 수 있는 송대 사대부 문인 특유의 철리적 '사변화'이다. 생활 사변의 보편적 분위기 속에서 인생과 사회를 대하는 소식의 관점을 시적 속성의 변화라는 측면에서 파악한다. ③ 소식 시와 문예관에 나타나는 '산문화'의 특징과 의미이다. 송시의 최대 특징인 산문적 시 창작 면모와, 장르간 또는 장르사에서 지니는 의미를 이해한다.

1) 아·속의 상호 작용
: 교유시와 고시의 성행, 이속위아(以俗爲雅)의 점화론

머리말에서도 서술했듯이 송대 사회의 경제적 발전, 과거의 정비로 인한 계층 장벽의 완화, 교육 기회의 확대, 문화적 수요의 증대 등의 사회적 여건 변화는 도시의 발전을 가져왔으며 문인과 서민간의 계층적 거리를 좁혀 사회적으로 아속의 차이가 완화되었다. 이러한 세속화의 확대가 소식의 시가 창작 형식에 작용한 부분은 우선 화답·차운 등의 교유와 수증시의 증가이다. 교유시는 당대에는 짓는 이가 매우 적었다가, 송대에 와서 대대적으로 지어지기 시작한 시 형식으로, 화답이나 차운뿐만 아니라, 각종 제시(題詩)들은 상대에 대한 우호와 기념의 성격을 띠고 있다.

사실 교유시는 소식에 와서 시작된 것은 아니고, 구양수 매요신 등도 이미 상당량의 교유시를 남겼다. 이 부분에 대해서는 보다 정밀한 고찰이 필요하지만, 대체로 당과는 다른 도시 중심의 사회 관계의 변화, 경물에서 생활로의 시적 대상의 이동, 시사(詩社)의 결성, 사변적 시작 경향 등에 기인한 '이시위교(以詩爲交)'의 작품 성행에 기인한 것으로 파악된다.

또한 사회적 아속의 접근과 관련해 당시적 세계를 극복하려는 노력은 시체의 변화에서도 나타났다. 당시의 주류를 이루었던 근체 율시는 시간이 갈수록 급격히 감소하고 대신 고체시가 많이 지어졌다. 소식의 대표적 시 형식은 칠언 고시이다. 교유시 비중의 급증에 따라 운은 맞추지만, 느슨한 시 형식으로 인해 시상을 마음대로 펼칠 수 있다는 장점이 있다. 또 칠언이 오언에 비해 비교적 긴 서사와 산문적 내용을 서술하기에도 적합하다는 점에서, 칠언 고시는 생활시화 한 송시적 특색에 알맞는 시체로 자리잡아 갔다. 특히 문학적 영향력이 컸던 소식은 교유시를 통해 휘하 문인 예인들과 잦은 화답을 하였는데, 이는 그의 문학이론이 황정견 등 강서시파를 통해 남북송 시단을 지배할 수 있었던 중요한 동인(動因)이 된다.

문화의 세속적 확산과 관련하여 시에 나타난 주요 현상의 하나는 언어의 속화이다. 그리고 이는 반대적 구호로써 시어에 차용되었는데, 그것이 '이속위아'와 '이고위신(以故爲新)'의 점화론이다. 소식은 "시는 어떤 의도를 가지고 지어야 한다. 용사(用事)는 옛 것을 가지고서 새롭게 하며, 속(俗)으로 아(雅)하게 해야 한다. 기이한 것을 좋아하고 새로움만 좋아하는 것은 잘못되었다. 유종원의 만년의 시는 도연명과 매우 흡사하다. 이 잘못을 알고 있었던 것이다"라고 주장했다.[44] 이는 사회적으로는 사대부 문화가 서민문화를 수용한 양상으로 파악할 수 있으며, 그 수용 태도는 앞서 논한 바와 같이 영역에 따라 정면적 혹은 반면적(反面的)으로 나타났다.

한편 이속위아론은 전인의 시어의 단련이라는 단순 차용의 의미도 있으나, 나아가 장르의 관점에서 보면 여타 속문학 장르의 아적 장르로의 차용이란 의미로 해석할 수 있는데, 아속의 관점에서 그 의미는 같다.[45] 이후 이속위아 등의 점화론은 황정견,[46] 진사도를 비롯한 강서시

---

44) 孔凡禮點校, ≪蘇軾文集≫ 권67(제5책), 中國古典文學基本叢書, 北京, 1986, <題柳子厚詩二首>, "詩須要有爲而作, 用事當以故爲新, 以俗爲雅. 好奇務新, 乃詩之病. 柳子厚晚年詩, 極似陶淵明, 知詩病者也."

45) '이속위아'의 주장은 보통 시에서 里俗한 것도 회피하지 않고 아화하여 사용한다는 의미로 시용되지만, 사곡, 제궁조, 잡극, 소설 등의 속문학적 색채나 내용을 사대부의 아스러운 문학 장르나 내용으로 가공·용해시켜 차감하는 '化俗爲雅'와, 이를 그대로 집어넣는 '以俗入雅'의 2종으로 나누기도 한다.(張毅, ≪宋代文學思想≫, 135쪽, 178-191쪽)

파가 크게 계승 발전시켜 송대 시학의 중요한 특징으로 자리잡았다. 문학사면에서 이 이론은 지나치게 학시적(學詩的) 태도를 지닌 강서시파가 적극 채용하면서, 타인의 구절을 지나치게 차용하는 번안론(飜案論)으로 인식되었다. 이는 시인의 개성과 창의성을 감쇠시키는 요인으로 작용했으며, 기교주의와 모방론이라는 부작용을 낳기도 했으나, 독서와 학문을 중시하는 태도와 점화 인신의 주장 등은 후배들에게서는 용전(用典)과 구법의 강구로 나아가게 하여 당시와 구별되는 송시의 특징을 형성하는 데 기여했다. 이상의 요인들은 소식에서 시작하여 황정견을 거쳐 강서시파에서 확고해졌는데, 긍정과 부정의 양면적 결과를 낳았으며 이 역시 송시사의 한 여정이었다.

소식 문예에 보이는 아속의 문제와 관련한 현상들은 주로 사회문화적 배경이 문예에 미친 영향 관계라는 측면에서 본 것이며, 구체적으로는 언어의 구어화(口語化), 세속적 어구의 차용과 점화, 시 형식면에서 교유시의 대폭 증가와 고시의 성행으로 나타나는데, 이는 당시와 다른 송시적 특성화와 새로운 창작 전통의 형성에 적지 않게 기여했다. 이 밖에 이문위시와 이시위사의 창작 경향 및 시대를 휩쓴 고문운동의 영향도 아속의 문제와 무관하지 않지만, 이에 대해서는 사변화(思辨化), 산문화와 더 관계가 깊으므로 뒤에서 다루도록 한다.

2) 사변화(思辨化): 철리(哲理)적 생활 사변, 이의론위시(以議論爲詩)

이와 관련해서는 다음과 같은 몇 가지 송대적 특성들을 들 수 있다. 즉 외교 관계의 열세와 문인 지식인들의 현실적 불안감, 신유학의 형성과 도학자적 정서의 보편화, 선학의 침투와 관조적 기풍의 성행, 고문운동의 부흥과 생활 사변의 증대 등은 송시의 철리·사변성을 강화시키는

---

46) ≪黃山谷詩集注≫ 內集 권12, <再次韻(楊明叔)·幷引>, "以俗爲雅, 以故爲新, 百戰百勝, 如孫吳之兵. 棘端可以破鏃, 如甘蠅飛衛之射. 此詩人之奇也."

작용을 했다. 이러한 의론성은 이전에는 산문에서 언급되었던 내용들로서, 소식의 경우 그의 정치적 문예적 비중과 함께 철리적 사색은 그의 시의 내용적 근간을 이루는 특색으로 자리잡았다.[47)]

　소식은 "시란 일정한 목적을 가지고 지어야 한다"거나, "선생[鳧繹]의 시문은 어떤 뜻을 가지고서 지은 것으로서, 정확하고 기세가 힘찬 가운데 온 힘을 다해, 그 말은 당세(當世)의 과실의 핵심을 지적해냈다"는 평어는 내용면에서 소식의 사회와 인생에 대한 가치 지향적 문학관을 보여준다.[48)] 그가 부임한 곳마다 그곳의 문제점과 정치적 견해를 밝힌 일은 현실 사회에 대한 높은 관심을 보여주는 부분이다.

　그의 관심은 비단 정치·사회적인 것만이 아니고, 오히려 삶과 인생 전반에 관한 철학적 사색을 글로 표현하곤 했다. 그렇기 때문에 내용적 철리화는 소식시의 형식적 산문화와 함께 중요한 특색을 이룬다. 그는 왕왕 독서 수양의 중요성을 강조했으며, 자신의 시와 사에서 이를 구체화했다. 아래의 예는 인간의 삶의 의미를 풍부한 비유로써 성공적으로 구현한 작품이다.

┃和子由澠池懷舊[49)] ┃
소철의 '민지에서의 옛 일을 회상하며 자첨형에게 보내며' 시에 화답하여

人生到處知何似	인생에 자취를 남기는 것이 무엇과 같을까?
應似飛鴻踏雪泥	날아가는 기러기가 눈밭에 내려앉는 것과 같네.

---

47) 洪柏昭, <論蘇軾詩的議論化和散文化>, ≪東坡研究論叢≫, 蘇軾研究學會, 四川文藝出版社, 1986, 成都, 33-46쪽. 議論詩의 종류와 방식은 다음과 같다. ① 철리성의 의론, ②處世爲人에 관계된 의론, ③憤世疾俗의 의론, ④ 서사·영사적 의론의 4종이며, 서술 방식은 ① 형상 묘사후에 의론·설리를 펼치는 방식, ②묘사와 의론을 섞어 서술하는 방식의 2종이다.

48) ≪蘇軾文集≫(中國古典文學基本叢書, 中華書局) 권67(제5책), 2109쪽, <題柳子厚詩二首>(제2수), "詩須要有爲而作, 用事當以故爲新, 以俗爲雅好奇務新, 乃詩之病"; 권10(제1책), 313쪽, <鳧繹先生詩集敍>, "先生之詩文, 皆有爲而作, 精悍確苦, 言必中當世之過."

49) ≪蘇軾詩集≫ 권3(제1책), 96-97쪽, <和子由澠池懷舊>; 蘇轍 詩의 원제목은 <懷澠池寄子瞻兄>이다.

泥上偶然留指爪　　눈밭 위에 우연히 발자국을 남기지만
鴻飛那復計東西　　기러기 날아가면 어찌 동서를 알리요?
老僧已死成新塔　　(내가 시를 써 준) 노승은 이미 죽고 새 탑이 섰으니
壞壁無由見舊題　　벽 허물어져 옛 시는 볼 길이 없다.
往日崎嶇還記否　　지난 날 (민지에서의) 어려움을 아직도 기억하고 있는가
路長人困蹇驢嘶　　길은 멀고 사람 지친 중에 절름발이 나귀 울어댔었지.

　　1062년 지은 이 시는 멀리 떨어져 있는 동생을 그리워하는 심정을
인간 생명의 존재론적 토로(討露)로 확대 사색했다. '설니홍조(雪泥鴻爪)'
란 성어까지 남기며, 기러기가 날다가 눈 내린 진흙 땅위에 잠시 몇 발
자국 자취를 남기고 떠나는 것으로 인생을 비유한 것은 탁월한 형상미
학적 표현이다. 의론화 중에도 소식은 이렇게 그의 천부적 재능에 힘입
어 현실 속에서 물상의 본질을 체득하고, 형상·감정·철리 등을 유기적
으로 엮어냄으로써 공허한 관념론에 머물지 않았다.
　　시의 후반에서는 동생과의 지난날을 회상했다. 1056년 자신들이 과
거 응시 길에 들렀던 절의 노승에게 써주었던 시도 노승의 영탑과 함께
사라졌음을 말했다. 끝에서는 동생과 겪었던 힘들었던 일을 회상하며,
인생행로의 각오를 다짐해 두면서 끝낸다. 이 시는 칠언율시면서도 철학
적 사변을 잘 나타냈는데, 삶의 본질에 다가가며 느끼는 숙명의식 중에
서도 존재의 의미를 긍정하려는 송대인의 시대적 성숙이 느껴진다. 다음
시 역시 진리 추구에 대한 철학적 사색이 엿보인다.

┃題西林壁50)┃ 西林寺 壁에 題하여

橫看成嶺側成峯　　가로 보면 고개가 되고, 곁에서 보면 산봉우리 되니
遠近高低無一同　　원근 고저에 같은 것이 없구나.
不識廬山眞面目　　여산의 진면목을 알 수 없는 건
只緣身在此山中　　내가 이 산중에 있기 때문이네.

---

50) ≪蘇軾詩集≫ 권23(제4책), 1219쪽, <題西林壁>.

절구로 된 이 시는 1084년 열흘 간의 여산 유람 끝에 지은 시이다. 언뜻 여산의 아름다움을 어떻게 표현해야 좋을까를 말한 단순한 사경시(寫景詩) 같이 보이지만, 소식은 여산의 수려함뿐 아니라 세계 또는 진실을 대하는 시각과 관점의 문제를 언급했다. 열흘이나 여산의 아름다움에 매료되어 있었으면서도, 이렇게도 보이고 저렇게도 보이는 여산의 진면목을 보지 못하는 것은 자신이 여산 안에 있기 때문에 전체의 면모를 제대로 파악하지 못하는 것이 아닐까 하고 생각한 것이다. '숲에서 나오니 숲이 보인다'는 노랫말과도 같은 의미이다. 이상에서 본 두 수는 공히 당시(唐詩)의 서정적 정감과 거리를 둔 철리적 사색의 형상미를 지닌 작품이다. 사유의 시대적 성숙을 보여주는 반면, 정감 표현에서 당대까지의 전통적 시와는 다른 무게와 격을 느끼게 해준다. 이러한 사변 지향의 시 창작에는 많은 선승들과의 교류와 당시 유행했던 '학시여참선(學詩如參禪)'의 주장도 큰 영향을 미쳤다.

한편 시적 감흥과 묘오를 중시한 남송의 엄우(嚴羽)는 송시의 특징을 언급하면서 송인들의 상리(尚理) 취향을 비판했다.[51] 이취(理趣)를 지나치게 추구하여 정감이 결여된 점을 지적한 것이다. 그는 송시의 대표격인 소(蘇)·황(黃)을 비판하였다. 그는 "요즘의 여러 문인들은 기이하고 독특한 해석으로써 문자로 시를 짓고, 재학(才學)으로써 시를 지으며, 의론으로써 시를 짓는다. 어찌 교묘하지야 않겠는가만은 한 번 불러 세 번 감탄하는 감흥은 부족하다. …… 동파와 산곡은 스스로 자신의 뜻을 내어 당시(唐詩)의 풍격이 변했다"[52]고 했다. 또한 장계(張戒)는 "소식은 의론으

---

51) ≪창랑시화·시평≫, "시에는 말[詞]과 이치[理]와 意象[意]과 감흥[興]이 있다. 남조인은 말에 힘썼으나 이치에 약하고, 本朝 송인들은 이치를 숭상하지만[尚理], 의상과 감흥에 약하다. 당인들은 의상과 감흥을 숭상했어도 이치가 그 중에 있으며, 한위 시는 말과 이치와 의상과 감흥의 흔적을 찾아낼 길 없이 훌륭하다."

52) ≪滄浪詩話·詩辯≫, "近代諸公, 乃作奇特解會, 遂以文字爲詩, 以才學爲詩, 以議論爲詩, 夫豈不工, 終古人之詩也. 蓋於一唱三歎之音, 有所歉焉. …… 至東坡山谷, 始自出己意以爲詩, 唐人風變矣."

로 시를 지었고, 황정견은 기이한 글자들을 가져다가 땜질했다"고 소·
황을 비판했다.53) 이는 거꾸로 송시 특징 형성에 미친 소·황의 역할을
말해주는 의미도 된다. 그러나 소·황이 지나친 사변화·의론화·철리
화로 이취를 추구한 나머지, 시의 서정적 정감 전달에 장애 요소가 되었
다는 평가는 시의 속성 변화와도 관련된다.

3) 산문화: 시문혁신운동, 이문위시(以文爲詩), 이시위사(以詩爲詞)

당시와 비겨 본 송시의 가장 큰 특징은 내용적 측면에서 철리적 사
변성(思辨性)과 생활성으로, 형식적 측면에서 서술적 산문성으로 요약 가
능하다.54) 송시의 이와 같은 특징은 어느 한 사람에 의해 일거에 형성된
것은 아니지만, 구양수가 고문운동의 기치하에 시문혁신운동을 제창한
이래 소식에 의해 최고봉에 올랐다. 사실 송시의 시적 변용은 시의 산문
화로 요약 가능하다. 실상 소식 문예와 시에 나타난 제반 특징들의 가장
큰 줄기 역시 산문화와 직·간접으로 연결되어 있다. 이제 소식의 산문
적 서술성에 관해서 문예와 시의 양면에서 보자.

소식 시의 산문성은 시대사적으로는 고문운동의 영향이 가장 크다.
그리고 그것은 한유, 구양수, 소식의 계승 관계를 통해 뚜렷하게 부각되
어 갔다.55) 조익(趙翼)은 "산문으로 시는 짓는 일은 한유로부터 시작되었
다가 소식에 이르러 더욱 그 말들을 크게 풀어 써 새로운 면모를 열어
놓았으니, 일대(一代)의 큰 유행을 이루었다"고 소식 시의 특징을 평가했

---

53) ≪歲寒堂詩話≫ 卷上, "國風離騷固不論, 自漢魏以來, 詩妙於子建, 成於李杜, 而壞於
蘇黃. 余之此論, 固未易爲俗人言也. 子瞻以議論作詩, 魯直又專以補綴奇字, 學者未得
其所長, 而先得其所短, 詩人之意掃地矣."
54) 오태석, <중국시의 발전 단계론>, ≪중국문학≫ 제20집, 한국중국어문학회, 1992. 12.
252쪽; 吉川幸次郎著, 鄭淸茂譯, ≪宋詩槪說≫, 聯經出版事業公司, 1977, 台北, 1-62쪽.
55) 錢鍾書는 ≪談藝錄≫에서 魏泰의 ≪臨漢隱居詩話≫를 인용해, 沈括이 "한유의 시는
압운한 문장에 다름아니다"고 한 말을 소개했다. 한유의 장편시 <南山詩>는 시에서
사용하지 않는 산문적 구법과 허자를 많이 사용한 대표적인 예이다.

다.56) 한편 전종서(錢鍾書)는 '이문위시'에 대해 문인의 시와 시인의 시로
나눈 유극장(劉克莊)의 이론에 동의하며, 즉 한유와 소식을 문인의 시로,
유종원과 황정견을 시인의 시로 구분했는데 일리가 있다.57)

또한 홍백소(洪柏昭)는 소식의 '이문위시'가 많이 사용되는 경우를 분
석했는데,58) 사실 대부분의 시에 사용된 것으로서, 오히려 그가 마음만
먹으면 제재와 무관하게 산문시를 썼다는 것을 알려 준다. 아울러 홍씨
는 같은 글에서 2,700여 수 중 5, 7언 고시가 1,100수에 이른다고 하였다.
송대에 이르러 고시는 사회적, 사상적 영향으로 크게 유행되었는데, 율
시적 구속에서 벗어나 작가의 생각을 자유롭게 기술하는 데 유용하다.
또한 이문위시의 작법으로 생활 주변의 세사(世事)를 제재로 삼아 시적
대상의 확대를 기했다는 점도 간과할 수 없는 특징이다.

이러한 일들은 시문혁신운동의 결과 형식적으로는 산문적 글쓰기의
서술 방식이, 그리고 내용적으로는 다음 절에서 논의한 자기 성찰적 사
변의 글쓰기가 송대 문인들의 일상 생활 중에 주류적 서술 방식으로 자
리잡아 갔음을 의미한다. 편폭 관계상 한 수만 보겠지만, 다음 소식의
'화도시(和陶詩)'는 언뜻 보아도 산문적 구법과 어휘로 구성되어 있음을
알 수 있다.

56) ≪甌北詩話≫ 권5, "以文爲詩, 自昌黎始, 至東坡益大放其詞, 別開生面, 成一代之大觀"
57) ≪談藝錄≫, 附說五, "後村謂文人之詩與詩人之詩不同. 其所乏適在此, 文人兼詩, 詩不
兼文. 杜雖詩翁, 散語可見, 惟韓蘇傾竭變化, 如雷霆河漢, 可驚可快, 必無復可憾者. 蓋
以其文人之詩也, 詩猶文也, 盡如口語, 豈不更勝."; 李鴻鎭, <'談藝錄' 번역>(4): ≪中
國語文學≫, 제19집, 326쪽.
58) 洪柏昭, <論蘇軾詩的議論化和散文化>, 46쪽: 일곱 가지 경우는 다음과 같다. ① 편
폭이 긴 고시, ② 침울한 서정시, ③ 편이성이 강한 응답·수증시, ④ 중대한 時事와
관련된 기술과 풍유시, ⑤ 역사적 사건 및 인물에 대한 시, ⑥ 스케일 큰 경물시, ⑦
論詩와 論畵詩이다.

┃和陶飮酒二十首(1)⁵⁹)┃ 陶潛의 '飮酒詩' 20수에 화답하여(1)

我不如陶生	나는 도연명만 못한 사람
世事纒綿之	세상사는 이리저리 나를 얽매네.
云何得一適	어찌하다 좋은 때라도 만나면
亦有如生時	선생과 같을 때가 있지.
寸田無莉棘	마음엔 근심거리 없어
佳處正在玆	여기가 바로 좋은 곳이라네.
縱心與事往	마음을 좇아 일을 처리하면 되니
所遇無復疑	만나는 일마다 깊이 숙고할 것 없다.
偶得酒中趣	뜻밖에 음주의 흥취를 얻으니
空杯亦常持	빈 술잔이나마 계속하여 잡고 있다네.⁶⁰)

소식이 시에 대해 '이문위시'로써 산문화를 지향했다면, 사(詞)에 대해서는 '이시위사'의 작법으로 시화했다. '이시위사'에 대해서는 여러 가지 해석이 있어 왔다.⁶¹) 이는 크게 두 가지 의미를 지닌다.

먼저 사회적으로 도시인의 애정을 위주로 한 염정(艷情) 속사(俗詞)가 유행한 데 대한 사대부 문인 계층의 아적(雅的) 반향이다. 즉 애정적 내용들은 신유학적 관념에 물든 문인들에겐 시에 이어 이제는 사마저도 고쳐야 할 대상으로 생각되었을 것이다. 즉 사라는 세속적 장르를 고쳐 아화(雅化)하겠다는 생각은 '이속위아'론의 장르적 반영이기도 하다. 그런 면에서 이는 사에 대한 철리적 사변화의 확대 적용이기도 하다. 스케일

---

59) 《蘇軾詩集》 권35(제6책), 1881-1883쪽, <和陶飮酒二十首>(제1수); <和陶淵明飮酒二十詩>로 되어 있기도 하다. 소식은 이 시들의 序文에서 술을 잘 못마셔 늘상 잔을 잡고 음주의 흥에 취함을 낙으로 삼았으며, 한잔을 먹으면 취해 자곤 했다고 한다. 하루는 揚州 관사에 있을 때 일찍 자리가 파하여 객들이 돌아간 후, 여흥을 못이겨 도연명의 음주시 20수에 대해 화답시를 지었다고 했다.

60) 술을 잘 못하기 때문에 빈 술잔을 잡는다는 뜻이다.

61) 劉大杰은 《中國文學發展史》에서 사의 시화에 대해 두 가지 의미로 해석했는데, 하나는 '이시위사'로서 사의 어기와 구법의 변화이고, 다른 하나는 '以詞爲詩'로서 歌唱을 위주로 했던 사가 문학적 내용을 목적으로 하는 새로운 시 체제로 변했다는 견해이다; 소식 사의 산문구법론에 관해서는 王保珍의 《東坡詞研究》(長安出版社, 1979, 台北, 89-96쪽) 참조.

큰 소식에 이르러 사는 인생 사변의 내용을 담은 철리 호방사(豪放詞)로 변모한 것이다.

두번째는 형식적 측면에서 본 사의 시화(詩化)이다. 고문운동으로 시에 산문의 요소를 도입한 데 이어, 사에서는 시의 요소를 도입하거나, 나아가 어느 정도 산문성을 띠기까지도 했다. 소식의 사는 <염노교(念奴嬌)·대강동거(大江東去)>에서 보이듯이 자유분방하고 호방한 풍격으로 사사(詞史)의 신국면을 개척했지만, 시화·산문화로 사 본래의 서정 정취는 많이 사라졌다. "사는 동파에 와서 시원스럽고 활달하여 시와 같고 문장과 같아 천지의 장관과 같았다"거나[62] "사람들은 동파거사의 사가 왕왕 운률에 맞지 않는다고 한다. 그러나 자유롭고 걸출하여 원래 곡자(曲子) 안에 속박할 수 없었다"는 평가를 받아온 것이다.[63]

소식의 사는 이상과 같은 시화와 산문적 속성의 강화를 띠면서 사의 내용과 풍격상의 질적 변화를 야기했다. 그리고 문학사에서 시가 의론화·산문화로 나아간 만큼 사는 서정시화하여, 시와 사의 속성 변화가 서로 상호작용을 하며 발전해갔다. 이 부분에 있어서 소식은 일정한 작용을 했다고 평가된다.[64] 다시 말해서 소식은 시와 사 양면에 있어서 장르 속성 변화의 중요한 동인(動因) 제공자였던 것이다.

요약컨대 소식시의 산문성은 송대 도시 중심의 사회적 변혁과 일상 생활 성분의 증가, 그리고 철리적 의론화, 고문운동의 파급 효과에서 야기된 시 쓰기 방식의 변화였다. 이는 한유, 구양수, 소식을 중심 축으로 발전적 양상을 띠고 나타났다. 장르사적 맥락에서 보면 시는 산문화를 통해 문장에 접근해 갔지만, 전통적으로 시의 본질 요소인 음악적 외재율은 한결 약화되어 음송적 단계에서마저 멀어져, 이제는 읽고 말하는 단계의 설시화(說詩化)가 진행되었다. 소식에 이르러 시가 한층 철리화·

---

62) 劉辰翁, <辛稼軒詞序>, "詞至東坡, 傾蕩磊落, 如詩如文, 如天地奇觀."

63) ≪詞林紀事≫ 권5, "居士詞, 人謂多不諧音律, 然橫放傑出, 自是曲子內縛不住."

64) 柳種睦, ≪蘇軾詞硏究≫, 서울대 박사학위논문, 1991, 327쪽.

산문화하면서, 사 역시 '이시위사(以詩爲詞)'의 방식이 적용되었고, 결국 사의 속성마저 유행 가요적 성격에서 벗어나 본격적으로 문인화의 길을 향해 나아갔다.

(2) 소식의 시론

이상은 소식의 문예이론과 시의 산문화 지향에 관한 외재적 양상들 이다. 본절에서는 주로 선학과 화론이 시학에 미친 영향 및 그것이 장르 변용과 관계하는 부분에 관한 내용이다. 그는 이론적 전용(轉用)을 통해 주로 자기화한 시적 형상성의 세계를 추구했는데, 그러면 형상성의 추구 는 소식 시의 장르 변용과 어떤 관계가 있는가?

사실 북송대에는 사상적으로 이미 노장과 선학의 영향이 문인 사회 에 깊이 배어 있었으며, 선종은 만당·오대(五代)를 거치면서 사대부들의 생활 속에 녹아들어 그들의 사유 방식을 내향화했다. 사대부 사회의 영 수였던 소식도 많은 선승들과 왕래하면서 순간적 깨달음의 대화법인 활 참(活參)의 영향을 많이 받았다.[65] 시인들의 의식도 달라져 이전의 정감 적 추구가 아닌 의상적(意象的) 추구를 지향했던 것이다. 이런 점에서 북 송 사인(士人)이 추구했던 형상성은 질적으로 당시적 정감 형상과는 차이 가 있다.

당시 선학·화론·시학의 3종 문예 장르는 상호 내적 조응(照應) 관 계에 있었다. 사실 소식은 선(禪)의 정취와 화론의 형상미를 적극적으로 시학에 적용했는데, 규범적 사유를 거절한 소식의 경우 천재적 재능에 힘입어 용이하게 이들을 자유롭게 융화·적용하여 탁월한 성취를 거두 었다. 이와 관련한 소식의 주장들은 다음 다섯 가지이다. 그것은 ① 시화 일률(詩畵一律), 형사(形似)와 신사(神似), ② 상리(常理)와 전신(傳神), ③ 흥

---

65) 葛兆光 저, 정상홍 역, ≪선종과 중국문화≫, 동문선, 1986, 70-75쪽, 195쪽, 224쪽.

중성죽(胸中成竹), ④ 심수상응(心手相應)과 수물부형(隨物賦形), ⑤ 중변론(中邊論)과 평담경(平淡境)의 지향 등 5종이다.

1) 시화일률(詩畵一律), 형사(形似)와 신사(神似)
   : 화론의 시학적 적용론, 차감론

이와 관련한 주장들이 그의 시문에서 체계적으로 논의된 것은 아니나, 송대 지성의 주요한 관심사였으며, 특히 소식에서 심화 추구된 것은 분명하다. 소식은 왕유의 작품에 대해 '시중유화(詩中有畵), 화중유시(畵中有詩)'론을 펼치며,[66] 그림과 시가 같은 맥락에서 이해된다는 '시화일률론'을 주장했다.

┃ 韓幹馬十四匹[67] ┃ 한간의 十四匹馬畵에 대하여(부분)

韓生畵馬眞是馬	한간(韓幹)은 말을 그리면 진짜 말이 되고
蘇子作詩如見畵	내가 시를 쓰면 그림을 보는 것 같아.
世無伯樂亦無韓	세상에 백락(伯樂)도 없고 한간도 없으니
此詩此畵誰當看	이 시와 이 그림을 누가 보아줄까!

한간의 '화마도(畵馬圖)'를 보고 지은 이 회고시에는 시와 그림의 유사성을 말하고 있다. 이와 함께 그는 대상에 대한 관찰과 묘사 문제를 다룬 '형사(形似)·신사(神似)'론도 주장했다. 그는 "그림을 논하는 데 형사로써만 한다면 식견이 아이와 같은 것이다.[68] 또 시를 지을 때 반드시 이렇게 해야만 한다고 하는 것 역시 분명 시를 제대로 아는 사람이 아니다. 시와 그림은 본래 같은 법도로서, 천공(天工)과 청신(淸新)"이라고 주

---

66) 《東坡題跋》, 上海遠東出版社, 1995, 권5 <書摩詰藍田烟雨圖>, "味摩詰之詩, 詩中有畵, 觀摩詰之畵, 畵中有詩"
67) 《蘇軾詩集》 권15(제3책), 767쪽, <韓幹馬十四匹>(節錄).
68) 후세에 王若虛 등 수많은 논쟁이 있었던 形似의 比重에 대한 문제는 蘇軾이 神似의 중요성을 말한 것일 뿐, 形似를 경시한 것이 아니라는 의미로 귀결된다.

장했다.[69]

┃書鄢陵王主簿所畵折枝二首(1)┃ 언릉 왕주부가 그린 가지 친 그림 2수(1)

論畵以形似	형사(形似)로만 그림을 본다면
見與兒童隣	식견은 아이와 같은 것이지.
賦詩必此詩	시를 짓는데 꼭 이래야 한다면
定非知詩人	필시 시를 아는 사람은 아니다.
詩畵本一律	시와 그림은 본래 하나의 이치이니
天工與淸新	바로 천공(天工)과 청신(淸新)이라네.
邊鸞雀寫生	변란의 새 그림은 생생하기 그지없고
趙昌花傳神	조창의 꽃 그림에선 영롱한 정신이 전해진다.[70]
何如此兩幅	이 두 폭의 그림은 어떠한가?
疏淡含精勻	소담과 정교함이 함께 담겨 있다.
誰言一點紅	누가 말했나? 한 점 붉은 꽃이
解寄無邊春	가없는 봄을 보내 온다고!

소식은 여기서 먼저 시와 그림은 같은 이치가 개재되어 있다고 했는데, 그가 문인화의 창시자가 된 것은 이 같은 생각의 구현이었다. 실상 이전까지 그림 그리는 사람은 한낱 화공(畵工)의 대접밖에 받지 못했으나, 소식에서 적극적으로 '시화동일(詩畵同一)'의 이론과 함께 그림이 승격되면서 정신 영역의 인격 심미적 예술로 승화되기에 이르른 것이다. 그는 또 구체적 내용에서 창작에는 정해진 법도와 규범이 있는 것이 아니며, 양자간의 공통점은 정신적 감응으로 하늘의 교묘함과 독창적인 새로운 미를 얻어내는 데에 있다고 말했다. 여기서 사물의 묘사는 단순한 외형적 묘사인 '형사(形似)'만으로는 미흡하다는 것은 대상에 대한 작가적 영감 작용에 의한 본질 속성의 묘사인 '신사'의 중요성을 강조하기

---

69) ≪蘇軾詩集≫ 권29(제5책), 1525쪽, <書鄢陵王主簿所畵折枝二首>(제1수), "論畵以形似, 見與兒童隣. 賦詩必此詩, 定非知詩人, 詩畵本一律, 天工與淸新."
70) 趙昌은 북송 화가로서 꽃 그림에 능하였다.

위해서이다. 여기서 소식이 형사와 신사 중 어느 하나가 중요하다고 한 것이라기보다는, 형사와 신사의 양자 모두 중요하다는 입장을 피력한 것으로 보아야 한다. 즉 형사를 통한 신사의 단계, 즉 전신(傳神)의 단계에 이르러야 할 것을 말한 것이다.

2) 상리(常理)와 전신(傳神)
  ### : 선적(禪的) 관조에 의한 본질의 포착, 조응론

그러면 사물에 대해서 어떠한 관점으로 보아야 하는 것인가? 그는 사심을 버리고 정밀한 관찰을 통해 신사를 이루기 위한 사물의 변화 이면에 있는 본질적 속성을 파악해야 한다고 했다. 다음 상형(常形)과 상리(常理)에 관한 소식의 관점을 보자.

> 내가 그림을 논할 때, 사람·날짐승·궁실(宮室)·기물(器物)·용기에는 모두 일정한 형태[常形]가 있다고 여겼다. 그러나 산·돌·죽·나무 또는 물·파도·연기·구름은 비록 상형은 없지만 일정한 이치[常理]는 있다. 상형을 잃게 되면 사람들이 모두 이를 알게 되지만, 상리가 합당하지 않게 될 경우에는 그림에 능한 사람이라도 모르기도 한다. 때문에 세상을 속여 이름을 취하려는 이는 꼭 상형이 없는 것에 의지하려 한다. 그러나 상형을 잃는 것은 그 잃음에만 그치므로 전체를 나쁘게 하지는 않지만, 상리가 합당하지 못하면 전체를 폐해야 하는 것이다. 그 형상이 무상한 까닭에 그 이치를 조심하지 않으면 안된다. 세상의 훌륭한 그림을 그린다는 사람들이 형상은 곡진히 그릴지 몰라도, 이치에 대해서는 빼어난 재주를 지닌 사람이 아니고서는 제대로 해내지 못할 것이다. …… (그림이) 천변만화 속에 시작도 끝도 없이 서로 얽혀 각기 자기의 처소에서 역할을 한다.[71]

상형이란 늘 고정된 모습의 형상으로서 일차적 묘사 대상이다. 상리란 비록 일정한 형상은 없어도 그 내면에 개재된 물질의 본질적 속성으

---

71) ≪蘇軾詩集≫ 권1(제2책), 367쪽, <淨因院畫記>.

로서, 이를 잘 파악하면 고차적 형상화가 가능하다고 믿는다. 즉 변화 중의 사물의 본질적 속성을 파악해내는 안목의 중요성을 말한 것이다. 이는 동태적 세계에서 영속성을 추구하는 선적(禪的) 사유 체계의 반영이기도 하다.

　남제(南齊)의 사혁(謝赫)은 《고화품록(古畫品錄)》에서 도화륙법(圖畫六法)으로서 ① 기운생동(氣韻生動), ② 골법용필(骨法用筆), ③ 응물상형(應物象形), ④ 수류전채(隨類傳彩), ⑤ 경영위치(經營位置), ⑥ 전이모사(傳移模寫)를 들었는데, 전신론(傳神論)은 최초의 화론을 쓴 진(晋) 고개지(顧愷之)의 <논화(論畫)>에서 시작되었다.[72] 소식 역시 "사람의 형상을 그리는 데에는 눈이 가장 그리기 어렵다"고 하면서, "전신(傳神)은 상(相) 보는 것과 같은 데가 있으니, 그 사람의 천연스러움을 포착하고자 한다면 그 방법은 여럿 가운데서 은밀히 그를 살펴보는 데 있다"고 했다.[73] 눈이 어려운 것은 사람의 눈에는 보이지 않지만 느껴지는 정신이 깃들어 있기 때문이다. 또 전신은 자연스러움에서 나오는 것이지 억지로 꾸미는 것은 아니기 때문이다. 송대의 등춘(鄧椿)은 《화계(畫繼)》에서 회화에서 사물을 곡진하게 나타낼 수 있는 방법은 오직 전신으로써만이 가능하다고 하며, 사람뿐 아니라 사물에도 신이 있음을 알아야 한다고 했는데, 이는 곧 사물의 본질적 속성에 대한 파악인 것이다.

　사물을 본질로부터 이해하기 위해서 작가는 먼저 자신을 비우고, 다음으로는 대상과의 충분한 교감과 관찰이 필요하다. 먼저 자신을 비우는 허정한 심령의 문제에 관해 소식의 <참료(參寥) 선사(禪師)에게 보내며> 시에 "시어가 묘하려면 마음을 비우고 허정해야 하니, 고요하므로 각종 움직임이 분명해지고 비어 있으므로 만 가지 경계를 받아들인다 ……시와 불법(佛法)은 서로 방해가 안되니, 이 말은 더욱 유념해야 한다"는 말

---

72) 徐復觀 저, 권덕주 역, 《중국예술정신》, 175-188쪽, '六法論' 및 '傳神寫照論' 참조.
73) 《蘇軾文集》 권12(제2책), 400쪽, <傳神記>, "傳神之難在目, 顧虎頭(愷之)云, '傳形寫影, 都在阿睹中' …… 傳神與相一道, 欲得其人之天, 法當於衆中陰察之."

은 창작의 내적 응사(凝思) 단계이다.[74]

다음으로는 대상과의 충분한 교감이 필요하다. 소식은 동시대 화가로서 화죽(畵竹)의 대가인 문여가(文與可)가 대나무의 성정(性情)을 제대로 파악한 사람이라고 했는데,[75] 실제로 문여가는 대나무 옆에서 기거하면서 그 변화의 도리를 깨쳤다고 한다. 이는 정밀한 실제적 관찰을 통해 시시각각 변화하는 대나무의 도를 깨친 후에 그린 그림이 진짜라는 것을 말해준다. 소위 '도 이후에 기예가 빛난다'는 '기도양진론(技道兩進論)'이기도 하다.

이렇게 변화하는 가운데 그 사람의 본질을 제대로 포착하는 일은 불가(佛家)에서 말하는 '단도직입'의 선오(禪悟)와도 연관된다. 나아가 표현 면에서 중국화는 이전의 사경(寫景)과 정감의 전달로부터, 송대에는 사의(寫意)에 치중했으며, 이는 내향적 관조를 중시하는 송대의 사상 조류와 맥을 같이한다. 중국화가 재현이 아니라 표현에 의미를 두고 나아간 것은 전신(傳神)·사경(寫意)론과의 상호 관련하에서 볼 때 총체적 이해가 가능하다.

3) 흉중성죽(胸中成竹)
: 자아의 대상에 대한 내적 구현, 심득론(心得論)

시와 그림에서 그리고자 하는 대상에 대한 관찰로부터 대상의 본질 속성으로서의 작가적 영감을 얻으면, 이를 작품화하기 전에 먼저 마음속에서 대상의 전모를 하나로 파악하여 융화(融化)적으로 구현해내야 한다는 것이다. 이러한 관점은 북송 화가들의 견해인데, 소식은 이를 문학 예술 사유 일반으로 확장하였다. 소식은 이를 '흉중성죽'의 비유를 통해

---

74) ≪蘇軾詩集≫ 권17(제3책), 400쪽, <送參寥師>, "欲令詩語妙, 無厭空且靜. 靜故了群動, 空故納萬物. …… 詩法不相妨, 此於當更請."
75) ≪蘇軾文集≫ 권11(제2책), 355쪽, <墨君堂記>, "與可獨能得君竹之深, 而之君之所以賢. …… 與可至於君, 可謂得其情而盡其性矣."

말하고 있다.

> 대나무가 싹틀 때는 한치의 싹 밖에 되지 않지만 마디와 잎이 (내재적으로) 갖춰진 것이다. 매미 배나 뱀 껍질 같은 작은 죽순부터 열길 대창같이 자란 것까지, 모두가 다 갖추고서 생겨나는 것이다. 요즘 그림을 그리는 사람은 마디마디를 다 그리고, 나뭇잎마다 그리는데, 이 어찌 진짜 대나무가 그려지겠는가? 까닭에, 대를 그리려면 먼저 가슴속에 대나무를 생각해 놓아야 한다. 그리고는 붓을 잡고서 깊이 응시하다가 그리려는 대나무를 보게 되면 신속히 일어나 심상을 좇아 붓을 세워 곧바로 그려나가야 한다. 마치 토끼가 달려나가고 매가 낙하하는 것과 같아서 조금만 방심해도 달아나 버리기 때문이다.[76]

어떤 대상을 마음속에 그린 후에 표현으로 옮겨야 한다는 것은 바로 '의재필선(意在筆先)'의 다른 표현이기도 하다. 표현의 문제에 있어서 어떤 의미에서든 제1자연인 대상을 제2자연인 작품에 그대로 옮길 수는 없는 것이긴 하지만, 이것은 대상에 대한 단순한 재현이 아니다. 대상이 작가와 만나지면서 새롭게 탄생·표현되는 것이다. 그 탄생되는 것은 이미 대상 그 자체도 아니고 작가의 정신 또한 아니다. 이 둘이 융합하여 구현되는 새로운 미적 세계이다. '흉중성죽'의 단계는 작가의 정신과 외적 표현으로서의 기예가 만나기 직전, 즉 표현의 바로 전 단계에 해당된다. 이는 자아의 대상에 대한 내적 구현의 상태로서 물아합일(物我合一)의 상태이다. 소식의 다음 시는 이에 관해 적절히 표현하고 있다.

┃書晁補之所藏與可畫竹三首(1)[77] ┃
조보지가 소장한 문여가의 대나무 그림에 글을 쓰며 3수(제1수)

| 與可畫竹時 | 문여가는 대나무를 그릴 때 |
| 見竹不見人 | 대만 보지 사람은 보지 않는다네. |

---

76) <文與可畫篔簹谷偃竹記>.
77) ≪蘇軾詩集≫ 권29 (제5책), 1522쪽, <書晁補之所藏與可畫竹三首>(제1수).

豈獨不見人	어찌 사람만 못 보리요?
嗒然遺其身	얼이 나가 그 몸 또한 버린다네.
其身與竹化	그 몸은 대나무와 함께 조화하여
無窮出淸新	무궁하게 청신함을 자아낸다.
莊周世無有	장자는 이제 세상에 없으니
誰知此疑神	그 누가 신적 교감을 알아줄건가![78]

시어의 사용 면에서 고리식 구조를 보여주고 있는 이 시는 작가와 대상이 하나가 되어버린 문여가의 대를 그리는 모습이 잘 나타나 있는데, 주객합일의 허정·좌망의 심태(心態)는 바로 소식이 지향하는 문예창작의 최고 경지이며, 중국 의경론에서 추구하는 물아일체·무아지경이다.

이제 다시 흉중성죽의 예문 중간으로 돌아와 논의를 계속한다. 다음으로 일단 밑그림이 잡히면 번뜩이며 다가온 이 심상이 사라지기 전에 신속하게 이를 표현해야 한다. 표현의 속도에 대해서는 돌 하나 마디 하나에 열흘이고 한 달이고 시간에 얽매이지 말고 그리는 것이 좋다는 견해도 있으나, 소식은 영감이 사라지기 전에 그려내는 것이 좋다고 했다. 이 두 입장은 주안점 면에서 서로 다른 부분을 보고 있다. 사경(寫景)을 위주로 했던 이전의 화론은 시간의 문제에 크게 구애받지 않을 수도 있었으나, 마음 속의 그림인 사의(寫意)에 치중할 경우는 영감이 사라지기 전에 속히 완성해야 하는 것이다.

4) 심수상응(心手相應)과 수물부형(隨物賦形)
: 대상·자아·표현의 동태적 응변(應變)의 경지, 표현론

소식은 그의 뛰어난 천재성에 힘입어 어느 한 가지 격식이나 틀에 얽매이지 않으려 했던 것 같다. 달리 말하면 그에게 있어 자유 정신의 구가는 삶의 활력이라고 할 수 있다. 그러면서도 그는 유동하는 삶 속에

---

78) 劉偉林 저, 심규호 역, ≪중국문예심리학사≫, 동문선, 1999, 339-340쪽.

서 변치 않는 가치와 존재를 찾아 즐기고자 했다. 그가 상형보다 상리를
중시한 것은 고정 불변하는 사물보다는 부단히 유동·변화하는 가운데
서 그 본질 속성을 파악하여 추상적 형상화를 기하는 것에 대한 가치를
더 두고 있다는 이야기이다. 그가 정태적(靜態的) 대상이나 사유보다는
동태적(動態的)인 것을 지향한 것은 나름대로 자연의 이치를 깨달은 까닭
이다. 그는 이러한 속성을 가진 대상으로서 특히 움직이는 구름이나 바
람, 물 등을 선호했는데, 특히 변화 적응을 속성으로 하는 물[水]에 대한
선호는 하나의 철학적 체계를 이루고 있다.

　<적벽부(赤壁賦)>에서도 보이는 소식의 물에 대한 예찬은 딱딱한 규
범에 얽매이지 않고 때에 따라 동태적으로 응변하는 자신의 천재성 어
린 문예적 지향과도 상통한다.[79] 이 같은 소식의 수성(水性)에의 경도는
장르적 측면에서 장르간의 벽 허물기 내지 장르 초월적 양상으로 이어
졌다. 소식은 그림에서 흘러가는 물에 대한 품평에서 다음과 같이 활수
론(活水論)을 주장했다.

　　고금의 물그림은 평평한 수면에 미세한 물결을 그려서, 잘 그린 것이라
　해도 파도의 기복을 그리는 정도였다. 그래서 사람들이 와서 매만지며 기복
　이 있다고 말하면 좋다고 여겼다. 그러나 그 품격은 물결 무늬 종이와 작은
　공졸(工拙)을 다투는 정도였다. 당 광명(廣明) 년간에 처사(處士) 손위(孫位)
　가 처음으로 새로운 기법으로 넘실대는 큰 파도를 그렸는데, 산과 바위의
　굽이에 이르면 '형세에 따라 모양새를 만들어[隨物賦形]' 물(水)을 그리는
　법을 바꾸었으며, 사람들은 신일(神逸)하다고 평가했다. …… 근세의 포영
　승(蒲永昇)은 술을 좋아하고 분방하여 본성이 그림과 부합했는데, 활수(活
　水)를 그려 손위와 손지미(孫知微)의 본의를 터득했다. …… 이전의 동우(董
　羽)나 근일(近日)의 상주(常州) 척씨(戚氏)의 물그림을 세상에선 귀중하게
　여기나, 이들의 그림은 사수(死水)라고 하겠다.[80]

---

79) <적벽부> 부분은 '(3) 소식의 시'에서 설명.
80) 《蘇軾文集》 권12(제2책), 408쪽, <畫水記>(원문 생략).

소식은 흘러가는 물의 생동하는 표현의 중시에서 논의를 확대하여 그의 시문의 창작은 넘치는 영감작용에 의해 그때 그때의 주변 형세에 맞추어 자유로운 형식으로 표현해낸다고 말했다. 이러한 수물부형(隨物賦形)의 응변적(應變的) 자유 정신은 그의 자유 정신과 천재성에서 기인하는 소식 문학 세계의 한 전형이다.

> 문여가가 내게 이것을 가르쳐 주었는데도 나는 그렇게 하지를 못한다. 그렇지만 마음속으로 그렇게 되는 이치는 알게 되었다. 마음으로 이치를 알고 있으면서도 그렇게 하지 못하는 것은 내외(內外)가 하나같지 않아 마음과 손이 서로 따로 놀기 때문이다. 익히지 못한 탓이다.[81]

윗 글은 앞의 흉중성죽론에 계속된 글이지만 서술상 이곳에 나누어 놓았다. 일단 마음속의 그림을 좇아 그리는 올바른 도리를 알고 있음에도 불구하고 제대로 되지 않는 것은 마음과 손이 따로 놀아, 이른바 심수상응(心手相應)이 되지 않기 때문이라고 했다. 즉 문예는 도만으로써도 부족하고 또 나뭇잎 하나 하나를 따라 그리는 기예만으로써도 부족하다는 것이다. 이 부분에 대해서는 <일유(日喩)>에서도 남방 지역 잠수부의 예를 들며 어려서부터 물과 친한 가운데 나이가 들면서 잠수를 할 줄 알게 된다고 했다.[82] 즉 잠수라는 실제적 기능으로서의 기(技)와 물의 속성에 대한 본질적 이해인 도가 서로 상호적으로 작용함을 말하고 있다. 이 두 예시는 결국 본질을 인식하는 작가적 안목과 그것을 구현해내는 창작 체험이 병행될 때 진정한 미(美)가 창조된다는 기도양진(技道兩進)의 이론이다.[83] 그리고 이렇게 쓰여진 시는 마치 탄환과 같이 잠시도 쉬지 않고 생동하게 살아 움직이게 된다.[84] 그러면 소식은 자기의 문학 작품

---

81) ≪蘇軾文集≫ 권11(제2책), 365쪽, <文與可畵篔簹谷偃竹記>.

82) ≪蘇軾文集≫ 권64(제5책), 1980쪽, <日喩>.

83) ≪蘇軾文集≫ 권69(제5책), 2194쪽, <跋秦少游書>, "少游近日草書, 便有東晉風味, 作詩增奇麗. 乃知此人不可使閑, 遂兼百技矣. 技進而道不進, 則不可, 少游乃技道兩進也."

84) ≪蘇軾詩集≫ 권26(제5책), 1398쪽, <次韻王定國謝韓子華過飮>, "新詩如彈丸。脫手

에 대해서는 어떤 평가를 내리고 있는가?

> 나의 글은 충만한 샘의 근원 같아서 땅을 가리지 않고 솟아 나온다. 평
> 지에서는 그득하게 넘쳐흘러 하루에 천리라도 어렵지 않게 흘러나간다. 산
> 과 바위의 굽이가 있는 곳에 이르면, 형세에 따라 모양새를 만들어, 어떤
> 모양으로 될지 알 수가 없다. 다만 알 수 있는 것은 가야 할 경우에 나아가
> 고, 멈춰야 할 데서는 멈춘다는 것일 뿐이다. 이밖에는 나 역시 알 도리가
> 없다.85)

마치 낭만주의 시인 워즈워드의 "강력한 정서의 거침없는 유로(流
露)"86)란 문학적 주장이 상기되는 이 말에는 문예 창작력에 관한 소식의
천재적 재능이 여과 없이 드러나 있어 부럽기까지 하다. 이와 비슷한 평
은 만년에 자신에게 문장을 평해 달라는 사민사(謝民師: 廉擧)에게도 해준
바 있는데,87) "행운유수와 같이 정해진 형태가 없으며, 가야할 곳에서
가고 멈추어야 할 곳에서 멈추며, 문리(文理)가 자연스럽고, 모양새가 자
유롭게 피어난다"고 하는 것은 문예에 대한 최고의 찬사이다. 이러한 경
지는 자신이 생각한 것을 그때 그때의 문학적 여건에 따라 응변적(應變
的)으로 적절한 형식 또는 내용으로 표출해내는 놀라운 재능이다.

그는 그림으로 뛰어난 오도자(吳道子)의 인물화 그리는 솜씨에 대해
"법도의 가운데서 새로운 뜻을 펼쳐내고, 호방한 풍격 밖으로 묘한 이치
를 보낸다"고 극찬했다.88) 이는 형식과 내용이 겸비되어 완성된 경지를

不移晷."

85) ≪蘇軾文集≫ 권16(제5책), 2069쪽, <自評文>.

86) William Wordsworth, 'A Spontaneous Overflow of Powerful Feelings'

87) ≪蘇軾文集≫ 권49(제4책), 1418쪽, <與謝民師推官書>, "所示書教及詩賦雜文, 觀之
熟矣. 大略如行雲流水, 初無定質, 但常行於所當行, 常止於所不可止, 文理自然, 姿
態橫生."

88) ≪蘇軾文集≫ 권71(제5책), 2210쪽, <書吳道子畵後>, "詩至於杜子美, 文至於韓退之,
書至於顏魯公, 畵至於吳道子, 而古今之變, 天下之能事畢矣. 道子畵人物, 如以燈取
影, 逆來順往, 旁見側出, 橫斜平直, 各相乘除, 得自然之數, 不差毫末, '出新意於法度
之中, 寄妙理於豪放之外', 所謂遊刃餘地, 運斤成風. 蓋古今一人而已."

지칭하는 언표이다. 기존의 창작 규범 또는 장르 등을 무시하지 않는 중에서도 독창적으로 남이 하지 않은 자기 류의 뜻을 펴내고, 자유 정신의 구가 속에서 세상과 인생의 본원적 이치를 밝혀낸다는 의미는 기존의 것을 존중하면서 또한 그것을 넘어서는 강한 창조성이 필요하다는 소식다운 문예론이다.

이상의 논의들을 장르론에 적용하면 일정한 형식에 얽매이지 않고, 대상에 대해 표현하고자 하는 것을 얼마든지 자기 나름의 방식으로 드러내는 창조적 탈장르성이다. 즉 수물부형론이나 오도자에 대한 화평(畵評)은 장르간 영역 넘나들기이며, 그 검증은 시·사·문·서·화에 나타난 소식의 문학적 여정과 실제가 뒷받침 해준다.

5) 중변론(中邊論)과 평담경 지향: 작품으로의 외적 구현, 풍격론

앞의 논의가 작품화를 향한 작가를 중심으로 한 대상 및 작품과의 자유로운 교감 과정이었다면, 이것은 시가 표현의 이상적·궁극적 지향에 관한 논의이다. 즉 사변적 형상미의 추구와 관련한 작가의 내적 성숙이 작품으로 꽃 피우는 외적 구현에 관한 주장이다. 여기서는 두 가지 논의가 가능한데, 먼저 작가의 진지한 정신의 발현이야말로 신묘한 표현을 향한 가장 중요한 관건이라는 점이다.

> 옛날의 문인들은 공교하고자 해서 그런 것이 아니라, 그 외에 다른 방도가 없어 교묘해진 것이다. 산천의 구름과 초목의 화실(華實)이 안에서 가득히 충만하여 밖으로 발현하듯이, 없는 듯이 하려 해도 그렇게 할 수 있겠는가? 나는 어려서 부친으로부터 문장에 관해 들은 바, 옛 성인들은 마음 속에 스스로 그만두지 못하는 무엇이 있었다고 여겼다. 까닭에 나와 동생은 글을 지은 것이 많지만, 글을 일부러 지으려는 뜻은 갖지 않았던 것이다. …… 부친과 소철(蘇轍)의 글 100여 편을 모아 ≪남행집(南行集)≫이라 이름지었다.…… 억지로 지은 것들이 아니다.[89]

소식의 글들이 일부러 지으려는 의도 하에 지은 억지 문장이 아니라, 자연스런 감성의 유로(流露)라는 점이다. 즉 그는 우선 자신의 내면의 감정에 충실할 때 비로소 좋은 글들이 나온다고 생각했다. 거짓 정서가 아니라 진정에서만이 훌륭한 문학이 배태된다는 점에서 유협과 같은 입장이다.90) 그리고 그러한 글들만이 공교한 글이 될 수 있음을 주장했다. 인위적 수사로는 좋은 글이 되기 어렵다는 점을 말한 것으로, 이른바 '자연성문(自然成文)'의 주장이다.91) 다음으로 그는 한위 이래 당까지의 역대 시인들의 시에 대한 품평에서 뛰어난 시적 경지로 다음과 같은 심미 규범을 제기했다.

> 시 역시 그러하다. 소무(蘇武)·이릉(李陵)의 천성(天成)의 자연스러움, 조식(曹植)·유정(劉楨)의 자득(自得), 도연명·사령운의 초연함 등은 모두 대단한 경지에 이르렀다. 그런데 이백과 두보는 절세에 빼어난 아름다운 모습으로서 백대(百代)를 초월하며 고금의 시인을 모두 능가한다. 그렇지만 위진 이래의 탈속적(脫俗的) 격조도 조금은 쇠미해졌다. 이백과 두보 이후로 비록 간간이 심원한 운미가 없지 않았지만, 재주가 뜻에 미치지는 못했다. 유독 위응물·유종원이 '간약(簡約)한 고풍(古風) 중에 섬세·풍부함을 드러내고, 담박한 가운데 지극한 맛을 싣고 있다.' 이는 다른 사람들이 따라할 수 없는 부분이다.92)

소식은 소무(蘇武), 이릉(李陵), 조식, 유정(劉楨), 도연명, 사령운으로 대표되는 육조의 천연스런 아름다움, 자득의 경지, 탈속적 초연성 등을 높이 평가했으며, 시의 이상적 표현 방식은 '외적 간약(簡約)함과 내적 풍부

---

89) ≪蘇軾文集≫ 권10(제1책), 323쪽, <南行前集敍>.

90) ≪文心雕龍·情采≫ "昔詩人什篇, 爲情而造文, 今辭人賦頌, 爲文而造情."

91) 張健, ≪宋金四家文學批評研究≫, 聯經出版事業公司, 1975, 台北, 10쪽.

92) ≪蘇軾文集≫ 권67(제5책), 2124쪽, <書黃子思詩集後>, "至於詩亦然. 蘇李之天成, 曹劉之自得, 陶謝之超然, 蓋亦至矣. 而李太白杜子美以英瑋絶世之姿, 凌跨百代, 古今詩人盡廢. 然魏晉以來高風絶塵, 亦少衰矣. 李杜之後, 詩人繼作, 雖間有遠韻, 而才不逮意. 獨韋應物柳宗元發纖穠於簡古, 寄至味於澹泊, 非餘者所及也."

함의 교묘한 조화'의 경지라고 했다. 이밖에 "고담(枯澹)한 것을 귀히 여기는 것은, 그것이 겉이 메마르면서도 속은 기름지고, 담박한 듯이 보이지만 실은 아름답기 때문으로서, 도연명과 유종원이 그렇다. 만약 속과 겉이 모두 고담하다면, 또한 말할 가치나 있겠는가?"라고 하는 '중변론(中邊論)'을 제창했으며,[93] 도연명의 시에 대해서는 '질박하면서도 아름답고, 수척한 가운데 살졌다'고 하며, 그의 시를 좋아하는 이유를 밝혔다.[94] 이상의 발언들은 강기(姜夔)가 소식의 말을 인용한바 "표현은 끝이 났는데도 뜻이 다함이 없는 것이야말로 천하의 지극한 말이다"[95]라는 언표와 같은 의미로서, 이론상 소식은 여백미와 함축미를 통한 평담경을 지향하였다.

　이 같은 언급은 모두 시란 외적으로는 담담하고 절제된 표현을 중심으로 하되, 내면에서는 표현의 이면에 개재된 문학적 형상성을 통해 작가의 사상과 감정을 핍진하게 드러내야 한다는 입장 표명이다. 이 점은 사공도(司空圖)가 <여이생논시서(與李生論詩書)>에서 피력한 시론의 영향과 관계가 있다.[96] 그는 사공도의 미외지미(味外之味)를 추구하여 "(사공도는) 시를 논함에 '매실은 신맛에서 그치고, 소금은 짠맛에서 그친다. 음식에는 소금과 매실이 없을 수는 없지만, 그 좋은 맛은 늘 짠맛과 신맛의 밖에 있다'고 했다"는 말을 인용했다.[97] 이로 미루어 결국 소식의 평담론은 '절제된 표현과 풍부한 내용'이라는 두 가지 의미를 달성하는 사변적 표현론이며, 동시에 내적 풍요를 간약한 외피로써 감싸 겉으로 드러

---

93) ≪蘇軾文集≫ 권67(제5책), 2109쪽, <評韓柳詩>, "所貴乎枯澹者, 謂其外枯而中膏, 似澹而實美, 淵明・子厚之流是也. 若中邊皆枯澹, 亦何足道?"

94) ≪蘇東坡全集≫(世界書局), 續集 권3, 70쪽, <追和陶淵明詩引>, "吾於詩人, 無所甚好, 獨好淵明之詩. 淵明作詩不多, 然其詩質而實綺, 癯而實腴, 自曹劉鮑謝李杜諸人, 皆莫及也."

95) ≪白石道人詩話≫, "言盡而義無窮者, 天下之至言也."

96) 李永朱, ≪소식시론 연구≫, 서울대 석사학위논문, 1983, 32쪽.

97) ≪蘇軾文集≫ 권67(제5책), 2124쪽, <書黃子思詩集後>, "其(司空圖)論詩曰, '梅止於酸, 鹽止於鹹. 飲食不可無鹽梅, 而其美常在鹹酸之外.'"

내지 않는 송대의 내성 관조의 영향이 느껴지는 형상 심미론임을 알 수 있다. 그리고 그의 심미의식은 매요신 이래 평담경을 주장한 송시적 특징화의 연장선상에 자리잡고 있음을 보게 된다.

본절의 이제까지의 내용을 요약하면 소식의 문예이론과 시적 성취는 사변적 형상 세계를 추구하는 점에서 사유 방식이 유사한 선학과 화론의 도움을 받아 몇 가지 미적 지향과 방식을 제시하고 있다. 그것은 시화일률(詩畵一律)의 사고방식, 형사와 신사의 표현경, 대상에 대한 인식 체계인 상형과 상리론, 창작적 주안점으로서의 전신과 사의론, 내적 준비과정으로서의 흉중성죽론, 심수상응의 도와 기예의 합일적 경지, 수물부형(隨物賦形)의 자유자재의 능력과 영역 파괴적 경지, 그리고 시의 표현상의 이상적 경지는 양가적(兩價的) 관념으로서 중변론으로 대표되는 외적 간아(簡雅)와 내적 풍요가 함께 구현되는 시 세계이다. 이는 송대 문예 사상의 조류와 깊은 관련이 있으며, 이후 문학 이론 방면에서 의경론으로 심화 발전해 갔다.

이들은 모두 문예 창작의 정신적 지향과 관계되며, 그 이론의 형성에는 송대 신유학 성립 과정 중의 내향적 사변의 영향이 크다. 이에 따라 이 논의들의 지향점은 문예의 형상미이기는 하지만, 당시에서 추구한 정감 형상의 추구와는 다른 이취적(理趣的) 사변 형상의 추구로 나아갔다. 이런 점에서 본절에서 분석한 소식 문예의 이론적 주장과 시적 특징들 역시 송시의 '탈(脫) 장르화'에 일정한 영향을 주었다고 평가할 수 있다.

(4) 소식의 시

소식은 신구파 간의 당쟁이 첨예하던 11세기 중국사의 소용돌이의 중심부에 서서 살다간 사람이다. 그는 부임지에 가면 반드시 임금에게 임지의 상태와 문제를 적은 글을 올려 현실적 문제들을 개선하고자 했다. 다음 시는 그 전형적 예이다.

┃吳中田婦嘆┃ 오 지방의 농사짓는 여인의 탄식

今年粳稻熟苦遲	올해 메벼는 어찌도 더디 익는지
庶見霜風來幾時	서릿바람이 곧 불어닥칠 것만 같았다.
霜風來時雨如瀉	서릿바람 불어 올 때 비 쏟아져
杷頭出菌鎌生衣	고무래는 곰팡이 쓸고 낫은 녹슬었지.
眼枯淚盡雨不盡	눈물이 마르도록 비는 그치질 않아
忍見黃穗臥青泥	누런 이삭이 진흙 속에 쓰러진 것 차마 못 보네.
茅苫一月隴上宿	한 달을 거적 깔고 밭둑에서 지내다가,
天晴穫稻隨車歸	날 개여 이삭 거두고 수레 몰아 돌아왔다.
汗流肩赬載入市	땀흘리며 어깨 멍들며 시장에 지고 갔으나
價賤乞與如糠粞	헐값으로 쌀겨 값으로 구걸하듯 받았다.
賣牛納稅折屋炊	소 팔아 세금 내고 집 뜯어 밥 짓지만
慮淺不及明年飢	생각이 짧아 내년에 굶을 건 생각지 못하네.
官今要錢不要米	관가에선 돈만 받고 곡식은 받지 않으니
西北萬里招羌兒	서북 만리 강족(羌族)에 주려는 게지.
龔黃滿朝人更苦	공수, 황패 같은 신하 가득해도 백성은 갈수록 힘드니
不如却作河伯婦	오히려 하백(河伯)의 아내 되느니만 못하다.

추수기를 망친 장마와 헐값에 팔아야 하는 현실, 그리고 현금 징세의 폐단을 그리고 있다. 특히 현금 통화의 부족은 부국강병을 위한 중세 정책의 결과로서 신법의 부작용이었다. 그리고 이렇게 어렵게 거둔 국부(國富)는 서북 변방의 강족을 회유하는 자금으로 소용되었는데, 소식은 신법의 난맥상을 백성들의 현실 생활로부터 끄집어내 고발한 것이다. 결국 소식의 이러한 류의 비판적 시문은 신법파의 서단(舒亶) 등에 의해 오대시안의 필화(筆禍)를 겪게 되었다.

이러한 결과는 대쪽같은 성격에서 비롯된 것으로서, 소식은 비단 신법파뿐만 아니라, 구파의 영수인 사마광(司馬光)과 불화하기도 하였다. 그는 특히 대나무를 좋아했는데, 곧은 성품을 잘 보여준다.

┃於潛僧綠筠軒 ┃ 어잠의 스님 처소인 녹균헌

可使食無肉	식사에 고기가 없더라도
不可使居無竹	처소에 대나무가 없어선 안 된다.
無肉令人瘦	고기가 없으면 살이 여위나
無竹令人俗	대나무 없으면 저속해진다.
人瘦尙可肥	사람이 여윈 것은 살찌게 할 수 있으나,
士俗不可醫	선비가 속된 것은 방도가 없다.
旁人笑此言	곁의 사람은 이 말에 웃겠지
似高還似癡	고상한 것 같지만 바보같다고!
若對此君仍大嚼	대나무와 같이하고도 고기를 먹으려 함은
世間那有揚州鶴	세상 어디에 그 같은 양주학이 있으리요?

　절강성 임안(臨安)에 소재한 어잠(於潛)의 혜각(惠覺) 스님의 처소를 소재로 한 백화체 잡언시이다. '양주학(揚州鶴)'의 고사는 다음과 같은 내용을 담고 있다. 좌중의 한 사람이 양주의 자사가 되고 싶다 하고, 누구는 재물을 많이 얻고 싶다고 하고, 또 누구는 학을 타고 하늘을 오르고 싶다고 하자, 이 말을 듣던 한 사람이 자기는 많은 돈을 꿰차고 양주의 하늘로 오르고 싶다고 한데서, 과욕(過慾)을 상징하는 용어로 쓰이게 된 말이다. 즉 곧은 지조를 상징하는 대나무를 좋아하면서, 영화로운 생활을 동시에 할 수는 없다는 이야기인 것이다. 소식이나 황정견이 죽석(竹石)의 그림을 좋아한 것은 송대 사대부의 굳은 절조 의식이라는 맥락에서 이해된다. 이와 같이 소식의 시는 대체로 솔직 담백한 이취(理趣)가 기조를 이루고 있다. 백화와 잡언이라는 형식 불구속의 요소를 사용하여 소식시의 자유성을 마음껏 구가하였다.

　한편 다음 경치를 읊은 시에서는 서호의 아름다운 경치와 함께 맑고 낙관적 정신 경계가 엿보인다.

┃飮湖上初晴後雨(2) ┃ 서호에서의 음주중 처음엔 맑았다가 비 내리고(2)

水光瀲灩晴方好	물빛 반짝거려 날씨 좋다가

山色空蒙雨亦奇	산색 자욱하게 비 내려도 멋지다.
欲把西湖比西子	서호를 서시(西施)에 비기자면
淡妝濃抹總相宜	엷은 화장 짙은 화장이 저마다 멋있다.

맑은 날 서호에 배를 띄우고 음주를 즐기는 도중 비가 왔나 보다. 하지만 워낙 풍광이 아름다운 항주(杭州) 서호(虎)의 경치는 갠 날뿐 아니라, 비를 뿌려도 아름다움을 느낄 수 있다는 내용이다. 서호를 서시(西施)에 비겨 갠 날과 비오는 날의 서호가의 정경을 아름다운 여인의 화장의 농담(濃淡)으로 비유했는데 소식 특유의 개성과 여유가 배어난다. 항주의 서호는 바로 이 소식의 시구로 인해 '서시호[西子湖]'란 별칭을 얻게 되었다. 비유에 뛰어나고 스케일이 크며, 낙관적 정서와 함께 산문적 필치로 쓰여졌다.

신구파 간의 당쟁으로 소식이 뜻밖에 오대시안(烏臺詩案)이란 문자옥에 연루되어 죽을죄를 지고 어사대에 갇혀 죽음을 기다리며 지은 다음 시에는 인생과 가족에 대한 절박한 심정이 담겨있다.

❙ 予以事繫御史臺獄, 獄吏稍見侵, 自度不能堪, 死獄中, 不得一別子由, 故作二詩 授獄卒梁成以遺子由二首(1) ❙
나는 일에 연루되어 어사대 감옥에 하옥되어 옥리(獄吏)에게 옥을 보았다. 생각해보니 견디지 못하고 옥중에서 죽으면 동생 소철(蘇轍)과 이별할 수 없겠기에, 시 2수를 지어 옥졸 양성(梁成)에게 주어 자유에게 남긴다(1)

聖主如天萬物春	성군은 하늘같아 만물에 봄기운 들게 하나
小臣愚暗自亡身	나는 우둔하여 스스로 몸을 망쳤다.
百年未滿先償債	백년을 못 채우는 삶에 빚부터 갚아야 하고
十口無歸更累人	열 식구 기댈 곳 없으니 남에게 더욱 누 끼치네.
是處靑山可埋骨	이곳 청산에 뼈를 묻겠거니와
他時夜雨獨傷神	어느날 밤비 내릴 때 그대 홀로 마음 상하겠구나!
與君今世爲兄弟	그대와는 이 세상에서 형제의 인연 맺었으니
又結來生未了因	다하지 못한 인연 내세에서도 이어지기를!

유장한 시제(詩題)에서 말로 표현할 수 없는 치욕스런 고초와 절명(絶命)의 회한을 엿볼 수 있다. 소식은 동생 소철과의 형제애는 평생토록 사랑으로 넘쳐 남다른 데가 있었다. 결국 소철은 물론이고 왕안석까지 도와 겨우 죽음을 면하고 황주로 유배되기에 이른다. 소식의 첫 번째 고초였으나, 굳은 신조는 전과 다름없었다. 다음 시는 황주로 귀양가며 지은 시인데 자책과 위로의 심정이 엇섞여 나타난다.

┃初到黃州┃ 처음 황주에 도착하여

自笑平生爲口忙	평생토록 입 때문에 허덕이니
老來事業轉荒唐	나이 들어 일은 더욱 당혹스럽게 돌아간다.
長江繞郭知魚美	장강이 성을 감돌고 있으니 물고기 맛나겠고
好竹連山覺筍香	좋은 대나무가 산을 덮어 죽순은 향기로우리라.
逐客不妨員外置	쫓겨난 몸이니 원외랑이라도 무방하고
詩人例作水曹郞	시인이 수부랑(水部郞) 됨은 늘 있는 일이었다.
只慚無補絲毫事	정사에 털끝 만한 보탬도 없으면서
尙費官家壓酒囊	되려 관가의 봉급만 축냄이 부끄럽구나.

원풍 3년(1080) 소식은 검교수부원외랑황주단련부사(檢校水部員外郞黃州團練副使)로 명을 받아 황주(黃州)로 유배되어 이동의 자유를 구속당한다. 그는 뜻밖에 반대파로부터 숙청당한 일에 대해 반성적으로 회고하는 한편, 어려운 세상살이의 심정을 피력하였다. 유배지 황주에 대해 그는 자연 경관을 감상하며 유배된 관리로서의 자조감마저 보이기는 하지만 근저에는 소식 특유의 낙관적 정서를 드러내고 있다.

┃東坡八首(1)┃ 동쪽 언덕(1)

廢壘無人顧	아무도 돌보지 않는 황폐한 성루
頹垣滿蓬蒿	무너진 담엔 쑥대만 가득하다.
誰能捐筋力	누가 힘을 쏟을 수 있으랴!
歲晩不償勞	연말에도 아무런 상급이 없을 터인데.

獨有孤旅人	외로이 쫓겨난 이 사람
天窮無所逃	하늘 끝에 있어 도망갈 수 없구나.
端來拾瓦礫	곧바로 달려와 기와와 자갈 주워 내지만
歲旱土不膏	하늘은 가물고 땅도 척박하다.
崎嶇草棘中	고르지 않은 땅 가시덤불 속에서
欲刮一寸毛	키 작은 곡식이나마 거두려 하네.
喟然釋耒歎	쟁기 놓고 휴우 탄식을 내뱉는 건
我廩何時高	내 창고 언제나 차려나?

유배지 황주(黃州)에서의 생활은 수월하지 않았다. 소식 스스로 경작하며 식량을 자급해야 하는 처지였다. <동파> 8수에 이 같은 상황이 잘 나타나 있다. 옛 군영의 동쪽에 있던 비탈진 땅은 오랫동안 버려 두어 매우 척박하고, 게다가 날도 몹시 가물어 농경이 거의 불가능한 상태에 있어 자칫 식량을 조달하기 어려운 지경임을 보여주고 있다. 이렇게 어려운 상황에 놓이고서, 그가 호를 '동파거사(東坡居士)'라고 자호(自號)한 일로부터 우리는 역경에 굴하지 않고 그것에 정면으로 맞서고자 하는 강인한 정신과 힘을 느낄 수 있다.

▌鶴嘆▐ 학의 탄식

園中有鶴馴可呼	동산에 학이 있어 부르면 올 듯하여
我欲呼之立坐隅	내가 불러 한쪽 모퉁이에 서게끔 했더니,
鶴有難色側睨予	학은 언짢게 나를 흘겨보더니
豈欲聽對如鵬乎	"내 어찌 올빼미처럼 당신 말을 들을까!
我生如寄良崎孤	이내 몸 기댈 데 참으로 비좁아
三尺長脛閣瘦軀.	석 자 되는 긴 다리에 여윈 몸을 올려놓았소.
俯啄少許便有餘	고개 숙여 조금만 쪼으면 바로 배부른데
何至以身爲子娛	뭐하러 그대의 노리개가 될까?"
驅之上堂立斯須	학을 몰아 대청에 올려 잠시 세우고서
投以餅餌視若無	떡을 던져주나 못 본 척 하네.
戛然長鳴乃下趨	끼익 울고선 성큼 걸어 내려가니

難進易退我不如　나가기 어렵고 물러나기 쉬움이 나보다 낫구나.

원우 8년(1093) 소식은 정주에 부임하였는데, 이 시기의 작품에서는 관직에서 은거하고자 하는 마음이 왕왕 드러난다. 이 시에서 소식은 학을 통해 자신의 모습을 형용하고 있다. 형상 비유에 탁월한 소식은 고고한 학의 모습을 통해 세상에 쉽게 길들여지지 않는, 그리하여 어려움을 자초하고 감내하는 모습을 객관적이면서도 애정을 실어 표현하였다. 고고한 학은 시속의 요구에도 응하지 않고 그들의 완상물이 되기를 거부한다. 은혜를 베풀어도 일축하는 학의 모습은 세속을 초월하고자 하는 소식의 강렬한 자중감(自重感)의 표현이다. '나가기는 어렵고 물러나기는 쉽다(難進易退)'는 말은 문인 중심의 쟁파적(爭派的) 송대 사회에서 이상적으로 설정된 시은(市隱) 또는 거사불(居士佛)의 전형적 심태이다. 구문상 문언 산문투의 시 형식을 보여준다.

다음 시는 1094년 혜주(惠州)로 귀양을 가서 남쪽에서 나는 과일인 여지(荔枝)를 먹으며 인생 감개를 그린 시이다.

▌四月十一日初食荔支▐ 4월 11일 처음 여지를 먹고

南村諸楊北村盧　남촌의 양매, 북촌의 금귤
白華青葉冬不枯　흰 꽃과 푸른 잎은 겨울에도 시들지 않네.
垂黃綴紫煙雨裏　안개 비 속에 금귤 드리웠고 자색 양매 달렸으니
特與荔子爲先驅　정말 여지의 선구가 되었구나!
海山仙人絳羅襦　바다 신선이 빨간 속옷을 입은 듯
紅紗中單白玉膚　붉은 비단 속옷에 백옥 같은 살결.
不須更待妃子笑　양귀비의 웃음 기다릴 필요 없음은
風骨自是傾城姝　경국(傾國)의 미모를 지녔기 때문이다.
不知天公有意無　하늘의 의도인지는 알 수 없지만
遣此尤物生海隅　이 특별한 물건을 바닷가에 자라게 하였네.
雲山得伴松檜老　구름 낀 산에서 소나무 회나무와 함께 늙어 가는데
霜雪自困楂梨粗　배는 눈서리에 약하여 맛이 떨떠름하다.

先生洗盞酌桂醑	선생은 잔 씻어 계주를 따르고
冰盤薦此頹虯珠	얼음 쟁반에 여지를 올리니 붉은 여의주 같네.
似開江鰩砍玉柱	조개를 열어 옥주를 잘라 놓은 듯
更洗河豚烹腹腴	복어를 씻어 흰 뱃살을 삶아 놓은 듯.
我生涉世本爲口	평생에 세상을 다닌 것은 본시 입을 위해서인데
一官久已輕蒪鱸	한낱 관리는 이미 순채국과 농어회보다 가볍다.98)
人間何者非夢幻	인간 세상에 꿈 아닌 것이 무엇이더냐?
南來萬里眞良圖	남쪽 만리로 온 것이 정말 잘한 일이지!

시 중에서 작자는 남쪽 과실인 여지의 모양과 특징을 여지를 좋아했던 양귀비의 역사 고사와 함께 세밀하게 묘사하고 있으며, 그 자라는 풍토와 맛까지 알려주어, 마치 눈앞에 여지를 보고서 그것을 까서 먹는 듯한 느낌마저 들게 하고 있다. '당송팔대가(唐宋八大家)'의 한 사람인 소식의 뛰어난 형상적 비유력은 산문에서도 잘 알려져 있지만, 시에서도 이렇게 유감 없이 드러나고 있다. 시의 끝에서는 어서 관직을 벗어버리고 귀양이 풀려 고향으로 돌아가기를 바라는 마음이 일면 허탄한 듯이 또 한편으로는 달관적으로 그려져 있어, 노경(老境)의 인생 감개를 느끼게 한다. 가끔씩 백화 산문투가 보인다.

혜주 시기에 쓴 다음 시에는 물을 길어다 차를 끓여 마신 후까지의 과정이 세밀하게 묘사되어 있다.

┃汲江煎茶┃ 강물을 길어다 차를 끓이며

活水還須活火烹	생수는 살아있는 불에 끓여야 하기에
自臨釣石取深淸	몸소 낚시터에 가 깊고 맑은 물을 긷는다.
大瓢貯月歸春甕	큰 표주박으로는 달을 떠다 봄 항아리에 담고
小杓分江入夜瓶	작은 국자로는 강을 덜어 야광 병에 넣는다.

---

98) 蒪鱸(순로): 순채국과 농어회. 晉 張翰이 낙양에서 관리로 있다가 가을 바람에 고향 吳中에서 먹던 순채국과 농어회가 생각나서, 벼슬을 그만두고 고향으로 돌아갔다. 그 이후 '순로지사(蒪鱸之思)는' 고향을 그리워한다는 뜻으로 사용되게 되었다.

雪乳已翻煎處脚　　눈 같은 거품으로 끓는 물엔 포말(泡沫)이 모이고
松風忽作瀉時聲　　차 따를 때는 홀연 솔바람 소리가 난다.
枯腸未易禁三椀　　마른 창자에 억제할 수 없는 세 잔째 마시고는
坐聽荒城長短更　　정좌하여 성의 쓸쓸한 밤 종소리를 듣노라.

양만리(楊萬里)는 이 시의 제2구를 놓고 "일곱 글자에 다섯 가지 뜻이 담겨 있다. 물이 맑다는 것이 첫째이고, 깊은 곳의 맑은 물이라는 것이 둘째이고, 돌 아래의 물이지 진흙 위를 흐르는 물이 아니라는 것이 셋째이고, 돌이 낚시하는 돌이지 평범한 돌이 아니라는 것이 넷째이고, 동파가 스스로 물을 길었지 하인을 보내지 않은 것이 다섯째이다."[99]라고 극찬하였다. 특히 제3, 4구의 물을 뜨는 모습도 "하늘에서 달을 따고, 강물을 퍼 담는다"는 노랫말처럼 매우 감성적으로 표현되어 있다. 작자의 심태면에서 이 시에는 유배지에서의 소박하고 자급자족할 수밖에 없는 어려운 생활이 오히려 낙천적 달관과 함께 담담하고 운치 있게 드러나고 있다. 이러한 어려운 현실 여건에도 불구하고 그것을 초극하려는 달관적 정신 경계의 역전의 심미 세계는 바로 소식 문학의 큰 매력이 아닐 수 없다.

이는 유명한 산문부인 <적벽부(赤壁賦)>의 무진장의 자연 속에서 노닐 수 있었던 소식의 정신적 소요(逍遙) 경계와 무관하지 않다. 제7, 8구의 요구(拗救)를 제외하고 모두 합율(合律)되는 율시이다. 잠시 <적벽부>의 중심 구문을 보자.

　　7월 16일 소식이 객[양세창(楊世昌)]과 함께 배를 띄우고 노는데, 주흥이 돋아 뱃전을 두드리며 시를 노래불렀다. 객이 그 노래에 맞추어 퉁소를 부니, 흐느끼는 가락이 매우 구성져 비통한 마음이 들었다. 소식이 그 까닭을 물었더니, 객은 이렇게 말했다. 이 노래는 조조의 노래로서, 그가 비록 주유

---

99) 《誠齋詩話》, "七字而具五意, 水淸, 一也. 深處淸, 二也. 石下之水, 非有泥土, 三也. 石乃釣石, 非尋常之石, 四也. 東坡自汲, 非遺卒奴, 五也."

에게 혼은 났으나 일세의 영웅이었다. 그러한 조조 역시 지금은 어디로 사라지고 없는데, 하물며 나와 그대가 강가에서 일엽편주를 띄우고 술잔을 권함에 있어서랴! 천지간 인생살이란 창해의 좁쌀 알처럼 아득한 것이요, 우리네 인생이 짧음을 슬퍼하고 장강(長江)의 무궁함을 부러워 하나, 신선을 끼고 높이 날아 저 달을 안고 영원히 사는 일은 쉽사리 얻을 수 있는 일이 아님을 알아서, 슬픈 바람결에 노래 가락을 실은 때문이라고 답했다.(이상 요약문)

이에 소식은 이렇게 말했다. "그대는 물과 달에 대해서 아는가? 가는 것이 이와 같으나 가는 것만이 아니요. 또 차고 이지러짐이 저와 같으나 결국 없어지거나 자라나는 것이 아니오. 사물을 변화의 관점에서 보면 천지는 일순간이라도 쉼이 없고, [또 사물을 불변의 관점에서 보면 사물과 나 모두 다함이 없으니, 무엇을 부러워하리!] ……강 위의 맑은 바람과 산간의 명월만이 귀로 들으면 소리가 되고, 눈으로 보면 형태를 이루어, 그것을 취함에 막을 이 없고, 마음대로 써도 다함이 없소. 이것이 바로 조물주의 무진장이니, 내 그대와 함께 실컷 즐기는 바일세."[100]

다하되 다함이 없고, 끝나되 끝나지 않는 것, 우리네 인생에서 그것은 무엇일까? 소식은 무엇을 바라고 있었던가? 도교적 신선의 세계였을까? 불가적 해탈의 세계였을까? 소식은 양도사(楊世昌)의 인간 존재에 관한 숙명론적 비관주의 정조에 대해, 그것은 절망이 아니라 극복이자 해탈이어야 함을 말하고, 그것을 발견할 때 우리는 숙명에서 자유로워질 수 있다고 한 것이다. 그 논거로서 소식은 양도사에게 사물에 대한 소박한 변증법적·이중적 바라보기인, 이른바 '수월론(水月論)'을 멋지게 펼친다. 표면에 보이는 현존재적 지평이 세계의 전부가 아니며, 따라서 위의 [   ] 안의 글과 같이 우리의 존재 역시 자연과 함께 무궁한 것이기도 하

---

100) ≪蘇軾文集≫ 권1, 5-6쪽, <赤壁賦>, "蘇子曰 '客亦知夫水與月乎? 逝者如斯, 而未嘗往也. 盈虛者如彼, 而卒莫消長也. 蓋將自其變者而觀之, 則天地曾不能以一瞬. 自其不變者而觀之, 則物與我皆無盡也. 而又何羨乎? ……惟江上之淸風, 與山間之明月, 耳得之而爲聲, 目遇之而成色. 取之無禁, 用之不竭. 是造物者之無盡藏也, 而吾與子之所共適.'"

다는 초월적 인식을 보여주고 있다.

그것은 변하되 변치 않는[變而不變] 자연[水月]과, 이 시공간의 세계 속에 잠시 깃들어 있다가 사라지는 우리네 인생[人]의 소통적 의식이며 접점이기도 하다. 이러한 상호 소통을 통하여 그는 비로소 현실과 인간 존재의 벽을 넘어 우주와의 합일을 이룬다. 즉 우리 인생도 이렇게 물처럼 흘러가지만, 물이 없어지는 것이 아니고 달이 사라지는 것이 아니듯이, 인간도 표피적인 현재적 상황만이 전부가 아니며, 또한 그냥 죽는다고 해서 영원히 사라지는 존재만은 아님을 말한 것이다. 그렇기 때문에 그는 격랑에 처해서도 자기류의 스케일을 잃거나 흔들리지 않고 중심을 잡고 나아갈 수 있었던 것이다. 이러한 관조적 달관은 당대(唐代)와 다른 송대적 문인 형상이기도 하지만, 특히 소식에서 돋보이며 동시에 문학적으로도 높은 성과를 지니며 구현되었다는 점에서 특기할 만하다.

(4) 위상과 평가

송대 시학의 주류 사조 형성에 가장 큰 영향을 미쳤던 소식의 시학은 다음 몇 가지 배경적 특징을 지니며 전개되었다. 먼저 사대부 문학으로서의 교유 수증시의 증가 현상이 소식에서도 지속되었다. 특히 그의 문단 영수 지위는 이러한 교유 활동으로 소문사학사(蘇門四學士)나 소문육군자(蘇門六君子) 등 많은 휘하 문인들에 심대한 영향을 끼쳤다.

먼저 그의 시학을 이루는 외적 배경론을 요약하면, (1) 사대부 계층의 세속과의 교감 및 시문혁신운동은 시학 이론과 문학 행위에 영향을 미쳤다. 수증·교유시가 대폭 증가하고, 구속력이 강력한 율시 대신 고시가 많이 지어졌으며, 시학에서는 이속위아의 이론이 제기되어 후에 황정견과 강서시파 등의 점화론으로 발전하게 된다. 점화론은 소·황 이후

시 창작의 규율성과 학습성을 강조하는 송시적 특징을 보인 동시에, 생동하는 창조력을 감소시켜 정감의 형해화(形骸化)라는 나락에 빠지게도 했다.

(2) 신유학의 형성과 함께 생활 속의 사변이 보편화하면서 인생과 사회에 대한 책임의식의 반영으로서의 사대부적인 철리(哲理) 사변(思辨)이 대다수 시의 결어와 함께 나타난다. 특히 후기시에는 선학에 대한 소양이 자주 드러난다. 당시 유행했던 '학시여참선(學詩如參禪)'론은 선학의 시로의 내용적 차감(借鑑)이다. 또한 고문운동은 문학의 내용을 의론화하는데 상당한 작용을 했다. 이에 따라 소식의 시는 자기 성찰적 의론을 많이 다루었으며, 이 의론성은 나아가 사에까지 확대 적용되었다. 이로 인해 내용은 심화됐지만, 시적 정감은 많이 손상되었다.

(3) 장르적 관점에서 볼 때 송시의 가장 대표적 특징이자 소식 시의 특징은 시의 산문화이다. 이전에는 산문에서 다루었던 내용들이 시에 포함되면서 소식에 이르러 시의 산문화는 결정적으로 진전되었고, 급기야 운이 있는 문장같이 되기도 했다. 특히 소식의 경우 형식에 구속되지 않고 자유롭게 생각을 펼쳤으므로, '이문위시'의 경향이 심했다. 나아가 그는 이시위사를 추구하여 사풍(詞風)의 변화를 야기했다. 이것은 내용면에서는 세속적 장르인 사에 대한 문인적 아화(雅化)로서, '이속위아'론의 장르적 반영이기도 하다. 형식적인 면에서는 시와 사 모두 운율로부터의 탈피를 가속화하여, 결과적으로 시 장르의 본질 속성의 변화를 야기하고 말았다. 당시에 대한 송시적 모색과 해결의 결과였다.

다음으로 소식의 직접적 시론 형성에는 주로 선학(禪學)과 화론(畵論)의 영향이 큰데, 대상에 대한 관찰로부터 작품화에 이르기까지 작가의 자유 정신과 천재성의 측면에서 흉중성죽(胸中成竹)과 수물부형(隨物賦形)으로 대표되는 다양한 창작의 층차를 다섯 가지로 나누어 분석하였다. ① 시와 그림이 같은 맥락에서 이해된다는 시화일률(詩畵一律)의 주장이다. 또한 '신사(神似)'론에서는 겉으로 드러난 것만 보지 말고, 이면에 있는 사물의 본질을 파악해 그려내야 한다고 했다. 장르간의 이론적 차감론이다. ② 이렇게 하기 위해서는 형체가 정해지지 않은 유동적 물체에서도 '상리(常理)'를 찾아 터득해야 한다고 했다. 상형(常形)은 놓치면 그것을 잃은 것으로 끝나지만, 상리는 전체를 망치므로 중요하다는 것이다. 선적(禪的) 관조에 의한 본질적 속성의 포착을 말했다. 사물에 대한 조응론이다. ③ 대상에 대한 충분한 관찰 후에는 그리고자 하는 전체의 형상을 마음 속에서 먼저 그려내야 하고, 이러한 '흉중성죽(胸中成竹)'의 심상이 떠오르면 신속히 작품으로 그려내야 한다고 했다. 이는 자아의 대상에 대한 내적 구현 과정이다. 창작주체의 심득론이다. ④ 마음의 도와 예술 창작의 기예가 서로 상응하는 '기도양진(技道兩進)'의 심수상응(心手相應)의 상태와, 소식 개인의 창작 경험으로서 수물부형(隨物賦形)의 탈구속적(脫拘束的) 자유자재성을 말했다. 이는 대상·자아·표현 삼자관계의 동태적 응변(應變)의 표현론이다. 소식이 물[水]을 좋아한 것은 본성이 여하한 변화에도 잘 적응하며 자기의 본질을 지켜내는 면이 있기 때문이다. 이 수물부형론을 장르론적 관점에서 보면 소식 문예 창작의 장르 초월 양상과 직결된다. ⑤ 외적으로 훌륭하고 공교한 작품은 작가의 진실한 내면 의식으로부터 나오는 것이지, 거짓 정서로서는 불가능하다고 했다. 그리고 시의 이상적 표현의 경지로서 겉은 메마른 듯 보여도 실은 풍부한 심미적 가치를 포함한 작품이 훌륭하다는 중변론(中邊論)을 말했다. 풍격론으로서 매요신, 구양수 이래 주장된 평담경을 지향한다.

소식의 시론은 시적 형상성의 제고에 주안점을 두고 있다. 그러나 당시와 다른 내성(內省) 관조 위주의 사변성이 관여함으로써 역시 전통적 의미의 시적 정감과는 다른 사변적 의경을 전달하여 당시적 정감미는 손상되었다. 반면에 자연과의 교감을 중심으로 했던 중국시의 세계를 철학적 사색으로 확장시켰다는 점에서 시의 사유 층위를 높임과 동시에 예술 형상미의 심화를 가져왔다.

시에서도 보았듯이 소식의 문예이론과 시에 나타나는 장르 초월적 속성 중에서 가장 두드러진 점은 산문화이다. 이밖에 신유학의 영향으로 인한 도학적 자기 수양의식이 들어간 철리화, 아·속간의 작용 과정에서 나타난 이속위아론, 이시위사의 경향 등 장르간 교호작용 및 구법적(句法的) 강구, 선학(禪學)과 화론(畵論)의 시학으로의 차감(借鑒)인 사변 형상적 주장들과, 천재성의 발로인 수물부형의 표현력, 그리고 중변론적 평담경 등은 장르 변용적 관계 사항으로 들 수 있다.

소식 문예이론과 시가 지니는 이상의 특징들은 이미 북송 중엽부터 진행되어오던 시 장르의 본원적 속성의 변화를 한층 촉진하고, 장르간 영역을 허물었으며, 당시와는 다른 송시 나름의 틀을 확고히 잡아나갔다. 소식의 문예와 창작 여정은 '법도 중에서 새로운 뜻을 만들어 내고, 호방함 밖에서 묘한 이치를 부쳐낸다'[출신의어법도지중(出新意於法度之中), 기묘리어호방지외(寄妙理於豪放之外)]는 자유 정신의 수물부형(隨物賦形)적 구현이었다.101) 소식을 통하여 중국시는 예술 사유의 심화와 함께 생활화, 산문화, 수필화, 설시화를 향해 성큼 나서서, 시 장르의 속성 변화를 확고하게 진행시켜 나갔다.

내용적으로 소식의 시는 신법의 폐해를 지적한 것에서부터 관리로서의 곤경과 감회, 임지에서의 생활과 그리움, 사변 철학과 인생 감개, 기행과 영물등 다양하다. 송시의 일반 경향과 마찬가지로 수증시가 많으며, 특히 도연명 전부 시에 대한 화도시(和陶詩)는 특기할 만하다.

시어는 종종 백화체를 사용하였고, 고문가답게 문언 산문투도 자주 보인다. 표현 기교 면에서 탁월한 형상적 비유에 능하며, 까다로운 전고도 자주 등장하며, 구법과 장법에 뛰어났다.102) 또 자신의 천재적 개성과 재능을 잘 드러내어 구성과 전개가 행운유수(行雲流水)와 같이 자유롭다. 풍격 면에서는 전기의 시가 호방하고 적극적 정서가 강한 데 비해,

---

101) 본서 386쪽 주 88) 참조
102) 蘇軾詩의 字法, 句法, 章法의 구체에 대해서는 王洪, ≪蘇軾詩歌研究≫, 77-107쪽 참고

후기 시는 도연명을 애호하는 등 평담 초연한 풍격을 지향하였다.

송시는 구양수, 매요신에서 토대를 이룩하였다면, 이들을 이어 왕안석과 소식에서 힘을 발휘하기 시작하였고, 특히 소식의 각종 창의적 문학 예술론은 황정견에 의해 크게 발휘광대(發揚廣大)되어 후에 강서시파의 금과옥조가 되었으니, 소식의 시론이 송대 시학에 미친 영향은 폭과 심도 면에서 결정적이었다.

4 | 황정견(黃庭堅)

(1) 생애와 문학

황정견(黃庭堅, 1045-1105)은 북송 건립 85년 후인 인종(仁宗) 경력(慶曆) 5년 지금의 강서성 홍주(洪州) 분녕현(分寧縣) 수수(修水)에서 태어났다. 그의 조부 및 형제들은 진사에 오르기도 했으며 또한 북송대 가장 영향력 있는 문화 운동을 펼친 구양수에게서 배우기도 했다. 부친 황서(黃庶) 역시 1042년에 진사가 되었으며, 두보를 매우 좋아했는데, 이 점은 황정견에게도 영향이 컸다. 하지만 그는 황정견이 열네 살 때인 1058년에 사망했다.

이후 가세가 기울자 황정견은 명망 있는 집안인 큰 외삼촌 이상(李常, 1027-1090)에게 의지하여 성장했다. 소년 황정견은 외삼촌의 집에서 4년간 기거하며 그의 기대와 사랑을 받고 자랐다. 황정견이 정밀한 독서와 학문에 근거한 시적 성취와 시학 이론을 만들어 나갈 수 있었던 것은 이상(李常)의 영향이다. 이후 그는 구파인 손각(孫覺)의 딸과 결혼했으나 1070년 9년만에 사별하고, 다시 북경(北京) 국자감교수(國子監敎授)로 있던

1072년에 사경초(謝景初, 1019-1084)의 딸과 재혼하였으나 후에 1079년 역시 사별했다. 사경초는 1046년 진사에 급제하고 양주통판(襄州通判)·둔전랑(屯田郎)을 지낸 영향력 있는 문인으로서 황정견은 그를 통해 정치적 입지를 굳힐 수 있었다.

가족적으로 그는 아버지 황서, 외숙부 이상, 그리고 두 사람의 장인인 손각과 사경초의 영향하에 성장했다. 외삼촌 이상과 첫번째 장인 손각을 통해서는 구파인 소식과 교유하였고, 두 번째 장인인 사경초의 집안은 신파인 왕안석의 집안과 사돈 관계로서 황정견의 시학에도 적지 않은 영향을 주었다. 황정견은 기본적으로 전통 유가관에 기초하여 당시 새로운 사회의 전면에 부상하였던 '사인(士人)'으로서의 길을 걸어나갔다.

황정견은 1064년 19세에 중앙 정부의 진사에 응시했으나 낙방했다. 1067년 23세에 예부시(禮部試)에 다시 응시하여 삼갑진사제(三甲進士第)에 급제하면서, 여주(汝州) 섭현위(葉縣尉)를 필두로 관직의 길을 시작했다. 그후 신종(神宗) 희녕(熙寧) 5년(1072, 28세) 학관고시에 합격하여 국가의 최고학부인 북경 국자감교수로 발령받았고, 재임중인 1078년 원풍(元豊) 원년(1078, 34세)에 구파에 속하는 소식과 교분을 시작하면서 그의 정치적, 문학적 인생은 소문사학사(蘇門四學士)의 중심 인물로서 새로운 전기를 맞이하게 되었다.

1080년 황정견의 정치적 후견인인 소식은 왕안석 신법에 반대하는 과정에서 신파와의 갈등으로 '오대시안(烏臺詩案)'에 걸려 황주(黃州)로 유배가게 되었는데, 이 사건이 북송 문인 사회에 미친 영향은 매우 컸다. 이때 같은 구파였던 황정견도 연루되어 홍주(洪州) 남쪽의 길주(吉州) 태화현(太和縣)의 지사로 좌천되었다. 당시 임지로 가는 도중 서주(舒州)의 삼조산(三祖山) 산곡사(山谷寺) 석우동(石牛洞)의 절경에 반하여 호를 '산곡도인(山谷道人)'이라고 지어, 그를 황산곡(黃山谷)이라고도 부른다.

원우(元祐) 년간 구파가 득세하던 시절에는 소식의 입각으로 이상, 손각, 소식의 동생 소철(蘇轍), 황정견, 조보지(晁補之), 장뢰(張耒), 진관(秦觀)

등이 모두 입경하여 관직을 맡으며 구파의 전성기를 보냈다. 이 때 황정
견도 비서성교서랑(秘書省校書郎)(1085, 41세), 신종실록검토관(神宗實錄檢討
官), 집현교리(集賢校理)(1086), 저작좌랑(著作佐郎)(1087) 등을 역임하며 1091
년까지 인생의 황금기를 보냈다. 이후 1093년 소식은 다시 장기 축출되
어 혜주(惠州), 해남도(海南島) 등 장기 유랑의 길을 걷게 되었고, 황정견
역시 사천성 소제 검주(黔州)까지 유배되기도 했다. 황정견은 1101년 소
식의 사후 정치적 박해를 받아 유배를 다니다가, 1104년 봄에는 동정호
를 지나 여름에 의주(宜州)에 도착하였고, 1년 후인 숭녕(崇寧) 4년(1105) 9
월 30일 61세를 일기로 그곳에서 생을 마쳤다. 신구파 간의 치열한 당
쟁 속에 인생을 부침한 송대 사인의 전형적 삶이었다.

　　황정견 시학의 구체적 요체는 전대 시인들에 대한 학습과 연마를 통
한 자기류의 완성이다. 그가 작가적 모범으로 생각한 역사적 시인은 도
연명(陶淵明)과 두보(杜甫)이고, 당대의 선배 시인들로는 구양수(歐陽修), 매
요신(梅堯臣), 왕안석(王安石), 소식이다. 송 이전의 시인으로서는 도잠에게
서는 평담한 자기 해탈의 정서와 자연스런 표현경을, 두보에게서는 천의
무봉(天衣無縫)의 구법(句法)의 강구와 수준 높은 수사 기교였다. 문학사상
면에서는 구양수 이래 다시 각광받게 된 당대 고문운동(古文運動)의 기수
인 한유(韓愈)를 중시하였다. 또 황정견 시학의 송대적 연원을 들자면, 고
문운동의 기수로서 당시 문인 사회에서 막강한 영향을 행사했던 구양수
(1007-1072) 및 매요신(1002-1060), 소식, 그리고 왕안석까지도 범주에 포함
할 수 있을 것이다.

　　황정견 시학 형성에 있어서 결정적인 영향을 미친 사람은 소식이다.
황정견과 소식의 관계는, 황정견이 소식 문하의 문인들이란 의미에서 진
사도, 조보지, 장뢰와 같이 '소문사학사', 또는 시에서 소식과 병칭되어
'소황(蘇黃)'으로 불리기도 했던 만큼, 소식으로부터 시의 창작, 감상, 비
평론 전반에 걸쳐 가장 큰 영향을 받았다. 앞 절에서 보았듯이 시사적
계승 면에서 특기할 인물은 왕안석이다. 두 사람은 비록 정치적 입장은

달랐으나, 왕안석 만년의 시에 보이는 엄정한 구법의 추구는 황정견에서도 유사하게 나타나고 있다.

시학 이론 면에서 황정견은 전인들의 시구를 정련하여 새로운 시경(詩境)을 창출해내는 점철성금(點鐵成金)과 환골탈태(換骨奪胎)의 시론을 창시한 사람으로 유명하다. 이후 강서시파(江西詩派) 시인들은 그의 시 창작 방식을 금과옥조로 섬기며 한 시대를 풍미하여 송시의 전형으로 만들어 놓았다.

(2) 황정견 시학의 지향점: 감성 심미에서 이성 심미로

1) 학시(學詩) 전통의 수립

본절에서는 황정견 시학의 지향점과 그것이 지니는 중국시사적 의미를 문예심미적 관점에서 바라본다. 그 중심 내용은 독서와 학습을 통한 학시(學詩) 전통의 수립, 도학적 정서, 관조적 형상미, 점철성금론으로 대표되는 시어와 시구의 단련(鍛鍊)이다.[103] 황정견의 시와 그의 시사적 위상 이해의 출발점은 당시와 다른 송시적 특징의 완성자라는 점이다. 유극장은 황정견의 위상을 이렇게 평가하였다.

송초의 시인으로서 …… 소순흠·매요신 두 사람은 이에서 조금 변하여 평담·호방하게 시를 지었으나, 이에 호응하는 사람은 아직 적었다. 구양수·소식에 이르러서야 우뚝 서서 대가의 반열에 들어 배우는 이들이 모범으로 삼았다. 그러나 이 두 사람 역시 각기 천재성으로 도달한 것이지, 조탁을 통해 애써 노력으로 이룬 것은 아니다. 황정견이 뒤이어 나타나 백가 구율(句律)의 장점을 다 모으고, 역대 체제의 변화를 다 추구했다. 기서(奇書)를 섭렵하고 이문(異聞)을 다 파헤쳐, 고시와 율시를 지어 스스로 일가를

---

103) 황정견의 시학과 시적 특징은 오태석의 《황정견의 연구》(경북대출판부, 1991; 서울대 박사학위논문, 1990)를 참조.

이루었다. 비록 한 글자 반 구절이라도 생각 없이 쓰지 않아, 드디어 본조 시인들의 종조가 되었다. 분명 황정견은 선학(禪學)으로 치면 달마(達摩)에 비길 만한 시인이다.104)

　문예사상 면에서 황정견은 신유가의 의식을 지향하고 있다. 그는 "문장은 도의 그릇이요, 말은 행실의 지엽(枝葉)"이라고 하며, 송대 신유학의 효용론적 관점을 드러내고 있다.105) 하지만 원리주의적 도학가가 아닌 고문가인 그의 문학 인식은 "문장은 유학자가 가장 마지막에 하는 일이기는 하지만 학문을 찾아 살핌에 있어서, 또한 그 곡절을 알지 않을 수 없다"고 하여 다소 절충의 여지를 보여준다.106) 학습과 연마의 방식에 대해서는 "옛날의 학자는 스승에게 배울 때 감히 귀로 듣지 않고, 마음으로 들어 돌이켜 자기 몸에서 구하였다. 감히 밖에서 구하지 않고, 안에서 구했다"고 하여, 밖을 향한 공부가 아니라 내적 성찰과 독서에 비중을 두었다.

　또한 황정견 시는 박학다식한 독서를 바탕으로 허다한 전고(典故)와 용사(用事)를 사용하고 있는데, 황정견의 시가 읽기 어려운 것은 전고의 다용(多用)에서 기인한다. 그리고 이 점은 학시(學詩) 위주의 송시의 일반적 특징이기도 하다. 남송 허윤(許尹)이 서문을 쓴 ≪황진시집주서(黃陳詩集注序)≫에서는 "본조(本朝) 산곡 노인의 시는 이소와 대아(大雅)・소아(小雅)의 변화를 다 추구하였다 …… 그러므로 두 대가[황정견・진사도]의 시는 한 마디 한 글자가 모두 옛사람 6, 7인을 거쳐서 나왔다. 그 학문은 유가, 불가, 노장의 심오함을 두루 갖추었으며, 아래로 의(醫)・복(卜)・백가

---

104) ≪後村詩話・江西詩派小序≫, "國初詩人, 蘇梅二子, 稍變以平淡豪俊而和之者尙寡. 至六一坡公, 然爲大家數, 學者宗焉. 然二供亦極其天才筆力之所至而已, 非必鍛鍊勤苦而成也. 豫章稍後出, 會萃百家句律之長, 究極歷代體制之變, 蒐獵奇書, 穿穴異聞, 作爲古律, 自成一家. 雖隻字半句不輕出, 遂爲本朝詩家宗祖. 在禪學中比達摩, 不易之論也."

105) ≪黃山谷詩集注≫ 內集 권12, <次韻楊明叔序>, "文章者, 道之器也. 言者, 行之枝葉也."

106) ≪豫章黃先生文集≫ 권19, <答洪驅父書> 제3수, "文章最爲儒者末事, 然索學之, 又不可不知其曲折."

(百家)의 설에 이르기까지 그 정수를 다 따서 시로 나타내지 않은 게 없다"고 하여 독서의 깊이와 시적 활용 능력을 높이 평가했다.[107] 황정견 스스로도 학문과 독서가 중요하다는 점을 강조하였다.

> 시어와 시의의 빼어난 경지는 학문으로부터 온다. 후대의 시를 배우는 이들도 때로 묘구가 생기기도 한다. 예를 들면 눈을 감고 코끼리를 손닿는 대로 더듬다가 그 중에서 하나를 얻은 것과 같다. 이는 비슷한 점이 없는 것은 아니지만, 결국은 옳은 것이 아니다. 만약 눈을 뜨고 전체를 본다면, 고인에 부합하는 곳은 달리 증거를 취할 필요가 없다. 글을 지음에는 꼭 길게 쓸 필요는 없다. 매편을 지을 때마다 생각을 지극히 하고, 꼼꼼히 따지기를 게을리 하지 말아야 할 것이다. 창작 중에 붓끝이 더디고 막히면, 이는 대체로 평시의 독서가 충분치 않기 때문이니 마땅히 학문에 힘써야 한다. 세월은 물같이 흐르니 모름지기 젊은 시절에 힘을 다해야 한다. 독서는 잡다한 박식을 귀히 여기지 않고, 정심(精深)을 귀히 여긴다.[108]

이 글에서 독서는 중요하지만, 정밀함을 위주로 해야지, 박문(博聞)에 힘을 써서는 안 된다며 독서의 질을 중시했다. 박문을 위주로 하면 번잡하게 되어 자신의 뜻을 다 피력해 낼 수 없기 때문이라는 것이다.[109] 치밀한 시구의 단련으로 새로운 시의와 시어를 만들어 내고자 한 그의 창작 경향은 두보류의 만 권의 독서를 중시했던 황정견의 시학적 연마의

---

107) ≪黃庭堅詩集注≫, <黃陳詩集序>, "本朝山谷老人之詩, 盡極騷雅之變. 故二家之詩, 一句一字, 有歷古人六七作者. 蓋其學該通儒釋老莊之奧, 下至於醫卜百家之說, 莫不盡其英華以發之於詩."

108) ≪四庫全書≫ 1113권, ≪山谷別集≫ 권6, <論作詩文>(≪茗溪漁隱叢話≫ 前集, 권47), "詞意高勝, 要從學問中來. 後來學詩者, 時有妙句, 譬如合眼摸象, 隨所觸體, 得一處, 非不卽似. 要且不是. 若開眼則全體見之, 合古人處不待取證也. 作文不必多, 每作一篇, 要商推精盡, 檢閱不厭勤耳. 擧場中下筆遲澁, 蓋是平時讀書不貫穿也. 宜勉强於學問. 歲月如流, 須及年少精力. 讀書不貴雜博, 而貴精深."

109) 앞의 책, 권26, <書贈韓瓊秀才>, "讀書欲精不欲博, 用心欲純不欲雜. 讀書務博, 常不盡意, 用心不純, 紽無全功. 治經之法, 不獨玩其文章, 談說理而已. 一言一句, 皆以養心治性, 事親處兄弟之間, 接物在朋友之際, 得夫憂樂, 一考之於書, 然後嘗古人之糟粕, 而知味矣."

도경이었다.

승려 혜홍(惠洪)이 황정견의 시론이라며 유행시킨 말인, "시의는 무궁하고 인간의 재능은 유한하다. 유한한 재능으로 무궁한 의경(意境)을 좇는 일은 도연명과 두보라도 제대로 할 수 없다"고 한 것은,110) 바로 독서를 통한 시의와 시어의 재창조를 겨냥한 말이다. 그리고 이러한 '점철성금·환골탈태'의 창작론은 방법론적인 면에서 고인들의 문화적 유산을 이용하고자 했다는 점에서 전통 존중의 측면을 지니고 있다. 동시에 전대의 학습이라는 학시론은 재능 우선의 문학적 경향을 보인 소식과 비교할 때, 노력을 통한 학습주의적 시학을 주창하였던 '강서시파 시학'에 직결되었다는 점에서도 송대 시학의 방향 설정이라는 의미를 지닌다.111)

2) 도학적 정서

우리는 송대 신유학의 심리구조가 내성적 성찰과 '속중탈속(俗中脫俗)'의 절제적 수양을 중시하는 가치 체계를 지향하고 있음을 살펴보았다. 황정견은 이러한 자기 존중의 도학자적 정서와 함께 엄격하게 자기 관리를 해 나간 전형적 문인이다. 그가 북경국자감교수(北京國子監敎授)를 지내던 원풍(元豐) 원년(1078) 34세 때 9년 연상이자 선배인 소식에게 교유를 청하며 보낸 다음 시 <고시이수상소자첨(古詩二首上蘇子瞻)>112)에 대하여, 소식은 <답황노직서(答黃魯直書)>에서 황정견의 도학자적 풍모를 다음과 같이 칭찬했다. 황정견의 청교시(請交詩)와 소식의 회답 서신을 보자.

---

110) ≪冷齋夜話≫, "詩意無窮, 而人才有限. 以有限之才, 追無窮之意, 雖淵明少陵, 不得工也."
111) 前人의 시어를 활용하기는 하지만 나름의 독자적 詩境을 개척하려 했던 황정견과, 이를 규범화하고자 했던 강서시파 간의 거리는 존재한다. 그러나 강서시파가 시 창작의 강령적 단서를 황정견으로부터 찾아낸 점에서 이러한 해석이 가능하다.
112) ≪黃山谷詩集注≫ 內集 권1.

┃古詩二首上蘇子瞻(2)┃ 고시 2수를 소식(蘇軾)에게 드리며(제2수)

靑松出澗壑	푸른 소나무는 깊은 골짜기에서 솟아올라
十里聞風聲	십리 밖에서도 소나무 우는 소리가 들린다.
上有百尺絲113)	위에는 백 척 길이의 새삼풀이
下有千歲苓	아래엔 천년 묵은 복령(茯苓)이 있다.
自性得久要	복령은 소나무와 함께 오래도록 같이 살고
爲人制頹齡	사람을 늙지 않게도 하지.
小草有遠志	새삼풀은 비록 작은 풀이나 원대한 뜻 있어
相依在平生.	푸른 소나무와 평생을 같이 하려 한다.
醫和不幷世114)	명의 화타(和陀)는 죽어 없지만,
深根且固蔕	뿌리를 깊게 하고 근본을 굳게 하는구나.
人言可醫國	사람들은 그대가 능히 나라를 구할 국의라 말하지만
何用太早計	어찌 서둘러 계책을 사용할 건가?
小大材則殊	우린 서로 재목의 크기는 달라도
氣味固相似	뜻과 맛은 같지 않을까!

이 시는 황정견의 나이 34세 때 지은 시로서, 자기보다 9세 연상이며 문단과 조정의 실력자인 소식에게 교유를 청하며 보낸 2수 중의 한 수이다. 시 중에서 황정견은 소식을 곧고 뿌리깊은 푸른 소나무에, 소식 문하의 문인들을 나무 밑의 복령에, 그리고 자신은 겸손하게 나무 위에 기생하는 새삼풀에 비유하였다. 그리고 운명을 같이하는 소나무, 복령, 새삼풀은 모두 인간의 삶에 도움이 된다며 동류적 유용성을 강조했다.

나아가 자신에 대해서는 새삼풀의 다른 이름이 "원지(遠志)"인 점을 이용하여, 비록 지금은 미미한 소초(小草)지만, 원대한 뜻을 지니고 있다는 것을 중의적으로 표현했다. 끝으로 소식에 대해서는 지금은 비록 간신배들로 인해 중용되고 있지는 못하지만, 장차 나라를 구할 큰 인물이

---

113) 兎絲는 새삼풀로서 다른 나무에 기생하여 자라는 덩쿨 식물이며 일명 遠志라고도 한다. 황정견 자신을 가리킨다.

114) 醫和는 화타가 말한 "上醫는 나라를 구하고, 그 다음이 사람을 구한다"는 의미를 내포하고 있다. 소식의 역량을 가리킨 말이다.

니 때를 기다리며 자신을 연마함에 힘을 기울이도록 권면했다.

이 시에 대해 소식은 "뜻은 세속을 벗어나 빼어나서 만물 위에 우뚝 서 있고, 우주의 정기를 부려 조물자와 함께 노닌다. 그러니 오늘날의 사람들이 그를 들어 쓰기 어려울 것"이라며 크게 칭송하고, 차운시(次韻詩)를 지어 보냈다. 이렇게 송대에는 화답 및 앞 사람의 운을 글자까지 그대로 따서 쓰는 차운시가 문인들 사이에 크게 유행했는데, 이 점은 당나라 때와는 판이한 양상이었다. 그만큼 문인 사대부들 간에 교유의 수단으로 시를 지어 주고받기가 일상화되었음을 의미한다.

황정견은 이 시를 통해 소식과 왕래하게 되었고, 이후 계속하여 정치적 고락을 같이하였다. 연도순으로 엮은 ≪황산곡시집주(黃山谷詩集注)≫에는 이 시가 제일 앞에 있다. 황정견은 젊을 때 지은 습작시들을 거의 다 없애 버렸기 때문이다. 시구의 단련에 힘을 쏟았던 엄정한 창작 태도를 엿볼 수 있다. 이제 소식의 답 글을 본다.

　　나는 그대의 시문을 손각(孫覺)의 집에서 보고는 깜짝 놀라 지금 세상 사람이 아니라고 생각했소. 손신로는 이 사람을 아는 사람이 적으니, 제가 그 이름을 알릴 수 있을 것이라 하길래, 나는 웃으면서 이렇게 말했소. "이 사람은 정금미옥(精金美玉)과 같아서, 그가 남을 얻을 게 아니라 사람들이 그를 얻으려 해도 오히려 그 이름을 피하여 얻기 어려울 터인데, 어찌 내가 그 이름을 들겠소? 그러나 그 문장을 보고서 사람을 미루어 짐작한다면, 이 사람은 필시 외물(外物)을 가벼이 하고 자신을 중시하는 사람이오. 그러니 요즘의 군자들은 그를 쓰지 못할 것이오." 그후 제남(濟南)에서 이공택(李公擇)을 만나 그대의 시문을 보면 볼수록 그 위인 됨을 더 잘 알 수 있었소. 뜻은 범속을 벗어나 빼어나서 만물의 위에 우뚝 서 있고, 우주의 정기를 부려 조물주와 함께 노니오. 그러하니 지금 세상의 군자가 그를 쓸 수가 없을 것이오. 비록 나처럼 방랑하여 스스로를 내어 던지고 세상사에 어두운 사람이라 해도, 친구가 되기 어려울 것이오 …… 고풍 2수는 사물에 빗대어 동류(同類)를 이끌어 내었으며, 진정으로 옛 시인의 풍도를 체득하고 있다 할 것이오. 그러나 나는 그러한 사람이 못되오. 그저 보낸 시에 다시 차운(次

韻)을 하여 일소(一笑)에 부치고자 할 뿐이오.115)

소식은 황정견을 옛 학자들과 같으며 자중하는 인물로 인식하였다. 이후 소식과 황정견은 평생의 지기로 교분을 맺었다. 필자는 황정견 시의 풍격을 자기 절제적이며 내적 정신의 엄격을 추구하는 '수경(瘦勁)'한 기풍으로 평가한 바 있는데,116) 이는 내적으로 굳센 도학자적 면모가 시에 투영된 결과이다. 이러한 피모가 아닌 내적 성찰의 중시는 문학으로도 투영되었으며, 위진 현학(玄學) 이후 점차 심미적 규범으로 자리하여 송대에는 일반화되었는데, 황정견에서 특히 잘 드러난다.117) 이와 관련한 부분은 화론에도 직접적인 관계가 되므로, 다음 소절인 '관조적 형상미' 부분에서 자세히 본다.

잠시 송대와 위진 미학의 서로 다른 지향점을 생각해 본다. 내적 자기 성찰이 중시되고 있다는 점에서 언뜻 유사해 보이지만, 송대는 위진 시대와 달리 산림에 은일하지는 않고 시중에 살면서도 탈속 지향의 문인 심리를 추구하고 있다는 점이다. 산림에 은거하지 않고 현세적 삶 속에 평거하며 자기 해탈의 길을 열어간 도잠(陶潛)이 송대에 각광 받은 이유가 바로 여기에 있었다. 이렇게 보면 시대적 성숙 면에서 도잠은 시대보다 앞서 간 사람이라고 할 수도 있을 것이다. 다음 시에는 시중에도 강호에도 만족치 않고 내면의 세계에서 해탈을 지향하는 송대 사인(士人)의 자기 성찰적 도학자의 심리가 잘 드러나 있다.

▎**追和東波題李亮功歸來圖**▕
동파의 '이량공귀래도'의 제시(題詩)에 추화(追和)하여

今人常恨古人少　　요즘은 고인의 풍도 지닌 이 없어 안타까워하지만

---

115) ≪蘇東坡全集≫ 前集 권29. 이와 함께 보낸 시는 <次韻黃魯直見贈古風二首>(≪蘇東坡全集≫ 前集 권9)이다.
116) 오태석, ≪황정견시 연구≫, 경북대출판부, 1991, 281-294쪽.
117) ≪詩藪≫, 內編 권4, "宋人學杜得其骨, 不得其肉."

今得見之誰謂無　이제 그런 이 있으니, 누가 없다 하는가?
欲學淵明歸作賦　도연명을 배워 돌아가 <귀거래사>를 지으려면
先煩摩詰畫成圖　먼저 '망천도(輞川圖)'를 그린 왕유를 알아야만 하리.
小池已築魚千里　작은 못 만들어 놓으니 고기들 천리를 노닐고
極地仍裁芋百區　남은 땅엔 토란 심으니 백 구역이나 되는 듯하다.
朝市山林俱有累　조정이나 산림 모두 단점이 있으니
不居京洛不江湖118)　도시에도 강호에도 살지 않으리!

　추화(追和)'란 사람이 죽고 이를 추모하며 화답한 시이니, 1101년에
죽은 소식을 기리며 지은 작품이다. 숭녕(崇寧) 원년(1102, 58세)에 쓴 이 시
에서 황정견이 추구하는 인물 전형은 고인(古人)으로서(제1연), 구체적으로
는 귀거래(歸去來)의 전원적 자연을 지향하는 사람임을 암시(제2연)했다.
그런 인물의 삶은 정신의 여유를 즐기는 가운데(제3연), 결국은 그가 살아
야 할 삶의 장(場)이 세속에 살면서도 세속을 벗어나는 정신적 초월에 있
음(제4연)을 말했다. 현실적 삶의 공간에 대해 좀더 살펴보면, 황정견은
대도시와 산수자연, 즉 관료 지식인 사회의 정점인 조정과 이에 반대되
는 은일자의 공간인 산림(또는 강호) 중에서, 그 어디도 완전하지 못하다
며 실제 공간이 아닌 정신의 공간을 지향하고 있다. 그런 의미에서 관료
로서의 사의 현실적 입지는 세속에 있으면서 탈속적인 '세속 중의 탈속
(俗中脫俗)'의 거사불(居士佛) 같은 모습이 된다. 그런 의미에서 이 시는 황
정견을 비롯한 송대 사(士)의 위상과 고민과 지향의 전형을 보여주는 적
절한 작품이다.
　이제까지 보아온 도학자적 정서와 관련된 황정견 시학의 또 하나의
특징은 탈속적 아건(雅健)함이다. 그는 시속에 휩쓸리지 않고 이상적 세
계를 향한 자기 존중의 정신을 시로 써냈다. 이 점은 송대 신유학의 이
상적 선비형으로서의 탈속주의와 잘 부합되기도 한다. 그 결과는 비속(非

---

118) ≪黃山谷詩集注≫ 內集 권17, <追和東波題李亮功歸來圖>.

俗) 혹은 반속(反俗), 그리고 아건(雅健)함으로 나타났다. 그의 비속성(非俗性)은 곧 일가(一家)를 이루고자 하는 바램으로 이어졌으며, 그 소망으로 인하여 상당한 시학적 성취가 가능하기도 했다. 다음 시에서 문학에 대한 강한 의욕을 볼 수 있다.

┃贈高子勉四首(3)┃ 고자면에 차운하여(제3수)

妙在和光同塵	묘함은 세상과 더불어 하나가 됨에 있으며
事須鉤深入神	학문의 일은 깊이 찾아서 입신의 경지까지 이르게 한다.
聽它下虎口著	차라리 호구의 자리에 놓일지라도
我不爲牛後人[119]	나는 소의 꼬리가 되지는 않으리.

┃贈高子勉四首(4)┃ 고자면에 차운하여(제4수)

拾遺句中有眼	두보는 구중에 눈이 있고
彭澤意在無絃	도잠은 참 뜻이 거문고 현 밖에 있다.
顧我今六十老	이 몸 이제 육십 노인이 되어
付公以二百年	공에게 이후 이백 년의 일을 맡긴다.

이 시들은 숭녕(崇寧) 원년(1102, 58세)에 지은 시이다. 동시에 잘 짓지 않는 육언시를 80여수나 지은 황정견의 독특한 취향을 쓰여진 내용을 통해서도 느낄 수 있는 작품이다. 앞의 시에서 '화광동진(和光同塵)'이란 ≪노자≫에 나오는 말로서, 자신의 재주를 숨기고 세상과 더불어 동화한다는 뜻으로서, 정신적 고상함을 잃지 않겠다는 심태를 보여준다. 그러면서 창작에서만큼은 자신은 호구의 자리에 놓일지라도 소꼬리는 되지 않겠다며 강한 성취 의식을 드러내고 있다. 이러한 '화이부동(和而不同)'의 의식은 그의 시 창작에 창의성을 높여 주었다.

그 창조적 욕구는 시의 전개, 요율(拗律), 구법(句法), 시어 등 작품 창작의 형식적 측면에서 자연스러움과는 다른 면모로서의 '신기(新奇)'에의

---

119) ≪黃山谷詩集注≫ 권16.

추구'로 나타났다. 이러한 특징들은 풍격 면에서 도학자적 자부심과 결부되면서 전반적으로 굳고 단단한 '수경(瘦勁)'한 풍격을 지니게 되었다. 이러한 황정견 시의 시대적 선도성(先導性), 내용·형식·풍격상의 각고의 노력은 이러한 심태의 결과이다.120)

제4수는 시로써 시를 논한 두보류의 논시시(論詩詩)와 유사하다. 시학에서 괄목할만한 성취를 보이고 있는 젊은 고자면을 고무한 이 시에서 황정견이 이상적 모델로 삼은 두보와 도잠 시에 대한 황정견의 지향점을 보여준다. "시어가 사람을 놀래키지 않는다면 죽어서도 시구의 단련을 그치지 않겠다(語不驚人死不休)"고 한 두보의 시는 마치 구중에 눈이 있어 살아 움직이는 듯한 생기를 지닌다고 했으며, 도잠의 시는 이미 언어적 표현은 끝났지만 여운이 남아 마치 거문고의 연주가 끝났는데도 계속 듣는 이의 심금을 울리는 것과 같다고 칭송했다.

황정견은 천의무봉(天衣無縫)의 자연스런 수사의 경지를 최고의 전범으로 인식했으며, 정신적으로는 작품 뒤에 담담한 여운이 맴도는 사색의 힘을 중시했다. 두보와 도잠은 이 두 가지 점에서 성취가 높은 중국 최고의 시인들이다. 그러나 황정견의 시는 각고의 노력을 기울이고 사색을 중시한 점에서는 두 시인과 유사성을 보이지만, 꾸밈이 자연스럽지 못하고, 도잠적 자연스러움 역시 부족하다는 점에서 역시 전형적으로 송대적 특색을 반영하고 있다. 그리고 이런 점은 송대 시단을 풍미한 강서시파(江西詩派)의 영수로 추앙되기에 이른다.

---

120) 이 같은 생각은 곳곳에 피력되어 있다. "채찍 휘둘러 남 뒤에 떨어지지 않도록 해야지.(着鞭莫落人後)"(≪黃山谷詩集注≫ 內集 권16,<再用前韻贈高子勉四首> 第3首), "그대는 모르는가, 生은 소꼬리를 원치 않으니 차라리 닭의 머리가 되리라!(君不見生不願牛後, 寧爲鷄口)"(≪黃山谷詩集注≫ 外集 권6, <走答明略適堯民來相約奉謁, 故篇末及之>)

3) 관조적 형상미

송대 신유학자들의 내성 관조의식은 형상 심미의 발전에 큰 역할을 담당한다. 특히 위진 현학과 선학(禪學)의 지속적 영향으로 형상 심미의 세계는 미술, 서법, 회화, 나아가 시에 이르기까지 예술 방면에서 갈수록 입지를 넓혀갔다. 본장의 개설에서 언급한 것과 같이 송대 지식인의 교양으로 자리잡은 선학은 시와 연결되어 풍부한 내성적 관조의 세계를 심화 확장해 나갔다. 황정견 역시 원통법수(圓通法秀, 1027-1090), 회당조심 (晦堂祖心, 1025-1100), 사심오신(死心悟新, 1043-1114), 영원유청(靈源惟淸, ? - 1117) 등의 승려들과 교류한 기록이 곳곳에 보이며, 선적 정취와 이치를 드러낸 시들을 많이 남겼다.

그러면 황정견이 구현한 송대적 형상 심미는 어떤 것인가? 강서시사 종파도(<江西詩社宗派圖>)를 지은 여본중(呂本中)은 황정견 시의 성취에 대하여 "글을 지을 때는 반드시 깨달아 들어가는 곳[오입((悟入)]이 있어야 한다. '오입(悟入)'은 반드시 공부 중에서 오는 것이지, 요행으로 얻을 수 있는 것은 아니다. 이를테면 소식의 문장, 황정견의 시는 모두 이러한 이치를 다하였다"라고 평하여 사물의 이치에 대한 깨달음이 중요함을 말했다.[121] 실제로 그는 불교 관계 시를 통해 이러한 심안(心眼)에 눈뜨고자 노력했다.

┃ 次韻黃斌老病起獨游東園(其一) ┃
황빈로의 '병상에서 일어나 홀로 동쪽 뜰을 거닐며' 시에 차운 화답하여(1)

萬事同一機	만사의 이치는 하나이니
多慮乃禪病	번다하게 생각하는 게 바로 선병(禪病)이라.
排悶有新詩	시름을 떨치고 새로 시를 지음은
忘蹄出兎徑	토끼 덫을 잊어버림으로 토끼잡이에서 벗어남과 같다.

---

121) 呂本中, ≪童蒙詩訓≫, "作文必要悟入處, 悟入必自工夫中來, 非僥倖可得也. 如老蘇 之於文, 魯直之於詩, 蓋盡此理也.."

蓮花生淤泥　　　연꽃은 진흙 속에서 피어남으로
可見嗔喜性　　　성냄과 기쁨의 근본이 하나됨을 알 수 있다.
小立近幽香　　　숙여 그윽한 향을 맡으니
心與晚色靜　　　마음은 저녁 빛과 함께 평정해진다.[122]

┃深明閣┃ 심명각

象踏恒河徹底　　　코끼리는 갠지스 강을 확고히 밟아 건너고
日行閻浮破明　　　태양은 잠브 나무에 걸려 어둠을 깨친다.
若問深明宗旨　　　만일 깊이 깨닫는다는 '深明'의 종지를 묻는다면
風花時度窓櫺[123]　　　"꽃내음 머금은 바람이 창살을 스친다"고 하겠네.

앞 시는 원부(元符) 2년(1099, 55세)에 지어진 시이다. 선의 정취가 가득한 이 시는 ≪능엄경(楞嚴經)≫, ≪전등록(傳燈錄)≫(2회), ≪원각경(圓覺經)≫, ≪장자(莊子)≫, ≪유마경(維摩經)≫, 두시(杜詩) 등 도합 7회의 전고 중 불경의 인용이 5회나 된다.

비유로 사용된 토끼 덫 이야기는 앞 구절의 번민에서 아름다운 시가 나오고, 다음 구절의 연꽃이 진흙에서 피어나는 것과 같은 방식의 일이라는 이야기이다. 즉 번민과 시, 올무와 토끼, 진흙과 연꽃은 실은 하나의 기저에서 출발한 서로 다른 양상들이다. 그리고 궁극적으로는 분노와 기쁨 역시 같은 성정의 다른 표출이므로, 근본을 잘 보아 다스릴 줄 알면 평정심에 도달할 수 있다는 선의 이치를 말한 시이다. 이같이 시와 선을 같은 맥락에서 바라보는 시각은 송대에 일대 유행했으며, 많은 문인들은 '시 배우기를 선 하듯이 하라[學詩如參禪]'는 구절을 금과옥조로 여겼던 것이다.

원우 4년(1089, 45세) 지어진 두 번째 시는 앞의 시보다도 더 직설적으로 깊고 밝은 깨달음(深明)에 관한 선론(禪論)을 펴고 있다. 어휘 면에서 불교의 발원지인 인도의 갠지스 강, 잠브(Jambu) 나무, 그리고 코끼리 등

---

122) ≪黃山谷詩集注≫ 內集 권13, <次韻黃斌老病起獨游東園> 제1수.
123) ≪黃山谷詩集注≫ 內集 권11, <深明閣>.

의 비유로 불교적 관조의 분위기가 짙게 깔려 있다. 짧은 절구지만, ≪열반경(涅槃經)≫, ≪화엄경(華嚴經)≫, ≪전등록≫, ≪달마경(達磨經)≫ 등 불전(佛典)에서 4회나 전고를 사용하였다.

내용 면에서 보면, 깨달음의 경지는 코끼리가 탁하게 흐르는 강을 건널 때 밑바닥에 닿도록[철저(徹底)] 밟고 넘어가는 것이며, 또한 해가 세상의 모든 어둠을 비춰 깨치는 것이다. 그럴 때에는 모든 현상계의 모든 일들은 진리의 그림자가 된다. 이는 마치 진리의 꽃내음을 실은 바람이 창살에 스쳐 가는 것과 같은데, 진리를 모르는 이는 아무 것도 느끼지 못하나, 아는 이는 진리의 즐거움으로 빙그레 미소지을 수 있을 것이다. 황정견은 '심명각'에 기대어 지혜와 깨달음의 기쁨을 운치 있게 풀어낸 것이다.

화론의 시론으로의 차감(借鑑) 적용은 소식이 결정적 역할을 담당했다. 이러한 관점들은 물론 소식의 창안만은 아니다. 이미 서술한 것과 같이 위진 현학의 장기적 바탕 위에 송대 문인 사대부들의 신유학과 선학적 미의식이 순수 화론과 결합하여 이루어낸 결실이다.[124] 그리고 소식의 이론은 황정견에게 그대로 전수되었다. 소식의 회화 미학과 관련하여 형성된 시화일률(詩畫一律)의 이론은 형사(形似)・신사(神似), 수물부형(隨物賦形), 흉중성죽(胸中成竹), 상리(常理)・전신(傳神) 등의 이론이다.[125] 문인화(文人畵)를 창시한 소식의 예술관은 예술 보편의 원리를 이용하여 각각의 장르에 적용하여, 문학 장르간의 영역을 넘나드는 촉발 작용을 하기도 했으며, 문예 장르의 속성 보완을 통해 장르적 지평을 넓히는 계기가 되었다.[126]

황정견 역시 소식의 영향 하에 화론의 시론으로의 차감을 적극 시도

124) 소식, 황정견 외에 孔武仲, 張舜民, 郭熙, 釋德洪, 覺範, 周孚 등 여러 사람이 주장하였다.
125) 소식의 화론에 대해서는 오태석의 ≪황정견시 연구≫(1991, 168-171쪽) 및 ≪중국문학의 인식과 지평≫(2001) 중의 <장르사적 관점에서 본 蘇軾의 문예이론과 시>를 참조
126) 소식의 以文爲詩, 以詩爲詞 등의 작법이 그 예이다.

했다. 그는 "서생(徐生)이 그린 물고기 그림은 부뚜막의 생선일 뿐이다. 비록 형체(形體)의 핍진한 묘사(形似)는 잘 하여서 감상할 만은 하나, 사냥개로 하여금 침이 돌게 할 뿐"이라며 운미(韻味)를 강조했는데,[127] 이는 소식의 전신론(傳神論) 및 형사·신사론과도 관련된다.

> 무릇 글과 그림에서는 운(韻)을 살펴보아야 한다. 이전에 이백시(李伯時)가 내게 이광(李廣) 장군이 적군의 말을 빼앗는 그림을 그려준 적이 있었다. 이광은 적군 사이로 말을 달려 남쪽으로 가서, 그의 활을 빼앗아 활 시위를 가득 당겨 막 기병(騎兵)을 쏘려고 하는 그림이었다. 화살 끝이 곧게 뻗은 모습은 쏘면 사라모가 말을 맞출 형국이었다. 이백시는 웃으며 말하기를 "만약 세속 사람들에게 그리라고 했다면 기병에 명중하는 그림을 그렸을 것이요."라고 하였다. 나는 이로부터 그림의 격을 깊이 깨닫게 되었다. 그림과 글은 같은 맥락에서 볼 수 있다. 다만 사람들이 입신의 경지를 만나기가 어려울 뿐이다.[128]

이 글에서 황정견은 사실의 전달만이 중요한 게 아니라, 오히려 사실을 향한 정신의 전달이 더욱 상황을 실감나게 전달하는 것이라는 점을 그림을 통해 깨달은 것이다. 즉 사실이 아니라 사실적인 것이 중요한데, 이는 그 상황에 개재된 핵심적 정신을 파악하고, 또 표현해 내는 일의 중요성을 인식하게 되는 중요한 심미 의식적 전환이다. 이는 재현이 아니라 표현을 중시하는 중국 예술 심미세계의 방향과 맥을 같이한다. 이것을 황정견은 운(韻)이라고 표현했다. "그림 속의 인물이 비록 아름답다 하더라도 전개상의 운이 없으니, 이 그림의 큰 단점이다"라고 하거나,[129]

---

127) ≪豫章黃先生文集≫ 권27, <題徐巨魚>, "徐生作魚, 庖中物耳, 雖復妙於形似, 亦何所賞, 但令嚵獠生涎耳."

128) ≪豫章黃先生文集≫ 권27, <題摹燕郭尙父圖>, "凡書畫當觀韻, 往時李伯時爲余作李廣奪胡兒馬, 挾兒南馳, 取胡兒弓, 引滿以擬追騎, 觀箭鋒所直, 發之人馬皆應弦也. 伯時笑曰使俗子爲之, 當作中箭追騎矣. 余因此深悟畫格, 此與文章同一關紐, 但難得人入神會耳."

129) ≪豫章黃先生文集≫ 권27, <題明皇眞妃圖>, "人物雖有佳處, 而行布無韻. 此畫之沈痾也."

"진원달(陳元達)은 천년의 사람이다. 그렇지만 애석하게도 그림을 그리는 사람으로서 흉중에 천년의 운(韻)이 들어있지 않다"130)고 하며 모두 생동하는 정신 경계로서의 운미(韻味)가 창작의 관건임을 강조했다.

소식은 훌륭한 작품은 "밖은 메마른 듯 하지만, 속은 풍성하다"는 함축적 의미 지향론인 '중변론(中邊論)'을 주장했는데, 이는 매요신 이래 허다한 시인들이 지향하는 '평담(平淡), 담박(澹泊), 고담(枯澹)' 등의 표현의 경지로 요약할 수 있다. 황정견의 시에서도 중변론은 "도(道)가 설하지만, 몸은 수척하다"는 노장적 표현으로 이어졌다.131) 이 같은 송인들의 화론의 시론으로의 차감(借鑑) 적용은 중국시학의 인식 지평을 넓혀주었을 뿐 아니라, 철학적·심미적 깊이를 더해 주었다. 소·황에서 강화된 선리(禪理)와 선취(禪趣)는 이후 강서시파에 이르러 활법(活法), 중적(中的), 포참(飽參), 탄환(彈丸)론으로 계승 주창되었다.

결국 이제까지 보아 온 황정견 시학의 중심 주장인 학시론(學詩論), 도학자적 정서와 선비 의식, 관조적 형상미, 구양수 이래의 산문적 고시의 지향 등은 정감 풍부한 당시적 세계와 구별되는 송시적 특징 형성의 핵심 요소가 되었다. 더욱이 강서시파 시인들은 이를 계승하여 일세를 풍미하였다는 점에서, 황정견의 시가 미학은 시사적으로 당시적 감성(感性) 심미로부터 송시적 이성(理性) 심미의 세계로 전이해 나가는 데 있어서 결정적으로 작용했다고 평할 수 있다. 한편 남송대에 엄우(嚴羽)가 송시에 정감이 결여된 점을 비판하며 당시로의 회귀를 주장한 것은 바로 관념론적 내향 사유와 시법(詩法)의 추구가 야기한 송시의 방향에 대한 불만이자, 그 대표자인 소(蘇)·황(黃)에 대한 불만이었다.

---

130) ≪豫章黃先生文集≫ 권27, <題摹鎖諫圖>, "陳元達千載人也, 惜乎創業作畵者胸中無千載韻耳."
131) ≪黃山谷詩集注≫ 外集 권3, <次韻師厚病間十首> 제10수, "身病心輕安道肥體癯瘦"

4) 시어와 시구의 단련(鍛鍊)

본절은 황정견 시학론의 중심 사항인 시어와 시의의 단련에 관한 구체적 논의와 그 지향에 대하여, 시 장르의 성쇠의 문제 및 그 운용의 계층 의식이란 포괄적 관점에서 접근해 본다. 이제까지 고찰한 황정견 시학의 정신적 지향은 내적 성찰과 자기 존중의 도학자적 수양 위에서 전인의 창작 성과를 학습하며, 사물의 핵심을 파악하고 그것을 자기류의 방식으로 표출해내려 했음을 보았다. 그러면 그는 구체적으로 어떻게 하여 이에 도달하려 했는가? 그 핵심적 사항은 시어와 시의(詩意)의 부단한 다듬기였다. 즉 황정견 시학의 정화는 시어, 시구, 격률의 정교한 섬세화에 있었다. 먼저 황정견이 59세 때 그의 외조카인 홍추(洪芻)에게 보낸 편지에 나타난 시론을 보기로 한다.

> 유부(劉斧)의 <청쇄고의(青瑣高議)> 제문(祭文)은 뜻이 매우 정교하다. 그러나 어휘의 사용이 적합치 않을 때가 있다. 스스로 말을 만드는 일이 가장 어렵다. 두보가 시를 짓거나 한유(韓愈)가 문장을 지을 때, 한 글자도 유래가 없는 말은 없었다. 후인들이 독서가 부족하여 한유와 두보가 이 말을 만들었다고 한 것일 뿐이다. 고래로 글을 잘 짓는 사람은 정말 만물을 도야하는 데 능하였다. 비록 고인의 진부한 말을 취하여서 자기의 작품에 집어넣더라도, 마치 한 알의 영단(靈丹)을 써서 쇠를 다루어 황금을 만들어 내는 것과 같이 한다.[132]

문학 작품에서 독창적 시어의 표현이 매우 어렵다고 한 이 글에는 독서, 수양, 시의와 시어 등에 관한 이제까지의 논의들이 비교적 집약적으로 표현되어 있다. 황정견은 이미 수많은 문인들이 말과 뜻을 쏟아낸

---

132) ≪豫章黃先生文集≫ 권19, <答洪駒父書>, "青瑣祭文, 語意甚工, 但用字時有未安處. 自作語最難, 老杜作詩, 退之作文, 一字無來處. 蓋後人讀書少, 故謂韓杜自作此語耳. 古之能爲文章者, 眞能陶冶萬物, 雖取古人之陳言入于翰墨, 如靈丹一粒, 點鐵成金也."

상태에서 새로운 의미와 말을 만들어 내는 일은 그리 쉽지 않다고 하며, 결국 비록 진부한 말이라 하더라도 전인들의 유산을 물려받아 작품 중의 상황에 맞추어 정련해 내는 수밖에 없다고 생각했다. 그것은 마치 철과 돌에서 정금미옥(精金美玉)을 만들어 내는 점철성금(點鐵成金)의 이치라고 한 것이다. 이는 이미 당시(唐詩)에서 많은 시의와 시어가 나온 이후의, 송대적인 창작 상황론이라고 할 수 있을 것이다. 그의 생각은 혜홍(惠洪)의 언급에서 좀더 구체적으로 보인다.133)

> ≪냉재야화(冷齋夜話)≫에 이르기를 황산곡은 다음과 같이 말했다고 한다. "시의는 무궁한데, 인간의 재주는 유한하다. 유한한 재주로 무궁한 시의를 다 좇는다는 것은 도연명과 두보라도 잘 해낼 수 없다. 그 뜻을 바꾸지 않고 시어를 만들어 내는 것을 환골법(換骨法)이라 하고, 그 뜻을 본따서 그것을 묘사하는 것을 탈태법(奪胎法)이라 한다."134)

이것이 유명한 환골탈태론인데, 사실 환골법과 탈태법은 구분하기 어려운 면이 있다. 남의 시의를 그대로 빌어다 표현[시어]을 바꾸어 쓰는 방식이 '환골법'이고, 남의 시의에서 힌트를 얻어서 그 뜻을 인신(引伸)·변용하여 사용하는 방식이 '탈태법(奪胎法)'이다. 즉 환골법은 시의 표현을 바꾸는 것이고, 후자는 시의에 변화를 주는 것이다. 이와 같은 해석은 남송대의 저자를 알 수 없는 ≪시헌(詩憲)≫과, 이에 동의한 근인(近人) 양곤(梁昆)의 관점과 어느 정도 상통한다. 다시 개괄하면 이 두 가지는 모두 점화론(點化論)의 구체적 방식인 것이다. 한편 세간에서는 환골탈태라 하면 면목을 완전히 바꾸어 버렸다는 과장된 의미로 사용되고 있어, 시론

---

133) 혜홍의 인용이 정말 황정견의 말인지에 대해서는 의심의 여지가 있기는 하지만, 대체로 황정견의 점철성금론의 연장선상에서 소개하도록 한다. 이 문제에 대한 구체적인 논의는 오태석의 ≪황정견시 연구≫, 193-204쪽을 참조.

134) ≪苕溪漁隱叢話≫ 前集 권35, "冷齋夜話云, 山谷言, 詩意無窮, 而人才有限, 以有限之才, 追無窮之意, 雖淵明少陵不得工也. 不易其意而造其語, 謂之換骨法. 規摹其意而形容之, 謂之奪胎法."

주장과는 다소 거리가 있다. 다음은 이와 유사한 '이속위아, 이고위신'의
점화론이다.

> 세속의 용어를 아스럽게 하고, 옛 말을 새롭게 함은, 백전백승하기가 마
> 치 손(孫)·오(吳)의 병법과 같다. 나무인 가시나무 끝이 쇠로 된 살촉을 쪼
> 갤 수 있는 것은 마치 파리가 병사의 겨냥을 피해 자유로이 나는 것과 같
> 다. 이것이 시인의 기묘함이다.[135]

> 차라리 운율이 맞지 않을 망정 구(句)가 약하게 되어서는 안되며, 용자(用
> 字)가 교묘하지 못할 망정 말이 속되어서는 안 된다. 이는 유신(庾信)의 장
> 점이다.[136]

사실 '이속위아(以俗爲雅), 이고위신(以故爲新)'의 이론, 특히 이속위아
론은 소식이 먼저 주장하였고, '영률불해(寧律不諧), 불사구약(不使句弱)'론
과 함께 진사도(陳師道)에게 전수되어 강서시파 시학의 중심 논조로 자리
잡게 되었다. 인용 중에 있는 '세속에서 쓰는 말을 문인들의 손에서 아화
(雅化)하여 재활용하고, 과거의 말은 오늘에 새롭게 탄생시킨다'는 말은
환골탈태론 보다도 의미가 분명할 뿐만 아니라, 이면에 개재된 의미심장
한 문제들을 내포하고 있다. 먼저 이고위신론은 앞서 말한 점철성금론과
맥락을 같이하므로 앞서와 같은 해석이 가능하다. 따라서 여기서는 이속
위아론에 대해 보다 심도 있게 논의하고자 한다.

'이속위아'론은 송대 사인(士人)의 이중적 계층 의식, 신유학적 관념
의 세례를 받은 문인들의 도학자적 의식과 고문운동의 영향, 백화의 사
용 및 통속 문예장르의 대두 등과 관계되며 대두된 이론이다. 그리고 이
에는 두 개의 커다란 상반 방향의 작용 요인이 개재되어 있다고 생각한

---

135) ≪黃山谷詩集注≫ 內集 권12, <再次韻(楊明叔)·幷引>, "以俗爲雅, 以故爲新, 百
　　戰百勝如孫吳之兵. 棘端可以破鏃, 如甘蠅飛衛之射. 此詩人之奇也."
136) ≪豫章黃先生文集≫ 권26, <題意可詩後>, "寧律不諧, 不使句弱. 寧用字不工, 不使
　　語俗, 此庾開府之所長也."

다. 하나는 통속화(通俗化)의 방향이고 하나는 아화(雅化)의 방향이다. 시대는 속화해가고 있었는 데 반해, 문화의 선점자들은 '대아지당(大雅之堂)'을 지향하고 있었던 것이다.

출신부터 세속적 문화에 노출되어 있던 중소 지주 출신의 신흥 관료인 송대의 사(士)는, 신유학의 도학적 관념에서 자중(自重)의 철학을 지향할 수밖에 없었으며 문학 창작에서 이를 전아(典雅)한 방식으로 무게 있게 구현하고자 했다. 그러나 경제적 풍요 속에 성장한 시민 계층은 연창(演唱) 문예를 즐겼고, 수요에 의해 공급과 위상이 달라지듯이 문학사의 방향은 통속적 백화를 결국은 문학 언어로까지 끌어올리는 방향으로 진행되었던 것이다. 주희(朱熹) 등이 공교(孔敎)의 핵심인 ≪사서(四書)≫의 주석에서마저 종종 백화를 사용한 것도 이러한 상황과 관계가 있을 것이다. 그 가운데 ≪시경(詩經)≫ 이래 문학의 최고의 보루였던 시 분야에서는 결국 시대의 흐름 속에 통속적 구어(口語)가 밀려오는 것을 일정 부분 수용하기에 이르렀고, 그것이 이속위아(以俗爲雅)론으로 제창된 것으로 보인다.137)

이렇게 하여 문화적 속화(俗化)는 시에 영향을 미쳐 시적 언어 외에 산문과 백화의 요소가 강화되었는데, 이 점은 송대 고문운동과도 관계되는 부분이다. 이에 따라 허자와 구법면에서 문언성이 낮아지고 구술성이 높아졌으며, 형식적 구속이 강한 율시 대신 산문 투의 고시가 크게 대두하였다. '이속위아'의 주장은 이러한 문화적 운용 틀의 거대 전이(轉移) 과정 중 시 방면에서 일어난 아화(雅化)의 변용(變容) 이론으로 보인다. 한편 소식에서 시작하여 사의 시화를 지향했던 '이시위사(以詩爲詞)'는 세속적 애정류의 사를 보다 점잖게 시화(詩化)한다는 점에서는 '이속위아'와 같은 맥락에서 해석할 수 있다.138) 이러한 장르 변용, 또는 내용 변용은

---

137) 실제로 도학적 풍격의 황정견도 시에서 속자, 속어, 허자 등을 많이 사용했다.

138) '이속위아'와 '이시위사'는 아화와 속화의 양 방향의 작용 면에서 언뜻 상반적으로 보이지만, 실질적 운동의 속성 면에서 공히 雅化를 지향한다는 점에서 같은 방향성을

비록 정면 수용은 아니었으나, 사대부 계층의 속문화 수용의 한 양상으로 생각된다. 결국 황정견은 거대 시대 변화의 중심 부위에서 변화의 바람을 맞으며 송대 사(士)의 전형적 문학 세계를 펼쳐나갔던 사람이라고 할 수 있다.139)

(3) 황정견의 시

황정견 시의 특징은 신기(新奇)를 추구하는 작가적 심태(心態), 그리고 그 성취로서 드러나는 그 구법적 특이점과 요율(拗律), 정치적 풍자와 암유(暗喩), 가구(佳句)와 명구(名句), 이속위아 등의 시어적 천착이다. 내용면에서 송사(宋士)의 특징인 사변적 의식과 시은(市隱) 류의 자기 수양적 의식 등은 앞에서 고찰했으므로 상세히 다루지 않는다. 이들에 대하여 순차적으로 살펴본다.

먼저 황정견의 시 창작에 대한 강한 열정과 그 이상적 경지를 보자.

┃ 贈高子勉四首(3) ┃ 고자면에게(제3수)

妙在和光同塵　　신묘함은 세상과 더불어 하나가 됨에 있으며
事須鉤深入神　　학문의 일은 깊이 찾아서 입신의 경지까지 이른다.
聽它下虎口著　　차라리 호구의 자리에 놓일지라도
我不爲牛後人　　나는 소의 꼬리가 되지는 않으리.

┃ 題落星寺嵐漪軒(3) ┃ 낙성사(落星寺)에서(제3수)

落星開士深結屋140)　　낙성사의 스님은 깊은 곳에 절을 짓고

가지고 있다. 다른 각도에서 '이시위사'의 의미는 渾融과 借鑑을 특징으로 하는 송대 문화의 특성에서 볼 때 장르간의 벽을 넘나드는 '장르 交互性'을 보여주고 있다.

139) 기타 운율 방면의 신기함을 추구한 요율(拗律) 등의 장치들 및 치밀한 구법적 단련 등은, 황정견의 독자적 영역을 위한 '신기(新奇)'에의 추구'로 요약 가능한데, 이에 대해서는 오태석의 ≪황정견시 연구≫를 참조.

140) 落星寺는 강서성 星子縣 南康에 있는 절로서, 운석이 떨어진 부근에 세워졌다고 하

龍門老翁來賦詩[141]	용문의 노인은 여기에 와서 시를 지었지.
小雨藏山客坐久	산은 보슬비에 감춰지고 길손은 하염없이 앉았는데
長江接天帆到遲	장강은 하늘에 닿아 돛단배 천천히 다가온다.
宴寢淸香與世隔	거처의 맑은 향에 세상과 단절되니
畵圖妙絶無人知	불화 훌륭하나 아는 사람 없다.
蜂房却自開戶窓	벌집 같은 승방마다 창문 열렸고
處處煮茶藤一枝	곳곳에 차 끓는데 등나무 한 그루!

이 시는 원풍 3년(1080, 36세)에 낙성사에 들른 것을 기념하여 지은 시로서 아름다운 율격과 표현으로 인구에 회자된 시이기도 하다. 제시(題詩)란 송대에 성행했던 기념시 또는 교유시류의 시 형식으로서, 그림이나 기물, 누각, 차, 붓, 사찰 등 각종 기념이 될만한 것에 제목을 달아 짓는 시 형식이다.

제1연에서 낙성사의 유래와 자기 외숙의 방문을 말한 뒤, 제2연에서는 공간적 관점에서 낙성사와 그 주위를 묘사하였다. 즉 낙성사 '남의헌(嵐漪軒)'에서 바라본 비오는 날의 산사(山寺) 주변의 경관이 묘사되었다. 특히 비오는 산사의 정경이 산사를 감싼 주위의 풍경과 어울려 시를 읽는 이로 하여금 실제 경치를 대하는 이상의 지극한 정취에 빠져들게 하고 있다. 제3연에서는 그 시야를 더욱 좁혀 처소의 분위기와 선실 주변의 탱화 하나를 보는 세심한 관찰로 이어졌다.

끝 연에서는 마당에서 본 승방(僧房)이 마치 벌의 집같이 촘촘히 열려있는 모습을 그렸는데, 곳곳의 방에서 나는 차 끓이는 냄새와 마당의 등나무에 대한 묘사가 독특하고 기묘한 느낌이 든다. 이 연에 대해 원 방회(方回)는 ≪영규율수(瀛奎律髓)≫에서 "시경이 기묘하니 이는 산곡이 홀로 개척해 낸 경지"라고 했으며, 반백응(潘伯鷹)은 ≪황정견 시선≫에서 "전고를 사용하지 않고 혼자의 힘으로 새롭게 건장한 구법이 돋보이

여 붙인 이름이다. 또 開士는 菩薩의 의역이다.
141) 용문의 노인은 황정견의 외숙이자 후견인이었던 李常을 가리킨다.

게 하였다"고 높이 평가하였다.

이 시의 평측은, [측평평측평측측, 평평측평평측평. 측측평평측측측, 평평측평평측평. 측측평평측측측, 측평측측평평평. 평평측측평측평, 측측측평평측평]이 되는데, 운율 면에서도 변형이 상당히 심해 율시의 격률에 잘 맞지 않는다. 왕사정(王士禎)은 ≪고시선(古詩選)≫에서 이 시를 칠언 고시로 구분하였다. 그러나 방회(方回) 및 고보영(高步瀛)의 ≪당송시거요(唐宋詩擧要)≫에서는 변형된 칠언 율시로 보았다. 이 시는 내용과 율격 양면에서 변형을 거친 율시, 즉 요체시(拗體詩)로 보는 것이 좋을 것같다. 이것이 바로 황정견 시의 특징이기 때문이다.

좀 더 구체적으로 보면 제1구의 요(拗)를 제2구에서 요구(拗救)하였다. 제2·3연은 앞 연의 대구와 다음 연의 출구가 상호 조응하지 않는 실점(失粘)을 범했으며, 제4구는 역시 본구자구(本句自救)를 했다. 제5·6구는 각각 하삼측(下三仄)과 하삼평(下三平)을 범했다. 제7구도 요체며, 제8구는 본구자구이다. 의식적이며 독특한 운율 구사를 통해 황정견이 지향하는 속되지 않은 강한 도학자적 면모를 볼 수 있다. 이 같은 요율(拗律)은 다음 시에서도 보인다.

┃**登快閣**┃ 쾌각에 올라

癡兒了却公家事　　　못난 사람, 공무는 얼추 마무리하고
快閣東西依晚晴　　　쾌각에 올라 맑은 저녁 빛에 기대어 동서를 조망한다.
落木千山天遠大　　　낙엽목은 천산에 가득하고 하늘은 둥글고 커서
澄江一道月分明　　　맑은 강물 한줄기, 달도 분명하다.
朱絃已爲佳人絶[142]　　참 벗 없어, 거문고 줄 진작 끊어버렸고
靑眼聊因美酒橫　　　좋은 술 있으면 반가운 눈빛을 줄 뿐.
萬里歸船弄長笛　　　만리 길 돌아가는 배에선 길게 피리 부는데

---

142) '朱絃已絶'은 伯牙가 자기의 음악적 영감을 알아주던 鍾子期가 죽자 거문고 줄을 끊고 다시는 타지 않았다는 내용으로서, 자신을 알아주는 사람의 중요성을 보여주는 대표적 예이다.

此心吾與白鷗盟[143]   이 마음 나는야 갈매기와 짝하련다.

이 작품은 원풍 5년(1082, 38세)에 지은 유명한 칠언율시이다. 황정견은 공무를 끝내고 쾌각에 올라 바라본 경치를 도도한 기세로 읊었다. 이 시가 대표작이라고 칭해지는 이유는 정련된 가운데서도 흐름이 유연하며, 함축과 여운을 전해주기 때문이다. 제1연에서는 일과 후에 쾌각에 올라 맑게 갠 석양의 조망을 묘사했다. 두보 시를 연상케 하는 제2연은 쾌각에서 본 낙락장송이 울창한 낙엽림과, 이를 감싸고 있는 하늘, 그리고 멀리 아마도 고향까지 흘러갈 한줄기 강물이 뚜렷한 윤곽을 뻗어 있는 모습을 담담한 스케치와 같은 백묘(白描)의 수법으로 그렸다. 이와 같은 묘사는 실제 경치 이상의 느낌을 전달하고 있다. 이 구절은 황정견 시중에서 다섯 손가락 안에 드는 명구이다.

제3연에서는 내용이 반전되어 종자기가 죽은 뒤 지음을 만나지 못해 악기를 깨뜨렸다는 백아의 고사를 빌어 서정으로 돌아왔다. 시름을 풀 술이 있어 반색을 하였다는 완적의 이야기로 자신의 울적한 심정을 잠시나마 달랜다고 썼다. 제4연에서는 이러한 자신의 심정을 마침 저 멀리 귀로에 떠나가는 배를 바라보며, 그 위를 나는 백구에 귀향의 마음을 실어 보내는 정경을 그렸다. 전체적으로 어려운 전고나 신기한 구법에 의지하지 않고도, 자연스런 필치로써 경과 정을 모두 아름답게 다루었다는 점에서 수작이라 할 수 있다.

▌題竹石牧牛▐ 대나무, 바위, 그리고 소

野次小崢嶸[144]   들에 작은 괴석(怪石) 있는데

---

143) 갈매기가 바닷가 소년에게 격의없이 와서 놀다가, 어느 날 아버지로부터 갈매기를 잡아오라는 이야기를 들은 그 소년에게 다시는 내려가 앉지 않았다는 《列子》 중의 고사로서, 사람의 마음을 알아준다는 의미이다.

144) '野次'는 들판. '崢嶸'은 산세가 가파르고 험준한 모양. 여기선 괴상하게 생긴 바위를 말한다.

幽篁相倚綠　　그 옆엔 푸른 대숲이 우거졌다.
阿童三尺箠　　목동은 석자 채찍으로 휘둘러
御此老觳觫　　늙은 소를 몰고 타고 가는데,
石吾甚愛之　　바위를 내 정말 아끼니
勿遣牛礪角　　소가 뿔을 갈지 못하게 하렴.
牛礪角尚可　　뿔 가는 거야 할 수 없어도
牛鬪殘我竹　　소들이 싸워 내 대숲을 망쳐놓을까!

　　황정견 자신도 만족해 한 이 시는 원우 3년(1088, 44세)의 작품이다. 시
서 설명에 의하면 소식이 총죽·괴석의 그림을 그린 데 대하여, 당대의
명화가인 이백시(李伯時)가 목동이 소를 타고 가는 모습을 더하였다 한다.
황정견은 이 그림의 의태가 재미있어 희영한 것이 이 작품의 배경이다.
이 시에서 황정견은 치열했던 신구파 간의 당쟁(黨爭)을 우회적으로 풍자
하고 있다.

　　제1·2연은 그림 속의 풍경을 묘사하였고, 제3·4연에서는 그림 밖
으로 뛰쳐나와, 작가적 상상력을 동원하여 그림으로부터 전이된 현실적
염원을 묘사하였다. 이를 다시 분석하면, 1연에서는 들과 괴석 및 푸르
게 우거진 대숲의 정적 배경이, 2연에서는 목동이 늙은 소를 타고 가는
동적인 모습을 묘사했다. 여기서 '곡속(觳觫)'이란 소가 두려워 떠는 모습
이고, 또 여기에 '노(老)' 자를 더하여 1·2연 공히 순박하며 평화로운 농
촌적 풍경을 떠올리게 한다.

　　그러나 여기서 분위기는 반전된다. 그리고 이 의미 반전은 두 계단
으로 점층된다. 먼저는 소가 자신이 아끼는 괴석(怪石)에 뿔을 갈지 않았
으면 하는 심정을 말했고, 다음엔 그래도 그것까지는 눈감아 줄 만하지
만, 자기의 대숲만은 정말 건드리지 않기를 바랬다. 이 시에서 바위나
대숲은 구체적으로는 자연을 가리키나, 이 시를 당시의 치열한 당쟁과
관련시킨다면, 자신이 지켜가고자 하는 평온하고 올바른 삶이라 할 수
있을 것이다. 또 소는 정치적 야심을 위해 싸우는 당시의 정치인이다.

결국 조용한 농촌의 풍경과 정치적 투쟁이라는 강렬한 이미지의 대조를 통해 황정견은 하나의 기상(奇想)을 작품에서 실현한 것이다. 이 시는 초반의 대나무, 바위, 목우라는 평온한 정경이 중반에 반전되어, 불안하고 급박한 정서를 자아냈으며, 더하여 급박함은 점층적 구조를 가짐으로써 끝구에서는 최고조에 달한 상태에서 시가 끝나고 있어 일말의 여운을 남겨준다. 이것이 황정견이 추구했던 의미의 반전이며 전개의 묘미이다.

이밖에 이 시에 보이는 몇 가지 특징은 짧은 소시임에도 불구하고, 중복적 개념(쟁영(崢嶸) · 석(石); 유황(幽篁) · 죽(竹); 곡속(觳觫) · 우(牛))이나 어휘(우려각(牛礪角) 2회; 이를 포함하여 우(牛) 3회)가 많으며, 형용사의 명사적 사용(곡속(觳觫)); 입성운(入聲韻)의 사용; 독특한 조구법(석(石). 오심애지(吾甚愛之); 우려각(牛礪角). 상가(尙可)) 등이 있다. 이들은 모두 시를 평이한 조화로운 음률에서 벗어나 우뚝 솟은 듯한 기운과 기취(奇趣)를 느끼게 해준다.

┃蟻蝶圖┃ 개미와 나비 그림

蝴蝶雙飛得意	한 쌍의 나비 득의양양 날다가
偶然畢命網羅	순식간에 거미줄에 걸려 생명을 마친다.
群蟻爭收墜翼	개미떼는 떨어진 날개 다투어 가져가나
策勳歸去南柯	그 공로 남가(南柯)로 돌아갈 뿐.

숭녕(崇寧) 원년(1102, 58세) 1월에 쓴 작품으로 추정된다. 이 시기는 그 해 여름경부터 나타나기 시작한 그의 마지막 정치적 박해의 불안한 조짐이 태동하던 무렵이다. 오랜 귀양살이 끝에 바로 몇 달 전에 죽은 소식의 죽음과 무관하지 않아 보이는 작품이다.

이리저리 날아다니며 아름답게 노닐던 나비가 순식간에 거미에게 포획되고 다시 개미에게 찢겨 가는 잔인한 자연계의 먹이 사슬을 4구의 소시를 통해 생생하게 그려냈다. 남가(南柯)는 당(唐) 전기(傳奇) <남가태수전(南柯太守傳)>의 고사를 빌어, 개미들이 공으로 날개를 얻어 가기는 하지만 그 공로 역시 한갓 헛된 것일 뿐이라는 뜻을 담고 있으며 당시 치열한 정쟁에 대한 황정견의 염오감(厭惡感)이 깔려 있다. 승리와 패배 외에는 다른 선택의 여지가 없는 치열한 당쟁(黨爭)을 목도한 작자는 한 마리 나비와 거미, 그리고 개미 떼를 보면서 남다른 생각을 하였을 것이다. 순간에 지나가고 마는 우리네 인생도 사는 동안 얼마나 많은 탐욕과 미망(迷妄) 속에 헤매는가? 단순히 읽어 버리기 아까운, 여운이 남는 작품이다.

┃**寄黃幾復**┃ 황기복에게

我居北海君南海	나는 북해에 그대는 남해에 살아
寄雁傳書謝不能	기러기 편지 전하려 해도 전할 수 없다.
桃李春風一杯酒	복사꽃 흩날리는 봄바람 속의 한잔의 술
江湖夜雨十年燈	강호에 내리는 밤비 속에 십 년 나그네의 등잔 불!
持家但有四立壁[145]	이제 그대 집에는 그저 횡한 네 벽만 서 있지.
治病不蘄三折肱[146]	민생의 치료에는 팔뚝을 세 번씩 다치지 않아도 되니,
想得讀書頭已白	글 읽는 사이에 머리 이미 하얗게 세었겠네
隔溪猿哭瘴煙藤	독기 피는 강 건너 등나무 원숭이 울음 들리는 듯.

덕평진(德平鎭)에 있던 황정견이 당시 광주(廣州) 현령으로 있던 황기복을 그리워하며 쓴 이 시는 황정견 작품 중의 다섯 손가락 안에 들만한 명작으로서 41세에 지은 시이다. 내용은 1연에서 서로 멀리 떨어져 만날 수 없는 현실을, 2연에서 10년 전 고향에서의 즐거웠던 한 때를 회상하며 과거를 더듬었다. 3연에서는 한 고을의 장이면서도 청빈하게 사는 황기복과 그의 정치적 치적을 칭송했고, 끝에서는 이미 늙어 하얗게 머리

---

145) '四立壁'은 司馬相如의 궁핍한 생활을 일컬은 말로서, 매우 가난하다는 의미이다.
146) '三折肱'은 명의가 되기 위해선 자기 팔을 세 번이나 부러뜨리는 고통을 거쳐야 한다는 의미. 그러나 황정견은 첫째가 나라를 고치는 일, 둘째가 사람을 고치는 일이라고 하여, 정치적 책무의 중요성을 얘기할 때 이 말을 자주 썼다, 황기복의 능력을 높이 사는 뜻으로 사용했다.

가 세웠을 상대를 걱정하는 마음으로 마무리를 지었다.

수법 면에서도 각 연이 모두 일정한 특색이 있는데, 먼저 1연은 남과 북을 쓰면서도 두 구 간에는 유수대(流水對)의 산문구를 이루고 있다. 2연의 '도리춘풍일배주, 강호야우십년등(桃李春風一杯酒, 江湖夜雨十年燈)'은 매우 특이하고도 멋진 표현이다. '복사꽃, 봄바람, 한잔의 술' 및 '호수가, 밤 비, 등잔 불'이라는 명사를 여섯 가지나 나열하고 있어, 기존의 시 쓰기와는 매우 다른 양상을 보여준다. 여섯 개의 고립된 명사로 구성되어 있으면서도, 복사꽃 흩날리던 날 황기복과의 술자리를 기억하고는, 다시 십 년 간 이리저리 강호를 떠돌며 등잔 밑에서 타향살이를 하는 지방 관리 생활의 어려움을 앞 구와 대비적으로 토로했다. 단어간에 아무런 설명이 없어 해석상의 분기가 없지는 않으나, 시정을 해치지는 않는다. 또한 핵심만을 전개시켜 나가고 있어, 응축된 단어를 통해 서정적 내음이 강렬하게 전달된다.

3연은 황정견의 특기인 용전(用典) 점화구로서, ≪사기≫와 ≪좌전≫의 내용을 활용했다. 끝 연은 상하 두 구의 의미가 서로 순조롭게 이어져서 하나의 의상(意象)을 드러내는 연면구(聯綿句)이다. 곁에 두고 읽어 음미할 만한 작품이다. 실상 함축과 음률을 생명으로 삼는 시에서조차 황정견은 "차라리 율격이 맞지 않을지언정, 구가 약해지지는 않도록 하겠다[영률불해, 불사구약(寧律不諧, 不使句弱)]"는 생각을 가지고 있었다. 이 점에서 이 시는 산문구와 명사의 대량 사용, 강한 지조 의식의 표현, 남방의 기운을 보여주는 원숭이 울음과 다우(多雨) 지역의 풍토병 등이 배경이 되어 시 전체로서는 황정견이 주장해오던 것과 같이, 구가 약하지 않고 굳센데다가 율격도 좋다는 점에서 그의 대표작으로 꼽을 만하다.

| 雨中登岳陽樓望君山(2) | 우중에 악양루에 올라 군산을 바라보며(2)

滿川風雨獨憑欄 　　온 강 비바람 가득한 중, 홀로 난간에 기대니

縮結湘娥十二鬟[147]　군산의 얽힌 모습은 상아의 열두 쪽 머릿단 같다.

可惜不當湖水面　　　호수면을 대하고도, 넘실대는 은빛 파도 속에
銀山堆裏看青山　　　청산을 제대로 볼 수 없어 아쉽네!

58세 때 지은 이 시는 짧은 편폭에도 불구하고 매우 정련된 함축과
아름다운 경치가 녹아 있다. 비바람 거세게 몰아치던 날 동정호(洞庭湖)
악양루에 올라 조망한 시이다. 군산은 동정호에 있는 산으로서, 상군(湘
君)이 노닐던 산이란 뜻이다. 호수 저 멀리 삼단 같이 이어진 군산의 모
습이 높이 솟구치는 파도에 가려 제대로 보이지 않는 아쉬움이 나타나
있다. 시의 후반은 유우석(劉禹錫)의 <망동정(望洞庭)>의 "멀리 동정호 중
의 산색을 보니, 흰 은쟁반 위의 한 마리 파란 고동 같구나(遙望洞庭山水
色, 白銀盤裏一靑螺)를 점화(點化)한 것이다. 사실적이면서도 아름다운 표현
이다.

┃乞猫┃ 고양이를 구하며

秋來鼠輩欺猫死　　　가을 오니 쥐떼는 고양이 죽은 것 믿고서 날뛰어
窺甕飜盤攪夜眠　　　항아리 뒤지고 그릇을 뒤집으며 밤잠을 어지럽힌다.
聞道狸奴將數子148)　들으니 고양이 새끼 몇 마리 낳았다니
買魚穿柳聘銜蟬149)　생선 사다가 버들가지에 꿰어 나비를 불러볼까!

원풍 2년(1079, 35세)에 지은 이 시는 해학적 어조와 함께 언어적 묘미
를 충분히 살린 작품이다. 일상 생활의 가벼운 주제에 맞추어 속어와 구
어를 시에 적절히 활용한 '이속위아(以俗爲雅)'의 수법이 빛난다. 소시에
서 고양이라는 말이 세 번 나온다. 표제어인 '묘(猫)', 아스런 말인 '이노
(狸奴)', 그리고 속어인 '함선(銜蟬)'을 고루 섞어 다양한 어감을 전달하고

---

147) '湘娥'는 순임금의 두 왕비인 娥皇과 女英의 넋이다. 湘靈, 湘妃, 湘君이라고도 하
　　며, 순이 죽자 상수에 빠져 죽었다는 전설적 인물이다.
148) 이노(狸奴): 고양이의 별칭.
149) 함선(銜蟬): 고양이의 속어.

있다. 또 '문도(聞道)'는 구어로서 이를 사용하여 백화체 산문 같은 느낌마저 든다.

이밖에 '빙(聘)' 자의 사용은 공교하여 시 전체의 주제를 살려주는 시안(詩眼)의 역할을 하고 있으며, '천류(穿柳)' 역시 좋은 표현이다. 진사도도 이 시에 대하여, "<걸묘>시는 비록 골계를 써서 우습게 했지만, 천년 후의 독자도 새롭다고 느낄 것이다."라며 황정견의 기지를 칭찬했다. 정말 도학자적 풍모의 황정견이 지은 시가 맞는가 하는 생각이 들 정도로 생생함과 함께 언어적 즐거움이 묻어난다.

┃**戱呈孔毅父** ┃ 공의보(孔毅父)에게 재미삼아

管城子無食肉相[150]	관성자는 고기 먹을 팔자 못되고
孔方兄有絶交書[151]	공방형은 내게 절교의 편지 보냈지.
文章功用不經世	문장의 효용이 경세에 있지 않다면
何異絲窠綴露珠	거미줄이 이슬이나 꿰는 것과 뭐가 다르리?
校書著作頻詔除	교서랑이니 저작랑은 되는 대로 봉해진 것
猶能上車問何如	수레 탈 줄 알고 문안 인사할 줄 알면 충분하지.
忽憶僧床同野飯	홀연 절간에서 함께 소찬을 들던 생각에
夢隨秋雁到東湖	꿈결에 기러기 따라 동호로 가는 듯하다.

원우 2년(1087, 43세)에 지은 작품으로, 친구인 공의보(孔毅父)에게 농조로 해학과 자조를 섞어 보낸 시이다. 관성자는 붓을 뜻하고, 공방형은 '돈'을 말한다. 제1, 2구에서 그는 이외에도 반초(班超)의 붓을 던지고 종군한다는 '투필종군(投筆從軍)'의 고사까지 여러 고사를 교묘하게 연결하면서, 자신이 권세나 영화와는 거리가 먼 선비라고 해학과 자조적으로 표현했다.

---

150) 管城子는 韓愈의 의인화 소설인 <毛穎傳>에 나오는 붓으로서 管城을 다스렸다. 또 食肉相은 ≪후한서·반초전≫에 '날아서 고기를 먹을 제후의 상'이라고 하여, 功名을 얻을 相이라는 뜻이다.

151) 孔方兄: 가운데에 각진 구멍이 뚫린 '돈'을 형용한 말.

여기서 공방형은 이 시를 받는 대상이 공씨인 점에 착안하여 중의적
으로 교묘하게 사용하였다. 또 제5, 6구에서는 당시 교서랑을 거쳐 저작
좌랑을 지내고 있던 자신의 위치에 대하여 희롱조로 묘사하였다. 이는
《통전(通典)》에도 기록된 것 같이 "비서랑은 제량 이래로 귀족의 자제
가 맡던 벼슬이어서 실질적 내용이 없었다. 당시 속담에 '수레에 오르다
넘어지지 않으면 저작랑이요, 몸으론 안부 물을 줄 알면 비서랑이다'고
하였다"라며, 실권이 없는 관직을 내놓고 어서 고향의 집으로 돌아가고
자 하는 마음을 옛 친구에 부쳐 보낸 것이다.

제1, 2구의 '관성자'와 '공방형', 그리고 각각 이에 상응하는 '식육상'
과 '절교서'라는 시어는 전통적 의미에서 시적인 어휘는 아니며, 그 출현
은 돌발스럽고 괴상하기도 하다. 그럼에도 불구하고 전체적으로 해학적
분위기와 함께, 은둔의 심정을 잘 조화하여 시인의 본의를 전달하는데
무리가 없다. 이 시에 대하여 주를 단 근인(近人) 반백응(潘伯鷹)은 "몇 안
되는 구에 험괴한 운을 써서, 수준 높은 경계를 그려냈다. 깊은 생각은
이렇게 자연스럽기도 하고, 또 변화를 꾀하기도 하고, 품격이 있기도 한
것"이라고 극찬했다. 시 전체의 의미 전개뿐 아니라, 시어를 통한 참신한
느낌을 만들어 낸 데 대한 적절한 평어이다.

┃ 演雅 ┃ 연아

雙蠶作繭自纏裹	누에는 고치 자아 스스로 묶이고
蛛蝥結網工遮邏[152]	거미는 줄을 쳐 망보기에 여념 없다.
燕無居舍經始忙	제비는 거처 없이 집짓기에 바쁘고
蝶爲風光勾引破	나비는 경치 좋아 먹이를 잡지 못해.
老鶴銜石宿水飯[153]	재두루미 돌 물어다 알 옆에 놓고 물기 빨아 온도 맞추고
穉蜂趨衙供蜜課[154]	어린 벌 마을로 가 할당된 꿀 채집한다.

152) 주모(蛛蝥): 거미와 해충, 여기서는 거미.
153) 노창(老鶴): 왜가리, 재두루미.

鵲傳吉語安得閑　까치는 기쁜 소식 전해주니 어찌 한가로울까

鷄催晨興不敢臥　닭은 새벽을 재촉하려 잠을 자지 못하지.

氣陵千里蠅附驥　기운이 천리를 넘으니 파리는 말에 붙고

枉過一生蟻旋磨　헛되이 일생을 보내는 개미 이리저리 갈고 닦는다.

蝨聞蕩沸尙血食　이는 소탕령 듣고도 아직도 피를 빨고

雀喜宮成自相賀　참새는 집 잘지었다 서로들 떠들어댄다.

晴天振羽樂蜉蝣　갠날 날개 떨치는 저 즐거운 하루살이

空穴祝兒成螟蛉　구멍 속의 남의 새끼 커간다 기뻐하는 나나니벌.

蛣蜣轉丸賤蘇合155)　쇠똥구리 똥 굴리며 조합나무 깔보고

飛蛾赴燭甘死禍156)　나는 나방 불로 달려가 기꺼이 데어 죽으려 한다.

井邊蠹李蟦苦肥　우물가의 배꽃 좀먹는 굼벵이 힘들여 살찌며

枝頭飮露蟬常餓　나무 위의 이슬 먹는 매미 늘 배고프지.

天螻伏隙錄人語　땅강아지 구멍 속에 숨어 사람 말 엿듣고

射工含沙須影過　날도래 벌레 모래알 물어 쏘려고 지나가길 기다리네.

訓狐啄屋眞行怪　수리부엉이 집 쪼으니 행실도 묘하고

蟏蛸報喜太多可　손님거미 기쁜 소식 전하니 아무리 많아도 좋아.

鸕鷀密司魚蝦便157)　가마우지 몰래 고기와 새우의 동정을 염탐하고

白鷺不禁塵土涴　백로는 진토에 더럽히는 것도 아랑곳하지 않는다.

絡緯何嘗省機織　베짱이 어찌 늘 베짜기만 생각하는지

布穀未應勤種播158)　뻐꾸기는 아직 파종을 재촉도 안 하네.

五技鼯鼠笑鳩拙159)　잔 재주 많은 날다람쥐 비둘기의 뒤뚱거림 흉보며

百足馬蚿憐鼈跛160)　발 많은 노래기는 자라보고 절룩댄다 불쌍하단다.

老蚌胎中珠是賊　대합속 구슬은 도둑들이 캐 가는데

醯鷄瓮裏天幾大161)　초파리는 단지 속에서 하늘이 크단다.

螳螂當轍恃長臂162)　사마귀 수레 밑에서 팔뚝 힘 믿는데

---

154) 치봉(稺蜂): 어린 벌.

155) 길강(蛣蜣): 장구벌레와 쇠똥구리.

156) 비아(飛蛾): 나방.

157) 노자(鸕鷀): 가마우지.

158) 포곡(布穀): 뻐꾸기.

159) 오서(鼯鼠): 날다람쥐.

160) 마현(馬蚿): 노래기.

161) 초계(醯鷄): 초파리.

熠熠宵行矜照火163)	반딧불이 밤에 날며 불 밝히기 여념 없다.
提壺猶能勸沽酒164)	두견새는 아직도 내게 술 권하고
黃口只知貪飯顆	어린 참새 낟알 쪼기 여념이 없다.
伯勞饒舌世不問165)	때까치 떠들어도 세상에선 상관 않고
鸚鵡纔言便關鎖	앵무새 일러바치다 곧바로 새장 신세.
春蛙夏蜩更嘈雜166)	봄개구리 여름 매미 갈수록 시끄럽고
土蚓壁蟫何碎瑣167)	지렁이 벽좀벌레 얼마나 쏠아대는가!
江南野水碧於天	강남의 물길은 하늘보다 파랗고
中有白鷗閑似我	그 중의 갈매기는 나만큼이나 한가롭다.

39세 때 지은 이 작품은 매우 독특한 형식의 시이다. 농촌 생활 속의 온갖 동물, 곤충, 새 등을 동원하여 이들의 명칭, 소리, 행태, 그리고 이들에 얽힌 형상적 비유와 고사(故事)들로부터 그 특징을 서술하여 다양한 인간형을 암시하였다. 이 시는 그가 태화현에 있을 때 지은 것으로 추정하고 있으며, ≪황산곡시집주≫중 내집 제1권 원풍 년간에 수록되어 있는 것을 보면 30대 중반의 작품일 것이다. 이 시는 황정견이 만년에 산거하려 했는데, 뒤에 편자가 다시 산입하였다고 기록되어 있는데, 이와 같이 해학적이며 재미있고 독특한 시를 없애려 했다는 것은 오늘의 관점에서는 이해하기 어렵다

시의 편폭이 길므로 각 동물과 곤충의 행태와 특징을 일일이 설명하기는 곤란하지만, 이들의 실정을 알면 알수록 그 풍자와 재미가 더해짐을 느낄 수 있다. 전 40구에 걸쳐서 한 구절에 한 동물씩 풍자와 해학을 섞어 날카롭고 재치 있게 동물의 특징적 형상을 서술하여, 편폭은 길어

---

162) 당랑(螳螂): 사마귀, ≪莊子≫에 나오는 비유로써, 사마귀가 수레를 떠받쳐 대항하는 이야기로써, 분수를 모르고 까불 때 사용한다.
163) 습습(熠熠): 반딧불이, 개똥벌레.
164) 제호(提壺): 두견새.
165) 백로(伯勞): 때까치.
166) 조잡(嘈雜): 잡스럽게 지껄이다.
167) 쇄쇄(碎瑣): 자질구레하다.

도 지루한 줄 모르겠다. 이 시를 읽노라면 자연계 동물들의 천태만상의
행태를 통해, 인간 세상의 다양한 삶의 형태로 자연스럽게 연결되고 있
음을 느낄 수 있다. 이렇게 정확하고 자세한 관찰과 묘사를 하기 위해서
는 농촌과 자연 및 인간 세계의 구체적 삶의 양태를 꿰뚫지 않으면 안
된다. 즉 그는 자연과 인간, 그리고 사회 현상의 본질을 깊이 인식했던
것이다. 수법 면에서 볼 때 동물을 빌어 인간 세상의 인물 전형으로 연
결시키는 수법은 시경과 초사의 비흥(比興)의 기교와 유사하다. 각종 동
식물 및 곤충들의 살림살이를 인간 세계의 군상과 연결시킨 <연아>시
는 오늘날에 보아도 분명 황정견 시의 큰 성과이자 매력적인 제재의 발
굴임에 틀림없다.

　　이상에서 볼 때 황정견은 시어와 시의(詩意)의 단련과 배치, 기험한
율격, 그리고 이속위아(以俗爲雅) 류의 독특한 혼합 서술, 명구의 창출, 정
치적 암유, 굳은 절개의식 등에 힘쓰며 시를 만들어 나가며, 전과 다른
자기류의 시적 성취를 이루어 내고 송시의 특징을 부각해 나갔음을 알
수 있다.

(4) 위상과 평가

　　송시 중의 황정견의 위상을 요약하면, 송시의 송시다운 면모는 감성
보다 이성적 시쓰기에 열중했던, 그리고 송대적 시법의 제시를 통해 학
시(學詩) 전통을 세운 황정견에 와서 비로소 안정적 방향과 구체적 성과
를 보였다는 점에 있다. 이는 심미사적으로 학시와 설리를 중시한 도학
자적 사인(士人)들이 주도한 송시적 세계의 구축이었으며, 당시적 '감성
심미(感性審美)'에서 송시적 '이성 심미(理性審美)'로의 확고한 전이(轉移)이
기도 하다. 또 그 이후 학문적 시법(詩法)을 존중하고 기교에 치중하였던
강서시파의 창작 방식 역시, 긍정적이든 부정적이든 황정견을 통하여

보다 명확한 특성을 발휘해 나아갔다는 점에서 그는 송시화의 선도적 인물이며 송시적 특징의 완성자라고 할 수 있다.

이러한 시대의 와중에서 송대의 전형적 사인(士人)으로서의 황정견은, 한편으로는 당시(唐詩)에 대한 부담을 안고, 다른 한편으로는 새로 밀려드는 새 물결과 부딪치며 송시의 독자성을 구축해 나간 것이다. 전고를 많이 쓰고 시어의 단련에 힘쓰며 도학자적 정서를 드러낸 그의 시사적 위상은 설리적(說理的)인 송시의 색깔을 분명히 보여주었다는 점에서 긍정적인 동시에, 엄우의 비판에서도 보듯이 송시 이후의 중국 고전시의 행로를 놓고 볼 때 너무 학시(學詩)적 시법(詩法)에 의존하려 했다는 점에서 아쉬움 또한 떨칠 수 없다. 결국 시의 생명은 함축과 운율인데, 송시는 이 점에서는 부정적 측면이 나타난 것이다.

문화는 이질적인 요소들이 서로 섞이는 가운데 발전한다. 오대 십국의 일정한 혼란을 겪은 송대는 문인 중심의 사회에 기초하여 다양한 문화의 혼재와 섞임 또는 변화가 이루어지고, 그 가운데서 점차 문학사적 거대 변혁이 진행되었다고 요약할 수 있다. 전통 문학 장르를 중심축으로 삼았던 문인 계층에 초점을 맞추어 본다면, 송대는 이미 시대의 조류가 백화 중심의 통속문예기로 접어드는 시기였음에도 불구하고, 도학 의식으로 무장된 그들 나름의 폐쇄 회로적 소통에 안주하였다는 것이다.

약간의 변용(變容)은 있었지만 전체적으로는 그들만의 문학 장르를 제한적으로 운용해 나갔던 점에서 문인들의 시는 비록 '크게 아스런 전당[대아지당(大雅之堂)]'의 지위를 제한된 범위 내에서 유지하기는 했으나, '아(雅)와 속(俗)이 함께 즐기는[아속공상(雅俗共賞)]' 데에는 이르지 못하고 점차 그 운용 폭이 축소되어 갔다. 이와 함께 문학사 전개의 중심축은 대아지당적 시문으로부터 백화의 대두와 함께 아속공상적 소설·희곡의 통속 문예로 본격적으로 이동하기 시작했다. 그리고 황정견은 그 변곡기(變曲期)에 위치한 사인(士人) 문학의 핵심적 연출자였다.

5 │ 진사도(陳師道)

(1) 진사도 시학의 주안점

본장에서는 송시의 역사적 조망을 위한 순차 연구의 일환으로서, 소문육군자(蘇門六君子)의 한 사람이며,[168] 북송 후기 강서시파의 중심에 있었던 진사도(陳師道, 1052-1101)[169]의 시 세계를 고찰하고, 그의 시학 세계가 지니는 의미를 거시적으로 조망해 본다. 구체적으로는 생애와 함께 그의 시학 이론, 시 세계, 그리고 송시사의 각도에서 진사도 시의 위상을 살펴본다. 이러한 작업을 통해 송대에, 특히 중국문학 장르 변화의 관건이 되는 시기인 북송 후기에, 중국시 및 중국문학 제 장르가 걸어간 양상의 시사적 · 비평사적 위상을 유기적이며 총체적으로 파악하고자 한다.

본절에서는 먼저 진사도의 시학 연원과 이론 주장들에 대해 지금까지 말한 송시화의 문예사유적 배경과 관련하여 그 이면의 의미를 고찰한 후, 역시 이 같은 맥락에서 진사도 시의 구체적 · 객관적 검증을 통해 그의 시적 지향을 파악해 보고, 송시사에서 지니는 그의 시학의 특징과 위상을 고찰할 것이다.

진사도(1053-1102)는 자(字)가 이상(履常), 무기(無己)이며, 호는 후산거사(後山居士)로서 팽성(彭城: 지금의 강소성 서주(徐州)) 사람이다. 그는 희녕(熙寧) 연간에 왕안석의 신법에는 반대의 뜻을 가지고 있다가 원풍(元豊) 초에

---

168) '蘇門四學士'는 "黃庭堅, 秦觀, 晁補之, 張耒"를, '蘇門六君子'는 여기에 "陳師道, 李廌(1059-1109)"를 보탠 것을 말한다.

169) 진사도의 생졸년에 대해 대체로 중국에서는 1053-1102년으로, 대만에서는 鄭騫 및 范月嬌를 중심으로 1052-1101년으로 본다.

소식을 만나면서 진관, 황정견 등과도 교유하게 되었다. 원풍 7년(1084)에는 사천으로 가는 장인에게 처자를 딸려 보내기도 하는 등 극심한 생계 문제에 시달리기도 했다. 그 후 원우(元祐) 2년(1087) 소식과 황정견의 장인인 손각(孫覺) 등의 추천으로 서주교수(徐州敎授)로 관도에 올랐으며, 말년인 1100년에는 비서성정자(秘書省正字)라는 하급 관리로서 생을 마감했다. 품격이 고결하고 절조가 있으며 안빈낙도할 줄 알고, 문장은 '정심(精深)하고 아스러운 깊이(雅奧)'가 있으며, 시는 황정견을 배웠으나 오히려 나은 바도 있다. 마음에 들지 않은 시들은 태워버려 현존하는 것은 얼마 되지 않는다고 했다.[170]

방회(方回)는 ≪영규율수(瀛奎律髓)≫에서 강서시파를 칭찬한 가운데 그를 '일조삼종(一祖三宗)'의 한 사람으로 꼽을 만큼 진사도의 시는 일정한 문학적 성과를 얻기도 했다.[171] 그의 시는 처음에는 소식과 황정견의 영향을 받았으나, 후에는 자기 나름의 문학적 활로를 모색하려고 애를 썼다. <답진관서(答秦觀書)>에서 진사도는 자신의 시학 연마 과정을 다음과 같이 말했다.

　　저의 시는 애당초 사법(師法)이라 할 게 없었습니다. 그래도 어려서부터 시를 좋아했고 또 나이 들도록 싫어하지 않아, 약 천수 정도 되었습니다. 그런데 황정견 선생을 한번 만나고서는 그간의 원고를 태워버리고 그를 좇아 배우게 되었습니다 …… 저의 시는 황선생의 시입니다. 그의 학식은 넓으며 시법은 두보에게서 배웠습니다. 그는 두보에게서 배우고도 똑같이 하지 않은 사람입니다.[172]

---

170) ≪後山集≫ 권14, <答秦觀書>(주8 참조); ≪宋史≫ 권444, <陳師道傳>.

171) 方回는 두보를 一祖로 하고, 황정견, 진사도, 진여의를 三宗으로 삼아, 시의 正派로 인정했다.

172) ≪後山集≫ 권14, <答秦觀書> 및 ≪後山詩話≫, "僕於詩, 初無師法, 然少好之, 老而不厭, 數以千計. 及一見黃豫章, 盡焚其稿而學焉 …… 僕之詩, 豫章之詩也. 豫章之學博矣, 而得法於杜少陵, 其學少陵而不爲者也."

이로 보아 그가 황정견과 두보의 진지한 창작 태도에서 매우 큰 영향을 받았음을 알 수 있다. 본래 진사도는 소식의 문하에 있었으나, 황정견을 만난 이후로는 이전에 지었던 자신의 시를 태워버리고 황정견의 각고단련(刻苦鍛鍊)의 창작 태도에 경도되었고, 결국은 자기류의 시 세계를 이루었다. 황정견 역시 진사도에 대해 그의 시학 태도를 존중하여 "진이상정자(陳履常正字)는 천하의 선비이다. …… 그 시의 연원은 두보의 구법을 얻어서, 지금의 시인들이 당할 수가 없다"고 했다.[173] 그러면 이들이 서로 숭배하는 두보에게서 그들은 어떤 점을 배우려 했을까? 진사도는 ≪후산시화(後山詩話)≫에서 "당인(唐人)들은 두시(杜詩)를 배우지 않았다. 당언겸(唐言謙)과 요즘의 황서(黃庶), 사경초(謝景初)가 배웠다. 황노직(黃魯直, 황정견)은 황서의 아들이자 사경초의 사위로서, 그의 이 두 사람에 대한 관계는 두보의 조부 두심언(杜審言, 646-708?)과의 관계와 같다."고 하였다.[174]

최근 연구자들의 진사도 시에 대한 연원론을 보면 막려봉(莫礪鋒)은 두보, 맹교(孟郊), 황정견 세 사람을 들었으며, 그의 시의 독특한 예술 풍격을 '언천의심(言淺意深)'과 '언어의 질박성'을 들었다. 또한 진사도가 특히 황정견류의 구법 단련에 대해 매우 심취했음을 언급했다.[175] 또 장건(張健)은 ≪송금사가문학비평연구(宋金四家文學批評研究)≫에서 그의 시론상의 특징을 '시와 궁(窮)', '신고(新故)와 아속(雅俗)', '구법의 중시'의 세 가지로 보았다. 첫째 사항은 구양수로부터 소식에게 전수된 이론이며,

---

173) ≪豫章黃先生文集≫ 권19, <答王子飛書>, "陳履常正字, 天下士也. …… 其作詩淵源, 得老杜句法, 今之詩人, 不能當也."
174) ≪後山詩話≫, "唐人不學杜詩, 惟唐彦謙與今黃亞夫庶謝師厚景初學之. 魯直黃之子, 謝之壻也. 其於二父, 猶子美之於審言也."
175) 莫礪鋒은 ≪江西詩派硏究≫에서 陳師道가 黃庭堅의 '拗句, 僻典, 奇韻' 및 '章法, 用字' 등의 특징들을 모방·발전시켰다고 하였다.(72-75쪽) 진사도 시의 연원에 대해서는 李致洙(≪陳後山詩硏究≫, 臺灣大學 석사학위논문, 1982), 范月嬌(≪陳師道及其詩硏究≫, 文史哲出版社, 1988, 台北) 등도 대체로 이와 유사한 견해를 보이고 있다.

둘째는 소식으로부터 황정견을 거치며 정립된 이론이고, 셋째 사항 역시 황정견에서 크게 빛을 본 창작 방식이다.

한국의 경우 최금옥은 의식하지 않는 가운데서도 공교한 [무의이공(無意而工)]한 두보와, 마르고 필력이 굳센, 즉 수경(瘦硬)한 풍격의 황정견을 배웠다고 했는데,176) 진사도의 시적 성취가 비록 두보에는 이르지 못했을지라도 진사도의 시가 고음(苦吟)을 통한 구법의 강구에 경도되었음을 의미한다. 이상을 종합해 보아도 진사도 시의 기본적인 입장은 구(歐)·소(蘇)·황(黃) 등 선배 시인들의 장점을 흡수해 가며, 아건(雅健)한 문인의 기상을 단련된 시어를 통해 궁극적으로는 진지하고 질박하게 담아내려한 것으로 파악된다.

이제 진사도 시학론의 구체를 보자. 그의 시학론은 ≪후산시화≫나 시문에 보인다. 무엇보다도 그는 시를 육조·당대와 같은 영감의 소산으로서만이 아니라, 자기 연마나 학습의 측면에서 접근해 들어간 점이 두드러진다. 이는 시를 고문가와 도학가 및 경세가를 막론하고 자기 사상·감정의 유력한 표현 수단으로 보았던 송인들의 기본적 자세이기도했지만, 진지하고 치열한 자세로 시를 창작했던 진사도의 경우 그 열의는 누구보다도 강했다. 현실 정치에서 빛을 보지 못한 진사도는 시인으로 후세에 남기를 갈망했던 것이다.

진사도가 이렇게 시의 학습을 중시하며 조어와 조구(造句)에 힘쓴 것은 황정견의 각고단련의 시 창작 방식에서 영향 받은 것으로 이해된다. 이 같은 고음(苦吟)의 창작 태도는 당대에는 한유류의 가도와 맹교 등 일부 시인 외에는 드물었으며, 학시적 사변(思辨)을 중시하는 송대에 와서 시풍이 하나의 흐름으로 자리잡게 되었다. 시화 역시 시를 논하고 배운다는 점에서 시화의 발생과도 무관하지 않으며, 황정견과 진사도에서 최고봉에 달한 송대적 특징이다.

---

176) 최금옥, ≪陳師道詩硏究≫, 서울대 박사학위논문, 1993, 247-248쪽.

┃ 絶句177) ┃ 절구시

此生精力盡於詩　　일생의 정력을 시에다 모두 쏟아 부었더니
末歲心存力已疲　　말년이 되어 마음은 있어도 힘은 다했다.
不共盧王爭出手　　노조린(盧照鄰) 왕발(王勃)과 솜씨를 다투지 말고
却思陶謝與同時　　도연명(陶潛) 사령운(謝靈運)과 같은 시절 보내야지!

　이 시는 소성(紹聖) 원년(1094) 진사도의 나이 43세 때 지은 '논시시(論詩詩)'적 성격의 시이다. 진사도의 이상은 초당사걸(初唐四傑)류의 천부적 재능만이 아니라, 도연명과 사령운과 같이 전 생애를 건 깊이 있는 시학적 성취에 있음을 말한 것으로 생각된다. 임연(任淵)의 주에 의하면 이 짧은 시구에도 제1, 3, 4구에서 ≪회남자淮南子≫와 소식 및 두보의 시구를 점화(點化)했다고 했다. 제1연은 유수대(流水對)를 썼으며, '불공(不共)', '각사(却思)'의 허자의 사용이 돋보이고, 상평성(上平聲) 지운(支韻)을 썼다. 이렇듯 전심전력의 시법에 대한 연마는 그를 중국의 대표적 고음(苦吟) 시인으로 이름을 떨치게 했는데, 이와 관련하여 다음과 같은 일화가 전해진다.

　　세상에서는 진사도를 말할 때, 산에 오르다가도 시구가 떠오르면 급히
　　집으로 돌아와 평상에 누워 이불을 머리까지 덮고는 사람들의 말소리를 듣
　　는 것도 경계하여 이를 '끙끙 앓는 평상[吟榻]'이라고 불렀다. 사람들은 이
　　러한 습성을 알아 개나 고양이를 쫓아버리고 갓난 아이 어린아이들도 이웃
　　집으로 보냈다. 서서히 시가 이루어지고서야 평상시의 상태를 회복했다고
　　한다.178)

　이밖에 그는 사마천의 '발분저서(發憤著書)'론과 한유의 '물부득평즉명(物不得平則鳴)'설, 구양수의 '시궁이후공(詩窮而後工)'설179) 등에 근거하

---

177) 陳師道著, 任淵注, ≪後山詩注≫ 권4, 叢書集成初篇, 中華書局, 1985, 北京.
178) 葉夢得, ≪石林詩話≫, ≪宋詩紀事≫ 권33, ≪朱子語類≫ 권140.
179) ≪歐陽文忠公文集≫ 권42, <梅聖兪詩集序>.

여 '원자설(怨刺說)', '우사이발분(遇事以發憤)', 어려움을 겪고서 기묘해진
다는 '인난이기(因難而奇)'론 및 '시능달인(詩能達人)'설을 논했는데,[180] 이
들은 시인의 현실적 창작 환경과 시와의 관계를 말한 점에서 그의 곤궁
한 여건과 고음시인으로서의 면모를 서로 연결시켜 주는 부분들이다. 황
정견은 진사도와 진관(秦觀)의 시 창작 태도에 대해 다음과 같은 시로써
두 시인을 대조적으로 품평했다.

┃病起荊江亭卽事十首(8)┃ 병에서 일어나 형강정에서(8)

閉門覓句陳師道　　문 닫아 걸고 시구를 찾아 애쓰는 진사도
對客揮毫秦少游　　사람을 대하고 붓 휘둘러 써내려가는 진관.
正字不知溫飽未　　비서성정자로 있는 진사도, 따뜻한 식사나 하는지?
西風吹淚古藤州[181]　서풍 부니 진관이 있던 옛 등주 생각에 눈물 흐른다.

　이 시는 진사도가 죽기 얼마 전에 진사도의 간난(艱難)을 걱정하며 쓴
황정견의 시이다. 진사도는 단련을 추구하는 고음시인이지만, 궁극적으
로 그가 추구한 것은 황정견이 시론에서 추구했던 것과 같이 시구의 단
련이 겉으로 드러나지 않는 자연스런 융화의 경지였다. 그러므로 그가
시풍상 지향했던 바도 '말은 간약(簡約)한 가운데 뜻은 넓은' 표현경이었
다.[182] 이는 기본적으로 육조 청담(淸談) 사상에서 '표현은 다하였어도 뜻
은 다함이 없는, 언진이의부진(言盡而意不盡)' 중국적 함축 형상미의 진사
도적 구현론이면서, 실제로는 소식의 "간아(簡雅)한 고시 중에 섬세와 풍
성함을 드러내고, 담박한 가운데 지극한 맛을 싣고 있다"는 '중변론(中邊
論)'의 이론적 계승이기도 하다.[183]

---

180) 崔琴玉, 《陳師道詩研究》, 102-108쪽.
181) 《黃山谷詩集注》 內集 권14, <病起荊江亭卽事十首> 제8수. 이 작품은 建中靖國
　　元年(1101) 황정견의 나이 57세시 가을에 지은 시이다. 진사도는 50세로 그해 겨울
　　에 죽었다.
182) 《後山詩話》 最後文章, "語少而意廣."
183) 《蘇軾文集》 권67, 中華書局, 2109쪽, <評韓柳詩>, "所貴乎枯澹者, 謂其外枯而中

한편 그는 진관의 동생 진적(秦覿)에게 보낸 시에서, "시 공부는 선도 (仙道)를 배우는 일과 같아, 때가 이르면 근본 되는 뼈대가 저절로 바뀐다 네, 아득하니 큰기러기 하늘로 날아오르니, 뭇 사람이 어찌 좇아가리오?" 라며 '학시여학선(學詩如學仙)'론을 펼쳤다.184) 이 말에 대해서는 중론이 있으나,185) 먼저 당시의 선학 또는 신유학(道學)과의 관련하에 '시학 역시 일정한 공부가 쌓이면 어느 날 홀연 돈오(頓悟)의 깨달음의 경지로 들어 가게 된다'는 의미로 보인다. 사실 그는 승려들과 지속적으로 교유했으 며 불교 관계 시도 꽤 남겼으므로, 소식이나 황정견과 같이 선학과 시를 연결시켜 생각했을 가능성은 얼마든지 있다. 그렇다면 진사도의 '환골(換 骨)'론은 황정견 등 당시 강서시파의 여러 시인들이 오입(悟入)과 활법(活 法)의 영감적 인식을 중시한 것과 같은 맥락에서 이해할 수 있다.186)

다음으로 작가의 도학적 수련을 강조한 것은 자기 존중의 연마와 현 세초월적 자의식을 중시한 측면도 있는 것 같다. ≪운어양추(韻語陽秋)≫ 의 "황정견은 진사도를 일컬어 '시를 배우기를 도를 배우듯이 한다'고 했는데, 이를 그저 수사에만 힘을 기울이는 자가 어찌 헤아릴 수 있을 까?"라고 한 말에서도 이들이 시를 대하는 진지한 자중의 정신을 엿볼 수 있다.187) 특히 사회적으로 거의 자기 실현을 하지 못했던 진사도의 경우 당대의 가도(賈島)와 마찬가지로 내면을 향해 침잠할 수밖에 없었

膏, 似澹而實美, 淵明·子厚之流是也. 若中邊皆枯澹, 亦何足道?"
184) ≪全宋詩·陳師道1≫ 권1114, <次韻答秦少章>, "學詩如學仙, 時至骨自換. 縹緲鴻 鵠上, 衆目焉能玩?"
185) 張健, ≪宋金四家文學批評硏究≫, 聯經出版事業公司, 1975, 台北, 248-251쪽.
186) 曾季狸(南宋), ≪艇齋詩話≫, "陳後山은 시를 논할 때 '환골'을 말했으며, 徐東湖는 시를 논할 때 '中的'을 말했고 呂東萊는 시를 논할 때 '활법'을 말했으며, 韓子蒼은 시를 논할 때 '飽參'을 말했다. 시작해 들어가는 곳은 비록 서로 다르나 그 실질은 모두 하나의 관건이니, 요는 '悟'가 아니고서는 들어갈 수 없음을 알아야 한다.(後山 論詩說換骨, 東湖論詩說中的, 東萊論詩說活法, 子蒼論詩說飽參. 入處雖不同, 然其 實皆一關捩, 要知非悟入不可.)"
187) 葛立方, ≪韻語陽秋≫ 권2, "魯直謂陳後山, 學詩如學道, 此豈尋常雕章繪句者之可擬 哉?"; 이는 ≪黃山谷詩集注≫ 外集 권15, <贈陳師道>의 제1구에 대한 평어이다.

고, 송대 독서인 교양에 비추어 시를 향한 고음의 자세는 더욱 강하게 표출될 수밖에 없었을 것이다.

　다음으로 그는 이전 시인들의 시 학습론을 언급하면서 이와 시 창작의 '공교함[工]'에 대해 많이 논하였는데, 이를 통해 그의 시학 연원과 시학적 관심의 향배를 잘 볼 수 있다.

> 　소식이 말하기를, "두보의 시, 한유의 산문, 안진경(顏眞卿)의 서법(書法)은 모두 집대성의 경지에 이르렀다. 시를 배움에는 의당 두보를 사표로 삼아야 한다. 모범이 있으므로 배울 수가 있다. 한유는 시에 대해 본래 조예가 깊지 않았으나 문학적 재능이 뛰어나 좋게 되었을 뿐이고, 도연명은 시를 지은 것이 아니라 흉중의 묘한 이치를 드러낸 것뿐이다. 두보를 배워 성취하지 못한다 해도 외적 공교함에 빠지지는 않을 수 있다. 한유의 재주와 도연명의 묘리(妙理)가 없이 두보의 시를 배운다면, 그 시는 결국 백거이류가 될 것이다."라고 했다.[188]
>
> 　황정견의 시와 한유의 문장은 의도적으로 공교함을 꾀하고자 하는 마음이 드러나 있으나, 두보에게는 공교함이 보이지 않는다. 하지만 시를 배우는 사람은 먼저 황정견을 공부하고 후에 한유를 배워야지, 황정견과 한유를 통하지 않고 두보로 직접 들어가면 '쉬운 졸박함'에 빠지게 될 것이다.[189]

　앞의 글은 소식의 언급이기는 하지만, 시화에 소개됨으로써 진사도의 견해와 맥을 같이하는 것으로 이해해야 할 것이다. 그는 여기서 시학의 전범과 학습의 순서로서 두보라는 최고봉을 지향하면서, 이에 이르기 위해서는 먼저 황정견·한유 등 중간적 인물을 통해 학습하는 것이 좋다고 했다. 여기서 한가지 유의할 점은 진사도가 두보시의 내용적 측면에 대해서는 언급하지 않았다는 점이다. 이는 그가 구법과 시어의 안배

에 주로 관심을 가지고 배우려 했던 것임을 의미한다. 이 글에서 그는 학시(學詩)의 순서를 잘못하여 빠뜨리면 자칫 백거이와 같은 천근(淺近) 평속(平俗)한 시가 되어버릴 것이라고 염려했다는 점에서 쉽게 쓰는 시를 좋아하지 않음을 엿볼 수 있는데, 이 점은 후일 그의 시가 송시적 특징을 띠게 함과 동시에 결점으로 부각되기도 했다.190) 전체적으로 진사도는 시를 순차적 학습의 과정으로 파악하려 했는데, 이러한 지향은 당대(唐代)에는 잘 보이지 않던 현상으로서, 시에 대한 송대적 접근 방식이라고 할 만한 특기 사항이다.

이제 진사도 시학의 관심 사항을 알기 위해서는 두보에서 한유를 거쳐 황정견에 이르는 시사상의 맥락에 관해 좀더 세밀한 주의를 기울여야 할 것이다. 이와 관련하여 윗글에서도 언급되었던 '공(工)'론에 대해 좀더 살펴본다. ≪후산시화≫의 다른 부분에서는 전인들의 시문평 속에서 "한유는 산문으로 시를 지었고, 소식은 시로써 사를 지었다. 이는 흡사 교방(教坊) 뇌대사(雷大使)가 추는 춤이 천하의 공교로움을 다 추구했을지라도, 결국은 본색(本色)이 아닌 것과 같다"고 하거나,191) "시문에는 각기 합당한 문체가 있다. 한유는 산문으로써 시를 지었고, 두보는 시로써 문장을 지어서 (반대로 한유의 시나 두보의 산문은) 훌륭하지 않다"고 한 것으로 미루어 볼 때,192) 그가 추구한 훌륭한 시란 전통적 의미에서 시 장르의 속성을 잘 살릴 수 있는 언어로 조탁하되, 동시에 공교함의 흔적이 묻어나지 않도록 해야 하는 이율배반적인 측면을 지니고 있는 것으로 이해된다.

결국 진사도가 이상으로 여긴 시학적 성취는 두보와 같이 '시어의 구

---

190) 시를 보는 다양한 시각 중에서 그는 俗化된 시를 品格이 낮은 시로 여겼다.

191) ≪後山詩話≫, "退之以文爲詩, 子瞻以詩爲詞, 如教坊雷大使之舞, 雖極天下之工, 要非本色."; 이 부분의 언급에 대해서는 비록 ≪後山詩話≫에 기재되어 있지만, 雷大使와 관련한 진사도의 卒年을 문제삼아 진사도 언급의 사실성에 의문을 가지는 견해도 있다.(최금옥, ≪陳師道詩硏究≫, 서울대 박사학위논문, 1993, 113쪽 참조)

192) ≪後山詩話≫, "詩文各有體, 韓以文爲詩, 杜以詩爲文, 故不工爾."

사가 표면에 지나치게 드러나지 않는 공교함'의 추구로 나타난다. 그러므로 공교함은 시어와 구성의 '외적 수사미'가 아니라, '내적 의경미'로서 독자에게 다가와야 할 것이다. 사실 진사도는 시화(詩話)에서 '공교하다'는 '공'의 의미를 '작품이 훌륭하다'는 의미와, '졸(拙)'에 반대되는 의미로서의 섬세함으로서의 '공'으로 혼용했으므로, 본의를 세밀히 분별해 보아야 한다.193) 이러한 미의식의 추구에는 사변주의적인 송대의 지성적 경향과도 깊은 관련이 있다.

좋은 작품을 창출하는 데에는 겉으로 드러난 조탁과 수사만으로는 부족하다는 그의 '공'론을 시사적으로 이해하면, 매요신·구양수에 의해 주창된 조어의 평담경에 관한 논의이며,194) 황정견이 추구한 '다듬은 흔적이 전혀 드러나지 않고[무부착흔(無斧鑿痕)]' '융화되어 전체적 조화를 이루는[혼연천성(渾然天成)]' 경지와 맥을 같이한다.195) 사실 이러한 경지는 천부적 재능을 통해 얻어지기도 하겠지만, 송시적 상황 내지 진사도의 문학적 역량의 관점에서 볼 때, 이는 매요신 이래 지속적으로 추구했던 각고단련의 시학 연마를 통해 얻어지는 결과이다.

이상과 같은 진사도의 시학적 연원과 송대 시학의 진행 과정에서 볼 때, 그의 시는 당말·송초의 화려한 궁체시적 수사시보다는 구양수·매요신으로부터 소식·황정견으로 내려가는 질박·아건(雅健)한 송시 주류

---

193) 이러한 이중적 사용은 '奇'에 대해서도 마찬가지로 '빼어나다'와 '지나치게 튄다'는 두 가지 의미로 사용했다. 예를 들면 그가 ≪후산시화≫에서 揚雄을 평한 글이 그렇다. "揚子雲之文, 好奇而卒不能奇也. 故思苦而詞艱. 善爲文者, 因事以出奇, 江河之行順下而已 …… 子雲惟好奇, 故不能奇也."

194) 오태석, ≪황정견시 연구≫, 26-30쪽.

195) ≪豫章黃先生文集≫ 권19, <與王觀復書> 제2수, "보내온 시는 아름다운 구절이 많지만, 조탁의 공력이 많이 드러난 것이 아쉽다. 그러나 두보가 夔州에 온 이후의 고시와 율시를 숙독해 보면, 그는 구법적 簡易를 터득한 가운데 큰 교묘함이 드러난다. 평담하면서도 산 높고 물 깊어 가까이 가려 해도 그럴 수 없다. 문장의 성취는 더욱이 도끼날을 댄 흔적이 없도록 해야만 가작이라고 할 수 있다." 이상과 같은 황정견의 융화자연의 시학적 지향과 연원론에 대해서는 ≪황정견시 연구≫, 174-181쪽을 참조.

의 풍격을 지향한 것으로 보아야 할 것이다.[196) 또 진사도는 시의 이상
적 경지로서 4종 금기를 설정하고 시구의 필력을 강조했다.

> 졸렬할지언정 교묘하지 말며, 소박할지언정 화려하지 말며, 거칠지언정
> 약해지지 말며, 편벽될지언정 속되지 말아야 하니, 시문은 다 이와 같아야
> 한다.[197)

시구의 '교(巧)·화(華)·약(弱)·속(俗)'의 네 가지 병폐를 피하기 위해
서는, 차라리 '졸(拙)·박(朴)·조(粗)·벽(僻)'을 선택할 수도 있다는 것이
다.[198) 시구의 화려함과 이로 인한 필력의 박약(薄弱)과 속화(俗化)를 극력
방지해야 한다는 주장은 일단 그의 문학창작에 관한 이론적 관점을 드
러내고는 있다. 그러나 그의 시 창작에 대한 평가는 이것과 일치하지 않
는 면도 있는데, 이에 관해서는 시의 검증을 통해 논하도록 한다. 황정견
과 함께 구가 약해지면 안 된다고 주장한 것은 결국 구에 시인의 정신이
실려야 한다는 것으로서, 그가 아건(雅健)한 시적 풍격을 지향했다고 평
가되는 것은 이와 연결되는 부분이다.

진사도는 '기'의 문제에 대해서도 언급했는데, 이 역시 '공'론과 마찬
가지로 외피적 수사 만으로서의 호들갑스런 '기이'함을 의미하지는 않았
다. 그는 모든 것을 겸비한 두보에 비긴 북송 중요 시인들의 시적 지향
에 대해 다음과 같이 평했다.

> 시를 좋게 만들고자 인위적으로 노력하면, 오히려 좋게 할 수 없게 된다.

196) ≪後山詩話≫, "國初士大夫, 例能四六, 然用散語與故事爾. 楊文公筆力豪贍, 體易多
變, 而不能脫唐末與五代之氣. 又喜用古語, 以切對爲工, 乃進士賦爾. 歐陽少師始以
文體爲對屬, 又善敍事, 不用故事陳言, 而文益高."
197) ≪後山詩話≫, "寧拙毋巧, 寧朴毋華, 寧粗毋弱, 寧僻毋俗, 詩文皆然."
198) 이 견해는 이미 황정견에서 보인다. ≪豫章黃先生文集≫ 권26, <題意可詩後>, "차
라리 律呂가 맞지 않더라도 구가 약하게 되어서는 안되며, 용자가 공교하지 못하더
라도 말이 속되어서는 안된다. 이는 庾信의 장기이다.(寧律不諧, 不使句弱. 寧用字
不工, 不使語俗, 此庾開府之所長也.)"

왕안석의 시는 공교함으로써, 소식은 새로움으로써, 황정견은 기(奇)함으로
써 시를 지었다. 그러나 두보의 시는 기이함과 범상함, 공교함과 간이함, 새
로움과 익숙함에 있어서 훌륭하지 않은 것이 없다.199)

나아가 진사도는 가까이서 존경해마지 않았던 황정견에 대해 비판적
태도를 보이기도 했다. 그는 시적 성취 면에서 두보의 장점과 황정견의
결점을 언급하면서 "(황정견은) 지나치게 기(奇)에 매달려, 두보의 사물을
만나지며 기이하게 되는 경지에는 미치지 못했다. 삼강(三江)과 오호(五湖)
의 물은 천리에 망망하다가 바람과 바위를 만나 (자연스럽게) 기태(奇態)를
연출하는 것"이라고 차등을 두어 평가했다.200) 이는 자기가 존경했던 황
정견의 시가 결국 작위적 '기(奇)'의 수준에서 벗어나지 못했음을 지적한
것이다. 다음 소식과 황정견의 시에 대한 지적은 자신의 독자적 영역을
위한 노력으로 볼 수도 있다.

　　황정견의 시·문장은 마치 꽃게나 조개 패주 같이 격과 운이 뛰어나 다
　른 반찬이나 밥은 이 빛을 잃는다. 그러나 많이 먹어서는 안되니, 많이 먹
　게 되면 풍기(風氣)가 동할 것이다.201)

어떤 의미에서 소황의 시와 달리 진사도의 시가 기상은 약하지만 상
대적으로 얼마간은 자연스러움이 느껴지는 것은 이러한 지나친 기이와
공교함에 대한 반성적 성찰에서 비롯되었다고 할 수 있다. 사실 이점은
황정견의 시학 주장과 실제 시와의 괴리라고 할 수 있다. 왜냐하면 황
정견 역시 두보 시에 대해 평가하기를, "시구는 허공을 파서 억지로 만

---

199) 陳師道, ≪後山詩話≫, "詩欲其好, 則不能好矣. 王介甫以工, 蘇子瞻以新, 黃魯直以
　　　奇, 而子美之詩奇常工易新陳, 莫能不好."
200) ≪後山詩話≫, "然過於出奇, 不與杜之遇物而奇也. …… 三江五湖平漫千里, 因風石
　　　而奇爾."
201) ≪蘇詩紀事≫ 下卷, "東坡謂魯直詩文, 如蝤蛑江瑤柱, 格韻高節, 盤飧盡廢, 然不可
　　　多食, 多食則發風動氣."

드는 게 아니다. 정경을 기다려 만들어내면 곧 아름답다"고 주장한 바 있으며,[202] 이러한 관점은 시사적(詩史的) 관점에서 볼 때 '대상·자아· 표현의 동태적 응변의 자유로운 창작경'을 논한 소식의 '수물부형(隨物 賦形)'론과도 맥이 닿는다. 그렇지만 결과적으로 진사도는 시론 주장과 시와의 괴리라는 측면에서는 황정견과 같은 길을 걸어갔다. 그들도 이 상으로서의 시론과 현실로서의 창작 사이의 간극을 메우지는 못했던 것 이다.

이제 진사도의 시학론 중에서 황정견의 대표적 주장으로 인식되는 점화론에 관해 생각해보자.

> 민 지역에 시를 좋아하는 선비가 있었는데, 진부한 말이나 일상적인 이야 기를 잘 쓰지 않았다. 그가 시를 써서 매요신에게 보내니, 매요신은 답신에 서, "그대의 시는 정말 좋습니다. 다만 아직 옛말을 새롭게 하지 못했으며, 통속적인 말을 아화하지 못했을 뿐입니다[未能以故爲新, 以俗爲雅]"라고 답 했다.
>
> 소식이 영주에 있을 때, 봄날 밤에 달을 대하니, 왕씨 부인이 "봄 달은 정말 좋군요, 가을 달은 사람을 시름에 젖게 할 뿐인데"라고 했다. 소공(蘇 公)은 "전혀 감흥이 부족하오." 그리고는 사를 지어, "(봄 달)은 가을 달과 다르구나, (가을 달은) 헤어진 님을 비추어 애를 끊게만 하는데"라고 했다." 두보는 "가을 달은 사람의 상한 마음을 알아주네"라고 했다. 말은 간약할수 록 더욱 공교하다.[203]

이 이론은 '점철성금(點鐵成金)', '환골탈태(換骨奪胎)'론을 구체적 시법 으로 제시한 황정견에서 더욱 유명하지만,[204] 이 기록에 의하면 매요신

202) 《歲寒堂詩話》 下卷, "山谷云, "詩句不鑿空强作, 對景而生,便自佳". 山谷之言, 誠 是也."

203) 陳師道, 《後山詩話》, "閩士有好詩者, 不用陳語常談, 寫投梅聖兪. 答曰, "子詩誠 工, 但未能以故爲新, 以俗爲雅爾". 蘇公居潁, 春夜對月, 王夫人曰, "春月可喜, 秋月 使人愁耳". 公謂全未及也. 遂作詞曰, "不似秋光, 只與離人照斷腸". 老杜云, "秋月解 傷神". 語簡而益工也."

이 최초로 언급한 것이다. 그리고 매요신 이후 그 당시에는 소식이 다시
제기했고, 황정견을 거쳐 진사도에게까지 계승된 것이다. 소식은 "시는
일정한 의도를 가지고 써야 한다. '용사(用事)는 옛 것으로써 새롭게 해
야 하고, 통속적인 것을 아스럽게 해야 한다.[以故爲新, 以俗爲雅]' 기이한
것을 좋아하고 새로운 것만 좋아함은 잘못된 것이다"라고 말했다.205)
이 주장은 비록 진사도의 언급은 아니지만, 진사도의 ≪후산시화≫에
소개되어 있고, 또 그들이 존경했던 소식과 두보의 경우를 들어 점화의
양상과 실제에 대해 구체적으로 적시하고 있으므로, 점화론 내지 번안
론에 대한 진사도의 수용적 시각을 읽을 수 있다.

시사적으로 이전 사람들의 시구와 세속적 언어의 시로의 차감(借鑑)
적용론인 점화론은 일단 '학시적(學詩的) 전통의 수립'이라는 새로운 단
계에서 그 적용으로의 본격적 진입을 의미한다. 그리고 이는 긍정과 부
정의 양면에서 작용했다. 부정적 측면에서 특히 강서시파 시인들의 차용
과 점화 방식에 대한 과도한 학문적 집착은 장르적으로 시적 영감과 정
감적 운율성을 손상시켜 시의 장르 속성 이탈에 기여했고, 급기야 엄우
나 왕약허 등의 강한 반발에 부딪쳤다.206)

그러나 한편으로는 이전 시대에 비해 시의 '언어 영역'을 확대하고,
운용상 구법(句法)의 강구를 통한 '쓰기 규범'의 지적 체계화를 야기했고,
아속간의 상호 교호작용에 몇몇 영향을 미쳤으며, 주로 서정 영역에 머
물렀던 시쓰기의 단선성(單線性)을 일상 생활의 영역으로 전화(轉化)하는

---

204) ≪黃山谷詩集注≫ 內集 권12, <再次韻(楊明叔・幷引)>, "以俗爲雅, 以故爲新, 百戰
    百勝, 如孫吳之兵. 棘端可以破鏃, 如甘蠅飛衛之射. 此詩人之奇也."; 釋 惠洪의 ≪冷
    齋夜話≫에 보이는 '환골탈태'론 주장의 진위 문제에 대해서는 현존 자료로서는 미심
    쩍거나, 혹은 충분한 판단을 내리기 어렵다.(오태석, ≪황정견시 연구≫ 192-219쪽)
205) 孔凡禮點校, ≪蘇軾文集≫ 권67, 中國古典文學基本叢書, 1986, <題柳子厚詩二首>,
    "詩須要有爲而作, 用事當以故爲新, 以俗爲雅. 好奇務新, 乃詩之病. 柳子厚晚年詩,
    極似陶淵明, 知詩病者也."
206) 王若虛의 反江西詩派的 시학 이론에 대해서는 오태석의 ≪중국문학의 인식과 지평≫
    중 <王若虛의 반강서시파 문학론>(역락, 2001)을 참조

작용을 하기도 했다. 이 경향은 강서시파의 중심 부위에 있던 진사도에 의해 그 움직임의 편향성이 강해진 것으로서,207) 황정견, 진사도를 비롯한 강서시파에서 크게 계승 발전시켜 송대 시학의 중요한 특색으로 자리잡았던 것이다.

진사도는 일생을 중하급 이상의 벼슬을 해보지 못하고 경제적 대안도 없이 오직 시문에만 몰두한 사람이다. 그러한 그는 시와 현실사회에 관하여 어떤 입장을 취했는가? ≪후산시화≫에서 진사도는 소식의 현실 참여적 발언에 대해 이렇게 논했다.

> 소식의 시는 처음에는 유우석을 배워 '원망과 풍자[怨刺]'가 많은데, 배울 때 신중하지 않으면 안될 것이다. 만년에는 이백을 배워 잘 된 곳은 이백과 비슷하다. 그러나 정밀하지 못하니, 그 터득이 너무 쉬웠던 것이다.208)

소식의 경우 부임지마다 상소를 올려 직소(直訴)했으며, 결국 신법파와의 정쟁(政爭)뿐 아니라 구법파에서도 영수 인물이었던 사마광과 매끄럽지 못한 관계를 맺는 등 정치적으로 순탄하지 못했다. 소식의 직설적이며 감정을 드러내는 '희소노매(嬉笑怒罵)'한 기풍209)에 대한 비판적 입장은 황정견에게도 보인다.210) 진사도는 비록 소식의 후원으로 36세에 비로소 관도(官道)에 나서기는 했지만, 소식의 역경을 목도한 상황에서

---

207) '以俗爲雅・以故爲新'론으로 대표되는 시・공간적 點化論은 단순한 시어와 造句의 引伸과 借鑑이란 의미도 있으나, 장르적 교호의 관점에서 보면 여타 속문학 장르의 雅的 장르로의 차용의 의미로 해석 가능하다. 이에 관해서는 '蘇軾' 부분을 참조.

208) ≪後山詩話≫, "蘇詩始學劉禹錫, 故多怨刺, 學不可不愼也. 晩學太白, 至其得意, 則似之矣. 然失于粗, 以其得易也."

209) 葉燮, ≪原詩≫ 권3, "作詩有性情, 必有面目 …… 擧蘇軾之一篇一句, 無不可見其凌空如天馬, 游戱如飛仙, 風流儒雅, 無入不得. 好善而樂與, 嬉笑怒罵, 四時之氣皆備. 此蘇軾之面目也."

210) 黃庭堅, ≪豫章黃先生文集≫ 권19, <答洪龜父書>, "東坡文章妙天下, 其短處好罵. 愼勿襲其軌也."; 나아가 황정견은 '不怨之怨'이란 사회적 발언이란 측면에서 모호하기까지 한 문학적 입장을 주장하기도 했다.(오태석, ≪황정견시 연구≫, 144-147쪽.)

이 점에 대해 경계하지 않을 수 없었고, 문학론에도 자연스레 표출되었던 것 같다.

그러나 그가 사회에 대해 적극적인 발언을 하지 않는다고 하여 자신의 시적 인생 내지 자기 정신 세계에 대해서까지 굴절을 보여준 것은 아니다. 작품을 통해 보게 되겠지만, 오히려 내면의 자신을 향해서는 세상과 타협하지 않는 올곧은 모습도 보여주고 있다.[211] 이 같은 진사도의 자기 존중 정신은 정치적 지위를 획득치 못한 관계로 생활 권역이 협소하다는 한계는 있으나, 송대 사인 의식의 전형으로 보아 무리가 없다.

이제까지 우리는 주로 진사도 시학에 대해 다음과 같은 점을 볼 수 있었다. 진사도 시학의 요체는 그것은 먼저 주로 학습적이며 순예술론적 관점에서 시의 창작을 논한 송대 주류 시학의 전형적 면모, '학시여학선(學詩如學仙)'론에서 볼 수 있는 '오입(悟入)'과 '영감'의 경지로의 진입 및 자기 중시적이며 도학자적인 면모, 궁극적으로 두보적 구법의 성취를 지향하되 황정견과 한유를 학습해야 한다는 학시(學詩)의 입장, 그리고 시구의 단련에 치중하는 고음 시인으로서의 '공(工)'과 '기(奇)'의 추구, 전인들의 조어와 시구의 당대적 차용(借用)인 점화론에 관한 송대 시인들의 계승적 시론, 당쟁의 소용돌이 속에서 터득한 현실 사회와의 일정한 거리 두기 등으로 요약할 수 있다.

이상의 여러 가지 시학론을 시사적으로 보면, 먼저 두보와 한유, 황정견으로부터, 다음으로는 구양수와 매요신과 소식의 시와 시론으로부터 전승·계발 받은 여러 가지 시학상의 주장들을 상당 부분 수용하고 있음을 알 수 있다. 그리고 횡적으로는 신유학적 세계 하에서 송대 독서인들이 지향한 자기 수양적 특징, 송대 상층 신분 구도의 변화와 이에 따른 아·속의 교류 확대로 인한 지식인들의 속어의 아화(雅化)를 향한 차감론, 생활상의 변화가 야기한 문학의식의 변화들은 당대와는 달라진

---

211) 그러나 작품 분석에서도 보겠지만, 그 기개가 굳건하지는 못하다.

송대적 시 전형의 모색 과정이었다.

(2) 진사도의 시

진사도는 젊은 시절 많은 시들을 불태웠고, 현재 남아있는 시들은 위연(魏衍)이 편집하고 임연(任淵)이 편년식으로 재구성한 ≪후산시주≫가 통행되고 있다.[212] 진사도 시의 수에 대해서는 대만의 정건(鄭騫) 및 범월교(范月嬌)는 681수로, 최금옥(崔琴玉)은 671수로, 또 크게는 765수까지 보는 등 사람마다 다르다. 현존 ≪후산시주≫에는 462수의 시가 수록되어 있는데, 본고에서는 이 시들을 대상으로 검토할 것이다.[213] 이미 진사도 시의 전체적인 면모에 대해서는 학위논문을 비롯한 전문 저작이 나와 있으므로,[214] 본서에서는 송시사의 전개와 관계되는 시들을 분석한다. 진사도 시집 중에 있는 시의 내용과 제재별 분류에 대해서는 범월교, 최금옥 등의 논문에서 상세히 설명하였다.[215]

▌**別三子**[216] ▌ **세 자식과 헤어지며**

夫婦死同穴　　부부는 죽어 같은 무덤으로 간다지만

---

212) 陳師道著, 任淵注, ≪後山詩注≫, 叢書集成初篇, 中華書局, 北京, 1985.

213) ≪후산시주≫의 서문에 해당하는 魏衍의 <彭城陳先生集記>에는 "고율시 465편을 모아"라고 되어 있으나, 莫礪鋒은 이에 대해서 ≪江西詩派硏究≫(齊魯書社, 1986, 濟南, 82쪽)에서 "今本에는 3편이 亡佚된 것 같다"고 했다. 시수가 약 680여수나 되는 것은 후인들의 輯錄詩 228수를 포함하여 계산한 까닭이다.(같은 책, 64, 82쪽 참조)

214) 李致洙, ≪陳後山詩硏究≫, 臺灣大學 석사학위논문, 1982, 196쪽; 范月嬌, ≪陳師道及其詩硏究≫, 文史哲出版社, 1988; 崔琴玉, ≪陳師道詩硏究≫, 서울대 박사학위논문, 1993, 259쪽.

215) 范月嬌는 진사도 시의 내용을 ① 친속 관계, ② 관장 생활, ③ 민간 疾苦, ④ 자연 미경, ⑤ 한적 심경, ⑥ 우정 회념, ⑦ 불교 사상을 반영한 것 등 7종으로 구분했다. 최금옥은 ≪瀛奎律髓≫의 49종 제재 분류를 참고하여 송별류 등 12종으로 나누었다. 그리고 이치수는 인생, 생활, 불교, 자연류의 4종으로 나누었다.

216) ≪後山詩注≫ 권1.

父子貧賤離　부모 자식간에 가난으로 생이별을 하는구나.
天下寧有此　천하에 이런 일도 있는가?
昔聞今見之　옛날에 듣던 말을 지금 내가 겪는구나.
母前三子後　어미 앞서고 세 아이 뒤따르는데
熟視不得追　열심히 쳐다봐도 보이지 않게 된다.
嗟乎胡不仁　아아, 무엇을 잘못하여
使我至於斯　나는 이 지경에 이르렀나!
有女初束髮　딸은 이제 머리를 묶어
已知生離悲　생이별의 슬픔을 이미 알아.
沈我不肯起　나를 베고 누워 일어나려 하지 않음은
畏我從此辭　나와 이제 헤어짐이 두려워서지.
大兒學語言　큰 아들놈은 말을 배우기 시작해
拜揖未勝衣　절할 때 옷 무게도 이기지 못하는데,
喚爺我欲去　"아버지, 나 가겠어요"라고 외치니
此語那可思　이 말을 어찌 생각이나 했겠오?
小兒襁褓間　작은 아들놈은 강보에 싸여서
抱負有母慈　안고 업어주는 어미의 사랑이 있겠지만.
汝哭猶在耳　네 울음 귓전에 울리니
我懷人得知　나의 마음 사람들이 어찌 알리요!

　　20구로 된 이 고시는 원풍 7년(1084) 그의 나이 33세 때의 작품으로서, 1084년 그의 장인인 곽개(郭槩)가 지금의 사천성 서쪽에 있는 성도부(成都府)의 제형(提刑)으로서 멀리 임소를 향해 떠나갈 때, 경제 능력이 없었던 그로서는 처와 큰 딸, 두 아들을 장인에 함께 딸려 보내면서 지은 것이다. 이 시에는 자신의 경제적 무능으로 가족과 어린 아이들과 이별해야만 하는 안타까움과 자책의 심정이 절실하게 표현되어 있어, 두보시적 이별의 정취가 그대로 느껴지는 좋은 작품이다. 당시 그는 노모를 봉양해야 했으므로 같이 가지 못하고, 원우 2년(1087) 소식, 손각(孫覺) 등의 추천으로 비로소 서주 주학교수(州學敎授)로 나아가는 36세 때까지 3년이나 헤어져 살아야 했다.

이 시기에 그는 가족 간의 이별의 정을 그린 시를 많이 남겼는데, <송내(送內)>, <송외구곽대부개서천제형(送外舅郭大夫檠西川提兄)>, <기외구곽대부(寄外舅郭大夫)>,[217] <시삼자(示三子)>[218] 등은 애틋한 가족 간의 정을 소박한 가운데 조어의 정교한 안배를 통해 그리고 있다. 예술 방면에서 보면 송시적 기험한 표현이나 의상이 없이 삶의 감정을 절실한 필치로 썼으며, 두보적 필치가 느껴진다. 특히 제11구의 '나를 베고 누워 일어나려 하지 않음은'이란 구는 사실적인 묘사로서 현장감이 느껴진다.

┃次韻蘇公西湖徙魚┃ 소식의 '서호(西湖)에 물고기를 옮기다'시에 차운하여

窮秋積雨不破塊	늦가을 되도록 가물어 흙덩이 부스러지지 않으니
霜落西湖露沙背	서리 내린 서호는 모래 등을 내보인다.
大魚泥蟠小魚樂	큰 물고기는 진흙 속에 몸을 담고 잔 물고기 즐기며
高丘覆杯水如帶	높은 언덕은 엎어놓은 잔 같고 물은 띠처럼 가늘다.
魚窮不作搖尾憐	물고기는 궁해도 꼬리 흔들며 구걸하지 않으니
公寧忍口不忍膾	소식(蘇軾)은 차라리 식욕을 참지 생선회를 먹진 않지.
脩鱗失水玉參差	긴 비늘 물을 잃고 옥빛 번쩍이는데
晚日搖光金破碎	저녁 햇살이 비추니 금가루 부서진다.
咫尺波濤有生死	지척의 파도에 생사가 달렸으니
安知平陸無灘瀨?	어찌 평평한 땅이라고 여울 없음을 알겠는가?
此身寧供刀几用	이 몸 도마 위에 오른다 해도
著意更須風雨外	마음은 더욱 세속 밖에 두어야 하리라.
是間相忘不爲小	이 중에서 잊고 지내는 것이 작은 일 아니니
濠上之意誰得會?	물고기들의 속마음을 뉘라서 알겠는가?

---

217) 이상 3편 모두 《후산시주》 권1.
218) 《後山詩注》 권2, 이 시는 자녀 상봉을 맞는 희비의 양면적 심태가 여실히 묘사되었다.(全詩引用) "헤어진 지 오래되어 잊었다가도, 만날 날 가까워지니 참을 수 없구나. 아이들이 눈앞에 있어도, 눈매며 얼굴이 낯설다. 기쁨에 겨워 말도 못하다가, 눈물 마르니 이제야 웃음 나온다. 꿈이 아닌 줄도 알았건만, 아직도 정신없어 마음이 가라앉지 않네.(去遠卽相忘, 歸近不可忍. 兒女已在眼, 眉目略不省. 喜極不得語, 淚盡方一哂. 了知不是夢, 忽忽心未穩)"

枯魚雖泣悔可及?　마른 물고기는 운다 해도 소용없으니
莫待西江與東海　서강과 동해의 물을 기다리지 말라.

　중년 시절 영주에 있을 때의 작품이다. 서호에 가뭄이 들어 동쪽 연
못의 물고기들이 말라죽게 되자 소식이 사람들을 불러 물고기를 서쪽
연못으로 옮긴 일에 대하여 화답한 시이다. 시중에는 당쟁을 피해 밖에
물러나 조용히 지내는 것이 낫다고 했으나, 실은 '물고기는 궁해도 꼬리
흔들지 않는다'는 구절이나 물고기의 '도마 위 신세'를 비유로 삼아 신
당과 타협하지 않는 올곧은 자세를 드러내고 있다. 진사도는 동쪽 서주
에서 서남쪽 영주로 옮겨왔는데 그것은 동쪽 연못의 물고기들을 서쪽
연못으로 옮겨 살린 것과 비견된다. 비흥의 수법으로 당쟁 속에서 선비
로서의 절개를 지키려는 마음을 드러낸 작품이다.

┃登快哉亭┃ 쾌재정에 올라

城與淸江曲　　성은 맑은 강물이 굽이 돌고
泉流亂石間　　샘은 어지러운 돌 사이를 흐른다.
夕陽初隱地　　석양은 뉘엿뉘엿 땅거미 지고
暮靄已依山　　저녁 안개는 어느새 산에 기대었다.
度鳥欲何向?　창공 가르며 새는 어디로 가려는가
奔雲亦自閒　　달리던 구름은 그저 한가로울 뿐.
登臨興不盡　　산 오른 홍취는 아직 미진한데
稚子故須還　　어린 애 보채니 돌아가야겠네.

　아마도 퇴근 후 서주성의 동남쪽에 있는 쾌재정에 올라 한가로운 정
취를 읊은 시로 보인다. 앞 4구는 저녁 무렵 쾌재정에 올라 멀리 강물을
조망하고 있는 정경이다. 이 부분은 황정견의 <등쾌각(登快閣)>의 시경
(詩境)과도 흡사하다. 다음 두 구에서는 5·6구는 도연명의 "(저녁이 되니)
새 날기에 지쳐 돌아올 줄 알고, 구름은 무심히 산 바위 틈새로 피어오
른다(鳥倦飛而知還, 雲無心而出岫)"는 구절을 점화(點化)한 것 같다. 편안하

게 자연과 생활을 즐기는 가족과의 한가로운 심정이 묻어난다. 진사도가 율시에서 이처럼 아름다운 시를 지어 문명을 떨침에, 철저한 종송시파인 원대의 방회(方回)는 ≪영규율수(瀛奎律髓)≫에서 진사도에 대해 황정견과 함께 송시의 으뜸이라고 칭송하기도 했다.

┃**晩出** ┃ 늦게 퇴근하면서

應俗敢辭疾　세속에 따르려면 감히 아프다고 쉬겠으며
衝風寧小驅?　바람 불어댄다고 어찌 덜 달리겠나?
聊爲一日役　그저 하루의 책무에 힘써 일하고
不憚百金軀　백금 같은 몸 아끼지 않는다.
雪路無行跡　눈 쌓인 길엔 행적 끊어지고
氷枝有落鳥　언 나뭇가지엔 새 내려앉는다.
寒門閉蕭瑟　썰렁한 문 닫거니 마음마저 소슬한데
窮里聽噓吁　궁벽한 마을에 끙끙대는 신음소리 들린다.

이 시는 불편한 몸에도 불구하고 관청에서 일을 하다가 퇴근하는 심정을 표현하고 있다. 전체적인 분위기와 시인의 기상이 마치 중당대 가도(賈島)나 맹교(孟郊)의 시와 같다. 이렇게 쓸쓸하고 추운 느낌이 드는 것은 아마 이들 세 사람의 세상살이가 비슷하고, 고음(苦吟)하며 시작에 전념하는 유사한 까닭에 그럴 것이다. 실상 맹교 가도의 시풍에 가장 잘 가까운 송대의 시인을 들자면 아마 진사도 일 것이다.

┃**次韻晁無斁多夜見寄**[219] ┃ 조무역의 '겨울밤 보내며' 시에 차운하여

寒窗冷夜欲生塵　차가운 창 냉냉한 밤 적막하니 먼지마저 일 듯한데
短枕長衾卻自親　짧은 베개 긴 이불이 오히려 친하다.
老子形骸從薄暮　늙은이 몰골은 저녁을 향하는데
先生意氣尙靑春　그대의 의기는 청춘을 숭상하네.
覆杯不待回丹頰　엎어놓은 술잔은 붉은 뺨 되돌아오길 기다리지 않고

---

219) ≪後山詩注≫ 권5.

危坐猶能作直身　높은 자리에 이를수록 몸을 곧추 펴는구나.
城郭山林兩無得　성곽도 산림도 둘 다 얻지 못하니
暮年當復幾霑巾　늘그막에 또한 몇 번이나 눈물 적셔야 할까!

이 시는 소성(紹聖) 3년(1096)에 지은 것으로서 45세 때 작품이다. 조무역은 조보지(晁補之)의 여덟 번째 동생으로서 진사도의 시우(詩友)이다. 시중에서는 추운 겨울날 방안의 차가운 공기 중에서 홀로 있는 자신의 적막한 인생에 대한 심경을 드러냈으며, 짧은 인생과, 이에 더해 사회적 명망도 얻지 못하는 가운데 늙어가며 경제적 고통만 더해 가는 자신에 대한 비애와 자조의 모습이 짙게 배어난다. 특히 제7구는 출사(出仕)와 은일, 어느 것도 얻지 못하는 자신의 삶에 대한 눈물어린 감정을 그대로 보여준다. 전체적으로는 기상이 약하다는 느낌이 드는데, 그의 인생이 순탄하지 못했던 때문으로 보인다.

기교 면에서 보면 일반적으로 시에서 전고 운용과 고사의 사용은 정면(正面) 사용과 반면(反面) 사용으로 나눌 수 있다. 그런데 이 시에서는 자신에 대한 자조감의 영향으로 보이는바, 용전을 모두 반용(反用)하고 있다.[220] 또한 제1구의 '한창냉야(寒窗冷夜)', '단침장금(短枕長衾)'은 시인의 외로움을 나타내며, 제3·4구 및 제5·6구는 강한 대조의 수법으로서 자신과 남과의 거리를 분명히 그어 놓고 있어, 매우 심한 심리적 격리감을 보여준다. 칠언율시 평기식(平起式) 수구불입운(首句不入韻)한 경우로 격률에 맞으며, 상평성(上平聲) 진운(眞韻)을 사용했다.

┃謝趙使君送烏薪[221]┃ 조 관리가 목탄을 보내준 데 감사하며

欲落未落雪迫人　내릴 듯 말 듯 눈은 사람을 압박하니

---

[220] 임연의 주에 나온 原典故를 보면 제2구와 제6구가 모두 反用되었다. 또한 제3·4구 역시 자신과 조무두를 대조적으로 그려내고 있다는 점에서 한편의 시의 흐름이 모두 하강식으로 진행되고 있다.

[221] ≪後山詩注≫ 권10.

將盡不盡冬壓春	겨울의 봄 시샘은 그만둘 듯 말 듯 하다.
風枝冰瓦有去鳥	바람 부는 가지와 얼어붙은 기와 위로 새 날아가고
遠坊窮巷無來人	먼 동리 깊은 골목엔 다니는 이 끊어졌다.
忽聞叩門聲據速	갑자기 문 두드리는 소리 급하게 들리니
驚雞透籠犬升屋	놀란 닭 둥지위로 날고 강아지도 마루로 뛰어든다.
使君傳教賜薪炭	어른께서 사람 시켜 땔감을 보내시니
妓圍那解思寒谷	기녀에 싸인 분들, 어찌 추운 음지의 처지 아셨을까?
老身曲直不足云	늙은 몸의 사정은 말씀드릴 것도 없었는데
冷窓凍壁作春溫	차가운 창 언 벽에 봄의 따스함으로 가득하다.
定知和氣家家到	화기가 집안 구석구석 찾아오니
不獨先生雪塞門	선생 아니면 눈으로 집 앞이 막혔을 것을 분명 알겠네.

진사도는 죽을 당시에도 옷 하나 변변치 못했는데, 정치적 입장이 다른 이의 옷을 얻어다 준 것을 알고는 끝내 거절하다가 추위로 병을 얻어 죽을 만큼 평생을 궁핍하게 지냈다.[222] 이 시는 아침에 일어나 먹을 양식도 없는 가도의 <조기(朝飢)>시가 떠오를 정도로 겨울날 땔감도 없이 외딴 낡은 집에서 겨울을 나는 진사도의 처량한 모습을 잘 알게 해주는 시로서, 만년인 원부(元符) 2년(1099) 48세 때 지은 12구의 환운(換韻)한 고시이다. 땔감을 가져다 준 조씨 성을 가진 관리에 대한 감사의 마음이 눈물겹게 배어난다. 제1·2구의 선택식 어구는 두보의 '소나무는 뻗어 저 구름을 찌를 건가 말 건가, 강물은 움직여 저 바위들을 무너뜨릴 건가 말 건가?'[223]란 시구를 '이고위신'한 것이며, 이밖에도 ≪사기≫, ≪개원천보유사(開元天寶遺事)≫, ≪한서·원안전(袁安傳)≫ 등 여러 사서에서 고사를 차용했다.

┃除官┃ 관직을 임명받고서

扶老趨嚴召　　노쇠한 몸 추슬러 엄중한 부르심에 나아가

---

222) ≪宋史≫ 권444, <陳師道傳>.
223) ≪杜詩詳註≫ 권13, <閬仙歌>, "松浮欲盡不盡雲, 江動將崩未崩石."

徐行及聖時	느리나마 성스런 시대에 참여하니,
端能幾字正	실로 몇 글자를 바로잡을 수 있다면
敢恨十年遲?	감히 십 년 기다린 것 늦었다고 한탄하겠나.
肯著金根謬	기꺼이 잘못된 글자 가려내야지
寧辭乳媼譏?	어찌 젊은이들과 함께 일한다고 사양하리오?
向來憂畏斷	옛부터의 당화로 인한 근심은 그쳤지만
不盡鹿門期	동산에서 조용히 살고픈 기약 다하지 못하겠구나.

철종 원부(元符) 3년(1100) 정월, 진사도의 나이 49세 때 신당을 지지했던 철종이 죽고 휘종이 즉위하자 그는 신구 당쟁을 해소하고자 유배되었던 구파의 사람들을 많이 기용하였다. 여기서의 '성시(聖時)'란 새롭게 시작된 휘종 시대를 의미한다. 진사도 역시 오랫동안 뜻을 펴지 못하고 있다가 허다한 문인들에게 관문으로의 시작이었던 비서성정자에 임명된다. 제6구에서 그는 높지 않은 직책이지만 고맙게 여기고 젊은 사람들과 일하는 것도 감내하겠다고 말한다. 그가 말한 것이 바로 이 뜻인데 ≪남사(南史)≫에 나오는 '하승천(何承天)이 저작좌랑에 제수되었는데 나이가 이미 많아서 다른 젊은 좌랑들과 비교하여 노부인이라고 조롱받았다'는 일을 표면상의 시어로 인용하였다. 그러나 그 의미는 <금루자(金縷子)>에서 양(梁)나라 땅 사람들이 책을 두고 정신과 성정을 기쁘게 하고 살찌우니 유모(乳母)와 같다고 표현한 것에서 끌어 온 것이니 함축이 담겨 있다. 그러나 한편에서 진사도는 혼탁한 세상에 나가는 선비로서의 갈등과 탐탁지 않아 하는 심태도 드러낸다. 어떻게 보면 송대 시인 특유의 거사불(居士佛) 내지 시은(市隱)적 표현이다.

남송 주희는 '진사도가 처음 소식을 만났을 때는 시가 별로 좋지 않았지만, 비서성정자가 된 뒤로는 필력이 매우 좋아졌다. 예를 들어 <제명발고헌과도>시 중의 "만년에 서화가 정말 유익함을 알게 되었으나, 여생이 많지 않아 후회스럽네.[晚知書畵眞有益, 卻悔歲月來無多]"같은 구절은 그의 필력을 잘 보여준다'고 평했다. 이는 소식 및 황정견이 터득하여 시작에 활용했던 서화와 시작(詩作)의 상관 관계에 대한 각성이라고 할 수 있다. 동시에 오언율시에 능했던 진사도가 만년에 칠언고시를 소화한 증거이기도 하다.

┃春懷示鄰里[224] ┃ 봄날의 느낌을 이웃에게 알리며

斷牆着雨蝸成字	무너진 담장에 비내린 뒤 달팽이는 구불구불 글자를 만들고
老屋無僧燕作家	낡은 집엔 스님은 없고 제비집만 지었다.
剩欲出門追語笑	불현듯 사람들 웃음소리 따라 문밖에 나서고 싶지만
卻嫌歸鬢逐塵沙	그래도 돌아올 때 귀밑머리에 먼지 앉는게 싫다.
風翻蛛網開三面	바람 세차게 불어대니 거미줄은 삼면으로 벌어지고
雷動蜂窠趁兩衙	우뢰 소리에 벌집에서 벌떼가 두 줄로 늘어섰다.
屢失南鄰春事約	누차 남쪽집 이웃과의 봄놀이 약속 어겼지
只今容有未開花	이제라도 혹시 피지 않은 꽃이 있을 법한데.

이 시는 원숙한 시적 역량을 발휘했던 원부(元符) 3년(1100) 작품으로서 시구의 단련에 적지 않은 공력을 들인 진사도의 대표작이다. 내용은 봄날 자기 집과 주변의 정경을 소시민적 정취로 담담하게 읊었는데, 기교면에서는 조어와 조구에 매우 정성을 들였다. 방회는 이 시를 두고 "담담한 중에 아름다움을 감추고 있으며, 곳곳에 공력을 들인 것이 진사도의 시"라고 평했는데, 타당한 평가라는 생각이다.[225] 시의 전체적 구성은 제1연에서 비온 뒤의 낡은 자기 집의 정경을, 2연에서 동리 사람들과 어울리고자 하지만 번잡함을 싫어하는 까닭에 그만두고 만다는 내용을, 3연에서는 비 온 후 기후의 변화에 대응하는 거미와 벌 등 자연의 모습을, 끝 연에서는 이러한 자연에 심취되어 늦었지만 봄 꽃놀이를 가고픈 마음을 나타냈다.

---

224) 《後山詩注》 권10.
225) 《瀛奎律髓》 권10, <春日類>, "淡中藏美麗, 處處着工夫, 力能排天斡地, 此后山詩也."

봄날의 정경이면서도 무언가 적막 기괴하고 침잠하며 여유 없이 메마르고 딱딱한 느낌을 주는 것은 시어의 축약이 지나쳐서 의미가 부드럽게 흐르지 못하는 점과, 앞의 <차운조무역동야견기(次韻晁無斁冬夜見寄)> 시와 같이 진사도 삶의 협소한 생활 환경과 고적감(孤寂感)이 제재의 처리 방식에도 반영된 결과로 보인다. 많은 어휘와 의상이 부정적(否定的) 심태를 그대로 드러내고 있다. 무너진 담장, 낡은 집밖에 나가기 싫은 마음, 거미줄과 벌집에 관한 전고의 사용, 몇 번이나 어긴 봄 놀이 약속 등이 그렇다. 이러한 협소성과 소극 정서는 진사도 시의 중요한 특색이다.

특히 제 5·6구는 단순히 비 내리는 기후와의 관계로 보기에는 전고의 사용이 마음에 걸린다.[226] 이 시는 전개상 마치 두 편의 절구를 한편으로 이어놓은 듯한 것도 같다. 이는 그만큼 시적 연결이 순조롭지 않음을 의미하기도 한다. 그것은 이 두 구가 앞뒤를 연결시켜주는 데 충분한 성공을 거두고 있지 못하기 때문이다. 이 시가 대표작임에도 불구하고 이러한 점이 드러나는 것은 진사도 시의 조구(造句) 상의 지나친 축약과 함축이 야기하는 약점이다.

이밖에는 전체적으로 의미와 성률의 대장(對仗)이 공교하고, 끝 연은 유수대이다. 특히 제3구의 '잉욕(剩欲)'과 제4구의 '각혐(卻嫌)'에서 보이는 허자의 대조는 정교하며, 이외 제7구의 '루(屢)'와 제8구의 '지(只)', 그리고 역시 제8구의 '용유(容有)'도 돋보인다. 앞의 작품과 같이 칠언율시

---

226) 《呂氏春秋》와 《爾雅·釋蟲》에 근거하여 晦澁한 典故를 사용했는데, 적극적으로 시원하게 표현하지 않는 진사도의 표현 습성에 비추어 정확하게 잡아내기는 어렵지만, 무언가 심상치 않은 暗喩가 있는 것 같다. 이를 사회정치적 상황과 진사도 개인의 상관 관계라는 측면에서 접근해 본다면, 혼란스럽고 어려운 당시에 때는 늦었지만 그래도 아직 피지 않은 꽃을 찾아 나서려는 것과 같이 자신의 역할을 자임해보는 것은 아닐지 모르겠다.

실제로 이 시가 지어지던 1100년, 진사도의 16세 이후 스승이었던 曾鞏의 동생들인 曾布와 曾肇가 각기 중앙 정부에서 右相과 翰林學士가 되면서, 진사도는 徐州教授에서 7월 棣州教授로, 다시 그해 11월에 秘書省正字가 되었다.(鄭騫, 《陳後山年譜》, 聯經出版事業公司, 1984, 台北, 107-108쪽)

평기식 수구불입운의 경우로 격률에 맞으며, 하평성(下平聲) 마운(麻韻)을 사용했다.

‖ 田家²²⁷⁾ ‖ 농가

鷄鳴人當行	닭이 울면 사람은 집을 나서야 하고
犬鳴人當歸	개가 짖으면 집으로 돌아와야 하지.
秋來公事急	때는 가을, 관청엔 공무가 급한데
出處不傳時	나고 듦에 때를 알림이 없다.
昨夜三尺雨	어젯밤엔 삼척이나 되는 큰비가 내려
竈下已生泥	부엌은 이미 진흙 투성이라.
人言田家樂	사람들은 농가의 일이 즐겁다 말하지만
爾苦人得知	그대의 괴로움을 사람들이 알기나 할까?

진사도 시의 주 경향은 아니지만, 각종 요역(徭役)에 시달리는 농가의 실상을 고발한 현실 참여적인 시로서, 일면 두보와 백거이의 시 경향과 유사하다.²²⁸⁾ 지어진 시기는 원우 5년(1090)으로서, 서주의 주학교수로 지내던 때인 39세 때의 작품이다. 제1연에서는 농가의 일상을 새벽닭과 저녁의 강아지 울음소리를 통해 말했으며, 2연에서는 그들의 실상이 그렇지만 않다는 것을 가을걷이에 바빠야 할 시기에 관청의 부역에 시달리는 실정 묘사로써 드러냈다. 3연에서는 설상가상으로 기상재해까지 겹쳐 삼중의 고통에 시달리는 현실을 서술한 뒤, 사람들이 단지 농촌의 평화로운 들녘만을 보고서 농민의 삶의 실상을 외면해서는 안 된다고 경계했다.

시어는 매우 구어적이며 평범하고 완곡하지만, 이면에 담긴 사회 고

---

227) ≪後山詩注≫ 권2.
228) 진사도 시중에서 이들의 시풍에 밀접하게 다가선 시는 <嗚呼行>(권2)이다. 12구로 된 이 시에서는 잘못된 救恤策과 饑饉으로 민간이 도탄에 빠지는 과정과 그들의 분노가 진사도의 감정이입과 함께 생생하게 묘사되었다. 끝 2구는 이렇다. "십년간 거두어 둔 재물을 하루에 다 써버리니, 놀란 파도는 산을 무너뜨리고 바람은 온 세상을 흔든다.(十年斂積用一朝, 驚濤破山風動地)"

발의 뜻은 깊다. 이것이 그가 이상으로 추구했던 '어소이의광(語少而意廣)'이요 '어졸이의공(語拙而意工)'의 한 구현일 것이다. 5자 중 3자나 글자가 똑같아 파율(破律)이지만, 고의로 이렇게 한 것은 평범한 어구 속에 오히려 심후한 뜻을 담아 함의를 풍부히 했다. 또 제5구는 모두 명사로 이루어졌다. 가도 시의 '평이한 중의 고한(苦寒)'이 느껴지는 풍격의 시이다.

(3) 위상과 평가

이상의 고찰에서 우리는 진사도 시의 몇 가지 특징을 발견할 수 있었다. 무엇보다도 진사도는 사회 정치적으로 순탄한 생활을 하지 못하였다. 그는 36세에야 소식의 천거로 비로소 지방관으로서 출사했으나, 경제적 궁핍은 면하기 어려웠다. 이에 따라 가족과는 3년 간이나 헤어지는 불행도 겪었다. 이러한 현실적 여건은 그의 시에 어두움을 드리우는 외부적 조건이 되었다. 때문에 그의 시는 내용적으로는 침울한 개인 서정이 주류를 이루고 있으며, 시절의 감회와 영물을 제외하면 황정견류의 화답·차운시도 많지 않고, 두보적 객관성도, 소식적 기개도 부족한 편이다. 한편 내용면에 있어서도 현실적 불합리에 대한 분노와 질타를 간혹 내비치기는 했으나, 전체적으로 보면 그의 현실은 이것을 적극적으로 표출할 만큼 여유 있지는 못했다.

그러나 혼란한 사회와 열악한 경제적 상황으로 말미암아 오히려 그는 시에 전념했다. 구양수의 "시는 궁핍한 후에 공교해진다"는 '시궁이후공(詩窮而後工)'설에 부합하는 삶이라고 해야 할 것이다. 그는 처음에는 증공(曾鞏)을 배우다가 후에 소식을 학습했고, 다시 황정견을 학습했다. 학시(學詩)의 측면에서 황정견은 가장 적절한 스승이었다. 그는 시 창작에 전념하여 고음하고 자구의 단련에 최대의 노력을 경주하여 결국 강서시파의 주도 그룹에 속할 수 있게 되었다. 그가 밖을 향해 표출할 수 없었던 열정을 대신하여 내면을 향해 불태웠던 부분은 바로 시의 형식 기교적 추구였다. 진지하고도 엄숙한 자세의 시 쓰기를 통해 그는 일정 정도 자기류의 작풍을 형성했으며, 그 결과 송대적 시 쓰기의 한 전범을 보여주었다는, 시사적(詩史的) 작용의 측면에서는 성공한 셈이다.

그는 활달하지 못했던 성격과 사회적 자아 실현의 한계로 인해 시의 제재와 시풍이 크게 열려 펴지는 모습을 띠지는 못했으나, 오히려 골똘한 시 창작 태도에 힘입어 송대 사인 특유의 구법적 강구와 학시적 표현 경의 심화에는 일정한 성과를 거두었던 것이다.

한편 시론과 시의 일치도에 있어서는 적지 않은 거리가 존재한다. 비록 이론에서는 졸박과 자연스런 융화를 추구했다 하더라도, 그것을 실제 창작에서 충분히 구현해내지는 못했다. 시 중에 용어와 조구 및 풍격상 기벽함을 면치 못한 시가 많은 것은 그가 추구했던 자연스런 '기'와 '공'을 주장한 것과는 거리가 있다. 그러나 생각보다 요율(拗律)이 눈에 띄지 않는 점이나, 구식(句式)이 순조로운 점, 그리고 산문구가 많이 보이지는 않는 점은 황정견과는 다른 부분이다.

하지만 내용 면에서 협소한 생활 경험과 간난(艱難)으로 인하여 시의 기개가 약하고 소극적 정서와 부정적 의상(意象)이 많이 사용된 점은 그야말로 문닫아 걸고 시에만 전념했던 진사도 시가 지니는 내용적 한계이기도 하다. 세상에선 '황·진'으로 함께 칭해지기도 했고 이론상 자기화를 지향한 부분도 없지는 않지만, 결과적으로 그의 시 창작의 성취는 제재를 다루는 폭과 깊이 및 형식적 완성도 등 여러 면에서 황정견에 미치지 못한다고 해야 할 것이다. 그는 두보류의 용전(用典)과 구법의 강구에 치중했으며, 시험적인 시도도 있었으나, 어떤 것은 어색하기 짝이 없어 질타를 받기도 했다.[229] 다음 ≪사고전서총목제요(四庫全書總目提要)≫

---

229) 錢鍾書는 ≪宋詩選註·陳師道≫(李鴻鎭譯, 螢雪出版社, 1989, 147-148쪽)에서 진사도가 '말은 간약하나 더욱 공교하다'는 이론을 추구했으나, 애석하게도 억지로 줄이다보니 왕왕 詩意가 막히고 뜻이 불순하다고 지적하며, 그의 시를 보면 마치 병든

의 비판적 평어는 좀 지나친 듯이 보이기는 하지만 진사도 시의 한계를
가늠하게 해준다.

> 그의 오언고시는 맹교, 가도 사이를 드나드는데, 시의를 홀로 이룬 경지
> 는 훌륭하다. 그러나 생경한 곳은 강서시의 상투성을 벗어나지 못했다. 칠
> 언고시는 한유를 많이 배웠는데 간간이 황정견과 유사하나 떠듬거리는 곳
> 은 말로 하여 자못 손상되었다. 작품수도 많지 않으니 스스로 장기가 아님
> 을 알았을 것이다. 오언율시는 잘 된 곳은 왕왕 두보에 가깝지만 간간이 벽
> 삽(僻澁)함으로 떨어졌다. 칠언율시는 풍골이 울리지만 간간이 너무 빠르고
> 모두 말해버리는 단점이 있다. 오언과 칠언 절구는 두보의 '감흥을 부쳐내
> 는' 격으로서 정합되는 것만은 아니다.[230]

이러한 한계에도 불구하고 시사(詩史)에서 그의 시가 지니는 가장 큰
의미는 학습과 연마를 통한 시학의 이론적 체계화에 힘을 쏟았으며, 이
를 바탕으로 순 예술적 관점에서 실험적 창작에 진지하게 임했다는 점
에 있다. 시에 대한 이러한 접근 방식의 차이야말로 당대(唐代)까지의 시
와는 다른 방식으로 시를 바라보고 짓게 한 송시화 과정의 중요한 작가
적 특색이었다.

사람이 가슴에 가득 찬 말을 제대로 하지 못해 답답한 느낌이 드는 것과 같다고 비
판하고, 만약 그가 전고를 깁는 일이나 지나친 어구의 축약을 자제했더라면 소박하
고 진지한 시를 쓸 수 있었을 것이라고 애석해 했다.

230) ≪四庫全書總目提要≫, "其五言古詩, 出入郊島之間, 意所孤詣, 殆不可攀, 而生硬之
處, 則未脫江西之習. 七言古詩頗學韓愈, 亦間似黃庭堅, 而頗傷五言律詩, 佳處往往
逼杜甫, 而間失之僻澁. 七言律詩風骨磊落, 而間失之太快太盡. 五七言絶句, 純爲杜
甫遣興之格, 未合中聲."

6 ┃ 기타 시인
소철(蘇轍), 진관(秦觀), 장뢰(張耒), 조보지(晁補之)

(1) 소순(蘇洵) · 소철(蘇轍)

중국문학사에서 아버지 소순과 소식, 소철 삼부자는 당송팔대가(唐宋八大家)에 들어가는 명문가이다. 소식(蘇軾)은 천재적 재능으로 시사부 서화(書畵) 등 능하지 않은 데가 없는 천재적 문인으로서, 가히 중국 최고의 문인이라 할 수 있다. 본절에서는 이미 고찰한 소식 외에, 그의 아버지 소순과 동생 소철의 시적 성취를 보도록 한다.

소순(1009-1066)은 사천 미주(眉州) 미산(眉山) 사람으로서, 자가 명윤(明允)이고 호는 노천(老泉)인데, 소식(蘇軾)과 구별하여 그를 '노소(老蘇)'라고 부른다. 집안은 대체로 문인 기풍을 갖춘 집안이었으며, 미주에는 당 측천무후(則天武后) 때부터 정착했다고 한다.

소순의 학문과 문장 성취는 27세, 48세를 분기로 3분된다. 그는 젊었을 때에는 과거(科擧) 과목으로서 구두(句讀), 성률, 기문(記問) 등 사상을 구속하는 방식의 공부를 싫어하여, 과거에 세 차례나 실패하였으며, 결국 이 관계의 책들을 모두 불사르고 학문에 열성을 보이지 않았다고 한다. 그러나 부인의 권면과 함께 27세에 소식을 낳고서는 학문에 뜻을 두어, 논어, 맹자, 한유의 고문을 7, 8년 간 정독하여 일가를 이루고, 드디어 삼부자가 '삼소(三蘇)'의 칭호를 얻게 되었다. 이후 소철은 그의 문명(文名)으로 1060년 조정으로부터 비서성교서랑(秘書省校書郎)에 특별히 임명되었으나, 만족하지 않아 나아가지 않았고, 1061년에는 패주(覇州) 문안현(文安縣)의 주부(主簿) 직을 얻었다. 그는 ≪태상인혁례(太常因革禮)≫ 100권을 쓰고서, 조정의 승인을 얻기 전에 1066년 병으로 58세를 일기로 세상을 떠났다.

소순(蘇洵)은 자신의 과거 낙방을 거울삼아 소식, 소철 두 형제를 열심히 교육하여 자신의 희망을 두 아들이 이루어줄 것을 바랐다. 소순은 두 아들을 데리고 구양수에게 가 자신이 쓴 책론(策論)들을 장방평(張方平) 등의 추천서와 함께 보여주어 그의 존재를 알렸으며, 이후로 조정의 사대부들은 다투어 그의 문장을 읽게 되었다고 한다. 소식 형제의 과거 합격은 물론 직접적으로는 그들의 탁월한 문재에 힘입은 것이지만, 이러한 아버지의 간접적 지원도 무시할 수 없다.

소식(1037-1101)은 어려서부터 문학적 재주가 뛰어났고 7세부터 공부하여 10세에는 미주 천경관(天慶觀)의 도사 장이간(張易簡)에게 가서 소학(小學)을 공부했는데, 이 해에 왕안석(1021-1086)은 부재상에 해당되는 참지정사(參知政事)였다. 가우(嘉祐) 2년 1057년에 소식 형제는 구양수가 주재하는 예부의 고시에서 나란히 진사(進士)에 급제했는데, 당시 인종(仁宗)은 두 사람의 재상감을 얻었다고 기뻐했다고 한다.

소식보다 두 살 아래인 소철(1039-1112)은 자가 자유(子由) 또는 동숙(同叔)이며, 호는 영빈유로(穎賓遺老)로서, '소소(小蘇)'라고도 부른다. 둘이 함께 진사에 붙은 후, 또 가우 6년에는 소식과 함께 벼슬에 올라 23세의 소철은 비서성교서랑(秘書省校書郎)으로 지금의 섬서(陝西) 지역에 초임지로 나가게 되었다. 벼슬은 산서우승(尚書右丞), 문하시랑(門下侍郎)에 이르렀다.

정치적으로 삼소(三蘇)는 왕안석의 신파에 대항하는 구파에 속하여 활동했으며, 소식은 특히 1080년 오대시안(烏臺詩案)의 문자옥에 걸려 죽을 고비를 넘기는 등 정치적 부침을 겪었는데, 정도의 차이일 뿐, 소철을 비롯한 북송 후기 대부분의 문인 관료들은 짧은 생애 동안에도 몇 차례의 곡절과 부침(浮沈)을 반복하는 삶을 살았다. 정치가 혼미하면 문학은 성하는 법이어서 어떻게 보면 이들의 괄목할 만한 문학적 성취는 그들이 처한 정치적 질곡(桎梏)에 대한 반대 급부로 볼 수도 있다.

소순은 시보다는 문장에 능하며, 그 중에서도 특히 의론문에 강하다. 그럼에도 송시를 개관하는 본서에서 잠시 소순의 문장론을 잠시 볼 필요가 있다. 소순은 "문장은 짓는 목적이 분명해야 하며[有爲而作], 현재적 효용이 있어야 한다[有用於今]"고 주장했다.231) 그리고 의도를 관철하는 방편으로서 옛 것을 오늘에 사용하는 '인고논금(引古論今)'의 방식을 상용했다. 표현상 험괴(險怪)한 문자를 사용하는 것을 반대했으며, 문리(文理)가 자연스러워야 하고, 수사의 흔적이 드러나지 않아야 함을 강조했는데, 이러한 목적론적 창작, 문리의 순탄함, 자연성의 강조, 흔적이 없는 수사론들은 모두 소식과 소철의 문장론 뿐 아니라, 시론에도 전이되었고, 나아가서는 황정견을 비롯한 강서시인들의 창작론에도 영향을 주었다는 점에서 의미가 크다. 특히 인고논금(引古論今), 이고위금(以故爲今)의 논리 전개 방식은 이고위신(以故爲新)이라는 시어의 점화론(點化論)과 일정한 사유방식상의 연결 고리를 지니고 있다는 점에서 송대의 주류 시학 체계 형성에 내재적 공헌을 하였다.

소철의 저술 역시 형 소식 못지 않게 풍부하다. 시문집으로 ≪난성집(欒城集)≫50권, ≪난성후집(欒城後集)≫ 24권, ≪난성삼집(欒城三集)≫ 10권, ≪난성응조집(欒城應詔集)≫ 12권이 있다. 소철의 문장에 대해서는 ≪송사(宋史)≫에서 "일을 논함이 정확하고, 수사가 간명 엄정하여, 형의 글에 못하지 않다"고 평하여 일가를 이루었음을 말했다. 형제의 문풍의 차이에 대해서는 소철 자신이 둘을 비교한 말 중에 "형의 글은 기(奇)하며, 나의 글은 온건하다"고 했는데,232) 시 역시 그러하다. 소식의 호방(豪放) 달관(達觀)과 달리, 소철의 시는 안정되고 평온하다. 소식이 글로 필화를 겪은 것에 대한 반면 작용이기도 하겠지만, 아버지 소순이 두 아들을 평한 말 중에 "소철은 난세 중에 화와 복 사이에서 처신을 잘할 것"이라는 이야기에 들어맞는 부분이다.

---

231) 蘇洵, <上田樞密書>.
232) <欒城遺言>, "子瞻之文奇, 余文但穩耳."

소철의 시론에서 중요한 부분은 '기(氣)'에 관한 입론이다. 맹자(孟子)는 '양기설(養氣說)'을 내어 후천적 기의 작용을 중시했으며, 조비(曹丕)가 '문기설(文氣說)'을 내어 그 선천적 소질을 중시하였다. 이후 기(氣)와 문(文)의 관계에 대해 많은 논의가 있었는데, 한유(韓愈)는 "기(氣)는 물[水]과 같고, 말은 물 위에 떠 있는 사물이다"라는 비유로써 기와 언(言)과의 관계를 제시한 바 있다. 소철은 기가 충일하면 자기도 모르는 사이에 좋은 작품을 낼 수 있다고 주장했는데, 기의 선천성과 후천성의 문제에 대해서는, 본질적 성품을 양기(養氣)하면 자연히 도의 지엽(枝葉)인 문(文)은 좋아질 수밖에 없다고 하며 후천 학습을 더 중시하였다. 이를 문학 방면에서 말하자면, 작가의 내재적 수양과 학습을 통해 창작 성취가 제고될 수 있다는 견해로서, 송대 시학의 주안점인 신유학적 관념과 학시론의 입장을 반영한 것으로서 소철의 시학은 소식 시학의 우익적(右翼的) 작용을 한 것으로 요약 가능하다.

▍逍遙堂會宿(1) ▍ 소요당에서 함께 묵으며(제1수)

逍遙堂後千尋木	소요당 후원의 큰 나무들
長送中宵風雨聲	한 밤중의 풍우소리 오래도록 들려온다.
誤喜對床尋舊約	침상 같이 해 함께 자자던 옛 약속인 줄 알았네
不知漂泊在彭城	서주(徐州) 팽성 땅을 떠도는 줄 모르고!

소식과 소철 두 형제의 우의는 매우 돈독하여 두 사람의 시집에는 서로에 대한 안위를 물은 시가 상당수 있는데, 이 시도 그 중의 하나이다. 제목에 있는 소요당은 서주(徐州)의 관청 안에 있던 집이다. 이 작품은 희녕 10년(1077) 형제가 7년만에 만나 열흘 간 같이 지내며 팽성의 소요당에서 의좋게 함께 묵었던 일을 적은 것이다. 제3구의 '착각하여 좋아했다[誤喜]'는 말은 은퇴하여 계속 만나는 것으로 잠시 착각했다는 뜻으로, 곧 다시 헤어져야 할 일을 섭섭해하는 의미를 이면에 깔고 있다.

넘치는 형제간의 정을 보여준다.

(2) 진관(秦觀)

진관(1049-1100)은 고우(高郵: 지금의 강소성) 사람인데, 자는 소유(少游)
또는 태허(太虛)이고, 호가 회해(淮海)로서, ≪회해집(淮海集)≫을 남겼다.
조부 진승의(秦承議)는 주현(州縣)의 관리를 지냈으며, 아버지 진원화(秦元
化)는 태학(太學)에서 당시의 명유(名儒)인 호안정(胡安定)에게 배우는 등
학문적 기초가 없지 않았다. 그러나 부친은 진관이 15세 때 세상을 뜨면
서 많은 식구와 같이 지내게 되어 경제적으로 여유 있는 생활을 하지는
못했다. 청년기에 그에게 여러 가지 면에서 영향을 끼친 사람은 동향의
친척이며 동시에 황정견의 장인이기도 한 손각(孫覺)이었다. 진관은 희녕
(熙寧) 5년(1072) 손각이 호주(胡州) 태수로 있을 때 그의 막료를 지내기도
하였다. 희녕 7년(1074)에는 소식이 밀주지사(密州知事)로 옮길 때 양주(揚
州)를 거친다는 말을 듣고서는 절의 벽에 시 한 수를 적어놓아 소식의 감
탄을 자아내기도 하였다.233)

이후로 그는 손각, 황정견의 외숙인 이상(李常)의 소개 끝에, 29세 때
인 희녕 10년(1077) 당시 서주(徐州) 지사(知事)로 있던 소식을 찾아가 만나
교유하게 되었다.234) 또 황정견과는 원풍(元豊) 3년 황정견이 태화(太和)로
부임해 가는 도중에 처음으로 만났다. 당시에 이 두 사람은 상호 서로의
시집을 교환하였으며, 진관은 지금은 황정견 스스로 불태워 없애버린 황
정견의 시에 대하여 이렇게 말했다.

---

233) 秦瀛, ≪重編淮海先生年譜節要≫, 熙寧 7年條. 진관의 상세한 생애는 宋龍準의 ≪秦
　　觀詞硏究≫(영남대출판부, 1989)를 참조.
234) ≪淮海集≫ 卷四, <別子瞻>, "人生異趣各有求, 繫風捕影祇懷憂. 我獨不願萬戶侯,
　　惟願一識蘇徐州. 徐州英偉非人力, 世有高名擅區域."

　　황정견의 《폐추(弊帚)》, 《초미(焦尾)》 두 편의 시집은, 문장이 고고
(高古)하여 멀리 양한(兩漢)의 풍도를 지니고 있다. 이제 교유하는 가운데
문필을 업으로 삼는 사람들에게서는 이에 비할 만한 사람을 볼 수가 없다.
이른바 주옥(珠玉)을 옆에 두니 다른 사람이 보잘것없다고 한 말이 실감난
다.235)

　　이후 그는 37세인 원풍(元豊) 8년(1085)에야 진사에 급제하여 정식으로
관직에 올랐지만, 관운이 따르지 않아서 신구파 간의 갈등 속에서 실의
와 좌절을 겪는 일이 많았다. 그렇지만 문학적인 면에서 그는 소・황 두
사람에게서 인정을 받았다. 다른 한편 그는 소・황은 물론 왕안석에게
재능을 인정받기도 했다. 소식은 "진관과 장뢰의 재주와 학문은 당대 제
일이어서 이 두 사람의 우열을 가릴 수가 없다. 진관은 글을 쓰면 정밀
하고도 빨라, 마음 속의 생각은 있으나 말로 표현하지 못하는 것도 능히
글로 써낸다. 그러나 기운(氣韻)이 웅장하고 시원스레 빼어난 것은 마땅
히 장뢰라고 할 수 있다"고 하여 이 둘을 비교 품평했다.236) 또 황정견은
진관의 시에 대해 사고가 빠르고 재주가 빼어났다는 점과 필력이 좋다
는 점을 높이 샀다.

　　소식과 황정견은 진관의 후견인적 인물이었다. 1100년 진관이 작고
했다는 소식을 들은 두 사람은 눈물을 흘리고 식음을 폐하며 애석해 했
다고 한다. "閉門覓句陳師道, 對客揮毫秦少游(문 닫아 걸고 시구를 찾아 애
쓰는 진사도, 사람을 대하고 붓 휘둘러 써내려가는 진관)"237)이라고 평한 황정견
의 시는, 진사도와 진관을 상호 비교한 작품으로서 진사도의 고음(苦吟)
과 진관의 재기 넘치는 면모가 잘 나타나 있다.

　　진관(秦觀)은 황정견(黃庭堅), 조보지(晁補之), 장뢰(張耒)와 함께 '소문사

---

235) 《淮海集》 권30, <與李德叟簡>.
236) 《曲洧舊聞》, "秦少游張文潛, 才識學問, 爲當世第一, 無能優劣二人者. 少游下筆精
　　悍, 心所默識, 而口不能傳者, 能以筆傳之. 然而氣韻雄拔, 疏通秀朗, 當推文潛."
237) <病起荊江亭卽事十首>(8), "閉門覓句陳師道, 對客揮毫秦少游. 正字不知溫飽未, 西
　　風吹淚古藤州." 全詩의 해석은 '진사도' 시학 부분을 참조.

학사(蘇門四學士)'의 한 사람으로 불리는 만큼, 황정견과도 밀접한 관계를 유지하였다. 황정견은 "나 황정견은 시경과 초사에 심취하여 무언가 얻은 듯하나, 결국은 고인들의 뒤에 있을 뿐이다. 의론문은 오늘날 진관, 조보지, 장뢰, 진사도에게 맡겨야 할 것이다. 그대는 이 네 군자들로부터 하나 둘씩 묻도록 하시오"라고 하여, 이들을 칭찬하기도 했다.[238]

이제 진관의 시에 대해서 알아본다. 일반적으로 진관의 시는 너무 아름답게 쓰려고 하여, 장르 속성상 그의 청려(淸麗)하고 완약(婉約)한 사(詞)에서 이룬 성취에는 미치지 못한 것으로 평가되고 있다. 왕안석은 그의 초기시가 "청신미려(淸新美麗)하여, 포조나 사령운과 비슷하다"고 비교적 우호적으로 평했으나, 그렇다고 해서 여성적 시풍을 면하기는 힘들다. 이러한 평어는 동시대부터 있었다. ≪왕직방시화(王直方詩話)≫에는 소식과 조보지·장뢰 세 사람의 진관 시에 대한 다음과 같은 기록이 있다.

> 소식(蘇軾)이 자기가 지은 소사(小詞)를 조보지(晁補之)와 장뢰(張耒)에게 보여주면서, "진관에 비하여 어떠한가?"라고 물었다. 이에 두 사람은 "진관의 시는 마치 소사(小詞)와 같고, 선생의 소사는 시와 같습니다."라고 대답했다.[239]

이는 완약한 그의 소사와 시의 풍격이 서로 상통하고 있음을 보여주는 예인데, 특히 초기시가 그러했다. 이 점은 일반적으로 도학자적 정서를 위주로 했던 송대의 주류 시풍과는 좀 다른 면이다. 또 원호문(元好問)은 논시절구(論詩絶句) 중에서 진관의 시에 대해 이렇게 놀려댔다.

┃ 論詩三十首(24) ┃ 논시 절구 30수(제24수)

有情芍藥含春淚   다정한 작약은 봄의 눈물을 머금고,

---

238) ≪豫章黃先生文集≫ 권19, <與秦少章書>.

239) 張秀明의 ≪東坡詩話錄≫下에서는 ≪王直方詩話≫를 인용하여 다음과 같이 기록하였다. "東坡嘗以所作小詞, 示無咎文潛曰, 何如少游. 二人對曰, 少游詩似小詞, 先生小詞似詩."

無力薔薇臥曉枝　연약한 장미 새벽 가지에 누워 있다.
拈出退之山石句　한유의 <산석(山石)> 시에서 끄집어 낸 구절로,
始知渠是女郎詩　이제야 그것이 여랑(女郎)의 시임을 알겠다.

원호문이 놀린 시는 진관의 대표시라고 할 수 있는 <춘일(春日) 5수 (五首)> 중의 제2수가 지나치게 섬세하고 미려하여 마치 여랑(女郎)의 시 같다고 비아냥댄 것이다. 이 역시 앞의 글과 같은 맥락으로서, 부드러운 완약사(婉約詞)의 풍격이 시로 전이된 데서 비롯된 경향이다.240) 그의 시 풍을 극적으로 보여주는 앞서 언급된 <춘일(春日)>시 제2수를 보자.

┃春日五首(2) ┃ 봄날(제2수)

一夕輕雷落萬絲　저녁에 은근한 천둥소리에 만가닥 빗줄기 떨어지더니
霽光浮瓦碧參差241)　햇빛은 기와에 비쳐 푸른 빛 밝게 빛난다.
有情芍藥含春淚　작약 꽃은 다정히 봄의 눈물을 머금고
無力薔薇臥曉枝　장미는 힘없이 새벽 가지에 누웠다.

원우(元祐) 5년에 지은 이 시는 비온 다음 날 맑게 갠 영롱한 정경을 그리고 있다. 어느 봄 날 저녁에 갑작스런 소나기가 내리다가, 아침에 깨어 일어나 밖에 나와 보니, 날은 눈부시게 개어 아침 햇살은 기와 지붕에 반사되어 눈 아프게 빛나고 있는 것이다. 또 뜰 앞의 작약은 간밤의 빗방울을 아직도 머금고서 방울방울 떨어뜨리고 있으며, 활짝 피어 잎이 무거운 장미는 빗방울의 무게를 이기지 못하여 새벽 가지에 기대어 졸고 있듯이 보인다. 너무도 상큼하고 신선한 아침의 정경을 간발의 오차 없이 간명하게 그려내고 있는 것이다. 한편의 완약사(婉約詞)를 보는 듯 한 느낌이 드는 시이다.

　어휘를 보면 비록 4구가 모두 경어(景語)로 이루어져 있으나, 간간이

---

240) 송용준, ≪진관사 연구≫, 영남대출판부, 1989, 199쪽.
241) '浮'자는 해가 밝은 물체에 비칠 때 반사되는 것을 묘사한 말이다.

사용된 어휘와 정경(情景)에서 사를 쓰듯 하는 작자의 여성성이 느껴진다. 그 예를 보자. 천둥은 무섭게 울려대는 것이 아니라 가벼운 천둥이며, 빗방울도 사에서 상용하는 '사(絲)'를 써서 표현하고 있다. 작약과 장미의 등장 역시 그러할 뿐 아니라, '유정(有情)', '춘루(春淚)', '효지(曉枝)' 등이 모두 사어(詞語)이다. 이 한 편만으로도 가히 부인의 말[婦人語]이라 평한 전인들에 동의하지 않을 수 없다.

이러한 그의 시풍은 당쟁의 피해를 입으면서 점차 '엄중하고 고고(高古)한 무게를 보이며 변화한 것으로 보기도 하지만,[242] 이 역시 유랑 생활의 옛 즐거움에 대한 회고조의 풍격을 보이고 있다는 점에서 전기의 섬세한 필치와 크게 다르다고 하기는 어렵다.[243] 만년의 작품을 보자.

▌海康書事 ▌ 해강(海康)에서의 기록(제1수)	
白髮坐鉤黨	백발의 이 몸은 당파 싸움에 몰려
南遷海瀕州	남쪽 바닷가 뇌주(雷州) 귀양 왔지
灌園以糊口	들녘에 물대어 호구를 해결하니
身自雜蒼頭	몸은 일군들과 섞여 산다.
籬落秋暑中	울타리에는 가을 더위 속에
碧花蔓牽牛	나팔꽃 넝쿨 뻗어 옥색 꽃 피었다.
誰知把鋤人	누가 알겠나? 호미 잡은 이가
舊日東陵侯[244]	지난 날 동릉의 관리였던 걸!

이 시는 10수 중 첫 번째 시인데, 그가 1099년 귀양간 광동성 뇌주(雷州)로 귀양간 51세 때 작품이다. 자신이 당쟁에 걸려 1094년 이래 1100년 죽을 때까지 오랜 귀양살이 끝에 바닷가에까지 전전하는 몸이 된 말년

---

242) 郭紹虞,≪宋詩話輯佚≫, 592쪽 인용, ≪童蒙詩訓≫(呂本中) "少游過嶺後詩, 嚴重高古, 自成一家, 與舊作不同."
243) 李曰剛, ≪中國詩歌流變史≫ 上卷, 文津出版社, 1987, 台北, 585쪽.
244) 秦의 邵平은 廣陵 사람으로서 東陵侯에 봉해졌었지만, 진이 망하고는 長安城 동쪽에서 오이 밭을 가꾸며 살았다고 한다.

의 신세의 감회를 그렸으며, 생활고에 시달리는 현실도 그대로 드러내고 있다. 앞의 <춘일>시에 비해 어느 정도 사실적 술회가 강화된 것을 볼 수 있으나, 현실적 곤경 탓이기도 하겠으나 여전히 기상이 느껴지지는 않는다.

요약하면 진관의 시는 내용면에서 깊은 관조적 사상이 녹아 있지 않아 송대의 도학적 시 쓰기와는 많이 다르다. 그만큼 시에서도 완약사의 기풍을 지향했으므로, 형식적 조탁(雕琢)에는 매우 신경을 써서 정밀한 장치를 통해 시의 아름다움을 극대화하고자 노력했다. 이런 까닭에 극도의 정련을 거쳐 교묘한 아름다움을 창출해내었는데, 이러한 각고단련(刻苦鍛鍊)은 송대 시인들의 시학(詩學) 태도이기도 했다.245) 즉 진관 시학의 결과는 무거운 필치의 도학적 송시 주류와는 부합하지 않았으나, 창작태도 면에서는 동시대의 시인들이 지향했던 조어(造語)의 단련이라는 송시의 특징화 과정과 맥이 닿는 부분이 있다. 이점은 진관이 송시의 형성과정과 궤를 같이한 부분이라고 할 수 있다.

(3) 장뢰(張耒)

장뢰(1052-1113)는 회음(淮陰: 현 강소성) 사람인데, 자가 문잠(文潛)이며 호는 가산(柯山)으로서, ≪가산집(柯山集)≫을 남겼다. 그는 희녕 6년(1073) 진사에 올랐으며, 소식과는 이보다 앞선 희녕 4년 소식의 아우 소철(蘇轍)의 소개로 알게 되었다.246) 그는 18, 19세 때 황정견의 명성을 들었으며, 그로부터 수년 후 황정견의 문장을 읽고서 교제하고자 하는 마음을 갖

---

245) ≪宋詩選註≫(錢種書)에는 그의 세심하게 정련하는 태도에 대하여 다음과 같은 기록을 예로 들었다. 진관의 친구들은 그에 대하여 "털끝만큼도 틀림이 없어 저울로 달지 않으면 주판으로 헤아렸다"고 할 정도였다.

246) 王保珍의 ≪增補蘇東坡年譜會證≫ 및 曾棗莊의 ≪蘇軾評傳≫ 중의 <蘇軾年譜> 참조.

게 되었다고 하였다. 그러나 두 사람이 만난 것은 원우 원년(1086) 우연히 황정견의 외삼촌 이상(李常)과 함께 있는 황정견을 만나 시를 지어 보이면서 시작되었다.247)

황정견은 그의 시체가 초사체와 유사하다고 평했는데, 사실 장뢰는 소년기에 문학적 이상으로서 굴원(屈原)과 가의(賈誼)를 꼽고 학습하였다. 까닭에 경제적으로 어려웠던 그의 전기시는 구양수(歐陽修)의 '시궁이후공(詩窮而後工)' 설의 영향을 받아 신세의 적막감을 토로하고 민생을 걱정한 작품이 많다. 그래서 자연히 굴원과 두보의 우수적인 색깔을 띠고 있다.248) 그러나 후기시에서는 원진(元稹)과 백거이(白居易) 및 장적(張籍)의 신악부체(新樂府體)를 학습하면서도 소박하고 자연스런 기풍으로 바뀌어 갔다.249) 따라서 소문(蘇門)의 시인들 중에서는 그의 시가 사회 현실에 가장 밀착되어 있고 표현도 솔직 평이하다는 평을 듣는다.

그는 어느 한 사람의 시인에만 빠지지 않고, 많은 전대 시인들의 장점을 본받으려고 하였다. 이론적으로는 '이(理)'의 중요성을 강조했다. 그에 의하면 문학의 효용은 '은근히 이치를 드러냄[寓理]'에 있으며, 작품의 가치 표준은 '지성(至誠)'에 있고, 창작의 최고 경지는 '꾸미지 않은 듯한 자연스러움[天成自然]에 있다고 했는데,250) 이 주장은 바로 황정견이 주장한 '각고단련(刻苦鍛鍊) 이후의 천의무봉(天衣無縫)'의 경지에 다름 아니다. 즉 사물이 현상계에서 변화하는 그 이면에 내재된 객관적 이치가 드러나지 않으면, 글은 '기(奇)'를 추구하지 않을 수 없고, 그 글은 아무런 효용이 없다고 하였다. 이 같은 사물의 이치(理致)를 중시하는 관점은 소

---

247) 《柯山集》(권46)의 <與魯直書>에서는 황정견을 알게 된 과정이 나타나 있다.

248) 周義敢, 《蘇門四學士》, 上海古籍出版社, 1983, 99쪽.

249) 錢鍾書, 《宋詩選註》, "他的作品, 最富於關懷人民的內容, 風格也最不做作粧飾, 平易舒坦, 南北宋的詩人都注意到這一點. '君詩容易不著意, 忽似春風開百花'(晁補之, <題文潛詩冊後>), '晚愛肥仙詩自然, 何曾繡繪要雕雋鐫'(楊萬里, <讀張文潛詩>). 他受白居易和張籍的影響頗深."

250) 《柯山集》 권46, <答李推官書> 및 周義敢, 《蘇門四學士》, 上海古籍出版社, 1983, 104-105쪽.

순(蘇洵), 소식(蘇軾), 소철(蘇轍)인 '삼소(三蘇)'의 영향이 적지 않게 반영된 것으로 보인다. 이렇게 '명리(明理)'의 경향은 송시의 설리적(說理的) 경향과도 일치하는 것으로서, 송시의 확립에 기여가 컸다.

시 창작 면에서 특히 그는 기존 율시의 율격을 깨는 황정견의 창작 방식을 높이 샀다.

> 장뢰는 이렇게 말했다. "성률(聲律)로 시를 짓는 것은 말류에 속한다. 그런데 당나라 이후 지금까지 시인들은 이것만을 지켜왔다. 오직 황노직(黃魯直)만이 고금을 일소하고, 흉중의 생각을 드러내고 성률을 파기하며 오칠언 시를 지었다. 이는 마치 금석(金石)의 악기를 사용치 않아도, 종(鍾)과 경(磬)의 소리가 조화하여 서로 잘 어우러져 선율 밖으로 뜻이 전달되는 것과 같다. 근자에 시를 짓는 사람들 가운데 이러한 문체가 적지 않게 보이는데, 이는 우리 황노직(黃魯直)으로부터 시작된 것이다."[251]

요율(拗律)을 추구한 황정견을 추종한 것은 그가 형식적 구속을 반대하고 자유롭게 쓰기를 추구하였다는 의미로 해석된다. 다음 시는 장뢰의 자유로운 시 창작 정신과 활달한 정신 경계를 잘 보여준다.

┃感春┃ 봄날의 흥취

春郊草木明	들녘에 봄 오니 초목이 밝게 피어
秀色如可攬	빼어난 꽃을 보니 따들고 싶어라.
雨餘塵埃少	비 내린 후라서 먼지도 적어
信馬不知遠	말 가는 대로 멀리까지 달리고파.
黃亂高柳輕	키 큰 버드나무 녹음 속에 어지럽게 날리고
綠鋪新麥短	파릇파릇 보리는 새롭게 돋아난다.
南山逼人來	저 먼 남산은 날 오라고 손짓하는가?
漲洛淸漫漫	물 불어 오른 낙수는 물결이 출렁출렁.

---

251) ≪茗溪漁隱叢話≫ 前集 권47, "張文潛云, 以聲律作詩, 其末流也. 而唐至今, 詩人謹守之. 獨魯直一掃古今, 出胸臆, 破棄聲律, 作五七言, 如金石未作鐘磬聲和, 渾然有律呂外意. 近來作詩者, 頗有此體, 然自吾魯直始也."

人家寒食近	사람들은 한식이 가까워지니
桃李暗將綻	복사꽃은 저 멀리서 잎 터뜨릴 듯.
年豊婦子樂	풍년의 예감에 아낙과 아이들은 마냥 즐겁고
日出牛羊散	아침해에 소와 양떼 이리저리 흩어진다.
携酒莫辭貧	여기 술 있으니 가난하다 사양 말게
東風花欲爛	동풍 불어오고 꽃잎 흐드러지는 때!

생명의 물 오르는 농촌의 춘색(春色)이 시원하고 낙천적인 장뢰의 필치를 빌어 절로 흥이 나게끔 쓰여진 역동적인 작품이다. 경물을 그리고 있으면서도 당시의 정관적(靜觀的)인 회화미와는 상당히 다르다. 이러한 차이는 생활에 밀착한 송대적 사경(寫景)에서 비롯된다.

주희(朱熹)는 장뢰가 "일필(一筆)로 쓰고 뜻과 글자의 중복은 전혀 따지지 않았다"고 했는데,252) 이 작품이 그렇다. 이러한 장뢰의 시는 고음(苦吟)을 일삼는 송대 시인들의 면모와는 전혀 맞지 않는다. 방회(方回)는 ≪영규율수(瀛奎律髓)≫에서 장뢰의 시가 "원숙하고 자연스럽다"고 평했다. 이 같은 경향은 황정견적이라기보다는 소식에 가까운 편이나,253) 어느 누구와도 같지는 않다. 소문사학사의 일가성(一家成)의 의욕과 함께, 송시 전성기의 시계(詩界)가 다양하다는 것을 보여주는 부분이다. 이밖에 사회 현실에 대한 관심을 피력한 시들도 적지 않게 있으나 생략한다.

장뢰는 황정견 등 동시대의 선배 시인들을 학습하면서도, 나름의 시풍을 견지하고자 하여 늘 조심스러웠던 황시와는 달리 현실을 직시하려는 자세를 잃지 않았으며, 기교주의적 태도에 대해서도 마땅치 않게 여겼다. 반면에 그의 시는 정박하지 못한 거친 표현과 함께 시의(詩意)가 중복되어 나타난다는 평가도 듣는다. 이는 끝까지 각고의 단련을 하지 못한 까닭이다. ≪송사(宋史)·장뢰전(張耒傳)≫에는 "당시 소식, 황정견, 조

---

252) 錢鍾書, ≪송시선주≫ 제23, <張耒>, "一筆寫去, 重意重字皆不問."
253) 陳衍은 ≪宋詩精華錄≫에서 장뢰와 조보지가 각기 소식의 시원함을 지니고는 있으나, 웅건한 빼어남[雄駿]을 얻지는 못했다고 평했다.

보지가 연이어 세상을 떠나고 장뢰만 남게 되자, 사인(士人)으로서 그에게 배우고자 하는 이가 많았다."고 했는데, 북송 시대를 풍미한 소·황의 동시대적 계승자의 한 사람임을 보여준다.

（4） 조보지(晁補之)

조보지(1053-1110)는 자가 무구(無咎)이며, 호는 귀래자(歸來子)이다. 그는 관료 집안에서 자랐으나, 성장기에는 부친 조단우(晁端友, 자는 君成)의 질병으로 경제적인 여유를 누리지 못했다. 소식은 ≪조군성시집(晁君成詩集)·서(序)≫에서, 그의 시가 "맑고 심후하여 그 인품과 같고, 매편마다 새로운 뜻과 기이한 시어가 나온다"고 평했다. 조보지가 소식과 처음으로 만난 것은 그의 나이 21세인 희녕(熙寧) 6년(1073)이었으며, 이후 조보지는 원풍 2년(1079) 진사에 급제하였으며, 장뢰와 교유하였다. 그가 8세 연상인 황정견과 관계한 것은 황정견이 북경(北京)에서 국자감교수(國子監敎授)를 지내던 희녕(熙寧) 연간으로 추정된다. 이후 조보지도 원풍 5년부터 7년까지 황정견이 지냈던 북경 국자감교수를 지내기도 하였다.

그는 종종 소·황으로부터 사사 받았는데, 황정견은 조보지의 글을 보고서 그의 문장이 조착(晁錯)과 동중서(董仲舒)에 비길 만큼 아름다우며, 시가는 음갱(陰鏗) 하손(何遜)보다 훌륭하다고 칭찬하였다. 또한 조보지의 시는 음률에 정통하고 부친의 영향으로 호기(好奇)한 경향이 있는데, 소식은 황정견으로 하여금 조보지의 호기(好奇) 경향을 완곡히 선도하여 교정할 것을 부탁하기도 했다.[254] 하지만 그의 시 경향은 바뀌지 않았다. 황정견의 시 역시 이 같은 경향이 많다는 평가를 받고 있음을 볼 때, 이

---

254) ≪蘇東坡全集≫ 續集 권4, <與魯直書> 其一, "晁君寄騷,細看甚奇,信其家多異材耶. 然有少意, 欲魯直以己意微箴之. 凡人文字, 當務使平和, 至足之餘, 溢爲奇怪, 蓋出於不得已爾,晁文奇怪差似早. 然不可直云耳. 非謂諱也, 恐傷其邁往之氣. 當爲朋友講磨之語乃宜, 不知公謂然否."

는 두 사람의 공통점이라고 하겠다. 하지만 소문사학사 중에서는 시적 성취가 떨어지는 편이라고 평가되어 왔다.

　조보지 역시 소문의 학사들이 그러했듯이 화답(和答)·차운시(次韻詩)를 서로 주고받으며 문학적 연마를 하였다. 그 중 소식의 화도시(和陶詩)처럼 도잠의 시에 대해 조보지도 20수의 차운시(次韻詩)를 지었다. 마지막 한 수에서 소문의 학사중 황정견, 진사도, 장뢰, 진관에 대하여 한마디씩 평가한 것이 있는데, 같이 활동한 동시대 시인의 평어인 까닭에 흥미롭다.

┃ 和陶淵明飮酒詩[255] ┃ 도연명의 음주시에 화운하여

黃子似淵明	황정견은 도연명과 같아
城市亦復眞	시중에 있어도 은자의 면모 지녔다.
陳僅有道擧	진사도는 도인의 풍모가 있어
化行閭井淳	반듯한 품행은 향리를 순화한다.
張侯公瑾流	장뢰는 주유(周瑜)와 같아
英思春泉新	빼어난 생각 봄 샘 같이 새롭다.
高才更難及	높은 재능은 좇기 어려우니
淮海一髥秦	구레나룻 수염의 진관.
嗟予競何爲	아, 이 몸 겨루어 무엇하리?
十駕晞後塵	열 수레 지난 뒤의 마른 먼지인 걸!

(5) 위상과 평가

　소식의 동생 소철(蘇轍) 및 소문의 학사들은 거의 같은 시기에 동일한 공간에서 서로 교감하며 우호적으로 시 창작을 하며 송대의 황금기를 공유했다. 서로 학시(學詩)의 태도로 창화(唱和)하는 가운데 소황(蘇黃)의 영향을 받으며 창작에 임했다는 공통점을 지니고 있으나, 한편 서로 다

---

255) ≪鷄肋集≫ 권4, <和陶淵明飮酒詩>.

른 독자적 영역을 개척하려 했으며, 기풍도 조금씩 달랐음을 알 수 있다.

진사도는 엄정한 도학자적 탈속성을 지니고서 시어의 활용을 통한 새로운 조경(造境)과 구법의 창출에 몰두했으며, 장뢰는 활달한 기상으로 현실적 대상들을 일필휘지로 평속하게 서술했다. 또한 진관은 여성적 필치로 엄정하게 자구를 따지며 완정(完整)한 아름다움을 전달하고자 노력했다. 또 조보지는 기험(奇險)한 시경의 개척에 힘쓴 점에서 황정견류에 속한다고 할 수 있다.

이들 중 활달 평속한 장뢰와 완약(婉約) 정미(精微)한 진관의 시풍은 상호 대조적이라는 점에서 흥미롭다. 이밖에 소문육군자(蘇門六君子)의 일원이며 황정견을 추종한 고음(苦吟)의 진사도가 있으나, 비중에 맞게 별도로 언급하였다. 이들 소문을 중심으로 한 일군의 시인들은 각기 나름의 개성과 색깔을 지니고 독자적 시경(詩境)을 개척하며 송시의 전성기에 선도적 역할을 담당하였다.

4 | 결 어

이제까지 살펴 본 북송 후기의 중요 시인들인 왕안석, 소식, 황정견, 그리고 진사도 시학의 주안점과 시의 특징적 변화 양상들을 통해, 북송 후기시의 좌표적 위상을 생각해 본다. 이들을 바라보는 관점은 작게는 한 시대나 장르로부터, 그리고 크게는 중국 고전시 장르 성쇠의 내부적 · 외부적 맥락과 관련하여 보도록 한다.

왕안석은 소식, 황정견, 진사도와는 정치적 입장은 달랐으나, 송시의 특징 형성 면에서는 일정한 유사성을 보이며 송시 형성 과정에 동참하였다. 즉 왕안석의 시가 미학의 관점이 송대 주류 시인들과 큰 맥락은 같이하였던 것이다. 다만 왕안석은 소식과 달리 문하에 시인들을 거느리고 문학적 영향력을 구체화시키지 못했다는 점에서 대부분의 구파 주류 시인들과 구별된다. 내용적으로 왕안석 전기시의 특색은 자신의 강한 개성이 작용한 데 있음을 알 수 있었다. 한편 시학의 특징은 의론적 경향, 엄정한 전고의 사용, 자구의 단련(鍛煉), 시구와 시의의 점화(點化) 등으로서, 이후 이러한 점들은 황정견이나 강서시파 등에 의해 적절히 수용되었다. 왕안석의 시는 법도 가운데 청신(淸新)한 풍격을 자아내고, 기교적으로 고도의 예술적 정련을 구사하였다. 이러한 경향은 만년으로 갈수록 두드러져서 청신(淸新) 초연(超然)함으로 요약되는 독자적 영롱함이 느껴진다. 물론 황정견의 시에도 탈속적 고고함은 엿보이지만, 도학적 자세에 묻혀 영롱한 아름다움은 보이지 않는다. 즉 왕안석 시의 청신 고고함은 그가 송대 시인의 정신을 구현하면서도 당시적 아름다움을 놓치지 않았다는 점에서 주목된다.

운율과 함축을 생명으로 하는 중국시는 송대부터 점차 장르적 변화가 진행되었다고 판단된다. 남송 엄우(嚴羽)가 문자와 재학과 의론의 길로 나아간 송시 주류에 대해 강렬히 비판했던 것을 생각할 때, 우리는 왕안석에 대하여 송대의 대세를 따라가면서도 나름의 독자성을 지켰다는 점에서 중국시의 정종(正宗)일 수도 있는 당시적 정감 세계를 놓치지 않은 탁월한 송대 시인으로 평가하여 무리가 없다.

소식의 경우 그의 시학 이론과 시는 다음과 같은 특징을 지니며 진행되었다. 그것은 ① 아·속 간의 교호작용—교유시와 고시의 성행, 전인시의 차감으로서의 이속위아의 점화론, ② 철리화와 사변화의 보편적 모색—생활사변, 이의론위시(以議論爲詩)의 경향화, ③ 산문화—시문혁신운동의 글쓰기의 변화 모색, 장르간 넘나들기로서의 이문위시, 이시위사, ④ 흉중성죽과 수물부형—선학과 화론의 예술사유로의 사유적 전이(轉移)"이며,256) 이상의 요인들로 인해 소식의 시는 주로 산문화를 향한 장르적 변용 양상을 띠게 되었다.

황정견은 사상적으로 유도선(儒道禪) 삼가 사상의 융합 과정에서 드러난 자기 존중의 도학자적 문인 의식이 근저에 짙게 깔린 가운데, 두보와 소식을 통해 시학적 접근의 틀을 마련했다. 이러한 '소식-황정견'의 맥락 이어가기는 사실 구양수·매요신 이래의 큰 흐름의 연장선상에서 심화 진행된 것이다. 특히 소식과 황정견에게서는 송시의 특징으로 들 수 있는 두 가지 특징이 드러난다. 즉 형식면에서는 고시와 차운·화답시의 대폭적인 증가, 그리고 내용적으로는 의론성의 강화인데, 이는 장르사적 측면에서 중국시의 용도와 의미상의 새로운 국면 전환이기도 하다.

황정견은 소식을 존경하기는 했지만, 시적 구현 면에서는 재성(才性)과 기질 면에서 서로 같지 않기에 황정견의 시학 체계는 소식과는 다른 방식으로 나타났는데, 송대 시학의 가장 중요한 요소인 학시적(學詩的) 접근을 시도했다는 점이 그것이다. 이속위아·이고위신 및 환골탈태의 점화론을 추구하고, 구법과 요율(拗律) 및 산문구와 험괴한 시어 등의 새로운 시도와 군건한 자기 존중의 탈속적 풍격에서 우러나는 읽기 어렵고 딱딱한 수경(瘦硬)한 미의식을 체현하였으며, 화론과 선학의 소양에 힘입은 오입(悟入)과 운미(韻味) 등의 영감을 중시하였다. 이상의 요인들로 인해 송시는 황정견에 의해 보다 확고한 문학적 성과와 풍격의 일신을 가져왔으며 송시적 특징 형성에 크게 기여하였다.

진사도의 경우 경제적·사회적 활동 영역의 협소로 인해 소·황만큼 문학세계의 폭이 넓거나 힘찬 기세가 느껴지지는 않는다. 그의 시에 묻어나는 침울한 색채는 폭넓지 못한 그의 생활 환경과 관계가 깊다. 그러나 현실적 제약 대신 그는 철저히 고음멱구(苦吟覓句)의 진지한 학시(學詩)

---

256) 여기서 '胸中成竹과 隨物賦形'에 관해서는 다시 세분하여, (1) 詩畵一律 및 形似·神似論, (2) 禪的 관조에 의한 본질의 조응론인 常理와 傳神, (3) 자아의 대상에 대한 내적 구현으로서의 心得論인 胸中成竹, (4) 대상·자아·표현의 動態的 應變論인 心手相應과 隨物賦形, (5) 작품화로의 풍격 심미적 구현론인 中邊論과 平淡美의 지향으로 나누어 설명했다.

자세로 시 창작에 몰두했다. 이러한 학시(學詩)의 중시는 후대의 진여의(陳與義)와 양만리(楊萬里), 그리고 강서시파 시인들의 창작론에 큰 힘을 실어주었다. 더욱이 그의 내향적 성격은 송대 지성의 방향과 제대로 맞아 떨어져 침울 사색의 자기 존중의 색채를 띠며 원숙 평담한 기풍의 시를 짓게 되었다. 이상과 같은 학시 전통의 수립과 시로의 인격적 투영은 송시를 특징짓는 중요한 요소가 되었다.

예술 수법 면에서 보면 그 역시 황정견과 마찬가지로 두보를 모범으로 삼았으나, 그것은 거의 구법과 조구 방면에 치우친 것이며, 두보보다는 황정견 식의 벽전(僻典), 용운, 구법 등에 가까웠다. 따라서 그가 말했던 자연스런 '공(工)'과 '기(奇)'론은 물론이요 점화론이나 간약한 표현 속에 많은 의미를 담는다는 '어소이의광(語少而意廣)'론, 그리고 흔적 없는 조탁론의 이론 주장에 비해 시적 성취는 미흡한 것으로 평가된다. 그 결과 경우에 따라서는 점화가 지나쳐 시의가 불순하거나 문리가 막히는 폐단을 이기지 못한 것도 적지 않다. 이 점은 진사도 시의 약점이 되었다. 그러나 이 점 역시 평이하고 서정적인 사경(寫景) 중심의 소시적 당시와는 다른 송시적 특징화에는 일정한 작용을 한 것도 사실이다.

이상에서 볼 때 이들 북송 후기 세 사람의 시학에 대하여 다음과 같이 요약할 수 있다. 이들을 통해 송시는 일반적으로 운위되는 산문화, 의론화 외에, 영감과 서정의 창조만 아니라 학습적 안목으로 시를 대하는 태도, 즉 점화에 의한 시어의 차감론(借鑑論), 구법적 강구, 비일상적인 험괴(險怪)한 글자와 운을 사용한 시 쓰기가 진행되었다. 이러한 장치들로 인해 음률성·서정성이 저해되며 송시는 읽기 까다롭고 맛이 떫다는 평을 듣게 되었으며, 사람에 따라서는 수경(瘦硬)한 풍격을 띠기도 하였다. 운용 면에서는 고시와 수증시를 다량 사용함으로써, 시작 동기의 변화와 제재의 확대가 이루어졌다. 선학(禪學)과 화론(畫論)의 영향으로 장르간의 예술사유적 전이가 이루어졌고, 장르간 주고받기 현상으로서의 '이문위시(以文爲詩)', '이시위사(以詩爲詞)' 등의 쓰기 방식의 변화가 모색되었다.

즉 그들은 시의 내용적 측면보다는 시 창작의 형식 기교에 치우쳐 형식
주의적 편향성을 보인 것이 사실이다. 그리고 이러한 양상들은 시인마다
약간의 차이는 있으나 일정한 흐름을 지니며 진행되었다.

지금부터는 이제까지 보아 온 북송 후기시의 중심 인물이 되는 소
식·황정견·진사도의 시학상의 특징들에 기초하여, 북송 후기시의 시
사적 진행과 위상에 관해 장르론적·거시적·유기적 논의를 진행하고자
한다. 이 같은 위상론은 단선적인 전승 관계의 파악이 아니므로 고려되
어야 할 요소는 매우 광범하고 다양하다. 이를 위해서는 송대 사회와 문
화, 사상과 예술적 특징들에 대한 이해가 전제되어야 하는데, 이에 대해
서는 기왕의 필자의 연구에 더하여 중요한 맥락을 연결 설명해 봄으로
써 결어에 대신하고자 한다.

머리말에도 언급했듯이 '안사의 난' 이후 송대의 사회·경제·문화
는 상당한 속성의 변화를 겪으며 전개되어 왔다.[257] 그것은 지배 체제와
신분 구조의 변화, 과거제의 확대로 인한 한·위 이래의 세습귀족 시대
의 종언, 그리고 이로 인한 신분 교류의 확대, 도불적 요소가 대폭 가미
된 신유학적 정서의 전면적인 대두, 활력 있는 강남 경제의 파급 효과로
도시를 중심으로 한 시민들의 문화 생활의 확대로 요약된다. 한편 언어
사용의 측면에서 도시 경제의 활성화로 인한 문화 향유 계층의 확대는
문언에 더하여 백화가 새로운 문학언어로 부상하게 되었는데, 이 점은
서사문학 발전의 동인(動因)으로서 매우 중요한 의의를 지닌다.

문화면에서 일반 서민과 사대부 문인의 두 계층으로 나누어 본다.
먼저 사회경제적 측면에서 일반적 문예 상황은 강남 중심의 경제력의
부상으로, ≪동경몽화록(東京夢華錄)≫, ≪몽량록(夢梁錄)≫, ≪무림구사(武
林舊事)≫와 '청명상하도(淸明上河圖)'를 통해 짐작하듯이, 송대의 도시 생
활은 매우 활동적이었다.[258] 민간 경제의 활력은 세속적 요소의 증대를

---

257) 오태석, ≪황정견시 연구≫, 14-16쪽에 시대 배경, 68-76쪽에 사상적 배경을 槪述.
258) 孟元老等著, ≪東京夢華錄, 都城紀勝, 西湖老人繁勝錄, 夢梁錄, 武林舊事≫, 中國

가져왔고, 그들의 증대된 문화적 수요는 공연 문예의 발달을 획기적으로 촉진시켰으며, 와사(瓦舍)나 구란(勾欄)을 중심으로 연창되었던 화본, 희곡의 초기적 자료들이 백화의 상태로 기록문학의 대열에 오르기 시작했다.

한편 상층 문인들은 변화하는 사회와 세계에 대해 본체론적 철학 사변을 진행하여 그 결과는 점진적으로 신유학으로 나타났다. 이렇게 하여 주로 문인 사대부였던 송대의 시인들은 내용적으로 유학(儒學) 일변도가 아니라, 입(入)·출세(出世) 간의 상호 교감이라는 이중적 사유에 의한 새로운 인식 지평의 확장이 가능해졌으며, 제재상으로도 영물 소시(小詩) 중심의 당시적 '감성 심미'와는 다른 세계관적인 '이성 심미'로 나아갔고, 그 방식은 사변적 의론화로 나타났다. 또 시의 실제적 창작 용도면에서는 화답·차운시의 교유시적 성분이 크게 증대되었다. 자연 그리움과 사랑은 시의 중심 저작 동기로부터 멀어지게 되었다.

시체 역시 '형식 우선성'이 강한 중국문학적 환경하에서 '전시적(塡詩的) 성격의, 양식 제한성이 강한 율시'[259]로는 철학적 생각들을 충분히 표현하기 힘들게 되면서 고시를 선호하였다. 사상의 증대를 담보하는 칠언시의 증가 문제도 마찬가지로 해석해야 할 것이다. 아울러 시학에서는 구양수 이래 시화의 출현과 함께 점차 시 창작 방식에 관한 순예술론적이며 구체적인 모색이 이루어졌다. 시 창작과 관련한 소식·황정견·진사도 3인의 주요한 관심은 바로 한유(韓愈)에서 출발한 '고문 구법의 강구'로 대표되는 산문적 학시(學詩) 전통의 수립이라는 의미를 지닌다.

특히 시의 글쓰기의 방식 면에서 보다 정밀한 검토가 필요한 부분은 당대 한유로부터 시작된 산문적 글쓰기인 고문운동[시문혁신운동]과의 관련 부분이다. 특히 기본 정신면에서 건강하고 자연스런 필세를 중시하는

商業出版社, 1982, 北京.

259) '전시(塡詩)'라는 용어는 중국문학의 사유 구조적 특징으로서 언급한 '양식[장르 형식] 우선성'을 설명하는 적합한 말로 생각되어 造語한 것이다. 사에 있어서 '塡詞'에 상응한다.

고문운동은 고시의 다작(多作), 송시의 전반적인 추세 하락, 운문이 아닌 산문체 문학의 발전 및 확산과도 관계가 깊을 것으로 보이는바, 문학사적 파급 효과면에서 당대의 고문운동보다 오히려 더욱 주의를 요하는 부분으로 여겨진다. 고문운동이 자연스러운 필세를 지향하여 운문적 속성보다는 산문성을 지향하고 있는 점은,260) 필자가 보기에 남송대 백화의 홍기와 함께 중국문학 장르의 주류 변화의 본격적 움직임이 시작된 일과 일정한 상관 관계에 있다는 추정을 가능케 한다.

그리고 이상과 같은 양상은 상하 두 계층 간의 문학적 거리를 좁혀 주었는데, 이는 상층 문인들의 시 쓰기에도 영향을 주어 세속적인 언어와의 주고받기를 수행하는 것으로 나타났다. 여기에는 문인 자신도 과거를 통해 신분 상승을 했던 만큼, 그들의 의식 저변에는 민간 생활에 대한 폭넓은 이해의 바탕이 마련되어 있었다는 점이 개재되어 있다. 그러므로 그들은 자신의 생활사를 시로 나타낼 때 세속적 언어의 사용도 금기시 하지 않았으며,261) 그 시론화가 소(蘇)·황(黃)·진(陳)의 '이속위아 (以俗爲雅)'라는 시론의 성립이라고 볼 수 있다.

다만 그들은 시에서 통속어를 그대로 쓸 것을 주장하지 않고 변용해서 써야 한다고 생각했으며, 나아가 아화에 대한 강한 집착을 보였다. 그 이유는 무엇일까? 그것은 지식인 집단의 문자언어에 대한 집착, 문인 집

---

260) 郭紹虞는 <中國語言與文字之分岐在文學史上的演變現象>(1941年 發表, ≪照隅室 古典文學論集≫上篇, 上海古籍出版社, 1983, 496-497쪽 및 121·219쪽)에서 인위적 雕琢을 지향하는 '騈文家'와 文氣의 자연성을 지향하는 '고문가'로 나눈 후, 중국문 학사를 문학언어의 속성에 따라 '문자형 문학'과 '語言型 문학'의 시기로 구분했는데, 이는 의미 있는 내용을 담고 있다. 물론 그가 송대 고문운동의 문학사적 파급 효과에 대해 언급하지는 않았으나, 그가 변문가에 대항하는 다른 한 쪽에 고문가를 설정한 부분은, 향후 고문의 특성 및 문학장르의 변천과 연결시켜서 볼 때 심화·검토해 볼 필요가 있다.

　곽소우의 글에서 제기되었던 중국문학 발전단계의 설정은 다음과 같다. '詩樂 시대(春秋 이전) → 辭賦 시대(戰國에서 漢代) → 騈文 시대(위진남북조)[이상 文字型 단계] → 古文 시대(隋唐에서 北宋) → 語體 시대(남송에서 현대)[이상 語言型 단계]'.

261) 황정견의 경우 역시 '이속위아'론에서 뿐만 아니라, 시 중에서도 적지 않게 보이며 (오태석, ≪황정견시 연구≫, 271-273쪽), 다른 시인들의 시 역시 대동소이하다.

단 내부의 폐쇄성 및 문자 유희적 즐거움 때문일 것으로 추정된다.262) 즉 시의 아화는 그들 의식의 전제적 반영이며, 차별화의 유용한 수단으로서 인식되었던 것 같다. 이점은 그 당시로서 지식인들의 집단 무의식적 희망 사항이었는지는 모르겠다. 그러나 아직 시대적으로 성숙한 것은 아니었으나, 달라진 사회구조적 변화의 파장과 의미를 충분히 파악하지 못한 오독(誤讀)의 측면에 대한 해명을 필요로 하는 부분이다.263)

문학장르 외연의 측면에서 볼 때에도 경제력의 증대는 통속 장르의 흥성을 자극함과 동시에 전통 문인들의 전유물인 시의 쇠퇴를 야기하면서, 시는 더욱 자기 권역을 지키려는 소극적이며 방어적 방향, 즉 '아화(雅化)'를 향해 나아갔다. 이를 반대쪽에서 바라보면 시는 비록 문인간에는 생활을 논하거나 보편적 교제와 소통을 하는 중요한 수단이었으나, 계층적 권역의 한계를 드러내고 더 이상 민간으로 확대되지 못하거나 또는 거부함(또는 거부당함)으로써 결과적으로는 시의 영역과 문학적 주도력을 소실당했다는 의미이다. 사실 후대로 갈수록 시의 영향력은 갈수록 약화 내지 고갈되고, 대신 사, 희곡, 화본 등의 연창문예 장르가 상대적으로 빠르게 부상하면서, 언어적 측면에서 민간적인 백화문학 장르에 문학사의 주도권을 내주게 되었던 것은 역사가 보여 준다.

왕안석, 소식, 황정견, 진사도를 중심으로 한 북송 후기시의 여러 문학적 지향들을 개괄하여 시사적 위상을 요약하면 다음과 같다. 시는 우

---

262) 이러한 폐쇄성은 남송 朱熹에서 크게 변화된 모습을 발견하게 된다. 그의 ≪四書集注≫에 있는 注文은 왕왕 백화체를 사용하고 있음을 볼 수 있다. 이는 도학자적 상층 문인의 언어 의식으로서는 파격적인 양상으로 보인다.

263) 역사의 진행 방향에 대한 문학적 관점의 오독의 예로 두 가지를 들어 본다. 호적의 1920년대 '國故整理' 주장은 거시 역사적 관점에서는 옳은 것일 수 있다. 그러나 그가 당면한 사회적 문제의 우선적 처리 방식에 관해서는 오독한 측면이 있다는 생각이다. 또한 1940년대 朱光潛의 경우 시에서 문어가 구어보다 필히 우월적 지위를 차지해야 한다고 주장했던 것 역시 같은 맥락에서 평가될 수 있다.(주광잠 부분: 朱光潛, ≪詩論≫, 安徽教育出版社, 1997, 91쪽; 朱光潛 저, 鄭相弘 역, ≪詩論≫, 동문선, 1991, 148쪽); 다만 '이러한 변화가 12세기 전후의 역사적 조건하에서 과연 현실적 당위였는가?'하는 점에는 異論의 여지가 있다.

선 내부적 측면에서 내용적으로는 신유학적 세계관의 철학적 투영으로 인한 시의 관념화가 진행되었고, 고문운동의 영향 및 교유의 목적과 함께 자유로운 의사 전달 수단으로서 고시가 많이 지어졌으며, 서술은 산문화를 지향하는 가운데 일면 기벽화의 양상도 보이며 음악성을 잃고 탈장르화해 갔다. 상기 3인의 경우를 보면 진사도의 경우는 덜 그렇지만, 소·황의 경우에 각기 산문화 또는 기벽(奇僻)이 두드러진다. 또 황·진의 경우 형식적으로는 학시적(學詩的) 태도로 인해 구법적 장치 등에 매달리면서 시 장르 자체의 전통적 속성인 운율과 정감의 약화와 읽기 어려운 딱딱한 풍격을 초래했다.

외부적으로는 계층적으로 아·속 간의 주고받기를 거치면서 문학행위의 범주가 넓어진 데 반하여, 지식인들 간에 내부적 권역을 형성한 가운데 고립적 아화의 길을 걸어나갔다. 또한 운용상 지식인 상호간의 생활사에 접근하면서 차운·화답시의 대폭적 증가를 통해 수필적인 시 쓰기 경향으로 나아간 점도 북송 후기시에 나타난 '장르 변용' 양상들이다. 이상은 크게 보아 한 장르가 지니고 있던 본래적 속성으로부터의 내용적·형식적 탈피를 의미한다고 볼 수 있는데, 양식 우월주의적 중국문학 풍토에서 이는 주목할 만한 변화이다.

송대에는 시와 사, 시와 산문, 나아가 선학 및 화론 간에도 심미 사유의 주고받기란 전이(轉移) 과정을 통해 시 쓰기의 새로운 방향 모색과 재정립의 시기가 전개되었는데, 이러한 다양한 주고받기를 통한 장르 속성의 변화적 양상들은 당대(唐代)와 다른 송대 사회가 자아낸 문화적 특징이다. 북송 후기의 시는 장르간 상호작용 속에서 나름의 내부적 활력과 에너지도 얻었고, 당시와는 다른 색채로써 그 시대만의 개성적 시풍을 이루는 데는 일정한 성공을 거두었다. 하지만 거시적으로 중국문학 장르사의 관점에서 본다면, 내용과 양식 두 측면 모두에서 전통적 의미의 시 본질의 음악적·서정적 성분이 상당 정도 소실되었다는 점도 간과할 수 없다.

　음악과의 관계에서 시를 중심으로 한 운문 형식들의 장르적 위상 변화를 말하자면, 시는 이미 춘추시대 이래 음악과 점차 거리를 두게 되어 음악은 갈수록 외재화되었고, 육조 및 당대(唐代)에는 성운 중심의 내재적 운율성을 강구하다가, 송대에는 다시금 이로부터도 멀어지면서 음악과의 긴밀도는 더욱 떨어져 결국 새롭게 부상한 애정적 감성 서정 장르인 사(詞)가 그 자리를 대신하게 되었다. 더욱이 내용 면에서 시는 도학자적 정서의 구속으로 말미암아 서정적 그리움의 감정을 중심으로 하던 전통적 서정 양식으로부터 일탈하면서, 운문으로서의 독보적 지위를 잃어가게 된 것이다.

　한편 전통적 의미에서의 이 같은 장르 속성의 변화와 지위의 하강 과정은 다시 '의성전사(依聲塡詞)'와 아화(雅化)의 길을 걸어간 사(詞)에서도 유사하게 일어났는데, 시·사 두 장르가 공히 송대에 이러한 쓰기 방식의 변화를 겪은 외재적 원인은 송대 사회의 신분체계의 변화, 신유학의 대두, 고문운동의 부흥, 그리고 일상생활 언어인 백화의 문학언어로의 부상에서 찾아야 할 것이다.[264] 그리고 그 장르간 위상 변화의 양상과 속도는 강남 중심의 시민 문화가 번성했던 남송대에 더욱 빨라졌다. 이러한 변화와 함께 중국문학의 중심축은 점차 허구적 서사 장르로 옮겨갔다.

　이제까지의 내용을 총괄적으로 요약한다. 중국시는 북송 후기에 와서는 시적 속성의 변화가 확고하게 진행되었으며, 그것은 시사적으로 몇 가지 단계적 양상을 그린다. 먼저 시와 음악의 관계에서 보자면, 선진(先進) 양한(兩漢)의 음악과의 불가분의 '가시적(歌詩的) 단계'에서, 육조 당대의 음송되는 '송시적(誦詩的)[음시적(吟詩的)] 단계'로, 그리고 송대에는 고

---

264) 백화의 문학언어로의 부상과 관련한 서정문학 장르의 속성 변화와 하강 국면의 도래, 허구문학의 대두와 그 역사적 의미, 허구문학 장르내의 문언과 백화의 운용 및 지위, 시대에 따른 중국문학 제 장르의 교호 현상 및 그 의미와 위상, 나아가 연창 문예 중 기록문학 및 비기록문학 간의 상호 관계성의 추구 등, 白話의 문학언어로의 진입 문제와 관련한 복잡 다단한 논의는 향후 장르 연구와 관련 중국문학의 거시연구 분야에서 지속적으로 추구되어야 할 과제이다.

시 위주로 된 수필체의 교유시적인 '설시적(說詩的) 단계'로 나아갔다고 할 수 있다. 그리고 심미사적으로 말하자면, 중국시는 공자(孔子) 이래의 수기치인(修己治人)의 '인격 심미' 단계에서, 위진 현학(玄學)의 자연 추구적인 '자연 심미'의 단계로, 그리고 다시 당대(唐代)의 정태적(靜態的) 회화 위주의 '서정[감성] 심미' 단계로 나아간 뒤, 앞서 말한 것과 같은 송대의 '사변[이성] 심미' 단계로 중심 이동하여 간 것으로 파악된다.

중국시사 전체의 관점에서 보자면, 송대 이후 중국 고전시는 운용의 폐쇄성과 장르 자체의 한계적 속성으로 인하여, 대중에게 가까이까지 다가가지는 못했다. 대신 비평 방면에서는 시화(詩話)를 통해 시학 이론의 전문화를 꾀하며 오히려 문인들의 심미적 욕구를 만족시켜주며 심화 탐구되었다. 결국 근세에 이르기까지 중국 고전시는 비록 상층 문인들 간에는 '대아지당(大雅之堂)'의 지위를 유지할 수 있었으나, 대중들과 함께 하는 '아속공상(雅俗共賞)'의 일체감을 형성하지는 못하였다. 그리고 시대 사회 경제의 변화와 함께 백화로 된 통속 문예 장르에 발전사적 주도권을 내주었다. 이렇게 본다면 북송 후기는 고전시의 마지막 절정기이자, 다른 한편에서는 통속 문예 발전의 본격적 시발점이었다고 할 수 있다.

이제 보다 시야를 넓혀 중국문학사 전체의 관점에서 보자면, 중국문학은 선진시기의 산문 중심의 기사문학(紀事文學)의 단계로부터 위진남북조 시대에 문인시 중심의 서정문학(抒情文學)의 단계로 일변한 후, 다시금 북송 말에서 시작되어 남송 시기를 중요한 분기로 하여 소설과 희곡 중심의 허구문학(虛構文學)의 단계로 그 중심축을 이동하여 갔다. 즉 송대 사회문화적 상황과 맞물리며 움직인 중국 전통시의 위상 변화와 백화 통속문예의 대두라는 문학사적 변혁은 북송 후기에 들어서면서 보다 긴장감 있게 전개되었다고 할 수 있다. 그리고 북송 후기 시인들은 그 불꽃 같은 정점에 자리하고 있었다.

제4장 남송 초기시

제4장 남송 초기시

宋
詩
史

1 개 설

　남송 초기시라 함은 시기적으로 북송 말년인 1101년부터 남송 고종(高宗)의 치세 기간인 1162년까지 약 60년간을 말한다. 당시 북쪽에서는 여진족의 금(金)이 일어나 약해진 거란족의 요(遼)를 치고, 드디어 1126년에는 개봉(開封)을 함락하여 흠종(欽宗)과 이미 양위(讓位)한 휘종(徽宗) 및 3천 신하와 10만 백성을 잡아가는 '정강(靖康)의 변(1126)'이 일어났다. 이후 남경에서 개국한 남송(南宋)은 다시 지금의 항주(杭州)인 임안(臨安)으로 옮겨 금(金)과 대치하고자 했으나, 약해진 국력으로 금(金)의 상대가 되지 못하고 강화(講和)와 패전으로 점철된 굴욕적 관계를 유지해야 했다.

　정치 외교적 패배로 무력감을 느낀 남송의 시인들은 육유와 같이 애국적 울분을 작품에 담기도 했으나, 적지 않은 사람들은 순수 문학 창작에 매몰되면 마음을 달래기도 하였다. 남송대에는 육유(陸游), 양만리(楊萬里), 범성대(范成大), 우무(尤袤)의 남송사대가가 유명하나, 이들은 모두 남송 중기에 속하는 시인들이니, 북송시의 중심이 후기에 있었다면, 남송시는 중기가 가장 활발했다고 할 수 있다.

　그렇다면 남송 초기의 시단은 어떻게 개괄할 수 있는가? 이 때는 일군의 시인들이 집단적 동질성을 보이며 기본적으로 북송시를 계승적으로 학습하였다고 할 수 있다. 즉 송시의 최고봉이었던 북송 후기의 왕안석, 소식 삼부자, 황정견을 추종한 중소 시인들이 군체(群體)를 이루며 나름의 영역을 개척한 것이다. 여본중(呂本中)은 근 30명의 이들 시인을 하나로 묶어 강서시파(江西詩派)라고 칭했다. 대체로 황정견의 창작 방식을 추구하며 학시 전통 속에서 시법(詩法)을 추구하였다. 본장에서는 이들 강서시파 시인들의 시와 <강서시사종파도(江西詩社宗派圖)>를 작성한 여본중(呂本中)을 하나로 묶고, 다시 강서시파 중 성취가 뛰어난 진여의(陳與義)에 대해서 별도로 고찰하도록 한다.

2 │ 강서시파

(1) 강서시사종파도(江西詩社宗派圖)의 형성

강서시파는 남북송을 통틀어 한 시대의 시단을 풍미했던 송대 최대의 시단이다. 이들은 학시(學詩)의 전통 아래 황정견의 시 창작방식을 모델로 삼아 시 창작을 한 시파로 알려져 있다. 그럼에도 불구하고 이들 시사(詩社)의 실체에 대해서는 분명치 않은 점도 있다.

'강서시파(江西詩派)'에 대하여 최초로 언급한 글은 여본중(呂本中)(1084-1145)의 <강서시사종파도(江西詩社宗派圖)>이다. 그러나 여본중의 원문은 이미 전하지 않고, 송인의 저작 중에 불완전한 기록이 몇 군데 보인다. 그 중 가장 이른 것으로는 남송 호자(胡仔)의 ≪초계어은총화(苕溪漁隱叢話)≫(1148) 전집(前集) 권48에 보이는 기록이며, 그 다음은 조언위(趙彦衛)의 ≪운록만초(雲麓漫抄)≫(1206)이며, 이밖에 왕응린(王應麟)의 ≪소학감주(小學紺珠)≫와 유극장(劉克莊)의 ≪강서시파소서(江西詩派小序)≫가 있다.

이 책들은 모두 여씨의 원문을 전부 수록하지는 않았으며, 이 종파도가 언제 작성된 것인지에 대해서도 밝히고 있지 않다. 그러나 그 뒤로 많은 시화서(詩話書)에서 여본중이 종파도를 지은 일을 당연한 사실로 여기고 의문을 제기하지 않은 점, 그리고 여본중이 황정견의 충실한 추종자라는 점을 고려할 때, 여본중이 <강서시사종파도>의 작자라는 점은 믿어도 좋을 것으로 보인다.

여본중이 '강서시사종파도'를 지은 시기에 대해서는, 종파도 중에 보이는 승려의 이름 중에서, 승려로 출가하게 되면 속명(俗名)을 사용치 않는 습속으로 미루어 숭녕(崇寧) 원년(1102) 내지 숭녕 2년(1103)으로 추정되는데, 이 때 여본중의 나이는 19, 20세의 젊은 나이로 추정된다. 이와 관련한 ≪초계어은총화≫의 내용을 보자.

> 여거인(呂居仁)은 근자에 시로 이름을 얻었으니, 스스로 시법(詩法)을 강서(江西)에 전하였다고 하였다. 일찌기 '종파도(宗派圖)'를 지어, 황정견(黃庭堅), 진사도(陳師道), 반대림(潘大臨), 사일(謝逸), 홍추(洪芻), 요절(饒節), 승(僧) 조가(祖可), 서부(徐俯), 홍붕(洪朋), 임민수(林敏修), 홍염(洪炎), 왕혁(汪革), 이순(李錞), 한구(韓駒), 이팽(李彭), 조충지(晁冲之), 강단본(江端本), 양부(楊符), 사과(謝薖), 하예(夏倪), 임민공(林敏功), 반대관(潘大觀), 하의(何顗), 왕직방(王直方), 승(僧) 선권(善權), 고하(高荷)를 들었다. 도합 25인을 법사(法嗣)로 하여 원류라 하였는데, 모두 황정견에서 나왔다. 그 종파도에 수백 마디 말을 했지만, 대략을 간추리면 다음과 같다.
>
> "당(唐)은 이백과 두보가 나와 일대를 빛내, 후세에 시를 말하는 이들은 모두 이에 도달할 수 없었다. 한유, 유종원, 맹교, 장적 등이 일어나 분발했지만, 이전의 작자와 비교될 수는 없었다. 원화(元和) 이후로 본조에 이르기까지 시가는 혹 옛것을 본뜨기도 하였으나, 그 지취를 다하지는 못 하였다. 오직 예장(豫章) 황정견만이 크게 나와 힘을 떨치고 억양반복하며 힘써 여러 시체를 겸하니, 후학들이 함께 짓고 화답하였다. 비록 체제는 달랐어도, 전하는 것은 한 가지였다. 나는 그 이름을 기록하여 후세에 전하고자 한다."

이에 대해 중국의 막려봉(莫礪鋒)은 ≪강서시파연구(江西詩派研究)≫에서 그 인명과 그 이름이 기록된 순서간에 서로 다른 점을 비교해놓았는데, 이 4종의 <강서시사종파도> 인명을 대비하면 다음 표와 같다.

이 표를 세밀히 살펴보면 다음과 같은 현상을 발견할 수 있다. ① ≪운록만초(雲麓漫抄)≫와 ≪소학감주(小學紺珠)≫의 기재 사항과 순서는 완전히 일치한다. ② 종파도에서 여본중이란 이름은 그의 원 저작에 시기적으로 가장 가까운 ≪초계어은총화≫의 기록을 제외하고는, 다른 데

┃ 강서시파 인명대조표[1)]

	≪苕溪漁隱叢話≫	≪雲麓漫抄≫	≪江西詩派小序≫	≪小學紺珠≫
1	陳師道	陳師道	陳師道	陳師道
2	潘大臨	潘大臨	韓　駒	潘大臨
3	謝　逸	謝　逸	徐　俯	謝　逸
4	洪　芻	洪　朋	潘大臨	洪　朋
5	饒　節	洪　芻	洪　朋	洪　芻
6	僧祖可	饒　節	洪　芻	饒　節
7	徐　俯	祖　可	洪　炎	祖　可
8	洪　朋	徐　俯	夏　倪	徐　俯
9	林敏修	林　修*	謝　逸	林敏修
10	洪　炎	洪　炎	謝　薖	洪　炎
11	汪　革	汪　革	林敏修	汪　革
12	李　錞	李　錞	林敏功	李　錞
13	韓　駒	韓　駒	晁沖之	韓　駒
14	李　彭	李　彭	汪　革	李　彭
15	晁沖之	晁沖之	李　彭	晁沖之
16	江端本	江端本	饒　節	江端本
17	楊　符	楊　符	祖　可	楊　符
18	謝　薖	謝　薖	善　權	謝　薖
19	夏　倪	夏　倪	高　荷	夏　倪
20	林敏功	林敏功	江端本	林敏功
21	潘大觀	潘大觀	李　錞	潘大觀
22	何　覬	王直方	楊　符	王直方
23	王直方	善　權	呂本中	善　權
24	僧善權	高　荷	(何　顗)	高　荷
25	高　荷	呂本中	(潘大觀)	呂本中
26			(王直方)	

1) 莫礪鋒, ≪江西詩派研究≫, 齊魯書社, 1986. 표중의 林修는 林敏修의 착오로 보인다.

서는 모두 강서시파의 시인으로 기재하고 있다.2) ③ 이들 <종파도> 간에는 약간의 인명 및 기재 순서의 이동이 있다. 그 중에서도 특히 ≪강서시파소서≫의 기록은 여타 기록과도 많은 차이가 있다. ≪운록만초≫(≪소학감주≫)의 인물과 순서는 ≪초계어은총화≫의 내용과 대부분 같으며, 특히 한사람 하의(何顗)의 이름 대신 여본중이 들어간 점이 다르다. 그렇지만 ≪강서시파소서≫에 나타난 시인들의 순서표를 보면, 기존의 순서를 전혀 새롭게 작성하였음을 알 수 있다. 여기서 하의(何顗)는 하옹(何顒)으로 되어 있다. 이에 대하여 양곤(梁昆)은 ≪송시파별론(宋詩派別論)≫에서 필획의 와전에서 비롯한 착오일 가능성이 크며, ≪초계어은총화≫의 내용을 따라도 무방하다고 하였다.3) 또 막려봉(莫礪鋒)은 이것이 자체(字體)의 유사성에서 비롯된 오류라고 하였다.

이 <강서시파 인명대조표>와 강서시파의 형성에 관한 시화의 제반 기록으로부터 다음과 같은 사실을 도출할 수 있다. 먼저 강서시파 시인의 면모에 관한 가장 빠른 기록인 ≪초계어은총화≫의 기록이 현존하는 자료 가운데 여본중의 진의를 가장 잘 드러낸 것이라고 할 수 있다. 두 번째로는 여본중 자신이 황정견의 열렬한 추종자였음을 감안할 때, 그 역시 강서시파에 포함시켜야 할 것이다. 세 번째로는 ≪초계어은총화≫에서의 시인의 기재 순서는 반드시 시의 우열에 의한 것으로 파악할 수는 없을 것 같다. 이 점에 대해서는 범계수(范季隨)의 <능양선생실중어(陵陽先生室中語)>에 나타났듯이, 이 종파도는 여본중이 젊은 시절 가벼운 마음으로 지은 것일 뿐이라는 기록이나 ≪초계어은총화≫와 ≪강서시파소서≫ 간의 편차가 상이하다는 점도 이를 뒷받침한다.4)

---

2) 劉克莊, <序茶山誠齋詩>, "余旣以呂紫微附宗派圖之後."
3) ≪宋詩派別論≫, 63쪽, "若何顒·何顗, 乃筆劃之訛, 今不可辨, 亦不必辨, 故以茗溪漁隱叢話之說爲正可也."
4) 여본중의 제자 曾季狸는 ≪艇齋詩話≫에서 "이 도표는 정말 순차가 갖추어져 있지 않다. 만약 순서가 갖추어져 있다면 이와 같이 문란해서는 안 될 것이다(圖則眞非有詮次, 若有詮次, 則不應如此紊亂)."라고 했다.

넷째로는 이들의 출신 지역을 볼 때 이들은 모두 강서(江西) 지역 출신만은 아니라는 점이다 유극장(劉克莊)은 이 점에 대하여 이들의 본 출신 지역이 다름을 예증하였다. 또 곽소우(郭紹虞)가 주편의 ≪중국역대문론선(中國歷代文論選)≫ 중 <강서종파시서(江西宗派詩序)>에 의하면, 총 26인 중에서 진사도는 팽성(彭城) 사람, 반대임(潘大臨)·반대관(潘大觀)은 황강(黃岡) 사람, 승려 조가(祖可)는 단양(丹陽) 사람, 임민수(林敏修)·임민공(林敏功)은 기춘(蘄春) 사람, 한구(韓駒)는 촉(蜀)의 정감(井監) 사람, 조충지(晁沖之)는 거아(鉅野) 사람, 하예(夏倪)는 기주(蘷州) 사람, 왕직방(王直方)은 개봉(開封) 사람, 고하(高荷)는 형남(荊南) 사람, 여본중(呂本中)은 수춘(壽春) 사람, 이순(李錞)·양부(楊符)는 알 수 없고, 그 외 12인이 강서(江西) 사람이라고 기록하고 있다.

다섯째로 인선(人選) 문제에 대해서는 ≪초계어은총화≫나 ≪정재시화(艇齋詩話)≫등 여러 곳에서 약간의 이의를 제기했지만, 명확하지 않은 부분이 있다. 이에 대해서는 작품집 부분에서 부연하기로 한다. 여섯째로 종파도의 명칭에 관한 문제이다. 범계수(范季隨), 증계리(曾季貍), 호자(胡仔) 등이 모두 <강서종파도>라고 기록하였으나, 후대에는 종종 <강서시사종파도>라고 불렀다. '시사(詩社)'란 말은 진암초(陳巖肖)의 ≪경계시화(庚溪詩話)≫에 처음 보인다. 공붕정(龔鵬程)은 ≪강서시사종파도연구(江西詩社宗派圖研究)≫에서 '강서(江西)'는 경제와 문화의 중심이 남하하였다는 의미에서, '시사(詩社)'는 지식 계층의 회사적(會社的) 조직으로서, 종파(宗派)는 세족(世族)이 분화(分化)한 이후의 종족적 개념으로 분석하였다.[5] 이 같은 해석은 명칭의 세밀한 분석과 범주 설정이라는 의의를 지니고 있기는 하지만, 후대에 설정된 명칭에 대한 지나친 개념적 천착이다.[6]

---

5) 龔鵬程, ≪江西詩社宗派圖研究≫, 文史哲出版社, 臺灣, 1983, 103-104쪽.
6) 莫礪鋒은 이 명칭 사용의 문제에 대해, 공씨의 저서, 278쪽에서 여기에 황정견을 포함하면 '江西宗派'가 되고, 그를 포함하지 않으면 "江西詩派'라고 말한 경우를 들며,

당시 종파도 중의 시인들이 상호 수창시를 주고받은 것은 사실이지만, 그들이 이를 통해 의식적이며 인위적인 하나의 '시사(詩社)'를 형성했다고 단정하는 일은 별도의 논의를 필요로 한다. 본서에서는 이들 집단이 여본중에 의해 포착 또는 조성되었으며, 오늘날 일반적으로 '강서시파'라고 불리는 하나의 창작적 공동체로 파악하고자 한다.7)

이들 강서시파(江西詩派)의 작품집은 다음과 같다. 송대 진진손(陳振孫)의 ≪직재서록해제(直齋書錄解題)≫ 및 원대 마단림(馬端臨)의 ≪문헌통고(文獻通考)≫에서는 모두 '강서시파(江西詩派)' 137권, 속집(續集) 13권이 있다고 기록하였다. 진진손은 "황정견 이하 35명이 있으며, 또한 증현(曾紘), 증사(曾思) 부자의 시에 대해서는 시집류를 보라"고 했다.8) 결국 이 기록은 ≪초계어은총화≫의 내용과는 다르다는 이야기이다. 이 계산법에 의해 증씨 부자까지 더할 경우 강서시파 시인의 숫자는 총 37인이 된다. 아쉽게도 진씨는 이 두 책의 편자(遍者)를 밝히지 않아 더 이상 자세한 내용을 알 수는 없다.

또 ≪송사(宋史)·예문지(藝文志)≫에서는, "여본중의 ≪강서종파시집≫ 115권, 증현(曾紘)의 ≪강서속집(江西續集)≫ 2권이 있다"고 했다. 이 책의 권수는 앞과 다르기는 하지만, 서로 같은 책을 지칭한 것으로 추정된다. 이상과 같은 추론을 통해 본다면, 두 책의 편자는 여본중과 증현(曾紘)일 가능성이 크다. 그렇다면 여본중은 '강서시사종파도(江西詩社宗派圖)'와 함께 '강서시집(江西詩集)'도 편찬하였다는 말이 된다. 그러나 현재 이들의 완전한 시집은 그 흔적을 찾아볼 수 없고, 여러 곳에 흩어져 부분적

지나친 唯名論的 분석은 실질적 의의를 지니기 어렵다고 지적했다.(<評'江西詩社宗派圖研究'>: (南京大學學報, 哲學·人文·社會科學, 1988, 第4期))

7) 呂本中에 의해 포착된 하나의 증거는 종파도에서 가장 연소한 인물인 徐俯조차도 여본중보다 10세 연상인 점을 들 수 있다. 즉 여씨는 기성 시단에서 창작적 지향이나 시풍 지취가 유사한 인물군으로서 이들을 선정한 것으로 보인다.

8) 陳振孫, ≪直齋書錄解題≫ 권15, "自山谷而下三十五家, 又曾紘,曾思父子詩, 詳見詩集類."

으로 이들의 시를 볼 수 있을 따름이다. 더욱이 강서시인이 총 35인일 경우 그 나머지 시인들의 이름 역시 현재의 자료로는 더 이상 접근하기 힘든 실정이다.9)

결국 '강서시사종파도'는 여본중의 청년시기에 작성되었으므로, 작성 시기 이후의 인물들은 계산되지 않았다는 점과, '강서시파'라고 불렸던 시파 자체가 완전한 결사(結社)의 형태가 아니었다는 점에서 인물의 출입과 이동이 있을 수밖에 없지 않았던 것이 아닌가 생각된다.

이러한 문제 외에도 진여의에 관한 문제를 들 수 있다. 송말(宋末)·원초(元初)의 사람인 방회(方回, 1227-1307)가 당송(唐宋)의 율시(律詩)를 평선(評選)한 ≪영규율수(瀛奎律髓)≫에서 이른바 '두보를 초조(初祖)로, 황정견과 진사도, 진여의를 삼종사(三宗師)로 하는 일조삼종설(一祖三宗說)'을 들면서 강서시파의 원류를 논했는데, 여본중(1084-1145)이 시적 성취가 우수한 동시대의 시인인 진여의(陳與義)를 '강서시파'에 포함하고 있지 않은 점과,10) 이 종파도에 포함되었던 한구(韓駒)는 자신이 '강서시파'에 포함되는 것을 탐탁하게 생각하지 않았다는 기록들은 여본중의 강서시사종파도와 관련된 문제점들이다.11) 그러나 결론적으로 '강서시파'라는 일군의 시인들이 문학적 공감대를 지니고, 공통의 시적 탐색을 하였으며, 나아가 동시대와 후대, 그리고 멀리는 조선에까지 미친 영향을 고려한다면, 중국 중세 고전시사의 맥락 이해를 위해 풀어나가야 할 의미 있는 사안임은 두말할 나위가 없다.

---

9) 이 같은 이유로 인하여 鄭振鐸의 ≪揷圖本中國文學史≫와 郭紹虞主編 ≪中國歷代文論選·江西宗派詩序≫ 주 1)에서는 '25家'의 착오라고 주장했다.

10) ≪瀛奎律髓≫ 권26, "予平生持所見, 以老杜爲祖, 老杜同時諸人皆可伯仲. 宋以後山谷一也, 後山二也, 簡齋爲三, 呂居仁爲四, 曾茶山爲五. 其它與茶山伯仲亦有之. 此詩之正派也. 餘皆旁支別類, 得斯文之一體者也. 烏乎, 古今詩人當以老杜,山谷,後山,簡齋爲 '一祖三宗', 餘可豫配饗者有數焉."

11) 劉克莊, <江西詩派小序>, "子蒼蜀人, 學出蘇氏, 與豫章不與接, 呂公强之入派, 子蒼殊不樂."

(2) 강서시파 시의 성격과 계승

여본중(呂本中)의 '강서시사종파도'는 이상과 같은 내부적 문제점들을 안고 있음에도 불구하고, 현재로서 '강서시파'의 윤곽을 파악하기 위한 필수적이고 중요한 자료임을 확인하였다. 본절에서는 이 종파도에 소개된 인물들과 기타 전후의 강서시파의 인물로 평가되는 시인들의 시적 주안점을 파악하여, 그들의 대동(大同)과 소이(小異)를 파악해 본다.

먼저 강서시파 시인들의 시적 특징에 대한 개괄적 평가를 한 양만리의 <강서종파시서>를 보자.

> 강서종파도의 인물은, 시는 강서지만, 사람은 강서인이 아니다. 그러나 시를 강서라 일컫는 것은 왜 그런가? 서로 연결되어 있기 때문이다. 연결되어 있는 것은 무엇인가? 풍기는 '맛(味)'이지, '모양새(形)'는 아니다.[12]

또 양곤(梁昆)은 《송시파별론》에서 풍영(馮詠)의 <강서시파론(江西詩派論)>의 이야기를 빌어 이렇게 말했다.

> 사람이 강서인이 아니면서 강서로써 시파를 구분하고, 배움이 황정견에서 나오지 않았으면서도 황정견을 기준으로 파별하는 것은, 각기 다른 데서 나왔으면서도 함께 귀결되는 것이 있기 때문이다.[13]

이상에서 강서시파 시인의 공통점이 강서(江西)라는 출신 지역이 아니라, 그들의 시 창작의 지향점이 유사하다는 데 있다는 평가가 주류를 이루고 있음을 보았다. 이제 '강서시사종파도'에 기재된 시인들을 중심

---

12) 《宋詩派別論》, 64쪽 再引, "江西詩者, 詩江西也, 人非皆江西人也, 而詩曰江西者何? 繫之也. 繫之者何? 以味不以形也."
13) 《宋詩派別論》, 64쪽 再引, "人不産於江西, 而以江西派之, 學不出於山谷, 而以山谷派之, 出異歸同也."

으로 이들의 파별과 개별 시인에 대하여 알아보자. 양곤의 ≪송시파별론≫에서는 강서시파 시인을 활동 시기별로 5기로 나누어 인물을 귀속시켰다. 본고에서는 종주(宗主)인 황정견, 그리고 강서종파도상의 첫 번째 인물이지만 이미 제 3장에서 고찰한 진사도(陳師道)를 뺀 그 이하의 시인들을 개관해 본다. 다만 남송 전기시만을 다루는 본장에서는 총 5기 중 제 1기와 2기의 시인들을 보도록 하고, 나머지 시인에 대해서는 남송 중기시와 후기시 부분에서 나누어 보게 될 것이다. 그러나 전기 시인이면서도 시적 성취가 두드러진 진여의(陳與義)에 대해서는 절을 달리해 다루도록 한다.

① 초기(初期) : 진사도(陳師道), 반대림(潘大臨), 사일(謝逸), 홍추(洪芻), 요절(饒節), 승(僧) 조가(祖可), 서부(徐俯), 홍붕(洪朋), 임민수(林敏修), 홍염(洪炎), 왕혁(汪革), 이순(李錞), 한구(韓駒), 이팽(李彭), 조충지(晁冲之), 강단본(江端本), 양부(楊符), 사과(謝薖), 하예(夏倪), 임민공(林敏功), 반대관(潘大觀), 하의(何顗), 왕직방(王直方), 승(僧), 선권(善權), 고하(高荷)

② 2기(二期) : 여본중(呂本中), 증기(曾幾), 진여의(陳與義)

③ 3기(三期) : 양만리(楊萬里), 육유(陸游), 범성대(范成大), 우무(尤袤), 소덕조(蕭德藻)

④ 4기(四期) : 조번(趙蕃), 한표(韓淲)

⑤ 여향(餘響) : 유신옹(劉辰翁), 방회(方回)

1) 사일(謝逸) · 사과(謝薖)

사일(謝逸, 약1064-1113)은 임천(臨川: 현 강서성 무주(撫州)) 사람으로 자가 무일(無逸)이며, 호는 계당선생(溪堂先生)이다. 어려서 고아가 되었지만 시문(詩文)에 능했다. 진사(進士)에 오르지는 못했으나, 시적 성취가 높았다. 황정견과 면식은 없지만, 황정견은 그의 시를 보고서는 "조보지(晁補之),

장뢰(張耒)와 같이 짝할 만하다. 이 사람을 알지 못함이 아쉽다"고 할 만큼 인정을 받았다.[14] 그의 시풍은 황정견과 비슷하여, 새로움을 추구하면서 절도가 있다. ≪계당집(溪堂集)≫을 남겼다. 다음 봄날의 정경을 그린 시는 시정이 매우 풍성하고 아름답다.

┃晚春┃ 늦봄[15]

蒲芽荇蔕繞淸池	수양버들과 노랑어리 연꽃이 에운 맑은 연못
錦纜牽船水拍堤	비단 동아줄은 배를 끌고 물은 둑에 찰랑찰랑.
好是寒煙疏雨裏	좋기는 가랑비 오는 가운데 차가운 안개
遠峰靑處子規啼	먼 산봉우리 푸른 숲 속 뻐꾸기 울음!

회화적 형상미가 뛰어난 당시를 보는 듯한 느낌마저 든다. 근경을 먼저 그리고 운경이 뒤따르는 형식을 취하고 있다. 연못에는 생명을 소생시키는 봄 물 가득한 가운데, 아름다운 물풀과 배, 그리고 멀리로는 가랑비 내리는 저녁 안개의 차가움과 산 속 어디선가 구성지게 들려오는 뻐꾸기 소리가 회화적 청각적 즐거움을 더해주는 고운 시이다.

사과(謝薖, 약1071-1115)는 무주 임천 사람이며, 자가 유반(幼槃), 호가 죽우거사(竹友居士)이고 사일(謝逸)의 종제(從弟)이다. 그는 사일과 함께 은거하면서 시주(詩酒)를 일삼고 자연을 즐기며 은거생활을 하였다. ≪사유반집(謝幼槃集)≫을 남겼다.

┃戲詠石榴晚開┃ 석류가 만개한 것을 즐기며

靡靡江蘺只喚愁	예쁘디 예쁜 꽃에도 시름만 깃드니
眼前何物可忘憂	눈앞의 어느 것으로 근심을 잊으리?
楝花淨盡綠陰滿	단향목 꽃 지고 녹음이 우거지니

---

14) ≪冷齋夜話≫ 권27, <謝無逸佳句條>, "晁張流也, 恨不識之耳."

15) 국내 강서시파 시에 대한 번역은 오태석, ≪황정견시 연구≫(경북대출판부, 1991); 錢鍾書 저, 이홍진 역, ≪송시선주≫(형설출판사, 1989); 강성위, ≪강서시파≫ 시선집(문이재, 2002)을 참조.

纔見一枝安石榴　　이제야 보이는 한 떨기 석류!

여름날 작자는 무언가 시름에 잠겨 어느 아름다운 경치로도 시름을 풀지 못하더니, 단향목의 꽃이 피었다 진 후에 녹음 속에서 피어나는 한 떨기 석류꽃을 바라보며, 비로소 근심에서 놓여난다. 시중에 보이는 시름의 원인을 알기 어려우나, 드디어 자연 경물 속에서 마음을 채워줄 화사하게 피어난 석류꽃을 보고서 그 아름다움에 매료되는 섬세한 심정의 변화 과정이 눈에 밟히듯이 묘사되었다.

2) 홍붕(洪朋)·홍추(洪芻)·홍염(洪炎)

이들 세 사람은 황정견의 외조카 형제들로서 '삼홍(三洪)'이라고도 부른다. 이들의 자는 각각 구보(龜父), 구보(駒父), 옥보(玉父)이다. 이 세 사람 외에도 '강서시사종파도'에 포함되지 않은 동생 홍우(洪羽, 자는 홍보鴻父)를 더하여 '사홍(四洪)'이라 부르기도 한다. 이들의 생졸년은 확실치 않으며, 시는 기본적으로 외삼촌인 황정견의 시풍과 유사하다. 홍붕은 조구(造句)가 기이하고 생경(生硬)하며, 홍추는 이들 중 시적 성취가 제일 높으며, 저서에 ≪노포집(老圃集)≫이 있다. 그는 특히 황정견의 요체시(拗體詩)에 주력했다. 또 홍염(洪炎)은 황정견의 모습에 가장 가깝다고 평가될 만큼 그의 구법적 특징과 풍격이 매우 유사하다.16) 홍염의 시는 많지는 않으나 전아(典雅)한 편이며, ≪서도집(西渡集)≫을 남겼다. 이 두 사람의 작품을 감상해 본다.

┃石耳峰17) ┃ 석이봉(홍추 지음)

朝踏紅塵暮宿雲　　아침부터 홍진을 밟다가 저녁엔 구름에 쉬자 하니
往來車馬漫紛紛　　오가는 마차 소리 어지럽기만 하다.

---

16) ≪四庫提要≫ 권56, <西渡集>條, "炎詩酷似其舅."
17) 石耳峰은 廬山 圓通寺 동남쪽에 있는 귀처럼 생긴 바위 봉우리이다.

猴溪橋下潺湲水　　후계교 아래 졸졸 흐르는 물소리
唯有峰頭石耳聞　　봉우리의 '돌 귀'만이 듣는가?

이 시는 세속과 자연을 대비시키며 자연을 향하는 홍추의 마음을 드러내고 있다. 홍진(紅塵)은 세 속의 먼지로서 하늘 위의 구름과는 어울리지 않는 짝이다. 그런데 아침부터 부산을 떨며 구름가에 오르겠다고 하는 자신을 빗대어 세속적 삶과 그로부터 벗어나려는 당시 문인 선비들의 모순된 심태를 보여준다. 산아래 마차소리를 멀리하고 원숭이들이 뛰놀던 시내가 다리인 '후계교(猴溪橋)' 밑을 흐르는 물소리는 오직 저 높이 있는 석이봉(石耳峰), 달리 표현하자면 "돌 귀 바위"만이 듣고 있을 거라는 생각을 해보며, 자연의 소리[천뢰(天籟)]에 귀를 기울이고자 한다. 세속과 자연 두 가지 다른 세계 사이에서, 자연을 지향하지만 또한 세속도 버리지 못하는 송대 사인(士人)의 갈등적 심태(心態)가 은근히 배어나는 시이다.

┃山中聞杜鵑┃ 산중에서 두견새 우는 소리를 듣다(홍염)
山中二月聞杜鵑　　산 속 이월, 두견새 울음 들려오는데
百草爭芳已消歇　　온갖 꽃들이 다투어 피었다가 이미 시들어.
綠陰初不待薰風　　여름 훈풍을 기다리지도 않고 어느새 녹음이 우거져
鳴鳥區區自流血　　울어대기 시작한 두견은 애처로이 피를 토하네[18]
北窓移燈欲三更　　북쪽 창가로 등 옮겨 삼경이 되려는 때
南山高林時一聲　　남산의 높은 숲에서 간혹 두견새 울음소리.
言歸汝亦無歸處　　'돌아가리라!' 울어대는 너는 돌아갈 곳 없거늘
何用多言傷我情　　어찌 쓸데없는 말로 내 마음 아프게 할까!

---

18) 두견새는 3월이 되어 울기 시작하는데 밤낮으로 울러 부리에서 피를 흘려야 그친다고 한다. 두견에 대해서는 다음과 같은 전설이 있다. 蜀의 杜宇 또는 望帝라는 왕이 한 신하의 奸計에 넘어가 나라를 잃고 떠돌다가 억울함에 피를 토하고 죽어, 두견새가 되었는데, 그 두견새는 밤마다 "不如歸去"를 외치며 피가 나도록 울었다고 한다. 후인들은 두견새를 不如歸, 怨鳥, 杜宇, 歸蜀道 또는 望帝魂으로 불렀다.

이 작품은 금(金)이 송을 침략하여 피난을 가면서 지은 홍염의 시이다. <이소(離騷)>에도 "두견새 먼저 울어, 온갖 꽃향기를 발하지 못할까 걱정이다"라는 구절이 있는데, 시의 작자는 남방 땅에서 늦봄이 되기도 전에 온갖 꽃들이 벌써 다 지고 녹음이 그늘을 이루어 두견새가 일찌감치 울기 시작하였다는 내용을 담고 있다. 시의 후반에서는 삼경이 다 되도록 "돌아다니고 싶다며[불여귀거(不如歸去)]" 울어대는 두견새에 빌어 고향 땅을 떠나 피난살이를 하는 자신과 왕조의 운명을 기탁(寄託)하였다.

3) 서부(徐俯)

서부(? -1140)는 황정견의 외조카로서 수수(修水) 사람이다. 자는 사천(師川), 호는 동호거사(東湖居士)이다. 저작으로는 ≪동호거사집(東湖居士集)≫을 지었으나, 금대까지는 문학적 영향을 미치다가 원대 이후로는 전하지 않는다.

서부의 작품은 13세 때 지은 <홍매(紅梅)>라는 시가 소식의 칭찬을 받은 데 이어서,[19] 후에는 외숙인 황정견에게서 지도를 받았다.[20] 한구(韓駒), 홍붕(洪朋), 홍염(洪炎), 이팽(李彭), 왕직방(王直方), 혜홍(惠洪), 여본중(呂本中) 등 강서시파 시인들과 서로 수창했다. 서부는 "자립의 의지가 있어야 하지, 옛 사람들의 시구를 답습만 해서는 안 된다."고 주장했다.[21] 그러나 현재 부분적으로 전하는 30여 수의 시를 보면 구율(句律)이 기험하고 의론이 강함을 볼 수 있는데, 이러한 점은 황정견의 필치와 흡사하다.

여본중은 그를 강서시파에 넣었는데, 만년에 서부는 "외숙의 시는 어

---

19) 曾季狸, ≪艇齋詩話≫, "東湖年十三, 有紅梅詩云, '紫府與丹來換骨, 東風吹酒上凝脂.' 東坡見之極稱賞, 自此有詩名.

20) ≪豫章黃先生文集≫ 권19, <與徐師川書>.

21) 呂本中, ≪童蒙詩訓≫, "作詩自立意, 不可蹈襲前人." 또는 ≪茗溪漁隱叢話≫ 前集 권37, '呂氏童蒙訓'條.

디가 좋은지 모르겠다"거나, "외숙에게서 배운 게 없다"고 말하는 등 그의 영향을 부인했는데, 이와 관련하여 전종서(錢鍾書)는 두 가지 가능성을 제시했다. 하나는 북송 당시에 신구파의 정쟁의 심화로 화를 입을까 그런 경우이고, 다른 하나는 자신의 문학적 독자성을 강조하려는 경우일 것이라고 했는데, 서부의 경우는 후자에 해당된다고 보았다.22)

┃春游湖┃ 봄날 호수에서 놀며

雙飛燕子幾時回	쌍쌍이 나는 제비는 몇 번인가 날아돌고
夾岸桃花蘸水開	호숫가의 복사꽃은 물속에 잠겨 피어 있다.
春雨斷橋人不渡	봄비에 다리 끊겨 사람들 건너지 못하고
小舟撑出柳陰來	조각배 버드나무 그늘 아래를 노 저어 온다.

늦봄 물 불어 아름다운 호수의 정경을 그린 경물 시이다. 4구 모두 경물 묘사로 이루어졌으나, 어느 결에 생명 가득한 봄날 호수의 자연의 혜택이 느껴진다. 물 가득하여 평활하게 펼쳐진 호수 위에 제비는 쌍쌍이 날아돌고 복사꽃 나무 밑에까지 물은 올라 찰랑거리는 가운데, 복사꽃은 흐드러지게 피어 있다. 물로 다리마저 끊겨 건널 수 없는 때에, 사람들은 작은 조각배를 타고 버드나무 그늘 드리운 호수를 건너는 것이다. 한편의 그림을 보는 것 같은 정경이다. 전종서(錢鍾書)에 의하면 이 시중의 '봄비에 다리 끊겨'라는 구절은 많은 사람들에 회자(膾炙)되어 점화되었다고 소개하고 있다.23)

---

22) 錢鍾書 저, 李鴻鎭 역, 《宋詩選註》, 형설출판사, 1989, 151-152쪽.

23) 앞의 책 《宋詩選註》에서 전종서는 이렇게 말했다. "이 시는 《後村千家詩》에 보인다. 조정신(趙鼎臣)은 《竹隱畸士集》중에서 <和默菴喜雨述懷>에는 "'봄 강의 끊긴 다리'라는 구절을 알고 있는데, 옛날 서사천의 말이라고 들었다(解道春江斷橋句, 舊時聞說徐師川)"고 밝혔다.

4) 증기(曾幾)

증기(1084-1166)는 자가 길보(吉甫), 호는 다산거사(茶山居士)이며, 감주(竷州, 현 강소성) 사람이다. 어려서부터 문재가 뛰어나 이부(吏部)의 시험에서도 상사(上舍)의 자격을 하사받았다. 회남동로(淮南東路)에서 전매를 관장하는 다염관(茶鹽官)으로서도 국가의 재정에 기여가 컸다. 남송대에는 재상 진회(秦檜)와의 불화로 곤욕을 치르기도 하였으나 진회가 사망한 후에 복권되어 권예부시랑(權禮部侍郎)에까지 올랐다.

증기는 황정견을 극구 추앙하여, ≪산곡집(山谷集)≫을 정독했다고 밝히기도 하였다. 또한 일찍이 한구(韓駒)와 여본중(呂本中)에게 시법(詩法)에 관한 가르침을 청한 적이 있어 후인들이 그를 강서시파의 일원으로 간주하게 되었다. 남송의 육유(陸游) 역시 증기에게 배웠던 관계로 시사(詩史)에서 비중 있게 거론되는 편이다. 그의 시는 신변의 세세한 일들을 경쾌하게 다루었다. 또 그의 근체시(近體詩)는 활발하면서도 힘을 크게 쏟지 않은 듯한 느낌을 주어 남송 양만리(楊萬里) 시를 열어주었다고 평가된다. 저작에는 ≪다산집(茶山集)≫이 있다.

┃ 蘇秀道中, 自七月二十五日夜, 大雨三日, 秋苗以蘇, 喜而有作[24] ┃
蘇州에서 수주(秀州)로 가는 도중, 7월 25일 밤부터 사흘 간 큰비가 내려,
가을 곡식이 소생하므로 기뻐 짓다

一夕驕陽轉作霖	기승을 부리던 더위는 하룻밤 새 장마가 되어
夢回凉冷潤衣襟	꿈결에 깨어나니 차가운 빗방울 옷깃을 적신다.
不愁屋漏牀牀濕	지붕 새서 침상 젖는 거야 걱정거리도 아니니
且喜溪流岸岸深	냇물 불어 강 언덕마다 깊으니 기쁘기 짝이 없구나.
千里稻花應秀色	천리 들판에 벼꽃은 빼어난 빛깔 뽐낼 터
五更桐葉最佳音	밤새 후드득 오동나무 빗소리 듣기도 좋아.
無田似我猶欣舞	땅 없는 나도 오히려 기뻐 춤을 출 지경

---

24) 蘇秀는 蘇州와 秀州이다. 수주는 지금의 절강성 嘉興市.

何況田間望歲心　　하물며 들판에서 풍년만 바라는 농부들 마음이야!

이 작품은 제목부터 시 창작의 경위를 자세히 적었는데, 이러한 생활에 밀착하여 사실적, 기념적으로 일을 기록한 점은 송시적 특징의 하나이다. 작자 증기(曾幾)는 늦여름 불볕 같은 더위 속에 여로에서 장마를 만난다. 며칠 째 연속으로 비 내리던 어느 날 새벽 축축하게 옷깃을 적시며 오동나무를 때리며 내리는 빗소리에 잠에서 깬다. 깊은 잠에서 깨기는 했으나 작자는 옷이 젖는 것도 아랑곳하지 않고, 가뭄 끝에 풍년을 바라볼 농민과 한마음으로 생명의 소생을 기뻐한다. 앞서 보았듯이 증기는 우수한 관리이기도 했던 사람인데, 시에서도 농민을 생각하는 풍성한 마음이 전달되는 작품이다.

기교 면에서 이 시는 황정견의 창작론인 점철성금론(點鐵成金論)을 성실히 구현한 시이기도 하다. 제2구와 제4구는 각각 두보의 시구 "지붕 새어 침대마다 마른 데가 없네(牀牀屋漏無乾處)"와 "봄 물이 넘쳐 강 언덕마다 깊으니(春流岸岸深)"를 점화(點化)하였다.[25] 또 제6구는 당(唐) 은요번(殷堯藩)의 시구와 같으며, 이후에도 많은 시인들이 이 구절을 점화하였다. 당(唐) 유원(劉媛)의 <장문원(長門怨)>에서는 "빗방울 오동나무에 떨어지니 가을 밤 길고, 수심은 비에 섞여 소양전(昭陽殿)에서 끊겼네, 눈물 자국은 임금의 은혜 끊어진 것을 배우지 못해, 천 가닥을 닦아내니 다시 만 가닥이 되는구나"라고 했으며, 온정균(溫庭筠)의 사(詞) <경루자(更漏子)>에서는 "오동나무, 한밤중 빗소리, 이별의 그리움 이렇게 괴로울 줄이야! 한 잎마다, 빗방울 소리 후드득, 텅 빈 섬돌에 날 새도록 떨어지네"라고 하였다.[26]

증기는 이러한 전인들의 수심 어린 부정적 이미지를 일신(一新)하여, 오동나무에 부딪히는 빗소리로 농작물이 생기를 찾아 소생한다고 바꾸

---

25) 杜甫의 <茅屋爲秋風所破歌>와 <春日江村>.
26) 구체적 시구는 錢鍾書의 ≪宋詩選註≫를 참조.

어 놓은 것이다. 혜홍(惠洪)이 황정견의 입론이라며 주장한 환골탈태(換骨奪胎)론으로 말하자면, 전인들의 시경(詩境)을 새롭게 인신 점화했으므로, 뜻은 같고 어구만 바꾼 환골법(換骨法)이 아니라, 유사 시어로써 의경을 새롭게 재 창출해낸 탈태법(奪胎法)에 해당된다.

5) 조충지(晁冲之)

조충지(약 1072- ?)는 산동(山東) 거야(鉅野: 지금의 巨野) 사람으로 자는 숙용(叔用) 혹은 용도(用道)이며 호는 구자(具茨)이다. 소문사학사(蘇門四學士)의 한 사람인 조보지(晁補之)와는 종형제간이다. 집안이 좋고 문학에 재능이 있는 사람이 많았다. 그는 진사도(陳師道)에게 인정을 받아 이름이 알려졌다. 진사 급제 후에 승무랑(承務郎)을 제수받았으며, 정치적으로는 구파에 속했는데 절개가 굳었다. 소성(紹聖) 연간(1094-1097)에 당화(黨禍)가 일어나자 귀양갔다가, 후에 구파가 득세했지만 다시는 출사하지 않고 구자산(具茨山: 하남성 소재)에서 은거하였다.

그는 두보의 시를 배우다가 여본중(呂本中)에게 알려져 강서시파의 성원이 되었다. 만년에는 병이 들자 지은 시문(詩文)이 부끄럽다며 모두 불태워버려 남은 시가 많지 않다. ≪구자집(具茨集)≫이 있었으나 실전(失傳)되었으며 후인이 엮은 ≪조구자선생시집(晁具茨先生詩集)≫이 세상에 전한다.

┃感梅憶王立之┃ 매화에 왕직방(王直方)이 생각나서	
王予已仙去	왕직방은 이미 가고 없는데
梅花空自新	매화만이 괜시리 새로 피어나네.
江山餘此物	강산은 매화를 남기고
海岱失斯人	세상은 사람을 잃었다
賓客他鄉老	나그네는 타향에서 늙어가고
園林幾度春	정원엔 몇 번이나 봄이 오건만,

城南載酒地　　변경성(卞京城) 남쪽, 같이 노닐고 공부하던 곳이라!
生死一沾巾　　생사의 이별에 눈물은 수건을 적신다.

이 시는 조충지가 왕직방의 죽음을 안타까워하여 지은 것이다. ≪왕직방식화(王直方詩話)≫를 남기기도 한 왕직방은 조충지의 막역한 친구였다. 립지(立之)는 왕직방의 자(字)로서, 생전에 매화를 매우 좋아하여 매화라고도 불렀던 만큼 새로 피어난 매화에 죽은 왕직방이 생각나 지은 것이다. 방회(方回)는 이 시가 진사도와 두보의 유풍을 이어받았다고 평했으며, 기윤(紀昀)은 평이한 가운데 깊은 뜻이 일어난다고 칭찬했다.

6) 한구(韓駒)

한구(?-1135)는 처음에는 소식을 추종하다가, 후에 서부(徐俯)와 함께 황정견의 인정을 받고서는 황정견의 영향을 많이 받게 되었다. 그는 창작시에 누차에 걸친 자구의 수정도 싫어하지 않았으며, 시어의 내력과 사용에 주의를 기울였다. 그는 생동하는 표현과 신기(新奇)한 시경(詩境)을 추구하였다.[27] 또한 선리(禪理)를 시에 적용하여 "시도(詩道)란 마치 불교를 대승(大乘), 소승(小乘), 사마외도(邪魔外道)로 구분하는 것과 같이 아는 사람만이 시에 대하여 말할 수 있을 것이다"라고 하였으며,[28] '참선(參禪)'과 '오입(悟入)'의 작용을 강조하였다.[29] 사실 "강서시파의 많은 시인들은 불교적 이치를 시에 용해시키곤 하였는데, 이는 만년으로 갈수록 선학(禪學)에 심취했던 황정견의 문학적 입장과도 무관하지 않다. 이밖에 그는 용자(用字)에 주의를 기울여 시를 지었다. 그는 글자마다 내력이 있어야 한다는 강서시파의 주장에 깊이 공감하여 시의 초고(草稿)

---

27) 梁昆, ≪宋詩派別論≫, 82쪽 再引, "≪修辭鑑衡≫ 引子蒼言, 曰'作詩不可太熟, 亦須令生, 近人論文, 一味忌語生, 往往不佳.'"
28) 范季隨, ≪陵陽室中語≫, "詩道如佛法, 當分大乘小乘邪魔外道, 惟知者可以語此"
29) <贈趙伯魚詩>, "學詩當如初學禪, 未悟且遍參諸方, 一朝參罷正法眼, 信手拈出皆文章."

에도 자구(字句)의 출처를 밝혔을 정도였지만, 단순히 전고(典故)를 나열하는 폐단에서 벗어나고자 전체적인 맥락에 맞추어 전고를 적절히 운용하는 데 힘을 기울였다. 역대로 그의 시는 대장(對仗)이 정교하고 시어(詩語)의 선택이 정밀하다는 평을 받아왔다.

어릴 때 소식(蘇軾)의 시풍을 배웠던 그는 나중에 황정견의 영향을 받아 강서시파의 일원이 되었다. 그러나 만년에는 소황(蘇黃)에 대해 불만을 품어, "옛사람을 배워도 오히려 이르지 못할까 두려운데 하물며 오늘날 사람을 배울 수 있나?"라고 하며 나름의 시풍을 개척하였다. 이렇게 한구(韓駒) 자신은 강서시파에 포함되는 것을 달갑게 여기지는 않았지만, 그의 뜻과 무관하게 시적 특징 면에서는 강서시파를 벗어나기는 어렵다.

> **┃和李上舍冬日書事 ┃** 이상사의 '겨울날의 기록' 시에 화답하여
>
> | 北風吹日晝多陰 | 북풍이 불어온 날 대낮에도 음산하더니 |
> |---|---|
> | 日暮擁階黃葉深 | 해질 무렵 계단엔 수북한 낙엽. |
> | 倦鵲繞枝翻凍影 | 날다 지친 까치는 가지를 돌며 언 그림자 뒤척이고 |
> | 飛鴻摩月墮孤音 | 날아가는 기러기는 달을 스치며 외로운 소리 떨군다. |
> | 推愁不去如相覓 | 수심을 밀쳐보아도 날 찾는 듯 떠나지 않고 |
> | 與老無期稍見侵 | 늙음은 기별도 없이 조금씩 나를 엄습한다. |
> | 顧藉微官少年事 | 하찮은 벼슬에 연연해했던 건 젊은 시절의 일 |
> | 病來那復一分心 | 병든 이 몸 어찌 다른 마음 품으리! |

시의 제재가 겨울날의 기록답게 등장하는 소재들은 하나같이 음습한 이미지들이다. 음산한 날씨에 떨어지는 낙엽, 달가에 스쳐가는 기러기 소리, 그리고 밀쳐 내도 달라붙는 세월과 병마에 찌들어 가는 몸으로 이어진다. 그리고 결미에서는 몸은 비록 노쇠했어도, 자신의 내면 다지기에 힘쓰려는 은일자적 절조(節操)를 보여준다.

표현 면에서 이 시는 매우 신기(新奇)하고도 아름다운 조합을 이루어 냈다. 특히 "날다 지친 까치는 가지를 돌며 언 그림자 뒤척이고, 날아가

는 기러기는 달을 스치며 외로운 소리 떨군다"라고 표현된 제3,4구는 응축된 언어와 공감각(共感覺)적인 멋진 시경(詩境)을 자아내고 있다. 이 부분에 대하여 좀더 뜯어보도록 한다. 제3구에서 '추운 날 밤 언 그림자를 뒤척인다'는 표현은 '언'이라는 형용사와 '뒤척인다'는 동사가 만나며 겨울밤의 을씨년스러운 정경을 만들어내고 있으며, 이어지는 제4구에서 '달 아래로 날아가는 기러기 모습'은 마치 달 아래로 자전거를 타고 날아가는 영화 'ET'의 장면을 연상케 한다. 더욱 멋진 것은 기러기 소리가 하늘에서 아래로 추락한다는 표현인데, '소리'가 '추락한다'는 공감각적 표현과 함께 역시 겨울날 비장한 네거티브 이미지 생성에 큰 역할을 담당하고 있다. 시어와 조구 및 시경(詩境)의 각고단련(刻苦鍛鍊)에 힘쓰지 않는다면 이러한 멋진 표현은 나오기 어려울 것이란 점에서, 한구 본인의 희망 여부와 무관하게 강서시파의 훌륭한 계승자로 귀속시킬 수밖에 없다.

7) 요절(饒節)

요절(1065-1129)은 무주(撫州) 임천(臨川) 사람으로서, 자는 덕조(德操) 또는 차수(次守)이며 호는 의송노인(倚松老人)이다. 진사과에 끝내 붙지 못하고, 동향 사람인 사일(謝逸)과 함께 황주(黃州)로 가서 강서시파 시인인 반대림(潘大臨) 등과 교유하였다. 하지만 시문에는 능하여 후일 변경(汴京)에 갔을 때 여본중(呂本中)과 같은 당시 명사들이 다투어 그와 교유하고자 하였다 한다. 38세에 출가하여 승려가 되었는데 법명(法名)은 여벽(如璧)이었다. 저서에 ≪의송집(倚松集)≫이 있다. 자연 속의 은일자적 심경을 노래한 작품이 많다.

8) 여본중 (呂本中)

강서시파 제2기에 속하는 여본중(1084-1138)은 수주(壽州: 안휘성) 사람으로서 자가 거인(居仁), 호가 자미(紫薇)이며 시호(諡號)는 문청(文淸)이다. 세상에서는 흔히 동래선생(東萊先生)으로 불렸다. 그는 북송 원우(元祐) 연간에 재상을 지낸 여공저(呂公著)의 증손인데 음서(蔭敍)로 승무랑(承務郎)에 제수되어 관로(官路)로 첫발을 내디뎠다. 소흥(紹興) 연간에 진사에 올랐고, 관직은 중서사인(中書舍人)에 이르렀다. 그의 저서로는 《동래시집(東萊詩集)》, 《자미시화(紫薇詩話)》, 《자미잡설(紫薇雜說)》, 《사우잡지(師友雜志)》, 《춘추집해(春秋集解)》등의 현존 서적과, 잔본(殘本)이 전하는 《동몽훈(童蒙訓)》이 있다.

《강서시사종파도(江西詩社宗派圖)》의 구성자이기도 한 여본중은 종파도안에 자신을 포함시키지는 않았으나, 스스로도 강서시파라고 여겼으며, 후세 사람들도 이에 이의가 없었다. 한편 그는 강서시파가 추종했던 두보(杜甫)와 황정견(黃庭堅)에서 그치지 않고, 이백(李白)과 소식(蘇軾)도 함께 배워야 한다는 주장을 폈다.

그는 좋은 시를 창작하기 위해서는 '활법(活法)'을 알아야 한다고 주장했다.

> 시를 배움에는 마땅히 활법(活法)을 알아야 한다. 법도가 다 갖추어지고서야 능히 법도 밖으로 나올 수 있는 것이니, 변화무상(變化無常)면서도 또한 법도에서 벗어남이 없는 것이다. 이 도(道)는 정해진 법도가 있으면서 동시에 정해진 법도가 없는 것이며, 정해진 법도가 없으면서 동시에 정해진 법도가 있는 것이다. 이를 아는 사람은 가히 활법을 말할 수 있다. 사원휘(謝元暉)의 말에 "좋은 시는 잘 구르며 동그랗고 아름다워 마치 탄환(彈丸)과 같다"고 했는데, 이것이 바로 진정한 활법이다.[30]

---

30) <序夏均父詩集>, "學詩當識活法, 規矩備具, 而能出於規矩之外, 變化不測, 而亦不變於規矩也. 是道也, 蓋有定法而無定法, 無定法而有定法, 知是者則可以語活法也. 謝元暉有偈, 好詩流轉圓美如彈丸, 此眞活法也."

이러한 그의 시론을 뒷받침하듯 방회(方回)는 ≪영규율수(瀛奎律髓)≫에서 "여거인(呂居仁)은 강서시파 중에서 가장 탄력적이어서 막히지 않았다. 그러므로 그의 시는 생동한다"고 평가하였다.[31] 그러면서도 두보적 혼연천성(渾然天成)을 잃지 않아, 육유(陸游)는 여본중에 대해 이렇게 평가했다.

> 넘치는 자유로움에 여러 체제를 겸비하였으며, 간간이 새로운 뜻이 번뜩인다. 기묘하면 할수록 혼후(渾厚)하고, 이목을 놀라게 하면서도 고고함을 잃지 않아, 한 때의 학사들이 그를 받들었다.[32]

이러한 점은 바로 황정견이 두보를 추구하면서 두보의 '구중유안(句中有眼)'을 창작 목표로 삼은 것과 같은 방식의 계승적 활용이다.[33]

여본중의 시는 여타의 강서시파 시인들 시에 비해 평이하고 자연스러운 편이다. 전체적으로 그의 시는 시종 황정견과 진사도의 영향을 벗어나지는 못하였으나 강서시파의 기험(奇險) 난삽(難澁)에 가까이 가지는 않았다.

┃ 柳州開元寺夏雨 ┃ 유주 개원사에 내리는 여름비

風雨瀟瀟似晚秋	비바람이 우수수 늦가을만 같은데
鴉歸門掩伴僧幽	까마귀 깃들 무렵 문 닫고 스님과 함께 고즈넉하다.
雲深不見千巖秀	멋진 일천 봉우리는 구름 깊어 보이지 않고
水漲初聞萬壑流	물이 불어 비로소 들려오는 일만 골짝 여울소리.
鐘喚夢回空悵望	종소리에 꿈 깨어 망연히 소식 기다려보건만
人傳書至竟沈浮[34]	인편에 부친 편지는 끝내 버려지고 말았겠지.

---

31) "居仁在江西派中, 最爲流動而不滯者, 故其詩多活."
32) <序呂居仁詩集>, "往洋宏肆, 兼備衆體, 間出新意, 愈奇而愈渾厚, 震耀耳目不失高古, 一時學士宗焉."
33) ≪黃山谷詩集注≫ 권16, <贈高子勉四首>(其四), "拾遺句中有眼, 彭澤意在無絃. 顧我今六十老, 付公以二百年."
34) ≪世說新語·任誕篇≫, 殷羨이 豫章太守가 되자 서울 사람 가운데 편지 전달을 부탁

面如田字非吾相[35] '밭 전(田)자' 제후의 상은 내 관상이 아니거니
莫羨班超封列侯 제후에 봉해진 반초를 부러워하지 않으리.

이 작품은 여본중이 전란(戰亂)으로 멀리 광서(廣西) 지역으로 피난하여 개원사에 머무를 때 지은 것이다. 시 전편에 작자가 처한 답답한 시대 상황이 배경으로 깔려 있다. 사실 여름철 산사에 내린 비는 어떻게 보면 시원한 자연과의 일체감을 줄 법도 하나 유랑 길에 오른 작자는 그런 여유를 느낄 처지가 못된다. 오히려 깊은 산중에 내린 비는 세상과의 격절감을 느끼게 할 뿐이다. 마음 불안한 작자는 인편에 부친 편지마저 잃어버렸을 것으로 추정하고 있다. 마지막으로 관상(觀相)에 기대보는 운명론적 심태를 보이는 작자의 심태는 일말의 체념적 자위로 단락을 맺는다. 특히 제1연과 전체적으로 우울한 정서에서 가도(賈島) 시의 분위기를 느낄 수 있다.

┃連州陽山歸路┃ 연주의 양산으로 돌아가는 길에

稍離烟瘴近湘潭 습하고 더운 땅 조금 벗어나 상수 물가에 다다랐건만
疾病衰頹已不堪 질병으로 쇠하여 무너진 몸 이미 가누기도 힘드네.
兒女不知來避地 어린 딸은 피난처인 줄 모르고
强言風物勝江南 자꾸만 경치가 강남보다 좋다고만 한다.

피난길에 풍토병이 강한 습지를 벗어나 좀 나은 양산으로 가며 지은 시이다. 연주(連州)나 양산(陽山)은 지금의 광동성(廣東省)에 소재한 곳이다. 이미 전란의 떠돌이 생활로 몸은 피폐할 대로 피폐하여져 운신이 쉽지

하는 자가 많았는데 모두 물에 던져버리고는, "가라앉을 놈은 절로 가라앉고 뜰 놈은 절로 뜨리라. 내가 편지나 전해주는 우체부가 될 수는 없다"고 했다는 고사가 있다. 이로부터 '沈浮'는 편지가 전달되지 않는다는 뜻으로 사용되었다.

35) ≪南齊書≫에 보이는 李安民의 고사로서, 육조시대 宋 明帝가 武將 이안민을 보고서 "卿의 얼굴이 마치 '田'자와 같으니 제후에 봉해질 상이로다"라 한 이래로 귀하게 될 관상이라는 뜻으로 사용되었다.

않은 상태이다. 그러나 어린 딸은 풍광(風光)에 즐거워하며 "참 좋다!"고 즐거워하는 것이다. 이 시는 안록산의 난으로 가족과 헤어져 있을 때 어린 딸이 지아비와 헤어져 있는 어미의 심정을 헤아리지 못하는 것과 같이 철없는 아이를 통하여 전란의 아픔을 더욱 대조적으로 드러내고 있다. 시적 배경과 전개 면에서 두보(杜甫)의 <월야(月夜)>를 연상케 하는 작품이다.[36)

(3) 위상과 평가

강서시파의 시인들이 비록 강서(江西) 사람이 많기는 하지만, 모두가 그런 것도 아니며, 시 창작의 주안점이 같지만도 않다. 개중에는 서로 연계하며 활동한 것도 사실이지만, 그들 모두가 특별한 목적을 지니고 함께 활동한 구체적이며 조직적인 시파는 아니다. 그런 의미에서 <강서시사종파도>에 나오는 시인들은 여본중이 젊은 시절 작성한 표로 정리 재구성된 시대 공유적인 느슨한 시파라고 할 수 있을 것이다.

그럼에도 불구하고 중국시사에서 일정한 지위를 차지할 수 있었던 것은 그들의 시풍과 시 창작 태도가 송시의 특징 형성과 상당히 밀접한 공유성을 지니고 있기 때문이다. 그것은 학시(學詩)의 태도, 구법(句法)의 강구, 전고(典故)의 활용(活用)면에서 특히 그러하다. 본절에서는 이미 고찰한 진사도를 제외한 10인의 시인을 개략적으로 고찰하였는데, 시풍도 서로 다르며 그 성취 역시 같지는 않다.

다만 상기한 시 창작의 몇 가지 주안점 면에서 송시의 특색인 학시(學詩)의 양상을 발견할 수 있었다. 특히 그들은 방회(方回: 1227-1307)가 ≪영규율수(瀛奎律髓)≫에서 '일조삼종설(一祖三宗說)'로 두보와 황정견을

---

36) 杜甫, <月夜>, "今夜鄜州月, 閨中只獨看. 遙憐小兒女, 未解憶長安. 香霧雲鬟濕, 淸輝玉臂寒. 何時倚虛幌, 雙照淚痕乾."

지향한 점에서 공통 분모를 발견할 수는 있을 것이며, 그들의 모델이었던 황정견이 송시적 특징 구현의 대표자라는 점에서 결국 강서시파가 송시화(宋詩化) 과정의 대표적 시사(詩祖)로 일컬어지는 점은 인정된다. 다만 그들의 시적 성취가 탁월하지는 않다는 점에서 학시(學詩)의 부정적 측면을 드러냈다는 평가를 면하기는 어려울 것이다.

3 │ 진여의(陳與義)

진여의(1090-1138)는 북송(北宋) 철종(哲宗) 원우(元祐) 5년(1090)에 출생했다. 24세에 과거에 급제하여 개덕부교수(開德府教授)로 관직을 시작하였고, 35세에 왕보(王黼)의 당파(黨派)에 연루되어 진류주세(陳留酒稅)로 좌천을 당하였다. 37세 때에 금(金)의 남침으로 북송이 망하고, 다음 해(建炎元年, 1127) 5월, 고종(高宗)이 응천(應天)에서 즉위하면서 남송(南宋)이 시작된다. 진여의는 이후 5년 반 동안 금군(金軍)을 피해 호북(湖北)·광서(廣西)·광동(廣東)·절강(浙江) 각지를 전전하다가, 42세 여름 월주(越州)에 도착하여 병부원외랑(兵部員外郞)으로 다시 벼슬생활을 시작하였고, 소흥(紹興) 8년(1138, 49세) 호주지사(湖州知事)로 재직중 병(病)으로 세상을 떠났다.

진여의는 시단에 강서시파가 큰 영향력을 발휘하던 시대에 살았다. 그러나 20세 무렵 최언(崔鷃)으로부터 시를 배우면서 "속(俗)된 것을 꺼려야 한다"는 강서시파의 장점을 배움과 아울러 "용사(用事)에 뜻을 두어서는 안 된다"고 하여 강서시파가 치우치기 쉬운 폐단에 대한 충고도 함께 가르침 받아, 진여의가 후일 강서시파의 시풍을 변화시키는 데에 좋은 밑거름이 되었다. 진여의는 후일 '활법(活法)'을 제창하여 강서시파의 개혁자라고 일컬어지는 여본중(呂本中)과 1123년(34세) 자성각(資聖閣)에 함께 피서(避暑)가서 시를 짓고,[37] 1130년에는 하주(賀州)에서 만나 서로 시를 주고받은 적이 있다. 이런 교유를 통해 진여의는 여본중으로부터 '활법'에 관한 이야기를 들었을 가능성이 없지 않다. 여본중과 진여의는 같은 시대에 살면서 똑같이 황정견과 진사도의 시를 학습하였으나, 황정견 이후의 시단 상황에 대해 비판적 입장에서 바로잡을 방법을 제시하고, 창작에 있어서 '경쾌(輕快)'(여본중)와 '유려(流麗)'(진여의)라는 유사한 특색을 보인다. 후세 연구자에 의해 강서시파의 개혁파로 평가받는 등등의 몇 가지 공통점은 결코 우연한 일은 아니다. 요컨대 진여의는 시대적으로 북송 말 정치적으로 상당히 혼란했던 시기에 태어나 북송의 멸망을 경험하고 남송으로 걸쳐 살았고, 문학적 배경으로는 초기의 강서시파 이후 시단에 변화가 일어나던 시기에 살았던 강서시파 제2기 시인이다.

(1) 진여의 시의 전범(典範)

본절에서는 위진육조, 당대, 송대의 순서로 진여의 시의 전범과 연원을 고찰한다. 위진육조 시인중 진여의는 도연명으로부터 학습하고자 하였다. 어지러운 시절을 피하여 산수전원 속에서 잠시 안일(安逸)과 위안을 구하는 한거시(閑居詩)에서 도연명 시의 경계와 유사한 한정(閑情)을 즐겨 표현했다. <휴일조기(休日早起)>시의 "문을 열어 보고 비 내린 줄 알겠으니, 고목이 반쯤 젖었다(開門知有雨, 老樹半身濕)"는 구절은 진여의가 매우 자랑스럽게 생각한 시구이다.

진여의 시학의 전범으로서 당대(唐代) 시인 중에서 그는 역시 두보를 꼽았다. 그는 또 황정견이 하지 않은 바를 알아야 두보 시의 경지에 이

---

37) 張元幹, ≪蘆川歸來集≫ 권9, <跋蘇詔君楚語後>, "頃在東都, 一日, 陳去非呂居仁諸公, 同予避暑資聖閣, 以二儀淸濁還高下, 三伏炎蒸定有無, 分韻賦詩, 會者適十四人."

를 수 있다고 하여,[38] 두보 시의 법도 외에 우국우민의 사상 내용도 중시하였다. 그는 금(金)의 침략으로 피난생활을 하면서 "망망(茫茫) 시국 읊조린 두보의 시",[39] "단지 평생토록 한스러운 것은, 두보의 시를 소홀히 이해한 것일세"[40]와 같이 두보 시에 대해 새로운 인식을 가지면서 두보의 우국애민에 공감을 느껴 두보의 시 정신을 계승하였다.

진여의의 후기시는 개인 생활의 작은 범위를 벗어나 개인의 신세의 감회와 국가의 흥망의 한을 하나로 결합하여 시의 풍격도 비장(悲壯)함으로 바뀌게 되었다. <등악양루(登岳陽樓)>, <파구서사(巴丘書事)>, <재등악양루감개부시(再登岳陽樓感慨賦詩)> 같은 시는 두보 시의 풍격과 흡사한 작품들이다. 두보 시의 형식표현기교 학습과 우국우민의 정신의 계승이란 상이한 두보 학습 특색에서 작게는 강서시파 내부에서의 두보 시 학습의 변화와 의의를, 크게는 송대의 시인들의 두보 시 학습 중점의 변화를 엿볼 수 있다.

진여의는 또 유종원(柳宗元)을 높이 샀는데, 진연(陳衍)은 그의 <하일집보진지상이녹음생주정부시득정자(夏日集葆眞池上以綠陰生晝靜賦詩得靜字)>시를 평하여 "송대 시인들 중에는 위응물(韋應物)이나 유종원을 공부한 사람이 드물며, 그런 사람 중에는 진여의가 가장 뛰어나다"[41]고 평했다. 위응물과 유종원의 평담한아(平淡閑雅)한 공통점은 진여의의 <출산도중(出山道中)> 같은 오언고시에 잘 나타나 있다. '평담한아'는 진여의의 주요 풍격으로 일생 지속되었는데, 이것은 강서시파의 기험한 생경미와는 다른 특색이다.

송대 시인의 경우, 원대(元代)의 오징(吳澄)은 진여의와 소식(蘇軾) 시와의 연원 관계를 지적하여 진여의의 고체(古體)가 소식으로부터 나왔다고

---

38) 晦齋, <簡齋詩集引>, "要必識蘇黃之所不爲, 然後可以涉老杜之涯矣."
39) <發商水道中>, "茫茫杜老詩."
40) <正月十二日自房州遇虜至奔入南山十五日抵回谷張家>, "但恨平生意, 輕了少陵詩."
41) 《宋詩精華錄》 권3, "宋人罕學韋柳者, 有之, 以簡齋爲最."

평가하였는데,[42] 소식 시의 영향은 순조롭고 유창한 구율(句律)에 있다. 그러나 송대 시인 중에서 진여의는 황정견을 가장 높이 평가하였으며, 시학 이론 및 창작 면에서도 둘은 유사하다.

황정견이 '이속위아(以俗爲雅), 이고위신(以故爲新)'을 추구하고 속(俗) 됨을 거부하며 구체적인 방법으로 고어(古語)의 활용과 자구(字句)의 조탁, 대장(對仗)의 변화에 힘을 기울인 것은 진여의의 시에 보이는 특색이다. 그 외 영물시에서 형사(形似)보다 신사(神似)를 중시하는 황정견의 작시법은 진여의가 강서시파를 학습한 초기 시에도 보인다.[43] 그러나 진여의는 최종 목표를 황정견이 아닌 두보에 두었기 때문에 황정견의 '기(奇)'를 거절하며 그의 울타리를 벗어나고자 하여 '간재체(簡齋體)'를 수립하였다.[44]

진여의는 또한 진사도의 시를 매우 좋아하여 "송대 시인의 시 중 읽지 않으면 안 되는 사람은 진사도이다"[45]라고 하였다. 정강(靖康)의 변(變) 이전의 전기시(前期詩)에 진사도 시의 학습 흔적이 보이고 후기에도 간헐적으로 지속되는데, 그의 진사도체 학습은 속어를 피하고, 말은 쉽되 뜻이 깊으며, 평담(平淡)한 풍격, 허자(虛字) 운용, 대우(對偶)의 변화 운용 등으로 개괄할 수 있다.

진여의에게는 비평 저작이 따로 없고 극히 단편적인 언사들만 전해지고 있어 시학에 대한 견해를 자세히 고찰할 수는 없지만, 만당체(晚唐體)에 대한 견해는 주목할 만하다. 송초(宋初) 서곤체(西崑體) 등의 만당체 학습에 비판적 입장을 취하며 구양수(歐陽修), 매요신(梅堯臣) 등의 시문혁신운동이 일어났고 황정견 등의 강서시파도 그 맥을 이어, 황정견은 전

---

42) 吳澄, ≪吳文正公集≫ 권9, <董震翁詩序>, "宋參政簡齋陳公 …… 蓋古體自東坡氏."
43) 이를테면 진여의의 <和張規臣水墨梅五絶>(3)이 좋은 예이다. 莫礪鋒, ≪江西詩派研究≫, 74, 145쪽.
44) 晦齋, <簡齋詩集引>, "要必識蘇黃之所不爲, 然後可以涉老杜之涯涘."
45) 徐度, ≪卻掃編≫, 권中, "去非亦嘗語人云, 本朝詩人之詩, 有愼不可讀者, 有不可不讀者. 愼不可讀者梅聖兪, 不可不讀者陳無己也."

인(前人)의 학습은 최고의 경지를 전범(典範)으로 삼아야 한다는 점에서 만당체에 대해 비판적이었다.[46] 그러나 진여의는 한 걸음 더 나아가 만당시의 조어(造語)상의 특색을 긍정적으로 평가하여 두보 시의 법도와 함께 결합하고자 했다. 진여의 이후의 남송 시단에는 만당시의 가치를 중시하고 이의 적극적인 학습을 통하여 강서시파의 폐단을 바로 잡고자 하는 시인들(예컨대 양만리(楊萬里)나 영가사령(永嘉四靈))이 나오는데, 이러한 남송 시단의 흐름에서 보면 진여의의 만당시에 대한 태도는 나름의 역사적 의의를 지니고 있음을 알 수 있다.

(2) 진여의 시의 내용과 제재

진여의의 시는 현재 626수가 전해오고 있다. 그는 장편 고시를 통하여 종횡으로 의론을 전개하고 이치를 말하기보다는 편폭이 너무 크지 않은 오언고시나 오언율시를 통해서 즐겨 서정(抒情) 서사(敍事)하였다. 내용 면에서 진여의의 시는 시국에 대한 염려, 인생에 대한 감개, 지인(知人)과의 증답(贈答), 불교에의 기탁, 자연경물과 일상생활의 표현, 행역(行役) 생활의 반영 등 다양한 모습을 보인다. 그 중에서 우국시(憂國詩)와 기유시(紀遊詩), 경물시(景物詩), 한거시(閑居詩) 등이 대표적이다.

1) 우국(憂國)

진여의는 휘종(徽宗)과 흠종(欽宗)이 북으로 잡혀가면서 북송이 망하고 남송이 다시 세워지는 정치 격변기를 살았는데 그의 시에는 조정을 비판하고 시국을 걱정하는 시가 많다. "어리석은 선비는 오 년 간 나라

---

46) 黃庭堅, ≪山谷老人刀筆≫ 권4, <與趙伯充>, "學老杜詩, 所謂刻鵠不成尙類鶩, 學晚唐諸人詩, 所謂作法於凉, 其弊猶貪, 作法於貪, 弊將若何."

걱정의 눈물 흘리며, 지팡이 짚고 오늘도 시냇가 거니네(小儒五載憂國淚, 杖藜今日溪水側)"(<동범직우선리유오계(同范直愚單履遊浯溪)>) 등의 개탄이 북송이 멸망당한 뒤 그의 후기 시에 집중적으로 나타나 있다.

┃傷春┃ 봄의 감상(感傷)

廟堂無策可平戎	조정에 오랑캐 평정 계책 없어
坐使甘泉照夕烽	감천궁에 저녁 봉화 비추게 만들었다.
初怪上都聞戰馬	처음에 서울에 들리는 전마 소리 괴이하게 여겼는데
豈知窮海看飛龍	궁벽한 바다에서 비룡을 볼 줄 어찌 알았으리?
孤臣霜髮三千丈	외로운 신하의 흰머리는 삼천장이고
每歲煙花一萬重	해마다 안개 어린 꽃은 일만겹이나 가로 막혀 있다.
稍喜長沙向延閣	그나마 기쁜 일은 장사태수 상자인(尚子諲)이
疲兵敢犯犬羊鋒	피폐한 병사로 금나라 군대의 예봉에 저항한 일이라.

처음 두 구는 금나라의 침입을 막지 못하는 조정의 무능을 질타하였고, 제2연에 와서는 갈수록 더욱 엄중하여진 상황에 대하여 '초괴(初怪)' 및 '기지(豈知)' 등 허자(虛字) 운용을 통하여 상심을 나타내었다. 이어서 제3연에서는 '삼천(三千)'과 '일만(一萬)'이라는 큰 숫자의 운용을 통하여 자신의 노쇠와 애상함을 나타내었다. 앞의 구는 이백(李白)의 <추포가(秋浦歌)>중 "백발삼천장(白髮三千丈)"을 변용한 것인데 이백의 다음 구인 "연수사개장(緣愁似箇長)"이 말하듯이 바로 나라 걱정 때문임을 나타내고, 다음 구는 진여의의 이 시와 제목이 같은 두보(杜甫)의 시에서 "관새삼천리(關塞三千里), 연화일만중(烟花一萬重)"구를 따온 것이다. 두보는 안개 낀 꽃이 만발한 장안(長安)에서 수 천리 떨어져 있는 신세를 과장된 숫자를 써서 표현하였는데 진여의의 심정 또한 그와 다를 바 없다. 마지막에서는 상자인의 용감한 항적(抗敵) 행위를 칭송하는 것으로 끝을 맺었다.

┃次韻尹潛感懷┃ 주윤잠(周尹潛)의 <감회>시에 차운하여

胡兒又看繞淮春	봄되어 오랑캐 다시 회수 땅 에워싸고 넘보니

嘆息猶爲國有人	아직도 나라 위하는 사람 있는가 탄식한다.
可使翠華周宇縣	어찌 임금께서 지방으로 피난 다니게 할 수가 있는가?
誰持白羽靜風塵	누가 흰 날개 부채 부치면서 저 바람을 잠재우려나?
五年天地無窮事	오년간 천지에는 온갖 일 다 일어나고
萬里江湖見在身	만리 강호에 피난 다니는 이 내 몸이라.
共說金陵龍虎氣	금릉 땅에 천자의 기운 서려있다 모두들 말하는데
放臣迷路感烟津	쫓겨난 신하는 길 잃고 안개 낀 나루터에서 시름겹다.

조정의 집권층에 대한 분개와 당시의 시국 형세에 대한 개탄을 발하고 있다. 이 시에서는 특히 천도(遷都)에 관한 생각을 밝혔다. 도읍을 어디로 할 것인가 하는 것은 남송 조정에 있어서 주전파(主戰派)와 주화파(主和派)가 격렬하게 다툰 국가적 사안으로서 주전파는 금릉(金陵)을 수도로 정하고 장강(長江)의 천험(天險)에 힘입어 금의 남침을 물리치고 북으로 중원을 수복할 것을 주장하였으며, 주화파는 이에 반대 입장이었다. 위의 시를 보면 진여의의 정치적 입장을 짐작할 수 있다.

▮巴丘書事▮ 파구에서 감회를 적으며

三分書裏識巴丘	≪삼국지≫에서 알았던 파구 땅을
臨老避胡初一遊	늙어서 오랑캐 피해 처음으로 노닐게 되었네.
晚木聲酣洞庭野	저녁 숲 소리는 동정호 벌판에 가득하고
晴天影抱岳陽樓	맑은 하늘 그림자는 악양루를 안아 싼다.
四年風露侵遊子	사 년 간 바람과 이슬은 나그네를 침범하고
十月江湖吐亂洲	시월의 강호는 어지러운 섬을 토해낸다.
未必上流須魯肅	상류에 노숙(魯肅)을 반드시 필요로 하지는 않으리니
腐儒空白九分頭	어리석은 선비는 공연히 머리를 거의 온통 희게 하네.

시인은 난중에서나마 잠시 아름다운 동정호 주변을 감상한다. 하지만 다시금 오랜 피난 생활의 고초(苦楚)와 조정이 서북 변방을 주의하지 않아 외침을 평정하지 못하는 것에 대한 비판과 슬픔을 함께 드러낸다.

2) 기유(紀遊)

진여의 시에는 전기(前期)에도 <양읍도중(襄邑道中)>이나 <부진류(赴陳留)> 같은 여행시가 있으나 불과 몇 수에 지나지 않는 데 비해 후기에 들어 금나라 병사의 침략을 피하여 5년여에 걸쳐 각지를 떠돌아다니면서 그 수가 대폭 증가하였다. 다음 시는 피난시기에 남쪽으로 옮기면서 지은 첫 번째 시이다.

┃**發商水道中**┃ 상수를 떠나는 길에서

商水西門語	상수의 서문에서 작별의 말 하니
東風動柳枝	동풍은 버들가지 날린다.
年華入危涕	새 봄은 눈물 속에 찾아들고
世事本前期	세상 일 본래 예기되었다.
草草檀公策	경망한 그 옛날 단공의 도망 작전
茫茫杜老詩	망망한 시국 읊조린 두보의 신세려니!
山川馬前闊	산천은 말 앞에 넓게 펼쳐져 있는데
不敢計歸時	돌아올 때 언제 될 지 예측할 길 없구나.

조정의 소극적이고 도피적인 무사안일 정책이 오늘의 현실을 불러온 것을 질타하면서 기약 없는 피난생활에 대한 무한한 감개를 나타내었다. 한편 5년 반에 걸친 피난시기에 지어진 많은 기행시에는 끊임없이 떠도는 신세에 대한 비탄스런 감개가 곧잘 드러난다.

┃**均陽舟中夜賦**┃ 균양의 배속에서 밤에 읊다

遊子不能寐	나그네 잠 못 이루는데
船頭語輕波	뱃머리에 파도는 나직이 말을 한다.
開窓望兩津	창문 열고 양쪽 나루 바라보니
煙樹何其多	안개 낀 나무는 어찌 그리 많은가!
清江涵萬象	맑은 강속에 삼라만상 잠겼는데
夜半光蕩摩	한밤중에 빛이 일렁여 부딪히네.

客愁彌世路　　나그네 시름 세상 길에 가득 차고
秋氣入天河　　가을 기운은 은하에 접어든다.
汝洛塵未銷　　여주와 낙양 땅에 전쟁 먼지 가라앉지 않으니
幾人不負戈　　몇 사람이나 창을 메지 않을까?
長吟宇宙內　　우주 안에 몸을 처해 길게 읊조리니
激烈悲蹉跎　　신세 탄식에 격렬한 슬픔이 일어난다.

　　이 시에서는 다른 곳을 향해 떠나는 배 안에서 고향생각, 시국걱정, 그리고 신세 개탄으로 잠 못 이루는 여수(旅愁)를 격동적인 어조로 노래하였다. 이러한 시에는 각지를 떠돌며 잠시 머물다 다시 떠나기를 되풀이하는 상황, 시국에 대한 걱정과 자신의 떠도는 신세 개탄, 시국을 바로 잡기엔 무능한 자신에 대한 감개, 고향생각, 타향에서의 작별과 상심, 여행 도중이나 도착지에서의 산보로 접하는 경치 묘사 등이 주를 이룬다. 시에 나타난 감정은 비탄 일변도로 이전에 볼 수 없었던 격앙된 감개어(感慨語)들이 많이 사용되었다.

3) 경물(景物)

　　초기의 진여의는 경물을 묘사함에 있어서 "뜻에 족하면 색깔이 같음은 요구하지 않는다"[47]는 심미관(審美觀)을 가지고 있었다. 즉 '형사(形似)'를 버리고 '신사(神似)'를 취하였다. <동가제부납매시득사절구(同家弟賦蠟梅詩得四絶句)>(其2)를 보자.

韻勝誰能捨　　운치가 뛰어나 그 누가 내버려둘 수 있을까마는
色莊那得親　　색깔이 장중하니 어찌 나서서 놀이할 수 있으리?
朝陽一映樹　　아침 햇살 나무에 비추면
到骨不留塵　　뼈 속에까지 먼지가 사라지는 것을!

---

47) <和張規臣水墨梅五絶>, "意足不求顏色似."

추운 섣달의 고상한 매화를 소재로 한 이 시는 단순히 시각적인 형상의 묘사에 머물지 않고 '운승(韻勝)', '색장(色莊)'의 특징을 중점적으로 다루었다. 특히 제4구는 혼탁한 속세에 물들지 않은 고결한 내면세계를 찬탄의 필조로 표현하였다. 이 시는 섣달의 매화를 읊으면서 매화의 모습을 구체적으로 형용하지 않으면서도, 매화가 주는 인상이 잘 표현되어 있다. 반딧불을 노래한 <형화(螢火)>시 역시 이러한 예로서, 밝은 불을 보고 덤벼들어 결국 죽는 나방과 대비시켜, 반딧불이 "스스로를 기만하지 않고" 풀숲에서 가만히 빛을 내면서, "말을 물리쳐 선가(仙家)의 비방에 기록되고, 책을 비추어 군자의 집에 오르는" 덕성을 칭찬하였다.48)

다음 제화시(題畵詩)는 매화를 의인화하여 좋아하는 뜻을 나타내었다.

┃和張規臣水墨梅五絶(3)┃ 장규신의 수묵매화 5절구에 화답하여(제3수)

粲粲江南萬玉妃	눈부시게 빛나던 강남의 옥비(玉妃)
別來幾度見春歸	이별한 뒤 몇 번이나 봄이 돌아감을 보았던가.
相逢京洛渾依舊	서울에서 서로 만나니 옛날과 거의 같건만
唯恨緇塵染素衣	오직 한스러운 것은 검은 먼지가 흰옷을 물들임이네.

끝의 두 구는 백매(白梅)가 먹으로 그려진 것을 육기(陸機)의 "서울에 풍진이 불어대니 흰옷이 때를 탄다(京洛多風塵, 素衣化爲緇)"49)라는 시구를 교묘하게 전고로 써서 혼탁한 세상에 대한 혐오와 불우한 처지를 나타내었다. 연상이 특출나고 함의가 깊은 작품이다.

그러나 진여의 경물시의 특색은 세밀한 관찰에 의거하여 물상(物象) 자체의 형태·소리·색채·명암·동태 변화 등의 객관적인 미감을 즐겨 나타내어, 육조나 당시적인 경향이 강한 데에 있다. 다음 시구들이 그러하다.

---

48) "嘉爾螢火不自欺, 草間相照光煜煜. 却馬已錄仙人方, 映書曾登君子堂."
49) <爲顧彦先贈婦詩>.

┃小閣晨起┃ 작은 누각에서 새벽에 일어나

乾坤有奇事　　천지간에 기이한 일 펼쳐져
變化忽相乘　　변화가 홀연 잇따른다.

┃春雨┃ 봄비

蛛絲閃夕霽　　거미줄은 비 온 뒤 석양에 빛나고
隨處有詩情　　곳곳에 시정(詩情)이 넘친다.

이것은 진여의가 경물을 세심하게 관찰하여 시에 표현하였음을 보여
준다.

┃觀雨┃ 내리는 비를 보며

山客龍鍾不解耕　　산 속의 나그네 늙어 밭갈기 어려워
開軒危坐看陰晴　　마루의 창 열고 고요히 앉아 날씨의 청음(晴陰)을 본다.
前江後嶺通雲氣　　앞 강과 뒷 봉우리 구름이 서로 통하고
萬壑千林送雨聲　　만 골짜기와 천 숲에 빗소리 들려온다.
海壓竹枝低復擧　　바다 엎는 비는 대나무 가지 눌러 숙였다가 다시 쳐
　　　　　　　　　들고
風吹山角晦還明　　바람은 산모퉁이를 불어 어두웠다가는 다시 밝아진다.
不嫌屋漏無乾處　　집이 새어 마른 곳 없는 것이야 괜찮으니
正要群龍洗甲兵　　많은 비 내려 병마(兵馬)를 깨끗이 씻어내면 좋겠네.

이 시에서는 비가 오기 전후의 모습, 즉 구름이 모여들어 삽시간에
온 골짜기와 숲에 비바람이 퍼붓는 광경을 제3구의 시각적 표현, 제4구
의 청각적 표현, 제5구의 동태의 변화, 제6구의 명암의 변화 등 여러 측
면에서 세밀하고 생동감 있게 묘사하였다. 특히 대술에 후두둑 내리는
빗소리와 빗방울로 인한 대숲의 출렁거림이 청각적 시각적으로 매우 아
름답게 묘사되었다.
　　진여의의 경물시는 한적한 경치묘사에 뛰어남과 동시에 장활(壯闊)한
경치의 묘사 또한 볼만하며, 후기에 들어 시국 걱정이나 신세 감개(感慨)

와 함께 쓰일 때 비장(悲壯)한 풍격을 형성한다.

┃登岳陽樓┃ 악양루에 올라

洞庭之東江水西	동정호의 동쪽이요 장강의 서쪽인 이곳
簾旌不動夕陽遲	주렴과 깃발은 멈춘 듯하고 석양은 뉘엿뉘엿.
登臨吳蜀橫分地	오와 촉으로 갈라지는 분기점에 오르니
徙倚湖山欲暮時	저물려하는 때에 호수와 산에 기대어 서성인다.
萬里來遊還望遠	만리를 찾아 와서 다시금 먼 곳을 바라보자니
三年多難更憑危	삼 년 간 어려움도 많았건만 다시 높은 곳에서 기대어본다.
白頭弔古風霜裏	센 머리로 바람 서리 속에 옛일을 생각하니
老木蒼波無限悲	늙은 나무 푸른 파도에 슬픔은 하나 가득.

두보의 <등악양루(登岳陽樓)>와 제목도 같고, 앞 부분은 전개되는 상황도 유사하다. 풍류 문인들이 많이 찾는 악양루에 올랐건만 기쁨보다는 소슬한 경치를 마주하여 금석(今昔)을 생각하면서 국가의 형편과 자신의 처지에 무한한 슬픔을 느낌을 말하고 있다. 청대(淸代)의 기윤(紀昀)은 이 시를 평해 "의경(意境)이 크고 깊어 정말 두보 시와 흡사하다"[50]고 칭찬했다. 이 시는 둘째 연의 경치가 장관이며 끝 부분에는 이러한 경치를 마주하고 생겨나는 감개를 표현하였다. 매요신(梅堯臣) 이래 송대의 시인들은 대체로 당시(唐詩)의 장활한 경치에서 신변의 작은 경치로 시선이 옮아가고, 감정 처리도 격정을 일단 여과한 형태로 평담하게 표현하고자 하는 데 비해, 진여의의 시는 장활한 경치와 격정을 결합하였다. 이러한 제재와 표현방법은 기존의 송시와는 좀 다른 맛을 느끼게 해준다.

4) 한거(閑居)

진여의는 '간재(簡齋)'라는 호가 나타내듯이 그의 시에는 담박하고 한

---

50) 鄭騫, ≪陳簡齋詩集合校彙注≫, 196쪽에서 재인용. "意境宏深, 眞逼老杜."

아(閑雅)한 정취가 잘 드러나 있다. 건염(建炎) 4년, 무강(武岡)에 있으면서
오랜만에 분주한 피난에서 잠시 한적을 즐길 수 있었다. 벽을 헐어 창문
을 내고 '원헌(遠軒)'이라 이름을 붙이고 지은 시를 보자.

▌開壁置窻命曰遠軒▐ 벽을 헐어 창을 내고 '원헌'이라 이름짓다

樂哉此遠俗	즐겁도다, 이곳은 속세에서 멀어
亂世免怵迫	난세에 두려움과 핍박을 면하네.
那知百戰禍	수많은 싸움의 재난을 어찌 알겠으며
豈識三空厄	삼공(三空)51)의 재액을 어찌 알랴.
閉門美熟睡	문을 닫아 단잠 맛있게 자고
開門瞻翠壁	문을 열어 푸른 산을 바라본다.
遠客謝主人	먼 데서 온 나그네는 주인에 감사하고
分此一窓碧	이 한 창으로 보이는 푸르름을 나눈다.
新晴鳥鳴簷	날이 개니 새는 처마에서 울고
微暑風入席	가벼운 더위에 바람은 자리로 불어온다.
蕭然此白首	쓸쓸한 이 센 머리로
豈更冒朝幘	어찌 다시 조정의 관을 쓰겠나?
誓將老玆地	맹세코 이제는 여기서 늙으며
不復數晨夕	다시는 아침저녁 세월을 세지 않으리.

아름다운 자연 경치 속에서 세속사에 대한 고민을 잊고 지내고자 하
는 마음을 표명하였다.

▌山齋▐ 산중의 재실(齋室)

雖愧荷鋤叟	비록 호미 멘 노인엔 부끄럽지만
朝來亦不閑	아침엔 나도 한가하지만도 않지.
自剪牆角樹	담장 모퉁이의 나뭇가지 손수 가위질하니
盡納溪西山	시내 서쪽 산이 모두 다 들어온다.
經行天下半	천하의 반을 돌아다니다가

---

51) ≪後漢書·陳蕃傳≫, "田野空, 朝廷空, 倉庫空, 是謂三空."

送老此窓間	늙음을 이 창가에서 보낸다.
日暮煙生嶺	날이 저물어 연기는 산마루위로 피어오르고
離離飛鳥還	새들은 하나 둘 돌아온다.

그는 한거시(閑居詩)에서 도연명시의 경계와 유사한 한가한 정취를 즐겨 표현하였는데, 이 시의 끝의 두 구는 도연명(陶淵明)의 "산 새는 석양에 아름답고, 날 새는 서로 돌아올 줄 아네(山氣日夕佳, 飛鳥相與還)"[52]을 연상시킨다.

정강(靖康)의 변(變)(1126)을 경계로 하여 진여의의 시를 분기할 때, 전기(前期)에는 대체로 개인적인 제재를 많이 다루었고, 사회현실을 반영한 작품은 많지 않다. 그러나 나날이 어지러워 가는 국세를 보고 "세상 걱정 마음에 다리 서쪽 나무나 두루 세어본다"[53]고 한 것은 그가 현실사회에 깊은 관심을 가지고 있음을 보여준다. 침울비장한 어조로 보다 직접적으로 현실을 비판한 시는 후기(後期)에 들어서면서부터이다. 후기에 우국시와 기행시, 그리고 산수시가 많이 출현한 것은 전기보다 두드러진 특색이다. 전기의 제화시(題畵詩)와 영물시가 주로 의론을 많이 전개한 데에 비해, 후기의 시는 그것을 보고 느끼는 우국, 고향 생각, 또는 개인 신세를 즐겨 나타내었다. 후기에 들면 전기보다 응수(應酬)·의론시(議論詩)가 줄고 대신에 서정적 감회시(感懷詩)가 많이 보인다.

(3) 진여의 시의 표현 기교

진여의 당시 시단에는 강서시파가 아직 큰 영향력을 발휘하며 여본중(呂本中)이나 증기(曾幾) 같은 대표적인 시인들이 생존해 있었다. 그 또

---

52) 陶淵明, <飮酒> 제5수.
53) <夜步堤上>, "聊將憂世心, 數遍橋西樹."

한 자연히 강서시파의 영향을 받았다. 황정견 이하 강서시파 시인들은 전인의 시구를 변화 운용하는데 상당한 힘을 기울였는데, 진여의의 전기시 중에도 이러한 점이 두드러지게 보인다.[54]

황정견이 '속(俗)되지 말 것'을 주장하였고,[55] 진여의가 시 선생으로 모셨던 최언이 그에게 금기시 한 교훈이 바로 속된 표현이었으며, 진여의가 강서시파로부터 받은 영향은 바로 '신교(新巧)'의 추구이다. 갈승중(葛勝仲)이 진여의의 시를 평하여 "낡은 법식(法式)을 씻어버리는 데 힘써서, 시의(詩意)가 범속(凡俗)을 벗어나지 못하거나 시어(詩語)가 사람을 놀라게 하지 않는 것은 잘 쓰지 않았다."[56]고 한 것이 바로 이러한 창작 태도이다.[57]

그는 또 대장(對仗)에서도 새로운 시도를 꾀했다. 방회(方回)는 <대주(對酒)>시의 가운데 두 연(聯)[58]이 각기 한 구는 정(情), 한 구는 경(景)을 읊은 것에 대해 '변체(變體)'라 일컬으며, 두보·황정견·진사도의 시법을 깊이 터득하였다고 높이 평가하였다.[59] 이외에 <우(雨)>는 전형적인 강서시풍의 시로 송시의 특질을 잘 나타낸 작품의 하나로 손꼽히는데, 특히 경련(頸聯)의 "一涼恩到骨(서늘한 은혜 뼈 속까지 스며든다)"구는 무더위 뒤 내리는 비에 대한 느낌을 군더더기 없이 정련된 시어로 심각하게 잘 나타내었다.

그러나 진여의가 강서시파의 시법을 맹목적으로 모방한 것만은 아니

---

54) 이를테면 "向來萬里意, 今在一窓間"(<題許道寧畵>)은 황정견의 "向來萬里物, 今在籬落間"(<挪子>)을 點化하였고, "黃紙紅旗意未闌"(<張迪功次韻>) 같은 것은 소식의 <杜介熙熙堂>시 중 "黃紙紅旗心已灰"의 앞의 네 자와 두보 <遣悶>시 중 "百遍相過意未闌"의 뒤의 세 자를 서로 혼합한 것으로 점철성금의 솜씨를 보여준다.

55) ≪豫章黃先生文集≫ 권26, <題意可詩後>, "寧用字不工, 不使語俗."

56) <陳去非詩集序>, "務一洗舊常畦徑, 意不拔俗, 語不驚人, 不輕出也."

57) 예컨대 "卷地風抛市井聲"(<淸明二絶> 제2수)의 '抛', "紅綠扶春上園林"(<春日>) 중의 '扶'는 이른바 '詩眼'으로 그의 굳센 필력을 보여준다.

58) "官裏簿書無日了, 樓頭風雨見秋來. 是非袞袞書生老, 歲月恩恩燕子回."

59) 鄭騫, ≪陳簡齋詩集合校彙注≫, 119쪽 참고 "此詩中兩聯俱用變體, 各以一句說情, 一句說景, 奇矣. …… 此非深透老杜山谷後山三關不能也."

다. <차운악문경북원(次韻樂文卿北園)> 시의 "四壁一身長客夢, 百憂雙鬢
更春風(사면의 벽/ 한 몸/ 오랜 나그네의 꿈, 많은 근심/ 두 귀밑머리/ 새봄으로 바뀐
바람"구에 대하여 기윤(紀昀)은 '강서조(江西調)'라고 평하였다. 이 시구는
명사 또는 명사구만으로 이루어지며, 회재불우의 뜻을 함축적으로 표현
하였는데, 이것은 황정견의 명구(名句) "桃李春風一杯酒, 江湖夜雨十年
燈(복숭아꽃 오얏꽃/ 봄바람/ 한 잔 술, 강 호수/ 밤비/ 십 년 등불)"(<기황기복(寄黃
幾復)>)의 구법과 아주 흡사하다. '사벽(四壁)'이란 말 역시 황정견 시에
보인다. 그러나 기윤이 뒤이어 "참신하되 거칠지 않다"라고 평하였는
데,60) 이것은 그가 '참신'을 추구하는 강서시파의 장점은 취하면서 그 말
류가 왕왕 보이는 '거친' 폐단에 빠지지 않았음을 지적한 것이다.

진여의의 시는 이렇게 강서시파의 영향을 받으면서도, 황정견이나
진사도의 시와는 다른 특색을 보이기 시작한다. 우선 용자(用字)에 있어
진여의의 시는 황정견나 진사도보다 자연스럽고 청려(淸麗)하다. 그리고
구법의 조직을 고의로 어긋나게 하지 않고, 전고도 비교적 적게 쓰며, 설
령 써도 어지럽게 나열하지도, 난삽하지도 않다.

원대(元代)의 오사도(吳師道)는 송시 중에서 진여의시의 구율(句律)이
가장 유려(流麗)하다고 평한 바 있다.61) 이러한 특색은 험난 간삽(艱澁)한
강서시파와는 대별되는 점이다. 심증식(沈曾植)이 진여의의 <한식(寒食)>
시62)에 대해 평하기를 "이런 구법은 진실로 황정견이나 진사도보다 뛰
어나니, 힘을 들이지 않고도 심원한 흥취가 풍부하다"63)고 하였듯이 황
정견이나 진사도의 시보다 평이하고 자연스럽다. 이것은 강서시파가 수
경(瘦硬)을 추구하다 왕왕 생기는 생경회삽(生硬晦澁)한 폐단을 유려한 구
율로 교정하고자 한 결과이다.

---

60) 鄭騫, ≪陳簡齋詩集合校彙注≫, 71쪽 재인용. "三四江西調, 然新而不野."
61) ≪吳禮部詩話≫, "世稱宋詩人, 句律流麗必曰陳簡齋."
62) "濃陰花照野, 寒食柳圍村. 客袂空佳節, 鶯聲忽故園."
63) "此等句法固勝黃陳, 以不費力而饒遠致也."

풍격(風格)에 있어서 진여의의 시는 '한담비장(閑淡悲壯)'한 특색을 보인다. 진여의 시의 '한(閑)'은 자연경치 속의 한정(閑情)을 주로 가리키며, '담(淡)'은 간박(簡樸)한 용자(用字)와 평담(平淡)한 조의(造意)에 의해 이루어진다. '비(悲)'는 주로 강개한 감정의 우국시에 잘 나타나 있고, '장(壯)'은 장활한 경치 표현 가운데에 주로 나타나 있다. '한담'은 일생토록 지속된 주요 풍격이고, '비장'은 후기에 두드러진 특색이다.

┃雨┃ 비

雲物澹淸曉　　구름이 담담한 맑은 새벽
無風溪自閑　　바람 없는 시내는 저 혼자 한가롭다.
柴門對急雨　　사립문에서 소나기 바라보니
壯觀滿空山　　멋진 경치 깊은 산에 가득하다.
春發蒼茫內　　봄은 아득히 천지간에 퍼지고
鳥鳴篁竹間　　새는 대숲에서 운다.
兒童笑老子　　아이는 늙은이를 보고
衣濕不知還　　옷이 젖는데도 돌아갈 줄 모른다고 웃네.

봄비 내리는 경치를 감상하는 유연자적의 정취를 표현하였다. 진여의는 경치묘사 속에 정취를 잘 드러내는데 특히 위의 시 중간 2연은 장활한 경치이다. 다음으로

┃雨中再賦海山樓詩┃ 빗속에 다시금 <해산루>시를 지으며

百尺闌干橫海立　　백척의 난간, 바다를 가로로 하여 서있고
一生襟抱與山開　　일생의 품은 뜻, 산과 더불어 펼쳐진다.
岸邊天影隨潮入　　언덕 가에 하늘의 그림자는 조수를 따라 몰려들고
樓上春容帶雨來　　누각 위의 봄빛은 비를 띠고 온다.
慷慨賦詩還自恨　　강개하여 시 지으니 더욱 한탄스럽고
徘徊舒嘯卻生哀　　배회하며 휘파람 부나 도리어 슬픔이 생겨난다.
滅胡壯士今安有　　오랑캐 멸할 장사는 지금 어디에 있나
非復當年單父臺　　더 이상 그 옛날 태평시절의 선우대가 아니네.

장활한 경치를 마주하며 우국의 비장한 뜻을 나타내었다. 유희재(劉熙載)는 ≪예개(藝槪)≫에서 강서시파의 시를 평하면서 "두보의 시는 웅혼(雄渾)하면서 허혼(虛渾)을 겸하였는데, 송대의 강서시파의 대표 작가들이 지닌 수경(瘦硬)한 풍격은 거의 신묘(神妙)한 경지에 이르렀으나, 물이 깊고 숲이 무성한 기상에 있어서는 못 미친다"[64]고 말하였는데 '수경(瘦硬)'과 '물이 깊고 숲이 무성한 기상'의 차이는 바로 강서시파와 진여의 시의 차이이기도 하다.

이상의 논의를 정리하면, 진여의 시의 특색은 속(俗)되지 않은 표현과 유려한 구율 추구, 세밀한 감각에 의한 경물 묘사, 한담·비장한 풍격 등으로 개괄할 수 있다.

(4) 위상과 평가

진여의는 강서시파가 시단에 큰 영향력을 발휘하던 시기에 처하여 초기에 황정견과 진사도시를 학습하였다. 이들로부터 그가 배운 것은 '속되지 않음[不俗]'의 추구이다. 특히 진사도로부터는 말은 천근(淺近)하나 뜻이 깊은[言淺意深] 표현, 평담(平淡)한 풍격, 허자(虛字) 운용, 대우(對偶)의 변화 등에서 영향받았다. 그러나 동시에 그는 자신의 개성적인 새로운 시를 꾀했다. 방회(方回)가 '일조(一祖: 杜甫) 삼종(三宗: 黃庭堅·陳師道·陳與義)'설을 제시하면서 진여의를 황정견이나 진사도와 나란히 든 것은 바로 그의 시와 두 사람과의 연원 관계를 밝히면서 동시에 그의 시의 성취를 높이 평가한 것이다. 엄우(嚴羽)는 그의 시가 강서시파에 속하지만 조금 다르다고 평하였다.

남송 초의 시단의 상황에 대하여 유극장(劉克莊)은 "원우(元祐) 이후 시인들이 차례로 나타났는데 한 부류는 파란(波瀾)은 장활(壯闊)하나 구율

---

64) "杜詩雄渾而兼虛渾, 宋西江名家, 幾於瘦硬通神, 然於水深林茂之氣象則遠矣."

(句律)이 소략하며, 한 부류는 단련(鍛鍊)은 정밀하나 성정(性情)은 소원하
였는데, 요컨대 소식(蘇軾)과 황정견의 두 체(體)를 벗어나지 못했다"[65]고
하였고, 진여의가 당시의 시인들이 "소식을 공부하는 사람들은 황정견
일파를 가리켜 억지스럽다고 손가락질하고, 황정견에 붙는 사람들은 또
소식 일파를 일컬어 제멋대로라고 한다"[66]고 하였다. 이런 말을 종합해
보면, 북송 후기 이후 남송 초에 이르는 시단에는 원우 시단의 대표적인
시인이었던 소식과 황정견의 시를 각기 추종하는 두 파의 시인들이 존
재하였고 이 두 파는 서로 대립 관계에 있었음을 알 수 있다.

그러나 이 시기 시단에는 왕조(汪藻)·소과(蘇過)·섭몽득(葉夢得) 등과
같이 소식 시를 학습하는 사람은 소수였고 강서시파의 성세가 드높았는
데, 황정견과 진사도의 뒤를 이은 강서시파가 점차 여러모로 폐단을 드
러내자 이에 대해 안팎에서 비판이 뒤따랐다. 진암초(陳巖肖)는 "근래 황
정견의 시를 공부하는 사람들은 간혹 그의 시의 묘처는 얻지 못하고, 매
번 시를 지음에 반드시 성운(聲韻)이 격률에 어긋나고 말을 난삽하게 하
고서는 '강서파의 시격(詩格)'이라고 말하는데 이 무슨 짓인가"라고 질타
하였고,[67] 강서시파 내부에서도 여본중(呂本中)은 당시 강서시법을 공부
하는 사람들이 비록 이런저런 시법의 학습에 힘을 다 쓰지마는 왕왕 여
기에서 벗어날 줄을 몰라 황정견의 본래 취지를 저버렸다고 개탄하였
다.[68] 진여의는 시단의 이러한 상황을 목도하고 작품 창작을 통해 문제
를 해결하고자 하였다. 그는 두보 시를 시의 정통으로 제시하고 소식과
황정견이 각기 두보를 이었음을 지적함으로써 소·황 양파로 나누어진

---

65) 劉克莊, ≪後村詩話≫, "元祐後, 詩人迭起, 一種則波瀾闊而句律疏, 一種則鍛鍊精而
　　性情遠, 要之不出蘇黃二體而已."
66) 晦齋, <簡齋詩集引>, "至學蘇者乃指黃爲强, 而附黃者亦謂蘇爲肆."
67) ≪庚溪詩話≫, "然近時學其詩者, 或未得其妙處, 每有所作, 必使聲韻拗捩, 詞語難澁,
　　曰江西格, 此何爲哉."
68) 呂本中, <與曾吉甫論詩第二帖>, "近世江西之學者, 雖左規右矩, 不遺餘力, 而往往不
　　知出此, 故百尺竿頭, 不能進一步, 亦失山谷之旨也."

시단을 하나로 결합시키고자 하였다. 황정견과 진사도의 시를 공부하는 한편 소식의 시도 동시에 학습하여 유려한 구율로 강서시파의 생경(生硬)하고 난삽(難澁)한 폐단을 교정하며 아울러 소·황 두 사람의 장점을 하나로 모아 소식과 황정견의 어느 한쪽만 배우면서 상대를 비난하는 편협한 국한성을 탈피하면서 동시에 독자적인 시를 개척할 것을 주장하였다. 그의 시에 위에서 진암초가 강서시파의 폐단으로 들었던 점들이 적은 것은 바로 이런 연유에서이다.

일반 문학사에서는 남송에 들어 강서시파의 폐단을 개혁한 공을 활법론(活法論)을 제창한 여본중에게 돌리지만 남송 초 시단의 변화는 여본중 한 사람만으로 이루어진 것은 아니다. 진여의는 비록 여본중의 '활법론' 같은 시론을 내세우지는 않았지만, 여본중과의 교제를 통하여 시단의 바람직하지 않은 경향을 바로잡으려는 데 뜻을 같이하고 창작으로 보여 주었다. 창작 성취 면에서는 진여의가 여본중보다 더 뛰어나 그의 시는 당시의 사대부와 선비, 일반인에 이르기까지 널리 전해져 다투어 읽히며 '신체(新體)'라고 일컬어졌다.[69] 이것은 그의 시적 변모가 당시 시단에서 높은 평가를 받은 사실을 증명한다.

시단의 분파 상황을 하나로 조화시키고, 학습 면에서 소식과 황정견을 같이 배우고, 내용 면에서 우국시와 경물시가 많이 등장하고, 형식과 표현에 있어서는 유려한 구율과 자연스러운 표현으로 생경한 강서시파의 폐단을 고치고, 평이하고 간명한 표현을 통하여 서정성이 이전 작가에 비해 더욱 뚜렷해진 점 등은 남송 초의 시단에 발생한 새로운 변화이다. 이것은 진여의 혼자만의 특징은 아니지만, 그의 시는 당시 시단의 새로운 조류의 대표적인 존재였고, 시적 성취도 가장 뛰어났다. 요약하자면 진여의는 황정견 등 강서시파의 주류 시학을 계승하면서도, 일정 부분 나름의 독자적 영역을 구축하여 강서시파의 성취를 발전적으로 이끌

---

69) 葛勝仲, ≪丹陽集≫ 권8, <陳去非詩集序>, "晚年賦咏尤工, 搢紳士庶爭傳誦, 而旗亭傳舍摘句題寫殆遍, 呼稱新體."

어 나갔다는 점에서 그 위상과 지위를 구축한 셈이다.

4 | 결 어

강서시파는 두보를 추존하고 황정견을 배우며, 당시(唐詩)와는 다른 송대적 시 쓰기를 구축해 나간 북송말부터 남송초 간의 일군의 시인들을 지칭하며, 그 구체적 인명은 여본중의 <강서시사종파도(江西詩社宗派圖)>에서 시작되었다. 하지만 그들의 시적 지향이 모두 같지 않고, 시풍 또한 차이가 있으며, 강서 사람만 있는 것도 아니라는 점에서 '강서시파'라는 명칭은 두보를 조종으로 삼으며 대체로 황정견, 진사도, 진여의 등의 시적 지취와 방향을 같이했던 당시 시단의 시인들을 일컫는 명칭으로 보아 무방할 것이다.

그러면서도 그들이 일정한 시사상의 지위를 지닐 수 있었던 것은 그들이 송시의 대표적 특징들을 지향했던 까닭일 것이다. 그것을 한마디로 요약하면 학시(學詩)의 전통이라고 할 수 있을 것이다. 그 배경 요인과 관련해 말하자면, 본서의 머리말에서 송시의 내외적 추향을 설명하는 가운데 설명했듯이, 송대의 사회, 문화, 사상이 일정한 사변적 방향성을 지니며 결정해나간 송시 특징화의 여정에서 필연적으로 드러난 귀결이기도 할 것이다. 즉 송시는 초기 서곤체 등의 답습과 모색기를 거쳐, 구양수와 매요신에서 신방향을 잡아, 소식과 황정견에서 독자적 색깔로 꽃을 피운 뒤, 다시 진사도, 진여의를 비롯한 강서시파 시인들을 거치며 나름의 안정성을 구가해나간 과정이었다고 생각된다.

별도로 독립하여 다룬 진여의는 두보와 황정견을 배운 점에서는 여

느 시인들과 다를 바 없지만, 황정견의 굳고 딱딱한 풍격을 벗어나 평담
과 비장의 풍격을 지니며 섬세한 감각으로 지나친 '기(奇)에서 벗어나고
자 했다. 그는 천재성에 의거한 소식 시의 학습보다는 일정한 규율을 지
향한 황정견을 추종한 많은 강서시인들의 폐단에 대해서도 객관적 시각
을 유지하며, 소식과 황정견의 합류를 시도하려 했다는 점에서 지향과
성취의 독자성을 보여주었다. 이와 같은 북남송 교체기를 거쳐 송시는
이제 완연한 남송적 시 세계를 향해 나아간다.

제5장 남송 중기시

제5장 남송 중기시

宋
詩
史

1 | 개 설

남송 중기시는 1163년에서 1207년 사이의 시기를 말한다. 1163년에 효종(孝宗)이 즉위하여 융흥(隆興) 원년(元年)으로 개원(改元)하고 이후 중흥의 시기를 맞이하였고, 1207년에 송(宋)이 금(金)을 쳤다가 패배를 당하고 다음해(嘉定 元年)에 송(宋) 금(金) 간에 가정화의(嘉定和議)가 이루어지면서 이후로 남송은 쇠퇴 일로를 걷게 된다. 원(元)의 방회(方回) 역시 남송 시단의 중흥기로 효종조(孝宗朝)를 들고, 가정(嘉定) 이후에 사령(四靈) 등이 나타났다고 시기 구분을 하였다.[1]

방회는 송나라가 남도(南渡)한 이후의 시단을 논하면서 "송나라가 중흥한 이래로 정치를 말하는 경우 반드시 건도(乾道, 1165-1173)와 순희(淳熙, 1174-1189) 시기를 말하고, 시(詩)를 말하는 경우 반드시 우무(尤袤)·양만리(楊萬里)·범성대(范成大)·육유(陸游)를 말한다"[2]라고 하였다. 건도와 순희는 남송 효종의 연호이다. 효종의 시기는 융흥(隆興) 원년 5월, 장준(張浚)이 출병(出兵)하였다가 금군(金軍)에 대패하여, 다음해 융흥화의(隆興和議)를 맺은 이후 송과 금 사이에는 대략 40년간 전쟁 없이 평화가 계속되어, 남송에서는 가장 안정된 시대였다. 수려한 강남의 산수에 물산은 풍부하고 많은 인재가 등장하여 남송의 정치·경제·문화가 다시 소생하고 발전하였으며, 문학·예술·경사(經史)·고고(考古)·철학 등 여러 방면에서 극성하여 주밀(周密)은 ≪무림구사(武林舊事)≫에서 효종의 건도·순희 연간에 문물(文物)이 성황을 이룸을 북송(北宋)의 원우(元祐, 1086-1093) 시대

---

1) ≪桐江續集≫ 권32, <送羅壽可詩序>, "乾淳以來, 尤范楊陸蕭其尤也. …… 嘉定而降, 稍厭江西, 永嘉四靈復爲九僧舊."
2) ≪桐江集≫ 권3, <跋遂初尤先生尙書詩>, "宋中興以來, 言治必曰乾·淳, 言詩必曰尤·楊·范·陸."

에 비겨 '소원우(小元祐)'라 하였다.[3]

　이 시기에 시도 중흥기(中興期)를 맞이하였다. 남송 중기의 시를 논하기 앞서 시단의 상황을 간단히 살펴보면, 북송 중기 구양수(歐陽修)와 매요신(梅堯臣) 등에 의해 당시(唐詩)와 다른 송시의 기본 특징이 그 모습을 나타내기 시작한 이래, 북송 후기 왕안석(王安石)·소식(蘇軾)·황정견(黃庭堅)·진사도(陳師道) 등에 이르러 송시의 특징이 더욱 심화, 완성되는 단계에 이르렀고, 그 중에서 황정견을 추종하는 시인들, 즉 강서시파(江西詩派)가 남송에 들어 시단에 큰 세력을 형성하였다. 그러나 이들이 황정견의 본래의 취지를 제대로 계승하지 못하고 여러 폐단을 나타내면서 남송(南宋) 초에는 이를 수정하려는 움직임이 여본중(呂本中, 1084-1145)과 진여의(陳與義, 1090-1139) 등을 중심으로 일어났다.[4] 남송 중기의 시인들은 바로 이러한 시단의 상황 속에서 뒤를 이어 나타났다. 중기의 시작을 1163년으로 잡을 때, 이 해에 이 시기의 대표 시인, 이른바 중흥사대가(中興四大家) 중 육유(陸游, 1125-1210)는 39세, 범성대(范成大, 1126-1193)는 38세, 양만리(楊萬里, 1127-1206)와 우무(尤袤, 1127-1194)는 37세였다. 앞 시기의 진여의와 여본중은 이미 오래 전에 죽었으며, 남송 초기 시단의 또 한 명의 대표 시인인 증기(曾幾, 1084-1166)도 중기가 시작한 지 얼마 되지 않아 죽었다. 중기에는 이밖에도 한원길(韓元吉, 1118-1187)·주필대(周必大, 1126-1204)·소덕조(蕭德藻, ? - ?. 1147년 前後 在世)·왕질(王質, 1127-1189)·주희(朱熹, 1130-1200)·진조(陳造, 1133-1203)·누약(樓鑰, 1137-1213)·강기(姜夔, 1155-1209 ?) 등이 있었다. 중기시(中期詩)는 사대가(四大家)를 대표로 삼는 것이 보통인데, 앞 시기 이래로 전해오는 시단의 흐름, 즉 전통 시가를 대표하는 당시(唐詩)·이와 다른 모습으로의 송시(宋詩), 그 중에서 특히 시단

---

3) 王德毅, <宋孝宗及其時代>(≪宋史研究集≫ 제10집, 1978), 294쪽.
4) 북송 후기에서 남송 초에 이르는 시단의 상황에 대해서는 李致洙의 <北宋 後期에서 南宋 初에 이르는 詩壇의 變化－陳師道와 陳與義의 比較를 중심으로>(≪中國語文論叢≫ 제9집, 1995)를 참고.

에 큰 영향력을 발휘하는 강서시파·이 강서시파에 대한 비판과 수정 움직임 등의 다양한 측면이 혼재된 상황 속에서 '중기'라는 같은 시기에 처한 이들의 시학관념이나 작품 특색에는 어떤 공통된 경향이 존재하는가? 본장에서는 남송 중기라는 송대 시역사상의 한 시기의 주조(主潮)와 성취, 그리고 시사상(詩史上)의 의미를 중흥사대가를 중심으로 살피고자 한다.

2 | 육유(陸游)

육유(1125-1210)는 자(字)가 무관(務觀), 호(號)는 방옹(放翁)·구곡노초(九曲老樵)·입택어은(笠澤漁隱) 등이 있으며, 월주(越州) 산음현(山陰縣) 사람이다. 송(宋) 휘종(徽宗) 선화(宣和)7년(1125)에 출생하여 영종(寧宗) 가정(嘉定)3년(1210)에 향년 86세로 죽었다.

육유는 중국시인 중에서는 최대의 다산작가(多産作家)로 그의 시는 86세의 생애 동안 지금 전해오는 것만 쳐도 9,217수(首)에 이른다. 작품의 수만 많을 뿐만 아니라 작품의 제재도 풍부하여 일찍이 중국의 시사에 등장했던 각종 다양한 내용을 담으면서 새로운 세계를 개척하였으며, 풍격상으로는 또 당대의 두보(杜甫)와 이백(李白), 송대의 소식 등의 시를 가장 잘 계승하였다고 일컬어지는 한편 그만의 독특한 면모와 특색을 지니고 있다. 그러나 육유의 시에 대한 후세의 평가 중 가장 대표적인 것은 '애국시인(愛國詩人)'일 것이다. 이것은 그가 처했던 시대상황과 밀접한 관련이 있다. 조국 송나라가 이민족 금(金)나라의 침략을 받아 중원(中原)을 넘겨주고 황황히 남쪽으로 쫓겨 내려온 상황은 육유로 하여금 비분(悲憤)이 가득 찬 우국(憂國)의 시를 짓게 만들었다. 육유의 시문학이 후세에 높은 평가를 받게 되는 성취를 거두게 된 배경으로는 또한 그가 처했던 시단(詩壇)의 상황을 빼놓고 말할 수는 없다. 북송 말 소식과 황정견(黃庭堅)은 이전의 당시(唐詩)와 다른 개성적인 모습의 시를 지음으로써 많은 사람들의 환영을 받았으며, 특히 황정견을 추종하는 강서시파(江西詩派)가 시단에 큰 영향력을 발휘하고 있었다. 육유도 초기에는 그 시법(詩法)을 학습하였으나 점차 강서시파에 불만을 가지면서 새로운 길을 모색하게 되었다.

(1) 육유의 시론

육유는 어느 한 시인만을 맹목적으로 사승(師承)하지 않았다. 그는 중년(中年)에 촉(蜀)에서 생활을 하면서 시관(詩觀)이 구체화되고, 그것이 실제의 창작을 통해 증현(證現)되었다. 아래에서는 우선 육유의 문학이론 중 그의 시가 강서시파를 탈피하여 독자적인 풍격을 형성하는 데에 보다 직접적인 관계가 있으면서 그의 문학이론의 주요 골간을 이루는 견해를 중점적으로 살펴본다.

1) 시외공부(詩外工夫)

육유의 시학견해 중 가장 대표적인 것이 바로 '시외공부'로 이는 '시내공부(詩內工夫)'의 상대적인 개념이다. 육유는 작가는 먼저 마땅히 고도의 도덕수양을 갖추어야 한다고 주장하였는데 시와 기(氣)의 관계는 조비(曹丕)의 ≪전론(典論)·논문(論文)≫에서 처음 제기되었으나, 조비가 작가의 선천적인 재기(才氣)를 중시한 반면 육유는 후천적인 수양을 강조하였다. 육유의 '양기설(養氣說)'은 한유(韓愈)의 견해와 가까운 바 있어, 한유는 작가의 사상과 도덕이 높아질 때 훌륭한 문장을 써낼 수 있다고 말하였고, 육유 또한 시가 작가의 도덕수양의 반영이라는 점에서 작가의 도덕수양과 작품과의 관계를 중시하였다.

강서시파의 황정견과 여본중 또한 창작의 근본이 도(道)에 있고, 그 도는 수양에서 온다고 말하였으나, 육유는 이뿐만 아니라 현실에서의 실천적인 행동이 양기(養氣) 못지 않음을 강조하고 중시하였는데,5) 이것은 일찍이 황정견이나 여본중이 말하지 않았던 것이다. 육유는 이를 '시외공부'라고 이름 붙이며 시를 배우는 공부는 시 밖에 있어야 한다6)고 하여, 도덕 사상방면의 자기 수양에 힘을 기울이고, 현실생활 속에서 몸소 실천하는 가운데에 사회와 자연, 그리고 인생에 대해 깊은 이해와 체험이 있어야 비로소 좋은 작품을 쓸 수 있음을 강조하였다. '책 밖에 공부가 있다(書外有工夫)'는 주장은 강서시파의 시론과 다른 점으로, 육유가 결국 그 영향을 벗어날 수 있는 이론상의 원동력이 되었다. 육유가 작가의 사상과 품덕의 수양을 중시한 것은 시대적인 의의를 지니는 것으로, 당시 송나라가 밖으로는 금나라와 대치하고, 안으로는 주전파(主戰派)와 주화파(主和派) 간의 대립이 있을 때, 이러한 시대에 처한 지식인들은 더욱이나 정정당당한 행동이 요구됨에도 불구하고 실제에 있어서는 그러지 못하고 반쪽 강토에 안주하며 사기가 쇠미하였다. 그래서 육유는 이러한 현실을 개탄하며 이 같은 주장을 폈던 것이다.

이와 함께 육유는 현실에서 풍부한 체험이 있어야 훌륭한 작품을 쓸 수 있다고 인식하였다. 그는 사마천(司馬遷)과 이백(李白)이 불후의 작품을 쓸 수 있었던 것은 현실의 풍부한 체험을 하나하나 시에 담아 시대의 객관현실을 반영함과 동시에 작자의 진실되고 열렬한 사상과 감정을 나타내었기 때문이라고 하였다. 육유 또한 남정(南鄭)에서 종군생활을 하면서 넓은 체험 속에서 시가삼매(詩家三昧)를 깨달으면서 그의 시는 변화를 맞이하였다. 그래서 그는 "시법(詩法)이 홀로 생겨나지 않음은 옛날부터 같거늘, 어리석은 사람은 허공(虛空)을 새기려 한다. 그대 시의 묘처(妙處)를

---

5) ≪渭南文集≫ 권15, <傅給事外制集序>, "某聞文以氣爲主, 出處無媿, 氣乃不撓"
6) ≪劍南詩稿≫ 권79, <示子遹>, "詩爲六藝一, 豈用資狡獪. 汝果欲學詩, 工夫在詩外."

내가 잘 아니, 바로 산정(山程)과 수역(水驛) 가운데에 있다"⁷⁾라고 하여, 문을 걸어 잠그고 시구의 조탁에 고심하는 시인들(강서파의 시인들이 바로 고음(苦吟)을 공통 특색으로 한다)을 비판하며 시법에만 치우칠 것이 아니라 창작의 시야를 넓혀야 한다고 주장하였다.

2) 비분설(悲憤說)

육유는 시를 짓는 동기론의 입장에서 시란 가슴 속에 쌓인 비분을 표출하는 것이라고 하였다. <담재거사시서(澹齋居士詩序)>에서 말하길 "≪시경(詩經)≫의 처음인 국풍(國風)은 변풍(變風)이 아닌 것이 없다. 비록 주공(周公)의 유풍(幽風)도 또한 변풍이다. 대개 사람의 정은 비분이 가슴 속에 쌓여 말로 나타내지 못할 때 비로소 시로 나타내게 된다. 그렇지 않으면 시란 존재하지 않는다. 소무(蘇武)·이릉(李陵)·도잠(陶潛)·사령운(謝靈運)·두보(杜甫)·이백(李白)은 스스로 어쩌지 못함에 격동을 하였기 때문에 그들의 시는 백대(百代)의 전범(典範)이 되었다"⁸⁾고 하였고, 심지어는 시의 내원(來源)에 대해 "근심 자체가 시의 재료이니, 만약 옛날에 시름이 없었다면 시를 지을 수 있었을까"⁹⁾라고까지 과장하여 강조하였다. 일찍이 <시서(詩序)>가 '언지설(言志說)'을 말했으나, 비분의 표출이란 점에서 ≪시경≫ 이하 역대의 시를 개괄한 것은 육유의 독특한 견해로, 그의 생애와 관련시켜 생각하면 이런 주장을 한 까닭을 더욱 잘 이해할 수 있다. 그는 금(金)의 침략으로 나라가 흔들리던 당시, 나라를 걱정하여 보답하려는 열렬한 사상을 가졌으나 현실에서 좌절을 겪을 때

---

7) ≪劍南詩稿≫ 권45, <題廬陵蕭彦毓秀才詩卷後>, "法不孤生自古同, 癡人乃欲鏤虛空. 君詩妙處吾能識, 正在山程水驛中."
8) ≪渭南文集≫ 권15, "詩首國風, 無非變者, 雖周公之幽亦變也. 蓋人之情, 悲憤積於中而無言, 始發爲詩. 不然, 無詩矣. 蘇武·李陵·陶潛·謝靈運·杜甫·李白, 激於不能已, 故其詩爲百代法."
9) ≪劍南詩稿≫ 권80, <讀唐人愁詩戲作>, "淸愁自是詩中料, 向使無愁可得詩."

그는 울분을 시에 담아 비분강개한 작품을 썼다. 이렇게 보면 육유의 '비분설'은 역대 여러 시인의 경우뿐만 아니라 자신의 체험을 문학관에 옮겨 반영한 것이라 할 수 있다.

'비분설'은 위에서 다룬 '시외공부'와 맥을 같이하는데, 그 핵심이라 할 수 있다. 이 비분은 주로 정치상 뜻을 얻지 못하는 데서 비롯되는 것으로, 유가사회의 지식인의 최대 사명은 치국평천하(治國平天下)인데 이것이 뜻대로 되지 않을 때 탄식을 발하게 된다. 이런 관점으로 인하여 ≪초사(楚辭)≫·두보 시, 그리고 매요신(梅堯臣) 시에 대해 황정견 및 강서시파와는 다른 이해를 가졌다. 황정견은 ≪초사≫를 학습할 것을 사람들에게 권하며 말하길, "만약 ≪초사≫ 같은 작품을 지어 고인의 경지에 이르려면, 모름지기 ≪초사≫를 숙독하여 고인이 뜻을 구비구비 변화 있게 운용한 곳을 보고 강학(講學)한 뒤에 글을 지어야 한다. 손재주 좋은 여인의 아름다운 자수(刺繡)가 일세(一世)에 뛰어나는 경우를 예로 들어보자. 만약에 비단을 짜려면 반드시 비단 짜는 베틀이 있어야 비단을 짤 수 있는 것과 같다"[10]고 하여 어디까지나 형식 격률상 ≪초사≫를 이야기하였다. ≪초사≫ 같은 작품을 지으려면 당연히 숙독해야 하나 그것이 유일한 방법은 아니며, 작품이 성공하는 유일한 보증이 될 수도 없다. 굴원(屈原)의 우국사상이 현실에서 어떤 경우 속에서 시련을 겪고, 비로소 그것을 굴원 자신의 독창적인 언어예술을 빌어 표달하였는가 하는 점을 간과해서는 안된다. 그래서 육유는 '비단 짜는 베틀'을 강조한 황정견의 말에 대해 "하늘나라 베틀과 오색 구름 비단은 내가 운용하기에 달려있는 법, 다듬는 교묘한 솜씨는 칼과 자로 할 수 있는 것이 아니다"[11]고 하여 반대의 입장을 밝혔다. 매요신을 이백과 두보 후의 대가라고 한 것도

---

10) ≪山谷簡尺≫, <王立方之承奉直方>, "若欲作楚辭, 追配古人, 直須熟讀楚辭, 觀古人用意曲折處, 講學之後, 然後下筆. 譬如巧女之文繡妙一世, 若欲作錦, 必得錦機. 乃能成錦耳."

11) ≪劍南詩稿≫ 권25, <九月一日夜讀詩稿有感走筆作歌>, "天機雲錦用在我, 翦裁妙處非刀尺".

같은 맥락에서이다. 황정견·진사도, 그리고 여본중은 매요신의 시에 대해서는 한 자의 언급도 않았고, 육유 당시 강서시법(江西詩法)을 높이는 시인들은 매요신 시를 좋아하지 않았으며, 심지어 비방하는 경향까지 있었다. 매요신은 서하(西夏)의 침략을 받던 당시 현실 속에서 격앙감분하여, 백성의 질고에 대한 감상을 시에 나타냈는데, 일반적으로 '평담(平淡)'으로 평가되는 매요신의 시에 대해 웅혼(雄渾)을 이야기한 것은[12] 육유의 탁견으로, 다름 아닌 '비분설'에서 비롯된 것이다. 이러한 군자의 사회에 대한 사명은 육유 사상의 바탕을 이루며 그의 시론 또한 이것을 중심으로 하고 있다. 그런데 육유가 생각하기에 시에 비분의 감정을 나타내어 독자를 감동시키는 것도 물론 좋지만, 이에 앞서 작자의 수양을 더욱 중시하여야 하니, 작자는 현실에 대해 정확한 인식과 꺾이지 않는 태도를 지녀야 함을 강조하였다.

3) 자연론(自然論)

자연스러운 표현은 본래 대부분의 작가가 추구하는 이상으로, 예컨대 시법(詩法)을 중시하는 황정견도 도연명의 시가 "번거롭고 재고 깎지 않아도 저절로 도리에 맞는 것"을 최고의 경계라고 탄복했다.[13] 그러나 그의 실제 창작은 '호기(好奇)'·'생경(生硬)' 등의 말로 비판을 면치 못하였다. 육유의 '자연론'은 단순한 원칙성의 말이 아니라, 이 같은 황정견 이하 강서시파의 폐단을 비판하는 입장에서 제기되었다. 그는 "문장은 본래 천연히 이루어지는 것, 교묘한 솜씨는 그것을 우연히 얻는다. 순수하여 흠이 없으니, 어찌 다시 인위적인 것을 필요로 하리오"[14]라 했고, "대개 시는 공교(工巧)를 바라나, 공교 또한 시의 지극한 경지는 아니다.

---

12) ≪劍南詩稿≫ 권18, <讀宛陵先生詩>, "先生詩律擅雄渾."
13) ≪豫章黃先生文集≫ 권26, <題意可詩後>, "寧律不諧, 而不使句弱, 用字不工, 不使語俗, 此庚開府之所長也. 然有意於爲詩也. 至於淵明, 則所謂不煩繩削而自合者."
14) ≪劍南詩稿≫ 권83, <文章>, "文章本天成, 妙手偶得之. 粹然無疵瑕, 豈復須人爲".

단련(鍛鍊)을 오래하면 본 뜻을 잃는다"[15]고 하여, 좋은 작품은 단련이나 조탁 등의 인위적인 노력만으로 결코 얻을 수 있는 것이 아니라, 순전히 자연유로(自然流露)임을 강조하여, 황정견의 시가 너무 조탁에 치중하고, 기험(奇險)한 데에 빠졌다고 비판하였다.[16] 그는 시론으로만 이렇게 주장할 뿐만 아니라 실제의 창작에 있어서 자기의 시론을 실천하였다. 육유의 '자연론'은 '양기설'·'시외공부'와 밀접한 관련을 가지고 있다. 양기의 공부는 작시에 있어 반드시 자연스러운 시를 획득하는 데에 귀결되어야 하며, 지나치게 문사에 힘을 쏟은 나머지 성정의 유로를 방해하는 일은 없어야 한다. 시를 다듬는 작업마저 부정하는 것은 아니나, 요는 기골(氣骨)은 마땅히 힘써 닦아야 할 것이되, 법도는 반드시 같을 필요는 없기 때문에, 너무 깎고 다듬어서 도리어 정기(正氣)를 손상시키는 경우를 반대하고, 대신 수양이 깊으면 시 또한 더욱 교묘해지는 길을 제시했다. 그는 다른 사람의 시구를 자신의 시 안에 끌어 모아 마치 많은 헝겊조각을 누덕누덕 꿰매어 만든 '백가의(百家衣)'류의 작풍을 질타하고, 황정견의 '탈태환골(脫胎換骨)'·'무일자무래처(無一字無來處)'를 신봉하는 강서시파를 통박하였다.

이상으로 '시외공부'·'비분설', 그리고 '자연론' 등의 세 면에서 육유의 시관을 살펴보았는데, 각 주장들은 모두 황정견과 강서시파를 대상으로 하였다. 반강서시파(反江西詩派)의 시론을 폈던 장계(張戒)·강기(姜夔), 그리고 엄우(嚴羽) 등과 시공의 거리가 있음에도 불구하고 비슷한 주장을 한 점, 특히 어떤 부분은 이미 선구적인 발언인 점 등은 주목을 끈다. 가장 중요한 점은 이런 시관을 가졌을 뿐만이 아니라, 실제 창작에 있어서도 부단한 노력을 통해 상응하는 성취를 거두어, 강서시파의 속박을 벗어나 독자적인 시를 썼다는 점이다.

---

15) ≪渭南文集≫ 권39, <何君墓表>, "大抵詩欲工, 而工亦非詩之極也. 鍛鍊之久, 乃失本指".
16) ≪劍南詩稿≫ 권78, <讀近人詩>, "雕琢自是文章病, 奇險尤傷氣骨多."

　　강서시파와 다른 시관은 작시에 영향을 크게 미쳤을 뿐만이 아니라, 시를 정리하여 시집을 편찬하는 데에도 관련됨이 크다. 오늘날 통용되는 육유의 시집 ≪검남시고(劍南詩稿)≫는 순희(淳熙) 14년 엄주(嚴州)에 있을 때 손수 편정(編定)하여 각간(刻刊)한 ≪전집(前集)≫ 20권과, 후일 유자(幼子) 자휼(子遹)이 엄주 재임시 순희 15년 이후의 작품을 속각(續刻)한 ≪속고(續稿)≫ 67권을 합친 것이다. 여기서 주의해야 할 것이 ≪전집≫으로 발문(跋文)을 보면 육유가 이 이전에 지은 시에 대해 취사를 많이 하여, 건도(乾道) 2년(1166) 42세 이전의 시로 현존하는 것은 94수인데, 이것이 처음 지었던 시의 20분의 1이라 하니, 대량으로 시를 깎았음을 알 수 있다. 그는 초기의 작품에 대해 "내가 옛날 시를 배울 때는 아직 심득(心得)이 없어 남에게서 남은 찌꺼기를 구걸함을 면치 못했고",[17] "내가 처음 시를 배울 때 단지 문사(文辭)를 공교(工巧)히 하려고 했다"[18]는 불만을 말한 데서 대량 산정(刪定)의 이유와 초기시의 특색이 형식기교의 단련에 힘쓴 것임을 알 수 있다. 엄주 이전에 시를 정리하면서 '42세 이전'이란 특정 시기를 이야기한 것은, 바로 이 해에 그에게 시학뿐 아니라 사상 등의 면에서 큰 영향을 주었던 증기(曾幾)가 세상을 떠났기 때문이다. 육유가 강서시파의 시법을 처음으로 접촉하고 직접 가르침을 받은 것은 바로 이 증기를 통해서였다. 증기와의 인연을 기념하기 위하여 <별증학사(別曾學士)>(권1)로 ≪검남시고≫의 첫머리를 장식했으며, 후일 초기시에 대한 정리도 이 증기가 죽은 해를 하한으로 삼은 것은, 바로 강서시파의 영향 아래 지어졌던 작품을 날카롭고 엄숙하게 검토·비판한다는 면에서 특별한 의미를 띠게 되는 것이다. 그래서 '42세 이전'이라는 시기 설정에 대해 더욱 깊은 이해를 가질 수 있다.

　　육유는 자신의 시를 시기별로 삼분하였는데, 대체로 초기엔 공교에

---

17) ≪劍南詩稿≫ 권25, <九月一日夜讀詩稿有感走筆作歌>, "我昔學詩未有得, 殘餘未免從人乞."
18) ≪劍南詩稿≫ 권78, <示子遹>, "我初學詩日, 但欲工藻繪."

힘썼고, 중기에 굉사(閎肆)한 시풍으로 바뀌었으며, 만기엔 평담한 특색을 보인다. 여본중과 증기를 통해 강서시파의 시학이론을 접한 것이 1기이며, 중년에 '시가삼매(詩家三昧)'를 얻어 큰 변화가 생기는데, 그가 시관상 강서시파를 비판하며, 초기시에 대해 대량의 산정을 하였음은 이미 위에서 살펴본 대로이다.

(2) 육유 시의 연원(淵源)

육유가 살았던 시기에는 중국 고전시가사상 최고의 수준이라는 평을 받는 당시(唐詩)를 포함한 많은 유수한 유산이 집적(集積)되어 전해지는 한편, 시단에는 또 당시와 면모를 달리하는 강서시파(江西詩派)를 추종하는 사람과 비판자 간에 첨예한 대립이 존재하고 있었다. 육유가 이러한 상황에 처해 누구의 시를 어떻게 학습하였는가 하는 점은 육유 시를 보다 정확하게 이해하고 평가하기 위해서 반드시 다루어야 할 대단히 흥미로운 문제이다.

육유 시의 형성에 영향을 미친 시인으로는 우선 강서시파를 들 수 있다. 황정견(黃庭堅)이 시가창작에 있어서 이전에 없었던 새로운 면모로 탁월한 성취를 거두고 독특한 작시방법을 제시하자, 그의 시를 추종하는 시인들, 이른바 강서시파가 나타나게 되었다. 강서시파는 남송에 들어서 시단에서 상당한 세력을 형성하여 남송 시인으로 그 영향을 받지 않은 이가 드물었다. 육유 또한 예외가 아니어서, 작시의 초기부터 이 강서시파와 밀접한 관계를 가져, <강서시사종파도(江西詩社宗派圖)>를 지어 강서시파의 존재를 처음으로 정식 선언한 여본중(呂本中)을 사숙(私淑)하였고, 남송초 강서시파의 대가 중의 한 사람인 증기(曾幾)를 사사(師事)하였다. 증기는 일찍이 육유 시를 평해 그 연원이 여본중에서 나왔다고 지적하여 육유의 초기시와 강서시파와의 연원관계를 시사한 바 있다. 황정견

이후의 강서시파의 말류(末流)는 청신(淸新)을 추구한 황정견의 본래 취지와 달리 고의로 시율(詩律)을 어기고 난삽한 말을 즐겨 쓰는 폐단을 드러냈다. 이에 여본중은 활법(活法)을 제창하여 생경(生硬)한 폐단을 바로잡으며 황정견이나 진사도(陳師道) 등의 초기 작가에 비해 훨씬 유려하고 자연스러운 시를 지었고, 증기의 시 또한 "만약 사흘 간의 비가 없었다면, 어찌 이 한 해 가을이 다시 찾아왔으리오(若無三日雨, 那復一年秋)"(<민우(憫雨)>)·"어찌하여 만 집의 고을에 매화 한 가지도 보이지 않나(如何萬家縣, 不見一枝梅)"(<고우무매화구지우양수등직각(高郵無梅花求之于揚帥鄧直閣)>) 등과 같이 경쾌하다. 증기가 육유 시의 연원이 여본중에서 나왔다고 한 것은 아마도 이런 특색을 가리킨 것이리라 생각되는데, 육유의 초기시 중에 이미 "산이 겹겹 물도 겹겹 길이 없나 했더니, 버들빛 짙고 꽃 붉은 곳에 마을이 또 하나 있다(山重水複疑無路, 柳暗花明又一村)"(권1 <유산서촌(遊山西村)>)와 같은 예가 보인다. 이것은 전체 육유 시에서 가장 두드러진 특색 중의 하나로, 연원을 따져보면 여본중과 증기의 영향에서 나왔다고 할 수 있다. 육유는 시가 창작에 있어서 여본중·증기와 유사한 특색을 가질 뿐만 아니라, 시법의 전수에 있어서도 서로 연원 관계를 가지니, 증기는 여본중으로부터 '활법'설을 배웠고, 이 이론은 또 증기를 거쳐 육유에게 전해졌다. 육유는 만년에 "내가 다산(茶山, 증기의 號) 선생으로부터 전해진 말을 들었는데, 문장은 죽은 구절을 넣은 것을 절대로 삼가야한다고 하셨다(我得茶山一轉語, 文章切忌參死句)"(권31 <증응수재(贈應秀才)>)고 하였는데, 증기는 일찍이 "절대로 죽은 구절을 넣으면 안된다(愼勿參死句)"(<독여거인구시유회기인작시기지(讀呂居仁舊詩有懷其人作詩寄之)>)고 말했다. 또 육유가 <시아(示兒)>시(권25)에서 말한 "글은 환골(換骨) 외에 달리 방법이 없다(文能換骨餘無法)"는 것은 증기가 앞의 시에서 "고생을 다해도 시종 경지에 이르지 못하다가, 홀연 모골(毛骨)이 바뀌게 되었다(辛苦終不遇, 忽然毛骨換)"고 말한 뜻이다.

　　육유가 강서시파에서 받은 영향은 이외에 연자(煉字)를 중시하고 오체

(吳體)를 쓴 것을 들 수 있다. 증기는 자구(字句)의 조탁(雕琢)에 매우 힘을 기울인 한구(韓駒)의 영향을 받았고, 육유 또한 황정견 등 강서시파 시인들이 참신한 시어를 추구한 정신은 받아들였으나 지나치게 기이한 표현을 찾는 것은 취하지 않았다.[19] 오체(吳體)는 두보(杜甫)가 시작한 이후 황정견에 이르러 대량으로 이 체를 사용하였고, 증기도 두보와 황정견을 종주로 삼으면서 요체(拗體) 칠언율시(七言律詩)에 있어서 그들의 영향을 받아 많은 작품을 지었다. 육유의 ≪검남시고(劍南詩稿)≫에도 <이월이십사일작(二月二十四日作)>(권1)・<오체기장계장(吳體寄張季長)>(권38)・<연음욕설배민(連陰欲雪排悶)>(권55) 등의 오체 작품이 있으나 그 수량이 많지 않고 전체 작품 중에서도 이렇다 할 특색을 이루지 못하기 때문에 이 방면에 있어서는 강서시파의 영향을 크게 논할 게 못된다. 이처럼 육유는 증기로부터 강서시파의 각종 시법을 전수받았으나 증기의 시나 강서시파의 시법을 맹목적으로 그대로 따르지는 않았다. 육유와 여본중・증기와의 관계를 논함에 있어 두 가지를 더 부가하면, 첫째, 여・증 두 사람이 시국을 비판하고 우국의 정을 묘사한 작품들은 육유 초기의 우국시(憂國詩)에 다소간에 영향을 미쳤을 것이고, 둘째, 같은 강시시파 작가라도 시기와 작품 특색에 따라 세분을 하면, 육유가 영향을 받은 여본중과 증기는 모두 제2기에 속하는데, 이들의 시에는 비록 기험하고 딱딱한[奇峭拗硬] 작품이 있긴 해도 초기에 비하여 점차 유창하고 유려함을 추구하며 초기 시인들의 폐단을 바로잡고자 하였다.[20] 육유는 다행히도 이 두 사람을 사사함으로써 초기 작가와 말류(末流)가 흔히 범하는 폐단을 피하며, 독자적인 시 세계를 개척할 수 있었다.

육유 시에 영향을 미친 시인으로는 강서시파 외에 또 두보(杜甫)・매

---

19) 예컨대 "五更落月移樹影, 十月淸霜侵馬蹄"(권2, <馬上>)・"津吏報增三尺水, 山僧歸入萬重雲"(권18, <秋雨北榭作>)・"猫健翻憐鼠, 庭荒不責童"(권67, <自嘲>) 등은 모두 강서시파의 瘦硬한 표현에 가까운 예이다.

20) 梁昆, ≪宋詩派別論≫(東昇出版事業公司, 1980), "漸欲向活動圓轉之途, 雖亦有奇峭拗硬之作, 而不專以奇峭拗硬見長, 故子薇之倡活法, 茶山之言不參死句."(92쪽)

요신(梅堯臣)・굴원(屈原)・도연명(陶淵明) 등이 있다. 이들 시인은 각기 시기별로 육유 시에 영향을 미쳤는데, 대체로 말해 초기에는 위에서 본 바와 같이 여본중과 증기로부터 강서시파의 구율(句律)과 창작이론을 배우고 유려한 풍격을 계승・발전시켰으며, 중년 시기에 굴원의 충분우국(忠憤憂國) 정신과 환상적인 표현수법을 배웠고, 만년에 평담자연(平淡自然)한 도연명 시에 영향을 받았다. 두보와 매요신은 초기 이후 여러 시기에 걸쳐 크고 작은 영향관계가 계속되어, 두보로부터 상시우국(傷時憂國) 정신・엄정(嚴整)한 시율(詩律)・침울비량(沈鬱悲涼)한 풍격을 학습하였고, 매요신 시의 정심(精深)한 특색을 배웠다. 그 외에도 이백(李白)・잠삼(岑參)・소식(蘇軾) 등과도 성향(性向)・시풍・표현수법 등의 면에서 유사한 곳이 있다. 요컨대 육유는 제가의 특장을 취하면서 어느 한 사람에 구속을 받지 않고 나름대로 독특한 면모의 시를 썼다.

(3) 육유의 시

육유 시는 현재 전해지는 작품만 계산하여도 9천2백여 수가 있어 중국고전시인 중 그 양이 제일 방대할 뿐만 아니라 제재 또한 매우 광범하며, 표현 방면에 있어서도 당시 시단에 강력한 영향을 미치던 강서시파와는 다른 특색을 보여 개성적인 시 세계를 창출하였다.

1) 육유 시의 주요 내용

대복고(戴復古)는 일찍이 육유의 시에 관해 "이백・두보・진사도・황정견은 시의 제재가 지극히 광범하지 못했으나, 선생(육유)은 하나도 남김없이 모사(模寫)하였다"[21]고 대단히 추앙하였다. 지금까지의 육유 시에

---

21) ≪石屛詩集≫ 권6, <讀放翁先生劍南詩草>, "李杜陳黃題不盡, 先生模寫一無遺."

대한 논의는 대체로 애국시에 중점을 두고 있으나, 이것으로는 육유 시의 다양한 내용을 제대로 밝힐 수 없다. 아래에서는 몇 가지 주요 내용을 중심으로 그의 시를 살피기로 한다.

① 우국(憂國)

육유 시의 주요 주제는 우국이다. 우국시가 생겨난 배경으로는 시대 환경·유년시기 피난의 경험·아버지와 증기(曾幾)를 비롯한 우국지사의 영향 등을 들 수 있다. 육유의 우국시는 내용상 시국을 슬퍼하는 시와 나라를 구하려는 뜻을 읊은 시, 그리고 뜻을 이루지 못한 불우한 신세를 탄식하는 시 등으로 나눌 수 있다.

첫째, 육유는 난세를 만나 암울한 현실을 목도하고 작품에서 현실 중의 여러 문제를 지적하였다. 시국을 슬퍼하고 세상을 걱정하는 시는 대체로 다섯 부류로, 중원의 함락·군신과 장수들의 유약과 안일·민생의 고통·학술사상의 쇠미, 그리고 풍속의 퇴폐 등을 개탄하였다. 이 중에서 육유가 가장 애통해한 것은 북방의 산하가 이민족의 손에 함락되어, 중원의 유민들은 이민족의 잔혹한 폭행에 고생하며 남송의 조정이 북진해오기를 바라지만, 남송 조정은 주화파(主和派)가 장악하여 종택(宗澤)이나 악비(岳飛) 같은 항전의 명장들을 박해하고 무사안일만을 즐기고 있는 점이다.

> ┃關山月22) ┃ 관산의 달
>
> 和戎詔下十五年　오랑캐와 강화하는 조서 내린지도 15년
> 將軍不戰空臨邊　장군은 싸우지 않고 헛되이 변방만 지킨다.
> 朱門沉沉按歌舞　권력자들은 깊고 깊은 집안에서 가무에 박자를 맞추는데
> 廄馬肥死弓斷弦　마굿간의 말은 살만 쪄 죽고 활은 줄이 끊어져버렸네.

---

22) ≪劍南詩稿≫ 권8.

戍樓刁斗催落月	수루(戍樓)의 조두(刁斗) 소리는 달이 떨어짐을 재촉하고
三十從軍今白髮	나이 서른에 종군한 사람 이제 백발이 되었다.
笛裏誰知壯士心	피리 속의 장사(壯士) 마음 그 누가 알아줄까
沙頭空照征人骨	모래 위의 달은 공연히 전사(戰士)의 백골을 비춘다.
中原干戈古亦聞	중원의 전란은 옛부터 들은 것이긴 하나
豈有逆胡傳子孫	오랑캐가 자자손손 대 이음 어찌 있을 수 있는 일인가?
遺民忍死望恢復	유민들은 사경을 참고 국토 수복을 바라면서
幾處今宵垂淚痕	몇 군데서 오늘 밤 눈물지을까?

황제의 강화 조서(詔書)·권력자들의 가무(歌舞) 탐닉·전사(戰士)의 보
국 열정, 그리고 유민들의 수복 갈망 등을 대비해서 묘사하며, 자신의 현
실에 대한 근심과 울분을 토해냈다.

둘째, 육유는 현실의 여러 문제점을 비판하는 동시에, 또한 폐단을
바로잡을 의견을 제시하였다. 군비(軍備)를 잘 갖추어 기회를 기다렸다가
중원의 잃은 땅을 수복하고, 예법과 법률을 간소화하며, 남도(南渡)한 서
북(西北) 사대부를 뽑아서 쓸 것을 주장하였고, 붕당(朋黨)을 질책하였다.
또 백성의 빈곤이 사회의 최대 문제라 생각하여 세금을 경감하고 호족
(豪族)과 부상(富商)들이 마음대로 횡포 부리는 것을 견제할 것을 주장하
였으며, 또 퇴폐 풍속을 바로잡을 것을 효종(孝宗)에게 건의하였다. 이밖
에 학술방면에 있어서는 육경(六經)을 높이 받들어야 된다는 뜻을 거듭
하여 천명하였다.

그 중에서도 중원이 이민족에 의해 함락된 것을 최대의 유감으로 생
각하며 그들을 몰아내고 옛 강토를 수복하고자 하는 강렬한 포부의 표
현이야말로 육유 시의 가장 주요한 주제의 하나이다.

▌金錯刀行23) ▌ 금착도의 노래

黃金錯刀白玉裝	황금으로 아로새긴 칼에 백옥 장식 칼자루

---

23) ≪劍南詩稿≫ 권4.

夜穿窻扉出光芒	밤이면 창문을 뚫고 빛이 뻗어나간다.
丈夫五十功未立	대장부 쉰 살에 아직 공을 세우지 못하여
提刀獨立顧八荒	칼 잡고 홀로 서서 팔방을 둘러본다.
京華結交盡奇士	서울에서 사귄 사람은 모두 뛰어난 선비들
意氣相期共生死	의기투합하여 생사(生死)를 함께 하자 기약하였네.
千年史策恥無名	천년의 역사책에 이름이 없는 것을 부끄러이 여기며
一片丹心報天子	일편단심으로 천자에게 보답하려 하네.
爾來從軍天漢濱	근자에 한수(漢水) 가에 종군하니
南山曉雪玉嶙峋	종남산(終南山)은 새벽 눈에 옥산(玉山) 같이 우뚝하다.
嗚呼	아아
楚雖三戶能亡秦	초나라는 세 집만 있어도 진나라를 멸망시킬 수 있다는데
豈有堂堂中國空無人	어찌 이렇게 큰 중국에 사람이 전혀 없겠는가?

이 시를 지을 때 비록 나이가 이미 50세에 가까웠으나 여전히 나라에 보답하고 공을 세우는 강렬한 포부를 가지고 뛰어난 재능의 인사들과 단결하여 반드시 적군을 몰아내고 중원을 수복할 수 있다는 신념을 표명하였다.

육유의 우국열정은 다양한 제재 속에 표현된다. 일상생활 중의 어떠한 일이나 사물일지라도 모두 그로 하여금 적을 몰아내고 중원을 수복하는 일을 연상시키게 만든다. 하늘에서 큰 눈이 펑펑 내리는 것을 보고 군대의 장대한 진(陣)을 연상하고 중원 땅 수복이 늦어짐을 탄식하며, 또 저녁에 창문의 문풍지가 울리는 소리를 듣고는 철마(鐵馬)가 행군하는 소리를 연상하며 일어나 두주(斗酒)를 기울이며 요새(要塞)로 진군(進軍)하는 노래를 부른다. 이외에도 책을 보거나, 지도(地圖)를 보거나, 혹은 해당화(海棠花)를 구경하고, 기러기 소리를 듣거나 등등, 어느 경우 할 것 없이 모두 육유로 하여금 중원이 함락 당한 현실을 슬퍼하게 만든다.

셋째, 육유는 일생토록 이민족을 몰아낼 것을 주장하였으나 조정이 줄곧 구차하게 편안함에만 빠져 극히 짧은 기간을 제외하고는 시종 주화파가 장악하여 이상과 포부를 실현할 수 없었다. 그래서 작품 중에 항상 비분이 나타난다.

┃ **書憤**24) ┃ 분함을 적다

早歲那知世事艱	젊을 때는 어찌 알리 세상 일 험난한 줄을
中原北望氣如山	북쪽으로 중원을 보면 기세는 산과도 같았다.
樓船夜雪瓜洲渡	전선(戰船)은 밤 눈 내리는 과주도(瓜洲渡)에서 작전하고
鐵馬秋風大散關	철마는 가을 바람 부는 대산관(大散關)을 치달렸다.
塞上長城空自許	만리장성 되어 변방을 지키겠다던 웅지는 헛되이 되어버리고
鏡中衰鬢已先斑	거울 속엔 흰머리 어느덧 앞질러서 희끗희끗.
出師一表眞名世	<출사표>는 참으로 후세에 이름나니
千載誰堪伯仲間	천년 이래 그 누가 비견될 수 있으리오.

젊은 시절의 호쾌하고 큰 포부를 회상하며, 어느덧 노년이 되어 중원 수복의 뜻을 이루지 못함에 대한 비분을 침울한 어조로 나타내었다. 그러나 육유는 시종 굳건하게 자신의 신념을 고수하여, 자기가 죽은 뒤 나라를 걱정하는 심장과 간(肝)은 금철(金鐵)로 응결될 것이니, 그것으로 보검(寶劍)을 만들어 매국노 간신의 피를 그 위에 발라 제사지내면 전쟁 때 반드시 금나라를 소멸시킬 것이다라고 말하였고,25) 설령 죽더라도 귀신의 우두머리가 되어 복수하겠다고 하였다.26) 이런 점은 비록 똑같은 우국의 작품이더라도 육유가 굴원(屈原)이나 두보(杜甫)와 다른 점이다.

육유의 우국시는 작품 수량이 많고 제재도 풍부하며 표현수법도 다채로워, 어떤 시는 직접 감정을 노래하고 주장을 펼쳤으며, 혹은 여러 경물(景物)을 접하면서 일어나는 감흥을 읊거나, 과거를 회상하며 지금의

---

24) ≪劍南詩稿≫ 권17.
25) ≪劍南詩稿≫ 권35, <書志>, "肝心獨不化, 凝結變金鐵. 鑄爲上方劍, 釁以佞臣血. ……… 三尺粲星辰, 萬里靜妖孼. 君看此神奇, 醜虜何足滅."
26) ≪劍南詩稿≫ 권35, <書憤>, "壯心未與年俱老, 死去猶能作鬼雄."

처지를 슬퍼하였다. 시체(詩體)에 있어서는 가행체(歌行體)를 즐겨 사용하여 매우 특색을 보이며, 왕왕 송나라 군대가 승리하는 갈망과 상상을 표현하였다. 풍격은 대체로 호매(豪邁)·비장(悲壯)한 특색을 보인다.

② 전원(田園)

육유 시의 주요 주제의 하나는 전원으로, 전원시는 작품 주제의 중요성에 있어서 결코 앞에서 논한 우국시에 못지 않고, 풍격에 있어서도 다른 모습을 보인다. 대체로 말해, 육유의 관직생활은 모두 22년이며, 전원생활은 벼슬길에 나간 이후의 것만을 들더라도 30년에 가까워, 자연히 시집 중에 전원시가 상당히 많다. 육유의 전원시는 65세 때 파직을 당해 고향에 돌아온 이후의 근 20년에 가까운 끝의 두 시기에 가장 많이 지어졌으며, 육유 전원시의 특색을 가장 잘 대표한다.

육유의 귀향은 마지막의 것을 제외하고는 자원에 의한 것이 아니며, 이 파관은 또 그가 정사를 잘 못했기 때문이 아니다. 육유는 비록 나라를 구하려는 장지를 가졌으나, 벼슬길에서 거듭해서 집권자의 배척을 받아, 항상 비분·침통한 심정으로 고향에 돌아갔다. 그러나 그는 전원생활을 하면서 점차 다른 하나의 극히 의미 있는 세계를 발견하고, 이것으로 현실에서의 고민을 잠시 잊고 마음의 위안을 얻고자 하였다.

육유의 전원시는 내용상 크게 세 부류로 나누어 살필 수 있다. 첫째는 전원생활과 심경을 노래한 시이다. 육유가 고향에서 지낼 때의 여러 시를 읽어보면 시에서 항상 '폐문(閉門)'과 이와 유사한 의미의 글자, 예컨대 '두문(杜門)'·'폐호(閉戶)'·'엄시문(掩柴門)' 등을 사용하는 것을 주목할 수 있다. 이들 평범한 글자는 결코 단순하게 일상성의 동작을 가리키는 것이 아니라 별도의 의미를 가지고 전원생활 중 육유의 모종의 심리와 지향(指向)을 상징한다. "문을 닫고 이 한 세상 마치리(杜門終此世)"(권32 <매천(梅天)>)·"유인(幽人)은 하루종일 사립문을 닫는다(幽人終日掩柴門)"(권13 <유거(幽居)>) 등에서 보듯이 정상적으로 외부와 왕래하는 통로

인 '문(門)'을 육유는 닫아버린다. 육유의 귀향은 대부분 외부의 배척을 받아 이루어진 것으로, 사실에 있어서 육유가 이상으로 나아가는 길을 막아버린 것은 외부세계로, 육유를 만리 밖으로 쫓아낸 것이다. 육유가 돌아온 고향은 서울에서 멀리 떨어진 세계로, 항상 구름 산과 안개 낀 물에 의해 천 겹 만 겹 둘러싸여 있으며, 육유는 그 가운데에 즐겨 처한다. 그가 외부로 통하는 길을 닫아버리는 것은 한편으로는 세속의 어지러움을 피하려는 것이고, 한편으로는 자기의 절조를 굳게 지키고자 하는 것이다. 즉 그는 현실과 일단의 간격을 유지하며 자족자적의 내재세계를 추구하였다. '폐문(閉門)' 안에서 비로소 아무런 매인 데 없는 자유로움을 획득하며 생기가 충만한 생활을 맞았다. 그리하여 다른 한편, 그의 시선은 다른 세계로 향하여 즐거이 문을 열고 나선다. "한바탕 웃으며 문을 열고 밝은 달을 바라본다(一笑開門看月明)"(권15 <야좌유진희작(夜坐油盡戱作)>)·"옷 입고 일어나 집을 나서며, 한바탕 웃으면서 이웃 노인을 찾는다(振衣起出戶, 一笑尋鄰翁)"(권15 <초한(初寒)>)의 '명월(明月)'과 '인옹(鄰翁)'은 그가 외부와 격리된 뒤, 고향에서 발견한 도화원(桃花源) 세계로, 그에게 큰 위안을 주었고, 그도 항상 '일소(一笑)'로 대하였다. '일소'란 말은 육유의 전원시 중에 자주 보이는 관용어 중의 하나로, 그는 이 말로 한적자락(閑適自樂)의 심경을 표현하였다. '폐문'에서 '개문(開門)'에 이르는 표현을 통하여 육유가 관직에서 폄적을 당해 고향에 돌아온 이후, 좌절과 모순을 극복하는 데서 자적자락에 이르는 심경과 생활을 볼 수 있다.

┃ 小園27) ┃ 작은 정원

小園煙草接鄰家	작은 정원의 안개 낀 풀은 이웃집과 접해 있고
桑柘陰陰一徑斜	뽕나무가 무성한 길 비스듬히 뻗어 있다.
臥讀陶詩未終卷	누워서 도연명(陶淵明) 시를 읽다가 아직 책을 다 보지 않았지만

又乘微雨去鋤瓜　　또 가랑비 내리는 틈을 타서 오이를 호미질하러 간다.

　처음 두 구는 정원의 풍광을 묘사하고, 뒤의 두 구는 자기의 전원생활을 묘사하였다. 한적한 정취와 뽕나무 심고 밭가는 생활의 일면을 볼 수 있다. 전원에 갓 돌아왔을 때는 아직 이상을 실현하기 어려움에 대한 탄식이 강했으나 차츰 농부의 생활을 즐겁게 여겨, 도롱이 옷을 입고 비바람을 무릅쓰고 나가서 채소를 심고 꽃을 재배하며 소에게 여물을 먹이면서, 스스로를 그 옛날 태평시대의 무회씨(無懷氏)와 갈천씨(葛天氏)의 백성에 비유하였다.

　육유는 고향에 돌아온 뒤 촌 늙은이가 되어 따뜻한 인정이 넘치는 마을 사람들과 사귀면서 큰 위안을 받으며 실의를 잊었다.

▌山村經行因施藥[28] ▌ 산촌을 다니며 약을 베풀다

驢肩每帶藥囊行　　노새 어깨에 매번 약주머니를 달고 다니면
村巷歡欣夾道迎　　마을 골목에 사람들 기뻐하며 길 양쪽으로 모여들어
　　　　　　　　　반긴다.
共說向來曾活我　　모두들 말하길 "일찍이 저희들을 살려주셔서
生兒多以陸爲名　　아이들이 태어나면 육(陸)자로 이름을 많이 짓습니다"
　　　　　　　　　고 한다.

　그는 우연히 문을 나서 동쪽 마을을 거닐 때나, 혹은 산골마을에 가서 사람들의 병을 치료해 줄 때, 항상 그들의 따뜻한 환대를 받았다. 육유는 또 때로는 비록 나이는 일흔이지만 동심(童心)으로 아이들을 따라 투초(鬪草)놀이를 하며 온 산을 돌아다니다 보면 어느덧 해가 지고 달이 뜨는 경우도 있었다.[29] 이것은 다른 전원시인, 예컨대 도연명(陶淵明)이나 왕유(王維)·맹호연(孟浩然)·범성대(范成大) 등의 전원시에서는 찾기 어려

---

28) ≪劍南詩稿≫ 권65.
29) ≪劍南詩稿≫ 권13, <蔬圃絶句>, "嬾隨年少愛花狂, 且伴群兒鬪草忙. 行遍山南山北路, 歸時新月浸橫塘."

운 생활의 정취이다. 육유의 전원생활은 조용하고 한적하기만 한 것이 아니라 생기가 넘쳐흐르는 점을 발견할 수 있다.

둘째는 농촌생활을 묘사한 시이다. 농민의 노동을 읊은 것으로 봄비 내린 뒤 물을 대고 밭을 가는 모습을 노래한 <춘만즉사(春晩卽事)>(권70), 추수하는 장면과 농민의 기쁨을 표현한 <추확가(秋穫歌)>(권37) 등이 있다. 또 <새신곡(賽神曲)>(권29)은 산음(山陰) 지방의 풍속을 묘사하였는데 늙은 무당의 치사(致詞)를 통하여 어미 닭이나 오리 한 마리가 새끼를 백 마리 낳고 해마다 세금이 줄며 관리의 형벌은 없어지기를 바라는 촌민의 소박한 소원을 반영하였다. 이외에 시골에서 접하는 사람들을 읊은 작품으로 <아모(阿姥)>(권43)・<경호녀(鏡湖女)>(권28)・<동오여아곡(東吳女兒曲)>(권19) 등이 있다.

육유의 전원시 중에는 농민의 생활에 관심을 가지고 그들의 질고를 반영한 시도 적지 않다. 이웃집 사람이 밥도 먹지 못한 채 관리에게 잡혀가는 것을 보고 불쌍히 여기며 지은 것이 다음의 시이다.

春得香秔摘綠葵	향긋한 메벼를 찧고 푸른 아욱을 따건만
縣符急急不容炊	관청의 공문서는 빠른 처리 재촉하여 밥 짓는 것도 용납하지 않는다.
君王日御金華殿	임금께선 날마다 금화전(金華殿)에 납시지만
誰誦周家七月詩[30]	그 누가 ≪시경(詩經)・칠월(七月)≫시를 읊조려 들려드릴까.

<칠월>은 농민의 노동을 읊조린 시인데, 육유는 누가 임금께 이 시를 들려드려 농민의 수고로움을 말씀드릴까 개탄하였다.

셋째는 전원의 경치를 묘사한 시이다. 육유의 고향 산음(山陰)은 경치가 아름다운 곳이다. 외지(外地)로 벼슬을 나가면 항상 고향을 그리워하다가, 전원에 돌아온 이후에는 자연히 도처를 한가로이 노닐며 즐겼다.

---

30) ≪劍南詩稿≫ 권21, <鄰曲有未飯被追入郭者憫然有作>.

┃柳橋晩眺[31] ┃ 유교에서 저녁 경치 바라보다

小浦聞魚躍	작은 개천에 물고기 뛰어오르는 소리 들리고
橫林待鶴歸	늘어선 숲은 학이 돌아오길 기다린다.
閑雲不成雨	한가로운 구름은 비를 내리지 않고
故傍碧山飛	짐짓 푸른 산 옆에서 떠다니고 있다.

이 시는 저녁 무렵의 전원의 풍광을 묘사한 시이다. 푸른 산의 색채와 물고기가 내는 소리 속에 자연물들 간의 움직임과 조용함이 잘 조화를 이루며 생기 넘치는 한적한 경치를 그려냈다. 육유의 시집 중에는 이처럼 청신하고 자연스러운 필치로 농촌의 경치를 잘 묘사한 시구가 적지 않다.

육유는 관직에서 폄적 당하여 고향에 돌아온 뒤, 심신의 편안함을 추구하며, 인정미 넘치는 촌민들과 접촉하면서 이전의 번뇌를 잠시 잊으며 안빈낙도(安貧樂道), 한적하고 즐거운 생활을 보냈다. 시풍도 이에 따라 점차 평담(平淡)함으로 바뀌었다.

③ 기몽(紀夢)

육유의 시에는 꿈의 내용과 그에 관련된 느낌을 서술한 기몽시(紀夢詩)가 많아 무려 157수나 된다. 그의 꿈시에 나오는 세계는 육유의 모종의 심리의 반영으로 오랑캐를 평정하는 꿈, 먼 곳을 찾아가는 꿈, 도교나 불교와 관련된 꿈, 즐거운 생활의 일면을 나타낸 꿈, 친근한 사람에 대한 꿈, 고향(故鄕)에 대한 꿈 등의 여섯 가지로 나눌 수 있다.

육유가 평생 오랑캐를 몰아내고자 하였으나 현실에서 이루어지지 못한 장지(壯志)는 꿈을 통해 행동으로 표현된다. <십일월사일풍우대작(十一月四日風雨大作)>을 보자.

---

31) ≪劍南詩稿≫ 권47.

僵臥孤村不自哀　　외진 마을에 꿈쩍 않고 누워 있어도 스스로 슬프지
　　　　　　　　　　않고
尙思爲國戍輪臺　　아직도 생각한다 나라 위해 변방 윤대를 지키는 것을.
夜闌臥聽風吹雨　　깊은 밤 누워서 비바람 몰아치는 소리를 듣노라니
鐵馬冰河入夢來32)　철마 타고 얼어붙은 하천을 치달리는 일이 꿈 속에
　　　　　　　　　　들어온다.

　　고향의 한가한 생활 가운데에서도, 어느 비바람이 대단한 밤에 시인
은 철마를 타고 함락된 중원을 수복하고자 하는 꿈을 꾼다. 다음 시는
그 구체적인 내용이라 할 수 있다.

殺氣昏昏橫塞上　　살기는 어둑어둑 변방의 요새 위를 가로지르는데
東並黃河開玉帳　　동쪽으로 황하를 끼고 대장의 막사를 세웠다.
晝飛羽檄下列城　　낮에는 깃털 격문을 날려 늘어선 성을 함락시키고
夜脫貂裘撫降將　　밤에는 담비 가죽옷 벗어 항복한 장수들을 달랜다.
將軍櫪上汗血馬　　장군의 마구간엔 한혈마(汗血馬) 있고
猛士腰間虎文韛　　용사의 허리춤엔 호랑이 무늬 활집 있다.
階前白刃明如霜　　섬돌 앞엔 흰 칼날이 서리 같이 번뜩이고
門外長戟森相向　　문 밖에는 긴 창이 빽빽하게 마주 향한다.
朔風卷地吹急雪　　북풍은 땅을 휘몰아 급하게도 눈을 날려
轉盼玉花深一丈　　눈 깜짝할 사이에 흰 눈은 한 장(丈)이나 쌓였다.
誰言鐵衣冷徹骨　　누가 말했던가 갑옷의 한기가 뼈 속까지 스며든다고
感義懷恩如挾纊　　의로움과 은혜에 감격하니 솜옷을 껴입은 듯 하다.
腥臊窟穴一洗空　　누린내 나는 소굴은 한 번에 깨끗이 소탕되고
太行北嶽元無恙　　태항산(太行山)과 항산(恒山)은 원래처럼 아무 탈이 없다.
更呼斗酒作長歌　　다시 말술 가져 오라 소리치고 긴 노래를 지어
要遣天山健兒唱33)　천산(天山)의 건아들로 하여금 노래부르게 한다.

　　이 시는 황하(黃河) 밖에 군대를 주둔하여 잃었던 옛 땅을 되찾는 꿈

32) ≪劍南詩稿≫ 권26.
33) ≪劍南詩稿≫ 권4, <九月十六日夜夢駐軍河外遣使招降諸城覺而有作>.

을 꾸고 깨어나서 그 내용을 적은 시이다. 이 시를 짓기 전에 "서생(書生)은 또 꼭 끼는 군복을 입어본다"・"풀숲의 쥐새끼 무리들 어찌 수고로이 손수 잡아 죽이리오, 은하수를 끌어다가 낙수(洛水)와 숭산(崇山)을 씻어버려야겠다"[34]・"큰 포부는 아직 완전히 없어져버린 것은 아니고, 술 취해 박달나무 비파에서 울리는 <요새를 나서는 노래>를 듣는다"[35] 등의 시가 있어, 당시에 이 시를 지은 심리배경을 엿볼 수 있다. 프로이드에 의하면 꿈은 소망의 달성이며, 꿈속의 소망은 억압받는 욕망이라고 하였다. 육유의 소망은 옛 땅을 수복하는 것인데, 현실에서는 실현되지 못하고 누차 억압을 받던 것이 꿈속에서 보상을 받게 된다. 황제의 군대가 위세 당당하여 오랑캐가 싸우지 않고도 항복을 한다는 이러한 낙관정신은 육유 우국시의 주요 특색의 하나로, ≪검남시고(劍南詩稿)≫의 곳곳에서 볼 수 있다.

또 육유는 만년에 항상 적막을 느끼면서 현실에서 볼 수 없는 사람들을 꿈을 빌려 다시 만난다. 시험문제 출제 때문에 외부와 떨어져 있는 동안 아이들을 꿈에 보기도 하고, 죽은 지 42년 되는 그의 스승 증기(曾幾)를 만나기도 한다. 76세 되던 해, 육유는 꿈에 범성대・이석(李石)・우무(尤袤)와 강가의 정자에서 만나 즐거운 시간을 가졌다. 이들이 육유에게 시 짓기를 부탁했는데 꿈에서 깨면서 몇 글자를 잊어버린 것을 보충해서 완성한 것이 다음의 시이다.

露箬霜筠織短篷	이슬과 서리 내린 대 껍질로 엮어 만든 배를 타고
飄然來往淡煙中	옅은 안개 낀 호수 위를 가볍게 오간다.
偶經菱市尋溪友	우연히 마름을 파는 시장을 지나다 산골짜기에 사는 친구를 찾아가고
却揀蘋汀下釣筒	네가래 핀 물가를 골라 낚싯대를 드리운다.

---

34) ≪劍南詩稿≫ 권4, <八月二十二日嘉州大閱>, "書生又試戎衣窄", "草間鼠輩何勞磔, 要挽天河洗洛崇."
35) ≪劍南詩稿≫ 권4, <醉中感懷>, "壯心未許全消盡, 醉聽檀槽出塞聲."

> 白菡萏香初過雨　흰 연꽃은 향기 날리니 비가 막 그쳤고
> 紅蜻蜒弱不禁風　붉은 잠자리는 가냘퍼서 바람을 이기지 못한다.
> 吳中近事君知否　오(吳) 지방의 근황을 그대들은 아는가
> 團扇家家畫放翁[36]　집집마다 둥근 부채에 육방옹(陸放翁)을 그려 넣는다네.

범성대와 우무는 육유와 더불어 '남송사대가(南宋四大家)'로 불리는데, 이때 이들은 모두 죽은 지 2, 3년이 지난 뒤였다. 이 시는 이미 세상을 떠난 친구를 꿈에서 만나서 지은 시를 소개하면서, 육유 자신의 한가한 생활의 정취와 경호(鏡湖) 일대의 아름다운 경치를 묘사하였다.

때로는 이름을 모르는 손님도 꿈에 육유를 찾아온다. 서로 모르는 사이인 듯 하지만 그들 간에는 따뜻하고 인정미 넘치는 관계가 이루어진다. 이들 시에는 손님을 만나는 즐거움과 더불어 세속 인정의 각박함과 두려움이 나타나 있어 육유가 이러한 꿈을 꾸는 원인을 짐작케 한다.

육유는 왕왕 꿈 속에서 지난날 지극히 의미 있는 생활을 보냈던 촉(蜀) 지방과, 일생토록 강렬하게 수복을 희망하지만 여전히 금나라에 함락되어 있는 중원 지방에 간다. 전자의 시에는 항상 촉 지방과 만년에 오래 은거한 고향 산음(山陰)·호쾌함과 적막함·과거와 현재 등이 강렬하고도 선명한 대비(對比)를 형성하며, 짙은 비탄이 나타나 있다. 후자의 경우 화산(華山)·동관(潼關)·장안(長安)·황하(黃河) 등을 찾아간다. 이들 지역은 모두 실제로는 마음대로 갈 수 없는 곳으로, 꿈을 빌려야만 비로소 시공(時空)의 구속을 받지 않고 현실에서 있을 수 없는 보상을 얻는다.

이 외에, 이상의 괴리(乖離)와 현실에 대한 실망은 육유로 하여금 도교(道敎)나 불교(佛敎)와 관련된 꿈을 꾸게 만들어, 도교의 성지(聖地) 화산(華山)을 찾아가고 선경(仙境)을 노닐거나 절을 찾아가 고승(高僧)의 설법을 듣는 꿈을 꾼다. 육유는 또 때때로 꿈속에서 한적한 생활을 즐겨, 술

---

36) ≪劍南詩稿≫ 권34, <六月二十四日夜分夢范至能李知幾尤延之同集江亭諸公請予賦詩記江湖之樂詩成而覺忘數字而已>.

마시고 시를 지으며 산천을 노닐기도 하고, 중원에서 제일 이름 있는 모란(牡丹)을 보기 위해 낙양(洛陽)에 가기도 한다. 또 타향에 있을 때는 꿈을 통해 고향에 돌아가 고향의 음식과 경치를 즐기며 순박한 촌노인들의 환대(歡待)를 받는다.

이상에서 본 바와 같이 육유가 평소에 가장 관심을 가지는 일이나 물건들은 대부분 꿈속에 나타나며, 현실에서 실현할 수 없는 것들이 모두 꿈속에서 실현되거나 혹은 보상을 받는다. 다른 시인에게도 꿈시가 없지 않지만 육유처럼 작품 수량이 많고 내용이 풍부하고 다채로우며, 표현이 생동적이고 사람을 감동시키는 점에 있어서는 모두 육유에 미치지 못한다.

④ 광의식(狂意識)

육유는 일생토록 이민족을 몰아내고 조국을 통일한다는 이상을 열렬하게 추구하였으나 현실에서 누차에 걸쳐 좌절을 겪으면서 뜻을 이루지 못하고 항상 비통한 어조로 불우한 처지를 개탄하였다. 그러나 그는 시종 자기의 이상과 입장을 버리지 않았으며, 자기를 굽혀 세속에 영합하지 않았다. 그보다는 '어리석고 완고함(癡頑)'과 '미침(狂)'이라는 두 가지 처세방식을 굳게 지키면서 현실에 대처하고자 하였다. <산두석(山頭石)> 시를 보면

秋風萬木賈	가을 바람에 나무마다 나뭇잎 떨어지고
春雨百草生	봄비에 온갖 풀 자라난다.
造物初何心	조물주는 애초에 어떤 마음이었던가
時至自枯榮	때가 되면 저절로 시들었다 피었다 한다.
惟有山頭石	오직 산꼭대기의 돌만은
歲月浩莫測	보낸 세월 아득하여 헤아릴 수 없다.
不知四時運	사계절의 운행도 알지 못한 채
常帶太古色	항상 태고의 빛을 띠고 있다.

老翁一生居此山　　늙은 나는 일생토록 이 산에 살면서
脚力欲盡猶躋攀　　다리의 힘은 다 빠지려 하지만 그래도 산에 오른다.
時時撫石三歎息　　때때로 돌을 어루만지며 거듭거듭 탄식한다
安得此身如爾頑[37)]　어떻게 하면 이 내 몸도 그대처럼 굳셀 수 있을까?

　　자신도 산 꼭대기의 돌과 같이 영고성쇠(榮枯盛衰)의 자연의 운행 밖에 우뚝 서서 꿋꿋하게 존재하기를 희망하고 있다. 다른 사람들이 그의 이상 추구와 집착을 '어리석고 완고하다'고 비꼬아도 그는 오히려 이것을 더욱 굳게 고집하고, 한 걸음 더 나아가 '광(狂)'의 행동으로 저항하였다.

　　≪논어(論語)·미자(微子)≫편에 초광(楚狂) 접여(接輿)가 공자(孔子) 옆을 지나가면서 노래를 부르며 꼬집은 이야기가 실려있는데,[38)] 여기서의 접여의 '광'은 무도(無道)한 정치가 행해지는 세상을 버리고 은둔하여 자연의 운행에 따를 것을 주장하는 처세태도로서, 이것은 실제로는 거짓으로 미친 체 하는 '양광(佯狂)의 광'이다. 이 이후, '광'·'양광', 혹은 '초광'·'접여광(接輿狂)' 등은 현실에 대한 저항과 정신적 초탈의 추구라는 하나의 상징으로 되어 후대 시인들의 시에 보인다. 그들은 이런 글자를 빌려 자기의 이상이 현실과 어긋나는 불평과 모순심리·불우한 신세를 표현하거나, 이것을 빌려 자기가 이런 상황 가운데에 처했을 때의 대응 행위를 나타내어, 혹은 자기의 불우를 위안하고, 혹은 세속의 물결을 따르는 것을 거부하였다. 이러한 행동의식, 또는 작품 중에 나타난 의식을 '광의식(狂意識)'이라 이름 붙일 수 있다.

　　육유의 시집에는 초기시에서 만년시에 이르기까지 곳곳에서 '광'자를 발견할 수 있어, 대략 전체의 100분의 3을 차지하는 311수에서 보인다. 시에서 '광'자를 사용하는 것은 다른 시인의 시에도 보이는 것이지만, 육유처럼 수량이 많고 또 분명하게 '광'으로 처세태도를 삼으며 다양

---

37) ≪劍南詩稿≫ 권28.
38) "楚狂接輿歌而過孔子曰, '鳳兮鳳兮, 何德之衰, 往者不可諫, 來者猶可追, 已而已而, 今之從政者殆而.' 孔子下, 欲與之言, 趨而辟之, 不得與之言."

한 내용을 읊은 경우는 드물다. 육유는 때로는 자신을 광자(狂者)로 내세우기도 하고, 때로는 '광'자(字)로 자신의 심리나 행동을 표현하였다. 육유의 광의식은 성도(成都)에 간 이후 비로소 뚜렷해져, 사람들이 그의 행동을 퇴폐적이고 방탕하다고 비웃자 자신을 '방옹(放翁)'이라 일컬으며, 시에서 직접 '광' 또는 '양광(陽狂)'이란 글자로 더욱 명백하게 자기의 행위를 표현하고 '초광(楚狂)'으로 자칭하였다.

> 浮世何須宇宙名　　뜬구름 같은 세상에 어찌 우주 덮을 명성 필요하리오
> 一狂自足了平生　　미친 짓 하나면 평생을 마치기에 충분하다.
> 秋風湘浦紉蘭佩　　가을 바람 부는 상수(湘水) 가에서 난초 허리띠를 두르고
> 夜月緱山聽玉笙[39]　　달 밝은 밤 구산(緱山)에서 옥 생황(笙簧) 소리를 듣는다.

세속의 예법이나 가치의 얽매임에서 벗어나 고결한 지조를 지키며 초월세계에서 소요자적(逍遙自適)하겠다는 생각을 강하게 표명하였다. 처음 두 구는 "거짓으로 미친 짓하며 세속의 사람들과 같이 행동하는 것을 부끄러이 여긴다"[40]는 기개(氣槪)의 표현이고, 다음의 두 구는 "넓은 곳에서 나 홀로 조물주와 노닌다"[41]는 뜻이다. 그는 다른 사람들이 자기를 대단히 미쳤다고들 말하지만 자신은 원래부터 미치지 않았다고 말하며,[42] 한 걸음 더 나아가 미친 체하는 것은 본래 영웅호걸의 일이라고 강조하였다.[43] 그는 '광'으로 마음 속의 고민을 조절하고 일상생활 속에서 즐거움을 추구하였다. 이러한 광의식이 생활 속에서 구체적으로 어떠한 모습으로 나타나는지는 다음의 예를 통하여 엿볼 수 있다.

---

39) ≪劍南詩稿≫ 권12, <狂吟>.
40) ≪劍南詩稿≫ 권17, <題齋壁>, "陽狂羞與俗人同."
41) ≪劍南詩稿≫ 권7, <夜登江樓>, "曠然獨與造物遊."
42) ≪劍南詩稿≫ 권8, <樓上醉書>, "狂殺自謂元非狂."
43) ≪劍南詩稿≫ 권13, <西村醉歸>, "陽狂自是英豪事."

┃小市44) ┃ 작은 시장

小市狂歌醉墮冠　　작은 시장에서 미친듯이 노래하다 취중에 모자 떨어
　　　　　　　　　　뜨리고
南山山色跨牛看　　남산(南山)의 경치를 소를 걸터타고 바라본다.

┃小舟遊近村捨舟步歸45) ┃
작은 배로 가까운 마을을 노닐다가 배를 버려두고 걸어서 돌아오다

兒童共道先生醉　　아이들 모두 선생이 취했다고 말하는데
折得黃花揷滿頭　　노란 꽃을 꺾어 머리 가득 꽂는다.

┃書嬾46) ┃ 게으름을 적다

一嬾便知生世了　　게으름 하나면 삶이 마쳐지리라 아니
午窗酣枕敵千金　　점심 무렵 창 아래의 단잠은 천금에 맞먹는다.

┃園中作47) ┃ 정원에서 짓다

花前自笑童心在　　꽃 앞에서 스스로 웃으니 동심이 아직 있어
更伴群兒竹馬嬉　　다시 여러 아이들과 어울려 죽마 타고 논다.

　　미친 듯이 노래하다가 취중에 모자를 떨어뜨리고, 소에 걸터앉아 남
산의 경치를 바라보며(제1수), 술에 취해 꽃을 꺾어 비녀 삼아 머리에 가
득 꽂고(제2수), 천금같은 낮잠을 즐기며 마음껏 게으름을 부려보고(제3수),
아이들과 어울려 죽마 타고 노는(제4수) 등등은 모두 세속의 예법 따위는
아랑곳하지 않고 오로지 진솔한 마음가는 대로 행동하는 광의식의 표현
이다. 비록 현실에서 거듭 좌절을 맛보지만 절망하여 자포자기하지 않고
오히려 적극적으로 현실을 마주하여 의의 있는 생활을 추구하는 것은
그가 시종 치완(癡頑)의 정신과 광의식(狂意識)을 견지하기 때문이며, 이것

---

44) ≪劍南詩稿≫ 권24.
45) ≪劍南詩稿≫ 권33.
46) ≪劍南詩稿≫ 권39.
47) ≪劍南詩稿≫ 권48.

은 육유의 문학을 이해하는 관건 중의 하나이다.

⑤ 기   타

육유의 시는 제재가 풍부하여 위에서 논한 것 외에도 다양한 내용을 담고 있다. 아래에서는 몇 수를 더 들어 육유의 작품세계를 엿보기로 한다.

┃ 沈園[48] ┃ 심원

城上斜陽畫角哀	성 위로 해는 비끼고 뿔피리 소리 애닯은데
沈園非復舊池臺	심(沈)씨 정원은 더 이상 옛날의 연못과 누대가 아니다.
傷心橋下春波綠	가슴 아프네 다리 아래 푸르른 봄물
曾是驚鴻照影來	일찍이 아리따운 님의 모습 비추었더랬지.

이 시는 육유가 스스로 원치 않았지만 어쩔 수 없이 전처(前妻) 당씨(唐氏)와 헤어진 뒤 잠시 상봉하였던 심원을 75세 되던 해에 다시 찾아와 그 옛날 일을 슬퍼한 것이다. 그 일로부터 이미 50여 년이 지났건만 여전히 당씨를 그리워하는 마음을 볼 수 있다.

┃ 過靈石三峰[49] ┃ 영석 삼봉을 지나며

奇峰迎馬駭衰翁	기이한 봉우리가 말을 맞이하여 이 쇠약한 늙은이를 놀라게 하니
蜀嶺吳山一洗空	촉(蜀)과 오(吳)땅의 산들도 씻은 듯이 자취 감출 정도다.
拔地青蒼五千仞	땅에서 솟구친 푸른 산봉우리들 수천 자 되는데
勞渠蟠屈小詩中	그더러 수고스럽지만 웅크리고 이 작은 시 안에 들어오게 한다.

기이한 봉우리를 묘사하였는데, 표현법도 기이하다. 그는 '기(奇)'자

---

48) ≪劍南詩稿≫ 권38.
49) ≪劍南詩稿≫ 권10.

를 써서 미감 경험을 나타내기를 좋아하였다. 산봉우리가 이처럼 기이할 뿐만 아니라, 어촌의 경치·구름·시든 연꽃·그림자에서도 기이함을 느끼며, 형체가 있어 눈으로 볼 수 있는 것뿐만 아니라 향기도 기이하고 소리 또한 기이하다. 그는 이같이 아름다운 산수자연 속에서 현실에서 불우한 번민을 잠시 잊으며 잠시 자유로운 몸을 느꼈다.

┃六言雜興50)┃ 육언 잡흥

一夜雨來可怖	밤새도록 무섭게 비 내리더니
五更雲散無輿	오경엔 구름 흩어지며 활짝 개였다.
傳舍僧窗雖異	여관과 승방(僧房)이 비록 다르지만
不妨隨處觀書	어디서나 책을 볼 수 있다네.

앞의 두 구는 대자연의 운행이란 고정불변한 것이 아니라 변화 중에 있음을 말하고, 뒤의 두 구는 그러므로 우리네의 삶 또한 <육언감흥(六言雜興)>(제4수)에서 "말을 잃었으나 어찌 복(福)이 아닌 줄 알겠으며, 양(羊)을 잃었지만 우리를 보수해도 무방하리(失馬詎知非福, 亡羊不妨補牛)"라 하였듯이 복이니 불행이니 하는 현재의 상황에 구애되거나 위축됨이 없이 스스로 즐거움을 구하여야 한다는 달관(達觀)의 철학을 나타내었다.

┃夏日六言51)┃ 여름날을 읊은 육언시

溪漲淸風拂面	계곡물 불어나고 맑은 바람은 얼굴을 스치는데
月落繁星滿天	달 지니 하늘 가득 별도 총총.
數隻船橫浦口	배 몇 척 포구에 가로 누워 있고
一聲笛起山前	한 가닥 피리소리 산 앞에서 일어난다.

이 시는 여름날의 밤 경치를 묘사하였다. 촉각·시각, 그리고 청각 등의 감각적 묘사를 통하여 한적한 정경을 표현하였다. 비록 색채어는

---

50) ≪劍南詩稿≫ 권56.
51) ≪劍南詩稿≫ 권83.

쓰지 않았지만 한 폭의 아름다운 산수화(山水畵)를 보여준다.

┃梅花絶句52) ┃ 매화 절구

聞道梅花坼曉風	들으니 매화가 새벽 바람에 피었다더니
雪堆遍滿四山中	눈이 쌓인 듯 온 산에 가득하다.
何方可化身千億	어떻게 하면 이 내 몸을 천 개 억 개로 나누어
一樹梅前一放翁	매화 한 그루마다 앞에 육방옹(陸放翁) 한 사람씩 마주 설 수 있을까?

매화를 너무나 좋아하는 육유이기에 눈 덮인 산 속 사방에 피어 있는 매화를 한 그루라도 놓치지 않고 보고 싶은 마음에서 기발한 상상을 펼쳐본 영물시(詠物詩)이다.

┃贈猫53) ┃ 고양이에게 주며

裹鹽迎得小狸奴	소금을 싸갖고 가서 작은 고양이를 맞아들이니
盡護山房萬卷書	산방(山房)의 만 권의 책을 다 보호해준다.
慚愧家貧策勳薄	부끄럽게도 집이 가난하여 포상(褒賞)이 시원찮아
寒無氈坐食無魚	추어도 털담요에 앉게 하지 못하고 식사에 생선도 없네.

육유가 살았던 오(吳) 지방에는 소금으로 고양이를 바꾸어 오는 풍속이 있었다. 그의 집은 선대 때부터 책이 많았는데 이번에 고양이가 옴으로 해서 쥐가 책을 갉아먹는 것을 방비할 수 있어 기쁘지만 집이 가난하여 고양이에게 제대로 대해줄 수 없음을 미안하게 여기는 마음을 적었다.

이외에도 불교와 도교에 관한 시 및 철리시(哲理詩)·독서의 경험을 말한 시·우정을 노래한 시·아이들과의 천륜(天倫)의 정을 표현한 시·역사를 읊은 영사시(詠史詩)·시사(詩史)와 시론(詩論)을 다룬 논시시(論詩詩) 등이 육유의 풍부한 시 세계를 이룬다.

---

52) ≪劍南詩稿≫ 권50.
53) ≪劍南詩稿≫ 권15.

2) 육유 시의 특징

육유 시의 특징을 살피기 위해서는 우선 당시 시단에 큰 위세를 떨치고 있던 강서시파(江西詩派)와의 관계를 논하는 데서부터 출발하지 않을 수 없다. 육유가 처했던 남송 중기는 변혁의 시기로, 강서시파가 여전히 큰 영향력을 발휘하고 있었으나 동시에 이들의 폐단에 대한 비판과 새로운 모색의 움직임이 또한 계속 일어나고 있었다. 육유는 초년에 비록 강서시파의 영향을 받았으나 중기(中期)를 거치면서 결국 그 속박을 벗어나 독자적인 시풍을 이룩하였다. 그 특색을 다음의 몇 가지로 나눌 수 있다.

첫째는 평이(平易)하고 자연(自然)스러운 시어(詩語)이다. 육유는 "공부가 깊은 곳에 이르면 도리어 평이해진다"[54]고 하였는데, 실제 창작에서도 이것을 실천하여 '말하는 것처럼 분명하고(明白如話)' 자연스럽고 원숙하며 간결한 특색을 보인다. 이를테면 "젊었을 때에는 검(劍) 하나 들고 천하를 돌아다니다가, 만년에는 궁벽한 마을에 돌아와 전원에 물 대는 것을 배운다(少攜一劍行天下, 晚落空村學灌園)"[55] 같은 것은 평이한 시어 가운데에 과거와 현재를 대비하며 신세를 감개 어린 어조로 노래하였다. 강서시파가 활동하던 당시에 이미 이들이 말을 난삽(難澁)하게 하고는 강서시파의 시격(詩格)이라고 말하는 것에 대해 질책이 있었는데,[56] 육유 시의 평이하고 자연스러운 특색은 강서시파 말류의 폐단에 대한 교정(矯正)이라 할 수 있다.

둘째는 심후(深厚)한 서정(抒情)의 표현이다. 육유는 시론(詩論)에 있어서 사람이 슬프고 분한 감정이 가슴에 쌓여 말로 이루 다 나타낼 수 없을 때 이것을 드러내어 시를 짓게 된다는 '비분설(悲憤說)'을 제기하였다.

---

54) ≪劍南詩稿≫ 권2, <追懷曾文淸公呈趙教授近嘗示詩>, "工夫深處卻平夷."
55) ≪劍南詩稿≫ 권13, <灌園>.
56) 陳巖肖, ≪庚溪詩話≫, "每有所作, 必使聲韻拗振, 詞語難澁, 曰江西格, 此何爲哉."

자신의 시 또한 이러하여, 금(金)의 침략으로 어지러운 시국의 자극과 벼
슬길에서 겪은 많은 좌절로 인해 비분강개(悲憤慷慨)한 작품을 많이 지었
다. 시집에는 분노·비통·침울·번민·탄식 등의 감정 표현과 '비(悲)'·
'루(淚)'·'우(憂)'·'탄(歎)' 등의 글자 사용이 많이 보인다. 이외에 호방·
기쁨·한적 등의 감정을 표현한 시도 어느 제재를 막론하고 정취가 생
동적으로 표현되어 있다. 그래서 주희(朱熹)는 기이하고 딱딱한 표현을
좋아하여 시적 감흥이 결핍된 강서시파와는 달리, 육유의 시를 읽으면
상쾌한 느낌을 받는다면서, 근래에 오직 육유만이 시인의 풍미(風味)를
가지고 있다고 극찬하였다.57) 유극장(劉克莊) 또한 강서시파 말류의 폐단
을 비판하면서 고시(古詩)가 성정(性情)을 읊조린 본래의 뜻을 잃어버렸다
고 지적하였는데,58) 이러한 말을 통해서도 육유가 서술과 설리(說理)에 치
우친 강서시파를 벗어나 시에서 거둔 높은 서정성을 미루어 알 수 있다.

　셋째는 유려(流麗)한 구율(句律)이다. 이것은 음조(音調)가 통순(通順)하
지 못하고 말이 생경하고 난삽(難澁)하며 자구 간에 꺾이고 단절되는 표
현이 많은 강서시파와는 대조적인 특색이다. 육유의 시는 대부분 평이한
시어와 원숙한 표현기교를 운용하여 감정을 진솔하게 나타내고 경치를
생동감 있게 묘사하였다. 이를테면 "배 안에 한바탕 비가 내려 날아다니
는 모기를 쓸어버리고, 두건을 반쯤 풀어 제끼고 푸른 등나무 침대에 눕
는다(舟中一雨掃飛蠅, 半脫綸巾臥翠藤)"59)는 유창한 가락 가운데에 배를 타
고 여행하며 맛보는 한가로운 정취를 표현하였다.

　넷째는 폭넓은 제재(題材)이다. 육유는 강서시파의 일반적인 경향인
'문을 걸어 잠근 가운데에서 시구(詩句)를 찾는(閉門覓句)' 작풍을 반대하
고 '시 밖의 공부(詩外工夫)'의 중요성을 주장하였다. 그는 현실에 대해 농

---

57) ≪朱子大全集≫ 권43, <答徐載叔賡>, "放翁之詩, 讀之爽然, 近代惟見此人有詩人風致"
58) 劉克莊, ≪後村詩話≫(後集), "近世以來, 學江西詩不善, 其學往往音節聱牙, 意象迫
　　切, 且議論太多, 失古詩吟詠性情之本意."
59) ≪劍南詩稿≫ 권10, <小雨極涼舟中熟睡至夕>.

후한 관심을 가지고 실제 경험을 바탕으로 하여, 크게는 중원 수복이라
는 장엄한 국가 문제에서부터 시작하여, 작게는 일상생활 중의 자질구례
한 일과 경물에 이르기까지 모두 시에 담았다. 대복고(戴復古)는 송대의
황정견(黃庭堅)과 진사도(陳師道)를 비롯하여 당대의 이백(李白)과 두보(杜
甫)조차도 시의 제재의 광범함에 있어서는 육유에 미치지 못한다고 지적
하였다.60) 육유의 시는 사회와 국가대사에 대한 관심이 엷어지고 주로
개인의 좁은 일상생활에서 제재를 취하는 강서시파보다 폭이 넓을 뿐만
아니라, 앞 시대의 누구보다도 시경(詩境)이 확대되어 있다. 남송의 사회
현실을 광범하게 반영하여 '시사(詩史)'라고 일컬어지기도 한다.61)

(4) 위상과 평가

이상과 같은 몇 가지 특색은 황정견을 종주로 하는 강서시파와는 상
이하기 때문에 육유 생존 당시에 이미 육유 시가 강서시풍을 계승하지
않았다는 지적이 있었다.62) 북송 말에 소식(蘇軾)과 황정견이 이전의 당
시(唐詩)와 다른 모습을 지닌 송시(宋詩)의 특색을 확립한 이후, 시단(詩壇)
에는 이들의 시를 각기 추종하는 두 파의 시인들이 존재하여 서로 대립
하며 상대방을 비판하는 상황이 전개되고 있었다. 남송 초에 들어서는
강서시파가 여러모로 폐단을 드러내면서 여본중(呂本中)과 진여의(陳與義)
를 중심으로 이것을 바로잡기 위해 황정견의 시뿐만 아니라 소식의 시
또한 겸하여서 학습하여야 된다는 주장이 제기되었고, 이를 통하여 소
(蘇)·황(黃)의 추종자 간의 분파(分派) 대립을 하나로 통합하고자 하는 움
직임이 있었다. 남송 중기의 시인인 육유는 소식 시의 진수(眞髓)를 얻었

---

60) 《石屛詩集》 권6, <讀放翁先生劍南詩草>, "李杜陳黃題不盡, 先生模寫一無遺."
61) 褚人穫, 《堅瓠補集》, "劍外集可稱詩史."
62) 姜特立, 《梅山續稿》 권5, <應致遠謁放翁>, "源流不嗣江西祖."

다고 평가를 받는데,63) 이것은 육유가 강서시파의 영향에서 벗어나기를 꾀하면서 창작을 통해 이러한 주장을 실천한 것이라 볼 수 있다. 유극장이 그를 일컬어 송시를 집대성(集大成)하였다고 평가한 것도 바로 이러한 특색에서 이해되어질 수 있다.64) 한편 육유 시의 특색은 당시(唐詩)의 풍격과 유사하며, 특히 이백과 두보 시를 잘 계승한 것으로 평가를 받는데,65) 강서시파의 위세가 아직도 대단하던 시기에 나온 평이란 점에서 크게 주목할 만하다. 후일 강서시파의 시론을 집대성한 방회(方回)도 육유가 증기(曾幾)에게서 시를 배웠으나 강서시격(江西詩格)은 어쩌다가 하나 둘 정도를 썼을 뿐, 증기의 시와는 다르며, 강서시파보다는 오히려 성당(盛唐)·중당(中唐)·만당(晚唐)의 특색을 가지고 있음을 지적하였다.66) 이렇게 보면 육유의 시는 당시와 송시의 특색을 두루 겸하고 있는 것으로 이해할 수 있다.

육유의 시는 이러한 특색을 가짐으로 해서 이후의 일부 강호의 시인들에게 큰 영향을 미쳤다. 육유보다 뒤에 태어난 시인들 중에는 당시(唐詩), 특히 만당체(晚唐體)를 학습하는 시인들, 이른바 영가사령(永嘉四靈)과 강호시파(江湖詩派) 시인 등이 있어 시단에서 활동하고 있었다. 다만 양자는 각기 종주(宗主)로 받드는 시인이 달라, 사령이 가도(賈島)와 요합(姚合)의 시를 좋아한 데 비해 강호시파 시인들은 허혼(許渾)의 시를 본받았다. 남송 후기의 시단에는 강서시파와 만당체를 학습하는 시인들이 서로 대립하며 상대방을 격렬하게 비판하고 있었다. 그러나 강호시파 중 일부 시인들은 강서시파의 폐단과 함께 그것을 바로 잡으려고 나온 사령 시의 편협(偏狹)한 한계 또한 동시에 목도하고는 새로운 길을 모색하지 않을 수 없었으며, 이에 그들은 육유의 시를 주목하게 되었다. 그것은 강호시

---

63) 汪琬, 《堯峯文鈔》 권5, <讀宋人詩>, "放翁已得眉山髓."
64) 《後村先生大全集》 권99, <跋李賈縣尉詩卷>, "陸(游), 本朝之集大成者也."
65) 周必大, 《平園續稿》 권11, <跋陸務觀送其子龍赴吉州司理詩>, "得李杜之文章."
66) 方回, 《瀛奎律髓》 권4, 陸游, <頃歲從戎南鄭屢往來興鳳間暇日追憶舊遊有賦>詩評, "放翁詩出於曾茶山, 而不專用江西格, 間出一二耳. 有晚唐, 有中唐, 亦有盛唐."

파의 일부 시인들이, 강서시파와 만당체 작가들이 서로가 자기 체재의 우수성을 주장하며 상대방을 비방하는 것을 보고, 어느 한쪽에 구속을 받지 않고 쌍방을 조화시키려는 생각을 가지게 되었는데, 강서시파와 사령의 시를 모두 접촉한 경험이 있는 입장에서 볼 때 육유의 시야말로 강서시파와 만당체의 장점을 모두 겸하고 있는 것으로 인식되었기 때문이다.

육유는 당시 이미 명망이 높은 선배시인의 입장에서 강호의 후배시인들의 시를 지도해주고 서로 시문(詩文)을 주고 받으면서 강호시파 시인들과 관계를 가지고 있었다. 육유와 강호시파의 주요 작가들은 강서시파나 만당체에 불만을 갖고 그 속박을 벗어나 새로운 변화를 꾀한 점에서 입장을 같이 하였으며, 시론(詩論)에 있어서도 기상이 웅혼(雄渾)한 작품을 숭상하고, 지나친 조탁(彫琢)을 반대하고 자연스러울 것을 주장하며, 시인의 함양(涵養)을 중시하는 점에 있어서 그들간에는 공통점이 있었다. 이러한 점들을 기초로 하여 강호시파 시인들은 실제의 창작에 있어서 육유의 시를 학습하였다. 위경지(魏慶之)가 그 당시(當時) 당(唐)나라 사람의 시를 학습하는 사람들이 실지로는 육유의 시법을 운용하여 그들간에는 아주 비슷한 곳이 많음을 지적한 것이 바로 이러한 사정을 잘 말해준다.[67] 강호시파 시인들이 학습한 허혼의 시는 육유도 높이 평가하였다.[68] 허혼은 칠언율시를 잘 지었는데, 이 시체는 육유야말로 집대성했다는 평가를 받는 것이다.[69] 강호시파 시인들의 주된 허혼의 시 학습은 우선 대우(對偶)에 있었는데, 허혼 시가 대우가 교묘하지만 간혹 너무 대우 맞추기에 급급하여 억지로 뜻을 끌어다 붙인 듯한 감이 없지 않은 데비해, 육유의 대우는 정교하면서도 자연스러우며 그 방법도 다양하여, 유극장은 "고인(古人)의 멋진 대우는 모두 육유에 의해 사용되었다"[70]고

---

67) 《詩人玉屑》, "近歲又有學唐人詩, 而實用陸之法度者, 其間亦多酷似處."
68) 《渭南文集》 권28, <跋許用晦丁卯集>, "在大中以後, 亦可爲傑作."
69) 舒位, 《甁水齋詩話》, "嘗論七律至杜少陵而始盛且備, 爲一變, 李義山瓣香於杜而易其面目, 爲一變, 至宋陸放翁專工此體而集其成, 爲一變."
70) 劉克莊, 《後村先生大全集》 권174, 《後村詩話》(前集), "古人好對偶被放翁用盡."

극찬하였다. 그래서 강호시파 시인들이 허혼보다 더 뛰어난 육유의 이러
한 솜씨를 학습한 것은 당연한 일이다.

육유 시의 애국정신 또한 강호시파의 시에 계승되었다. 처음에 사령
(四靈)의 영향을 받았으나 후에 그들의 시에 불만을 품고 '방옹체(放翁體)'
를 학습한 유극장의 시에도 시국을 슬퍼하고 전란을 한탄하는 비분감개
가 많은 작품 속에 보인다.[71] 오도손(敖陶孫) 또한 육유의 시를 본뜬 작품
을 많이 지었는데 우국상시(憂國傷時)의 작품도 그 중의 하나이다.[72] 그
밖에 조여수(趙汝鐩)의 <소군곡(昭君曲)>·등림(鄧林)의 <서호(西湖)>·
유과(劉過)의 <야사중원(夜思中原)>·대복고의 <경자천기(庚子薦饑)>·이
등(利登)의 <야농요(野農謠)> 등은 모두 남송의 정국을 풍자하고 중원의
함락을 탄식하며 민간의 질고를 반영한 작품들이다.

강호시파가 활동하던 당시에 이미 ≪육유시선집(陸游詩選集)≫이 출
판되었는데, 이것은 많은 시인들이 육유 시를 전범(典範)으로 삼아 학습
하던 풍조의 한 예이며, 육유의 경치 묘사 시구 또한 그들의 학습 대상
이었다. 강호시인들이 난세를 피해 전원에 은거하면서 지은 산수전원시
중에는 육유의 칠언율시, 특히 만당의 풍치가 두드러진 칠언절구의 묘사
기교를 학습한 영향관계를 살필 수 있다.

남송 후기의 시단에 강서시파와 만당체 간에 격렬한 대립이 전개되
면서, 강호시파 시인들은 이 두 파가 한쪽에 치우친 폐단을 목도하고 새
로운 나아갈 길을 모색하지 않을 수 없었으며, 그들이 결국 가장 이상적
인 학습 대상으로 삼은 것은 육유 시였다. 강호시파 시인 중에 대표성을
띤 시인인 유극장·대복고 등은 모두 육유의 영향을 받았다. 이 점은 육
유의 시가 남송 후기 시단의 시학의 변화에 미친 영향을 말해 준다. 남
송 시단은 일반적으로 육유와 양만리·범성대·우무의 이른바 '중흥사
대가(中興四大家)'를 대표적인 시인으로 꼽는데, 송대에 이미 이들 중 육

---

71) <北來人>·<戊辰卽事>·<新亭>·<築城行> 등.
72) 葉紹翁, ≪四朝見聞錄≫, "敖陶孫 …… 其詩率多效陸務觀."

유 시야말로 남송의 제일(第一)이라는 평가가 있었다.[73]

3 | 범성대(范成大)

(1) 범성대 시의 배경

범성대(1126-1193)는 흠종(欽宗) 정강(靖康) 원년(1126)에 태어났다. 육유
(陸游)보다 한 살이 적고 양만리(楊萬里)보다 한 살이 많다. 그의 시를 이
해하기 위한 참고로 그의 생애를 간략히 소개하면 다음과 같다.

① 제1기(28세 이전)
범성대는 정강 원년 6월에 태어났다. 이해 11월, 금군(金軍)이 변경(汴
京)을 함락하여 북송(北宋)이 망하였다. 14, 5세 때 양친이 돌아간 뒤 10년
간 두 누이동생의 혼사를 처리하며 과거에 뜻을 두지 않았다. 소흥(紹興)
23년(1153) 28세, 금릉(金陵)에 조시(漕試)를 보러갔다.

② 제2기(29세-36세)
소흥 24년(1154) 29세 때, 양만리와 같이 진사(進士)에 급제하여, 30세
에 휘주(徽州)의 사호참군(司戶參軍), 36세에 종사랑(從仕郎)이 되었다.

③ 제3기(37세-47세)
37세, 임안(臨安)에 가서 태평혜민화제국(太平惠民和劑局)의 감(監)이 된

---

73) 陳振孫, ≪直齋書錄解題≫, "(游)詩爲中興之冠."

이후 성정소검토관(聖政所檢討官)·추밀원편수관(樞密院編修官) 등을 거쳐, 건도(乾道) 2년(1166), 상서이부원외랑(尙書吏部員外郎)에 임명되었으나 언관(言官)이 저지하여 태주 숭도관(台州崇道館)을 주관하며 고향에 돌아왔다. 이어서 처주지사(處州知事)로 3년을 보낸 뒤, 건도 6년 기거랑(起居郎)으로 벼슬을 옮겨 자정전대학사(資政殿大學士)의 신분으로 기청국신사(祈請國信使)가 되어, 하남(河南)의 황릉(皇陵)의 땅을 돌려 받고 송의 황제가 꿇어앉아 금(金)의 국서(國書)를 받기로 정해진 규정을 바꾸는 두 가지 일을 교섭하러 북행(北行)하여 금나라에 갔다. 건도 7년, 외척 장열(張說)을 첨서추밀원사(簽書樞密院事)로 임명하는 것을 반대하였다가 결국 사록(祠祿)을 청하여 받고 고향에 돌아와 석호(石湖)에서 살았다. 다음해 겨울, 정강부지부(靜江府知府)로 임명받았다.

④ 제4기(48세-57세)

건도 9년과 다음해, 계림(桂林)에서 지내다가, 순희(淳熙) 2년(1175) 성도부지부(成都府知府)로 부임하였다. 이후 지공거(知貢擧)와 건강부지부(建康府知府)를 거쳐 순희 9년 병으로 고향에 돌아왔다.

⑤ 제5기(58세-68세)

이해부터 계속 고향에 머물렀다. 순희 15년(1188, 63세) 복주지사(福州知事)로 기용되었으나 병을 이유로 고사(固辭)하였다. 소희(紹熙) 3년(67세), 태평주지사(太平州知事)로 임명받았으나 한 달 남짓 있다가 어린 딸이 죽자 다시 사록(祠祿)을 청하여 고향에 돌아왔다. 소희 4년, 9월 병으로 세상을 떠났다.

범성대의 저작으로는 ≪범석호집(范石湖集)≫·≪오군지(吳郡志)≫·≪남비록(攬轡錄)≫·≪참란록(驂鸞錄)≫·≪계해우형지(桂海虞衡志)≫·≪오선록(吳船錄)≫·≪매보(梅譜)≫·≪죽보(竹譜)≫ 등이 있다.

(2) 범성대 시의 내용과 표현 특색

1) 주요 제재와 내용

범성대의 시는 지금 1,916수가 전해지고 있다. 그의 시는 현실주의적 경향이 농후하며, 내용과 제재면에 있어서도 다룬 대상의 범위가 비교적 넓다.

① 농촌(農村)

농촌전원시는 ≪시경(詩經)≫ 이래로 오랫동안 많은 사람들에 의해 지어져온 제재이다. 범성대의 농촌전원시의 특색은 다양한 농촌의 모습을 다양한 각도에서 시에 담아 지금까지의 농촌시를 집대성하였다는 데에 있다. <사시전원잡흥(四時田園雜興)>(권27) 60수와 <납월촌전악부십수(臘月村田樂府十首)>(권30) 등은 농가의 경물(景物)과 세시풍속(歲時風俗)·노동·고난 등의 각종 내용을 표현한 대표적인 작품이다. 범성대의 농촌시는 초년(初年)에서부터 만년(晚年)에 이르기까지 줄곧 지어졌다. 지은 시기와 체재의 면에서 살피면 초년에는 주로 악부시(樂府詩)를 비교적 많이 지었고 만년에는 주로 새로이 절구(絶句)라는 체재를 통하여 농촌의 갖가지 풍물(風物)을 시에 담았으며 악부체(樂府體)도 다수 있다. 범성대의 농촌시의 내용은 ① 어려운 농촌 생활, 탐관오리와 실정(失政), ② 농민의 순박한 인정, 부지런한 노동생활, ③ 농촌의 경치, ④ 농촌의 풍속, ⑤ 자신의 농촌생활과 농민들과의 교유, ⑥ 귀전(歸田) 심정의 표현 등으로 나눌 수 있다.

┃四時田園雜興[74]┃ 사계절 전원의 감흥(제31수)

晝出耘田夜績麻　　낮에는 나가 김을 매고 밤에는 실을 뽑으며

---

74) ≪范石湖集≫ 권27.

村莊兒女各當家   농촌의 남녀 제각기 집안 일을 맡는다.
童孫未解供耕織   어린아이 아직 밭 갈고 베 짜는 일 모르지만
也傍桑陰學種瓜   뽕나무 그늘에서 오이 심는 걸 흉내낸다.

농가의 여름철에 온 가족이 바쁘게 일하는 장면을 그렸다. 제44수에
서는 가을이 되어 즐겁게 수확하는 장면을 묘사하였다. 타작을 하기 위
해 새로 마당을 거울처럼 깨끗하고 평평하게 다진 다음, 집집마다 서리
내린 뒤 맑은 날을 택하여 일을 하니, "웃음과 노래 소리 사이로 가벼운
우레 치듯 타작소리 들리고, 한밤 내내 도리깨질 소리 아침까지 이어진
다(笑歌聲裏輕雷動, 一夜連枷響到明)".

┃**四時田園雜興**┃ 사계절 전원의 감흥(제15수)

蝴蝶雙雙入菜花   나비는 쌍쌍이 꽃더미 속으로 날아들고
日長無客到田家   하루해 긴데 농가에 찾아오는 손님 없다.
雞飛過籬犬吠竇   닭이 날아 울타리를 넘고 개는 개구멍 속에서 짖어대니
知有行商來買茶   행상이 차를 사러 왔나 보다.

늦봄의 한적한 농가의 모습을 그렸다. 제1수에서는 버들꽃 핀 깊은
골목에 대낮의 닭소리 들리는 가운데, "앉아 졸다가 깨어나도 아무런 일
이 없고, 창문에 가득한 맑은 햇살 받으며 누에가 부화하는 것을 바라보
는(坐睡覺來無一事, 滿窗晴日看蠶生)" 시인의 한가한 전원 생활의 일면을 표
현하였다.

┃**四時田園雜興**┃ 사계절 전원의 감흥(제56수)

榾柮無煙雪夜長   눈 내리는 기나긴 밤 나무등걸은 연기 없이 타고
地爐煨酒煖如湯   화로에 데우는 술은 국처럼 뜨겁다.
莫嗔老婦無盤飣   늙은 할미에게 술안주 없다고 화내지 마소
笑指灰中芋栗香   웃으며 손가락으로 가리키는 재 속에 토란과 밤이 향
　　　　　　　　기롭게 익어간다.

이 시에는 농가 할머니의 순박한 인정이 물씬 나타나 있다.

농민들에게는 자연재해(自然災害)도 큰 일이지만 더욱 고통스러운 것은 세금 문제이다. <후최조행(後催租行)>(권5)을 한 수 보자.

老父田荒秋雨裏	늙은 농부의 밭 가을비에 황폐해져
舊時高岸今江水	옛날에 높은 언덕 지금은 강물이 되었다.
傭耕猶自抱長飢	소작하지만 그래도 스스로는 언제나 굶주림 안고
的知無力輸租米	조세 쌀 낼 힘이 없음을 확실히 안다.
自從鄕官新上來	향관이 새로 부임하고 나서
黃紙放盡白紙催	세금면제 노란 종이 모두 내려졌건만 흰 종이 독촉 여전.
賣衣得錢都納却	옷을 팔아 얻은 돈 모두 납세해 버리니
病骨雖寒聊免縛	병든 몸 비록 춥지만 잠시 묶이는 것은 면했다.
去年衣盡到家口	작년엔 옷도 떨어져 집안식구 팔게되어
大女臨岐兩分首	큰딸과 갈림길에서 둘이서 헤어졌다.
今年次女已行媒	금년엔 둘째딸 이미 혼담 있지만
亦復驅將換升斗	역시 다시 내몰아서 한 말 한 되 곡식과 바꾸었다.
室中更有第三女	집안에 아직도 셋째 딸 있으니
明年不怕催租苦	내년에도 세금 독촉 괴로움 겁나지 않는다.

비가 많이 내려 논이 잠겨버려 어쩔 수 없이 남의 논밭을 소작하지만 먹고살기도 여의치 않은데 세금까지 납부해야하는 농민의 고통은 이루 형언할 수 없다. 납세를 위해 옷을 팔고 결국은 딸을 파는 지경에 이른다. 딸이 아직 있어 내년의 세금 독촉도 두렵지 않다는 여유만만한 듯한 말에서 도리어 비애를 느낀다. 가중한 조세와 관리의 핍박은 당시의 큰 사회문제였기에[75] 시인은 이 문제를 시에서 거론하였다. 조세로 인한

---

75) 陸游, ≪渭南文集≫ 권4, <上殿箚子>(己酉四月十二日), "今日之患, 莫大于民貧, 救民之貧, 莫先于輕賦."; <上殿箚子>, "凶年飢歲, 雖貧富俱病, 然富者利源至多, 貧者惟守田畝, 孰爲當恤? 視郡縣之庭, 鞭笞流血, 枷械被體者, 皆貧民也."

핍박 이외에도 관리들이 갖가지로 농민을 괴롭히는 한 예를 위의 시에서 볼 수 있다. 이러한 사회현실과 민생의 질고를 반영한 작품은 당대(唐代)의 두보(杜甫)와 원진(元稹)·백거이(白居易)·장적(張籍)·왕건(王建) 등의 신악부(新樂府) 전통을 계승한 것으로 볼 수 있다.

또 하나 범성대의 농촌시에서 주목할 만한 부류는 민풍(民風)과 민속(民俗)을 묘사한 시이다. 관직에 있을 때나, 혹은 물러나 고향(江蘇省 蘇州)에 살면서 향토 풍속에 관심을 가지고 시에 나타내었다. 향촌의 풍속을 읊은 대표적인 시로 <납월촌전악부십수(臘月村田樂府十首)>(권30)가 있다. 그 중의 한 수를 보자.

┃照田蠶行┃ 뽕밭을 밝히는 노래

鄕村臘月二十五	향촌의 섣달 스무 닷새
長竿然炬照南畝	길다란 장대에 횃불 사르며 남쪽이랑 비춘다.
近似雲開森列星	구름 열리니 별들은 빽빽이 열을 지은 듯하고
遠如風起飄流螢	멀리선 바람 일 듯 개똥벌레 흘러 다닌다.
今春雨雹繭絲少	올해 봄에 우박 내려 고치실이 적고
秋日雷鳴稻堆小	가을엔 우레 쳐서 볏단이 적다.
儂家今夜火最明	농가엔 오늘밤에 불을 크게 밝히니
的知新歲田蠶好	새해엔 누에가 좋을걸 분명히 안다.
夜闌風焰西復東	밤은 깊어 가고 바람 부니 불꽃은 서쪽으로 다시 동쪽으로
此占最吉餘難同	이것은 좋은 징조, 나머지는 비할 바 없다.
不惟桑賤穀芄芄	뽕나무만 잘되는 것이 아니고 골짜기엔 풀도 무성하니
仍更苧麻無節菜無蟲	더욱 모시에 마디도 생기지 않고 채소에 벌레도 생기지 않겠구나.

이 시는 빗자루와 대나무 가지로 횃불을 만들어 밭과 들을 밝히며 풍년을 기원하는 것을 내용으로 하고 있다. <납월촌전악부십수>는 향촌의 풍속을 읊은 시로, 위의 시 외에도 섣달에 쌀을 빻아 저장하는 <동

용행(冬春行)>, 상원(上元)을 위해 등(燈)을 미리 준비하는 <등시행(燈市行)>, 부엌신에게 제사지내는 <제조사(祭竈詞)>, 팥죽을 온 가족이 같이 먹으며 악기(惡氣)를 물리치는 <구수죽행(口數粥行)>, 25일 밤에 폭죽을 터뜨리는 <폭죽행(爆竹行)>, 폭죽을 터뜨리는 날 집집마다 문 앞에서 땔나무를 한 대야 불사르는 <소화분행(燒火盆行)>, 조상 제사 마치고 어른 아이 모여 음복하고 덕담을 하고 흩어지는 <분세사(分歲詞)>, 아이들이 거리를 돌아다니며 멍청함을 팔라고 외치는 <매치애사(賣癡獃詞)>, 하인과 하녀들이 몽둥이로 퇴비를 두드리며 행운을 비는 <타회퇴사(打灰堆詞)> 등이 있다. 광범하게 당시 농촌의 세시풍속을 읊은 이러한 시들은 민속학적 가치가 상당히 있다. 이 시의 서문에서 범성대는 이들 시를 짓게 된 경위와 각 시에 담긴 풍속의 내용을 소개하였는데, "내가 석호(石湖)에 돌아와 농촌을 오가면서 한 해가 끝날 무렵이 되어 열 가지 일을 접하게 되었는데, 그들의 말을 채록하여 각기 한 수의 시를 지음으로써 토속 풍속을 기록하고, 촌전악부(村田樂府)라고 불렀다"[76]라고 한 데서 이 일조(一組)의 시의 사실 기록 성질을 분명히 알 수 있다.

범성대의 농촌시는 도연명(陶淵明)이 세상의 불의(不義)를 보고 이상과 현실간의 괴리를 느끼고 벼슬을 버리고 돌아와서 지은 시와 다르고, 또 육유(陸游)가 구국(救國)의 포부를 달성하지 못하고 또는 탄핵을 받고 우울하게 돌아와 지은 시와도 다르다. 범성대는 농촌에서 태어나고 자라, 관리로 있을 때에도 농촌의 풍물과 농민들의 삶에 많은 관심을 가지고 시에 담았으며, 특히 만년에 병이 들어 벼슬에서 물러나, 장기간 농촌에 거주하면서는 더욱 한가한 심경으로 농촌의 갖가지 모습을 표현하였다. 범성대의 농촌시는 직접 농사일을 하기보다는 옆에서 농촌의 정경을 객관적으로 조용히 바라보면서 세밀하게 관찰한 결과를 가벼운 필치를 통하여 표현한 것이다. 그의 시에 나오는 농촌은 농민의 땀과 숨결이 배어

---

76) "余歸石湖, 往來田家, 得歲暮十事, 採其語各賦一詩, 以識土風。號村田樂府."

있는 삶의 현장으로서의 모습을 보인다.

② 우국(憂國)

범성대는 태어나던 해에 정강(靖康)의 난(亂)을 만났고, 다섯 살 되던 해에는 금군(金軍)이 임안(臨安)에서 물러나면서 범성대의 고향 평강(平江)에 쳐들어 와 방화와 노략질을 자행하였으며, 열 여섯 살에는 고종(高宗)이 진회(秦檜)의 말을 듣고 금(金)나라에 굴복하여 화의(和議)를 맺었다. 이러한 어린 시절을 보낸 범성대는 시국에 대한 우려와 분개의 정을 일찍부터 가지면서 시에 나타내었다.

우국시는 남송 중기의 다른 시인, 이를테면 육유(陸游)나 양만리(楊萬里) 등의 시에도 널리 보이는 제재인데, 범성대 우국시의 특색은 첫째 우국의 정을 직설적으로 노래하기보다는 완곡(婉曲)한 표현을 통해서 나타내는 점을 들 수 있다.

> **┃秋日[77] ┃ 가을날**
>
> 碧蘆青柳不宜霜　　푸른 갈대와 버들은 서리를 이기지 못해
> 染作滄州一帶黃　　물가 일대를 노란빛으로 물들여 놓았다.
> 莫把江山誇北客　　강산을 북쪽에서 온 사람들에게 과시하지 말지니
> 冷雲寒水更荒凉　　차가운 구름과 강물이 더욱 황량하게 만든다.

북쪽에서 온 금나라 사신을 맞는 송나라 관리가 강남의 아름다운 경치를 자랑함에 대한 비판이다. 표면적으로는 산천에 대한 이야기이지만 이면에는 반쪽 강산에 안주하는 조정에 대해 완곡하지만 강렬한 분개를 담아 표현하였다.

범성대의 우국시는 또 금나라 사신으로 가는 기회를 이용하여 중원 지역의 황폐해진 산천과 유민들의 고통스러운 참상을 직접 목도하고 지

---

77) ≪范石湖集≫ 권1.

은 72수의 절구를 대표로 삼을 수 있다. 그의 우국시는 그래서 우국이라
는 같은 제재를 다루더라도 다른 시인들이 후방에서, 또는 전문에 의해
지어진 시와는 달리 적군에 의해 함락되어 있는 중원 땅에서 직접 보고
들은 바를 시에 담은 데에 특색이 있다. 이 일조(一組)의 시에서 범성대는
특별한 의미를 지닌 경물이나 인물을 포착하여 하나하나 절구(絕句)라는
짧은 편폭을 통하여 특징적으로 표현하였다. 여기서도 범성대는 우국의
정을 직설적으로 노래하기보다는 객관적인 상황을 정면에 제시함을 통
해 그 이면에 담긴 자신의 우분(憂憤)을 나타내는 방법을 사용하였다. 이
를테면 유민(遺民)의 고통과 그에 대한 동정을 읊은 시를 보자.

┃ 州橋 78) ┃ 주교

州橋南北是天街　　주교(州橋) 남북은 천자님의 거리인데
父老年年等駕回　　부로(父老)들은 해마다 천자님 돌아오시길 기다린다.
忍淚失聲詢使者　　눈물 참으며 목이 메여 사신에게 묻는다
幾時眞有六軍來　　"언제나 진짜로 우리 군대 올까요?"

　범성대는 옛 북송의 수도에서 만난 부로(父老)들이 목이 메인 목소리
로 언제나 진짜로 우리 군대 올 것인가를 묻는다고 하여, 유민들의 애절
한 소망을 아무런 감정도 드러냄 없이 그대로 묘사하였다. 이 시는 유민
의 물음만을 보여주고 그에 대한 시인 자신의 답은 없이 끝나고 있다.
언제 남송의 군대가 변경(汴京)을 수복하러 갈지는 시인 자신도 확실하게
말할 수 없기 때문이며, 그것은 사실에 있어서는 남송의 군신(君臣)들이
잠시의 화평에 안주하고 있음을 잘 알고 있기 때문이기도 하다. 그렇기
때문에 시인은 아무런 할 말도 그들을 위하여 해 줄 수가 없는 것이다.
이러한 당시 현실은 범성대를 비롯한 다른 애국시인들에 있어서는 모두
통탄할 노릇인데, 함락지구의 유민이 고통을 겪으며 애타게 수복을 기다

---

78) ≪范石湖集≫ 권12.

린다는 똑같은 제재를 다루더라도 남송 중기의 시인들은 각자 나름대로 다르게 표현하고 있다. 이를테면 양만리(楊萬里)는 남송의 군신들이 항금(抗金)의 결심이 털끝만치도 없으니 중원의 부로(父老)들은 공연히 송나라 사신을 만나 금나라 통치하에서의 노예 같은 생활을 견디기 어려우니 하루빨리 옛 땅을 수복해 주길 바란다 따위의 하소연은 하지 말라[79]고 하였고, 이에 비해 육유(陸游)는 남송의 조정대신들이 당파(黨派)나 지어 종택(宗澤)이나 악비(岳飛) 같은 명장을 중용할 줄 모르고 배척하고 있는데도, 유민들은 이런 한탄스러운 일은 모르고 송나라 사신을 만나면 눈물로 옷을 적신다[80]면서 중원 유민에 대한 연민과 남송 조정의 항전의지 결핍에 대한 분노를 직설적으로 짙은 감정 색채를 담아 읊었다. 이러한 예를 보면 같은 애국시라도 시인에 따라 표현방법이 각기 다름을 알 수 있다.

❙ 淸遠店[81] ❙ 청원점

女僮流汗逐氈軿	여자노비 땀 흘리며 수레를 쫓아가는데
云在淮鄕有父兄	회남(淮南) 고향에 부모와 오빠 있다고 한다.
屠婢殺奴官不問	여자 종 남자 하인 마구 죽여도 관가에선 아랑곳 않고
大書黥面罰猶輕	얼굴에 큰 글씨 묵형(墨刑)도 오히려 가볍게 여긴다.

범성대는 이 시에 주를 달아 "정흥현(定興縣)의 객사 앞에 두 뺨에 '도주(逃走)'라는 두 글자를 새긴 여자 종이 있는데 주인이 제멋대로 묵형(墨刑)을 가한 것으로, 비록 노비를 죽이더라도 금지하지 않는다고 말하였다"[82]고 하였다. 금나라가 남침을 하였을 때 사로잡혀와 노비로 전락하여 고통을 당하는 모습을 통하여 금나라의 야만적인 통치와 한족(漢族)

---

79) <初入淮河四絶句>(제4수), "中原父老莫空談, 逢着王人說不堪."
80) <夜讀范致能攬轡錄言中原父老見使者多揮涕感其事作絶句>, "公卿有黨排宗澤, 帷幄無人用岳飛. 遺老不應知此恨, 亦逢漢節解沾衣."
81) ≪范石湖集≫ 권12.
82) "定興縣中客邸前, 有婢兩頰刺'逃走'二字, 云是主家私自黥涅, 雖殺之不禁."

백성의 비참한 실상을 전형적으로 나타내었다.

그 외에 오랑캐의 무곡(舞曲) 연주를 거부하는 백발 성성한 악사(樂師)를 노래한 <진정무(眞定舞)>(권12) 등의 시 같은 것을 통해서도 범성대가 금나라의 통치하에 있는 중원 지방의 실상에 관해 마치 보고서를 작성하듯 한 편 한 편 시에 담고자 한 그의 표현법상의 한 특색을 엿볼 수있다. 젊었을 때에 지어진 우국시가 대체로 어떤 경물을 통하여 울분을완곡하게 표현하였다면, 중년에 사신으로 가서는 직접 목도한 여러 상황들을 구체적이고도 사실적으로 그려내었다.

만년에 들어서는 이전처럼 우국시가 많이 보이지 않으나 그래도 <제부차묘(題夫差廟)>(권28) 같은 시가 있어 영사(詠史)를 통하여 우국의 정을나타내었다.

縱敵稽山禍已胎	적을 혜산(稽山)에 풀어놓아 화근을 이미 배었는데
垂涎上國更荒哉	상국(上國)을 탐내나 나라는 더욱 황폐해졌다.
不知養虎自遺患	호랑이를 기르면 후환을 남기게 되는 것을 모르고
只道求魚無後災	단지 물고기를 구하며 재난이 없는 줄 알고 있다.
夢見梧桐生後圃	오동나무가 뒷밭에 나는 것이 꿈에 보이고
眼看麋鹿上高臺	사슴이 높은 누대에 오르는 것이 보인다.
千齡只有忠臣恨	오직 충신의 한이 천년 동안 남아
化作濤江雪浪堆	강의 파도와 눈보라로 변한다.

이 시 역시 옛날 오(吳)나라 부차(夫差)의 일을 노래하였으나 이면에는남송 조정의 집권자에 대한 비판을 담고 있다.

범성대의 우국시는 사경(寫景)이나 영사(詠史) 등의 여러 제재와 완곡한 표현방법을 통하여 국사(國事)에 대한 걱정과 개탄을 나타내었으며,특히 절구체(絶句體)의 72수 기행시(紀行詩)를 통하여 역사의 한 장면 한장면을 생생하게 기록으로 남겨 놓은 데에 특색이 있다 하겠다.

③ 산수(山水)

　범성대는 중년에 사방의 각지를 돌아다니며 벼슬을 하였다. 그래서 그의 시집 중에는 기행시가 많이 있으며 그는 이들 시를 통하여 산천 경물을 표현하였다. <회황탄(回黃坦)>(권7)은 어느 가을 여행길에서 접한 아름다운 경치를 보며 감탄을 발하였다.

渥丹楓凋零	짙붉은 단풍은 시들어 떨어지고
濃黛柏幽獨	검푸른 측백은 그윽이 홀로 있다.
畦稻晚已黃	밭두렁의 벼는 때늦어 이미 누렇고
陂草秋重綠	비탈의 풀은 가을에 더욱 푸르다.
平遠一橫看	아득히 저 먼 곳은 한 폭의 두루마리 같고
浩蕩供醉目	넓고 넓은 물은 취한 눈에 비쳐든다.
落帆金碧溪	떨어지는 돛대 푸른 강물에 반짝이고
嘶馬錦繡谷	말 울음소리는 계곡을 수놓는다.
世界眞莊嚴	세계는 진실로 장엄한 것
造物極不俗	조물주는 참으로 속됨이 없다.
向非來遠遊	만약 멀리 여행 오지 않았다면
那有此奇矚	어찌 이런 기묘한 경치 볼 수 있었으랴.

　근경과 원경, 갖가지 색채와 음향, 그리고 명암이 서로 결합하여 한 폭의 그림을 보여준다. <악주남루(鄂州南樓)>(권19)는 무창(武昌) 황학산(黃鶴山)에 위치한 남루(南樓)에 올라 지은 시이다. 중간의 네 구는 누각에서 바라보이는 경치를 정치(精緻) 있게 묘사하였다. 함련(頷聯) "한수(漢樹)는 다정하게 북쪽 강가에 늘어서 있고, 촉강(蜀江)은 말없이 남루(南樓)를 품에 안는다(漢樹有情橫北渚, 蜀江無語抱南樓)"의 아늑함과 경련(頸聯) "삼경(三更)의 저자의 등불은 하늘을 환히 비추고, 만리를 다니는 배의 깃발은 달빛에 흔들고 있다(燭天燈火三更市, 搖月旌旗萬里舟)"의 광활함이 조화를 잘 이루고 있다.

▌蛇倒退[83]▐ 사도퇴

山前壁如削	산 앞에는 절벽이 깎은 듯 하고
山後崖復斷	산 뒤에는 낭떠러지가 다시 끊어져 있다.
鄒吾達隴首	좀 전에 산꼭대기에 이르렀을 때는
如海到彼岸	마치 바다 건너 저편 언덕에 닿은 듯 했는데
那知下嶺處	뜻밖에도 언덕을 내려가는 곳은
慄甚履冰戰	두려움이 심해 얼음을 밟는 것보다 더 하다.
牽前帶相挽	앞에서 끌고 허리띠를 서로 당기며
縋後衣盡綻	뒤에서 새끼를 매고 옷이 다 틀어졌다.
健倒輒尋丈	털썩 미끄러졌다 하면 몇 십 자 되어
徐行厪分寸	천천히 걸어가며 조심조심 삼간다.
上疑緣竹竿	올라갈 때는 대나무 막대기를 기어오르는 듯 싶더니
下劇滾金彈	내려가는 것은 탄환보다 더 미끄러지듯 구른다.
豈惟蛇退舍	어찌 다만 뱀만이 멀리 물러나리오
飛鳥望崖反	나는 새도 낭떠러지를 보고는 되돌아간다.
稍喜一徑平	길이 평평해졌다 조금 기뻐했더니
猶有千石亂	오히려 수많은 돌이 어지럽게 널려 있다.
仍逢新燒畬	뜻밖에도 새로 불사른 화전을 만나니
約略似耕畔	보아하니 밭인 듯 하다.
心知人境近	마음 속으로 인가가 가까움을 알자
顰末百憂散	눈썹 끝의 백 가지 근심이 흩어진다.
山民茆數把	산사람들 띠풀 집이 몇 채 있는데
鬼質犢子健	귀신같은 모습에 송아지 같이 튼튼하다.
腰鑱走迎客	허리에 가래 찬 채 걸어와 나그네 맞이하며
再拜復三歎	두 번 절하고 거듭 탄식한다.
謂匪人所蹊	"사람들이 다니는 길이 아니거늘
官來定何幹	관리께서는 도대체 무슨 일로 오셨습니까?
儻爲飢火驅	만약에 배고픔의 고통에 쫓겨 온 것이라면
平地豈無飯	평지에는 어찌하여 먹을 밥이 없습니까?
意者官事迫	생각건대 관가의 일에 쫓겨

---

83) ≪范石湖集≫ 권15.

如馬就羈絆　마치 말이 고삐에 매인 신세 같은 것이겠지요?"
我乃不能答　나는 이에 대답을 못하고
付以一笑粲　빙그레 웃기만 하였다.

　산세(山勢) 지형이 너무 가팔라서 뱀도 뒤로 물러난다고 이름 붙여진
곳의 여행 경험을 노래하였다. 언덕을 내려가는 장면의 묘사는 산행의
어려움을 생생하게 표현하였다. 이 시는 마치 사령운(謝靈運)의 산수시를
연상시키는데, 산수의 형상 묘사가 핍진하다. 그러나 사령운의 시가 현
리(玄理)를 읊으며 끝을 맺는 것과는 달리 산 속에서 만난 화전민과 만난
장면을 서술하면서 벼슬살이의 고달픈 일면을 담담하게 보여주고 있다.

┃剌濆淖 84)┃ 소용돌이에서 배를 젓다

峽江饒暗石　삼협(三峽)의 강에는 암초가 많으며
水狀日千變　물의 상황은 하루에 천 번 변한다.
不愁灘瀧來　여울이 오는 것은 걱정되지 않으나
但畏濆淖見　다만 소용돌이 보이는 것이 두렵다.
人言盤渦耳　사람들은 말하기를 소용돌이일 따름이다 하지만
夷險顧有間　평온할지 위험할지는 일정치 않으며
仍於非時作　또 시도 때도 없이 일어나니
未可一理貫　뭉뚱그려 한 마디로 말할 수도 없는 노릇.
安行方熨縠　평온하게 주름 비단을 다리미질하듯 배를 저어 가는데
無事忽翻練　난데없이 갑자기 흰 파도가 뒤집힌다.
突如湯鼎沸　돌연 솥에 물이 부글부글 끓는 듯 하며
翁作茶磨旋　삽시간에 다엽(茶葉)을 가는 맷돌처럼 돈다.
勢迫中成窪　물살이 급박하여 가운데가 움푹 들어가고
怒霽外始暈　성내는 것이 가라앉자 바깥쪽으로 둥근 무늬가 퍼지기
　　　　　시작한다.
已定稍安慰　물살이 안정되어 잠시 안도를 하고 있자니
儵作更驚眩　갑자기 치솟아 더욱 놀라고 어지럽게 만든다.

---

84) ≪范石湖集≫ 권16.

漂漂浮沫起　둥둥 물거품이 일어나

疑有潛鯨噀　물 속의 고래가 물을 내뿜는 것인가 의심스럽다.

勃勃駭浪騰　거세게 놀라운 파도가 솟구쳐

復恐蟄鼇扙　물 속의 자라가 손뼉을 치는 것인가 다시 두렵다.

篙師瞪礼魄　뱃사공은 눈이 휘둥그레지고 넋이 빠졌으며

灘戶呀雨汗　뱃길 안내하는 사람은 입을 벌리고 땀을 비 오듯 흘린다.

逡巡怯大敵　뒤로 멈칫멈칫 물러나며 강력한 적군을 겁내다가

勇往決鏖戰　용감하게 앞으로 나아가 악전고투 벌이기로 하였다.

行免與齎入　다행히 소용돌이 가운데로 말려들지는 않았지만

還憂似蓬轉　다시 바람에 날리는 쑥처럼 빙빙 돌아 걱정이다.

驚呼招竿折　장대가 부러져 놀라 소리치고

奔救竹笮斷　대나무 새끼줄이 끊어져 달려가서 위급함을 막는다.

九死船頭爭　죽을 위험을 무릅쓰고 뱃머리에서 분투하고

萬苦石上牽　천신만고 끝에 돌 위로 배를 끌어올린다.

旁觀兢薄冰　옆에서 보는 사람 얇은 얼음 밟기라도 하듯 전전긍긍하고

撇過捷飛電　소용돌이를 벗어나자 번개보다도 더 빨리 달아난다.

前余叱馭來　이전에 나는 왕명(王命)을 수행하면서

山險固嘗徧　산의 험준함은 본래 두루 맛보았고

今者擊檝誓　이번에 나랏일 잘 하리라 굳게 맹세하였거늘

豈復憚波面　어찌 다시 파도 따위를 두려워하리오.

澎澎三峽長　물살 거센 삼협은 길기만 한데

颭颭一葦亂　흔들흔들 한 조각 나룻배는 어지럽게 움직인다.

旣微捫指忙　긴급하게 황급한 일도 없고

又匪科頭慢　또 모자 벗어 이마를 드러내는 오만한 짓도 하지 않았다.

天子賜之履　천자께서 내리신 임지(任地)에 가는데

江神敢吾玩　강신(江神)이 감히 나를 업신여길 수 있으리오.

但催疊鼓轟　북을 우렁차게 울리라고만 독촉하고

往助雙櫓健　가서 쌍노(雙櫓)를 힘차게 젓도록 도와준다.

　　배를 타고 촉(蜀)으로 가는 길에 만난 소용돌이의 모습과 이에 대처하는 사람들의 심리상태와 행동 등을 묘사한 시이다. 앞에서 본 바와 마

찬가지로 이 시도 실제 겪은 경험을 사실적이고 세밀하게 표현하였는데, 이런 점이 바로 범성대 산수시의 특색으로, 울타리 옆에서 저 멀리 남산을 바라보는 도연명이나 주관적인 감상으로 아늑한 정경을 그리는 왕유의 시와 다르고, 똑같이 객관적으로 실지로 산수의 경험을 시에 담은 사령운 류의 시와도 다르다. 범성대의 기유시(紀遊詩)는 유람 과정 자체에 중점을 두어 사실적으로 묘사하는 특색을 보인다.

┃ 橫塘[85] ┃ 횡당

南浦春來綠一川	남쪽 나루터에 봄이 오니 시내마다 파릇파릇하고,
石橋朱塔兩依然	돌다리와 붉은 탑은 둘 다 이전과 다름없다.
年年送客橫塘路	해마다 손님을 배웅하는 횡당의 길에,
細雨垂楊繫畫船	이슬비 내리는 수양버들에 화려하게 채색한 배 매여 있다.

색채 화면의 경치 속에 이별의 정을 나타내었다. 필치가 온윤청려(溫潤淸麗)하다. 앞에서 보았던 몇 편의 시와 비교해보면, 범성대의 산수경물시(山水景物詩)는 이와 같이 접하는 대상과 경우에 따라 다양한 표현특색을 보이며 풍격도 그에 따라 다른 면을 나타낸다.

④ 민생(民生)

범성대의 시 중에는 백성들의 삶에 대해 끊임없는 관심을 보이는 시들이 있다. 위에서 살핀 농촌시 중에도 이러한 내용이 있지만, 그 외에도 농촌뿐만 아니라 도시의 빈민(貧民)을 대상으로 한 것이 있고, 또 농촌 외에 산에 사는 사람들을 읊은 것도 있기 때문에, 여기에서는 민생의 질고를 다룬 시를 별도로 분류하여 살필 필요가 있다.

---

85) ≪范石湖集≫ 권3.

┃枕上有感[86) ┃ 베개 머리에서 느낀 바 있어

窓明似月曉光新　　창문이 밝아 달빛인 듯한데 새벽빛은 새롭고
被煖如薰睡息匀　　이불 따뜻하고 향내나는 듯한데 잠자는 숨소리 고르다.
衝雨販夫牆外過　　빗속을 뚫고 장사꾼 담 밖을 지나가면서
故應嗤我是何人　　틀림없이 나를 비웃으며 어떤 사람인데 이런가 할거다.

　　따뜻한 이불 속의 자신과 아침 일찍 빗속에 일하러 다니는 장사꾼을
대비하면서, 장사꾼의 말을 상상하면서 아무런 하는 일 없이 편안한 자
신에 대해 부끄러움을 느끼는 심정을 나타내었다. 이런 류의 시로, <야
좌유감(夜坐有感)>(권25)은 집집마다 문을 닫고 잠을 자는 밤중에, 비바람
불어 추운 날씨에도 불구하고 내일 아침 먹을 쌀이 없어 거리를 돌아다
니는 점쟁이의 처지를 슬퍼한 시이다. <설중문장외육어채자구수지성심
고유감삼절(雪中聞牆外鬻魚菜者求售之聲甚苦有感三絶)>(권26) 제1수는 담장
밖에서 생선과 야채를 사라고 애달프게 외치는 소리를 듣고, "어찌 문
닫고 집안에 앉아있을 줄 모르리오마는, 추위를 참는 건 그래도 할 수
있지만 배고픔을 참는 건 어려운(豈是不能扃戶坐, 忍寒猶可忍饑難)" 장사꾼
의 처지를 슬퍼하며 그의 입장에 서서 동정어린 마음으로 지은 시이다.
제2수에서는 "혼자 눈을 무릅쓰면 온 집안이 따뜻하다(一身冒雪渾家暖)"라
고 하여 일가족의 생계를 위해 고생함을 읊었고, 제3수에서는 "그대를
살아가느라 수고롭게 하여 이 지경에 이르게 만드니, 무심한 조물주여
도대체 무슨 마음이신가(勞汝以生令至此, 悠悠大塊亦何心)"의 탄식을 하였
다. <영하시가자(詠河市歌者)>(권26)는 해가 저물도록 아직 밥을 먹지 못
한 채 허기를 참으며 노래하는 가녀(歌女)의 고통스러운 생활이 생동적으
로 그려져 있다.

---

86) ≪范石湖集≫ 권25.

┃次韻汪仲嘉尙書喜雨[87] ┃ 왕중가 상서가 비를 기뻐하는 시에 차운하며

老身窮苦不須憂　늙은 이 몸 노고로운 것은 걱정할 게 못되지만
未有毫分慰此州　아직껏 조금도 이 고을 백성들을 위로하지 못하였다.
但得田間無歎息　다만 밭 사이에 탄식소리만 없을 수 있다면
何須地上見錢流　어찌 꼭 땅 위에 돈이 흘러 다니는 것을 보아야 하리오

백성들을 위하는 범성대의 마음이 잘 나타나 있다.

<황비령(黃羆嶺)>시(권13)에서는 깎아지른 듯한 험준한 산을 지나다
가 새들도 끊어져 이르지 못하는 그곳에서 사는 사람들의 생활을 보고
개탄하는 내용을 읊었다.

謂非人所寰　사람 사는 곳이 아니라고 하는데
居然見鋤犁　뜻밖에도 호미와 쟁기 보인다.
山農如木客　산에서 농사짓는 이들은 산도깨비처럼 생겼는데
上下翾以飛　올라갔다 내려갔다 훨훨 나는 듯이 다닌다.
寧知有康莊　큰 길이 있음을 어찌 알겠는가
生死安嶮巇　험준한 산 속에서 살고 죽는 것을 편안히 여긴다.
室屋了無處　집이라고는 전연 아무 데도 없으니
恐尙檜巢栖　아마도 아직도 나무로 새 둥지 같은 집을 엮어 사는가 보다
安得拔汝出　어떻게 하면 그대들을 이곳에서 데려나올 수 있을까
王路方淸夷　나랏님의 길은 바야흐로 편안하거늘.

사람이 살지 않는다고 전해지는 이곳에서 산짐승과 다름없는 생활을
하며 바깥 세상엔 넓은 곳이 있는 줄도 모른 채 살다가 죽는 산농(山農)
들을 목도하고 안타까운 마음을 토로하였다. 또 <기주죽지가구수(夔州竹
枝歌九首)>(권16) 제6수에서는 "동둔의 평평한 밭에 메벼가 보드랍지만,
가난한 사람의 밥그릇에는 올라오지 않는다네(東屯平田粳米軟, 不到貧人飯
甑中)"라고 하여, 열심히 일해도 좋은 쌀은 관가(官家)에 바쳐지고 가난한

---

87) ≪范石湖集≫ 권21.

사람에게는 돌아가지 않는 사회의 불합리한 현상을 지적하였다.

범성대는 눈이 내리는데도 생활이 어려워 생선과 야채를 팔러 다니는 사람의 애절한 목소리를 담장 밖으로부터 전해듣고는 그 처지를 딱하게 여기며 "그대 시(詩)를 지을 줄 모르니 그대를 대신하여 지어주겠노라(汝不能詩替汝吟)"[88]라고 말하였는데, 민생을 읊은 이러한 시에는 바로 이들의 고통을 대변하고자 하는 작자 범성대의 마음이 잘 나타나 있다.

⑤ 기 타

그밖에도 범성대의 시는 다양한 내용을 다루었다. 다음의 시는 여동생과 잠시 만났다가 헤어지는 장면을 노래한 시이다.

┃周德萬携孥赴龍舒法曹, 道過水陽相見, 留別女弟[89]┃
주덕만이 처자를 데리고 용서(龍舒)의 법조(法曹)로 부임하는 것을 수양(水陽) 근처에서 서로 만났다가 여동생과 작별하며 시를 짓다

草草相逢小駐船	황급히 서로 만나 배를 잠시 멈추고
一杯和淚飮江天	한 잔 술을 눈물과 함께 강가 하늘 아래에서 마신다.
妹孤忍使行千里	누이는 외로운데 어찌 차마 천릿길 가게 하겠으며
兄老那堪別數年	오빠는 늙어가니 어찌 몇 년 이별 견딜 수 있을까나.
馬轉不容吾悵望	말은 머리 돌려 내가 슬퍼 바라보지 못하게 하며
櫓鳴肯爲汝留連	노(櫓)는 소리를 내니 네가 더 머무르도록 할 수 있겠는가!
神如相此俱强健	하느님이 우리들을 보우하사 둘 다 건강하게 하시면
綠髮歸來慰眼前	푸른 머리로 돌아와 서로 보며 그리움 달래자꾸나.

수련(首聯)은 누이동생과의 상봉, 중간의 네 구는 만났으나 이별해야 하는 안타까움, 끝의 두 구는 후일의 재회를 기대함을 표현하여, 전체적으로 평순(平順)한 장법(章法) 가운데에 오누이의 깊은 정을 노래하였다.

---

88) <雪中聞牆外鬻魚菜者求售之聲甚苦有感三絶>(권26) 제2수.
89) 《范石湖集》 권5.

"누이는 외로운데 어찌 차마 천릿길 가게 하겠으며, 오빠는 늙어가니 어찌 몇 년 이별 견딜 수 있을까나", "하느님이 우리들을 보우하사 둘 다 건강하게 하시면, 푸른 머리로 돌아와 서로 보며 그리움 달래자꾸나"라고 한 데서 남매의 정이 잘 나타나 있다.

┃ 自晨至午起居飲食皆以牆外人物之聲爲節戱書四絶[90] ┃
아침부터 점심 때에 이르기까지 기거와 마시고 먹는 것을 모두 담장 밖 사람과 사물의 소리로 절도로 삼으며 장난삼아 적은 절구 4수(제1수)

巷南敲板報殘更	골목 남쪽에선 딱딱이 치며 새벽 시간 알리고
街北彈絲行誦經	거리 북쪽에선 비파 타며 다니면서 불경을 낭송한다.
已被兩人驚夢斷	이미 두 사람에 의해 놀라 꿈이 깨었거늘
誰家風鴿鬪鳴鈴	누구 집 비둘기가 바람을 타고 방울 소리 시합을 하는고

제목에 나타나 있듯이 하루의 시작은 '소리'로부터 시작되고 있다. 이 시에서도 시간을 알리는 딱딱이 소리, 비파를 타며 읊조리는 불경 읽는 소리, 그리고 비둘기 발에서 울리는 방울 소리 등이 작자에 의해 민감하게 포착되고 있다. 일상생활의 세사(細事)를 시에 담는 것은 송시(宋詩)의 특색 중의 하나이다. <서사삼절(書事三絶)>(권29) 제1수에서는 하녀가 술을 빚을 쌀을 일기를 청하고 화원의 정원사가 꽃값을 계산해주길 조른다는, 어떻게 보면 극히 자질구레한 일을 담담하게 보여주고 있다.

앞에서 보았던 우국시와 농촌시 등에는 유자(儒者)로서의 범성대의 사상이 나타나 있는데, 그 외에도 일부 시에서는 불교와 도교사상이 표현되어 있다. 그는 젊어서 절에서 공부를 하였으며 이후 승려와도 교유(交遊)를 가졌는데, 불교(佛敎)에 관한 표현은 20대 후반부터 죽기 전까지 그의 시집 중에 계속해서 보인다. "팔만사천 공색계(空色界)에서, 하나의 법(法)을 떠나지 않고 부처님만을 아네(八萬四千空色界, 不離一法認毘盧)"라

---

90) ≪范石湖集≫ 권27.

고 한 <제기사책(題記事冊)>(권4)시는 바로 30대에 지은 것이다.

┃題日記[91]┃ 일기에 적다

誰言萬事轉頭空	누가 말했나 세상만사 고개를 돌리면 공(空)이라고
未轉頭時亦夢中	고개 돌리지 않을 때에도 꿈속인 것을.
若向夢中尋夢覺	만약 꿈속에서 꿈에서 깨어나길 찾는다면
覺來還入大槐宮	깨어난 뒤 다시 큰 회화나무 궁전으로 들어가리라.

    마지막 구는 남가일몽(南柯一夢)의 고사(故事)를 가리킨다. 세상만사가
공(空)이라는 표현은 범성대의 시집 중에 자주 보인다. 세상만사가 '공'인
데도 마음은 희로애락에 이리저리 흔들린다. <우잠(偶箴)>(권26)시는 이
러한 자신을 스스로 경계하여, "만법이 본래 공허한 줄 진실로 알건만,
그래도 다시 마음을 가지고 팔풍(八風)을 받든다. 역경과 순경이 오면 기
뻤다 슬펐다 변하니, 쯧쯧, 누가 주인공인가"라고 말하였다.[92] '팔풍'은
사람 마음을 선동하는 여덟 가지(哀·利·毁·譽·稱·譏·苦·樂)를 가리
킨다. 그러면 마음을 편안하게 하자면 어떻게 하여야 하는가? "인간 세
상은 곳곳이 남가일몽이다(人間隨處是南柯)"(권2, <제성산만대헌벽(題城山晚對
軒壁)>)·"우주에 깃든 이 몸은 원래가 나그네이다(宇宙此身元是客)"(권2, <중
구독상심정(重九獨登賞心亭)>)라는 인식 아래에서 그의 사상에는 도교적
인 측면도 존재하여 신선술(神仙術) 공부에 대해 긍정하는 생각을 표시하
기도 한다.[93] 범성대는 마음을 오욕칠정(五慾七情)으로부터 편안하게 갖
는 방법(安心方·安心法)을 꾸준히 추구하던 끝에 결국 나름대로의 깨달음
을 갖게 되었다. 그것은 마음을 편안히 하여 일체의 욕망에서 벗어난 뒤
의 생활, 즉 '게으름'의 생활이요 자연에 따르는 생활이다. '배고프면 먹

---

91) 《范石湖集》 권4.
92) "情知萬法本來空, 猶復將心奉八風. 逆順境來欣戚變, 咄哉誰是主人翁."
93) <元日>(권22), "莫道神仙無可學, 學仙猶勝簿書癡." <送蘇秀才歸永嘉>(권28), "大道
    凝神術養形, 形神俱煉始功成. 勸君觀妙還觀徼, 先作頑仙地上行."

고 목마르면 마시고 졸리면 잔다'는 것이 바로 범성대가 최종적으로 도
출한 이상적인 생활방식이었다.[94] 위에서 본 바와 같이 범성대의 사상에
는 유불도(儒佛道) 삼가(三家)가 결합되어 그의 사상 전반을 이루고 있음을
알 수 있다.

┃ 姑惡[95] ┃ 고악

姑惡婦所云	"시어머니가 나쁘다고 며느리가 하는 말은
恐是婦偏辭	아마도 며느리의 치우친 말일게요
姑言婦惡定有之	시어머니가 며느리 나쁘다고 말하면 분명 그런 일이 있을 것이나
婦言姑惡未可知	며느리가 시어머니 나쁘다고 말하는 건 그런지 알 수 없소" 라고 말하는데
姑不惡	시어머니가 나쁘지 않다면
婦不死	며느리가 죽지 않았을 것이다.
與人作婦亦大難	다른 사람의 며느리 노릇 참으로 어려우니
已死人言尙如此	이미 죽은 사람을 두고 아직도 이러쿵저러쿵 말이 많네.

이 <고악>은 금언시(禽言詩)라고 하는 독특한 유형의 시이다. 범성대
는 이 시에서 시어머니와 며느리의 관계에 대하여 앞의 네 구에서 객(客)
을 통하여 일반인의 말을 들어 보이고, 뒤의 네 구에서는 이에 대해 비
판하는 입장을 나타내었다.

2) 형식과 표현상의 특색

내용과 제재면에서 볼 때 범성대 시의 가장 주요한 내용은 현실의
갖가지 측면을 다룬 것이다. 그래서 그는 현실주의 시인이라 부를 수 있

---

94) 이런 깨달음을 그는 거듭 밝혔다. "何處安心立命, 飢餐渴飲困眠."(권23, <二偈呈似壽
老>(제2수)), "渴飲飢餐困睡, 是名眞學瞿聃."(권33, <次韻養正元日六言>), "飢飯困眠
全體懶, 風餐露宿半生癡."(권25, <元日>)
95) ≪范石湖集≫ 권2.

으며, 이를 위해 그는 사실적인 표현수법을 즐겨 운용하였다. 향촌의 풍속을 읊은 <납월촌전악부십수(臘月村田樂府十首)>의 서문에서 범성대는 이 시를 짓게 된 경위와 각 시에 담긴 풍속의 내용을 소개하면서 "내가 석호(石湖)에 돌아와 농촌을 오가면서 한 해가 끝날 무렵이 되어 열 가지 일을 접하게 되었는데, 그들의 말을 채록하여 각기 한 수의 시를 지음으로써 토속 풍속을 기록하고, 촌전악부(村田樂府)라고 불렀다"[96]라고 하였는데, 이것을 보면 이 시의 기실성(紀實性)을 분명히 알 수 있다. 이러한 특색은 현실의 생생한 각종 모습을 시에 담았다는 의미에서 '이사위시(以史爲詩)'라 할 수 있고, 또 표현수법의 면에서는 '이필기위시(以筆記爲詩)'·'이부위시(以賦爲詩)'라 부를 수 있다.

이와 관련하여 그는 악부적(樂府的)인 표현수법, 특히 작중(作中) 주요 인물의 말을 그대로 인용하여 제시함으로써 사실감을 높인다. 이를테면 <최조행(催租行)>(권3)에서 돈을 뜯으러 온 이장(里長)과 침대머리의 저금통의 돈을 건네주는 농민과의 대화(對話)라든가, <후최조행(後催租行)>(권5)에서 매년 딸을 출가시켜 세금 문제를 해결하는 농민이 딸이 한 명 더 남아 있어 내년의 세금도 문제없다고 장담하는 말 등등, 백성들의 말을 직접 보임으로 해서 그들의 희노애락의 감정을 여실하게 전한다. 이러한 표현수법은 편폭이 긴 고시(古詩)뿐만이 아니라, 편폭이 짧은 절구(絶句)에서도 흔히 보인다. <주교(州橋)>(권12)에서 옛 수도 변경(汴京)의 부로(父老)들이 남쪽에서 온 사신(使臣)을 보고 눈물을 참으며 "언제나 진짜로 나랏님의 군대가 수복하러 올까요(幾時眞有六軍來)"라고 묻는 장면으로 끝을 맺어 독자로 하여금 슬픔을 금치 못하게 만든다. 이러한 예는 그 외에도 많이 보여 범성대 시집 중에 하나의 특색을 이룬다.

범성대는 각종 시체(詩體)를 두루 사용하였는데 그 중에서도 특히 칠언절구에 원숙한 경지를 보이고 있다. 범성대의 대표적인 작품이라 일컬

---

96) 본서 594쪽 주 76) 참조.

어지는 것 중에는 이 칠언절구로 된 것이 많다. 이를테면 기행시(紀行詩)의 대표적인 존재로 그의 애국사상(愛國思想)을 잘 표현한 금(金)나라에 사신으로 가면서 지은 72수를 비롯하여, 60수 <사시전원잡흥(四時田園雜興)>(권27) 등이 바로 그러하다. 그 외에도 각종 제재의 시를 칠언절구로 표현하였다.

범성대는 또 육언절구(六言絶句)에 대해 새로운 시도를 하였다. 한 구의 글자수가 육언인 육언절구는 동한(東漢) 공융(孔融)의 작품을 비롯하여 한위육조(漢魏六朝) 때의 맹아기(萌芽期)를 거쳐 당대(唐代)에 이르러 오·칠언시(五·七言詩)와 더불어 시의 주요 체재의 하나로 자리를 잡고, 송대(宋代)에 이르면 성숙의 단계에 접어들어 제재나 작법·표현기교 등의 면에서 일찍이 없었던 새로운 성취를 거두게 된다. 북송(北宋)의 왕안석(王安石)을 비롯하여 황정견(黃庭堅) 등이 모두 육언절구를 지었으며, 남송(南宋)에 들어서도 육유(陸游)나 양만리(楊萬里) 등이 모두 육언절구를 지었지만, 수량 하나만을 우선 들더라도 범성대는 이전의 누구보다도 가장 많이 육언절구를 지어 90수를 남기고 있다.

그는 육언절구로 일상생활의 신변잡사와 날씨·절기(節氣) 등을 주로 표현하였으며, 특히 만년의 담박한 생활과 고적한 심경을 표현한 것이 많다. 표현기교면에서 범성대의 육언절구는 대우(對偶), 특히 당구대(當句對)의 운용에 뛰어나다. 이를테면 "돌 솥의 소리 속에 아침과 저녁이 지나가고, 종이 창문의 그림자 아래에 추위와 따뜻함이 찾아든다(石鼎聲中朝暮, 紙窗影下寒溫)"(권23, <하지이수(夏至二首)>(제2)) 중의 '조(朝)'와 '모(暮)', '한(寒)'과 '온(溫)'이 각기 대(對)를 이루면서 시간이 흘러가고 기온이 변화하는 속에서도 끊임없이 이어지는 만년의 적막한 생활을 나타냈다. "봄밤은 따뜻한 듯하나 따뜻하지 않고, 새벽 꿈은 이루어질 듯하다가 이루어지지 않는다(春宵似暖非暖, 曉夢欲成未成)"(권23, <불매(不寐)>)는 봄날 밤 기온의 미묘한 감촉 속에서 잠을 이룰 듯 하면서도 이루지 못함을 나타내었다. 당구대의 운용은 앞 구와 뒤 구가 거리를 두고 대(對)를 이루는 일반적인 대구(對句)에 비해 훨씬 더 가까운 거리에서 연접하여 표현을 강화하고 내용을 풍부히 하는 효과를 거둔다. <유탄(有歎)>시(권25)[97)는 더욱 교묘한 솜씨를 보여 시 전체의 각 구 모두에 당구대를 운용하였다.

범성대의 시는 일반적으로 '경교(輕巧)'하다는 평을 받는데, 이런 특색은 육언절구에도 보인다. 송대의 시인들은 당시(唐詩)와 다른 개성적인 시를 추구하여, 작법과 표현기교면에서 신이(新異)를 추구하였을 뿐만 아니라, 시체(詩體)면에서도 당대 시인들이 그다지 크게 주의를 기울이지 않은 이 육언절구에 정력을 쏟아 서정의 또 다른 한 형식으로서의 가능성을 추구하면서 육언절구의 영역을 확대하였다. 이런 점에서 범성대 육언절구의 가치를 지적할 수 있다.

(3) 위상과 평가

남송 중기의 다른 시인들이 그러하듯이 범성대의 시 또한 강서시파와 영향을 받음과 동시에 결국 자기 나름의 시 세계를 형성하였으며, 그들과 마찬가지로 그 또한 강서시파의 영향과 아울러 당시적(唐詩的)인 특색을 보인다. 즉, 범성대 시의 주요 특징은 만당의 위완(委婉)과 강서시파의 고초(高峭)를 하나로 결합한 데에 있다[98]고 하는 것이 그것이다. 그러나 이러한 공통점과 동시에 그들간에는 상이점 또한 존재한다. 그것은 육유나 양만리가 처음의 강서시파의 영향에서 당시 학습으로 변화를 하는 데에 비해, 범성대의 경우는 이들과는 거꾸로인 듯한 느낌을 주는 것이다. 즉, 초년의 강서시파 학습에서 중년 이후 당시 학습으로 나아간 것이 아니라, 범성대는 초년에 이미 당시, 특히 만당시의 영향을 보이고 있

---

97) "貧富交情乃見, 炎涼歲序方成. 越秦本異肥瘠, 魯衛何曾弟兄."

98) 程千帆·吳新雷, ≪兩宋文學史≫(上海古籍出版社, 1991), "就他中年以後已經自成一家的作品來說, 則淸新流暢·婉而能峭是其特徵."(343쪽)

다. 왕건(王建)이나 장적(張籍), 그리고 이하(李賀) 등의 영향을 받은 것으로
평가되는 시들은 모두 초년의 작품이다. 특히 초년 20여 살 때에 지어진
<백로정(白鷺亭)>이나 <연지정(胭脂井)> 등에는 이미 완곡하고 함축적
인 맛이 보인다.

▌白露亭[99]▐ 백로정

倦遊客舍不勝閑	권태로이 객사를 거닐며 한가로움 이기지 못해
日日淸江見倚闌	날마다 맑은 강은 난간에 기댄 이를 본다.
少待西風吹雨過	잠시 기다리니 서풍 불어 비 지나고
更從二水看淮山	다시 이수정(二水亭)에서 회수(淮水) 너머의 산을 바라본다.

▌胭脂井[100]▐ 연지정

昭光殿下起樓臺	소광전(昭光殿) 아래에 누대를 세우고
拼得山河付酒杯	서슴없이 강산을 한 잔 술과 바꾸었던 그 옛날.
春色已從金井去	이제 봄빛은 이미 금정(金井)을 따라 가버리고
月華空上石頭來	달은 부질없이 석두성(石頭城) 위로 떠오른다.

정자에 올라 단지 "회수 너머의 산을 바라본다"라고만 하였지만 금
(金)에 점령당한 중원 지역을 생각하는 우국(憂國)의 뜻이 저절로 나타나
있으며, "달이 부질없이 석두성 위로 떠오른다"는 경치 묘사 속에 진(陳)
나라의 망국(亡國)과 아울러 당시 송나라의 처경(處境)에 대한 개탄을 표
현하였는데, 완곡한 말 속에 침통한 감개가 함축적으로 깃들어 있다.

범성대의 시는 중년 이후에는 소식(蘇軾)과 황정견(黃庭堅) 시의 영향
을 받았다. 고초(高峭)한 기격(氣格)을 표현하고 일부 율시(律詩)의 음절(音
節)이 정격에 어긋나며 불교 관련 전고(典故)를 즐겨 사용하는 것은 모두
황정견 시에서 배운 것이고, 동시에 또 소식으로부터는 유창(流暢)한 율

---

99) ≪范石湖集≫ 권2.
100) ≪范石湖集≫ 권2.

조(律調)를 배웠다. 그러므로 비록 소식과 황정견의 상이(相異)한 시풍을 같이 배웠지만 어느 한쪽에 치우치지 않을 수 있었으며, 거기에 초년서부터 지녀온 위완(委婉)한 특색을 융합하여 그 자신의 독특한 시풍을 형성하였다. 온윤전아(溫潤典雅)한 시풍은 황정견의 수경(瘦硬)이나 소식의 청광(淸曠)과는 전연 다르다. 남송 초기에 여본중(呂本中)과 진여의(陳與義)가 강서시파의 폐단을 바로잡기 위해 소식과 황정견의 시를 겸학(兼學)할 것을 주장하였는데, 이러한 노력의 결실을 범성대의 시에서도 엿볼 수 있다.

이상의 과정을 거쳐 범성대의 시는 결국 강서시파의 영향권 밖에서 나름대로 독자적인 시풍을 수립하였다. 그리하여 그는 육유·양만리, 그리고 우무 등과 더불어 시단의 중흥을 불러일으키며 남송 중기를 대표하는 시인이 되었다. 사대가 중의 한 사람인 우무가 강기(姜夔)에게 한 말에서도 잘 나타나 있다.

> 선생(尤袤)은 그러자 나에게 말했다. "근래의 인사들은 강서시파를 전범(典範)으로 삼기를 좋아하는데, 온윤(溫潤)함이 범성대 같은 자가 있는가? 통쾌(痛快)함이 양만리 같은 자가 있는가? 소덕조의 고고(高古)함과 육유의 준일(俊逸)함 같은 것은 모두 스스로 만들어내어 진실로 볼만한 것이 있는 것이지 또 어찌 강서시로 쓴 것이겠는가?"[101]

범성대 시의 이러한 성취는 육유·양만리, 그리고 우무 등과 더불어 남송 초에 잠시 적막하였던 시단의 중흥을 불러 일으켰으며 그를 남송 중기를 대표하는 시인의 하나가 되게 만들었다.

---

101) ≪白石道人詩集·自序≫, "先生因爲余言, '近世人士喜宗江西, 溫潤有如范致能者乎? 痛快有如楊廷秀者乎? 高古如蕭東夫, 俊逸如陸務觀, 是皆自出機軸, 亶有可觀者, 又奚以江西爲?'"

4 │ 양만리(楊萬里)

　　양만리(1127-1206)는 이른바 '남송사대가(南宋四大家)'의 한 사람으로, 육유(陸游)·범성대(范成大), 그리고 우무(尤袤) 등과 함께 남송의 중기시(中期詩)를 대표한다. 그가 처했던 당시의 시단에는 변혁의 기운이 바야흐로 한창 일어나고 있는 중이었다. 그에 앞서 북송(北宋) 말에 소식(蘇軾)과 황정견(黃庭堅)에 의해 이전의 당시(唐詩)와 다른 모습을 지닌 송시의 특색이 완성되었는데 이에 대하여 전통시를 옹호하는 입장의 논자(論者)로부터 시(詩)가 두 사람에 의해 망쳐졌다는 혹평도 있었으나[102] 그럼에도 이들의 시는 참신한 면모와 뛰어난 성취로 인하여 추종자들이 많았다.[103] 그러나 이들도 소(蘇)·황(黃)의 각기 상이한 특색을 추종하면서 서로간에 갈등과 대립이 있었다.[104] 그 중에서 숫적인 면에서는 황정견의 강서시파(江西詩派)가 큰 세력을 형성하여 양만리 등이 살았던 남송 중기에 이르러서도 여전히 시단에 상당한 영향력을 미치고 있었다. 그러나 그와 동시에 그에 대한 비판과 새로운 모색의 움직임이 또한 계속 일어났다. 당시의 시인들로서는 어떤 시인, 어떤 류(類)의 시를 따를 것인가와 관련하여 자신의 입장을 선택하지 않으면 안될 처지에 처하였다. 양만리 또한 그 예외는 될 수 없었다. 결국 그는 30여 년 간 강서시파를 학습하며 지은 시를 모두 불살라 버리고 16·7년 간의 고민과 모색의 과정을 거쳐 최종적으로 '성재체(誠齋體)'라고 하는 양만리 특유의 독특한 시 세계를 형성하게 된다. 물론 이러한 성취를 거둔 데에는 그에 상응하여 양만리

---

102) 張戒, ≪歲寒堂詩話≫, "詩妙於子建, 成於李杜, 而壞於蘇黃."
103) 劉克莊, ≪後村詩話≫, "元祐後, 詩人迭起, 一種則波瀾闊而句律疏, 一種則鍛鍊精而性情遠, 要之不出蘇黃二體而已."
104) 晦齋, <簡齋詩集引>, "至學蘇者乃指黃爲强, 而附黃者亦謂蘇爲肆."

자신의 독특한 시론(詩論)이 그 바탕에 자리하고 있다.

(1) 양만리의 시론

1) 투탈(透脫)

양만리 시론의 가장 주요한 주장은 우선 '투탈'설을 들 수 있다. '투탈'은 일체의 사물에 대하여 투철(透徹)한 이해를 가진 뒤 세속의 견식(見識)이나 사물의 모습에 구속이나 구애를 받지 않고 원통무애(圓通無碍)한 것을 가리킨다. <화이천린이수(和李天麟二首)>(제1수)에서 그는 "시를 공부함에는 모름지기 투탈하여야 하니, 손 가는 대로 맡겨도 저절로 홀로 높은 경지에 이르리라"105)라고 하였다. 이 시에서의 양만리의 뜻은 시를 배울 때는 모름지기 이전 사람들의 기존의 어떠한 시법(詩法)이나 규율에 구속되지 말아야함을 말하는 것이다. 이것은 시인이 독자적인 시 세계를 구축하는 데에 반드시 필요한 사항을 지적한 것이다. 그러나 양만리의 전체 시론과 시 특색의 측면에서 살펴보면 '투탈'설의 중점은 시인이 사물을 대하는 태도와 흉금에 있다. 송대의 이학가(理學家)들은 '투탈'을 수양을 함에 있어 이상으로 생각하는 오도(悟道)의 경지로 보았다. 이학가들이 자연만물을 대하는 태도는 꽃을 보더라도 거기에 깃든 우주 조화의 묘(妙)를 본다는 데에 잘 나타나 있다.106) 양만리는 젊어서 왕정규(王庭珪)와 장준(張浚) 등의 이학가의 가르침을 받은 바 있는데 이런 경험이 그의 '투탈'설에 큰 영향을 미쳤다. 양만리는 주변의 자연 사물을 언제나 우주의 이법(理法)을 같이 체현(體現)한 것으로 인식하여 주변의 사물과 교감을 주고받았다. 그는 또 고정된 사고의 틀을 벗어나 사물과의 관계

---

105) ≪誠齋集≫ 권4, "學詩須透脫, 信手自孤高."
106) 邵伯溫, ≪易學辨惑≫, "物物皆有至理, 吾儕看花, 異于常人, 自可以觀造化之妙." 趙仁珪, ≪宋詩縱橫≫(中華書局, 1994), 103쪽 재인용.

를 새롭게 음미하고 새롭게 인식하여 시에 나타내었다. 이렇게 보면 '투탈'은 시인이 일상생활 속에서 만물을 대하는 태도 내지는 사유방식에 관한 관점이다. "특별한 눈으로 우주 조화의 솜씨를 볼 것"107)을 주장한 것이라든가, "가슴 속 생각이 색다르지 않으면, 어떻게 시구(詩句)가 새로워질 수 있겠는가"108)라고 한 것이 바로 이런 의미이다. 양만리가 독특한 면모의 시를 이룬 데에는 바로 이런 생각이 밑바닥에 자리하고 있다.

2) 무법(無法)

양만리 시론의 기본 정신은 또 '무법'에 있어, "나에게 훌륭한 시구를 지으려면 어떠한 법이 있는가 묻지만, 법도 없고 바리때도 없고 가사(袈裟)도 없다네"109)라고 하였다. '무법'의 '법'은 '시법(詩法)'으로, 양만리의 뜻은 전인(前人)의 여러 시법에 구속되지 말아야 함을 말한 것이다. 바로 이 점에서 양만리는 황정견을 중심으로 하는 강서시파의 시법에 대해 회의를 표시하였다. "영단(靈丹)을 쇠에 묻혀 금(金)으로 만든다는 것은 아직 영묘(靈妙)한 방법이 아니니, 설사 쇠를 없게 할지라도 금(金)으로 이루기는 어렵다"110)라고 한 것이 그것이다. 황정견은 시법을 중시하여 점철성금(點鐵成金)·환골탈태(換骨奪胎)·이고위신(以故爲新)·이속위아(以俗爲雅) 등의 방법을 제시한 바 있다. 그러나 양만리는 이러한 방법을 열심히 학습하면 학습할수록 작품은 더욱 적어지는 어려움을 경험하였다. 그래서 그가 결국 무법을 깨달으며 새로운 출로를 찾게 되는데, 이것은 시법의 학습과 성정의 표현 사이의 갈등과 모순 끝에 찾아낸 결정이었다.

---

107) ≪誠齋集≫ 권30, <蒴林五十咏·文杏塢>, "別眼看天工."
108) ≪誠齋集≫ 권4,<蜀士甘彦和寓張魏公門館用予見張欽夫詩韻作二首見贈和以謝之>(제1수), "不是胸中別, 何緣句子新."
109) ≪誠齋集≫ 권38, <酬閣皂山碧崖道士甘叔懷贈美名人不及佳句法如何十古風>(제2수), "問儂佳句如何法, 無法盂也沒衣."
110) ≪誠齋集≫ 권36, <荷池小立>, "點鐵成金未是靈, 若敎無鐵也難成."

그러나 '무법'을 주장한다고 해서 시법 그 자체를 완전히 부정하는 것이라고는 볼 수 없으니, "구(句)를 단련함에 쇠를 화롯불에 망치질하듯 함이 어찌 없을 수 있겠는가마는, 구(句)가 이루어짐은 반드시 오로지 그것에 의해서만은 아니네"[111]라고 하여 단순히 연자(鍊字) 연구(鍊句)만으로 시 짓는 것을 반대하였다. 요컨대 정법(定法)에 구속받고 얽매이는 것을 반대하는 것이라고 이해하여야 한다. 이것은 여본중(呂本中)이 황정견의 시법을 추종하는 후학(後學)들이 오로지 시법을 융통성 없이 따르는 폐단을 바로 잡기 위해 활법(活法)을 제시한 것과 근본 취지면에서는 같다고 볼 수 있으나, 여본중이 아직 '법(法)'을 이야기하고 있는 데에 비해 양만리는 이 '법'의 존재를 부정하여 더욱 강조하는 차이를 보인다. 양만리는 "내가 시를 찾는 것이 아니라 시구 스스로 나를 찾아온다"[112]고 하여 감흥의 자연스러운 표출을 중시하였는데, 이것은 아래에서 논하는 '자연'·'흥취' 등과 밀접한 관련을 가지는 문제이다.

3) 자연(自然)

여기에서의 '자연'은 주로 시재(詩材)의 측면에서 하는 말이다. 사실 어느 시인을 막론하고 자연풍광은 제재면에서 주요한 부분을 차지하는데 그럼에도 불구하고 양만리가 이것을 특별히 제기하는 이유와 그 의의는 바로 강서시파와의 관계에 있다. 위에서 본 바와 같이 강서시파의 시인들은 대체로 시법의 강구와 앞사람의 시문(詩文)의 학습을 대단히 중시하였다. 그러나 양만리는 실제 자신의 창작 경험을 바탕으로 하여 이에 대해 이의를 제기하였다. 즉 "문(門)을 닫고 시구를 찾는 것은 올바른 시법이 아니며, 단지 여행하는 가운데에 자연히 시가 있다"[113]·"봄에는

---

111) ≪誠齋集≫ 권29, <晩寒題水仙花幷湖山>(제3수), "鍊句爐槌豈可無, 句成未必盡緣渠."
112) 앞의 시, "老夫不是尋詩句, 詩句自來尋老夫."
113) ≪誠齋集≫ 권26, <下橫山灘頭望金華山>(제2수), "閉門覓句非詩法, 只是征行自有詩."

꽃, 가을에는 달, 겨울에는 얼음과 눈, 사계절 좋을시고, 진부한 말에 의지 않고 단지 하늘에 의지하리"114)라고 하여 '폐문멱구(閉門覓句)'의 작시 방식을 비판하고 자연에서 시재를 찾을 것을 주장하였다. 양만리는 이러한 주장을 거듭하여 밝혀, "삼라만상이 모두 와서 나에게 시 재료를 바쳤다"115)·"산 속에는 사물 사물이 시제(詩題)이다"116)·"바람과 안개가 좋지 않으면, 시구가 어떻게 새로워질 수 있으리오?"117)라고 말하였다. 이러한 것들은 모두 강서시파의 '시내공부(詩內工夫)'의 한계를 벗어나 '시외(詩外)'에서 시재(詩材)를 찾아 새로운 모색을 추구하는 과정에서 나온 말이다.

4) 흥취(興趣)

양만리는 정법(定法)의 구속을 벗어나 자연스러운 감흥의 표현을 중시하였다.

대체로 시를 짓는 것은 흥(興)이 최상이고, 부(賦)가 다음이며, 남의 시에 화답하는 것은 부득이 짓는 것이다. 나는 애초에는 이런 시를 짓는 데에 뜻이 없지만 이런 사물과 이런 일이 마침 나에게 접촉하여, 나의 뜻 또한 마침 이 사물과 일에 느낌이 생겨나니, 접촉이 먼저 있고 감흥이 그것을 따라, 이러한 시가 나오는 것으로서, 내가 어찌 간여해서 그리되는 것이겠는가! 저절로 그런 것이다. 이것을 일러 흥이라고 한다.118)

---

114) ≪誠齋集≫ 권40, <讀張文潛詩>(제1수), "春花秋月冬氷雪, 不聽陳言只聽天."
115) ≪誠齋集≫ 권80, <荊溪集序>, "萬象畢來, 獻予詩材."
116) ≪誠齋集≫ 권20, <寒食雨中同舍約游天竺得十六絶句呈陸務觀>(제9수), "山中物物是詩題."
117) ≪誠齋集≫ 권35, <過池陽舟中望九華山>, "不是風煙好, 何緣句子新."
118) ≪誠齋集≫ 권67, <答建康府大軍庫監門徐達書>, "大抵詩之作也, 興, 上也, 賦, 次也, 賡和, 不得已也. 我初無意於作是詩, 而是物是事適然觸乎我, 我之意亦適然感乎是物是事, 觸先焉, 感隨焉, 而是詩出焉, 我何與哉! 天也. 斯之謂興."

양만리에 있어 시를 짓는다는 것은 억지로 해서 이루어지는 것이 아니라 자연스러운 것이다. 즉, "좋은 시가 문을 밀치고 나를 찾아오니, 한 글자라도 어찌 흰 수염을 꼬며 지은 것이겠는가"[119]라고 한 것이 그것이다. 유협(劉勰)은 ≪문심조룡(文心雕龍)・물색(物色)≫편에서 "내 마음을 주는 듯 보내면, 흥(興)이 답(答)하듯 돌아온다"[120]고 하여 '흥'의 자연스러운 발생을 잘 지적하였다. 시를 짓는 것은 우선 사물과 접촉하여 정지(情志)가 일어나고, 다음에 문사(文辭)를 빌려서 표현을 하게 된다. 양만리는 이러한 흥취를 '법도의 안배'에 의하지 않고 자연스럽게 나타냄을 중시하였다. 즉 섭섭(葉燮)이 이른바 "그 흥취가 이르면 매번 무심히 나타낸다"[121]고 한 것이다. 양만리가 "내가 시를 찾는 것이 아니라 시구 스스로 나를 찾아온다"[122]고 한 것이 바로 이런 의미이다. 엄우(嚴羽)는 ≪창랑시화(滄浪詩話)≫에서 "본조(本朝, 宋代)의 시인들은 이치를 숭상하여 뜻과 흥취에 병폐가 있다"[123]고 하였는데, 양만리의 '흥취'에 대한 중시는 이것에 대한 교정이라는 점에서 의의가 크다.

5) 시미(詩味)

양만리 이전에 일찍이 종영(鍾嶸)의 자미설(滋味說)과 사공도(司空圖)의 '미외지미(味外之味)'설 등이 있어 왔는데, '미(味)'는 훌륭한 시를 이루기 위한 주요 요소의 하나이며, 또한 작품을 평가하는 기준의 하나이기도 하다. 양만리의 '시미'설은 이러한 것을 계승하였다. 그는 엿[飴]과 씀바귀[茶]를 비유로 들면서 시란 자구의 조탁이나 표면적인 뜻의 표현에만 신경을 기울여서는 안되고 그보다는 음미할수록 다함이 없는 여미(餘

---

119) ≪誠齋集≫ 권37, <曉行東園>, "好詩排闥來尋我, 一字何曾撚白鬚."
120) "情往似贈, 興來如答."
121) ≪原詩・內編 下≫, "其興會所至, 每無意而出之."
122) ≪誠齋集≫ 권29, <晚寒題水仙花並湖山>(제3수), "老夫不是尋詩句, 詩句自來尋老夫."
123) "本朝人尙理而病於意興."

味)·언외지의(言外之意)를 나타낼 것을 강조하였다.

　　대저 시는 어떻게 짓는 것입니까? 그 사(詞)를 중시할 따름입니다 하겠지만, 시를 잘 짓는 사람은 사(詞)를 버립니다. 그러면 그 의(意)를 중시할 따름입니다 하겠지만, 시를 잘 짓는 사람은 의(意)를 버립니다. 그렇게 사(詞)와 의(意)를 버리면 시는 어떻게 존재합니까 하겠지만, 사(詞)와 의(意)를 버려도 시는 존재합니다. 그러면 시가 과연 어디에 존재합니까 하겠지만, 일찍이 엿과 씀바귀를 먹어본 적이 있겠지요? 엿을 좋아하지 않는 사람이 어디 있겠습니까마는, 처음에는 달지만 끝에는 신맛이 납니다. 씀바귀의 경우는, 사람들이 맛이 쓴 것을 싫어합니다만, 쓴맛이 끝까지 가기도 전에 달콤한 맛이 무궁할 것입니다. 시 또한 이와 같습니다.124)

　양만리는 특히 표현방법에 있어서 완곡(婉曲)과 함축(含蓄)을 중시하였다. 위의 인용문을 뒤이은 글에 보이는 '≪시경(詩經)≫ 삼백 편의 유미(遺味)'와 이것을 계승한 만당(晩唐)의 여러 시인과 왕안석(王安石)의 시 등이 바로 이런 예이다.125) 여기에서 주목할 점은 그가 특히 강조하고 중시하는 것은 바로 만당시(晩唐詩)의 미(味)이다. 양만리 당시의 시단에는 만당시에 대한 평가를 둘러싸고 서로 상반되는 견해가 첨예하게 대립을 보이고 있었는데, 바로 이 점에서 양만리와 강서시파와의 입장 차이가 극명하게 드러난다. 그는 만당시의 가치를 당시 사람들이 제대로 알지 못함에 대해 개탄하면서 강서시파가 만당시를 비판하는 풍조를 질책하였다. 그러면 양만리가 말하는 '만당시의 색다른 맛'은 무엇인가? 그는

---

124) ≪誠齋集≫ 권83, <頤菴詩稿序>, "夫詩何爲者也? 尙其詞而已矣. 曰: 善詩者去詞. 然則尙其意而已矣. 曰: 善詩者去意. 然則去詞去意, 則詩安在乎? 曰: 去詞去意, 而詩有在矣. 然則詩果焉在? 曰: 嘗食夫飴與茶乎? 人孰不飴之嗜也, 初而甘, 卒而酸. 至於茶也, 人病其苦也, 然苦未旣, 而不勝其甘. 詩亦如是而已矣."

125) "昔者暴公讒蘇公, 而蘇公刺之, 今求其詩, 無刺之之詞, 亦不見刺之之意也. 乃曰: '二人從行, 誰爲此禍?' 使暴公聞之, 未嘗指我也, 然非我其誰哉? 外不敢怒, 而其中媿死矣. 三百篇之後, 此味絶矣, 惟晚唐諸子差近之. 寄邊衣曰: '寄到玉關應萬里, 戍人猶在玉關西.', 弔戰場曰: '可憐無定河邊骨, 猶是春閨夢裏人.', 折楊柳曰: '羌笛何須怨楊柳, 春光不度玉門關.' 三百篇之遺味, 黯然猶存也. 近世惟半山老人得之."

다른 글에서 "만당의 여러 시인은 비록 이백과 두보의 시 같은 웅혼(雄渾)함은 결여되어 있으나 색(色)을 좋아하되 지나치지 않고 원망하되 어지럽지 않는다는 말과 같이 하여 그래도 국풍(國風)과 소아(小雅)의 유음(遺音)을 지니고 있다"126)고 하였는데, 이것은 만당시가 ≪시경≫의 완곡한 언외지의(言外之意)의 표현 전통을 계승한 점을 높이 평가한 것이다. 이러한 점에서도 강서시파와 다른 그의 입장을 알 수 있다.

(2) 양만리의 시

1) 시풍의 변화

양만리의 ≪성재집(誠齋集)≫에는 생활의 변화에 따라 각기 이름을 다르게 붙인 시집이 모두 아홉 종 있다. 즉 ① ≪강호집(江湖集)≫(36세-51세 사이의 작품), ② ≪형계집(荊溪集)≫(51세-53세), ③ ≪서귀집(西歸集)≫(53세), ④ ≪남해집(南海集)≫(54세-56세), ⑤ ≪조천집(朝天集)≫(58세-61세), ⑥ ≪강서도원집(江西道院集)≫(62세-63세), ⑦ ≪조천속집(朝天續集)≫(64세), ⑧ ≪강동집(江東集)≫(64세-66세), ⑨ ≪퇴휴집(退休集)≫(66세-80세)이다. 현재 그의 시는 36세에서 80세로 죽을 때까지 모두 4,232수가 전해진다. 양만리의 시작 과정은 52세를 경계로 하여 크게 학습기와 창신기(創新期)로 나눌 수 있다.

학습기는 다시 초학기(初學期)와 모색기(摸索期)로 나누어진다. 양만리는 17세 때 왕정규(王庭珪)로부터 시를 배우면서 강서시파의 시를 접하였다.127) 그 뒤 36세 때, 양만리는 이전에 지은 강서체(江西體)의 시 천여 수를 모두 불살라버리고128) 새로운 모색의 길에 나서 진사도(陳師道)의 오

---

126) ≪誠齋集≫ 권83, <周子益訓蒙省題詩序>, "晚唐諸子, 雖乏二子之雄渾, 然好色而不淫, 怨誹而不亂, 猶有國風小雅之遺音."
127) 梁昆 ≪宋詩派別論≫(東昇出版事業公司, 1980), 93쪽.

언율시(五言律詩)와 왕안석의 칠언절구(七言絶句), 그리고 만당(晚唐)의 절구를 차례대로 공부하였다. 그러나 여전히 배우는 데에 힘을 들이면 들일수록 작품이 더욱 적어지는 어려움을 겪었다.[129] 이것을 보면 양만리는 처음의 강서시파 학습에서 변화를 꾀하면서 다방면으로 노력하였음을 알 수 있다. 대상이 강서시파('강서제군자(江西諸君子)'와 '진사도')와 왕안석, 그리고 만당인(晚唐人)으로, 점차 시기상 위로 올라갔으며, 시체상(詩體上)으로는 새로이 오언율시 → 칠언절구 → 절구로 학습의 변화를 꾀하였다. '진사도'를 '강서시파의 여러 시인'과 따로 나누어서 말한 것은 진사도의 시가 황정견 등과 서로 다른 점이 있음을 나타낸 것인데, 진사도는 황정견이 두보(杜甫)의 특수한 요체(拗體) 같은 것을 배우려는 데 비하여, 그는 두보 시의 정격을 배워 풍격이 아건(雅健)하며 율시의 경우 황정견보다도 뛰어나다는 평을 받는데[130] 특히 오언율시는 두보 시에 핍진하다고 일컬어진다.[131] 그러나 수경(瘦硬)하고 간삽(艱澁)한 강서시풍(江西詩風)은 역시 가지고 있다. 그래서 양만리는 다시 왕안석으로 눈을 돌렸는데 '율시'에서 '절구'로 시체가 바뀐 점이 주목을 끈다. 이것은 절구의 경우 율시와 달리 '점철성금'이나 전고의 운용과 같은 시법의 조탁에 구속을 받음이 없이 짧은 편폭 안에서 자유로이 시정을 펼치기에 적합하기 때문일 것이다. 왕안석의 시는 만년에 지은 절구는 뜻이 깊고 완곡하면서 급박하지 않은[深婉不迫] 흥취를 나타낸 것으로 평가받으며, 특히 7언시는 만당의 맛이 있는 것으로 일컬어진다.[132] 양만리는 절구라는 체재가 글자수가 제일 적어 잘 짓기가 가장 어려우나 만당의 시인과 왕안

---

128) ≪誠齋集≫ 권80, <誠齋江湖集序>, "予少作有詩千餘篇, 至紹興壬午七月皆焚之, 大概江西體也."

129) ≪誠齋集≫ 권80, <誠齋荊溪集序>, "予之詩始學江西諸君子, 旣又學後山五字律, 旣又學半山老人七字絶句, 晚乃學絶句於唐人. 學之愈力, 作之愈寡."

130) 方回, ≪瀛奎律髓≫, "後山律詩, 往往精於山谷也."

131) 紀昀, ≪四庫全書總目提要≫, "五言律詩, 佳處往往逼杜甫."

132) 葉夢得, ≪石林詩話≫, "晚年始盡深婉不迫之趣"; 趙令畤, ≪侯鯖錄≫, "東坡云: '荊公暮年詩 …… 七言詩終有晚唐氣味.'"

석은 이 절구에서 가장 뛰어났다고 평하였다.[133] 그래서 양만리가 왕안
석 학습에서 다시 당인(唐人, 특히 만당시인)으로 나아간 것은 자연스러운
일이며, 만당시를 높이 평가한 데에 양만리의 독특한 시학 주장과 입장
을 엿볼 수 있다.

만당시의 존재는 송시가 독자적인 면모를 형성해 가는 과정에 있어
항상 비판의 대상이었다. 북송 중기에 구양수(歐陽修)와 매요신(梅堯臣) 등
이 시가복고운동을 일으킬 때 바로 이 만당체가 개혁의 대상이었고, 그
후 특히 강서시파의 시인들은 황정견을 필두로 하여 진사도 등 대부분
이 만당시를 비판하였다. 그러나 양만리는 강서시파의 폐단을 목도하고
강서시파에서 변화를 꾀하면서 강서시파가 비판하였던 이 만당시에 주
목하였다. "만당시의 색다른 맛을 누구와 함께 감상할까. 근래의 시인들
은 만당을 경시하네"[134]라고 하여 만당시의 가치를 당시 사람들이 제대
로 알지 못함을 개탄하였다. 그는 <황어사집서(黃御史集序)>에서 만당에
이르러 시가 공교(工巧)해졌다[135]고 하여 만당시의 가치를 긍정적으로 평
가하고, 이어서 시는 문장과 달리 나름대로의 예술적 특색을 가지고 있
는데도 혹자는 심오광박(深奧廣博)한 학문과 글 재주를 바탕으로 시를 쓰
는 작풍을 비판하였는데[136] 이것은 강서시파를 지적한 말이다. 이 외에
양만리는 또 만당시의 완곡하고 함축적인 표현을 높이 쳤는데, 이것은
앞의 시론 부분에서 이미 다룬 바 있다.

이상에서 보듯 양만리는 다양한 길을 모색하였으나 여전히 "배우는
데에 힘을 들이면 들일수록 작품이 더욱 적어지는"[137] 어려움을 겪었다.
새로운 변화의 시작은 순희 5년 52세부터로, 시를 짓다가 홀연 깨달음이

---

133) ≪誠齋集≫ 권114, ≪誠齋詩話≫, "五七字絶句最少而最難工, 雖作者亦難得四句全
     好者, 晚唐人與介甫最工于此"
134) ≪誠齋集≫ 권27, <讀笠澤叢書>(제1수), "晚唐異味同誰賞, 近日詩人輕晚唐."
135) ≪誠齋集≫ 권79, "詩至唐而盛, 至晚唐而工."
136) "挾其深博之學, 雄雋之文, 於是檃栝其偉辭以爲詩, 五七其句讀而平上其音節."
137) ≪誠齋集≫ 권80, <誠齋荊溪集序>, "學之愈力, 作之愈寡."

있었다. 이에 당나라 시인 및 왕안석·진사도·강서시파의 여러 시인 등과 결별하고 이들을 배우지 않았는데, 산수를 찾아 나서면 삼라만상이 모두 와서 그에게 시의 재료를 바치고 시흥이 무궁무진하게 일어났다.[138] 이리하여 '전인의 학습'에서 '깨달음'을 거친 그는 '시파와 종법(宗法)을 전하는 것을 부끄럽게 여기니, 작가는 각자 하나의 풍격을 가져야 한다. 황정견과 진사도의 울타리 아래에서 걸음을 멈추어서는 안되며, 도연명과 사령운의 자리에서 머리를 더 내밀어야 하네'[139]라는 '자득(自得)'을 가져, '이전의 껄끄러움'에서 '물이 흐르는 듯함'으로 바뀌고 '학습에 힘을 들이면 들일수록 작품이 더욱 적어져' 곤란함을 느끼던 데서 '얼음이 녹듯 시 짓는 어려움을 느끼지 못하는 것'으로 변화를 갖게 되었다. 이렇게 하여 '성재체'가 생겨나게 되었다.

2) 주요 제재와 내용

양만리의 4,200여 수의 시에는 비교적 다양한 제재가 나타나 있으나 주요한 것을 들자면 대체로 다음의 몇 가지가 있다.

① 자연경물

양만리 시의 가장 주요한 내용은 바로 자연경물을 새로운 시각으로 파악하여 시에 담는 것이다. "온갖 사물이 다 나타나 나에게 시재(詩材)를 바친다"[140]고 하였고, "산 속에는 사물 사물이 시제(詩題)"[141]라고 하였

---

138) 앞의 글, "是日卽作詩, 忽若有寤, 於是辭謝唐人及王陳江西諸君子, 皆不敢學, 而後欣如也. 試令兒輩操筆, 予口占數首, 則瀏瀏焉無復前日之軋軋矣. 自此, 每過午, 吏散庭空, 卽攜一便面, 步後園, 登古城。採擷杞菊, 攀翻花竹, 萬象畢來獻予詩材, 蓋麾之不去, 前者未讎, 而後者已追, 渙然未覺作詩之難也."

139) ≪誠齋集≫ 권26, <跋徐恭仲省幹近詩>, "傳派傳宗我替羞, 作家各自一風流. 黃陳籬下休安脚, 陶謝行前更出頭."

140) ≪誠齋集≫ 권80, <誠齋荊溪集序>, "萬象畢來, 獻予詩材."

141) ≪誠齋集≫ 권20, <寒食雨中同舍約游天竺得十六絶句陸務觀>(제9수), "山中物物是

듯이, 그는 비가 오든 날이 개든 언제나 자연경물에서 기이한 모습을 발
견하고 경탄한다.[142]

┃ 過百家渡[143] ┃ 백가도를 지나며(제2수)

園花落盡路花開	정원에는 꽃이 다 졌으나 길가엔 곳곳에 꽃이 피어
白白紅紅各自媒	흰 꽃과 흰 꽃, 빨간 꽃과 빨간 꽃, 각자 자기를 뽐낸다.
莫問早行奇絶處	아침 행차에 아름다운 경치는 물을 것 없네
四方八面野香來	사방팔면에서 들꽃 향기가 풍겨온다.

아침에 길을 나서 만나게 되는 아름다운 경치에 대해 시각과 후각,
두 방면에서 특징적으로 생동감 있게 나타냈다. 그러나 양만리의 자연시
의 특색은 경치의 객관적이고 사실적인 묘사에 있지 않고 자연의 동태
및 자연과 시인과의 교감을 표현하는 데에 있다.

┃ 夜宿東渚放歌[144] ┃ 밤에 동도에서 묵으며 부른 노래(제3수)

·天工要飽詩人眼	하늘의 직녀는 시인의 눈을 즐겁게 하려면서
生愁秋山太枯淡	가을 산이 너무 시들하고 변변찮을까 걱정한다.
旋裁蜀錦展吳霞	잠깐 사이에 촉 땅의 비단을 마름질하고 오나라의 비단을 펼쳐
低低抹在秋山半	나지막히 가을 산의 허리를 감는다.
須臾紅錦作翠紗	잠깐 지나자 붉은 비단이 푸른 무명천으로 되고
機頭織出暮歸鴉	베틀에서 저녁녘에 돌아가는 까마귀를 짜낸다.
暮鴉翠紗忽不見	저녁 까마귀와 푸른 천이 문득 보이지 않고
只見澄江淨如練	단지 흰 비단 같은 맑은 강만이 보인다.

이 시는 저녁 무렵의 경치를 읊었는데, 다른 시인들의 이런 류의 시

詩題."
142) 《誠齋集》 권26, <下橫山淮頭望金華山>(제2수), "雨姿晴態總成奇."
143) 《誠齋集》 권1.
144) 《誠齋集》 권28.

와 다른 점은 첫째, 저녁노을·까마귀·강물 등의 경치의 묘사를 짧은
시간 안에 파악하여 그 변화를 생동적으로 나타내었고, 둘째는 이러한
것이 하늘의 선녀가 시인 자신을 위하여 눈앞에 펼쳐 보여준다고 상상
력을 발휘하여 낭만적으로 나타낸 점이다.

　　양만리는 자연의 삼라만상을 모두 생명이 있고 의식이 있는 대상으
로 보았고 인간과 같음을 느낀다. <중원일조기(中元日早起)>시에서는 시
인이 날씨가 더워 소나무 그늘에서 바람이라도 좀 쐬려는 생각을 소나
무에게 말했더니, 소나무가 자기도 날씨는 덥고 바람 한 점 없어 괴롭다
고 하소연한다는 내용이 시인과 소나무와의 대화의 형태로 표현되어 있
다.145) 더위 속에 괴로워하기란 시인이나 나무나 다를 바 없다. 심지어는
산수나 바람·구름 같은 무생물도 모두 살아있는 생명체로서 인간과 같
은 감정을 가지고 있음을 발견한다.

┃ **過上湖嶺望招賢江南北山**146) ┃
상호령을 지나다가 초현강 남쪽과 북쪽의 산을 바라보다(제2수)

嶺下看山似伏濤　　고개 아래에서 산을 볼 땐 잠잠한 파도 같더니
見人上嶺旋爭豪　　사람이 고개를 오르는 것을 보자 금새 누가 잘났나
　　　　　　　　　　경쟁한다.
一登一陟一回顧　　한번 오르고 오를 때마다 한번 둘러보니
我脚高時他更高　　내 발이 높은 곳을 디딜 때 그는 더욱 높은 데에 있다.

　　등산을 할 때의 경험을 적은 이 시는 시인이 한 걸음 한 걸음 위로
올라갈 때마다 산은 오히려 저만치 더 높은 데에 위치하고 있다는 내용
을 마치 산이 등산객과 서로 누가 먼저 올라가나 경쟁이라도 벌이는 것
같다고 표현하였다. 이 시에 나타난 자연은 인간과 같은 감정을 가지고
있는 자연이다. 시인에게 있어 자연은 서로 아무 상관없이 떨어져 있는

---

145) ≪誠齋集≫ 권40, “欲借微凉問萬松, 萬松自熱訴無風.”
146) ≪誠齋集≫ 권28.

존재가 아니라 피아(彼我)간에 생명체로서 감정이 교류되는 관계의 대상
이다. 바람은 시인이 절[寺]에 도착하려면 아직 멀었나 근심할까봐 빗속
에 저 멀리서 종소리를 보내오고,[147] 산봉우리들은 시인이 진흙길 걷는
것을 싫어함을 알고는 구름을 다 걷어버리고 맑은 햇살을 내비춰 준
다.[148] 그런가하면 산골짜기의 계곡물은 시인더러 산에서 좀 더 놀다 가
라고 권하면서 꾸불꾸불한 계곡을 따라 시인을 따라온다. 계곡물의 다정
한 마음이야 잘 알지만 오늘밤 내로 산을 빠져나갈 수 있을까 시인은 혼
자 걱정이 대단하다.[149] 한편으론 시인도 구름을 머무르게 붙잡으며 한
가한 몸을 눕히도록 권한다.[150] 그러나 양만리의 시에 나오는 자연은 시
인에 대해 호의만 갖는 것이 아니고 때로는 시인을 못살게 굴기도 하고,
시인에게 장난을 치기도 하고, 시인의 뜻을 거슬리기도 한다. 그러나 이
러한 자연을 시인은 결코 불쾌한 심정으로 대하는 것이 아니라 오히려
재미있어 한다.

┃ 檄風伯[151] ┃ 바람의 신에게 띄우는 격문

峭壁呀呀虎擘口	깎아지른 절벽은 입을 벌려 호랑이의 큰 입 같고
惡灘洶洶雷出吼	험악한 여울은 넘실넘실 우뢰가 고함지른다.
溯流更着打頭風	강물을 거슬러 가는데 머리에 바람까지 불어오니
如撑鐵船上斗牛	마치 쇠로 만든 배를 저어 하늘의 두우(斗牛) 별 자리에 오르는 것 같다.
風伯勸爾一杯酒	바람의 신이여, 그대에게 한 잔 술 권하노니
何須惡劇驚詩瘦	어찌하여 이 늙은이 놀래키려고 장난칠 것 있소이까.
端能爲我霽威否	정말이지 나를 위해 위엄을 거두실 수는 없소이까 하니
岸柳掉頭荻搖手	언덕의 버들은 머리를 내젓고 갈대는 손을 내젓는다.

---

147) ≪誠齋集≫ 권3, <彦通叔祖約游雲水寺>(제2수), "風亦恐吾愁寺遠, 殷勤隔雨送鐘聲."
148) ≪誠齋集≫ 권8, <宿小沙溪>(제2수), "諸峰知我厭泥行, 卷盡痴雲放嫩晴."
149) ≪誠齋集≫ 권17, <過陂子逕五十餘里喬木蔽天遣悶七絶句>(제6수), "澗泉勸我出山
遲, 曲曲遮留步步隨. 泉自多情儂自悶, 今宵會有出山時."
150) ≪誠齋集≫ 권7, <幽居三詠・雲臥菴>, "不是白雲留我住, 我留雲住臥閑身."
151) ≪誠齋集≫ 권16.

배를 타고 임지로 가는 도중, 깎아지른 절벽 아래로 호랑이가 입을 딱 벌리고 있는 것 같이 무시무시한 골짜기 어귀가 있고, 배가 그 가운데를 통과하게 되었는데, 거센 파도는 넘실대며 우레 같은 소리를 내어 여행자의 간담을 서늘하게 한다. 게다가 바람까지 맹렬하게 불어오고 있다. 이런 상황에서 시인은 마치 적군을 상대하듯이 바람을 달래 보지만 바람의 대답은 냉담하기만 하다. 이 시는 제목 자체도 재미있거니와, 자연경물의 행태에 대한 정면과 측면에서의 묘사, 그리고 비유·과장·연상 등의 표현수법을 사용하여 여행 경험과 시인 자신의 심리 등을 흥미롭게 나타내었다.

▌ **羲娥謠**152) ▌ 햇님과 달님의 노래

중추절 밤에 벽사시에서 잠을 자고, 다음날 아침 일찍 일어나니, 새벽별은 이미 떴으며, 해는 나오려 하나 달은 아직 지지 않았는데, 경치가 여러 가지로 변하는 것이 천하의 기이한 경치인지라, <희아요>를 지어 기록한다.153)

羲和夢破欲啓行	햇님이 잠에서 깨어 행차하려 하니
紫金畢逋啼一聲	금빛 까마귀(태양)가 한 마디 소리내어 운다.
聲從天上落人世	소리가 하늘에서 인간 세상에 떨어지자
千村萬落鷄爭鳴	이곳저곳 온 마을에서 닭들이 다투어 운다.
素娥西征未歸去	달님의 서쪽 행차 아직 돌아가지 않고
簸弄銀盤浣風露	은 쟁반을 키질하여 바람과 이슬을 씻는다.
一丸玉彈東飛來	옥구슬(새벽별) 하나 동쪽에서 날아와
打落桂林雪毛兎	계수나무 속 흰 털 토끼를 맞추어 떨어뜨린다.
誰將紅錦幕半天	누가 붉은 비단으로 하늘 반쪽을 가렸나?
赤光絳氣貫山川	붉은 빛, 붉은 기운이 산과 내를 꿰뚫는다.
須臾却駕丹砂轂	잠시 뒤 단사(丹砂) 같은 붉은 색의 수레를 몰고
推上寒空輾蒼玉	차가운 하늘로 올라가 푸른 옥 같은 하늘을 구른다.

---

152) ≪誠齋集≫ 권25.
153) "中秋夜宿辟邪市, 詰朝早起, 曉星已上, 日欲出而月未落, 光景萬變, 蓋天下奇觀也, 作<羲娥謠>以紀之."

> 詩翁已行十里強　시 짓는 늙은이 이미 십리 남짓 길을 걸었거늘
> 羲和早起道無雙　햇님이 제일 먼저 일어나 짝이 없다고 그 누가 말했나?

이 시는 일출(日出)의 과정과 장면을 묘사한 것이다. 하늘의 달이 진 뒤 아침해가 뜨는 장면의 표현에 있어서, 시인은 신화에 나오는 인물과 동물을 등장시키고, 풍부한 상상·기묘한 비유의 수법을 사용하여 화려하고 신비롭게 나타내어, 일출이라는 평범한 제재를 새롭고 기묘하게 처리한 점이 주목된다.

양만리는 자신과 떨어져 있는 자연의 존재를 항시 새로이 발견하고, 이제껏 무심히 지나쳐 왔던 것에 새로이 주목하며, '인간(시인)과 자연과의 인격적인 친밀관계·조화와 교류의 관계'를 항시 주변의 사물에서 하나 둘 새로이 발견하면서 우주의 조화에 대하여 경이로움을 느낀다. 이 경탄에 뒤따르는 것은 자연의 새로운 모습 발견에 재미있어 하고, 또 친근함을 느끼는 것이다. <아(鴉)>시에서는 아이들과 같이 난간에 서 있는 까마귀를 보며 이 까마귀에도 인간과 같이 수염이라는 신체적 특징을 가지고 있음을 발견하고 의외라는 느낌을 받으며 웃음을 터뜨린다.[154] 양만리의 시에 나오는 자연만물이 모두 생명이 있고 의식이 있는 존재이며, 시인과 대자연 사이에는 인격적인 관계가 존재한다는 점에 있어서, 양만리의 경물시는 도연명(陶淵明)의 전원시(田園詩), 사령운(謝靈運)의 산수시(山水詩), 그리고 왕유(王維)의 자연시(自然詩)와는 또 다른 특색을 보인다. 양만리의 시는 다른 사람의 시처럼 사람이 자연 속에 조용히 푹 잠겨 세속에서 겪는 번뇌를 잊거나 또는 산수자연의 객관적인 아름다움을 추구하는 데에 중점이 있지 않고, 시인과 자연과의 인격적인 친밀관계나 자연의 새로운 모습 발견에 재미있어 하는 시인의 느낌을 나타내는 데에 그의 시의 특색이 있다. 도연명의 시에서 보이는 "유연히 남산

---

154) ≪誠齋集≫ 권11, "穉子相看只笑渠, 老夫亦復小盧胡. 一鴉飛立鉤欄角, 仔細看來還有鬚."

이 눈에 들어온다(悠然見南山)"(<음주(飲酒)>)와 같은 '무심(無心)'한 합일(合一)'이 아니라 '유심(有心)'한 교류(交流)'이다. 이런 특색은 송대에 성(盛)했던 인문의식(人文意識)으로 자연을 보는 결과이며 또한 그 하나의 예라고 볼 수도 있지만, 다른 시인, 예컨대 소식(蘇軾)이나 진여의(陳與義) 등의 시에서 보이는 단순한 자연의 의인화 표현과는 시인과 자연, 양자의 훨씬 생동적이고 긴밀한 교류의 측면에서는 또 다른 차이를 나타내고 있다. 이런 점에서 양만리의 자연시는 '시인과 자연과의 관계'라는 측면에서 중국 시사상 일찍이 없었던 새로운 모습을 보여 준다.

② 생활정취

▎重九後二日同徐克章登萬花川谷月下傳觴155) ▎
중양절 이틀 뒤, 서극장과 만화천곡에 올라 달 아래서 술잔을 돌리다

老夫渴急月更急	내가 갈증이 심한데 달은 더욱 심한 듯
酒落杯中月先入	술이 잔 속에 부어지자 달이 먼저 들어간다.
領取青天併入來	푸른 하늘을 불러 함께 들어 와서
和月和天都蘸濕	달과 하늘이 모두 술에 잠겨 젖는다.
天旣愛酒自古傳	하늘이 술을 좋아함은 옛날부터 전해 오니
月不解飲眞浪言	달이 술 마실 줄 모른다고 하는 것은 허황된 말이다.
擧杯將月一口吞	술잔 들어 달을 한 입에 삼키고
擧頭見月猶在天	머리 들어 달을 보니 오히려 하늘에 있다.
老夫大笑問客道	내가 크게 웃으며 손님에게 물었다
月是一團還兩團	"달이 하나요 둘이요?"
酒入詩腸風火發	술이 창자에 들어가니 바람과 불이 일어나고
月入詩腸氷雪潑	달이 창자에 들어가니 얼음과 눈이 뿌려진다.
一杯未盡詩已成	한 잔 술 아직 다 마시지 않았는데 시는 이미 완성되고
誦詩向天天亦驚	시를 읊조리며 하늘을 향하니 하늘도 놀랜다.
焉知萬古一骸骨	어찌 알랴 만고의 인물들 한낱 해골로 변함을

---

155) ≪誠齋集≫ 권36.

酌酒更吞一團月　　술을 따라 다시 하나의 달을 삼킨다.

양만리 시의 묘미는 기묘한 상상력의 발휘에 의한 참신한 표현에 있는데, 이 시 역시 달빛 아래에서 술을 마신다는 흔한 제재를 아주 신선하게 나타내었으며, 특히 달과 하늘이 시인과 같이 행동한다는 표현은 시를 읽는 사람들로 하여금 절로 미소를 짓게 만든다.

｜稚子弄氷[156]｜ 어린아이가 얼음을 갖고 놀다

稚子金盆脫曉氷　　어린아이가 대야에서 새벽에 언 얼음을 꺼내어
綵絲穿取當銀鉦　　채색 실에 꿰어서는 은색 징 삼아 논다.
敲成玉磬穿林響　　두드리니 옥 경쇠 소리 숲을 뚫고 울리다가
忽作玻璃碎地聲　　문득 유리가 땅에 깨어지는 소리가 난다.

양만리의 시는 일상생활 가운데에서 시적 재료를 찾아, 보통 무심하게 지나칠 수도 있는 작은 부분을 잘 포착한다. 이것은 송시의 일반적인 특색의 하나이기도 하지만, 이 시 같이 어린이를 소재로 하며 그들과 관심과 흥미를 같이하는 내용의 표현은 다른 사람에게서는 쉽게 찾아볼 수 없는 양만리 특유의 특색이다.

｜閑居初夏午睡起二絶句[157]｜
한가로운 초여름 낮잠에서 일어나 지은 절구 두 수(제1수)

梅子留酸軟齒牙　　매실은 시그러워 이빨을 약하게 하고,
芭蕉分綠與窓紗　　파초는 초록을 나누어 창문 망사에 준다.
日長睡起無情思　　날이 길어져 잠에서 일어나 아무 생각 없이,
閑看兒童捉柳花　　어린이가 버들꽃 따는 것을 한가로이 바라본다

이 시는 초여름의 정경을 묘사한 것이다. 이 시는 "가슴이 탁 트였다

156) ≪誠齋集≫ 권11.
157) ≪誠齋集≫ 권3.

(胸襟透脫)"고 평을 받는데,[158] 그 연유를 살펴보면, 시인이 초여름의 낮잠에서 깨어나 만물이 저마다 생동하는 모습을 보며 즐거워함을 지적한 것이다.

┃戲筆[159] ┃ 장난삼아 짓다

野菊荒苔各鑄錢	들국화와 거친 이끼가 각기 돈을 만들며
金黃銅綠兩爭姸	노란 국화는 금돈, 푸른 이끼는 동전, 둘이서 아름다움을 다툰다.
天公支與窮詩客	하느님이 가난한 시인에게 이들을 주지만
只買淸愁不買田	시름만 살 수 있을 뿐 밭은 살 수 없다네.

어느 가을날, 산보를 나갔다가 접하게된 경치를 보고 일어나는 기상(奇想)을 양만리식으로 독특하게 표현하였다. 국화와 이끼의 모양이 돈과 같이 둥근 것을 보고 이들이 각기 돈을 만들고 있으며, 또 서로 자기가 멋지다고 다툰다고 표현하였다. 그러나 이런 것이 진짜 돈이 아니므로 가난한 생활을 해결하는 데는 도움이 되질 못한다고 한 표현에서 유머러스한 익살이 느껴진다.

③ 우 국

자연경물과 개인의 일상생활을 읊은 시가 양만리 시의 주요 내용을 차지하지만, 그 외에 당시 남송과 금(金)이 대치하고 있던 상황에서 나라를 걱정하는 작품 역시 양만리 시의 특색을 잘 보여준다.

┃初入淮河[160] ┃ 처음으로 회하에 들어서다(제1수)

| 船離洪澤岸頭沙 | 배가 홍택(洪澤) 모래 언덕을 떠나 |
| 人到淮河意不佳 | 회하에 이르니 기분이 좋지 않다. |

---

158) 羅大經 ≪鶴林玉露≫ 권14.
159) ≪誠齋集≫ 권14.
160) ≪誠齋集≫ 권27.

何必桑乾方是遠　어찌 반드시 상건하(桑乾河)라야 비로소 멀리 있다
　　　　　　　　　할 것인가
中流以北卽天涯　중류 이북이 바로 하늘 끝인데.

1165년 송과 금이 화약(和約)을 맺은 후 30년 동안 평온한 시대가 전
개되는데, 그 기간 중 1190년 광종(光宗) 소희(紹熙) 원년에 양만리는 명을
받아 금나라에서 파견해 온 사신을 영접하였다. 나라 한복판에 흐르는
회하(淮河)가 지금은 송나라와 금나라의 경계선이 되어 남북에 사는 백성
들이 서로 오가지 못하는 데에 대한 시인의 비통한 심정이 잘 나타나 있
다. 양만리의 우국시는 육유(陸游)의 시가 분개 어린 목소리로 집정자를
질타하고 우국의 정을 노래한 것과 달리 완곡한 표현을 통하여 침통한
정을 나타내었다. 앞에서 양만리가 만당시를 높이 평가한 이유의 하나가
'완곡한 풍유'에 있다고 하였는데 우국의 정을 노래하는 경우 바로 이런
특색을 보인다. 위와 같은 제목의 시 제4수에서 "중원의 부로들은 헛된
말로 나라의 사신을 만나 견디기 어렵다는 따위로 하소연하지 마시라(中
原父老莫空談, 逢着王人訴不堪)"라고 한 것도 같은 류의 표현으로서, 남송의
조정에서는 수복의 의지가 없으므로 말하여도 아무 소용이 없으니 '공담
(空談)'을 하지 말라는 것이다.

┃舟過揚子橋遠望[161] ┃ 배 타고 양자교를 지나면서 멀리 바라보며

此日淮壖呼北邊　오늘날에는 회하 유역을 북쪽의 변방이라 부르지만
舊時南服紀淮壖　옛날에는 남쪽의 영토라고 회하 지역을 기록했다.
平蕪盡處渾無壁　평평한 황무지 끝나는 곳까지 전혀 보루 하나 없고
遠樹梢頭便是天　멀리 나뭇가지 끝이 바로 하늘이라네.
今古戰場誰勝負　자고 이래 전쟁터에서 누가 이기고 겼던가
華夷險要豈山川　중화와 오랑캐의 험준함과 중요함이 어찌 산천에만 달
　　　　　　　　　려 있겠는가.

---

161) ≪誠齋集≫ 권29.

六朝未可輕嘲謗　　육조 시대를 가벼이 조롱하고 비방할 수 없으니
王謝諸賢不偶然　　왕씨, 사씨 등의 여러 현인들은 우연이 아닐 것이리.

　동진(東晉)은 역사상으로는 쇠퇴한 시기라는 평을 받지만, 양만리는
이 시에서 동진만도 못한 남송의 현실을 꼬집으며 당시의 조정을 비판
하였다. 국가의 존망은 산천의 험준함에 달려있는 것이 아니라고 지적하
면서 동진 때는 그래도 왕도(王導)나 사안(謝安) 등과 같은 어진 신하가 있
었는데 비해, 지금의 남송은 그렇지 못함을 개탄하였다.

▌讀嚴子陵傳[162]▌ ≪엄자릉전≫을 읽고

客星何補漢中興　　나그네 별이 한(漢)나라 중흥에 무슨 보탬이 될 것인가
空有淸風冷似氷　　헛되이 맑은 바람만 있어 차갑기 얼음 같다.
早遣阿瞞移漢鼎　　일찍이 조조(曹操)로 하여금 한나라를 빼앗게 하였다면
人間何處有嚴陵　　세상천지 어디에 엄자릉이 있을 수 있었겠나?

　엄자릉은 동한(東漢) 초의 유명한 은사(隱士)로, 젊어서 유수(劉秀)와
같이 공부하였는데 나중에 그가 광무제(光武帝)에 즉위하자 이름을 바꾸
고 숨어살았다. 역대 시인들 중에는 엄자릉의 청고(淸高)한 풍절(風節)을
칭송하는 이가 많지만, 양만리는 여기에서 당시 일부 사대부들 중에 송
나라 왕실의 중흥과 중원(中原)의 수복에 뜻을 두지 않고 오로지 청고함
을 표방하기만 하는 풍조가 있음을 개탄하며 이들에 대해 풍자·조소하
였다.

▌跋蜀人魏致堯撫幹萬言書[163]▌ 촉인 위치요 무간의 <만언서> 끝에 적다

雨裡短檠頭似雪　　비 내리는 밤, 낮은 등잔불은 백발을 비추는데
客間長鋏食無魚　　고달픈 객지생활, 돌아갈까 긴칼 두드리니 식사 때
　　　　　　　　　　생선도 없다.

---

162) ≪誠齋集≫ 권8.
163) ≪誠齋集≫ 권4.

上書慟哭君何苦	글 올리며 통곡하는 그대 무얼 그리 괴로워하는가
政是時人重子虛	지금 시대 사람들은 허황된 말만 중시한다네.

이 시는 표면적으로는 위치요를 나무라는 것 같으나 실은 당시 사람들이 사회의 폐단을 없애고 나라를 부흥시키는 방책을 강구하기보다는 그 옛날 한(漢)나라 사마상여(司馬相如)의 <자허부(子虛賦)> 같이 허황되고 부화(浮華)한 말을 더 좋아함에 대해 분개하는 정을 표현한 것이다. 완곡한 가운데에 풍자의 의미가 강하게 나타나 있다.

④ 전 원

┃桑茶坑道中[164] ┃ 상다갱 길에서(제7수)

晴明風日雨乾時	화창하고 바람 따사로운 날씨에 빗물은 마르고
草滿花堤水滿溪	풀은 꽃이 핀 제방에 가득하고 물은 계곡에 출렁인다.
童子柳蔭眠正着	어린아이는 버드나무 그늘에서 잠을 자고 있고
一牛喫過柳陰西	소 한 마리 풀 뜯으며 버드나무 그늘 서쪽으로 걸어 간다.

날씨 좋고 화초가 만발하고 계곡에는 물이 가득한 풍경 가운데에, 목동과 소의 일정일동(一靜一動)은 서로 대비를 이루면서 전체적으로 한적한 대낮의 한 장면을 그려내었다.

┃插秧歌[165] ┃ 모심기 노래

田夫揷秧田婦接	농부가 모춤을 던지면 아내가 받고
小兒拔秧大兒揷	작은 아이가 모를 찌면 큰 아이가 심는다.
笠是兜鍪簑是甲	삿갓은 투구요 도롱이는 갑옷이라
雨從頭上濕到胛	비가 머리에서 어깨까지 축축하게 젖는다.

---

164) ≪誠齋集≫ 권34.
165) ≪誠齋集≫ 권13.

喚渠朝餐歇半霎	농부를 불러 아침 먹고 잠시 쉬라고 하여도
低頭折腰只不答	고개 숙이고 허리 굽힌 채 대답하지 않는다.
秧根未牢蒔未匝	모 뿌리 아직 굳지 않고 심기도 다 하지 않았으니
照管鵝兒與雛鴨	새끼 거위와 오리를 잘 돌봐야 한다네.

남녀노소를 막론하고 모를 내느라, 뿌리는 비도 아랑곳하지 않고 밥도 제대로 먹을 새 없이 바삐 일하는 정경을 생동감 있게 묘사하였다. '삿갓은 투구요 도롱이는 갑옷이다'고 하여 마치 전쟁터에 임한 듯이 비유한 점이 흥미롭다.

┃憫農[166] ┃ 불쌍한 농부

稻雲不雨不多黃	벼 심은 논에 비가 안와 누렇지 않은 곳 많고
蕎麥空花早着霜	교맥엔 빈 꽃 일찍이도 서리마저 내렸다.
已分忍飢度殘歲	굶주림 참고 남은 세월 보내리라 마음먹었지만
更堪歲裏閏添長	어찌 견디랴 올해는 윤달이 들어 더 길어졌다네.

이 시는 날씨가 가물고 서리마저 일찍 내려 작황이 좋지 않은데 엎친 데 덮친 격으로 윤달까지 들어 날이 더욱 길어져서 지내기 어려움을 한탄하는 농민의 어려운 생활을 동정적으로 노래하였다.

⑤ 기　타

┃三月三日上忠襄墳因之行散得十絶句[167] ┃
삼월 삼일, 충양공의 성묘를 갔다가 교외를 거닐며 지은 절구 열 수(제6수)

女唱兒歌去踏青	여자아이 남자아이 노래하며 답청(踏青)을 가고
阿婆笑語伴渠行	엄마는 웃으며 이야기하며 그들 따라 걸어간다.
只虧郎罷優輕殺	아버지는 수고스럽지만 가벼운 기분으로

---

166) ≪誠齋集≫ 권2.
167) ≪誠齋集≫ 권31.

檻子雙擔挈酒餠 도시락통 어깨에 매고 술병 들고 따른다.

이 시는 좋은 계절을 맞이하여 온 가족이 즐겁게 봄소풍 나들이 가는 장면을 묘사하였다. 흥겨운 분위기가 각 인물들의 동작 표현을 통하여 잘 나타나있다. 당시의 민속과 생활의 일면을 엿볼 수 있다.

┃宿靈鷲禪寺二首[168]┃ 영취사에서 묵으면서 지은 두 수(제2수)

初疑夜雨忽朝晴 처음엔 밤비가 아침에 문득 개인 것인가 했더니
乃是山泉終夜鳴 알고 보니 산의 냇물이 밤새 소리를 낸 것이었다.
流到前溪無半語 앞의 시내로 흘러와서는 한 마디 말도 없으면서
在山做得許多聲 산에 있을 때는 요란한 소리를 내는구나.

산사(山寺)의 밤에 들려오는 소리를 처음에는 빗소리인가 하였다가 산의 냇물이 밤새 흐르면서 내는 소리라는 것을 알게 되었다. 이에 시인은 산을 벗어나 큰 시내에 가서는 아무 소리 못하면서 산에서는 대단히 요란하게 소리를 내는 것을 힐책하였다. 이 시는 마치 인간생활의 한 모습이나 현상을 연상시켜 주어 표면적인 영물시 이상의 맛을 느끼게 하는데, 이러한 이취(理趣)의 표현은 송시의 전형적인 한 특징이다.

3) 성재체(誠齋體)

'성재체'는 양만리 시의 특색을 지칭하는 말로, 엄우(嚴羽)는 남송의 개성 있는 시인으로 양만리를 들면서 '양성재체(楊誠齋體)'라 일컬었다. 이에 비해 양만리의 동시대 사람들은 양만리 시의 특색을 논하면서 '활법(活法)'이란 표현을 쓰길 좋아하여, 예컨대 장자(張鎡)는 "지금 세상에 이름난 시구는 얼마나 되지마는, 선생의 활법시(活法詩) 같은 것은 드물게 있네"[169]라고 말하였다. 이로 보면 성재체는 활법과 밀접한 관련을

---

168) ≪誠齋集≫ 권13.

가짐을 알 수 있다. '활법'의 강구는 송대의 선종(禪宗)이 시학에 영향을
미친 것으로, 갈천민(葛天民)은 "참선(參禪)하는 것과 시법(詩法)을 깨닫는
것은 두 가지 법이 아니니, 죽은 뱀을 생기 넘치게 만드는 데에 있다
네"[170]라고 말하였다. 예술표현방식으로서 '활법'을 처음 제창한 사람은
여본중(呂本中)으로, 그는 <하균보집서(夏均父集序)>에서 "시를 공부함에
마땅히 활법을 알아야 한다. 활법이란 법도를 모두 갖추면서 동시에 법
도 밖으로 나갈 줄 알며, 변화를 헤아리기 어렵지만 법도에 위배되지도
않는 것이다"[171]라고 하였다. 여본중이 '활법'을 제창한 것은 강서시파
의 후학들이 황정견의 원래 취지를 제대로 파악하지 못한 채 시법에 매
이는 폐단을 바로잡기 위해서 제창한 것이다. 양만리도 강서시파를 공부
하던 처음에는 시법의 준수에 힘썼으나 '공부에 힘을 들일수록 작품이
더욱 적어지는' 경험을 하였다. 그 뒤에 지어진 시를 보고 당시의 사람들
이 활법이라 일컬은 것은 양만리 시의 새로운 변화를 두고 여본중이 제
기한 활법이라는 말로 그 특색을 지적한 것이며, 사람들은 양만리가 여
본중의 활법을 계승한 것으로 보았다.[172] 양만리의 '활법시'의 '활(活)'은
세분하여 말하면 사유(思惟)·작품 구성·구율(句律), 그리고 시어(詩語) 등
의 몇 가지 측면에서 이해할 수 있다.

① 사 유

성재체 활법의 중점은 우선 사유 방식에 있으니 그것은 바로 '투탈
(透脫)'이며, 이것은 양만리 시의 '활법'의 핵심 정신이다. '투탈'은 어떠

---

169) ≪南湖集≫ 권7, <楊秘監詩一編登舟因成二絶>(제2수), "目前言句知多少, 罕有先
     生活法詩."
170) ≪葛無懷小集≫, <寄楊誠齋>, "參禪學詩無兩法, 死蛇解弄活潑潑."
171) "學詩當識活法. 所謂活法者, 規矩備具, 而能出於規矩之外, 變化不測, 而亦不背於規
     矩也."
172) 劉克莊, ≪後村先生大全集≫ 권95, <江西詩派小序·總序>, "後來楊萬里出, 眞得
     所謂活法, 所謂流轉圓美如彈丸者, 恨紫微公不及見耳."

한 외계사물이나 일반적인 고정된 사유의 틀·선입견의 구속을 벗어나는 것을 가리키며, 이러한 고정된 틀에 매이지 않고 민활한 사고의 운용에 의할 때 견성오도(見性悟道)가 가능하다. 양만리가 '특별한 눈으로 우주 조화의 솜씨를 볼 것'을 주장한 것이 바로 이것이다. 그는 자연만물을 기존의 상투적인, 또는 단순히 표층적(表層的)인 측면에서 바라봄이 아닌 새로운 각도에서 자유롭게 관조(觀照)한다. 양만리는 자연만물에 대하여 새로운 인식을 가지고 있는데, 그 요점은 자연만물도 인간과 마찬가지로 천리(天理)를 지니고 있으며 살아있는 존재라는 것이다. "내 마음을 보면 천지가 보이고, 천지를 보면 내 마음이 보인다"[173]고 말하여, 자연만물과 인간은 모두 이법(理法)의 발현체(發顯體)라는 점에서 차별이 없다고 보았으며, 천리가 구체적인 경물의 가운데에 존재하므로 특별한 눈으로 우주 조화의 묘(妙)를 보고자 하였다. 주필대(周必大)가 "양만리는 만사에 활법을 깨달았다"[174]고 한 것도 이런 점을 지적한 것이며, 선종(禪宗)과 이학(理學)에서 일상생활 속에서 일상의 사물들을 접하는 가운데에 도(道)를 깨달아야 된다는 것을 주장한 그대로, 양만리는 언제 어느 때나 일상생활에서 접하는 자연만물을 세밀히 관찰하여 자연만물에 대한 새로운 발견과 느낌을 시로 나타내었다. 다시 말해, 양만리의 성재체는 이러한 철학적 사유의 문학적 표현이다.

양만리는 주변의 자연만물을 세밀히 관찰하여 왕왕 일반 사람이 미처 생각지 못했던 각도에서 사물을 새로이 분석, 해석하였다. <팔월십이일야성재망월(八月十二日夜誠齋望月)>시는 달이 하늘에 붙어 걸려 있는 것이 아니라 움직이고 있다는 것을 새삼스레 발견하여, 일상생활에서 흔히 무심코 지나쳐 버리는 것에 대해 상식적인 고정 관념을 깨트리고 새로운 느낌을 보여준다.[175] 또 자연물을 생명과 의식이 있는 살아 있는

---

173) ≪誠齋集≫ 권94, <庸言 11>, "觀吾心, 見天地, 觀天地, 見吾心."
174) ≪平園續稿≫ 권1, <次韻楊廷秀待制寄題朱氏渙然書院>, "誠齋萬事悟活法."
175) ≪誠齋集≫ 권37, "忽然覺得今宵月, 元不粘天獨自行."

존재로 보기에, 이러한 자연만물의 유동성과 일순간 나타났다가 금새 사라지는 경물의 미세한 변화를 재빨리 포착하여 시에 담는다. <호천모경(湖天暮景)>은 앉아서 석양이 호수에 지는 광경을 바라본 내용을 적었는데 조금씩 조금씩 낮게 내려오더니 갑자기 전부 물에 잠기며 분명히 호숫물에 들어갔는데 아무런 흔적이 없다고 노래하였고,176) <하지우제여진이상모행계상(夏至雨霽與陳履常暮行溪上)>은 석양빛에 산의 색깔이 짧은 시간 안에 갖가지로 변하는 모습을 표현하였다. 잠깐 노란 색이었다가 잠시 또 자주색이더니 갑자기 전부 다 검푸르게 변하였다.177) 양만리는 또 주변의 미소한 생물(동식물) 등에 대해서도 그들의 심리와 행동을 유심히 관찰하여 시에 나타냈다.

┃凍蠅178)┃ 추위에 떠는 파리

隔窓偶見負暄蠅	창문 너머에 우연히 볕을 쬐는 파리를 보았는데
雙脚挼挲弄曉晴	두 발을 부비면서 맑은 아침 햇살을 즐기고 있다.
日影欲移先會得	햇빛이 옮겨가려고 하자 먼저 눈치를 채고는
忽然飛落別窓聲	문득 다른 창으로 날아가 앉으며 소리를 낸다.

추위를 녹이려고 두 발을 부비면서 맑은 햇살을 쬐고 있던 파리가 옮겨가는 햇살을 따라 다른 창으로 날아가 앉으면서 일순간 내는 작은 소리까지도 예민하게 포착하였다.

위의 시에서 파리도 추운 날씨를 이기려고 애쓰는 것을 동정적으로 바라보는 시인의 시각을 느낄 수 있듯이, 양만리는 자연만물 또한 인간과 마찬가지로 감정과 의식을 지니고 있다고 여기며, 이에 대한 발견과 느낌을 시에 나타내었다. 앞에서 양만리 시의 내용을 살피면서 이미 보

---

176) ≪誠齋集≫ 권27, "坐看西日落湖濱, 不是山銜不是雲. 寸寸低來忽全沒, 分明入水只無痕."

177) ≪誠齋集≫ 권39, "西山已暗隔金鉦, 猶照東山一抹明. 片子時間弄山色, 乍黃乍紫忽全青."

178) ≪誠齋集≫ 권11.

왔던 자연경물을 노래한 시들이 바로 이러한 생각의 표현이다. 한 수 더 예를 들어보자.

┃ **夜宿東渚放歌**[179] ┃ 밤에 동도에서 묵으며 부른 노래(제1수)

前山欺我船兀兀	앞산은 내 배가 흔들리는 것을 우습게 보고
結約江妃行小譎	물의 여신과 결탁하여 장난질을 치는구나.
乘我船搖忽遠逃	내 배가 흔들리는 틈을 타서 문득 멀리 도망쳤다가
見我船定還孤出	내 배가 진정된 것을 보자 다시 혼자 나온다.
老夫敢與山爭强	늙은 나는 감히 산과 누가 더 센가 겨루려 하니
受侮不可更禁當	수모를 당하는 것도 더 이상 견딜 수 없다.
醉立船頭看到夕	취하여 뱃전에 서서 저녁까지 지켜보지만
不知山於何許藏	산은 어느 곳에 숨었는지 알 수가 없다.

배가 파도에 흔들리면서 앞의 산이 보였다 안 보였다 하는 것을 시인은 산이 물의 여신과 결탁하여 자신에게 장난을 치는 것이라 여기고 산과 힘을 겨루려고 하고, 또 날이 저물어 산이 보이지 않게 되자 이것을 산이 시인과 숨바꼭질하듯 숨어 버렸다고 표현하였다.

양만리가 중시하는 '투탈'은 사고의 각도를 바꿀 것을 요구하기에, 시인은 자연만물과의 관계 속에서 일반적인 상식에서 볼 때 반드시 꼭 그렇지 않거나, 보통 그렇게 생각되지 않는 사실을 접하면서 재미있어 하는 느낌을 가지며 새롭게 표현하는데, 이런 표현을 접하고 읽는 독자들도 시인과 마찬가지로 '재미'와 '신선함'을 느끼고 '웃음'을 짓는다. 이 과정에 자연물의 의인화 수법과 기발한 상상의 운용 등이 동원된다. 이러한 결과 양만리의 자연경치시에는 유모어와 기상(奇想)·묘취(妙趣)·기지(機智)에 찬 표현을 어렵지 않게 접할 수 있다. 양만리가 강조한바, 흉중의 새로움에서 투탈이 나오고, 여기에서 사유방식의 영활(靈活)함·민활(敏活)함이 나온다. 그리하여 새로운 사유와 새로운 표현이 결합되면

---

179) ≪誠齋集≫ 권26.

이것이 바로 성재체, 또는 성재체의 '활법'을 이루는 것이다.

② 구 성

자유롭고 민활한 사고의 운용에 의해 작품 내의 시의(詩意)의 전개도 자유롭고 민활하고 변화 있게 펼쳐진다. 이를테면 <조설주중상야망월 (釣雪舟中霜夜望月)>[180) 중에서 "시내 가에 잠시 서서 달을 간절히 기다린 다(溪邊小立苦待月)"고 한 것은 시인이 달을 애타게 기다리는 모습을 보여 주고 있다. 그러나 이어지는 구에서는 시인의 이런 바램을 놀리기라도 하듯 "달은 사람의 뜻을 알고는 일부러 늦게 나온다(月知人意偏遲出)"라는 반전이 이루어지고 있다. 다음 구에서는 시인이 하는 수 없이 달 구경 하려던 처음의 생각을 고쳐 먹고 돌아오는데 달을 보지 못해 기분이 즐겁지 못하다("歸來閉戶悶不看"). 그러나 그 다음 구에 이르면 상황이 다시 반전되면서 홀연 달이 떠오르는 것을 보게 된다("忽然飛上千峯端"). 단 4구 중에서도 한 구가 바뀔 때마다 반전이 거듭되고 있다. 진연(陳衍)은 양만 리의 시를 평하면서 "말이 아직 끝나기도 전에 전환하는 것이 양만리 시의 비결이다"[181]고 하였는데, 바로 이러한 구성상의 특색을 지적한 것이다. <하야완월(夏夜玩月)>은 여름밤에 달을 감상하며 지은 시이다.[182) 이 시도 내용의 전개에 변화가 많다. 처음 두 구에서 하늘의 달과 땅의 나('我')를 노래하다가, 3·4구에 오면 나와 나의 그림자를 이야기하고, 5·6구에서는 나와 나의 그림자의 관계에 대해 의문을 표시한다. 다시 7·8구에 이르면 홀연 필봉이 바뀌어 나와 나의 그림자의 이야기에서 달과 달의 그림자의 문제로 화제가 전환되는데, 그 질문이 묘하다. 9·10구에서는 다시 필봉이 달에 관한 것으로 바뀌고, 끝의 두 구에서는 시냇물

---

180) ≪誠齋集≫ 권7.

181) ≪宋詩精華錄≫ 권3, "語未了便轉, 誠齋秘訣."

182) ≪誠齋集≫ 권39, "仰頭月在天, 照我影在地. 我行影亦行, 我止影亦止. 不知我與影, 爲一定爲二. 月能寫我影, 自寫却何似. 偶然步溪旁, 月却在溪裏. 上下兩輪月, 若個是眞底. 爲復水是天, 爲復天是水."

속의 달과 하늘에 떠있는 달에 대해 의문을 제기한다. 전체 14구라고 하는 그리 길지 않은 시 속에서 달과 나, 그리고 그림자라는 삼자의 관계에 대하여 시인의 생각은 종횡으로 자유로이 펼쳐지며 그에 따라 내용의 전개 또한 변화곡절을 거듭하여 일필휘지의 사법(寫法)이 담아낼 수 없는 묘미를 나타내었다.

양만리는 <화이천린(和李天麟)>시[183)]에서 "시를 공부함에는 모름지기 투탈하여야 하니, 손 가는 대로 맡겨도 저절로 홀로 높은 경지에 이르리라(學詩須透脫, 信手自孤高)"라고 하였는데, 여기에서 '투탈(透脫)'은 시를 지을 때의 내재 정신(사유방식)의 측면에 중점을 둔 것이라면, '손 가는 대로 맡겨서 짓는다'는 '신수(信手)'는 외재 표현의 측면을 가리키는 것이라고 볼 수 있으며, 이 양자는 서로 긴밀한 관계를 이룬다. '성재체'를 논할 때는 '투탈'뿐만 아니라 이 '신수'에도 주의를 기울여 같이 논해야 비로소 전체 특색을 유기적으로 파악할 수 있다. '신수'는 '투탈'의 정신을 표현해내는 방식으로, 인공적인 안배나 배치, 또는 조탁보다는 즉흥적인 느낌을 자유로이 나타내는 것을 가리키며, 이것은 구상의 자유로운 전개를 비롯하여 조구(造句)와 시어의 운용에도 영향을 미쳐 서로간에 밀접한 관계를 갖는다.

③ 구 율

자유롭고 민활한 사고의 운용에 따라, 조구의 경우에도 조탁단련에 구속됨이 없이 자유롭게 운필하여 구율이 유창한 특색을 이룬다. 여본중 (呂本中)은 활법을 주장하며 "처음에는 탄환(彈丸)같이 구르다가 문득 가을 토끼가 내달리듯 하네"[184)]라는 비유를 썼다. 양만리의 성재체의 또 다른 특색은 바로 경쾌한 구율에 있다. 이것은 주로 같은 글자의 반복,

---

183) ≪誠齋集≫ 권4.
184) ≪東萊先生詩集≫ 권3, <外弟趙才仲數以書來論詩因作此答之>, "初如彈丸轉, 忽若秋兎脫."

즉 중자(重字)와 첩자(疊字)의 사용 등에 의해 이루어지는데 그 형식이 다양하다.[185) 정진법(頂眞法) 또한 양만리가 즐겨 쓰는 수법의 하나이다.

▌舟中晚望[186) ▌ 배에서 저녁 경치를 바라보다(제1수)

河岸前頭松樹林	강 언덕 앞엔 소나무 숲
樹林盡處見行人	숲이 다한 곳에 길가는 이 보이고
行人又被山遮斷	길가는 이는 또 산에 가려버리고
風颺酒家靑布巾	바람에 술집의 푸른 깃발 날린다.

이 시는 1·2·3구에 정진법을 사용하였다. 1·2구는 '수림(樹林)'이란 말을 반복 사용하여 앞뒤가 연결되어 있고, 2·3구는 '행인(行人)'이란 말로 이어져 있다. 어기(語氣)의 긴밀함과 더불어 각 구마다 배를 타고 가면서 접하는 재빠른 장면의 전환을 나타내었다. 유동적인 특색이 두드러진다.[187) 양만리 시의 경쾌한 구율은 회삽(晦澁)한 강서시풍을 교정하려한 결과로서의 의의가 크다.

④ 시 어

양만리는 시어의 운용에 있어서 전인의 시구에 대한 가공이나 시어의 조탁에 구속됨이 없이 일상생활 속의 살아있는 언어로 일상생활의 단면을 표현하였다. 양만리는 일상생활 속에서 주변의 갖가지 사물이나 사건에 주목하고 그것을 시에 담는데, 구어(口語)나 속어(俗語)를 시에 운용함으로써 작품 속의 인물의 성격과 감정·심리 등을 생생하게 전달하

---

185) 이러한 예로 "窓底梅花瓶底老, 瓶邊破硯梅邊好"(<春興>)·"近嶺已看看遠嶺, 連峯
不愛愛孤峯"(<過謝家灣>)·"風風雨雨又春窮, 白白朱朱已眼空"(<又和風雨二首>)
등이 있다.
186) ≪誠齋集≫ 권27.
187) 이 외에 "未必柳條能蘸水, 水中柳影引他長"(<新柳>)·"未必錢園似翟園, 翟園窠木
最宜看"(<禱雨報恩到翟園>)·"只見玉顔流汗珠, 汗珠滿面滴到鬚"(<燭下和雪折梅>)
등도 모두 이러한 수법을 사용한 例들이다.

고자 하였다. 이를테면 "흰 구름이 나를 머무르게 하는 것이 아니라, 내가 흰 구름더러 머물러 한가로운 몸을 눕히게 한다(不是白雲留我住, 我留雲住臥閑身)"(<유거삼영(幽居三詠)>)·"형계의 사면은 사방에 산이 없고, 황폐한 숲이 아니면 들의 밭이다(荊溪四面四無山, 不是荒林卽野田)"(<희제군재수묵좌병이면(戲題郡齋水墨坐屏二面)>) 등은 모두 백화적인 표현이다. 속어의 예로 "어린아이는 막 길어지는 해를 견디지 못하고, 저 혼자 대바구니를 짜니 하는 일 없이 빈둥거리는 것보다는 낫다(小兒不耐初長日, 自織筠籃勝打閑)"(<효과단양현(曉過丹陽縣)>) 중의 '타한(打閑)'은 '하는 일 없이 빈둥거리다'는 뜻이고, 또 "창포는 오늘 어쩌면 이렇게 향기로운가(菖蒲今日麼生香)"(<단오독작(端午獨酌)>) 중의 '마생(麼生)'은 '어쩌면 이렇게'라는 뜻이다. 이 외에도 양만리 시에 쓰인 속어는 상당히 많은데, 이를테면 '생파(生怕)'·'작난(作難)'·'착각(着脚)'·'무적재(無籍在)'·'편자시(片子時)'·'백잡쇄(百雜碎)' 등등이 있다. 청(淸)의 이수자(李樹滋)는 양만리의 속어 사용에 관해, "속어를 사용하여 시에 넣는 것은 송나라 사람에게서 시작되었으나 양만리보다 더 잘 하는 사람은 없다"[188]라고 높이 평하였다.

양만리의 구어나 속어 운용의 특색 중의 하나는 바로 작품의 내용과의 긴밀한 관계로, 단순히 호기심에 의한 나열에 그치는 것이 아니라 작품 속의 분위기와 잘 어울리고 있다는 점이다.

┃竹枝歌[189] ┃ 죽지가(제7수)

幸自通宵暖更晴	본래 밤새도록 따뜻하고 하늘 또한 맑더니
何勞細雨送殘更	어찌하여 수고스럽게도 가랑비를 새벽에 보내시나?
知儂笠漏芒鞋破	내가 삿갓이 새고 짚신은 뚫어진 줄 알면서도
須遣拖泥帶水行	굳이 진흙과 물을 묻힌 채 다니게 하시네!

이 시는 단양현(丹陽縣)을 지나다가 뱃사람과 일꾼이 일하면서 부르

---

188 ≪石樵詩話≫ 권4, "用俗語入詩, 始於宋人, 而要莫善於楊誠齋."
189) ≪誠齋集≫ 권28.

는 노래를 듣고 지은 시이다. 좋던 날씨가 갑자기 변하여 비가 내리자 일하기 힘들게 되었다는 불평을 하느님에게 돌리는 내용이다. '행자(幸自)'라는 구어와 '타니대수(拖泥帶水)'라는 속어를 사용하여 그들의 생활과 감정을 노래하였다.

이처럼 양만리는 전인의 시구를 탈태환골하는 데에 집착하지 않고, 아어(雅語)뿐만 아니라 속어와 구어까지도 자유롭게 시속에 집어넣음으로써 일상생활 속의 살아 있는 언어로 일상생활의 여러 모습이나 생활 중의 정취를 표현해 내었다. 이러한 시어 운용상의 특색은 강서시파의 편벽된 전고(典故)와 생경한 언어 추구로 인하여 빚어지는 폐단을 바로 잡고자 하는 데서 비롯된 것으로 시단에 미친 영향이 적지 않았다.

성재체에 관한 종래의 설명은 대체로 개별 특징을 각기 나열하는 데에 그치고,[190] 이런 특징들이 어떻게 생겨나게 되었으며 각 특징들간에는 어떤 유기적인 관계가 존재하는가에 대해서는 논의가 충분히 진행되지 못한 감이 없지 않다. 상술한 내용을 종합하면, '성재체'의 기본 특색은 '활법'이고, 이 '활법'의 핵심 정신은 '투탈'이며, '투탈'의 주요 내용은 '별안간천공(別眼看天工)'이다. 그리고 이것의 시적인 표현은 '신필(信筆)'에 의하여 이루어진다. 이러한 '성재체'가 완성되기까지는 오랜 세월의 시간을 거치게 되는데, '참(參)'에서 '오(悟)'의 과정을 거친 결과이며, 따라서 전인의 학습에서 자기 나름대로의 시 세계 창조로 변화하고, 한편으로는 강서시파의 영향에서 성재체가 탄생하게 되었다.

(3) 위상과 평가

양만리는 육유·범성대·우무와 함께 중흥사대가(中興四大家)로 불리

---

190) 이를테면 胡明의 경우가 대표적인 例인데, 그는 活·快·新·奇·趣와 같이 한 글자씩 몇 가지를 들었다. 《南宋詩人論》(學生書局, 1990), 58쪽.

며 북송 말에서 남송 초에 걸쳐 진여의(陳與義)와 여본중(呂本中)·증기(曾幾) 외에는 이렇다 할 대가가 없었던 시단에 새로운 활력을 불어넣었다. 남송에 들어 시단은 강서시파의 추종자와 그에 반대, 비판하는 시인 간에 큰 대립과 갈등이 있었다. 양만리는 강서시파에서 탈피하여 새로운 변화를 추구하여 동시대 같은 경우에 처했던 육유·범성대 등과는 또 다른 나름대로 개성 있는 세계를 구축하였다. 우선 시론(詩論)에 있어서 그는 강서시파의 폐단을 바로잡으려는 생각 아래에서 투탈(透脫)·무법(無法)·자연(自然)·흥취(興趣)·시미(詩味) 등의 방면에서 중요한 주장을 전개하였는데, 이러한 주장은 실제창작에도 그대로 반영되어 '성재체(誠齋體)'라고 하는 특색 있는 시를 형성하였다. 그의 시는 이학(理學)과 선종(禪宗)의 영향을 받아, 자연을 대하는 특이한 입장에서 새로운 모습을 보여 주었다. 기존의 틀의 구속을 벗어난 새로운 사유방식에 입각하여 지어지는 그의 시는 표현에 있어서는 기발한 상상에서 빚어지는 갖가지 묘취(妙趣)를 표현하여, 중국 시사상(詩史上) 일찍이 없었던 새로움을 보여 주었다. 그는 강서시파의 폐단을 유창한 구율로 바꾸고자 한 여본중과 증기의 뒤를 이었으며, 제재상으로는 학고(學古)보다는 현실, 특히 자연계의 경물에 집중적인 관심을 갖고 노래하여, 강서시파와는 또 다른 개성적인 시 세계를 창출하였다. 일반적으로 당시(唐詩)와 대별되는 송시(宋詩)의 특징으로 '이문자위시(以文字爲詩)'·'이학문위시(以學問爲詩)'·'이의론위시(以議論爲詩)'(엄우(嚴羽)의 말)를 들거나, 혹은 좀 더 자세히 말하는 경우, 산문성(散文性)·철리성(哲理性)·서술성(敍述性)(議論性)·세밀한 관찰과 묘사·비애(悲哀)의 지양(止揚)·생활에의 밀착과 인간 본위의 자연 노래·미문(美文)의 기피(속어나 구어 사용) 등을 든다. 양만리의 시를 가지고 이런 특징과 비교해 보면 장편의 편폭을 이용한 서술성을 제외하고는 대체로 모두 부합된다. 그러면 양만리의 시를 평해 '가장 송시적인 시'라고 말하여도 크게 지나치지는 않다. 그러면 강서시파와 다른 점은 무엇인가? 양만리의 시는 위의 특징을 다소간에 가지고 있으면서도 흥

취와 성정을 표현함에 있어서 위의 점들에 의해 매몰되지 않으며, 강서
시파의 병폐라 일컬어지는 점, 예컨대 전고의 지나친 사용·난삽한 언어
사용·생경한 표현·전인들의 시구 학습에 너무 치중한 나머지 생활 속
의 감발력(感發力)이 약화된 점 등등에서는 벗어나 있다. 양만리의 시는
위에서 보았듯이 사색(思索)의 시이다. 그러나 거기에는 작자의 흥취가
표현되고 묘미가 담겨있기 때문에 그의 시는 당시에 신체시(新體詩)라 불
리며 시단의 맹주로 추앙을 받은 것이다.[191]

그의 시론은 뒤에 엄우(嚴羽)에 영향을 미쳤으며, 특히 그의 만당시에
대한 옹호 태도는 이전의 어느 시인보다도 적극적이고 분명하였는데, 이
것은 후에 그의 뒤를 바로 이어 영가사령(永嘉四靈)이 출현하면서 당송시
(唐宋詩) 우열논쟁(優劣論爭)이 격렬하게 전개되는 밑바탕이 되었다. 이렇
게 볼 때, 양만리의 시론과 그의 시가 송대의 시론 및 시가발전의 역사
에 있어서 자리하는 위치와 의의를 분명히 알 수 있다.

5 | 기타 시인

(1) 우무(尤袤)

우무(1127-1194)는 생전에 육유(陸游)·양만리(楊萬里)·범성대(范成大)와
더불어 건도(乾道, 1165-1173)와 순희(淳熙, 1174-1189) 연간의 시단을 대표하
는 사람의 하나로 꼽혔는데, 그의 원래 시집은 이미 산실(散失)되고 지금

---

191) 歐陽玄, 《圭齋文集》 권8, <羅舜美詩序>, "南渡後, 楊廷秀好爲新體詩. 學者亦宗
之"; 姜特立, 《梅山續稿》 권1, <謝楊誠齋惠長句>, "今日詩壇誰是主, 誠齋詩律正
施行."

은 청대(淸代)의 우통(尤侗)이 수집한 1권이 전하고 있다. 우무의 시는 양이나 질을 막론하고 중흥사대가(中興四大家)의 다른 세 사람과 비교하면 다소 손색이 있다.

우무의 대표작으로 꼽히는 다음의 시는 민생의 고통을 반영하는 데에 뛰어난 그의 시의 특색을 잘 보여준다.

▌淮民謠 ▌ 회남 백성의 노래

東府買舟船	동부에서는 배를 사고
西府買器械	서부에서는 무기를 산다.
問儂欲何爲	사람에게 무엇을 하려고 하는가 물으니
團結山水寨	산과 물에 채병(寨兵)을 조직하려 한다.
寨長過我廬	군영의 우두머리가 내 집에 들렀는데
意氣甚雄粗	그 기세 대단히 크고 거칠다.
靑衫兩承局	푸른 옷을 입은 두 명의 공차(公差)가
暮夜連勾呼	한밤에 잇달아 호통치고 끌고 간다.
勾呼且未已	호통치고 잡아가는 것도 끝나지 않았는데
椎剝到鷄豕	착취가 닭과 돼지에까지 이른다.
供應稍不如	바치는 것이 조금이라도 마음에 들지 않으면
向前受笞箠	앞에 나가 볼기를 맞는다.
驅東復驅西	동쪽으로 끌려가고 또 서쪽으로 끌려가며
棄却鋤與犁	호미와 쟁기 버려 둔다.
無錢買刀劍	칼을 살 돈이 없어
典盡渾家衣	온 집안의 옷을 전당 잡힌다.
去年江南荒	작년엔 강남에 흉년이 들어
趁熟過江北	풍년이 든 곳을 찾아 강북으로 건너갔다.
江北不可住	강북에서도 살 수가 없고
江南歸未得	강남으로 돌아갈 수도 없구나.
父母生我時	부모님께서 나를 낳았을 때에
教我學耕桑	나에게 농사짓는 것을 배우도록 가르치셨다.
不識官府嚴	관가의 엄한 규율 알지 못하니
安能事戎行	어떻게 군인 되어 싸움을 잘하리오.

執槍不解刺	창을 잡아도 찌르는 법 모르고
執弓不能射	활을 잡아도 쏠 줄 모른다.
團結我何爲	군대를 만든들 나 같은 사람 무슨 소용 있겠나
徒勞定無益	힘만 들 뿐 정녕 아무 이익 없으리.
游離重游離	떠돌아다니고 또 떠돌아다니며
忍凍復忍飢	추운 것을 참고 다시 배고픔을 참는다.
誰謂天地寬	누가 천지가 넓다고 말했던가
一身無所依	내 한 몸 의지할 곳 없다네.
淮南喪亂後	회남 땅에 난리가 일어난 뒤
安集亦未久	안정도 오래가지 못했다.
死者積如麻	죽은 사람 어지럽게 쌓여있고
生者能幾口	산 사람은 몇 명이나 되려나.
荒村日西斜	황폐한 마을에 해는 서쪽으로 기울고
破屋兩三家	부서진 집만이 두세 채 있다.
撫摩力不給	위로하려도 힘이 미치지 못하니
將奈此擾何	어찌할까나 이 난세를.

우무가 태흥현(泰興縣)의 지현(知縣)으로 있을 때, 당시 일부 관리들이 산수채(山水寨)를 설치하여 금(金)나라에 대항한다는 명목을 빌려 백성을 착취하는 진상을 폭로하였다.

방회는 우무의 시를 평이(平易)·원숙(圓熟)이란 말로 평하면서 <유둔전묘장절정(劉屯田墓壯節亭)>시에 대해 "우연지(尤延之)의 시는 시어가 사람을 놀라게 만들지 않으나 자세히 씹어보면 맛이 있다"[192]고 하였고, <매화(梅花)>시에 대해 "우수초(尤遂初)의 시는 처음 보면 약한 것 같으나, 오래 보면 도리어 스스로 원숙(圓熟)하여 하나도 도끼질한 흔적이 없다"[193]고 하였다. 다시 한 수를 들어보면,

192) ≪瀛奎律髓≫ 권28, "尤延之詩, 語不驚人, 細咀有味."
193) ≪瀛奎律髓≫ 권20, "尤遂初詩初看似弱, 久看却自圓熟, 無一斧一斤痕迹也."

┃雪┃ 눈

睡覺不知雪	잠에서 깨어나 눈 내린 줄 모르고
但驚窓戶明	창문이 밝은 것만 놀란다.
飛花厚一尺	날아 춤추는 눈꽃 한 자나 쌓였고
和月照三更	부드러운 달빛은 삼경을 비춘다.
草木淺深白	풀과 나무 얕고 깊게 온통 하얗고
丘塍高下平	언덕과 밭두둑은 높고 낮은 곳 모두 평평하다.
飢民莫咨怨	굶주린 백성들은 한탄하지 말지니
第一念邊兵	변방의 병사들을 먼저 생각할 일이다.

설경(雪景)을 묘사하며 변방에서 고생하는 병사들을 생각하는 이 시는 강서시파의 조어(造語)가 생삽은회(生澁隱晦)한 시풍과는 전연 다른 모습이다. 진암초(陳巖肖)는 당시 강서시파의 말류에 대해 "시를 지음에 반드시 성운(聲韻)이 격률에 어긋나고 말을 난삽하게 하고는 '강서파(江西派)의 시격(詩格)'이다고 말하는데 이 무슨 짓인가"[194]라는 질타를 하였는데, 중기의 시인들은 강서시파 말류의 이러한 폐단을 교정하고자 하였다. 중기시의 표현상의 특색은 시어의 평이함과 구어화, 그리고 구율(句律)의 유창함인데, 우무의 시 역시 이러한 특색을 보이는 점에서 시대의 조류를 따르고 있다.

(2) 소덕조(蕭德藻)

소덕조(? - ?. 1147년 전후)는 일찍이 중흥사대가와 이름을 나란히 날렸다. 양만리(楊萬里)는 그의 시를 평해 공치(工致)하다고 하였고, 우무(尤袤)는 고고(高古)하다고 평하였다.

---

194) ≪庚溪詩話≫, "每有所作, 必使聲韻拗捩, 詞語難澁, 曰江西格, 此何爲哉."

┃古梅二首┃ 늙은 매화나무 두 수(제2수)

百千年蘚着枯樹	수백 수천 년 된 이끼가 마른 나무에 붙어있고
三兩點春供老枝	두 세 점의 봄꽃이 늙은 가지에 피어있다.
絶壁笛聲那得到	절벽에 피리 소리야 어찌 이를 수 있겠는가
只愁斜日凍蜂知	다만 지는 해에 추위에 언 벌이 알까 두렵다.

이 시는 처음 두 구가 대장(對仗)이 정교하고, 끝의 두 구에서는 매화의 조용한 생활과 고아한 흥취가 벌의 방해를 받을까 두려워함을 말하였는데, 매화를 빌려 작자 자신의 은거의 뜻을 노래한 것으로 볼 수 있다.

소덕조는 일찍이 증기(曾幾)에게서 시를 배워 강서시파의 영향을 받았다. 방회(方回)가 그의 시를 평해 고경돈좌(苦硬頓挫)하고 공교(工巧)함을 다하였다고 평한 것은 바로 이 점을 가리키는 것이다.[195] 이 시와 같은 제목의 제1수를 보면

湘妃危立凍蛟脊	상비가 우뚝하니 언 교룡의 등 위에 서 있고
海月冷掛珊瑚枝	해월이 차갑게 산호가지에 걸려 있다.
醜怪驚人能嫵媚	놀랍도록 못생기고 괴상한 가지에 이렇듯 꽃이 아름다우나
斷魂只有曉寒知	넋을 잃고 보는 것은 새벽의 추위만이 안다.

처음 두 구에서는 순(舜) 임금의 두 왕비인 아황(娥皇)과 여영(女英), 패류(貝類)의 일종인 해월(海月)로 고매(古梅)를 비유하고, 교룡과 산호가지로 매화가지를 비유하였는데 상상이 기특(奇特)하여 방회의 평에 부합된다. 끝의 두 구에서는 이렇듯 아름다운 매화를 알아주는 사람이 없음에 대한 감개를 나타내었다. 이외에 <등악양루(登岳陽樓)>시는 앞의 여섯 구에서는 동정호(洞庭湖)에서 배를 탄 채 보고 느낀 점을 말하다가 마지막 구에 가서야 비로소 제목에서 말한 대로 누각에 올라간다. 전체 시의 구

---

195) ≪瀛奎律髓≫ 권6, <次韻傳惟肖> 詩批, "其詩苦硬頓挫, 而極其工."

조상 일반적인 시와는 다른 특색을 보이고 있다. 유극장은 소덕조와 양만리를 비교하면서 소덕조는 양만리에 비해 구사(構思)에 더욱 고심한다고 평했는데[196] 이러한 시를 보면 이해하기 어렵잖다. 그의 시는 중기 시인 중에서는 강서시파의 풍격이 비교적 두드러진다.

(3) 주희(朱熹)

주희(1130-1200)는 이학가(理學家)이면서 시에도 능하였다. 그의 시는 비록 육유나 양만리 같은 개성적인 면모는 적지만 남송의 시단에서 차지하는 위치는 가벼이 볼 수 없다.

┃ **觀書有感** ┃ 책을 보다가 느낀 바 있어(제1수)

半畝方塘一鑒開	반 이랑 네모난 못에 거울 하나 펼쳐져 있어
天光雲影共徘徊	하늘 빛과 구름 그림자가 함께 떠돌아다닌다.
問渠那得淸如許	어떻게 그처럼 맑은가 물으니
爲有源頭活水來	근원에서 살아있는 물이 흘러 들어오기 때문이라 한다.

연못이 맑을 수 있는 것은 살아있는 물이 끊임없이 흘러 들어오기 때문이라는 것을 비유로 하여, 그러므로 학문을 닦는 것도 이와 같아야 사상이 경직되는 것을 방지할 수 있음을 말하고 있다. 설리시(說理詩)는 개념적인 말을 늘어놓아 이치를 설명하지 않더라도 이취(理趣)가 자연히 나타나는 것을 가장 높이 치는데 이 시의 묘미가 바로 이런 데에 있다. 진연(陳衍)이 ≪송시정화록(宋詩精華錄)≫(권3)에서 주희의 시를 평해 "회옹(晦翁, 주희의 號)은 산에 오르고 물가에 임하면 곳곳에서 시를 지었는데 대개 도학가 중에서 가장 활발한 사람이다. 그러나 시어는 끝내 평범하여 기이함이 없으니 사물에 기탁하여 이치를 말하되 진부하지 않은

---

196) ≪後村詩話≫(前集), "蕭千巖機杼與誠齋同, 但才慳於誠齋, 而思加苦."

작품이 차라리 낫다"[197]라고 말한 것도 이런 류의 시를 가리킨다. 그러나 주희의 산수 기행시를 일률적으로 이렇게 평할 수만은 없다.

┃水口行舟二首┃ 수구로 배를 타고 가며 지은 두 수(제1수)

昨夜扁舟雨一蓑	지난밤 조각배에 비가 온 도롱이에 내리더니
滿江風浪夜如何	강 가득한 풍랑은 밤새 어떠하였을까.
今朝試卷孤蓬看	오늘 아침에 시험삼아 덮개를 말아 올려 바라보니
依舊靑山綠樹多	여전한 푸른 산에 푸른 나무 많아졌다.

이 시는 여행하는 도중에 느끼는 정취와 경물을 청신한 필치로 담담하게 묘사하였다.

주희의 시에는 이런 철리시나 기행시 외에 시국을 걱정하는 시도 있다.

┃感事┃ 시사에 느낀 바 있어

聞說淮南路	들자하니 회남(淮南)의 길에
胡塵滿眼黃	오랑캐 먼지가 눈에 가득 누렇다고 한다.
棄軀慙國士	몸을 버리는 것은 국사(國士)에 부끄럽고
嘗膽念君王	와신상담하며 임금을 생각한다.
却敵非干櫓	적을 물리치는 것은 방패가 아니며
信威藉紀綱	위엄을 펴는 것은 기강에 힘입어야 한다.
丹心危欲折	일편단심이 위태롭게 부러지려 하여
佇立但彷徨	우두커니 서서 단지 방황만 한다.

이 시는 소흥(紹興) 31년(1161) 겨울, 금(金)나라가 대거 남침하여 장강(長江)의 북쪽에까지 쳐들어와 형세가 대단히 위급할 때 지은 것이다. 나라의 운명에 대해 근심만 할 뿐 어쩌지 못하는 초조한 심정이 여실하게

---

197) "晦翁登山臨水, 處處有詩, 蓋道學中之最活潑者. 然詩語終平平無奇, 不如選其寓物說理而不腐之作."

나타나 있다.

　주희의 시는 대체로 조탁에 힘쓰지 않아 강서시파처럼 험괴(險怪)하지 않으며 평담(平淡)하고 자연(自然)스러운 풍격을 특색으로 한다.

6 | 결 어

　남송 중기는 시인들이 강렬한 변화의식을 가지고 각자 새로운 시 세계를 나름대로 추구한 시기였다. 중기시를 평하는 사람들은 이 변화에 주목하여, 심덕잠(沈德潛)은 황정견의 시가 너무 생경하고 진사도의 시가 너무 직설적인 것을 범성대는 편안하고 문채로움으로, 양만리는 익살스럽고 통속적인 것으로 변화시켰다고 평하였다.[198] 중기 시인이 이룩한 변화는 두 가지 방면의 계승과 세 가지 방면의 결합에 의해 이루어졌다.

　남송 중기시의 계승은 우선 ㉠ 강서시파의 영향으로, 중흥사대가는 각기 처음에는 시법과 표현 기교상 강서시파를 학습하였다. 그러나 결국 그들의 시는 강서시파와는 다르므로 이것은 계승과 변화의 관계이다. ㉡ 두 번째로 남송초의 여본중(呂本中)·증기(曾幾)·진여의(陳與義) 등이 강서시파의 폐단을 바로잡고자 한 것을 계승하였다. 남송 중기의 시인들은 이들의 유려하고 경쾌한 표현특색을 더욱 완숙하게 구사하였을 뿐만 아니라, 내용의 현실성 면에서도 이들보다 훨씬 더 폭을 넓혔다.

　남송 중기시의 성취면에서의 결합은 세 가지 측면에서 지적할 수 있다. ㉠ 첫 번째 결합은 시내공부(詩內工夫)와 시외공부(詩外工夫)의 결합이

---

198) 《說詩晬語》 卷下, “西江派, 黃魯直太生, 陳無己太直, 皆學杜而未嚌其胾者, 然神理未浹, 風骨獨存. 南渡以下范石湖變爲恬縟, 楊誠齋·鄭德源變爲諧俗.”

다. 이전의 시법(詩法) 중시에서 현실 강조로, 시리(詩理) 중시에서 시흥(詩興) 강조로 변화하였다. 그러나 시외공부를 중시하되 시내공부도 완전히 버리지는 않았다. ⓛ 두 번째 결합은 소식(蘇軾)과 황정견(黃庭堅) 시의 결합이다. 북송 후기에 소식과 황정견이 출현한 이후의 시단은 두 사람을 추종하는 파가 각기 나누어져 대립을 보였다. 이에 남송 초기의 여본중과 진여의 등은 이러한 시단의 분파·대립 상황을 결합하고자 하였는데, 남송 중기의 시인들은 창작을 통하여 이 두 사람의 시를 겸학함으로써 이러한 주장을 실천하였다. 송락(宋犖)은 육유와 범성대·우무가 소식을 학습하였음을 지적하였다.199) 양만리는 언급하지 않았지만 그의 시의 해취(諧趣)는 소식의 시에서 영향을 받은 것으로 보인다. 소식의 시 특색 중 유창한 율조(律調) 또한 중기 시인들에게 적지 않은 영향을 미쳤다. 이것은 황정견 시 중심의 공부에서 소식으로 나아간 변화이다. 그러나 소식을 배웠으되 황정견시의 장점마저 완전히 버리지는 않았다. ⓒ 세 번째 결합은 당시와 송시의 결합이다. 강서시파가 여러 폐단을 노출하자 뒤에 나타난 시인들은 당시를 통하여 이것을 바로잡고자 하였다. 호응린(胡應麟)이 양만리와 범성대는 송시를 교정하기 위해 당시를 지었다고 한 것이 바로 이것이다.200) 호응린과 요훈(姚燻)은 육유 등 사대가의 시가 당시 중에서도 특히 중당(中唐)의 원화(元和)시대의 시에 매우 유사하다고 지적하였는데,201) 중기의 시는 백거이 등의 신악부 정신과 현실주의 내용, 한적한 일상생활 표현, 그리고 시어의 평이하고 직술적인 점에서 유사하다. 이외에 성당의 두보의 우국열정과 생활시, 이백의 낭만성, 그리고 만당(晚唐)의 부드럽게 전환하는 정취 또한 중기 시인이 강서시파와 다른 작품세계를 형성하는 데에 적지 않은 관련을 가지고 있다. 중기 시인들

---

199) ≪漫堂說詩≫, "南渡後, 陸游學杜·蘇, 號爲大宗. 又有范成大·尤袤·陳與義·劉克莊諸人, 大槪杜·蘇之支分派別也."

200) ≪詩藪≫ 外編 권5, <宋>, "楊·范矯宋而爲唐."

201) 胡應麟, 위의 책, 같은 곳. "南渡諸人詩尙有可觀者, 如尤·楊·范·陸時近元和." 姚燻, ≪宋詩略·自序≫, "南渡之尤·楊·范·陸, 絶類元和."

은 당시를 통하여 이전의 북송시가 대체로 논리와 이치가 성하던 데서 다시 서정성을 회복하였다. 방회(方回)는 육유의 시를 평하여, 그가 비록 남송 초의 강서시파 시인 증기로부터 시를 배웠지만 뒤에 강서격(江西格)은 어쩌다가 하나 둘 쓰는 정도이고 그보다는 성당(盛唐)·중당(中唐)·만당의 시격(詩格)을 운용했으며, 호방(豪放)과 애상(哀傷)의 표현은 증기의 시에는 없는 것들이라고 하였다.[202] 또 양만리는 초기에 강서시파를 공부하였다가 나중에 만당의 절구를 학습하였으며,[203] 범성대 시의 주요 특징은 만당의 위완(委婉)과 강서시파의 고초(高峭)를 하나로 결합한 데에 있다.[204] 이것은 송시 중심에서 당시 학습으로의 변화이다. 그러나 당시적인 특색을 나타내었으되 송시의 특징을 완전히 버린 것은 아니기에 당시와 송시의 결합이라 말할 수 있다.

두 가지 방면의 계승과 세 가지 방면의 결합이 종합된 변화의 결과, 중기 시인들은 처음의 강서시파의 학습에서 나름대로 새로운 모습을 가질 수 있었다. 이것은 하나의 강서시파 학습에서 다양한 모습을 나타내는 것으로 변화한 것이다. 이 다양함은 다양한 풍격, 다양한 표현수법, 다양한 제재를 가리킨다. 이를테면 원(元)의 방회는 우무의 고담세윤(枯淡細潤)·양만리의 비동치척(飛動馳擲)·범성대의 전아표치(典雅標致)·육유의 호탕풍유(豪蕩豐腴)를 들고,[205] 명(明)의 송렴(宋濂)은 우무의 청완(淸婉)·양만리의 심각(深刻)·범성대의 굉려(宏麗)·육유의 부유(敷腴)를 들

---

202) 《瀛奎律髓》 권4, 陸游, <頃歲從戎南鄭屢往來興鳳間暇日追懷舊遊有賦>詩評, "放翁詩出於曾茶山, 而不專用江西格, 間出一二耳. 有晚唐, 有中唐, 亦有盛唐"; 같은 책, 권16, 曾幾, <長至日述懷兼寄十七兄> 詩評, "格富也, 豪也, 對偶也, 哀感也, 皆茶山之所無."

203) <荊溪集序>, "予之詩始學江西諸君子, 旣又學後山五字律, 旣又學半山老人七字絕句, 晚乃學絕句于唐人."

204) 程千帆·吳新雷, 《兩宋文學史》(上海古籍出版社, 1991), "就他中年以後已經自成一家的作品來說, 則淸新流暢·婉而能峭是其特徵."(343쪽)

205) 《桐江續集》 권8, <讀張功父南湖集>, "梁溪之枯淡細潤, 誠齋之飛動馳擲, 石湖之典雅標致, 放翁之豪蕩豐腴, 各擅一長."

었다.206)

이러한 중기시는 남송 후기 시의 발전에 밀접한 관련을 가진다. 남송 중기의 시가 송시의 연변(演變)이라는 문학사적 측면에서 후기시단에 대해 갖는 의미는 간단히 개괄하면 당시에서 일변한 강서시파로 대표되는 송시의 흐름을 당시 학습을 통하여 다시 변화시키고자 한 점이며 구체적인 모습은 대체로 객관 외부세계 속의 체험과 흥취를 평이한 표현을 통해 나타낸 서정성의 획득에 있다. 영가사령(永嘉四靈)은 탈강서시파(脫江西詩派)와 당시 학습이라는 점에서 중기시인들과 입장이 비슷하다. 또 서기(徐璣)의 "시상(詩想)은 문을 나서면 많아진다(詩思出門多)"(<빙고(憑高)>)와 서조(徐照)의 "시는 경물(景物)에 의거하여 완전해진다(詩憑物景全)"(<주중(舟中)>) 등은 육유나 양만리 등의 견해와 같고, 내용상 경물을 노래하고 일상생활 속의 정취를 읊은 시가 많으며 표현상 평이한 시어와 '청허편리(淸虛便利)'한 가락을 운용한 점도 중기시와 유사하다.207) 강호시파(江湖詩派) 시인들은 강서시파의 폐단과 함께 그것을 바로잡으려 한 영가사령의 폐단도 동시에 목도하고 새로운 길을 모색하지 않을 수 없었는데, 이들 중에는 중기 시인 중 육유와 양만리 등의 시를 학습한 시인들이 다수 있었으니, 유극장(劉克莊)과 대복고(戴復古)가 대표적인 인물이다.208) 이러한 점들은 사대가의 창작경향과 시학관념이 이후의 송시 발전의 대체적인 흐름과 창작에 미친 영향이다.

이상에서 살핀 특색과 성취로 인하여 남송 중기시는 전체 송시사(宋詩史)에 있어서 북송 후기와 더불어 송시의 황금시기로 평가받는다. 후자

---

206) ≪宋學士全集≫ 권28, <答章秀才論詩書>, "馴至隆興·乾道之時, 尤延之之淸婉, 楊廷秀之深刻, 范至能之宏麗, 陸務觀之敷腴, 亦皆有可觀者."
207) 全祖望, ≪鮚埼亭集≫ 外編 권26, <宋詩紀事序>, "永嘉徐趙諸公以淸虛便利之調行之."
208) 유극장은 육유와 양만리 시를 높이 추앙하여 학습하였고, 대복고는 육유에게서 시를 배웠다. 그 외에도 강호시파 시인 중에는 양만리나 범성대의 시를 학습한 사람이 다수 있었다.

가 당시에서 송시의 완성으로 변모를 이룬 데에 그 성취가 있다면, 전자
는 송시에서 다시 당시로 나아가 변화를 구한 데에 그 성취가 있다.

제6장 남송 후기시

제6장 남송 후기시

宋
詩
史

1 | 개 설

남송 후기시의 시기는 대략 송(宋)이 금(金)을 쳤다가 패배를 당하고 송·금 사이에 가정화의(嘉定和議)가 이루어지는 1208년에서 송이 원(元)에 의해 멸망을 당하는 1279년까지의 기간이다. 중기시의 대표작가 중의 한 사람인 육유(陸游, 1125-1210)가 죽음으로 해서 이른바 '중흥사대가(中興四大家)'의 시대는 막을 내리고 이어서 후기시가 시작된다. 이 시기의 시단에서 활약한 시인들은 신분의 성격상 이전의 시인들과 다른 면을 보인다. 이들은 크게 강호시인(江湖詩人)과 유민시인(遺民詩人)으로 나눌 수 있다.

강호시인의 '강호'란 '조정(朝廷)'에 상대되는 의미로 민간(民間)을 지칭한다. 남송 후기에는 재야(在野)의 시인들이 많이 활동하고 있었다. 임안(臨安, 지금의 杭州)의 서적상(書籍商)이자 시인인 진기(陳起)가 문인묵객(文人墨客)들과 교류하기를 좋아하여 이들의 시를 모아 보경(寶慶) 초(1225)에 ≪강호집(江湖集)≫이란 이름으로 출판하였다. 진기가 시집 이름에 '강호'라는 말을 사용한 것은 이들 시인들의 사회적 활동상의 성격을 나타내는데, 그것은 이들 중 대부분이 벼슬길에 나아가지 못하고 강호를 떠돌면서 고관대작에게 시를 지어바치며 생계를 유지하였거나 하급 관리로 민간을 전전하였음을 말해준다. 남송의 강호시인들은 남송의 멸망까지 대략 70여 년간 활동하였다. 구성원의 숫자라든가 분포 지역의 광범함, 그리고 시단에서 발휘한 영향력으로 볼 때 송대에서는 강서시파(江西詩派)에 비견되는 큰 시인집단이었다. 이렇게 많은 강호시인들이 등장하게 된 데는 사회 문화적인 배경을 가지고 있다. 즉, 중원(中原)이 금나라에 의해 함락되자 송나라 황실은 남쪽으로 옮겨오고 많은 지식인들도 고향을 떠났는데, 당시 정치는 혼란하고 관리들은 넘쳐흘러 벼슬길에 나가기가 쉽지 않았다. 이에 생활 터전을 잃은 그들은 점차 곤궁해지면서 자신의 재주와 학문에 기대어 삶을 모색할 수밖에 없었다. 이에 알객(謁客)이라 불리는 신분으로 권세 있고 부귀한 사람을 찾아 도처를 떠돌며 호구지책을 찾는 강호시인이 되지 않을 수 없었다. 강호시인들은 늘 사회 곳곳을 돌아다니며 많은 사람을 접촉하면서 서로 왕래하고 시문(詩文)을 주고받아 서로의 관계가 매우 밀접하였다. 이리하여 점차 시사(詩社)나 시맹(詩盟)과 같은 시인 단체가 결성되었다. 서점 주인이자 출판업자이며, 동시에 그 자신 또한 시인인 진기가 ≪강호집≫을 출판하게 된 것은 바로 이러한 강호시인들이 활동하고 각종 강호시인 단체가 분분히 출현한 배경 속에서 진행된 것이다.[1]

강호시인의 뒤를 이어 나타나 송시의 마지막을 장식한 시인들이 바로 유민시인이다. 유민시인의 '유민'은 조국이 멸망한 뒤에 절의를 굳게 지킨 사람을 가리킨다. 남송은 몽고족의 원(元)나라의 침략을 받아 결국 1279년에 멸망을 당하게 되는데, 시단에는 이러한 동란의 시기를 살면서 고국의 멸망을 슬퍼하는 비통한 심정을 노래한 시인들, 이른바 유민시인이 등장하였다.

이 시기에도 시단에는 강서시파의 시인들은 존재하여 상요이천(上饒二泉)이라 불리는 조번(趙蕃, 1143-1229, 號 章泉先生)과 한표(韓淲, 1160-1224, 號 澗泉先生) 등이 있었으나 두드러진 성취는 거두지 못 하였다.

이 앞 시기인 중기(中期)에서는 육유(陸游)·양만리(楊萬里) 등이 전통시가를 대표하는 당시(唐詩)·이와 다른 모습으로의 송시(宋詩), 그 중에서 특히 시단에 큰 영향력을 발휘하는 강서시파·이 강서시파에 대한

---

1) 張宏生은 ≪江湖詩派硏究≫(中華書局, 1995)에서 강호시인들이 등장하게 된 요인에 대해 사회적·문학적·개인적 측면에서 논하였는데, 사회적 요인으로는 宋室의 南渡로 인한 사회구조의 변화·土地兼倂·지나치게 증가한 冗官·通貨膨脹 등의 영향을 들었다.(8-10쪽)

비판과 수정 움직임 등의 다양한 측면이 혼재된 상황 속에서 새로운 변화를 추구하였다. 이것을 뒤이은 후기의 시인들의 시학관념이나 작품 특색은 어떠한지, 그리고 이들 시의 시사상(詩史上)의 의미에 대해 살펴볼 필요가 있다. 청대(淸代)의 전조망(全祖望)은 <송시기사서(宋詩紀事序)>에서 육유 등의 중기시인을 논한 뒤를 이어, 이 시기의 시인들에 대해 다음과 같이 말했다.

> 이에 영가(永嘉)의 서(徐, 徐璣·徐照)·조(趙, 趙師秀) 등의 여러 사람이 청허(淸虛)하고 유창한 가락으로 시를 지어 수심선생(水心先生, 葉適)으로부터 칭찬을 받으니 바로 사령파(四靈派)이며, 송시가 또 한 차례 변하였다. 가정(嘉定, 1208-1224) 이후, ≪강호소집(江湖小集)≫이 널리 퍼졌는데 대다수가 사령의 무리들이었다. 송이 망함에 미쳐서는 방(方, 方鳳)·사(謝, 謝翺)의 무리들이 서로 무리지어 급박하고 괴로운 소리를 지으니 송시가 또 한 차례 변하였다.[2]

송시가 후기에 이르면 이전의 소식(蘇軾)이나 황정견(黃庭堅), 그리고 육유와 같은 대 작가는 더 이상 나타나지 않고 시단에는 군소 평민시인들이 주축이 되었다. 그러나 전조망이 송대의 시 역사상 일어난 네 차례의 변화 가운데 그 중의 두 번이 영가사령(永嘉四靈)을 비롯한 강호시인과 송말의 유민시인임을 지적한 말에서 엿볼 수 있듯이 이들이 송시의 발전사상 차지하는 위치와 의의에 대해서는 주목할 가치가 있다.

---

2) "乃永嘉徐趙諸公以淸虛便利之調行之, 見賞於水心, 則四靈派也, 而宋詩又一變. 嘉定以後, 江湖小集行, 多四靈之徒也. 及宋亡, 而方謝之徒相率爲急迫危苦之音, 而宋詩又一變."

2 | 강호시인(江湖詩人)

강호시인은 남송 중·후기에 생활한 시인들이다. 이들은 대다수 벼슬을 하지 않고 평생 포의로 지내거나 벼슬을 하여도 미관말직에 머무른 시인들로 이루어져 있다. 강호시인의 시를 진기가 모아 ≪강호집≫으로 편찬해 출판했는데, 이 책은 지금 전하지가 않아 원래의 모습은 알 수가 없고, 따라서 원래 이 책에 실린 시인이 누구였는지도 알 수 없다. 현재 접할 수 있는 ≪강호소집(江湖小集)≫이나 ≪강호후집(江湖後集)≫ 등은 모두 후대의 사람들이 여러 책에서 강호시인들의 시를 모아 편집한 것으로 원래의 모습은 아니다. 장굉생(張宏生)은 ≪사고전서(四庫全書)≫본 ≪강호소집≫과 ≪강호후집≫에 수록된 시인 외에 기타 여러 자료를 참고하여 강호시파에 속하는 시인으로 138명을 들었다. 진기가 시인들을 수록한 기준이 그다지 엄격하지 않음에 대해서는 출판 당시 이미 지적이 있었다. 진기와 동시대 사람인 진진손(陳振孫)은 ≪직재서록해제(直齋書錄解題)≫에서 ≪강호집≫이 중흥(中興) 이래 강호지사(江湖之士)로서 시로 이름을 날리는 자들을 뽑았으나 북송의 방유심(方惟深)과 벼슬을 한 조공무(晁公武)의 시를 수록한 것은 잘못이며 그밖에도 옥석(玉石)이 어지럽게 뒤섞여 있다고 말하였다.[3] 강호시인은 숫자도 많고 성분도 복잡하나 세분하면 그 구성원은 대체로 영가사령(永嘉四靈)과 강호시파(江湖詩派) 시인(詩人)으로 나눌 수 있다.[4] 후자는 ≪강호집≫ 중에서 영가사령을 제

---

3) ≪直齋書錄解題≫ 권15, "江湖集九卷, 臨安書坊所刻本, 取中興以來江湖之士以詩馳譽者. 而方惟深子通, 承平人物, 晁公武子止, 嘗爲從官, 乃亦在其中. 其餘亦未免玉石蘭艾混淆雜遝. 然而士之不能自暴白於世者, 或賴此以有傳. 書坊巧爲射利, 未可以責備也."

4) 方回, ≪桐江集≫ 권2, <跋胡直內詩>, "今之褒博, 不講學, 不論文, 間一見爲詩, 曰我晚唐也. 問晚唐何自入, 曰四靈也. 然卽非四靈也, 乃近時書肆所刊江湖詩也." 여기서도 '四靈'과 '書肆所刊江湖詩'(즉 ≪江湖集≫에 수록된 기타 시인)로 나누어 이야기하고

외한 기타의 시인을 일컫는 총칭이다.5) 그리고 신분의 성격에 의거하여 이들과 영가사령을 합쳐서 일컫는 말이 강호시인이다.6) 강호시인은 구성원에 있어서 영가사령 추종파와 반대파로 나누어져 있어 시파(詩派)의 성격이 단일하지 않다. 시사(詩史)의 변천을 논하는 측면에서 이 두 파를 따로 나누며, 실제 성격을 달리하는 존재로 보는 것이 합당하다. 강호시인들이 활동한 시기와 비교적 가까운 원대(元代)의 장지한(張之翰, 1243-1296)은 영가사령과 강호시파를 따로 나누었다.

> 근래 동남(東南)의 시학(詩學)은 종주(宗主)로 삼는 것을 물으면 만당(晚唐)이라 말하지 않으면 반드시 사령(四靈)이라 말하고, 사령이라 말하지 않으면 반드시 강호(江湖)라고 말한다. 그러나 대체로 시법(詩法)의 폐단이 만당에서 시작되어 중간에 사령이 있고 끝에 또 강호가 있음은 알지 못한다.7)

여기서 말하는 '강호'는 강호시인 또는 강호의 시인이라는 범칭(泛稱)이 아니라 강호시파 시인을 가리키는 것으로 보아야 한다. 다른 자료를 보아도 사령과 강호시파 시인을 따로 나누는 것이 당시의 일반적으로 통용되는 견해이었음을 알 수 있다.8) 이러한 연유로 여기서는 강호시인을 영가사령과 강호시파 시인으로 분류하였다.

있다.

5) 각종 ≪江湖集≫에 시가 수록된 사람이라고 해서 반드시 江湖詩派 시인이라고 볼 수 없다. 이것과 관련하여 張宏生은 강호시파 구성원의 조건으로 사회적 지위(布衣와 游客이 중심인 하층 지식인), 활동기간(南宋 中, 後期), 여러 ≪江湖集≫에 수록된 상황, 陳起와 시를 주고받은 상황, 전통적인 견해 등의 다섯 가지를 들고 있다. 여기서도 대체로 이 說을 따른다. ≪江湖詩派硏究≫, 296-297쪽 참조.

6) 方回, ≪瀛奎律髓≫ 권20, 翁卷 <道上人房老梅> 詩批, "乾淳以來, 尤楊范陸爲四大詩歌, 自是始降而爲江湖之詩. 葉水心適以文爲第一時宗, 自不工詩, 而永嘉四靈從其說, 改學晚唐, 詩宗賈島姚合." 여기서의 '江湖之詩'는 永嘉四靈과 江湖派詩人을 統稱하는 말이다.

7) 張之翰, ≪西巖集≫ 권18, <跋王吉甫直溪詩稿>, "近時東南詩學, 問其所宗, 不曰晚唐, 必曰四靈, 不曰四靈, 必曰江湖. 蓋不知詩法之弊, 始於晚唐, 中於四靈, 又終江湖."

8) 方回, ≪桐江續集≫ 권33, <恢大山西山小稿序>, "嘉定中忽有祖許渾姚合爲派者, 五七言古體並不能爲, 不讀書亦作詩, 曰學四靈江湖, 晚生皆是也."

(1) 영가사령(永嘉四靈)

영가사령은 이들보다 앞서 시단에 출현하여 성세가 높았던 강서시파
(江西詩派)와 마찬가지로 명칭상 지역성을 띤 시파이다. 단지 강서시파에
속하는 사람들이 모두 강서 지방 출신이 아니라 이곳 출신인 황정견(黃庭
堅)을 종주로 삼은 데 비해 영가사령은 모두 영가(永嘉, 지금의 浙江省 溫州)
사람들이다. 영가사령이 활약한 시대는 대략 광종(光宗) 소희(紹熙, 1190-
1194)에서 이종(理宗) 순우(淳祐, 1241-1252)에 이르는데, 이 50여 년 동안 송
(宋)은 국세가 나날이 쇠퇴해졌다. 개희(開禧) 2년(1206)에 군대를 일으켜
금(金)을 쳤다가 패배하여 가정(嘉定) 원년(1208)에 굴욕적인 강화를 맺었
다. 그 뒤에는 몽고(蒙古)가 날로 강성해져서 단평(端平) 원년(1234)에 금을
멸하고 계속 남쪽으로 세력을 확장하여 결국 1279년에 남송이 원(元)에
의해 멸망당하게 되는데, 이것은 영가사령의 활동시기 이후 불과 20여
년 남짓 뒤의 일이다. 영가사령은 이러한 어지러운 시대를 살면서 개인
적으로도 불우하여 이들 중 서조(徐照, ?-1211, 字 道暉·靈暉, 號 山民)와 옹
권(翁卷, ?-?, 字 續古·靈舒)은 평생 포의(布衣)로 지내어 생활이 곤궁하였
으며, 서기(徐璣, 1162-1214, 字 致中·文淵, 號 靈淵)와 조사수(趙師秀, 1170-
1220, 字 紫芝·靈秀, 號 天樂)는 비록 벼슬은 하였으나 작은 관리에 그쳐 역
시 현달하지 못하였다. 자연히 이들 시에는 불우한 처지에 대한 개탄이
나타나 있다.9) 혹자는 영가사령이 남송 중엽 이후의 어지러운 정치에 대
해서는 별다른 관심 없이 청한(淸閑)만을 즐겼다고 말하지만10) 이들이 시
국에 대하여 전혀 무관심하였다고는 볼 수 없다. 옹권은 "군대를 일으켰
다가는 또 그만두니, 계책에 뛰어난 선비는 이름 없음을 부끄러이 여긴

---

9) 徐照, <不寐>, "兒飢因廢學, 親沒未營墳. 何致貧如此, 肝腸痛莫云."; 翁卷, <送劉幾
   道>, "我愚百不成, 蹭蹬空林居."; 趙師秀, <安仁道中>, "於世無成事, 何時有定居.";
   徐璣. <新春書事>, "空如陶亮官爲令, 難學嚴陵住近溪." 등.
10) 游國恩, 等 主編, ≪中國文學史≫(人民文學出版社, 1995) 제3책, 153쪽.

다. 가을 바람이 일어나는 것을 한가로이 보노라니, 아직 만리를 달리고
픈 마음이 생겨난다"[11]고 하였고, 조사수는 "비분강개하며 시절의 일을
생각하니, 애석타 지혜로운 사람들 혼미하구나. 치료에 방법이 없지 않
지만, 병을 숨기니 어떻게 논할 수 있겠는가. 북쪽을 바라보며 부질없이
크게 탄식만 하니, 돌아가야겠네 고향을 찾아서"[12]라고 말하였다. 이러
한 것을 보면 영가사령이 당시의 집권자가 주화(主和)정책을 펴는 데에
대해 강하게 불만을 가졌음을 보여준다. 그러나 이들은 선배시인인 육유
(陸游)나 양만리(楊萬里), 혹은 범성대(范成大)처럼 국정(國政)에 참여하여 대
책을 개진할 입장에 있지 못하였다. 그러므로 "천하에는 바야흐로 아무
일 없다(天下方無事)"(조사수, <증장역(贈張亦)>)라 하지만 진짜로 천하가 태
평한 것은 아니며, "홀로 시국의 일을 잊어버림을 기뻐한다(獨喜忘時事)"
(서기, <야좌(孤坐)>)는 것도 실제로 그런 것은 아니고 "입이 있어도 세상
일 말할 필요 없다(有口不須談世事)"(옹권, <행약작(行藥作)>)는 분격(憤激)한
마음에서 나온 말이다. 영가사령은 불우한 처지로 지내면서 열정을 시
짓는 일에 기울이며 여기서 위안을 구하였다. 서조가 병을 앓고 나서, 목
숨이 붙어있는 한 어찌 시 짓는 것을 그만둘 수 있겠는가[13]라고 한 말은
작시에 대한 강한 집착을 보이고 있다. 이것은 이들의 시에 '고음(苦吟)'
이라는 말이 자주 등장하는 것을 통해서도 이들의 작시 태도를 잘 알 수
있다.[14]

---

11) "興兵又罷兵, 策士恥無名. 閑見秋風起, 猶生萬里情."(<贈張亦>)
12) "慷慨念時事, 所惜智者昏. 砭療匪無術, 諱疾何由論. 北望徒太息, 歸歟尋故園."(<九
客一羽衣泛舟分韻得尊字就送朱幾仲>)
13) <病起呈靈舒紫芝寄文淵>, "天敎殘息在, 安敢廢淸吟."
14) "昨來曾寄茗, 應念苦吟心."(徐照 <訪觀公不遇>). "病多憐骨瘦, 吟苦笑身窮."(翁卷
<秋日閑居呈趙端行>). "苦吟無愛者, 寫在戶庭間."(趙師秀 <千日>).

1) 영가사령의 시관(詩觀)

영가사령은 서로의 거처를 방문하기도 하고 또 서로간에 시를 주고 받으며 자법(字法)과 구법(句法)을 논하면서 시우(詩友)로서 긴밀한 관계를 유지하였다. 그리하여 이들은 시가 주장과 창작에 있어서 대체로 일치된 경향을 보였다. 영가사령 시의 면모와 특색을 살피는 작업은 우선 그들의 시학관(詩學觀)과 입장을 살피는 데서부터 이야기를 시작하여야 할 것이다. 다음에 섭적(葉適)이 전하는 서기의 말은 북송 말 황정견 이후 그 당시까지 시단에서 아직 강력한 영향력을 발휘하고 있던 강서시파 및 도학가들의 시에 대해 영가사령이 취한 입장을 잘 보여주고 있다.

> 처음에 당시(唐詩)가 황폐된 지 오래되자 그대(徐璣)는 친구인 서조·옹권·조사수와 의론하며 다음과 같이 말하였다. "옛 사람은 부성(浮聲, 平聲)과 절향(切響, 仄聲), 한 글자 하나의 시구로 교묘하고 졸렬함을 따졌는데, <국풍(國風)>과 <이소(離騷)>는 이점에서 지극히 뛰어났다. 그러나 근래에는 많은 작품들이 글을 연이어 늘어놓아 산만하면서 삼가지 않으니 어찌 명가(名家)가 될 수 있겠는가?" 네 사람의 시는 마침내 교묘함을 지극히 다하여 당시가 이로부터 다시 성행하게 되었다.[15]

이 글의 요점은 영가사령이 '근래의 시', 즉 강서시파와 도학가의 시에 대해 비판적이며, 그것은 이들의 학문을 바탕으로 하는 방만한 의론성의 표현과 성률, 자구의 조탁 방면에 대한 불만에 모아진다는 것이며,[16] 그에 대한 개혁으로 당시풍(唐詩風)의 시를 썼으며 그들에 의해 당시가 다시 성행하게 되었다는 것이다. 영가사령은 강서시파의 '이문위시(以文爲詩)'·'이의론위시(以議論爲詩)'와 도학가의 '이도학위시(以道學爲詩)'

---

15) ≪水心先生文集≫ 권21, <徐文淵墓地銘>, "初, 唐詩廢久, 君與其友徐照翁卷趙師秀議曰昔人以浮聲切響單字隻句計巧拙, 蓋風騷之至精也. 近世乃連篇累牘, 汗漫而無禁, 豈能名家哉. 四人詩遂極其工, 而唐詩由此復行矣."

16) 劉克莊 ≪後村先生大全集≫ 권98, <林子顯詩序>, "近世理學興而詩律壞, 惟永嘉四靈復爲言, 苦吟過於郊島, 篇幅少而警策多."

등의 작법에 대해 반대하고 현실 속에서의 정감과 흥취의 표현을 중시
하였는데, 그들의 시에 대한 "스스로 성정을 토로하며 의지하는 바가 없
다"는 평은 바로 이러한 점을 잘 말해준다.[17] 그들이 작시에 있어서 '청
(淸)'을 공통으로 추구한 것[18] 또한 이것과 밀접한 관련이 있다. ≪매간
시화(梅磵詩話)≫에 실려있는 다음의 이야기는 영가사령이 시를 지음에
지향한 바를 잘 보여주는 예이다.

> 두뢰(杜耒, 字 小山)가 와서 일찍이 구법(句法)에 대해 조사수에게 물었더
> 니 "단지 매화(梅花)를 몇 말 배부르게 먹어 흉중(胸中)이 영롱(玲瓏)해질 것
> 같으면 스스로 능히 시를 지을 수 있게 된다"고 말하였다.[19]

이것을 보면 영가사령이 청아(淸雅)한 정취를 중히 여겼음을 알 수 있
는데, 학문이나 시법(詩法)에 의거하여 시를 짓는 것에 대해 반대한 그들
의 심미관을 엿볼 수 있으며, '청(淸)'은 영가사령의 공통된 시풍 특색이
기도 하다. 영가사령은 또 이러한 감정을 좁은 편폭 안에서 축약시켜 정
련된 시구를 통하여 밀도 있게 나타내고자 하였으며,[20] 표현에 있어서는
정엄한 성률과 공치(工緻)한 자구 조탁, 그리고 백묘수법(白描手法)의 운용
을 중시하였다.

영가사령은 강서시파와 도학가의 시에 불만을 품고 그 대안으로 당
시를 학습하였는데,[21] 이것은 영가사령의 선생이자 지지자인 섭적(葉適)
의 영향과 무관하지 않다. 섭적은 강서시파가 당시(唐詩)를 광범하게 학
습하지 않고 두보(杜甫) 시만 추종함을 비판하였으며, 특히 두보의 율시
(律詩)는 정격(正格)이 아니라고 공격하였고,[22] "경력(慶曆, 1041-1048)과 가

---

17) ≪四庫全書·西巖集提要≫, "葉適序其詩, 稱爲自吐性情, 靡所依傍."
18) 徐照, <酬翁常之>, "扁舟莫負林間約, 好把淸詩慰此心."; 徐照, <歸來>, "不念爲生
拙, 偏思得句淸."; 趙師秀, <秋色>, "一片葉初落, 數聯詩已淸."
19) "杜小山來, 嘗問句法於趙紫芝, 答之云, 但能飽吃梅花數斗, 胸次玲瓏, 自能作詩."
20) 葉適, ≪水心先生文集≫ 권29, <題劉潛夫南嶽詩藁>, "斂情約性, 因狹出奇".
21) 徐照, ≪芳蘭軒詩集≫, <酬贈徐璣>, "詩成唐體要人磨."

우(嘉祐, 1056-1063) 이래로 천하 사람들이 두보를 스승으로 삼으면서 당인
(唐人)의 시학(詩學)을 내치기 시작했으며 강서종파(江西宗派)가 흥성하게
되었다"23)라고 지적하였다. 영가사령 이전에 이미 양만리가 시단에 강
서시파만 배울 줄 알고 당시의 존재는 모르는 현상이 있음에 불만을 표
시한 적이 있다.24) 당시 학습을 통하여 강서시파의 폐단으로부터 새로운
변화를 꾀한 것은 영가사령 이전의 시인들, 즉 가까이로는 남송사대가들
의 경우도 그러하였다. 그러나 영가사령이 이들과 다른 점은, 중기의 시
인들은 당시를 학습하더라도 성당(盛唐)·중당(中唐)·만당(晚唐) 등에서
다양하게 영양을 섭취하였으나 후기의 영가사령은 당시 중에서도 만당
을, 그 중에서도 또 가도(賈島)와 요합(姚合)을 취하여 범위가 좁아졌다는
것이다. 강서시파는 성당의 두보를 높이고 법으로 삼으며 만당체(晚唐體)
를 비방하였지만, 영가사령은 두보보다는 만당체를 숭상하였고 만당체
학습을 통하여 강서시파의 폐단을 바로잡고자 하였다. 만당체에 대한
평가는 송시의 발전과 밀접한 관련을 가지면서 영가사령에 이르기까지
몇 차례 변화가 있었다. 즉 북송 초의 계승(만당체 시인과 서곤파 작가)에서
중·후기의 비판(중기의 구양수와 매요신 이래 후기의 강서시파 작가 황정견과 진
사도 등)으로 바뀌고, 그 이후 다시 긍정과 수용(북송 말의 서부와 한구·진여
의를 비롯하여 남송 중기의 양만리)으로 바뀌는 과정을 거쳤다. 만당체에 대
한 평가의 변화는 결국 양만리의 다음 세대 작가들인 영가사령의 만당
체 학습이 생겨나게 되는 바탕이 되었다. 영가사령의 만당체 학습은 강
서시파에 대한 변혁을 꾀하는 과정에서 이루어진 선택이었다. 그러나 만
당체를 높이더라도 그 구체적인 대상에 대해서는 또 사람에 따라 달라,

22) ≪習學記言≫ 권47, "杜甫强作近體, 以功力氣勢掩奪衆作, 然當時爲律詩者不服, 甚或
絶口不道."
23) ≪水心先生文集≫ 권12, <徐斯遠文集序>, "慶曆嘉祐以來, 天下以杜甫爲師, 始黜晚唐
人之學, 而江西宗派章焉."
24) ≪誠齋集≫ 권8, <雙桂老人集後序>, "近世此道之盛者莫盛於江西, 然知有江西者不
知有唐."

양만리가 만당의 칠언절구를 배우고 두목(杜牧)·육구몽(陸龜蒙) 등의 시를 높이 친 데에 비해, 영가사령은 만당체 시인 중에서도 유독 가도(賈島)와 요합(姚合)의 오언율시를 학습하였다. 그리고 양만리가 만당체를 높이 치는 것은 시어 조탁이 공교한 점과, ≪시경(詩經)≫의 완약(婉約)한 풍유(諷諭) 전통을 계승한 점의 두 가지인 데 비하여, 영가사령의 경우 전자에 대해서는 입장을 같이하지만 후자는 영가사령과 그다지 관계가 없다. 이러한 점이 양만리와 영가사령이 비록 똑같이 만당체를 숭상하면서도 실제에 있어서 서로가 다른 점이다. 영가사령이 유독 가도와 요합의 시를 좋아한 것은 시대와 생활의 면에서 서로 유사한 점이 있기 때문이었다. 가도와 요합은 당시 정치적, 사회적으로 매우 어지러운 시대에 처해, 개인적으로도 불우한 생활을 하면서 오로지 시를 짓는 데에 힘을 쏟았다. 그들은 대자연의 산수경물을 제재로 취하여 공을 들여 조탁하며, 속세에서 벗어난 청유(淸幽)한 의경(意境)의 시를 많이 지었는데, 바로 이런 특색이 후대에 어지러운 시대에 살며 안식을 갈구하는 시인들로부터 큰 호응을 받았으며, 영가사령의 경우 또한 그러하였던 것이다. 영가사령은 중기 시인들의 강서시파 비판을 계승하면서, 그들이 개별적으로 활동한 데에 비해, 강서시파 비판과 더불어 당시 학습의 입장을 강하게 내세우며 하나의 시파로서 적극적인 활동을 하였다.

2) 영가사령의 시

영가사령의 시는 현재 서조의 ≪방난헌시집(芳蘭軒詩集)≫에 259수, 서기의 ≪이미정시집(二薇亭詩集)≫에 164수, 옹권의 ≪위벽헌시집(葦碧軒詩集)≫에 138수, 조사수의 ≪청완재시집(淸苑齋詩集)≫에 141수, 총 702수가 전해진다. 영가사령의 시의 내용은 우인(友人)과의 송별(送別)·수증(酬贈)을 내용으로 하는 교의시(交誼詩)와 각지를 돌아다니거나 산수를 유람하는 내용의 기유시(紀遊詩), 일상생활 속의 감회와 정취를 노래한 생활

시(生活詩), 영물시(詠物詩) 등으로 나눌 수 있다. 내용과 제재면에 있어서 영가사령 시의 특색 중의 하나는 산수경치를 읊은 시가 많다는 점이다. 산수자연은 다른 시인들도 즐겨 다루는 제재이나, 영가사령의 많은 산수 자연시 창작은 그 나름대로의 의의를 지닌다. 첫째, 영가사령은 그 당시 정치현실이 험악하여 벼슬길에서 큰 뜻을 펼칠 수 없자 어쩔 수 없이 산 수자연을 찾아다니면서 울적한 마음을 풀고 진속(塵俗)을 멀리 떠나 산수 속에서 마음의 안정을 구하였다. 영가사령은 시에서 속세의 티끌에서 벗 어나고자 하는 생각을 자주 표현하여 "입이 있어도 세상일 말할 필요 없 고, 간교한 마음 없으니 오직 산림에 눕는 것만이 마땅하다"25)(옹권, <행 약작(行藥作)>)고 하였다. 둘째, 강서시파와 도학가의 시가 의(意)와 리(理) 의 표현에 지나친 것을 바로잡기 위해 경치 묘사를 통하여 감흥을 나타 내고자 하였다. 영가사령 이전에 강서시파에서 벗어나고자 하는 시인들 (예컨대 육유·양만리 등)은 시법(詩法)의 구속을 벗어나 광활한 사회현실과 자연과의 접촉 속에서의 느낌과 체험을 시에 담을 것을 주장하였는데,26) 영가사령 또한 이러한 풍조의 영향을 받았다. 서기가 <빙고(憑高)>에서 "시상(詩想)은 문을 나서면 많아진다(詩思出門多)"고 하고, 서조가 <주중 (舟中)>에서 "시는 경물(景物)에 의거하여 완전해진다(詩憑物景全)"고 한 것은 모두 중기 시인들과 같은 견해이다.

영가사령의 경물시의 특색은 다음의 몇 가지를 들 수 있다. 그들은 세밀한 관찰로 경치를 시에 담았는데, 그것은 일상생활 가운데서 접하는 일상적인 경치로, 작은 경치이며 청유(淸幽)한 경치가 많다. 또 이전의 강 서시파가 즐겨 표현하는 주관적인 해석이 담긴 경치와는 달리 객관 그 대로의 모습을 지니는 경치가 많고, 만당체의 가치를 높이 평가하며 역

---

25) "有口不須談世事, 無機惟合臥山林."
26) 陸游, 《劍南詩稿》 권50, <題廬陵蘇彦毓秀才詩卷後>, "法不孤生自古同, 癡人乃欲 鏤虛空. 君詩妙處吾能識, 正在山程水驛中"; 楊萬里, 《誠齋集》 卷26, <下橫山灘頭 望金華山>, "閉門覓句非詩法, 只是征行自有詩."

시 자연시인으로 독특한 세계를 개척한 양만리의 자연시와도 다르다. 그러면 아래에서 이러한 특색을 살펴보자.

┃題翁卷山居(徐照)┃ 옹권의 산사에 쓰다(서조)

空山無一人　빈 산에 사람 하나 없는데
君此寄閑身　그대는 여기에 한가로운 몸을 기탁하였구려.
水上花來遠　강물 위로 꽃이 멀리서 떠내려오고
風前樹動頻　바람 앞의 나무는 자주 움직인다.
蟲行粘壁字　벌레는 벽에 글자 남기며 기어가고
茶煮落巢薪　차를 둥지에서 떨어진 가지로 달인다.
若有高人至　만일 고상한 사람이 찾아오더라도
何妨不裹巾　두건을 하지 않은들 무어 안될 게 있겠소.

영가사령은 현실생활에서의 번뇌나 번잡함을 피해 산을 즐겨 찾았는데, 이 시는 옹권의 한적하고 탈속(脫俗)적인 산중생활의 일면을 읊고 있다. 중간의 네 구는 이러한 생활과 잘 부합하는데, 묘사가 세밀하고 분위기가 유정(幽靜)하여 만당체의 풍격을 잘 나타내고 있다. 영가사령은 작시(作詩) 연원(淵源)상 가도(賈島)와 요합(姚合)의 시를 추종하였는데, 이 두 사람은 모두 고음(苦吟)의 작시경향을 갖고서 세밀한 관찰로 눈앞의 작은 경치를 묘사하는 데에 뛰어났고[27] 청절(淸切)한 풍격의 특색이 주로 오율(五律)을 통해 나타난다. 이것은 영가사령 시의 특색이기도 하다.[28]

영가사령과 동시대 사람인 방악(方岳)은 가도의 시를 평하면서 재력(才力)과 기세(氣勢)로 성정(性情)을 덮어버리거나 빼앗는 것을 탐탁히 여기지 않았다고 했는데,[29] '재력과 기세'로 시를 쓰는 것은 바로 강서시파

---

27) 楊愼, ≪升菴詩話≫ 권8, "晚唐一派, …… 惟搜眼前景而深刻思之." ≪四庫全書·極元集提要≫, "(姚)合爲詩刻意苦吟, 工於點綴小景, 搜求新意而刻畵太甚."
28) 이를테면 "蛩響移砧石, 螢光出瓦松."(徐照, <宿翁靈舒幽居, 期趙紫芝不至>), "殿靜燈光小, 經殘磬韻空."(徐璣, <宿寺>), "寒潭盛塔影, 古木帶廚烟."(翁卷, <能仁寺>), "蘋長過荷葉, 藤深失樹身."(趙師秀, <徐孺子宅>) 등의 시구에서 이러한 특색을 엿볼 수 있다.

의 특색으로 이것은 영가사령이 불만으로 여겼던 것이다. 영가사령이 강
서시파를 비판하며 당시 중에서도 가도와 요합의 시를 학습하고 경치
묘사를 통하여 감흥을 나타내고자 한 것은 모두 이러한 사실과 밀접한
관련이 있다. 이를테면 "대나무 숲의 괴상한 새는 울음소리가 귀신과 같
고, 길가의 고목나무에서는 신에게 제사를 지낸다(竹裏怪禽啼似鬼, 道傍枯
木祭爲神)"(조사수, <십리(十里)>)와 같이 석양의 황량한 경치를 읊은 것은
가도의 시를 연상시켜, "괴상한 새는 넓은 벌판에서 울고, 떨어지는 해는
지나가는 사람을 두렵게 만든다(怪禽啼曠野, 落日恐行人)"(<모과산촌(暮過山
村)>)와 글자뿐만 아니라 분위기도 유사하다. 그러나 전체적으로 볼 때
영가사령은 기벽(奇僻)을 추구하는 가도보다 유정(幽靜)한 맛을 표현하는
요합의 시에 더 가까운 면을 보인다.

┃冬日登富覽亭(翁卷)┃ 겨울에 부람정에 올라(옹권)

借問海潮水	물어보세 바다의 조수는
往來何不閑	갔다왔다 어찌 한가로이 있지 않는가?
輕烟分近郭	옅은 안개는 가까운 성곽을 나누고
積雪蓋遙山	쌓인 눈은 먼 산을 덮고 있다.
漁舸汀鴻外	고기잡이배는 물가의 기러기 밖에 떠 있고
僧廊島樹間	절의 회랑은 섬의 나무 사이로 보인다.
晩寒難獨立	저녁 추위에 홀로 서있기 어려워
吟竟小詩還	짧은 시 다 읊고는 돌아간다.

이 시는 정자에 올라 겨울 저녁의 산과 장강(長江)의 경치를 읊은 시
이다. 중간의 두 연(聯)은 원근(遠近)의 경물을 한 폭의 수묵화를 대하듯이
운치 있게 묘사하였다. 시구 표현이 간결하면서 산뜻하다. 이 시를 황정
견(黃庭堅)과 더불어 강서시파를 대표하는 진사도(陳師道)의 시와 비교해
보면 당송시(唐宋詩)의 차이를 엿볼 수 있다. 진사도의 <등쾌재정(登快哉

---

29) ≪深雪偶談≫, "誠不欲以才力氣勢掩性情, 特於事物理態, 毫忽體認."

亭>시[30]는 옹권의 시와 마찬가지로 제재상 등림시(登臨詩)에 속하며, 시의 끝 부분뿐만 아니라 전체적으로 구조가 유사하다. 그러나 중간 네 구의 경물 표현을 보면, 옹권의 시가 객관적으로 경물을 묘사한 데 비해, 진사도의 시는 그 가운데에 주관적인 생각을 나타내고 있다. 즉 제5, 6구 "건너가는 새는 어디로 가려하나? 달리는 구름 또한 스스로 한가롭구나 (度鳥欲何向, 奔雲亦自閒)"는 '도조(度鳥)'와 '분운(奔雲)'의 객관경물에 작가의 주관감정이 깃든 '욕하향(欲何向)'과 '역자한(亦自閒)'을 덧붙여 순수한 풍경시(風景詩)에만 그치지는 않고 있다. 강서시파가 '의(意)'의 단련조탁 (鍛煉雕琢)에 힘을 기울였다면 영가사령의 경우는 '경물(景物)'의 표현에 중점을 두었다는 것을 이 두 수의 비교를 통해서도 엿볼 수 있다. 시에서의 의(意)와 경물의 표현문제는 송대 시학이 주요하게 따지는 것으로 '의'의 표현을 중시하고 '경(景)'은 이에 비해 가벼이 여겨졌다. 이것은 시학관념과 작품의 표현상 당시와 송시가 다른 점이다. 물상(物象)의 밖에서 물상을 통하여 도(道)를 파악하기를 요구하는 것이 '도'·'리(理)'의 시로 송시의 특색이라면, 물(物)의 존재 자체를 강조하여 시에 산수경물이 본래 그대로의 자연스럽고도 감정을 융합한 자태로 나타나는 것은 '상 (象)'·'물(物)'의 시로 당시의 특색이다. 당시를 제창한 영가사령은 경물 묘사를 통해 그 속에 깃든 감흥을 나타내고자 하였다.

영가사령의 시 연원을 논할 때 그들에 앞서 만당시의 가치를 높이 평가한 사람이 바로 양만리이기 때문에 자연 영가사령과 양만리의 관계를 생각하게 된다. 양만리의 성재체(誠齋體)는 자연의 삼라만상을 생명이 있고 의식(意識)이 있는 존재로 보며 주변의 자연물을 세밀히 관찰하여 그 유동성(流動性)과 일순간의 미세한 변화를 재빨리 포착하여 시에 담는 것을 특징으로 한다. 조사수의 <수일(數日)>은 양만리 시와 비슷하다는 평을 받는데,[31] 이를테면 제1, 2구의 "며칠동안 가을 바람은 병든 사람

---

30) "城與淸江曲, 泉流亂石間. 夕陽初隱地, 暮靄已依山. 度鳥欲何向, 奔雲亦自閒. 登臨興 不盡, 稚子故須還."

을 업신여겨, 누런 잎을 다 불어 황폐한 뜰에 떨어지게 한다"[32]는 것은 마치 양만리의 <야숙동저방가(夜宿東渚放歌)>시에서 앞산이 물의 여신과 결탁하여 시인이 탄 배를 흔들어 장난을 치고 멀리 도망쳤다가, 배가 진정된 것을 보자 다시 혼자 나온다[33]라고 한 것과 같은 의인화 표현이다. 또 끝의 두 구에서 "숲이 듬성하여 먼 산을 내놓아 나오도록 하더니, 다시 구름에 가려 반은 보이질 않는다"[34]라고 한 것은 양만리의 <하지우제여진이상모행계상(夏至雨霽與陳履常暮行溪上)>시에서 동산(東山)이 석양빛에 잠시 노란색이었다가 잠시 또 자주색으로 되더니 홀연 전부 다 푸른색으로 바뀐다[35]라는 표현을 접하는 듯한 느낌을 준다. 이러한 점에서 조사수의 이 시는 양만리와 유사한 특색을 보이고 있다. 그러나 영가사령의 다수의 경물시(景物詩)는 양만리의 자연시의 주요 특색인 이지(理智)적인 성향과는 다르며, 이보다는 오히려 자연물의 객관적인 모습을 나타내는 경우가 더 많다. 그러나 세밀한 관찰로 사물을 포착하여 시에 담는 것은 영가사령도 양만리와 같다.

영가사령의 시집 중에는 현실생활에서의 번뇌를 떨치고자 산사(山寺)를 찾아가고 승려들과 왕래하는 내용의 작품이 상당수 있다.

┃巖居僧(趙師秀)┃ 암혈에 사는 스님(조사수)

開扉在石層	암자문은 돌이 겹겹 쌓인 곳에 열려 있는데
盡日少人登	하루종일 올라오는 사람 적다.
一鳥過寒木	한 마리 새가 차가운 나무를 지나가니
數花搖翠藤	몇 송이 꽃이 푸른빛 넝쿨에서 흔들린다.
茗煎冰下水	차는 얼음 밑의 물로 끓이고
香炷佛前燈	향은 불상 앞의 등에서 타고 있다.

---

31) 陳衍, ≪宋詩精華錄≫ 권4, "似誠齋."
32) "數日秋風欺病夫, 盡吹黃葉下庭蕪."
33) "前山欺我船兀兀, 結約江妃行小謠. 乘我船搖忽遠逃, 見我船定還孤出."
34) "林疏放得遙山出, 又被雲遮一半無."
35) "片子時間弄山色, 乍黃乍紫忽全青."

| 吾亦逃名者 | 나 또한 명리에서 벗어나려는 사람이지만 |
| 何因似此僧 | 어떻게 하면 이 스님 같을 수 있을까. |

스님을 찾아간 이 시는 앞의 6구에서 산사(山寺)의 조용하고 그윽한 생활을 묘사하고 뒤의 두 구에서는 이러한 곳에서 생활하는 스님을 부러워하는 마음을 나타내었다. 높은 절·한 마리 새·몇 송이 꽃·차가운 나무·푸른빛 넝쿨·얼음 밑의 물·불상(佛像) 앞의 등(燈)에 피어오르는 향(香) 등은 모두 정적(靜寂)의 세계를 보여준다. 이 외에 서조의 <증강심사흠상인(贈江心寺欽上人)>·서기의 <증동암약로(贈東庵約老)>·옹권의 <동조영지두자야예장총지사(同趙靈芝杜子野豫章總持寺)> 등도 이런 제재 특색을 보인다.

영가사령의 시는 경치 묘사 외에 또 생활 속의 정취나 감회를 진솔하게 읊은 것이 많다.

▌泊舟呈靈暉(徐璣) ▌ 배를 정박하고 서조에게 드리며(서기)

泊舟風又起	배를 대니 바람은 또 일어나는데
繫纜野桐林	닻의 줄을 들판의 오동나무숲에 매었습니다.
月在楚天碧	달은 초나라 푸른 하늘에 걸려있고
春來湘水深	봄이 오자 상수의 물이 깊습니다.
官貧思近闕	관직은 낮아 대궐에 가까웠으면 생각하고
地遠動愁心	땅은 멀어 시름을 불러일으킵니다.
所喜同舟者	기쁜 것은 배를 같이 탄 사람이
淸贏亦好吟	말랐으나 역시 시 짓기를 좋아하는 점입니다.

부임(赴任) 도중에 잠시 정박하면서 접하는 적막하고 쓸쓸한 경치와 미관(微官)으로 타향을 떠도는 신세에 대한 감개, 그리고 멀리 떨어진 친구를 그리워하는 정을 담담한 필치로 나타내고 있다.

┃約客(趙師秀)┃ 약속한 손님(조사수)

黃梅時節家家雨	매실이 누렇게 익어 가는 시절에 집집마다 비 내리고
靑草池塘處處蛙	푸른 풀 연못에는 곳곳에서 개구리 소리 들린다.
有約不來過夜半	약속을 하고도 오지 않고 한밤중이 지나가는데
閒敲碁子落燈花	한가로이 바둑돌 두드리니 등잔의 불똥 떨어진다.

이 시는 약속을 하고도 오지 않는 손님을 무료하게 기다리는 고적한 정경을 읊었다. 밤비 내리는 가운데의 정취가 각종 소리와 정적(靜寂)의 대조 및 백묘(白描)의 표현을 통하여 한데 녹아들어 정경교융(情景交融)의 특색을 보인다.

┃漁家(徐照)┃ 어부(서조)

阿翁年紀老	저 노인 연세 높도록
生計在綸絲	생계 위해 낚싯줄 드리운다.
野水無人占	들판의 하천 아무런 인적 없고
扁舟逐處移	조각배 이곳저곳 옮겨다닌다.
數鱗新柳串	몇 마리 잡은 고기 새로 돋은 버들가지에 꿰고
一笛小兒吹	한 가닥 피리소리 어린아이가 불어댄다.
有酒人家醉	술이 있어 저 어부 취하니
公卿要識誰	벼슬아치 나리를 그 뉘 알 것 있나.

한가로이 고기 잡으며 술 한 잔에 기분이 흥겨워지는 어부의 생활을 읊은 시이다. 이러한 정경을 노래하는 이면에는 이런 생활을 지향하는 작자의 인생관이 담겨 있다.

영가사령의 시중에 내용제재상 상당한 부분을 차지하는 것은 교유시(交遊詩)로 증별(送別)·수증(酬贈)·방문(訪問)·회인(懷人) 등의 작품이 많다. 그 대상으로는 관리·선배·친우를 비롯하여 승려와 도사 같은 방외인사(方外人士)도 두루 포함되어 있다. 이들 작품에는 평이한 표현 속에 진솔한 감정이 나타나 있다. 아래의 시는 영가사령 간의 우의(友誼)를 보여주는 예이다.

┃夏夜同靈暉有作, 奉寄翁趙二友(徐璣) ┃
여름 밤에 서조와 함께 시를 짓고 옹권·조사수 두 친구에게 보내다(서기)

齋居惟少睡	방에 있자니 잠이 오지 않아
露坐得論文	노천에 앉아 시를 논합니다.
凉夜淸如水	서늘한 밤은 물 같이 청량하고
明河白似雲	밝은 은하는 구름 같이 하얗습니다.
宿禽翻樹覺	잠자던 새들은 나무에서 뒤척이다 잠이 깨고
幽磬度溪聞	그윽한 종소리는 개울 건너 들려옵니다.
欲識他鄕思	타향에서의 심정 알고 싶으십니까
斯時共憶君	지금 서조 형과 함께 그대들을 그리워한답니다.

이 시는 서기가 영주사리(永州司理)로 있을 때 찾아온 서조와 시를 짓고 논하면서 옹권과 조사수 두 사람을 그리워하며 지은 것이다. 중간의 네 구는 청신한 필치로 여름밤의 조용하고 아늑한 분위기를 잘 묘사하여 이에 대해 논자들로부터 높은 평가를 받는다.[36]

이 외에 영가사령의 시집 중에는 시국이나 민생에 대해 읊은 시도 있으나[37] 그 숫자는 극히 적어 중기의 시인들에 비해 사회성이 담화(淡化)되어 있다. 평생 포의(布衣)나 미관(微官)으로 보내면서 탈속(脫俗)의 산수를 즐겨 찾는 생활은 그들의 시에 영향을 미쳐 제재의 폭이 넓지 못한 결과를 낳아 비판을 받기도 하지만,[38] 생활의 정취를 간결하고 진솔하게 나타내고자 한 점은 오히려 학문과 재주를 과시하는 시에서는 보기 힘든 친근함을 보여, 그들의 시를 좋아하고 추종하는 사람이 많이 생겨나

---

36) ≪瀛奎律髓≫ 권11 夏日類, 方回, "五六工." 紀昀: "中唐風格."

37) 이를테면 徐照의 <促促詞>·<繅絲曲>, 徐璣의 <傳胡報二十韻>, 翁卷의 <贈張亦>·<東陽路旁蠶婦>, 趙師秀의 <九客一羽衣泛舟分韻得尊字就送朱幾仲>·<撫欄> 등.

38) 方回, ≪瀛奎律髓≫ 권10 春日類, 姚合, <游春>詩評, "(四靈)所用料, 不過花·竹·鶴·僧·琴·藥·茶·酒, 於此幾物, 一步不可離, 而氣象小矣."

게 하기도 하였다.

영가사령은 강서시파에 대해 불만을 갖고 새로운 변화를 꾀했는데 이것은 표현상으로도 나타난다. 강서시파는 작시에 있어서 진사도(陳師道)가 말한 바와 같이 "차라리 졸렬할지언정 교묘하지 말며, 차라리 질박할지언정 화려하지 말며, 차라리 거칠지언정 약(弱)하지 말며, 차라리 기벽(奇僻)할지언정 속(俗)되지 말아야 한다"는 강령을 따랐다.39) 영가사령이 강서시파의 폐단을 바로잡으려고 한 이상 당연히 이것과 다른 방향으로 나아가, 청신(淸新)으로 질박을 대체하고, 공교(工巧)로 졸박을 대체하고, 세밀(細密)로 조경(粗硬)을 대체하고, 통속(通俗)으로 기벽(奇僻)을 대체하고자 하였다. 이것을 종합하면 영가사령 시의 특색은 청공세속(淸工細俗)으로 개괄할 수 있다. 이것을 좀더 구체적으로 살피면 다음과 같다.

첫째, 정치(精緻)한 자구(字句) 단련(鍛鍊)과 백묘(白描)수법.

영가사령은 강서시파의 방만한 경향을 바로잡기 위해 좁은 편폭 안에서 축약된 감정을 정련된 시구를 통하여 밀도 있게 나타내었고, 이를 위해 자구의 조탁을 중시하였다. 위경지(魏慶之)의 ≪시인옥설(詩人玉屑)≫의 다음 글은 그들의 창작태도의 일면을 잘 말하여 준다.

> 조사수는 <냉천야좌(冷泉夜坐)>시에서 "樓鍾晴更響, 池水夜如深"이라 하였다가 뒤에 '更'자를 '聽'으로 고치고 '如'자를 '觀'으로 고쳤다. <병기(病起)>시에는 "朝客偶知承送藥, 野僧相保爲持經"이라 하였다가 뒤에 '承'자를 '親'으로 바꾸고 '爲'자를 '密'로 바꾸었다.40)

이렇게 각 구의 글자를 바꿈으로 해서 작자의 주관적인 느낌을 더욱 절실하게 나타내고 있다. 자구의 단련은 강서시파도 중시하는 것이다. 그러나 강서시파가 '탈태환골(奪胎換骨)'·'점철성금(點鐵成金)' 등을 통하

---

39) ≪後山詩話≫, "寧拙毋巧, 寧樸毋華, 寧粗毋弱, 寧僻毋俗."
40) 趙天樂, <冷泉夜坐>詩云, "樓鍾晴更響, 池水夜如深." 後改'更'爲'聽', 改'如'爲'觀'. <病起>詩云, "朝客偶知承送藥, 野僧相保爲持經." 後改'承'作'親', 改'爲'作'密'.

여 기벽(奇僻)한 표현, 의취(意趣)의 심곡(深曲)한 표달을 추구하였다면 영가사령은 기이한 표현보다는 오히려 진솔한 감정을 담담하면서도 친근하게 표현하고 경물(景物)을 생동감 있게 나타내고자 하였다. 방회(方回)는 서조의 <화옹영서동일서사삼수(和翁靈舒冬日書事三首)>의 제1수 중의 제3, 4구 "매화가 늦게 피니 윤달인가 생각하고, 단풍나무가 멀리 있어 봄꽃으로 잘못 안다(梅遲思閏月, 楓遠誤春花)"를 평하여 '사(思)'자와 '오(誤)'자는 여러 번의 추고(推敲)를 거쳐서 얻어진 것이라고 하였다.[41] 또 이를 테면 "벼슬하는 심정은 매번 길 가운데에서 엷다(宦情每向途中薄)"(서기, <육월귀도(六月歸途)>)나 "멀리 일 나가는 것이 늙음만 더 보탠다는 것도 알지만, 베개를 높게 하고 잠을 자고자 해도 가난을 구할 수 없으니 어쩔 수 없다(亦知遠役能添老, 無奈高眠不救貧)"(조사수, <십리(十里)>) 같은 구는 진실되고 솔직하게 감정을 잘 표현하였다는 평을 받는다.[42] 이 밖에 "시구를 찾아 산 그림자 속을 걷고, 도롱이 걸치고 달빛 흔적에서 낚시한다(覓句行山影, 披蓑釣月痕)"(서기, <제이상수반촌당(題李商叟半村堂)>)와 같은 것도 표현이 교묘한 예로, '행(行)'·'조(釣)'자를 사용하여 경물을 생동감 있게 묘사하였다. ≪사고전서총목제요(四庫全書總目提要)≫에서 영가사령이 "오로지 연구(鍊句)로서 교묘함을 삼고, 구법(句法)은 또 연자(鍊字)를 중요하게 여긴다"[43]라고 평한 말이나, 방회가 "영가사령의 자구 단련은 오언율시 중의 가운데 4구에 집중되고, 내용상으로는 대체로 경물 묘사이다"라고 한 것 등은 모두 이상의 특색들을 지적한 것이다.[44]

영가사령은 자구의 조탁에 힘을 기울였으나 평담하고 자연스러운 표

---

41) ≪瀛奎律髓≫ 권13 冬日類, "'思'字'誤'字, 當是推敲不一, 乃得之."

42) 紀昀은 앞의 시구에 대해서 "善寫人情"(≪瀛奎律髓≫ 권14 晨朝類)이라 평하였고, 후자에 대해서는 "眞語好, 占身分人必不肯道, 不知說出轉有身分, 勝于詭激虛驕也." (≪瀛奎律髓≫ 권29 旅況類)라고 평하였다.

43) ≪四庫全書・淸苑齋集提要≫, "專以鍊句爲工, 而句法又以鍊字爲要."

44) "四靈詩專於中四句用工."(徐照, <貧居>詩 評語); "翁靈舒學晚唐. 中四句工, 但俱詠景物而已."(翁卷, <冬日登富覽亭>詩 評語).

현으로 나타내었다.

┃鄕村四月(翁卷)┃ 향촌의 4월(옹권)

綠遍山原白滿川　푸른 빛은 산과 들 온통 덮고 흰 빛은 강물에 가득한데
子規聲裏雨如煙　두견새 울음 속에 비는 자욱한 안개같이 내린다.
鄕村四月閑人少　시골의 4월에는 한가로운 사람이 적어
纔了蠶桑又揷田　막 누에치기 마치면 또 밭에 모심기를 한다.

이 시는 평이하고 자연스러운 표현 가운데에 향촌의 정경을 생동감
있게 묘사하였다. 이처럼 영가사령의 시는 평담한 필치와 천근(淺近)한
시어로 경물을 묘사하고 심후한 정취를 표현해 내고자 하여, 수경(瘦硬)
한 표현으로 회삽(晦澀)한 강서시파와는 다른 특색을 보인다. 조빈(曹鄶)
이 영가사령의 시를 평해 청신하되 메마르지 않고 평담하되 맛이 있다[45]
고 한 것은 바로 영가사령 시의 이러한 특색을 지적한 것이다.

둘째, 정엄(精嚴)한 격률(格律) 속의 유창(流暢)한 율조(律調).

영가사령은 각종 시체(詩體) 중에서도 오언율시에 가장 뛰어났으며,
특히 격률이 정엄하였다.[46] 섭적(葉適)은 이들의 시를 평해 "근세의 시율
(詩律)에서 벗어났다"고 하였는데,[47] '근세의 시율'이란 특히 강서시파를
가리킨다. 황정견(黃庭堅)을 필두로 하는 강서시파는 성률상 새로운 변화
를 꾀하여, 예컨대 황정견의 <제낙성사(題落星寺)>시 제1수는 수련(首聯)
에 여섯 개의 평성자(平聲字)와 다섯 개의 측성자(仄聲字)를 사용하여 일반
적인 성률의 법칙에 크게 어긋나고 있다.[48] 그러나 이러한 시도가 강서

---

45) ≪南宋群賢小集≫, <瓜廬詩集跋>, "淸而不枯, 淡而有味."
46) 徐璣는 徐照의 시를 평해 "悟得玄虛理, 能令句律精."(<讀徐道暉集>)이라 하였는데,
　　句律이 精嚴한 것은 서조 외의 다른 사람에게도 공통된 특색이라 할 수 있다.
47) <題劉潛夫南岳詩稿>, "往歲徐道暉諸人, 擺落近世詩律."
48) 首聯의 두 구는 "星宮游空何時落, 着地亦化爲寶坊."임. 이외에 제4구(醉客夜愕江撼
　　床)와 제6구(蟻穴或夢封侯王)에서는 4仄을, 제7구(不知靑雲梯幾給)에서는 4平을 사용
　　하고 있다.

시파 말류에 이르러서는 하나의 정형화처럼 되고 음조가 통순(通順)하지 못하여 이에 대해 비판이 뒤따랐다.49) 영가사령 또한 이에 대해 반대의 입장을 분명히 하였다.50) 그리하여 영가사령의 작품들을 살펴보면 평측 (平仄)에 있어서 대체로 평측보(平仄譜)의 규정에 합치하거나 설사 다르더라도 일반적인 요구(拗救)의 범위 안에 속하는 것들로 파격적인 요율(拗律)은 보이지 않는다. 그리고 구식(句式)에 있어서도 대체로 오언(五言)의 경우 '2-3', 칠언(七言)의 경우 '4-3'의 식을 많이 쓰고 있어 정격(正格)에 속한다. 이러한 성률(聲律) 방면 외에, 대우(對偶)에 있어서도 영가사령은 "대체로 중간의 네 구를 단련하고 갈고 다듬어 공교(工巧)하다"는 평을 듣는 바와 같이,51) 공정(工整)한 대우를 강구하였다. 이와 같이 시율을 엄격히 준수한 것은 강서시파에 대한 비판과 불만에서 나온 것이며, 이것은 앞에서 든 시를 통해서도 알 수 있다.

　영가사령 시의 또 다른 특색 중의 하나는 바로 이러한 정엄한 격율 속에서도 유창한 절주(節奏)를 구사하는 것이다. 그것은 주로 유수대(流水對)의 형태를 많이 취한다.52)

　이외에도 영가사령의 시 중에는 대우인 듯 하면서도 자세히 보면 정교한 대우가 아닌 예도 있는데,53) 이것은 역시 유창한 절주에 중점을 둔나머지 차라리 굳이 대우를 맞추지 않아서 비롯된 것으로, 영가사령이 음조가 껄끄럽고 순창(順暢)하지 않은 강서시파의 폐단을 바로잡으려는

---

49) 劉克莊, ≪後村先生大全集≫ 권176, ≪後村詩話≫(後集), "游默齋序張晋彦詩云: '近世以來, 學江西詩不善, 其學往往音節聱牙.'"
50) 徐璣, <奉和翁千四知縣千十四隱居山中作>, "善詩如善韻, 警響聞圓熟. 但令契人心, 勿令駭人目."
51) 方回, ≪瀛奎律髓≫ 권47 釋梵類, 趙師秀, <桃花寺>詩評, "大抵中四句鍛煉磨瑩爲工"
52) 이를테면 "本無塵內事, 亦有鬢邊絲."(徐照, <贈翁上翁>), "惆悵往來渡, 經行多少人."(徐璣, <臘日驪山渡逢故人>), "不知今夜月, 曾動幾人情."(翁卷, <中秋步月>), "取爾詩重讀, 令吾病欲銷."(趙師秀, <舟行寄翁十>) 등이 모두 流水對의 例이다.
53) 이를테면 "雖是暫相別, 那能忘此情."(翁卷, <舟行寄趙端行>); "不從三峽過, 免聽幾猿聲."(趙師秀, <送朱端常之建康>) 등이 그러하다.

시도 중의 한 표현이라 볼 수 있다. 이들 이전에도 강서시파의 폐단에 불만을 가진 사람들은 유창한 절주의 표현을 하는 경우가 있었으니 증기(曾幾)・육유(陸游)・양만리(楊萬里) 등이 그러하였다. 영가사령은 바로 이러한 흐름을 계승한 것이며 시어가 그들보다 훨씬 더 평담하고 간결하다.

셋째, 평이하고 통속적인 시어(詩語).

섭적(葉適)은 서조의 시를 평하면서 사람들이 그의 시를 읽고 감탄해 마지않는데 특이한 말은 없어 모두 사람들이 아는 것이지만 사람들이 그렇게 말하지 못할 따름이라고 하였다.[54] 이 말은 다른 세 사람에게도 적용할 수 있으니, 영가사령의 시어는 평이하고 천근(淺近)한 특색을 보인다. 기윤(紀昀)은 또 사령(四靈)의 시를 평하면서 '우비(尤鄙)'・'태현성(太現成)'・'태분(太笨)'・'졸분(拙笨)'・'비리(鄙俚)' 등의 말을 사용하였다.[55] 이러한 평어를 보면 기윤은 이들의 시구에 대해 대단히 비판적임을 알 수 있다. 그러나 각도를 달리해서 생각해 보면 이것은 이들 시구의 통속성을 지적한 것이라 볼 수 있고, 이 점에서 영가사령 시의 시어는 학문과 전고를 중시하는 강서시파와 다른 특색을 보이고 있음을 알 수 있다. 평이한 말을 시에 집어넣었으나 오히려 진솔한 표현력을 얻고 있는 것이다. 영가사령에 대해 비판적인 입장에 있는 방회(方回)도 이 점을 말살할 수 없어, 기윤이 '비리(鄙俚)'하다고 평한 서조의 "누대 높아 배가 바라보인다(樓高望見船)"구에 대해 참신한 표현이라고 높이 평하였다.[56]

강서시파, 또는 말류(末流)의 시에 대한 비판은 대체로 성운(聲韻)이

---

54) 葉適, ≪水心先生文集≫ 권17, ≪徐道暉墓地銘≫, "使讀者變踔慘栗, 肯首吟嘆不自已. 然無異語, 皆人所知也, 人不能道爾."

55) 이를테면 趙師秀의 <贈賣書陳秀才>시 "四圍皆古今, 永日坐中心."에 대해서 "尤鄙"라 평하였고, 徐璣의 <山居>시 "開門驚燕子, 汲水得魚兒"와 翁卷의 <題玉隆宮周道士足軒>시 "貧得無厭者, 應難向此居."에 대해서는 각기 "太現成" 또는 "太笨"이라는 평어를 사용하였다. 그리고 徐照의 <永州寄翁靈舒>시 出句 "風順眠聽角"에 대해서는 "拙笨", 對句 "樓高望見船"에 대해서는 "鄙俚"라고 평하였다.

56) ≪瀛奎律髓≫ 권42 寄贈類, "第六句好. 眼前事, 但道着便新."

조화롭지 못하고 시어가 난삽하며,[57] 의론(議論)을 너무 즐겨 성정(性情)을 읊조리는 시가의 본래 취지를 져버렸다[58]는 몇 가지 점에 모아진다. 이러한 지적에 비추어 영가사령의 시를 살펴보면 앞에서 논했던 몇 가지 특색들은 바로 이런 폐단을 바로잡기 위한 대증요법(對症療法)으로 제시되어 이루어진 것임을 알 수 있다.

3) 영가사령 시의 특색

송시의 발전 역사상 영가사령의 시가 갖는 의의는 시단의 풍기를 변화시키려고 한 노력에 있다. ≪사고전서총목제요(四庫全書總目提要)≫나 전조망(全祖望)은 바로 이 점을 높이 샀다.

　　강서시파는 북송에서 남송에 미쳤는데 행해진지 가장 오래되었다. 오래되어 폐단이 생겨나자 영가(永嘉)의 일파(一派)가 만당체로 그것을 바로잡으려고 하여 사령(四靈)이 나타나게 되었다.[59]

　　이에 영가(永嘉)의 서(徐, 徐璣・徐照)・조(趙, 趙師秀) 등의 여러 사람이 청허(淸虛)하고 유창한 가락으로 시를 지어 수심선생(水心先生, 葉適)으로부터 칭찬을 받으니 바로 사령파(四靈派)이며, 송시가 또 한 차례 변하였다. 가정(嘉定, 1208-1224) 이후, ≪강호소집(江湖小集)≫이 널리 퍼졌는데 대다수가 사령의 무리들이었다.[60]

---

57) 陳巖肖, ≪庚溪詩話≫, "至山谷之詩 …… 然近時學其詩者, 或未得其妙處, 每有所作, 必使聲韻拗捩, 詞語艱澁, 曰江西格也, 此何爲哉."

58) 劉克莊, ≪後村先生大全集≫ 권176, ≪後村詩話≫(後集), "游默齋序張晉彦詩云:'近世以來, 學江西詩不善, 其學往往音節聱牙, 意象迫切, 且議論太多, 失古詩吟詠性情之本意.'"

59) ≪四庫全書總目≫ 권165, <雲泉詩提要>, "江西一派, 由北宋以逮南宋, 其行最久. 久而弊生, 於是永嘉一派以晚唐體矯之, 而四靈出焉."

60) <宋詩紀事序>, "慶曆以後, 歐梅蘇王數公出, 而宋詩一變. 坡公之雄放, 荊公之工練, 並起有聲. 而涪翁以崛奇之調, 力追草堂, 所謂江西派者, 和之最盛, 而宋詩又一變. 建炎以後, 東夫之瘦硬, 誠齋之生澁, 放翁之輕圓, 石湖之精致, 四壁幷開. 乃永嘉徐趙諸公以淸虛便利之調行之, 見賞於水心, 則四靈派也, 而宋詩又一變. 嘉定以後, 江湖小集

영가사령 시의 변화의 골자는 '청허하고 유창한 가락'에만 그치는 것은 아니고, 내용 제재와 형식 표현의 두 방면에 다 걸친 것으로 이해할 수 있다. 영가사령은 내우외환의 시대에 처하여, 청고하고 담박한 성품으로 전원산수 속에서 한적한 생활을 하며 시 짓기에 힘을 기울였다. 그들은 강서시파가 학문을 바탕으로 하여 시를 짓고 이학가(理學家)가 성인(聖人)의 이치로 시를 짓는 것을 표방하는 시단의 풍조에 불만을 품고 자연으로 나아가 산수전원의 자태와 일상생활 속의 감정과 정취를 노래하였다. 이들의 시에는 일반적으로 송시의 특색으로 이야기되는 '이의론위시(以議論爲詩)' · '이재학위시(以才學爲詩)' · '이문자위시(以文字爲詩)'의 경향이 별로 보이지 않으며, 오히려 평이하고 유창한 표현을 통하여 정경교융(情景交融)의 당시(唐詩)적 특색을 나타내었다. 이들의 시는 강서시파처럼 학문이나 전고(典故)에 의지하는 회삽(晦澁)하고 난해한 폐단이 없이 친근하고 읽기 쉬워, 많은 사람들의 환영을 받았다. ≪취검외록(吹劍外錄)≫에서 "세상이 마침내 초목(草木)이 바람에 쏠리듯이 그들의 시를 추종하여, 무릇 전아(典雅)한 시들은 모두 시대의 구미에 맞지 않게 되었다"[61]고 한 것은 바로 당시(唐詩)의 평이한 서정성(抒情性)을 회복한 영가사령의 시가 강서시파가 대표하는 사대부계급의 시보다 더 일반 대중의 요구와 구미에 맞아 큰 호응을 얻었음을 말해 주는 것이다. 남송 후기의 시단에는 영가사령을 추종한 시인들이 많이 있었다. 왕작(王綽)의 <설과려묘지명(薛瓜廬墓地銘)>에 의하면 영가(永嘉) 지방 사람으로 사령을 뒤이은 사람으로 유영도(劉詠道) · 대문자(戴文子) · 장직옹(張直翁) · 반유명(潘幼明) · 조기도(趙幾道) · 유성도(劉成道) · 노차기(盧次夔) · 조숙로(趙叔魯) · 조단행(趙端行) · 진숙방(陳叔方)이 있었고 그들을 이어 또 서태고(徐太古) · 진거단(陳居端) · 호상덕(胡象德) · 고죽우(高竹友) 등이 있어 그 세력이 강서시파와 거의 비등할 정도로 컸다고 한다.[62] 이 외에도 일부 강호시파 시인들이

行, 多四靈之徒也."
61) "世遂靡然從之, 凡典雅之詩, 皆不合時聽."

사령을 추종하였다.

영가사령의 시는 후세에 다음의 몇 가지 측면에서 대체로 비판적인 평을 받는다. 즉 제재(題材)가 넓지 못하고 체재상 주로 오언율시와 칠언 절구에 집중되어 있으며, 시에 표현된 정조(情調)도 힘찬 기상보다는 담백하고 가라앉은 경향이 두드러진다는 것이다. 영가사령에 대한 비판은 첫째는 이들의 시가 고도의 고전문학소양을 갖춘 사람들의 마음에 들지 않아서 이고, 둘째는 시학이론상 영가사령이 학습한 만당체보다는 성당시(盛唐詩)를 이상적인 학습의 전범(典範)으로 내세우고자 한 데서 비롯된 것이다. 이러한 비판은 분명 영가사령의 시가 지니는 한계와 부족한 점을 지적한 것으로, 이에 영가사령을 뒤이어 불만을 품고 새로운 길을 모색하는 시인들이 나오는 계기가 되었다. 그러나 그렇다고 이것으로 영가사령의 시의 가치를 전면적으로 부정하거나 말살할 수는 없는 것이다. 오히려 당시를 제창하여 다시 부흥시킨 것으로 평가받는[63] 이들이 남송 후기 시단에 혁신의 새 바람을 일으킨 그 성취는 인정하지 않을 수 없다. 당송시의 우열에 관한 본격적인 논쟁은 영가사령들로부터 시작되었다. 이러한 점을 통해서도 남송 후기의 영가사령의 시가 송시의 발전선상에서 갖는 계승과 변혁(變革)의 위상(位相)을 가늠할 수 있다.

（2） 강호시파(江湖詩派)

송시는 북송 말의 강서시파에 의해 이전의 당시와 다른 특색을 수립하였으나 곧이어 이에 대한 비판과 더불어 변화를 꾀하는 움직임이 일어나 남송 중기의 육유 등의 이른바 중흥사대가를 거쳐 남송 후기의 영가사령에 이르러서는 다시 당시로의 복귀를 표방하였다. 이들은 나름대

---

62) 程千帆·吳新雷, ≪兩宋文學史≫(上海古籍出版社, 1991), 451-452쪽 참고.
63) 范晞文, ≪對床夜語≫ 권2, “四靈, 倡唐詩者也.”

로 성취를 거두기는 했으나 그 성취는 좁은 범위 안에 그치는 문제점을 나타내었다. 이들 뒤에 시단에 등장한 시인들로서는 자연 새로운 길을 모색하지 않을 수 없었다. 강호시파의 시에 대한 고찰은 바로 이러한 점에 초점을 맞추어야 한다.

진기(陳起)가 보경(寶慶) 초(1225)에 출판한 ≪강호집(江湖集)≫은 지금 전하지가 않아 원래의 모습은 알 수가 없고, 따라서 원래 이 책에 실린 시인이 누구였는지도 알 수 없다. 장굉생(張宏生)은 ≪사고전서(四庫全書)≫에 수록된 ≪강호소집(江湖小集)≫(62명)과 ≪강호후집(江湖後集)≫(47명) 및 기타 여러 자료를 참고하여 강호시파에 속하는 시인으로 138명을 들었는데,[64] 이 안에 포함된 영가사령을 제외한 이들의 명단을 일목요연하게 파악하기 좋도록 가나다 순에 의거하여 간단히 소개하면 다음과 같다.

ㄱ 갈기경(葛起耕), 갈기문(葛起文), 갈천민(葛天民), 강기(姜夔), 고길(高吉), 고사손(高似孫), 고저(高翥), 공풍(鞏豐), 곽종범(郭從範), 구만경(裘萬頃)

ㄴ 나여지(羅與之), 나의(羅椅), 내재(來梓), 노조고(盧祖皋)

ㄷ 대복고(戴復古), 대식(戴埴), 동기(董杞), 두전(杜旃), 등림(鄧林), 등윤단(鄧允端)

ㅁ 모후(毛珝), 묵사소지(萬俟紹之), 무연(武衍)

ㅂ 방악(方岳)

ㅅ 사문경(史文卿), 사위경(史衛卿), 서문경(徐文卿), 서종선(徐從善), 서집손(徐集孫), 석사식(釋斯植), 석소숭(釋紹嵩), 석영이(釋永頤), 석원오(釋圓悟), 설사석(薛師石), 설우(薛嵎), 섭소옹(葉紹翁), 섭인(葉茵), 성렬(盛烈), 성세충(盛世忠), 소괘자(邵桂子), 소립(蕭立), 소원지(蕭元之), 소해(蕭澥), 송경지(宋慶之), 송백인(宋伯仁), 송자손(宋自遜), 시망(柴望),

64) ≪江湖詩派硏究≫(中華書局, 1995), 271-322쪽.

시추(施樞), 심열(沈說)

ㅇ 악뢰발(樂雷發), 엄찬(嚴粲), 여관복(余觀復), 오도손(敖陶孫), 오여일(吳
汝弌), 오유신(吳惟信), 오중방(吳仲方), 왕심(王諶), 왕종(王琮), 왕동
조(王同祖), 왕지도(王志道), 요용(姚鏞), 유계(兪桂), 유과(劉過), 유극
손(劉克遜), 유극장(劉克莊), 유선륜(劉仙倫), 유식(劉植), 유익(劉翼), 유
자징(劉子澄), 유한(劉翰), 위진(危稹), 이농(李羣), 이도(李濤), 이등(利
登), 이시가(李時可), 이영(李泳), 이자중(李自中), 임동(林同), 임방(林
昉), 임상인(林尙仁), 임표민(林表民), 임홍(林洪), 임희일(林希逸)

ㅈ 장구(張榘), 장단의(張端義), 장량신(張良臣), 장소문(張紹文), 장온(張蘊),
장위(張煒), 장익(張弌), 장지룡(張至龍), 장채(章采), 장찬(章粲), 저영
(儲泳), 정극기(鄭克己), 정담자(程炎子), 정원(程垣), 조경부(趙庚夫), 조
선강(趙善扛), 조숭불(趙崇鈈), 조숭파(趙崇嶓), 조여수(趙汝鐩), 조여순
(趙汝淳), 조여시(趙汝時), 조여오(趙汝迕), 조여적(趙汝績), 조여회(趙汝
回), 조희로(趙希櫓), 조희병(趙希㑊), 주계방(朱繼芳), 주남걸(朱南杰),
주단신(周端臣), 주문박(周文璞), 주복지(朱復之), 주사성(周師成), 주필
(周弼), 증극(曾極), 증유기(曾由基), 진감지(陳鑒之), 진기(陳起), 진윤평
(陳允平), 진익(陳翊), 진조(陳造), 진종원(陳宗遠), 진필복(陳必復)

ㅊ 추등룡(鄒登龍)

ㅎ 하응룡(何應龍), 허비(許棐), 호중궁(胡仲弓), 호중삼(胡仲參), 황간(黃
簡), 황대수(黃大受), 황문뢰(黃文雷), 황민구(黃敏求)

그러나 강호시파 구성원의 숫자가 꼭 여기에만 한정된다고는 볼 수
없다. 강호시파에 속하는 시인이 누구인가 하는 문제는 앞으로도 새로운
자료의 발굴에 따라 계속 연구되어야 할 과제이다.

≪강호집≫ 등에 실려있는 시인들은 영가사령의 영향을 받았으나 양
자가 성격상 완전히 꼭 같지는 않다. 이들은 영가사령 추종파와 반대파
로 나누어져 있어 시파의 성격이 단일하지 않으며, 작시의 연원(淵源)에

있어서도 영가사령은 가도(賈島)와 요합(姚合)의 오언율시를 좋아하였으나[65] 강호시파 시인들은 방회(方回)가 이른바 "근세에 만당시(晩唐詩)를 공부하는 사람들은 오로지 허혼(許渾)의 칠언율시를 본받는다"[66]고 말한 그대로였다. 그리고 작시 방법에 있어서는 강서시파가 '책을 바탕으로 하여 시를 짓는 것(資書以爲詩)'과, 영가사령이 '책을 버리고 시를 짓는 것(捐書以爲詩)' 모두에 찬동하지 않고 양자를 절충하려고 하였다. 그들은 영가사령처럼 오로지 5언율시에만 주력하지 않고 고체시와 근체시를 두루 지었다.

1) 강기(姜夔)

강기(1155-1209?)의 활동 시기는 대체로 개희(開禧) 북벌(北伐) 이전이다. 그러나 그의 생활경력이나 시가특색은 남송 후기의 강호시인(江湖詩人)에 가깝다. 그러므로 ≪강호집(江湖集)≫에 그의 이름이 들어있는 것은 그를 강호시인의 선배로 보는 것이며, 여기서도 편의상 그를 강호시인에 넣어 다루기로 한다.

강기는 과거에 합격하여 벼슬길에 나가지 못하고 평생동안 강호를 유랑하면서 남에게 의지하는 식객으로 지냈다. 중년 이후 그는 소주(蘇州)·항주(杭州)·합비(合肥), 그리고 남창(南昌) 등지를 왕래하였으며, 만년에는 항주에서 지냈다. 강기는 남송의 뛰어난 사(詞) 작가이며 또한 강호시인 중에서 성취가 높은 시인이기도 하다. 지금 고근체시(古近體詩) 180여 수가 전한다.

① 강기의 시론

강기의 시학 주장은 주로 30조목으로 이루어진 ≪백석도인시설(白石

---

65) 嚴羽, ≪滄浪詩話·詩辨≫, "獨喜賈島姚合之詩."
66) 方回, ≪瀛奎律髓≫ 권10, 許渾, <春日題韋曲野老邨舍>詩評.

道人詩說)≫과 두 편의 <백석도인시집자서(白石道人詩集自叙)>에 보인다. 여기에서 말한 것을 간추리면 크게 체재론(體裁論)·작가론(作家論)·창작 론(創作論) 등으로 나눌 수 있다.

ⅰ) 체재론

강기는 시가의 체재를 시(詩)·인(引)·행(行)·가(歌)·가행(歌行)·음 (吟)·요(謠)·곡(曲)의 여덟 종류로 나누고 각각의 특색을 간략하게 설명 하였다.[67] 또 시를 편폭의 장단(長短)에 따라 소시(小詩)·단장(短章)·대편 (大篇)으로 나누고 각기 정심(精深)·함축(含蓄)·변화 있는 구성을 지향하 여야 할 점으로 내세웠다.[68]

강기는 시를 구성하는 요소를 사람에 비유하여 기상(氣象)·체면(體面, 짜임새와 격식)·혈맥(血脈)·운도(韻度, 韻致·風度)의 네 가지를 들고 각각 의 이상적인 표현으로 혼후(渾厚)·굉대(宏大)·연관(連貫)·표일(飄逸)을 제시하였으며, 그것을 제대로 나타내지 못할 때의 폐단으로 속(俗)됨·허 황됨·지나치게 드러냄·경박함을 들었다.[69]

ⅱ) 작가론

작가가 훌륭한 작품을 짓기 위해서는 선천적인 재능뿐만 아니라 후 천적인 수련과 학습 또한 필요하다. 강기는 후천적인 면에 특히 주의를 기울여, 훌륭한 시를 짓기 위해서는 전인(前人)의 작품을 많이 보고 스스 로 많이 지을 것을 주장하였다.[70] 그는 또 훌륭한 시를 짓기 위한 전제 로 '정사(精思)'와 학습을 요구하여, "시가 뛰어나지 못한 것은 단지 정심 (精深)하게 생각을 하지 않기 때문이다. 생각을 하지 않고 지으면 비록 많

---

67) ≪白石道人詩說≫, "守法度曰詩, 載始末曰引, 體如行書曰行, 放情曰歌, 兼之曰歌行, 悲如蛩螿曰吟, 通乎俚俗曰謠, 委曲盡情曰曲."
68) 앞의 책, "小詩精深, 短章醞藉, 大篇開闔, 乃妙."
69) 같은 책, "大凡詩自有氣象·體面·血脈·韻度. 氣象欲其渾厚, 其失也俗. 體面欲其宏 大, 其失也狂. 血脈欲其貫穿, 其失也露. 韻度欲其飄逸, 其失也輕."
70) 같은 책, "多看自知, 多作自好矣."

더라도 무엇하리오"[71]라고 하였고, "생각이 막히거나 장애가 있는 것은
함양(涵養)이 아직 지극한 경지에 이르지 못한 것이니, 마땅히 배움으로
보태어야 한다"[72]라고 말하였다. 그러나 이와 동시에 강기는 창작의 실
천 과정을 통하여 "비로소 배움이 병폐임을 크게 깨달아, 배움이 없으나
도리어 얻음이 있는 것만 못하다"[73]라고 토로하였다.

iii) 창작론

강기의 시학 주장에서 그가 가장 중점을 둔 것은 바로 창작론이다.
이것은 그가 "시의 병폐를 알지 못하면 어떻게 시를 잘 지을 수 있겠는
가. 시의 법도를 보지 않으면 어떻게 병폐를 알 수 있겠는가"[74]라고 한
말에서도 잘 나타나 있다. 창작론은 다시 일반적인 원리론과 구체적인
기교론으로 나뉜다. 창작 원리론에서 강기는 독창(獨創)과 자연(自然)스러
움, 함축(含蓄), 그리고 시의 최고 경지로 네 종류의 고묘(高妙) 등을 중시
하였다.

강기는 "나의 시는 나의 시일 따름이다"[75]라고 말하여 독자적인 시
를 썼음을 말하였는데, 이것은 독창을 중시하는 시론의 실천이라 할 수
있다.

> 시를 짓는 사람이 옛사람과 합치되기를 추구하는 것은 옛사람과 다르기
> 를 추구하는 것만 못하다. 옛사람과 다르기를 추구하는 것은 옛사람과 합치
> 되기를 추구하지 않아도 합치되지 않을 수 없고, 옛사람과 다르기를 추구하
> 지 않아도 다르지 않을 수 없는 것만 못하다. 그들은 오로지 시에 대해 일
> 정한 견해가 있기 때문에 옛날에는 옛사람과 합치되기를 추구하고 지금은
> 옛사람과 다르기를 추구한다. 시에 대해 일정한 견해가 없게 되면 옛사람과

---

71) 같은 책, "詩之不工, 只是不精思耳. 不思而作, 雖多亦奚爲."
72) 같은 책, "思有窒礙, 涵養未至也, 當益以學."
73) <白石道人詩集自叙>1, "始大悟學卽病, 顧不若無所學之爲得."
74) ≪白石道人詩說≫, "不知詩病, 何由能詩. 不觀詩法, 何由知病."
75) <白石道人詩集自叙>1, "余之詩, 余之詩耳."

합치되기를 추구하지 않아도 합치되지 않을 수 없고, 옛사람과 다르기를 추구하지 않아도 다르지 않을 수 없다. 오는 것은 바람이 부는 것과 같고, 멈추는 것은 비가 그치는 것과 같으며, 도장을 찍는 것과 같고, 물이 그릇에 담긴 것과 같으니, 이는 소식(蘇軾)이 이른바 "그렇게 하지 않을 수 없다"는 것이 아니겠는가.76)

여기서 이야기하는 것은 학습과 창조의 문제이다. 처음에는 옛사람의 시를 학습의 대상으로 삼아 그와 같아지기를 바라다가 점차 공부가 쌓이면서 옛사람과 다른 시를 추구하게 되지만, 최종적으로는 이러한 것들을 모두 의식하지 않고 자연스럽게 시를 짓는 데에 이르게 됨을 가장 높은 경지로 보았다. 시란 본래 고정된 문체나 풍격이 없으니 ≪시경(詩經)≫의 시들은 바로 진실된 감정을 자연스럽게 드러낸 것이다 라고 한 말도 바로 이런 의미이다.77) 이 이야기는 일반론으로 볼 수도 있지만 남송이란 특정 시기에 놓고 보면 상당한 의미를 띤다. 즉 황정견과 그 이후의 시인들은 옛사람의 시를 어떻게 학습할 것인가, 가까이로는 강서시파의 시를 어떻게 대할 것인가 하는 문제에 직면하여 나름대로 해답을 구하지 않을 수 없었기 때문이다.

강기는 또 함축을 중시하였다.

시어는 함축을 귀하게 여긴다. 소식(蘇軾)은 말하길, "말은 다함이 있으나 뜻은 무궁하다는 것은 천하의 지극한 말이다"고 하였다. ……시구 중에 남는 글자가 없고 시편 중에 쓸 데 없는 말이 없는 것이 훌륭한 것 중에서도 훌륭한 것이 아니다. 시구 중에 남는 맛이 있고 시편 중에 남는 뜻이 있는 것이 훌륭한 것 중에서도 훌륭한 것이다.78)

---

76) 앞의 글, "作者求與古人合, 不若求與古人異. 求與古人異, 不若不求與古人合, 而不能不合, 不求與古人異, 而不能不異. 彼惟有見乎詩也, 故向也求與古人合, 今也求與古人異. 及其無見乎詩已, 故不求與古人合, 而不能不合, 不求與古人異, 而不能不異. 其來如風. 其止如雨, 如印印泥, 如水在器, 其蘇子所謂不能不爲者乎."

77) 같은 글, "詩本無體, 三百篇皆天籟自鳴."

78) ≪白石道人詩說≫, "語貴含蓄. 東坡云, 言有盡而意無窮者, 天下之至言也. …… 若句

그는 시구 중에 여미(餘味)가 있으면서 시편 가운데 여의(餘意)가 있는 것을 최선의 것으로 보았다. 구체적인 표현에 관해서 그는 사(辭)와 의(意)의 관계를 네 가지로 나누어 언사(言辭)와 시의(詩意)를 모두 다해버린 것, 시의는 다했으나 언사는 다하지 않은 것, 언사는 다하였으나 시의는 다하지 않은 것, 그리고 언사와 시의가 모두 다하지 않은 것을 들고 이 가운데에서 마지막의 경우를 가장 훌륭한 것으로 보았다. 이러한 견해는 양만리가 '시미(詩味)'를 중시한 것과 일맥상통한다.

강기는 시의 최고의 경지로 고묘(高妙)를 들었다.

> 시에는 네 가지 종류의 고묘(高妙)함이 있다. 첫째는 이치가 고묘함이고, 둘째는 뜻이 고묘함이고, 셋째는 상상이 고묘함이며, 넷째는 자연스러움이 고묘함이다. 막혀 있지만 실은 통하여 있는 것을 이치가 고묘하다 하고, 생각지 못한 데서 나오는 것을 뜻이 고묘하다 하며, 그윽하고 은미한 것을 묘사해냄이 마치 맑은 연못이 바닥을 드러내는 듯한 것을 상상이 고묘하다 하고, 기이하지도 괴이하지도 않으며 문채를 떨쳐버리고 그 묘함을 알 수는 있지만 그것이 묘하게 되는 까닭을 알 수 없는 것을 자연스러움이 고묘하다고 한다.[79]

강기가 '묘(妙)'를 중시한 것은 강서시파가 추구하는 '공(工)'에 대한 비판과 보충이라 할 수 있다. 그는 '묘'를 중시하나 '공' 자체를 부정하지는 않았으니, "글이란 문식(文飾)으로 공교롭게 되지만 꾸밈만으로는 묘하게 될 수 없다. 그러나 꾸밈을 버리면 묘함도 없게 되니, 빼어난 곳은 스스로 깨달아야 한다"[80]라고 말하였다.

≪백석도인시설(白石道人詩說)≫에서는 창작의 기본 원리 외에도 시를

中無餘字, 篇中無長語, 非善之善者也, 句中有餘味, 篇中有餘意, 善之善者也."

79) 앞의 책, "詩有四種高妙, 一曰理高妙, 二曰意高妙, 三曰想高妙, 四曰自然高妙. 礙而實通, 曰理高妙, 出自意外, 曰意高妙, 寫出幽微, 如清潭見底, 曰想高妙, 非奇非怪, 剝落文采, 知其妙而不知其所以妙, 曰自然高妙."

80) 같은 책, "文以文而工, 不以文而妙, 然舍文無妙, 勝處要自悟."

지을 때 주의하여야 될 사항에 대해 입의(立意)·조구(造句)·편법(篇法)·
대장(對仗)·용전(用典) 등의 측면에서 구체적으로 언급하였다. 몇 가지만
들어보기로 한다.

시의 뜻과 격조(格調)는 고상하고자 하고, 구법(句法)은 울림이 있고자 한
다.[81]

뜻 가운데 경물(景物)이 있고 경물 가운데 뜻이 있어야 된다.[82]

장편을 지을 때는 특히 배치(配置)를 마땅하게 하여야 한다. 처음과 끝은
균형 잡히고 중간은 풍만해야 한다. 앞은 여유가 있으나 뒤가 넉넉하지 못
하고 앞은 지극히 정교하나 뒤는 대강대강 하는 사람들을 많이 보았다. 배
치에 대해 몰라서는 안 된다.[83]

학식이 넉넉하더라도 간략하게 하여 사용하여야 용사(用事)를 잘 하는
자이며, 뜻은 넉넉하면서도 간략하게 하여 의미를 다하여야 말을 잘 구사하
는 자이며, 문득 일을 서술하면서 이치의 말을 사이에 넣어야 활법(活法)을
얻은 자이다.[84]

이 외에도 용사(用事)[85]와 대장(對仗)[86]의 운용 및 이치와 사실·경물
(景物)의 바람직한 표현법[87] 등에 대해 정채로운 분석을 하였다. 이러는
가운데에서도 그는 거듭해서 단지 시구와 글자에서만 교묘함을 추구하
는 것은 말단(末端)의 일이라는 경계의 뜻을 밝혔다.[88]

---

81) 같은 책, "意格欲高, 句法欲響."
82) 같은 책, "意中有景, 景中有意."
83) 같은 책, "作大篇尤當布置, 首尾勻停, 腰腹肥滿. 多見人前面有餘, 後面不足, 前面極
工, 後面草草. 不可不知也."
84) 같은 책, "學有餘而約以用之, 善用事者也, 意有餘而約以盡之, 善措詞者也, 乍敍事
而間以理言, 得活法者也."
85) 같은 책, "僻事實用, 熟事虛用."
86) 같은 책, "花必用柳對, 是兒曹語. 若其不切, 亦病也."
87) 같은 책, "說理要簡切, 說事要圓活, 說景要微妙."
88) 같은 책, "只求工于句字, 亦末矣."

강기의 시론이 시병(詩病)과 시법(詩法)을 말하는 것은 강서시파에서 받은 영향이라 할 수 있다. 그러나 그는 결국 법도의 구속을 벗어날 것을 강조하였다. 그의 시론은 소식이나 양만리의 영향을 받아 강서시파의 시론을 교정하고 아래로 엄우(嚴羽)의 ≪창랑시화(滄浪詩話)≫가 나오게 되는 길을 열었다는 데에 시대상의 의의가 있다.

이상에서 본 강기의 시론은 자신의 창작 경험에서 나온 것으로, 그의 실제 창작은 대체로 그의 시론과 부합되고 있다.

② 강기의 시

강기는 자신이 시를 배우기 시작하여 나름대로의 시를 짓기까지 세 차례의 단계를 거쳤음을 말하였다. 처음에 그는 여러 사람의 작품을 읽었으나 박잡(駁雜)한 것을 병폐로 여기게 되었고, 이어서 황정견(黃庭堅) 한 사람의 시를 스승으로 삼아 공부하였다. 그러나 몇 년이 지나도록 한 마디도 입 밖으로 말해낼 수 없음을 경험하고는 비로소 배움이 곧 병폐라는 것을 깨닫게 되어 이에 황정견 시의 학습을 그만 두었다.[89] 끝으로 이런 과정을 거쳐 결국 자신의 시를 짓게 된 것이다. 이것은 바로 앞 시기의 양만리(楊萬里)의 경우와 흡사하다. 즉 양만리는 처음에 강서시파의 시를 배웠으나 뒤에 36세 때, 이전에 지은 강서체의 시 천여 수를 모두 불살라버리고 새로운 모색의 길에 나서 진사도(陳師道)의 오언율시와 왕안석(王安石)의 칠언절구, 그리고 만당(晚唐)의 절구를 차례대로 공부하였다. 그러나 배우는 데에 힘을 들이면 들일수록 작품이 더욱 적어지는 어려움을 겪었다. 52세 때에 홀연 깨달음을 가지면서 최종적으로 성재체(誠齋體)라고 하는 양만리 특유의 독특한 시 세계를 형성하게 되었다. 강서시파에 매이지 않고 나름대로의 풍격을 확립한 시인들은 대체로 이와

---

89) <白石道人詩集自叙>1, "近過梁谿, 見尤延之先生. 問余詩自誰氏. 余對以異時泛閱衆作, 已而病其駁如也, 三薰三沐師黃太史氏. 居數年, 一語懍不敢吐, 始大悟學卽病, 顧不若無所學之爲得, 雖黃詩亦優然高閣矣."

같은 경험들을 공통적으로 가졌다. 강기와 동시대 사람인 항안세(項安世)는 강기의 시에 대해 "고체(古體)는 황정견(黃庭堅)과 진사도(陳師道)의 격률이고, 짧은 시는 온정균(溫庭筠)과 이상은(李商隱)의 재정(才情)이다"[90]고 평한 바 있다. 다시 말해, 강기의 시에는 강서시파와 만당체의 풍격이 동시에 존재하고 있음을 지적한 것이다. 단지, 황정견 등의 강서시파의 영향은 고체시에만 국한되지 않고 근체시에서도 보인다.

▌送≪朝天續集≫歸誠齋, 時在金陵▌

≪조천속집≫을 성재에게 돌려보내니 이때 금릉에 계시다

翰墨場中老斫輪	문단의 노대가이시고
眞能一筆掃千軍	붓 한번 휘두르면 진실로 천군을 물리칠 수 있으시다.
年年花月無閑日	해마다 꽃과 달은 한가한 날이 없고
處處山川怕見君	곳곳의 산천은 선생 보길 두려워한다.
箭在的中非爾力	화살이 과녁에 적중함은 그대 힘이 아니니
風行水上自成文	바람이 물 위를 불어가듯 자연스레 글이 이루어진다.
先生只可三千首	선생은 단지 삼천 수의 시만 있다면
回施江東日暮雲	'강동의 해질 무렵의 노을'을 돌이켜 펼 수 있을 것이다.

이 시는 양만리의 시적 성취를 칭송하였다. 수련(首聯)은 양만리가 시단의 노대가로 필력이 웅건함을 말하였고, 함련(頷聯)은 양만리의 경물시가 뛰어남을, 경련(頸聯)은 그의 시가 자연스럽게 이루어짐을, 미련(尾聯)에서는 양만리의 시가 이백(李白)에 비견됨을 칭송하였다. 이 시는 각 구마다 전고(典故)를 교묘하게 사용하고 있는데,[91] 이것은 강서시파의 작풍

---

90) ≪平菴悔稿≫ 권7, <謝姜慶秀才示詩卷·從千巖蕭東夫學詩>, "古體黃陳家格律, 短章溫李氏才情."

91) 제1구는 黃庭堅의 <病起荊江亭卽事>의 "翰墨場中老伏波"와 ≪莊子·天道≫편의 전고를 활용하였고, 제2구는 杜甫의 <醉歌行>의 "筆陣獨掃千人軍"에서 나왔다. 제3구는 韓愈의 <贈賈島> 중 "孟郊死葬北邙山, 從此風雲得暫閑"에서, 제4구는 두보의 <江上値水如海勢聊短述> 중 "老去詩篇渾漫與, 春來花鳥莫深愁"구와 유사하다. 제5구는 ≪孟子·萬章 下≫의 "智, 譬則巧也; 聖, 譬則力也. 由射於百步之外也, 其至, 爾力也; 其中, 非爾力也."에서, 제6구는 ≪周易≫ 渙卦의 "風行水上, 渙"에서 나

과 아주 유사하다. 강기의 시가 강서시파로부터 벗어나 만당시의 풍격을
보이는 것을 특색으로 한다는 점에 보면, 이 시는 그의 시 중에서는 비
교적 특별한 예에 속한다. 강기가 시구의 조탁에 정밀하고 교묘한 것은
소덕조(蕭德藻)를 통하여 강서시파에서 배워 온 것이라 할 수 있는데, 이
시에서도 세심하게 전고를 많이 사용하였지만 시가 유려하여 강서시파
와 같은 난삽한 폐단은 보이지 않고 있다.

　강기는 어려서 가난하여 여기저기 많은 곳을 돌아다녔다. 다음의 시
는 영종(寧宗) 가태(嘉泰) 원년(1201) 항주(杭州)에 살고 있으면서 이전에 유
람하였던 기억을 되새기며 적은 것이다.

┃昔遊詩┃ 옛날의 유람을 적은 시(제7수)

揚舲下大江	작은 배를 저어 큰 강을 내려가니
日日風雨雪	매일 바람 불고 눈까지 내렸다.
留滯鰲背洲	오배주에서 막혀 머무르며
十日不得發	십일 동안이나 떠나지 못하였다.
岸冰一尺厚	강기슭의 얼음 한 자나 두꺼워
刀劍觸舟楫	마치 칼과 같이 배에 부딪쳤다.
岸雪一丈深	강기슭의 눈도 한 장이나 깊은데
屹如玉城堞	마치 백옥 성벽같이 우뚝 솟아 있었다.
同舟二三士	같이 배를 탄 두세 명의 사람들은
頗壯不恐懾	매우 씩씩하여 두려워하지 않았다.
蒙氈閉蓬臥	양탄자 덮어쓰고 봉창 닫고 누워서
波裏任傾攧	파도 속에서 기울어지는 대로 내맡겼다.
晨興視氈上	아침에 일어나 양탄자 위를 보니
積雪何皎潔	쌓인 눈이 얼마나 밝고 맑았던가.
欲上不得梯	강가로 올라가자니 사닥다리가 없고
欲留岸頻裂	배에 남아 있자니 강가의 얼음이 계속 갈라졌다.
扳援始得上	손으로 잡아당기며 겨우 올라가니

온 말이다. 제7구는 歐陽修의 <贈王介甫> 중 "翰林風月三千首"에서, 제8구는 두보
의 <春日懷李白> 중 "渭北春天樹, 江東日暮雲"에서 따왔다.

幸有人見接	다행히 누군가 당겨 맞아 주었다.
荒村兩三家	황량한 마을에 집이라곤 두 세 집 있는데
寒苦衣食缺	추위에 고생하며 입고 먹을 것 부족하다.
買猪祭波神	돼지라도 사서 파도의 신에게 제사지내려 하나
入市路已絶	시장으로 가는 길이 이미 끊어졌다.
如今得安坐	이제 편하게 앉아서
閑對妻兒說	한가하게 처자식에게 어려움을 하소연한다.

이 오언고시는 강에서 풍설을 만나 위태로웠던 장면과 다음날 아침 위험한 지경에서 벗어나 상륙하였으나 날씨는 추운데 황량한 마을에 입고 먹을 것이 없어 고생했던 일을 묘사하였다. 시어는 담백하나 여행 도중의 놀라웠던 한 때의 일을 사실적으로 나타내었다.

같은 제목의 제12수는 이전에 그 당시 변방의 전선인 호수(濠水) 가에서 흩날리는 눈을 맞으며 호기롭게 말을 타고 달린 일을 적었다. 끝의 두 구에서는 "중원 땅 바라보며 서성이면서, 영웅이 적은 것을 깊이 탄식한다(徘徊望神州, 沈嘆英雄寡)"라고 하여, 중원을 다시 수복하지 못함에 대한 우국(憂國)의 심정을 토로하였다. 제13수는 배를 타고 호구현(湖口縣)을 떠나 낙성만(落星灣)으로 가는 도중에 접한 여산(廬山)의 경치를 묘사하였다. "아침에 볼 때는 금빛 병풍이 첩첩하더니, 저녁에 보니 자주빛 봉우리 험준하고(朝看金疊疊, 暮看紫巍巍)" "여산이 홀연 보이지 않으니, 구름과 비가 온 천지에 가득하다(廬山忽不見, 雲雨滿人間)"라고 하여, 여산이 아침과 저녁, 그리고 시간 시간에 따라 달라지는 모습을 한 폭의 그림같이 생생하게 그려내었다.

▌箜篌引 ▌ 공후인

箜篌且勿彈	공후를 타지 말지니
老夫不可聽	늙은 나 차마 들을 수 없구나.
河邊風浪起	강가에 풍랑이 일어나니
亦作箜篌聲	또한 공후 소리가 나는구나.

古人抱恨死　옛 사람 한을 품고 죽었고
今人抱恨生　지금 사람 한을 품고 살아간다.
南隣賣妻者　남쪽 이웃에서 처를 팔아버린 사람은
秋夜難爲情　가을밤에 마음이 괴롭다.
長安買歌舞　장안에서 노래와 춤을 사는데
半是良家婦　반이 서민의 부녀이다.
主人雖愛憐　주인이 비록 사랑하더라도
賤妻那久住　천한 첩은 어찌 오래 머물 수 있나?
緣貧來賣身　가난 때문에 와서 몸을 팔게 된 것이지
不緣觸夫怒　남편의 노여움을 샀기 때문이 아니다.
日日登高樓　날마다 높은 누각에 올라
悵望宮南樹　궁궐 남쪽의 나무를 원망스럽게 본다.

　가난하기 때문에 어쩔 수 없이 남편이 아내를 팔게 되는 비극을 표현하였다. '장안'은 여기서는 남송의 도성 임안(臨安)을 가리킨다. 끝의 구에서 궁궐 남쪽의 나무를 바라보는 이유는 조정이 정치를 잘 하여 태평시대가 되어 팔려온 신세에서 풀려나기를 바란다는 의미를 담고 있다. 그러나 이같이 백성의 질고를 반영한 작품은 강기의 시에서는 드문 편이다.

▍姑蘇懷古 ▍ 고소에서 옛날을 회상하며

夜暗歸雲繞舵牙　어두운 밤에 돌아오는 구름은 방향타와 돛대를 휘감고
江涵星影鷺眠沙　강에는 별 그림자 잠겨 있고 백로는 모래밭에서 잠잔다.
行人悵望蘇臺柳　지나가는 사람 고소대의 버드나무를 슬프게 바라보니
曾與吳王掃落花　일찍이 오왕을 위해 떨어진 꽃을 청소하였었다.

　이 시는 순희(淳熙) 14년(1187) 작자가 고소(姑蘇)를 유람할 때 쓰여졌을 것으로 추정된다. 강산은 옛 그대로이나 인간 세상의 일은 변화무쌍하다. 화려하던 옛 오나라 궁궐에 지금은 버드나무가 어지러이 흩날리니 감개를 금치 못한다.

┃除夜自石湖歸苕溪┃

섣달 그믐날 밤에 석호에서 초계로 돌아오면서(제1수)

細草穿沙雪半銷	가는 풀이 모래를 뚫고 올라오고 눈이 반쯤 녹았는데
吳宮烟冷水迢迢	오나라 궁궐에 연기 차갑고 물은 아득하다.
梅花竹裏無人見	매화꽃이 대숲 안에 있어 사람이 볼 수 없으나
一夜吹香過石橋	한밤 내내 향기를 불어오는 가운데 석교를 지나간다.

소희(紹熙) 2년(1191) 겨울, 시인이 석호(石湖)에 가서 범성대(范成大)를 방문하고 섣달 그믐날 밤에 배를 타고 호주(湖州)로 돌아오는 도중에 지은 시이다. 시정화의(詩情畫意)가 풍부한 가운데 시인 자신의 신세에 대한 쓸쓸한 감정을 짙게 토로하고 있다. 강기는 시를 지음에 "뜻 가운데 경치가 있고, 경치 가운데 뜻이 있는 것(意中有景, 景中有意)"(≪白石道人詩說≫)을 높이 쳤는데, 이 시는 바로 이러한 주장을 잘 실천한 강기의 7언 절구의 대표작의 하나이다. 함축성이 있으면서 심원한 운치가 있어 예로부터 매우 높은 평가를 받았다. 같은 제목의 제7수 또한 "송강(松江)은 아득하고 기러기 그림자 희미한데, 눈 쌓인 봉우리 첩첩한데 구름 옷을 입은 것 같다(笠澤茫茫雁影微, 玉峰重疊護雲衣)"는 경치 묘사와 "수홍교(垂虹橋) 적막하고 추운 봄밤에, 단지 시인만이 배 한 척 타고 돌아온다(長橋寂寞春寒夜, 只有詩人一舸歸)"의 감정 표현이 하나로 결합하여 정경교융(情景交融)의 특색을 보이고 있다.

┃湖上寓居雜咏┃

호수가에서 지내며 여러 가지를 읊다(제1수)

荷葉披披一浦涼	연꽃잎 나풀나풀 온 물가 서늘하고
靑蘆奕奕夜吟商	푸른 갈대는 한가롭게 오늘밤 가을을 읊조린다.
平生最識江湖味	평생토록 강호의 흥취 잘 아니
聽得秋聲憶故鄕	가을 소리 들으며 고향을 그리워한다.

이 시는 경원(慶元) 6년(1200) 서호(西湖)에서 살 때 지은 것이다. 가을

풍경·가을소리·가을의 느낌은 시인으로 하여금 고향생각을 불러일으 키며 강호 유랑에 대한 감개를 자아내게 만든다. 강기의 절구는 의경(意境)이 고요하며 운치가 깊어 만당(晚唐)의 풍미를 지니고 있다.

강기의 시는 송대에 이미 매우 높은 평가를 받았다. 양만리는 "우무(尤袤)·소덕조(蕭德藻)·범성대(范成大)·육유(陸游) 네 시인이 있고, 그 뒤에는 누가 제일의 공을 맡겠나? 새로 장자(張鎡)를 임명하여 상장(上將)으로 삼고, 다시 강기를 추천하여 선봉(先鋒)으로 삼네"[92]라고 하여 그를 차세대 대표시인으로 꼽았다. 진욱(陳郁)은 그를 일컬어, "기이한 성조와 뛰어난 운치는 대체로 자연스러운 것이 많아 스스로 일가를 이루며, 근래의 시체(詩體)를 따르지 않았다"[93]라고 하였다. 청대(淸代)의 왕사정(王士禎)은 강기의 시가 황정견을 배웠으나 강서시파의 시풍에 깊이 물들지 않았기 때문에 뛰어나다고 하였다.[94] 강기의 시는 강서시파에서 벗어나기를 꾀한 중기 시인들의 뒤를 이었으며 만당체(晚唐體)의 풍조가 바야흐로 성한 시단의 선구가 되었다는 점에서 시사상의 의의를 지적할 수 있다.

2) 대복고(戴復古)

대복고(1167- ?)는 평생 포의(布衣)로 지내면서 중년 이후 40여년 동안 동오(東吳)·절서(浙西)·양한(襄漢)·북회(北淮)·남월(南越) 등지를 돌아다니면서 당시 각종 신분의 사람들과 교유를 가졌다. 이런 그의 생활 경력 면에서 보면 그는 전형적인 강호시인이다.

① 대복고의 시론

대복고의 시론 주장은 주로 <논시십절(論詩十絶)>[95]에 보인다. 절구

---

92) 《誠齋集》 권42, <寄張功甫姜曉章進退格>, "尤蕭范陸四詩翁, 此後誰當第一功. 新拜南湖爲上將, 更推白石作先鋒."
93) 《藏一話腴》 卷下, "奇聲逸韻, 率多天然, 自成一家, 不隨近體."
94) 《帶經堂詩話》, "其詩初學黃太史, 正以不深染江西派爲佳."

(絶句)라는 체재로 시를 논한 예는 당대 두보의 <희위육절구(戲爲六絶句)>가 처음이다. <논시십절>에 보이는 대복고의 주장은 다음의 몇 가지로 모아진다.

ⅰ) 공용론(功用論)

┃論詩十絶┃ 시를 논한 절구 열 수(제5수)

陶寫性情爲我事	성정을 도야하여 쏟아내는 것이 나의 일이며
留連光景等兒嬉	경치에 연연해하는 것은 아이들 놀이와 같다.
錦囊言語雖奇絶	비단 주머니의 말이 비록 기묘할지라도
不是人間有用詩	인간 세상에 쓸모 있는 시는 아닐세.

대복고가 살았던 시기는 송나라의 국세가 점점 기울어 가는 중에 우선은 몽고(蒙古)와 연합하여 금(金)을 멸망시켰다가 그 뒤 이번에는 몽고의 침략을 누차 받던 때였다. 이러한 것을 목도한 시인으로서는 자연 문자기교와 수식에만 치우치는 작풍을 못마땅하게 여겼다.

┃論詩十絶┃ 시를 논한 절구 열 수(제6수)

飄零憂國杜陵老	떠돌아다니며 나라를 걱정하던 두릉의 노인
感寓傷時陳子昂	감개를 기탁하며 시절을 슬퍼하던 진자앙.
近日不聞秋鶴唳	근자에는 가을날 학의 울음소리 들리지 않고
亂蟬無數噪斜陽	어지러운 매미소리만이 무수하게 석양에 시끄럽다.

여기서는 위의 시를 이어 나라를 걱정하고 시절을 슬퍼한 두보와 진자앙의 시를 칭송하며 반대로 대복고 당시의 시인들의 작품은 바로 이러한 것이 결핍되어 있음을 비판하고 있다.96)

---

95) 原題는 <昭武太守王子文日與李賈嚴羽共觀前輩一兩家詩及晩唐詩, 因有論詩十絶, 子文見之, 謂無甚高論, 亦可作詩家小學須知>.

96) 王埜, <石屛詩集序>, "近世以詩鳴者, 多學晩唐, 致思婉巧, 起人耳目, 然終乏實用."

그밖에, 시를 가지고 유희적으로 우스갯소리를 일삼는 것에 대한 질책도 시가의 사회적 공용성을 중시하는 생각에서 나온 불만으로 이해할 수 있다.97)

ⅱ) 작가론

| **論詩十絶** | 시를 논한 절구 열 수(제7수)

欲參詩律似參禪	시율을 탐구하고자 하면 참선을 하듯 해야 하니
妙趣不由文字傳	묘취는 문자로는 전해지지 않는다.
箇裏稍關心有悟	그런 중에 차츰 찾노라면 마음에 깨달음 생겨
發爲言句自超然	발하여 시구로 되면 저절로 뛰어나게 되리라.

시(詩)와 선(禪)을 같이 논하는 것은 송대 시학이 선종(禪宗)의 영향을 받아 유행하게된 화두의 하나이다. 이 시의 주지는 엄우가 ≪창랑시화(滄浪詩話)≫에서 "시를 논하는 것은 선(禪)을 논하는 것과 같다(論詩如論禪)" "대저 선도(禪道)는 오직 묘오(妙悟)에 있으며 시도(詩道) 역시 묘오에 있다(大抵禪道唯在妙悟, 詩道亦在妙悟)"라고 말한 것과 유사하다.

| **論詩十絶** | 시를 논한 절구 열 수(제8수)

詩本無形在窈冥	시는 본래 형체 없이 아득한 가운데 존재하니
網羅天地運吟情	천지 만물 망라하여 읊조리는 정취 펼쳐낸다.
有時忽得驚人句	때로 홀연 사람 놀라게 하는 시구를 얻지만
費盡心機做不成	갖은 애를 쓴다 해서 지어낼 수는 없다.

이 시에서는 묘취 획득의 결과를 구체적으로 말하였다. 사람을 놀라게 하는 시구는 억지로 얻어지는 것이 아니다. 이것은 평소 다양한 학습과 경험 및 부단한 수련의 축적과 밀접한 관련이 있다.

---

97) <논시십절> 제2수, "古今胸次浩江河, 才比諸公十倍過. 時把文章供戲謔, 不知此體誤人多."

iii) 창작론

| **論詩十絶** | 시를 논한 절구 열 수(제4수)

意匠如神變化生 구상이 신 같으면 변화가 생겨나고
筆端有力任縱橫 붓 끝에 힘이 있으면 종횡으로 내맡긴다.
須教自我胸中出 모름지기 자기 가슴속에서부터 나오게 해야 하고
切忌隨人脚後行 절대로 남의 발 뒤를 따라가는 것은 피해야 한다.

황정견이 '탈태환골(脫胎換骨)'을 시법으로 제창한 이후 강서시파 후인들은 모두 이것을 따랐는데 이에 폐단 또한 적지 않았다. 대복고의 위의 말은 단순한 일반론이 아니라 바로 이러한 시단의 좋지 않은 경향을 보고 지적한 것이다. 독창(獨創)의 중시는 앞에서 보았던 강기의 주장과 일맥상통하여 주목된다.

대복고는 구체적인 표현 방법에 관해서도 언급을 하였다. <논시십절> 제3수에서는 "조탁함이 너무 지나치면 공교로움에 손상을 입음(雕鎪太過傷於巧)"을 경계하면서 동시에 "졸박함은 오직 촌스러움에 가까울까 두려워해야 한다(朴拙惟宜怕近村)"는 점도 강조하였다. 그러나 제10수에서 "옥(玉)은 조탁을 거쳐야 비로소 그릇이 된다(玉經雕琢方成器)"라 하였듯이 지나치게 자구를 다듬는 것은 비판하지만 기본적으로는 필요성을 인정하였다. 이어서 "구(句)는 풍요해야 하고 글자는 안온(安穩)해야 함(句要豐腴字要安)"을 요구하였다. 제9수에서는 운(韻)은 시의(詩意)에 맞게 적절해야 함을 강조하였다.[98] 풍격(風格)에 있어서는 웅혼(雄渾)을 높이 쳤다.[99]

---

98) "作詩不與作文比, 以韻成章怕韻虛. 押得韻來如砥柱, 動移不得見工夫."
99) <논시십절> 제3수, "曾向吟邊問古人, 詩家氣象貴雄渾."

iv) 비평론

| 論詩十絶 | 시를 논한 절구 열 수(제1수)

文章隨世作低昂　글은 세상에 따라 낮았다 높았다 하여
變盡風騷到晚唐　<국풍(國風)>과 <이소(離騷)> 변화를 다한 끝에 만당
　　　　　　　　에 이르렀다.
擧世吟哦推李杜　온 세상 시 읊조림에 이백과 두보 추앙하지만
時人不識有陳黃　지금 사람들은 진사도(陳師道)와 황정견(黃庭堅)이 있
　　　　　　　　는 줄은 모른다.

　대복고는 시대가 바뀌면 시문(詩文)도 역시 따라서 변화가 생기는 것
이 문학 발전의 필연적인 추세라고 생각하면서 지금 사람들이 당대(唐
代)의 이백과 두보만 추앙하고 송대(宋代)의 시인 진사도와 황정견을 알
지 못하는 것에 대해 불만을 토로하였다. 포회(包恢)의 ≪석병시집(石屛詩
集)≫ 서문에 의하면, 어떤 사람이 대복고에게 송대의 시는 당대에 미치
지 못한다고 말하자 대복고가 "그렇지 않다. 본조(本朝)의 시는 경(經)에서
나왔다"라고 말하였다.[100] 대복고의 뜻은 송시도 나름대로의 가치가 있
다는 의미이다. 대복고의 이러한 말은 그 당시 시단에 격렬하게 전개된
당송시(唐宋詩) 우열논쟁의 측면에서 보면 시사(詩史) 발전의 규율 측면에
서 양자를 모두 중시하는 입장임을 알 수 있다.

② 대복고의 시

　대복고의 시는 현재 ≪석병시집(石屛詩集)≫에 9백 여수가 전해오는
데 내용이 비교적 다양하다. 그 중에서도 대표적인 시는 우국상시(憂國傷
時)의 작품으로 그의 시집에서 차지하는 비중이 비교적 높다.

---

100) <石屛詩後集序>, "嘗聞有語石屛以本朝詩不及唐者, 石屛謂不然, 本朝詩出於經."

┃ 頻酌淮河水 ┃ 회하의 물을 자꾸 마시며

有客游濠梁	객이 있어 호수(濠水) 위의 다리를 노닐며
頻酌淮河水	자꾸 회하의 물을 마신다.
東南水多鹹	동남쪽의 물은 짠맛이 많아
不如此水美	이 물만큼 맛있지 못하다.
春風吹綠波	봄바람이 푸른 물결 위로 불어
郁郁中原氣	중원의 기운을 왕성하게 한다.
莫向北岸汲	북쪽 기슭을 향해 물긷지 말지니
中有英雄淚	그 속에 영웅들의 눈물이 있다.

이 시는 남송과 금의 경계선인 회화의 물을 거듭해서 마시는 동작을 통해 북쪽의 중원 지역이 금나라에 함락되어 있는 현실을 애통해 하는 마음을 표현하였다. 이 밖에, <우이북망(盱眙北望)>과 <강음부원당(江陰浮遠堂)> 등의 시도 중원을 바라보며 일어나는 감개를 침울한 필치로 나타냈다.

백성들의 질고에 대해서도 폭로를 하면서 그들의 생활에 동정을 보냈다.

┃ 庚子薦飢 ┃ 경자년의 잇따른 기근(제3수)

餓走抛家舍	배고파 집 버리고 떠나고
縱橫死路岐	여기저기 길에서 죽어간다.
有天不雨粟	하늘이 있어도 곡식을 내리지 않고
無地可埋尸	땅에 시신 묻을 곳도 없다.
劫數慘如此	재액의 참담함이 이와 같은데도
吾曹忍見之	우리 어찌 차마 볼 수 있겠나?
官司行賑恤	관청에서는 구제를 행한다지만
不過是文移	그저 공문 조각에 불과할 뿐!

'경자년'은 남송 이종(理宗) 가희(嘉熙) 4년(1240)을 가리킨다. 이 해 시인의 고향 절강성(浙江省) 일대에 큰 가뭄이 들어 곡물 값이 폭등하였다.

같은 제목의 제5수에서는 "곡식 값이 비싸다고 말하지 마라, 채소 역시 비싸기가 금값 같다네(休言穀價貴, 菜亦貴如金)"라고 할 정도였다. 이 시는 흉년에 굶주린 백성들이 살던 집을 버리고 먼 곳으로 떠나고 길에서 죽어 가는 비참한 상황을 묘사하면서, 백성들의 고통에 무관심한 관청에 대해 분노를 나타내었다. 이 외에, <직부탄(織婦歎)>에서는 관청의 가혹한 세금으로 고통받는 베 짜는 여인의 처지를 노래하였다.

대복고는 장기간 강호를 떠돌아 다녔다. 그의 시집 중에는 이러한 생활 모습과 집을 그리는 마음을 나타내고 있다.

┃ 思家 ┃ 집을 그리워하며

湖海三年客	호수로 바다로 삼 년 동안 객으로 떠도니
妻孥四壁居	처와 자식들은 곤궁하게 살아간다.
饑寒應不免	굶주림과 추위는 아마 피하기 어려울테고
疾病又何如	질병엔 또 어떠한가?
日夜思歸切	밤낮으로 돌아갈 생각 간절하지만
平生作計疏	평생에 세우는 계획이란 어설프기만 하다.
愁來仍酒醒	근심이 생기니 거듭 술을 마셔도 취하지 않고
不忍讀家書	집에서 온 편지 차마 읽지 못한다.

대복고는 평생토록 평민으로 지내며 생계를 위해 늘 사방으로 돌아다녀야 했다. 이 시는 객지에서 가족을 그리워하는 애틋한 정을 나타내었다. <야숙전가(夜宿田家)>시에서 시인은 밤에 어느 농가에 투숙하여 어지럽게 울어대는 개구리 소리를 들으며 잠을 청하면서 고향의 편지를 열 통 부쳐도 아홉 통도 제대로 받아볼 수 없음을 안타까워하였다. 그러나 이 시에서는 정작 고향 편지를 받고도 자신의 무능으로 굶주리고 추위에 떠는 가족들의 어려운 형편을 생각하면 자괴심(自愧心)이 일어 차마 더 이상 읽지 못한다. <춘일(春日)>시에서는 "산림과 도성, 어느 곳에 내 몸을 두어야 하나(山林與朝市, 何處著吾身)"라는 물음을 던지며 갈등하는

모습을 보인다. 이러한 시들은 강호시파 시인들이 정처 없이 강호를 돌아다니는 고충과 생활의 전형적인 일면을 잘 보여주고 있다.

┃江村晚眺┃ 강마을에서 저녁에 바라보다

江頭落日照平沙	강가에 떨어지는 해 평평한 모래 비추고
潮退漁船閣岸斜	조수 물러나니 고기잡이 배 언덕에 비스듬히 놓여있다.
白鳥一雙臨水立	흰 새 한 쌍 물가에 서 있다가
見人驚起入蘆花	사람 보자 놀라 날아오르며 갈대꽃으로 들어간다.

이 시는 강 마을의 저녁 경치를 한 폭의 그림으로 그려내었다. 특히 뒤의 두 구는 흰 새가 사람을 보고 놀라 갈대꽃 속으로 날아드는 순간적인 동작을 포착하여 생동적으로 묘사하였다. 평이한 시어와 청신한 필치는 대복고 시의 특색을 잘 나타내며, 만당체의 풍미를 느끼게 한다.

3) 유극장(劉克莊)

유극장(1187-1269)은 가정(嘉定) 2년(1209) 23세 때에 처음으로 벼슬길에 나아가 처음에는 정안(靖安) 주부(主簿)・진주(眞州) 녹사참군(錄事參軍) 등의 작은 관리를 지냈다. 그 뒤 오랜 기간 강(江)・절(浙)・민(閩)・광(廣) 등지를 다니면서 막부에서 일하며 대복고(戴復古)・증극(曾極)・옹권(翁卷)・조사수(趙師秀) 등과 교유하였다. 이종(理宗) 보경(寶慶) 원년(1225), 진기(陳起)가 편찬한 《강호집(江湖集)》에 그의 초기 시집 《남악고(南岳稿)》가 들어있는데 <낙매(落梅)>시로 인해 재상 사미원(史彌遠)의 노여움을 샀다. 1229년에 다시 이 일로 탄핵을 받아 낙직(落職)하였다. 1235년 이후에는 30여 년 동안 벼슬길이 대체로 순조로웠다.

① 유극장의 시론

유극장은 ≪후촌시화(後村詩話)≫ 14권을 비롯하여 문집 중에 시론에 관련된 상당한 분량의 글을 전하고 있다.

ⅰ) 본질론

유극장은 시의 본질을 사람의 진실된 감정을 펼쳐내는 것으로 보았다. 그리하여 ≪시경(詩經)≫ 이후 시의 체재는 여러모로 변화가 있었지만 사람의 정성만큼은 천년 만년이 지나도 변하지 않는다고 하였다.[101] 그는 바로 이 점에 입각하여 제가의 시를 비판하였다. 특히 송대의 시에 대해 이 점에 주의하였다. 이를테면 송초의 서곤체(西崑體)에 대한 불만도 바로 정성의 홀시에 있어 "서곤체는 조탁에 지나쳐서 정성(情性)에서 점차 멀어졌다"[102]고 말하였다. 그는 또 강서시파 말류의 시가 음조가 통순하지 못하고 의상(意象)이 박절(迫切)할 뿐만 아니라, 의론이 너무 많아 고시가 성정을 읊는 본래의 취지를 저버렸음을 통렬하게 비판하였다.[103] <서한은군시(序韓隱君詩)>에서도 바로 이 점에 근거하여 강서시파와 영가사령을 모두 비판하였다. <유기보시(劉圻父詩)>에서 강서시파와 만당체를 모두 비판하여 "나는 일찍이 지금 세상의 당율(唐律)을 하는 사람들은 천이(淺易)에 집착하고 편폭이 군색하고 재사(才思)가 천편일률적이며, 강서시파의 사람들은 또 광박하고 원대함만을 추구하여 시로서의 넓이와 깊이를 죄다 버려, 한 번 냄새를 맡으면 맛이 다해버리는 것을 병폐로 여겼다"[104]고 하였다.

---

101) ≪後村先生大全集≫ 권106, <跋何謙詩>, "余嘗謂以情性禮儀爲本, 以鳥獸草木爲料, 風人之詩也. 以書爲本, 以事爲料, 文人之詩也. …… 夫自國風騷選玉臺胡部, 至於唐宋, 其變多矣, 然變者詩之體製也, 歷千年萬世而不變者, 人之情性也."

102) ≪後村先生大全集≫ 권110, <跋刁通判詩卷>, "崑體過於雕琢, 去情性寖遠."

103) ≪後村先生大全集≫ 권176, ≪後村詩話≫(後集), "游默齋序張晉彦詩云: '近世以來學江西詩, 不善其學, 往往音節聱牙, 意象迫切, 且議論太多, 失古詩吟詠性情之本意'. 切中詩人之病."

104) ≪後村先生大全集≫ 권94, "余嘗病世之爲唐律者, 膠攣淺易窘局, 才思千篇一體, 而爲派家者, 則又馳騖廣遠, 蕩棄幅尺, 一嗅味盡."

ii) 작가론

유극장은 좋은 시를 짓기 위해 시인이 갖추어야 할 요건으로 재기학력(才氣學力) 네 가지를 들었다. 위응물(韋應物)의 시를 평하여 "시율(詩律)의 깊고 묘함은 가슴 속에서 흘러나온 것으로 학력에 의해서가 아니다"[105]고 한 것을 보면 재기(才氣)가 학력보다 위에 있는 것 같으나 그렇다고 학력을 전혀 무시하지는 않았다.

> 타고난 자질이 있어도 학력이 부족하면 하나의 연(聯)이나 시구의 반이 우연히 합해지는 경우는 있더라도 천고를 꿰뚫고 만상을 포괄하려면 학습이 아니면 능히 하지 못하는 것이 있다.[106]

그는 "시는 쉽게 지을 수 있는 것이 아니니 모름지기 부지런히 독서를 해야 된다"[107]고 하여 좋은 시를 짓기 위해 독서를 강조하였다. 그러나 독서가 비록 중요하지만 책에 매여서는 또한 안 된다. 이 점은 유극장이 당시의 시단을 보고 느낀 점 중의 하나로 강서시파와 영가사령의 폐단이 바로 여기에 있다고 보았다. 강서시파는 "책을 바탕으로 하여 시를 지어 진부한 잘못을 범하고(資書以爲詩失之腐)", 만당체는 "책을 버림으로써 시를 지어 비속한 잘못을 범한다(捐書以爲詩失之野)"고 한 것이 바로 이 두 파의 폐단을 지적한 것이다. 동시에 도학(道學) 수양을 중시하여 속된 학문이나 속된 마음에 빠지는 것을 경계하였다.[108]

> 여러 작품을 융합하여 일가의 말을 이루려면 반드시 큰 기백이 있어야

---

105) 劉克莊, ≪後村先生大全集≫ 권173, ≪後村詩話≫(前集), "詩律深妙, 流出肺肝, 非學力."

106) ≪後村先生大全集≫ 권106, <題趙孟侒詩>, "有天資, 欠學力, 一聯半句偶合則有之, 至於貫穿千古, 包羅萬象, 則非學有所不能."

107) ≪後村先生大全集≫ 권1, <贈玉龍劉道士詩>, "詩非易作須勤讀."

108) ≪後村先生大全集≫ 권100, <題傅自得文卷後>, "夫人皆爲文, 文不能皆奇, 由俗學窒之, 俗慮汨之耳, 迂則不俗, 不俗則奇, 非極天下之迂, 不能極天下之奇. …… 迂者去富貴利達常遠, 而去淡泊枯槁常近也."

하며, 만상을 능가하여 어느 사물 하나 나의 쓰임이 되지 않는 것이 없으려
면 반드시 큰 역량이 있어야 한다.[109]

유극장은 시인을 등급에 따라 대가수(大家數)와 소가수(小家數)로 나누
었는데, 대가가 되려면 바로 이 큰 기백과 큰 역량을 필요로 한다는 점
을 거듭해서 강조하였다.[110] 큰 기백과 큰 역량이 있어야 의도적으로 시
가 공교롭기를 추구하지 않아도 공교롭게 된다. 유극장은 재·기·학·
력을 모두 갖추어야 대시인이 될 수 있다고 보았다.

> 근세의 시인들은 잡다하게 박식한 사람은 대장(對仗)을 쌓고, 공소한 사
> 람은 시의 재료에 군색하고, 기이한 것을 내는 사람은 찾는 데에 정신을 허
> 비하며, 시율에 묶인 사람은 변화가 적다. 오직 육유(陸游)만은 학식이 꿰뚫
> 어 통하기에 족하고, 필력이 마음껏 부리기에 족하며, 재주 있는 생각은 펼
> 쳐내기에 족하며, 기백은 사람을 능가하기에 족하다. 그러므로 남도(南渡)
> 이후의 시단에서 응당 일대 종사가 될 만하다.[111]

육유가 남송 시단에서 일대 종사가 될 수 있었던 것은 바로 네 가지
요건을 모두 갖추고 있기 때문이다.

iii) 창작론

유극장은 훌륭한 창작을 위해 다양한 학습과 변화, 그리고 조화롭고
적절한 표현을 주장하였다. 그는 "근자의 시인들은 마음과 생각을 다하
여 찾으며 필력을 다하여 조탁하지만 당나라 시율을 떠나지 못하여 적

---

109) ≪後村先生大全集≫ 권109, <陳秘書集句詩跋>, "融液衆作而成一家之言, 必有大
　　氣魄, 凌瀑萬象而無一物不爲我用, 必有大力量."
110) ≪後村先生大全集≫ 권132, <回信庵書>, "古今作者旨趣, 大率有意求於工者率不
　　能工, 惟不求工而自工者, 爲不可及. 求工不能工者, 滔滔皆是, 不求工而自工者, 非
　　有大氣魄大力量不能."
111) 劉克莊, ≪後村先生大全集≫ 권174, ≪後村詩話≫(前集), "近歲詩人, 雜博者堆隊仗,
　　空疏者窘材料, 出奇者費搜索, 縛律者少變化. 惟放翁記問足以貫通, 力量足以驅使,
　　才思足以發越, 氣魄足以陵暴. 南渡而後, 故當爲一大宗."

으면 두 개의 운(韻)을 쓰거나 혹은 사십 자를 지으며, 증가하여도 오십육 자에 이르는 데에 그치는" 것을 비판하고, 이에 비해 만각옹(晩覺翁) 장연(章械)의 시는 그렇지 않은 점을 높이 평가하였다.

오직 만각옹의 작품만은 그렇지 않으니, 천고의 작품을 꿰뚫고 융합하며 탈태환골하여 한 사람만을 스승으로 삼지 않으며 간략함과 풍부함, 농후함과 담백함을 사물에 따라 형태를 부여하며 하나의 체제를 주로 하지 않았다.112)

'한 사람만을 스승으로 삼지 않고' '하나의 체제를 주로 하지 않았다'는 것이 유극장이 높이 치는 점이다. 변화의 방법에 대해서는 다음과 같이 말하였다.

그대는 체제를 조금 변화시켜 허(虛)를 빌려 실(實)을 발하고 새로운 것을 지어내어 진부한 것을 바꾸며 어려운 것을 인하여 기이한 것을 나타내었다.113)

이외에도 그는 변화를 거둔 작가에 대해서는 높이 평가하였다.114) 유극장은 내용과 표현 모두 중시하며 조화롭고 적절한 표현을 추구하였다.

뜻이 말보다 뛰어나고 졸박함이 교묘함보다 많으면 진실로 그 당시의 일반 시인들보다 높이 뛰어나지만 진실로 대 작가가 되고 소가수(小家數)가 되지 않으려면 반드시 뜻과 말이 모두 이르고 교묘함과 졸박함이 서로 섞

---

112) ≪後村先生大全集≫ 권97, <晩覺翁>, "近時詩人竭心思搜索, 極筆力雕鐫, 不離唐律, 少則二韻, 或四十字, 增至五十六字而止. …… 雖窮搜索之功, 而不能掩其寒儉刻削之態. 惟晩覺翁之作則不然, 其貫穿融液, 奪胎換骨, 不師一家, 簡縟濃淡, 隨物賦形, 不主一體."

113) ≪後村先生大全集≫ 권106, <跋何謙詩>, "君稍變體, 借虛以發實, 造新以易腐, 因難以出奇."

114) ≪後村先生大全集≫ 권94, <王南卿集序>, "妙在於能變."

여야 한다.115)

요컨대 그는 "근세에 이학(理學)을 귀하게 여기고 시를 천하게 여기는
데 간혹 읊조린 시가 있으나 대부분 어록(語錄)이나 강의(講義)에 압운을
한 것일 따름"116)인 것을 반대하고 "뜻이 뛰어나고 말이 공교로우며 교
묘한 가운데 졸박함을 띠고 졸박한 가운데 교묘함이 있는 것(意勝而語工,
巧中帶拙, 拙中有巧)"을 요구하였다. 그가 이상적으로 생각하는 풍격에 대
해서는 다음과 같이 말하였다.

> 옛 시는 멀리 떨어져 있는데, 한위(漢魏) 이래로 음조와 체제는 자주 변
> 하고 작자들은 반드시 똑같지는 않지만 그들의 훌륭한 작품은 반드시 똑같
> 으니, 많고 짙은 것은 간략하고 옅은 것만 못하고, 직설적이고 내달리는 것
> 은 은미하고 완약한 것만 못하고, 무겁고 탁한 것은 가볍고 맑은 것만 못하
> 고, 실하고 어두운 것은 허하고 밝은 것만 못하였다. 이것은 바꿀 수 없는
> 논의이다.117)

그가 추구하는 것은 바로 간담(簡淡)·미완(微婉)·경청(輕淸)·허명(虛
明)한 시이다.

iv) 비평론

북송 말 이후로 시단에는 당시(唐詩)와 송시의 평가를 둘러싸고 그
우열에 대해 논쟁이 치열하였다. 진욱(陳郁)이 송대의 시는 당나라만 못
하다고 한 것이나118) 장계(張戒)가 ≪세한당시화(歲寒堂詩話)≫에서 송시

---

115) ≪後村先生大全集≫ 권100, <跋表弟方遇詩>, "意勝於語, 拙多於巧, 固然高出當時
　　一般詩人, 然而眞要成大作者, 而不爲小家數, 則必須語意俱到, 巧拙相參."
116) ≪後村先生大全集≫ 권110, <恕齋詩存稿跋>, "近世貴理學而賤詩, 間有篇詠, 率是
　　語錄講義之神韻者耳."
117) ≪後村先生大全集≫ 권109, <跋眞仁夫詩>, "古詩遠矣, 漢魏以來, 音調體製屢變,
　　作者雖不同, 然其佳者必同, 繁濃不如簡淡, 直馳不如微婉, 重而濁不如輕而淸, 實
　　而晦不如虛而明. 不易之論也."
118) 陳郁 ≪藏一話腴≫ 甲集 卷上, "本朝文不如漢, 書不如晉, 詩不如唐."

의 대표적 존재로서 많은 추종자를 가진 소식과 황정견의 시를 혹평한 것119) 등은 모두 당시를 높이고 송시를 폄하하는 입장이다. 유극장은 시의 발전이 당대에 이르러 멈추었다는 견해에 반대하면서 송대에도 뛰어난 고수가 있다고 주장하였다.

> 그러나 시가 당나라에 이르러서도 아직 존재하였다고 말하면 되지만 시가 당나라에 이르러 그쳤다고 말하는 것은 불가하다. 본조에는 나름대로의 고수가 있다. 이백과 두보는 당나라의 집대성한 사람이고, 매요신과 육유는 본조의 집대성한 사람이다.120)

송대의 시가 당시에 못지 않을 뿐만 아니라 뛰어난 점도 있다고 평가하였다.

> 동자가 혹시 묻기를 본조는 이학과 고문은 전대에 비해 뛰어나지만 오직 시만은 당나라에 비해 부끄러운 빛이 있는 것 같다고 하였다. 내가 말하기를 이것은 제대로 시를 짓지 못하는 사람을 말하는 것이고 말을 잘 하는 사람은 어찌 당나라에 부끄러움이 없을 뿐이겠는가 아마도 그보다 뛰어날 것이다고 하였다.121)

유극장은 남송 후기에 처하여 당시 시단에서 활동하는 강서시파와 영가사령, 그리고 강호시인들의 면모를 모두 직접 목도할 기회를 가졌으며, 따라서 이들의 장단점에 대해 깊이 체득하였고 이에 대해 비판을 가하였다. 그는 강서시파가 지나치게 새로운 뜻의 표현을 추구하는 것을 불만으로 여겼다.122) 영가사령에 대해서는 그들의 시가 폭이 너무 좁은

---

119) "國風離騷固不論, 自漢魏以來, 詩妙於子建, 成於李杜, 而壞於蘇黃."
120) 《後村先生大全集》 권99, <跋李賈縣尉詩卷>, "然謂詩至唐猶有則可, 謂詩至唐止則不可. 本朝詩自有高手. 李杜, 唐之集大成者也, 梅陸, 本朝之集大成者也."
121) 《後村先生大全集》 권94, <本朝五七言絶句序>, "童子或問, 本朝理學古文高於前代, 惟詩視唐似有愧色. 余曰, 此謂不能言者也, 其能言者, 豈惟不愧於唐, 蓋過之矣."
122) 劉克莊, 《後村先生大全集》 권176, 《後村詩話》(後集), "魯直 …… 其古律詩酷學

점을 비판하였다.

　　영가시인 같은 경우는 힘을 다하여 달리지만 겨우 가도와 요합의 울타리
를 바라볼 따름이니 나의 시 또한 그러하였는데, 십 년 전에 비로소 스스로
그것을 싫어하였다.[123]

　　그는 "내가 생각건대 요합과 가도는 시율에 묶여 있고 모두 편폭이
궁색하다"[124]고 한 것도 이런 의미이다.

　　유극장의 시론은 당시의 시론가들의 견해를 종합하면서 나름대로 입
장을 밝힌 점에서 주목할 만하다.

② 유극장의 시

　　유극장의 시는 현재 ≪후촌선생대전집(後村先生大全集)≫에 4,385수가
전해오고 있다. 유극장의 시는 몇 번의 변화를 거쳤다. 젊어서 영가사령
과 교제를 가지면서 그의 시 또한 영가사령의 시를 배웠다. 그러나 뒤에
영가사령의 시에 불만을 품고 다른 시인들을 폭넓게 공부하였다. 이에
대해 그는 "처음에 나는 육유로부터 입문하였고 뒤에 양만리를 좋아하
였으며, 또 동도(東都, 開封)의 시인과 남도(南渡)한 강서시파 여러 선배들
을 겸하여 취했으며, 위로는 당나라 시인에 미쳐 대소 작가의 시를 손으
로 베껴 입으로 읊조렸다"[125]고 말하였다. 유극장은 당시 시단에 활동하
는 여러 작가들을 보고 각자의 폐단을 목도하면서 그들의 장점은 취하
고 단점은 피하고자 하였다. 이를테면 강서시파와 영가사령이 각기 한쪽
은 책을 바탕으로 하여 시를 짓고 한쪽은 책을 버리고 짓는 것을 보고는

少陵, 雄健太過, 遂流而入於險怪, 要其病在太着意, 欲道古今人所未道語爾."
123) ≪後村先生大全集≫ 권94, <序瓜圃集>, "如永嘉詩人, 極力馳騖, 纔望見賈島姚合
　　之藩而已, 余詩亦然, 十年前始自厭之."
124) ≪後村先生大全集≫ 권101, <序程恆詩卷>, "余謂姚賈縛律, 俱窘邊幅."
125) ≪後村先生大全集≫ 권96, <刻楮集序>, "初余由放翁入, 後喜誠齋, 又兼取東都南
　　渡江西諸老, 上及於唐人, 大小家數, 手抄口誦."

양쪽 모두 지나치다고 보고 이 두 파의 장점을 한 곳에 취하여, 만당체
의 경쾌한 시에 전고와 성어(成語)를 대량으로 채워 넣어 교묘한 대구(對
句)를 즐겨 짓는 절충적인 창작 경향을 보인 것이 그 한 예이다.126)

유극장의 시는 수량이 많지만 작품의 주제와 내용도 다양하여 당시
의 정치를 풍자 비판 시, 벼슬길에서 네 번에 걸쳐 폄적을 당하면서 느
끼는 감회를 읊은 시, 산수를 기행한 시, 일상생활의 모습을 읊은 시, 전
원의 풍광과 풍속을 읊은 시, 역사적 인물과 옛날을 노래한 시, 시를 논
한 시 등등이 있다.

유극장은 "시대를 슬퍼하는 것은 원래 시인의 직분이니, 시에 감개가
많음을 탓하지 말라"127)고 하였는데, 그의 시에 우국상시의 작품이 많은
것은 바로 이런 생각의 반영이라 할 수 있다.

┃北來人┃ 북에서 온 사람

試說東都事	동쪽 수도의 일을 이야기 해보면
添人白髮多	사람들의 흰 머리카락만 많아진다.
寢園殘石馬	황제의 능원에 석마는 부서져 있고
廢殿泣銅駝	황폐한 궁전에는 청동 낙타만이 울고 있다.
胡運占難久	오랑캐의 운세는 점치니 오래가기 어려운데
邊情聽易訛	변방의 정세는 듣자니 와전되기 쉽다.
淒涼舊京女	처량한 옛 수도 여인들은
妝髻尙宣和	화장하고 쪽진 머리 아직도 선화 때와 같다.

'동도(東都)'는 북송의 수도 개봉(開封)으로 이 때 금(金)나라의 손에 함
락되어 있다. '동타(銅駝)'는 옛날 궁궐문 밖에 세워둔 동(銅)으로 만든 낙
타인데, 흔히 이 낙타가 가시덤불 속에 있다는 표현으로 나라가 전란으
로 망한 뒤의 황폐한 모습을 가리키는 것으로 사용되고 있다. 3, 4 두 구

---

126) 錢鍾書, ≪宋詩選注≫(人民文學出版社, 1994), 250쪽.
127) ≪後村先生大全集≫ 권3, <有感>, "憂時元是詩人職, 莫怪吟中感慨多."

는 북송의 멸망으로 도성의 안팎이 파괴되었음을 말해 준다. '선화(宣和)'
는 북송 휘종(徽宗)의 연호로, 개봉의 여인들이 북송이 망한 지 이미 오래
되었는데도 아직도 선화 때와 같은 화장과 쪽진 머리를 하고 있다는 데
서 백성들이 아직도 북송의 풍속습관을 보존하면서 고국을 그리워하고
있는 마음을 보여준다. 이 시는 금의 통치 하에 있는 중원에서 남으로
도망해온 사람의 말을 통하여 피점령지구의 황량하고 황폐한 정경을 나
타내고, 남송의 통치 집단이 안일만을 추구하는 것에 대한 강렬한 불만
을 나타내었다. 이 시는 두보(杜甫)의 <삼리(三吏)>·<삼별(三別)>의 전
통을 계승한 서사시이다.

┃戊辰卽事┃ 무진년의 감회

詩人安得有靑衫	나 같은 시인이 어떻게 청삼을 입을 수 있겠는가
今歲和戎百萬縑	올해 백만 필의 비단으로 오랑캐와 화의를 맺었는데.
從此西湖休揷柳	이제부터 서호에 버드나무를 심지말고
剩栽桑樹養吳蠶	모두 뽕나무를 심어서 오 땅의 누에를 길러야겠다.

'무진(戊辰)'은 남송 영종(寧宗) 가정(嘉定) 원년(1208)을 가리킨다. 이보
다 앞서 개희(開禧) 2년(1206) 송이 금을 정벌하고자 하였다가 실패하여,
이듬해 북벌을 주장했던 한탁주(韓侂冑)가 피살되고, 뒤이어 송과 금 사
이에 이른바 가정화의(嘉定和議)가 성립되어, 송은 금에게 호군전(犒軍錢)
300만 냥을 배상하고 해마다 공물로 백은 30만 냥과 비단 30만 필을 보
내기로 정해졌다. 제목의 '즉사(卽事)'는 이 일을 가리킨다. '청삼(靑衫)'은
빈천한 사람과 아직 벼슬길에 나가지 않은 서생들이 입는 옷인데, 이제
조정에서 백만 필의 비단을 금에게 바쳐야 하니 가난한 서생으로서는
이런 것도 입을 수 없게 되었다고 시인은 분개 어린 말을 한다. 마지막
두 구는 화융(和戎) 정책에 대한 신랄한 풍자가 깃들어 있다. 청대(淸代)
진연(陳衍)은 송대의 뛰어난 칠언절구 작가로 육유와 양만리·유극장을
들고 이들의 시 특색에 대해 "대체로 평이한 뜻을 깊이 있게 말하고, 똑

바른 뜻을 곡절 있게 말하고, 정면의 뜻을 뒤집거나 측면에서 말한다"[128) 고 개괄하였다. 이것은 <무진즉사>에서도 잘 나타나 있다.

┃軍中樂┃ 군중의 노래

行營面面設刁斗	막사 곳곳에 조두(刁斗)를 걸어두고
帳門深深萬人守	영문 깊숙한 곳을 많은 사람들이 지킨다.
將軍貴重不据鞍	장군은 존귀하여 말을 타지 않고
夜夜發兵防隘口	밤마다 군사를 발동하여 험준한 요새를 지킨다.
自言虜畏不敢犯	스스로 말하길 적이 두려워하여 침범 못한다고 하며
射麋捕鹿來行酒	고라니를 쏘고 사슴을 잡아와 술을 돌린다.
更闌酒醒山月落	날이 밝아 오고 술이 깨니 산의 달은 지는데
彩縑百段支女樂	오색 비단 백 필을 가녀에게 준다.
誰知營中血戰人	누가 알랴 군영에서 피 흘리며 싸우는 사람들은
無錢得合金瘡藥	칼과 창에 다친 상처 치료할 약을 조제할 돈조차 없음을.

이 시는 변방 장군의 부패를 폭로하였다. 군중에서 병사들의 상처를 치료하는 약을 짓는 데 쓸 돈을 장군은 유용하고 있다. 장군의 유흥과 병사들의 고통이 극명하게 대비를 이루고 있으며, 시인은 이것에 대하여 커다란 분노를 느낀다.

┃病後訪梅九絶┃ 병이 든 뒤에 매화를 찾아 지은 절구 아홉 수(제1수)

夢得因桃數左遷	유우석은 복사꽃을 읊었다가 여러 번 좌천당하고
長源爲柳忤當權	이비는 버드나무로 인하여 당시의 권력자에게 거슬렸다.
幸然不識桃幷柳	다행히도 나는 복사꽃과 버드나무는 모르지만
却被梅花累十年	오히려 매화 때문에 십 년을 고생했다.

'몽득(夢得)'은 당의 시인 유우석(劉禹錫)의 자(字)이다. 그는 복사꽃을

---

128) 《石遺室詩話》 권16, "大略淺意深一層說, 直意曲一層說, 正意反一層側一層說."

노래한 <희증간화제군자(戲贈看花諸君子)>시와 <재유현도관(再游玄都觀)>
시가 집정자의 불만을 사서 수차 강직(降職)을 당했다. '장원(長源)'은 당
의 이비(李泌)의 자(字)로, <영류(咏柳)>를 지었는데 양국충(楊國忠)이 이
시를 보고 자기를 비방한 것이라고 여겨 그를 좌천시켰다. 유극장이 매
화를 노래한 시로 10년간 고생했다는 것은 다음과 같은 사정이다. 가정
(嘉定) 13년(1220) 유극장이 지은 <낙매(落梅)>시에 "동풍은 꽃을 살리고
죽이는 권력을 그릇되게 휘두르고, 매화의 고고함을 시기하여 제대로 돌
봐주지 않는다(東風謬掌花權柄, 却忌孤高不主張)"라는 시구가 있었다. 1124
년 재상 사미원(史彌遠)이 원래의 태자를 폐위시키고 조윤(趙昀)을 제위에
오르게 한 뒤, 이종(理宗) 보경(寶慶) 원년(1225) 이 일에 비판적인 말을 하
거나 시를 쓴 사람들을 잡아 가두는 사건, 즉 이른바 '강호시화(江湖詩禍)'
가 일어났다. 유극장도 이에 연루되었는데, 언관(言官) 이지효(李知孝)와
양성대(梁成代)가 <낙매>시의 두 구에 조정의 집권자를 비방하는 뜻이
담겨 있다고 탄핵하니 이른바 '낙매시안(落梅詩案)'이다. 다행히 재상 정
청지(鄭淸之)의 변호 덕분에 유극장은 가까스로 화를 면할 수 있었다. 그
러나 소정(紹定) 2년(1229) 조주통판(潮州通判)으로 임명받았다가 '낙매시
안'의 옛 일로 인해 탄핵을 받아 파직 당하고, 소정 6년 사미원이 죽은
뒤에야 비로소 다시 중앙 관직에 나갈 수 있었다. 보경 원년에 강호시화
가 일어난 이후, 이 시를 지은 단평(端平) 원년(1234)까지 10년의 세월이
흐른 것이다. 이제 다시 매화를 바라보면서 시인은 험악한 정치 세계에
다시금 전율을 금치 못한다.

　유극장의 산수시는 장활한 경치를 묘사한 예도 없지 않지만 특히 그
의 시에서 특징적으로 나타내는 것은 세밀하고 청신한 표현이다.

┃豫章溝┃ 예장구

溝水冷冷草樹香　　도랑물 차갑고 풀 속의 나무 향기로운데
獨穿支徑入垂楊　　홀로 사잇길 뚫고서 늘어진 버들 숲으로 들어선다.

薺花滿地無人見　　냉이꽃 땅에 가득한데 사람은 보이지 않고
唯有山蜂度短牆　　오직 산 벌만이 낮은 담장 위로 지나간다.

┃報恩寺┃ 보은사

一抹斜陽上繞垣　　한 번 칠한 석양은 둘러싼 담 위에 있고
芜花滿地柏陰繁　　팥꽃나무 꽃은 땅에 가득하고 측백나무 그늘 짙다.
城中客子聞鐘聲　　성안에서 지내던 나그네 종소리 들으며
獨立空山聽斷猿　　홀로 빈 산에 서서 무리 잃은 원숭이 울음 듣는다.

　　한 폭의 유정(幽靜)한 풍물도이다. 유극장은 젊어서 영가사령의 시를 배웠는데 이 두 시는 세밀한 필치로 청아한 운취를 나타내어 사령 시의 풍격을 그대로 보여주고 있다.

　　형식 체재상, 유극장의 시에서 주목할만한 특색 중의 하나는 육언절구(六言絶句)의 창작이다. 육언시는 한위(漢魏) 육조(六朝)를 거쳐 당대(唐代)에 오면 육언절구와 육언율시의 두 종류로 정착되었고, 송대에 오면 육언율시는 더 이상 시인들의 관심을 끌지 못하고 육언절구만이 주로 지어지게 되었다. 육언절구는 송대에 이르러 당시의 바탕 위에서 한층 성숙된 경지에 이르렀다. 여기에 대한 관심이 증가하면서 육언절구를 짓는 시인과 작품이 많아졌다. 송대 시인들은 당대 시인이 여러 면에서 이미 절정의 경지를 이룬 뒤에 나서 작법과 표현기교면에서 신이(新異)를 추구하였을 뿐만 아니라, 시체(詩體)면에서도 당대 시인들이 그다지 크게 주의를 기울이지 않은 바로 이 육언절구에 정력을 쏟아 사정의 다른 한 형식으로서의 가능성을 추구하면서 육언절구의 영역을 확대하였다. 송대의 육언절구는 당대보다 제재가 더욱 확대되었을 뿐만 아니라 자구의 연마나 조탁에 공을 기울여 작법이나 기교면에서 당대보다 더욱 새로운 면모를 보였다. 유극장 또한 이에 많은 관심을 기울였는데, 다음의 말은 송대의 육언절구를 논할 때 매우 주목할 만하다.

육언시로 왕안석(王安石)·심괄(沈括)·황정견(黃庭堅)의 작품은 유려한 점은 당나라 시인과 같지만 교묘한 점은 더 뛰어나다.[129]

육언절구는 송대에 이르러 비로소 제재뿐만 아니라 각종 형식과 표현기교면에서 이전에 없었던 새로운 성취를 거두게 되었다.

유극장은 육언절구를 모두 382수 지었는데, 62수의 황정견이나 90수의 범성대(范成大)가 그와는 비교가 되지 않을 뿐만 아니라 역대 시인 중에서도 가장 많은 작품을 남겼다. <동야독궤안간잡서육언이십수(冬夜讀几案間雜書六言二十首)> 중 제6수를 보기로 한다.

> 擧世盡兄孔方　세상 사람 모두 돈을 형 같이 섬기고
> 無人敢卿五郞　오랑을 자네라 감히 부르는 사람 없다.
> 客喜大夫糞苦　객은 대부의 똥 맛 쓴 것을 기뻐하고
> 奴誇太尉足香　종놈은 태위의 발 냄새 향기롭다 찬탄한다.

이 시는 탐욕스럽고 권세에 비루하게 아부하는 세태를 각구에 전고를 써서 비판하였다. 첫 구는 진(晉) 노포(魯褒)의 ≪전신론(錢神論)≫에서 "친애하기를 형 대하듯이 하며 자(字)를 공방(孔方)이라 칭한다"(親愛如兄, 字曰孔方)이라 한 데서 나왔고, 둘째 구는 당(唐)나라 때 장역지(張易之)가 무측천(武則天)의 총애를 받아 사람들이 그를 오랑(五郞)이라 부르는 데에 대해, 송경(宋璟)은 장역지를 '경(卿)'(隋唐 때는 지위가 높거나 연장자가 아랫사람을 '경(卿)'이라 불렀음)이라 부르면서 정선과(鄭善果)에게 그 집의 노비도 아니면서 어째서 '랑(郞)'이라 부르는가 하고 통박하였다는 이야기를 다루었다(唐代에는 노비가 주인집 아들을 '랑(郞)'이라 불렀음). 제3구는 곽패(郭霸)가 위원충(魏元忠)의 병 위문 가서 그의 똥을 맛보며 아첨했다는 이야기를 가리키고, 끝 구는 팽손(彭孫)이 평소 다른 공경대부(公卿大夫)들한테는

---

129) ≪後村先生大全集≫ 권97, <本朝絶句續選>, "六言如王介甫沈存中黃魯直之作, 流麗似唐人, 而妙巧過之."

기세가 등등하면서 일찍이 이헌(李憲)의 발을 씻어주면서 아부를 한 고사에서 따왔다.130)

그의 육언절구의 특색은 첫째, 제재가 다양하다. 감흥(感興)·기행(紀行)·송별(送別)·증답(贈答)·영물(詠物)·시사(時事)·영사(詠史)·도망(悼亡)·제화(題畵)·한적(閑適)·철리(哲理)·시인 평론 등의 다양한 내용을 육언절구를 통하여 표현하였다. 그 중에서도 자신의 늙고 병듦을 읊은 시가 특히 많다. 둘째, 의론시(議論詩)가 많다. 철리(哲理)를 읊거나 역사 인물을 논하고 시국(時局)을 개탄하고 세태(世態)를 비판하였다. 셋째, 연작시(連作詩)를 많이 지었다. 위에서 본 <동야독궤안간잡서득육언이십수> 외에도 <춘야온고이십수(春夜溫故二十首)>·<춘일육언십이수(春日六言十二首)>·<계암방언십수(溪庵放言十首)> 등 모두 67제(題) 360수에 이른다. 넷째, 산문구(散文句) 속에 전고(典故)를 다용(多用)하였다. 특히 시 중에 역사상의 인물을 많이 등장시켜 서정(抒情)의 강화나 의론의 예증으로 삼았다. 유극장은 서정의 한 형식으로서 육언절구의 가능성을 다양하게 시험하였다.

4) 기타 시인

① 유과(劉過)

유과(1154-1206)는 일생 포의로 지내며 강호를 돌아다녔다. 그의 시는 풍격이 호방하며 시국을 근심하는 마음을 흔히 시에 나타내었다.

┃登多景樓┃ 다경루에 올라

壯觀東南二百州	동남의 2백주 정말 장관인데
景於多處最多愁	아름다운 경치 많은 곳에 시름이 가장 많다.
江流千古英雄淚	강물은 천고 영웅의 눈물을 흘려보내고

---

130) 이상 蕭艾, ≪六言詩三百首≫(中州古籍出版社, 1987), 141쪽 참고.

山掩諸公富貴羞　산은 여러 부귀한 이들의 수치를 덮는다.
北固懷人頻對酒　북고산의 옛 영웅 그리워하며 자주 술 마시는데
中原在望莫登樓　중원 땅 눈에 보이나 누각에 오르지 마라.
西風戰艦成何事　서풍에 전함이 무슨 일을 이루었던가
空送年年使客舟　헛되이 해마다 사신의 배를 보낸다.

이 시는 조정이 중원 수복에 뜻을 두지 않고 편안만 도모하는 것을 개탄하고 있다. 일찍이 건염(建炎) 4년(1130)에 한세충(韓世忠)이 북고산(北固山)과 금산(金山)에서 금나라 군대를 격파한 적이 있다. 그런데 그 옛날의 전함이 지금은 매년 조정의 사신을 금나라로 보내는 배로 변하였으니 탄식을 금할 길이 없다.

┃村墅┃ 촌의 농막

生平讀書徒辛苦　평생에 책 읽은 것 한낱 고생스럽기만 하였을 뿐
遭時閉關未得志　이러한 시절 만나 한적하게 문 닫은 채 뜻을 펴지 못한다.
長策短稿無由伸　갖가지 나라 위한 계책 펼칠 길 없으니
不如賣劍買牛去　차라리 칼을 팔아 소를 사서 떠나감만 못하다.

어지러운 시절을 만나 뜻을 펴지 못하는 울분과 처량한 심경을 노래하였다.

② 조여수(趙汝鐩)

조여수(1172-1246)는 형부낭중(刑部郎中)·영가(永嘉)태수를 지냈다. 그의 시에 대해 청대의 조정동(曹庭東)은 "그의 고체시는 기세가 웅건하여 멀리는 이백(李白)을 뒤쫓고 가까이로는 소식(蘇軾)을 잇는다. 근체시는 조경(造境)이 기발하고 명의(命意)가 참신하여 사령(四靈)과 시단을 나누어 깃발을 세우며 곧바로 두각을 나타내려 한다"[131]고 평하였다.

┃翁媼嘆┃ 할아범과 할미의 탄식

旱曦赫空歲不熟	날은 가물고 타는 듯한 하늘에 작황이 좋지 않아
炊甑飛塵煮薄粥	밥짓는 솥에는 먼지가 날아 앉고 묽은 죽을 끓인다.
翁媼饑雷常轉腹	할아범과 할미는 굶주려 항상 뱃속에서 소리 울리고
大兒嗷嗷小兒哭	큰 아이는 슬피 울고 작은 아이는 소리내어 운다.
愁死未死此何時	죽도록 걱정할 뿐 죽지도 못하니 이것이 무슨 세상인가
縣道賦不遺毫釐	현(縣)과 도(道)의 세금 징수 털끝 하나 빠뜨리지 않는다.
科胥督欠烈星火	세금 걷는 아전은 세금 독촉이 별똥별처럼 다급하여
詬言我已遭榜笞	우리를 욕하더니 매질까지 당했다.
壯丁傝身出走避	장정들은 몸을 숨겨 밖으로 피해 달아나고
病婦抱子訴下泪	병든 아낙은 아이를 안고 눈물로 호소한다.
掉頭不恤爾有無	머리 내저으며 돈이 있든 없든 염려해주지 않고
多寡但照貼中字	많든 적든 단지 공문에 적힌 글자대로 한다.
盤鷄豈能供大嚼	소반의 닭이 어찌 능히 크게 한 번 드시기에 족하겠으며
杯酒安足直一醉	한 잔의 술로 어떻게 한 번 취하게 할 수 있으리오
瀝血祈哀容貸納	불쌍히 여겨 돈 빌려 내게 해달라고 간절히 빌어도
拍案邀需仍痛詈	탁자를 치며 요구하고 계속 심하게 꾸짖는다.
百請幸聽去須臾	백 번 간청하여 다행히 들어줬지만 가는 것은 잠깐이고
衝夜搥門誰叫呼	밤중에 문을 두드리며 부르는 이는 누구인가?
後胥復持朱書急急符	뒤에 온 아전이 다시 붉은 글씨 문서 들고 급하게 재촉하니
預借明年一年租	내년 한 해의 세금을 미리 받으려 하는구나.

이 시는 세금 걷는 관리의 난폭하고 가증스러움을 폭로하였다. 조여수의 또 다른 작품 <경직탄(耕織嘆)>과 <농수(隴首)> 등도 또한 가혹한 세금으로 고통 받는 백성들의 질고를 노래하였다. 이들 시는 중당(中唐)의 장적(張籍)과 왕건(王建)의 악부시, 그리고 남송 중기의 육유(陸游)의 <농가탄(農家嘆)>, 범성대(范成大)의 <최조행(催租行)>·<후최조행(後催

---

131) ≪宋百家詩存≫ 권13, "其古體詩氣雄筆健, 遠追太白, 近接坡公. 今體詩造境奇而命意新, 與四靈分壇樹幟. 直欲更出一頭地也."

租行)> 등의 전통을 잇고 있다.

③ 섭소옹(葉紹翁)

섭소옹(?-?)은 대략 13세기 전반기 영종(寧宗)과 이종(理宗) 시기에 활동하였다. 서호(西湖)에 살면서 갈천민(葛天民) 등과 교유하면서 시를 주고받았다. ≪정일소집(靖逸小集)≫이 있는데, 그의 시는 칠언절구가 뛰어나다.

┃夜書所見 ┃ 밤에 본 것을 적다

蕭蕭梧葉送寒聲　쏴아쏴아 오동나뭇잎은 차가운 소리를 보내오고
江上秋風動客情　강 위의 가을 바람은 나그네의 향수를 불러일으킨다.
知有兒童挑促織　아이들이 귀뚜라미를 잡고 있음을 알겠으니
夜深籬落一燈明　깊은 밤 울타리 모퉁이에 등불이 하나 빛난다.

이 시는 타향에서 밤 깊은데 아이들이 귀뚜라미를 잡고 있는 정경을 보면서 일어나는 고향에 대한 그리움을 완곡하게 표현하였다.

┃游園不值 ┃ 화원을 노닐고자 했으나 주인을 만나지 못하다

應憐屐齒印蒼苔　아마도 나막신 발자국이 푸른 이끼에 남을까 걱정해
　　　　　　　　　서인가
小扣柴扉久不開　사립문을 살짝 두드려도 오래도록 열리지 않는다.
春色滿園關不住　봄기운 정원에 가득하여 가두어 놓지 못하니
一枝紅杏出牆來　한 가지 붉은 살구가 울타리 너머로 고개를 내미는구나.

이 시는 비록 정원 안으로 들어가서 놀지는 못하였지만 만발한 살구꽃 한 가지가 담장 밖으로 뻗어 나온 것을 바라보는 기쁨을 노래하였다. 3·4구는 육유(陸游)의 "버들도 봄빛을 막지 못하여, 붉은 살구 한 가지가 담 위에 뻗어 있네(楊柳不遮春色斷, 一枝紅杏出牆頭.)"(≪검남시고(劍南詩稿)≫ 권18, <마상작(馬上作)>)라는 표현과 유사하다.

④ 고저(高翥)

고저(1170-1241)는 항주(杭州) 서호(西湖) 고산(孤山)에 기거하면서 죽을 때까지 관직에 오르지 않았다. ≪신천소유고(信天巢遺稿)≫에 189수가 지금 전한다. 그의 시는 대부분이 근체시로 칠언율시와 칠언절구가 가장 빼어나며, 특히 절구는 양만리(楊萬里) 시풍을 지니고 있다. 시어가 평이하고 자연스러운 특색을 보인다.

┃秋日┃ 가을날

庭草銜秋自短長	정원의 풀은 가을을 품고 멋대로 들쑥날쑥인데
悲蛩傳響答寒螿	슬픈 귀뚜라미는 소리 전하여 쓰르라미에 답한다.
豆花似解通隣好	꽃이 핀 콩 덩굴은 이웃과 잘 지내야 함을 아는 듯
引蔓殷勤遠過牆	덩굴을 은근히 멀리 담장 넘어 뻗어간다.

어느 가을날 정원을 거닐다가 접하는 정경을 풀이 누렇게 변하고 벌레가 슬피 운다고 하는 시각과 청각의 두 측면에서 특징적으로 묘사하였다. 특히, 꽃이 핀 콩 덩굴이 이웃과 잘 지내기 위해 담장 너머까지 뻗어간다는 표현은 세밀한 관찰로 유머러스한 정취를 나타내는 데에 뛰어난 양만리 시를 연상시킨다.

┃船戶┃ 뱃사공

盡將家具載輕舟	모든 가구를 가벼운 배에 싣고
來往長江春復秋	장강을 왔다갔다 봄이 가고 다시 가을이다.
三世兒孫居柁尾	삼대 자손이 키 꼬리에서 살아가며
四方知識會沙頭	사방 아는 사람들 언덕 가에 배 타러 모인다.
老翁曉起占風信	늙은이 새벽에 일어나 바람을 예측하고
少婦晨妝照水流	젊은 부인은 이른 아침 흐르는 물에 얼굴 비쳐 단장한다.
自笑此生漂泊甚	스스로 이 일생 너무나 떠돌아다님을 조소하며
愛渠生理付浮悠	이들의 유유한 생활 좋아하네.

이 시는 뱃사공의 수상 생활과 이것을 보고 느끼는 감회를 토로하였
다. 뱃사공 일가의 안온한 생활을 바라보며 작자는 이곳 저곳 떠돌아다
니는 자신의 신세에 쓴웃음을 짓는다. 이 시를 통하여 당시 강호를 떠돌
던 유사(游士)들의 내면의 한 측면을 엿볼 수 있다.

5) 강호시파 시의 특색

강호시파 시인들이 처한 남송 후기는 나라 안으로는 사미원(史彌遠)
과 가사도(賈似道) 등이 권력을 휘두르며 자기와 뜻이 맞지 않는 사람들
을 해치고, 밖으로는 이전의 금나라뿐만 아니라 새로이 일어난 몽고족까
지 남송을 크게 위협하는 시기였다. 이러한 상황을 목도하고 시인들은
나라를 걱정하고 시절을 상심하는 시를 지었다. 일반적으로 강호시인이
라 하면 강호에 은거하여 세상사는 망각하고 지내는 사람들일 것 같지
만 사실에 있어서는 그렇지 않다. 오도손(敖陶孫)의 <중야탄(中夜嘆)>은
세상 도처에 간사한 무리들이 존재하여 나라를 그르침에 분개하며, 이
들과 야합하지 않고 은거하겠다는 뜻을 표명한 장편시이다. 갈천민(葛天
民)의 <상북리(嘗北梨)>는 북쪽 중원 지방에서 난 배를 맛보면서 "달고
시큼한 것이 중원의 맛을 여전히 가지고 있건만 봄이 되어도 꽃을 볼 수
없음을 애통해하며"[132] 중원의 옛 땅을 수복할 수 없음에 대해 깊은 감
개를 발하였다. 증극(曾極)의 <고룡병풍(古龍屏風)>은 구름 타고 하늘 높
이 노닐던 용이 작은 병풍 속에 오그라들어 있다는 표현을 통하여 북송
이 망한 뒤 장강 하류에 작은 조정이 세워진 것을 한탄하는 내용이다.
시국에 대한 이러한 울분의 표현은 영가사령(永嘉四靈)의 시에는 그다지
많지 않다. 영가사령도 당시의 집권자가 주화(主和) 정책을 펴는 데에 대
해 강하게 불만을 가졌으나 소수의 시에서 "홀로 시국의 일을 잊어버림
을 기뻐하고"[133], "입이 있어도 세상 일 말할 필요 없다"[134]는 분격한 마

---

132) "甘酸尚帶中原味, 腸斷春前不見花."

음을 약간 나타낼 따름이다. 이런 점에서도 강호시파 시인과 영가사령의 차이를 엿볼 수 있다.

남송은 후기에 접어들면서 경제가 더욱 피폐하고 백성들의 어려움은 더욱 가중되었다. 민간의 평민 출신이 대부분인 강호시파 시인들은 이러한 상황을 목도하고 시에 담아 그들에 대한 동정과 통치집단에 대한 질책을 나타내었다. 허비(許棐)의 <니해아(泥孩兒)>는 도랑의 진흙으로 만든 인형은 화려하게 꾸미고 애지중지하지만, 가난한 집 아이는 길에 버려져 목숨조차 보존하기 어렵고 귀신처럼 말라 간다는 강렬한 대비를 통하여 "사람이 천하기가 진흙만도 못한(人賤不如泥)" 불합리한 사회현실을 날카롭게 폭로, 질책하였다. 강호시파의 시는 현실표현에 대해 비교적 무관심한 것이 많지만, 일부 시는 민생 질고를 반영하였다. 그러나 강호시화(江湖詩禍)가 일어나 ≪강호집(江湖集)≫에 실린 시가 문제가 되어 진기(陣起)는 귀양을 가고 ≪강호집≫은 각판(刻版)이 훼손당했으며 강호시파 시인들은 2년간 시를 짓는 것이 금지되었다. 사미원이 죽은 뒤 비록 해금이 되기는 하였지만 이번의 문자옥(文字獄)을 겪은 뒤 사회에 대해 열정적이던 강호시인들은 몸을 보전하여 재난을 피하려는 마음이 강하여 일신의 안녕을 추구하면서 산수간에서의 생활을 읊는 것으로 변모하였다.

강호시파 시인들은 대다수가 평생을 포의(布衣)로 지내거나 낮은 벼슬을 하였다. 그래서 자연 이들의 시에는 생계를 위하여 고향과 가족을 떠나 돌아다니는 생활과 그 속의 고통 등, 자신의 신세에 대한 깊은 감개가 나타나 있다. 시추(施樞)의 <만사(晚思)>는 객지에서 창 밖으로 가랑비가 흩날리는 것을 보고 신세에 대한 감회가 일어 동풍(東風)에게 친구 삼아 이야기 나누는 적막한 심경을 노래하였다. 나여지(羅與之)는 여러 번 과거에 응시하였으나 합격을 못해 결국 은거하였다. <상가(商

---

133) 徐璣, <孤坐>, "獨喜忘時事."
134) 翁卷, <行藥作>, "有口不須談世事."

歌>는 가난한 집에는 봄도 찾아오지 않으며, 제비조차 땔나무를 지고 가는 자신을 비웃는 듯 하다는 슬픔을 표현하고 있다. 이에 비해 갈기경(葛起耕)은 <안분(安分)>에서 시절이 이렇듯 어수선하고 부귀공명의 꿈 또한 이룰 길이 없으니 인간세태에 초연하여 산림에 은거해 분수에 편안하며 한가로이 지내겠다는 뜻을 표명하였다.

강호시파 시의 또 다른 주요 제재의 하나는 산수자연 경물에 대한 묘사이다. 주필(周弼)의 <야심(夜深)>은 적막한 밤에 책상 앞에 앉아 등불을 마주하고 있는 작자의 모습을 읊었다. 특히 끝의 두 구는 눈이 그친 뒤 산봉우리에 그믐달이 걸려 있고 시냇물이 얼어붙은 야경(夜景)을 청신한 필치로 묘사하여 한 폭의 산수화를 보여준다.

강호시파 시인들의 시는 대체로 작은 경물들을 백묘(白描)의 수법으로 표현하는 공통점을 보인다. 이로 해서 그들의 시는 청담(淸淡)한 풍격을 형성한다.

┃壺中林壑(葉茵)┃ 병 속의 숲과 계곡(섭인)

山下水一泓	산 아래 물 한 웅덩이
山上雲一朶	산 위에 구름 한 송이.
有塵飛不來	흙먼지 있어도 날아오지 않고
終年風月我	한 해 내내 바람과 달과 나뿐이네.

┃傾月(劉過)┃ 기울어진 달(유과)

去去山轉深	가고 가니 산은 갈수록 깊어지고
樹下益凄冷	나무 아래는 더욱 쌀쌀하다.
時有月鳥飛	때때로 달빛에 새가 날며
間碎梧桐影	간간이 오동나무 그림자를 부스러뜨린다.

위의 두 시는 모두 별다른 수식 없이 평담하게 경치를 묘사하고 있는데 작은 경치를 세밀한 관찰로 포착하여 그려내고 있다. 그 외에 다른 강호시인의 경우에도 경치를 묘사한 시에서 이러한 풍격 특색을 볼 수

있다.135)

진필복(陳必復)의 <산중서사(山中書事)>는 한적하고 탈속적인 산중생활을 읊고 있다.

天氣如春盎	날씨는 봄날 같이 화창하여
連朝未有霜	며칠째 아침에 서리가 없다.
數蟬嘶老木	몇 마리 매미는 고목에서 울어대고
一鳥渡寒塘	한 마리 새는 차가운 연못을 건너간다.
風竹寫晴影	바람 속에 대나무는 맑은 그림자를 드러내고
水花臨曉粧	물 속의 꽃은 새벽 유밀과에 피어 있다.
靜中觀物化	조용한 가운데 만물의 변화를 지켜보니
此意等羲黃	이 기분 복희씨나 황제 시대에 사는 것과도 같네.

중간의 4구 "몇 마리 매미는 고목에서 울어대고, 한 마리 새는 차가운 연못을 건너간다. 바람 속에 대나무는 맑은 그림자를 드러내고, 물 속의 꽃은 새벽 유밀과에 피어 있다"는 표현이나 전체적인 분위기는 만당체(晚唐體)의 특색이다. 작자는 만당체의 한아(閑雅)함을 좋아한다고 하였는데, 이 시가 그것을 잘 나타내고 있다. 현실생활에서의 번뇌나 번잡함을 피해 산을 즐겨 찾는 영가사령(永嘉四靈)의 영향을 엿볼 수 있다.

강호시파 시인들은 강서시파가 학문을 과시하는 작풍을 반대하는 점에서 영가사령과 취지가 같으며, 시어가 평이하고 시가의 서정성을 다시 회복한 점에서도 공통점을 보인다. 그러나 영가사령이 주로 가도(賈島)와 요합(姚合)의 시를 학습한 데에 비해 강호시파 시인들은 이 두 사람에 국한되지 않고 보다 많은 사람들을 학습하였다. 시가의 제재 방면에 있어서는 영가사령보다 폭이 더욱 확대되어 세속생활 속의 평범한 사물들을 모두 시에서 표현하였다. 영가사령이 주로 오언율시를 많이 지은 데에

---

135) 이를테면 "秋水四五尺, 暮山三兩峰."(劉仙倫, <秋郊>), "月寒雙鵠睡, 風靜一蟬吟."(翁卷, <題竹>), "一鳥過寒木, 數花搖翠藤."(趙師秀, <巖居僧>), "路入小橋和夢過, 豆花深處草蟲鳴."(張良臣, <曉行>) 등이 그 좋은 예이다.

비해 강호시파 시인들은 특히 칠언절구에 치중하였으며 악부시 창작에
있어서도 영가사령보다는 수량이 많고 질적으로도 높다. 이러한 점들은
강호시파 시인들이 영가사령과 다른 점들이며, 이런 점에서 영가사령 이
후의 변화를 엿볼 수 있다.

(3) 위상과 평가

북송 말 이후 강서시파가 폐단을 드러내면서 이를 비판하면서 새로
운 길을 모색하는 사람들이 나타나기 시작했다. 남송 중기에 들어서는
육유(陸游) · 양만리(楊萬里) · 범성대(范成大) 등이 그 대표적인 예로, 그들
의 시론이나 실제 창작을 보면 이러한 점을 잘 설명해 주고 있다. 이들
의 공통점은 당시(唐詩)의 학습을 통하여 강서시파의 결실(缺失)을 바로잡
고자 한 데에 있다. 특히 만당시(晚唐詩)에 대한 새로운 평가는 시인들이
나아갈 길을 제시한 점에서 이후의 시단에 적지 않은 영향을 미쳤다. 남
송 후기의 시인들은 앞 시기 시인들의 노력을 계승하면서 끊임없는 노
력을 게을리 하지 않았다.

영가사령(永嘉四靈)은 보다 직접적으로 강서시파를 비판하면서 당시
(唐詩)(실제로는 만당시)로의 복귀(復歸)라는 기치를 선명하게 내걸었다. 그들
은 강서시파가 학문을 바탕으로 하여 시를 짓고 이학가(理學家)가 성인의
이치로 시를 짓는 것을 표방하는 시단의 풍조에 불만을 품고 평이하고
유창한 표현을 통하여 당시적 특색을 나타내었다. 이들의 시는 강서시파
처럼 학문이나 전고(典故)에 의지하는 회삽(晦澁)하고 난해한 폐단이 없이
친근하고 읽기 쉬워 많은 사람들의 환영을 받았다. 영가사령이 당시를
제창하여 다시 부흥시킨 점은 긍정적으로 평가를 받을 만한 것으로, 시
단에는 강서시파가 대표하는 송시와 사령의 당시 간의 대립, 이에 따른
당송시 우열 논쟁이 분명하게 자리를 잡게 되었다. 그러나 실제의 창작

에 있어서 제재가 넓지 못하고 기상이 약한 점 등은 이들의 한계라 하지 않을 수 없다.

이에 강호시파(江湖詩派) 시인들은 작금의 시단의 상황을 새로이 검토하며 새로운 길을 모색하지 않을 수 없었다. 이들은 공통된 시학주장을 내걸고 의식적으로 집단을 결성하여 활동한 사람들이 아니며, 구성원들 간의 주장도 반드시 일치하는 것은 아니다. 현존하는 자료에 의거하여서는 강호시파 시인들의 개개인의 시학주장을 다 알 수 있지는 않지만 대체로 말해 사령을 추종하는 사람들과 반대하는 사람들로 대별할 수 있다. 전자는 물론 강서시파를 반대하는 사람들이며, 후자에 속하는 시인들은 대체로 사령을 비판하였는데 강기(姜夔)·유극장(劉克莊)·유과(劉過)·임희일(林希逸)·오도손(敖陶孫)·악뇌발(樂雷發)·공풍(鞏豐) 등이 여기에 속한다. 이들 중에는 강기처럼 처음에는 강서시파를 공부하였다가 끝내는 그 속박을 벗어난 사람들이 있고, 유극장처럼 처음에는 사령의 영향을 받았다가 그 후 강서시파로 방향을 돌려 공부하고, 다시 강서시파의 폐단을 공격한 사람도 있다. 이와 같이 사령이 만당체를 제시하면서 강서시파를 비판한 이래로 강호시파 시인에 이르러서도 강서시파와 사령 중 누구를 따를 것인가 하는 것은 시인들에 있어 큰 고민거리였으며, 시단에는 강서시파와 만당체 간에 심각한 대립이 있었다. 송말의 시인 조맹견(趙孟堅)이 <손설창시서(孫雪窓詩序)>에서 당시의 시단 상황에 대해 "강서시파와 만당체 시인이 서로를 흉보아, 저쪽 사람들은 이쪽이 난 잡하다고 병폐로 여기고, 이쪽 사람들은 저쪽이 얽매여 있다고 헐뜯는다"[136]라고 한 것을 보면 잘 알 수 있다. 그 당시, 만당체를 지지하는 사람들은 강서시파가 두보(杜甫)만을 추앙하지만 만당체도 나름대로의 특색을 가지고 일가(一家)를 이루었음을 강조하였다.

---

136) "竊怪夫今之言詩者, 江西晚唐之交相詆也, 彼病此冗, 此訾彼拘."

입으로 맛을 보는 데는 같은 기호가 있음을 진실로 알 수 있다. 만약 같
으면 그것이 맛이 있음은 의심의 여지가 없다. "짧고 길고 살찌고 마른 것
은 각기 자태가 있으니, 양귀비(楊貴妃)와 조비연(趙飛燕)을 누가 미워하랴"
라는 말이 있는데, 마땅히 이와 같이 보아야 할 것이다. 만약 오곡(五穀)을
위주로 하면서 여러 식품으로 보좌를 하는 경우 역시 내 마음 스스로 저울
질을 할 수 있다. 두보는 오곡이고, 만당체는 여러 식품과 같다.[137]

나는 만당의 여러 시인들을 좋아하는데, 그들의 시는 청심한아(淸深閒雅)
하여 마치 유인야사(幽人野士)가 담백하니 스스로 즐기는 것과 같다. 요컨
대 모두 스스로 일가를 이루었다.[138]

양귀비와 조비연이 각기 풍만하고 날씬한 미인의 대표로 사랑을 받
는 예를 들어 만당체의 경우도 두보의 시만은 못하더라도 그 가치를 인
정하여야 한다고 주장하고 있다.

강호시파 시인들은 또 강서시파의 결점을 지적하는 가운데, 이러한
점이 없는 만당체의 장점을 인정하였다. 방악(方岳)은 당나라 시인들은
성정의 표현을 중시하여 깊이 음미할 만한 맛이 있는 데 비해, 송대의
사람들은 의론으로 시 쓰기를 좋아한다고 하였고,[139] 유극장은 세상 사
람들이 만당체를 좋아하는 이유는 바로 잡다한 책에 얽매임이 없이 간
략하고 이해하기 좋음에 있음을 지적하였다.[140] 그는 또 강서시파 말류
의 시가 음조(音調)가 통순(通順)하지 못하고 의상(意象)이 박절(迫切)할 뿐
만 아니라, 의론이 너무 많아 고시(古詩)가 성정(性情)을 음영(吟詠)하는 본

---

137) 徐鹿卿, 《清正存稿》 권5, <跋杜子野小山詩>, "信知口之於味, 有同嗜焉. 苟同矣,
　　其爲美無疑也. '短長肥瘦各有態, 玉環飛燕誰敢憎.' 要當作如是觀. 若夫五穀以主之,
　　多品以佐之, 則又在吾心自爲持衡. 少陵, 五穀也. 晚唐, 多品也."
138) 陳必復, <山居存稿序>, "予愛晚唐諸子, 其詩淸深閒雅如幽人野士, 沖澹自賞, 要皆
　　自成一家."
139) 方岳, 《深雪偶談》, "本朝諸公喜爲議論, 往往不深喩, 唐人主於性情, 使雋永有味,
　　然後爲勝."
140) 《後村先生大全集》 권96, <韓隱君詩序>, "古詩出於情性, 發必善, 今詩出於記聞,
　　博而已. 自杜子美未免此病. 於是張籍王建輩, 稍束起書袋, ?去繁縟, 趨於切近, 世喜
　　其簡便, 競起效."

래의 취지를 저버렸음을 통렬하게 비판하였다.[141]

그러나 만당체를 비판하는 사람 또한 상당수 있었다. 진저(陳著)는 만당시의 천박함을 지적하여 "변천하여 만당이 되어서는 비쩍 마른 것으로 근본을 삼아 폐단이 극에 달했다. 비쩍 마름이란 천박함의 다른 이름이 아니겠는가"[142]라고 하였다. 웅화(熊禾)는 여러 만당체 비판자 중에서도 가장 강도 높은 비판을 하였다. 그는 우선 시란 가슴속에 맺힌 바가 있어 시를 빌리지 않고는 그 감정을 나타낼 수 없을 때 시를 짓는다고 전제하고, 굴원(屈原)의 <이소(離騷)>와 도연명(陶淵明)·두보(杜甫)의 시는 모두 가슴 아픈 분노와 절실한 근심을 폐부(肺腑)로부터 나타내었기에 세상에 그들의 시가 후세에 전해짐을 예로 들면서 당시의 만당체 작가들이 조탁에만 힘을 기울이는 것을 통박하였다.

> 굴원(屈原)의 <이소(離騷)>와 도연명(陶淵明)·두보(杜甫)의 시는 통분(痛憤)과 절실한 근심이 모두 폐부(肺腑)에서 흘러나왔기 때문에 후세에 전해질 수 있었다. 그렇지 않으면 비록 노심초사하여 극도로 조탁을 하더라도 민멸(泯滅)되어 버릴 터이니 무슨 소용이 있겠는가? 근래의 시인들은 격력(格力)이 미약하여 만당(晚唐)·오대(五代)의 시풍으로 치닫는데, 시다운 시가 없다고 하여도 가하다.[143]

"시다운 시가 없다"고 하여, 만당체 작가의 성취를 전면적으로 부정하는 말에서 그 당시 강서시파와 만당체 시인 간의 격렬한 대립과 비판을 엿볼 수 있다.

---

141) ≪後村先生大全集≫ 권176, ≪後村詩話≫(後集), "游默齋序張晉彦詩云, '近世以來學江西詩, 不善其學, 往往音節聱牙, 意象迫切, 且議論太多, 失古詩吟詠性情之本意'. 切中詩人之病."

142) 陳著, ≪本堂集≫ 권45, <跋孝門吳子擧瘦藁>, "流而晚唐, 乃以瘦爲本, 弊斯極矣. 瘦其膚淺之異名乎."

143) 熊禾, ≪勿軒先生文集≫ 권1, <題童竹間詩集序>, "靈均之騷, 靖節子美之詩, 痛憤憂切, 皆自肺肝流出, 故可傳. 不然則雖嘔心冥思, 極其雕鐫, 泯泯何益. 近代詩人格力微弱, 駸駸?晚唐五季之風. 雖謂之無詩, 可也."

　　이상에서 보는 바와 같이 강서시파와 만당체가 대표하는 당송시(唐宋詩)의 대립은 문학관념상의 대립에서 비롯된 것이다. 강서시파와 만당체 간에 격렬한 논쟁이 일어나던 당시 일부 시인과 비평가는 강서시파의 폐단을 바로잡기 위해 등장한 사령(四靈)을 비롯한 일부 강호시파 시인의 또 다른 폐단을 목도하고는 다시 새로운 주장을 내세우면서 당송시 논쟁은 한층 심화되었다.

　　강서시파와 사령이 대립을 보일 때 대복고(戴復古)와 유극장(劉克莊)을 대표로 하는 강호시파 중의 몇몇 시인에 의해 절충 조화론이 등장하였다. 강호시파 시인 중 처음에 사령의 영향을 받았던 시인들도 그들의 편협한 한계를 보고는 점차 독자적인 길을 찾았다. 대복고의 시는 "만당체를 씻어버리고 대아(大雅)로 돌아가려 하였다"144)는 평가를 받았으며, 유극장은 처음에는 사령 중 옹권·조사수와 교유를 가지며 그 영향을 받았으나 뒤에는 비판의 입장으로 돌아섰다. 강호시파 중 일부 시인들은 강서시파와 만당체 작가들이 서로가 자기 체재의 우수성을 주장하며 상대방을 비방하는 것을 보고, 양자의 어느 하나에 구속을 받지 않고 쌍방을 조화시키려는 생각을 가지게 되었다. 이러한 절충 조화론은 크게 둘로 나눌 수 있는데, 하나는 시는 성정의 표현이 우선 중요한 것이므로 당(唐)이니 송(宋)이니 나누어서 어느 한 쪽의 체재나 격률 만을 고집할 것은 없다는 주장이고, 다른 하나는 실제 창작에 있어서 강서시파와 사령의 단점은 피하고 장점은 취한다는 생각이다. 전자의 예로, 조맹견(趙孟堅)은 강서시파와 만당체 시인들은 모두 하나의 체재만 고집하는 편견에 사로잡혀 있음을 지적하면서, 성정(性情)의 표현에 따라 고시(古詩)가 적당하면 고시, 아니면 율시(律詩)나 악부(樂府)·잡언시(雜言詩) 등을 적절하게 택하면 된다고 주장하였다.145) 유극장도 이들과 유사한 의견을

---

144) 戴昺, 《東野農歌集》 권4, <石屛後集鋟梓敬呈屛翁>, "要洗晚唐還大雅".

145) 趙孟堅, 《彝齋文編》 권3, <孫雪窓詩序>, "竊怪夫今之言詩者, 江西晚唐之交相詆也, 彼病此冗, 此訾彼拘, 胡不合杜李元白歐王蘇黃諸公而幷觀. 諸公衆體該具, 不拘

제시하여 ≪시경(詩經)≫ 이후 시의 체재는 여러모로 변화가 있었지만 사람의 정성(情性)만큼은 천년 만년이 지나도 변하지 않는다고 하였다.146) 그는 또 <유기보시(劉圻父詩)>에서 강서시파와 만당체를 모두 비판하여 "나는 일찍이 지금 세상의 당률(唐律)을 하는 사람들은 천이(淺易)에 집착하고 편폭이 군색하고 재사(才思)가 천편일률적이며, 강서시파의 사람들은 또 광박(廣博) 원대(遠大)만을 추구하여 시로서의 넓이와 깊이를 죄다 버려, 한 번 냄새를 맡으면 맛이 다해버리는 것을 병폐로 여겼다"147)고 하였다. 또 강서시파는 "책을 바탕으로 하여 시를 지어 진부한 잘못을 범하고(資書以爲詩失之腐)", 만당체는 "책을 버림으로써 시를 지어 비속한 잘못을 범한다(捐書以爲詩失之野)"고 하여, 두 파의 폐단을 지적하면서 양파(兩派)의 장점을 한 곳에 취하여, 만당체의 경쾌한 시에 전고(典故)와 성어(成語)를 대량으로 채워 넣어 교묘한 대구(對句)를 즐겨 짓는 절충적인 창작 경향을 보였다.148)

이들 외에 엄우(嚴羽) 역시 ≪창랑시화(滄浪詩話)≫에서 강서시파와 영가사령을 비판했는데, 위의 사람들이 절충 조화론을 편 데에 반해 그는 성당시(盛唐詩)를 전범(典範)으로 삼아 학습할 것을 제창했다. 전자에 대한 비판은 그들이 "문자(文字)로서 시를 짓고, 재학(才學)으로 시를 지으며, 의론(議論)으로 시를 짓는다(以文字爲詩, 以才學爲詩, 以議論爲詩)"는 점에 모아지며, 후자에 대한 비판은 이들이 학습한 당시(唐詩)가 진정한 당시가 아니라는 데에 있다. 엄우가 성당시를 제창한 데에는 두 가지 의도가 있다. 즉, 한편으로는 성당시를 당시의 대표로 삼아 송시와 대조적인 특색

一也, 可古則古, 可律則律,可樂府雜言則樂府雜言, 初未聞學一而廢一也. 今之習江西晚唐者, 謂拘一也."

146) ≪後村先生大全集≫ 권106, <跋何謙詩>, "夫自國風騷選玉臺胡部, 至於唐宋, 其變多矣, 然變者詩之體製也, 歷千年萬世而不變者, 人之情性也."

147) 劉克莊, ≪後村先生大全集≫ 권94, "余嘗病世之爲唐律者, 膠擊淺易窘局, 才思千篇一體, 而爲派家者, 則又馳騖廣遠, 蕩棄幅尺, 一嗅味盡."

148) 錢鍾書, ≪宋詩選注≫(人民文學出版社, 1994), 250쪽.

으로 강서시파를 비판하면서, 또 다른 한편으로는 성당시는 만당시와는
대조적인 특색을 가지고 있기에 이로서 사령과 강호시파를 바로잡으려
고 하였다. 강서시파를 비판하는 점에서는 사령과 강호시파를 받아들였
고, 사령과 강호시파의 만당체를 비판하는 점에서는 또 강서시파에 접근
하고 있는 것이다.[149]

　지금까지 강호시인에 대한 평가는 그들의 시 자체와 그것이 송시 역
사에서 갖는 의미에 대한 평가라기보다는 그 구성원들의 인품과 관련하
여 시의 평가에 영향을 준 바가 컸으며, 그것도 일부 사람에 국한되어
전체를 싸잡아 개괄한 편견이라 하지 않을 수 없다. 국세가 날로 어지러
워지는 남송 후기라는 특정 시기에 처해 생활의 방도를 찾지 못하고 떠
돌아다녀야 했던 지식인들의 고충을 이해하면 그들에 대한 평가도 자연
달라질 것이다. 강호시파를 대표하는 시인들의 작품집 안에 실려있는 우
국상시(憂國傷時)의 시들을 보면 그들이 현실에 무관심하였다고 몰아세울
수만도 없고, ≪강호집(江湖集)≫ 필화(筆禍)사건이 그들의 창작에 미친 영
향과 의미에 대해서도 주의가 필요하다.

　강서시파가 새로운 모습으로 시단에 등장하여 오랜 기간 송대의 시
단을 좌우하며 송시를 대표하는 유파(流派)가 된 이래, 송시와 당시의 논
쟁이 치열하게 전개된 끝에 그들에 의해 송대에 있어서 당송시(唐宋詩)
우열 논쟁이 일단락된 것을 의미한다. 이 점에 있어서 강호시인들이 비
록 창작실천면에서는 이백(李白)과 두보(杜甫), 또는 소식(蘇軾)이나 황정견
(黃庭堅)·육유(陸游) 같은 대가(大家)는 내놓지 못했지만 비평이론 측면에
서 거둔 성취는 남달리 평가하지 않을 수 없다.

　강호시인의 출현은 중국문학발전사에 있어서 또 하나의 중요한 의의
를 가진다. 그것은 그들 이전의 시가 대체로 말해 사대부의 고아한 문학
이었다면, 대복고(戴復古) 같이 시문(詩文)을 생계 유지의 수단으로 삼는

---

149) 黃景進, ≪嚴羽及其詩論之硏究≫(文史哲出版社, 1986), 73쪽.

민간시인들이 등장하면서 시가 통속 대중화의 길을 걷게 된 점이다. 유극장의 다음 말은 이런 점을 잘 보여준다.

> 시의 재료는 천지에 가득하고, 시인들은 강호에 가득하다. 사람들마다 시를 짓고, 사람들마다 시집을 가지고 있다.[150)]

이것은 당시 문화의 통속화·문학의 통속화의 영향으로 이전에는 시의 작자가 소수의 시인층이던 데서 남송 후기에 이르면 일반 대중으로 확대되어 근대문학으로 넘어오는 한 고리로서 의미가 크다. 이상의 점에서 강호시인에 대한 평가는 각도를 새롭게 하여 진행될 필요가 있다.

3 | 유민시인(遺民詩人)

13세기에 접어들어 남송의 국세는 점차 기울어갔다. 단평(端平) 원년(1234)에 금(金)을 멸망시킨 몽고(蒙古)는 함순(咸淳) 7년(1271)에 원(元) 제국을 세웠다. 이어서 남으로 송나라를 침략하여 덕우(德祐) 2년(1276) 임안(臨安)이 함락되었다. 이후에도 조정의 신하들이 어린 황제를 옹립하여 항전을 계속하였으나 상흥(祥興) 2년(1279년) 애산(厓山)의 전투에서 패배하여 육수부(陸秀夫)가 어린 황제를 등에 업고 바다에 뛰어들어 죽음으로 해서 송나라는 드디어 멸망을 당한다. 시단에는 이러한 동란의 시기를 살면서 고국의 멸망을 슬퍼하는 비통한 심정을 노래한 시인들, 이른바 유민시인이 등장하였다. 이들은 혹은 재상(宰相)으로 원(元)과 저항하다가 장렬한

---

150) ≪後村先生大全集≫ 권109, <跋毛震龍詩稿>, "詩料滿天地, 詩人滿江湖. 人人爲詩, 人人有集."

죽음을 맞고, 혹은 궁정의 금사(琴師)로 천하를 다니고, 혹은 벼슬을 버리고 각지를 유랑하고, 혹은 은거하며 지내는 등, 각자의 신분과 살아간 상황은 저마다 다르지만 어지러운 시기를 똑같이 경험하며 시가의 주제와 내용에 있어서 공통의 특색을 보이고 있다. 이들은 혹은 이민족의 침략에 저항하고 나라를 지키겠다는 열정을 토로하고, 혹은 무능한 통치자를 비판하고, 혹은 고국을 그리워하는 슬픔 등을 격앙되고 비장한 어조로 나타내었다. 유민시는 문천상(文天祥)·임경희(林景熙)·왕원량(汪元量)·사고(謝翶)·정사초(鄭思肖)·사방득(謝枋得) 등을 대표로 삼을 수 있다.

(1) 문천상(文天祥)

문천상(1236-1283)은 국가가 가장 위기에 처했을 때 재상(宰相)이라는 중책을 맡아 나라를 위해 분투하였으며, 송나라가 망하자 그의 일생도 장렬하게 마감을 하게 되었다. 그는 21세에 진사 급제한 이후 40세 이전까지는 벼슬길에서 몇 번의 부침(浮沈)을 거듭하다가 결국 파면되어 고향에 돌아와 문산(文山)에서 은거생활을 보냈다. 그의 시는 시기적으로 덕우(德祐) 원년(1275)을 경계로 하여 둘로 나누어진다. 전기(前期)의 시는 수증(酬贈) 송별(送別)의 내용이 많으며 강호시파(江湖詩派)의 영향을 보인다. 문천상의 시는 애국열정이 넘쳐흐르는 후기의 시를 대표로 삼지만 전기의 시에서도 그의 우국 심정을 엿볼 수 있다.

❙夜坐❙ 밤에 앉아서

淡烟楓葉路	옅은 안개 낀 단풍나무 길
細雨蓼花時	가랑비에 여뀌 꽃이 핀 시절.
宿雁半江畫	자고 가는 기러기 나는 반쪽 강은 그림 같고
寒蛩四壁詩	차가운 귀뚜라미 우는데 벽만 있는 방에서 시를 짓는다.
少年成老大	젊던 나도 늙어버리고

吾道付逶遲	나의 도는 아득한 일로 치부해버린다.
終有劍心在	끝끝내 보검 휘두를 웅지(雄志) 있으니
聞鷄坐欲馳	닭 울음 듣자 앉아 있으나 달리고 싶네.

이 시에서는 시인이 비록 은거하고 지내지만 그 마음 속에는 아직 나라를 위해 활동을 하고자 함이 있음을 나타내었다.

문천상은 덕우 원년에 원나라 군대가 쳐내려와 조정에서 근왕군을 모으자 가재를 털어 3만 의병을 조직하여 수도로 나아갔다. 곧 이어 재상에 임명되면서 그의 생애는 새로운 전기를 맞이하며, 그의 시도 전기와 달리 침울비장하여 두보(杜甫)의 시풍에 가까운 새로운 모습을 보인다. 후기의 시는 ≪지남록(指南錄)≫, ≪지남록후집(指南錄後集)≫, ≪음소집(吟嘯集)≫, 그리고 ≪집두시(集杜詩)≫를 대표로 삼을 수 있다. ≪지남록≫은 그가 원나라 군영에 갔다가 구금 당한 이후, 북으로 압송되던 중 진강(鎭江)에서 탈출하여 통주(通州)에서 배를 타고 영가(永嘉)에 이르기까지의 동안에 지어진 것이다.

▮揚子江▮ 양자강

幾日隨風北海遊	며칠동안 바람 따라 북쪽 바다 다니다가
回從揚子大江頭	양자강 머리 쪽으로 돌아왔다.
臣心一片磁針石	나의 마음은 한 조각 지남침
不指南方不肯休	남쪽을 가리키지 못하면 그만두지 않으리.

이 시는 고정산(皐亭山)에서 원나라 승상 백안(伯顔)과 담판을 벌이다가 구금 당한 뒤, 경구(京口)에서 탈출하여 복주(福州)로 향하던 도중 양자강에 이르러 지은 것이다. 끝의 두 구에서는 남송을 향한 시인의 일편단심을 잘 나타내고 있다.

≪지남후록≫은 상흥(祥興) 원년(1278) 12월 20일에 오파령(五坡嶺)에서 원군(元軍)에게 포로로 잡힌 이후에 지은 시이다.

┃過零丁洋┃ 영정양을 지나며

辛苦遭逢起一經	고생스런 때를 만나 경서로 몸을 일으키니
干戈寥落四周星	전쟁으로 황량한 지 4년이 지났다.
山河破碎風飄絮	산하는 깨어져 바람에 날리는 버들솜 같고
身世浮沈雨打萍	이 내 신세 부침하여 비 맞은 부평초 같다.
惶恐灘頭說惶恐	황공탄 어귀에서 두려움을 말했더니
零丁洋裏歎零丁	영정양 안에서 외로움을 탄식한다.
人生自古誰無死	인생살이 자고로 누군들 죽지 않을 수 있나
留取丹心照汗靑	일편단심 남겨놓아 역사책을 비추리라.

자신의 일생을 되돌아보면서 굳은 지조를 나타내었다. 특히 끝의 두 구는 문천상의 사상을 잘 나타내는 명구로 사람들의 입에 오르내린다. 이 시는 문천상이 포로가 되어 상흥 2년 북으로 압송되던 중 애산(厓山)을 지나게 되었을 때, 원군의 총수(總帥) 장홍범(張弘範)이 문천상을 핍박하여 당시 공제(恭帝)를 모시고 항전을 하고 있는 장세걸(張世杰)에게 편지를 보내어 항복하도록 권유하라고 하자 그것을 거부하면서 지은 것으로 전해진다.

┃金陵驛┃ 금릉역

草合離宮轉夕暉	잡초 무성한 행궁에 석양으로 바뀌니
孤雲飄泊復何依	외로운 구름 떠돌다 다시 어디에 의지할까나.
山河風景原無異	산천의 풍경은 이전과 변함이 없건만
城郭人民半已非	성곽의 백성들은 반이 이미 달라졌다.
滿地蘆花和我老	땅에 가득한 갈대꽃은 나처럼 늙었고
舊家燕子傍誰飛	옛집의 제비는 누구 옆을 나를 건가.
從今別却江南路	지금 강남 땅 떠나가지만
化作啼鵑帶血歸	슬피 우는 두견새 되어 피를 물고 돌아오리라.

1279년 3월, 시인은 원나라의 서울 대도(大都)로 압송되어 가게 되었다. 이 시는 7월에 금릉(金陵, 지금의 남경(南京))을 지나면서 지은 것이다.

고국을 떠남을 비통해하면서 죽어서도 피를 토하며 우는 두견새가 되어 고국 산천으로 다시 돌아오겠다는 결심을 나타내었다. ≪지남록≫과 ≪지남후록≫에 실린 시들은 문천상이 자신이 각지를 다닌 행적을 적은 기행시(紀行詩)이다. 이 시들에는 대부분 앞에 서(序)가 붙어 있어 당시 문천상이 처한 처지와 그의 행동과 생각 등의 작시 배경을 잘 보여주고 있다. 이 시들은 일기체의 형식을 취하고 있어 이 시들을 연결해서 보면 그의 행적을 그대로 살필 수 있다.

┃正氣歌┃ 바른 기운을 읊은 노래

天地有正氣	천지간에 바른 기운 있어
雜然賦流形	여러 가지로 유동적인 형체에 부여된다.
下則爲河嶽	아래에서는 강과 산이 되고
上則爲日星	위에서는 해와 별이 된다.
於人曰浩然	사람에 있어서는 호연지기라 부르는데
沛乎塞蒼冥	크나크게 푸른 하늘에 가득 찬다.
皇路當淸夷	나라의 운이 청명할 때에는
含和吐明庭	조화로움 머금고 밝은 조정에서 펼쳐진다.
時窮節乃見	시국이 어려워지면 절개가 드러나
一一垂丹靑	하나하나 역사에 드리우게 된다.
在齊太史簡	제(齊)나라에서는 태사(太史)의 죽간(竹簡)이 되고
在晉董狐筆	진(晉)나라에서는 동호(董狐)의 붓이 되었다.
在秦張良椎	진(秦)나라에서는 장량(張良)의 철퇴가 되고
在漢蘇武節	한(漢)나라에서는 소무(蘇武)의 부절(符節)이 되었다.
爲嚴將軍頭	장군(將軍) 엄안(嚴顔)의 머리가 되기도 하고
爲嵇侍中血	시중(侍中) 혜소(嵇紹)의 피가 되기도 하였다.
爲張睢陽齒	휴양(睢陽)을 지키던 장순(張巡)의 이빨이 되기도 하고
爲顔常山舌	상산태수(常山太守) 안고경(顔杲卿)의 혀가 되기도 하였다
或爲遼東帽	혹은 요동(遼東)에 살던 관녕(管寧)의 모자가 되니
淸操厲冰雪	맑은 지조는 얼음이나 눈보다 매서웠다.
或爲出師表	혹은 제갈량(諸葛亮)의 <출사표(出師表)>가 되니

鬼神泣壯烈	귀신도 그 장렬함에 울었다.
或爲渡江楫	혹은 강을 건너는 조적(祖逖)의 노(櫓)가 되니
慷慨吞胡羯	비분강개함이 오랑캐를 삼킬 듯 하였다.
或爲擊賊笏	혹은 역적을 치는 단수실(段秀實)의 홀(笏)이 되니
逆竪頭破裂	역적의 머리가 깨졌다.
是氣所旁薄	이러한 기운 충만한 사람들은
凜烈萬古存	늠름하고 장렬함이 만고에 전해진다.
當其貫日月	그 기운이 해와 달을 꿰뚫을 때
生死安足論	삶과 죽음 어찌 족히 논할 게 되리오.
地維賴以立	땅을 묶는 밧줄은 이것에 힘입어 우뚝 서고
天柱賴以尊	하늘을 떠받치는 기둥은 이것에 의지하여 존귀해진다.
三綱實係命	삼강(三綱)이 실로 그 명을 따르고
道義爲之根	도의(道義)가 그 뿌리가 된다.
嗟余遘陽九	아아, 나는 재난을 만났건만
隷也實不力	천한 이 몸 실로 힘이 되질 못한다.
楚囚纓其冠	초(楚)나라 죄수처럼 관을 쓰고
傳車送窮北	수레에 실려 황량한 북쪽으로 보내지게 되었다.
鼎鑊甘如飴	가마솥에 삶기는 형벌도 엿처럼 달게 여기건만
求之不可得	원하여도 그렇게 될 수 없었다.
陰房闃鬼火	어두운 감방에 귀신의 불 적막하고
春院閟天黑	봄날의 정원은 시커먼 하늘에 갇혀있다.
牛驥同一皁	소와 천리마가 마구간을 같이 하고
鷄棲鳳凰食	닭장에서 봉황이 모이를 먹는다.
一朝濛霧露	하루아침에 안개와 이슬에 뒤덮이면
分作溝中瘠	제각기 도랑 속의 시체가 되리라.
如此再寒暑	이렇게 추위와 더위 두 번 보냈건만
百沴自辟易	온갖 나쁜 기운이 스스로 피해간다.
哀哉沮洳場	슬프다, 낮고 음습한 이 곳이
爲我安樂國	나에게는 안락한 곳이 되었다.
豈有他繆巧	어찌 달리 교묘한 방법이 있어
陰陽不能賊	음양의 기운이 해치지 못하는 것이리오.
顧此耿耿在	이 몸 돌아보니 밝은 기운 있어서 인데

仰視浮雲白	고개 들어 바라보니 떠있는 구름 희기만 하다.
悠悠我心悲	아득하게 나의 마음 슬프나
蒼天曷有極	푸른 하늘 어찌 끝이 있으리오.
哲人日已遠	훌륭한 분들 나날이 멀어져 가나
典刑在夙昔	남긴 모범 옛부터 전해오네.
風檐展書讀	바람 부는 처마 가에서 책을 펼쳐 읽노라니
古道照顔色	옛 성현의 도리가 나의 얼굴빛을 환히 비친다.

이 시는 문천상이 죽기 1년 전인 1281년에 연경(燕京)의 감옥에서 지은 시로, 그의 사상을 잘 대변하고 있다. 우선 천지간에 가득한 '정기'의 존재를 말하고 이어서 구체적인 실례(實例)로 절의(節義)가 뛰어난 12명의 역사상 인물들의 사적을 든 다음, 자신이 열악한 환경의 감옥에서도 꿋꿋함을 말하면서 호연정기(浩然正氣)의 위대함을 노래하였다.

≪음소집≫과 ≪집두시≫는 연경에서 죄수로 있으면서 지은 것이다. 특히 ≪집두시≫는 두보의 시를 조합하여 지은 시로, 형식면에 있어서 새로운 면모를 보이고 있다.

　　나는 연경(燕京)의 감옥 가운데에 있으면서 할 수 있는 일이 없어 두보의 시를 암송하면서 점차 익혔다. 여러 감흥을 그의 오언시에 의거하여 모아서 절구를 지었는데, 이러기를 오래되자 2백 수가 되었다. 무릇 내 뜻이 말하고자 하는 것을 두보가 나를 앞서 대신하여 말하였다. 날마다 즐기며 내버려두지 않았는데, 단지 나의 시라고 느꼈지, 그것이 두보의 시라는 것은 잊었다. 이에 두보가 능히 스스로 지은 것이 아니라 시구 자체는 사람들의 성정 중의 말인데 두보가 수고롭게 말하게 하였을 따름이라는 것을 알게 되었다. 두보는 나로부터 수백 년 떨어져 있지만 그 말을 내가 사용하게 되니 성정이 같지 않은가. 옛 사람들이 두보의 시를 평하여 시사(詩史)라고 한 것은 그가 읊조리고 노래하는 말로 기록의 사실을 담아 누르고 드날리며 칭찬하고 깎아내리는 뜻이 그 가운데 분명하기 때문이니, 비록 역사라고 일컬어도 가할 것이다. 내가 모은 두보의 시는 내가 어려움에 처한 이래의 세상의 변화와 인사(人事)가 대체로 여기에 보이는데, 이것은 시를 짓는 데에

뜻을 둔 것이 아니다. 후대의 훌륭한 역사가들이 여기에서 참고할 것이 있기를 바라는 것이다.151)

전인(前人)의 시구를 조합하여 새로운 시를 짓는 집구시(集句詩)는 송대의 경우 왕안석(王安石)이 이 방면에 관심을 가지고 69수를 남기고 있다. 문천상의 집구시는 두보 한 사람의 시에서 시구를 모았고 왕안석의 시보다 수량이 훨씬 많은 200수를 지었다는 점에서 그 의의와 가치를 높이 평가할 수 있다. 위의 글을 보면 두보의 시구를 조합하되 그것이 자신의 시이지 두보의 시라는 것을 잊었다는 말에서 문천상의 집구시가 단순히 유희적인 태도로 지은 것이 아니며 거기에는 사상과 감정이 서로 통하고 있음을 알 수 있다. 이 글에서 문천상은 또 자신의 시가 두보와 마찬가지로 시사(時事)를 반영하고 있음을 밝혔다. 실제 그의 작품도 그러하니, 《사고전서총목제요(四庫全書總目提要)》에서는 《집두시》에 대해서 다음과 같이 평하고 있다.

　　일명 《문산시사(文山詩史)》라고도 부르는데 …… 국가가 망하게 된 연유와 평생 겪은 상황, 그리고 충신과 의로운 선비가 환난에서 처신한 바에 있어서 하나하나 그 사실을 평가하고 기록하여 전말이 분명하니 '시사(詩史)'라는 이름에 부끄럽지 않다."152)

집구시(集句詩)의 형식으로 역사적인 사실을 기록한 것은 문천상이 처음이다. 문천상이 두보의 시구를 모아 지은 것으로는 《집두시》 외에

---

151) <集杜詩自序>, "余坐幽燕獄中, 無所爲, 誦杜詩, 稍習. 諸所感興, 因其五言集爲絶句, 久之得二百首. 凡吾意所欲言者, 子美先爲代言之. 日玩之不置, 但覺爲吾詩, 忘其爲子美詩也. 乃知子美非能自爲詩, 詩句自是人情性中語, 煩子美道耳. 子美於吾隔數百年, 而其言語爲吾用, 非情性同哉. 昔人評杜詩爲詩史, 蓋其以詠歌之辭, 寓紀載之實, 而抑揚襃貶之意燦然於其中, 雖謂之史可也. 予所集杜詩, 自余顚沛以來, 世變人事, 槪見於此矣, 是非有意于爲詩者也. 後之良史尚庶其有考焉."

152) "一名文山詩史 …… 於國家淪喪之由, 生平閲歷之境, 及忠臣義士之周旋患難者, 一日評志其實, 顚末粲然, 不愧詩史之目."

도 <호가곡(胡笳曲)>이 있어 이민족의 침략으로 백성들이 집을 잃고 떠돌아다니는 어지러운 상황을 묘사하였다. 문천상의 다른 시도 대체로 이 '시사'라는 특색을 가지고 있다. 이를테면 <이월육일해상대전국사불제고신천상좌북주중향남통곡위지시왈(二月六日海上大戰國事不濟孤臣天祥坐北舟中向南慟哭爲之詩曰)>시는 상흥 2년(1279) 2월 6일, 송(宋)과 원(元)의 마지막 결전에서 송군(宋軍)이 애산(厓山)의 해전(海戰)에서 패배 당하는 장면을 시인이 포로가 되어 원군(元軍)의 배에서 직접 지켜보고 지은 시이다. 비분에 찬 필치로 전투의 전체 과정을 기록하여, 역사서의 기록이 충분치 못한 부분을 보충하고 있다.

문천상은 위난(危難)한 시기에 처해 비록 간난(艱難)의 역정을 겪지만 차라리 죽을지언정 결코 굴하지 않겠다는 굳은 절조와 애국 충정을 때로는 격앙되고 때로는 비장한 어조로 시에서 나타내었는데, 그의 시는 이 시기 시인들의 정신과 심정을 잘 반영하고 있다.

(2) 임경희(林景熙)

임경희(1242-1310)는 천주교수(泉州教授)·예부가각(禮部架閣)·종정랑(從政郎)을 지내다가 37살 때 남송이 망하자 고향 평양(平陽, 지금의 浙江省 蒼南)에 돌아와 은거하며 학생을 가르치고 저술을 하면서 여생을 보냈다. 그의 시는 특히 오칠언 율시가 뛰어난데, 황정견(黃庭堅)·진사도(陳師道) 등의 강서시파와 두보(杜甫)의 시, 그리고 만당시(晚唐詩)를 두루 학습하였다. 임경희의 시에는 망국의 아픔이 곳곳에서 강렬하게 표현되어 있다.

▎山窗新糊有故朝封事稿, 閱之有感 ▎
산속의 집 창문에 종이를 새로 붙였는데 지난 왕조의 상소문 초고가 있어 읽고 느낀 바가 있어

偶伴孤雲宿嶺東　　우연히 외로운 구름과 짝을 하여 고개 동쪽에서 묵으니

四山欲雪地爐紅　　사방의 산에 눈 내리려 하고 화로의 불 빨갛다.
何人一紙防秋疏　　누가 쓴 것인가, 가을철 오랑캐 방비의 상소문 한 장이
却與山窗障北風　　산속의 창문을 위해 북풍을 막아주는구나.

　여행 도중, 조정에 올리는 기밀문서가 이제 한낱 문의 창호지로 쓰인 것을 발견하고는 감개를 금치 못하면서 다시금 망국의 아픔을 절절히 느낀다.

┃送春┃ 봄을 보내며

蜀魂聲聲訴綠陰　　두견새 소리마다 녹음을 알리고
誰家門巷落花深　　누구집 대문과 골목인가 낙화가 쌓여있다.
遊絲不繫春暉在　　나부끼는 버들솜은 봄햇살 머무르게 묶어두지 못하고
愁絕天涯寸草心　　하늘 끝에서 한 치 풀 같은 마음 시름에 겨워한다.

　이 시는 표면적으로는 가는 봄을 안타까워하는 것이지만 그 이면에는 송의 멸망을 슬퍼하고 있다. 조국을 지키지 못한 것을 부끄러워하는 마음도 읽을 수 있다. 당나라의 맹교(孟郊)는 <유자음(遊子吟)>에서 어머니의 사랑을 '춘휘(春暉)'에 비유하면서 길 떠나는 자식의 '한 치 풀 같은 마음'으로는 그것에 보답할 수 없다고 하였다. 시인은 여기서 '춘휘'로 자기를 키워준 조국을 비유하면서 고국에 대한 그리움을 나타내었다.

┃南山有孤樹┃ 남산에 외로운 나무가 있어

南山有孤樹　　남산에 외로운 나무가 있어
寒鳥夜繞之　　차가운 날 새가 밤에 그것을 맴돈다.
驚秋啼眇眇　　가을 날씨에 놀라 나직이 우는데
風撓無寧枝　　바람이 휘감아 편안한 가지가 없다.
托身未得所　　몸을 깃들이려도 마땅한 곳 없어
振羽將逝兹　　날개를 떨쳐 장차 이곳을 떠나려 한다.
高飛犯霜露　　높이 나니 이슬과 서리를 맞고
卑飛觸茅茨　　낮게 나니 띠풀에 부딪힌다.

乾坤豈不容　천지가 어찌 이 몸 용납하지 못하랴
顧影空自疑　그림자 돌아보며 부질없이 스스로 의문을 품는다.
徘徊向殘月　배회하며 지는 달 향하며
欲墮已復支　떨어지려 하다가 이미 다시 지탱한다.

이 시는 남산의 외로운 나무를 노래하면서 시인이 나라를 잃고 갈 길 몰라하는 애통함을 비유적으로 표현하였다. 유민시인의 심리를 엿보게 하는 작품이다. 이것은 임경희의 다른 시에서도 보인다. <수사고보견기(酬謝皐父見寄)>에서 "산에 들어가 지초(芝草)와 고사리를 캐려 하니, 승냥이와 호랑이가 나의 언덕을 점거하고 있다. 바다에 들어가 봉래산(蓬萊山)을 찾고자 하니, 고래가 나의 배를 들어 올린다. 산과 바다 두 곳 다 가로막는 것이 있어, 홀로 서서 멀리 바라보며 근심에 싸이네"[153]라고 한 것은 위의 시에서 말한 '천지가 어찌 이 몸 용납하지 못하랴'의 뜻이다. <기사명진무양(寄四明陳楙陽)>에서도 "문을 나서다가 다시 머뭇거리니, 발길 닿는 곳에 무너진 돌이 있다. 저 아래 천 길 되는 못 가에 서 있노라니, 흉악한 물고기들이 우글거린다. 피비린내 바람은 파도를 치솟게 하고, 우뚝 솟은 바위는 큰 소리를 낸다. 아차 잘못하여 떨어지기라도 하면, 만 길 두레박줄로도 어찌 미칠 수 있겠는가"를 깨닫고 험난한 세상길을 멀리 떠나 "차라리 나의 몸을 쉬게 하고, 원숭이나 학과 아침 저녁을 함께 하느니만 못하다"의 뜻을 밝혔다.[154]

┃荅鄭卽翁┃ 정즉옹에게 답을 하며

初陽蒙霧出林遲　첫 태양 안개에 덮혀 숲에서 느릿느릿 나오고
貧病雖兼氣不衰　가난에 병까지 들었지만 기력은 쇠하지 않았습니다.
老愛歸田追靖節　늙으막에 전원에 돌아온 것 좋아하여 도연명을 추모

---

153) "入山采芝薇, 豺虎據我丘. 入海尋蓬萊, 鯨鯢掀我舟. 山海兩有碍, 獨立凝遠愁."
154) "高人謝世紛, 誅茅在絶壁. 十年不下山, 舊路掩深棘. 出門復踟躕, 觸步有崩石. 下臨千仞淵, 毒鱗正紛籍. 腥風鼓洪濤, 石齒鳴咋咋. 失勢倘一落, 萬綆那可及. 不如息我軀, 猿鶴與朝夕."

하고

狂思入海訪安期	미칠 듯이 바다에 들어갈 생각나면 안기생을 찾습니다.
春風門巷楊花後	봄바람 부는 대문과 골목에 버들꽃 날리고
舊國山河杜宇時	옛 나라 산하에 두견새가 웁니다.
一種閑愁無著處	한 가지 시름을 둘 곳이 없어
酒醒重讀寄來詩	술이 깨자 보내온 시를 다시 읽는답니다.

도연명(陶淵明)은 혼탁한 세상과의 결탁을 거부하고 팽택령(彭澤令)을 사임하고 전원에 돌아왔으며, 안기생(安期生)은 동해(東海)의 봉래산(蓬萊山)에 산다는 선인(仙人)이다. 이 시에서 시인은 절개를 지키려는 뜻과 망국 후의 처량한 심정을 읊고 있다.

┃冬青花┃ 동청화

冬青花	동청화
花時一日腸九折	꽃 필 때면 하루에도 애간장이 아홉 번 끊어진다.
隔江風雨清影空	강 건너 비바람 속에 맑은 그림자 보이지 않고
五月深山護微雪	오월 깊은 산이 엷은 눈 같은 꽃 감싸고 있다.
石根雲氣龍所藏	돌부리에 구름 피어오르니 용이 깃들어 있어
尋常螻蟻不敢穴	보통 개미는 감히 구멍을 파지 못한다.
移來此種非人間	옮겨 온 이 꽃은 인간세상의 것 아니니
曾識萬年觴底月	일찍이 만년술잔 아래의 달을 본 적 있다.
蜀魂飛繞百鳥臣	두견새가 날아 맴돌면 온갖 새 뒤따르고
夜半一聲山竹裂	한밤중에 한번 울면 산의 대나무 갈라진다.

이 시에는 배경 고사가 있는데, 지원(至元) 21년(1284) 원나라 승려 양련진가(楊璉眞伽)가 소흥(紹興) 일대에서 남송 황제의 능묘를 파헤쳐 순장한 보물을 훔쳐가는 일이 발생했다. 뒤에 임경희와 사고(謝翶) 등이 고종(高宗)과 효종(孝宗)의 유골을 난정산(蘭亭山)에 묻고, 궁중에서 옮겨온 동청수(冬青樹)를 그 위에 심어 표지로 삼았다. 이 시는 송이 망한 뒤 황제의 무덤마저 도굴 당하고 유골이 아무렇게나 버려진 사실을 비통한 심

정으로 읊고 있다. 시 중의 '용(龍)'은 남송의 황제를 가리키고, '촉혼(蜀魂)'은 옛날 촉왕(蜀王) 두우(杜宇)가 나라를 잃은 뒤 혼백이 두견새로 변하였다는 이야기를 빌려 여기서는 남송의 여러 황제의 혼백을 가리킨다. 당시 원나라의 송 유민에 대한 억압 정책이 심하여 드러내놓고 말하지 못하고 은밀하게 표현한 것이다.

표현방면에 있어서 임경희 시의 두드러진 특색 중의 하나는 비흥(比興) 수법의 사용이다.

▌秦吉了▐ 진길료

爾禽畜於人	너는 새로 사람에게 키워지는데
性巧作人語	천성이 영리하여 사람의 말 할 줄 안다.
家貧售千金	집이 가난하여 천금으로 팔자해도
寧死不離主	차라리 죽을지언정 주인을 떠나려 하지 않는다.
桓桓李將軍	용맹스러운 이릉 장군은
甘作單于鬼	선우의 귀신이 되는 것도 기껍게 여기는데.

진길료는 구관조(九官鳥)로 사람의 말을 할 줄 아는 새이다. 소백온(邵伯溫)의 ≪문견록(聞見錄)≫에 의하면, 여남(濾南)에 진길료를 키우는 사람이 있었는데 이 새는 사람의 말을 할 줄 알아, 오랑캐 추장이 50만 전으로 그것을 사려고 하여, 그 사람이 새에게 집이 가난하여 팔고자 한다고 하자, 진길료가 말하기를 "저는 한족(漢族)의 새로, 오랑캐 땅에는 들어가기를 원치 않습니다"라고 하며 끝내 버티다가 결국 죽었다.[155] 여기서 시인은 진길료 같은 새도 키워주는 은혜를 입으면 끝끝내 의리를 지킬 줄 안다는 점을 들어 옛날 한(漢)나라의 장군 이릉(李陵)이 흉노에게 항복한 것을 풍자하였다. 이것은 물론 남송 당시의 장수들을 비판하는 의미를 담고 있다. 원(元)의 장조정(章祖程)은 임경희의 시에 보이는 이러한 표

---

155) 邵伯溫, ≪見聞錄≫ 권17, "濾南之長寧軍有畜秦吉了者, 亦能人言. 有夷首欲以錢伍拾萬買之, 其人告以苦貧, 將賣爾, 秦吉了曰, 我漢禽, 不願入夷中. 遂勁而死"

현 특색에 대하여 다음과 같이 말했다.

> 그의 시는 대체로 모두가 사물에 비흥(比興)을 기탁하였는데, 출처(出處)를 밝히고 인륜(人倫)을 바로 메며 세상의 변화를 개탄하고 옛 풍속을 그리워하는 것이 지극하다. 시집 첫머리의 몇 편이 더욱 절실하며, 그밖에 제영(題詠)과 수창(酬唱)이 비록 저마다 같지 않지만, 이러한 뜻은 또한 그 가운데에 행해지지 않은 것이 없지 않은가. 그의 시 독자가 만약 이러한 점으로 읽는다면 아마도 그의 본뜻을 잃지 않을 것이며, 이로써 그의 시가 구차하게 지은 것이 아니라는 것을 알 수 있을 것이다. 조어(造語)의 묘(妙)와 용자(用字)의 정(精), 법도가 가지런하고 엄함, 격력(格力)이 맑고 건실함에 이르러서는 또 쉽게 이름을 붙일 수 없다.[156]

사물에 비흥을 기탁하는 것이 임경희 시의 특색임을 지적하고 있다. 위의 시 외에 <상부음(商婦吟)> 역시 이러한 예로, 여기서 시인은 자신을 상인의 아낙네에 비유하여 임금을 그리는 뜻을 기탁하고 있다. ≪송시초(宋詩鈔)≫에서 임경희의 시를 평해 '유완(幽宛)'이라 한 것은 바로 이러한 표현수법으로 형성된 풍격 특색을 지칭하는 것이다.[157]

(3) 왕원량(汪元量)

왕원량(?-?)은 대략 송(宋) 이종(理宗) 순우(淳祐) 6년(1246)에서 10년(1250) 사이에 태어나 원(元) 인종(仁宗) 연우(延祐) 4, 5년(1317-1318) 이후에 세상을 떠났다. 젊어 문장이 뛰어나 조정에서 일을 하며 금(琴)을 잘 타

---

156) <題白石樵唱>, "其詩大抵皆託物比興, 而所以明出處, 繫人倫, 感世變, 而懷舊俗者至矣, 卷首數篇, 尤爲親切, 其它題詠酬唱, 雖有不同, 然而是意亦未嘗不行乎其間. 讀者倘以是求之, 則庶乎不失其本領, 而有以知其詩之不苟作也. 至於造語之妙, 用字之精, 法度之整而嚴, 格力之淸而健, 又未易名言."

157) ≪宋詩鈔·白石樵唱鈔≫, "詩六卷曰白石樵唱, 大槪悽愴故舊之作, 與謝翶相表裡, 翶詩奇崛, 熙詩幽宛."

사태후(謝太后)를 모셨다. 1276년, 임안(臨安)이 함락되어 송이 망하자 공
제(恭帝)·황태후(皇太后)·태황태후(太皇太后)를 수행하여 북으로 대도(大
都, 北京)에 갔다. 왕원량은 대도에 있으면서 한림원(翰林院)의 벼슬을 제
수받았는데 이에 대해 그를 유민(遺民)이라 볼 수 있는가 하는 문제가 생
긴다. 이와 관련하여 왕국유(王國維)는 다음과 같이 말했다. "후세에 송의
유민으로 그를 일컬어 사고(謝翺)·방봉(方鳳) 등과 같은 대열에 두는 것
은 아주 사실에 어긋나는 것이지만, 왕원량은 본래 금사(琴師)로서 궁중
을 출입하였으니 배우나 점치는 자의 무리이며, 몸을 바쳐 신하가 된 사
람들과는 다르다. 그가 원나라에 벼슬한 것은 아마도 별다른 용의(用意)
가 있어서 그런 것으로, 방봉과 사고 같은 여러 어진 사람들과는 행적은
다르나 마음은 같으니, 송나라의 근신 중에서는 오직 그 한 사람뿐이었
다."[158] 실제로 왕원량은 공제 등의 삼궁(三宮)을 수행하여 북방으로 간
뒤 그들을 모시다가 각기 혹 출가하여 불법을 닦고 혹 세상을 떠나자 벼
슬을 버리고 남쪽으로 돌아온 행적이나, 그의 시에서 변치 않고 보이는
고국에 대한 충정을 종합적으로 보면, 그를 유민으로 보아 무방하다.
1288년, 왕원량은 도사(道士)의 신분으로 남쪽으로 돌아와 호상(湖湘)과
촉천(蜀川) 등지를 유람하고 서호(西湖)에서 은거하며 지냈다.

　왕원량은 다른 유민시인과 마찬가지로 송의 멸망을 직접 목도하면서
당시의 시사를 시에 담았다. 그는 남송의 멸망을 경험하면서 두보(杜甫)
의 시에 대한 이해와 애호가 새롭게 변하게 되었다. 그는 이에 대해 "젊
어서 두보의 시를 읽으면 고고(枯槁)함을 자못 느꼈다. 이 때에 숙독(熟讀)
을 하니 비로소 구절 구절이 좋음을 알게 되었다"[159]라고 말하였다. 이
러한 인식의 변화를 거쳐 <봉주(鳳州)>시에서 말한바 "붓을 달려 시를

---

158) ≪觀堂集林≫ 권21, <書宋舊宮人詩詞·湖山類稿·水雲集後>, "後世乃以宋遺民稱
　　之, 與謝翺方鳳等同列, 殊爲失實, 然水雲本以琴師出入宮禁, 乃倡優卜祝之流, 與委
　　質爲臣者有別, 其仕元亦別有用意, 與方謝諸賢跡異心同, 有宋近臣, 一人而已."
159) <草地寒甚甚氈帳中讀杜詩>, "少年讀杜詩, 頗覺其枯槁. 斯時熟讀之, 始知句句好."

지어 잠시 사실을 기록한다(走筆成詩聊紀實)"는 사실적(寫實的) 창작관을
갖게 되었다.

┃答林石田┃ 임석전에게 답을 하며

南朝千古傷心事	천년 후에도 마음을 상하게 하는 남조의 일들
每閱陳編淚滿襟	매번 옛 책을 볼 때마다 눈물이 옷깃에 가득하다.
我更傷心成野史	내가 더욱 상심하여 야사를 지으니
人看野史更傷心	사람들이 야사를 보고 더욱 상심한다.

이 시에서는 자신의 시가 바로 시(詩)로 야사(野史)를 짓는 것임을 분
명히 말하고 있다. 왕원량의 시는 남송이 멸망하기 전후의 역사를 사실
적으로 기록한 데에 특색이 있다.

┃醉歌┃ 취하여 부르는 노래(제1수)

呂將軍在守襄陽	여장군이 있어 양양을 지키니
十載襄陽鐵脊梁	십년 동안 양양은 쇠로 만든 대들보였다.
望斷援兵無信息	애타게 원병을 기다려도 소식이 없어
聲聲罵殺賈平章	소리마다 가평장을 죽이라 욕을 하였다네.

'가평장'은 간상(奸相) 가사도(賈似道)로, 그는 매일 향락에 빠져 원군
(元軍)에 의해 양양이 포위되어 위급한 지경에 빠졌는데도 구원을 손길을
보내지 않았다. 이로 인해 여문환(呂文煥)이 지키던 양양은 6년을 버티다
가 항복을 하고, 송(宋)은 보호벽을 잃고 결국 망하게 되었다. 왕원량의
이 시는 가사도가 나라를 그르친 것을 비통한 마음으로 질책하였다.

┃醉歌┃ 취하여 부르는 노래(제5수)

亂點連聲殺六更	딱따기와 북소리 어지럽게 이어져 육경을 알리니
熒熒庭燎待天明	희미한 궁정의 횃불이 날 밝기를 기다린다.
侍臣已寫歸降表	신하들이 벌써 항복의 문서를 쓰고는

臣妾僉名謝道清   신첩 사도청이라 서명을 하고 말았다.

회남(淮南)과 형양(荊襄) 일대가 모두 원군에게 항복하고 원군이 남송의 수도 임안(臨安)에 진입하여 결국 사태후(謝太后)가 항복하는 글에 이름을 적는 장면을 묘사하였다. 이에 관해 시인은 다른 시에서 국모(國母)가 이미 정사 돌볼 마음이 없고 서생은 부질없이 눈물만 줄줄 흘린다고 슬픔을 말하였다.[160] <취가(醉歌)>는 모두 10수로, 남송이 투항하여 원군이 수도에 입성(入城)한 사실을 묘사하였다. 유신옹(劉辰翁)은 이 시에 대해 "이 열 수의 노래는 정말 강남(江南)의 야사(野史)이다(此十歌眞江南野史)"고 평하였다.

왕원량은 남송이 망한 뒤, 삼궁(三宮)이 북으로 끌려갈 때 수행을 하였는데, 연경(燕京)에 도착할 때까지의 여정 동안 일행의 생활 모습과 개인의 느낌을 시에 하나하나 담았다.

▌湖州歌▐ 호주의 노래(제6수)

北望燕雲不盡頭   북쪽으로 연운 땅 바라봐도 끝이 없는데
大江東去水悠悠   양자강만 동으로 흐르며 물이 아득하다.
夕陽一片寒鴉外   석양 한 조각이 차가운 하늘의 까마귀 저쪽에 있는데
目斷東南四百州   동남땅 4백주를 보이지 않을 때까지 바라본다.

이 시는 북쪽으로 양자강을 건너면서 느끼는 침통한 심정을 적었다. 양자강을 건너면 이제부터는 남송과는 작별을 고하게 되는 것이다. 그래서 저물어가는 저녁빛 아래에서 오래오래 서서 고국의 땅이 시야에서 사라질 때까지 차마 그만두지 못하고 바라보고 있다.

▌湖州歌▐ 호주의 노래(제37수)

宮人清夜按瑤琴   궁녀가 맑은 밤에 요금(瑤琴)을 타는데

---

160) <醉歌>(제3수), "國母已無心聽政, 書生空有淚成行."

不識明妃出塞心　명비(明妃)가 요새를 나서는 마음을 알지 못한다.
十八拍中無限恨　호가십팔박(胡笳十八拍) 중에 무한한 한(恨) 담겨 있는데
轉弦又奏廣陵音　현(弦)을 바꾸어 다시 광릉음(廣陵音)을 연주한다.

남송의 궁녀가 이제 원(元)의 포로가 되어 잡혀가는 입장에 있으면서도, 그 옛날 왕소군(王昭君)이 흉노(匈奴)와의 화친(和親)을 위해 요새로 나섰던 심정이나, 또 남흉노(南匈奴) 좌현왕(左賢王)에게 시집을 갔던 채염(蔡琰)이 호가십팔박을 타면서 신세를 노래한 심정을 알지 못한다고 왕원량은 궁녀가 타는 요금의 가락을 들으면서 애통해 하고 있다.

임안에서 북으로 가면서 연도에서 전쟁으로 황폐한 경물과 역대 명승고적을 목도하고 세상사의 무상함과 세월이 흘러감을 슬퍼하는 마음을 표현하였다.

┃徐州┃ 서주

白楊獵獵起悲風　백양나무에 부수수 슬픈 바람 일어나고
滿目黃埃漲太空　보이는 건 누런 먼지 하늘에 가득 찬다.
野壁山牆彭祖宅　교외 성벽 산의 담장 너머 팽조(彭祖)의 묘 보이고
塵花糞草項王宮　먼지 낀 꽃 분뇨 덮인 풀 속에 항우(項羽)의 궁전 있다.
古今盡付三杯外　고금의 성쇠 모두 석 잔 술 밖에 부치니
豪傑同歸一夢中　호걸들도 하나같이 일장춘몽 중에 돌아갔다.
更上層樓見城郭　다시 한 층 누각 올라 성곽을 바라보니
亂鴉古木夕陽紅　까마귀 어지럽게 고목에서 울고 석양은 붉다.

천하를 호령하던 고금의 그 많던 영웅 호걸과 천고의 유적지도 시간의 흐름 앞에서는 한낱 누런 흙으로 변할 따름이다. 황폐한 경물은 가슴 가득 탄식만 자아낸다.

<황금대화오실당운(黃金臺和吳實堂韻)>은 대도에 도착한 다음에 지은 것이다. 황금대(黃金臺)는 옛날 전국(戰國)시대 연(燕)나라 소왕(昭王)이 지은 누대로 그 위에 천금(千金)을 놓아두고 천하의 현사(賢士)를 초빙했

던 곳이다. 그러나 나라를 잃은 처지에서 이 곳을 찾은 그로서는 그저 가슴만 아플 따름이다. "술잔 잡고 황금대에 오르니, 상심하여 눈물이 술 잔에 떨어진다. 임금과 신하 다시 만나기 어렵고, 옛날의 천지 다시 오지 않는다"[161]의 슬픔을 토로하였다.

▌竄州道中▌ 환주로 가는 길에

窮荒六月天	궁벽한 곳 6월의 하늘인데
地有一尺雪	땅에는 눈이 한 자나 쌓여있다.
孤兒可憐人	고아는 가련하게도
哀哀淚流血	슬퍼하며 눈물에 피가 흐른다.
書生不忍啼	서생은 차마 울지 못하고
尸坐愁欲絶	시체처럼 앉아 있노라니 슬픔에 애간장이 끊어질 듯.
鼙鼓夜達明	북소리에 밤도 밝아 오니
角笳競於邑	뿔피리는 다투어 흐느낀다.
此時入骨寒	이 때 뼈에 사무치게 추워
指墮膚亦裂	손가락은 떨어지고 피부도 터졌다.
萬里不同天	만리 떨어져 하늘이 다르니
江南正炎熱	강남 땅은 한창 뜨거운 날씨이리라.

1283년, 변란(變亂)을 염려한 원나라 조정에서 송의 어린 임금 영국공(瀛國公)을 연경(燕京)에서 수천 리 떨어진 상도(上都)로 옮겨 시인도 동행을 하게 되었다. 이 시에서 '고아(孤兒)'는 영국공을 가리키고, '서생(書生)'은 시인 자신이다. 이번 여정은 고생이 이만저만 아니었다. 시에서는 이들이 살았던 강남과 달리 6월인데도 눈이 한 자나 쌓인 북방의 혹독하게 추운 기후 속에서 잠 못 이루는 일행의 모습을 묘사하였다.

왕원량은 다음 해에 다시 내지(內地)로 돌아오게 되었다. 그 뒤 오래지 않아 이번에는 조정의 명을 받아 오악(五嶽)과 공자(孔子)의 옛집을 찾아가 제사를 지내는 일을 맡아 처리하였다. 이러한 행적은 그의 시집 《호산유

---

161) "把酒上金臺, 傷心淚落杯. 君臣難再得, 天地不重來."

고(湖山類稿)≫에 자세하게 기록되어 있다.

왕원량의 시는 송나라 멸망 전후의 일을 사실적으로 적은 것이 많아 '시사(詩史)'라 불리며 두보(杜甫)에 비견되기도 한다. 이학전(李鶴田)은 <호산유고발(湖山類稿跋)>에서 다음과 같이 말하였다.

> 망국의 슬픔과 나라를 떠나는 괴로움을 기록하여, 험난한 길을 전전하며 시름과 탄식의 모습이 모두 시에 보이는데, 은미하면서도 드러나고 은밀하면서도 밝으며 슬프지만 원망하지 않는다. 개원(開元) 천보(天寶)의 일이 두보의 시에 기록되어 후인들이 시사(詩史)라 지목하지만, 수운(水雲, 왕원량의 號)의 시 또한 송(宋)이 망한 시기의 시사이니, 그의 시 또한 두보를 배운 것이나, 근심스러운 생각이 억눌려 다시 펴지 못하는 것은 또 두보보다 더 심한 것이 있다.162)

왕원량은 금사(琴師)로서 궁정을 출입하면서 송나라의 멸망 전후서부터 줄곧 남송의 황실을 가까이서 수행하는 특수한 입장에서 그들의 처지를 직접 보고 그것을 시에 담았는데, 이것은 다른 유민시인에게서는 찾아보기 힘든 예이다. 역사서에 실리지 않은 사실이 많아 역사서를 보충하는 사료로서의 가치도 높다.163) 이러한 시들의 특색은 위에서 본 바와 같이 칠언절구 연장(連章)의 형식과 부체(賦體) 필법(筆法)을 통하여 남송 멸망의 역사를 기록한 데에 있다. 특히 <취가(醉歌)> 10수, <호주가(湖州歌)> 98수, <월주가(越州歌)> 20수 등이 대표작이다. 그는 남송의 사회 현실 중에서 전형적인 의의를 지닌 장면이나 사건, 또는 인물의 언행을 택하여 백묘(白描)의 수법으로 세밀하게 객관적으로 서술하면서 동시에 비통한 마음을 나타내었다. 그 외 자신의 행적과 관련된 시들 역시 이와 같은 특색을 가지고 있다.

---

162) "記亡國之戚, 去國之苦, 間關愁嘆之狀備見於詩, 微而顯, 隱而彰, 哀而不怨, 開元天寶之事記於草堂, 後人以詩史目之, 水雲之詩, 亦宋亡之詩史也, 其詩亦鼓吹草堂者也, 其愁思抑鬱不可復伸, 則又有甚於草堂者也."

163) 潘耒, <書汪水雲集後>, "吟宋幼主降元後事, 皆得之目擊, 多史傳所未載."

(4) 사고(謝翺)

사고(1249-1295)는 원나라 군대가 남하하자 재산을 다 털어 향병(鄕兵) 수백 인을 모아 문천상의 군대에 들어가 원과 싸웠으며, 문천상이 전쟁에서 패하여 포로로 잡히자 민간에서 숨어 지냈다. 송이 망하자 절동(浙東) 지방을 돌아다녔다.

┃散髮┃ 머리를 날리며

乾坤一楚囚	천지간에 일개 초나라 죄수
散髮向滄洲	머리카락 날리며 물가를 향한다.
詩病多於馬	시로 인한 병은 말보다 더 많고
身閒不似鷗	몸은 한가하나 갈매기 같지도 않다.
因看東去水	이로 인해 동쪽으로 흘러가는 물 바라보니
都是夜來愁	모두가 간밤의 시름이다.
晚意落花覺	만년의 심사를 떨어지는 꽃만이 아는데
殘枝香更幽	시든 가지에 향기는 더욱 그윽하다.

전국(戰國) 시대 초(楚)나라의 종의(鍾儀)는 적국에 포로로 잡혀 감옥에 있으면서도 고국의 관(冠)을 썼다. 시인은 여기서 자신을 종의에 비유하면서 비록 나라는 망했지만 시든 나무의 꽃향기가 여전히 그윽하듯이 자신이 고국을 그리워하는 마음도 변함 없음을 말하였다.

┃過杭州故宮┃ 항주의 옛 궁궐을 지나며

紫雲樓閣讌流霞	자주색 구름의 누각에서 술 연회 열리더니
今日淒凉佛子家	오늘은 처량하게 절이 되었다.
殘照下山花霧散	저무는 햇살 산에 지고 꽃은 안개처럼 흩어지는데
萬年枝上挂袈裟	만년지 위에 가사가 걸려 있다.

예전에는 연회를 열어 즐거운 웃음소리 떠들썩하던 황궁에 오늘은

저녁해에 나뭇잎 떨어지고 승려의 가사만이 보인다. 지난날과 오늘의 영고성쇠의 대비 속에 나라의 흥망에 대해 무한한 감개와 슬픔이 담겨 있다.

▌西臺哭所思 ▌ 서대에서 그리운 이 생각하며 울다

殘年哭知己	한 해가 저무는 때 나를 알아준 이 위해 통곡하니
白日下荒臺	하얀 해는 황폐한 누대에 떨어진다.
淚落吳江水	눈물이 오 땅 강물에 떨어지니
隨潮到海回	조수를 따라 바다로 갔다가 돌아오네.
故衣猶染碧	옛날 옷이 푸른 피로 물드는데도
后土不憐才	대지는 인재를 가엽게 여기지 않는구나.
未老山中客	아직 늙지 않은 산중의 나그네는
唯應賦八哀	그저 <팔애>시나 읊조려야겠네.

사고는 일찍이 문천상이 원나라에 항거하는 군대를 일으켰을 때 근왕군(勤王軍)에 참가한 적이 있다. 그 뒤 전투에서 패배하여 문천상이 대도(大都)에서 죽고 사고는 은거를 하면서 매해 문천상의 기일(忌日)이 되면 그를 제사지냈다. 이 시는 이전에 두보(杜甫)가 <팔애(八哀)>시에서 장구령(張九齡) 등의 여덟 명을 애도하였듯이 그 또한 민족영웅(民族英雄) 문천상을 그리워하면서 그의 죽음을 애통해 하는 마음을 표현하였다.

▌效孟郊體 ▌ 맹교의 체를 본뜨다(제4수)

落葉昔日雨	낙엽이 지난날 비에는
地下僅可數	땅에 떨어진 것 얼마 되지 않아 셀 수 있었다.
今雨葉落處	오늘 비에 나뭇잎 떨어지는 곳은
可數還在樹	셀 만한 것이 도리어 나무에 있다.
不愁繞樹飛	나무를 돌아 나부끼는 것은 근심되지 않으나
愁有空枝垂	빈 나뭇가지만 늘어뜨려 있는 것이 근심된다.
天涯風雨心	비바람 속에 이 마음 하늘 멀리 날아가니
雜佩光陸離	여러 패옥 몸에 차니 광채 내며 길다.

感此畢宇宙　이것을 개탄하니 우주 마치도록 무한한데
涕零無所之　눈물 흘리려 해도 갈 곳이 없다.
寒花飄夕暉　차가운 꽃은 저녁 햇살에 나부끼고
美人啼秋衣　미인은 가을 옷 마주하고 흐느긴다.
不染根與髮　뿌리와 머리를 싱싱하게 물들이지 않으리니
良藥空爾爲　좋은 약 있어도 헛수고만 할 따름이다.

　시인은 빈 나뭇가지만 늘어뜨리고 있는 나무로 쇠망한 송나라 왕실을 비유하면서 시국에 대해 애통한 마음을 나타내었다. 이런 점에서 보면 곤궁한 생활과 심경을 읊은 당(唐)나라 맹교(孟郊)의 시와 비슷한 점이 있다. "눈물을 흘리려 해도 갈 곳이 없다"는 것은 바로 나라 잃은 유민의 처지로, 사고의 시집에는 이와 같이 각지를 떠돌아다니는 신세와 여기에서 생겨나는 적막함과 슬픔을 노래한 표현을 곳곳에서 접할 수 있다. 이를테면 "동쪽을 바라보며 조수에 절을 하니, 집이 없어 나그네 배에 있다(東望拜潮水, 無家在客船)"(<원단주중청조(元旦舟中聽潮)>), "더불어 말할 사람 적고, 잠 못 이루는 밤 많다(可與語人少, 不成眠夜多)"(<무제(無題)>), "쇠퇴한 세상 이미 이와 같아, 시름에 찬 몸 다시 산에 들어간다(衰世已如此, 愁身更入山)"(<야좌정소경(夜坐呈韶卿)>), "초가집이 청산 아래에 있는데, 어느 해나 옛날 밭 갈던 곳에 돌아갈까(白屋青山下, 何年返舊耕)"(<우중감회(雨中感懷)>), "해마다 이 날을 만나지만, 적막하게 산에서 지낸다(連年逢此日, 寂寞在山居)"(<인일설(人日雪)>) 등의 시구에 이러한 점이 잘 나타나 있다.

　그는 시구의 정련(精鍊)에 힘을 기울였으며 당(唐)의 맹교(孟郊)·이하(李賀)·이상은(李商隱)을 두루 학습하여 표현이 기발하고 뜻이 깊다. 그러나 유민시인으로서 망국의 아픔을 읊은 점에서는 그들과 다른 특색을 나타내었다.

(5) 사방득(謝枋得)

사방득(1226-1289)은 강동제형(江東提刑)·강서초유사(江西招諭使) 등의
관직을 지냈다. 일찍이 간신 가사도(賈似道)를 비판하였다가 폄적을 당하
기도 하였다. 뒤에 군대를 이끌고 신주(信州, 지금의 湖北省 陽新)에서 원과
싸웠으나 패하자 복건(福建) 일대에서 숨어 지내며, 다른 사람에게 점을
쳐주고 학생을 가르치며 지냈다. 원의 조정에서 여러 차례에 걸쳐 벼슬
을 하도록 불렀으나 거절하였다. 뒤에 복건의 지방관의 핍박을 받아 대
도(大都, 지금의 北京)로 가게 되자 절식(絶食)을 하여 죽었다. 지금 전하는
시는 많지 않으나 강한 개성을 나타내고 있다.

┃武夷山中┃ 무이산에서

十年無夢得還家	십 년 동안 꿈에도 집에 돌아가지 못하고
獨立青峰野水涯	푸른 봉우리 들판의 물가에서 홀로 서있다.
天地寂寥山雨歇	천지는 적막하고 산의 비도 그쳤는데
幾生修得到梅花	몇 생이나 수행하여야 매화 같은 고결한 품격 얻을까.

시인은 덕우(德祐) 원년(1275) 신주(信州)에서 패한 뒤 이름을 바꾸고 집
을 버리고 유랑하였다. 이 시를 지을 때는 10년에 가까웠다. 돌아갈 집이
없는 침통한 심정과 적막한 신세를 말하지만, 끝에서는 매화의 고고한
품격을 배우겠다는 결심의 표명을 통하여 굴하지 않는 절조를 나타내고
있다.

(6) 정사초(鄭思肖)

정사초(1241-1318)는 송이 망한 뒤 소주(蘇州)의 절에 은거하며 지냈다.

난초를 그리되 흙을 그리지 않고 뿌리가 바깥에 드러났는데, 사람들이 그 까닭을 묻자 "국토가 이미 오랑캐에 의해 빼앗기지 않았는가"라고 대답한 것은 유명한 일화이다. 그의 이름이나 자(字) 억옹(憶翁)·호(號) 소남(所南)은 모두 고국을 그리워하는 뜻을 담고 있다. 그의 시 또한 망국을 슬퍼하고 고국을 그리워하는 뜻을 강렬하게 나타내고 있다.

┃題畵菊┃ 국화 그림에 쓰다

花開不並百花叢	꽃이 피어도 온갖 꽃무더기와 나란히 있지 않고
獨立疏籬趣未窮	듬성듬성한 울타리에 홀로 서있어도 아취가 무궁하다.
寧可枝頭抱香死	차라리 가지에서 향기 품고 죽을지언정
何曾吹墮北風中	어찌 북풍 속에 불려 떨어지랴.

이 시는 국화를 노래하면서 실은 원나라 통치자에 굴복하지 않겠다는 시인 자신의 굳은 지조를 기탁하고 있다.

┃德祐二年歲旦┃ 덕우 2년 설날에

有懷長不釋	회포가 있어도 오래도록 풀지 못하고
一語一辛酸	한 마디 말에 한번 슬퍼진다.
此地暫胡馬	이 땅에 잠시 오랑캐 말 나다니지만
終身只宋民	이 몸은 죽을 때까지 단지 송나라 백성이다.
讀書成底事	책을 읽어 무슨 일 이루었나
報國是何人	나라에 보답할 이 그 누구인가.
恥見干戈裏	부끄럽도다 전쟁 속에
荒城梅又春	황폐한 성에 매화가 또 봄이라 꽃 핀 것 보는 것이.

덕우(德祐, 남송 恭帝의 연호) 2년(1276) 이 해에 남송은 멸망을 당하게 된다. 시인이 당시 살고 있던 소주(蘇州)는 전해에 이미 원나라 군대에 의해 함락을 당하였다. 이 시에서는 이에 대한 비통한 심정과 자괴(自愧)의 마음이 잘 드러나 있다.

(7) 위상과 평가

유민시인들은 이민족의 침략으로 말미암아 조대(朝代)가 바뀌는 대변혁을 경험하였다. 그들의 시는 위에서 본 바와 같이 내용상 망국의 아픔과 고국에 대한 그리움, 무능한 통치자에 대한 비판, 시사(時事)에 대한 기록, 충의지사(忠義志士)에 대한 추모의 정, 개인 신세에 대한 감회 등을 읊은 것이 주종을 이룬다. 이 시기에는 시인 자신이 보고들은 경험을 읊은 기사시(紀事詩)가 많이 지어진 것도 두드러진 특색 중의 하나로, 문천상의 ≪지남록(指南錄)≫과 ≪지남후록(指南後錄)≫, 왕원량의 <호주가(湖州歌)>·<월주가(越州歌)>를 비롯하여 여러 시인의 시집 중에 보인다. 이들은 남송 멸망의 변란을 경험하면서 두보(杜甫) 시의 가치를 새로이 인식하였으며 두보의 시사(詩史) 정신을 계승하여 시를 통하여 시대의 역사 사실을 기록하려는 생각을 보편적으로 가지고 있었다.

유민시인은 이상의 각종 내용을 직서(直敍)하기도 하고 때로는 영물(詠物)이나 비흥(比興)의 수법 등을 통하여 자신의 생각과 감회를 완곡하게 표현하였다. 풍격은 대체로 격앙(激昂)·비량(悲涼)·한담(閑淡) 등이 주류를 이룬다. 유민시인들의 시는 송이 갓 망한 초기에는 비분강개의 작품이 많았으나, 그 뒤 몇 년이 지나 나라를 되찾을 가능성이 없어 보이자 열렬하던 마음도 점점 가라앉으며, 시풍도 잃어버린 고국을 통곡하던 데서 산수전원에 한적한 정취를 기탁하여 읊조리는 것으로 변화하였다. 연문봉(連文鳳)의 <춘일전원잡흥(春日田園雜興)>을 한 수 들어보자.

> 老我無心出市朝　　늙은 나는 저자 거리나 조정에 나갈 마음 없어
> 東風林壑自逍遙　　동풍이 부는 숲과 계곡에서 홀로 자유로이 거닌다.
> 一犁好雨秧初種　　좋은 비 내려 쟁기로 모를 막 심고
> 幾道寒泉藥旋澆　　차가운 샘물 몇 줄기 끌어와 약초에 금새 물 댄다.
> 放犢曉登雲外壟　　송아지 풀어 새벽에 구름 밖 언덕에 오르고

聽鶯時立柳邊橋　꾀꼬리 소리 들으며 때때로 버들 옆 다리에 서 있는다.
池塘見說生新草　연못에 새 풀이 돋았다는 말 듣고
已許吟魂入夢招　시 읊는 혼이 꿈에 들어와 부르게 한다.

　부귀공명에 마음을 두지 않고 전원의 은거생활을 즐기는 흥취를 읊고 있다. 제재나 내용, 그리고 풍격이 앞에서 본 문천상의 시와는 전혀 상이하다.

　유민시인들의 시는 사령(四靈) 및 강호시파(江湖詩派)와 연원 관계를 가지지만 특수한 시대 상황에 처하여 이들의 시가 단지 풍월(風月)을 읊고 개인적인 흥취를 노래하던 데서 변화하여 비장하고 애통한 가락으로 민족의 비분을 노래한 애국시를 지었다. 사령과 강호시파의 시가 만당체(晚唐體)의 학습에 머물렀다면 유민시인들은 성당(盛唐)의 두보의 시사(詩史) 정신과 침울비장(沈鬱悲壯)한 풍격을 계승하였다. ≪사고전서총목제요(四庫全書總目提要)≫는 문천상의 시를 평하면서 장곡진일(長谷眞逸)의 ≪농전여화(農田餘話)≫를 인용하여 다음과 같이 말하였다.

　송이 남도(南渡)한 뒤, 문체는 부서지고 시체는 비루 박약하였는데, 오직 범석호(范石湖, 范成大)와 육방옹(陸放翁, 陸游)만이 평실하고 발랐다. 회암(晦菴, 朱熹)을 비롯한 여러 사람에 이르러 비로소 당시의 습속을 한번 변화시키고자 하면서 옛 작품을 모방하였기 때문에 신의 머리에 귀신의 얼굴이란 논의가 있었는데 당시 사람들이 점차 물들어 오래되자 혹 그것을 바꾸는 사람이 없다가, 문천상이 두보의 시에 뜻을 둠에 미쳐서는 그가 지은 시가 그 당시의 평범하고 비루함을 문득 없앴다. ≪지남록≫과 ≪지남후록≫을 보면 충의가 한 때 일관되어 있을 뿐만 아니라 사문의 기운 또한 드러나 있다.[164]

---

164) "宋南渡後, 文體破碎, 詩體卑弱, 惟范石湖陸放翁爲平正. 至晦菴諸子, 始欲一變時習, 模倣古作, 故有神頭鬼面之論, 時人漸染旣久, 莫之或改, 及天祥留意杜詩, 所作頓去當時之凡陋. 觀指南前後錄, 可見不獨忠義貫於一時, 亦斯文間氣之發見也."

이것은 문천상의 경우를 지적한 것이지만 유민시 전체를 개괄하는 말로 보아도 무방할 것이니, 이들의 시가 강호시인들의 '평범하고 비루한' 시풍을 변화시킨 점을 시사상의 측면에서 그들의 성취로 지적하였다. 대부분이 송 유민(遺民)인 사람들의 시를 모은 두본(杜本)의 ≪곡음(谷音)≫에 대해 옹방강(翁方綱) 역시 이와 유사한 평가를 내렸다.

남도한 뒤 사령(四靈) 아래는 모두 요합(姚合)과 가도(賈島)의 부류를 본떠서 가냘프고 경박하여 가증스러우나 ≪곡음≫ 중의 수십 인은 어조가 비분강개하고 변화 곡절의 기세가 뛰어나 돌이켜 완적(阮籍)과 진자앙(陳子昂), 두보(杜甫)가 남긴 뜻을 가지고 있다. 이것은 격앙되고 비장한 기개가 왕성하게 일어나 이루어 진 것으로, 가늘게 잠겨서 읊는 것으로부터 나올 수 있는 것이 아니다.[165]

'강개돈좌(慷慨頓挫)'란 말을 들어 영가사령 및 강호시파의 '섬박(纖薄)'과 대조적인 유민시인 시의 특색을 밝히고, 양자의 연원(淵源) 관계 또한 서로 다름을 지적하였다. 유민시인들의 시가 전체적으로 보아 시어가 평이한 점에 있어서는 강호시파와 서로 통하지만 위에서 든 특색은 그들이 시사상 차지하는 위상을 대변하기에 부족하지 않다.

전겸익(錢謙益)은 남송 후기의 유민시에 대해 "송이 망할 때 그 시는 번성했다" "고금(古今)의 시가 이 때보다 더 변화가 많았던 적이 없고, 또한 이 때보다 더 번성하였던 적이 없다"[166]고 높이 평가하였다. 유민시인들이 절개를 굳게 지키면서 피와 눈물이 얼룩진 붓으로 우국충정을 나타낸 시는 후대, 특히 조대(朝代)가 바뀌는 난세에 처한 사람들에게 언제나 커다란 공감을 불러일으키며 감동을 주었다.

---

165) ≪石洲詩話≫ 권4, "南渡自四靈以下, 皆摹擬姚合賈島之流, 纖薄可厭, 而谷音中數十人, 乃慷慨頓挫, 轉有阮陳杜少陵之遺意. 此則激昻悲壯之氣節所勃發而成, 非從細膩涵詠而出者也."

166) ≪牧齋有學集≫ 권18, <胡致果詩序>, "宋之亡也, 其詩稱盛" "古今之詩, 莫變於此時, 亦莫盛於此時."

4 | 결 어

　　남송 후기는 전체적으로 국세가 쇠약하여 결국 이민족에게 멸망을 당하는 시기였다. 시단도 앞 시기에 비해서는 쇠퇴를 면치 못하였다. 그러나 후기의 시인들은 강렬한 변화의식을 가지고 각자 새로운 시 세계를 나름대로 추구하며 송시의 발전을 마감하였다. 당시(唐詩)가 중국 고전시가사상 고도의 성취를 이룬 뒤에 태어난 송대의 시인들은 당시를 학습하면서 당대와 다른 문화 배경 속에서 북송 중기에 이르러 결국 당시와는 또 다른 개성적인 시를 개척하였다. 전체 송대의 시 역사는 시학의 본질을 탐구하는 입장에서 당시를 비판적으로 학습하면서 당시와 송시를 비교 검토한 역사라 할 수 있는데, 이것은 '당송시(唐宋詩) 우열(優劣) 논쟁'의 형태로 나타났다. 북송 후기 이후 시단에 큰 영향력을 발휘하며 송시의 대표로 군림하던 강서시파가 말류에 이르러 점차 폐단을 드러내자 시인들은 여기에서 벗어나 변화를 꾀하고자 노력하였다. 남송 후기에 들어서면 영가사령을 필두로 하여 만당체(晚唐體)를 학습의 대상으로 삼으며 더욱 변혁의 의지를 강력히 하였다. 그러나 이들의 시가 체재와 의경(意境)면에서 협소한 한계를 보이면서 강호시파 시인들은 다시 새로운 변화를 모색하게 되어, 절충 조화론과 아울러 성당(盛唐) 학습의 논의가 제기되었다. 이러한 과정을 거치면서 당송시 우열논쟁은 결국 남송 후기에 이르러 송대의 멸망과 더불어 일단락을 고하게 된다. 남송대의 당송시 우열논쟁은 송시 중 가장 독자적인 체계와 특색을 갖춘 강서시파와 만당체 시인 간에 격렬하게 전개되어, 거의 모든 대표적인 시인과 비평가가 여기에 참여하여, 시가의 본질론을 비롯하여 표현론과 학습론, 시사론(詩史論) 등의 면에서 그간의 시가 발전 역사와 시학의 제반 문제를 탐구하여 각자의 입장에서 이 두 파에 비판, 옹호, 또는 절충의 견해를 제시하였다. 이 논쟁을 통하여 시학을 새로이, 그리고 폭넓게 검토하는 계기가 되어 많은 시화(詩話)와 시선집(詩選集)이 출현하여 이후의 문학비평의 발전에 크게 기여하였다. 요컨대 송대 시학의 특색과 송시의 연진(演進)은 바로 이 논쟁을 중심으로 하여 이루어졌음을 알 수 있다.167) 그러나 이 '당송시 우열논쟁'은 남송의 멸망으로 그치지 않고 원대(元代)에도 계속 이어졌다. 원대에 당시를 높이는 견해는 바로 남송 후기, 그 중에서도 특히 유민시인을 계승한 것이다.168) 남송 유민시인들은 강서시파·영가사령, 강호시파 등이 각기 문파를 고수하는 것을 깨뜨리고 한(漢)·위(魏)·진(晉)·당(唐) 시가의 우수한 전통을 다시 회복할 것을 주장하였다. 대표원(戴表元)이 제기한 '당시를 종주로 삼고 옛 것을 얻는다[宗唐得古]'는 주장은 원대 시단 전체를 통하여 주요 주류이자 풍기가 되었다.169)

시가 창작에 있어서도 남송 후기의 시풍은 원나라 초에 이어지며 영향을 미쳤다. 옹방강(翁方綱)은 "원초(元初)의 시 또한 송나라의 한두 유민이 열었다"170)고 하였고, 《소초재시화(小草齋詩話)》에서는 원시(元詩)가 송시에서 변화한 것은 사고(謝翱)의 공로라고 평하였다.171) 이 외에, 남송 후기에 보이는 강호시인(江湖詩人)과 같은 평민 시인의 대두는 원대에 이르러서도 더욱 폭을 넓혀갔다. 이상 몇 가지 점에서 남송의 후기시가 중

---

167) 송대의 당송시 우열논쟁에 대해서는 李致洙의 <宋代詩學의 發展과 唐宋詩 優劣論 爭 硏究>(《省谷論叢》 第24輯, 1993)를 참고.

168) 方勇, 《南宋遺民詩人群體硏究》(人民出版社, 2000), 264-265쪽. 이 책에서 든 것 외에, 당시를 높인 견해로는 楊載의 《詩法家數》, "今之學者倘有志乎詩, 須將漢魏盛唐諸詩, 日夕沈潛諷詠, 熟其詞究其旨", 揭溪斯의 《詩宗正法眼藏》, "學詩以唐人爲宗" 등이 있다.

169) 鄧紹基 主編, 《元代文學史》(人民文學出版社, 1998), 365-370쪽.

170) 《石洲詩話》 권4, "元初之詩亦宋一二遺民開之"

171) 梁昆, 《宋詩派別論》(東昇出版事業公司, 1980), 140쪽에서 재인용. "元詩之所以變乎宋者, 謝皐羽之功也."

국 고전시사에서 자리하는 위상을 개괄해 볼 수 있다.

당대(唐代)에 운율과 형식미의 최고봉에 달했던 중국시는 송대에 와서 당시를 돌파하기 위한 나름의 시도를 하였고, 그 주요한 특징은 달라진 사회경제적 여건 속에서 사(士) 계층의 속성 변화, 성리학의 대두로 인한 사변철학의 시로의 산입(散入), 예술 심미의 장르적 차감(借鑑), 선학(禪學)과 화론(畵論)의 시로의 틈입, 학시(學詩) 전통의 확립, 백화의 문학언어로의 부상과 시적 활용, 장르적 속성의 변화 수용 등을 겪으며, 당시와 다른 방식으로 나름의 독자성을 지니고 활로를 모색해 나아갔다. 송시의 전성기는 소식에서 황정견, 진사도, 그리고 강서시파로 이어지는 선상에서 탈속적 선비 의식과 파격적 율격(律格)에 시어의 점화적(點化的) 활용이 결합된 독특한 풍모를 지니게 되며 절정에 도달했다.

송대에 와서 시는 시 장르의 생명인 운율성을 소실당한 대신 송대 지식인 사회의 생활 속에 밀접하게 들어가면서 사회적 교유와 인격 심미적 소통 수단으로 활발히 운용되었다. 반면에 사회문화적 운용 측면에서는 백화 중심의 민간 장르가 부상하면서 전체적으로 시 운용 계층의 폭은 점차 축소되었다. 그리고 그 자리에 통속 문예가 대신하면서 중국 문학 장르사의 큰 변혁은 점차 진행되었던 것이다. 이후의 중국 고전시는 당시와 송시의 사이를 오가는 반복적 답습의 양상에서 크게 벗어나지 못하였고, 현대에 와서는 서구 사조의 영향이 가세하면서 소설 등의 서사문학에 그 주도적 지위를 완전히 내주게 되었다. 즉 중국시사에서 송대는 대아지당(大雅之堂)에는 올랐으나, 아속공상(雅俗共賞)의 겸용(兼用)을 모색하지 못함으로써 중국 고전시의 쇠퇴가 시작되었던 시기였다고 할 수 있다.

1. 一般論

李炳漢 譯, 『宋詩』(探求新書 188), 探求堂, 1988: 1-229
李鴻鎭 譯, 『宋詩選註』(錢鍾書 著), 螢雪出版社, 1989: 1-407
金元中 評釋, 『宋詩鑑賞大觀』, 까치, 1995: 1-535
柳種睦・宋龍準 譯解, 『宋詩選』, 서울대학교출판부, 2001: 1-674
金學主 譯著, 『新譯 宋詩選』, 明文堂, 2003: 1-548
≪중국시와 시인: 송대편≫, 한국중국문학이론학회, 역락, 2004

文璇奎, <宋詩學東漸一斷面考>, 『全北國語文學』 1, 1952
車柱環, <宋詩의 特性>, 『東亞文化』(서울대) 6, 1966: 239-241
車柱環, <宋代의 詩話(上)>, 『心象』 8, 1974: 116-120
車柱環, <宋代의 詩話(中)>, 『心象』 9, 1974: 146-149
車柱環, <宋代의 詩話(下)>, 『心象』 10, 1974: 154-158
元鍾禮, <北宋理學者들의 詩論 小考>, 『論文集』(聖心女大) 14, 1983: 97-117
金周漢, 『中韓理學家之文學觀及其影響』, 臺灣 文化大 博士學位論文, 1985
金學主, <宋代文學의 特徵과 特輯의 意義>, 『中國語文學』 14, 1988: 1-4
崔仁愛, <近年 中國大陸의 宋代文學研究動向>, 『中國語文學』 14, 1988: 401-412
吳台錫, <北宋詩壇略考>, 『中國語文學』 16, 1989: 1-26
文明淑, <宋初 詩 革新運動 研究>, 『中國語文論叢』 2, 1990: 81-113
李東鄉, <書評: 錢鍾書 著, 李鴻鎭 譯 『宋詩選注』>, 『中國語文學』 17, 1990: 360-362
張　暎, <唐・宋代의 詩・詞를 통해 본 '銀字'의 性格考>, 『中國文學研究』(成

均館大 중국문학연구회) 8, 1990: 137-160

朴　錫,『宋代理學家文學觀研究』, 서울대 博士學位論文, 1992

姜昌洙,『宋代 反江西詩派의 시론연구─詩話를 중심으로』, 成均館大 博士學位論文, 1992: 1-263

文寬洙, <宋代田園詩의 社會性 考察>,『中國文學研究』10, 1992: 255-286

宋龍準, <北宋中期詩研究>,『東亞文化』29, 1992: 109-162

崔完植, <宋明 理學家詩의 特性에 관한 研究>,『中國文學』19, 1992: 71-96

李致洙, <宋代詩學의 發展과 唐宋詩 優劣論爭 研究>,『省谷論叢』24, 1993: 1643-1686

李致洙, <北宋 後期에서 南宋 初에 이르는 詩壇의 變化─陳師道와 陳與義의 比較를 中心으로>,『中國語文論叢』9, 1995: 153-176

田英淑, <宋代詩論 小考─禪과 繪畫의 영향을 중심으로>,『中國語文學論集』7, 1995: 357-372

洪光勳,『兩宋道學家文學論研究』, 臺灣 臺灣大 博士學位論文, 1995

洪光勳, <傳統儒家의 문학이론에 대한 宋代道學家의 異見>,『中國語文學』26, 1995: 71-94

文寬洙,『宋代 田園詩 研究』, 成均館大 博士學位論文, 1996: 1-248

文明淑, <中國文人들의 宋詩觀 研究>,『人文科學研究』(가톨릭대) 1, 1996: 79-97

李致洙, <南宋中期詩研究>,『中國語文論叢』13, 1997: 173-190

田英淑,『北宋의 詩畫一律觀 研究』, 延世大 博士學位論文, 1997

文明淑, <宋代 詩論의 美學特性 研究>,『人文科學研究』(가톨릭대) 2, 1997: 131-150

安永吉, <宋代繪畫의 文學化 傾向과 蘇東坡의 詩書畫 理論>,『新墨: 韓國繪畫研究』10, 1997: 31-54

朴　錫, <「大巧若拙」이 中國文學에 끼친 影響─宋代의 詩文을 中心으로>,『中國語文學』32, 1998: 317-335

吳台錫, <北宋 後期詩의 詩史的 考察: 장르 發展의 觀點에서>,『中國文學』30, 1998: 303-324

柳晟俊, <韓國的中國宋明淸詩歌之研究槪況>,『北京敎育大論集』2, 1999: 56-61

文寬洙, <「南宋四大大家」의 전원시를 통해 본 南宋의 농촌경제상>,『中國學論叢』8, 1999

洪瑀欽, <唐宋詩의 差異에 대한 諸家의 見解>,『大東漢文學』11, 1999: 25-44

宋龍準, <宋詩形成過程硏究>, 『中國文學』 34, 2000: 47-66

양충열, <宋代 詩論家의 詩法에 대한 인식>, 『中國人文科學』 21, 2000: 117-145

李南鍾, <宋代 題畵詩의 類型과 意境에 관한 考察>, 『中國文學』 35, 2001: 77-101

邊成圭, <杜甫 평가의 시대적 변화: 宋代의 두보 재평가>, 『中國文學』 36, 2001: 79-94

柳昌嬌, <미국의 중국여성문학 연구자료(Ⅱ)—송대의 여성문학에서 청대의 여성문학까지>, 『中國語文學誌』 11, 2002: 217-244

高眞雅, <宋代 杜詩學의 發達過程 고찰>, 『中國硏究』(韓國外國語大) 29, 2002: 77-95

吳台錫, <한국의 중국시 연구론>, 『中國學報』 48, 2003: 181-198.

2. 作家論

|왕우칭| (王禹偁, 954-1001)

梁東淑, 『王禹偁及其詩』, 臺灣 臺灣大 碩士學位論文, 1972

梁東淑, <王禹偁硏究—그의 生平 및 人間像이 詩에 미친 영향>, 『中國學報』 16, 1975: 53-70

宋龍準, <北宋初期白體詩硏究: 王禹偁의 詩를 中心으로>, 『中國語文學』 28, 1996: 247-277

李南種, <王禹偁의 생애와 詩>, 『中國文學』 40, 2003: 107-140

|만당체| (晚唐體)

宋龍準, <北宋初期晚唐體詩硏究>, 『中國語文學』 30, 1997: 399-430

朴永煥, <宋初의 晚唐體와 自然>, 『中國語文學』 39, 2002: 225-272

|서곤체| (西崑體)

김민나, 『서곤체시선』(문이재), 2002: 1-103

權鎬鐘, <書評: 楊億 編, 王仲犖 注 『西崑酬唱集注』>, 『中國語文學』 7, 1984: 267-272

宋龍準, <北宋初期西崑體詩 硏究>, 『中國語文學』 26, 1995: 49-69

|범중엄| (范仲淹, 989-1052)

宋龍準, <范仲淹의 詩論과 詩>,『中國文學』36, 2001: 95-116

|매요신| (梅堯臣, 1002-1060)

文明淑,『매요신시선』(문이재), 2002: 1-117

李賢株,『梅堯臣詩 研究』, 韓國外國語大 碩士學位論文, 1984: 1-74
禹在鎬,『梅堯臣詩研究: 絶句詩를 中心으로』, 서울大 碩士學位論文, 1985: 1-
141
李正宰,『梅堯臣 詩論 研究』, 延世大 碩士學位論文, 1987
文明淑, <梅堯臣 詩 研究>,『성심여대논문집』21, 1989: 55-76
文明淑, <梅堯臣 詩論 연구>,『中國文學』19, 1991: 173-204 ;『魯松崔完植先
生頌壽論文集』, 1991: 173-204
宋龍準, <梅堯臣詩의 혁신적 성격>,『中國語文學』19, 1991: 1-21
文寬洙, <梅堯臣 田園詩의 內容特徵分析>,『世明論叢』(世明大) 2, 1992: 73-85
文明淑, <梅堯臣詩의 風格研究>,『中國文學』20, 1992: 67-87 ;『中國詩와 詩
論－蒼石李炳漢敎授華甲記念論文集』(玄岩社), 1993: 303-332
文明淑,『梅堯臣 詩 研究』, 高麗大 博士學位論文, 1992
文明淑, <梅堯臣의 社會詩 研究>,『李允中敎授停年紀念-中國學論集』, 1994:
199-223
金智英,『梅堯臣 詠物詩 研究』, 漢陽大 碩士學位論文, 1994
文明淑, <梅堯臣의 詠物詩 研究>,『中國語文論叢』9, 1995: 95-120

|구양수| (歐陽修, 1007-1072)

權鎬鐘,『구양수시선』(문이재), 2002: 1-279

車柱環, <歐・蘇의 詩論>,『心象』11, 1974: 152-159
張秀烈,『歐陽修 研究』, 成均館大 碩士學位論文, 1983: 1-100
權鎬鐘,『歐陽修詩論研究』, 서울大 碩士學位論文, 1983: 1-70; <歐陽修詩論研
究>,『中國文學』11, 1984: 163-232
李永朱, <北宋詩文革新運動과 歐陽修>,『中國文學』12, 1984: 55-74
車柱環, <歐陽修의 詩觀>,『第三回東洋學 國際學術會議 論文集』(成均館大
大東文化研究院), 1985: 213-227
柳在潤,『歐陽修 詩 研究』, 延世大 碩士學位論文, 1987

柳種睦, <歐陽修의 文論과 그 實踐>, 『人文科學研究』(大邱大) 5, 1987: 37-54

金蘭英, 『歐陽修 研究』, 嶺南大 碩士學位論文, 1989

郭魯鳳, <歐陽修의 "窮而後工"에 관한 研究>, 『中國研究』(韓國外國語大 中國問題研究所) 12, 1990: 147-165

李南種, 『歐陽修詩 研究』, 서울대 碩士學位論文, 1991

權鎬鐘, 『歐陽修詩研究』, 서울대 博士學位論文, 1992: 1-389

權鎬鐘, <歐陽修詩를 통해 본 悲哀感의 克服>, 『中國詩와 詩論－蒼石李炳漢教授華甲紀念論文集』(玄岩社), 1993: 275-302

魯長時, <歐陽修의 文學理論>, 『論文集』(서라벌대) 9, 1995: 153-174

洪瑀欽, <≪六一詩話≫에 나타난 歐陽修의 創作과 批評意識>, 『剛山 金基澤博士 師道五十周年紀念論叢』, 1996: 715-728

宋龍準, <歐陽修의 詩論과 詩>, 『中國語文學』 32, 1998: 5-46

權鎬鐘, <歐陽修詩의 散文化傾向 研究>, 『中國文學』 33, 2000: 145-182

柳在潤, <歐陽修 韻文風格 考察>, 『中國人文科學』 23, 2001: 111-137

|소순흠| (蘇舜欽, 1008-1049)

宋龍準, 『蘇舜欽詩譯註』(서울대학교 출판부), 2001: 1-536

宋龍準, 『소순흠시선』(문이재), 2002: 1-120

崔成錫, 『蘇舜欽詩研究』, 臺灣 臺灣大 碩士學位論文, 1987: 1-169

宋龍準, <蘇舜欽의 社會詩>, 『中國文學』 18, 1990: 133-145 ; 『魯松崔完植先生頌壽論文集』, 1991: 225-238

孫眞姬, 『蘇舜欽 古體詩 研究』, 韓國外國語大 碩士學位論文, 1992: 1-90

宋龍準, <蘇舜欽詩研究>, 『中國語文學』 34, 1999: 163-205

吳台錫, <서평: 宋龍準 譯註, 『蘇舜欽詩譯註』>, 『中國語文學』 39, 2002: 472-477

류창교, <蘇舜欽의 삶과 시>, 『中國文化研究』 1, 2002: 313-358

서혜원, 『蘇舜欽 詩 研究』, 경북대 석사학위논문, 2003: 1-233

|소옹| (邵雍, 1011-1077)

朴 錫, <邵康節 詩論의 道學的 特色>, 『東亞文化』 29, 1992: 187-212

宋龍準, <邵雍의 詩論과 詩>, 『中國文學』 32, 1999: 157-175

|주돈이| (周敦頤, 1017-1073)

金周漢, <周敦頤의 文學과 文學觀>, 『한민족어문학』(한민족어문학회) 11, 1984: 27-49

|사마광| (司馬光, 1019-1086)

宋龍準, <司馬光의 詩論과 詩>, 『中國文學』 37, 2002: 87-109

|장재| (張載, 1020-1077)

金周漢, <張載의 文學觀>, 『人文研究』(嶺南大) 10/1, 1988: 61-73

|왕안석| (王安石, 1021-1086)

柳塍杓, 『王安石 詩歌文學 研究』(法人文化社), 1993: 1-710
류영표, 『왕안석시선』(문이재), 2003: 1-118

李炳漢, <宋詩의 政治性—王安石의 詩를 中心으로>, 『東亞文化』(서울대) 6, 1966: 242-244

吳憲必, 『王安石詩 研究—政治性을 中心으로』, 高麗大 碩士學位論文, 1983: 1-69

柳塍杓, 『王安石詩 研究: 그의 絶句詩를 中心으로』, 서울大 碩士學位論文, 1983: 1-160

柳塍杓, <王安石 絶句의 形式 分析>, 『中國學報』 23, 1983: 15-31

梁貴淑, 『王安石絶句探析』, 臺灣 輔仁大 碩士學位論文, 1988

吳憲必, <王安石의 社會詩>, 『中國語文論叢』(高麗大 中國語文研究會) 1, 1988: 121-159

柳塍杓, <王安石의 文學觀 小考(1)>, 『中國語文學』 14, 1988: 41-48

梁貴淑, <王安石 絶句詩 技巧 試探>, 『中國學研究』(淑明女大) 6, 1988: 85-101

吳憲必, <王安石의 寓言詩>, 『民族文化研究』(高麗大) 22, 1989: 251-285

柳塍杓, <王安石의 文學觀 小考(2)>, 『中國語文學』 16, 1989: 27-47

柳塍杓, <四家詩選을 통해 본 王安石詩의 한 特性>, 『論文集』(慶星大) 11/1, 1990: 191-204

柳塍杓, <王安石 문학 이해의 선행과제>, 『中國文學』 18, 1990: 147-181 ; 『魯松崔完植先生頌壽論文集』, 1991: 239-274

柳塾杓, <王安石詩 小考-經世思想의 구현을 중심으로>, 『中國問題硏究』(慶星大) 3, 1990: 11-66

柳塾杓, 『王安石 詩歌文學 硏究』, 서울大 博士學位論文, 1992: 1-472

柳塾杓, <王安石의 集句 '胡笳十八拍'考>, 『石堂論叢』(東亞大) 18, 1992: 245-277

柳塾杓, <王安石의 韓愈觀-그의 詩를 중심으로>, 『中國問題硏究』(慶星大) 5, 1993: 3-35

吳憲必, 『王安石의 經世文學 硏究』, 高麗大 博士學位論文, 1994: 1-302

鄭有善, 『王安石 詠史詩 硏究』, 成均館大 碩士學位論文, 1996

柳塾杓, <王安石訪臨川時期考>, 『中國文哲硏究通訊』(臺灣中央硏究院 文哲硏究所) 6/2, 1996: 1-30

吳憲必, <王安石의 詠史에 表出된 參與意識>, 『中國現實主義文學論』(法文社), 1996

吳憲必, <王安石의 飜案詩文 硏究>, 『硏究論叢』(永同大) 3, 1997

柳塾杓, <王安石의 詩에 나타난 삶의 궤적(1)>, 『인문과학논총』 3, 2001: 141-168

朴英煥, <王安石禪詩硏究>, 『中國語文學』 40, 2002: 115-122

吳台錫, <王安石 시가 미학과 唐宋詩史>, 『中國文學』 37, 2002: 111-128

|정이| (程顥, 1032-1085)

金周漢, <程顥의 學問과 文學觀>, 『碧松李根厚先生 華甲紀念文集』, 1985: 225-247

金周漢, <程顥의 文學觀>, 『人文硏究』(嶺南大) 10/2, 1989: 55-75

|소식| (蘇軾, 1037-1101)

洪瑀欽, 『蘇東坡文學의 背景』, 嶺南大 出版部, 1983: 1-237

陳英姬 譯, 『蘇東坡評傳』(林語堂 著)(知識産業社), 1987: 1-551

柳種睦 옮김, 『廬山 眞面目: 蘇東坡』(솔 출판사), 1996: 1-218

曺圭百 譯, 『중국의 문호 소동파』(王水照 著)(월인출판사), 2001: 1-292

이종진, 『소식시선』(문이재), 2002: 1-128

丁來東, <中國大文豪 蘇東坡의 詩와 文學>, 『成均』 16, 1962

車柱環, <淵明의 怨詩와 東坡의 和作>, 『淵坡車相轅博士頌壽紀念論文集』, 1971:

121-136

李鴻鎭, 『東坡詩考』, 서울大 碩士學位論文, 1972

洪瑀欽, 『蘇東坡文學이 韓國文學에 미친 影響』, 嶺南大 碩士學位論文, 1972

車柱環, <蘇・黃의 詩論>, 『心象』 12, 1974

李昌龍, <蘇東坡의 投影－高麗 漢詩를 中心으로 한 二題>, 『人文科學論叢』 (建國大) 8, 1975: 7-25

李鴻鎭, <東坡詩考>, 『中國學報』 17, 1976: 105-124

洪瑀欽, 『蘇東坡文學之硏究』, 臺灣 文化大 博士學位論文, 1977: 1-434

洪瑀欽, <韓愈, 蘇軾 文學의 異同性 硏究>, 『李貞浩博士停年退任記念論文集』, 1978: 391-416

洪瑀欽, <蘇東坡文學의 豪放性 小考>, 『국어교육연구』(한사대), 1979

宋昌基, <解說: 東坡(1037-1101)全集>, 『中國의 古典 100選』(新東亞 1월호 별책부록), 1980: 51-53

洪瑀欽, <蘇軾의 文論 簡介>, 『中國語文學』 1, 1980: 89-111

洪瑀欽, <蘇東坡文學의 特色>, 『中國語文學』 5, 1982: 329-334

文明淑, 『蘇東坡詩硏究: 黃州詩를 中心으로』, 高麗大 碩士學位論文, 1983 1-118

李昌龍, <詩話에 나타난 蘇東坡의 投影>, 『李志百華甲紀念論文集』, 1983: 232-254

李昌龍, <退溪의 東坡受容樣相>, 『국어교육』(한국국어교육연구회) 44・45, 1983: 103-125

李永朱, 『蘇軾詩論硏究』, 서울大 碩士學位論文, 1984; 『中國文學』 11, 1984: 233-289

吳台錫, <蘇, 黃關係論－詩話書를 中心으로>, 『中國語文學』 7, 1984: 67-86

徐貞姬, <克羅濟的'直覺'說與蘇軾的'成竹在胸'說之比較硏究>, 『中國語文學』 9, 1985: 141-150

張基槿, <'和陶飮酒二十首'에 나타난 東坡와 退溪의 情趣>, 『葛雲文璿奎博士華甲紀念論文集』, 1985: 37-56

諸章宦, <書評: 洪瑀欽 著 『蘇東坡文學의 背景』>, 『中國語文學』 9, 1985: 255-256

陳英姬, <東坡의 政治生涯와 文學과의 關係試論－和陶詩를 中心으로>, 『中國語文學』 10, 1985: 53-102

洪瑀欽, <蘇軾文學對李奎報文學之影響>, 『碧松李根厚先生 華甲紀念文集』, 1985: 559-577

洪瑀欽, <蘇軾文學에 나타난 高氣大節>, 『中國語文學』 10, 1985: 153-169

權鎬鐘, <政治的 遭遇에 따른 蘇軾의 文學生涯 疏考>, 『中國語文學』 11, 1986: 61-90

金長煥, <東坡의 佛敎에 對한 接近過程－詩를 中心으로>, 『中國語文學』 11, 1986: 141-160

文明淑, <蘇軾詩에 나타난 思想>, 『中國語文學』 11, 1986: 115-139

朴宗喆, <蘇軾詩 源流考>, 『中國語文學』 11, 1986: 91-113

申採湜, <蘇軾(東坡)의 高麗觀>, 『中國學報』 27, 1986: 29-32

安永吉, <宋代 繪畵의 文學化傾向과 蘇東坡의 詩書畵 理論>, 『中國語文學』 11, 1986: 213-242

尹浩鎭, <韓國漢文學의 東坡受容樣相>, 『中國語文學』 12, 1986: 129-148

曺圭百, 『蘇軾의 '和陶飮酒詩' 硏究』, 成均館大 碩士學位論文, 1986

陳英姬 譯, <蘇東坡 關係 文獻目錄 및 資料出處>(林語堂 著), 『中國語文學』 11, 1986: 387-404

陳英姬, <蘇東坡 關係 文獻目錄 補遺>, 『中國語文學』 11, 1986: 405-418

洪瑀欽, <蘇軾文學의 「法度」와 「新意」에 대한 考察>, 『中國語文學』 12, 1986: 103-127

禹埈浩, <蘇東坡文學的思想形成初期背景硏究>, 『論文集』(忠南大) 14/1, 1987: 113-123

李鴻鎭, <蘇東坡詩 硏究>, 『人文科學』(慶北大) 3, 1987: 91-110

朴相淑, <東坡詩小考>, 『蘭香中文』(誠信女大) 1, 1988

李章佑, <書評: 陳英姬 譯 『蘇東坡評傳』>, 『中國語文學』 14, 1988: 385-389

許捲洙, <蘇東坡 詩文의 韓國的 受容>, 『中國語文學』 14, 1988: 49-69

申鉉錫, <蘇軾의 謫居時期 文學 考察>, 『中國人文科學』 7, 1988: 385-418

陳英姬, 『蘇軾政治生涯與文學的關係』, 臺灣 臺灣師大 博士學位論文, 1989

洪瑀欽, <寫本 '東坡源流' 簡介>, 『第三屆中國域外漢籍國際學術會議論文集』(臺灣 聯合報國學文獻館), 1989: 425-432

李鴻鎭, <蘇東坡和陶詩硏究>, 『論文集』(慶北大) 49, 1990: 37-51

曺圭百, <蘇軾 仕宦前期의 抒情詩 小考: 時·空間의 隔絶로 인한 抒情詩를 中心으로>, 『首善論集』(成均館大) 16, 1992: 107-132

曺圭百, <蘇軾의 第1次貶謫時期 小考>, 『首善論集』(成均館大) 17, 1992: 213-242

諸章宦, <蘇軾의 和陶詩에 대하여>, 『논문집』(육군제삼사관학교) 35, 1992:

91-102

黃貞淑, <蘇軾의 詩論과 畵論 比較: 東坡題跋을 中心으로>, 公州大 碩士學位論文, 1992: 1-85

柳種睦, <蘇東坡의 文學理論>, 『中國文化硏究』(大邱大) 2, 1993: 1-26

黃祖耀, 『蘇東坡生平及其詩之風格硏究』, 中央大 碩士學位論文, 1993

崔福順, 『蘇東坡의 詠梅詩 硏究』, 梨花女大 碩士學位論文, 1993

박인성, <劉禹錫詩의 蘇軾詩에 대한 影響>, 『순천향대 논문집』 17/3, 1994: 851-863

曺圭百, <蘇軾의 詩文에 나타난 儒·佛·道 三家思想 考察(1)>, 『中國學硏究』(韓國外國語大) 9, 1994: 189-215

曺圭百, <蘇軾의 詩文에 나타난 儒·佛·道 三家思想 考察(2)>, 『首善論集』(成均館大) 19, 1994: 101-125

曺圭百, <蘇軾의 惠州貶謫時期 詩에 나타난 精神世界(2)>, 『中國文學硏究』 12, 1994: 97-123

文寬洙, <蘇軾의 田園詩를 通해 본 北宋의 農村相>, 『世明論叢』 3, 1994: 135-147

朴永煥, 『蘇軾禪詩硏究』, 中國社會科學出版社, 1995

朴永煥, <蘇軾禪詩之主題>, 『宋代文學硏究叢刊』 1, 1995

朴永煥, <蘇軾禪詩表現的藝術風格>, 『佛學硏究』(中國佛敎文化硏究所) 4, 1995

禹埈浩, <蘇東坡의 政治社會諷刺詩 硏究>, 『中語中文學』 17, 1995: 217-257

曺圭百, <蘇軾의 飮酒詩 考察>, 『中國語文學』 25, 1995: 83-115

曺圭百, <蘇軾의 惠州貶謫期 詩에 나타난 精神世界(1)>, 『中堂丁範鎭敎授六秩頌壽紀念論叢』, 1995: 217-246

曺圭百, <出仕와 隱退간의 葛藤과 그 解消－蘇軾詩의 한 斷面>, 『中國文學硏究』 13, 1995: 127-156

曺圭百, <蘇軾의 自然親和詩 考察(1)>, 『論文集』(濟州專門大學) 16, 1995

李鴻鎭, <蘇軾 詩 硏究: 現實 批判詩를 中心으로>, 『中國語文學』 27, 1996: 3-20

李鴻鎭, <蘇軾詩 硏究: 抒情詩를 中心으로>, 『中國語文學』 28, 1996: 279-295

曺圭百, <蘇軾詩에 나타난 自我內面의 隔絶로 인한 抒情>, 『中語中文學』 18, 1996: 633-672

曺圭百, 『蘇軾詩 硏究』, 成均館大 博士學位論文, 1996: 1-309

曺圭百, <蘇軾의 書畵藝術詩 考察>, 『中國學硏究』(韓國外國語大) 11, 1996:

157-195

曺圭百, <陶淵明에의 同一化樣相과 陶詩의 創造的 受容: 蘇軾詩의 境遇>,
『大東文化硏究』31, 1996: 223-247

曺圭百, <蘇軾詩에 나타난 現實世界와의 乖離와 그 解消>, 『濡園金喆洙敎授
停年紀念 中語中文學論叢』, 1997: 565-592

安熙珍, <蘇軾 詩語의 開拓과 제련>, 『中國學論叢』6, 1997: 1-28

安熙珍, <蘇軾詩歌的意境: 自然>, 『文學遺産』3, 1997

安熙珍, <蘇軾의 詩論>, 『中國學硏究』21, 1997

安熙珍, <蘇軾의 詩境>, 『中國語文學』29, 1997: 155-180

安熙珍, <從道家思想探討蘇軾的詩論>, 『道家文化硏究』(三聯書店) 14, 1997

吳台錫, <장르사적 관점에서 본 蘇軾의 문예이론과 시>, 『中語中文學』21,
1997: 455-492

曺圭百, <蘇軾詩에 나타난 現實世界와의 乖離와 그 解消>, 『濡園 金喆洙敎
授停年紀念 中語中文學論叢』, 1997

曺圭百, <蘇軾의 自然親和詩 考察(2)>, 『論文集』(濟州專門大學) 18, 1997

成元慶, <蘇軾(東坡)의 海南 貶謫時期 文學에 對한 硏究>, 『人文科學論叢』
(建國大) 30, 1998: 81-101

李元揆, <蘇軾의 傳神論>, 『中國語文學論集』10, 1998

安熙珍, <蘇軾 詩學의 反常合道를 論함>, 『中國學論叢』7, 1998

김상미, 『蘇軾 題畵詩 硏究』, 서울大 碩士學位論文, 1999

우지영, 『蘇東坡 詩에 나타난 儒, 佛, 道 思想』, 大邱曉星가톨릭大 碩士學位論
文, 1999

李元揆, <蘇軾의 形神論>, 『中國語文學論集』12, 1999

林東錫, <『古文眞寶』所載之蘇東坡詩文考>, 『中國第十屆蘇軾硏討會論文集』齊
魯書社, 1999

元鍾禮, <蘇軾 禪詩의 神氣>, 『中國語文學』36, 2000: 45-88

趙衛宏・李淑芬, <蘇軾與黃庭堅詩風異同探析>, 『中國語文學』36, 2000: 105-
119

洪瑀欽, <蘇東坡文學硏究, 그 周邊問題와 特質에 對하여>, 『工專文化』7/1.

朴永煥, <蘇軾의 文學理論과 禪宗>, 『中國文學』36, 2001: 117-138

元鍾禮, <蘇軾 詩의 '曠': 逍遙遊的 曠蕩과 無所淸靜的 超曠>, 『中國文學』
36, 2001: 139-178

曺圭百, <蘇東坡의 海南島 流配詩 探索>, 『中國文學硏究』22, 2001

安熙珍, <蘇軾의 '和陶詩'를 논함>, 『中國學論叢』 13, 2002

安熙珍, <李白과 蘇軾 시의 豪放 풍격 비교>, 『中國學論叢』 14, 2002

金珍敬, <蘇軾 黃州時期 詩의 編年에 관한 考察>, 『中國語文學誌』 13, 2003: 51-72

|강서시파| (江西詩派)

강성위, 『강서시파』(문이재), 2002: 1-130

吳台錫, <江西詩派에서의 點鐵成金, 換骨脫胎論의 生成과 適用에 관한 연구>, 『中國語文學』 19, 1992: 23-54

鄭相泓, <江西詩派 詩論 形成背景－江西詩派 詩歌理論과 禪宗, 其四>, 『中國文學研究』 11, 1994: 65-94

鄭相泓, 『江西詩派와 禪學의 受容』, 成均館大 博士學位論文, 1994: 1-286

|황정견| (黃庭堅, 1045-1105)

오태석, 『황정견시선』(문이재), 2002: 1-136

金一根, <杜詩諺解와 黃山谷詩集諺解에 대한 異見>, 『국어국문학』(국어국문학회) 27, 1964: 709-715

金一根, <杜詩諺解와 黃山谷詩集諺解에 대한 再論>, 『국어국문학』(국어국문학회) 31, 1966: 607-615

吳昶和, <黃山谷의 題詩>, 『中文學報』(淑明女大) 2, 1982: 41-59

吳台錫, 『黃山谷詩研究－東坡와의 應酬詩를 중심으로』, 서울大 碩士學位論文, 1981: 1-128

吳台錫, <黃庭堅詩論考>, 『中國語文學』 5, 1982: 23-50

吳台錫, <山谷의 對東坡詩考>, 『人文學叢』(慶北大) 9, 1984: 163-174

鄭相泓, <黃山谷詩의 背景과 詩精神: 특히 奇論을 中心으로>, 『中語中文學報』 2, 1985: 133-178

池世樺, 『黃山谷 七言古詩 研究』, 韓國外國語大 碩士學位論文, 1986: 1-156

康泰權, <黃庭堅의 文學批評>, 『中國語文學』 15, 1988: 145-162

金炳基, 『黃山谷詩與書法之研究』, 臺灣 文化大 博士學位論文, 1988

吳台錫, <黃庭堅 四, 六雜言詩考>, 『中國語文學』 14, 1988: 5-39

吳台錫, <黃庭堅 文學의 思想基盤>, 『中國語文學』 15, 1988: 109-143

崔日義, 『黃山谷詩論研究』, 서울大 碩士學位論文, 1988: 1-95

金學主, <朝鮮刊 '黃山谷集'考－朝鮮時代刊行 中國文學關係書 研究 其五>, 『東亞文化』(서울대) 27, 1989: 11-42

鄭相泓, 『黃山谷 詩論 研究－그 體系 및 藝術的 效果』, 成均館大 碩士學位論文, 1989: 1-85

鄭相泓, <黃山谷의 題畫詩 小攷>, 『中國文學研究』 6, 1989

吳台錫, 『黃庭堅詩研究』, 서울大 博士學位論文, 1990: 1-398;『黃庭堅詩研究』 (慶北大 出版部), 1991: 1-397

金炳基, <黃山谷「換骨・脫胎法」에 대한 考察>, 『中語中文學』 13, 1991: 69-113

柳塋杓, <書評: 吳台錫 著『黃庭堅詩 研究』>, 『中國語文學』 19, 1992: 363-366

韓惠暎, 『山谷詩 研究』, 淑明女大 碩士學位論文, 1993

김병기, <黃庭堅「點鐵成金」論에 대한 연구>, 『人文社會科學研究』(公州大) 13, 1998: 31-62

朴永煥, <黃庭堅 禪詩의 內面的 考察>, 『中國語文學』 36, 2000: 233-260

朴永煥, <黃庭堅及江西詩派的禪詩研究>, 『佛學研究』(中國佛教文化研究所) 9, 2000: 310-334

吳台錫, <大雅之堂과 雅俗共賞: 황정견 시학의 송대적 變容性>, 『중국어문 학지』 10, 2001.12

朴永煥, <황정견 禪詩의 주제>, 『중국문학이론』 1, 2002: 55-78

|진관| (秦觀, 1049-1100)

宋龍準, <秦觀의 詩>, 『秦觀詞研究』, 서울大 博士學位論文, 1989 ;『秦觀詞 研究』(嶺南大 出版部), 1989: 1-234

|진사도| (陳師道, 1053-1102)

신하윤, 『진사도시선』(문이재), 2002: 1-96

李致洙, 『陳後山詩研究』, 臺灣 臺灣大 碩士學位論文, 1982: 1-196

李致洙, <陳後山律詩風格考>, 『人文學叢』(慶北大) 10, 1985: 109-123

崔琴玉, 『陳師道詩 研究』, 서울大 博士學位論文, 1993: 1-259

崔琴玉, <陳師道詩의 風格考>, 『中國語文學』 22, 1994: 41-56

崔琴玉, <陳師道 送別詩의 抒情性과 精練美>, 『中國語文學』 28, 1997: 129-145

이은주, 『陳師道 五言律詩의 用事 研究』, 韓國外國語大 碩士學位論文, 2001

|장뢰| (張耒, 1054-1114)
崔仁愛, 『張耒文學理論的研究』, 臺灣 臺灣大 碩士學位論文, 1985: 1-137

|섭몽득| (葉夢得, 1077-1148)
金英淑, <葉石林的詩論>, 『中國語文學』 2, 1981: 5-20
姜昌洙, <葉夢得 『石林詩話』의 文學理論>, 『中語中文學』 12, 1990: 279-306

|이청조| (李淸照, 1084-약1151)
薛鳴鶯, 『李淸照 研究』, 成均館大 碩士學位論文, 1976: 1-104
柳明熙, 『李淸照詩詞箋釋』, 臺灣 輔仁大 碩士學位論文, 1981
洪瑀欽, <李淸照의 生涯와 文學>, 『女性問題研究』(曉星女大) 10, 1981: 93-105
叢美滋, 『中國才女 李淸照와 그 作品』, 慶北大 碩士學位論文, 1985: 1-98
全英蘭, <李淸照論>, 『外國語教育研究』(大邱大) 1, 1986: 243-266
王忠儀, <中國女性文學研究-以李淸照爲中心>, 『語文論集』(釜山外大) 5, 1989: 115-124
金智賢, 『李淸照詩詞研究』, 서울大 碩士學位論文, 1998: 1-149

|진여의| (陳與義, 1090-1139)
李致洙, <陳與義의 前期 詩歌>, 『語文研究』(慶北大) 16, 1991: 1127
李致洙, <陳與義詩의 評價 問題-後期詩를 중심으로>, 『李允中教授停年紀念-中國學論集』, 1994: 225-248
崔琴玉, <『瀛奎律髓彙評』을 통해 본 陳與義 詩의 風格>, 『中國文學』 22, 1995: 247-264
柳晟俊, <南宋 陳與義 詩의 師承關係와 創作意識 考>, 『中國學研究』 23, 2002: 125-159

|주숙진| (朱淑眞)
任日鎬, <朱淑眞研究>, 『大東文化研究』 16, 1982: 137-153
리승매, <주숙진 허란설헌의 삶과 문학>, 『허호일교수정연퇴임기념논문집-韓中文學比較研究』, 1997: 273-294

|육유| (陸游, 1125-1210)

李致洙,『陸游詩研究』(臺灣 文史哲出版社), 1991: 1-399

이치수,『육유시선』(문이재), 2002: 1-140

李致洙,『放翁詩研究－狂意識을 中心으로』, 高麗大 碩士學位論文, 1978: 1-64

卞亨錫,『陸放翁 詩研究－特히 그 愛國詩를 中心으로』, 國民大 碩士學位論文,
        1981: 1-83

李鴻鎭, <陸游詩考>,『中國語文學』5, 1982: 51-78

李致洙, <陸游詩와 江西詩派>,『中語中文學』6, 1984: 151-183

鄭惠媛,『陸游詩와 그 表現樣態 攷』, 韓國外國語大 碩士學位論文, 1985: 1-64

李致洙, <書評: 劉維崇 著『陸游評傳』>,『中國語文學』11, 1986: 331-334

李致洙, <陸游詩와 江湖詩派>,『語文研究』(慶北大) 13, 1988: 145-161

李致洙, <陸游詩淵源考>,『中國語文學』16, 1989: 49-66

李致洙,『陸游詩研究』, 臺灣 臺灣大 博士學位論文, 1990: 1-417

李致洙, <陸游詩寫作技巧考>,『語文研究』(慶北大) 15, 1990: 99-113

陳明華,『陸游梅花詩 研究』, 檀國大 碩士學位論文, 1991: 1-54

金元中, <陸游詩에 나타난 '狂'意識 小考>,『中國文學研究』9, 1992: 177-206

李致洙, <陸游의 六言絶句 研究>,『語文研究』(慶北大) 17, 1992: 139-152

朱基平,『陸游詩研究』, 서울大 碩士學位論文, 1996: 1-136

|범성대| (范成大, 1126-1193)

유종목,『범성대시선』(문이재), 2002: 1-134

文寬洙,『范成大田園詩研究』, 臺灣 政治大 碩士學位論文, 1987: 1-165

盧垠靜,『范成大의 田園詩 研究』, 高麗大 碩士學位論文, 1994: 1-108

文寬洙, <范成大의 <四時田園雜興六十首> 內容分析>,『世明論叢』(世明大)
        5/1, 1996: 1-12

徐榕浚,『范成大 田園詩 研究』, 서울大 碩士學位論文, 1997: 1-144

崔雄赫, <范成大 田園詩의 審美方式>,『中國語文學』32, 1998: 337-358

柳種睦, <范成大 詩의 展開過程>,『中國文學』34, 2000: 67-90

李致洙, <范成大의 使金詩 研究>,『中國語文論叢』24, 2003: 233-252

|양만리| (楊萬里, 1127-1206)

원종례,『양만리시선』(문이재), 2002: 1-138

朴羅利,『楊萬里의 五言絶句 硏究』, 忠南大 碩士學位論文, 1990: 1-52

閔淑子,『楊萬里 誠齋體詩 硏究』, 嶺南大 碩士學位論文, 1999: 1-112

李致洙, <楊萬里의 詩論과 詩>,『中國語文論叢』16, 1999: 239-267

김영순,『誠齋 山水田園詩 硏究』, 韓國外國語大 碩士學位論文, 2000

崔雄赫, <楊萬里의 "活法"과 그의 田園詩>,『中國語文學』37, 2001: 121-142

|주희| (朱熹, 1130-1200)

申美子,『朱子詩中的思想硏究』(文史哲出版社), 1988: 1-362

李秀雄,『朱熹與李退溪詩比較硏究』(北京大學出版社), 1991: 1-260

張世厚,『朱子詩 索引』(以會文化社), 1996: 1-825

金周漢, <宋代評語小攷－朱熹의 例를 中心으로>,『中國語文學』3, 1981:
　　71-80

鄭鍾復, <朱子硏究論攷>,『中國文化』(淸州大) 3/3, 1981: 7-22

李再薰,『朱子詩經學要義通證』, 臺灣 臺灣大 碩士學位論文, 1982: 1-321

金周漢, <退溪의 朱子詩 理解－武夷櫂歌를 中心으로>,『嶺南語文學』10, 1983:
　　47-92

金周漢, <退溪와 朱子의 文學批評 小攷>,『守愚齋崔正錫博士回甲紀念論叢－
　　韓國文學硏究』, 1984: 111-139

李再薰, <朱子『詩集傳』考>,『中國語文學』8, 1984: 225-242

申美子,『朱子詩中的思想硏究』, 臺灣 臺灣大 博士學位論文, 1985

南宮鉉,『朱熹의 文學觀 硏究－그의 詩經傳序 및 楚辭集注序文을 中心으로』,
　　江原大 碩士學位論文, 1985: 1-54

金周漢, <朱熹之文學觀>,『中國語文學』11, 1986: 243-265

金周漢, <朱子與退溪之文學觀>,『退溪學報』56, 1987: 6-11

金周漢, <朱子와 退溪의 文學觀>,『人文硏究』(嶺南大) 8/2, 1987: 29-57

申美子, <初期 朱子詩에 나타난 避世思想 및 그 原因>,『中國文學』15, 1987:
　　137-170

金周漢, <朱熹의 敍事詩論>,『中國語文學』15, 1988: 163-178

이현식, <朱熹의 賦・比・興論硏究(1)>,『泰東古典硏究』4, 1988: 219-253

姜澤求,『朱熹의 文學論 硏究』, 忠南大 碩士學位論文, 1989: 1-57

李秀雄, <李退溪與朱熹詩語的比較小考>,『人文科學論叢』(建國大) 21, 1989

최명환,『주자와 육상산의 비교 연구』, 崇實大 碩士學位論文, 1989

李再薰, <朱熹 涇詩論에 대한 檢討>, 『蓮崗 中國學論叢』 1, 1990: 109-142

朴 錫, <朱子詩論小考>, 『中國文學』 18, 1990: 199-214 ; 『魯松崔完植先生頌
　　　壽論文集』, 1991: 291-306

李再薰, <朱子之詩六義說>, 『中國文學』 18, 1990: 209-426 ; 『魯松崔完植先
　　　生頌壽論文集』, 1991: 751-768

李秀雄, 『宋代朱熹詩與李朝李退溪詩之比較研究』, 臺灣 文化大 博士學位論文,
　　　1991

李秀雄, <충담 사취고－주회시를 중심으로>, 『학술지』(建國大) 36, 1992:
　　　139-158

李再薰, <朱子 毛詩 改易考>, 『中國語文論叢』 4, 1992: 139-184

李東熙, <그의 詩를 통하여 본 朱子 사상의 일단면>, 『철학논총』(영남철학
　　　회) 9, 1993: 425-441

李再薰, <詩序說 朱子 受用考>, 『李允中教授停年紀念－中國學論集』, 1994:
　　　249-268

李再薰, 『朱子 詩經學 研究』, 서울大 博士學位論文, 1994: 1-388

閔庚三, 『朱熹의 文學論 研究－『朱子語錄』을 중심으로』, 高麗大 碩士學位論
　　　文, 1995

申美子, <朱子의 交遊詩 研究>, 『中國文學』 22, 1995: 193-226

張世厚, <朱熹 詩의 淵源>, 『中國語文學』 26, 1995: 95-127

洪光勳, <朱子의 文論>, 『中語中文學』 17, 1995: 259-290

張世厚, 『朱熹詩 研究』, 嶺南大 博士學位論文, 1996: 1-203

張世厚, <退溪의 朱子詩 受容>, 『退溪學報』(퇴계학연구원) 93, 1997: 20-56

姜澤求, 『朱子 文學理論 研究』, 忠南大 博士學位論文, 1998

李再薰, <朱熹의 涇詩論>, 『中國語文論叢』 15, 1998: 365-393

姜澤求, 『道와 文의 관계에 대한 朱子의 이론』, 『중국학논총』 10, 2000: 49-
　　　75

姜澤求, 『朱子의 文學思想과 그 현대적 의미』, 『동양철학』(한국동양철학회),
　　　2001: 199-216

李再薰, <朱熹『詩集傳』「周南」新舊傳 비교연구>, 『中國語文論叢』 21, 2001:
　　　157-186

이상규, 『朱熹의 文學論 研究』, 釜山大 博士學位論文, 2003

|육구연| (陸九淵, 1139-1192)

洪光勳, <陸九淵 文學理論 小考>, 『중국현대문학연구』 3·4, 1995: 295-316

|신기질| (辛棄疾, 1140-1207)

李東鄕, <稼軒詩小考>, 『中國語文學』 6, 1983: 9-24

|강기| (姜夔, 1155-1209?)

李聖愛, <姜白石의 詩論>, 『論叢』(梨花女大) 45, 1984: 7-21

姜昌洙, <姜夔 詩論攷>, 『中堂丁範鎭敎授六秩頌壽紀念論叢』, 1995: 603-630

黃永姬, <姜白石 情景描寫上的特色>, 『中語中文學』 17, 1995: 291-316

林永鶴, <姜夔의 詩論>, 『論文集』(경북외국어테크노대학) 2, 1996: 97-123

黃永姬, <白石道人姜夔詩歌硏究>, 『中語中文學』 217, 1997: 289-313

|영가사령| (永嘉四靈)

李致洙, <永嘉四靈의 詩 硏究>, 『中國語文論叢』 18, 2000: 261-281

|대복고| (戴復古, 1167-?)

車柱環, <戴復古의 論詩十絶>, 『東洋學』 5, 1975: 415-414

裵다니엘, <戴復古 詩에 나타난 憂國愛民 意識>, 『中國學硏究』 16/1, 1999: 441-467

裵다니엘, <戴復古 山水詩攷>, 『中國學論叢』 9/1, 2000: 169-193

|엄우| (嚴羽, 1200 전후)

裵奎範 譯註, 『譯註 滄浪詩話』(다운샘), 1997: 1-369

김해명·이우정 옮김, 『창랑시화』(곽소우 교석), 소명출판, 2001: 1-513

車柱環, <嚴羽의 詩論(上)>, 『心象』 1, 1975: 146-151

車柱環, <嚴羽의 詩論(中)>, 『心象』 2, 1975: 68-72

車柱環, <嚴羽의 詩論(下)>, 『心象』 4, 1975: 89-94

柳晟俊, <滄浪詩話 詩辨考>, 『論文集』(韓國外國語大) 16, 1983: 185-204

李壽尊, 『≪滄浪詩話≫ 硏究』, 嶺南大 碩士學位論文, 1985: 1-140

柳馥實, 『嚴羽의 詩禪說 硏究』, 淑明女大 碩士學位論文, 1988: 1-92

彭鐵浩, <滄浪詩話의 師承關係와 以禪喩詩의 타당성 검토>, 『東亞文化』(서울대) 26, 1988: 99-122

林承坏, <『滄浪詩話』初探>, 『中國文學硏究』 7, 1989: 157-174

李宇正, <嚴羽의 生涯와 詩論의 形成>, 『中國人文科學』 10, 1991: 739-762

李宇正, <嚴羽의 別材說에 관한 考察>, 『文鏡』(연세대) 4, 1992: 33-54

李宇正, 『嚴羽 詩論 硏究』, 延世大 博士學位論文, 1993: 1-289

李宇正, <'興趣' 辨析—嚴羽 詩論을 中心으로>, 『中國人文科學』 12, 1994: 297-330

朴英順, 『嚴羽≪滄浪詩話≫及其影響硏究』, 復旦大 博士學位論文, 2000: 1-150

申貞順, 『嚴羽의 『滄浪詩話』 詩論體系 硏究』, 慶北大 碩士學位論文, 2001: 1-178

朴英順, <嚴羽的詩歌創作與理論之關係>, 『中國文學硏究』 24, 2002

박영순, <≪滄浪詩話≫의 이론적 의의—송대(宋代) 시론 체계 안에서>, 『중국문학이론』 1, 2002: 79-97

│유민시인│ (遺民詩人)

노상균, 『유민시선』(문이재), 2002: 1-117

찾아보기

저자소개

송용준(宋龍準)

1952년 출생(syj0522@snu.ac.kr)
서울대학교 문리과대학 중어중문학과 졸업
서울대학교 대학원 중어중문학과 졸업(문학박사)
현재 서울대학교 중어중문학과 교수

주요 논저
≪秦觀詞硏究≫, 영남대학교출판부, 1989
≪現代中國語文法의 諸問題≫, 중문출판사, 1991
≪唐宋詞史≫(공역), 新雅社, 1995
≪중국어어법발전사≫(공역), 사람과책, 1997
≪蘇舜欽詩譯註≫, 서울대학교출판부, 2001
≪宋詩選≫(공편), 서울대학교출판부, 2001

오태석(吳台錫)

1956년 출생(estone@empal.com)
서울대학교 중어중문학과 졸업
서울대학교 대학원 중어중문학과 졸업(문학박사)
현재 동국대학교 중어중문학과 교수

주요 논저
≪黃庭堅詩 硏究≫, 경북대학교출판부, 1991.

≪中國文學의 認識과 地平≫, 역락, 2001.
≪黃庭堅≫(詩選), 문이재, 2002.
<中國詩와 文學의 史的 展開에 관하여>(1998)
<中・西 比較를 통한 중국문학적 思惟體系論>(2000)
<中國文學과 溫故知新: 그 21C적 소통론>(2003)

이치수(李致洙)

1954년 출생(leecs5182@hanmail.net)
고려대학교 중어중문학과 졸업
고려대학교 대학원 중어중문학과 졸업(석사)
臺灣 國立臺灣大學 中文研究所 졸업(문학석사・박사)
현재 경북대학교 중어중문학과 교수

주요 논저

≪陸游詩研究≫, 文史哲出版社(臺灣), 1991
≪中國流氓史≫, 아카넷, 2001
≪陸游詩選≫, 문이재, 2002
<中國古典詩體中 六言絶句의 生成, 發展과 特色 研究>(1994)
<中國古典詩歌에 나타난 俠>(1996)
<范成大의 使金詩 研究>(2003)

宋 詩 史

인 쇄	2004년 3월 2일
발 행	2004년 3월 9일
저 자	송용준 · 오태석 · 이치수
펴낸이	이 대 현
편 집	장 은 미
펴낸곳	도서출판 **역락** / 서울 성동구 성수2가 3동 301-80
	(주)지시코 별관 3층(우133-835)
전 화	3409-2058(대표) 3409-2060(편집부) FAX 3409-2059
이메일	yk3888@kornet.net / youkrack@hanmail.net
등 록	1999년 4월 19일 제2-2803호

정가 38,000원

ISBN 89-5556-257-8-93820